高尔夫丽人

〈上册〉

〔加拿大〕**柯兆龙** – 著

SPM 南方出版传媒·广东人民出版社

· 广州 ·

图书在版编目（CIP）数据

高尔夫丽人／（加）柯兆龙著. —广州：广东人民出版社，2019.8
ISBN 978-7-218-13553-3

Ⅰ．①高⋯ Ⅱ．①柯⋯ Ⅲ．①长篇小说—加拿大—现代
Ⅳ．①I711.45

中国版本图书馆 CIP 数据核字（2019）第 092898 号

GAOERFU LIREN

高尔夫丽人

[加拿大] 柯兆龙　著

出　版　人：肖风华

责任编辑：梁　茵　谢应祥
责任技编：周　杰　吴彦斌
封面设计：后声文化

出版发行：广东人民出版社
地　　址：广州市海珠区新港西路 204 号 2 号楼（邮政编码：510300）
电　　话：（020）85716809（总编室）
传　　真：（020）85716872
网　　址：http：//www.gdpph.com
印　　刷：恒美印务（广州）有限公司
开　　本：787 mm×1092 mm　1/16
印　　张：45　字　数：910 千
版　　次：2019 年 8 月第 1 版　2019 年 8 月第 1 次印刷
定　　价：79.00 元（全二册）

如发现印装质量问题，影响阅读，请与出版社（020-85716849）联系调换。
售书热线：（020）85716826

目　　录

第一章

1

2013 年 8 月 10 日，星期六。中国，上海，金银湖高尔夫球场。

天很蓝，像被水刚刚冲刷过一般透明。只有几丝细细长长的云，白絮般粘在很高很高的苍穹深处，忽隐忽现。阳光和天一样干净，热辣辣晒在球场的草坪上。

球场上人头攒动，像过什么节日似地热闹。各色的 T 恤、衬衫和裙子，组成一股彩色的人流，随着白色小球的飞跃滚动缓缓前移，忽而快，忽而慢，在大片的绿色背景上留下缤纷绚丽的浮动色块。

首届中国女大学生高尔夫竞标赛正在这里举行。从星期五到星期天，每天一轮打十八洞，共三轮比赛。最终，以累积最低杆数的选手获得冠军。若是有相同最低杆数选手出现，则采用延长赛中的突然死亡法，决出一名冠军。

这次比赛，高手云集，竞争激烈。中国体育总局、中国高尔夫协会和上海体育局相关领导亲临现场。来自全国众多媒体单位的体育记者们，挎着长枪短炮，紧盯在运动员身前身后，跟着比赛的节奏，竞相报道赛况。

"好球！""好球！"第十八洞的球道上，传来一片喝彩声，伴随着长时间的掌声。杨芳的第二杆，是一记漂亮的击球，落点在水障碍前面的 20 码处，离果岭中间只有 120 码，是攻果岭的极佳距离，有机会抓小鸟（Birdie，少标准杆一杆），最差也可打个帕（Par，平标准杆）。杨芳和球童高兴地击了一下掌，并礼貌地向球道两边的观众挥了挥手以示感谢。

"给我换 3 号木！"赵梦雨将手中的铁杆递给了球童郑小兰，果断地说道。

第十八洞总长 510 码，离果岭 70 码处有一个宽度 50 码的水障碍。两天的比赛，没有一位选手两杆上果岭。事实上也没有选手去尝试过。就是女子职业选手，在这洞也大都采用三杆上果岭的打法。她们一般开球的距离最多也就是 260 码，第二杆就是用击球距离最长的 3 号木，也打不到 250 码。所以，她们第二杆便用铁杆将球打到水障碍前，然后第三杆轻松上果岭，争鸟保帕。

"和我想的一样。"郑小兰一面赶紧取出 3 号球道木，卸去杆套，一面对赵梦雨分析道："你击球距离，3 号木可以打出 230 码。这里到果岭的距离正好 230 码。"

赵梦雨点点头，接过 3 号木，开始试挥起来。本来，她准备同昨天第一天的比赛一样，采用保守打法，三杆上果岭。毕竟如果击球下水的话，得在水障碍前再打一杆，还要被扣罚一杆。但今天，到目前为止，她和杨芳的杆数一样，如果还是采用保守打法，比分极可能依旧保持并驾齐驱的状态。自己的 1 号木开球距离可以达到 280 码，第二攻果岭距离上没有问题。看到杨芳第二杆打了一个好球，她便决定冒险一下。如果成功，就可能射下一头老鹰（Eagle，少标准杆二杆），至少是抓了一只小鸟。这样，不但杆数上可领先杨芳，还可震慑一下她的心灵，让她在明天的最后一场比赛中留下一些心理阴影。

"你瞄准旗杆右边半个旗杆长度的距离，今天旗杆插在果岭左边，果岭右高左低是个大斜坡，这样球就可以滚向旗杆。"郑小兰进一步分析道。显然，郑小兰很有经验，对球场很熟悉，也很敬业。

赵梦雨再次点点头。她站好了位置，试挥了几下，接着站在球的后面看了一下果岭，然后重新站好了位置，准备击球。

"这么短的距离，她怎么用 3 号木击球？"观众甲显然是指球到水障碍前的距离，所以大惑不解。

"难道她要直接攻果岭？"观众乙的眼珠差点蹦出来了。

"职业女选手都不敢轻易在这洞第二杆攻果岭，何况业余选手呢。看来，一个字：悬。"观众丙显然对高尔夫很了解。

只见赵梦雨一记标准流畅的击球，白色的小球"呼"地一下如离弦的箭直飞出去，飞跃在球道、水障碍上。所有观众沿着小球的飞行轨迹，张大着嘴巴，转动着他们的脖子，目不转睛地注视着小白球。

小白球终于在果岭边缘落了下来，方向正是旗杆右边的半个旗杆。小球依旧在向前滚动，而且沿着果岭的斜坡直奔旗杆。"进！进！"所有人异口同声地高喊着。如果小球滚进洞，就是信天翁（Albatross，低于标准杆三杆）。在这洞，自建场以来还未出现过这样的情况，这将创造历史。很可惜，小球擦洞而过，停在了离洞口 15 英寸的地方。果岭四周爆发出一阵惋惜声，旋即，爆发出更强烈的呼叫声和鼓掌声。

这一洞，赵梦雨射了一头老鹰，杨芳打了一个帕。比赛结束后，赵梦雨领先杨芳两杆。

目前排名第一的，是来自四川大学 20 岁的赵梦雨，一个商务管理专业的大三优等生。这次，一直反对她打职业的富商父亲，终于改变了希望她打好高尔夫球的目的是为了更好为生意服务的观点，和有着高尔夫极高天赋的她达成君子协议：如果这次比赛她能夺得冠军，就同意她退学，或在中国打职业，或去世界高尔夫王国——美国打球。此外，这次锦标赛的冠军，还可以入选 2016 年巴西里约热内卢奥运会中国女子高尔夫国家集训队。所以，赵梦雨对这个冠军志在必得。

紧随其后的，是上海体育学院 19 岁的大二学生杨芳。她技术全面，冲劲十足。杨芳还有一个特殊的身份，她是金银湖球场老板的女儿。也就是说，杨芳是在自己家的球场里参加比赛，只有她对金银湖的地形环境能做到烂熟于胸。这是个明显不过的优势，无人能及。无论对她，还是对她那位担任中国高尔夫协会副会长的父亲，也一定要将这座冠军奖杯收入囊中的。

排名第三位的选手，同杨芳的差距有四杆。明天的决赛，如果不出现赵梦雨和杨芳的严重失误，同时尾随其后的选手超常发挥，冠军将在赵梦雨和杨芳两人中产生。但对于明天的决赛，由于杨芳占有天时地利人和的优势，且球技也很不错，本来，赵梦雨实在不敢说有必胜把握，究竟会鹿死谁手，必须明天赛场上见分晓。但现在，赵梦雨暗自在心里说道："如果明天不出意外，冠军非我莫属！何况，还有经验丰富配合默契的郑小兰帮助。"

2

从球场下来，已经是下午六点。赵梦雨感觉到了累。她没有像前两天那样在球场餐厅吃自助餐，而是吃了一根香蕉垫垫饥补充一些大卡，直接一人叫了辆出租车，匆匆赶回了虹桥万豪大酒店。这次比赛，她没有入住组委会安排的、坐落在球场附近的四星级酒店，觉得档次低了一些，而是独自一人住进了五星级酒店。

五星级酒店的房间，总让人感觉舒坦亲切。习惯于这种享受的赵梦雨关了房门，脱掉身上已经被汗水打湿的衣服，在浴室舒舒服服洗了个澡，换上干净的圆领 T 恤衫。走出浴室，她感到肚子饿了。此刻，她懒得去楼下餐厅，很想独自待一会儿，不愿听到餐厅里叽叽喳喳的说话声，便拨通房间里的座机，叫了客房送餐服务。

靠在宽大的欧式沙发椅子上等待餐食的时候，她给家里打了一个电话，汇报今天比赛的战况。父母很兴奋，由于明天上午就可把成都的急事处理完毕，决定明天下午赶到上海，争取赶上颁奖典礼，然后陪她在上海玩几天。父亲还是像昨晚一样，挂电话之前，叮咛她放松精神，调好心态，胜不骄败不馁，发挥最佳状态。

赵梦雨十四岁生日这一天，父亲赵大明兴高采烈地背着一套女式高尔夫球杆从外面回来。这是他送给女儿的生日礼物：一套球杆、一身品牌高尔夫装备。自那日以后，赵梦雨开始了她的高尔夫之旅。此后多年，她一直痴迷于高尔夫运动，将她的业余时间几乎全部用在了练球、下场和打比赛上面。十六岁那年，她夺得了高尔夫生涯上第一个桂冠——全国青少年女子业余冠军。而她为自己定下的目标是，从业余走向职业，从中国走向世界。

点餐很快送到了，一盘火腿三明治，一份水果色拉加一杯咖啡。或许是饥饿感加重了，赵梦雨一等服务生离开就狼吞虎咽起来。用完餐，她看了看手机，已是晚上8点。今天她和韩戈平约了晚上8点半要在酒店咖啡厅见面的，她得稍稍打扮一下才行。赵梦雨来上海已有三天了，虽然一直保持着和韩戈平的通讯联系，至今却未能见上一面。她还不知道，老爸的朋友张家宝叔叔介绍给她的那位小伙子韩戈平长得什么样子。

这次来上海参加比赛，赵梦雨最担心的一件事，是对金银湖球场的环境不熟悉。对比赛球员来说，熟悉环境有助增加赢面。碰巧的是，韩戈平正是金银湖高尔夫球场的球童部经理。两人建立微信联系后，韩戈平发了不下几十张球场环境照片和几十条详细解说环境特点的信息给赵梦雨，使赵梦雨在金银湖第一次下场时就有了似曾相识的感觉。除此之外，韩戈平还给赵梦雨安排了一个经验丰富又认真的球童，赵梦雨非常满意。

回想起这两天的比赛，还真是波澜起伏有惊无险。以往每次参加比赛，赵梦雨都会带上她的御用球童——成都麓山国际乡村俱乐部的金牌球童小王。但这次来上海比赛，不巧小王的母亲病危她赶回了老家。赵梦雨一路担忧金银湖球场给她安排的球童是否优秀，能否和她配合默契，没想到这次球场给她安排的球童郑小兰一点都不比小王差。她经验丰富老道、做事严谨认真、秉性耿直不转弯。若不是有她相助，赵梦雨还不知能不能在两轮比赛后处于领先地位呢。

比赛第一天，赵梦雨就犯了一个不可饶恕、差点断送她冠军梦的错误。她这次暑假去美国强化训练一个月，特地让一家专业高尔夫球杆供应商为她量身定做了一套球杆。她用起来特别顺手，击球效果也大有提高。这次来上海比赛，她带了这套球杆参赛，但却忘记将原来一支她特别喜欢的日本著名品牌 HONMA 金头推杆从球包里取出来了。这根高级球杆，是老爸的朋友张家宝在她二十岁生日时送她的礼物，价值一万多元呢！结果造成当时球包里共有十五支球杆。按高尔夫规则规定，一个球包最多只能放置十四支球杆，否则将会受到罚杆四杆的处罚，幸好在比赛前，敬业的郑小兰及时发现了异常，才避免了一次不可饶恕的巨大损失。

在比赛过程中，有好几洞，由于赵梦雨对球场熟悉度不够，若不是郑小兰的及时指点，她都差点犯了冒进，或者选杆的错误。经过两天的接触，赵梦雨觉得只要郑小兰在身旁，心里就会有一种稳稳的妥帖感。

突然响起的手机铃声，打断了赵梦雨的思绪。她猜想应该是韩戈平到酒店大堂了，便赶紧按了手机的接听键。

"你到大堂啦？我马上就下来。"不等对方开口，赵梦雨迫不及待先开了腔。边说边起身朝客房门口走去，还特意在近门口处停了几秒，朝门旁的大镜子里看了一下自己有哪里不对劲，毕竟是和一位陌生的年轻异性初次见面嘛。

"是我，郑小兰。"一个女孩的声音，不是韩戈平。

"谁？"赵梦雨一下子没有反应过来。

"郑小兰，你这几天的球童。"对方补充道。

"噢，是你啊，实在对不起，我一下子没听出来是你。"赵梦雨赶紧说抱歉。

"赵梦雨，我明天不能做你的球童了。"郑小兰有些遗憾的声调。

"你说什么？！"赵梦雨以为自己听错了。

"我刚刚接到球场通知，明天我另有安排，不能做你的球童了。"郑小兰无奈地说道，"我想尽早告诉你。"

"为什么要换掉你？"赵梦雨急切地问道。

"不知道。"郑小兰没有语调地回答。

"有没有可能不让他们换？"赵梦雨突然感到，明天没有郑小兰做球童，心里一下子空空的，没底气了。

"不可能。"郑小兰不容置疑的口吻。

通话出现了短暂的停顿。

"那明天谁做我的球童？"赵梦雨无奈地问道。

"不知道。"

通话又出现了短暂的停顿。

"不过，"郑小兰先打破了沉默，"不管是谁，请你记住，明天你的竞争对手就是杨芳。她在金银湖球场打了好多年球，脑子好、球技好，但心理素质不太好。只要你明天保持平稳心态，就能打败她。"郑小兰叮咛着赵梦雨。

"好的，我一定记住你的忠告。"赵梦雨只能接受了这个残酷的事实。在遗憾惋惜之余，她被郑小兰的负责态度深深感动。

"预祝你明天夺冠！"郑小兰由衷地说道。

"太感谢你了！明天我保证一定夺冠！"赵梦雨的斗志被充分地昂扬了起来，将握紧的右拳朝空中狠狠挥了一下，坚定地说道。

"你一定会的！"郑小兰也坚定地说道。

"对了，郑小兰，比赛结束后，我还会在上海待几天，到时我再当面感谢你。"赵梦雨心怀真诚的感激。

"你不用想那么多，先打好你明天的球再说。"郑小兰不让赵梦雨分心。

挂上郑小兰的电话后，随着高昂的心情慢慢平静，赵梦雨心里突然又涌现出空落落的，像被挖走了一块似的。虽说郑小兰对自己很有信心，赵梦雨却对明天的决赛反而没了把握。这就像是在滑雪场里本来滑得很顺畅，突然被人抽掉了一根得心应手的滑竿，还怎么保证安全顺利到达终点？

赵梦雨决定打电话给韩戈平问问情况。这次比赛，所有参赛选手的球童，都是由他这个球童部经理负责安排的。郑小兰挺好的，她曾在同韩戈平的微信中对郑小兰大加赞赏。韩戈平明明知道她很喜欢郑小兰，也很需要郑小兰，尤其明天是最为关键的决赛，为什么要突然替换掉郑小兰呢？不管有何种理由，至少，他也应该事先同她赵梦雨商量一下，听听她的意见啊。若是万不得已，他也得在第一时间提醒她，让她有个思想准备，而不是到了这么晚的时候，突然由郑小兰来告诉她。再说，明天由谁来接替郑小兰做她的球童呢？这人经验如何？服务怎样？能否默契？这些都一概不知。

电话响了很久，一直无人接听。韩戈平怎么到现在还不来？打电话给他又为什么不接？赵梦雨懊恼之余，百思不得其解。

3

此时的韩戈平，刚刚驾着他的大众途安车驶出球场大门，准备往上海万豪国际大酒店急急赶去。他抬起手腕看看精工运动表，已经过了晚上九点。从金银湖球场到虹桥万豪酒店，如果路上一个红灯都不碰到，一路绿灯下去，时速六七十公里，最快也得要半个小时才能到。他和赵梦雨约定是晚上八点半在酒店见面，也就是说，他比预约的时间要晚一小时以上才能到。不行，得先打个电话给她。韩戈平想着，把车停在球场连接沪青平公路的匝道上。他掏出手机一看，屏上显示有好几个未接电话，其中赵梦雨就打来过三个。见鬼，原来自己无意间将手机调在静音模式了。他赶紧拨了赵梦雨的电话。一会儿，传来了庄心妍的《一万个舍不得》的歌声，电话通了。韩戈平随即打开了免提，把手机搁在仪表盘上面，急匆匆发动了车子，他现在需要争分夺秒。

一首歌唱完了，对方没有接电话。韩戈平又拨了一次，还是没人接。韩戈平决定先上路再说。他一踩油门，车子像被突然抽了一鞭的赛马，猛地冲了出去。韩戈平急打方向盘，把车子转上主道。夜晚的沪青平公路，比起白天来车子要少很多。韩戈平渐渐加快了速度，但也不敢驶得太猛，路上隔几公里就会有测速探头。在这条路上走得多了，他基本能记住那些测速器的位子，临近的时候就松开油门，让车速减下来。

韩戈平原本一直是个守时的人。他绝对讨厌约会迟到的行为。七点三刻的时候，他拿好车钥匙准备出发，可刚走出宿舍的门，就被一个球童叫住，说副总经理陈伟要他立即去一趟办公室，有紧急事情和他谈。

陈伟是金银湖球场杨老板的小舅子，是负责球场球童部及后勤部的副总经理，也是韩戈平的顶头上司。这几天球场在举办全国性的大赛，韩戈平以为上司有什么重大事情要布置，因此不敢怠慢，三步并两步就赶了过去。

韩戈平匆匆赶到位于金银湖会所二楼的副总办公室，敲门后推门而进。陈伟满脸笑容，起身相迎，对韩戈平又是请坐，又是泡茶，弄得韩戈平云里雾里。

"小韩，明天有位大人物，要我们派一位A级球童陪他去九龙山打球，而且指定要女的，长得好看一些的，本来他是来我们球场打的，不巧我们这里正在组织比赛。"

韩戈平以为上司急着找他来就为这事，立刻表态道："知道了，我马上就去安排。"

"不用了，我已经安排好了，让郑小兰去。"陈伟打断他说。

"郑小兰？她不是已安排做比赛选手的球童了吗?"韩戈平以为自己听错了。

"这事简单，我们可以安排其他球童顶替她嘛。"陈伟说得轻描淡写。

"那不如直接安排明天没有任务的球童去九龙山，这样既简单又方便。"韩戈平不明白陈伟为何要多此一举。

"郑小兰长相端正，经验丰富，所以派她去最合适。"陈伟给出了冠冕堂皇的理由。

"可是，如果没有突发事件，比赛进行到一半换球童，对参赛选手是不公平的。"韩戈平亮出自己的观点。

韩戈平这次负责给所有参赛选手安排球童。在安排赵梦雨的球童时，他特意选了球场最好的球童之一郑小兰给她。经过两天多的熟悉、磨合和互动，赵梦雨和郑小兰已经合作得行云流水，配合得天衣无缝。韩戈平认为，只要有郑小兰在，赵梦雨正常发挥，她明天夺冠的可能性非常大。无论从表哥张家宝那层关系，还是从他自己内心的偏向来看，他都希望赵梦雨能夺冠。可现在，如果突然换掉郑小兰，肯定会影响到赵梦雨明天比赛的情绪和发挥，失之毫厘差之千里，说不定本可到手的冠军就此泡汤了。再说，大赛时临阵换球童，就如同大战前临阵换将，是大忌。何况，这样做本身是违反体育比赛公平竞争原则的。于公于私，于情于理，他都不能接受。

"我现在碰到的就是突发事件!"陈伟很不高兴了。

"呵，这算什么突发事件。"韩戈平觉得好笑，语气有些揶揄。

"老板明天要陪那位贵宾去打球，难道我调动一个自己球场里的球童都不行吗?!"陈伟将手中泡满茶叶的玻璃杯，狠狠地往桌上一放，眼中带着愤怒的神色。

"可是……"韩戈平面对这位顶头上司，还想争辩。

"没什么可是不可的。"陈伟显然并不把眼前这位下级当回事。他接着武断地说道："这事就这么定了，没有任何商量余地! 你也不要再说屁话了。"

韩戈平一时语塞，不知怎样反驳上司，心里又不甘心，想了一下说道："陈总，我们金银湖球场名声在外，老板又再三强调要保持金银湖在国内外的光辉形象。我们在比赛的关键时刻随意换掉一个球童，明天如果选手向组委会提出申诉抗议，一定会影响到我们球场的口碑声誉的。再说了，如果杨老板知道也一定不会同意这样做的。"韩戈平话语中软中带硬。

"你这是吃饱饭没事做多管闲事！你就做好你的球童部经理吧。"陈伟明确表示，此时不要再费口舌了。

韩戈平突然感到，陈伟今天有些反常。但他又无能为力，只能怔怔地看着陈伟。

"换球童这件事，为了不让你这个做经理的为难，我已经直接通知郑小兰了。"见韩戈平不吭声了，陈伟以为韩戈平完全服从了，便缓和了一下口气。

韩戈平看看陈伟这副架势，知道没必要，也没有能力再和他争辩了。稍稍忍耐后，他问道："那明天谁接替郑小兰的位置？"

"当然也要换一个和郑小兰水平不分上下的球童啦。"陈伟咧开了嘴，露出了满嘴被烟和茶叶熏泡地黑乎乎的牙齿。在球场担任副总经理的陈伟，经常会有人送东西给他，烟酒和茶叶更是享受不完。球场里的不少球童来自浙江、江苏和安徽，老家有自己的茶场，凡是自己吃的茶叶从来不施农药。每年清明前后，陈伟都会收到不少没有农药的茶叶。

"已经没有空着的 A 级球童了。"韩戈平是球童部经理，最清楚自己的手下成员。遇到这样的全国性比赛，球场都是将最好的球童派上场的。金银湖二百多个球童中，总共才有三十个 A 级球童，除了这几天身体不舒服的朱玉文，已经全员派出了。难道明天的决赛给赵梦雨配一个 B 级球童不成？

"不是还有朱玉文没上场吗？"陈伟瞥了韩戈平一眼。

"她这几天请假了，说人不舒服。"韩戈平提醒道。

"我已经找过她了，让她明天坚持一下。毕竟这是全国性的大赛嘛，我们不能不重视。"陈伟的语气更加暖和了。

"朱玉文答应了？"韩戈平有些意外。

"我亲自出马，她还敢不答应？"陈伟毫不掩饰他的小小得意。

"可她不是身体不好吗？"

"没什么大事的，女人嘛，都那么娇气，不就来例假吗，大惊小怪的。"

"那也只能这样了，不过陈总，明天你必须保证朱玉文能上场哦。"韩戈平心里还是有些忐忑不安。

"这个我当然可以保证。"陈伟不屑地挥了挥手，意思是你可以走了。

出了陈伟的办公室，韩戈平心里还是很不爽。突然换掉郑小兰这件事，对已经和球童达成默契的赵梦雨来说很不公平，完全可能影响到她明天最关键的比赛。可事已至此，他韩戈平胳膊拧不过大腿，已经无法扭转局面。好在明天朱玉文如果真出场，多少能挽回一点损失，毕竟朱玉文也是金银湖最好的 A 级球童之一。只可惜她和赵梦雨没有搭过手，还需要一个磨合过程。偏偏明天又是最后一场决赛，对赵梦雨而言，无论如何都会是不利的。

不知不觉地，韩戈平驾车已经到了虹桥万豪酒店。他将车驶进停车场，熄火，一看时间已是晚上9点半了。他匆匆步入酒店大堂，走到咖啡厅那里，本能地看了看赵梦雨会不会坐在里面等他。没有见到人，韩戈平掏出手机再次拨打赵梦雨的电话。和之前一样，铃声响无人接。韩戈平想，是不是去大堂前台询问一下赵梦雨的房间号，然后直接上去敲门。又一想，人家是单身女孩独住在此，他一个男人怎么能不经同意冒冒失失闯到房间去呢？

韩戈平找了个空位坐下来。他思忖着赵梦雨为什么不接电话的原因，会不会刚才打电话过来时自己一直没有接听，她以为他今晚不过来了，因此和他一样将手机调到静音，早早入睡了？还是正巧这时候她在浴室洗澡，把手机放在了床头没听到呢？也可能她把手机放在房间里，自己到外面闲逛去了？猜测一个接一个，都没准也不可靠。韩戈平决定，坐在那里等上半个小时再打电话试试。

这个赵梦雨，韩戈平本不认识。两个星期前，表哥张家宝突然从成都打电话给他，说有一个好朋友的女儿这次要来上海参加全国比赛，无意间聊起比赛场子就在金银湖。好朋友问到有没有认识金银湖的人，可以给他女儿介绍一下金银湖球场的环境情况，这对参赛比较有利。张家宝马上就推荐了韩戈平。于是，张家宝便将这位朋友女儿的手机号给了韩戈平。不久，韩戈平和赵梦雨互加了微信。

在韩戈平所有的亲戚里，他最崇拜、最尊敬的就是张家宝这位大表哥。张家宝比韩戈平整整大了十几岁。韩戈平小的时候，因为长得特别清秀文静，大表哥最最爱护喜欢他，时常带他到各处去玩，买各种各样的东西给他，对他比对自己的亲弟妹还要好许多倍。

韩戈平这个大表哥是个了不起的人物，年纪轻轻时生意就做得很出色，现在早已是地方上赫赫有名的企业家了。由于韩戈平家里的经济条件很一般，大表哥就经常会接济他们一点。韩戈平考取大学的时候，张家宝主动提出不要韩家拿出一分钱，大学期间韩戈平所需的费用全部由他来出。韩戈平毕业时，对高尔夫产生了浓烈兴趣，回老家时对大表哥谈起此事，张家宝马上给了他一大笔钱，让他去买球杆，添装备，还给他请了教练。后来韩戈平觉得自己已经成年，不该再用表哥的钱了，就找了一份与高尔夫有关的工作。到金银湖球场后，凭借他自己的努力和实力，现在做到了球童部经理的位子。回想这一切，都离不开大表哥的倾力相助，所以韩戈平对张家宝一直心存感激。这次张家宝委托韩戈平帮助赵梦雨，韩戈平当然而且必须全心全意地出力。

在和赵梦雨连上微信后，他便用手机拍了好多张金银湖球场的照片和视频发给赵梦雨，还对球场的地形特点一一做了详尽介绍。等给选手安排球童时，韩戈平又把他认为最好的球童郑小兰派给了赵梦雨。他做的这一切显然对赵梦雨是有用的。经过前两天的比赛，赵梦雨排在积分榜的第一名，这让韩戈平心里感觉到十分欣慰。如果赵梦雨最终能够夺冠，那他对大表哥也算有了一个很好的交代。

可是，谁又能料到突然出现节外生枝的情况，陈伟不打招呼就调走了郑小兰。还好明天派给赵梦雨的球童是朱玉文，否则赵梦雨是明显要吃亏很多的。想起赵梦雨，韩戈平脑子里立刻浮现出一位美丽端庄的少女形象来。有趣的是，虽说韩戈平和赵梦雨已经微信联系了几个星期，赵梦雨到上海参加比赛已经有三天了，他们两个到目前为止还没有正式见过面呢。韩戈平只是在球场上看到过赵梦雨两三次，她都在心无旁骛地比赛。这两天他们一直想约见一次，都因为时间错开没能如愿，直到今晚。本来是板上钉钉要碰头的，谁料又横生枝节，韩戈平不小心将手机调了静音，陈伟又突然把他找去，害得他比约定时间迟到了一个小时才赶到酒店。偏偏人到了，电话又接不通，不知赵梦雨去了哪里，在干什么。

韩戈平静静地坐在酒店大堂的沙发里，本能地注意着从大堂进进出出的每一位年轻女孩，希望会突然发现赵梦雨的身影。然而，时间一分一秒地流逝着，不经意间快到十点了。韩戈平决定再尝试打打赵梦雨的手机，拨了两次，依旧是铃声响无人接听。韩戈平不由轻叹一声，决定不再等了。再等下去，即使等到了赵梦雨，他们再见面聊天，不知要到什么时间才能结束。这会妨碍到赵梦雨的睡眠时间，更可能影响到她明天的决赛。韩戈平想，不如给她发一条信息，把情况提前告诉她一下，让她有个心理准备。于是，他给赵梦雨发了一条微信：明天你的球童不是郑小兰。但请记住，不管谁做你的球童，不管遇到什么情况，你只管打好你的每一杆。你只要能沉住气，稳定发挥你的技术，夺冠是很有希望的。加油！

4

星期天，中国首届女子大学生高尔夫球锦标赛的决赛日。

八月的白天总是那么干燥。持续放晴的天空令四周聚集起热浪，骄阳贪婪地吮吸着大地上的水汽，好像吸干了空气流动的能量，没有一丝风，一切都陷于静止。

尽管如此，一早的金银湖球场，还是涌进了数万观众。他们中间有政府官员、企业领导、明星、私营老板、高级白领、学生和大批来自不同球场的教练、球童等。来者都是高尔夫球的狂热发烧友。

来自全国各地的媒体记者们，也都蹲守在有利位置。高尔夫频道和上海体育台，都将对这场比赛进行实况转播。第十八洞果岭后面临时搭建的观众席，除了第一排被保留给上海市主管体育的副市长、中国国家体育总局、上海体育局、中国高尔夫协会的相关领导以及社会名流外，其余座位更是早早地被观众占据着。这一洞，将是整个比赛最为精彩、竞争最为激烈的一洞，也是产生中国女大学生高尔夫球锦标赛第一个冠军的地方。而且，冠军将被入选 2016 年巴西里约夏季奥运会中国高尔夫国家队的女子集训队。这次比赛之所以引起各方如此重视和轰动，更重要的一点是因为中国相关部门的领导们，想通过这次比赛来大力推进落后的中国高尔夫球运动蓬勃发展，缩小与世界的差距。

由于赵梦雨在昨天比赛结束后排名暂列第一，所以今天比赛排在最后一组出发，时间为下午 1 点 30 分，比倒数第二组出发的时间晚 10 分钟。和她一组出发的是排名暂列第二的杨芳。

赵梦雨昨晚一直在等韩戈平。直到将近 9 点时，她才认定韩戈平肯定有什么重要事情插进来，脱不了身，不会再过来了。她心里有点抱怨，如果来不了，也应该打个电话过来说一声啊！好在赵梦雨还没有和男生约会的经验，并未把这件事看的有多么严重，只是有些小小的不舒服而已。她决定不再等韩戈平了，一个人待在房间里也无聊，睡觉么太早了点，不如去健身房做做运动吧，然后游个泳。这么想着，她就出门了，除了房卡，什么都没带。

回到房间已经过了 10 点，躺到床上后，赵梦雨下意识拿起搁在床头柜上的手机看了看，才发现韩戈平打来好几个电话，还留了一条信息。从短信的内容来看，似乎韩戈平对明天换掉郑小兰一事也无能为力。赵梦雨失望之余，十分无奈。不过郑小兰和韩戈平说得也对，明天无论换谁做球童，我只管打好自己的每一杆就行了，以不变应万变，才有希望夺取冠军。赵梦雨东想西想，也不知何时迷迷糊糊就入睡了。

赵梦雨一觉睡到今天早晨 7 点，醒来后觉得自己睡足了，头脑清醒，精神饱满，心情舒畅。她起床梳理后，下楼去自助餐厅吃了早餐，然后就叫了出租车去球场。

赵梦雨到达球场才刚刚 10 点，还有 1 个多小时的时间可以热身。她背着球包，径直来到了挥杆练习场，从一号木杆练到 60 度的挖起铁杆，然后练习沙坑救球，最后走上了果岭练习区，练习起了推杆。

"哎哟，推得实在是太好了啊。"赵梦雨刚将一只离球洞 25 英尺的球推进洞内，有个清脆甜美的声音，从赵梦雨身后飘然而至。

赵梦雨收住杆，站直身体回头一看，是一位全身包扎紧密、头戴长檐帽颊裹蓝丝巾、五官端正、面容清秀的女球童。

"你就是赵梦雨吧。"女球童笑容可掬。

"你是……"赵梦雨并没见到过她。

"我是你今天比赛的球童呀。"女球童显得和蔼可亲。

"你就是接替郑小兰的？"赵梦雨一直在等待球场安排的新球童，希望能够早点见到，还可以有时间交流磨合一下。此刻新球童真出现了，她倒反而感觉有些突然。

"是啊，经理昨天晚上才通知我的。"女球童边说，边走近洞口将赵梦雨的球取了出来。她先是迅速看了一下小球的牌子，然后用毛巾仔细擦了一擦，递给了赵梦雨。

"哦。"赵梦雨立刻感觉到，这个球童很专业，有些欣慰。但她还是本能地将对方上下打量了一番，好像要和郑小兰做一下比较，"怎么称呼你？"

"朱玉文，撇未朱，白玉的玉，文化的文，你就叫我小朱好了。"朱玉文一直笑吟吟的。

"你来金银湖很久了？"赵梦雨忍不住含蓄地问道。

"你放心啦，我和郑小兰一样，都是 A 级球童，来金银湖球场已经有五年了。"朱玉文显然看到了赵梦雨眼中流露出的一些担心和疑虑，赶紧自我介绍。

"这样啊。"赵梦雨闻言，心里更是松了好多。不管怎样，韩戈平还是给自己派了一个有经验的 A 级球童，看上去，这个球童人很不错，一定会给自己今天的夺冠增加不少筹码。她朝朱玉文浅浅一笑说："那今天就辛苦你了。"

"看你说的，应该说我今天得感谢你才是。"朱玉文接过赵梦雨手里的推杆，用毛巾擦着杆头。

"为什么？"赵梦雨不解其意。

"因为我今天很荣幸，也很自豪可以给一位冠军做球童啊。"

"还没有比赛呢，可千万不可以这么早下结论。"赵梦雨赶紧制止朱玉文。

"不信我们走着瞧。"朱玉文将擦干净的推杆递给了赵梦雨，随口问道："你今天比赛用什么牌子的球啊？

"我只用 Titleist Pro V1 球，每组只有两位选手比赛，所以我们只要准备 1 号和 2 号球就可以了。"赵梦雨说着，从球包里取出好几条三颗球一装的小盒子。

"高手几乎都是用 Titleist Pro V1 球的。"朱玉文打开小盒子，取出崭新的高尔夫球，边看边啧赞道。"吆，你将每颗都划了线，准备得真充分啊！"

赵梦雨微微咧嘴笑了笑，没有再说什么，抓紧时间练推杆。朱玉文站在一旁看了一会儿，然后说："你先练着，我去一下洗手间马上回来。"见赵梦雨点头允诺后，她便匆匆离去了。

5

决赛正在激烈地展开着。

倒数第二组的两位选手，已经开完球，离开了第一洞的发球台，朝着果岭方向的球道走去。赵梦雨和杨芳走上了第一洞的发球台，互相握了一下手，接着和她们各自的球童商量着战略战术。

10 分钟后，她们将开始冠军争夺战。由于是最后一组选手，又是目前排名暂列第一和第二，所以发球台左右和后面给观众围了一个水泄不通。

赵梦雨长得柳眉杏眼、鼻挺颊丰，瓜子脸，一条足有 2 尺长的"马尾巴"沿背而下，身高 172 厘米，体态婀娜丰满，面色白皙红润，气质高雅。她戴一顶紫色遮阳帽和一副紫色高尔夫手套，着一身耐克牌白色运动服，穿一双白色 FJ 牌高尔夫鞋。这三天的比赛，赵梦雨每天都着不同颜色的服装和鞋子。从浅粉、淡黄、到今天的一身白色，三天唯一不变的是紫色的遮阳帽、紫色的手套、紫色的球包和紫色的球杆。

球场裁判宣布，首先由赵梦雨开球，观众立刻报以一片欢呼和鼓掌声。赵梦雨微笑着向观众挥挥手，然后试挥了几下 1 号木杆。她稍稍吸了一口气，接着上杆、转身、下杆、击球、送杆、收杆，动作协调流畅，规范漂亮，一气呵成。观众群里爆出尖叫和鼓掌声。只见小白球像一枚出膛的子弹疾飞而起，飞行轨迹先右后左，最后准确落在了球道中间，足有 280 码距离，这是典型的职业型打法，比同样挥杆速度和直径的直飞轨迹要远 20 码左右。

轮到杨芳开球了。她也打出了一只又远又直落点在球道中间的好球，也有 250 码的距离。观众同样是一片欢呼声。看来，她们旗鼓相当，有得一拼，就看谁发挥得好，谁失误少。她俩开完球后，并肩走在了球道上，有说有笑，看上去气氛轻松融洽。从这几天的交流中，赵梦雨已经得知杨芳酷爱高尔夫球运动，由于在上海读书，占了近水楼台的光，她每周至少五次来金银湖打球，双休日则几乎整天泡在球场里。

第一洞是一个四杆洞。赵梦雨和杨芳都是两杆上果岭。杨芳两推将球入洞，打了一个帕。赵梦雨第三杆的推杆，距离球洞 6 英尺，她前后左右看完球线后，觉得应该沿球洞左侧外一球半的方向推杆，得到了朱玉文的认同。朱玉文还建议她略微推大一些，因为是逆草。赵梦雨一推进洞，打了一只小鸟球。这一洞打完，赵梦雨领先杨芳三杆。

往第二洞走去时，赵梦雨已经信任朱玉文的经验了。同时，感觉自己的运气真好。尽管中途换球童是大忌，但两个球童都是很优秀的。此时，她对夺冠更是信心满满的。

第二洞是一个五杆洞，球道左边有长草，右边是一条河。赵梦雨接过朱玉文递来的被擦得很干净的球，放在了 Tee 上。她屏息静气，挥杆大力击球，本以为这会是把握十足的一击，不料球刚飞出不久，便失常地往右飞去，然后"噗通"一声，直接入水。赵梦雨好像听见击球的声音不对，更不理解小球为何右拐得这么厉害。她皱起了眉，直摇头。这一洞，赵梦雨连罚杆和救果岭边的沙坑球，打了一个双柏忌（Double Bogey，高于标准杆两杆）。

杨芳那边还是稳扎稳打，又打了一个帕。现在，她的杆数只落后赵梦雨一杆了。

第三洞是一个距离为 160 码的三杆洞，果岭后面有水障碍，前面有一个巨大的沙坑。由于上一洞杨芳打的杆数比赵梦雨少，这一洞杨芳先开球。杨芳拿了一支 7 号铁杆，准备试挥、击球。赵梦雨告诉朱玉文，给她一支 9 号铁杆。杨芳知道自己击球的距离比赵梦雨相差一个杆的号码，看看果岭，再看看手中的铁杆，今天有些顺风，7 号铁杆是否太大？她犹豫了一下，将铁杆换成了 8 号。结果，打短了，球入沙坑。赵梦雨马上换了一支 8 号铁杆，球直接上果岭。这一洞，赵梦雨采用了兵法上兵不厌诈的战术。结果，赵梦雨打了一个帕，杨芳打了一个柏忌（Bogey，高于标准杆一杆）。赵梦雨又领先二杆。

赵梦雨的领先一直保持到了第五洞。但是，接下来的比赛，赵梦雨竟让观众大跌眼镜，不时发出惋惜声。让赵梦雨难以理解和无法接受的是，之前一直显出老练精明的朱玉文，开始频频出错。第六洞时，她递给赵梦雨一根错误号码的球杆。第七洞时，她又在果岭上读错了线。等打完第八洞，杨芳反而后来居上，反超赵梦雨二杆。赵梦雨心里窝火，又不能当着这多人的面冲朱玉文发作，只好暗暗告诫自己要冷静，要稳住。

第九洞是一个四杆洞，球道左边有 OB（球出界），右边是灌木丛，要求选手击球精准，否则都会被罚杆或丢杆。赵梦雨在接过朱玉文递过来的小球后，特意仔细查看了一下，猛然发现小球商标反面有一条裂缝。这样的球，只要一击球，球就会乱飞。怪不得第二洞小球飞向了河里，应该也是一个坏球。

赵梦雨终于忍不住了，举着球问朱玉文道："你是怎么搞的啊？这球是坏的，你不检查一下就给我了？"

朱玉文赶紧接过球来，转动着看了一遍，立刻表示歉意说："真是对不起，我没有注意到。"说着，马上给赵梦雨换了一个新的好球。

今天比赛用的都是新球，怎么会出现好几个坏球呢？赵梦雨想不出理由，但心里又很烦。赵梦雨的心态一下子变得很坏。她突然想到了郑小兰，如果今天没有换球童，她就不至于多打那么烂，多了好几杆，肯定能一路领先下去。这个朱玉文，号称也是金银湖的 A 级球童，但远没有郑小兰那么认真仔细。在这样的决赛场上，真是差不得一点点的。

高尔夫球运动特别讲究人的状态。一个运动员状态好的时候，可以超常发挥。反之，状态不好的时候，就是世界名将也会打出极差的球，何况赵梦雨只是一个业余选手呢。打完第九洞，赵梦雨还是没能扳回局面，杨芳依旧领先了赵梦雨二杆。

"再继续这样打下去，我一定会输掉比赛的，必须采取果断措施，扭转这种糟糕的局面。"离开第九洞的时候，赵梦雨心里默默提醒自己。现在赛程仅仅过半，虽说落后杨芳二杆，只要后九洞能够稳住，反败为胜不是没有可能，但不能再受外界因素的影响。万一朱玉文再出一两次差错，就可能回天无术了。这么想清楚之后，赵梦雨果断地停下脚步，转身对跟在她身后的朱玉文说道："对不起，后面九洞我不麻烦你做球童了。"

"你说什么？"朱玉文一脸诧异，没明白赵梦雨的意思。

"我不需要球童了，我想一个人打后九洞。"

"这是为什么？"

"不为什么，我只是想不受任何干扰地打完比赛。"赵梦雨说。

"可是，如果我做得哪里不好你可以告诉我，我一定会改。你现在让我走，我会被笑话的，你让我怎么向球场交代啊？"朱玉文从未料到过自己会被中场赶走，这让她慌乱无主了。

"我不会告诉任何人因为你出过错。对外，就说你肚子疼，无法行走了，是我坚持让你回去休息的。"赵梦雨给了朱玉文一个台阶。

"那我只管背包，不说任何一句话。"朱玉文希望赵梦雨同意她的这个最低要求，哪怕她不做任何事。

"不行！"赵梦雨斩钉截铁，坚定地回绝。

"可是……"朱玉文还想做最后的努力。

"你再不走，我就要告诉裁判和球场为什么我会中途退掉你的原由了，你自己选择吧。"赵梦雨下了最后通牒。说完，赵梦雨从朱玉文手里拿过球包，放在自己肩上，她背起球包，昂着头，大步地朝第十洞走去。

朱玉文见此状况，知道再争取也没有用了，赶紧双手捂着肚子，微微弯着腰，表情痛苦。好在前两天她真的因为肚子痛而请过假，金银湖的球童都知道此事，没有人会怀疑她和赵梦雨之间发生了什么。

一路兴奋地跟着比赛球员的观众，全场哗然。他们从未见过正式大赛球员自己背着球包打比赛而没有球童服务。观众更不明白的是，赵梦雨明明是有球童服务的，为何突然球童离她而去了呢？就连同组比赛的杨芳和她的球童，也诧异地看着赵梦雨，不知赵梦雨和她的球童之间到底发生了什么事。

6

朱玉文蹲在草地上，眼睁睁看着赵梦雨的背影渐行渐远，脑子里想不出一点扭转局面的办法。这时，她见到有两个和她关系很好的球童正快步朝她走来，立刻嘴里轻声哼唧着，表情更加痛苦。

"玉文姐你这是怎么啦？"走到朱玉文跟前的两个球童几乎异口同声地问。

"肚子，肚子……"朱玉文好像疼得不行，话也答不连贯了。

"那我们陪你去医院吧？"一个球童关切地提议。她一边说一边也蹲下身子，去看朱玉文的面色。

"不用，不用。"朱玉文举起右手摆了摆，"你们扶我一下，送我去会所吧。"

"好，好。"两个球童急忙应着，一人一边把朱玉文扶起来。三个人朝会所走去。

"玉文姐，你不是人不舒服请假了吗，怎么突然又上场了啊？"一个球童记起朱玉文前几天请过假的。

"是啊，我本来是请着假的，陈总突然要我上场，说不上不行，我只好撑着上去了，谁知没能坚持住。"朱玉文好像略微缓解一点，身子也稍稍直了起来。

"那个姓陈的就是不把我们球童当人，玉文姐明明生病，还要逼你上场。"一个球童忿忿地说道。

"其实我也不是什么大病，就是来例假了，我一直有痛经的毛病。"朱玉文解释着。见离开会馆不远了，就道，"我现在好多了，你们回去看比赛吧，别耽搁了你们看最精彩的后几洞。"

"没关系，我们送你到会馆再去也不晚。"两个球童都这么表示。

朱玉文也不再坚持，让她们扶着到了会馆。一个球童去拿了一只一次性纸杯，替朱玉文倒了一杯温水。她们让朱玉文在会馆大堂的沙发里坐好，见朱玉文果然比先前精神了许多，才出去继续观看比赛了。对球童们而言，也许是慢慢养成的某种职业习惯，虽说天天陪着客人在走场，也没有对高尔夫运动产生厌倦，尤其是碰到这类正式的大型比赛，大多数球童还是兴趣盎然地当着热心的观众，哪怕头顶烈日，浑身流汗。

等两个球童出了会馆大门，朱玉文不由吐了口气。她把手里的纸杯搁在一旁，调整了一下坐姿。此刻的会馆里一片安静，几乎所有人都去球场看决赛了。中央空调在宽敞的会馆里输送着凉风，使室内室外判若两地，好舒服啊！

昨天傍晚，正躺在宿舍里看手机微信朋友圈的朱玉文，突然接到陈总的电话，要她马上去一趟他的办公室。对这位球场管理人，朱玉文一直若即若离，保持着一定的分寸。朱玉文知道，陈伟是老板的亲戚，理所当然就是老板的亲信，掌握着金银湖球场员工的生杀大权。朱玉文来球场之后不久，就听说了许多陈总和球童之间的绯闻逸事，知道这个人很好色，喜欢勾搭意志薄弱、刚从农村出来、不见市面的女孩，反正是软硬兼施，死磨硬泡，有不少在金银湖当球童的女孩实在抵抗不了便就范了。事后，她们当然会得点小恩小惠小承诺，反正人在屋檐下，不得不低头，除非不想在金银湖当球童了，满足了老总几次，以后在球场混日子总会比较好过一点。

朱玉文是聪明人，早就看出陈伟想动她脑筋。不过朱玉文可不是那些单纯愚昧的乡下女孩。在到上海之前，她已经在广州和深圳待过好几年，见识比一般的女孩广多了。每次陈伟对她有什么暗示，朱玉文都是揣着明白装糊涂，既不断然拒人于千里之外，也不会让对方误以为得来全不费工夫。

朱玉文心里清楚得很，女孩的身体就是自己最大的资本，不到万不得已绝不轻易做交换。等到不得不交换的那一刻，就必须做成一件大买卖。朱玉文知道自己很漂亮，漂亮女孩可不能傻乎乎地做亏本生意。

朱玉文不知道陈伟为什么突然找她，以为他又吃饱喝足了异想天开。陈伟有时会假装有正经事找朱玉文谈话，到了那里说不了几句正常话，就开始七扯八拉地开始讲些勾引性的黄色段子，企图逗起她的兴致。朱玉文很老练，她能恰到好处地让陈伟满足一下口瘾，每次又都能巧妙抵御住他的手脚进攻，全身而退。难道陈伟这次又要老戏重演？

陈伟的办公室在金银湖会馆二楼的东走廊里，这里朱玉文已经来过不下二三十次。沿着环形楼梯走到楼上，四下里寂静无声，朱玉文都可听清楚自己的脚步声。楼厅的吊灯很亮，使得这片安静变得有了某种安全感。朱玉文定了定神，走向陈伟的办公室。

门虚掩着，可以嗅到从里面飘出来一股烟味。朱玉文举手在门上轻轻敲了几下。

"进来吧。"是陈伟的声音。

朱玉文推门进去，见陈伟一个人坐在办公桌后面，手上夹着一支抽到一半的香烟。见到朱玉文，赶紧把烟掐灭在桌上的已经被烟头堆满小山似的玻璃烟缸里。

"陈总找我有事？"朱玉文习惯性地用她的柔软细声问了一句。

"你坐，坐。"陈伟笑嘻嘻地指指和他之间隔着办公桌的那两把椅子，"要喝水吗？"

"不用了。"朱玉文婉拒道。

"听韩经理说，你这几天请假？哪里不舒服啊？"陈伟色眯眯地看着朱玉文丰满的胸脯。

"没什么大不了的，就想休息几天。"朱玉文没有看着陈伟，而是侧脸看着他身后的书架。

"喔，我明白了。"陈伟脸上浮出一片不怀好意的浅笑，"一定是来那个了，对吗？"

朱玉文见陈伟单刀直入，连铺垫都没有，料想他今天又是找她来无聊一番的了。不过，她一点不害怕。他们之间又不是头一回交手。朱玉文了解陈伟，这个男人虽然下流，但贼胆小于贼心。只要女孩不主动解衣宽带，他还不至于敢霸王硬上弓。

"陈总有事么？"朱玉文不接陈伟的茬。

"今天叫你来，还真有一件非常重要的事。"陈伟一反常态地收敛起刚刚打算舒展开去的猥琐之态，一脸正经起来。

"哦？"朱玉文疑惑地盯了陈伟一眼。

"我需要你做明天决赛的球童。"陈伟也盯住朱玉文。

"我已经请假休息了。"朱玉文觉得很意外。

"我知道。不过我要你明天上场，算是帮我一个忙。"陈伟脸上没有丝毫开玩笑的迹象。

"为什么？比赛球员的球童不是都分配好了吗？她们搭配着比赛都已经两天了。"朱玉文表示不理解。

"你说得没错。不过，有些特殊情况需要做些调整。"陈伟说。

"什么情况？"

"郑小兰明天不能上场了，你去顶替她。"

"小兰怎么了？她也身体不好？"

"她另有安排，明天不上场了。"

"听说她和选手配合默契，很有希望夺冠的，怎么突然把她换掉呢？"朱玉文被搞糊涂了。

陈伟没立即答复，而是点了一支烟，抽了一大口后，沉下声音道："老实对你说吧，我今天叫你来，让你顶替郑小兰上场，是因为我在整个金银湖球场的球童中最信任你。"

朱玉文从未见陈伟单独和她在一起时，脸上如此一本正经过，语调也变得如此认真严肃。

"今晚我和你谈的事情，你绝对不要泄露给任何人，你能拍胸脯保证吗？"陈伟见朱玉文没出声，就继续说道。一面刻板地盯着朱玉文等她回答。

"这，应该能保证吧，"朱玉文越发奇怪了，"你究竟要说什么事啊？"

见朱玉文做了保证，陈伟稍微放松了脸上抽紧的肌肉："你刚才说，郑小兰和选手搭配得很默契，她们很有希望夺冠？"

"是啊，大家都这么说的。听说那个姓赵的选手技术非常好。"朱玉文老实地说。

"这可不是老板想看到的结果。"陈伟冷不防来了一句。

"什么？"朱玉文一时没反应过来。这时，她的脑子里浮出一件事情来，球童们都在说，明天夺冠的大热门除了姓赵的球员，就是金银湖球场老板的千金杨芳！她情不自禁啊了一声，接着问："陈总的意思是要让杨芳成为冠军？"

"你真聪明，不用我说清楚就明白。"陈伟狡黠地笑了笑，"你知道，杨芳叫我舅舅的，连我们球场都是他们家的。"

朱玉文脑子在滴溜溜地转动。她基本已经明白陈伟找她来的目的了，不过她不能随随便便答应。她问道："为什么找我？"

"我刚才说过，你是我最信得过的。再说了，只有你是没有参加这次比赛的 A 级球童。"陈伟边说边观察着朱玉文。

朱玉文垂下脸想了一会儿，然后一仰头道："这事可不容易，我冒的风险太大了。"

"我就说你太聪明了嘛，我都没全部讲出来，你已经明白我要你做什么了。"陈伟欣赏地微微点头。

"万一有什么破绽，不仅我会倒大霉，连金银湖球场的声誉都会大受损害。"朱玉文加了一句，并不理会陈伟的表扬。

"所以除了你，我什么人都不会找。"陈伟说。

"可是，我凭什么要去那样做？"朱玉文心里已经有谱了，决定先卖一下关子，同时察看着陈伟的表情。她接着说道："明天现场有几万个观众，电视台又实况转播，只要有一点点不注意，不但达不到目的，我还会身败名裂，在高尔夫圈子里再也不能呆了。所以，你还是找别人吧。"

"老板是不会让你白干的。"陈伟见朱玉文想要告辞的意思，赶紧表了态。

"陈总，你知道我不会为了一点蝇头小利去赌上自己的前途，我喜欢高尔夫球场的工作。"朱玉文说得很冷静。

"蝇头小利？"陈伟奇怪地笑了起来，"呵呵，你居然说是蝇头小利。你知道这次的冠军奖金是多少？"

"不太清楚。"

"五十万。"

"这么多啊。"

"事成之后给你一半，怎么样？"

"这个……"朱玉文没有想到赏金会那么高，这不由她不心动了。可她没有泄露内心的波动，依旧摇了摇头，为难得说道："陈总，不是我不听你和老板的话，实在是我不敢赌啊。你替我想想，我还这么年轻，至少还可以在球场干上五年八年的，每一年的收入起码十几万……"

"别说了，再加你五万怎么样？这可是从我自己肉里抠出来的啊。"陈伟不耐烦地打断了朱玉文的话。

朱玉文支支吾吾道："可是……"

"别再像老太婆一样犹犹豫豫了。完成任务后，我再提拔你当球童部副经理。"陈伟急了，果断地加码承诺。

球童部副经理是朱玉文这两年梦寐以求的位子。坐上那个位子后，她朱玉文就高出所有A级球童的地位了，不仅薪水会提高，有参加球场中层干部会议的资格，能握有分派球童给客户的权利，更为重要的，是她和韩戈平成了正副职搭档，那就意味着她和他直接接触的机会将大大增加。朱玉文明白，这次交易可谓是名利双收，自己可以见好就收。她压制住内心的窃喜，用她特有的柔声说："那好吧，我完全是看你陈总的面子上，才冒险赌一把。不过，我可不能保证杨芳一定能夺冠啊，因为这还牵涉到她和其他选手的发挥好坏"

"其他选手与你无关。"陈伟道："你的任务就是拖住姓赵的球员，不让她夺冠。"

"那你说我该怎么做？"朱玉文虽然答应接受任务，一时间心里还真没什么把握。虽说以前在客人之间赌球的场合，她为了多拿小费，也帮客户偷偷使过几次小伎俩，结果改变了输赢的局面，但那毕竟是有钱人之间的游戏。这次不同，是一场正儿八经的全国比赛啊！

"你那么聪明，那么有经验，这不用我教你吧？"陈伟回答得非常巧妙。

今天上午，朱玉文是有备而来的。她事先已经从郑小兰那里了解了赵梦雨。郑小兰得知是由朱玉文代替自己做赵梦雨的球童，本来高悬的心就放下了一半。在金银湖球场的球童中，要说老练和经验丰富，郑小兰和朱玉文旗鼓相当不分伯仲。朱玉文能带病出场，对临时被更换球童的赵梦雨而言是十分有利的，因此郑小兰向朱玉文详细介绍了赵梦雨的各种情况，用什么牌子的球杆，什么牌子的球，有哪些习惯性的动作，弱点在哪里等等。朱玉文虽没有和赵梦雨直接接触，可以说对她已经基本了如指掌了。

在球场见到赵梦雨的时候，朱玉文觉得她这个人蛮老实单纯的，也容易接近。朱玉文感到完成陈伟交给的任务成了小菜一碟。果然，她几乎不用任何心机就得到了赵梦雨的信任。于是她开始悄悄实施自己想好的计划，借口上洗手间的时候，将事先做过手脚的几颗相同牌子的坏球，混到其它比赛时会用的球当中。

这一招既隐蔽又有效，结果造成赵梦雨在打第二洞时击球下水，不得不多打了两杆。这直接影响了赵梦雨的心境，扰乱了她原本非常稳定的竞技状态。到第九洞时，如果不是被赵梦雨发现，至少也得让她多打两杆。虽然只打了九洞，已经使赵梦雨连罚杆带救球，多打了六杆，从比赛开始暂列第一位，到现在已经落后杨芳二杆。这件神不知鬼不觉的事，除了朱玉文，没有一个人会看出其中的蹊跷。

朱玉文无论如何也没有料到赵梦雨反应那么强烈，突然做出赶走自己的决定，而且一点不留余地。这个看似单纯老实的女孩，好像并不像自己原先判断的那么简单。那么，后九洞，赵梦雨还有可能急起直追反超杨芳吗？按照朱玉文的判断，这种可能很小。杨芳绝不是等闲之辈，不仅击球技术很好，对场地又特别熟悉，除了心理稳定性稍有欠缺外，应该什么都不比赵梦雨弱。况且打完前九洞，已经领先了二杆，这会让杨芳信心倍增，技术也会更趋稳定，这场决赛夺冠的把握应该有十之八九。对朱玉文而言，只要杨芳能夺冠，她就能拿到一大笔赏金，还能得到晋升。想到这里，坐在会馆沙发里的朱玉文脸上情不自禁浮上了一片笑容。

7

赵梦雨其实没有想得很多，只是对朱玉文这个A级球童很失望。按理说，作为A级球童，不会犯那些低级错误，更不会连连出错。难道因为是全国大赛，观者如云，电视直播，朱玉文也有很大的心理压力？这个时候，赵梦雨非常遗憾郑小兰被突然换掉，要不然她完全可能已经领先杨芳好几杆了。

在接下去的比赛中，赵梦雨好几次想起郑小兰和韩戈平昨晚对她的叮咛：不管发生什么情况，要以不变应万变，不要想别的，只管专注打好自己的每一杆。渐渐地，赵梦雨调整好了自己的情绪，变得和前两天比赛时一样胸有成竹了。从第十二洞开始，赵梦雨的技术完全恢复到了最佳状态，挥杆，切杆，推杆，动作流畅自然精准到位，还救了好几个很难打的球。等到打完第十四洞，赵梦雨已经后来居上，反超了杨芳一杆。至于其他的比赛选手，已被她俩远远拉开了距离。排名暂列第三的球员，落后杨芳有六杆之多。现在，离最后一洞第十八洞还剩四洞，冠军已经毫无疑问将在赵梦雨和杨芳之间产生。随着杆数越咬越紧，她们两人的决战也变得更加白热化，几乎每一杆都寸土必争。一路跟随而来的观众，情绪已经被充分调动起来，不断为她俩的精彩表现热烈鼓掌，喝彩欢呼，她俩周边掀起一浪盖过一浪的高潮。

在第十五洞的果岭上，轮到赵梦雨推杆。她还是一如既往地站在小白球旁，沉稳地试推了几下。众多观众的眼睛、摄像机和照相机，都聚焦在她的推杆上。突然，赵梦雨收住推杆，高高举起右臂，要求比赛监督将裁判请来。所有人都丈二尚摸不着头脑，不知发生了什么意外。

裁判很快赶了过来，问赵梦雨有什么事？

赵梦雨告诉裁判说："Sorry，我刚才在试推时，杆头不小心触到了小白球。"

按高尔夫规则，这必须被罚掉一杆。其实谁都没有注意到小白球被碰过，因为它纹丝没移动。

裁判有些疑惑地问："你确定吗？"

"是的，我确定。"赵梦雨坦然承认。

裁判又询问了杨芳和她的球童，小球是否被触碰过。她俩都说没有注意到。

"那么我必须按规定办事，罚你一杆。"裁判对赵梦雨毫不客气地做了决定。

这一洞打完，结果是赵梦雨和杨芳又回到同一起跑线上，再次平手。

赵梦雨并没有因为这一处罚而影响情绪，继续我打我的球。打完第十七洞的时候，状态越来越好的赵梦雨，已经领先杨芳二杆。接着，所有人都来到了最后一洞的发球台。

第十八洞是个五杆洞。赵梦雨对这最后一洞特别重视，整个比赛之前就过来仔细分析过地形和距离，也仔细思考过打法。令她自己都难以置信的是，前天的第一天比赛，她在这一洞抓了一只小鸟。昨天，竟然在这一洞打出了一只老鹰球。这使得她对完成这最后一洞显得自信满满。今天她制定的策略是，如果打到十七洞时自己能够领先二杆或以上，那么最后一洞就要稳扎稳打，三杆上果岭，保帕争鸟。依照对对手的分析，赵梦雨认为按杨芳的击球距离，她即便发挥到极致，也需要三杆才能上果岭，打老鹰的可能性几乎为零。这样，自己只要把球打上果岭，哪怕是果岭附近，只要不出偏差，不犯低级错误，即使杨芳抓鸟自己打帕，也能稳夺冠军。

赵梦雨站在第十八洞发球台，取出紫色的3号球道木，试挥了几下，然后依旧站到球的后面看了一下果岭方向的球道，又站回原地，吸了一口气，眼盯白球顺畅一挥。只见一道银光如闪电一般划向晴空，在观众的一片惊呼声中，小球稳稳落到了赵梦雨想要打到的位置上。

赵梦雨满意地笑了笑，走到一旁，收拾好球杆，等待杨芳的开球。

此时的杨芳，已显出焦虑不安来了。她先是拿了同样一支3号球道木，准备开球。试挥了几下后，正准备举杆击球。突然，举在空中的球杆不动了。紧接着，她收起杆，走到小球的后面，注视着球道。然后侧脸看着侧后面的球童。球童已经跟着杨芳好几年了，对她的一举一动了如指掌，知道杨芳此时举棋不定，赶紧走到了她的身旁。杨芳和她嘀咕商量着。球童说了句"你行的。"最后，只听见杨芳有力地说了声"就这样!"，将3号木递给了球童。球童已从球包里取出了1号开球木并拿走了杆套，递给了杨芳。这说明，两天来在第十八洞都用3号球道木开球、三杆上果岭稳扎稳打的杨芳，决定力争两杆上果岭，哪怕第二杆落水被罚杆。没错，输一杆也是输，输三杆五杆也是输。赵梦雨这一洞只能三杆上果岭，万一自己两杆能上果岭，有机会和她打延长赛。何况，以前在这洞，也有好几次打过两杆上果岭的情况。很显然，杨芳决定破釜沉舟了。

球童又在杨芳耳边说了几句悄悄话，并轻轻拍了拍杨芳的肩膀。只见杨芳重重地点了一下头，深呼吸了两下，情绪稳定地走向了小球。果然，她击出了一记漂亮的好球。小白球，落在了球道中间，距离有260码。今天旗杆插在果岭前方，比中间的位子少了10码，所以从杨芳第一杆球的落点到旗杆还留下240码的距离，第二杆有可能打过水障碍，这样有机会抓老鹰逮小鸟。观众又一阵欢呼。杨芳和球童都开心地笑了起来。

赵梦雨对杨芳也说了声"好球"。不过，根据她的经验，杨芳这一击虽然质量上乘，但距离不够远，第二杆如果直接攻果岭的话，至少要打230码，十之八九小球会下水。"现在可以比较肯定地说，冠军非我莫属了。"赵梦雨边想，边背起球包走下了发球台，信心百倍地大步走上了球道。

突然，有一个男球童奋力拨开拥挤的观众群，直奔到赵梦雨跟前。

"赵梦雨，领导让我来告诉你，刚刚接到一个从成都市公安局打来的紧急电话，说你家里出了大事，现在就让你停止比赛立刻赶回成都。"来人气喘吁吁地说道。

"我家里出了大事？什么事？"赵梦雨懵懵懂懂看着男球童。

"具体的我也不清楚，好像你家里人现在都在医院抢救。"男球童小声嗫嚅着。

"在医院抢救？我家里人？我爸还是我妈？"赵梦雨脑袋里嗡地一声响。

"好像是他们两个人。"男球童显得没有把握。

赵梦雨感觉到一阵剧烈的晕眩，随即晃了一下，好不容易才站住了。男球童赶紧从她肩上卸下了沉重的球包。

过了片刻，赵梦雨好不容易恢复过来。她努力让自己的心绪平定。家里究竟发生了什么事啊？父母双双在医院抢救，是食物中毒吗？还是煤气中毒？还是发生了车祸？各种各样的猜测，像一片频密的闪电般在她脑子里跳动切换。赵梦雨的直觉是这件事非常严重，要不然不会从成都打电话给球场的，也不可能是公安局出面打电话的。这时赵梦雨想起了自己的手机，因为正在参加比赛，今天从一早开始，她一直把手机关着。也许成都那里已经打过她无数次手机了，一直打不通，才想到了和球场联系。既然急着要找到她，说明情况很不好，现在自己该怎么办？

"你还好吗？"闻声而来的赛场监督忧心忡忡地看着赵梦雨问道。他发现，赵梦雨原本红润发光的脸在短短的几分钟内已经变得一片惨白。

"我……"赵梦雨欲言又止，她不知道该怎么回答。头还是晕晕的，眼睛也有些发花。

"要不你先喘口气喝两口水，稳定一下？"监督同情地建议道。

所有人都惊奇地看着赵梦雨，不知究竟发生了什么。球场鸦雀无声。电视台的评论员也张着嘴巴，不知如何解释。

此时，会所二楼正对着第十八洞朝向的一扇窗户后面，一个人脸上露出了得意的笑容。他，就是金银湖高尔夫场球场副总经理、杨芳的舅舅——陈伟。

原来，在陈伟精心安排和朱玉文淋漓尽致的发挥下，赵梦雨在前九洞遭遇了滑铁卢。正当陈伟为自己的天衣无缝安排得意忘形的时候，突然，他安排的一位一直跟随赵梦雨和杨芳一组的男球童，在九洞转场时，给他打了一个电话，汇报了朱玉文离开赛场、赵梦雨一个人背着球包打球的情况。当时，陈伟尽管很不舒服，但还是不担心杨芳的夺冠。直到她们打到第十六洞，赵梦雨已领先杨芳一杆时，陈伟开始急了。他可是信誓旦旦地在姐姐姐夫俩面前保证过，一定让杨芳夺冠。他知道，姐夫是中国高尔夫协会的副会长，极其看重这次比赛，尤其是冠军可以入选中国高尔夫国家队集训队，极有机会去巴西参加奥运会。如果杨芳夺冠，不但实现了姐夫的夙愿，还让他在高尔夫领域里更加昂头挺胸。当然，所有这一切安排正像姐夫说的决不能让杨芳知道。现在怎么办？正当陈伟头上冒出虚汗的时候，他的手机响了。原以为是姐夫打来的兴师问罪的电话，吓得他不敢接。手机又响了，看来不接不行了。他有些慌张地举起手机，看看是不是姐夫打来的。来电显示"张家宝"名字。

"张家宝是谁啊？"陈伟松了一口气，自言自语道。他犹豫了一下，还是按了一下接听键，显然他储存过这个电话号码，不接不好。

"陈总吗？"对方问道。

"是我。你是……"陈伟还是没有想起来对方是谁。

"张家宝，韩戈平的表哥。"对方提醒道。

"噢，是张总啊。不好意思，我正在忙，所以一下子没有反应过来。"陈伟赶紧为自己找了一个梯子下。陈伟想起来了，两年前和韩戈平到成都出差，张家宝请他们吃过一顿饭，怪不得对方有他手机号码。

"我刚才打了好几个电话给韩戈平，都是关机，所以就打到你这里来了。"

"他在看比赛，规定不能用手机的。"陈伟解释道。"如果你有急事，我马上派人找他去。"

"那就不用了，告诉你一样。"于是，张家宝简单地将赵梦雨父母遭遇不测的情况说了一遍，请陈伟在比赛后，务必立刻让赵梦雨连夜赶回成都。

"放心吧，我一定办到。"

"记住，一定要等到比赛结束后才告诉她。"张家宝再一次叮咛了一下。

"我记住了，比赛不结束不告诉她。"陈伟清楚地重复了一遍。

收起电话后，陈伟仰天哈哈大笑一阵。真是天无绝人之路啊！老天有眼，让他陈伟柳暗花明又一村。他赶紧给那个男球童打了电话，要他立刻告诉赵梦雨，她的父母已遇不测，成都公安局来电要她退出比赛立刻赶回成都。接着，他又给他的驾驶员指令，将车开到会所门口来，准备送赵梦雨上机场。

陈伟居高临下，用望远镜清楚地看见男球童奔近赵梦雨，又看见赵梦雨摇晃了几下，接着现场监督也赶来了，已开步走了的杨芳也走向了赵梦雨。哈哈，不出几分钟，就可以看到，赵梦雨退赛，杨芳夺冠。

球场上，赵梦雨对球场监督轻轻地说了声"谢谢"，然后缓缓地摇了摇头。她知道，在这个关键时刻，自己无论如何都必须挺住。此时此刻，离比赛结束只差几杆了，她需要以比平日多出百倍的勇气来面对突然变故。她不知道父母目前的情况严重到什么程度，但无论是母亲还是父亲，都会希望她这次能够顺利夺冠。此时此刻，她已经没有选择，她必须冷静，必须坚持，哪怕泪流满面地提杆上场，她也要打完这场比赛。

"你还要再打下去吗？"男球童见赵梦雨伸手过来取球包，小心翼翼地问道。

"是的，我得把比赛打完再走。"赵梦雨强忍住直往外涌的眼泪。

"那，那我来替你背球包打完比赛吧。"男球童要求着。

"谢谢，谢谢。"赵梦雨低吟着，举手抹了一把开始模糊的眼眶，满手背都是泪水。

8

赵梦雨这次所遭遇的劫难是天崩地裂般的。

赵梦雨怎么也不会想到,在她决定继续打完比赛的时候,她的父母双亲已经不在人世了。

昨天,赵梦雨最终以领先杨芳两杆的优异成绩拔得了比赛的头筹,当仁不让地成为大赛冠军。不过,她没有参加颁奖仪式。当她站在最后一洞的果岭上,咬着自己的嘴唇,集中起所有精力,精准推出那最后一杆,并用眼角的余光目送那只此刻显得如此沉重的小球缓缓滚入洞里时,她觉得自己整个人马上就要垮塌了。

不知什么时候起,晴朗的天空已经积蓄起了朵朵云团,本来静到纹丝不动的树木也因为风的到来而开始摇动,干枯的空气里隐隐生出一丝潮气,好像要下雨了。

赵梦雨几乎没有听到从果岭四周及球道两边沸腾而起的欢呼声,也不记得自己是怎么接受和回应接连不断的祝贺声的。她只是简短地和杨芳、她的球童,以及帮她背包的男球童握了握手,收拾好自己的球包就匆匆离开了球场。她心里只剩一件事:立刻,马上赶回成都,去医院,去父母身边,她再也不离开他们了。

在会所门口,正好有一辆出租车有客人下车,赵梦雨赶紧钻了进去。从球场坐车到酒店,在酒店匆匆忙忙收拾行李和退房,又叫车去机场,赵梦雨脑子里除了不停为父母祈祷外别无它念。她甚至都没有想过要不要打几个电话给亲戚朋友问问情况,直至她在机场购到了上海飞往成都的机票后,才稍微松弛了一下神经。最多几个小时后,她就可以见到父母了。他们现在究竟怎么样啊?只要这么一想,她两眼的泪水就不知不觉滚落了出来。

在等候登机的时候,她的手机突然响了。她接起来一听,是小姨的声音。赵梦雨的心猛地突突直跳,小姨一定是告诉她有关父母的事情。是福?是祸?赵梦雨的手抖得厉害。

"喂,小姨啊?"声音和手一样颤动不稳。

"小雨啊,你现在在哪里啊?"小姨的声音明显带着哭腔。

"我在机场,还有十几分钟就能登机了。小姨,我爸妈怎么了?"赵梦雨觉得心要跳出身躯外来了。

小姨没有回答,有几秒钟的沉默。赵梦雨好像听到了小姨在电话那头的哽咽声。

"小姨你快说呀,我家里到底出了什么事?我爸妈究竟怎么了?"赵梦雨的心跳刹那间停住了,像被扔到了冰箱的速冻柜里一样。

"小雨，我会到机场去接你的，见了面再说。"小姨的声音很不正常。

"小姨……"赵梦雨还想催问，小姨却突然把手机挂掉了。

赵梦雨正想回拨过去，就见候机的人群一阵骚动。原本坐着的旅客都站了起来，在检票口排起了队。赵梦雨收起手机，提起行李跟了上去。

赵梦雨乘坐的是四川航空公司从上海虹桥飞往成都双流机场的 3U5012 航班，航程共三个半小时，到达成都已经过深夜 12 点了。在飞机上的时候，也许是身心都太过疲累，赵梦雨竟然迷迷糊糊睡着了。等到飞机降落，她才被机轮着地那一震给震醒。一切事情在一瞬间都仿佛只是一场梦境，她的脑子一下子还没有完全清醒，稀里糊涂跟着大家取出行李，排在机舱廊道里等候出去。这时，她才完全回到残酷的现实之中。

小姨和姨夫正在机场出口处等着赵梦雨。赵梦雨一见到小姨，立刻扑了过去。等三个人坐进姨夫的车里后，赵梦雨提出马上去医院看望父母。小姨没有应答，坐在前面驾车的姨夫也不出声。

"小姨，你怎么不说话？"赵梦雨感觉到有什么不对劲。

"小雨，你一定要坚强些。"一阵沉重不堪的静默后，背对着赵梦雨的姨夫突然开腔了。紧接着是小姨火山喷发般突如其来的哭声。

赵梦雨一把抓住小姨的双臂，用力摇晃着："小姨，你怎么啦？我爸妈到底怎么啦？"

"小雨，你父母，你父母已经都不在了，呜呜呜……"

赵梦雨觉得有什么东西狠狠地砸在了她的头上，轰地一声巨响，便什么也不知道了。

等她醒过来时，已经是在小姨的怀里。小姨吓坏了，拼命掐她的人中。见赵梦雨醒过来，小姨抱住她号啕大哭。赵梦雨顿时也泪流满面，把脸深深埋进小姨的胸口，伤心欲绝。

这天早上，在小姨家，当赵梦雨终于从痛苦的深渊中短暂逃脱出来的时候，姨夫告诉了她真相：她的父母没有生病，也没有出意外，而是在家被人杀害了。事情发生在前天半夜里，父亲当场身亡，母亲被刺成重伤苏醒后报了警。不幸的是，她的母亲已在赵梦雨回到成都前两小时，因伤势过重抢救无效而去世。

第二章

1

这天上午，赵梦雨接到宝顺集团董事长张家宝的秘书打过来的电话，约她下午2点去一趟公司，说张家宝有很重要的事情找她。

张叔有什么重要的事找我呢？赵梦雨猜测，是不是父母被害的案子有眉目了？赵梦雨一阵高兴。父母被害后，抓住凶手并绳之以法、替父母报仇雪恨是她现在最为重要，最为迫切的头等大事。

赵梦雨是在父母葬礼那天遇到张家宝的。当时，他脸色凝重地走过来问候赵梦雨。在紧紧地握了握赵梦雨的手后，他压着嗓音极其认真地对赵梦雨说："小雨你放心，张叔我一定会动用所有的资源把案子查清楚，一定会抓到杀害你父母的凶手。"

赵梦雨以前和张家宝接触机会并不多。她只知道张叔是父亲的生意伙伴，后来成了好朋友。在有限的几次碰面中，赵梦雨觉得这个人平日不苟言笑，比较严肃。她曾听父亲谈起过，张家宝生意做得非常好，麾下有好几家大型企业，已经是省里出名的企业家，好像还是省人大代表。不过，赵梦雨一向对大人们的事不怎么有兴趣，只是觉得这位张叔人很不错。

张家宝留给赵梦雨最深刻的印象，是在她二十岁生日时，作为生日礼物，张家宝送了她一根日本最著名的 HONMA 高尔夫金头推杆。当时赵梦雨正对高尔夫迷得如痴如呆，拿到这份礼物时，兴奋得蹦了起来。在她心里，这根金头推杆是当日的最佳礼物，甚至超过了父亲送给她的卡地亚镶钻手镯。张家宝在赵梦雨内心烙下了很深的好感，这个人能审时度势，恰到好处地给人带来惊喜。就像这次赵梦雨要去上海参加全国比赛，苦于对赛场情况不熟悉时，张家宝像及时雨那样把表弟韩戈平介绍给了她。这次比赛赵梦雨能达到如此好的成绩，张家宝功不可没。

　　张家宝的宝顺集团总部，位于成都市中心的宝顺大厦内。该大厦属于宝顺集团旗下一家房地产公司所拥有。大厦从30层至最高的35层被集团各个部门所占用，其余楼层全部对外出租。这是一座5A级智能商务大楼，保安措施相当严密。赵梦雨来到30层总部接待大厅要见张家宝，在被要求通报姓名并被核对身份证件无误后，接待小姐打电话给了张家宝的秘书小陆。不一会儿，小陆笑容可掬地将赵梦雨引到一部专用电梯内。这部电梯一般人都不能用，必须刷用专门的磁卡才能直达35层。

　　电梯到达35层，身穿白色巴宝莉T恤的张家宝已经等候在电梯口了。

　　"张叔。"赵梦雨从父母双亡的打击中好不容易恢复出来后，会觉得父亲以前的朋友都很亲切友善，尤其是张家宝，不管他有多忙，这段时间隔三差五都会打个电话询问一声赵梦雨的情况。

　　"小雨啊，你瘦多了。"张家宝看着赵梦雨爱惜地说着，举手在赵梦雨的肩头轻轻拍了几下，随即带引着她走进自己的办公室。

　　赵梦雨这是第一次来到宝顺大厦。张家宝的公司真是气势不凡，光张家宝的办公室就足足有300多平方米，办公、会客、迷你酒吧、古董陈列室、卧室、全套卫生间一应俱全。

　　小陆将一杯沏给赵梦雨的茶，放在了会客沙发中间的茶几上，又将张家宝放在豪华办公桌上的茶杯加满水拿到同一茶几上，然后识相地走了出去。他的办公室在紧贴着老板的隔壁。

　　"张叔，案子有进展了吗？"小陆一走，赵梦雨迫不及待地问。她现在最大的心愿，就是尽快抓到杀害她父母的凶手。

　　"目前还没有特别的消息，不过我在市局的朋友正亲自督办这个案子。他一有消息就会通知我的。"张家宝安慰着赵梦雨。

　　"是这样啊。"赵梦雨稍感失望。她现在等着案子水落石出的时候，有度日如年的感觉。

　　"你放心，这次我给省厅都打了招呼。他们已经抽掉了精兵强将协助市局全力破案，相信不久就能有结果。"张家宝补充道。

　　"那就太谢谢张叔了。"赵梦雨相信，该做的张家宝一定都已经做了。而且，现在也没有第二个人同时具有张家宝那样的能力、那样的亲切和那样的关心。

　　"我们之间还客气什么？"张家宝不以为然地挥了挥手："我和你爸是多年的老搭档老朋友了。你以后就把张叔我当自己人，有什么困难和需要尽管告诉我，我一定会帮助你的。"

　　"谢谢张叔。"赵梦雨由衷表示感激。

　　"看你，又谢。"张家宝温和地笑笑，然后隔着茶几坐到另一张沙发里。

"张叔今天叫我来有什么事？"

"看我，把正事给忘了。"张家宝刚拿起茶杯想喝一口，闻声又放了下来。"按你给我的公证书，省工商局今天上午已经将蓝天矿业公司70%的股份，从你父亲名下转入到你的名下了。"

"这么快啊？"赵梦雨有些意外。父母突然遇害后，留下一大堆的事情需要处理。对平日里从不管家事的赵梦雨而言，被弄得疲惫不堪。尤其是父亲的蓝天矿业公司，赵梦雨是独一无二的法定继承人。可对于股权转让这种事，赵梦雨完全一窍不通。她不知道该怎么去办理，也懒得去打听。幸好有张家宝来关心，就全部拜托这位张叔去处理。赵梦雨也是从张家宝口中才得知，父亲的蓝天矿业是和张家宝合伙的，父亲是大股东，占70%股份，余下30%的股份属于张家宝。难怪张家宝说他是父亲的老搭档。

张家宝站起身，走到他宽大结实的橡木写字桌前，从抽屉里取出一份材料，走回来递给了赵梦雨："这是省工商局文件的复印件，你把它保存好吧。"

赵梦雨匆匆扫了一眼，也没仔细看就搁在了一边。既然是张叔办理的事情，当然不会有什么差错。

"小雨啊，你现在已是蓝天矿业公司名副其实的股东了，而且是大股东，今天找你来，除了给你材料，还有一件很重要的事想同你商量一下。"张家宝语气认真地对赵梦雨说。

"有事同我商量？"赵梦雨感到很意外，她只是个女孩，还是个学生，有什么很重要的事需要同她商量。

"你父亲生前是蓝天矿业的法人代表，蓝天的一切都是他在打理。我虽说是股东，但从来不过问蓝天的事。你父亲是矿业方面的老法师，我对他一百个放心。可现在他突然去世了，该怎么办？"

赵梦雨不知该如何接张叔的话。该怎么办？如果张叔不知该怎么办，那她就更不知道了。

"俗话说，家里不能一天没有家长啊，公司也是一样的道理"张家宝叹了口气，然后换了种非常正式的口吻道："我想来想去，希望你能接你父亲的班，负责管理蓝天矿业公司。"

"让我管理蓝天公司?!"赵梦雨差点从沙发里弹起来。

"对，这也算是女承父业。你父亲不是一直希望你接班吗，现在只是在时间上提前了一些。你全面接班，也实现了他的凤愿。"

"不行不行，这哪行啊？不，不，肯定不行。"赵梦雨从未经过商，一听张家宝这个建议，就像有人要她去赴汤蹈火一般，赶紧拒绝。

张家宝笑了。等赵梦雨从惊慌中缓过神来，他开导道："其实蓝天矿业公司的规模目前并不是很大，旗下只有一个金矿，还没有正式投入生产，正在做勘探的详查报告，除了采购设备和搭建班子外也没有特别多的事需要做。"张家宝尽量说得轻描淡写，以减轻赵梦雨的压力。

"张叔，这件事我真做不了。我既没有经商经验，而且还要上学读书。我只是个在校学生，哪能负责一个公司啊？"赵梦雨越说越急。"再说了，张叔您是了解的，我的兴趣是打高尔夫。"

"我知道，你的志向是在高尔夫领域有所成就。"张家宝理解地点了点头，"可是，该怎么办呢？尽管我经商多年，但我从来也没接触过矿业。当初拿蓝天金矿，完全是为了帮你父亲的忙。是我动用些社会关系将矿权拿下来了，你父亲为了谢我，硬要分给我30%的干股，我们双方约定，既然我没有投入资金，那我也不参与管理和决策。"

"可是现在情况变了。"赵梦雨知道自己该说服张家宝了："我爸不在了，张叔您理所应当要管这个公司的，对吗？除了我爸，只有您是股东。"

"现在除了我，还有你，你还是大股东呢。"张家宝笑着说道。

"我对做生意一窍不通啊。"赵梦雨赶紧摇着头。

"小雨啊，我这么对你说吧。"张家宝看着赵梦雨，像老师解答学生问题一样耐心地解释道："你应该知道，我手上已经有好几家企业需要操心。我实在是太忙了，根本没有时间和精力再来管理蓝天公司了。"

"如果张叔您不管，那蓝天公司不是要关门了吗？"赵梦雨无可奈何地看着张家宝。

张家宝一愣。他垂下目光仿佛在思考什么问题，然后端起茶杯掀开盖子慢慢喝了两口。隔了大约一两分钟后，他重新面对赵梦雨道："小雨你刚才讲的也是实情，我也不能让你勉为其难。我如果硬要你接下蓝天公司，就显得不近人情了。不过我对你说的也是实话，我是没有精力再管蓝天公司的。"

"那该怎么办？"赵梦雨无助地望着张家宝。

"我想想吧，看有没有什么两全其美的变通办法。"张家宝说。

"那就拜托张叔了，小雨感激不尽。"赵梦雨清楚，在这件事情上，除了张家宝，谁也帮不上她的忙。

2

赵梦雨自从回到成都后，一直住在小姨家里。小姨家和她自己的家离得很近，只隔了一个街区，步行十分钟就能到。

这天，心情已经慢慢平复的赵梦雨一个人回到家中。她打算花两三天时间，将父母的遗物、家里的一切全部整理一下。小姨提出过来帮她的忙，被赵梦雨婉拒了。她想一个人待在家里，静静地和父母的遗像做伴。

　　赵梦雨走进父亲的书房，静静地坐在父亲的转椅上。父亲书桌的右角上，依旧搁着两张6吋大的照片。一张照片是她16岁第一次赢得高尔夫比赛冠军时，手捧冠军奖杯和父母的合影，父亲的笑容温柔灿烂，母亲的笑容则和她的性格一样内敛含蓄。那次比赛，父母连续三天都在球场陪伴她左右，一路看她打比赛，给她生活上所需要的一切照顾。父亲还兴趣盎然地给她拍了很多比赛时的照片，说是要做一本影集留作纪念。那次以后，只要是打比赛，不管在四川本地还是在外地，除非特殊情况，父母都会陪她一起去赛场。

　　另一张是她5岁时骑在父亲脖子上的照片，父亲头上有几根由她扎的洋葱头小辫子。那时，父亲刚开始做生意，早出晚归，每天晚饭后，总要坐在沙发上喝一杯母亲为他沏的茶，休息片刻。这时，赵梦雨就会站在沙发后面为父亲扎小辫子。父亲此刻总是闭目养神，故意将头往后仰，方便顽皮的女儿替他扎辫子。那一刻，父亲脸上总是荡漾着舒坦幸福的笑容。扎完辫子后，小梦雨会立刻爬上父亲的肩头，骑在他的脖子上咯咯大笑。母亲一边催促她赶快下来，说父亲已经很累了，一边看着模样古怪的父亲也咯咯大笑。这是小梦雨一天最开心的时刻，也是全家最温馨的时候。父亲曾不止一次地问她"你打算骑在我头上到几岁啊"。她的回答总是"不知道"。父亲又问"等你到了18岁还会骑吗"。她回答"28岁也要骑"。可是，到了14岁，她开始发育了，不但不再骑在父亲的脖子上，还再也不让父亲碰她了。想着想着，赵梦雨眼睛模糊了，脸上痒痒的，不知不觉中，已经有两行泪水沿着她的双颊流淌下来。她在父亲的书桌上抽了一张餐巾纸，擦了擦眼睛和脸，然后拿起照片，用沾着自己泪水的纸将镜框表面的灰尘轻轻擦去。

　　从父亲的书房出来，赵梦雨回到自己的卧房。这是她最熟悉最亲切的空间。自打父亲买下这套四室两厅的高级公寓后，赵梦雨在家里的大部分时间都是在这温馨的房间里度过的。这里的一切，承载了她太多太多的回忆。可惜这次回来，已经物是人非，整个家已经变得冷冷清清，空空荡荡。即便这原本属于她一个人的小世界，也没有了以前的美好感觉，变得异常静寂和陌生。

　　赵梦雨拉开床头柜，将从父亲书房里拿过来的两只装有照片的厚信封放了进去。无意间，她看见一只有机玻璃制成的透明小扁方盒。它静静地躺在抽屉一角，好像期待着被她发现和关注。赵梦雨伸手拿起了盒子。盒子里面，粘着半个干净光滑的河蚌壳。这是十几年前的一段记忆。小时候，她曾经有一位非常要好的大哥哥。这河蚌壳就是那位大哥哥送她的礼物。那时，他们还都住在乡下。记得有一天，在他们经常共同玩耍的河边草地上，她告诉大哥哥，说他们全家后天就要从农村搬到县城去了，这是她最后一次来这里和大哥哥玩。大哥哥听后顿时收敛起一直挂在脸颊上的笑容，也不像往日每次碰面那样给她讲故事了，而是背靠在河边大树上一直默不出声。不管赵梦雨怎么逗他，他就是一言不发。直到临分手时，大哥哥才突然问她，明天中午能否再到这里来一次。赵梦雨见闷不作声的大哥哥终于开了口，毫不犹豫就欣然答应了。

第二天，赵梦雨如约而至。大哥哥早已在那棵大树下等着她。见她走近，他从书包里取出两个一模一样的、白色透明有机玻璃制成的小扁盒子，里面各装有半只一模一样的河蚌壳。他将其中的一只交给赵梦雨说："小雨，这是我自己做的，是一只河蚌的两片。只要将这两个半只河蚌合在一起，就是完整的一只了。"

年幼的赵梦雨，当时并不能完全理解大哥哥的用意，反而觉得把一只完整的蚌壳分成两半怪可惜的。不过，装在有机玻璃盒子里的半个蚌壳，在阳光下折射出彩色的光亮又十分地好看，让她有些爱不释手。她情不自禁开心地叫起来："真漂亮啊！"

大哥哥看着她那副喜爱兴奋的样子，不由笑了起来。他拉住赵梦雨的手说："小雨，你这么一走，我们还不知道能不能再见面呢。以后如果我们分开了很久很久，再见到又互相不认识，就用这个河蚌壳相认。"

"不会的。我一定还会和大哥哥见面的。我还要听你讲故事呢。你放心，我搬到了县城会写信给你，告诉你我家的新地址，那样你就可以到县城来找我玩了。"赵梦雨信心满满地向大哥哥表示。

大哥哥点着头，说你一定别忘记给我写信哦。说完还和赵梦雨各自伸出小手指拉了钩，以示盟约。

搬到县城后，赵梦雨其实真的写过一封信给大哥哥。可是，直到把信装进信封要写收件人地址姓名时，她才想起自己虽然经常和大哥哥在河边大树下碰头嬉戏，亲切地叫他大哥哥，可从来不知道这位大哥哥叫什么名字，更不清楚大哥哥家的详尽地址。无奈之下，她在收信人一栏只能写上大哥哥收，指望信件能有幸送到大哥哥手中。结局可想而知，没有收件人姓名和详细地址的信只能石沉大海。从此，她再也没有办法联系大哥哥了，自然也没有大哥哥的任何音讯。之后，赵梦雨又随父母搬了几次家，从县城搬到另一个更大的城市，几年后又搬到遥远的省城成都。大哥哥留存在她脑子里的印象渐渐变得模糊了，对于过去的回想也逐步稀疏了。不过，这只装着半片蚌壳的有机玻璃小盒子，赵梦雨一直小心翼翼保存着。无论她搬到哪里，都随身带着它，与它相伴了十几个年头，成为赵梦雨一份珍贵的儿时记忆。

赵梦雨捧着有机玻璃盒子，失落在遥远的回忆之中。这时，她的手机突然响了起来。手机来电显示，是张家宝叔叔。

3

这天下午，赵梦雨按照和张家宝事先的约定，再次来到了宝顺大厦。

一周前，赵梦雨接到了张家宝打给她的电话。他在电话里对赵梦雨说，关于蓝天矿业公司的事，他考虑再三，觉得既然赵梦雨不愿子承父业出马经营管理，他自己又实在事务繁忙抽不出时间，唯一的办法就是找一个合作对象，把部分股权转让给他们，让他们来操持蓝天的业务，赵梦雨和他就纯粹作为股东参加董事会就行。末了，张家宝还提出了第二个想法，如果赵梦雨连当股东参加董事会都没有兴趣，那么他们还可以干脆把蓝天的所有股份全部转让掉。

"会有人要吗？"赵梦雨问。从她这方面而言，她实在对生意场上的事情毫无兴趣，如果真像张家宝所言，能把父亲公司的股份一次性全部转让掉，那是再好不过了。

"这个得谈。"张家宝说，"蓝天公司的资质并不差，如果出价合理，应该会有人要。"

"那就全让掉好了。"赵梦雨不假思索地做了决定。

"假如你想好了，我会按你的决定去操办。"张家宝说，"不过这毕竟是你父亲的事业，你一定不要冲动。公司一旦转让掉，就再也收不回来了。当然，张叔我知道你全部兴趣都在高尔夫方面。如果你对做公司啊，生意啊之类的实在毫无兴趣，也不要勉为其难。"

"张叔，我已经想好了，我不想做生意什么的。这事就麻烦您全权帮我处理好了。"赵梦雨当即亮明了自己的态度。

赵梦雨来到张家宝办公室的时候，他坐在大班椅内打电话。见秘书小陆带着赵梦雨推门进去，就举起手朝她挥了挥，然后指指沙发，意思是让她先坐一下。秘书小陆像上次一样给赵梦雨倒了茶水，而后轻手轻脚退了出去。赵梦雨一个人坐着，也没去听张家宝在和别人谈什么，自顾自拿出手机来玩。过了五六分钟，张家宝结束了通话。他搁下电话，起身走过来。

"小雨啊，最近你一切还都好吗？"张家宝一如既往地关切。

"好多了。"赵梦雨赶紧收起手机。

"那就好。"张家宝说："我实在太忙也没有时间多关心你。"

"张叔对我够好的了。"赵梦雨说的是心里话。

"今天找你来，还是为了蓝天公司的事。"张家宝言归正传。

"张叔，有人要吗？"赵梦雨内心涌起一丝莫名其妙的担忧。

"基本没问题了。"张家宝走回办公桌跟前，拉开抽屉，从中取出一个粉红色的文件夹，然后回过来，把文件夹递给赵梦雨："你看，这是省矿业评估中心几天前刚刚出具的我们金矿的评估报告。"

这是一份厚厚的、足有近百页、盖有四川省矿业评估中心公章的评估报告。赵梦雨拿在手上，草草翻了几页，都是专业内容，一点都看不懂。她一脸茫然。张家宝见状，俯下身去将评估报告翻到写有评估价值这一页，指给赵梦雨看。

赵梦雨看到了一个数字：人民币 2 亿 5 千万元。她一时没明白这意味着什么。

张家宝看出了赵梦雨的疑惑，便解释道："这是蓝天矿业的估价。"

"这么多啊？"赵梦雨愣住了。她怎么也没想到，父亲留下的公司会值那么多钱，可以用亿来计算，那是什么概念啊？虽说她知道自己家里有钱，可怎么能有那么多呢？她甚至觉得有点慌乱了。

"如果你没有意见，我们就去找买家。"张家宝建议道。

"好的，我一切听您的。"赵梦雨眨了几下眼，其实她还没有完全弄明白。

"之前，我们总共投入 1.2 亿拿下了蓝天金矿。如果按 2.5 亿出售成功，那么就有 1.3 亿的溢价。据我所知，当时为顺利拿下这个金矿，你父亲向一家金融公司借贷了 1 个亿，贷款利年率好像是 15%，贷款期限为两年，这样算下来，连本带利需要归还的金额是 1.3 亿。2.5 亿减去 1.3 亿还剩 1.2 亿，这是我们实际可以得到的金额。我和你父亲的股权比例是 7 比 3，因此，理论上你可以继承你父亲 8 千 4 百多万的股权资金。我可以得到 3 千 6 百万，当然还有几笔费用需要支出，比如评估费，律师费，交易税收，以及公司员工的遣散补贴等等。我已经初步估算了一下，所有费用都扣除后，你还可以拿到将近 8 千万。"张家宝算得很快，一口气如数家珍地把账目报了一遍。

"这么多啊。有 8 千万？"赵梦雨有些不敢相信。

"是啊，这笔钱暂时应该足够你用了。"张家宝面露笑容说。

如果真有 8 千万，何止暂时，我这一辈子也用不完哪！赵梦雨心里暗想，她反而担心地问："真有人会出 2.5 亿来收购蓝天矿吗？"

"这件事就包在张叔我身上了。"无论是表情还是语气，张家宝都显得胸有成竹。

4

张家宝的办事效率果然相当之高。不到两周，他就通知赵梦雨，蓝天矿业的买家找到了，对方是一家专门从事矿业的国际集团公司。张家宝说，那家公司对蓝天金矿非常有兴趣，双方的谈判异乎寻常的顺利，他们对张家宝索要的价格甚至没有一点犹豫就同意成交了。张家宝觉得他们是占了便宜，不过既然我们想尽快转让掉蓝天矿业，也就不再拖泥带水，已经和对方签署了股份转让意向书，接下来需要在约定时间双方正式签合同。张家宝告诉赵梦雨，正式签订合同之时，赵梦雨作为蓝天矿业的大股东就必须亲自到场的。赵梦雨说，要不张叔您就代我签掉算了。张家宝笑了，说这怎么可以？他代她签字是不具法律效应的，对方不会同意。

所以，赵梦雨只好再次来到了宝顺大厦。

这次张家宝的办公室里除了张家宝本人外，还坐着两位陌生的中年男人，年龄都在四十出头。这两个人衣着整洁，相貌庄重，见秘书小陆陪着赵梦雨走进来，便同时站起了身。

"小雨你到啦。"张家宝走过来，把小雨介绍给那两个陌生人。"这位赵小姐就是我们蓝天矿业的大股东。"

两个陌生男人连忙掏出名片递给赵梦雨。赵梦雨接过来一看，见名片上印着的是：太平洋国际矿业集团（中国）有限公司。其中一个稍胖一点的头衔是董事长兼总经理，姓江。另一个的头衔是副总经理，姓黄。

赵梦雨从未如此一本正经同人打过交道。她有些窘迫，支支吾吾说："我，我没有名片。"

"没关系，没关系。"那个董事长连声说。

张家宝示意大家都坐下来。他对两名来客说："二位，我这个侄女还在读大学，所以公司的事务都委托我来处理了。我们接着刚才的话题聊。你们看这转让费还有没有商量的空间？"

"张总啊，这个我们刚才也表过态了，"那位姓江的董事长马上接过话头道："我们商定过的价格就是我们能出的最高价了，希望你们不要再提更多要求啦。"

"是啊，尽管现在金融危机还没有过去，金价也一直在掉，我们还是最大限度地用最高价来购买你们的金矿，而且对于你的最终报价也没有还一分钱的价，可见我们多么有诚意。"姓黄的副总马上附和。

"你们没有讨价还价，说明你们觉得便宜了。"张家宝呵呵笑道。

"我们只是觉得这个价格能接受，就没必要再压你们的价。说句实话吧，对我们而言，并不是你们的价格便宜了我们才想要，而是我们集团目前正需要一家金矿企业，所以才会和你们一拍即合。"姓黄的副总解释说。

"是啊，张总，既然我们大家把合同书都拟定并打印好了，你们就不要再临时变卦了吧？"姓江的董事长紧接着表示。

"不瞒你们说吧，除了有几家实力雄厚的矿业公司希望购买我们的金矿外，昨天中国黄金集团也给我来电，希望购买我们的蓝天金矿。我想，他们的出价一定不会比你们低吧。另外，你们也知道，评估公司通常都会保守地将储量往低的方向压，实际储量一定高过评估储量。"张家宝往沙发后背一靠，用居高临下的口气说道。

"张总，做生意讲的是诚信，你说对吗？"姓江的董事长有些急了。

"正因为我们讲究诚信，所以才没有和他们进一步商谈。但你们总不能让我们亏得太多啊。"张家宝一副得理不饶人的样子。

姓黄的副总见状，赶紧在姓江的董事长耳边悄悄说了几句话。最后，姓江的董事长一咬牙，对张家宝说道："好吧，我们再加 500 万。这可是我们最后的出价了。"

张家宝看看赵梦雨，好像在征求她的意见。赵梦雨只好也看看张家宝，其实她一点概念也没有。她从来没有参加过这种商业谈判。不过，在她内心，她觉得 2 亿这个价格已经很不错了。张叔又让对方加了 500 万，应该见好就收了，否则很可能会适得其反做不成这桩买卖了。但她没有说出来，因为无论从经商经验还是从辈分来说，她都得尊重张家宝。

"张叔，还是您来定吧。"赵梦雨表态道。

"既然大股东让我来决定，那我就说出我的最后决定：再加 1000 万，否则免谈。"张家宝右手一挥，语气坚定。

姓江的董事长和姓黄的副总，面面相觑，有些不知所措。

"只加价 1000 万，还是建立在我们双方已经初步达成了买卖协议的基础上。否则，远不止这个数。"张家宝补充了一句。

双方沉默了足有三分钟。最后，姓江的董事长无可奈何地说道："那好吧，就按张总的意思办。"

赵梦雨心里想，张叔真厉害，不愧为有名的企业家，这么会做生意，明明之前都和自己商量好了卖什么价，此刻却一开口又加价了 1000 万，轻轻松松为我多得了 700 万。张叔这么有钱，不会在乎多赚 300 万。他这样做，一定是为了我。赵梦雨不由得从心底里更加敬佩和感激张家宝了。

"小雨，你觉得可以了吧？"

"张叔，这个价格已经很好了，就签合同吧。"赵梦雨此刻觉得应该表态了。她担心如果万一对方不买了，很可能再也找不到这么好的买家了。再说了，现在已经开学了，自己还有很多事要做，还要恢复练习高尔夫，还要安排打职业高尔夫的手续……

张家宝起身，走到办公桌前，按了一下铃。然会转身对两个来客道："好吧，既然我们大股东也同意了，就签合同吧。来，把你们的合同拿过来吧。"

姓黄的副总赶紧从公文包里取出打印整齐的合同书来，交给了张家宝。张家宝问有没有电子版的？姓黄的副总又从包里取出了一只优盘。这时，秘书小陆推门而进。

"把这只优盘里的合同重新改一下，将成交价改为 2 亿 1 千万，然后各打印六份拿过来。"张家宝对小陆吩咐道。

就在张家宝信誓旦旦地保证蓝天金矿可以按评估价 2.5 亿卖出去后的第三天，张家宝打电话给赵梦雨，说没想到国际金价最近几年一路往下走，我们蓝天金矿的市场价可能只有1.6亿，买家也难找，问她怎么办。赵梦雨对张家宝说，张叔还是让您决定，最好不要赔钱。又过了两天，张家宝再次打电话给赵梦雨，说经过他的再三努力，终于有一家公司同意以2亿购买，条件是必须在一周内成交。他问赵梦雨是否同意。赵梦雨一听比市场估价高出4千万，二话没说马上同意。现在，又加了1000万。难怪张叔生意做得那么大，他真是商业天才。就在这时，小陆手拿一叠合同书，敲门而进，打断了赵梦雨的回忆。

张家宝也中止了和两位来客的聊天，接过合同，分发给了每人各一小叠。

赵梦雨接过一看，一份合同的卖家是张家宝，另一份卖家是赵梦雨，而买家都是同一家公司：太平洋国际矿业集团（中国）有限公司。

"小雨啊，你我只要分别在协议书上签字，买卖就成了。一个月之内，资金就可以分别打到我们的账上。不过你还是要再慎重思考一下，一旦我们两个的名字签下去，就不可反悔了。"张家宝对赵梦雨说着，掏出一支万宝龙水笔来。

"我不会反悔的。"赵梦雨语气很坚定。

"那好吧。"张家宝拧开水笔，先在他那六份协议书上签了字。然后将笔递给了赵梦雨。赵梦雨在张家宝的指点下，也在六份协议书上签上了自己的名字。

对方也签字盖章后，双方各保留了两份协议书。另外两份用在工商、税务变更上。两个来客分别和张家宝赵梦雨握了手之后，就先行告辞了。

"好了小雨，这件事算是结束了，接下去你只需要好好读书，专心打你的高尔夫就行了。"张家宝把客人送出门后对赵梦雨说。

"没想到会怎么简单，这么快就解决了。"赵梦雨感叹着，

"事情顺利的时候，就会这么简单。"张家宝说，"这家太平洋公司实力雄厚、做事规矩、讲究信誉，一般不会节外生枝。所以，卖给他们比较放心。对了，这份协议书原件你一定要放好了。"

赵梦雨赶紧将协议书放进自己的LV包里。

"对了张叔，中国黄金集团真的要收购蓝天金矿？"赵梦雨忽然冒出了一个问题。

"哈哈哈哈，商场如战场，兵不厌诈嘛。"张家宝突然大笑。

赵梦雨一下子没明白张家宝话中的含义，疑惑地看着张家宝。

"如果我不这样说，他们能再加价1000万吗？"张家宝得意洋洋地说道。

赵梦雨忽然明白了张家宝的意思，眼中露出了崇拜的神色。

"有关蓝天矿业公司的善后工作，都由我这里安排解决。对于有用的员工，我会在我集团旗下的公司消化掉。无法再用的，给一笔高额的补偿费让他们自找出路。他们跟了你父亲好几年，所以我们要厚待他们，这也算是对你父亲亡灵的一种安慰吧。"张家宝一面整理文件，一面对赵梦雨说道。

"张叔，您真是个好人。"赵梦雨没想到张家宝想得这么周到，内心不由涌起一股钦佩之情。

"看你说的。"张家宝不以为然地笑笑，"噢，对了，我差点忘了一件事。"

"什么事啊张叔？"

张家宝走到一旁，从保险箱里取出一个高雅精致的首饰盒，递给了赵梦雨，请她打开看看。

赵梦雨打开盒子，呈现在眼前的是一条高贵别致时尚的白金项链。她从盒中取出项链，拿在手中，仔仔细细欣赏起来：只见白金项链上，挂着一只手握高尔夫推杆的猴子，猴子脚旁镶着一颗造型为高尔夫球的半克拉钻石的挂件，猴子反面刻着一个大大的"福"字。赵梦雨一看就爱不释手。

"怎么样，好看吗？"张家宝问。

"嗯，非常漂亮。"赵梦雨把项链装回首饰盒，双手捧着还给张家宝。

张家宝把赵梦雨的手推了回去："小雨，这是张叔特意为你买的。不，不能算买的，是我请了省工艺美术研究院的头牌大师，专门为你定制的。你属猴，又酷爱高尔夫，福字给你带来福星高照，所以，这条项链，会让你在高尔夫事业上一帆风顺，在人生道路上好运连连。"

"这，张叔怎么突然送给我这么贵重的东西呢？"赵梦雨有点奇怪。

"一点都不突然啊。再过几天就是你的生日了，对吗？"张家宝提醒道。

"哎呀张叔，您的记性真好，再过三天就是我的生日。"赵梦雨一阵高兴。

"所以，这是张叔我送给你的生日礼物，你可不许推辞哦。"张家宝的口气不容置疑。

赵梦雨突然想起那根金头推杆来。张家宝送的生日礼物都那么贵重。"张叔，每年我生日您都送我礼物，我也没有任何东西回报您，今年我不能再收您的任何礼物了。"

"小雨啊，你不但要收下这个生日礼物，还要天天带着它。说到回报嘛，只要你开开心心，把书读好，把高尔夫打好，就是给我最好的回报了。"

"张叔，这个礼物我太喜欢了，那我收下了。"赵梦雨边说，边将这条钻石项链戴在了脖子上。她不知道，这条项链价格不菲，张家宝花了5万多元。

"我呢，本来想为你举行一个生日派对的。可是临时公司有些非常紧急的事，需要我出国一次。我后天就得飞往加拿大。所以……"张家宝歉意地说道。

"不用了张叔，我这次不会过什么生日的。我没有这心情。"

"我知道，我知道。"张家宝在赵梦雨肩头轻拍了几下，"小雨你记住，虽说你父母不在了，但你还有张叔，好吗？"

"谢谢张叔。"赵梦雨突然感到鼻子一酸，差点掉下眼泪来。

5

赵梦雨回到自己家里这几天，总觉得有个五十开外的男人在她家门前的小花园里来回徘徊。

一开始她并不怎么在意，以为就是一幢楼里的住户，不过又不像。赵梦雨在这里已经住了好几年，对公寓楼里的邻居大致有点印象，这个人完全是陌生的。那么，他有可能是楼里某家人的亲戚？本来赵梦雨也没有把那个陌生人当回事，可有两次他的行为引起了她内心的警觉。一次是前天中午吃完午餐，她下楼去扔垃圾，刚走出公寓大门就看见那个人站在大门外的水泥走道上。见她出来，他朝她张了张口，似乎要和她说话，却没有发出声音。赵梦雨好奇地看了他一眼，慢慢从他面前走过。那个人却没有说一句话。等赵梦雨扔完垃圾回来，那个人已经离开了。

第二次是昨天下午，赵梦雨去附近的超市买点零食。超市离家并不远，走七八分钟就到。赵梦雨走着走着，第六感觉告诉她，好像有人一路上都在跟着她，果然，当她回头观望时，发现了那个老男人。他在距离她十步远的地方，不紧不慢地跟着她在走，一直跟到超市门口。赵梦雨心里的疑团渐渐加浓。这个人为什么老是不即不离出现在她面前呢？当她在超市里买好东西，准备出去时，她已经想好，如果那个人还跟着自己，她就要在人来人往的马路上走上去问个清楚了。大白天的，即使这个男人心怀不轨她也不怕。可当她推开超市的门走到外面四下张望了一圈后，发现那个人已经不在了。

回到家里后，赵梦雨觉得应该把这件蹊跷事告诉小姨，就打了个电话过去。小姨一听就急了，让赵梦雨赶紧住到她家去，说你不能再一个人待家里了，会有危险。赵梦雨想起了父母在家中遇害的事情，也有点怕。但同时，她内心里有一种固执的念想，希望能尽快找到杀害自己父母的凶手。这个怪异莫测的老男人，会不会和父母的案子有关呢？她和他素不相识，他凭什么要暗中盯住自己？从外表和年龄看，这个人也不像个坏人，至少那副架在他鼻梁上的金丝边近视眼镜和一头梳理得整整齐齐的花白头发，以及一身整齐得体的穿着，给人的印象是个彬彬有礼的知识分子，而不是什么凶神恶煞。

小姨不同意赵梦雨的判断，说好人坏人看外表怎么能知道？如果有正经事找你，为什么不直截了当对你说，却鬼鬼祟祟跟踪你？不管你怎么想，反正白天你可以在家里整理东西，晚上必须睡到小姨家来。赵梦雨知道小姨不放心自己，当然答应了。

今天，赵梦雨一直在家里上网。傍晚时分，她打算去小姨家吃晚饭，稍稍梳理了一番，脱掉睡衣，换上一身出门的打扮。她拉开房门的时候，发现有一样东西飘落到地上，低头一瞧，原来是一个白色信封。她探头朝走廊两端看看，不见一个人影，显然，这只信封是插在她家门缝里的，门一开，就掉落下来了。赵梦雨捡起信封来看，信封是封住了口子的，上面竟然没有一个字。赵梦雨退回家中，关上门，还本能地插上了防盗链。然后，她来到客厅，找了把剪刀剪开信封，从里面取出一张折叠成四的信纸。慢慢展开信纸时，赵梦雨的心咚咚直跳。她不知道信上会是什么出人意外的内容。

结果还真出人意外，只有短短的两行字再加一个地址。信的内容是这样的：姑娘，我是你父亲赵大明的朋友。我有重要的事情要告诉你。明天中午十二点，如果你有时间，请到我的办公室来一趟。地址附下。

信上的字写得非常漂亮，是带有九成宫风格的硬笔字。没有练过书法的人是写不出这么漂亮的行楷的。赵梦雨以前常听人说到"字如其人"这句话。如果正确，那么写这封信的人应该是个正人君子。赵梦雨拿着这封简短的信又读了一遍。她猜不透为什么这个人既然已经来到了家门口，为何不敲门进来和她见个面，却要留言让她过去找他。或许是他来到的时候自己正好出门了？可是这封留言好像是事前准备好的呀！这个人好像不愿在她家里谈那件重要的事情吧？写这封信的人究竟是谁呢？刹那之间，赵梦雨脑子里闪出了前两天出现过的那个老男人。会不会就是他呢？赵梦雨边猜测边下意识点了点头：多半就是他，八九不离十。这字，和那人的相貌能匹配。他前两次的行为，处处显现出欲言又止，犹犹豫豫。这和他到了门口却不敲门，反而留下一封信的行为也很吻合。

现在，要不要相信这个人呢？赵梦雨把信折回原状插入信封，拿着信想了一会儿。这个人自称是父亲的朋友，但在父母的葬礼上他并没有现过身。否则，依赵梦雨的记忆力一定能一眼就认出来。这个人认得她家的住址，不仅是哪幢楼，还知道是哪间房子，应该有可能和父亲认识，甚至曾经来过家里。他在信里说有重要的事情要告诉她，会是什么事？是不是和父亲突然遇害有关？他约了赵梦雨中午去他的办公室，光天化日之下，应该不会有什么阴谋。况且赵梦雨看过地址，那是地处市中心的一个区域，周围非常热闹，谁要做坏事也不会选那么一个地方的。赵梦雨思索之后，决定要去冒这个险。

晚上在小姨家吃饭的时候，赵梦雨有些心神不定，被小姨看出来了。小姨问了她两遍，为什么如此心神不定。赵梦雨都摇摇头搪塞过去了。她本来是想把那封信的事告诉小姨的，又一思忖，小姨是个急性子，这些天又一直在为她担着心，说不定知道了这件事就会坚决不让她去见那个陌生人，或者坚持陪她一起去。这样，恐怕会弄得事与愿违。赵梦雨很想利用这个机会，能发现一点关于父母被害的蛛丝马迹，而后顺藤摸瓜找到些破案的线索。只要有哪怕一点点有用的线索，她就可以告诉张家宝，让他转告公安局那些朋友，尽快把凶手抓捕归案。

6

翌日中午，赵梦雨叫了一辆出租车，按照那封信里的地址，直接来到了那幢大楼。这是幢行政大楼，赵梦雨记得这周边有不少政府机关。

这处行政大楼，虽然不如宝顺大厦之类的五A级商务楼那么豪华，但大厅的布置也算十分得体规整。赵梦雨走到布满单位名称和房间号的提示墙去寻看了一下，和1606对应的那家单位是省矿业勘探设计院。事实上，好像整个16楼就只有这么一家单位。赵梦雨立刻想到了父亲的蓝天矿业公司。如果这个留信的人是在这儿工作的，那他认识父亲就不奇怪了。

赵梦雨乘电梯到达16楼。电梯门打开后，她看到了前台一位年轻的女孩身着正装坐在那里。见赵梦雨走出电梯，她就站起身来问她要找哪个部门。

"我找1606。"赵梦雨并不知道自己要找那个部门，甚至不知道要找哪个人。

"哦，你是要找张工啊。"前台小姐笑着说。

"嗯，是的。"赵梦雨顺水推舟答应了一句。她不知道张工是不是那个人的名字。

"你是和张工约好的吗？"

赵梦雨点了点头，算是回答。

"好的，你稍等片刻。"女孩说完，拿起桌上的座机按了几个号码。一会儿，对方有人接了。女孩对着电话说："张工吗，你有访客。"

挂掉电话，女孩对赵梦雨笑眯眯地说："你过去吧，张工在等你呢。"

赵梦雨顺着女孩所指的方向，朝右侧走廊前行了二十多米，一抬眼看到了1606房间。她举起手，在门上轻轻敲了两下，不知为何，小心脏突突跳了起来。这个张工，会不会就是那个前两天跟踪过自己的老男人呢？

"进来。"从门里传来一句呼喊，声音挺响的。

赵梦雨旋开门把，慢慢推开了门。看到里面那个人的一瞬间，她不由愣住了：果不其然，就是那个鬼鬼祟祟的老男人！

老男人此刻已经从那张宽大的办公桌后面绕了过来，上前迎接赵梦雨。他文质彬彬的，稍显瘦削的方脸上挂着一丝客气的微笑，金丝边框眼镜后面的目光显得很温和。

"我叫张光曦，是你父亲的老朋友。"老男人自我介绍道。

"哦。"赵梦雨随口应了一句。她想，既然他的名字叫张光曦，那张工一定是某种称呼了。张工，应该是张工程师的简称吧。

"来，来，坐吧，坐吧，我这里挺乱的。"张工一边请赵梦雨在椅子里入座，一边解释。

赵梦雨一时半刻不知自己该讲什么，便四下打量起办公室来：这间办公室面积约在20平方米，除了一张老旧的办公桌和几把椅子外，四周堆满了图纸和矿业书籍。墙上挂了几张中国和几个省的矿产分布图，还有几幅照片，都是张光曦在不同时期和不同矿井的野外工作照，从年轻到中年的。照片中的张曦光，神采奕奕、满脸自信。赵梦雨觉得这位张工年轻时挺帅气的。

"你就是老赵的宝贝女儿梦雨吧。"张光曦为赵梦雨沏上了一杯茶，仔细盯着她的脸端详了一会儿，"真像，真像啊。"

赵梦雨自小到大，有许多人说她长得像父亲，只有她母亲不同意，说一点不像，而是像她。为了安慰母亲。赵梦雨总是说自己各像一半，取了父母两人的优点，弄得父母都很得意。此刻突然有人提到自己像父亲，赵梦雨眼圈一下子红了。她好不容易才忍住了就要溢出眼眶的泪水。

张工显然注意到了赵梦雨脸上的表情。他长长地叹了口气道："你家里的事，我都听说了，真是不幸啊！"

赵梦雨觉得，自己不应该在一个陌生人面前流露得太多。她极力调整自己的情绪，勉强堆出一丝微笑问："这位伯伯，您是不是来过我家啊？"

"是的，是的。"张光曦毫不否认。"我前几天都去过你家了。可我，就是不敢贸然找你说话，怕被你误会。那天跟着你一路走到超市门口，几次想上前叫你，还是没有勇气。你看，我这个人向来遇到漂亮女孩就害怕，所以……。"

赵梦雨被这位张工的直率和略带自嘲的口吻所感染，顿时解除了原有的戒备之意。本能告诉她，这个张工绝不会是什么坏人。

"所以我最后只好像做贼一样，偷偷摸摸地在你家房门上留了一封信。"张光曦继续谦和地说着："幸好你一直没把我当坏人，今天还真的按时过来了。"说着，张光曦从口袋里掏出一个名片夹，从中取出一张名片递给赵梦雨："这是我的名片。你看，我真不是坏人。"

赵梦雨接过来仔细看了一下，名片上写着张光曦的几个头衔：中国矿产协会理事；中国地质大学教授；四川省矿业勘探设计院矿藏评估中心主任，高级工程师。赵梦雨想，一个集这么多高级优秀头衔于一身的人，怎么会是坏人呢？她把名片收好之后问道："那么张伯伯，您几次来找我，是不是有什么话要对我讲？"

张光曦没有立刻回答赵梦雨的提问。他往办公椅背上靠了靠，避开赵梦雨探寻的目光。然后，他轻轻合上双眼，似乎在闭目养神一般。隔了片刻，他睁开眼来，文不对题地反问赵梦雨道："你爸爸不幸遇难了，接下去他的蓝天矿业公司怎么处理呢？你们的金矿下一步准备怎么办？"

"卖了。"赵梦雨不假思索地答道。

"这么快就卖了?!"张光曦本来后仰着的身子一下子坐得笔直。

"对,合同都签了。"

"能否告诉我,卖了多少钱?"

"2亿1千万。"

"什么,只卖了2亿1千万?!"张光曦一脸惊讶地叫起来。

"是啊,开始时我们是按你们评估中心出具的评估价2.5亿卖的呀,可是这个价没人要。后来总算找到一家公司来买的,价格还不低呢。"赵梦雨解释道。

"我们给过你们正式的评估报告了?"张光曦满脸意外。这怎么可能?评估中心对各类储矿的价值最终评估都由他总负责。没有他的签字,是不可以出具正式评估报告的。至今为止,他可没有在蓝天金矿的评估报告上签过任何字。虽然这次蓝天金矿很可能会让其他负责人签字,但至少会知会他一声。

"是啊,难道您不知道这件事吗?"赵梦雨有些奇怪。

"买家是谁?"张光曦又避开了赵梦雨的问题,紧迫地追问。

"是一家叫太平洋矿业集团公司。"赵梦雨如实回答。

"原来如此啊!"张光曦若有所思地一声叹息,重又把后脑依靠到椅子背上,再次闭了会眼睛。这好像是他思考问题时的习惯性动作。

很显然,这其中一定有蹊跷,甚至是一个大阴谋。张光曦脑子里迅速闪过了这样的念头。

"张伯伯,您没事吧。"赵梦雨看见张曦光呆呆地坐了很久,连忙唤醒他。

"噢,我没事,只是走神了。"张光曦赶忙掩饰着。"你刚才说,你们把金矿卖给了太平洋矿业集团有限公司?"

"是的。您知道这家公司?"赵梦雨问完觉得自己很傻。张光曦是省矿业评估中心的权威,怎么会不知道那么大一家从事矿业的公司呢?

"几年前,这家公司曾找过我,希望我能给他们推荐优质的金矿,还提出高薪聘我为他们公司的首席顾问呢。"张光曦解释道。

"原来您是他们的顾问啊。"赵梦雨不由道。

"不不。"张光曦赶紧摆手否认。"我没有答应,没有答应。"

"哦。"赵梦雨突然想起,进门坐到现在,张光曦还没告诉她找她来究竟为什么事情呢,就主动问了起来:"张伯伯今天找我来是为了……"

"瞧我,说了半天话还没讲正事,真是老了。"张光曦自我打趣地说着,从办公桌抽屉里取出一个牛皮纸文件袋递给了赵梦雨。"今天请你来,是想把这些交给你。"

"是什么?"

"是几张我和你父亲在野外一起跑矿时的合影。替我们拍照的同事拍完了一直拖着没印。前一阵我催他放大印出来了，本来想亲手交给你父亲的。"

赵梦雨用双手接过文件袋。她没有取出照片来看。她知道，自己只要看到父亲的遗容就立刻会涌出眼泪。她不想这样，于是问道："那么张伯伯如果没有别的事了我就先告辞。"

"等一下，我顺便问问，对你父母的遇害，现在公安是什么结论？"张光曦突然提出一个新话题来。

"好像定性为入室抢劫杀人。"赵梦雨这是听小姨说的。

"抢劫杀人？"张光曦目光凝重地重复了一句。

"是的，我回来后听说，家里被翻得很乱很乱，有好些贵重物品失窃了。"这她也是听小姨说的。

"这样啊。"张光曦脸上掠过一团浓浓的阴影。他张了张嘴好像要说什么，却欲言又止。

7

赵梦雨离开之后，张光曦独自一人陷入了沉思。

两个多月前的一天傍晚，刚过下班时间，张光曦正打算收拾一下东西回家。突然，办公桌上的电话响了，张光曦接起来一听，是刘副院长的声音。他告诉张光曦，有两个客人要找张光曦，好像有什么重大业务急着要谈，希望张光曦马上接待一下。刘副院长是张光曦的直接上司，张光曦自然就一口应允了，反正也不急着回家。隔了大约十几分钟，两个陌生人也没敲门，就直接推开门走进张光曦的办公室来。张光曦记得其中一个三十上下，右眼角有颗豆大的黑痣，穿着便装，显得很粗。另一个年纪稍长点，倒是西装革履，手里提着个公文包，像是公司上班的部门经理之类小头头。

张光曦很客气地起身迎接，请两人坐下，问他们找自己有什么事情。

"听说张工最近正在替蓝天金矿做评估，对吗？"西装革履的那个一面四处打量张光曦的办公室，一面问。

"是有这件事。我们正在仔细分析那个矿的储量。你们是蓝天公司的？"张光曦问。

"不是，我们是蓝天矿业的关联公司。"西装革履说。

"哦，那你们找我是……"

"我们今天来，是要拜托张工你一件事。"西装革履收住了游荡的目光。

"拜托我一件事？"

"是的，只要张工能帮我们这个忙，我们绝不会亏待你。"

张光曦审视着看看对方，摸不准这两个人究竟什么来头。他试探道："我们素不相识，我能帮你们什么忙？"

"说起来，这件事对你张工而言只是举手之劳。一旦做成，我们给你的报酬会极其丰厚的。"西装革履认真地说着，瞟了同伙一眼。眼角有痣的那个人坐在一旁始终没出声，感觉他只是西装革履的一个随从。

张光曦从未遇到过这种事情，也不知道他们葫芦里究竟装着什么药，只好试探着问："不知你说的那件举手之劳的事是什么？"

等西装革履说出了他们要他做的事，张光曦不由大为惊愕：西装革履竟然直言不讳地要求张光曦，将蓝天金矿的价值评定为 2 亿 5 千万元。作为交换条件，张曦光可得到 500 万元现金的回报。

张光曦愣了半天，都不知该怎么回答。他搞不懂为什么西装革履会提出如此荒唐的要求，更不理解他们为什么要出那么多钱来向他行贿。说实在，蓝天金矿究竟估值多少他当时心里也没底，只知道那是一个品位高储量大的金矿。究竟值几个亿，还没有精确测算完毕，所以评估报告一时三刻也不会提交。怎么会突然冒出这么两个人来，向他当面提出这样无理古怪的要求？

也许是看到张光曦一直不发一言，西装革履将身子凑过来，压低了嗓音道："张工，不要犹豫不决了。对你而言，这又不是什么难事，不就在评估报告上填上一个数字吗？你能拿到的可是 500 万真金白银哦。"

张光曦依旧不置可否地坐在那里不出声。

"张工，我们今天是有备而来的。"西装革履换了一种语调："我们对你很解了。你现在正需要钱，需要一大笔钱，对不对？"

张光曦心里咯噔一下，浑身细胞里都充满了警惕。

"我们知道你的宝贝儿子给你闯了大祸，对吗？"

张光曦感到自己的手心开始冒汗。他的屁股在椅子里不由自主地挪了挪。

"如果你不替你儿子把那几百万的赌债还掉，他就不会有安稳日子过了。"西装革履狡黠地冲着张光曦笑笑。

张光曦的脸色顿时一片惨白。这两个究竟是什么人？他们怎么会了解他的家事？张光曦的心在胸腔里怦怦直跳。

"张工你是知识分子，可能不太懂社会上的事。要知道，欠了别人那么多的赌资，被砍掉手脚就算是小菜一碟了，弄不好搞个终身残疾也有可能，说不定连命都可以丢掉呢！"西装革履讲这些话的时候用了不以为然的平常口吻，这听起来更让人心惊肉跳。

张广曦毕竟是个见过世面、经过风雨的人。面对这类满带威胁的话，他并未被吓倒，反而逐渐镇静下来。他严厉地问："你们究竟是哪个单位的？干吗找上我？"

"放心，我们可不是赌博公司派来追债的。"西装革履冲着张光曦干笑了笑。"我们只是普通做生意的。找你是因为蓝天金矿评估的事只能找你呀。你是评估中心主任嘛，对不对？你想想，只要你帮了我们的忙，你不但毫无损失，还能拿到一大笔报酬，轻轻松松替你儿子还掉赌债。他也不用像现在这样老是东躲西藏了。这不是一举几得的好事吗？"

"你们这样要挟我，就不怕我报警吗？"张光曦提高了嗓门，开始以攻为守了。

"好啊，你有胆量就报警呀。"西装革履拿起桌上的座机话筒，递到张光曦面前。

张光曦坐着没动，大脑开始迅速盘算了起来。

"虎再毒也不会食子，何况我们是人呢。我想，张工绝不会拿自己儿子的生命再来赌一把吧。"西装革履见张光曦纹丝不动，知道他开始有些色厉内荏了。

张光曦表面上依旧坚持着冷静，心里已经开始有些摇晃了。一听便知，这些人对自己家的情况了如指掌，或许还掌握着儿子的行踪，这可不是闹着玩的。

张光曦那天没有当场答应，也没有当场拒绝对方的要求。最后，只是松口答应考虑考虑。

儿子的确是张光曦和老伴当下的一块心病。他们结婚很晚，年近四十才得此子。夫妻两个爱子如命，从小一直宠溺到大，平时对儿子的要求基本是有求必应，很少打回票。本来指望儿子能和别人一样太太平平大学毕业，然后找个好的工作，再然后讨个媳妇回家结婚生子，一家人其乐融融，他们老夫妻可以安享晚年。岂料从去年起，儿子不知从哪里搭上了社会上几个不务正业的青年，突然迷上了赌球。先是几千几千，后来开始几万几万地下注，再后来越赌越猛，一下注就是十几万甚至几十万。结果厄运不断，接连输了好几场。没有钱了，他竟然背着家里人在赌博集团那里借了高利贷。等到债主上门要债时，张光曦才发现此事，儿子总共已经欠了400多万的赌资。张光曦是个正正经经的工程师，虽说工资不算低，可家里开销除外，哪来几百万的存款？

半年前，张光曦和老伴拼拼凑凑给儿子先还掉了100多万，还有近300万欠款背在身上。为了躲避讨债，儿子一直不敢回家，经常东躲西藏。张光曦为了解决此事，还一度起念拿家里的住房去银行做抵押贷款，从此一了百了呢。现在突然有人愿意给他500万现金，他不能说一点都不动心。可是，要他出一份虚假的评估报告，这又是他清白的良心一时难以接受的。更何况蓝天矿业的老板赵大明是自己的熟人，在评估金矿的过程中两人相处得很不错。他怎么可以为了一己私利欺骗人家呢？

之后一周时间里，几乎每天都有陌生人的电话打到张光曦的办公桌上，问他考虑得怎么样了，而且时不时露出几句绵里藏针的话。越到后来，威胁的味道越发锋芒毕露，弄得张光曦心神不宁。

接下去几天，张光曦开始被内心的矛盾所噬咬。两种截然不同的想法，在他脑子里反复博弈，争斗，却一直处于势均力敌的状态分不出胜负。这种情况让他受到了极大的心里折磨，弄得他茶饭不宁。后来，如有神助，他突然记起了以前读过的一部外国小说，其中提出一种解决势不两立之矛盾的方法，叫做第三种选择，即当你必须在A和B之间做选择，可你又无法在这两者间做出选择时，你还可以把A和B都扔掉，选择C。

现在，张光曦需要在接受500万、出一份虚假评估报告，和坚持实事求是、不损害蓝天公司和赵大明之间做选择。一面是急需要解决的实际困难，另一边是作为知识分子和工程师的良心，他无从选择。那么有没有第三种选择呢？张光曦冥思苦想，终于找到了C方案：他可以退出蓝天金矿的评估工作，放弃写那份评估报告。他分析过，既然那天出现在他办公室的两个陌生人是刘副院长介绍过来的，可见他们和刘副院长认识，或许他们还不是一般的关系。如今这个社会，什么样的幕后交易都是可能的。会不会刘副院长知道他们来找自己的目的而默许了呢？他决定要试探一下。

第二天一上班，他就去找了刘副院长。经过一番装模作样的寒暄后，张光曦把话题转到了那两个人身上。他问刘副院长，是不是和他们很熟？刘副院长倒也不避讳，回答说他和他们的老板是朋友。

"他们是什么公司啊？"张光曦小心翼翼问道。

"他们的公司来头很大，你应该知道太平洋矿业集团吧？"刘副院长说着，看看张光曦。

"知道，当然知道啦。"张光曦怎么会不知道？

"他们是为太平洋矿业集团服务的一家公关调查公司，说起来关系有点复杂，就不去深究了。"不等张光曦讲什么，刘副院长先说出了意见："张工啊，我知道他们的要求可能让你为难。不过呢，能帮人的时候就帮一把，这对单位和你个人都有利无弊。太平洋矿业是我们的大客户，给我们做了很多业务，报答人家一次也是应该的，你说对吗？"

很显然，刘副院长完全了解那两个人来找张光曦的意图。他的立场也十分明朗，希望张光曦能帮他们这个忙。可是，如果帮了他们，蓝天矿业就成了牺牲品啊！

刘副院长好像一眼看透了张光曦的顾虑。他在张光曦肩上拍了两下劝道："我知道，你觉得如果这样做了，会对蓝天矿业不公平。不过都说商场如战场，做生意不能被妇人之心所累。蓝天矿业毕竟是小公司，和我们之间也就一锤子买卖。而太平洋集团就不同了，几乎每年都会给我们几个项目。孰重孰轻，你一想便知。再说了，蓝天公司碰巧拿到那个金矿，已经是上帝的过度恩赐了。那个老板叫什么？赵，对了，赵大明，他是一跤跌在钱堆里，一夜爆发，之前还只是个普通生意人，一下就成亿万富翁了。我看他都快乐疯了。你给他多估一点少估一点，他根本没有概念的。"

"可是，他也是我的朋友。"张光曦已经完全摸透了刘副院长的心思。现在他要把刘副院长拉入自己的计划。张广曦摆出一副十分为难的表情："要我亲手出一份虚假的评估报告来骗朋友，我……"

刘副院长的反应非常快。他注意到了张光曦刚才讲到"亲手"两个字时故意加重了声音并且拖长了一拍。他探寻的目光在张光曦脸上雷达般扫了一遍，然后突然大声笑了起来："哈哈哈哈。张工啊，你看你看，要不是我一贯尊重你的专业权威，这样的难题我早就不让你担了。你看这样行不行，我另外安排人来做蓝天金矿的评估报告。你呢，只要把所有关于那个矿的原始资料都交给我就行了。对了，也不能这么简单去做。你呢，就说最近身体不好，需要请假休息一段时间，这样就不会引起别人怀疑。"

"那我就与这件事两不相干了？"张光曦急忙问。

"当然不是。"刘副院长含义深邃地盯住张光曦。"如果你完全和此事无关，那么你也将一无所有了，你不希望这样吧？"刘副院长思维之敏锐、城府之深让张光曦内心打了个寒颤。

"我……"张光曦像是突然被人戳穿了把戏的魔术师，一时窘迫不已。

"放心，我们毕竟是老同事了。我也了解你家里当下的实际情况。他们答应你的条件，我会让他们信守承诺。你呢，只需做三件事：第一，把所有蓝天矿资料转交给我；第二，写一份关于蓝天金矿的初步调研报告，怎么写妥当就由你自己考虑了；第三，写一份无法参加后阶段评估工作的请假报告。怎么样，这三件事应该都不难吧？"

张光曦不得不佩服刘副院长的滴水不漏。虽说整个院里从上到下都知道他的厉害，没想到他厉害到这种程度。张光曦明白，这样的领导，你是无法和他阳奉阴违、针锋相对的，只有见机行事，见好就收。

事情就这么有了结果。张光曦通过关系去省人民医院开具了一份他需要休假的证明，写了一份需要修养一个月的请假报告，还写了一份有关蓝天金矿勘察结果的初步分析意见。为了应付刘副院长和太平洋集团那伙人，争取渡过家里的难关，他取巧地对金矿的估价给了个模糊的结论，说据初步论证，该矿储存量大约在 2 亿至 4 亿之间，仍需进一步仔细勘定。两份报告分别签了名盖了章，然后连同满满一纸箱的勘察资料，一起交到了刘副院长的办公室里。

张光曦毕竟是个行业专家，一个严谨的工程师。他在完成这件事的同时，留了一个后手。他的良心毕竟还需要面对赵大明这个无辜的被骗者。因此，他在交出资料前，花了两个晚上，在所有人下班以后，悄悄地把所有关键的勘探评估原始资料都各复印了一份。他知道，只要凭这些原始资料，就可以评估出蓝天金矿的真实价格。凭张光曦积累了近三十年的经验来看，蓝天金矿的实际价值可能至少会在 8 到 10 个亿之间。万一到时候院里出具的正式评估报告与金矿的实际价值相差太远，只要手里保存着这批原始资料的复印件，赵大明就还有翻盘的希望。

几天后，张光曦和赵大明电话里约好了时间。他自己亲自把资料送到了赵大明家中，叮嘱他一定要把这些资料放好。他向赵大明解释了自己不能亲自做评估报告的原因。赵大明当然信以为真，还十分关切地让他放心好好休息，说什么都不如身体更重要。

当张光曦从漫长的回忆中醒过来时，一个突然出现的念头如同黑夜里的闪电一般划过他的脑际：对啊，赵梦雨说，赵大明的被害像是一件抢劫杀人案。赵大明被害的那个晚上，凶手把他们家里翻了个遍。对，他们绝对不是为了劫财。他们很有可能就是冲着那些原始资料去的。他们如果拿到了资料，当然就要杀人灭口了。这么想着，张光曦浑身泛起一阵鸡皮疙瘩。他不由自主哆嗦了一下，从口袋里掏出手机拨通了赵大明家的电话。他要嘱咐赵梦雨仔细查一查，那个装着原始资料的橘黄色档案夹及里面夹着的文件资料还在不在。

8

赵梦雨从张光曦的办公室回到家，一走到门口就听到家里的电话座机正响着急促的铃声，

她急急忙忙掏出钥匙打开门朝电话奔过去，铃声却戛然而止，看来对方见无人接听就挂断了。赵梦雨按了座机上的按钮，察看来电记录，发现是一个 136 打头的陌生手机。她松了口气。这年头，有陌生电话打进来见怪不怪，不是诈骗电话，就是商业推销。这种骚扰电话让人心烦又十分无奈，政府虽说时不时会提醒大家警惕被骗，却没有措施切断阻拦这些骚扰。因此，一次次被骚扰的人家也只能自认倒霉。

赵梦雨刚想离开，电话再次响了起来。她俯身一瞧，还是那个号码，决定还是拿起来听一下。

"喂，是小梦雨吗？"是一个男人。

"你是哪位？"赵梦雨觉得声音有点熟。

"我是张光曦。"

"哦，是张伯伯啊。"赵梦雨不免奇怪，她才离开他那里没多久啊，他会有什么事找自己呢？

"我刚才忘了问你一件十分重要的事情了。"

"什么事？"

"你在整理你父亲的遗物时，有没有见到过一个橘黄色的档案夹，里面夹着许多复印件？"

"橘黄色的档案夹？复印件？"赵梦雨的脑子飞快地旋转着。"没有，我一点印象都没有。"

"那好，你听我说。你现在就仔仔细细查找一遍，看看那个档案夹还在不在，不，最主要的是里面的文件还在不在？"张光曦催促地说道。

"那些文件很重要吗？"赵梦雨疑惑地问道。

"非常非常重要。你快找吧，立刻找。我在这等你回音。"张光曦的语气非常急切。

赵梦雨不敢怠慢，立刻到了父亲的书房，在凡是有可能放文件夹的地方都仔细找了一遍，结果一无所获。她又跑到父母的卧室里察看，也是毫无所得。赵梦雨不放心，把客厅也查了一下，甚至连厨房和厕所里的橱柜抽屉里都翻了个遍，张光曦所说的那个橙黄色档案夹根本不见踪迹。她无可奈何地回到电话机旁，回拨了那个136的手机号。

"怎么样？找到没有？"张光曦等电话一接通就心急火燎问。

"没有，我把家里都找遍了，没见到您说的文件夹。"赵梦雨失望地回答。

"你确定找仔细了吗？"张光曦似乎不肯相信。

"角角落落都找了。您想，文件夹那么大，再说是橙黄色的，特别显眼，我不可能漏掉的。"

"原来真是这样啊！"张光曦的声音有些古怪。

"张伯伯，是真的，我找得很仔细，确实没有。"赵梦雨重复解释，显然误解了张光曦那句话。

"我知道，知道。"张光曦在电话那头缄默片刻后，突然说："梦雨姑娘，我们得马上再碰个面。"

赵梦雨一愣。她问这是为什么，他们不是刚见过面吗？她觉得张光曦这个人的所作所为令人捉摸不透，甚至有些古怪。

"我们必须马上见面谈一谈。如果你信得过我，我这就赶往你家里去。我有重要的事情告诉你。"张光曦认真得不容置疑。

"那好吧。"赵梦雨除了答应别无选择。挂掉电话后她心里在咕噜：又有重要的事情要说。之前一本正经叫她去办公室，也说有重要的事情，结果只是给了她几张父亲的照片。才刚隔几小时，又冒出什么重要的事情来了啊？

一个小时后，当张光曦气喘吁吁来到她家，把那件重要的事情一五一十讲给赵梦雨听了之后，她完全惊呆了。张光曦的判断很肯定：凶手就是为了橙黄色档案夹里的文件，才对赵大明夫妇痛下杀手的。他们深夜闯入赵大明家中的目的就是找到这些文件，取走这些文件，这样就可以隐瞒掉蓝天金矿的真正价值了。可令张光曦百思不得其解的是，那帮人是怎么会知道有这些复印件存在呢？又怎么了解到这些文件放在赵大明家里的呢？此事应该只有张光曦和赵大明两个人知道啊！

赵梦雨在详细听完张光曦的说明后，好一阵脑子里一片空白。说实话，像她这么一个还在大学就读的女学生，一时半刻实在难以理解那么错综复杂的事情。然而她天资聪明，没过一会儿就理清了思路。原来父亲所拥有的蓝天金矿所值的钱，远不止太平洋矿业集团所出的2亿1千万。能证明这一点的，就是那个装在橙黄色档案夹里的文件。那些人为了夺走这些材料隐瞒这个事实而杀害了自己的父母，想让蓝天金矿的实际价值永远不为人所知。她脑子里忽然一亮，忍不住问道："这么看来，杀害我父母的凶手会不会和太平洋矿业集团有关呢？"

"这个结论可不能随便下。不过，即使没有直接关联，也可能有间接关联。按照现在的结果来看，得益最大的确实是太平洋集团。"张光曦思索着，认为赵梦雨的推测不无一点道理。

"我得赶紧把这件事告诉张家宝叔叔。"赵梦雨自言自语地道。又一转念，张家宝不是已经去了加拿大吗，还不知能不能联系上呢。不管怎么样，她可以先打个电话试试。赵梦雨取出手机，拨了张家宝的电话。对方回答是：对不起，您拨打的电话已关机。赵梦雨又接连拨了两次，结果一样。她这才记起加拿大和中国有时差。此时此刻，温哥华正是半夜，张家宝早就睡着了。

"张家宝是谁？"张光曦看着赵梦雨急急忙忙打电话又打不通，就问道。

"是我爸爸的合伙人，也是蓝天矿业的股东。他现在正在加拿大，联系不上。"赵梦雨沮丧地答道。

"蓝天矿业还有一位股东？"张光曦一脸意外。

"是啊，张叔叔是我爸的好朋友。好像就是他把金矿介绍给我爸买下来的。我爸为了感谢他，给了他一些股份。"

"是这样啊。"张光曦缓缓点头。"那他知道是太平洋集团收购了蓝天矿业吗？"

"当然知道。还是他和我一起同太平洋集团签了股权转让合同的。"赵梦雨解释说。"不过当时张叔叔就觉得2亿1千万出让全部股权是太便宜了，是我急于答应了对方签掉合同的。"

"哦，看来这件事应该要让他知道，光靠你一个人的能力是无力扭转局势的。"张光曦从来都以为蓝天矿业只有赵大明一个老板，不知道还有另外一个股东。这样就好，至少有人可以帮助眼前这位可怜的姑娘了。

"嗯，张家宝叔叔是省人大代表，省工商联副主席，很有实力。他一定会有办法的。"赵梦雨想到张家宝，顿觉有了底气，毕竟她还有一个有力的依靠。突然，刚刚振作一些的赵梦雨想到一件事来，既然凶手已经抢走了那些资料，那怎么才能证明蓝天金矿的价值不止2亿5千万呢？她立即把自己的疑问告诉了张光曦。

张光曦低头想了想说："这件事的确很棘手。蓝天金矿的资料，以前都是由我分析保管的。也就是说，院里除了我之外，没有人了解蓝天金矿的真实情况和实际价值。可是因为——"张光曦讲到这里停顿了一下，目光犹豫地瞧了瞧赵梦雨，继续说到："因为我前一阵身体不好需要休假，就把资料全部交上去了。我是特意复印了一套交给你父亲的。早知会出这样的事情，我就多复一套自己留着了。"

"那张伯伯您可以出面说清这件事啊？"赵梦雨说。

张光曦摇摇头："现在光凭我一个人说什么也没有用的。这么大的事，口说无凭啊！再说，我又不可能记住那么一大堆数据。"

"不是还有原始资料吗？"赵梦雨提醒说。"张伯伯，您只要去把原始资料要回来不就成了？"

张光曦脸上滑过一丝尴尬。他再次摇摇头道："恐怕是要不回来喽。"

"为什么？怎么会要不回来？"赵梦雨难解其意。

"哎，"张光曦长长叹了口气："这其中的关系十分复杂，太复杂啦。"

赵梦雨当然无法理解张光曦所强调的复杂是什么。她只是有一种强烈的冲动，要在这件事情上有所作为。这不仅仅是蓝天金矿值多少钱的问题。多一个亿少一个亿对她而言都无关紧要，要紧的是这完全可能成为一个案件突破口，会对查到杀害父母的凶手提供有用线索。于是，她鼓足勇气问张光曦道："张伯伯，您知道那份原始资料现在在哪里吗？"

"应该还在刘副院长的办公室里吧。"张光曦不明白赵梦雨问这个干吗。

"我们有没有办法把它弄出来？"赵梦雨完全不像信口开河。

"弄出来？"张光曦心头好像被一根线牵扯了一下。赵梦雨这个小姑娘的大胆想法让他吓了一跳。他看着她，眼睛在眼镜片后面发着呆，然后他说："这太冒险了！"

"只要有机会，冒一次险值得。"赵梦雨神情果断，目光坚定："希望张伯伯看在我惨死的父亲面上，帮帮我。"

张光曦沉默不语。房间里顿时安静得可怕，似乎都能听得出两个人紧张的心跳声。许久，张光曦开口了："如果你真想冒一次险，那只有一个办法。

第三章

1

赵梦雨在下午四点半的时候，就躲进了行政大楼 16 层女厕所最里面一个蹲位。临近下班，伴着叽叽喳喳的说话声和嘻嘻哈哈的笑声，女厕所不断有人进进出出。有的为了倒掉已喝了一天的茶叶，有的为了临上路前排干净憋了很久的内急。

赵梦雨紧张地坐在抽水马桶盖上。由于同一种姿势坚持得太久，她的两只脚开始发麻，腰背也开始僵直酸痛。因为怕被人发现，她心里一直缠绕着紧张，以致两只手心直冒汗。她不敢出声，时不时看看已调至静音的手机上的时间，期盼六点下班的时间快点到来。

像是有一只无形的手拉响了下班的铃声。六点一过，"嗡嗡"的说话声和嘈杂的脚步声从各个办公室鱼贯而出，如同一条条小河里的水流，汇集到走廊，然后一批一批渐渐消失在电梯里，声音逐次减轻。过了没多久，整个楼道里变得越来越静，最后终于阒无声息了。赵梦雨大大地舒了一口气。现在，她已经安全，不会被人发现了。虽说如此，赵梦雨还是不敢轻举妄动，必须要坚持到天黑，才可以实施她的冒险计划。

前天在家里，张光曦提出了一个大胆的方案：如果赵梦雨一心想得到蓝天金矿的原始资料，唯一的办法就是悄悄溜进刘副院长的办公室，把它们偷出来。张光曦声明在先，他自己是不能做这件事的，他还在那里工作。他试探着问赵梦雨有没有这个胆量。孰料赵梦雨毫不犹豫就自告奋勇了。

张光曦出这个极端的点子也不是凭空冒险。他判断这件事的难度并不很大，只要安排得当，成功的把握至少有七八成。

张光曦在勘探院工作了那么久，早已掌握那里的大致规律。每到周末最后一个工作日的下午，大家基本都没有心思干活了，所以这天下班之后，十六楼十之八九会空无一人，是实施计划的最好时间。凑巧的是，刘副院长办公室门上的那把锁，前一阵正好坏了，不能锁死，只是装装样子的，只要用点力，门就能推开，反正里面的橱柜都有锁锁着，除了文件资料，也没有什么值钱的东西。再说这一幢大楼晚上是有保安巡逻的。这么多年从未出过任何失窃之类的事情，刘副院长也就没有太当回事。虽然刘副院长和物业讲过了两次，他们却一直拖拖拉拉没来把门锁修好。这把不能锁死的门锁，眼下倒是成了赵梦雨的天赐良机。

还有一个重要环节，是要确认那一袋资料放在哪个橱柜里，怎么拿出来，张光曦决定自己找机会先去刘副院长那里打探。于是，昨天下午，他去到刘副院长那里，借口说好像有一份无关的资料错夹进了蓝天金矿的资料内了，想找一找。刘副院长毫无疑虑，很爽快的就打开了橱柜让张光曦自己去翻。因此，张光曦记住了资料是放在进门左手第二个橱柜的中间一层，还是装在他拿去的小纸板箱内。

张光曦装模作样翻了一阵后，假装没有找到，把小纸板箱放回原处。临走时，他看了一眼橱柜的锁。那是普通的橱柜锁，只要用大一点的螺丝刀之类一撬就能打开。一切打探停当后，昨天晚上张光曦和赵梦雨碰了次头，详细拟定了一个计划，准备了几件所需的用品。他们决定第二天，也就是星期五的傍晚正式实施计划。

静谧之中，赵梦雨突然听见"咚咚咚咚……"的声音，由远而近，越来越响。是脚步声，应该是穿着肥大雨靴的脚步声。接着，脚步声步入了女厕所。赵梦雨吓得心脏通通直跳。由于过分紧张，胃里一阵痉挛。她竭力屏住呼吸，不敢动弹。片刻，她听见"哗啦哗啦"流水声。是进来的人拧开了水槽上的龙头，而且开得很大。接着是拖把、水桶的碰撞声。赵梦雨猜想，应该是打扫厕所的清洁工吧。如果被其发现了，应该如何应付呢？赵梦雨还没有想好对策，就听见来人一面哼起许茹芸的《如果云知道》，一面开始用力洗刷起第一个抽水马桶。赵梦雨听出清洁工是个女的，喜欢许茹芸的歌，应该年纪也不会很大。不一会儿，传来一记木板门被关上的碰击声。紧接着是另一扇门被拉开的声音。显然，清洁工刚刚清洗完了第一个马桶座，开始洗刷第二个了。等她洗完第二个，那么就会接着洗第三个。再轮下去，马上就会洗到赵梦雨所躲藏的第四个抽水马桶。情况非常严峻。如果就这么躲着不动，过不一刻就会被发现。该怎么办？赵梦雨不免慌乱了。她闭上眼睛深吸一口气，以最大自制力让自己冷静下来。她告诫自己，这个时候必须要沉住气，想出对策才行！顷刻一个点子浮上脑际：要不，到时就骗她说，我是来找张工办事的，突然拉起肚子，拉完了之后，肚子还持续疼痛，无法站起身来，只能坐在马桶上休息，这样应该能蒙混过关。可是，赵梦雨转念又想，即便暂时遮掩过去，她也难以再潜入刘副院长的办公室了。万一清洁工对她产生怀疑，暗地里盯着她怎么办？这意味着原先计划周密的行动可能会付之东流，自己鼓足勇气的冒险也将前功尽弃。想到此，赵梦雨不由一阵懊丧。怎么这么倒霉呢？真是天不助我啊！

正在这时，忽然响起了一阵手机铃声。这铃声在寂静的空间里听上去出奇的响，非常刺耳。

"喂，你是谁啊？"清洁工在接电话。"什么什么？我听不见。"清洁工大声说着。"里面信号不好，我出去接，你别挂了啊。"清洁工边说边往厕所门外走了出去，站到了厕所门外的走廊里，大声讲起话来。说时迟那时快，赵梦雨连思考的时间都没有，本能地猛一下拉开门，赶紧从第四个蹲位窜到了第一个蹲位。她只有这华山一条路了，只能指望清洁工不会再拉开第一蹲位的门，否则，连之前想好的谎言也将完全无效。

隔了足足有七八分钟，清洁工才打完电话。她哼着小调又返回进来，很快就将第二个马桶打扫完了，接着是第三个，第四个。整个过程，她嘴里一直小曲不停，显然是个唱歌爱好者。洗完马桶，清洁工洗了洗拖把，终于离开了。

赵梦雨长吁一口气，紧张已经使她背脊上开始流汗。谢天谢地，总算渡过了这个难关。赵梦雨并没有马上从蹲位里走出来。她猜想清洁工清洗完女厕所后，应该还要去清洁走廊另一端的男厕所，因此她不能大意。此刻需要的除了耐心，还是耐心。她必须坚持到清洁工离开16楼。好在此刻，她不必再屏息静气了，可以活动活动手脚，放松一下全身紧绷的肌肉。

为了打发时间，赵梦雨开始看手机微信。从躲进厕所的那一刻，她的手机一直调在静音状态。她在几个微友群里浏览了一遍，慢慢熬着时间。感觉上，今天的时间走得漫长而迟钝，是一种边走边停的状态。

不管怎么样，时间还是一分一秒地走过去了。手机上显示，现在是晚上七点半。按平时的规律，天完全黑了。十六楼寂静一片，整栋大楼应该也不会再有人办公了吧。赵梦雨借着从厕所外透进来的微弱光亮，小心翼翼走出了蹲位，来到厕所门口。她谨慎地探出头去，朝走廊两边窥望了一番：长长的走廊被朦朦胧胧的昏暗所塞满，只有在中间电梯口的地方亮着一盏圆形的毛玻璃吸顶灯，投下一团昏昏欲睡的光圈，走廊的其余部分都深陷在一片模糊之中，可以确定已经空无一人了。

赵梦雨退回厕所，从随身携带的双肩包里取出帽子、平光眼镜、口罩和橡皮医用手套——戴上。她突然想起了自己非常喜欢的好莱坞男星汤姆克鲁斯所演的《碟中碟》系列片来。没想到今天她也扮演起一个间谍，或者更确切说是偷天大盗的角色来。想到自己竟然会如此胆大，她不由笑了。这实在是不可思议，原来自己一直被认为温文尔雅的身体里，还藏着如此一个石破天惊的灵魂。

赵梦雨走出厕所，按照张光曦昨天给她的详细指点，径直走到挂有"副院长"指示牌的办公室门口。她停下脚步，朝走廊两侧再次仔细看看，确认万无一失后，便从挎包里拿出一支手电筒。她旋开门把，轻轻推了推，门没有动。张光曦已经确认过这扇门尚未修过。她在两条手臂上加大力度，同时用肩膀顶着门，将身体的重量也加上去，只听嘎的一声，门真的被推开了。赵梦雨闪身而进，迅速反身把门带上。她的心噗噗直跳，既害怕又刺激。她本来想随手在门口打开室内电灯的，又一想，不必冒这个险，万一灯光一亮，惊动了什么人呢？虽说 16 楼还有滞留人员的可能性几乎为零，但如果此时此刻是汤姆克鲁斯在做这件事，他一定不会开灯的。

赵梦雨先取下眼镜和口罩塞进口袋，接着用手电筒朝着办公室内的各个方位晃了几晃，基本摸清了里面的情况。而后，她照着张光曦的指示，找到了进门左手的第二只橱柜。和预测的一样，橱柜是锁着的。赵梦雨从双肩包里取出了张光曦为她准备的大号螺丝刀，沿着两扇橱柜门中间的缝隙插了进去。这橱柜显然已经老旧了，木质很松。赵梦雨用了点力，就听到木片的碎裂声。为了能用上劲，赵梦雨学着电影里的样子把手电筒咬在嘴里，然后腾出双手合力撬动橱门。看来是平日打高尔夫练挥杆和健身所起到的作用，赵梦雨的臂力很有劲。她将螺丝刀插得更深一些，找到一个支点猛地一撬。只听到一记剧烈的破裂声，橱柜的门嘭的一下弹开了。

本能使得赵梦雨赶紧拿下嘴里的手电筒，并立刻关灭了。她轻轻移步到门口，屏住呼吸聆听外面有没有动静。在这么寂静无声的环境里，刚才那一记突然爆发的巨响简直可以称作惊天动地，就像点燃了一个小鞭炮。只要 16 楼还有人，一定会听得清清楚楚。那么，走廊里应该很快就会有反应，会有人开灯，会有脚步声传来。然而没有，什么声音都没有，一切又恢复到死一般的寂静。赵梦雨听到了自己急促的喘息声。

赵梦雨静静地站了片刻，确认了自己已经彻底安全。她看看手机，时间过了八点，大楼里即便有人加班也应该差不多都回去了吧？现在，她可以大胆一点了。为了找到和取出那些资料，她必须打开室内的电灯。她找到门口墙上的开关，按亮了日光灯。顿时，室内亮如白昼，里面的东西都一览无余。赵梦雨顾不上察看办公室里的摆设，跨上几步直接到了刚刚撬开的那只橱柜，在中间一格果然看到了张光曦所讲的那只小纸箱。她小心地将纸箱搬到地上，掀开纸箱盖，看到里面满满的资料。张光曦告诉过她，这些资料中凡是在右上角有红色打钩标记的，就是需要复印保留的重要部分。按照原来的计划，赵梦雨应该把这些资料偷出去的。可之前躲在厕所里的时候，赵梦雨突然想到了一个点子，为什么要带走那些资料呢？完全没有必要。她只要用手机，把那些资料一张张拍下来不就得了？这样，别人也就不会因为发现有什么东西失窃而大张旗鼓了。

赵梦雨把资料全部从纸箱内取出来，开始一份份理出做过标记的材料，把它们放在一起，然后关上了日光灯，将手电筒打开并用嘴轻轻咬住，找了个合适的位置，拿出手机调到照相一档，对好焦距，开始一张接一张拍摄。就在这时，走廊里突然传来了说话声。

"头，你快来看，这间办公室的门锁怎么没关紧？"一个有些沙哑的男人声音在高喊。

赵梦雨打了一个寒战，吓得不轻。声音就在刘副院长的门外。肯定是刚才自己只顾一门心思拍照，连走廊里的脚步声都没有听到。情急之中，她赶紧几个大步一下子窜到了刘副院长办公桌跟前，一弯腰蹲了下来，躲进了办公桌下面，并立刻关上了手电筒。

"快打开看看里面有什么情况。"头的声音传来的同时，咚咚咚的脚步声也由远而近。

门被打开了，沙哑的男人先走了进去，打开了日光灯。那个叫头的男人接着跟进了刘副院长的办公室。赵梦雨吓得几乎不敢喘气，紧握着手机的双手在发抖。"完了，完了，这次彻底完了。"她在心里说道。"如果真的被抓到，该如何应付？"

"怎么桌子上的文件摊得一塌糊涂？"沙哑声音走进了办公桌，一转头又看见了橱柜。"怎么橱柜门也没有关？是不是有人进来偷东西？"

接着，他俩露出犀利的眼光，将整个办公室扫视了一遍，没发现异常。

"知识分子就是这样大大咧咧的。不管它了，没什么情况，我们走吧。"头下了指令。

"那办公室的门怎么是一推就开？"嘶哑声音有些不甘心。他刚来大楼保安部上班不到一个月，还在试用期，总希望有立功的机会。

"这扇门本来就有问题，已报修了几次了。书呆子房里也不会有价值的东西。走吧，抓紧查看其它地方。"头边说边连打了几个哈气。昨天夜班回家没睡觉，白天打了一天麻将，他要找地方睡觉去了。

他们走远后，赵梦雨终于出了一口长长的气，迅速走到文件前，抓紧拍摄。整个过程用了足足将近一个小时。当赵梦雨把所有用红笔标记过的材料全部拍完时，已经过了晚上九点半。

赵梦雨收好手机，打开日光灯，把资料打乱再整理好，重新装进纸盒内，再将纸盒放回橱柜。这时，借着灯光，她看到橱柜的一扇门被她撬掉了一块不小的木板。她蹲下身捡起那块掉落的木板，把它装进自己的双肩包。这算是清理犯罪痕迹吧？她自嘲地想着，关上橱柜的门，尽量让其看上去不露破绽。好在脱落的那块木板在橱柜门的内侧，从外面看并不显眼。不过，橱柜已经无法锁死了，关紧后也会留下一道缝隙。

赵梦雨收拾停当，从口袋里取出眼镜和口罩再次戴上。她关掉日光灯，让自己陷于黑暗之中，而后轻轻开门，再轻轻关上，用力拉紧了一下。接着，她背着双肩包蹑手蹑脚向电梯那儿走去。走到电梯前，她刚想按电梯开关，突然发现电梯的指示灯在移动，好像有人正从底楼往上来。这下把她吓得不轻，赶紧离开电梯，突然记起张光曦告诉她的消防安全楼梯的位子是在走廊的最西端。她迈开脚步，三步并两步朝那里赶去。

走廊靠西段有一扇门，拉开后就是楼梯。赵梦雨从十六楼一路小跑，直下到了一楼。在走出楼梯门前，她又取下了眼镜、口罩和帽子。这些装备是为了对付 16 楼走廊里那台摄像探头的。大楼的门厅里灯光敞亮，戴着帽子口罩和眼镜反而会引人注意。赵梦雨定了定神，举手理理长发，让自己更像一个刚刚辛苦地加完班，从而无奈晚回家的白领丽人样子。她走入大厅，大厅里此时空空荡荡没有一个人。她快步走到大楼门口，感应器让玻璃大门自动开启了。走出去就是大楼的门岗。门岗亮着灯，有保安人员坐在里面。赵梦雨经过那里的时候，保安朝他笑了笑说，加班到这么晚啊？赵梦雨也笑了笑，侧着脸说了声下周见，就急忙离开了那里。等她来到大马路上，融入来往的人群中时，她终于舒舒服服吐了一大口气。她忽然觉得，夜里的空气好凉爽啊！

2

刚刚从冒险的紧张和窒息中走脱出来后，赵梦雨孤身一人在行人稀少的马路上走着走着，忽然胃里涌起一股强烈的饥饿感，这才记起今天自己还没有吃过晚饭。从下午四点多开始潜伏，已经过了五个多小时，加上时不时地心惊肉跳和作案时的全神贯注，都会大大消耗体能。赵梦雨体会到了什么叫饥肠辘辘。幸运的是，她很快就发现了一家在街角转弯处24小时营业的麦当劳。远远看到那个光亮醒目的黄色 M 标识，赵梦雨感到一种前所未有的亲切。

赵梦雨快步变成小跑，很快到了麦当劳门前。虽然已经很晚，里面还有三五成群的年轻人聚在座位上，喝着咖啡吃着汉堡聊着天，嘻嘻哈哈煞是热闹。赵梦雨进到里面，点了一份双层巨无霸，一杯麦咖啡再加一份炸薯条，找了个靠角落的位子坐下来慢慢吃。她狼吞虎咽地吃了几口后，拿出手机看了看时间，然后又用手机找到了温哥华此刻的时间，是早上六点多。赵梦雨想好了，一旦这次冒险成功，拿到蓝天金矿的证据，就立刻告诉张家宝叔叔。面对如此一桩重大又复杂的事情，光靠她自己一个人的能力是什么也办不成的，必须张家宝叔叔出场，她才有人可依靠。在这件事情上，张家宝现在是她唯一可以信任和依赖的人。

赵梦雨没有急于拨电话。她猜想张家宝这个时间未必已经起床，不如到温哥华时间上午九点以后再和他通电话更合适。所以，她还有两个多小时的时间，可以不慌不忙地慢慢吃。赵梦雨今天是真的饿极了，居然把一个双层牛肉汉堡吃了个精光，她想，假如每天的胃口都这么好，身体非胖出来不可。

之前点的那杯咖啡也已经喝完了，只有那包薯条尚未动过。她站起身，去柜台又买了一杯热巧克力。反正今天豁出去了，干脆吃个够。回到位子坐下，她开始一边吃着薯条，一边玩手机。等把薯条和热巧克力都消灭完，肚子已经有些撑了。看看时间差不多，她走出了麦当劳，在马路边招了辆出租车，直奔自己家里。

赵梦雨回到家后一看时间，已过了深夜十二点。她和衣靠在自己卧室的床上，开始给远在加拿大的张家宝打电话。很顺利，电话一拨就通，接着听到了对方熟悉的声音。

"张叔，我是小雨，我……"赵梦雨不知为何有些哽咽，是一种听到了久别的亲人声音的感觉，眼睛在这瞬间潮湿了。

"是小雨啊。"张家宝听出她来了，"你怎么突然打电话给我啊？你一切都还好吧？"

"我很好，张叔，这里发生了一点事请，我必须马上告诉您。"

"哦，发生了什么事啊？很重要吗？"

"非常非常重要。"赵梦雨重复了两个非常。

"究竟什么事？你快说吧。"张光曦的声音变严肃了。

赵梦雨定了定神，把这几天所发生事情的来龙去脉，一五一十地对张家宝详细讲述了一遍。一口气讲完之后，连续停了足有十几秒钟，她都没有听到张家宝发出任何声音。她以为电话断线了，赶紧加大嗓音喂了一声。

"我在。"张家宝开口了。

"张叔，事情就是这样。我现在不知道该怎么办了，所以赶紧告诉您。"

张家宝似乎陷入于思考之中。隔了好一会儿，他异常认真地说："小雨，这件事非同小可。我琢磨着，其中一定有什么大阴谋，很可能我们的蓝天金矿被别人廉价收购了。"

"您是说蓝天金矿不止值2.5亿？"

"完全可能，太卑鄙了！简直就是昧着良心的抢劫！"张家宝义愤填膺。

"那我们该怎么办？"赵梦雨油然焦虑起来。

一阵新的沉默之后，张家宝说："小雨，为了弄清事情的真相，你目前首先要做的是守口如瓶，千万不能让任何人再知道此事，连你小姨他们都别说，你能做到吗？"

"张叔，我能的。"赵梦雨立即答应。

"很好。还有，你刚才说你已经把那些原始资料最重要部分都拍下来了对吗？"

"是的，全在我的手机里呢。"

"记住，千万不能把照片泄露给任何人看，一定要好好保存，等我回来处理。"

"好的。"

"现在最主要的是我们不能打草惊蛇。你要装的像什么事都没有发生过一样。平时你做什么，现在你依旧做什么，就像以前一样过日子，好吗？"

"好的。"

"小雨你放心，我一定会处理好这件事。我把加拿大的事情办好之后马上飞回来。这期间我会仔细考虑接下去一步步怎么走。我保证会让那些欺骗我们的人付出代价。我也一定要利用这条线索查找到杀害你父母的凶手。"张家宝的语气强硬有力。

"张叔，"赵梦雨突然鼻子一酸，"您一定要帮我抓到凶手。"

"一定一定，你要相信张叔，这不仅是你的事，也是我的事情。"张家宝承若道。

"对了张叔，要不要我现在就把拍下的资料通过微信发给您？"赵梦雨问。

"小雨啊，你听了不要见笑，张叔还不太会玩微信呢。所以，你只要把那些照片保管好就行。等我回到成都我们就马上见面。到时你再给我看。"

赵梦雨很意外，张家宝居然不玩微信。再一想，也没有什么奇怪的。老爸活着时也不弄微信的，说那是你们小孩子玩的东西。于是她说："好的张叔，我等您回来。"

"小雨啊，这次张叔我真得对你说一句谢谢呢。真没有想到，小雨你如此有勇又有谋，真是太辛苦你了。你为蓝天矿业立了一大功呢。"张家宝赞赏道。

"张叔，您几时回国啊。"

"大概一两个星期吧。"

"还要那么久啊？"赵梦雨喃喃而语。

"很快的，你自己多保重。有什么事，任何时候都可以打我的手机。"

"张叔、您也多保重，再见。"

"等一下。"张家宝见赵梦雨要挂断电话，赶紧阻拦。

"张叔还有事？"赵梦雨忙问。

"我刚才对你说的，千万不要把手机里的照片给任何人看，你记住了吗？"

"我记住了。"

"我说任何人，包括你说到的那个勘探院的张工，明白吗？"

"张工也不行啊？"赵梦雨有些丈二和尚摸不着脑袋了。"可是，整个这件事就是在他提醒帮助下才做到的呀！"在赵梦雨的理解中，张家宝所说的任何人当然不包括张光曦的。

"这个没错。"张家宝循循善诱地说："不过这件事恐怕不像你想象的那么简单，我们不得不防他一脚。"

"防谁？张工吗？"赵梦雨越发困惑不解了。"这是为什么？"

"小雨啊，张叔我这么多年一路走来，每逢遇到什么棘手的事情总是先往最坏的地方去想，这叫做有备无患，知道吗？不是我怀疑张工什么，而是我刚才细想了一下你告诉我的事情经过，总觉得有什么地方不对劲。"

"不对劲？"赵梦雨糊涂了。

"是啊。我这么说吧，你想想，既然张工当初把材料复印了一份交给你父亲，以他这么一个老练稳重的高级工程师身份，他怎么会不多复印一份留在自己家里预防万一呢？"

"这点张工倒是和我提起过，说早知道……"赵梦雨打算替张光曦辩护，却被张家宝打断了。

"第二，他既然几次三番到了你家门口，为什么不直接上来找你，而非要留个口信让你去他办公室呢？"

赵梦雨心里在嘀咕：这点张工也解释过的，说看到漂亮女孩就紧张。但她忍着没有对张家宝说。

"还有，如果他要帮你拿到那些原始资料，以他的情况比你要方便得多。他甚至都可以光明正大地去把那些资料借出来看。他可是首席评估师啊！况且，蓝天金矿的评估一开始就是他负责的，要看那些资料名正言顺。如果他真心要帮你，完全可以悄悄复印一套下来交给你，为什么要提议让你去冒偷取材料这个险呢？要知道，你这么做是触犯法律的，可以被定性为偷盗。他不是害你吗？"张家宝分析得鞭辟入里。

赵梦雨脑子里嗡的一声响。她可从来没有想过这些啊。一心只为了找到破案的线索，抓到杀人凶手，为惨死的父母报仇，她根本没想那么多。此刻被张家宝这么一顿说，她不由目瞪口呆，不知所措了。

"小雨，小雨，"张家宝听不到赵梦雨的声音，在电话那头叫道，"张叔我现在也只是猜测而已，你不用太紧张。你还年轻，没有经验，不知道如今的社会有多险恶，所以别人说什么你就信什么，别人教你怎么做，你就做了。不过即使你做错了，张叔也不会怪你的。"

"嗯，嗯。"难道我做错了吗？赵梦雨心里乱糟糟的。

"好了小雨，你现在什么也不要做，绝对不能泄露你手机里的照片。一切等我回来。"张家宝再强调一遍。

"好的张叔，我都听您的。"赵梦雨答应着。事实上，她除了听张家宝的，已经别无选择。让她为难的是，假如明天张工问起偷材料的事情来，自己该怎么答复他呢？

"那就这样了，小雨，我还有许多事要处理。"张家宝要挂电话了。

"好的，再见张叔！"

"噢，对了，还有一件事，太平洋矿业那里把收购我们金矿的钱打到你银行账户里了吗？"张家宝突然想起似地问。

"这个啊，"赵梦雨这几天一直忙忙碌碌，还没有想到这事。她说："我还没有去问过银行呢，不知到没到账。"

"那你得抓紧去查查。"张家宝说。

"好的，我知道了。"

挂掉电话，赵梦雨一下子感觉很累很累。她收好手机，心里面沉甸甸的，像被压上了什么重物，之前因为顺利拍摄了材料又全身而退所带来的成功喜悦已经悄然褪尽。为了放松身心，她去了浴室。在科勒浴缸里放了满满一缸热水，脱掉全部衣服后，她裸着身子舒舒服服躺了进去。

热水澡果然能使人从紧张、疲惫和郁闷中解脱出来。赵梦雨闭着眼在浴缸里泡了半个多小时，然后起身擦干浑身上下的水，穿上睡衣躺到床上。令她没有预料到的是，竟然不一会儿就睡着了。

3

赵梦雨一觉睡到了中午。她是被手机铃声叫醒的。她第一反应是张光曦来电话，拿过手机一瞧，果不其然。张光曦问她昨夜是否一切顺利，语气中流露着恳切和关怀。本来赵梦雨对张光曦是毫不设防的，之前经张家宝那么一说，不知怎么的好像就和张光曦之间突然竖起了一道无形的墙壁，开始谨慎起来。她和张光曦原本不熟，拿两个人相比，自然会更信任张家宝。而且张家宝的那几条分析，听上去也不无道理。不管怎么样，小心驶得万里船。以前老爸也常常教导她，在和别人打交道时，要记住一个原则：害人之心不可有，防人之心不可无。虽说她过去对这句话一直不以为然，觉得人与人之间应该互相信任才是正道，为什么要以邻为壑呢？此时此刻，当遇到了如此重大的事情后，老爸的警言倒是值得参考参考。

赵梦雨简单地讲了一下昨晚"作案"的过程。张光曦听完后说，一切顺利就好。接着问赵梦雨现在把那些材料放在哪里了？赵梦雨告诉他，她并没有将那些材料从那间办公室偷出去。只是把重要的部分都拍下来了。

"还是你们年轻人头脑灵活啊。"张光曦对赵梦雨用手机拍资料这一招非常欣赏，觉得这样既灵便又安全。他自嘲道："我们真是落伍啦，还老是想着复印之类的，跟不上时代了。"

赵梦雨猜测，接下去张光曦很可能就该提出要看一下她拍下来的资料了。此刻，她并没有想好如何婉拒他的要求。既然答应了张家宝，就不能出尔反尔，一定要巧妙地应付过去。可是，既不给张光曦看手机，又不让他有什么猜疑和不悦，那该怎么自圆其说呢？赵梦雨有些犯难。出乎赵梦雨意料的是，张光曦并没有提出要看照片，而是叮嘱她说，要把这些照片保存好，千万别再丢失了，最好能再做一个备份，放在安全的地方，不要再重犯他当初的疏忽。赵梦雨不由一阵轻松，一直以为今天必须碰到的难关并没有出现，一切竟顺利度过去了。

赵梦雨此时想起有件事得打听打听，就问张光曦，今天你们单位里有没有什么动静，有没有人发现昨晚办公室橱柜被撬的事？张光曦说他今天一直在外面开会，还没有去过院里，等下午回到那里之后，如有什么风吹草动，他会第一时间告诉她的。两个人又简单聊了几句，赵梦雨就挂断了电话。她想到张光曦刚才的叮嘱，觉得不无道理，就找出了手机充电用的连接线，拿到了那台戴尔电脑旁，将手机和电脑连在一起，开始下载那些照片。等照片全部拷贝进电脑的 D 盘之后，她又把它们复制进了一枚优盘中。她想好了，要把优盘放到小姨家里去，以防万一。

赵梦雨弄好一切，已经是下午一点多。她还没有吃过东西，就对着镜子打扮了一番，准备出门。昨天夜里狼吞虎咽吃下去的双层汉堡，早已消化得无影无踪。赵梦雨锁上门，乘电梯下到底层。走出公寓大门时，她发现今天天气不错，虽说太阳光非常热辣刺眼，但有阵阵凉风吹拂，缓解掉不少暑气。

赵梦雨出了公寓前的小花园，走到小区外铺着防水地砖的人行道上。这里前几年栽下的一排樟树已经长大，茂密的叶子组成的浓荫遮挡住夏日的阳光，就像撑起了一把把巨型的伞，在地面投下一团接着一团的阴影。在这树荫下行走，如果还有阵阵清风袭来，尽管是八月的酷暑季节，感觉上也不会特别燥热。加上赵梦雨多年的高尔夫生涯，也练就了一种抗热的能力，因此她在太阳下走路时，几乎从不像一般女孩那样要撑起一把遮阳伞来躲避紫外线。她会戴上一只长檐运动帽，不让炙热的阳光直接晒到脸部，其它部位就任其自然。

离开小区两条马路的地方有一家小巧精致的餐馆，里面供应东南亚风味的菜肴。赵梦雨在去过一次之后就特别喜欢。她很爱吃里面用黄咖喱或青咖喱烧的菜，也对冬阴功汤情有独钟。这种汤酸里面带着辣，味道很浓。此刻饥肠辘辘的她，想起那些东西简直要流口水。她加快脚步，赶到那里。

好像中午的用餐高峰刚刚过去，餐厅里的人并不很多，赵梦雨轻而易举就找到了靠窗的满意座位。她很喜欢一边慢慢就餐，一边悠闲地看着街景。稍稍看了看菜单，她就招呼服务员过来，点了一份黄咖喱煮牛腩，一份冬阴功汤外加一盘印尼炒饭。在等着饭菜时，赵梦雨掏出苹果手机，看看微信上有什么新鲜的内容。大学同学所组成的朋友圈正在各自晒着暑假期间出去旅游所拍的照片，津津乐道着自己的经历和感受。赵梦雨自从父母遇害之后，没有在这个朋友圈发过一条微信。看着同学们都那么开心欢乐地交谈卖弄，她心里不免感到凄苦和孤独。

赵梦雨所点的饭菜很快送上来了。她把手机放回包里，抽出筷子开始吃饭。她吃着吃着，偶尔一抬眼，看到邻桌有一个穿着黑色短袖 T 恤衫的小伙子一直在注视自己，碰到她的目光后立刻躲闪开去。赵梦雨对这种情况很习以为常，反正她到哪里都吸引异性的目光。她走在路上时，回头率一直非常高。曾经一次，有个中年男人为了盯住她看故意一路走在她旁边，却丝毫没有留意到自己前面有个垃圾箱，结果撞上去摔了个大跟斗。赵梦雨自顾自吃饭，第六感告诉她，那个小伙子时不时在偷瞄着自己。她微微苦笑，觉得天下的男性都很可怜，为什么要对素不相识的女孩产生兴趣呢？又不是自己的女朋友，再喜欢也完全是水中月镜中花啊。

赵梦雨不紧不慢吃完了饭，叫来服务员付了账，拿起香奈儿挎包站起来朝店门外走去。她眼角的余光瞟到了那个邻桌的小伙子，好像他紧随着她离开了餐桌。赵梦雨心想，今天可能碰上一个皮厚胆大的了。这种事以前也有过，明明互不认识，就有几个男人会跟着自己，然后上来搭讪，要求互留手机号码，说希望交个朋友之类。当然，每一次都会被赵梦雨断然拒绝。

赵梦雨走到街上时，那个小伙子果然不紧不慢地跟在她后面。赵梦雨穿马路，他也穿马路。赵梦雨拐弯，他也拐弯。奇怪的是，他并没有赶到她跟前来搭讪。赵梦雨刚才想好了要去小姨家的。从昨天下午到现在，小姨已经打过三个电话给她，叫她今晚无论如何要回家吃饭，因为今天是表弟的生日，她准备了很多菜。赵梦雨觉得应该给小姨打个电话，告诉她自己这就过去。对了，既然是表弟生日，应该买一个生日蛋糕带过去。

赵梦雨从包里取出手机开始拨号。一会儿就接通了，她匆匆和小姨讲了几句。小姨说，蛋糕就不用买了，姨夫说好会带回家的，要是方便的话，就给姨夫买几罐啤酒带过去吧。他别无嗜好，天热的时候就爱喝点冰啤酒。赵梦雨挂断电话，想着往前面走不多远的十字路口好像就有一家便利超市，走过去只有七八分钟的时间，就到那儿去买啤酒吧。正这么想着，感觉到有人飞快走到自己跟前，正是刚才餐厅里那个穿黑色T恤的小伙子。一刹那间，赵梦雨想，他犹豫了老半天，终于忍不住上来搭讪了。赵梦雨暗暗好笑，想着该如何婉言回拒他。可令她万万没有料到的是，那小伙子靠近她身旁后，并未开口，而是忽然猛一伸手，以迅雷不及掩耳之势一把夺走了赵梦雨手中的苹果手机，然后一阵风似地往前窜去。

赵梦雨完全没有来得及反应过来，原地愣住了。好一会儿她才缓过神来，大叫了一声："有人抢手机啦！"这条路上的行人不很多，闻声都从各个方位朝赵梦雨这边投来困惑不解的目光。就在这时，一阵突突突的声响由远而近传来，有个带着头盔的人驾着一辆摩托车从她身旁疾驶而过，像是要追击前面那个抢手机的抢匪。赵梦雨不由惊喜，以为遇到了见义勇为的好人。然而她错了，事与愿违，接下来发生的一幕令她彻底惊呆：那辆摩托车接近那个抢匪后，随即放满了速度，最后停靠在了路边，仅仅几秒钟之内，抢匪翻身跃上了摩托车的后座，然后只听到发动机刺耳的轰鸣声徒然而起，摩托车载着抢匪，风驰电掣般急窜而去，到前方十字路口迅速拐了个弯，从赵梦雨的视线中消失得无影无踪。

赵梦雨呆若木鸡在原地站了老半天，被眼前发生的这一幕击闷了。以前只在电视和网络上看到过有关飞车党在马路上抢劫的报道，也只是听说过现在有些盗贼专门盯住女孩子手里的苹果手机的传言，谁料今天一下子全让自己给碰到了。很明显这两个人是一伙的，一个抢劫，另一个负责接应，显然是有预谋的作案老手。怪只怪自己太麻痹大意，明明发现了那个人在餐厅里就盯上了自己，还一路跟了上来，怎么一点都不警惕呢？还一直以为他要来搭讪呢！

隔了好一阵子，赵梦雨才从突发变故中清醒过来。她脑子里浮起的第一个念头是：

还好还好，十分庆幸，自己下午出门前及时将手机内的照片全部下载到电脑里了。要不然，手机一丢，所有的努力都将白费！这个损失之大，可不是被抢走一部苹果手机可以相提并论的，也算是不幸中的大幸吧。此刻，她需要立刻赶回家里去，把身份证取出来再去移动公司的门市部，买一台新手机，补办一张电话卡，否则所有的通讯联络都要中断了。

4

赵梦雨买好新手机的第三天上午，接到张光曦的电话，约她立刻见个面，说有重要事情商谈。赵梦雨纳闷得很，这个张工又有什么重要的事呢？

两人约在了市中心一家星巴克咖啡馆。张光曦说，那地方人多热闹，不易被别人关注。赵梦雨觉得这次张光曦有些神秘兮兮的，好像真有重要的事要告诉她。那天手机突然被抢，赵梦雨脑子里有过念头，要不要和张光曦说一声呢。又一转念，自己手机被抢和他完全无关，那些照片资料又没丢失，已经保存在电脑里了，何必多此一举？

赵梦雨走进星巴克时张光曦已经先到了，坐在靠里面的一个角落，桌上放着一杯咖啡，正向着门口张望。见赵梦雨进来，就朝她招手。赵梦雨带紧几步走过去。

"你喝什么？"张光曦问。

"哦，我自己来吧。"赵梦雨刚想坐下，赶紧又站直了，转身到柜台处去要了一杯拿铁。回到座位坐下后，她问："张伯伯这么急约我出来，有什么要紧的事吗？"

张光曦往左右环顾一圈后，朝赵梦雨附身探头，压低声音道："梦雨啊，可能要出事。"

"怎么了？"赵梦雨被他的神态所感染，顿时紧张了起来。

"刘副院长发现了办公室橱柜被撬的事了，已经报了警。昨天下午我看到有几名警察到我们那儿去了，进了刘副院长的办公室，几个人在里面待了老半天才出来。"

赵梦雨的脸刷地变了色。那个夜晚潜入大楼作案时，她完全是初生牛犊不怕虎，被某种执念所蛊惑，全然不估后果。可事过之后，她还真替自己害怕。尤其是张家宝明确指出这是违法行为后，她心里多少有些惴惴不安。值得庆幸的是自己当时灵机一动，没有把那个纸箱里的资料偷出去，只是拍了照片，这样等于没有拿走任何东西。她就指望这一点能大事化小，万一发现橱柜被撬，但什么都没有丢失，也许那个刘副院长会象征性报个案，时间一长也就不了了之了。现在看来这是她自己一厢情愿了。她赶忙问张光曦："那，他们会查到我吗？"

"这个现在还不好说，那天你在 16 楼是按我的吩咐乔装打扮过的吧？"

"我出现在走廊里的时候都是戴了帽子、口罩和眼镜的。"

"那会好一点。"张光曦点点头。"如果派出所正式立案，他们应该会去查看监控录像。不过16楼总共只有两个摄像头，靠近刘副院长办公室那个前一阵好像坏了，另一个离你比较远，估计不一定能看很清楚。但是，你下楼时在电梯里还有摄像头……"

"我下楼时没有坐电梯。本来是要过去的，后来看到有人上来，我就走了消防楼梯。"赵梦雨赶忙解释。

"那太好了。"张光曦小声叫道。

"我从楼梯门出来进入大厅时把所有东西都取下来了，大厅里也有摄像头吗？"

"当然有。"张光曦刚才的松快劲一下消失了。"你碰到什么人了吗？"

"大厅里没有。但经过大门外的门岗时有两个保安，其中一个还和我打了招呼。"赵梦雨坦白道。此刻，她不敢隐瞒什么。

"这样啊。"张光曦刚才脸上的宽慰完全没有了。"你和他们说话了？"

"就简单回了一句。我想让他们以为我是大楼里的员工，加完班才回去的。"

"希望他们没特别注意你。如果公安顶真起来，这些都会成为他们调查的线索。"

"那该怎么办？"赵梦雨急了。

张光曦思索着，有一阵没开口，然后说："不过这件事总是免不了被发现的。好在实际上里面也没有缺少什么重要的东西，就看刘副院长怎么对公安说了。我们现在只能先沉住气，不露声色，走一步看一步。你心里要做好准备，万一查到你头上怎么应付。反正院里有什么动静，我立刻会告诉你的。"

张光曦把杯里的咖啡喝完之后准备告辞，说他中午还要去参加一个企业的技术会议。临起身，他突然想到了什么似的对赵梦雨说："对了，你的手机应该带着吧？"

赵梦雨来不及反应，本能地点点头。

"上次所拍的资料照片，能不能给我看一下，看看是否把重要的部分都拍下了。"张光曦说。

赵梦雨这才明白张光曦约她出来的真正目的，果然他还是提出来了啊！她想，自己还没把手机被抢的事告诉他呢，既然此刻他问起了，就实情相告吧。于是，她把前两天手机被抢的经过对张光曦讲了一遍。为了证明自己没有骗他，赵梦雨特意从包里取出了新买的粉红金苹果6手机给张光曦看，她原来那个手机是白色的。

"你是说，那些照片没有了吗？"张光曦刹那间脸色铁青，从两个镜片后瞪大了双眼，说不清是惊愕还是恼怒。

"还好您之前提醒过我要做个备份，我已经把所有照片下载到电脑里了。"赵梦雨赶忙解释。她还没有见到过张光曦这副表情。很显然，他非常在乎那些照片。

"哦，那还好，那还好。"张光曦闻言，僵持的表情像是冰块遇到了火焰立刻融化了。他喃喃自语道："不过真是奇怪，奇怪啊。"

"张伯伯您说什么奇怪啊？"赵梦雨不明白他连说奇怪是什么意思。

"没什么，没什么。"张光曦摇摇手。"不过我想问你，除了我们俩，还有谁知道手机照片的事吗？"

赵梦雨本来想说还有张家宝的，又一转念，还是不要说的好。张家宝远在加拿大，和张光曦又互不认识，多一事不如少一事。再说张家宝提醒过自己要提防张光曦，尽量不要把他们两个掺和在一块吧，于是她缓慢地摇摇头表示否认。

张光曦松了口气。接着，他盯着赵梦雨的脸看了看，说道："现在的社会，坏人真够猖狂的，光天化日之下居然敢在市中心抢劫。你以后一定要多加小心啊。"

和张光曦分开后，赵梦雨并没有马上离开星巴克。临近中午，她干脆去买了两块蛋糕当饭吃。赵梦雨不像大部分四川女孩没有辣的就吃不了饭。她不挑食，东南西北的食品菜肴什么都能吃。甚至不管是味千拉面，必胜客披萨，85度C面包，以及面前这两份奶油芝士蛋糕，她都能当饭吃，而且吃得津津有味。赵梦雨手持透明的塑料小条匙慢慢吃完第一块蛋糕后，她的手机响了。拿起来后，听到了张家宝的声音。她以为张家宝已经回到成都，情绪振奋起来，急不可耐地问："张叔您回来了？"

"没有呢，还得过几天。"张家宝说，"这里的事还没完。"

"哦……"赵梦雨不由失望。

"小雨，你一切都还好吗？我前两天打过电话给你，你怎么关机啦？"

"没有啊，我从来……"赵梦雨刚想说我从来不关机，随即想到那天手机被抢的事。抢匪很老练，抢走之后就把手机关掉了。后来赵梦雨带着身份证去移动营业厅报了案，说明了情况，才补了一张新卡，重新开通了原来的号码。想到此，她马上改口道："哦，张叔，前几天我的手机确实关掉过。"接着，赵梦雨就把为什么会关机的原因讲了一遍。

"你的手机被抢了？"张家宝显然大吃一惊，"那你里面的东西全没了？"

赵梦雨当然清楚，张家宝所说的东西就是指那些对他而言至关重要的资料照片啦。她急忙道："张叔您放心，还好手机被抢之前，我已经把那些照片下载到家里的电脑上了。"

"噢，真是好险啊！"张家宝拖了一个长音之后，似乎大大松了口气。"这就好，这就好，要不然麻烦就大了。"

"我知道，这些照片很重要，我会保存好的。"赵梦雨不想让张家宝担心。

"好的，好的。不过，我怎么就觉得这事情有点奇怪啊。"张家宝的语调有点变。

"奇怪？"赵梦雨记起之前不久张光曦的语气来。他们两个不约而同都用了奇怪这个词。张光曦当时没有回答她的疑问。她也没太在意。此时张家宝用了同一个词，她倒觉得应该问问清楚了。"张叔觉得有什么奇怪呢？"

"是啊，奇怪。小雨你想没想过，为什么不早不晚，偏偏在你拍下了那些资料的之后，你的手机突然被抢了呢?"

"这之间有关联吗?"赵梦雨不以为然，觉得张家宝多虑了，抢手机的明明是两个小流氓，他们能和资料有什么关系嘛!

"我只是有些疑惑。"张家宝说，"也许是我多想了。总之你自己要当心，晚上最好别一个人睡在家里，我总有点担心你。"

张家宝如同自己家人一样的关怀，对于刚失去父母的赵梦雨来说，比什么都温暖。她说:"张叔您放心，我已经睡到小姨家去了。只有白天我才回家，所以您不用担心。我会照顾好自己的。"

"那样就好。以后碰到什么事情就及时打电话告诉我。"张家宝热心地叮嘱着:"你不用管我们之间的时差，即便加拿大是三更半夜，你也一样可以打电话给我。我24小时都开机的，记住了吗?"

"嗯，知道了。"赵梦雨感动至极。现在在这个世界上，除了小姨，或许也就是张家宝叔叔最关心自己了。

5

赵梦雨去"作案"偷取资料的那天夜里，没有在小姨家住。她怕小姨担心，事先就撒了个谎，说当晚参加好朋友的生日派对，夜里就睡在朋友家不回去了。小姨果然毫不知晓那晚发生了什么。暑假的最后阶段，赵梦雨天天睡在小姨家。白天如果想到什么事，她就回自己家走一圈，顺便整理整理东西。

这日，赵梦雨在小姨家吃过早餐，想起必须要给学校回一份邮件，就匆匆忙忙赶回自己家里去了。家里自从父母离世，就深陷在静寂之中，空气里有股散不去的悲伤气氛，没有人影的空间突然变大了。这是种揪心的静谧，凄凉的空旷。赵梦雨呼吸和声响都遇不到丝毫的回应，一个人的世界寂寞难耐。

赵梦雨走到电脑前坐下，按了启动开关。往常这时候，电脑主机立刻就会有一阵轻微的电流声，像蜜蜂震翅时嗡嗡的声音，此时却没有听到。赵梦雨觉得奇怪，低头瞧瞧，电源开关没起作用。她再按了一次，还是一样。奇怪，电脑怎么突然启动不了了呢?赵梦雨虽说不会修理电脑，还是把电脑桌往外面移动了一下，探头去看看主机背后有什么异常，会不会电源插座松了。谁知不看不知道，一看吓一跳。戴尔电脑主机的后盖板整个一块都被卸下来了，就那么靠墙搁在那里，显然电脑被什么人动过了。赵梦雨这下吓得不轻。她站起身来时，两条腿都在微微发颤。刚刚拿钥匙开门时，门是锁着啊！是什么人，用什么方法潜入她家里的呢？这个人此刻会不会就躲在家里的某个角落呢？这么想着，她呼吸急促起来。

赵梦雨用力屏住呼吸，只敢短短地透气，蹑手蹑脚走出了房间，退回到客厅，轻轻打开房门，站在那里仔细地听着家里其它房间有没有动静。她想好了，一旦发现异常，她就冲着楼道里大声呼叫求助。七八分钟过去了，里面毫无动静。赵梦雨此时故意弄出点声响来，看看有什么反应，结果一无所获，好像并没有人躲在家中。赵梦雨决定到处察看一下。为了壮胆，她到厨房里取了一把菜刀握在手里，然后逐一从父母的卧室开始，到父亲的书房，再到客人房，客人卫生间都看了一遍。确定没有人之后，她才放下心来。

赵梦雨再次回到客厅，将通往走廊的那扇门重又关死，还上了插销和防盗链。然后她找出来一只手电筒，回到戴尔电脑边上。以前在上高中时，她曾经一时兴起去学过一些电脑维修，所以对台式机的基本构件比较熟悉。她想弄清楚，溜进家里来又拆开她电脑主机的那个人是什么目的。此时此刻，她心里已经猜测到了最大的一种可能。不过，她还是想亲眼见证一下。果不其然，当赵梦雨用手电光照进电脑主机的金属壳内后，她发现主机内的硬盘没有了。这和她的预感一模一样。事情很清楚，窃贼就是冲着这个目的来的：想拿到她从手机下载到电脑里的那些资料照片！

赵梦雨呆站了好一会儿，完全被自己的判断怔住了。先是手机被抢，接着是电脑硬盘被窃，显然这都不是偶然发生的，一切有着预谋。目的明确，就是想要得到她从刘副院长办公室弄出来的那些资料照片。可是，如果这两件事是同一伙人所为，他们为什么要重复作案呢？手机里是照片，电脑硬盘里也是同样的照片啊？赵梦雨冥思苦想了好一阵子，脑子里忽地如同早晨房间里的窗帘被拉开时一般，瞬间将模糊和黑暗照得一派清晰明朗：对了，他们并不是想要这些照片，而是不想让她保有这些照片！

赵梦雨豁然开朗了。与此同时，一个新的困惑又像虫子一般慢慢爬上她的脑际：不想让她保有这些照片的人是谁呢？他们为什么害怕她拿到那些资料呢？顺着这条思路疑问下去，赵梦雨的心头产生了一股凉凉湿湿的感觉，就像有一条水蛭鬼鬼祟祟爬上了她的脊背，令她不由得皮肤发麻。一个她不敢想的疑问开始纠缠住她：到目前为止，知道她晚上潜入办公室偷拍资料的只有两个人，知道她已经将手机内的照片下载到电脑里的也只有两个人。如果说那天在马路上手机被抢是有所预谋的，抢夺手机的目的就是为了夺走手机内的照片；如果说家里的电脑硬盘被窃也是为了拿走那些照片资料的话，那么，操纵这两次行动的就可能是那两个人中的一个了！张光曦？张家宝？赵梦雨被自己的假想吓坏了，吓瘫了。她忍不住摇起头来，不！不！不！她像是要对谁做出大声否定。这样的念头太荒唐了，怎么可能呢？张光曦，不正是他在帮助自己获取那些资料的吗？不正是他提醒自己要做好照片备份，以防丢失吗？他一面帮她拿到资料，一面又让人夺走她的资料，这是闹着玩吗？张家宝？更不可能了。他连人都远在加拿大啊！最主要的，他和自己一样是受害者。他一直叮嘱自己要保存好资料等他回来处理。他和自己一样需要维护蓝天矿的权益，找欺骗他们的那些人算账。再说，如今除了小姨，还有谁像亲人一般关怀着她，爱护着她的呢？只有张家宝。对赵梦雨而言，产生对张家宝哪怕只是一瞬间的一丁点的猜疑都是一种恩将仇报的亵渎。

赵梦雨脑子里，像被注入了大量的污水一般浑浊不已。她几乎不能继续思考了。她一屁股坐到地上，背靠着墙闭了一会儿眼睛，努力让自己的思维再次运转。也许……，她突然想到，会不会有另外一个鬼影般的第三者藏在暗处，窥视着自己的一举一动，然后采取了一系列举措来控制她，让她所有的努力都白费呢？

6

赵梦雨一直没有弄懂，那个偷走她电脑硬盘的贼是怎么溜进她家里的。这天，她在街上买东西，正好遇见一个配钥匙修锁的摊子，顺便上前打听了一番，说如果自己家里的钥匙反锁在家里了，没法进门，有没有办法开门？锁匠笑了，说当然有办法，我就是做这个的呀。赵梦雨问，没有钥匙也能开？锁匠说当然啦。赵梦雨又问会不会把门撬坏呢？锁匠说当然不会，有技巧的嘛。赵梦雨这才明白，其实门上的锁是防君子不防小偷的。

回想起来，父母被害那天是深夜时间，那些人很可能也是悄悄打开她家的门锁闯进家里，对毫无防备的父母下了毒手。很可能这次潜入她家偷硬盘的和之前闯入她家抢材料杀害她父母的是同一伙人呢！这么一想，赵梦雨心里顿觉阴森森的。张家宝提醒她夜里不能一个人在家是对的。还好那晚没在家里，要不然她万一听到声响出来看个究竟，说不定就遭遇了和父母一样的厄运。

赵梦雨没有把硬盘失窃这件事告诉任何人，包括小姨。她怕小姨知道后会更加担心。她也没有去报警，因为除了硬盘家里并没有失窃什么贵重物品。再说了，门窗都好好的，没有任何遭过破坏的痕迹，派出所能做些什么？到时候，他们也许会说，能用钥匙打开房门的肯定是自己家的熟人，弄不好会牵涉到小姨家里人身上去，平添出不必要的麻烦来。

赵梦雨也没有主动把硬盘被窃的事告诉张光曦或者张家宝。如果他们知道了，会是什么反应？上次告诉他们手机被抢的消息后，他们俩的反应竟然是相同的，都觉得奇怪，都有所疑惑，接着就发生了硬盘被盗的事。那么，如果有人知道她还保存着一个储存了照片的优盘，又将会发生什么呢？

然而，事情很快朝着出乎赵梦雨意料的方向展开了。

这天下午，赵梦雨来到她家附近一家熟悉的美发厅洗头吹头发。这是一家连锁美发厅，规模不小，装潢也算高档漂亮，里面的美发师都是年纪很轻的靓男。他们不论头发长短，都染了颜色，煞是时髦。赵梦雨有她认定的一个叫阿辉的美发师，每次过来都会先和他预约好时间，以免坐在店里长时间等待。这种一对一的服务有其好处，就是美发师对长期客户的特定习惯和要求能做到心中有数。因此，赵梦雨坐下后不用多讲，阿辉就能摸透她的要求，熟练而顺利地做完流程，让赵梦雨满意而归。

赵梦雨今天让阿辉稍微剪掉了一点发梢，给头发焗了油。在阿辉的花言巧语下，又在会员卡里充了二千元钱。不过阿辉打理的头发赵梦雨很满意，捧捧他的场也是应该的，赵梦雨并不在乎这点钱。

赵梦雨做完头发走出美发厅时，有一位看上去文质彬彬戴无框眼镜的年轻人，礼貌有加地走到她跟前问道："你就是赵梦雨吧？"

"我是的。你是？"赵梦雨不认识这个人。但对方能叫出她名字，令她奇怪。

"我是公安局的。"来人掏出他的警官证在赵梦雨面前亮了一下说。"我们找你，想了解有关你父母被害一案的情况。喏，车子就在那边。"他右手向着前面一个商场门口的空地指了指，那是一个临时停车地。

赵梦雨有些诧异，公安局要了解情况，为什么不通知她去局里，而突然在马路上找她？她顺着眼镜男所指的方向望去，那里的确停着一辆崭新的奥迪 Q7SUV 车子，牌照是川 A 打头的，后三位号码是 111。

"那车怎么没有公安标志呢？"赵梦雨有些疑惑。

"我们公安局的很多车都是不安装警灯的，目的是为了办案方便，也是为了秘密行动不易被发现。你父母的案子很大，也很复杂，所以我们一律用普通车来办案。"来人耐心而和气地做着解释。

原来如此。既然是了解关父母被害一事，赵梦雨也就没有过分戒备，跟着戴眼镜的人向奥迪车走了过去。

走到汽车旁，眼镜男拉开车子右边的后车门，客客气气地请赵梦雨上车。赵梦雨弯腰探头往车里一看，驾驶和副驾驶座位上，各坐着一人，都没穿警察制服。他们背对着赵梦雨，看不到他们长相。赵梦雨顺势坐进了奥迪车的后排，眼镜男紧跟着进到车里坐在赵梦雨旁边。刚坐定，就听见"咔嚓"一声，驾驶员把四扇门全部锁上了。赵梦雨当时并未觉得不对劲，为了安全起见，她自己开车时也有锁车门的习惯。

汽车启动后在市区七拐八弯，转了好长一段时间。整个路上没有一个人说话，车厢内一片古怪的沉闷。赵梦雨这才觉得有点不对劲，不由问道："你们要带我去哪里？"

"去可以说话的地方。"坐在副驾驶位子上的男人，背对着赵梦雨开口了。赵梦雨从后视镜里，发现了他盯视自己的目光。

"不用急，马上就到。"坐在赵梦雨旁边那个戴眼镜的青年说。

车子又驶了一段路，来到了城乡结合部的一个在建小区，车子驶了进去。这个地方看上去十分偏僻，一栋栋小楼都尚未完工。有的才建到一半，空地上杂草丛生，似乎停工已久。有的墙面已经完工但门窗还未安装，仅仅还是个毛坯框架。再往里一点，出现了几栋初步竣工的别墅，外墙没有涂装，露出层层红砖，就像一个人打着赤膊，没穿衣服。整个小区人迹罕至，一派清冷肃杀。

奥迪车在小区里转了一阵后，停在一幢刷成白色的小楼前。赵梦雨这才突然警觉到，这伙人也许不是公安局的警察，自己可能被绑架了。她顿时吓出一身冷汗来，不由双腿发软。她脑子里冒出了逃跑的念头，随即又放弃了。她一个小姑娘，怎么可能逃得过三个壮实男人的追击？

戴眼镜的人打开车门下了车，然后朝赵梦雨招招手，示意她下来。赵梦雨不敢违抗，硬着头皮跟着下了车。接着，她被拉着进到小楼门里面。小楼共两层，底层除了客厅还有好几间房间。房子的装修很一般，陈设也很普通。赵梦雨走进去后，发现里面的长沙发里坐着两个人。一个看上去西装革履，像个在公司上班的白领。另一个人长得比较粗象，右眼角有一颗十分显眼的黑痣。

"人带来了。"眼镜男的对穿西装的说。

西装男上下扫了赵梦雨一遍，对眼镜男说："把她的包拿过来。"

眼镜男就伸手去拉赵梦雨背在肩上的包。赵梦雨本能地往后退了半步，但没有作更剧烈地反抗，顺势将香奈儿包给了他。她觉得在这种情况下，盲目反抗根本没有用，不如先顺着他们，走一步看一步，好汉不吃眼前亏嘛。她包里并没有什么贵重东西，虽说钱夹是 LV 品牌的，值几千元钱。苹果手机是新的，也值几千元钱。加上香奈儿包本身值上万元钱，其他也就是些口红啦，护手霜啦之类的小东西了。对了，钱夹里的钱之前付给阿辉充值后，还有大约一千多元钱。不过，赵梦雨隐隐觉得，眼前这帮人不像是为了劫财而带她过来的。

果然，西装男从眼镜男手里接过包之后，拉开拉链在包里仔仔细细翻找了一遍，像是并没有找到他想要的东西，就把包还给了赵梦雨。

"你们究竟是什么人？"赵梦雨问道。她感觉对方并没有要伤害自己的意思。

"已经告诉过你了。"眼镜男说，"我们是警察。"

"不，你们不像警察。"

"是因为我们穿着便衣吗？"西装男淡淡地一笑，看着赵梦雨的脸道："我们就是警察。"

"警察为什么随便翻我的包？"

"例行公事，懂吗？例行公事。"眼角有痣的那个突然开口，嗓音很粗。

赵梦雨心里想，鬼才相信你们的话，但她没有流露出来。她知道，此时此刻要保证自己的安全就只能揣着明白装糊涂，要察言观色，见机行事。

"如果你们是警察，为什么不带我去公安局，而把我带到这里来做什么？"赵梦雨故意问。

"我们是负责你父母凶杀案专案组的。我们在开展秘密调查。"西装男解释说。

"秘密调查？"

"对，秘密调查。我们已经掌握了一些线索，为了不走漏风声，所以不在局里办案。"西装男煞有介事地道："你父母被害这个案子不是一桩简单的杀人案，是一件很大的经济纠纷案，牵涉不少重要人物，所以目前需要保密。"

赵梦雨听着西装男的话，心里开始动摇，有些真假难辨了。难道自己误判了对方，自己的直觉错了？她没有吱声，想再听听他们怎么说下去。

"据我们了解，你手上掌握了一些有关金矿的资料，这是真的吗？"西装男突然提问。

"什么资料？"赵梦雨愕然。

"你是不信任我们吗？"西装男提高了嗓音，带点质问的味道。

"我不知道你说的是什么资料。"赵梦雨重复道。

"那我来提醒你吧，是一份影印材料。还要我提醒你是从哪里得到这份资料的吗？"西装男的口气开始严肃了。

赵梦雨像突然掉入冰窟似的打了个寒战，手心里沁出冷汗来。他们难道真是警察？听这个人的口气，难道他们已经查出自己潜入勘察院办公室偷拍资料的事情了？

"听着，我们这是在保护你。因为我们知道你是受害者家属，所以我们可以不追究你的有些过激行为。但是为了破案，你必须协助我们。懂吗？"西装男的口气越发严肃了。

赵梦雨完全懵了，脑子里的思绪像一团被弄乱的毛线，怎么也理不出头绪来。暗示是明确的。不管他们是不是警察，至少她偷拍资料的情况他们是完全清楚的。那么，瞒下去还有什么毫无意义呢？不如先承认下来，再见招拆招。

"如果你们是说手机里那些照片的话，那我可以告诉你们，我的手机上星期在马路上被抢走了。"赵梦雨尽力控制自己的心虚状态，保持平稳的口吻。她说着，从包里掏出苹果6来。"这是我新买的手机，不信你们可以查一下，里面什么也没有。"说完，她将手机递给西装男。

西装男并没有接，而是摆了摆手。"既然里面什么都没有，我就不必看了。那么，你难道没有做备份什么的吗？比如把资料下载到电脑里保存起来？"

鬼影般的第三者！不知为何赵梦雨的脑际突然冒出这几个字来。她盯着西装革履看了几秒钟，好像要从他的脸上看到某种答案，然后说："我当然做了备份。我是把资料下载到家里电脑上了。可是，说了也许你们不会相信，就在几天前，我电脑里的硬盘神不知鬼不觉地失窃了。"

"被人偷走了？"西装革履一副惊疑的样子。

"是的，不翼而飞。"

"这怎么可能？"

"不管你们信不信，事实就是这样。"赵梦雨很淡然。

"那你去派出所报案了吗？"

"没有。"

"为什么这么大的事不去报案？"

"没有必要弄得满城风雨。家里的门窗都好好地，再说也没有失窃其它东西，报了案也没用。"

"门窗都没有坏，家里的东西会被偷走？"眼角有痣的又插了句话，明显带着嘲弄的意味。

"是啊，你说怪不怪？窃贼真是神通广大啊！"赵梦雨反讽道。

西装男没有理会他们的斗嘴。停顿一下，他又问："那么你还有没有其它备份啊？难道就是电脑里那一份吗？"

"如果再有一份就好了。"赵梦雨撇撇嘴，表现出后悔至极的样子。"早知道会发生这样的事，我就应该多复制几份。现在我算白忙乎了。"

"你是说，你再也没有什么东西可以交给我们了吗？要知道，那份材料是我们破案所需要的关键线索哦。你不是一心希望我们能早日破案吗？"

"我当然做梦都想着能尽快抓到凶手。既然你们是为了破案，我有什么理由拿着备份不交给你们？我放着一点用处都没有啊。"赵梦雨所讲合情合理。

西装男转过头和眼角有痣的人交换了一下眼色，再转回来对着赵梦雨说："如果真是这样，那对我们办案就很不利了。你好好想想，还有其他什么人会有那些资料吗？"

"有啊！"赵梦雨不假思索地答道。

"谁？谁手里还有？"西装男和眼睛有痣两个人几乎同时催问。

"那份原始资料不就在省勘察院刘副院长的橱柜里吗？你们警察可以去问他拿啊！"赵梦雨说。

"哎呀，这还用你提醒吗？"西装革履挥了一下手，像是要赶走一只飞到他脸上的蚊子。

"是你们在问我嘛。"赵梦雨装出自讨没趣的模样。"如果你们破案需要这份材料，你们为什么不去勘察院呢？"

"我们早就去调查过啦，办公室里根本没有那份资料了，所以我们才找你过来嘛。"

"什么？"赵梦雨大为惊讶。他这话是真的吗？如果真是如此，那么，那份原始材料去了哪里呢？她说："这怎么可能？"

"好了好了，你不用问那么多了。你只要再肯定一次，你手上真的什么备份都没有了吗？你要知道，欺骗我们警察可是犯罪的哦！"西装男正色道。

"我有必要骗你们吗？"赵梦雨一脸无辜。见西装男不再问什么了，她就道："我该告诉你们的都说了。你们可以送我回去了吗？"

西装革履朝着眼角有痣的人使了个眼色，后者便站起身来走进一个房间里去关上了门。大约隔了十几分钟，他手里拿着手机走了出来，朝西装革履点点头。

"那好，今天就到这里。以后有需要我们会再找你的，"西装革履转向戴眼镜的道："你们现在就送她回去。"

眼镜男将赵梦雨原路送回到了美发厅附近，让她下了车。赵梦雨离开的时候，那感觉就像从一片四处藏匿着毒蛇猛兽的森林中终于逃出来，看到面前横着一条宽阔热闹的大马路一般。在往小姨家走去时，赵梦雨想起藏在小姨家的那个优盘了。这是现在唯一的材料备份。她意识到了这份材料的重要性，必须要不惜一切保存好。

7

赵梦雨这两天一直在犹豫，要不要去找张光曦证实一件事，那些所谓的便衣警察所说的那份蓝天金矿原始资料已经失踪的事究竟是真是假？没想到张光曦突然打电话给她了。

张光曦还是和前两次一样那么火急火燎，说有重要事情相告，要马上和赵梦雨见面。于是，两个人约在了上次见面的星巴克。晚上的咖啡馆顾客要比白天多。天气很闷热，几乎没有一丝风，成都火炉的面目显露无疑。咖啡馆里面已经坐满孵空调的年轻人。赵梦雨和张光曦好不容易找到一个露天的位子。虽说天色早已黑暗一片，白天滞留下的热气却尚未退去。两人同时都点了冰咖啡，只能以此解暑。这回，没等赵梦雨开口询问，张光曦抢着先说了："梦雨，问题严重了。"

"什么问题？"赵梦雨刚把吸管插入咖啡杯内，还没来得及先喝一口。

"刘副院长办公室被窃的事现在闹大了。"张光曦边说边四下环顾。

"闹大了是什么意思？"

"本来我以为，既然没有丢失任何东西，派出所调查一下就会不了了之的。谁知现在刘副院长突然说他有一件贵重物品被盗了。"

"贵重物品？"

"听说是一块雕刻有佛像的和田玉。"

"那东西很值钱吗？"赵梦雨问。

"非常值钱。"张光曦看看赵梦雨，伸出一只手掌来在她眼前晃了晃。

"五千元？"赵梦雨猜测。

"开什么玩笑？"张光曦一个劲摇头。"和田玉哎，怎么可能五千元？"

"那是多少，难道是五万？"赵梦雨对玉石的价值之类并无概念。

"哼，五万？再乘于十！"

"五十万?!"赵梦雨张开的嘴巴合不拢了。这可能吗？也太夸张了吧。

"对，刘副院长现在报上去的案值就是五十多万。"张光曦叹了口气。"这么一来，事情就严重了。本来以为可以大事化小小事化了的案子，就变成了一桩重大失窃案了。公安局一定会刑事立案侦查的。"

赵梦雨从张光曦凝重的脸色上看出了事情的严重性，忙问他该怎么办。张光曦拿过杯子喝了两口冰咖啡后，神色依旧凝重地说道："如果作为重大失窃案处理，他们一定会仔细调看那天晚上大楼内所有的监控录像。那样的话，你进出大楼的情况就会被查到。"

"可我又没有偷那块玉石。"赵梦雨本能地为自己辩解。

"我知道，我知道，你当然不会做这种事。但是，那是刘副院长办公室唯一一次发生盗窃案。无论如何，他们都会认为，进入办公室的那个人就是偷走和田玉的窃贼。"

"我怎么可能啊？"赵梦雨被吓到了。

"是啊，如果到时公安认定是你作的案，你就是跳进江里也洗不清了。所以，不能等着他们来抓你。"张光曦思索着，像是自言自语。

"张伯伯，我该怎么办？"赵梦雨此刻完全是个无助的小孩子，一时六神无主。

"我得好好想想，想一想。"张光曦嗫嚅道。

这时，赵梦雨想起了件事，急忙说："张伯伯，不对啊，前天下午，有几个公安局的便衣找过我。他们好像已经知道了我进入办公室拍下了资料的事，但根本没有提到什么和田玉失窃的事情啊。"

这回轮到张光曦发愣了。他疑惑不定地盯着赵梦雨看着，让她把前天发生的事情原原本本讲述了一遍。全神贯注地听完赵梦雨的叙述后，张光曦面色沉重。他觉得事情越来越复杂了。不过，有一点他是已经可以肯定的。他说："梦雨啊，你被骗了。那些人肯定不是便衣警察！"

"他们还说，放在办公室里的那份原始资料已经失踪了。张伯伯，这是真的吗？"赵梦雨正好问一下这件事。

"没有的事。刘副院长根本没有提起过资料的事。"

"这就怪了。"赵梦雨一头雾水了。

"是啊，蹊跷的事情一件连着一件，真得好好分析一下了。"张光曦以他特有的习惯——身子往后仰着微微闭上了双眼。这是他思考问题时常常出现的姿势，看似在闭目养神，其实脑子中波涛汹涌。

大约过了有五分钟，张光曦才慢慢睁开眼睛。他问道："你刚才说，你一到那里他们就搜查你的包？"

赵梦雨点点头。她对当时的情景历历在目。"那个好像是头头的人把我的包整个翻了一遍。"

"他们在找什么呢？"张光曦推敲着。

"我也搞不懂。"赵梦雨摇头。

张光曦紧锁了双眉。

"会不会是要找那份材料？"赵梦雨好像突然明白了一些。

"材料？"张光曦一下子直起身子。"他们怎么会到你的包里找那份材料？你的备份不是在家里的电脑中吗？"

赵梦雨的脸刷地一下涨得通红，好在夜晚替她做了掩护。她犹豫着，要不要现在就将电脑硬盘遭窃的事告诉张光曦。

"说到那份材料，你应该好好保存着吧？听我说，你千万不能丢失了哦。到时候，你还得把材料交给我。"

"交给您？"赵梦雨从未这么想过。她一直打算把材料交给张家宝的。

"是啊，不交给我，我怎么替你测评出蓝天金矿的实际价值究竟是多少啊？"张光曦满脸严肃地说："我最近一直有种预感，蓝天金矿的价值也许远远高于我们的初步估算，所以才会引发那一连串的事情出来。"

赵梦雨认真听着，并不能清楚理解张光曦话中的含义。但是，她好像渐渐明白了张光曦不会是暗中捣鬼的那个人。既然他鲜明表达了自己想要看那份材料的意思，就不像是搞阴谋诡计的方式。况且，他要看材料的目的是为了帮助她确认金矿的实际价值。在此瞬间，赵梦雨觉得自己不应该再防范张光曦了，于是她说："张伯伯，有一件事我一直没有告诉您。"

"什么事？"

"前几天，我电脑里的硬盘被偷了。"

"你说什么？"张光曦失声叫出来，引得旁边几张桌了上的顾客都朝这边看过来。

赵梦雨便把那天回家发现硬盘被偷的经过细述了一遍。如果光线再明亮些，她肯定会看到张光曦的脸色已经铁青。

"这么说，你好不容易得到的材料，最后还是被他们弄走了？"张光曦联想到了赵梦雨先是手机被抢，后又硬盘被窃。他的直觉已经明白了是谁在操纵这一切了，太平洋矿业集团！对，除了他们还会有谁？张光曦突然感到某种恐惧和担忧。这个太平洋矿业，绝对不能小看了他们的能量。他们显然为了达到目的会不择手段，而且他们似乎无处不在，自己已经领教过了。现在他们的黑手正伸向赵梦雨。她在明处，他们在暗处，还不知道他们会对她进一步做出什么来。如果自己的判断正确，那么那伙假警察极有可能就是他们冒充的。他们找赵梦雨的目的，就是想找到蓝天金矿材料的另一个备份件。或者说，他们需要确认在得到赵梦雨的手机和硬盘之后，她还有没有另一件备份。对，一定如此。

"张伯伯，您不用急，我还有备份。"赵梦雨意识到了张光曦的焦虑和沮丧，本能让她不加思考地直言相告了。既然这个人值得信任，当然就不必再遮遮掩掩防范他。

"你还有备份？在哪里？"张光曦急忙追问。

"我之前拷了一个优盘，藏起来了。"赵梦雨并没有说优盘放在哪里。

"梦雨，你真是个细心的女孩啊。"张光曦有些激动，举手扶了扶眼镜架，将身体往前凑了一下。"听我说，这件事你再也不要告诉任何人了。我们得静静观察一段时间再决定该怎么办。"

"观察什么啊？"赵梦雨并不明白。

"梦雨，我大致可以确定，那些所谓的警察翻你的包，也许就是找你的优盘。他们抢了你的手机，偷了你的硬盘后，一定会怀疑你另有备份。通常备份很可能是一个方便携带的优盘。而且他们会认为，为了安全，你也许会将优盘随身带着，所以他们突然袭击，在你最不注意的时候截获你，把你带至无人发现的僻静之处搜查你。"

"您是说，抢我手机、偷我硬盘和搜查我包的是同一伙人？"

"百分之百！"张光曦斩钉截铁地下结论。

"他们是谁？为什么盯住我不放？"赵梦雨害怕了。

"是谁我不敢妄下结论。盯住你，是因为你手里掌握着蓝天金矿的原始资料。他们肯定不想让你拥有这份材料。"对这点，张光曦把握十足。这时，他忽地想起另一件事来。如果之前的假设都是符合事实的，那么，太平洋矿业那些人是如何知道赵梦雨用手机拍下了材料，又把材料下载进她家电脑的呢？于是他询问赵梦雨，究竟有几个人知道这两件事？

赵梦雨不假思索地回答说："除了您知道，就还有我张叔叔，其他一个都没有了，我连小姨都没说过。"

"你说的张叔叔，就是你之前和我提到的那个你爸爸的合伙人？他叫什么？"张光曦问。

"是。他叫张家宝。"

"对，张家宝，你说过。你还说是他联系了太平洋矿业，把蓝天金矿股权转给他们的。"

"是的。当时张叔叔就觉得我们可能出让得太便宜了。"

"他知道你手机被抢的事吗？"

"知道的，是我打电话告诉他的。"

"他也知道你的硬盘被偷了？"

"这个他不知道。"

"你没有告诉他？就像你之前也没有告诉我一样？"

"是的。"赵梦雨有些窘迫。

"那么你也没有告诉他，你还有一个备份在优盘里吧？"

"当然没有，我没说。"

"既然你一直那么信任他，为什么又要瞒着他？"张光曦问得非常尖锐。

"他没有问过我。最主要的，是他不在成都。最近他一直在加拿大办事，还没有回来。"赵梦雨感觉到了尴尬。其实直到几分钟之前，她也没想把优盘的事告诉张光曦。她为什么不想把硬盘和优盘的事告诉张家宝和张光曦呢？这点连她自己都不清楚。

"哦……"张光曦像是听明白了。他想了想，冷不防问："你觉得张家宝这个人怎么样？"

"非常好。我父母不在后，他一直关心照顾我。"赵梦雨不假思索答道。她对张光曦这样的提问感到某种不舒服，就说："张伯伯，您不会猜疑我张叔叔和太平洋集团有什么关系吧？"

"哦，没有，当然没有。我只是随口问问而已。"张光曦似乎听出了赵梦雨语气中的不悦，急忙否定，然后转了话题说："他去加拿大这段时间，你们应该一直有联系吧？"

"通过几次电话。"赵梦雨这才记起，已经有好几天没和张家宝联系了。自那天告诉张家宝手机被抢的事情后，他没再来过电话，想必在加拿大忙得不可开交，也不知道他什么时候才能回来。等他回来，自己有许多事要告诉他呢。

8

那天和张光曦碰过头之后，赵梦雨一直心神不定。她不知道刘副院长办公室失窃的事，警察会不会真的查到她头上，把她当重大嫌疑犯抓起来。虽说自己不做贼心不虚，相信真的到了那时候也讲得清楚，但这种提心吊胆的状态日复一日持续着，弄得她很烦恼。为了摆脱内心里阴雨绵绵的状态，赵梦雨决定去高尔夫练习场挥挥杆。回想一下，从上海参加比赛回到成都那么久，由于碰到了天翻地覆的变故，一直没有那份心情，竟连自己最喜爱的高尔夫运动都停下了。若在以前，凡是碰到什么不开心的事，最好的解脱方法就是去球场或者练习场，举起球杆猛然挥动，将一枚枚小球击出去的一刹那，就像是驱逐了不悦，赶走了郁闷。每次打完球回家，心里就会松弛下来。

烦恼也罢，纠结也罢，都已经随着飞远的小球消散了。

金碧辉煌高尔夫俱乐部是成都最高级的高尔夫练球场，坐落在市郊结合部。这里的设施和服务都是一流的，因此，会员卡的价格也要比其它几家练球场贵出好多倍。到这里来练球的人大多都有些身份，不是达官贵人，就是富商巨贾，或者就是演艺界新闻界的名人红星。这里出名，不仅仅是它的练习场地特别考究，更是它的休息厅和餐厅装修极其豪华。走到里面就像步入了欧式的宫殿，正如它的名称，一派金碧辉煌。这里的餐厅供应中式、西式和日式菜肴，都是由从五星级酒店请来的大厨掌勺。在此进餐虽然价格昂贵，味道真是非同凡响，所以成都各路社会精英都喜欢到这里聚会交际。赵梦雨是这里的老会员，很早之前她父亲就替她买了会员卡。父亲希望她在最好的环境里练球，同时也能接触到上层社会的成员，为以后的生意发展创造条件。

赵梦雨自驾着她的爱车白色路虎揽胜来到俱乐部时，里面已经有不少会员在挥杆练球。掐指一算，赵梦雨已经有好久没到这里练球了。以前，她几乎每星期都会过来三五次。这里的工作人员大部分都认识她，一是因为她的球打得好，二是因为她长相出众，引人注目。加上赵梦雨为人和气，从不自以为是，所以大家都很喜欢她。俱乐部练球场的经理还几次想聘她来练习场当兼职教练，说是有好多来此练球的贵宾都想认识她，请她陪练，可以出她十分可观的薪资，每次都被赵梦雨婉言回绝了。

并没有人知道她家里发生了变故，所有认识她的人都对她笑脸相迎，问她为什么那么长时间不来这里练球？赵梦雨一律报以含糊的回答。在前台登记以后，她还是要了以前经常用的靠中间位置的底层发球台，做了一套热身动作后，开始挥杆练球。赵梦雨的球比一般女性漂亮很多，不仅打得远，而且球速快，线路直。因此，每逢有人同练，总是喝彩声不断。这次的确有一阵没挥杆了，一开始的十几个球都没有能按照她的要求打到理想的点上，不是短了，就是偏了。虽说都只是一点点而已，但这一点点足以让赵梦雨心里不爽。看来任何技术活都应该是拳不离手曲不离口才行啊！

赵梦雨稍作停顿，喝了几口自己带来的依云矿泉水，调整一下气息和心态，然后再次进入角色。这下果然好多了，打出去的球十有七八落在了她希望的地方。毕竟非等闲之辈，全国冠军也不是浪得虚名的。赵梦雨的 1 号木越打越顺，开始打出了几个超越自己记录的好球，落点都超过了 280 码，而且居中。赵梦雨很开心。她的目标是最终成为专业球员，因此对自己的要求一直很高。在严于律己这点上，赵梦雨非常苛刻。

整整打了一个小时之后，赵梦雨觉得有些累了。她脸颊通红，双臂开始发沉发酸，腰肌也开始发酸，浑身上下也早被汗水浸透。她站着深呼吸了几口气，便收拾起球杆，一一插入球包内，然后走出练球房，去休息室。这家俱乐部设有好些供贵客使用的 VIP 休息室，都是独用单间的，装潢十分考究豪华。休息室里，除了摆设着蓝金两色的欧风长沙发、衣柜等家具和配备有空调、冰箱、微波炉、电视机等家用电器外，还附带有一个全部是科勒品牌用具的淋浴室。贵宾们练完球，可以在此洗个澡，更换干净衣服。有些男贵宾带着女伴过来一起练球，完了之后还可以在这个私密空间里调调情，卿卿我我一番，如果一时欲火难熬，三人座长沙发甚至可以成为即兴过过瘾的甜蜜温床。

赵梦雨锁上休息室的门，将自己脱了个精光，走进淋浴室，把水温调至最舒服的状态。淋浴室内洗发露护发素以及沐浴露等应有尽有。赵梦雨让莲蓬头里的温水从头上浇下，淋湿全身。她那一头长长的秀发是她的骄傲，梳理整齐后潇洒地披在身后，时常会吸引别人啧啧称赞的目光。不过这美发洗起来可不轻松，每次都要花掉她不少时间。赵梦雨洗完头发，将它们盘在头顶用发夹固定住，然后开始洗身子。她的皮肤洁白细腻，非常光滑。

洗完澡，赵梦雨取出吹风机将一头秀发吹干梳齐。她站在大镜子前上下打量了自己一眼。她对自己的身材很满意，好像是浑身上下找不到任何明显的缺点。作为一名花季少女，应该堪称完美了吧？这么想着，她脸红了，觉得自己过于自我陶醉。赵梦雨换上了干净的衣服后，打开冰箱取出一罐冰冻的饮料来喝。她舒舒服服地边喝，边在沙发里躺了一会儿。她几年以前就开始习惯了这样的生活方式，一切都是父亲为她创造的条件。在赵梦雨的印象中，其实父亲自己是很节约的，从来不会乱花钱，但把钱花在她这个掌上明珠身上，多少都愿意。现在，世界上最疼爱她的人已经不在了。从今往后，她得一个人在世上拼搏。虽然父亲给她留下了轻易用不完的财富，但人生岂是金钱可以替代一切的？如果此时此刻可以换回父母的性命，赵梦雨宁可自己在一瞬间变成一贫如洗。这么想着，她的眼睛里滚落下两行凄楚的泪水。

赵梦雨在休息室舒舒服服躺了一会儿。看看手机上的时间，已经过了下午三点半。她想去俱乐部的餐厅喝一杯咖啡。这里的咖啡都是用进口咖啡豆现磨的，特别香，感觉上比星巴克的好喝很多。

来到咖啡厅，赵梦雨找了个靠角落的位子，向服务员要了一杯牙买加蓝山咖啡。这种咖啡口味浓郁香醇，不含苦味，而是略带适度的酸味，这令赵梦雨很喜欢。她想慢慢喝完这杯咖啡就回去。

赵梦雨一边喝着咖啡，一边看微信上朋友圈的内容。朋友圈人很多，只要半天不打开，就会积累起好多信息，一时半刻根本看不完。赵梦雨没有兴趣逐一去打开，只有看到标题特别有吸引力的才仔细看一下。突然，在不经意间，赵梦雨听到一个熟悉的声音传入她的耳内，多像是张家宝的声音啊！她搁下手机抬脸一瞧，在离她几米远的餐厅走道里，正有一伙人走过。显然他们是刚刚进来，是找座位喝东西聊天的。赵梦雨在短短几秒内，就在那几个西装革履的男人中间发现了张家宝的身影。一开始她以为自己看错人了，再细细辨认了一番，果然没错。这不由令她大喜过望，差一点点她就准备一跃而起，向那伙人奔过去了。

赵梦雨没有想到张叔叔已经回到了成都。他怎么也不尽早告诉我一声啊，赵梦雨心里有些委屈。她有太多太多的话要对张家宝说呢！可就在她打算离开座位的一刹那，她看到了另一张似曾相识的脸，这张脸紧随着跟在张家宝身后，一步一步朝前走。不一会儿，他们在离赵梦雨十多米远的地方找到了一个位子，五六个人围坐在一起。张家宝几乎是背对着赵梦雨落座的。从赵梦雨的角度，只能看到他的后侧面。但是那张似曾相识的脸却大半朝着赵梦雨座位的方向。等他一坐下，赵梦雨就完全想起来了，这个人不就是那个在市郊结合部荒芜的住宅小区里冒充警察的西装男吗？这下，赵梦雨完全惊呆了。这个人究竟是谁？他怎么会和张叔叔在一起？他们之间是什么关系？一连串的疑问，就像突然浮起的大雾将赵梦雨紧紧裹在其中。出于本能，她低下了脸，她不想被那个西装男发现。

赵梦雨内心里开始翻江倒海。她不知道自己此时此刻该做什么，甚至不知道自己在想什么，好像满脑子都充塞着稀奇古怪的想法，又好像脑子里空空如也。她渐渐地觉得呼吸短促起来，胸口开始发闷。她不知道要不要上前去和张家宝打个招呼。但那个西装男在场，她怎么可以过去？赵梦雨的思绪陷入了矛盾和错乱。她不知怎么办。她十分着急。

此时，一个念头悄悄钻入在她脑际：张家宝叔叔回到成都为什么不告诉我呢？最近这段时间他连一个电话都没有啊，难道是回来后太忙了，无暇顾及到我吗？既然如此，此刻就不要急于过去打招呼吧。这么想着，赵梦雨鬼使神差般站了起来，悄悄转身离开了餐厅。她直接走到了停车场，坐上自己的路虎车内。她想让自己稍稍平静一点，但总有什么东西在她内心里不停地搅动，令她心神不安。然后，就像有什么人在教唆她似的，她下意识地掏出了手机，拨了张家宝的号码。

铃响了好一阵才有人接听。

"喂，是谁呀？"是张家宝的声音。

"张叔叔，我是小雨。"

"哦，小雨啊。你看我忙得，有好久没给你打电话了。你还好吗？"张家宝还是如同往常一样的声音和口吻。

"我挺好的，张叔您好吗？"

"我也很好，就是太忙，太累了，你看，我刚刚想睡下呢。"

赵梦雨思路飞快地一算，此刻温哥华时间应该是半夜十二点多，她赶紧问："张叔您还在温哥华吗？什么时候回来啊？"

"快了快了，最多一个星期吧。"张家宝笑呵呵地说："我们很快就能见面了。我到了成都就请你吃饭。"

"好的张叔，我有很多事要对您说呢。"赵梦雨回答得很自然。

挂掉电话后，赵梦雨心里更加波涛汹涌了：难道张家宝真的还在温哥华？是自己认错人了吗？赵梦雨纳闷极了，但她马上肯定自己不会看错人的。那声音，那相貌，如此熟悉确凿，怎么可能看错？那么，假如自己并没有看错人，张家宝明明已经回到成都了，为什么要骗她说还没回来呢？理由何在？还有，那个西装男究竟是怎么回事？真是便衣警察，还是如张光曦说的只是个假警察。不论这个警察是真是假，他和张家宝叔叔是种什么样的关系呢？

赵梦雨陷入极度困惑之中。她不能理解，不敢理解。此刻她需要有人指点迷津，这让她想到了张光曦。她像被什么尖利的东西刺了一下似的，浑身一哆嗦。她一直没有在两个同姓的长辈之间做过选择。当初张家宝模糊提醒过她要提防张光曦，其实张光曦也暗示过对张家宝的猜疑，她都没特别在意。现在，可能她不得不冒险做出一次选择了。

赵梦雨再次拿出手机，拨通了张光曦的电话。她告诉张光曦，她需要立刻和他见个面。这回，是她对张光曦说有重要的事情要商量了。张光曦立刻就答应了见面。他显然从赵梦雨的语气中听出了强烈的不安。

地点还是那家星巴克。赵梦雨收起电话后，马上发动了路虎，一口气驶出俱乐部。接近黄昏时分，街路上车辆和行人都在增加，带给人一片嘈杂和烦闷。天气不知什么时候起已经变得阴沉沉的，太阳被厚厚的云层阻隔开，躲得不知去向。马路两边的街树，被一阵突兀而来的大风吹得飒飒摇动。风夹杂着一股浓浓的潮气在大街上弥漫。看这架势，应该过不多久就会有一场雷阵雨降临了。

9

"你一直没有把家里电脑硬盘被窃的事告诉张家宝吗？"仔细听完赵梦雨的叙述后，张光曦问。

"没有啊。"赵梦雨点头。

"你这么急约我碰面，把下午在俱乐部发生的事情原原本本告诉我的目的是什么？"张光曦突然奇怪地发问。

赵梦雨被问住了。是啊，把这一切告诉张光曦的目的是什么呢？她心里隐隐约约有某种企图，却又不敢正视这种企图。她张口结舌，回答不了。

"你是不是有点怀疑你的张家宝叔叔？哦，我换一种说法吧，你是不是开始不信任他了？"

"为什么他明明回来了还要骗我说在加拿大呢？"

"是啊，为什么？"张光曦闭眼琢磨着，而后说："如果一切正常，这没有理由。"

"我也这么想的。"

"你觉得他和你的手机被抢、电脑硬盘被窃会不会有关连呢？"张光曦冷不防单刀直入地问。

"张叔叔，和那两件事有关系？"赵梦雨被惊吓到了，"不，这怎么可能。张伯伯您怎么会这样想？"

"我也不想这样假设。可是你看，当初你用手机拍下材料，并将照片下载到家里电脑上的事，知情者只有我和张家宝两个人，对吗？"

赵梦雨不得不点头默认。

"抢你手机和偷走硬盘显然不是偶然事件，两者是有关联的，而且都发生在你告诉我们两个之后不久，这你承认吗？"

赵梦雨除了再次点头别无选择。

"那么，有可能告诉抢匪和窃贼消息的，就只有我和张家宝两个人，对吗？"

赵梦雨发现张光曦眼镜片背后的目光变得异常犀利和尖刻，盯得她如芒在背，不由得不躲开去。

"好，如果你不反对我上面的推断，现在你只要告诉我，你认为是我泄露的消息吗？"

"不是，当然不是您。"赵梦雨急忙否定，毫不犹豫。她想，如果是张光曦做了那一切，他怎么可能此时此刻和我面对面坐着讨论这些事？不是太荒唐了么！

"那好，既然你选择了信任我，我的嫌疑就被排除了。剩下的还有谁呢？"张光曦嘴角流露出一丝微笑，好像因为赵梦雨信任他而感到了宽慰。

"那也不能轻易怀疑我张叔啊。"赵梦雨脱口而出，完全出于某种本能。

"我知道，我知道。"张光曦表示理解地朝赵梦雨微微点了下头，然后举手推了推滑下鼻梁的眼镜说："所以我们得做一次测试。"

"测试？"

"对。如果你真的信任我，你得按我说的去做，这样我们很快就会有正确的结论。"张光曦以一种科技人员的严谨口气向赵梦雨提出了要求。

当天深夜，赵梦雨独自回到家中。虽然赵梦雨心存疑虑也不太情愿，但她还是按照张光曦的要求给假定还在加拿大温哥华的张家宝打了一个电话。她告诉张家宝，家里的电脑硬盘前几天被小偷窃走了。张家宝和听到手机被抢后的反应是一模一样的，既着急又担心，说如果所有材料丢失了的话，蓝天金矿的损失就太大了。赵梦雨像上次一样，给张家宝吃了颗定心丸。她告诉他，自己还留有一个备份。

"已经两次了，俗话说，二不过三，这次你绝对要保证备份的安全哦，千万不能再出问题了。"张家宝心急火燎地叮嘱赵梦雨。

"放心吧张叔，这回我把优盘藏在谁都找不到的地方了。"赵梦雨一边回想着张光曦教她的话，一边回答张家宝。

"哦，什么地方啊？不会是放在你小姨家了吧？"张家宝好像随意一问。

"当然不是。"赵梦雨心里奇怪怎么张光曦猜得这么准，随即顺水推舟说道："我还是藏在自己家里，不是说越是危险的地方就越安全吗？张叔，我用胶带把优盘粘在厕所橱柜的底部了。"

"哎呀，梦雨你真是机灵，怎么会想到这个点子的啊?"张家宝欣赏地称赞赵梦雨。

"以前看间谍片时学到的吧。张叔，您看这样应该很安全吧?"赵梦雨有意征询张家宝的意见。

"嗯，放在那里应该安全，坏人也不会想到那里去的。"张家宝表示同意。然后他又一次叮嘱赵梦雨，一个人少回家，特别是晚上。

和张家宝通完电话后，赵梦雨又马上打了电话给张光曦，这是他们约好的。她把和张家宝通话的内容全部对张光曦讲了一遍。接着，按照张光曦的指点，赵梦雨从书房里取来一圈胶布和一个空的优盘，走到厕所里，用剪下的一段胶布将优盘牢牢粘在了化妆柜的底部。张光曦说，这么做完之后，就耐心等着，看看会发生什么事情。赵梦雨心里暗暗祈祷，但愿什么事都不会发生。一星期后那只优盘如果依旧粘在原处，那么，就可以排除张光曦对张家宝叔叔的猜疑了。

然而事情的发展完全没有如赵梦雨所愿。

第二天中午，赵梦雨接到一个陌生电话，对方说是警察，还说他们曾经见过一面。赵梦雨马上想起了那天在美发厅走出来时的遭遇，一定就是那伙人，张光曦所说的假警察。赵梦雨沉住气，问对方找她有什么事。对方说，由于破案需要，他们想在两个小时后到赵梦雨家里去一趟。他们要再次到当时出事的现场验证一些情况，因此，希望赵梦雨在家里等候他们到来。

赵梦雨随即将此时告诉了张光曦。张光曦叫赵梦雨照他们说的做，待在家里等他们过来，看看他们究竟想做什么。张光曦让赵梦雨不必害怕，说大白天的，他们不会对她怎么样的，叫她一定要冷静机智。为了让赵梦雨放心，张光曦说，到时候他也会过来。他会乔装打扮一番，躲在赵梦雨家公寓楼前的花园里。他很想亲眼看看那些假警察长什么样子。

赵梦雨并不害怕。她觉得如果那帮人要对她做什么坏事，那天早就动手了，那个地方要比赵梦雨的家偏僻得多。现在，在附近都是住户、人员频繁进出的小区公寓楼里，又是光天化日之下，量他们也不敢把她怎么样的。赵梦雨在外面吃了午餐后就赶回了家，坐在客厅里等那伙人的到来。

大约下午两点左右，有人开始敲赵梦雨家的门。赵梦雨定了定神，走过去把门打开一看：果然就是那天见到的几个人：西装男，眼角长痣的和上次接她上车的眼镜男。

"不好意思，打扰你了。"西装男显得很客气。他进门之后四下扫视了一遍。

"你们想看什么？"赵梦雨摆出一副毫不怀疑的态度。

"想再看看你父亲的书房和卧室。"西装男一本正经说。"你可以坐在客厅里，随便你做什么。我们很快的，勘察完了就走，你不必担心什么。"西装男说着，对另外两人使了眼色。那两个人就分别进了赵梦雨父亲的书房和父母的卧室。

西装男留在客厅里没有走，有一句没一句地和赵梦雨搭讪闲聊，说他们警察工作有多么重要，说他们破案有多么辛苦，说他们对赵梦雨父母被害的案子多么重视，然后，又向赵梦雨问这问那，态度比起上次来明显温和了许多。赵梦雨则应付自如。她想好了，今天自己一定要以不变应万变，所以始终摆出一副自然轻松的神态，丝毫不泄露内心一丁点的波动。

大约隔了有半个小时，眼镜男和有痣男先后从两个房间走出来，对西装男说任务都完成了。西装男便从沙发里站起身，像是要离开的样子。赵梦雨偷偷地松了口气，不仅仅是他们没有对她做什么，更是因为他们根本没有进厕所，也就是说他们不知道厕所里藏有优盘的事。那么，张家宝叔叔的嫌疑就排除了。

赵梦雨还没有来得及高兴，就听到眼角有痣的人对西装男说：稍等一下，我得上一下厕所解个手。说完他就进了厕所，顺手将门关上了。隔了几分钟，赵梦雨听到里面冲马桶的声响。有痣男刚走出来，眼镜男也说要解手，进了厕所。之后，赵梦雨又听到一次马桶的冲水声。赵梦雨满以为西装男也会做一遍同样的动作，但是他没有，而是对赵梦雨说了句"我们有事的话，会再和你联系"，就带着另外两个人走了。

等他们的身影消失在电梯口后，赵梦雨转身进屋，锁上客厅的门，然后伴着咚咚的心跳，急不可耐地进了厕所。她蹲下身子，伸手朝着化妆柜的底部摸进去。顿时，她的心跳停止了。之前用胶带粘住优盘的位子，现在空空如也，什么都没有了。为了证实自己没有搞错，赵梦雨到外面取来手电筒，然后压低身子，将头尽量低垂，侧过脸来，一面脸颊已经贴到了地砖上。她打开手电，借着那道光亮朝柜子底部仔细看进去，果然一无所有！毫无疑问，这伙人今天是有备而来。他们知道厕所里藏着优盘，而且完全了解优盘所在的位子，眼镜男和有痣男，其中一个轻易将它取走了！

这一瞬间，赵梦雨就像浑身被浇了一大盆冰水，思路被冻得结结实实动弹不了。她缓缓站起僵硬的身子，步履拖沓地走出厕所来到客厅里。她一屁股倒在沙发上，脑子里什么也不剩，只有一个声音在她耳畔不停盘旋：为什么？为什么？为什么？

不知隔了多久，她听到了门铃声，接着是急促的敲门声。赵梦雨如梦初醒，猛地从沙发里弹起来。直觉提示她，敲门的应该是张光曦。赵梦雨疾步跨过去拉开了门，果然，门口站着的就是张光曦。

"小梦雨，你的处境很危险。"这是张光曦进门坐下后讲的第一句话。

赵梦雨对这句没头没脑的话并不理解。她依旧沉陷在终于确认了张家宝和那伙抢她手机、偷她硬盘、现在又拿走她优盘的人有关系而生出来的沮丧和费解中。她因为张家宝欺骗自己的举动内心深感痛楚。除此之外，她并未想过更多。但张光曦不同往常的凝重和严肃使她不得不认真起来，她问："我会有什么危险？"

"我犯了一个大错，将你陷于危险之中。"张光曦脸上透出难以遮掩的内疚之情。

"什么？……"

"我一时疏忽，让你把一个空的优盘藏在了厕所里。"

"那又怎么样，这样做不是证实了您的推测吗？"赵梦雨慢慢恢复了思考。她痛苦地说，"张家宝叔叔果然和他们有关系。"

"问题会很严重。"张光曦板着脸说，"他们很快就会发现你骗了他们。张家宝也可能会猜到你在试探他。那样的话，为了得到你手上存有资料的那个优盘，他们一定会不择手段的。"

"他们会怎么样？"

"这现在不好说，但是，当初他们就是为了金矿材料而杀害了你父母。"

"是说他们会害我？"

"如果你坚持不配合的话。"

"他们敢无法无天？"

"这伙人非同一般，我已经知道他们是谁了。刚才我在楼下花园里看见他们了，我认出了他们。"

"您认识他们？"赵梦雨愕然。

张光曦点点头，开始把自己如何遇见西装男和有痣男的经过对赵梦雨讲了一遍，末了说："现在可以肯定他们是什么人了，对，太平洋集团！他们几乎无处不在，像鬼影一般出现又消失。他们好像随时都掌握着你的动态，所以你真的很危险。"

"他们有什么理由要害我呢？"赵梦雨隐隐约约感觉到了害怕。

"因为你是你父亲的继承人，因为你手里掌握着蓝天金矿实际价值的原始资料，所以他们不会轻易放过你。"张光曦讲得把握十足。

"可是，张家宝也是蓝天矿业的股东，也是太平洋集团的受害者呀！"

"这就是我百思不得其解的地方。明面上对你这么关心这么爱护的张家宝，为什么在暗中会帮助你的敌人呢？"张光曦的困惑丝毫不比赵梦雨差。"难道张家宝有什么把柄落在太平洋集团手上，受到了他们的要挟吗？"

"您是说，张家宝被他们逼迫利用了？"

"我不清楚，但我迟早要把这件事弄个水落石出。"

"那我接下去该怎么办？"赵梦雨一下子失去了可以依靠的张家宝，恐怕还远不止失去那么简单。她这下真的六神无主了。

张光曦又一次以他惯常的动作将后脑依靠在沙发背上，微微闭起了眼睛。赵梦雨已经习惯了他这样的思考方式，默不出声等待他思考后的结果。这几天。赵梦雨已经将自己的信任完全交付给了张光曦。虽然和这个老男人认识不久，但赵梦雨已经感觉到了这个知识分子身上所拥有的一股正义感，也体会到了这个工程师的智慧和聪明。她十分欣慰，自己一开始对这个人的判断就是准确的。尽管他有些鬼鬼祟祟，她也没有认定他是坏人。

几分钟后，张光曦睁开了眼，他面朝赵梦雨，郑重其事地说道："梦雨啊，我认真想了一下，你必须尽快离开成都，出去躲避一阵子。"

"为什么?!"张光曦的这个建议非常出乎赵梦雨的意料。

"躲开他们，还有躲开真正的警察。"张光曦直视着赵梦雨的脸："还记得我告诉你刘副院长办公室丢失了贵重物品的事吗?"

"记得。"赵梦雨点点头。

"我觉得这里面很蹊跷。刘副院长并没有在第一时间说到有贵重物品失窃，而是隔了几天才突然报案的，这很奇怪。"张光曦努力思考着。

"难道……"赵梦雨疑惑地望着张光曦。

"凭这件事，由于失窃的财产价值巨大，警察就可以正式立案侦查。一旦通过技术手段验证那天夜里是你进入了办公室，他们就完全可以先刑拘你。那样的话，你就别想离开成都了。"

"我没有听明白您的意思。"赵梦雨说。

"你以前说过，你的张家宝叔叔是人大代表，方方面面都有关系，所以我觉得整件事非常复杂，一时半刻我也理不清头绪。总之，你要相信我。凭我的直觉，他们很快会来找你麻烦。所以小梦雨，你必须马上离开成都。"张光曦的语气已经认真得不容置疑了。

"非走不可么?"

"非走不可!"

"可是，我，我能去哪里呢?"赵梦雨感觉到了事情的严重性。一向冷静的她也被突然而至的恐慌所吞噬了。

"越远越好，到没有熟人的地方去。"张光曦斩钉截铁地道："至少躲几个月，不能让他们找到你。还有，把优盘带着，决不能落入他们之手。如果你信任我，临走之前拷一个备份交给我。我知道，这一切的一切，答案就在这份资料里。"

赵梦雨明白自己已经别无选择，就是警察查不到她，张家宝也不会放过她的。张光曦绝不是心血来潮，也不是虚张声势。他肯定看到了事情有多么严重。应该有许多情况她是不明就里的，现在她必须相信张光曦，只能听从他的建议。除此之外，她没有任何别的选择!

10

虽然赵梦雨不想马上就按张光曦的要求离开成都，但她还是采纳了张光曦的建议，为了预防万一，最近不再住到小姨家去。她向小姨吹了个牛，说有个大学最要好的同学因为家里人都出国去旅游了，一个人在家显得孤单寂寞，让她过去陪住一阵。小姨当然信以为真，叮嘱了几句后也没任何异议。

赵梦雨整理了一点需要替换的衣物之类，装满一只小拖箱，再往双肩包里装入一些必备的东西，就离开了小姨家。她一开始想找一家好一点的星级酒店入住，转念一想，如果为了暂时避一下风头，观察一下会发生什么结果，还不如找一家连锁经济型酒店更加隐秘。于是她挑了一家离开小姨家稍远的如家酒店住了进去。办理入住登记时，两个酒店的女孩子看她拿出的是本市的身份证，又登记要住一星期，不由咬起耳朵来。她们猜测赵梦雨肯定是和家人吵架，堵着气离家出走，独自住到酒店来了。

赵梦雨挑这家酒店入住的一个原因是它离一处热闹的商业中心很近，走过去只要五六分钟，这样，她一日三餐就可以在外面解决。赵梦雨还从没有过这样的日子，明明家就在身边，却要住到酒店去，这想起来就有点滑稽和不可思议。不过赵梦雨还是信任张光曦的推断，宁可忍受这种不便和别扭，也愿意拭目以待，看看接下去会不会真的发生什么令人可虑的事情。

然而，事情的发生比她想象的还要快。就在她住进如家酒店的第三天上午八点半左右，她刚刚在一家点心店里吃过早餐，就接到了小姨的电话。小姨的语调十分紧张，告诉赵梦雨说，刚刚有一辆警车载着几个警察上门来找赵梦雨，其中有一个是户籍地派出所的老民警，和小姨夫很熟。他说是市局刑侦局的人要找赵梦雨，不知这孩子犯了什么事情。过来的两个陌生警察态度很严肃，口气也很生硬，向小姨盘问了好一会儿，一定要她讲出赵梦雨现在在什么地方。小姨告诉他们，她只知道外甥女去了同学家里，但并不知道那个同学的住址和名字。警察说，你不能说谎啊，赵梦雨犯了事，公安局需要把她带回去讯问案情，如果你不配合，隐瞒情况，那就犯了包庇罪。小姨说到这里声音已经发抖。她满带哭腔地问："小雨啊，这究竟是怎么回事啊？"

赵梦雨在最初的一阵震惊过后，反倒冷静了下来。她先安慰小姨道："小姨你不必担心，我没有做过任何坏事，他们一定是误会了。"

"既然如此，那你可以对他们讲清楚的，你快回来吧。"小姨说。

赵梦雨知道自己现在的的确确陷入了困境。一定是那天晚上她潜入勘探院的事情被侦破了，警察在录像资料上发现了她，并且调查到了她的真实身份。现在，她是绝对不可以自投罗网的。一旦她被警察逮着，那就完全可能如张光曦所言，一切都会有口难辩，黑白难分。此刻，赵梦雨已经相信自己所面临的局面，绝非仅仅如刘副院长所称的，偷窃了一块价值五十几万的和田玉那么简单。她已经不知不觉落入了一个精心布置的陷阱，将偷窃的罪名加在她头上只是一个开始，接下去还会有更可怕的事情发生。显然，她不能再回小姨家。她尽力克制自己的情绪对小姨说道："小姨你听我说，虽然我可以保证我没有做错任何事，但我要告诉你，我最近确实遇到了一些可怕的事情。这些事情很可能和我父母被害的事有牵连，所以小姨，我可能会离开你们一段时间。"

小姨被吓着了，哆哆嗦嗦问赵梦雨遇到了什么事。赵梦雨说这件事非常复杂，一时半刻根本讲不清楚。她希望小姨能信任她。

"小雨啊，你千万不能再出什么事情啦。"小姨开始在电话里哽哽咽咽起来，"你父母已经那样了，你可不能再有什么事了啊！"

"不会的，小姨。"赵梦雨劝慰着小姨，"我不会有什么事的，我只是需要暂时离开成都一段时间，我会好好照顾自己的。"赵梦雨讲完这句话时自己也有些惊讶，难道我已经在不知不觉中做出决定了吗？之前张光曦建议她离开时，她是犹豫和徘徊的，她怀疑自己是不是一定要离家出走。可就在这几秒钟时间，她仿佛已经果断做出了决定，走，对，一定得走。

赵梦雨的性格中有一种雷厉风行的作风，一旦做了决定就十分大胆无畏。她不是那种前瞻后顾、踟蹰不前的人，就像当初决定要去偷取资料时她毫不惧怕一样。现在她决定要离开成都时，也会毫不犹豫。在结束了和小姨的通话后，她就开始计划下一步的行动了。

赵梦雨先给张光曦打了个电话，把刚才发生的事说了一遍。张光曦沉吟道："果然不出我料，他们很快会查到你头上的。现在你打算怎么办？"

"我不会束手待擒的。"赵梦雨毫不犹豫回答道。

"对，你决不能被公安局抓到，否则一切都会前功尽弃。还不知道那伙冒充公安局的人会对你下怎样的黑手呢。你现在是黑白两道都不放过你啊。"张光曦顿了顿又道："小梦雨，你得听我的，你必须尽快离开这里，留得青山在。"

"我明白了。"赵梦雨说。

"那你就争分夺秒吧，越早离开越好。记住，离开之前一定要拷贝一份资料给我。我一定要解开这个罪恶之谜。"张光曦讲得斩钉截铁。

现在，赵梦雨已经对张光曦百分之百地信任。她昨天下午已经在电脑商城买了一枚新的优盘，然后到一家网吧里将资料重新拷贝了一份。那两个优盘此刻就带在她身上。于是她向张光曦要了地址。挂断电话后，她走到不远处的邮局，用双挂号的 EMS 将那枚新购的优盘寄给了张光曦。做完这件事，她心里像卸下了一半的负重，觉得轻松了好多。现在，至少两个人手里掌握着蓝天金矿的真实资料了。而且，赵梦雨相信张光曦这个人和自己一样，一旦认定要去做到的事，会不惜一切的。

从邮局出来，赵梦雨想了想，直接就去找了一家机票代理公司，买了一张第二天上午飞往广州的机票。她不想再拖了，毕竟夜长梦多，能早离开就尽量早一点。广州那边有她一个中学时代的要好同学，在那里打工已经两三年了，两个人一直保持着断断续续的联系。那个同学曾好几次邀请她去广州那边玩几天。赵梦雨觉得可以先去那里待上一阵，然后再另做打算。赵梦雨订好机票，就给同学打了电话。同学一听她突然要去，非常兴奋，问清楚赵梦雨所乘的航班后，说明天一定会去白云机场接机。还说赵梦雨如果不嫌弃，就不必浪费钱去住酒店，可以直接住到她借的房子里，两个人在一起会更热闹也更方便。

和同学通完电话，赵梦雨就去了商业中心。毕竟是要离开成都一段时间，这时间的长度是多少她心中一点没谱，因此她需要去商店采购一点必需品带上。好在她以前就有住校的经验，大致有数眼下该添置些什么。有些东西她原本可以回家或者去小姨家取，但她不敢。谁知道是不是有人，正在那两处地方躲藏在暗处等着她的出现呢！

两个小时后，赵梦雨拎着一大包东西回到了如家酒店。她关上房间门，开始将所购的东西装入拉杆箱和双肩包内。明天早上出门时，背着双肩包，拖着拉杆箱，别人看着一定像个出门周游的旅行者呢。赵梦雨奇怪，自己此刻并没有一个逃匿者通常会出现的恐慌和不安，反而变得异常淡定。

整理完东西，赵梦雨才觉得有些累了。从上午到现在，也忙忙碌碌了好几个小时。她躺到床上，正想要休息一会儿，就听到放在一旁的手机在响。拿过来一看来电显示，她不由一下跳坐起来：是张家宝的电话！要不要接呢？矛盾而对立的念头顿时在赵梦雨脑子里快速翻转。铃声一声紧接一声。赵梦雨最后还是伸手拿起了电话，小心翼翼地喂了一声。

"梦雨啊，怎么这么久才接电话啊？"张家宝还是一如既往不紧不慢的声调和口吻。

"噢，我刚才正好在洗手间。"赵梦雨随口吹了个牛。

"哦，难怪，我还以为你出门忘带手机了呢。"

"张叔您怎么突然给我打电话？"赵梦雨试探着问。

"梦雨啊，我回来了，刚下飞机。我想尽快和你见个面，有重要的事想和你说呢。"张家宝说。

"张叔您回来了？"赵梦雨极为意外。她不知道张家宝真的是刚下飞机还是在瞎说。有那么一瞬间，她真希望张家宝所说是真的。此时此刻，她只能假装糊涂顺着对方说："那好呀，这两天我们就约时间碰面吧。"

"不不，不是这两天，就现在。梦雨你现在在什么地方啊？"张家宝显得非常急切。

"现在？我现在正在同学家里呢。"赵梦雨本能地回答。

"那好，现在是一点二十分，我们一个半小时后，也就是三点左右，在金碧辉煌俱乐部见面。你正好陪张叔我挥几下球杆。我们边打球边聊，然后晚上张叔请你吃高级的日料。你准备一下就过来。"

赵梦雨刚想着是不是要婉言回绝，张家宝说了一句"就这样，到时见"就把电话挂断了，一点不给赵梦雨留有余地。

赵梦雨马上将此情况告诉了张光曦。张光曦的意见很明确：太危险，不能去！既然你已经买好了第二天飞去广州的机票，那无论如何要平安坚持过掉这一晚，不能让任何节外生枝的事情发生。

赵梦雨内心里完全同意张光曦的意见。但当她一个人坐在房间里静下来时，她性格中任性刚烈的一面又浮现了出来。她突然产生了一股冲动，想当面听听张家宝究竟会说些什么。如果之前发生的一切真和这个她一直信任有加的张叔叔有关，她很想当面质问他几个为什么！赵梦雨觉得她没必要害怕，即便张家宝真的是人面兽心心怀不轨，在金碧辉煌那种地方还能对她怎么样？

赵梦雨以她特有的胆识和固执，没有听从张光曦的劝告。半小时后，她什么东西也没带，独自一人出了酒店，在马路上拦了一辆出租车直奔金碧辉煌俱乐部。从如家酒店的位置到俱乐部几乎要横穿大半个市区，估计得有四十分钟车程。一路上赵梦雨似乎思绪万千，又好像什么都理不出头绪。自从参加完比赛回到成都，她一直深陷在不由自主的情形中。总有一股无形的力量在推着她朝前走，容不得她细想和深究，就这么一步一步走到此刻，下一刻会发生什么她心里同样毫无头绪。

不知不觉中，出租车已经到了金碧辉煌俱乐部的大门口。司机将车停在下客区域，按掉了计价器，打印出发票。赵梦雨按计价器上的金额付了钱。正当她准备开门下车时，她的眼角不经意瞥到一辆驶入俱乐部大门的黑色奥迪 SUV。车子经过赵梦雨所搭的出租车旁边时，赵梦雨突然警觉起来。这辆车很眼熟，是奥迪 Q7，挂着川 A 后三位是 111 的牌照。赵梦雨的头脑中立刻跳出了那日在美发厅门口发生的一切来。

"姑娘你怎么了？"出租车司机见赵梦雨付了钱却不下车，好奇地问她。

"哦，我好像忘了一件重要的事。"赵梦雨掩饰着，"我得打个电话，可能我还得坐你的车折返回去。"

赵梦雨说着，装模作样取出手机随便拨了个号，然后将手机靠在耳朵上，随便叫了个名字，接着就假装问一件事。这时，她的目光一直盯着那辆停在前面不远处的奥迪车上。

奥迪车的门打开了，走下几个人来。这一刹那，赵梦雨的心跳骤然加剧。是的，没错！她认出了那几个人：西装男、眼镜男，还有眼角有痣的那个人！赵梦雨的心就像一下子掉入冰凉的湖水中，然后往下沉，往下沉，一直沉到了湖底。还有什么可怀疑的？这伙人就是冲着她来的。而指引他们过来的不是别人，正是自己一直信赖、尊敬的张家宝叔叔啊！

"师傅，麻烦你送我回刚才过来的地方。"赵梦雨收起电话对司机说。

一小时后，赵梦雨躺在了如家酒店房间的床上。她没有去接张家宝三番四次打过来的电话，也没有关机，因为她怕小姨或张光曦会打电话给她。这天晚上赵梦雨几乎没有睡着觉，半夜里一直是迷迷糊糊的，好像还做了噩梦，梦见父亲和母亲浑身是血躺在家中的客厅里。惊吓致醒后，她出了一身冷汗。之后，她半睡半醒地熬到了天明。

清晨，赵梦雨早早地起来梳洗，然后拿好行李，下楼退了房，走出酒店扬招了一辆出租车直奔双流机场。当出租车驶到距如家酒店百米开外的三岔路口准备向右拐弯时，赵梦雨看到迎面有一辆黑色奥迪SUV车正穿过马路在驶过来。她条件反射地在出租车后座上埋下身子，以防被那辆车上的人看到。等那辆黑色奥迪SUV擦身而过，出租车转上通往机场的大道后，赵梦雨才舒了口气。她想，会不会是自己过于神经过敏了？

上午十点左右，赵梦雨所乘的飞机脱离了跑道，拔地而起飞上蓝天，向着广州白云机场而去。赵梦雨透过舷窗望着越变越小的地面，忽然有一股酸楚的潮湿感涌上她的双眼，接着，两颗晶莹的泪滴滚落在她的脸颊上。

第四章

1

上海虹桥火车站几乎天天都是车水马龙，人声鼎沸。地处上海西郊的这个交通枢纽是全国最大的。等到全部建设完工，也可能是世界上最大的交通枢纽。这里纵横交错的铁路、轨交、立交和公路，加上两个空港航站楼，成了飞机、高铁、地铁、长途汽车和出租车的集散地，每天有数不尽的交通工具在此川流不息。

朱玉文刚从杭州开来的 G1638 号列车上下来。她本来应该可以先去坐地铁二号线到终点站徐泾东，然后再叫一辆青浦区当地的出租车直接回金银湖球场的。可她突然觉得肚子有点饿，想去找个地方吃点什么东西，反正差不多已到傍晚时分了，不如吃了晚饭再回去吧。她出了检票口后，就在交通枢纽的大厅里漫无目的逛起来。她有点犹豫，究竟是去吃肯德基的香辣鸡腿堡和烤鸡翅，还是去吃几两小杨生煎，或者干脆去味千拉面店里来一碗麻辣牛肉面。

朱玉文这次从杭州回来可以说是满载而归。

朱玉文现在已经不仅仅是一名普通的高尔夫球场 A 级球童。她已经悄悄地在高尔夫球童这个领域进行了有效拓展，将球童这个行当演化出一番全新的含义，开始了自己野心勃勃的事业。这次去杭州，可以说是小试牛刀，结果仅仅一个晚上，轻轻松松就让她获得了近万元的收入。而且她自己完全置身事外，不用像她带去的那几个女球童那样白天陪客人打球，晚上陪客人睡觉。她就像一个经纪人，在货品和用户之间穿针引线，让腰缠万贯的客人们和渴望金钱的年轻女球童们双双获利，各取所需。朱玉文从不认为她的所作所为有何不当。她不是老鸨介绍妓女，也不是妈咪介绍夜总会小姐。她只是为喜欢打高尔夫的有钱人提供随身服务。客户和球童之间是周瑜打黄盖的关系，各自心甘情愿。朱玉文从不规定价格，无论是她应得的介绍费，还是客户在事后付给女球童的赏金，都没有固定的标准，客户爱给多少就给多少。当然，说是没有标准，无论朱玉文自己或者由她经纪的女球童，都有自己的心理价位。她们不会开口向客户去讨要，但会在每次服务结束之后决定还会不会为对象提供下一次的服务。

朱玉文背着一只牛津布料的蓝色双肩包，揣着犹豫不决的想法在人流如潮的车站内慢慢走着，全然不知她已经被一伙小偷盯上。一定是她刚才下车时，将刚打完电话的苹果手机装回双肩包时被他们看到了。他们耐心地一路跟着她，寻找下手机会。终于，他们觉得时机成熟了。负责动手的那个男孩看上去才十五六岁，体型消瘦，目光轻狂，一头凌乱的长发。他一路紧随朱玉文的脚步，慢慢靠近她的背后，在恰当的距离内，熟练地向前伸出了手，一边走一边拉开了朱玉文背后双肩包的拉链，然后将一只手伸进敞开了的口子，神不知鬼不觉地取出了那只苹果手机。就在男孩脸上滑过一丝得意的微笑准备转身开溜时，突然有一只手猛地拽住了他拿着的手机，并迅速夺走了，同时他听到了一声叫喊："抓小偷！抓小偷！"

男孩子不由一愣，这才发现从他手里夺过手机的是一个留着短发、戴着黑框眼镜、一身运动便装的高个女孩。几乎在这同时，男孩的两个同伙从隐蔽处窜了出来。这是两个二十几岁的男青年，他们企图再次抢夺手机，不料那高个女孩将手机握得死紧。此时，听到喊声和发现动静的人群开始从四面聚拢过来。两个窃贼见势不妙，恼羞成怒之下，朝着高个女孩猛挥了两拳，将她打倒在地，然后乘众人惊愕发呆之际，迅速分头钻入人群之内，一溜烟逃跑了。

朱玉文觉到异常后转过身来，看到了高个女孩被打摔倒的那一幕。接着，她看到了女孩手上握着的手机，那是一只和自己一模一样的白色苹果手机。

"这是你的手机。"高个女孩从地上站起来，朝正看着她的朱玉文说。

"我的手机？"朱玉文一下子并没反应过来。

"对，你的手机，刚刚被人从包里偷出来。"高个女孩将手机递还给朱玉文。

朱玉文将信将疑取下双肩包，这才发现包的拉链已经被完全拉开了，她竟会浑然不知。这时边上的几个人开始议论，说现在小偷真猖獗，大庭广众之下也敢动手；说多亏了这姑娘挺身而出，否则就让小偷得逞了云云。朱玉文这才明白了之前所发生的一切。她从高个女孩手里接过苹果手机看了看，没错，果然是自己的那只！

"真是太感谢你了，"朱玉文由衷道谢："刚才你跌倒了，没事吧？"

"没事，就挨了两拳。"高个女孩举手扶了扶眼镜框，淡然笑笑。

朱玉文不知该再说什么。瞧着边上看热闹的人已经散去，朱玉文突然心起一念。她迅速从背包里掏出一个钱夹，又从钱夹内取出一叠钱来递给高个女孩说："这里是一千元，算是我的心意。"

"这怎么可以。"高个女孩毫不犹豫地推开了朱玉文拿钱的手。

"这钱你一定得拿着。如果我的手机被偷走，价值五六千呢。"朱玉文表示自己的诚意："给你一千，我还赚了四千多呢。"

"你真有趣。"高个女孩被朱玉文的说法逗笑了，"可我是不会拿你钱的。"

朱玉文听她说得斩钉截铁，神色也格外顶真，知道勉强不得了。她只好收起钱，对高个女孩说："要不这样，你既然不肯收钱，那我请你饭吧。你看，也快到吃晚饭的时间了，我们一起去吃些东西吧，顺便聊聊天。这个，你总能够答应我吧。你帮了我的大忙，总得给我一次表示感谢的机会啊！"

高个女孩像是犹豫着要不要答应，隔了几秒后她说："那好吧，我确实也有点饿了。"

2

虹桥火车站内聚集了许多各式各样的快餐店，肯德基，麦当劳，味千拉面，小杨生煎，康师傅私房牛肉面，吉祥馄饨，赛百味，食其家等等。总之，在上海城市街头出了名的快餐店这儿几乎应有尽有。不过要找一家能点菜的正规点的饭店还真不容易。转悠了半天，两个女孩总算觅到一家叫麻省理功的烤鱼店。这店名起得既奇葩又不乏创意。一处平民价格的餐饮店居然与赫赫有名的美国麻省理工挂上钩，这阳春白雪和下里巴人的结合实在滑稽又令人赞赏有加。机灵一点的，看着店名就能猜到这里供应的菜是带点麻辣味的。刚刚在逛着的时候，朱玉文问高个女孩能不能吃辣的，高个女孩说挺喜欢的，有些趣味相投的意思，因此走到这家店门口时，两人仿佛早已达成默契，什么话没问就一块走了进去。

"说心里话，你这次的确帮了我的大忙了。"在点完菜后，朱玉文还在念叨手机的事。

"你已经说过了。"高个女孩望着坐在对面的朱玉文，微笑地说道。

"你知道吗，我这只iphone5手机值五六千块，被偷了我当然会心疼，但这不是主要的。我非常感谢你，是因为这手机里的通讯录，里面足足有几百个电话号码，还有几百个微信号。"朱玉文举起手里的手机，晃了晃。

"你的朋友倒是很多啊。"高个女孩说。

"噢，我忘了自我介绍，我叫朱玉文，在金银湖高尔夫球场工作。"

"我姓夏。"高个女孩并没有说她叫夏什么。

"我们的球场应该算是全国最好的球场之一了吧。来打球的客人，不管是会员还是嘉宾，都是些高端的上流社会人士。不好意思，你知道什么是高尔夫吗？"朱玉文自豪地介绍道。

高个女孩不动声色地点点头："知道。"

"你还知道高尔夫啊，不简单嘛。"朱玉文有点意外，眼前这个女孩穿着很朴素，不像是会玩高尔夫的那些富家子女。既然对方知道高尔夫，朱玉文不由多说几句："我们球场有将近五百个会员，我有其中三分之二会员的电话号码，加上他们常常带来的嘉宾散客，你看加起来得有多少人。如果这次手机真的被偷了，我就会失去同他们的联系，那损失可就大得无法估计了。"

朱玉文说的确实是大实话。朱玉文在金银湖球场混得顺风顺水，和所有客人都相处得客客气气，尤其是和众多的官员、富豪、国企老总、明星等上流社会人士关系融洽。这些人，不但是她做球童时的客人，更是她现在私下里所从事的"高尔夫特殊服务"的客户。如果没有了手机，她刚刚起步的业务将大打折扣。所以，她特别感谢高个女孩为她拿回了已被偷走的手机。

"你一定很善于社交吧？"高个女孩饶有兴趣地问。

"算是可以吧。你知道，人在社会上混，没有人脉可不行啊。"朱玉文的语气带点炫耀。

开始上菜了。朱玉文点了不少菜，龙利鱼、阿根廷大虾、川北凉粉、麻辣鸭头、夫妻肺片等，摆了整整一小方桌。朱玉文热情地为夏盼雪夹了一碟子菜，让她不必拘束，尽量放开肚子多吃，不够再加菜。

"你是哪里人？"朱玉文吃了几口后问。

"我吗？"高个女孩稍稍作停顿："湖南。"

"湖南哪里？"

"益阳。"

"哦。"朱玉文煞有介事地应了一句，其实她并不知道益阳在哪里。"来上海玩的，还是来打工的？"

"算都是吧。"

"在上海有亲戚朋友吗？"

高个女孩摇了摇头。

"你想来上海找工作？"

高个女孩点点头。

"想找什么样的工作？"

"不知道，没想好。"高个女孩又摇了摇头。

"哎对了，我们球场正在招聘球童，要不来我们球场做球童？"

"行吗？"

"你刚才不是说你知道高尔夫吗？"

"是的，事实上我以前当过一阵子球童。"

"真的吗？那就太好了！"朱玉文一阵惊喜。

朱玉文这时才注意到，高个女孩其实长得非常漂亮，只是因为剪着运动员似的短发，加上可能在户外待得比较久，肤色晒红了，再配上鼻梁上那副像超女周笔畅戴的宽边黑眼镜，看上去就显男性化了一点，变成李宇春的类型了。朱玉文忍不住盯着对方出了神，眼前这个女孩的整体形象，是她认识的所有女球童里最出挑的，假如真能把她招到金银湖球场当球童，日后慢慢归入她的麾下，一定会成为客户炙手可热的红人，说不定就是一棵摇钱树呢！正这么想着，朱玉文内心里突然咯噔了一下。她倏然觉得这个女孩的脸好眼熟，一定曾经在哪里遇见过，记忆之翼自动地在她的脑际里飞快扇动着……她想起来了，赵梦雨，对，这个女孩长得和赵梦雨非常之像，除了发型、肤色和稍微偏瘦一点，再加上戴眼镜之外，可以说和她见到过的那个全国冠军赵梦雨几乎一模一样。朱玉文瞬时惊呆了。

高个女孩感觉到了朱玉文异样的目光和表情，撇嘴一笑道："你干吗这样盯着我？"

"你刚才说你姓什么？"朱玉文的面部肌肉有些僵硬，声音也显得不稳了。

"我姓夏，夏天的夏啊。"高个女孩说，"名字叫盼雪，就是夏天因为太热，盼望天上能下点雪的意思。"

"是真的吗？"

"怎么你不信？要不要我拿身份证给你看？"高个女孩乐了，果真伸手将搁在座位一旁的包取了过来，打算掏出身份证给朱玉文验证。

"不，不必了。"朱玉文赶忙制止，觉得自己想多了，脸上的肌肉也随着想法的变化完全松弛下来。她忍不住笑笑说："刚才我把你认作另外一个人了。你们俩长得太像了，几乎没有差别。"

"有这种事？"高个女孩堆出一脸好奇。

"我没有骗你，是真的。那个女孩是全国大学生高尔夫冠军呢，很厉害的。"

"我长得很像她？"

"嗯，像得难以分辨。"

"真有这事的话就有趣了。我听我父母说，我小时候好像有个双胞胎妹妹，后来被别人抱养了。你说的那个高尔夫冠军，会不会就是她啊？"

朱玉文呵呵笑起来："没想你也这么逗。"

"我不是开玩笑，说的都是真的。我父母以前确实对我提起过这事。"这个叫夏盼雪的高个女孩一脸认真。

"哪有这么巧的事？"朱玉文摇着头，"其实，这世上长得像的人多了去了。是我想多了。好了，不说这事，你多吃点吧。"

两人停下话题，你一筷我一勺地埋头吃了一阵，然后夏盼雪仰脸问："我真能去你们球场打工？"

"怎么不行。凭我在球场的关系，录用你没问题。"朱玉文自信满满是有底气的。在经过了漫长的吊胃口过程之后，她终于在一次适当的机会让球场当家人陈伟沾了一次身。凭借朱玉文天生的狐媚之功，让陈伟这个色鬼神魂颠倒，心满意足，从此对她念念不忘，越发垂涎三尺。因此，只要朱玉文有什么要求，陈伟几乎有求必应。至于招一个新球童进来之类的事，应该属于小菜一碟的。

"那就太感谢你了。"夏盼雪说。

"不必谢，你刚才也帮了我的大忙。以后到球场跟着我好好干，包你有机会赚很多钱。"朱玉文很得意。

"你们那里小费很高吗？"夏盼雪不由问。

朱玉文愣了愣，朝夏盼雪看着说："你果然当过球童啊，还知道那活儿主要靠小费收入。"

"我确实当过啊，在广东干了有一年多呢。"

"哦，那录取你就更没问题了。不过呢，你刚开始因为和客人不熟，小费不会很高的，慢慢有了喜欢你的熟客，小费就会多起来。不过我刚才讲的不是那个意思。你想，光靠基本工资和小费，一个月能有多少啊？还有别的赚钱办法。"

"噢，还有什么办法？"夏盼雪好奇了。

"这个嘛，等你做了一段时间后我再告诉你。"朱玉文故弄玄虚地做保密状。

3

"今天我们比杆数，搞大一点。"在上海金银湖高尔夫球场第一洞的发球台上，一位中年富豪，挺着开始形成的啤酒肚，左手握一支 HONMA1 号木五星球杆，右手将猛吸一口后的古巴雪茄递给了他的球童，然后长长地将烟吐了出来，接着拉开嗓门建议着。今天他感觉特别好，认为自己一定能打出好球。

"我同意，每一杆二万，再多点也没有问题。"一位刚刚在创业板上市的网络公司年轻老板立刻附和。

"那就三万一杆吧。"第三位是影视两栖当红"小鲜肉"男星，最近几年，随着国内影视业的火热发展和唯明星论蔓延，他的身价暴涨，电视剧片酬已达到每一集一百二十万，早已是亿万富翁。他打高尔夫球不足三个月，瘾特别大。平时，他最喜欢赌大，但每次基本上都是他输得最多。今天比赛前，他在练习场挥了半小时杆，希望今天能赢钱，挽回一些面子，无奈手感很差，所以就没有提议赌资再大一些。

"好的，那就比杆数，三万一杆。老规矩，小鸟翻番。就这么定了。"一锤定音的这第四位是人风度翩翩中年人，此刻精神饱满，神采奕奕。他叫康亮，是中国著名企业家，家喻户晓的"打工皇帝"。他算得上是金银湖球场最资深的顾客。金银湖球场八年前开张的那一天，他作为已经频频在媒体亮相的企业界名人，不但是当日受邀而来的开场贵宾，还拿到了号码为 001 的第一张球场会员钻石卡。之后他就成了金银湖球场最热心的会员，每周都会过来一两次，因此金银湖球场的员工可以说没有人不认识他。康亮打球时间虽长，也不知为什么他的球技一直平平，进步缓慢。虽然球技一般，可是他胆子大喜赌球。每次赌局，他不但是组织者，还是赌资大小的决定者。有趣的是，尽管他球技不怎么地，赌起球来运气倒还不错，总算起来，好像还是赢多输少，这其中的奥妙，没有人能搞明白。

高尔夫球场上的赌球有各种赌法。主要有比杆赛和比洞赛两种。比杆赛是指，事先定好每一杆多少钱，然后按每一洞每个人打多少杆，杆数最少者为大赢家，其余人都根据与他的杆数之差付钱给他；杆数第二少的，另外的人再按与他的杆数之差付钱，以此类推；杆数最多者得支付所有比他杆数少的人的钱。一旦落后垫底，一场球打下来，输掉的金额就十分客观了。比洞赛的意思相近，先定好每一洞输赢多少钱，然后计算方法同比杆赛一样。而比洞赛通常的赌注都开得比较大，因此输赢最厉害。康亮他们今天算是赌杆赛，一场 18 洞下来的输赢，少者几十万，多者上百万。像他们这种大赌，当然已经不会携带大量现金当场支付了，而是赛完之后，利用手机银行结算划账，既方便又安全。

一切准备就绪后，康亮从口袋里拿出一只长 Tee，朝空中一扔。按规矩，落地后 Tee 的箭头指向谁，就是谁先开球。以此类推，来决定谁第二个开球……而从第二洞开始，前一洞打得最好的人先开球，如果打成平手，就按前一洞的顺序排列。经过三次扔 Tee，四人开球的顺序依次为：中年富豪、当红明星、年轻老板和康亮。

赌球赛在轻松的气氛中开始了。前三位，开球的效果都不错，尽管距离不是很远，但落点都在球道上，这至少保证了下一杆可以正常挥杆。轮到康亮最后一位开球了。他兴致勃勃地走到了发球点，身后除了同组三位队友，还有每人配备的球童，以及后面一组的客人和他们的球童，十来个人专注地看着康亮起杆。也许康亮想在众人面前露一手，或者他认为前面三位打出的球落点比较近，想将球开得比他们都远，以便抢占先机，只见他晃了几下球杆，深吸一口气，然后几乎用足所有力道，狠命一击。不料这一击用力过猛，造成动作走形，结果事与愿违，小白球被击后，刚飞出几十码，就往右拐，最终落在了隔壁球道上。

康亮今天指定的球童是朱玉文。康亮喜欢有经验的美女球童，这是金银湖球场人人皆知的事情。但凡是意义重大的打球，比如豪赌、陪关键领导和重要人物，他不但要求球童漂亮有经验，还要求球童头脑活络、能见风使舵和随机应变能力强。朱玉文就是金银湖球场少有的这类球童，使唤起来既赏心悦目，又得心应手。

"康总，没关系，再试一次。"朱玉文春风满面地鼓励康亮，将一只小球递给了他。

业余选手无论打友谊赛、赌球赛，还是为了休闲散步、建立感情而打球，通常每个人在第一洞的开球时都有两次击球机会，然后选择一个落点较好的球一路打下去。这已经成了不成文的规矩，康亮苦笑着摇了摇头之后，决定再打第二个球。

康亮弯腰将球放好，直起身拉拉帽檐，然后双手重新将球杆握到最舒服的位子。他抬头侧脸看了一眼前方，开始做挥杆准备。这次他没有深深吸气，只是自然调整一下呼吸。接着，他握紧了球杆，让双臂的肌肉处于战备式的紧张状态，然后开始发力。就在他的球杆即将碰到小球的一刹那，他听到一声叫喊："击球后不要马上抬头。"

不知是处于惊吓还是本能的反应，康亮居然照着喊声的指示被动地做了。他心想自己这一杆肯定是打偏了，也许由于那突如其来的叫喊声的干扰，这一杆比前一杆更臭，这一瞬间他肚子里窝起了火。

康亮这一次的击球，声音清脆，小白球飞得又远又直，落点在球道中间。所有人都高喊起好球来，紧接着是一阵祝贺的鼓掌声。康亮抬起头来看球时，才发现自己刚才打出了一个前所未有的好球。

"康总果然厉害。"年轻老板赞赏道。

"老二总比老大好。"中年富豪以他一贯的诙谐调侃道。

"那当然，如果再打一个，小三会更好。哈哈。"当红明星附和着。

他们四个一起心领神会地大笑起来，气氛显得甚是轻松。可是突然，康亮转过身，板起脸对着几个球童高声问道："刚才是谁大喊一声的？"

所有人都面面相觑，不敢出声。要知道，高尔夫运动最讲究规矩，在任何人击球前，都要保持安静。何况，喊声居然来自老练的金银湖球童中间，这实在是大忌。金银湖球场培训新球童的第一课，就是首先介绍什么叫高尔夫，它是英文 GOLF 的译音，G 代表绿色，O 代表氧气，L 代表阳光，F 代表友谊或者说是脚步。所以，金银湖就是要让所有来打球的客人为了友谊，开开心心地行走在阳光、氧气和绿色组成的优雅环境中。现在，客人不满意了。况且，正在兴师问罪的是球场大佬康亮！一旦他发飙，高喊者一定会凶多吉少，甚至会就此打道回府。

朱玉文不由紧张万分。不要说现在还在试用阶段的夏盼雪了，就是她这个老资格、已经和康亮很熟的 A 级球童，每一次在他面前都会小心翼翼。康亮这个人虽然通常很好说话，也平易近人，但谁一旦惹毛了他，那一定会吃不了兜着走。朱玉文当然知道，打球者最忌讳在击球一刹那，被人干扰。她本来想出头为夏盼雪说说好话圆个场，看到康亮脸色那么阴沉，张开的双唇随即又闭上了，站成一排的球童们一时噤若寒蝉。

"我再问一遍，刚才是谁喊的？"康亮一副不弄明白决不罢休的腔调。

"是我。"球童中个子最高的夏盼雪坦然地一步跨了出来，昂首回答。

康亮上下打量了夏盼雪一番。由于遮阳帽和毛巾将她的脸和脖子遮裹得很严，他之前没有太注意这位指派给影视明星的高个子球童。这时他才发现这个球童的脸很陌生，以前肯定没有见过。

"你为什么要喊？"康亮走到夏盼雪跟前问。

"因为你只要不急于抬头看球，就会打出好球。"夏盼雪毫无惧怕之色。

"你怎么会知道？"

"凭经验。"

"嗬，你会打球？"康亮好奇了。

"会一点。"

"呃，这倒是一件有趣的事。这样吧，你来开一个球给我看看。"康亮一面说，一面将手中的1号木杆举了起来递给了夏盼雪。他这样做，既想试试这个女孩说的是真是假，也有出个难题的意思。

夏盼雪并没拒绝。她从容地接过康亮的木杆。一旁的朱玉文倒是急了，不知道康亮葫芦里埋的什么药，一旦夏盼雪出丑，就增加了康亮数落她的依据，弄不好他去和老板一吹风，朱玉文好不容易给夏盼雪争取来的球童岗位就可能泡汤了。她赶紧凑近夏盼雪小声说："哎，冷静点，你行吗？"

"我可以试试。"夏盼雪显出初生牛犊不怕虎的架势。

"把球和Tee给她。"康亮对朱玉文下命令。

朱玉文无奈，只得递给夏盼雪一颗球和一只木Tee。心里不由觉得这个夏盼雪性格很固执，这明摆着是自讨苦吃嘛。

夏盼雪将球和Tee在地上放好后，站在球后看了一下球道，然后试挥了几下康亮的1号木。接下去，她屏息静气挥开手臂，上杆、转身、下杆、击球、收杆，动作行云流水，一气呵成。只见小白球先右后左地飞跃出去，落点在球道中间偏右的地方，懂行的人立刻就可以看出，这是典型的职业选手打法。

所有人都张大嘴巴，惊呆了。这哪是正在学习做球童的人，简直就是高尔夫职业选手。康亮更是惊奇不已，如果她使用的是女式球杆，应该会打得更好。男式球杆的硬度，通常都会比女式的要高，如果挥杆速度不够，球就会右飞。康亮的球虽然打得不稳，但挥杆速度较快，所以他的球杆硬度系数比一般业余球手要高，难怪夏盼雪的球有些右飞。

"哇，不可思议。"康亮对看着夏盼雪说："你叫什么名字？"

"她叫夏盼雪，夏天的夏，盼雪是盼望下雪的意思。"朱玉文见难关已过，赶紧抢前一步替夏盼雪回答。

康亮并不理会朱玉文，继续问夏盼雪道："你是新来的？"

"是，今天是到金银湖第三天。"夏盼雪回答道。

"打过几年球？"康亮很好奇。

"没正规打过，只是当球童时练过。"夏盼雪说。

"不可思议。"康亮重复一遍之前说过的话，将信将疑地最后看了夏盼雪一眼，然后转身对三位队友道："走吧，我们继续比下去。"

4

刚从老家回来的球童部经理韩戈平，一回到金银湖球场就听说前几天来了一位非常特别的新球童，身材超好，脸长得漂亮，还会打球。

韩戈平心里稍觉不爽。按职务，他是堂堂正正的球童部经理，球童部进人，应该要得到他的首肯才行。虽说前几天正好他不在，那也应该等到他回来表个态才能正式入用啊！韩戈平打听了一下，说这个新球童是朱玉文带来的，她直接去找了球场副总经理陈伟，陈伟亲自点头答应了。

韩戈平知道，陈伟是自己的顶头上司，他同意的事情，自己就只能顺从了。

第二天早上，韩戈平通知朱玉文，让她把新来的球童带到他的办公室来。大约过了二十分钟，朱玉文推门进来。

"韩哥，她来了。"朱玉文不叫韩戈平韩经理而叫他韩哥，显出两个人的关系非同寻常。

韩戈平第一眼见到夏盼雪时，愣了好一会儿才缓过神来。这个姑娘，太像那个他时不时会想到的赵梦雨了！除了夏盼雪鼻梁上架着一副眼镜，又是一头小伙子般的短发外，无论是曼妙的身材，还是清秀端正的五官，都和赵梦雨十分相似。

"韩哥，你怎么了？"朱玉文见韩戈平傻愣愣盯住夏盼雪看，一言不发，赶紧问："是不是你觉得她像某个人啊？"

"唔，唔。"韩戈平含糊其辞，意识到了自己的失态，便从夏盼雪脸上收回目光，转向朱玉文。

"我第一次见到她时，也误把她当做那个大学生冠军赵梦雨了。你说有趣不？"朱玉文挺自然地笑道。

"确实有点像。"韩戈平边说边又瞟了夏盼雪一眼，心里想，何止有点像，简直太像了。

接着，朱玉文向韩戈平介绍道："韩哥，她叫夏盼雪，前几天我带来的。她以前在广东当过球童，有工作经验。"

"你倒是会先斩后奏啊。"韩戈平不快地冲了朱玉文一句。

"阿呦，韩哥你前几天不是不在吗？人家急于想来金银湖工作，又不能天天花钱住在宾馆里等你回来，所以我才情急之下去找了陈总嘛，你不会因此生气吧？"

"我生什么气啊？陈总都批准了，我生气干吗？有用吗？"

"你看你看，听你的口气，韩哥你就在生气嘛。"朱玉文娇媚地抬起手在韩戈平胸前轻轻拍了一记，"不过这次你真不该生气哦，要知道我给你觅来一个好球童呢！"

"听说你会打球？"韩戈平没有理会朱玉文的故作亲昵，转而询问夏盼雪。

"我当过球童，老球童谁还不能挥几杆哪。"夏盼雪平静地答道。

"嗯，这倒也是。"韩戈平点点头，觉得夏盼雪讲的是事实。金银湖的球童中球打得不错的也有几个呢，特别是郑小兰，打得还真可以的。其实在高尔夫球场工作，有得天独厚的条件，一般球场都鼓励球童在球场空闲的时候练练球，提高对高尔夫的实际认识。只要自己有兴趣并且勤奋刻苦，确实有机会练出一手好球技来，他自己就是最好的例证。他顿了顿又问："怎么样，来了几天还习惯吗？"

"这儿挺不错的。"夏盼雪道。

"我们金银湖球场在全国都是排得上号的。"韩戈平讲这句话时掩饰不住语气中的得意。

"玉文姐已经给我介绍过了。"

"你以前来过上海吗？"韩戈平问。

"很小的时候好像父母带我来过一次，不过已经不记得了。"夏盼雪答。

"上海是大城市，能在这里待一阵，长见识的。"韩戈平说。

"我相信。"

站在旁边的朱玉文见他们两个人你一句我一句的，几乎完全将她晾在一边了，赶紧插嘴进去道："韩哥，我想把小夏安排在我们第二小组，可以吗？"

"不行！"韩戈平不假思索地一口回绝，让朱玉文和夏盼雪都大感意外。

"可是，这几天小夏已经在我们第二组工作了呀。"朱玉文叫起来。

"那是因为我不在。"韩戈平不客气地道。

"小夏是我招来的嘛，应该放在我的组里。"朱玉文撅起了嘴。

"可我是球童部经理，除非你让陈伟把我撤了。"韩戈平正色道。

"你这是什么话啊？人家只是提个合理要求嘛，何必把话说得这么重。"朱玉文搞不明白韩戈平为什么要如此顶真，坚决不让夏盼雪留在她那一组里。这的确有些打乱了她本来的计划，不过她可不想惹韩戈平生气。

"好了，我已经决定了，夏盼雪，你从今天开始就归到第一球童组，你们组长暂时不在，由郑小兰代理。"

"明白了，韩经理。"夏盼雪点了一下头。

"小朱，一会儿你带她去找郑小兰。"韩戈平对朱玉文道。

"知道啦，我的韩哥。"朱玉文用无奈又发嗲的声调回答着。

等两个女孩离开后，韩戈平突然想起了赵梦雨。

他最早和赵梦雨的沟通，仅限于微信和电话。后来在金银湖球场举办的首届中国女大学生高尔夫锦标赛上，韩戈平总算见到了她本人，不过那都是在赛场上隔着一定距离看她，两个人从来未曾面对面说过话。和赵梦雨约好了要在万豪大酒店见面的那次唯一机会，由于他的疏忽，将手机调到了静音而错失掉了。为此，韩戈平至今都在后悔。

自从赵梦雨突然离开球场，赶回成都后，韩戈平一直想和她联系，但几次刚刚鼓起勇气就立刻退缩了。他感到自己找不到主动打电话或发微信给赵梦雨的借口。当初表哥介绍他们建立联系，仅仅是为了让他在比赛前帮助赵梦雨了解一下金银湖的情况，熟悉一下球场的地形。韩戈平都做到了，应该说也起到了作用。等到比赛结束，他的任务就已经完成。再联系赵梦雨的话，是为了什么呢？他的潜意识里很清楚，从他单方面而言，他似乎对赵梦雨这位美丽姑娘有一见钟情的感觉。不过这很荒唐，纯粹是一厢情愿的单相思。如果唐突地联系赵梦雨，她会怎么想？况且赵梦雨离开上海后就杳无音讯了。对韩戈平来说，甚至觉得这个女孩从来没有真的出现过，只是自己做了一个美丽的梦而已。

这次回四川时，事务繁忙的表哥张家宝特意请他吃了顿饭。席间，张家宝说他正在办理加拿大的移民手续，经过考察，他决定在温哥华大力投资开发房地产项目，问韩戈平以后是不是有兴趣也走这一步，钱的事不用他操心，表哥会替他落实。如果韩戈平有兴趣，等张家宝到了温哥华后就着手替他办理。凭韩戈平在大学学的建筑和管理双科，以及在房地产方面的天赋，跟随他去温哥华一定大有作为。韩戈平当时不置可否。他心里一直在盘算着如何开口向表哥打探一下赵梦雨的情况，她目前在哪里？一切好不好？他犹豫不决，拖拖拉拉。直到张家宝叫服务员买单时，他终于问出了口。谁料表哥张家宝吞吞吐吐告诉韩戈平说，他也一直联系不上赵梦雨，赵梦雨就像人间蒸发了一样不见了踪影，表哥四处寻找打听，始终没有结果，不知道这个姑娘到哪里去了。表哥还说，如果韩戈平在哪里碰巧遇到赵梦雨，一定要在第一时间告诉他。韩戈平当时就脸色陡变，血管里的血液好像都凝固了不再流动，这怎么可能？赵梦雨这么一个美丽活泼的女孩怎么会突然失踪了呢？她会出什么事呢？这样的念头韩戈平半点都不敢延伸。一个人不见了，所有人都不知她的行踪，那会有什么原因？这么想下去，马上会让人窒息的。

之后好几天，韩戈平脑子里一直离不开赵梦雨失踪这件事，弄得他简直有些茶饭不思。这让他家里的人都很奇怪也很生气，好不容易回家一趟，却整天沉默寡言，面无笑容，为的什么啊？当然，他一句都没有解释。他又能作何解释呢？为一个素未谋面的女孩忧心忡忡？为她的失踪而心如灌铅？

直到准备离开成都回上海工作的前几天，由于忙忙碌碌要准备东西，又有几个旧知故交硬要拖他碰面喝酒吃饭，韩戈平心里才慢慢放下了赵梦雨这件事。再次想起的时候，觉得自己十分无奈，毕竟和这个女孩只是一面之交，甚至连这都算不上。严格来讲，他们连一面都未见过，更谈不上至交。他唯一能做的就是在心里为赵梦雨祈祷，希望她早日摆脱父母去世的悲痛，平平安安，顺顺利利。对他而言，也许应该不再去多想这个女孩，人生总有那么多的擦肩而过，时光又如流水，去而不返，而自己必须活在现实里，面对所有遗憾和后悔。

韩戈平没有料到，一个酷似赵梦雨的姑娘会突然出现在他的面前，浓浓地勾起了他对赵梦雨的回忆。难道老天注定要折磨他，不让他摆脱内心的那一份纠缠？

5

按照韩戈平的要求，夏盼雪从第二球童组被调配到了第一球童组，她的宿舍也从朱玉文的房间搬到了郑小兰那里。

金银湖球场的球童都住在场内的集体宿舍里。宿舍是一幢简朴的二层小楼，离开会所有近百米距离，临近球场的大门口左侧。小楼四周围着一圈矮冬青，组成高一米左右的绿色围栏，冬青树和楼体之间的空地上长满杂草，不知名的野花东一簇西一蓬搔首弄姿。

小楼上下共有近二十几个房间。一些已谈恋爱的女球童有的搬出了球场，在附近小区里和男友一起租了房。还有一些漂亮的女球童被富豪会员包下了，也搬了出去，反正房租有大款支付。大部分球童都住在了球场的集体宿舍里。第一组女球童们都住在小楼的二层，第二组则在底层。女球童四个人合住一间房，十五个平方米左右，里面是上下铺，床和床之间有两张桌子，沿墙有一排很宽的壁橱供大家使用。宿舍的卫生间、梳洗台和浴室都是公用的，格局基本雷同于寄宿学校的学生宿舍。小楼的底层靠东端有几个较大的房间，里面带独立卫生间，还安装了电热水器可以洗澡。这是给级别较高的巡场或主管们住的，原则上是两个人一间。球童部经理韩戈平的房间是最靠头上那间，是整栋宿舍楼里最宽敞舒服的。他一个人独占一间大房，据说是球场杨老板特批的。郑小兰的房间正巧就在韩戈平房间的上面，住在一起的几个女球童有一次开玩笑说，是不是想办法在地板上悄悄打一个洞，晚上可以偷看韩经理洗澡，结果被郑小兰骂了个狗血喷头。

夏盼雪转到郑小兰那里说起来也巧。原来和郑小兰上下铺的一组组长黄婉因为要回浙江老家结婚，她的铺位前些天正好空出来了。为了安排夏盼雪的床位，郑小兰特意将自己的被褥搬到了空出来的上铺，留出下铺给夏盼雪。一般而言，下铺更方便，不用爬上爬下。夏盼雪住进来后，郑小兰向夏盼雪简单介绍了一下组里人员的情况。她告诉夏盼雪，球童一组和二组通常是轮流上早班和晚班的，两个班每一周一轮换。然后，郑小兰又对夏盼雪讲了一些球场的规章制度，以及如何服务好客人的注意点，还给了夏盼雪一本薄薄的球童工作守则。

夏盼雪很意外。她来到金银湖已经好几天，朱玉文作为二组组长，可从未对她提及过这些内容。朱玉文宿舍里那几个女孩天天所聊的，无外乎今天拿了多少小费，某某客人小气，某某客人大方之类，还热衷于给常来打球的客人起绰号。可见郑小兰这位一组的代理组长有多认真。

调到郑小兰组里的第三天傍晚，夏盼雪和郑小兰刚下完场，往宿舍走回去的时候，郑小兰突然问："你不是朱玉文介绍来的吗？在她组里好好的，怎么换到我们这儿来了？"

"是韩经理把我换过来的。"夏盼雪说。

"原来如此，看来韩经理蛮在意你的。"郑小兰嘀咕了一句。

"你说的是什么意思？"夏盼雪对郑小兰的话不理解。

"噢，没什么，只是随便一说。"郑小兰刹住话头不再展开，给夏盼雪留下了一团疑惑。

夏盼雪注意到，郑小兰在和她讲话的时候，目光一直盯着她看，那眼神十分的奇怪，像是黑夜里寻物的一束手电筒光一样，在她脸上游晃，好像要在她的脸上找什么东西，辨识出什么答案。这让她不由心里发慌。

"他们都说你长得像一个人。"郑小兰突然冒出一句没头没脑的话。

"我知道，说是像一个姓赵的大学生。"

"赵梦雨，首届全国女大学生高尔夫竞标赛冠军。"郑小兰将赵梦雨这个名字说得一板一眼。

"你认识她？"

"当然认识。那次比赛，我还给她当过两天球童呢。"

"那么你们一定很熟了？"

"很熟谈不上，我们也没怎么多交流，不过我很喜欢她。"

"她是不是很厉害啊？"

"首届大学生冠军，你说厉害吗？"郑小兰反问。

正说到此，郑小兰的手机响了，是朱玉文打来的，问夏盼雪是不是和她在一起。郑小兰说正好在一起。朱玉文说，她打夏盼雪的电话没打通，好像是关机了。

"哦，我刚才下场时把手机关掉了。"夏盼雪赶忙掏出手机来，按了开机键。

"你要和她讲话吗？"郑小兰问电话那头的朱玉文。

"不用了，你告诉她，在宿舍里等我。我和她约好今晚一起去镇上吃鸡公煲的。哦对了小兰，你要不要和我们一起去？"

"我才不去呢。"郑小兰一口回绝，她想好了吃过晚饭要去练习场打球的。

金银湖俱乐部有一条内部规定，凡在这里工作的正式员工，如果愿意练习高尔夫，都可以在每周休息一天的时间里下场免费打一场球，练习场则可以随时免费去练，但一切打球的装备都由员工自备，俱乐部一概不提供。这样做，是为了让球童能够更熟练地了解和熟悉球场各洞的地形和特点，从而能更好地为前来打球的客人服务。作为职业球童，不仅要在理论上对自己工作的球场了如指掌，更应具有挥杆打球的实际经历，才能准确掌握各种细节，由此给上场的客人提供精准实用的建议。因此，大多数在金银湖俱乐部工作的球童都学过基本的挥杆技巧，至少会去俱乐部的练球区学上一阵。然而，大部分的球童只是点到为止。她们来这里工作主要目的是赚钱而不是打球。唯有极少数的几个人，会在工作过程中渐渐对高尔夫这项运动产生兴趣，并且随着时日增长，会越来越迷恋高球，甚至产生往职业球员方向去发展的勃勃雄心。郑小兰就是最典型的一个。

夏盼雪自从来到金银湖球场，还是第一次去镇上。

金银湖高尔夫球场离金银湖镇并不远，从正大门出去，沿着国道走的话，大约半小时。如果不走大马路，改走球场边沿的一条小道，穿过一大片被荒芜很久、等待房产开发的农田，大约二十分钟就足够了，况且当球童的女孩习惯于走路，那就更快。

金银湖镇位于上海的西郊，地处外环线和郊环线之间。这个地方原来并不热闹，从前只是一个普普通通的郊外小镇，四周全是大片大片的农田，种满油菜和稻麦，片片农田之间，点缀着零星农户村落。后来，国道从小镇附近通过了，小镇周围渐渐聚拢起人气，小镇规模不知不觉扩大起来。到了近十几年间，政府对这个地方做了一次整体的远景规划，大片大片的农田都被房地产商征用，镇的周围盖起了一个又一个楼盘，导致这个地方的人口数急剧上升。由此带来的，便是金银湖镇改头换面的繁荣。原来的小镇只有一条几十米的商业街，如今已经发展出三纵四横的多条百米长街，商铺林立，比肩接踵。

金银湖镇的重庆鸡公煲店在南北向珍珠街上，这家有名的全国连锁中式快餐店，近几年随着来沪打工的内地人越来越多而日益火爆。金银湖镇上的这家加盟店规模比较大，有两个层面，晚餐时间，这里人头攒动，几乎天天客满。还好，朱玉文和夏盼雪进去的时候，正巧有一张靠角落的位子空出来，两个人赶紧占好了座位。一位和她们年龄相仿的女服务员过来问她们想吃什么？"当然就吃鸡公煲啦！"朱玉文说。

过不多久，女服务员就端上桌来一锅飘着浓浓麻辣香的鸡公煲。也许是已经饿了，朱玉文和夏盼雪两个人谁也顾不得说什么客气话，你一筷我一筷的就急着往嘴里塞。闷头吃了一会儿，大概算是过瘾，朱玉文放下筷子，显然已经满嘴辣得火烤一般了，鼻子上沁出一层细细的汗珠来。

"你是湖南人，吃辣应该还行吧？"朱玉文问夏盼雪。

"嗯，还行。"夏盼雪咽下嘴里的东西答道。

就在这时，朱玉文的手机响了。"田总啊，您好。"对方还没有开口，朱玉文看到来电人的信息显示，已甜蜜蜜地说道。田总是上海一家国企的老总。他在问明天的事朱玉文是不是给他安排好了？他说，这一次，想要带一个既漂亮又会打球的球童去邻省的九龙山球场打球。朱玉文说，这样的球童可不好找啊，而且要价也是很高的。电话那面的田总表示，钱根本不是问题，只要那个球童符合要求，服务到位，令他满意就行。

打完电话，朱玉文吃了几口菜，然后试探着问夏盼雪："小夏，明天想请你帮个忙，不知行不行？"

"要我帮什么忙？"夏盼雪问。

"我呢，手上有一些很有钱的客户。"朱玉文边说边观察夏盼雪的反应，"他们有时会约几个朋友一起出去打场球，希望有会打球的球童相陪。他们知道我认识的球童多，于是就会来找我介绍。我组里很多人都去过的。"朱玉文见夏盼雪脸上并没有什么异常的反应，就继续说道："其实就和在金银湖做球童一样，不同的就是要到其它球场去个一两天。不过如果跟他们去了，小费是非常高的。"

"哦，这样啊。"夏盼雪应得轻描淡写。

"是的，小费非常高。"朱玉文以为夏盼雪听到小费高产生了兴趣，赶紧趁热打铁说："你想，我们这些从内地来到大上海的女孩多穷啊，不好好赚点钱怎么行？女孩子嘛，还是得趁自己年纪轻有资本时抓紧赚钱，你说对吧？如果我们要想在上海立足，下半辈子不想回农村去生活了，那至少得买个房吧。在上海买房，没有几百万是不可能的。按我们在金银湖拿这点工资小费，可能一辈子都不可能办到。"

夏盼雪点点头表示同意朱玉文的观点。

"所以我们得找机会赚点大钱。"朱玉文说。

"陪你那些客户去打球就能赚大钱？"夏盼雪好奇地问。

"也不能那样说。"朱玉文有点尴尬，"不过去一次，肯定比在金银湖下一次场挣得多不少。"

"他们打一场球给多少小费？"

"那要看他们对球童的感觉怎么样了。陪一次少则两三千，多的六七千，七八千也有。"

"给那么多啊？"夏盼雪觉得难以置信。"就给他们当当球童能拿那么多？"

"当然，这和在金银湖当球童肯定不一样啦。"朱玉文小心翼翼地观察夏盼雪的表情。"首先你得跟他们去别的球场，一般都不在附近的，等于要出差一样。到了那里除了打球当然还要和他们一起吃饭啦，喝酒啦。他们兴致高了，还可能要陪他们晚上一起去唱唱歌啦，泡泡吧啦。就像陪他们出门玩一回吧。"

"就这些，没有其它要求了？"

"应该就这些吧。"朱玉文吞吞吐吐道："反正这些客人的特点是，玩得越高兴，小费给的就越多。最多一次，给一万多的都有。你想，出去一天，在外面住一个晚上就能赚那么多，是不是机会难得呢？"

"你之前说要我帮个忙，就是这件事？"转了半天，夏盼雪终于将话题扯了回来。

"正是啊。"朱玉文顺水推舟道："刚才打来电话的就是我一个客户，是一家大公司的老板，非常有钱的，而且很大方。上一次一个球童跟他去外地打了一场球，他给了八千八百元小费呢，说是讨个吉利。他明天要和朋友一起去九龙山球场打球，让我找一个技术好点的球童。还有，和你明说吧，他喜欢长得漂亮点的球童。你懂的，男人的虚荣心嘛，想在他朋友面前炫耀炫耀。我本来想在自己组里找一个人去的，后来一想，你不是更合适吗？再说了，我们算是好朋友了，有赚大钱的好机会，我应该首先想到你呀。"

"九龙山球场在哪啊？"夏盼雪问。

"其实并不远，开车过去也就两三个小时吧。"

"那当天能回来？"

"如果他们想回来也能回来，不会很晚的。万一他们觉得累了，想住一个晚上，那也无所谓啊。第二天中午他们肯定能把你送回来的，这我可以保证。"

"非我去不可吗？如果有别人愿意去，你还是叫别人吧。"夏盼雪好像兴趣不高。

"你看你看，我不是说了吗，我觉得你去最合适。我第一回求你，你不会不帮忙吧？"

"可是……"夏盼雪被朱玉文将了一军，犹豫道："明天我怎么可以不上班，跟你的客户出去呢？"

"这个你不用操心，我会和小兰打招呼的。我已经和陈总讲过这件事了，那个客户也是陈总的朋友，所以你不用担心。"

"好吧，那我试试。"夏盼雪勉强答应了。

6

人生有许多可怕的事情，贫穷就是其中主要的一桩。对此，朱玉文深有体会。

朱玉文的老家在贵州的大山里。她十二岁时，因为家里无法负担而辍学，回家里帮助母亲种地做家务。十四岁那年，刚刚发育成熟的她在外出打工的同村邻里鼓动下，

说服了母亲，离开天无三日晴、地无三分平、人无三分银的山间小村，来到县城一家
私人小饭店打工。有一天得空逛街，看上了一条标价一百五十元的漂亮裙子，因为囊
中羞涩，只好过过嘴瘾，念念叨叨将此裙子挂在嘴边。年近五十的饭店老板，早就对
这个身型成熟心思单纯的花季少女垂涎三尺，见有机可乘，便过去将那条裙子买了
下来。

　　一日收工下班之后，老板遂将朱玉文叫到他的房间，取出那条裙子，说是朱玉文
工作出色，作为奖励送给她。朱玉文顿时大喜过望，感激涕零。老板就叫她当场试穿
一下。朱玉文单纯，想想老板的年龄比她爸爸还大，完全是个长辈，也就没怎么防范。
羞羞答答脱下长裤，露着两条又白又嫩的长腿就准备试穿心仪的裙子，不料老板突然
从身后一把抱住了她。当老板饿虎扑食般将她按倒在床上时，她稀里糊涂不知如何反
抗就被奸污了。她对破处的感觉就是被压迫的沉重和被刺穿的疼痛。事后她并没有大
哭大闹，她觉得自己得到了那条梦寐以求好看的裙子，别人当然不会白给。这以后一
段时间，作为交换，老板会时不时和她睡觉。朱玉文得到了她想要的衣服，皮鞋，漂
亮饰品，包包，好吃的零食还有零花钱。老板得到了性满足。然而纸包不住火，这件
事后来终于被老板娘发现，冲到店里对朱玉文一阵拳打脚踢，将她赶了出去。

　　十八岁的时候，已经在社会底层的多种行业里转过一圈，历经坎坷磨练，心智早
已成熟的朱玉文经熟人介绍来到了金银湖球场。球童这份全新的工作打开了她全新的
视野。虽然身份依旧属于社会底层，但却可以直接和社会最上层的人物面对面接触。
高尔夫球场，这是汇集中国社会各路成功人士的风水宝地。原先朱玉文想都不敢想的
事，社会最高端阶层和最低端阶层，在同一片蓝天下，同一块绿草上，同一个环境里，
共同聊天，共度几个小时的光阴，现在却天天发生。随着近距离接触的日益频繁，她
渐渐看清了那些所谓上层人物的真实嘴脸。其实他们中许多人的内心和下层人物毫无
二致，脑子里盘算的也都是金钱和肉欲。

　　也许有不少人和朱玉文有相同的认识和感悟，但在所有球童中，唯有朱玉文嗅到
了商机。既然那些看似道貌岸然的富人们内心那么轻浮骚动，既然他们如此愿意花钱
买开心，既然他们那么希望从女球童那里获得更多的服务，为什么不成全他们呢？对
这些富有的男人来说，女球童可要比那些逢场作戏贪得无厌的夜总会小姐干净得多，
也朴实得多。虽说十分漂亮的女球童数量并不多，但对那些只要撒钱就轻易可以找小
姐上床的男人们来说，女球童们的质朴和本色就带上了一种特殊的吸引力。

　　想象一下，有一个年轻女孩先是陪着你在草地上走了几个小时，两个人有语言上
的频繁交流，接着你和这个女孩共进晚餐，你盯着这个已经掀掉了帽子和头巾的女孩
时，惊讶地发觉她长得还颇有几分姿色（高尔夫球场招收女球童当然会有一定的录取
标准，不会招收丑陋的那种，毕竟面对的是富人阶层，球童的五官端正是必须的条
件）。再接下去，当你们离开餐桌后，她微带酒意，两腮飞红，略显犹豫却亦步亦趋地

跟着你走进了酒店房间……

朱玉文正是有了这样的想象力，才寻到了独门秘籍似的商机。她开创了国内高尔夫球童特殊服务的先河，在初步的尝试获得超预期的成功后，她循序渐进地扩展她的服务对象。现在，来金银湖打球的男性会员中，已经有相当一部分人加了朱玉文的微信。只要他们哪天兴趣所致，打算要一个女球童下场陪打并在结束后带出球场去同进晚餐，之后再来一次鱼水之欢，或者干脆要一个球童陪去其它临近地区球场打一场醉翁之意不在酒的球，顺便度过一个惬意爽快的疯狂之夜，他们就会发微信或者打电话给朱玉文，朱玉文就会安排合适的女孩接这单生意。

朱玉文一直认为自己是为那些急于赚钱的女球童们做了一件"好事"，因为其一，她从不强迫谁去陪客人，要去的人都是自己心甘情愿的；其二，她从不在女孩的服务费里抽头，也从不关心女孩从客人那里获取了多少报酬，她应该的所得自有客人另外支付，和女孩们完全无关；其三，她从不过问那些女球童和客人之间发生了什么，到什么程度，对于服务的项目和内容彼此都心照不宣，从不点破。因此，朱玉文的内心从来没有道德层面的自责，她只是在为两情相悦的双方搭桥牵线而已。

朱玉文是从和她最要好的几个球童身上开始尝试的。所谓"要好"，必然是情趣相投，心思互通的。所谓物以类聚人以群分，鉴于共同的人生价值观，她们被朱玉文一点就通。

对许多女孩子而言，在和她们并不讨厌的异性单独相处时，只要不是珍贵的处女之身，曾经已有过性经历，大凡在最初的一阵羞涩和拘谨过后，只要时间场所合适，并非很难接受异性的性爱要求。如果这种性爱还附带着某种可见可得的利益，那么她们更容易以身相许而且很快习以为常。

愿意跟随朱玉文和客人交往的球童，当然都是为了多赚点钱。她们在经历过第一次尝试后，都觉得这是不错的选择。陪客人一次，可以得到比平日下场当球童将近十倍甚至更多的小费收入，而且只要自己内心里不纠结，精神上不紧张，肢体上不反抗，还能从异性处得到生理上的满足和愉悦，这种既赚钱又快活的事何乐不为？因此她们在私下都很感谢朱玉文，甚至有时会在朱玉文那里争宠，指望朱玉文有客户时能先想到自己，或者将出手阔绰的客人优先安排给自己，毕竟这样的机会不是天天都有的。

朱玉文很了解这些女孩子的心思。她们几乎都乐于此道，差别只在于她们的心里价码各有不同，交换的具体形式不同而已。长得漂亮的，要价就高点，反之就低点。有些交换赤裸而直接，有些交换含蓄而隐秘，但只要钱的数量达到了她们的心里标准，她们就会迎头而上。朱玉文觉得，这一观点，或许在看上去十分矜持的夏盼雪身上又能得到一次证明。

夏盼雪答应去试试令朱玉文非常兴奋。如果能把夏盼雪这么漂亮的球童拉入"红粉军团"（朱玉文私下给自己的队伍起了这么一个颇有含义的名字），那她朱玉文的业务量肯定会有一次飞跃。夏盼雪可以待价而沽，吸引到许多客人，这些客人有的是钱。那么，朱玉文的介绍费理所当然要水涨船高了。

7

"不行，我不能答应。"郑小兰一听朱玉文找她出来是要借用夏盼雪，不假思索就拒绝。

"哎呀好妹妹，你就帮我一个忙嘛。"朱玉文满脸堆笑地拉拉郑小兰。

"你组里有那么多人，干吗非要借夏盼雪？"郑小兰站在宿舍前面的绿地旁，借着从宿舍楼里射出来的灯光瞥了朱玉文一眼。

"还不是人家点名要小夏陪着打一场球吗？"朱玉文解释道。

"那也不行。"郑小兰不让步。

"就这一次，行吗。你看，我都答应人家了。"

"你还没对我说呢，怎么可以先答应别人？"郑小兰觉得朱玉文根本没把她这个代理组长放在眼里，才会先斩后奏。

"哎呀，你看，我是先问过韩经理，才答应客人的呀。"

"韩经理知道这件事？"郑小兰很意外。

"当然啦，连陈总也知道，那客人和陈总很熟的。"朱玉文故意露点底给郑小兰。

"你的意思是我非答应不可啰？"郑小兰感觉朱玉文是拿上级来压人，越发不高兴了。

"可不能这样讲，我这不是在求你吗？"朱玉文了解郑小兰的脾气，一旦偏劲上来，会谁的账都不买，于是赶紧堆起一脸笑容，缓和了口气道："好妹妹，就借明天一个下午嘛，反正你手下还有那么多人，明天不是周末，又不会很忙，也不缺她一个的。"

"明天下午打完球她就回来？"

"应该是吧，不过可能会晚一点，毕竟路远嘛。"

"晚上一定得送她回来。"郑小兰心想，既然副总陈伟和经理韩戈平都知道这件事，而且都同意朱玉文了，自己一味端着架子也不好，就退让一步。

"知道了，我和客人说，尽量吧，反正绝对不耽搁她后天上晚班的。"朱玉文含含糊糊地道，既像是答应，又似乎否定了。

"那么，夏盼雪已经知道这件事了？"郑小兰又问。

"刚才一起在镇上吃饭时我和她说过了。"朱玉文道。

"她同意去？"

"是的，她同意。放在眼前的钱，能不去赚吗？"朱玉文回答得很暧昧。

和朱玉文分开后，郑小兰上楼回到宿舍里，推开门时，她一眼瞥见夏盼雪正躺在床上看书。寝室里很安静，同室的另外两位球童都不在，应该是到别的宿舍打牌去了。郑小兰故意咳嗽了一声，引起夏盼雪注意。

"你回来啦！"夏盼雪见郑小兰走进来，就收起了书。

"明天的事你已经答应了？"郑小兰问，口气有些冷。

"明天的什么事啊？"

"朱玉文不是让你出去陪客人打一场球吗？"

"这件事啊，"夏盼雪坐直身子说："她是和我说了。我让她问问你行不行，毕竟如今我是在你小组里工作。"

郑小兰觉得夏盼雪在这一点上还懂道理，不由放缓语气，柔软一些问道："是你自己想去？"

"也没有。"夏盼雪一脸坦诚，"玉文姐说无论如何让我帮个忙，说她已经和客户讲好了。所以我也不能坚持不去。"

"她是不是告诉过你，说出去陪客人打球小费很高？"郑小兰问。

"说过的，我都不太敢相信有那么高。"夏盼雪说。

"所以你心动了？"郑小兰这句话明显是意在言外。

夏盼雪闻言怔了怔，好像听出了郑小兰的言外之意，赶紧解释说："我不是冲着这才答应的，只想帮玉文姐一次忙，毕竟我是她介绍来金银湖的嘛。"

郑小兰没说话，只是盯着夏盼雪看，好像要证实她刚才那句话的真伪。隔了一会儿，郑小兰说："你知道韩经理为什么坚持要把你从她们一组调过来吗？"

夏盼雪木然摇头，她不明白郑小兰怎么突然问起这件事来。

"我们两个组的风格不一样，知道吗？我们组的人都安安分分当球童，那边就不一样，一门心思想发大财。"郑小兰口气里掩饰不住有股讥讽的味道。见夏盼雪的眼神有些茫然，她补充道："赚钱人人都想，也没什么不对，但不该赚的钱我就绝对不会去赚。"

"我没有听明白。"夏盼雪困惑了。

"我上次说韩经理好像蛮在意你的，你当时没能理解，其实他就是不想让你和她们走得太近。"郑小兰轻轻摇了下头继续道："人在不同环境里，就会变成那个环境里的人，也就有了红的和黑的区别，这是规律。"

夏盼雪依旧没有弄清楚郑小兰话中的含义。很明显，郑小兰对朱玉文那一组人很有成见。虽说在夏盼雪看来，这两组球童的风格的确有所不同，但也不至于用红与黑来区分吧？即便朱玉文她们想钱想得多了一点，那也是可以理解的，只要不干什么坏事就行呀！

"好了，不多讲了。"郑小兰见夏盼雪一副懵懵懂懂的模样，也不想再做进一步的说明了。"反正时间久了你早晚会明白我讲的是什么意思。"

就在这时传来了几下敲门的声音，接着是一个男声在外面问："你们还没睡吧？"

"是韩经理。"郑小兰一下子听出来了，不由一阵慌乱，不知所措地在原地打了个圈，赶紧举手整理一下有些凌乱的头发，然后对夏盼雪说："去，快去开门。"

夏盼雪觉得奇怪，这个平日里对谁都不太买账的郑小兰，怎么听到韩经理的声音会这么紧张呢？

她也来不及多想，站起身就走过去开了门。门口站着的果然是韩戈平。他英俊端正的方脸上一如既往带着谦和的笑容，高高的个子挺拔潇洒。他猛一眼看到夏盼雪，不由一愣。

"韩经理，你好。"夏盼雪礼貌地打招呼，侧身让开道，请韩戈平进来。

"你一个人？"韩戈平没有迈开脚跨进来，似乎有些拘谨。

"小兰也在。"夏盼雪转脸朝里面看看。

"我就是来找小兰的。"韩戈平嘴里这么说，眼睛却盯着夏盼雪看。

郑小兰这时已经走到他们跟前。她问韩戈平找她有什么事？韩戈平说："你前几天托我去打听的那套球杆已经到货了，要不这两天抽个空我陪你去买回来？"

"真的吗？那太好了，你看什么时候有空，开车载我去一次。"郑小兰显然非常高兴。

"那套球杆的质量真是不错，就是太贵了点。你真舍得花那钱？"韩戈平问郑小兰，随即目光又在夏盼雪脸上转了一圈。

"当然舍得，有什么不舍得的？钱赚来不就是花的吗？何况花在自己喜欢的东西上面。"郑小兰不以为然。

"看来小兰你还真是喜欢高尔夫，好好坚持打下去，一定会有成绩的。"韩戈平说。

"那还得靠你这个老师多多指教我哦。"郑小兰说着，两腮浮起了浅浅红晕。

"说什么老师不老师的，大家相互学习嘛，你说对吗，小夏？"韩戈平朝夏盼雪笑笑。

"小兰叫你老师也是应该的，毕竟你是高尔夫教练嘛。"夏盼雪之前已经听说韩戈平的球打得非常好，还拿到了教练执照。他现在身兼着金银湖球场球童部经理和练习场教练两个职务，是金银湖的名人，许多来打球的客人都喜欢找他练球。韩戈平为人热情，又十分耐心，对客人的请教不厌其烦。

"你在小兰组里感觉怎么样？还可以吗？"韩戈平问起夏盼雪来。

"非常好，我和小兰很处得来。"夏盼雪有意躲避着韩戈平直视的目光。她总觉得这种目光里含着某种意味。

"这样最好。我就觉得你之前在朱玉文那组不合。听说你的球也打得不错，什么时候下了班我们三个人认认真真打一场？"韩戈平提议。

"好呀好呀，那我们说定了。"郑小兰一听要打球就来劲，欢呼起来。旁边的夏盼雪莞尔一笑不置可否。

"那我先走了，小兰，什么时间去买球杆我再通知你。"韩戈平说完，又转向夏盼雪道："你来金银湖时间不长，有什么事不懂的，多问问小兰。如果遇到什么不顺心的麻烦，直接来找我也行。我就住下面一间。"

"这个小夏早知道啦。"郑小兰觉得韩戈平多此一举很好笑。

韩戈平离开后，夏盼雪对郑小兰说："小兰我问你一句话可以吗？"

"当然可以，你问吧。"

"我虽然到这里时间不长，但我感觉得出，好像我们金银湖的女孩子都很喜欢韩经理，有这回事吗？"

"唔，似乎有这么回事。"郑小兰倒也不回避："他长得那么帅，又聪明，又能干，还经常陪客人下场教客人打球很会赚钱，而且对人非常温存关切，哪个女孩会不喜欢啊？说老实话，我也喜欢他啊。可问题在于他喜欢谁呢？他如果不喜欢，别人再喜欢他也只是单相思。"

"这倒也是。"夏盼雪认为郑小兰的话很在理，"那你知道他喜欢谁吗？"

郑小兰摇摇头，表情略显失落："不知道，谁知道啊！"

"好像玉文姐也很喜欢韩经理的对吗？她一直叫韩经理韩哥呢。"夏盼雪问。

"哼，她呀，她哪个男人不喜欢啊？长得帅的，有钱的，有权的，只要她用得着的，都喜欢。"

夏盼雪听得出，郑小兰对朱玉文心有间隙。她们是志不同、道不合的两个人。

8

郑小兰绝对没有料到，平日里一直温文尔雅笑容可掬的韩戈平会突然变得暴跳如雷，而且是直接冲着她而来。

这天下午，郑小兰一组成员聚集在出发站等待安排下场。金银湖高尔夫俱乐部的出发站设在会所西南侧的底楼，一排九十度带弧形的宽大玻璃窗，里面一大间办公室。窗外有一条三米宽近二十米长的檐廊。夏季时，不论室外的阳光多么猛烈毒辣，檐廊下始终阴凉覆盖。风从间距宽大的立柱之间畅通无阻地吹过来，清凉舒爽。眼下初春的季节，在檐廊的阴影下站久了，甚至觉得丝丝凉意难以抵挡。

此刻，三个一伙五个一群的球童们正聚在廊下叽叽喳喳，耐心等待预约客人的到来。金银湖球场的球童皆为十八到二十几岁的女孩。上班时刻，她们统一打扮，上穿本白色的圆领长袖棉质外套，下着湖蓝色长裤，脚蹬浅色运动鞋。最为瞩目的，是她们每个人都把头脸护得严严实实，不仅人人头戴长檐遮阳帽，紧紧护住了前额，还都在遮阳帽外面扎上一方宽大的粉红色头巾，确保两颊和脖颈都被精确包裹起来，不留一寸皮肤在外，以免受紫外光的侵袭烘烤。这种装束，使人轻易难辩她们的真容。外面的光线越强烈，她们脸部的阴影就越浓重，叫人不易看清她们的五官容颜，也就一时看不全她们的年龄和长相。这样一来，除了个子的高矮区别，乍一眼望去，这些女孩就像一个模子了刻出来的。

"看那，是韩经理来了。"一个球童眼尖，无意之中看到从前方驶来一辆球车，上面坐着的正是韩戈平。刚才还热热闹闹说着话的女孩们一下安静下来，大家的目光齐刷刷投向了韩戈平过来的方向。平日里，韩戈平在这个时候很少出现在出发站，看上去他像是刚刚巡完场。

韩戈平身为球童部经理，日常工作除了管理十个大组的球童，对球童进行培训考核外，还要和两个副手负责巡场，解决球场上出现的纠纷和问题。两名专职的男巡场员跟着十个班组的球童，分别上早班或晚班。韩戈平身为经理，他去巡视球场则没有固定的时间也没有规律。自己觉得有空时，或者觉得有必要时，他就驾一辆球车去球场各洞兜一圈。

韩戈平将车驶入出发站，找了个合适的位子将车停稳，然后步履轻松地向球童们走过来。

"大家好啊。"韩戈平朝大家打招呼。

"韩经理好。"几个女孩乐呵呵地回答，眼睛一眨不眨地盯着在她们看来帅呆了的经理。另外几个女孩的视线，刚触着韩戈平不经意看过来的目光就已经脸红了。

韩戈平难得地在出发站逗留了一会儿，和球童们随便聊着天。忽然，他好像想到了什么事，抬眼在一大群球童中寻找起来。这时，他看到郑小兰正依靠在一边的窗子前和同寝室的球童王小妹说着话，就撇下身旁的女孩们走了过去。

"小兰，怎么没见到夏盼雪?"韩戈平问道。

"她今天请假了。"还没等郑小兰回答，和她说着话的王小妹抢在了前头告诉韩戈平。

"请假? 怎么了，她人不舒服吗?"韩戈平忙问。

"没有啦，她有事出去了。"王小妹又快嘴快语说道。

"出去了? 去哪里了?"韩戈平把脸转向郑小兰问。

"怎么，你不知道她出去的事?"郑小兰奇怪了。

"我怎么会知道?"韩戈平糊涂了。

"咦，玉文姐不是说已经和你讲过，你批准了吗?"郑小兰道。

"我批准？我批准什么啦？"韩戈平更不解了。

"这就怪了。"郑小兰觉得有些不对头。

"你快告诉我，夏盼雪究竟怎么回事？"韩戈平追问着。

"是玉文姐把她借出去了啊，说是有个重要客人需要请一名球童陪场打球。"

"借出去了？去哪了？"韩戈平的脸色开始变了。

"好像是去九龙山了吧。"郑小兰嗫嚅着，已经预感到要发生什么不愉快的事情。

"她什么时候回来？"韩戈平继续问，口气顿时显得十分严肃。

"说是尽量争取今晚赶回来，实在赶不及就明天上午回来。"到了这时候，郑小兰只好老老实实地汇报情况。

"胡闹！真是胡闹！"韩戈平突然大吼一声，把郑小兰和王小姝都惊得后退了半步。这吼声令旁边那一大群女孩都惊到了。大家的目光都转向了韩戈平。或许是从来没有见到韩戈平发过这么大的火，一时间所有人都鸦雀无声，大家屏息静气地呆站着，不知道发生了什么。

"你，郑小兰，给我把她叫回来！"韩戈平对着郑小兰大喊。

"这，可是……"郑小兰吓坏了，不知所措。

"可是什么？把她叫回来，马上，立刻！"韩戈平的火气越来越大。

郑小兰抖抖索索从口袋里掏出了手机，拨了夏盼雪的号码，不料一紧张拨错了号，再重新拨了一遍，结果说对方关机了。郑小兰突然想起夏盼雪有一个习惯，每次下场打球时都会把手机关掉，说这是对客人的尊重，不妨碍工作。郑小兰战战兢兢地将这情况对韩戈平说了。

"你，你看你做了什么事？"韩戈平还是不依不饶。

郑小兰的眼眶里已经盈满了委屈的泪水。她不甘心地辩解说："我以为你知道这事，玉文姐说你知道的。"

"不知道！我根本就不知道！"韩戈平的声音还是那么响。"郑小兰我告诉你，如果夏盼雪有什么事，我可饶不了你！"讲完这句话，韩戈平快步走回到他刚才下来的那辆球车前，一个健步跳上车，没有朝傻愣愣站成一堆的球童们看一眼，驾起车子快速朝球场深处驶走了。

郑小兰再也没有忍住满腹的冤屈，哇的一声蹲在地上哭了起来。

这天傍晚下了场，郑小兰连晚饭都没有吃，满肚子的委屈令她胃口尽失。她弄不懂韩戈平为什么要对自己如此大吼大叫。认识他那么久以来，韩戈平一直像哥哥一样对她爱护有加。说起来，在金银湖球场，郑小兰和韩戈平的关系算得上是最好的。郑小兰喜欢打球，迷上了高尔夫，这让她和韩戈平有了共同语言和爱好，两个人的接触交流就要比别的人多。差不多每周都有一两次，下班之后两个人会相约去练习场打打球。如果时机合适，他们还会下到球场比上一比，当然是韩戈平要预先让郑小兰好几杆的。在其他人看来，郑小兰因为球打得好，有了得天独厚的机会能和帅哥经理频繁接触。对此，有许多女球童都特别羡慕和嫉妒。无奈她们打不好球，没有什么资格去约韩经理。

郑小兰一直认为韩戈平对自己不错，除了非常耐心地传授给她球艺，陪她一起练球，平日也十分关心她。郑小兰性格爽快，为人正直，工作又特别认真，这正是韩戈平看重她的地方。所以当球童一组的组长提出辞职时，韩戈平立马就推荐郑小兰当了代理组长。在郑小兰的记忆中，韩戈平就是一个和善认真的大哥，没想到这个大哥今天会突然变脸，当着全体组员的面对她又吼又叫，让她丢尽了脸。

一整个下午，郑小兰心里都像吞下过一只苍蝇一般难受。在球场陪客人走洞的时候，郑小兰感觉时间从未走得那么缓慢。好不容易走完十八洞后，郑小兰迫不及待地离开了球场，独自回到宿舍。她都懒得换衣服梳洗一下，仰身倒在了夏盼雪的床铺上，双眼看着窗户发呆。

其实朱玉文小组时不时会有球童被客人带出去陪场，这种事韩戈平也不是不知道，只是因为那些事都是朱玉文在背后安排的，又得到副总陈伟的默许，况且一般而言也没有影响到球场正常的工作，韩戈平一直睁一只眼闭一只眼不去追究，也从没见他有过一次严肃的批评。可今天他是怎么了？就因为出去的是夏盼雪么吗？夏盼雪对他有那么重要？

想到此，郑小兰心里特别不舒服起来。难怪啊，女孩长得漂亮就是占便宜！虽说韩戈平一直表现得是个正人君子，从不利用职务便利和女孩子们瞎掺和，甚至他从不轻易和女孩子们开玩笑，但不等于他不喜欢漂亮女孩呀。郑小兰想到了朱玉文。虽然朱玉文有时候做得很过分，韩戈平好像也很少和她计较。表面上看是朱玉文和陈伟的关系好，韩戈平给她面子，也不能排除因为朱玉文长得漂亮又在韩戈平面前总是娇声细气，嬉皮笑脸，还韩哥韩哥叫个不停而让他心动吧？那么，这个新来不久的夏盼雪，无论身材还是脸蛋都要胜过朱玉文一筹，韩戈平对她心生爱惜就不奇怪了。

郑小兰并没有对夏盼雪心生怨恨，人家长得漂亮是人家的福分。她只是对韩戈平的厚此薄彼心怀不满。凭什么为了一个新来的球童对她这么一个老员工毫不留情啊？有机会一定要当面好好责问他一下。

郑小兰记起了当时韩戈平对她说的那句话：如果夏盼雪有什么事，我可饶不了你。哼，夏盼雪能有什么事啊？她去陪客人，是她自己愿意的，想多赚点小费呗。转念又一思忖，郑小兰觉得有点不对劲。她确实曾经听到过一些传言，说朱玉文小组的球童出去陪场不光是陪客人打球，还有陪客人吃饭喝酒和唱歌的，甚至更厉害更过分的都有。虽说这些传闻由于当事人个个都三缄其口，因此一直没法证实其真伪，但无风不起浪，也不排除确实发生过啊。女孩子嘛，在钱的诱惑面前如果意志不够坚强，滑下水也是很容易的呀！韩戈平一开始就当机立断将夏盼雪调到自己的组里来，显然是他也风闻了那些传言，怕夏盼雪被朱玉文小组慢慢同化。他是信任自己才这样做的，结果他听到夏盼雪轻而易举就出去陪朱玉文介绍的客人了，他能不发火吗？

这么一想，郑小兰反而自责起来。她身为组长，完全可以拒绝朱玉文借人啊。万一就是这么一个疏忽，让夏盼雪夜不归宿，被客人灌醉后欺负了，那可怎么办哪？郑小兰心头油然而生一股担忧，她忽地从床上跳了来。

郑小兰决定再打一次电话给夏盼雪。此时此刻，天色早已经暗了下来，夏盼雪应该早就结束打球，可能在陪客人吃饭了吧？她得及时提醒一下夏盼雪，千万别喝酒，千万不能经不住花言巧语和金钱的诱惑答应客人的非分要求。

和下午一样，夏盼雪的手机处于关机状态。连拨了三次，结果都一样。不对呀，按夏盼雪平日的习惯，只要从球场下来她就会开机的。那么，难道是她的手机没电了吗？还是她出于什么原因故意不开机呢？郑小兰不由忐忑起来，就像有一群蚂蚁悄悄爬上她的心头一般。她开始坐立不安，心神不宁。接下去的两个小时，她几乎每隔十分钟就拨一次夏盼雪的电话，然而次次都是同一种结果。显然，今天夏盼雪是不会回来了。她会在外面过夜？她会在哪里过夜呢？是一个人睡还是……？郑小兰不敢想下去，偏偏脑子里会跳出各种各样杂乱无章的画面，扰得她心跳加快，呼吸短促，简直都快窒息了。忽然，她想到了一件事，对啊，为什么不去找朱玉文，问她要那个叫夏盼雪去陪场的客人的电话，打给他，问问夏盼雪此刻在哪里？

郑小兰当机立断，说走就走。她三步两步来到门口，猛地拉开了门，就在她往外冲出去的一瞬间，嘭地一下迎面和人撞了个满怀，郑小兰抬脸一瞧，这不是夏盼雪吗？

和郑小兰迎面相撞的正是夏盼雪。她被这一幢吓了一大跳，迅速往后退了一大步。

"你，你，你回来了？"郑小兰不知是不是惊喜过头，说话都结巴了。

"呦，你撞得我好疼啊。"夏盼雪看清了是郑小兰。

郑小兰情不自禁去拉夏盼雪的手，将她往寝室里拖："哎呀，你回来就好，回来就好，可把我急死了。"

"出什么事了吗？"夏盼雪问。

"出什么事？还问我？你呀，真是的。我是怕你会出事，打了你一百个电话都不止，一个也没打通。"

"哦，见鬼，我还真忘记开机了。"夏盼雪这才记起了自己的手机关了已经大半天了。

"快说说，你怎么突然就回来了呢？客人把你送回来的？"郑小兰急切地问。

"啊呀，别提那个客人了，真不是个东西！"夏盼雪瞬时堆起一脸气愤，"说好了是去陪他打球的，你知道他打完球和我说什么？"

"说什么？"

"他说小费到晚上一起结。我问为什么？他说，不是讲好了今天要一起过夜的吗？我说一起过夜是什么意思？他说你别装模作样啦，钱方面我不会亏待你的。我就明白他指的是什么了，一下子把我给气得。我说你把我当什么人了？他愣了半天说，这不是都事先讲好的吗，一起打球、吃饭，还有那个。我当时就火了，说去你的吧，我也不要你的小费了，你把我送回去吧。"

"他就把你送回来了？"

"哪有啊，他还是一个劲缠我，说既来之则安之嘛，我可以多给你点钱之类废话。我见他死不甘心的样子，知道指望他送我回来是不可能了，就自己跑到外面去找出租车，结果找了将近一个小时才看到一辆。这不，一口气坐回来了，花了我好几百呢。碰到这种事，真是倒霉透了。"夏盼雪余气未消地说着，长长叹了口气。

郑小兰心里堵到此刻的石头终于落地了。她不由对夏盼雪刮目相看，没想到她是那么正气自爱的一个女孩，完全不被金钱所利诱，自己还差点误解了她呢！她忙问道："那你还没吃过饭？"

"没呢，上哪吃去？我才不和那些人一起吃饭呢。"夏盼雪说。

"走，那我们出去镇上吃肯德基吧，我请客。"

"你也没吃？"

"是啊，一直在担心你，吃不下。"郑小兰说对了一半，她当然不会出说自己在郁闷地生韩戈平的气。

"那好，我们走呗，我还真是饿极了。"夏盼雪立马同意。

两个女孩关上门，手牵手趁着夜色往球场大门口走去。

9

这世上的事，说巧有时候还真是巧到不可思议。郑小兰和夏盼雪刚踏进镇上的肯德基店门，就看到了韩戈平。他正一个人坐在角落里，面前的小桌上放着 杯百事可乐，手里拿着一只鸡翅吃得津津有味。

是夏盼雪先发现了他，她咦了一声，马上告诉郑小兰。郑小兰循着夏盼雪所指的方向看过去，果然，不是韩戈平还会是谁？她当时脑子里蹦出来一句话：真是冤家路窄啊。

"别看他。"郑小兰本能地表示。

"干吗啊？这么碰巧，总得打个招呼吧。"

"我不想理他。"郑小兰生硬地道。

夏盼雪奇怪了，平日里郑小兰和韩戈平一直是相处得很融洽的呀，今天是怎么了，难道两个人吵架了吗？这么想着，她就问出了嘴。

"我可没和他吵架，他是领导，我哪敢和他吵架啊。"

"那你这是吗呢？"

"没干吗，就是不想理他。"郑小兰瓮声瓮气地说，"要打招呼你去打，我先去点东西了，你要吃什么？"

夏盼雪还想劝郑小兰，却不料韩戈平远远地一抬眼看到了她们俩。当夏盼雪再朝他那里望过去时，他向她们挥起了手，还站起身走了过来。夏盼雪赶紧告诉郑小兰："他看见我们了，已经走过来了。"

郑小兰知道无法躲避了，只得站在原地不动，也不朝韩戈平的方向转过身来。一眨眼，韩戈平已经来到她们跟前。

"你们也过来啦？还没吃晚饭吗？"韩戈平热情地问。

"我刚回来，正好小兰也没吃饭，就一起过来了。"夏盼雪答道。

"哦，你们想吃什么，我来请客。"韩戈平立刻表示。

"谁要你请啊，我们又不是吃不起。"郑小兰侧着脸一眼也不瞧韩戈平，冷冷地戳了一句。

"哎呀小兰，你还在为中午的事生气啊？得了得了，算我当时态度不好，我向你道歉，行了不？"韩戈平嬉皮笑脸说。

"你是领导，你又没错，你道什么歉啊？"郑小兰不依不饶。

"好啦，我的小兰妹妹，中午是我心急了点，不该当大家的面冲你发火，是我错了。你大人不记小人过，好吗？"韩戈平耐心地哄着郑小兰。

夏盼雪并不知道他们两人之间中午发生了什么事，但无论怎样，韩戈平说到这份上了，郑小兰就应该给他一个台阶下，毕竟他是经理嘛。于是夏盼雪偷偷拉拉郑小兰的衣服，暗示她适可而止。然后她先提要求说："那韩经理，我就不客气了，我要一份香辣鸡腿堡，外加一对烤鸡翅。"

"好咧，没问题。"韩戈平欣然答应。

"小兰你呢？和我一样好吗？"夏盼雪问郑小兰。郑小兰没有出声，既没赞成也没反对。夏盼雪赶紧朝韩戈平眨眨眼，示意他就这么做。

"那饮料呢，要喝什么？"韩戈平暗暗高兴。

"我要红茶。"夏盼雪说。

"我要咖啡。"郑小兰终于表态了，"我还要两个蛋挞。"

夏盼雪朝韩戈平颇有意味地一笑。韩戈平心领神会，转身就朝收银台走过去了。夏盼雪便拉着郑小兰往刚才韩戈平所坐的位子走去。时间已经很晚了，店里空位很多。这个地方毕竟地处郊区，镇上的人大都习惯早睡早起，出来吃夜宵的人不如市中心那么多。

两个人在空位上坐下后，郑小兰说："哎，等会儿他如果问起你怎么回来了，就说是我打电话把你叫回来的，好吗？"

夏盼雪有点不解，问："这是干吗？"

"你别管了，就那样说，好吗？算是帮我一个忙。"

"那好吧，我知道了。"夏盼雪不再多问。她想郑小兰这么要求一定有其原因的，就爽快答应了。

不一会儿，韩戈平双手端着放满东西的盘子笑呵呵走了过来。将盘子放下来后，他把里面的食物一件件分别放到两个女孩面前，然后坐到了她们对面。果然，他坐下后的第一句话就是问夏盼雪怎么回来了。夏盼雪回答说，是郑小兰打电话把她叫回来的。

"没碰到什么事吧？"韩戈平又问。

夏盼雪对韩戈平这一问似懂非懂，就模棱两可地点点头。

"小夏又不是那种没有头脑的人，用得着你那样瞎操心吗？"郑小兰没好气地呛了韩戈平一句，还朝他白了一眼："她现在完好无损地坐在你面前了，你开心了吧？"

"那就好，那就好。"韩戈平并不理会郑小兰的语调和态度。他看了看夏盼雪道："你们快吃吧，这么晚了，饿坏了吧？"

两个女孩真是饿了，狼吞虎咽啃起了鸡翅。韩戈平则一边喝着可乐，一边靠在墙上欣赏着她们。

连着啃完两只鸡翅后，郑小兰用餐巾纸擦了擦嘴问韩戈平道："朱玉文那样胡说八道，你找她澄清过了吗？"

"找她问过了。"韩戈平答。

"她怎么说？"

"她说她以为我知道。"

"以为你知道？哼！"郑小兰显然认为朱玉文在瞎说。

"她对陈总讲过这事，陈总对她说会转告我，所以她以为我已经知道了。"韩戈平解释着。

"你还真会替她说话啊。"郑小兰带点讥嘲地道："你也冲她大吼大叫了吗？有没有啊？"

"小兰你看，你又来了。"韩戈平不自然地笑笑。

"你是专拣软的欺。"郑小兰满脸不高兴。

"你们在说什么事啊？"夏盼雪怕郑小兰又耍脾气，赶紧出来圆场，将话题岔开。

"就是你出去陪场的事，他怕你被人欺负，冲着我大发雷霆。"郑小兰说，"你真没看到他当时的模样，就想要把我吃掉一样呢。"

"这事可不能怪小兰，是我自己答应去的。"夏盼雪这下明白了。

"好了好了，既然你平安回来了，我们就不要再说这件事了。"韩戈平像是被人点穿了心事一样有些尴尬。

"不说就不说。不过请韩经理去转告朱玉文，她那组人她想怎么用我管不着，以后可不许再动我组里人的脑筋，也别再搬出陈伟来压人，否则我不当这代理组长了。"郑小兰那一肚子的气显然尚未发泄完。

"好的，我知道了。"韩戈平点头答应，"以后有什么事你先告诉我，我会出面顶着。"

第五章

1

郑小兰在两小时前接到韩戈平的通知，说下午 1 点有两个重要客人预约好了来打球，要她准备一下，再带一个好一点的球童出场。

郑小兰也没多想，12 点 45 分就带着夏盼雪等在了出发站。过不多久，郑小兰就看到球场副总经理陈伟带着一男一女两个人走了过来。郑小兰想。难怪韩戈平那么一本正经通知自己是重要客人，原来是陈总的朋友来打球。

陈伟知道郑小兰是金银湖最好的球童之一，也是韩戈平竭力推荐的代理组长，就过来对她交代了几句，无非是这两个客人非同寻常，一定要服务周到之类。郑小兰当然知道轻重，频频点头表示明白。

陈伟带来的两个重要客人，一个是年过六十的老头，已经谢顶，额头油光敞亮，矮个子，略瘦，穿得很土，头顶一只旧得褪色的遮阳帽，一件开始发黄的白色长袖 T 恤，外罩深藏青夹克衫，黑色休闲裤配白色球鞋。另一个是个将近五十的女人，一头乌黑短发，明显是刚染过不久的，一张瘦长脸上，五官还算整齐端正，鹰钩鼻下是薄薄的、有些苍白的双唇，这让她的面部显得很刻薄。她表情里透着一股傲慢，眼神冷漠，目中无人。她手里捧着一个盛满水的玻璃瓶走过来。这是一只大号的雀巢咖啡瓶子。很多人喝完咖啡后，用它当杯子泡茶喝，因为瓶子配有可以旋拧的盖子，泡了茶之后携带方便，不会外溢。

陈伟把郑小兰和夏盼雪带到他们面前时，女人挑剔地瞟了她们一眼，随后唔了一声，表示可以。

郑小兰示意夏盼雪将玫瑰红色的 15 号球车开过来，停在老头跟前。金银湖高球俱乐部的球车有两种颜色，紫褐色和玫瑰红，玫瑰红的车体略宽一些。球车的左右侧都印上白色的编号，非常醒目。夏盼雪将球车停稳，下了车，和郑小兰一起替客人把球包安放到了球车的后部，然后恭恭敬敬站在一旁。

"我们走吧。"说着，女人让老头先坐上球车，然后坐到了球车的驾驶座上。

郑小兰和夏盼雪赶紧走到球车后面，先后跨上球车后方的踏板。还没等她们站稳当，女人已经急踩电门，球车呼的一下往前冲去。夏盼雪身子一晃，赶紧伸手抓紧车子后部的拉杆，才没有摔倒。坐在前面的老头和女人对此全然不知。站在身旁的郑小兰，本能地伸手抓了夏盼雪一把。她差点吓出一身冷汗，觉得这两个客人怎么如此粗糙，不懂礼貌？

球车向第一洞的发球区驶去。

和所有十八洞的标准球场一样，金银湖球场广浩宏大。举目望去，满眼碧茵，草场漫漫，松杉苍翠。灰白色的车道如一条巨蟒，在一片绿色中蜿蜒穿梭。玫瑰色球车就在这蟒背上移动前行，夹杂在一片绿色之间，格外醒目。

"你们真是这里最好的球童吗？"女人驾着车，背对球童发问。

郑小兰和夏盼雪站在车后面，一开始没听清楚，以为她是在和老头说话。

"我在问你们呢！"女人声音响起来。

"您说什么？"郑小兰这才明白女人是和她们说话。

"陈伟说你们是这里最好的球童，没瞎吹吧？"女人问。

郑小兰和夏盼雪面面相觑，一时无语。该怎么回答呢？说是吧，显得很不谦虚，说不是吧，难道陈伟在骗人？真是左右为难，不好开口。

"问你们话呢，怎么不吭声啊？"女人对球童的沉默不语很不满意。

"她是这里的A级球童，应该是最好的。"夏盼雪灵机一动，忙着介绍郑小兰。

"她也是我们这里最好的。"郑小兰紧接着也说。

女人阴阳怪气，似笑非笑地说："哧，不会是相互吹捧吧？"

郑小兰和夏盼雪又互对了个眼神：选择不吭声。她们知道今天肯定遇上了难伺候的客人了。在金银湖球童间流行一种观点：不怕穿金戴银、大摇大摆的有钱人，就怕一身简装、衣衫寒酸的有权人；不怕嘴里衔着雪茄、挥着球杆趾高气昂、向前跨大步的人，就怕手里拎着一只保温杯、背着双手不慌不忙踱慢步的人；不怕三天两头过来打球的人，就怕难得光顾、偶尔露脸的人。

她们的预感不错，这对客人不是一般的难伺候。

从第一洞开始，老头打球的动作就极慢，每一杆都要磨磨蹭蹭打很久，本来技术就差，郑小兰提些建议他还爱听不听的，从不搭理。结果一个四杆洞要打到七八杆才刚刚上果岭，推杆进洞，又得花上四五杆，每推一杆，都是握着杆子来回晃上半天才触着球。那个女的打得稍微好一点，但非常自负。夏盼雪提建议时，她说你安静点行不？夏盼雪不出声，她自己打偏时，女人又会说："你不是这里最好的球童吗？怎么不给点好建议啊?"弄得夏盼雪左右为难,只能暗中苦笑。

不管怎么样,郑小兰和夏盼雪知道她们都必须得忍着,不能和客人争论。当球童,本就是服务客人的职业。金银湖的规矩是:球童不论遇到什么样的客人,都得笑脸相陪,即便客人蛮横无理,球童受了再大的委屈,也不得和客人争执,如果得罪客人,就自己走人。因此球童们学会了忍耐,心里再不痛快,也会等到打完全场后再向同伴们诉怨,或者独自躲到厕所里哭上一通。郑小兰已经是金银湖的老球童了,上千次的陪场,什么样的客人没有经历过? 一双嫩手早已磨出了厚茧,承受一般的冤屈根本不在话下,她只是有些担心夏盼雪会受不了这样的客人。

可是,打到第三洞时,发生了一件郑小兰从未遇到过的棘手事。

在高尔夫球场里打球,通常都是客人分成一个个球组,按照先来后到的顺序,从第一洞打到第九洞,或者从第十洞打到第十八洞,有秩序地一洞接一洞往前走。一般情况下,球组和球组之间不会发生什么摩擦。但各组客人的球技水平不同,有些打得慢一点,有些打得快一点,由此会造成后一组球员需要花时间等待前一组球员打完前一杆离开后,才能接着打的情况。经常下场打球的客人碰到这种情况一般不会怒形于色,最多抱怨几句,讪笑前一组人水平太臭,通常都能耐心等待前一组的离场。实际上,大部分客人如果意识到自己打得太慢,几次发现后一组人一直紧随其后等待时,往往都会自觉加快速度,甚至少打几杆,尽快让出场地给后一组人。更客气一点的,知道自己球技生疏,速度很慢,干脆停下来,让后一组先走的也有。高尔夫本来就是一项绅士运动,打球的人都愿意显示自己的教养和文明,不会争先恐后,斤斤计较。

这次不同,从第一洞开始,老头就打得拖拖拉拉,要比正常打球多花一倍以上的时间。而且老头固执,一定要把球打上果岭,推入洞里才肯罢休。跟在他们后面一组的是三个台湾人,在第二洞就等了很长时间才得以进入发球区。到第三洞时,他们又等了很久上不了 Tee 台。三个台湾人见前一组只是老头一个人在挥杆,那个女的只是偶然打一下,就托他们的球童上来打招呼,问老头能不能打快一点。

上前来的这个球童正是和郑小兰同宿舍的王小妹。她发现前一组的球童是郑小兰和夏盼雪,就自告奋勇上来打招呼:"小兰,我们那组的客人让我来问问,你们能不能加快一点?"

话音未落,郑小兰还没来得及答复,女人便冲着王小妹叫道:"凭什么对我们指手画脚,嗯? 他们打他们的,我们打我们的,谁碍着谁啦?"

"不是的大姨,"王小妹被呛得有些不知所措,忙解释说:"不光我们这一组,后面还有好几组都在等着呢。"

"等着就等着呗,有什么大惊小怪的?"女人毫不客气。

"可是……"

"可是什么? 你们球场有规定一洞必须在多少时间内打完吗?"女人强词夺理起来。

王小妹从未遇到过这样蛮横的客人，一时不知所措，张开的嘴巴冻结了一样发不出声音。她求助地看着郑小兰。郑小兰心里明白，和这个女人是讲不清道理的，王小妹向自己求助，她又不能袖手旁观，便满脸堆笑说道："大姐，球场是没有规定一洞在多少时间内打完，但是客人比较多，如果不抓紧，会影响到后面的客人。"

"我们才打了多久啊？就来催，催什么催啊？"女人凶巴巴地说，"客人客人的，后面的是客人，我们就不是客人吗？"

"一般来讲，到我们这儿来打球的客人之间都会相互理解，相互谦让，不是有句话说，给人方便就是给自己方便吗？你说对不对，老板？"夏盼雪看不下去，也开口来劝。她说话时并不对着女人，故意朝着依旧在发球台上不断慢慢试挥杆的老头讲，语气是笑嘻嘻的。

老头并不出声。自王小妹走过来商量，他就像局外人一样毫不理会她们的对话，自顾自转转腰，挥挥杆。此刻他听到夏盼雪叫了声老板，知道是对自己说话，就慢慢转过身子，双手将球杆撑在地上，抬脸朝夏盼雪久久地盯了一眼。他的表情似笑非笑，似怒非怒，眼神冷冰冰阴森森的。

"喂，不许叫老板，要叫首长。"女人放下郑小兰朝着夏盼雪训斥起来："你是我们的球童，怎么帮别人说话？你们还想不想拿小费了？"

郑小兰历来最恨客人用小费来要挟，真想冲着这个女人大叫一声去你的小费，本小姐不想伺候你们，她的确快要忍不下去了。夏盼雪发现郑小兰的脸色不对，赶紧挡在她之前，强赔着笑脸道："大姐，你误会了，我只是说个常理嘛。"

"你少啰嗦，你有什么资格和我说话？"女人喊道，越发不讲理了。

郑小兰见女人莫名其妙冲着夏盼雪吼叫，心里很不是味。她自己受点冤枉委屈都能咽下去，可她历来不允许别人欺负自己的同伴。她想绕开夏盼雪，跨到女人跟前去面对面论个理，不料已被夏盼雪看出心思，一把抓牢衣袖将她拖住。夏盼雪迅速朝郑小兰使了个眼色，叫她不能冲动，她的眼神在说："别惹他们，忍一下吧。"

"不行，我得去叫巡场来解决。"等在一边的王小妹心里憋得难受，甩口就说。

"呵，你这小姑娘还三不罢四不休啊？"女人听见了王小妹的话，本来已经转向老头的身子这时刷地又转回来，凑上一步对王小妹说："你去吧，也别叫什么巡场了，连经理都不用叫，干脆一步到位，把你们老板叫来得啦。"

郑小兰听不下去了，想回女人的话，又被夏盼雪制止，暗示她不要出声。夏盼雪轻轻拉住王小妹，往一旁挪出几步。她瞥了女人一眼，压低嗓音道："这两个人算是陈总的贵宾，我们得耐心。"

"那该怎么办？我们那组客人意见很大，再说后面还有客人呢。"王小妹急得干瞪眼。

"那几个台湾客人你认识吗？"夏盼雪想了想问。

"认识，是黄总他们，小兰也很熟的。"

"那今天只有这样了，你过去和他们解释一下情况，就说是小兰请求他们的，委屈他们少打一洞，你带他们直接去第四洞吧，这样就不必跟在我们后面了。"夏盼雪一边出着主意一边想，这是没有办法的办法。

王小妹思忖了一下，觉得也只有这样了，否则接下去一洞接一洞跟在老头后面，浪费的时间更多，就说了声那好吧，然后往回走去。

郑小兰和夏盼雪看见王小妹回到台湾人那里和他们说着什么，而后三个台湾人加上三个球童就陆续上了两辆球车，车子沿着车道往前驶。他们绕开了三杆洞的第三洞，直接往第四洞而去。夏盼雪不由松了口气，以为这事总算过去了。

"走吧，准备去第四洞。"女人的声音在余夏盼雪耳边响起。原来就在郑小兰和夏盼雪她们商量事情的同时，老头在这三杆洞破天荒打了一个好球，也很快将球推进洞了。

夏盼雪知道此刻马上去第四洞的话，那组台湾人刚刚到那里不久，三个客人各开一个球也得花点时间，便故意放慢动作为老头收拾球杆。看老头朝球车走去，她搭讪说："老板，这一洞你也打累了，喝点水吧。"

"让你叫首长，又忘了吗？"女人生气地说着，走过去取出那只装满茶水的瓶子，拧开盖递给老头。

老头一言不发，从女人手里接过瓶子，喝了几口水，递给女人。女人接过老头还到她手里的瓶子，拧上盖，发号施令道："走吧，去第四洞。"

等老头和女人先后登上球车，郑小兰和夏盼雪知道不能再拖了，只好跟着上了车。一路上，她们一心指望女人能驶得慢一点。快临近第四洞发球区时，她看那组台湾人还没走，其中一个刚挥完杆。好像那一杆打得很精彩，三个女球童不约而同叫起了好。

郑小兰赶紧对女人说："第四洞现在有人打，我们先停在一旁稍等一下吧。"

"咦，他们怎么超到我们前面去了？"驾着车的女人眼睛真尖，她竟然隔着十几米的距离一下就认出了那组台湾人。

"你说谁超到我们前面去了？"郑小兰假装不知。

"就是刚才那个小姑娘一组啊，应该是排在我们后面的，却抢在前面了。"女人暴跳起来说，"这算什么规矩？明明我们先来，凭什么让我们等？"

"他们已开完了球，我们就……"夏盼雪赶紧插进来打圆场，她想说我们就等一下吧。

"住嘴！"女人刹住车，回头冲着夏盼雪喊道："你的胳膊怎么老是往外弯哪？你过去，叫他们就等在发球区，不许朝前走！"

"这个，不可以吧。"夏盼雪从没听到过如此无礼的要求。

"叫你去你就去。快点！"女人火气很旺。

郑小兰一看情形，知道这下事情弄僵了，不敢再拖拉，就抢在前面下了球车，走到了第四洞的 Tee 台旁，三个台湾人正准备离开。郑小兰一时也不知道自己该对他们怎么说，反正他们已经打完，不说也罢。她想拖一拖，让事情自己解决。

"喂，你们凭什么抢到我们的前面去?!"女人已经跟随过来，朝那组台湾人嚷嚷，声音很响很刺耳。

几个台湾人闻声将目光集中过来，相互交谈了几句。其中一个因为上了一趟洗手间所以刚发完球，转过身来看着女人，用台湾腔的普通话说："你们自己打球这么慢。我们为了让你们，已经少打一洞了，你还想怎么样啊?"

"我比你们先下场的，凭什么你们先打第四洞啊?"女人强词夺理地发出质问，"难道不懂先来后到的规矩吗?"

另外两个已经往前走去的台湾人闻声停下脚步，转过身来。刚才说话的那个台湾人开始朝着女人靠近。

郑小兰见双方要吵起来，赶紧插到那个台湾人面前。她认识这个台湾人，就是王小妹刚才说的黄总，是附近一家台资工厂的老板，经常过来打球。她贴前一步小声说："不好意思黄总，这女人脾气古怪，你们千万别在意。下次我免费给你当球童，补偿你今天的损失。帮帮忙，你们赶紧往前打吧。"

这位黄总还算通情达理，平时对郑小兰的印象很好，就给她这个面子。他摇了摇头，便不再理睬女人，招呼大家往前去打第二杆。一伙人就走上了球道。

"不行，你得把他们给我叫回来!"女人见那些人没把自己放在眼里，说说笑笑扬长而去，不由火冒三丈，对着郑小兰吼起来，"必须让他们跟在我们后面打!"

"这，大姐，这又何必呢?"夏盼雪觉得这个太过分了，想劝劝她。

"必须的!我们先来，他们必须排在我们后面。你们快去!"女人固执地坚持。"否则从现在开始，我们就坐在这里的发球台不动了，后面的人别想再打球了。"

夏盼雪和郑小兰都没有动。她们还从未遇到过这种事，把已经往前走客人叫回来，太荒唐了吧!

"你到底去还是不去啊?"女人见夏盼雪站着不动，更恼了，像驱赶小鸡一样催促夏盼雪，"快去，办不好这件事，小心敲掉你的饭碗。"

夏盼雪的忍耐终于到了极限。极限就是忍无可忍，就像一只气球里被灌了过量的气，再多加一点点就会撑破了。即使再大的官，再有钱，也不能在一个小百姓身上无休无止耍威风吧!她虽然声调不高，甚至依旧面带微笑，口吻却变得毫不客气了："大姐，凡事都得讲个道理，您说对不对?确实是我们这组打得太慢了，可不能怨人家啊。"

"你，你个小球童，敢这样对我们说话?你知道我们是谁吗?"女人一愣，随即气势汹汹伸手指着夏盼雪的脸，手指差点戳到夏盼雪脸上。

"球童怎么啦？球童也是人，也有尊严，也该得到应有的尊重。"气球真的爆裂了，夏盼雪只觉得一股热血直冲脑门，已经无法再压抑自己了。一旦放下包袱还原到自己的性格，她就变得无所畏惧，

"你，你这是对谁说话？反了你。"女人顺手一撩，一巴掌抽在夏盼雪的腮帮上，顿时红起一片印子。

夏盼雪举手捂住脸，顿时惊呆了。从小长到大，这是第一次有人打她。

"你，你怎么打人？"站在一旁的郑小兰愤怒了，一个箭步冲过来，挡在夏盼雪前面。

"打了又怎么样？"女人歇斯底里大吼起来。

"你太过分啦！"郑小兰两眼圆睁，朝女人紧逼一步，大叫道："你再敢打一记试试。"

女人刚举到一半的手忽然停止不动了，随后落了下去。"你们给我滚，我们不要你们当球童了，叫你们经理换两个人来。"

自从来到金银湖球场当球童至今，郑小兰从未遇到过这样蛮狠无礼的客人。不要说动手，即便是动嘴骂人，郑小兰一次都没碰到过。脾气最坏的客人也最多浪声浪气，无端抱怨，不给小费而已。眼下这个女人，竟然野蛮到这种地步，真是仗势欺人啊。夏盼雪捂着脸，硬是忍住浑身的怒气，心里填满了委屈和愤慨。郑小兰见状心里十分不忍。她二话不说，走过去把老头的球包从球车上卸下来扔在 Tee 台边上，然后一把将夏盼雪推到车上，自己也紧跟着上了球车。郑小兰手握方向盘，驾着球车掉头就走。她听到身后传来女人恶狠狠的叫声："喂，谁让你把车开走的？回来，你给我回来！"

郑小兰懒得理她，头也不回狠踩电门，车子呜呜地飞快离去了。

2

郑小兰驾着 15 号球车折回出发站，一团火气一直在她心头里打转。

郑小兰以前也碰到过刁蛮的客人。他们无理取闹，无中生有，无事生非。她多半都能用自己的耐心和机智，摆平这些因为打了坏球或者输掉了赌局而找地方出气的"三无产品"。通常她都能将微笑悬挂在脸上坚持到结束，等着那些一时兴起不讲道理的客人们自己察觉到过分，内心被歉疚的小虫撕咬，然后愧愧地离开。

不过，她从未碰到过像今天这个女人这样没完没了不讲道理的。一时的失态完全可以，也有能力忍耐宽容，一而再再而三的蛮不讲理就变成精神失常了。何况居然还动手打人。到此刻，刚刚才陪他们走了三洞，剩下还有十五个洞，自己再一洞一洞被

折磨下去，不憋疯了才怪！她可不想受这份罪。她更不能让夏盼雪遭受这种罪。

出发站所在的房子是一幢宽大的二层建筑，连着球场的会所，风格有些不伦不类，底层的墙面采用色彩驳杂、大小不一、形状各异的石片不规则地拼贴而成，透着古朴粗粝的野性，有欧洲中世纪城堡的遗风。二楼晒台的围栏却用了均匀的白色小圆立柱横了一长排，显得规整而拘谨，完全是中式的乡村建筑风格。上下层一对比，整体感被破坏殆尽。用一个客人的话来形容，是有点在咖啡里拌入了酱油的感觉。

此刻，郑小兰和夏盼雪坐着 15 号球车正驶向那幢咖啡加酱油的房子，很快就停在了那片被阳光照得斑驳陆离的石墙外面。

夏盼雪先发现陈伟正站在出发站的檐廊下。她赶紧轻轻敲了敲边上的郑小兰说："陈总在那里，看来他已经知道了，怎么办？"

"怕什么，又不是我们的错。"郑小兰真想找个地方出口气。

陈伟刚刚接到了那个女人的电话，此刻正虎视眈眈地等着郑小兰两个的出现。见她们驾车靠近，就走了过去。他那张微胖的脸上像是刮上过一层浆糊，厉声问道："嗨，你们俩，怎么回来了，忘了东西吗？"

郑小兰不忙回答，先把球车稳稳当当停好，然后扯下头上的方巾，又脱下遮阳帽，甩了甩头，让先前被压迫着的头发松弛一下，然后回答道："陈总，我们伺候不了那对男女，你另外派人去吧。"

"他们人呢？"陈伟问。

"在第四洞发球台。"

"你什么意思？你是说你们把客人扔在球场上，自己回来了？"

"是的，我们回来了。"

"这不是胡来吗？你知道球场是有规定的。"陈伟大叫起来，声音比平时高出好多分贝，把正在一边等着下场的几个球童都引了过来。大家不知发生了什么事，好奇地围拢来看。

"我知道，球场所有规定我都知道，可我们没有能力服务他们。"郑小兰不买账。

"瞎闹，你这不是存心让我难堪吗？你是存心和我作对，让我下不了台对吗？"陈伟异常激动，脸色变得白里发青，冲着两个女孩连声吼叫。他真的急了，那老头是当地区长的老上级，是杨老板再三关照要服侍好的贵宾啊。他特意叮嘱韩戈平，要派两名最好的球童去，就是想给老头留下个好印象。谁知郑小兰竟然破天荒把那么重要客人扔下不管自己走了，在金银湖俱乐部，这可是要被开除的重罪啊！

围在一旁的球童们从未见到过陈总发这么大的火，更是头一回见他冲着金银湖最优秀的球童郑小兰大叫大吼，一个个暗吐舌头，互相用眼神交流着不同感觉，有惊讶，有害怕，有疑惑，有担忧。

"去，你们立即给我把车开回去，向他们赔礼道歉，然后陪他们打完全场。"陈伟高声下着命令。

"要去你自己去，我可不去。"郑小兰这句话说得并不很响，但语调坚定，不容怀疑。

"你，你说什么？"陈伟似乎不相信自己的耳朵。

"我们没有做错什么，所以我不会去赔礼道歉。你如果认为他们很重要，就另外派个人去服侍他们好了。"郑小兰口齿清晰地辩说道，一点不觉得害怕。从决定返回的一瞬间起，她已经准备承受最坏的结果了。

"你简直无法无天了！"经理气恼得声音都变了，"你还想不想干下去了?！"

顿时，四下里一片安静死寂。

"哎呦陈总啊，你发这么大火干吗哪？"朱玉文不知什么时候突然从天而降，插在了陈伟和郑小兰、夏盼雪中间。她用甜蜜蜜的嗓音朝着陈伟笑道："小兰不愿去就别叫她去呗，这么点事你还用得着气成这样？怒气伤身，你又何必呢？"

陈伟看着朱玉文的笑脸，听她这么一劝，一下子还真的傻住了。

"小兰，你们到底发生了什么事啊？"朱玉文帮郑小兰她们和缓了气氛，转过来打听事情原委。

郑小兰就理直气壮地把先前发生的事情朝着大家讲了一遍，然后指着夏盼雪的脸说："你们看，小夏被那女人打的，现在还发红着呢。"

围观的球童一下子炸开锅了。大家都觉得那个老头和女人也太过分了，金银湖从开张至今，还从未发生过客人打球童的事呢！大家便你一句我一句数落着，议论纷纷地责怪那不讲理的女人，为夏盼雪打抱不平。

郑小兰趁机对陈伟说："我讲的句句属实，不信一会儿等那组台湾客人和王小姝她们下来，你可以问问。"

"你们瞎啰嗦些啥啊？"陈伟狠狠瞪着大家吼道："那个客人是老板的贵宾，能得罪吗？况且她们是丢下客人不管了，这事有多严重你们知道吗？"

女孩们都把自己的声音缩了回去，面面相觑不敢再吱声。她们知道，按照金银湖高尔夫俱乐部的制度规定，这种行为要被炒鱿鱼的。

"陈总你看，你是我们的头，我们是你的兵，我们天天在一起，不是自己人吗？客人再怎么样，总是想来就来，说不来就不来的外人吧？所以即便发生了什么，我们不如自己人护着自己人，把事情化解掉不就行啦？"朱玉文笑眯眯盯着陈伟说。

"对啊，对啊，大事化小，小事化了嘛。"几个球童小声嘀咕着表示赞成。

"化解？小朱你说得轻巧。事情弄成这样，她们又不肯去赔礼道歉，怎么个化解法啊？"陈伟说着瞪了郑小兰和夏盼雪一眼。

"我去。"朱玉文说。

"你说什么？"陈伟以为自己听错了。

"我代替小兰她们去向打招呼。要不这样，陈总你陪我去吧。你大经理亲自出场赔礼道歉，这个面子给的可大呢。"朱玉文一边说一边就去挽住陈伟的胳膊。

"这个不行……"陈伟没料到朱玉文这一招，扭动身体想脱开。

"走啦，我们一起去嘛！"朱玉文可不管陈伟愿不愿意，硬是拉着他往停着球车的地方一步拖一步地走过去。

这天晚上吃过饭，王小妹和另外一个室友小刘照例去楼下打牌，留下夏盼雪和郑小兰两个人在寝室里。夏盼雪像平日一样躺到床上看书。最近她一直在看一本原版英语长篇小说，坚持每天看上一两个小时。郑小兰则在玩着手机上一款偷菜游戏。

其实整个下午她们两个人都一直心神不定，不知道之前得罪客人这件事会是什么结果。不管那两个客人多么不讲理，把客人扔在球场不管不问这在金银湖球场毕竟是重罪，也是球场建立至今从未发生过的。虽说朱玉文拉着陈伟替她们去向那个不讲理的女人和老头赔礼道歉，多少化解了他们的怒气，但球场的处罚是一定会有的。意料之外的是，一直提心吊胆到吃晚饭时间，陈伟都没有叫她们过去加以训斥。晚饭时在食堂碰到朱玉文，她得意洋洋地说，这事已经帮她们搞定了，不用担心。郑小兰毫不怀疑，朱玉文确实是有本事摆平陈伟的。既然过了几个小时都风平浪静，可能这件事也就不了了之了。此刻她们都有种虎口脱险后的幸运感觉。

有敲门声忽然传来。

郑小兰的视线没有离开屏幕上的游戏，随口说了声："进来吧，门没锁。"

她们没料到推门进来的是韩戈平。夏盼雪赶紧从床上坐起来，将书搁在床铺前的桌子上。

"韩经理，你怎么来了？"郑小兰收起手机问。她和夏盼雪都注意到韩戈平的脸上阴云密布，估计他是为了下午发生的事而来的。

"过来看看你们。"韩戈平闪烁其词道。

"那你快坐吧。"郑小兰站起来，指指对面王小妹的床铺。

韩戈平坐下来，却沉默了好久不开口。郑小兰耐不住了，主动问道："韩经理，你一定有什么事找我们吧？"

韩戈平瞟了郑小兰一眼说："今天下午的事，陈总都对我说了。"

"今天不是我们的错！"郑小兰立马就分辨道。她猜想韩戈平是来批评她们的。

韩戈平没有理会郑小兰，而是看着夏盼雪问："小夏，听说你挨打了？"

夏盼雪立刻记起女人打自己一巴掌的事，好像脸颊还是烫烫的。她点了点头说："已经过去了。"

"这也太过分了！"韩戈平愤愤地低语道，"现在还疼吗？"

"不疼了。"夏盼雪脸上虽然不疼了，心里一想起这件事还是隐隐作痛。她自小到大都是父母的掌上明珠，从未挨过打。今天无缘无故被陌生人抽了一巴掌，那份委屈不是马上会消褪殆尽的。

"简直就是个神经病！"郑小兰狠狠地诅咒了一句。

"算了，听说他们是陈总的朋友。"夏盼雪显示了无奈的宽凉。

"那也不能蛮不讲理。"韩戈平关切地看着夏盼雪表态说。

"你不是来骂我们的吗？"郑小兰不由意外。她发现韩戈平在替夏盼雪抱不平，心里先前的担忧一下落地了。

"骂你们？为什么？"韩戈平转向郑小兰问。

"看你进门一脸严肃的样子，我还以为……"郑小兰和夏盼雪对视了一眼，意思是说，对吧，他进来时的脸色多难看啊！

"我根本没想要骂你们。我明白不是你们错，骂你们干吗？"韩戈平被郑小兰提醒了似的，脸部刚刚放松的肌肉又绷紧了。"不过有个坏消息要对你们说。"

"坏消息？"郑小兰和夏盼雪不约而同警惕起来。

"本来下午朱玉文和陈总去向他们赔礼道歉打圆场后，陈伟也没打算怎么处罚你们，都以为此事就过去了。"韩戈平忧心忡忡地说道："谁知那个女的打完球回去之后直接给杨老板打电话告了状。老板知道此事后大发脾气，狠狠骂了陈总一顿，吩咐他必须要把当事的球童开除出去。"

"开除我们？"郑小兰顿时脸色煞白。下午和那两个不讲理的客人对峙时，她并不害怕。面对陈伟的质问时，她也没有胆怯。此刻，当事情看似已经平安度过，自己已经劫后余生后，忽然又节外生枝，她才意识到了事情的严重性。

"这事怪不得小兰。"夏盼雪立刻表态说，"要处罚就处罚我一个人。"

"这事更不能怪盼雪。她一点错都没有，还挨了打，开除她不公平。"郑小兰被夏盼雪的挺身而出感动了。

韩戈平瞧着这两个互表侠义心肠的女孩，心里暗暗佩服她们的敢作敢当。他想了想说："你们先都不要说了，这件事确实有点严重。我刚刚从陈总那儿过来，听他的口气，小兰毕竟是金银湖的老员工，又有很多老客人喜欢她，老板应该会网开一面。问题是小夏，刚到球场不久，老板连见都没有见过她，毫无印象，所以，如果老板一定要杀一儆百，必然会拿小夏开刀。"

"我没关系，只要小兰没事就好。"夏盼雪冷静地说："我有心理准备。"

"不行，不能开除盼雪。"郑小兰急忙叫起来，"韩经理，你得帮帮盼雪，这太不公平了。"

韩戈平深深叹了口气道："如果事情没有闹到让老板亲自过问，我一定可以把它化解掉……"

"不不，韩经理，老板不是非常器重你吗？"郑小兰见韩戈平有打退堂鼓的意思，不由急了。"你一定得当面去向老板求求情，留下盼雪。"

韩戈平略显为难地说："我过来之前已经和老板通过电话了，讲了许多好话。老板说，不是他不给我面子，这次得罪的那个老头实在是来头不小，他是我们这个区区长的老领导，现在区长已经知道这件事了，也打电话找到了老板，敦促老板要严肃处理当事球童。所以老板不可能无所作为。"

"这么说就毫无办法了吗？这是什么道理啊，明明是他们蛮不讲理，却要开除我们。"郑小兰既感到绝望又愤愤不平。

"没关系的小兰，大不了我离开金银湖，只要你没事就好。"夏盼雪将手搭在郑小兰的背上，轻轻搓动了几下，安慰她道。

"事情可能还没有到无可挽救的地步。"韩戈平看看两个女孩说："陈总刚才让我过来，叫小夏现在去他的办公室一趟，说要找小夏谈一谈。"

郑小兰眼睛一亮，急切地催问道："他说谈一谈，也就是还留有余地？"

"我也是这么理解的。"韩戈平说。

"那我就去一趟吧。"夏盼雪站起身来。

"你不能一个人去。"郑小兰也跟着站起来，"要去我陪你一起去。"

"陈总又没让你去，我自己去就行了。如果他给我机会，我大不了认个错而已，人在屋檐下嘛。"夏盼雪说得很轻松。

"可是这么晚了，你一个人去他的办公室，我不放心。"郑小兰早就听闻过陈伟纠缠欺负女球童的那些传言。夏盼雪长得那么漂亮，陈伟说不准早就垂涎三尺了，一直等着机会下手呢。

夏盼雪笑笑说："你放心吧，他又不是老虎，还会吃了我不成？"

"不行，我一定得陪你去。你来金银湖时间太短，你对陈伟这个人不了解。"郑小兰坚持要陪夏盼雪。

夏盼雪猜测着郑小兰那句话里的含义，略显疑惑地看了韩戈平一眼，好像要从他那里找到解答。韩戈平虽然没有顺着郑小兰的思路走想那么多，不过觉得夏盼雪晚上独自一人去陈伟那里也确实不太妥当，就提议道："这样吧，小兰你也不用去了。你是当事人，我怕陈总见到你反而不好，我陪小夏去吧。"

3

韩戈平带着夏盼雪去见陈伟。从宿舍走到会所有七八分钟的距离，两个人竟然都没有交谈什么，各自默默走着路。只是在一处灯光暗淡、路面又不平的地方，韩戈平说了一句小心脚下。前几天这段路为了修整路面,重铺水泥,已经凿开了。夏盼雪走在这段崎岖不平的路上,果然步子不很稳,一不小心踩到一块撬起的水泥石块上,差点扭到脚环。她哎呀了一声,身体往侧面倾斜过去,碰到了旁边的韩戈平。韩戈平反应迅速,本能地伸手扶住了夏盼雪的胳膊,让她站稳了。

"谢谢。"夏盼雪说完,继续前行。

两个人进了会所,里面早已空无一人,只有灯光悄悄地注视着宽敞的大厅。夏盼雪跟在韩戈平后面登上二楼。在楼厅通往走廊的地方,韩戈平停下脚步,朝着夏盼雪小声说:"小夏,你不用怕,无论陈总怎样发脾气,你都不要搭理就好。必要时,就说一下是我错,这也是没办法的。"

"嗯。"夏盼雪点点头。

"还有,万一有什么事发生,你只要喊一声就行,我会竖起耳朵在这里等着的。"韩戈平是想让夏盼雪放心,他不会舍她而去的。

"好的。"夏盼雪心里很感激韩戈平的关心。她是头一回来金银湖会所二楼,也不知道陈伟的办公室在哪一间。从两旁昏暗的走廊望过去,只有一处办公室的门虚掩着,有一道白色的日光灯光从门的缝隙里投射出来,估计就是那儿了。她问了韩戈平,韩戈平证实了她的猜想,她便独自一人走了过去。

走到那扇虚掩的门前时,夏盼雪突然想起什么似的从口袋里掏出手机,找到了韩戈平的号码。她让显示屏保留在通话页面上,然后一手拿着手机,安定一下自己的心绪,举手敲门。里面很快传来陈伟干巴巴的声音,让她进去。

夏盼雪走进去后,看到陈伟坐在办公桌后面正在抽烟,桌上还放着一杯喝到一半的红酒。见夏盼雪进去,陈伟示意她把门关上。

"陈总你找我?"夏盼雪小心翼翼问道。

"不找你找谁啊。你就是那个夏盼雪?"陈伟以前没有特别关注过夏盼雪。金银湖的女球童太多了,他本来就眼花缭乱,再说大多数时间,女球童们都被长檐帽和头巾遮得严严实实,很少看到她们的本来面容。只有个别把她们找来办公室的时候,才能完全看清女孩们的庐山真面目。他没有料到这位高个子的女孩长得如此漂亮,一点都不输给他念念不忘的朱玉文。

夏盼雪牢记韩戈平的叮嘱,低头不语。

"知道为什么叫你来吗?"陈伟摆出一副领导要训斥下级的架势来。

夏盼雪拘谨点头。

"你说吧,那件事该怎么处理?"陈伟从坐的地方站起来,按灭手里的烟头,再拿过酒杯,一口将剩余的红酒喝掉。

"我把客人留在球场自己回来,是我做错了。"夏盼雪承认道。

"知道按金银湖的规矩,会怎么处理吗?"陈伟盯着夏盼雪微微垂下的脸,越看越觉得她漂亮，心里不由痒痒起来。

夏盼雪本来想回答说知道，又一转念，不如不开口为好，就缄默不语。

陈伟慢慢从办公桌那边走出来，踱到夏盼雪旁边，上下打量了一番，发现这个女孩的身材真是超级棒，凹凸有致，曲线优美。他用威胁的语气说："你是新来的，还不知道吧？那我告诉你，你犯的是金银湖的死罪，明白吗？是要被开除的！"

夏盼雪心里早有准备，因此她不动声色，依旧保持静默，微垂着脸也不看陈伟。

"你的胆子也太大了吧？"陈伟继续训斥。

夏盼雪还是不出声，老老实实地站在那里挨训。

"当然啦，也不是说就没有余地，开除不开除，取决于我的决定。"陈伟的语调忽然开始转换。

夏盼雪依然纹丝不动站在那里，好像一头不由自主忍人宰割的羔羊。

"你怎么一声不吭？"陈伟问。

"我不知道该说什么。"夏盼雪小心回答。

"看你样子好像蛮老实的。"陈伟一边说一边在夏盼雪身边打转，好像要从各个角度欣赏一番即将落入嘴中的猎物。"我问你，你还想不想留在金银湖了？"

"如果给我机会，我愿意留下。"夏盼雪说。

陈伟转到夏盼雪的正面停住了，色眯眯看着她的脸说："我是金银湖的当家人，机会我可以给你，就要看你接下去的表现了。"

"我会好好工作的。"夏盼雪机灵地回答。

"工作好坏有你们组长和经理管。我说的表现是，如果我这次不处罚你，把你留下来，你会怎么报答我。"陈伟毫不遮掩地发出暗示，边说边又围着夏盼雪慢慢转。

夏盼雪已经觉察到了陈伟的心思。她记起刚才郑小兰对她一个人来见陈伟时的担忧，不免有些紧张。这个陈伟不会真的胡来吧？夏盼雪脑子里想着对付的办法。让她感觉安慰的是，还好此刻韩戈平就等在外面。万一陈伟有什么非礼行为，她知道该怎么做。她趁陈伟转到一侧时，迅速悄悄地将手机按了一下。

陈伟见夏盼雪不声不响，不知道她是否明白了自己的暗示，就进一步说明道："在金银湖，只要讨我的喜欢，就什么都不用担心了。这话的意思你明白吗？"

"我不太明白。"夏盼雪装木讷。

"真不明白？"陈伟又转到了夏盼雪的背后。

夏盼雪没说话，只是摇摇头。不料陈伟突然从背后一把抱住她，两只手差点就摸到了夏盼雪的胸部。他厚颜无耻地说："你只要依了我的要求，我可以什么事都不再追究了。"

夏盼雪对陈伟的偷袭已经有所准备。她机智地用双肘奋力撑开陈伟的臂膀，一边以严峻的口吻说："陈总，请你别这样。"一边按了一下拿在右手中的手机，将电话拨给了韩戈平。

陈伟欲火中烧，死皮赖脸地不肯放开夏盼雪，一脸下流地说："现在又没人，你乖乖听话，以后在金银湖我会罩着你。"

夏盼雪这几年一直挥杆打球，还时常去健身房锻炼，两臂的力量很大，陈伟根本搂不住她。不一会儿就让夏盼雪挣脱了。可他还是不甘心地换到夏盼雪的正面，想一把揽住夏盼雪的腰将她拉到跟前，强行吻她的脸。就在这时，他听到了咚咚咚咚连续而急促的敲门声，顿时如泄了气的皮球，不得不扫兴地放弃了。

"谁啊？"陈伟火冒三丈地叫道。

"我，韩戈平。"随着应答声，韩戈平已经开门进来。他看一眼夏盼雪，假装吃惊道："原来小夏也在这儿啊？"

"这个时候，你来干什么？"陈伟一脸不高兴。

"你不是让我晚上有空再过来一次吗？"韩戈平摆出满脸茫然道。

"我有说过吗？"陈伟傻了。

"是啊，你说过啊，忘了？"韩戈平一副难以置信的表情。

陈伟糊涂了。他刚才喝了不少红酒，脑袋微微有些晕眩，已经记不得自己有没有说过那个话。难道真是自己忘了？可他怎么也想不起要韩戈平晚上过来一趟是为了什么事情，不由站在那里发起呆来。此时，韩戈平赶紧偷偷朝夏盼雪使眼色。夏盼雪心领神会，不失时机地对陈伟说："你们有事，那我先走了。"说着就往门口走去。

等看到夏盼雪要走出门去时，陈伟像是恍然大悟醒了过来，冲着夏盼雪喊到："话我都对你说清楚了，你自己想想明白哦。我给你三天时间，你啥时想通了啥时自己过来找我。"

夏盼雪没有回答，头也不回就走了出去。

"说吧陈总，叫我来有什么吩咐？"韩戈平及时问道。

"什么吩咐？我怎么知道？我都让你搞糊涂了。"陈伟丧气地走回办公桌后面，一屁股跌坐进大班椅内。

夏盼雪离开陈伟办公室后，快步走到二楼楼厅，思考着要不要在此等着韩戈平，还是自己一个人先回宿舍，正犹豫不决呢，就听到有人叫她，回身一看，是郑小兰正从楼梯上来。

"你怎么来了？"夏盼雪此刻看到郑小兰，觉得异常的亲切。

"我还是不放心你，过来看一看。"郑小兰奇怪夏盼雪怎么会独自一个人站在楼厅里。

夏盼雪一把将郑小兰抱住说："小兰你真好。"

等夏盼雪放开手，郑小兰问："怎么样？见过陈伟了？"

　　夏盼雪点点头，回脸朝陈伟办公室的门口瞧了一瞧，然后拉着郑小兰往楼下走，一边下楼，一边把刚刚发生的事情对郑小兰叙述了一遍，然后说："这个陈伟真下流。"

　　"对啊，所以我才不放心你一个人来见他嘛。"郑小兰说："金银湖的女球童，十之八九都知道他这副德行。"

　　"太吓人了，怎么可以这样啊！"夏盼雪不由愤怒。

　　"我就猜到他会用开除来要挟你，逼你就范。"两个人走到会所大厅门口停下来。

　　"我宁可被开除。他打错算盘了。"夏盼雪不屑地道。

　　"当然，我知道他是癞蛤蟆想吃天鹅肉，痴心妄想。"郑小兰以绝对信任的目光瞧瞧夏盼雪，接着问："韩经理呢，已经走了？"

　　"他在陈伟办公室里，今天多亏他陪我过来。"夏盼雪说。

　　"那我们等他一起回去吧。"郑小兰话音未落，就见韩戈平从楼梯上快步走下来。

　　韩戈平突然见到郑小兰甚是意外，问清了情况后，三个人离开会所大楼，并肩走回宿舍。路上，韩戈平问起之前在陈伟办公室发生了什么情况，夏盼雪还没来得及回答，郑小兰已经抢在前面把陈伟的下流举动描述了一遍，然后气咻咻地说："他把盼雪当什么人了？以为她和朱玉文一样啊？"

　　韩戈平对陈伟欺负女球童的事也早有所闻，却未料到他如此肆意妄为，心里不免冒起愤慨之火。想起刚才夏盼雪在危急时刻拨通他的电话向他求救，又深感夏盼雪的机灵聪明。既没有大呼大叫，又将信息准确传送了给他。不过韩戈平明白，陈伟既然未能如愿，一定还会三不罢四不休的，真正的麻烦会时刻等着夏盼雪，不由内心沉甸甸的。他说："小夏，看来这件事很棘手，陈伟轻易不会放过你的。"

　　"没关系，我已经做好最坏打算了。"夏盼雪反而十分冷静。

　　"韩经理，你可得好好想想办法，难道你愿意盼雪就这么被赶走吗？"郑小兰满心焦虑。

　　"小兰，别为难韩经理了。"夏盼雪显然经过充分思考地道："我是不可能答应陈伟那种下流要求的，所以只有离开金银湖了。没关系，此处不留人，自有留人处的。"夏盼雪尽量摆出一副轻松的样子来。

　　"不行，我不想你走。"郑小兰拉紧夏盼雪的手，把脸冲着韩戈平说："韩经理，你一定要想个办法出来，算我小兰求你了。"

　　韩戈平没有马上回答。他默默无声地走了一段路，快到宿舍楼跟前时，才开口说道：

　　"我想了一想，现在要留住小夏，又躲开陈伟的纠缠，唯有请一个人帮忙才行。"韩戈平看似已经深思熟虑过了。

　　"谁？"郑小兰好像要朝韩戈平扑过去一般忽地朝他转过身去。

　　"康亮，就是那个康总。"韩戈平一副破釜沉舟的表情。

"对啊，听说那个人神通广大，什么事情都能搞定。"郑小兰恍然大悟。

"能行吗？"夏盼雪因为只知道康亮是个社会名人、职业经理人，对他的其它方面并不了解，很是怀疑。

"只要康总答应帮忙，多半能行。"郑小兰很有信心。她知道康亮和杨老板的关系非同一般。"韩经理，那就拜托你了，无论如何要说服康总帮帮忙。"

韩戈平瞧瞧郑小兰又看看夏盼雪，允诺道："好吧，我尽力而为。"

4

康亮不仅是金银湖的常客，还是贵客，而且是贵客中的VIP。

韩戈平早就听说过，康亮和球场杨老板的关系非同一般。可以毫不夸张地说，金银湖球场有今天的成功和名声，康亮功不可没。十几年前，杨老板就是通过康亮帮他拿下这一大片空地的，也是通过康亮的运作得到了建设高尔夫球场以及周边别墅群的批复许可。以后，靠着杨老板的商业头脑，经过数年的打造，别墅群给他带来了丰厚的利润，高尔夫球场给他带来了巨大的无形资产。所以，为了感谢康亮的鼎力相助，杨老板除了给康亮一笔不菲的酬金之外，还送了一套金银湖别墅以及一张编号为001的会员卡。所以说，康亮在金银湖球场是个VIP中的VIP。

韩戈平虽说认识康亮已有好几年，但两个人谈不上有什么交情。毕竟在韩戈平看来，自己只是金银湖球场的一名打工仔，替杨老板工作，管理球童并兼做练习场教练。他没有什么资格和康亮那样的大人物交朋友。因此，每次当康亮在练球场请韩戈平指导球技后频频夸赞韩戈平，说他是个好教练，要请他吃饭时，韩戈平总是婉言相拒。韩戈平怀揣一颗平常心，只想做好自己的本分工作，从未想过要攀龙附凤寻找人生发展的捷径，因此不想巴结那些站在社会金字塔顶层的精英。有趣的是，他并不清楚自己的那份卑谦恰恰源于内心的清高。

不过这次，为了保住夏盼雪，他不得不屈尊求人了。

今天上午，韩戈平在电脑里查到有康亮下午过来打球的预约。下午他就早早地来到会所大厅，等着康亮的出现。康亮来金银湖也有一定规律，通常是周三周五下午一点到球场，前后误差不会超过一刻钟。今天是周三，康亮一如既往的准时。

"呦，韩教练，"康亮刚步入大厅就看到应声而起的韩戈平，"你在等人吗？"

"康总您好，我是等您。"韩戈平恭敬地走上前来。

"噢，等我？"康亮的步子很有弹性，一直是雄赳赳气昂昂的。作为一名成功者，或者如莱蒙托夫所称的当代英雄，他的自我感觉始终很好。他向韩戈平伸出手去，问道："找我有事？"

韩戈平头一回如此正式地和康亮握手，不由紧张而且带点窘迫："康总，不知能不能耽搁您几分钟时间？"

"没问题，我有的是时间。"康亮收回和韩戈平轻轻一握的手，露齿而笑。

"那，可不可以请您去我的办公室坐一会儿？"韩戈平显得很拘谨。

"可以啊，完全可以，走吧。"康亮笑呵呵说着，在韩戈平肩头拍了一下，示意他带路。

韩戈平的办公室就在会所底楼，从大厅过去并不远，两个人走了二三十步就到了。韩戈平打开门，欠身站在一旁，请康亮先进去。康亮打量了一番办公室里的陈设，觉得虽然简单，倒很整洁干净。韩戈平跟进去，随手掩上门，从一边的柜子上拿了一瓶法国进口的依云矿泉水给康亮，他知道康亮只喝依云矿泉水，同时问："康总喝这行吗？还是给您沏茶？

"不用了，这个就可以。"康亮自己拉开椅子坐下，从韩戈平手里接过依云矿泉水。此刻，他一点没摆名人或富豪的派头，显得很随意。他拧开瓶盖喝了两口之后，打趣地说："有什么吩咐，请韩老师说吧，学生洗耳恭听。"

韩戈平稍显羞涩地看看康亮，然后像是鼓足了勇气似地说："康总，我想请您帮个忙，不知可以吗？"

"可以啊，只要我力所能及的。"康亮含笑审视着韩戈平的神色，猜测韩戈平会要自己帮什么忙。他们认识好几年了，韩戈平从未开过类似的口。在康俊心目中，这个小伙子内向，老实，聪明，成熟。当然，他还是个非常英俊的青年人。见韩戈平有点踌躇，他鼓励道："说吧，让我帮什么忙？"

"我想，想请康总替我救一个人。"韩戈平说着，观察康亮的反应。

"救人？是在监狱里吗？"康亮马上想到的是去监狱捞人这类事情。

"不不不，"韩戈平立刻不停摇手，"不是那种事，我只是想请您和我们老板打个招呼。"于是接下去，韩公平就把那天下午发生在郑小兰和夏盼雪身上的事对康亮仔细复述了一遍，然后道："郑小兰嘛，她工作时间长了，很受顾客们喜欢，所以老板已经松了口，不处理了。可是那个小夏，才来这里不久，老板都没见过她，恐怕在劫难逃了。"

"你是想要留住那个女孩？"康亮此刻并未去想那个女孩是谁。金银湖的球童太多了，他也不可能都记得清楚。

韩戈平点点头，他心里惴惴不安地盯着康亮看，希望康亮不会一口拒绝。

"有什么充分理由吗？"康亮故意兜圈子。

"过程我都对您讲了。您想想，其实那天两个女孩并没有什么错，确实是客人太蛮横了，"韩戈平试探着做解释，"那个小夏还挨了一巴掌，她都忍了，总不能欺负老实人吧？"

"确实有点过分了。"康亮同意韩戈平的说法。隔了几秒，他油然记起什么来，抬眼问道："你说的那个小夏，是不是叫夏什么雪的？个子高高的？"

"正是正是。"韩戈平不知道康亮怎么会了解这情况，急忙说，"她叫夏盼雪，才来金银湖不久。她打球打得很好……"

"人也很漂亮，对吗？"康亮截断韩戈平，会心地露出笑容。"OK，这个忙我帮你。"

"真的吗，那太谢谢您了。"韩戈平大喜过望，眼睛里不由闪出笑意来。

"你刚才说，是区长给你们老板施加了压力，非让他开除那个女孩？"康亮突然问。

"这是陈总告诉我的，所以老板这回有点压力的，多半要杀一儆百。"韩戈平心有余悸地说。

"明白了。"康亮摆出一副不以为然的表情："老板那里，我一句话就可以搞定的。不过呢，我也不能让你们老板为难。这样吧，我先找区长。这点小事，区长还是要给我康亮面子的，然后再让你们杨老板刀下留人。"

"不知康总会怎么对我们老板说……"韩戈平似乎仍不太放心。

"这个嘛，我会和你们老板说，这个姓夏的球童我用起来很顺手，我很喜欢。呵呵，我自有办法，你就放心吧。"康亮笑道。

"那太好了。"韩戈平喜出望外，为自己找对了人而忍不住激动道。"康总，我小韩太感谢您了。"

"区区小事，也就不必谢了。怎么样，今天陪我打一场球吧？"康亮邀请道。在中国，高尔夫教练或职业选手，常常被客人邀请陪打一场球，在实战中得到详细指导，这样可以进步得更快，但陪场价格也不菲，一般都在2、3千元之间。

"没问题，我今天陪您打完十八洞。"韩戈平爽朗地答应了。

晚上，韩戈平急着想把康亮答应帮忙的事去告诉郑小兰和夏盼雪。他来到她们寝室时，发现郑小兰不在，只有夏盼雪一个人。

"韩经理，你怎么来了？"

"我过来看看你们。"韩戈平说。

"那你快坐吧。"夏盼雪站起来，"小兰去练球了，大概要有一会儿才回来。"

"哦，这样啊。"韩戈平坐了下来。见夏盼雪要给他倒水，赶忙阻止，说他刚喝过。他打量了夏盼雪一眼问："还有其他人呢，又去打牌了吗？"

"小妹她们两个反正每天吃过晚饭就去103寝室打牌，有瘾的。"夏盼雪说。

"听说了，好像她们几个喜欢斗地主。"韩戈平不经意地朝夏盼雪瞧了一眼。他越看她，就越觉得她不同凡响。"你不打牌吧？听小兰说你喜欢看书。"

"嗯，我不会打牌，空下来就看看书。"

韩戈平注意到了那本蓝色封面的英语书，有点意外："你在自学英语啊？"

"算是吧。"夏盼雪回答得模棱两可。

忽然间，两个人好像都不知道再说什么好，室内一下子静得出奇。夏盼雪没话找话地问韩戈平有没有吃过晚饭，一问出口就觉得自己够傻，都什么时间了，他能没吃过晚饭吗？韩戈平心里也有种奇怪的慌乱。他赶紧把之前和康亮交谈的事情对夏盼雪说了一遍，然后安慰道："如果康总肯出面，难关应该能够度过的。"

"那真是太感谢你了。"夏盼雪听说事情有了转机，抑制不住内心的高兴。她虽然已经做好了离开金银湖的最坏打算，不过要是能留下来，当然是再好不过的。

"这事也怪我，早知道会出这种倒霉的事，我就不叫你和小兰去当他们的球童了。"那天是韩戈平特意让郑小兰和夏盼雪去的，出了那样的事，他确实感到过意不去。

夏盼雪微微一笑摇摇头："这也不可预料的。不过这样的客人确实很少见。"

"我们金银湖会有这样的客人，"韩戈平坦然说道："不是觉得自己财大气粗，就是认为自己大权在握，于是就很傲慢，目中无人，动辄训人。这些人对其他客人，尤其大部分情况下是对球童，耀武扬威。不过，对球童这样刻薄和蛮不讲理的确实很少见。"

接着韩戈平就讲了一件事给夏盼雪听：前年有个部队的首长过来打球，也是因为打得慢，跟在后面的一位老板不听球童的劝阻挥杆就打，结果球差点击中这位首长。那位首长心里不舒服，在下一洞的 Tee 台等到那位老板过来后，就说了两句。那个老板也不买账，说你有本事就打快点嘛。首长笑笑，不再和他多说。事情好像就这么过去了。等那位老板打完球，洗好澡换了衣服准备回去时，发现停在停车场的 S600 奔驰车不见了。找了半天，结果发现车子在花园一边的大石头上骑着呢。走近一瞧，车子的四个轮子都被卸掉了，不知去向。车窗上贴着一张纸条，上面写着：下次再不懂规矩，卸掉的就是你的四肢了。那个老板吓得从此再也没来过金银湖。

"真有这种事？"夏盼雪觉得难以置信。

"是真的事。我还认识那个部队首长，陪他练过球，其实他人还挺和善的。那天是他的警卫员知道了这事，招来好几个战士，硬是把那辆豪华车给拆坏了。"

夏盼雪像是在思考什么似的低头想了一会儿，然后道："这世上的麻烦事情真是防不胜防啊，不知道什么时候就会遇上了。"

"小夏，别担心，你在金银湖球场万一有什么事，我都不会袖手旁观的。"韩戈平让夏盼雪放心。

夏盼雪感激地看看韩戈平，说了声谢谢韩经理，倒是把韩戈平的脸说红了。他避开了夏盼雪漂亮的大眼睛，目光四处转着，假装在欣赏寝室里那些女孩子们才喜欢摆弄出来的小饰件。忽然，他在夏盼雪的床头看到了一枚很特别的挂件。从敞开着的窗户飘进来一阵阵微风，吹在那个挂件上，挂件便缓慢旋转起来，灯光下一闪一闪的。韩戈平觉得那挂件看上去很像是用一片蚌壳做成的。一时间，他觉得好眼熟啊！他很想走近去看个仔细，问问夏盼雪这是从哪得到的，可是一转念，又觉得自己的想法太荒唐可笑了，这世界上相同的东西多了去了，可不能冒冒失失的自讨没趣。

很快，两个人都感到无话可说了。虽然韩戈平很想在夏盼雪这里多坐一会儿，难得有这样单独相处的机会，但他知道自己很可能是一厢情愿。再说了，单独和一个女孩子在房间里待久了，被别人看到也不好，于是他就找了个借口告辞了。

夏盼雪把韩戈平送到了门口。等他下了楼，她轻轻将门掩上时，不由得长舒了一口气。她觉得单独和韩戈平在一起，会让她产生一种奇怪的紧张感。

5

郑小兰因为被韩戈平当众训斥的事迁怒于朱玉文，有一段时间一直对朱玉文爱理不理。后来，毕竟因为那天朱玉文在球场的出发站毅然决然帮她和夏盼雪解了围，之后陈伟也没有再找她的麻烦，郑小兰的态度自然就缓解了不少。

朱玉文了解郑小兰的脾气。她是个直肠子，有什么喜怒都会流于言表。你只要不在她生气时火上浇油，过一段时间就风平浪静了。她是典型的吃软不吃硬的性格。对这样的人，你只有哄她才会有效。

金银湖高尔夫球场的员工食堂设在会所最西端。食堂的门是朝向会所西面一个小花园的。这个门和前来打球的客人所进出的大门离得很远。球场规定，所有员工只能通过这个门进入食堂，不得借用连通会所长廊的那个小门，这样就避免了球童们的叽叽喳喳声影响到来客们需要的安静环境。

每天早中晚三次，食堂成了最热闹的地方，过来吃饭和吃完饭离去的球童川流不息。在这里，大家可以肆无忌惮地说说笑笑甚至打打闹闹。除了她们这些球童外，没有其他人会过来就餐。

朱玉文刚刚从厨房窗口打了一份套餐。说是套餐，其实就是一盘七拼八凑的盒饭，一荤两素，再加白米饭和一碗清汤。食堂的大厨是杨老板从一家饭店聘来的，自己带了一帮助手过来效力。厨师手艺不错，每天想着法子变化菜肴的种类，每顿都会拿出三荤六素，供女孩子们挑选。

朱玉文今天中午选了一个青椒炒蛋，一条带点辣味的红烧鱼，还有一个加入辣椒的包心菜。朱玉文吃饭从不节省。她的理论是：钱是靠赚出来不是靠省出来的。还真有不少女孩成了她的追随者，吃起饭来随心所欲。朱玉文端着盘子寻找合适的座位时，发现郑小兰一个人正坐在一处靠窗的位子吃着饭，便走过去在她对面坐下来。郑小兰看了她一眼，没说话。

"我说你是怎么啦？见到我像见了什么仇人似的，老是冷冰冰的样子？"朱玉文笑眯眯地问。

郑小兰埋头吃饭，不搭理朱玉文。

"好啦，还为那件事闹这么大情绪？"朱玉文也不计较郑小兰的冷漠，一边举起筷子开吃一边道："你生气归生气，有正经事我还是得和你讲。"

"你能有什么正经事？"郑小兰抢白道。

"呦，看你说的，你把玉文姐当什么啦，我有那么坏吗？"朱玉文还是玩笑口吻，并不生气。

这下郑小兰有点不好意思了，改口道："说吧，有什么正经事找我？不会又要借什么人出去吧？那可绝对不行哦。"

"没有啦，哪里会经常找你借人呢？"朱玉文忙着否认。接下去，她问郑小兰这个星期六下午有没有预约的客人。郑小兰回答说没有。朱玉文就告诉郑小兰，刚刚接到康亮的电话，说星期六下午要带几个重要人物过来打球，他需要四个有经验的球童，除了朱玉文和郑小兰必须出场外，还点了夏盼雪的名。

"点了她？"郑小兰问。

"是的，明确点了她。"

"不是要有经验的吗？她可是刚来的啊！"郑小兰说。

"这个我不清楚，反正康总是点名要她加入。"朱玉文强调道："所以你星期六下午不要把她安排给别的客人。"

"那好吧，我知道了。"郑小兰虽说不怎么喜欢康亮这种风流倜傥的男人，但觉得他作为球场客人还是可以的。康亮虽然常常显得很清高傲慢，不过他对球童还算客气，给小费时出手也大方。再说了，当球童的总希望经常有客人点名预约，这样就保证了一天的小费收入，还有额外的点名费可以拿。球童虽说有球场发给的基本工资，收入的大头却在小费这一块。如果每天都能被安排上场的话，一个月的小费也算可观了。尤其遇到一些陪政府官员或国企老总打球的私人老板时，这些私人老板为了巴结这些官员和老总，总是出手阔绰包揽所有同组球童的小费，球童们当天的收入基本可以翻倍计算。

凭郑小兰的经验，康亮说明天有重要客人，多半是他要陪政府部门的人过来打球。以前一直听说康亮的人脉关系非常厉害，从区领导到市领导，几乎路路能通，在当地没有什么事情搞不定的。郑小兰起初对这些传言是将信将疑的，不过这种说法已经完全得到了证实。这次幸亏康亮出面摆平了区长，杨老板才放弃了开除夏盼雪的决定，看来这个康亮确实神通广大。不要说球场主管陈伟见到他时总是毕恭毕敬，唯唯诺诺，即便是球场杨老板碰到康亮，也总是敬让三分呢。

"那就讲定了哦。"朱玉文见郑小兰欣然答应，不由笑了

郑小兰先吃完，端起空盘子离开桌子。回到寝室里时，她对正在看书的夏盼雪说："星期六有客人预约点你做球童。"

"点我？"夏盼雪有些意外。

"是啊，指名点你。是我们金银湖的 VIP 客户。"

"你说那个康总吗？"

"你怎么知道？"郑小兰对夏盼雪一猜就准很奇怪。

"我和玉文姐跟他上过一次场。"

"哦，这就难怪了。"郑小兰恍然明白，原来康亮见过夏盼雪，这就一点不奇怪了。

"这次多亏他帮了忙，我才没被开除。"夏盼雪心怀感恩地说。

"是啊，多亏了他，其实以前我一点都不喜欢他的。"郑小兰坦白说。

郑小兰了解康亮最喜欢漂亮女孩。他平时过来打球，要么陪那些在他看来非常重要的官员们玩玩；要么是生意场上的伙伴，边打球边谈项目；要么约几个富豪赌上一局；除此之外，就是带些美女过来打球，其中有白领丽人，有时装或平面模特，有影视演员，甚至有豪华夜总会的小姐。凡是跟康亮来金银湖的，简直个个都貌美如花，气质非凡。郑小兰还在她们中间见到过几个常出现在电视剧里的女人呢。对球童也一样，康亮在金银湖打球时，叫得最多的球童是朱玉文和郑小兰。在夏盼雪出现之前，朱玉文算得上是金银湖最漂亮的女球童。至于郑小兰，她从不觉得自己长得有多漂亮，最多也只能算是五官端正。康亮经常叫她，很可能是郑小兰经验比较丰富，球技也比较好，整个金银湖球场，球打得最好的球童当数郑小兰了。

郑小兰想着，不由又看了夏盼雪一下。虽说朱玉文和夏盼雪长得各有千秋，但夏盼雪个子要稍高一点，身材也更加曼妙，如果不戴眼镜，相貌上的综合评分显然高出朱玉文。关键是，夏盼雪身上有一股气场。不知是因为她的身材特别挺拔还是她的容貌更富含义，总之郑小兰更喜欢夏盼雪这种类型。是什么类型呢？郑小兰自然而然想到了那个大学生冠军赵梦雨。对，夏盼雪在某种程度上像极了赵梦雨。

这个古怪的念头已经在郑小兰脑子里盘旋很久了，每次只要她留意地看一眼夏盼雪，这个念头就会立刻冒出来。当时虽然只给赵梦雨当了两天球童，彼此之间讲不了几句话，更没有任何的私下接触，但赵梦雨留在郑小兰脑际中的印象却是那么深刻。在内心里，郑小兰已经对赵梦雨钦佩之至，那么年轻，那么漂亮，那么和善，那么有气质，球又打得那么好。因此，尽管她们的交流不多，那时的郑小兰却对赵梦雨的一举一动都十分留意。现在突然看到夏盼雪，还日日夜夜一起相处，郑小兰总不知不觉会将她和赵梦雨的影子重叠在一起。

今天上午两个人睡醒之后，躺在上下铺随随便便聊起了天。郑小兰从夏盼雪嘴里

得知，她老家在湖南益阳，父亲在外面务工，母亲依然是农民，在家里守着土地。她自己很早就和小姐妹一起去广东打工了，换过不少地方，干过很多活，后来到一家高尔夫球场当了一年多球童，之后因为身体原因辞掉了那份工作，之后又去超市干了一段时间。这次来上海玩，碰巧遇到朱玉文，得知她曾经当过球童，就把她介绍到金银湖来了。

郑小兰边问边听，有的时候故意重复问一遍之前已经说过的旧事。不知为什么，她对夏盼雪所讲的一切总有些将信将疑。她觉得夏盼雪不像一个来自农村的乡下姑娘，倒像一个很有知识的学生。难道是她脸上那副黑框眼镜作怪，还是经常看到她空下来时在看书，与所有其他球童明显不同而呈现出了某种蛊惑人的假象？但从夏盼雪那种高雅的神态和温婉的语调来看，郑小兰认为这个人一定是受过良好教育的。

金银湖球场里凡是曾经见过并且还记得那个全国大学生冠军赵梦雨的人，都会觉得新来的球童夏盼雪和她长得很像。不过所有人都在表示出惊讶之后很快习以为常，不会再对这件事情滋生进一步探究的兴趣。只有郑小兰不同，她内心里隐藏着一份疑惑，总觉得夏盼雪和赵梦雨之间一定有什么关联。难道真如夏盼雪有一回玩笑般说过的，她有一个从小失散的双胞胎姐妹？而那个赵梦雨很可能就是她一直想寻找的妹妹。夏盼雪还煞有介事地要大家提供赵梦雨的联系方式呢。郑小兰自然不会把夏盼雪的话当真，天下哪有这么巧的事啊？不过令郑小兰无解的是，夏盼雪给她看过身份证，上面确确实实写着湖南益阳桃江县某某村，夏盼雪。

不管怎样，郑小兰还是相信自己的直觉，她要慢慢猜透眼前这个谜。

6

朱玉文对康亮今天没有点自己而换成夏盼雪做他的球童，心里很不是滋味。

这么久以来，康亮只要是不带女孩过来打球，同时朱玉文又没下球场，他十有八九都会指名她做球童。虽然有些时候，当康亮要认认真真提高一下球艺时，他会叫上郑小兰。朱玉文承认，要论对高尔夫球技的认识和经验，她远不如郑小兰。不过，她对此毫不介意。她又不想当高尔夫教练，更不想当职业球员，要把球技练得那么好干吗？朱玉文当球童的目的性很明确，一是尽可能多赚点钱，二是利用这个平台多积累些有实力的人脉。所谓有实力，在朱玉文看来就是两个标准：要么有钱，要么有权。

朱玉文非常在乎康亮，就是因为康亮在她心目中属于很有实力的人。康亮是一家国际大公司的大中华区总裁，手下掌管上万名员工。不算红利，光他的年薪就达到千万元级别，所以号称打工皇帝。他交际广，朋友多，在各种社交圈里都如鱼得水，游刃有余。就这三条，朱玉文就羡慕佩服得五体投地。

康亮喜欢朱玉文，不光因为她是金银湖最漂亮的球童，还因为朱玉文为人非常机灵。她能在最快时间摸透客人的脾性，懂得如何取悦客人却又十分得体，不露阿谀之态。每次跟康亮下场，她都能见风使舵，做得恰到好处。那日赌球，康亮斩获颇丰，除了在第一洞的第二次发球时他开出了一个之前从未有过的好球，抢占了先机外，朱玉文在整个打球过程中随机应变，暗里悄悄为他动了点手脚也是一大因素。康亮在这件事情上一直和朱玉文有着默契。每逢赌球，康亮必会预定朱玉文当球童。而朱玉文也每次都会尽心尽力，在神不知鬼不觉中做做手脚，协助康亮增加赢面。当然，每次康亮赢了钱，也不忘犒赏朱玉文，少则几百，多则几千，会在比赛结束后悄悄塞给她。

那日赌球，康亮是大赢家，一共赢了其他三人将近一百二十万。康亮除正常要给的五百元小费外，还给了朱玉文三千元。那天，康亮心情大好。他还因为夏盼雪的那一声喊，喊出了一个前所未有的好球而塞给夏盼雪一千元打赏钱。不过夏盼雪婉言谢绝了，说她没有当康亮的球童，无功不受禄，该得的小费，她已经从影视明星那里拿到了。当时朱玉文觉得夏盼雪怎么这样傻，来球场当球童，赚的就是这种钱嘛，不要白不要，装什么清高啊！

现在想来，是不是当时夏盼雪的另类举动给康亮留下了深刻印象，所以他对夏盼雪刮目相看？朱玉文心里明白，夏盼雪在外貌上一点不输给自己，既然康亮喜欢漂亮球童，他就完全可能会对夏盼雪产生兴趣。

今天和康亮一起过来打球的都是朱玉文从未见过的新面孔。康亮悄悄告诉她，这三个人中，两位是市里的领导，另外一位是从加拿大过来的富商，听说是那两位市领导的旧友。每逢这种场合，康亮会显得像个谦谦君子，语言行为都格外得体，打球也特别认真，不像他和生意上的伙伴打球时那么嘻嘻哈哈乱开玩笑，口无遮拦。

在朱玉文看来，今天来打球的两个官员球技都很一般，倒是康亮让她作陪的那位体态略胖姓陆的外商高出一筹，球技和康亮不相上下。朱玉文虽然不太喜欢这个陆老板略显臃肿的外形，但她无意间瞟见了他手腕上所戴的镶钻劳力士手表，以及两位官员和他说话时的客气态度，就明白了这是个有钱的主。这让她多多少少减轻了因为没有能做康亮的球童而产生的不快。

康亮等四人外加四名球童，分坐了二辆球车一洞一洞往前行。打到第五洞时，杆数已经拉开了明显的距离。两名官员殿后，杆数差不多。康亮成绩最好，领先了两位官员有七杆之多。陆老板紧随其后，只输康亮两杆。

康亮判断了一下情况，他不想让两位官员输得太惨，那样或多或少会有失他们的面子。他知道，这些当官的平时都是一方霸主，习惯了下级的追捧附和，自我感觉一直是非常好的。自己虽然不是他们的部下，但请他们过来打球本来就是为了让他们高兴，以便今后有哪天需要他们手中的权力帮忙时能派上用处，可不能让他们打一场感觉很差的球。于是脑筋一转，就提了个建议，反正也不是什么正式比赛，接下去各人都可以请自己的球童参与合作，干脆以两人一组为单位进行一场友谊赛。

这个建议马上获得了大家一致赞同，两个官员更是表现得十分积极。他们知道金银湖球场的球童一般都能玩几下高尔夫，其中不乏业余高手，如有她们在关键时刻助一把力，就不至于输得一败涂地。下场之前康亮曾炫耀过，说今天预约跟场的几个球童都是金银湖最好的 A 级球童，那她们的球技应该也不差吧。

事实证明两名官员的猜测是对的。在郑小兰和另一名叫汤玉美的球童参与帮助后，他们两组的成绩明显提高了。打到第九洞时，他们已经只差康亮两杆，反而是那位外商陆老板落在了最后，因为朱玉文几乎没有出手帮忙的机会，她的球艺还不如陆老板熟练。

两位官员从朱玉文的口中得知了郑小兰是金银湖球童中球技最好的，汤玉美也可以排在前十位，不由欢呼起来。他们心里自然明白，这是康亮有意安排的，是给他们面子。陆老板则在一旁喊委屈，说朱玉文一点不帮忙，不肯出手相救。朱玉文只好自我检讨，说自己球打得不好。

陆老板其实并不在乎输赢。他凑在朱玉文耳边小声道："但你长得很漂亮，这就够了。"

朱玉文便立刻明白了这个有钱人对自己感兴趣，心里就在盘算如何让他成为自己的一个客户。她要找合适的时机试探他一下。

打完第十二洞后，在去第十三洞的路旁，有一个休息区。这是一幢造型精致的小房子，里面摆放着矿泉水，好几种水果和各式点心，专供打球的客人到此小憩。按球场规定，客人在休息室里面休息时，球童是不能进入的，只能等在外面球车上。但康亮说，今天大家都是打球的，不讲这套规矩。他见四位球童都非常犹豫，就叫她们不必担心，球场那头有什么话，他会去摆平。被康亮这么一说，几个球童就跟着客人进了休息室。康亮给每个人拿了一瓶矿泉水，又分给每人一只香蕉，让她们剥开吃。

"你们两个球打得还真好。"姓刘的那位官员，边吃香蕉边称赞郑小兰和汤玉美。

"是啊，康总和陆总你们可要小心了，后几洞我们大概会赢你们哦。"另一位姓龚的官员呵呵笑道。

"刘主任和龚局，你们先别高兴太早哦。"外商陆老板咽下嘴里的香蕉，笑嘻嘻插进来："我们身边的两位美女还没出手呢。我们会后发制人哦。"

"倒也是啊，康总和陆总怎么不让她们显露一手呢？"那位姓龚的局长说。

"不到万不得已，我们不用秘密武器的。"康亮也打趣道。说着特意转脸看看坐在一旁的夏盼雪。夏盼雪姿态端正地默默坐在一旁，脸露微笑，正慢慢地吃着香蕉。自从下场以来，她几乎没有什么声音，只是老老实实地为康亮当球童，做她应该做的事情。

"是啊是啊，我会把好钢用在刀口上。这叫不鸣则已，一鸣必然惊人。"外商陆老板附和着康亮，还对紧靠他而坐的朱玉文努努嘴说："对吧，美女？"

"我不行的。"朱玉文赶紧声明，"我不太会打球，在这方面帮不了陆老板的。"说完，她妩媚地朝陆老板一笑。

接着，姓刘的官员询问他的球童郑小兰打球有什么诀窍吗，为什么他老是开不好球？

郑小兰也不谦虚，凭自己的经验道："刚刚学会打球的人往往容易犯一个错误，认为用力击球，球就会飞得远，结果球不是左右乱飞，就是打在球后面的草地上造成没有距离，或者打在球顶上造成球飞不起来。其实，击球时只要记住眼睛盯住球看、上下杆时人不要左右移动、击球后不要马上抬头看球，就能击出好球。"

"这话她也说过。"康亮一听，想起了上次赌球时夏盼雪那一声喊，立刻一边指着夏盼雪一边插嘴道："击球后不要马上抬头看球，这绝对是经验之谈。刘主任，龚局，你们不妨试试，保证有效。"

这时，姓龚的局长也咨询起他的球童汤玉美来，问她推杆有没有什么讲究。汤玉美虽说球打得还不错，却不善表达，憋红了脸向郑小兰求助。

郑小兰看看龚局长说："其实推杆也不难，还是有规律可以寻找的。以球为基点，后摆的距离是前推的一半。比如，后摆半英尺，前推就是一英尺。如果碰到上坡推杆，加大一点推的幅度，反之，如果遇到下坡推杆，减小一点推的幅度。当然，如果还有斜坡的话，还得考虑弧度问题。还有一点，千万不要推完就转脸看球。"

"哇，还真是一套一套的啊。"龚局长很欣赏地看着郑小兰，"你都可以去当高尔夫教练了。"

"她的理想就是能当一名高尔夫教练。"汤玉美这句话倒是像从嘴里滑溜出来一样。

"瞎说什么呀？"郑小兰颇有点不好意思。

"行行，下次我们过来打球就请你做教练。老刘你看怎么样？"龚局长来劲了。

"好啊好啊，有美女当教练，学起来也有劲。"刘主任开起了玩笑。

"说得不错。"外商陆老板显然和那两位官员的关系很不寻常，也加油添醋地说道："其实今天我的技术还算发挥得很好呢，究其原因，是身旁有美女相陪啊。"

7

一行人休息之后进入了最后六洞的比赛。

打完第十三洞后，刘主任一组开始领先，龚局长和康亮你追我赶，不分伯仲，陆老板一组明显落后了。不过这位陆老板不急不躁，显得对输赢不以为然。到第十四洞时，他要朱玉文也挥几下杆。他说，我们是小组赛嘛，你不打不就成我个人赛了吗？朱玉文被他缠得不行，只好也参与进去。幸运的是，今天她的手势很顺，打了几个球都十分到位，引得两位官员齐声喝彩。陆老板趁势说："怎么样，我早就说过的，我们不鸣则已，一鸣必须惊人嘛。"

打到第十五洞时，刘主任郑小兰一组已经领先四杆，排在其后的是龚局长汤玉美一组，比前一组差了两杆，康亮的成绩落在了最后，比逐渐追上来的陆老板还差。

康亮有个特点，就是打顺风球。顺利的时候他会越打越好，反之就会越打越差。到第十六洞发球时，因为他已经落后陆老板一杆，心里不由紧张起来，结果一个失手，竟然一杆将球打偏，落进了草丛中。这是一个四杆洞，结果康亮打了七杆才刚上果岭。这一洞结束，康亮排在了最后，落后第一名刘主任组四杆，落后第二名龚局长组二杆，落后陆老板组一杆。

站在第十七洞发球台处，刘主任有点得意洋洋地打趣道："毕竟集体的力量大于个人啊。康总你看，自从结成队友共同奋斗，我和龚局都后来居上了。陆总的搭档加入后，他也反超了你。你却一意孤行，不让你旁边的美女出场，这下可要输定喽。"

刘主任这一说倒是提醒了康亮。他之前因为打得顺手，觉得没必要让夏盼雪加入，等到渐渐落后，打了几个坏球后，又心里不服，想靠自己的能力扳回败局。现在，眼看只剩下最后两洞了，自己的手势越来越差，不如换一换手，让夏盼雪打几下，自己放松一下定一定神再干。

"小夏，这一洞你来发球。"康亮把球杆递给夏盼雪。

"不必了吧康总，还是你自己打吧。"夏盼雪没有去接球杆。

康亮以为夏盼雪看到败局已定，心有顾虑，就鼓励说："你不要怕，放开打，输了也不是你的责任。我稍微歇一歇，恢复一下状态。"

"对对，今天就你一个人没打过球，应该打几个。"刘主任已经胜券在握，在一旁鼓劲。

"对啊，今天四个美女都应该露一手。"陆老板也来劲了。

"是的，今天我们都是两人一组，只有康总单打独斗，这不公平，即使他输了，我们也胜之不武啊。"龚局长也接着表态。

夏盼雪见此情形，坚持不答应的话，就会扫了大家的兴致，只好从康亮手里把球杆接过来。这次，大家让夏盼雪先发球。只见她沉着地走上前去，不慌不忙放好小球，然后握起球杆晃了几下，像是要掂掂球杆的重量，然后试挥了几下，接着走到了小球后面看了一下球道，又站回了发球位子，轻吸一口气，熟练地甩开双臂，举杆，转身，扭腰，下杆。只听到球杆碰撞到小球的清脆声响，小球便化作一道银光划向天空。当小球远远落在球道正中时，旁边的人都惊呆了。这一杆将球足足送出了270码左右。这个距离，即便对专业女选手而言也是不可思议的。

"好球！"第一个大叫起来的是郑小兰。接着大家都情不自禁鼓起掌来。康亮则摇着头连连说着不敢相信，不敢相信。

"哇，这才真叫是不鸣则已，一鸣惊人啊！"陆老板几乎惊呆了。

"原来康总真的藏着秘密武器啊！"龚局长也看呆了。

"看来强中更有强中手嘛。"刘主任也大加赞赏。他本来认为郑小兰的球技已经很了不起了，没想到夏盼雪更厉害。

康亮决定放手让夏盼雪打最后两洞。他希望夏盼雪至少超过陆老板一组，不要让他落在最后。令他没有想到的是，这一洞夏盼雪竟然抓了一只小鸟，这不仅反超了陆老板一杆，还一下子追平了龚局长，只落后刘主任组两杆了。

第十八洞是标准五杆洞。正当大家都想再看看夏盼雪的超常发挥时，她却将球杆还给了康亮。康亮问她为什么，夏盼雪说，最后一洞应该由他自己打，这样才更有意思，毕竟今天的主角是他们几个，我们球童只是来助兴的，不能反客为主啊。

郑小兰、朱玉文和汤玉兰都认为夏盼雪讲得在理，如果一直由她们打球，今天就变成球童比赛了，因此大家决定最后一洞谁都不参加，还原今天四个男人比赛的本色。

康亮一听心里暗自高兴。如果这样，只要自己发挥不失常，拿个第二应该没有问题，弄不好还可能得第一呢。于是他急着表了态："说得有理，说得有理。"

陆老板觉得自己有机会摆脱末尾，也马上表示赞同。两个官员有些无奈，又找不出反驳理由，也只好勉勉强强答应了。

比赛的结果很有戏剧性。落后的龚局长和陆老板打成了平手；刘主任超常发挥，和发挥正常的康亮也打成了平手。他们只领先了一杆。变成两个冠军，两个亚军，有点皆大欢喜的味道。

这天从球场下来后，兴致勃勃的陆老板先是和康亮抢着发小费。通常来说，一场球打下来，客人给球童小费虽然没有统一标准，但在中国还是基本上有个行规的：日本人不给小费；韩国人50元；西人100元；中国人基本上也是100元，抠门一点的只给50元，出手大一点的会给200元。而今天陆仲任出手特别大方，给了四个女孩每人一千元。接着他又提议晚上要在金银湖俱乐部餐厅请参加比赛的全员吃饭，说是谁不答应就是不给他面子。于是没有一个女孩敢拒绝他的盛邀，就连平日从不陪客人吃饭的郑小兰也勉强答应了。大家分头去洗澡换衣服后到餐厅再聚。

金银湖俱乐部餐厅的厨师，是球场老板从一家五星级酒店高薪挖来的，做菜水平很高，几个拿手菜在会员中非常出名。当然，餐厅的菜价格也非常贵，不亚于五星级酒店。等众人到齐，陆老板将菜单上最贵的十几种菜全部点了一遍。八个人一男一女间隔着围坐在圆桌旁。康亮打电话给球场杨老板，要他一起过来凑个热闹，顺便介绍他和龚局刘主任认识，不巧杨老板人在外地，赶不回来，请康亮向官员们打个招呼。他关照球场副总陈伟，特意送了两瓶茅台酒过来。

借酒助兴，一桌人都显得很放松开心，天南地北，嘻嘻哈哈，气氛倒是十分热烈。平日滴酒不沾的郑小兰，今天也一反常态，毫不拘谨地喝了两小杯白酒，还不厌其烦地给坐在身边的刘主任解答打球的技巧。不胜酒力的汤玉美，在被劝了几小杯白酒下肚后顿时满脸发烫，晕晕地将头靠在了搭档龚局长的肩头。惹得龚局心花怒放，趁势借着几分酒意揽住了汤玉美的腰肢。

朱玉文和陆老板凑得很近，两个人一直在悄悄低语。陆老板询问了朱玉文的年龄，夸她长得漂亮，说她很有女人味，是他喜欢的类型云云。还问朱玉文讨了她的手机号码，说下次过来会先联系她。朱玉文对男人的这套花言巧语早就习以为常，懂得如何恰到好处地应付自如。她一面替陆老板夹菜添酒，一面用温婉柔软的语调讨陆老板开心。不过朱玉文身在曹营心在汉，会时不时抬脸瞟上坐在对面的康亮一眼。她发现康亮的目光并没有关注过她，而是始终侧脸朝着夏盼雪，一本正经讲着话。倒是夏盼雪有时会朝朱玉文看过来，两人的眼光不经意碰撞过几次。康亮一直在滔滔不绝。朱玉文知道他喜欢对认识不久的女孩子说教。因为说话声太杂，又隔着圆台面，朱玉文听不清他在讲些什么。只看到夏盼雪时不时点一下头，好像是很认可康亮的观点。

大约九点半的时候，刘主任提议该散席了。他和龚局长的司机，都已经将挂有市府牌照的黑色别克车停在了金银湖会所的门口。陆老板和康亮则打算搭他们的公车回市区酒店。一群人离开餐厅，走出会所，在大门外握手告别。汤玉美已有五分醉意，牵着龚局的手依依不舍，结果让郑小兰果断拉开了。

陆老板和朱玉文握手道别时，凑到她耳旁轻声说："很喜欢你，过几天我还会过来打球，你当我的球童。"

"没问题，我等陆老板来。"朱玉文确信陆老板已经被自己迷住了，这次很可能钓到了一条大鱼。

康亮并没有和夏盼雪握别。刚才吃饭时，夏盼雪寻找机会轻声向他表示了感谢，谢谢他帮她度过了一个难关。康亮不以为然地表示，小事一桩，不必提起。夏盼雪不由对康亮心存好感。此刻，康亮倒是一反常态，不像平日那般临别时装模作样对女孩说几句甜言蜜语。他打开车门时，只是朝夏盼雪轻松地挥了挥手。夏盼雪也会心地笑着，朝他摆摆手，说了一声再见。四个女孩目送两辆别克车缓缓驶离会所，消失在远处。

夏盼雪见汤玉美有些摇晃，想上前扶她一把，不料郑小兰说："玉文姐，你带玉美回宿舍吧。我也喝多了，想让小夏陪我走走，吹吹风。"

朱玉文答应道："没问题，反正我们住在一起，我扶她回去吧。"说完，就搀扶着汤玉美先走了。

"你真喝多了？"看着朱玉文两人渐渐远去，夏盼雪问郑小兰。

"走吧，我们去散散步。"郑小兰没有正面回答。说着话自己就往前走去。夏盼雪只得跟上她的脚步，她心里觉得郑小兰突然怪怪的，有些反常。

夜色已经很浓，四周都陷入一片黑幕之中，间隔着距离的灯光在夜色中撑开一团团的光晕，照出树丛断断续续的影子。夜风飒飒，在那些树影间窃窃私语，好像有人躲在看不见的地方压低声音交谈。

两个人在静谧的球场里慢慢走着。郑小兰一声不发，脸上的表情也很严肃，这和先前吃饭时完全判若两人。郑小兰这种一百八十度的转弯，弄得夏盼雪十分尴尬。她以为自己今天在什么地方无意间得罪了郑小兰，便小心翼翼地问："你是不是有话要对我说？"

郑小兰看了夏盼雪一眼，继续朝前走。

夏盼雪紧紧跟上道："你如果有什么话，就说吧。"

"嗯，是的，我有话说。"郑小兰终于开口了。

"那你怎么只管走路不说话？你倒是说呀！"

"我只问你一句话，你必须老老实实地回答我，不许说谎。"郑小兰的口气极其认真严肃。

夏盼雪心里一咯噔，被郑小兰说得心里惶惶的，只好说："你问吧。"

"那好，你老实告诉我，你以前是不是参加过高尔夫比赛？"

"这……"

"回答我，是还是不是？"郑小兰咄咄逼人。

"这……"

"你不叫夏盼雪，对吗？"

"你怎么会……"

"我不会猜错，你不叫夏盼雪，你就是那个全国大学生冠军赵梦雨！"

夏盼雪猛地停住了脚步。月光下，她的脸色变得一片惨白。她回避着郑小兰射向她的尖锐目光，默默地看着球场深处那一大片黑暗。她像一尊石雕，静静地僵硬在金银湖球场的夜空下。

"如果我承认我就是赵梦雨，你能替我保密吗？"在经过了长时间的沉默之后，夏盼雪突然开口了。

"你真是赵梦雨？！"郑小兰的两只眼睛在朦胧的灯光下睁得老大。虽然结论是自己先给出的，可当这个结论真的被证实时，郑小兰反而不确定了。

夏盼雪默默地点了点头，再次做出确认。

"哦，难怪会这么像啊！"郑小兰像是终于破解了一个奥数难题般长舒了一口气。

其实郑小兰怀疑夏盼雪就是赵梦雨已经有些日子。首先她和大家一样，都觉得夏盼雪长得太像赵梦雨，除了头发的长短和面孔略微有些胖瘦程度上的差别，几乎就可以称得上一模一样的。接着有一天晚上在寝室里，郑小兰无意间发现了夏盼雪平时天天戴着的那副黑框边眼镜其实是平光镜片，这令她的疑惑顿然加重了，好端端的又不近视，干吗非要戴副眼镜呢？她又联想到夏盼雪的球技，虽说她很少在别人面前挥杆，但内行一看就知道她的球技非同一般，这不是如夏盼雪自己所言只在广东当过一年多球童能做到的。郑小兰自己已经当了四年多球童，练习打球也超过了三年，几乎天天都会练一下，也打不出那么远那么好的球。今天跟随康亮等人的这场比赛，夏盼雪在十七洞的惊人表现终于暴露了她的真实身份。不光是夏盼雪的球打得精彩，更因为郑小兰在她挥杆时的细微动作上看到了赵梦雨的身影。通常来讲，任何一个高尔夫选手在打高尔夫球时，都有自己一习惯动作，而且一旦形成极难改变，所以内行只要看一个人的击球前的小动作，不用看本人的脸，便能判断出这是谁。郑小兰毕竟当过赵梦雨两天的球童。当时她认真观察着赵梦雨的每一杆球，琢磨她的每一个动作细节，并且深深印在了脑子里。所以，当夏盼雪打完十七洞后，她已经确定这个自称夏盼雪的人一定就是赵梦雨了。

谜底终于解开了。可这一切又是为什么呢？明明是赵梦雨，为什么要改名夏盼雪？明明是全国大学生竞标赛的冠军，却要屈尊来当一名小球童？没做过球童却能打出这么一手好球的女孩，家境一定很富有，为何放弃学业孤身一人从成都来到遥远的上海？郑小兰无论如何搞不懂，这一切太不可思议了！郑小兰忍不住将满肚子的为什么都倾倒出来。

"我可以信任你吗？"夏盼雪没有立刻解释，而是反问郑小兰。

郑小兰郑重其事地点点头："当然可以。"

"你知道我在那次比赛的决赛日，没有参加颁奖仪式就突然离开的事吗？"夏盼雪和郑小兰重新肩并肩慢慢往球场深处蹚去。四周一片寂静，只有夜风阵阵吹来，撩拨着树叶发出时隐时现的声响。

"听说了，当时大家都很惊讶。"郑小兰想起那时球童之间议论纷纷的传言来。

"我家里出了大事，必须立刻赶回去。"夏盼雪说。接着，她慢慢地将自己的遭遇一五一十讲给了郑小兰听。但她还是有所保留，只字未提张光曦和张家宝这两个人。

郑小兰听完夏盼雪的讲述，已经脸色惨白，双腿发软。她走不动了，拉着夏盼雪在路边一张长椅里坐了下来。

"我已经离开老家好几个月了。我现在必须隐名埋姓。我在等待机会。我必须找出杀害我父母的凶手。"夏盼雪黯然神伤地盯着空洞的夜色语气坚定地道："所以，如果你不能替我守住这个秘密，我今晚就离开。"

"你别走。"郑小兰一把拉住夏盼雪的手，"你要相信我，我绝不会泄露一句的。"

"谢谢你了小兰。"

"我们以后就是姐妹。你的事就是我的事。你需要我帮忙的时候尽管说,我一定全力以赴。"郑小兰握紧了夏盼雪的手。

"你真好小兰。其实那时你虽然只给我做了两天球童,我已经完全认可你了。我的直觉告诉我你是好人。正因为这样,我今天才毫不犹豫将我的秘密对你和盘托出。"

郑小兰轻轻嗯了一声,握住夏盼雪的那只手摇了摇。突然她咬住了嘴唇,感觉到有两行泪水沿着脸颊慢慢淌了下来。以郑小兰有限的处世经验,她无法想象一个如此年轻,和自己同龄的女孩怎么能承受住如此巨大悲惨的人生打击。不仅一夜之间父母皆亡,自己还含冤受辱地背着被人无辜通缉和追捕的厄运。赵梦雨太可怜了!

8

如果两个人心里守着同一个秘密,这两个人就一定会成为别人无可替代的知心朋友。夏盼雪和郑小兰现在就是这种关系。在别人看来,她们俩只是要好的同伴而已。可在她们俩的内心,却有了那种姐妹般的亲近感。

既然夏盼雪在郑小兰面前已经没有了秘密,那她们两个单独相处时夏盼雪就成了赵梦雨。不过夏盼雪还是叮嘱郑小兰,千万千万别叫漏了嘴。虽然她就是赵梦雨,但郑小兰还是应该把她当着夏盼雪,因为球场所有的人都只知道她是夏盼雪。

私下两个人的时候,郑小兰悄悄问过夏盼雪好多问题。当郑小兰明白夏盼雪就是赵梦雨之后,疑问便一个接一个在她脑子里冒出来。郑小兰可不是那种肚子里藏得住东西的性格,一有机会她就想弄个明白。

比如:"既然夏盼雪是你的假名字,你怎么会有夏盼雪的身份证的呢?"

"这还不容易?在广东花钱叫人做的呗。"夏盼雪直截了当告诉郑小兰。

"那就是假的?"

"是假的。"夏盼雪承认。她不用担心郑小兰会去举报。

再比如:"你这么离家出走,也不去学校读书,那你的学业怎么办?"

"我向学校申请了休学。学校知道了我家里所发生的不幸,所以允许了。"

"哦,那你脱了那么多课程,还补得上吗?"

"所以我空下来就尽可能多看看书,算是补课吧。"

"那你打算什么时候再回大学去?"

"我自己也不知道,看事情发展吧。"

"那,有人帮你在查吗?"郑小兰很好奇,你自己躲在遥远的上海啊!

夏盼雪点点头，并不具体说明。郑小兰很知趣，有些事情不能问太多的。可是有一件事她很希望弄明白，就是夏盼雪为什么选择来金银湖？难道如朱玉文所讲，纯属偶然吗？大家所知道的就是朱玉文在虹桥火车站偶遇夏盼雪的那段经历。显然，作为夏盼雪的真身赵梦雨来说，她应该在第一时间就认出了朱玉文，因为朱玉文在决赛那天当过赵梦雨的球童。即便第一时间没有认出来，那当朱玉文说介绍她去金银湖当球童时，赵梦雨肯定就认出来了。赵梦雨应该能设想到，她到金银湖来工作是非常冒险的，很容易被人认出来，就像老话所讲，很可能躲得了初一躲不过十五。郑小兰自己就这么快认出她来了。当然，金银湖没有赵梦雨需要担心的敌人，只要她咬定自己叫夏盼雪，还有身份证佐证，别人一般也不会怀疑追究得太深。不过，既然是为了躲避和藏匿，赵梦雨本可以找个完全没人知道她的地方啊！即便说是喜欢高尔夫，想在高尔夫球场工作，那高尔夫球场也有的是，何必冒险来金银湖呢？

心里藏不住事的郑小兰，当然是问过夏盼雪这个问题的。夏盼雪唯有对她这个提问没给出正面答复，只说是既然来到了上海，想在上海找工作，凑巧碰上朱玉文的介绍，就过来了呀。

郑小兰觉得夏盼雪的回答只对了一半，肯定还有另一半她没有说或者不想说。郑小兰很知趣，也就不再盘根究底了。

自从知道了夏盼雪就是赵梦雨后，郑小兰有件事无论如何不放过她了，那就是打球。郑小兰说，"你是全国冠军，可得好好当我的老师，教教我技术，好吗？"

"当然没问题，我们互相切磋嘛。不过我不能当着大家的面打得太多，否则很容易露出破绽的。你看，就和你同了一次，只打了一个洞，就被你识破真相了。"夏盼雪确实有所担心。

"我知道，我们就在客人稀少的时候两个人去打。金银湖的球童没几个对高尔夫真正感兴趣的，她们不会凑热闹，除了一个人。"

"谁？"

"韩经理。"郑小兰说，韩经理是高尔夫迷，几乎天天去练习场。以前我老拖他去打球，只要天气好，每周都会有一两次。我没去时，他一个人也会打上好一阵，还经常下场打十八洞。

"那如果碰到他，我只能装模作样了。"夏盼雪表示。

"好的好的，遇到他，就说你向我来讨教打球技术的。"郑小兰说完就咯咯笑起来。

按农历季节，过了春分，白天就渐渐延长了。到立夏以后，黑夜更是姗姗来迟。这天下午临近黄昏时分，郑小兰想利用天黑下来之前的几个小时，拉着夏盼雪去一本正经打一场十八洞的比赛，看看她究竟会输给夏盼雪几杆球。两人拖着球包来到球场。夏盼雪也不谦虚，就拿出她的真本事，一洞一洞认真打。虽然用的不是自己称手的球杆，而是借用了王小妹的，但她和郑小兰还是很快拉开了距离，毕竟一个是全国冠军，一个只是业余爱好者。打完前九洞时，郑小兰已经输了整整八杆了。

郑小兰并不气馁。她和夏盼雪事先有约，今日就是各打各的比赛，打球过程中无需夏盼雪指导纠正，这样才能真正体现出她和"赵梦雨"的距离。她还再三强调，叫夏盼雪决不能手下留情。夏盼雪倒是乐意，她也很久没能有这种认真打球的机会和一本正经比赛的感觉了。打完第十一洞时，夏盼雪又赢了一杆。

金银湖球场的第十二洞，是一个长520码的五杆洞，临河而建，河水并不很宽，蜿蜒延伸几十米。临近发球区的河边，有一棵又粗又高的杨柳树，突兀地矗立在一大片草地上。

郑小兰眼尖，远远就看到了那棵大柳树下的草地上坐着一个人。他面朝湖面一动不动，好像陶醉在眼前的景色中。

"是韩经理。"只是看背影，郑小兰已经认出了是谁。

夏盼雪也看到了那个人的背影，好奇地问："你怎么知道是他？"

"不是他还会是谁？他每次打球到这第十二洞时，总要坐在那个地方休息好一会儿。金银湖总共十八洞，他从不在别的地方休息的，你说怪不怪？"郑小兰说。

"那一定是这地方景色特别好，他喜欢在那里休息。"夏盼雪猜测道。

"有什么特别啊，不就是一条河一棵树吗？不信你坐那儿去看看。"郑小兰不以为然。

两个人朝着韩戈平坐的地方走过去。离开十几米远的时候，郑小兰喊了一声韩经理。

闻声转过身子来的正是韩戈平。他身边的草地上横躺着一个球包，显然他在打球。韩戈平见是她们俩，赶紧从地上站起身，朝两个女孩走过来。

"你们俩在打球啊？"韩戈平看看夏盼雪，又看看郑小兰。

"你呀，打球也不叫我一声。"郑小兰嗔怪地撅了撅嘴。

"早知道你也在打球，我们就约好一起过来了。"夏盼雪道。

"今天是突发奇想，临时决定打一场。下次一定约你们。"韩戈平解释说，"你们打得怎么样啊？"

郑小兰和夏盼雪互相看看，郑小兰抢在前面说："我们在比赛呢。"

"哦，结果呢？小夏输了几杆啊？"韩戈平知道郑小兰的水平，夏盼雪应该不是她的对手。

"小夏输惨啦。"郑小兰朝夏盼雪眨眨眼，"到上一洞为止，输给我整整十一杆呢。"说完，郑小兰嘻嘻笑起来。

"你们没有赌什么东西吧？"韩戈平想开句玩笑。

"赌啦，赌一顿火锅，谁输谁买单。"郑小兰急忙说。

"看来我是不得不请客了。"夏盼雪笑道。

"没关系的小夏，这样吧，后面还有七洞，我代替你来打，一定把输局扳回来。"韩戈平建议说。

"好啊好啊。"夏盼雪立刻表示同意，装出一副急于要翻本的样子。

郑小兰想，这下好了，原来想和"赵梦雨"好好比一场的，可以看看自己和冠军的差距究竟有多大，现在只能半途而废了。韩戈平兴趣那么高，总不能扫了他的兴吧。就答应道："那也好，我可是领先十一杆哦，剩下只有七洞了，你有把握追上来？"

"百分之百的把握我可不敢说。"韩戈平道。

"那好，你和小夏不一样，你可是教练级别的，你要是输了，就不是一顿火锅了，你得请客我和小夏去小南国吃饭。"郑小兰开条件。

"这个没问题。"韩戈平欣然答应。

"韩经理你真有把握？"夏盼雪好像替韩戈平在担忧，"听说小南国吃饭挺贵的。"

"我试试吧，尽力而为。"韩戈平说着从草地上拿起球包背在肩上，朝发球区走去，

"我们也走吧。"郑小兰对夏盼雪说。

"你先过去吧，反正我又不打球了，我在后面跟着你们就是。你刚才说韩经理喜欢坐在那里看风景，我想看看到底那儿有什么好风景。"夏盼雪回想刚刚郑小兰所说的话，确实有点好奇。

"那好吧，你快点过来啊。"郑小兰留下夏盼雪，追赶韩戈平去了。

夏盼雪独自一人慢慢朝河边的大杨柳走去。天色开始慢慢暗下来。黄昏时分的夕阳已经落向远处的建筑物背后，留下西边一大片橙色的霞云在天际散发出金亮的光芒。霞光斜投到水面上，使得整个河面都闪烁着鱼鳞般的光点。四周一派寂静，清风徐来，撩拨着下垂到水面的青翠柳枝，摇摇晃晃就如同许多细长的精灵在扭动腰肢翩翩起舞。

夏盼雪来到大柳树旁，依着粗壮的树干席地而坐。随着视角的变化，水面上的闪光点不见了，变成一阵阵飘动的细微涟漪。河水十分清澈，河岸两边的草丛里露出许多星星点点的小野花，非常漂亮。夏盼雪出神地盯着前方看了一会儿。突然，像有什么东西钻进了她的脑子，她困惑了，眼前这一切，似曾相识啊！是在哪里见到过的呢？顷刻，夏盼雪记起来了。她的心脏像被记忆突然激活，心跳骤然加快。不会吧，这怎么可能？夏盼雪自言自语道。顷刻间，满脑子稀奇古怪的念头，像蜂群似地在她脑中嗡嗡乱转。

9

赵梦雨如今越来越相信，这世上冥冥之中肯定存在一双命运之手在掌控着每一个人的人生，牵领着人往前走。至于怎么走，走到哪里，都是未知数，不可预测。人在命运面前，显得那么渺小和无奈。当命运牵住你时，你只能跟着，顺着，一点反抗的余地都没有。

自从听取了张光曦的建议离家出走后，赵梦雨在广州的小姐妹那里住了很长一段时间。这个过程中，她时不时和张光曦有着联系。为了避免出意外，赵梦雨一到广州就重新买了一张电话卡，这张卡号她只给了三个人，一个是小姨，第二个是张光曦，第三个当然就是广州的那个小姐妹。除此之外，赵梦雨已经不和任何人联系。

张光曦一直在成都了解着公安局对赵梦雨夜闯勘察院这件事的后续处理进程，同时一直在分析赵梦雨所提供的优盘内保存的照片资料。他答应一有什么消息就会及时告诉赵梦雨，让她安心在外躲上一阵。

时间飞快，一晃就是几个月过去了。赵梦雨渐渐耐不住天天待在同学家里的日子，寂寞的感觉开始像蚕咬桑叶般慢慢吞噬她的耐心，毕竟她以前是个好动之人，每周都得去高尔夫球场挥杆走洞。如今身处异乡，除了小姐妹别无熟人，除了逛街兜超市买东西，就是在家里做做饭、看看电视、读读书、上上网，感觉就像被划定了活动范围的囚徒一般。一天，她在一张报纸上看到了一家高尔夫球场招收球童的广告，就动心想去一试。虽然当球童绝非她的本意，但毕竟她可以回到高尔夫球场去了，可以寻找到那种在阳光之下清风之中绿色之上行走的惬意感觉，这是她所习惯、所爱戴、所熟悉的环境和氛围。她觉得只有在那里，才可以摆脱她萎靡不振的现状，恢复她原有的生命活力。

赵梦雨把自己的想法和小姐妹一讲，立即招致了反对。了解她现状的小姐妹给出了一个充分理由：如今求职都需要出示和登记身份证的，这样你不就暴露了吗？赵梦雨想想也对，自己眼下不正在隐名埋姓躲避追铺吗？可是她很不甘心就此轻易放弃，几经思考商讨，终于想出了一个冒险的方法，去做一张假身份证。

走在街上，时不时可以看到贴在墙头角落的各式小广告，其中就有办理发票和各类证件之类。小姐妹见赵梦雨执意要去做，就七转八弯托到了一个办理此类事情的地方。在想假名时，赵梦雨突然觉得自己目前的状况如同是一头被焦灼的烈日烤得几近昏死、希望能有一场畅快淋漓的大雪盖满全身的北极熊，脑子里突然就蹦出了夏盼雪三个字来。

可以以假乱真的名为夏盼雪的身份证，没多久就到手了。赵梦雨为了变成另外一个人，忍痛割爱让小姐妹为她剪掉了一头飘逸长发，变成了李宇春似的假小子。当她对着镜子瞧着变化巨大的自己时，眼眶里含着惋惜的泪水，嘴角却浮现出坚强的笑容。

大大出乎赵梦雨的意料之外，她前去应聘球童居然没有被录取。负责招聘的那个女人好像对赵梦雨天生有一股敌意，问了一连串的古怪问题后说：你一看就像个学生，吃不了这个苦的。你愿意你这张细白粉嫩的脸被太阳晒成锅底吗？你以为你是去高尔夫球场玩啊？

也难怪，赵梦雨连续几个月没有打球，白天大部分时间都在室内度过，以前被阳光锤炼出来的那张健康红润的脸确实回归了天生的细皮嫩肉。她看上去就像一个文雅的白面书生了。兴冲冲出去应聘的赵梦雨最后灰溜溜回到小姐妹家中，满心懊丧。小姐妹只好哄她开心，后来无意间一漏嘴，竟提出了一个让赵梦雨顿时开心释怀的建议来。

小姐妹说："你现在不是叫夏盼雪吗？你如果觉得寂寞无聊，可以出去到处走走啊。"

对呀！赵梦雨想，我总不能一直窝在小姐妹家中吧？既然有了夏盼雪的身份，不如出去四处走走，趁机来一次漫无目标的旅行吧。于是接下去的一段时间，赵梦雨便在广东各处游玩，深圳，东莞，中山，佛山，珠海，凡是稍有名气的地方都走了一遍。回到广州小姐妹家休整了一段时间后，又去了临近的福建，去看了土楼，去玩了鼓浪屿，一站又一站，同样随心所欲逛了一大圈。再次回到广州后，她突然有个强烈愿望，想去江南。于是养精蓄锐之后，出发去了浙江。到杭州住了一段时间后，又直奔江苏各大名城，南京，镇江，扬州，无锡，到最后一站苏州又稍作停留，随后便鬼使神差般来到了上海。

为什么要来上海？赵梦雨没有认真思考过。她隐隐约约觉得自己应该去上海。她在那里获得了生平第一个成人全国冠军，没有领取奖杯便匆匆离去，总觉得她和上海的缘分没尽，恰似一个讲到一半的故事突然被打断了，当干扰过去，故事就应该续下去，有个结尾。

一切都如天定。赵梦雨怎么可能料到，自己抵达上海的当日会在虹桥交通枢纽巧遇朱玉文？当时她无意间一瞥，看到一个小偷正在一个女孩的双肩包里偷手机，完全出于一种本能的正义感，她毫不犹豫就上前去阻止了。当那个被偷的女孩回过身来时，赵梦雨也没有立刻认出她是朱玉文，只是有种似曾相识的感觉，毕竟眼前的朱玉文衣着亮丽，打扮时尚，和球场那个一身球童装束的女孩大相径庭。等两个人坐下来吃饭，朱玉文自报家门时，赵梦雨才恍然大悟。

偶遇朱玉文，又轻而易举地被介绍到金银湖球场当起了球童，所有这一切，就像一个预先编好的剧本，剧情无可抗拒地照本开始演绎。有意思的是，赵梦雨不再演出自己的角色，而是扮演着另一个虚假的人物夏盼雪。夏盼雪将会是怎样的人生历程呢？她的故事将会如何展开呢？赵梦雨不知道，又很想知道，那么她就只能好好地将这个角色演下去。只要夏盼雪这个人物能安好无恙地一步步走下去，赵梦雨这个逃逸者就如同躲进了安全的螺壳内，在避开了外部风险的同时，也让她从赵梦雨这个真实的角色中暂退出来，摆脱掉紧紧缠身的那许许多多的苦痛、惊忧和困惑。也许，赵梦雨因此可以争取到一段轻松的时间，休整自己疲惫至极的身心。

可是，又怎么能想到突然就被人识破了假象，应该怪罪自己的一时疏忽还是感叹命运的无常？当时赵梦雨确实手痒，好久没有畅畅快快地挥杆打球了，就如同瘾君子见了白粉一般，煎熬难忍。当康亮鼓动她打一洞时，焦渴的欲望顿时掩埋了顾虑和谨慎，她完全忘记了自己是夏盼雪，用赵梦雨的力量和技术打完了精彩的一洞。当她畅快淋漓地过了一次瘾之后，夏盼雪苏醒了，意识到了自己一时的冲动可能露出了破绽，于是当机立断克制住了再打下去的欲求，将球杆还给了康亮。直到比赛结束，她一直躲在夏盼雪的躯壳内，以为自己撕开的漏洞已经闭合，赵梦雨已经蒙混过关。不料郑小兰毫不留情地扯下了她的面具，让夏盼雪的角色瞬间变回了赵梦雨的真身，而且无处躲藏。

还好一眼看穿她的人是朴实善良的郑小兰，赵梦雨应该为此感到庆幸。朱玉文和韩戈平都产生过疑问，好在都没有进一步一探究竟。这就确保了赵梦雨可以继续扮演夏盼雪的角色，以夏盼雪的身份在金银湖继续当球童，在球场的绿茵上轻快地行走，在黄昏或清晨的霞光里挥杆打球。然而，夏盼雪这个角色能坚持多久呢？赵梦雨内心没有底，她有一种本能的预感，下一个识破她的一定会是韩戈平。因为他盯视自己时的目光与众不同，那里面有难以言喻的含义。事实上，赵梦雨的潜意识里，也总觉得自己和韩戈平之间早晚会发生某种瓜葛，因为虽然韩戈平眼下不知道夏盼雪就是赵梦雨，可赵梦雨清清楚楚地明白，韩戈平是张家宝的表弟。如果哪一天张光曦弄清了真相，证明张家宝真的和自己家的惨剧有关，那么，韩戈平在赵梦雨的心里，当扮演何种角色呢？

10

朱玉文接到陆仲任电话时，一下子没有反应过来。等说到他几周前来打过球，是加拿大来的，这才想起了那个体态略胖、手腕上戴劳力士镶钻金表、给小费时出手大方的陆老板来，赶紧换了娇柔的语调说："是陆老板啊。看你，上次说好了过些天还要来打球的，怎么一直不过来呢？是不是把我给忘记了啊？"

"你那么漂亮，怎么忘得了呢？"陆仲任也马上打趣。

"呦，陆老板真会捧人。你打算什么时候过来啊？"

"这不，打电话给你就是和你约一下嘛。我想明天下午过来打一场球，你能当我球童吗？"

"那还用说，陆老板过来，其他人我一概拒绝。"朱玉文信誓旦旦笑道。

"你还不光是脸长得好看，嘴巴也会讲话啊！"

"看你说的，我可是真心诚意的哦。那么，我明天等你过来。"

陆仲任听出朱玉文要想挂电话了，忙说道："我明天会带一个朋友一起过来，你再替我们找一个球童。"

"这个没问题。"朱玉文马上答应。

"我不是要一般的球童哦。"陆仲任表示说，"我那个朋友喜欢漂亮女孩，所以你得替我叫上次那个给康总当球童的，姓什么啊，我一下子记不起来了。"

"你说小夏？"

"对对，小夏，就是那个高个子戴眼镜的美女。"陆仲任接口道。

朱玉文没有立刻爽快回答，因为这要和郑小兰商量一下的。上次就因为借夏盼雪一用，惹得韩戈平大发雷霆，郑小兰怀恨在心。不过这次不是去别的地方，就在金银湖，估计问题不会太大，于是她说："我争取一下吧，就不知道她明天有没有预约的人。"

如朱玉文所预料的，郑小兰并没有拒绝朱玉文要借用夏盼雪的请求。郑小兰也知道那个陆老板出手大方，小费翻倍地给，她当然愿意把这个机会给夏盼雪了。凑巧夏盼雪第二天也没有什么预约，朱玉文和她一说，她就欣然答应了。

第二天下午，为了表示对陆仲任的诚意，朱玉文在约定的时间早早等在了会所的大门口迎接陆老板和他的朋友，十几分钟后，她看到一辆豪华的黑车大轿车慢慢朝会所驶来。朱玉文认得很多高级车。来金银湖打球的客人，好像开奔驰宝马路虎是家常便饭的，保时捷凯宴，美洲豹也屡见不鲜，还有玛莎拉蒂和宾利也见过。这辆车略有不同，车身比较宽，黑色的车身在太阳光下呈亮耀眼。朱玉文注意到车头上有一只展开双翅的鸟，尽管叫不出这车的牌子，但这绝对是一辆超级高档车。她想，如果从车里出来的是陆仲任，那他带来的朋友必然是一位超级富豪了，心里不由为自己今天必然失去和那个超级富豪近距离接触的机会而稍感惋惜。

最先从这辆黑色劳斯莱斯里走出来的是车子的驾驶员，一个年青英俊的小伙子，一身西式职业装打扮，双手戴着雪白的手套。他迅速走到后车门替里面的人拉开车门，然后毕恭毕敬站在那里。接着下车的果然是陆仲任，他一看见朱玉文就朝她挥手打招呼。紧跟在他后面下车的是一位高个子的中年人，四十出头，端正而略显瘦削的脸，身材挺拔，精神矍铄，步态轻盈。他看上去更像一个春风得意的官员，而不像腰缠万贯的富豪。两人下车后，球场工作人员从车的后备箱里取出两套球杆，司机就将车子掉了个头，往不远处的停车场驶去。陆仲任便和朋友一起走向会馆。

"陆老板您来啦？"朱玉文特地用了您字，显得更加礼貌。

"你好美女。"陆仲任笑呵呵走近朱玉文，然后回身介绍他的朋友："这是刘总刘先生，昨天刚从加拿大过来。"

那位刘先生举了举手，朝朱玉文嗨了一声，算是打招呼。

"您好刘先生，欢迎来金银湖打球。"朱玉文正面瞧了刘先生一眼，觉得这个男人很有魅力。他的眼睛很深邃，目光很犀利，嘴唇却十分性感。朱玉文本能地感觉这个人不好揣测，不易亲近。

"另一个球童呢？那个小夏？"陆仲任问。

"她等在出发站那里，球车都已经准备好了。"朱玉文答着，走在了前面。

"那好，你先带我们到会所兜一圈，让刘先生四处参观一下，然后再去打球。"陆仲任提了个要求。

半个多小时后，朱玉文带着换上运动服、做好打球准备的陆仲任和刘先生来到了出发站。早已等在那里的夏盼雪，赶紧从坐着的球车驾驶位上跳了下来。朱玉文见两位客人的球包已经装上球车，就请陆仲任坐到前面去。

"不好意思，让你久等了。"刘先生看着夏盼雪，礼貌周到地打着招呼。

"哦，是啊是啊。"陆仲任看看刘先生又看看夏盼雪，"刘先生就是绅士，不像我，大老粗一个。姑娘不好意思啊，我们刚才让小朱带着四处转了转，所以过来晚了。"

"没关系的。"夏盼雪也不多说，微微一笑而已。

一行四人动身离开出发站。陆仲任有点笨拙地开着球车，刘豪杰坐在他边上，夏盼雪和朱玉文并排站在球车后面。

"刘总，对会所的感觉怎么样？"陆仲任问。

"还不错，挺豪华舒适的。"刘先生说。

"在温哥华建球场会所，至少也要到这个份上。"陆仲任说，"那里有钱的华人多，都喜欢豪华舒适的享受。"

"是啊，有道理。"刘先生点点头表示赞同。

"听老余说，你的计划很大，要在温哥华收购五家球场？"陆仲任又问。

"现在只收了三家，另外两家还在谈。"刘先生轻描淡写说道。

"你呀，要么不出手，出手就是大手笔啊。你看是不是可以参照金银湖球场的做法，在球场周边兴建别墅，一定能卖出好价格。"陆仲任指着远处球场外的一群别墅说道。

"加拿大不同于中国，一是不存在在老旧别墅区的地方整体开发的可能，二是土地性质不能随意改变，除非得到政府的批准，这又极其难。我收购北美的球场，主要还是想打造一个高尔夫连锁产业，以后准备上市。"刘先生说。

"有眼光，有眼光。"陆仲任连连称赞。

站在球车后面的朱玉文吃惊地看了夏盼雪一眼，吐了吐吐舌头，真是山外有山楼外有楼啊。在中国，有一个高尔夫球场就不得了了。而眼前的这个刘先生，一个人要手握五个高尔夫球场，这是什么实力啊！夏盼雪则一脸平静，好像根本没有听到前面两个人在说什么，或者是对他们谈话的内容不感兴趣。

"陆总，我也听余先生说，你准备再次进军中国的房地产市场？"轮到刘先生提问了。

"哎，这些年移民加拿大，有得有失啊。"陆仲任感慨道："汇率赚了一大笔，又生了个儿子，还拿了加拿大护照，这些都算是得吧。但最近十几年，国内的房地产发疯地飙涨，我都踏空了。上海的老朋友都说我住在国外的这几年，至少损失了十几个亿。如今，要再来上海做房地产开发，你没有几十、上百亿的资产，根本就不可能了。"

"听余先生说，你是国内最早进入房地产业的民营企业家。"

"算是吧，不过还是没有长远眼光啊。"

"那你这次回来，打算怎么弄？"

"我准备花二十亿去贵州投资。"

"贵州？"

"那里有点政府方面的关系，都已安排好了。你知道的，在国内没点内部关系可是什么都做不成的。"

刘先生点了几下头表示同意。

不知不觉就来到了第一洞的开球区。前面有一组客人正在发球台上转腰、挥杆热热身，好像上去没多久，看来要等待上一会了。

朱玉文刚才听说刘先生在外国要买下五个球场，就觉得这个人太有钱了，自己要不要找个委婉又充足的理由想办法和夏盼雪换个位子，让她陪陆老板打球，自己跟着刘先生。但现在一听，这个陆老板一开口就是投资二十个亿，好像这点钱对他只是小菜一碟，显然也是个超级大富豪，钱不会比刘先生少到哪里去。再一想，按陆老板刚才的说法，他的老婆孩子都在加拿大，只他单身一个在中国做事，这是不可多得的机会啊！朱玉文早就从陆老板瞧她的眼神里看出他对自己非常有兴趣。他那种岁数的男人，老婆多半已经褪尽姿色，风韵不再了，所以他一定对年轻女孩特别垂涎。头一回接触陆老板时，朱玉文只是将他列为她经营的高尔夫三陪服务的最佳对象。本来，她是想找机会介绍其他球童给陆仲任的，现在，朱玉文倒是怀疑自己的计划是不是太草率和愚蠢了。

这时，轮到他们可以开球了。刘豪杰先开球。夏盼雪从他握杆的样子和挥杆的动作上看，立刻知道这个人很会打球，基础很扎实。

陆仲任的第一杆发挥得很臭，球偏离球道，向右拐出去，落在了一棵树底下。朱玉文把球车交给了夏盼雪，拿了几支杆，和陆仲任一起向球的方向走了过去。

"陆老板今天有些发挥失常啊。"朱玉文边走边说。她这句话听起来带点贬义，其实是一句恭维话，言下之意，陆老板平时打得很好，这一杆疏忽了而已。

"确实确实。"陆仲任朝朱玉文看着说，"我呀，一有美女在身边就紧张。"

"陆老板又要开玩笑。"

"没有啦，你真的很漂亮啊。"

"只有你夸我漂亮。"朱玉文媚媚地对着陆仲任一笑。

"难道我是情人眼里出西施?"陆仲任说完，哈哈大笑起来。

"陆老板说什么呀。你这么个大富翁，怎么可能看上我这种小球童呢?"朱玉文迎合着说道，"别寻我开心了吧。"

"咦，你可千万别这么想。我可不是那种花言巧语的男人，也没有寻你开心。我打上次见到你后，就觉得你很漂亮，是我喜欢的类型。"

"你这么说，小心我当真哦!"朱玉文嗲嗲地瞟了陆仲任一眼。

"你如果能当真，我求之不得呢。"陆仲任色眯眯地盯着朱玉文微微发红的两腮，凑到她耳朵旁道:"打完球我们一起吃晚饭吧?"

"真的啊?"

"当然啦。这么说你同意了?"

"嗯，我们去哪啊? 别又是我们会所的餐厅吧?"

"当然不再去会所的餐厅了，我带你去我住的酒店吧。你知道希尔顿吗? 就是在静安寺那里的。"陆仲任开始试探。

朱玉文摇摇头，还真不知道希尔顿在哪里。这个酒店的名气她是听说过的，是五星级高级酒店。她便问:"那很远的吧?"

"远怕什么，有车啊。"陆仲任说。

"那吃过饭我回来会很晚，没有车怎么办啊?"

"我会叫车送你啊，你担心什么? 要不我替你开一个房间，你在那里睡一晚也可以嘛。"陆仲任继续试水。

"那里开个房间很贵的吧?"朱玉文巧妙地回答着。

"贵什么，不就两三千块钱吗? 这算什么? 小意思，太小意思了。"陆仲任见朱玉文没有直接拒绝，知道这事有希望，心里不由痒痒起来。

四个人一洞一洞往前走，打到第六洞时，陆仲任已经输得很惨。好在他们不是比赛，他也不着急。再说了，他一路上时不时和朱玉文调调情，心思已经不在打球上了，巴不得早点打完球出去吃饭。他脑子里在考虑到时该叫一瓶什么酒来喝喝，有酒助兴，好戏就更容易开场嘛。

来到了三杆洞的第七洞的时候，这里有两组客人压在那里。第一组是郑小兰带王小姝及其他两个球童服务四个从美国来的老外。他们正叽里咕噜地讲着英文，其中一位问郑小兰："老虎·伍兹是否来这个球场打过球。"郑小兰听不懂，木然地看看他，非常窘迫。就在这时，王小姝发现了正走近过来的夏盼雪他们，便拼命挥手叫夏盼雪过去。

夏盼雪不知发生了什么事，就三步并两步飞奔过去了。老外猜想这个快步过来的女孩可能懂英语，就把刚才的问题重复了一遍。

夏盼雪一听，马上用英文回答了这个问题："是的，老虎·伍兹来过，世界排名前二十位的选手，基本上都来金银湖球场打过球。你可以在我们会所的墙上，看到许多世界名将在我们球场打球的英姿。"

老外一听这女孩英语如此流利，不由很意外。他很惊奇地问夏盼雪："你是否在美国留过学？英文这么好，而且还是标准的美式发音。"

夏盼雪摇头道："我是自学的。"

老外睁大了眼睛连连摇头，呲着嘴道："一个球童竟然这么厉害，不可思议，不可思议。那我以后每星期都要来这里打球了。"

"欢迎你经常来。"夏盼雪说。

郑小兰带着四个老外离开的时候，转过身来朝夏盼雪伸出右手竖起了大拇指，嘴里轻声说了句真棒，不由为自己交到这么一个有才的好姐妹而骄傲。

第七洞开完球，无意间看到刚才这一幕的刘先生在和夏盼雪一起朝果岭方向的球道上行走时突然问道："你真是自学这一口流利英文的？"口气中带有明显的怀疑。

夏盼雪朝刘豪杰笑笑，没有正面回答。

"如果你是自学的，那你真的很聪明。"刘先生又说。

"谢谢。"夏盼雪依然不做解释。其实她一路过来，发现这个刘先生不像其他大部分客人那样，一边打球一边会不停和球童讲话开玩笑。刘先生虽说面容温和，也没有流露出丝毫的清高傲慢之态，但他的不苟言笑，还是让夏盼雪不免紧张。这些财大气粗的人，脾气是难以琢磨的，因此还是小心谨慎为好。既然他不想多说什么，自己也就老老实实地服务好他就行。

来到第九洞时，发球处又压了两组人，陆仲任他们只得再等。

"你们球场怎么这么堵呢？"刘豪杰皱着眉头问道。

"平时还可以，就是双休日和节假日特别堵。"夏盼雪解释道。

"难道不控制打球人数？"刘先生一改前态，突然话多了起来。

"打球人数是多了点。中国的球场大致都一样，乘双休日和节假日打球人多可以多赚点钱。另外还有一个原因，来打球的人，不少是新手，有许多是领导干部，他们球技很差，还不懂高尔夫规矩，打球很慢，个个都以自己为中心，不顾及别人。"夏盼雪解释道。既然客人在认真提问，她就不得不认真回答，否则就称不上服务周到。

"如果你是球场管理人，你有什么解决办法吗？"

"我？怎么可能？"夏盼雪笑了。

"我只是假设，假设你在管理一个球场，你会怎么做？"刘先生盯着问。

夏盼雪记起来了，刘先生不是球场老板吗？他这是三句话不离本行啊。好吧，自己就做一次虚拟的球场管理人试试，于是她想了想道："我想，第一应该严格限制一天打球人数，不能为了赚钱损害客人的利益；第二，可以规定每洞的打球基本时间，知会客人，让他们心中有数；第三，万一遇到堵场时，打球较慢的客人要让后面打得快的一组先打。作为球场的一个规定，避免客人之间发生争执和纠纷。"夏盼雪说到此停下来。

"说下去。"刘先生听得很认真。

"没了。"夏盼雪对自己刚刚的信口开河感到好笑，"我瞎说说的。"

"不，你说得很好。"刘先生眼睛里满是赞赏之色。

"这里的客人打球慢还有一个原因，因为来打球的人，很多是来套近乎、拉关系，谈生意的。他们本来就不是一心一意来打球，而是来高尔夫球场泡时间的。"夏盼雪补充道。

"你很会观察思考。"

"我只是个球童而已。"夏盼雪不好意思地笑笑说。

这天打完十八洞后，陆仲任和上次一样给了朱玉文和夏盼雪每人一千元小费。刘先生临走前，掏出一张名片给了夏盼雪。夏盼雪说了声谢谢，朝名片瞧了一眼，发现一面是全是英文，反过来后，才看到名片中间印着的名字：刘豪杰。

第六章

1

一逢下大雨，球童们的心里就十分矛盾。下大雨意味着无法下场打球，意味着几乎不会有客人来金银湖。没有客人来，就意味着这天没有人可以拿到小费，这对谁都是损失。不过从另一个角度理解的话，没有客人来也意味着大家可以轻轻松松休息一天了，也许有人积了好多脏衣服没洗，也许几个平日喜欢打牌搓麻将的好久没有爽爽快快过把瘾了，也许有人一直想去市中心畅畅快快狂一天街，也许有人想买心仪的东西却一直抽不出合适时间，那么到了下雨天，这些问题统统可以一揽子解决了。

郑小兰昨天晚上从天气预报里一听说今天会下一整天雨，雨量还不小，就想好了要叫韩戈平开车带她去市里买那套向往已久的 Titleist 球杆。她当时就跑到楼下去敲韩戈平的窗，隔着窗子和他预订第二天的出行。韩戈平点头说没问题，凑巧明天也没有任何安排。

郑小兰回到寝室就对夏盼雪说："明天一起出去，让韩戈平请客吃饭。"

夏盼雪说："你们去买东西，我跟着一起去合适吗？"

郑小兰说；"有什么不合适的？他又不是我男朋友，我和他是兄妹，我和你是姐妹，都是一家人嘛。"

"你这么一说，我当然去啦。"夏盼雪爽快答应了。她也不想一整天闷在寝室里。

凌晨时分老天果然淅淅沥沥下起了雨，而且越下越来劲，大有不下个一整天誓不罢休的意味。平日里不太习惯睡懒觉的球童们为自己找到了充分的理由，一个个窝在床上不愿起来，不管睡着的还是醒了的，都觉得待在床上好舒服哦。

郑小兰比平日醒得晚了些。下雨天，窗外灰蒙蒙的，让人对时间的判断产生误差。在晴好的天气，太阳的光线会强行通过窗帘的缝隙渗透到室内，把人从睡眠中唤醒。

阴雨天不同，时间虽然在照常行走，天色却如同睡着了一般毫无动静。只有当你看一下钟表，才发现原来早已过了设想的时间。

"哎，你醒了吗？"郑小兰翻了个身，从上铺探出半个身子，朝下铺的夏盼雪看去，发现她正倚靠在被子上看手机，原来夏盼雪早就醒了，就问："现在几点啦？"

夏盼雪收起手机说："可以起来啦，已经快九点了。"

"哦，那我起来了，和他约了十点出发的。"

韩戈平准时在十点钟把他的大众车停在宿舍外的水泥道上。雨还是一个劲地下不停，他坐在车里打开了刮雨刷，两根雨刷就像刻板的节拍器一样在挡风玻璃上左右摇晃，咔嚓咔嚓，不紧不慢。不一会儿，他看到夏盼雪和郑小兰合撑着一把伞从楼梯那边走过来。韩戈平十分惊喜，郑小兰昨晚约他去买球杆时，并没有告诉他夏盼雪也会去。等两个女孩走到车旁时，他隔着车窗玻璃朝她们挥挥手。

"小夏也一起去。"郑小兰拉开车门先坐进来说着，挪动屁股往里面靠，腾出位子让夏盼雪进来。

夏盼雪一边坐进来一边收起雨伞。她将收好的雨伞在车外甩了几下，不让车内滴下太多的雨水，然后嘭的一声关上车门。她把雨伞伞尖朝下斜搁在身旁，然后用手捋了捋沾上雨水的眼睫毛，偶尔一抬头，发现韩戈平正在反光镜里看着她。也许是意识到夏盼雪关注到了他的眼光，韩戈平便赶紧避开去说："怎么样，我们出发吧？"

"走啊，不出发坐在车里干吗？"郑小兰笑道。

车子离开宿舍，很快驶到球场大门口，经过一段水泥甬道，转上了沪清平公路。

"韩经理，要不你带我们先兜兜风？小夏来这里也快一个多月了吧，她还没去过市中心呢。"郑小兰提议说。

"不用不用，还是去办你们的正经事吧。"夏盼雪忙着阻止。

"没关系，今天有的是时间，我们就去兜一圈。"韩戈平又从反光镜里瞟了夏盼雪一眼说："下雨天，在外面逛街也不方便。这样吧，我带你们上延安路高架，然后一路开到外滩，你们可以一路看看窗外景色。延安路是上海的主干道，两边都是高楼大厦，上海的基本风貌可以一目了然。"

"那好那好，我还没有坐车在高架上兜过风呢。"郑小兰一听就很兴奋。

韩哥平驾车在沪清平公路上行驶了半个多小时，然后进入了延安路。他在最近一个匝口将车子转上了高架。高架上一开始还挺通畅，可是过不多久，临近虹许路上下口子的地方就慢慢堵起车来。LED的交通路况显示牌上出现了长长的一段黄色，而在延安路主干道叉出去的两端，有些地方还出现了间隔性的红色，很明显内环堵得更厉害。上海本来就车多，堵车是家常便饭的事，逢到下雨天，就更不用大惊小怪了。不过堵车也有堵车的好处，对不急于赶路的人来说，倒是可以乘机慢慢欣赏都市景色。

郑小兰和夏盼雪都对高架两旁鳞次栉比的高层建筑啧啧惊叹，大上海的模样原来是这样的啊！有人说大都市就是钢筋水泥的丛林，这话一点不假。你在高架上看这个城市，真会被它的气势镇服。韩戈平已经不止一次在这条路上来回，便像个导游般地沿路一一介绍：这儿是虹桥开发区；这儿是内环高架；这儿是静安寺了；这些有金色屋顶的建筑是上海展览中心，听说上面是真的贴了金子的；从这儿开始，进入了真正的中心区，右方不远处是著名的淮海路，左边不远处是更著名的南京路；马上要到南北高架了，那是南北向的主干道，就像延安路是东西向的主干道；再过去就到人民广场了，看到那个圆形建筑了吗？那是历史博物馆；马上就到外滩了，那里可以看到黄浦江和浦东的东方明珠。

"韩经理你快成上海人了，好熟悉啊。"郑小兰佩服地说。

"我是先研究地图的，再实地开过好几个来回，也就记住了。"车已经到了外滩，韩戈平要下高架了。"下次有机会，我带你们出来好好玩一天，有好多地方值得去看看的。"

"上海真是个好地方啊。"郑小兰一路观赏后发出一声感叹。她转脸去问夏盼雪，"小夏你说是不是啊？"

"嗯，真的太大太热闹了。"夏盼雪不由突然想起朱玉文曾经讲过不想回农村而想在上海留下来的那一席话来。

韩戈平从高架下来，将车子沿外滩驶了一段路，然后找了个可以掉头的路口再把车转回原路，重新又上了高架。这时他才发现时间已经不早了，就建议先找个地方去吃饭，然后去高尔夫用品专卖店。

"今天你要请客哦。"郑小兰毫不客气地提要求。

"当然当然。"韩戈平觉得和两个女孩子外出，理所应当他掏钱的，就问："你们想吃什么？"

"我们上次有约过，你要请我们去一次小南国。"郑小兰说。

"那是说如果打球打输了……"夏盼雪觉得郑小兰这个竹杠敲得没道理，没想郑小兰打断她不让她帮韩戈平。

"先吃起来再说，他百分之一百要输的，先预支吧。"郑小兰不讲道理了。

"这怎么可以……"夏盼雪还是想阻止郑小兰。

"没关系，我们就去小南国吃午饭，正好我们要去的专卖店就在那儿附近，顺路的。"韩戈平十分乐意地表了态。

"怎么样？"郑小兰冲夏盼雪做了个怪脸，意思是她赢了。

红梅路小南国饭店停车非常方便，中午时间，加上又下着雨，停车场有许多空位。韩戈平泊好车，和两个女孩一起走进去。在领位小姐带领下，在一张四人位的方桌围着坐下。服务员拿来菜谱，韩戈平让女孩们点菜。郑小兰也不客气，拿过来就翻看，可看了半天，只觉得眼花缭乱，结果一个菜也点不出，遂将菜谱传给夏盼雪。夏盼雪马上双手推开，说她不会点菜。郑小兰又把菜谱交给了韩戈平。韩戈平以前曾跟着客人来吃过两次，只得凭记忆点了几个菜，问两个女孩行不行。郑小兰说，能吃饱就行。夏盼雪只是笑笑点了下头。

等菜到齐，郑小兰突然心血来潮提了个建议，在开吃之前，是不是三人来一张合影，满满的一桌菜，到时回去炫耀一下，馋馋其他球童。韩戈平瞧了夏盼雪一眼，赶紧表态说好好。夏盼雪既不说好，也没有反对。郑小兰便朝一名餐厅女服务员招招手，请她过来帮个忙，用她的手机给他们拍一张照。那个二十几岁的服务员便笑眯眯地走过来，从郑小兰手中接过手机，让他们三个坐到一起面朝镜头，接连为他们拍了三张。等她把手机还给郑小兰时，韩戈平将自己的手机又递上去，说麻烦她再拍两张。服务员就照做了，又认真地按了两下手机。

拍完合影，三个人就先后举起筷子吃起来。郑小兰觉得这里的菜偏甜了，她是四川人，喜欢吃辣的。韩戈平表示，最初到上海他也是这种感觉，慢慢对上海菜就习惯了。问夏盼雪，夏盼雪说她什么都能吃，不挑食的。

三个人边吃饭边东拉西扯聊着球场里的人和事。韩戈平忽然想起什么来，问夏盼雪道："小夏，上次我在你们寝室里看到你床头挂着一样东西，会闪闪发光，那是用贝壳做的吧？"

"嗯，是蚌壳做的。"夏盼雪说。

"小夏把那东西当风铃呢，可惜不会响。"郑小兰咽了口菜说。

"哦，怪不得呢。你是在哪儿买的旅游纪念品吧？"韩戈平又问。

"不是的，那是以前我在老家时别人送给我的，已经好多年了。"夏盼雪答道。

"你就一直带在身上？"韩戈平继续问。

"是的。"夏盼雪说。

"你这个人真有意思，蚌壳又不是什么值钱的东西，你还保存了那么多年？"郑小兰觉得不可思议。

"虽不值钱，也算是一件纪念品吧。"夏盼雪坦然一笑道。

"这倒也是，"郑小兰觉得自己刚才那句话有些不合适，就改口道："礼轻情意重。看得出，小夏你是个重情重义的人。"

"你这么看重它，是有什么特别意义吧？"韩戈平继续问。

"这个问题我也问过。"郑小兰插话道。

"怎么说呢，算有一点吧。"夏盼雪答。

韩戈平若有所思地哦了一下，似乎再想问点什么，话到嘴边却又咽下去了。

夏盼雪没再做声，只是慢慢吃饭。一会儿，她不经意间一抬眼，发现坐在对面的韩戈平正非常认真地盯着她看。她赶紧避了开对方的目光。不知为何，她的心不由在胸腔里咚咚敲击起来。

韩戈平也许意识到了自己一瞬间的失态，急忙收回他对夏盼雪的凝视，打哈哈道："我们快吃吧，吃完了还得陪小兰去买球杆呢。"

"是啊是啊，出来老半天了，今天的主要任务还没完成呢。"夏盼雪马上附和道。她勉强说点什么，是为了掩饰自己那阵突如其来莫名其妙的慌乱。

2

郑小兰买回那套 Titleist 新球杆后，就把自己原来用的那套球杆给了夏盼雪。她说："我知道你根本看不上这种破球杆，可你眼下没有自己的球杆，凑合着也能用用。"

夏盼雪并没有嫌弃那套破球杆，十分愉快地接受了。她现在可不是全国女大学生冠军赵梦雨，而仅仅只是金银湖球场的球童夏盼雪而已。这让郑小兰很高兴。接着她又说："我这套新球杆就放在你的床边上。我不用的时候，你随时都可以拿去用。"

"这可不行。"夏盼雪婉拒道："这么贵的新杆，我怎么可以……"

"怎么，不把我当自己姐妹吗？"郑小兰不高兴了，"我的东西就是你的东西，随便用。不过，我和你一起打球时，就不能给你用了，你只好将就用那套破球杆。哈哈，那样我可以多赢你几杆。"

夏盼雪越来越喜欢郑小兰了：她诚实守信，一直替她保守着赵梦雨的秘密；她性格正直爽朗，是爱是憎都露于言表，从不掩饰伪装；她为人善良豁达，谁有困难她都会出手相助。像这样的女孩，社会上是不多见的。夏盼雪很庆幸自己遇见了她，和她成了闺蜜。一个人在生活中，一定要有知心朋友，否则内心会非常孤独。人免不了会遇到挫折和痛苦，假如老是默默承受，无处诉说，很可能就憋出病来。有了知心朋友，就有了降压减负的口子，可以对她一吐为快，可以趴在她肩头宣泄哭泣。那么，即使天要塌下来时，你也不会觉得自己马上会被压死。

郑小兰同样也是这么想夏盼雪的。她觉得夏盼雪，不，赵梦雨这个人一点都没有全国冠军的架子。她为人低调，从不显山露水。尽管有眼下不能暴露真实身份的因素，但她屈尊来当普通球童就说明她这个人性格坚强，内心饱满，所以才如此能屈能伸。郑小兰当初做赵梦雨球童时，对她十分仰视，觉得这个漂亮能干的女孩高不可攀，不料如今竟和她成了闺蜜。郑小兰觉得自己别无他求了，因此极为珍惜这份友情。

不过最近一段时间，让直性子直肚肠的郑小兰也变得犹犹豫豫起来。有几句话，她很想问夏盼雪，可每次遇到了合适的机会，想问的话已经涌到了嘴唇边，却又硬是给重新吞了回去。

这一天吃过晚饭，夏盼雪建议郑小兰一起去散散步。郑小兰觉得有点异常，显然夏盼雪是有什么话想对她说。果不其然，当两个人在暮色苍茫之下踏着球场的绿草慢慢走着时，夏盼雪问郑小兰道："小兰，最近你是不是一直有什么事情想要问我？"

郑小兰心里一咯噔，暗忖着，她的眼光真厉害，这都让她察觉出来了。

"我们是好姐妹，你想问我什么都可以，不必闷在心里。我呢，不管什么都会老老实实地回答你，绝不遮遮掩掩。"夏盼雪鼓励道，"所以呢，你想说什么就尽管说吧。"

郑小兰略感窘迫，稍稍犹豫后开了口："那好吧，我一直想问问你，你感觉韩经理这个人怎么样？"

"韩经理？人很好啊。"夏盼雪其实没有料到郑小兰会问这个问题，不过她迅即将思路调整过来了，"他为人热心，性格温和，脑子也聪明，哦对了，人又那么帅。"

"你真觉得他有那么好？"郑小兰问。

夏盼雪停下脚步来，微微低下头看着郑小兰，然后伸出食指指着郑小兰的鼻子道："哈哈，我明白了，原来是你喜欢上他了啊？你呀，喜欢上就让他知道嘛，是不是想让我转达啊？没问题，绝对没问题。"

"你先别得意，你只猜对了一半。"

"哦，你倒是说说看。"

"我是喜欢韩经理。你想，我们金银湖的女孩子谁不喜欢韩经理啊？"

"看嘛看嘛，我一猜就中。"夏盼雪呵呵笑起来。

"这只是一半嘛。"郑小兰说。

"那另一半是什么？"

"既然你认为他如此之好，那你喜欢他吗？"郑小兰冷不防问。

"我？"夏盼雪被问了个措手不及，一时语塞了。

"对啊，我想知道你是不是也喜欢他？"

"这个嘛，"轮到夏盼雪踟蹰不前了，"这个嘛，你刚才不是已经说了，金银湖的球童有谁不喜欢韩经理啊。"

"你呀，真狡猾。"郑小兰白了夏盼雪一眼，"好了，正经点吧，其实我一直想问你的一件事是，你有没有察觉到韩经理一直很喜欢你？"

"瞎说什么啊？"夏盼雪矢口否认，"你真是胡思乱想。"

"才没有呢。"郑小兰抢着道："你别以为我小兰大大咧咧，其实我很细心的呢。我从韩经理每次看你的眼神里就明白是怎么回事了。他从来不会用那种眼光看其他女孩，就是对朱玉文也从未有过。"

"我倒是觉得在金银湖韩经理对你小兰最好。"夏盼雪以攻为守。

"他确实对我很好，不过那是一种兄长般的好，对你完全不一样。"郑小兰毫不含糊自己的观点。

夏盼雪摇摇头说："没有的事，我来金银湖才几天啊？"

"这和时间有什么关系？一见钟情可以吗？对，他肯定是对你一见钟情。"

"好啦，我的好姐妹，我们别在此瞎说一气啦，还是散散步吧。"夏盼雪拉起郑小兰的手甩了两下，拖着她继续往前走去。

这天晚上躺在床上，夏盼雪翻来覆去睡不着。她脑子里一直盘旋着郑小兰之前在球场上问她的问题：既然你认为他如此之好，那你喜欢他吗？

其实花季少女对待感情是最敏感的。郑小兰所说的那一切，连她作为第三者都察觉到了，难道夏盼雪能那么木讷？韩戈平盯视自己的眼光确实和他看其他女孩的不一样。夏盼雪有几次发现了韩戈平看着自己时会失神。尽管每次那都只是转瞬即逝的一刹那，但夏盼雪还是用她那颗敏感的少女之心捕捉到了。

如果夏盼雪只是一个作为金银湖球童的夏盼雪，那她真该感到庆幸。在金银湖那么一大群青春活泼的女孩之中，韩戈平竟然会对她情有独钟。就连那个漂亮妩媚的朱玉文，听说已经暗恋韩戈平许久，却至今尚无收获。韩戈平虽然对女孩子们都很温和关心，但其所作所为一直像个把所有女孩当小妹妹的兄长，好像从未有过一丝非分之想。这既使他在女孩们的心里越发可爱亲切，又令女孩们遗憾他的高不可攀。他越是和女孩们保持着距离，她们反而越向往他。然而韩戈平一如既往的风格瞬间发生了变化，好像一个牢固的钢圈出现了一条明显的裂缝，这已经被郑小兰发现了，那么还有别的人意识到吗？

夏盼雪从未问过自己是不是也有点喜欢韩戈平。单纯作为夏盼雪，她似乎找不出理由说不喜欢他。事实上，每当和韩戈平单独相处，或者每次和他的目光正面相遇时，夏盼雪都会反常，她的心跳会加快，她的呼吸会急促。但是，在夏盼雪的外壳之下，毕竟躲着一个除郑小兰外无人知晓的赵梦雨。对，作为赵梦雨，她不能轻易喜欢韩戈平，因为他是张家宝的表弟。

从来到金银湖球场打工的第一天起，赵梦雨就知道自己将不可避免和张家宝的表弟韩戈平面对面。其实赵梦雨自己都不明白，为什么会毫不犹豫地选择跟随朱玉文来到金银湖。有的时候，她甚至觉得自己答应来金银湖就是因为韩戈平，尽管在这之前她从未和韩戈平见过面，只是有过一段时间的微信短信交流，那唯一一次约好要见面的机会不知什么原因就失去了。那么韩戈平对赵梦雨究竟意味着什么呢？赵梦雨的潜意识里隐隐约约地把他看做是一种连接，一座可以架在河流两端的桥梁。

自从赵梦雨离开成都、换掉手机号码后，她和张家宝的联系就彻底中断了。那么，张家宝在那一系列所发生过的事情中究竟扮演了什么角色？张家宝最近又在做着什么？张家宝还在找她吗？赵梦雨非常想知道这一切。除了可以从张光曦那里得到一些零星消息，赵梦雨没有任何其它了解张家宝的渠道。所以，当在虹桥火车站遇见朱玉文并认出她就是金银湖球童的一瞬间，赵梦雨脑子里就倏然间跳出了韩戈平这个名字。她知道，只要自己能跟着朱玉文去金银湖球场，就能遇见韩戈平，而韩戈平是张家宝的亲戚。赵梦雨预感到命运将给她做一次新的安排。她不必去细想那是什么安排，之后的一步一步会如何展开，只需要牵着命运之神的手向前去就行。

潜意识里带着接近韩戈平、找机会从他口中了解张家宝动向的赵梦雨，却不曾料到韩戈平会在不长的时间里就喜欢上夏盼雪。真如郑小兰所言是一见钟情吗？没法考证。如果韩戈平喜欢上了夏盼雪，那么赵梦雨就会为难。虽说现在在成都发生的事情尚无定论，但如果到哪一天真相大白时，张家宝果然和她父母的被害案脱不了干系的话，张家宝就是赵梦雨不共戴天的仇人。那么，韩戈平作为仇人的亲戚，赵梦雨怎么可能允许夏盼雪喜欢上他？即使韩戈平再英俊潇洒，再温柔体贴，再穷追猛打，再死心塌地，赵梦雨也不会同意夏盼雪去喜欢他的。

可是，两天之后发生的一件事，让躲在夏盼雪外壳内的赵梦雨动摇了。

那日下早班之后，郑小兰想去练习场挥挥杆。郑小兰原本想叫夏盼雪一块去的，但夏盼雪说，下午跟客人下场后，感觉有点累，想休息一下。郑小兰也就不勉强，自己拿着球杆下楼去了。

夏盼雪就躺在床上打了个盹，醒过来后，随手拿过英文书来翻看。

吃晚饭时间快到的时候，郑小兰回来了，先去洗了个澡，然后就叫夏盼雪一起去食堂吃饭。两个人走在路上时，郑小兰神秘兮兮地对夏盼雪说："哎，刚才我出去练球时，走到楼下看到韩经理寝室的门开着，就想拉他一起练球，你知道我在他寝室里看到了什么吗？"

"这我哪会知道，"夏盼雪觉得郑小兰很好笑，"我又没有去过他寝室。"

"我看到他桌上也放着一片蚌壳呢。"

"一只蚌壳？"

"对啊，你说怪不怪？"郑小兰故作神秘地朝夏盼雪努努嘴："呐，他见你挂了一片蚌壳，就也去弄了一片回来，你说他是不是很奇怪？"

"他从哪弄来的？"

"这个我没问。"郑小兰显得有些沮丧，"他好像发现我在注视那片蚌壳，就一伸手把它放进抽屉里去了。"

"这样啊。"夏盼雪若有所思。

"我就说他喜欢你嘛。你看，见你喜欢蚌壳，他也搞一片放着。有句成语怎么说，爱屋及乌，对，就是爱屋及乌！"郑小兰像是发现新大陆似的叫起来。

夏盼雪转头四顾，还好前后都没有谁跟着，就说："看你，又来了，有完没完哪？"

"我可对你说啊，在金银湖想追韩经理的女孩多得是，你要是不趁热打铁，到时候那块现在热得发红的铁一旦冷却了，变硬了，你再打就来不及了哦。"

"瞧你，还挺文学的呢。"夏盼雪哼了一下。

"我不开玩笑。"郑小兰一本正经说，"你呀，总不能一直揣着明白装糊涂吧？"

夏盼雪撇嘴笑了笑道："怎么，你觉得我们女孩就这么贱，非要自己找上门去推销自己吗？"

郑小兰一下子被问住了，停了一停说："这倒也是，总不能让你主动去对他表白。他也太不把我们女孩当回事了。他要是真喜欢你，应该他主动嘛。"

吃过晚饭后直至临睡前，郑小兰再也没有和夏盼雪聊起韩戈平。但她之前说到韩戈平寝室里放着一片蚌壳的事，却一直在夏盼雪的脑子里转来转去。

这天晚上，夜深人静的时候，郑小兰和另外两个室友都已经入眠，发出均匀而轻微的鼾声。

唯有夏盼雪毫无睡意。她睁开着双眼盯住昏暗空间的某一个点，满脑子还是那片蚌壳的事：难道韩戈平真的因为自己而特意去弄了一片蚌壳回来放着吗？难道真如郑小兰说的他会爱屋及乌吗？不，不太可能，夏盼雪自己想着，禁不住摇头否认。那么，郑小兰所看到的那片蚌壳是怎么来的呢？难道是……？

夏盼雪的脑子里突然间像是一处弥漫着煤气的房子遇到了一颗火星，轰的一下燃烧起来。不不，这怎么可能？会有那么巧吗？这简直是小说里才会发生的事情呀！夏盼雪被自己的想法惊倒了，心脏像是被注入了大量的激素，砰砰砰地猛烈撞击着胸壁，血液在她浑身的血管里快速流动，两个手心里都渗出了汗水来。

这一夜，夏盼雪几乎没有睡着，脑子里杂七杂八的念头和想象一个接一个冒出来，就像雨滴落在了湖面上打出此起彼伏的水泡一样，也不知到了几点，才迷迷糊糊入睡。但凌晨天刚刚亮时，她就突然醒了。她听到大家还都沉浸在梦乡里，便蹑手蹑脚先起了床。她穿好衣服，悄悄地开了门，也没有拿梳洗用具，就闪到门外，然后再轻轻带上门。

清晨的空气特别清新，微微带着一丝凉意。夏盼雪站在寝室门口，敞开胸怀深深吸了几口，顿时觉得之前因为没有睡好而显得昏昏沉沉的头脑一下子清澈起来。昨晚临睡着之前，她做了一个决定，今天一大早，她要一个人去一次第十二洞。对，去那条河流边，那颗大柳树下，再仔细地看一看，瞧一瞧，是不是韩戈平每次走到那里都会驻足观望的原因和自己所猜测的一致？也许，这就是她想揭开的谜底。

3

朱玉文从来没有入住过如此高级的酒店。此刻，她站在亨特索菲特大酒店五十二层的会所豪华大客房内，透过大玻璃窗俯瞰贵阳市区的夜景，顿有一种居高临下、一览无余的兴奋感。陆仲任说，这个房间住一晚要二千五百元呢，听得朱玉文十分心疼，睡一晚就要花那么多钱，连住几夜，得花多少啊？这也太浪费了吧！可陆仲任说，钱无所谓，只要你感觉舒服就好。

朱玉文这次跟着陆仲任来到贵州真是下了大决心的。

那天陆仲任带刘豪杰去金银湖打球，结束之后，朱玉文跟着陆仲任去了静安希尔顿酒店。朱玉文原以为那位刘先生也会在场共进晚餐，结果司机将陆仲任和朱玉文在希尔顿酒店门口放下来之后，那辆劳斯莱斯又载着刘先生一个人走了。陆仲任告诉朱玉文说，刘先生另外有约，要去外滩6号和朋友吃饭。朱玉文心里稍感失望。她倒是对那位风度翩翩的刘先生颇有兴趣，很想能有机会和他熟悉一下。

朱玉文并非第一次和她认识的客人外出吃饭。她早就懂得那些心怀不轨的男人勾引女孩的套路，一起吃饭只是最基本的开始，就像舞台表演刚刚拉开了厚重的帷幕，接下去的戏会一幕幕展开。所以，当陆仲任问她要喝什么酒时她立刻就婉拒了，说她不会喝酒。在男人的套路中，如果一个女孩不但答应和他单独吃饭，还爽快地答应喝酒，就意味着你对那个男人的潜在目的性已经默认。男人会以为你已经对随后而至的共度良宵心照不宣。所以，婉拒喝酒等于是给男人一个提示：我可不是那么容易得手的贱货，如果你想如愿以偿，那么是要付出更大代价的。朱玉文遇见过好多种客人，有的非常含蓄，席间不断释放出种种暗示，又不敢明目张胆，这种人往往是贼心大贼胆小；有的则直截了当，一边吃饭一边公然挑逗，满嘴酒话动手动脚，这种人是贼心贼胆一样大；还有的是见机行事，揣摩女孩有多少可能会就范，如果不行也不勉强，如果机会逮着也绝不放过，这种人是贼心不大，贼胆不小。

朱玉文那天观察着陆仲任该划到哪一类去，结果发现他哪一类都不是。他既不暗示，也不明逗，而是一刻不停讲笑话，天南地北聊他的经历，似乎根本没有想要调情的意思。朱玉文说不喝酒，他就让服务员将酒杯撤了给她倒饮料。朱玉文试探说吃完饭要回球场的，他就说没问题，吃完了给她叫出租车。倒是弄得朱玉文没了方向，搞不懂陆仲任带她来五星级酒店吃饭究竟是何意图了。吃着吃着，心神不宁、焦虑不安的人反而变成了朱玉文自己。

朱玉文当然不是守身如玉的主，但她也不是放浪轻贱的女人。她知道自己待价而沽的尺寸，达到她的心理价位她就能以身相许，达不到这个价码她会嗤之以鼻，毕竟她不是以卖身为主的小姐。她对自己的定位是交际达人，是一名球童经纪人，也可以把她理解为另类妈妈桑，妈妈桑可不会轻易跟客人出台的，要想动她们的脑筋，就得抛出大把真金白银来才行。所以能入朱玉文眼的男人必须得有钱，必须舍得花钱，否则她宁可让别的球童去应付，自己有那一份该得的"中介费"就行。

一直不露声色的陆仲任，在晚饭吃到将近结束时才言归正题。他先问了一句："听说小朱你是贵州人？"

"是啊，我老家在贵州。"朱玉文不知道陆仲任是向谁打听的。

"我下星期要去贵州办事，你有没有兴趣陪我一起去一趟？"

"陪你去贵州？"朱玉文大大出乎意料。

"是啊，我一个人去太没劲了，你陪我去几天，就算旅游。"

"这……"朱玉文并非摆谱，她确实不知该答应还是拒绝。

"别担心，你出去一天要多少，尽管开口就是，有几天算几天。"陆仲任马上主动打消她的顾虑。

朱玉文心里明白，这是一桩大买卖了，按陆仲任的出手和派头，按他所说投资二十个亿的身价，如果自己陪他去贵州几天，那应该收入不菲，肯定要以五位数来计算的。朱玉文不由动了心。不过她也懂得欲擒故纵的道理，就故意说："陆老板如果要人陪，我可以给你找一个的……"

"我就要你陪，其他人没有兴趣。"陆仲任立刻打断她，说得很干脆。

"那，我得试试能不能请出假来，毕竟要出去好几天，得有陈总批准。"朱玉文说。

"请假不会有问题的，我可以替你去说。"

"不行不行，我可不想弄得满城风雨，不能让球场知道我跟你出去几天的。"

"那行，你自己想办法。"

"不是正好去贵州吗？我就说回一趟老家，家里有急事，到时你给我买好机票后，我给他们看一下，他们应该就相信了。"

"你的脑子挺灵的嘛。"

"陆老板，我一般是不会答应客人这种要求的，对你是破例了。"朱玉文话里有话地暗示。

"知道知道，我绝不会亏待你的啦。"陆仲任心照不宣地表示。

就这样，前天下午，朱玉文跟着陆仲任乘上上海航空公司的飞机，从上海飞到了贵阳。

陆仲任这次来贵州，是为了落实开发当地的房产项目。

之前，一位在政府工作的老朋友得知陆仲任想回来在国内重新开发房地产，就给他提了个建议：不要在热门的一二线城市投资了，那里的蛋糕基本已经瓜分完毕，凭陆仲任眼下几十亿的身价，找到好项目的机会已经寥寥无几，不如到全国最穷的省份之一贵州去开发房地产，这样，几十亿身价在那里就是惹人显眼的大老板了，必然会引起地方政府的高度重视。那位老朋友还出谋划策，让陆仲任务必以爱国华侨的身份出现在当地，以捐助希望学校作为切入点，这样便可一步到位结识省府的领导。老朋友还答应以政府的名义为陆仲任牵线搭桥，确保陆仲任此行的顺利。

老朋友的这一系列谋划果然见效。陆仲任到贵州这几天，受到了当地政府的高度重视和热情接待，甚至各路媒体都前来采访报道，倒是让陆仲任出了一把风头。

在离开上海之前，陆仲任让人加急帮朱玉文印了一盒名片，头衔是加拿大 BC 房产投资集团总裁秘书（陆仲任自己当然就是董事长兼总裁了）。为了让朱玉文显得更像一个货真价实的大公司秘书，陆仲任还特地陪朱玉文到百货商场里为朱玉文买了高级职业套装和皮鞋，以及与此相匹配的首饰、手表和挎包，一共花了他好几万。对此陆仲任倒一点也不心疼，说该花的钱嘛一定得花。

到贵州后这几日的白天，朱玉文就装模作样跟在陆仲任后面演戏。她天资聪明，人又长得漂亮，虽说刚开始有点拘谨，不习惯，没过多久就习以为常了。其实说起来也不难，无非就是见人点头微笑，互换名片，开会时端坐一旁，拿出个小本子装模作样记上几个字，吃饭喝酒紧随陆仲任左右，对领导讲几句奉承话，对用得着的关键人物抛几个媚眼敬几口酒，如此而已。朱玉文在金银湖工作那么久，也是见过世面的人，贵州毕竟是很落后的地方，根本比不上大上海那些领导和富翁的派头，朱玉文的心理素质足够应付那些土里土气的官员了。

朱玉文听到浴室门打开的声音，就知道自己真正要尽的义务来了。

其实从答应跟陆仲任来贵州的那一刻起，朱玉文就有充足的思想准备。她千里迢迢从上海飞到贵阳，绝不会仅仅假充一个公司秘书那么简单。扮演秘书是她白天要干的活，除了枯燥乏味，她也不会有多大付出。她真正要担当的角色是在晚上，是在那间豪华大套房里的豪华大床上，那才是陆仲任要她陪伴过来的目的。所以，她都用不着陆仲任再提醒或暗示，从到这里的第一晚开始就自然而然地对陆仲任彻底开放了自己的身体。

朱玉文没有料到这个体态略胖的中年男人，竟然出乎意料的强健厉害。他们两个的第一次，就让朱玉文尝到了久违的愉悦。虽然自己是和一个叔叔级别的老男人做爱，但如果闭起眼睛，把压在身上频频喘气的那个人想象成另一个人，比如帅哥韩戈平，不是一样可以获得身体的满足吗？朱玉文就在这样的状态下经历了两个晚上的缠斗，现在即将迎接第三次的翻云覆雨。

陆仲任和前两个晚上一样，走出浴室就将围在腰部的浴巾扯掉随手一扔，露出光溜溜的下身，然后坐到宽大的床上朝朱玉文招手。朱玉文之前在浴室洗得干干净净，裸身披着睡袍，此刻就心领神会将睡袍从肩头褪去，洁白细润的酮体便立刻让欲火中烧的陆仲任有了反应。朱玉文一爬到床上，陆仲任就急不可耐将她压到了身下。

一番云雨之后，两个人都气喘吁吁。仰身而躺时，朱玉文问陆仲任："你今天在那个县里所承诺建希望学校的事，是真的吗？"

"当然真的啦。"陆仲任一只手在朱玉文光滑的腿上挪动，一边肯定地说。

今天上午，朱玉文跟着陆仲任去了一个县城。在一所学校的操场上，他当着一大群地方干部和群众的面承诺：第一，他今年先在这个县捐助二所希望学校，一所小学，一所中学，以后，他每一年都会在贵州省捐助一所希望学校；第二，在每个希望小学的开学典礼上，他都会给学校所有学生每人一个新书包，里面备齐所有学习用品，另外会给每个学生五十元现金，让他们去买自己喜欢的东西；第三，等那些希望学校的学生中学毕业时，他会在他们中间，每一年挑选二位品学兼优的学生，送他们去加拿大留学，所有费用全部都由陆仲任承担，等他们留学结束后，愿意来他集团工作的，他举双手欢迎。

陆仲任的那番发言赢得了在场所有人的热烈掌声。县委书记、县长、教育局长，家长代表等，一个接一个作了充满感激的简短发言。那个不太会说话的家长代表还把陆仲任比喻成了大慈大悲的菩萨，感恩他造福乡里，拯救了他们失学的子女。

陆仲任的慷慨善举让陪同他前往的省政府官员极为感动，立刻向上司做了汇报。晚上，省政府秘书长设宴招待陆仲任这个爱国华侨。一同参加宴会的省开发区管委会主任，在秘书长撮合下，当即拍板欢迎陆仲任参与开发区的房地产投资，并表示将给陆仲任最大的优惠政策，甚至可以无偿提供给陆仲任一部分用于先期开发的土地。没想到陆仲任却表示，他不需要政府白送任何东西。如果觉得他的投资项目很符合当地的发展方向，政府可在政策上多多支持他。

朱玉文当时就坐在陆仲任旁边。她听了陆仲任的话，觉得很不理解，人家送你土地你不要，不是不要白不要吗？此刻躺在陆仲任身旁，她忍不住就想问个清楚："陆老板，我有一件事不明白，开发区既然可以送土地给你，你为什么要拒绝呢？"

"这个你就不懂了。跟政府打交道，千万不要让他们白送东西，到时候会有麻烦的。哪怕出一元钱买一亩地也好的，这叫有价合同，没有后顾之忧。"陆仲任的手继续在朱玉文身上滑动摸索。

"哦。"朱玉文想想似乎有点道理。不过，这房地产生意里面的奥妙很多，不是她这样的外行女孩可以搞得懂的。

"还有什么想问的？"陆仲任的手移到朱玉文的大腿根部，停在了那里。

"你既然是来贵州投资房地产，又为什么要无缘无故花两百万捐希望学校呢？那可是赔本的买卖啊？"朱玉文索性将心里搞不明白的都倒个彻底。

"这叫舍不得孩子套不着狼。只有这样做，大家才会认可我是爱国华侨，政府就更重视我，我才能从他们手里拿到最优惠的土地价嘛。"

"你真精明。"朱玉文不得不佩服服陆仲任的生意经。她想了想又问："那你算过没有，这次贵州之行，你可以取得多少回报？"

"一切顺利的话，光在土地上，估计可以赚到几个亿吧。"陆仲任的口气非常轻松。

"这么多啊?!"朱玉文瞪大了眼睛，"对你们这些大老板来说，钱真是太好赚啦！"

陆仲任朝朱玉文看了一眼，突然从床上一跃而起，光着屁股走到房间里放保险柜的地方，按着密码将柜子门打开，从中取出一个牛皮纸袋，走回床边往朱玉文面前一扔说："里面是六万现金，这是你陪我来贵州的酬劳。"

哇，六万元！这个数字远远超出了朱玉文的预想。陆仲任和她讲好在贵阳住四个晚上，后天回上海。原来朱玉文的心里价位是陆仲任一天给她一万，现在陆仲任给的数超出了预期百分之五十，如果加上在上海给她买的那些东西，陆仲任这次至少在她身上花了十万元。朱玉文难以抑制住内心的惊喜，却又极力摆出一副并不在乎的样子，嗲声嗲气地对陆仲任说："哎呀，谁让你怎么急啦，人家都没向你要。"

"你的背包呢，我把钱直接放入你的包里。"陆仲任说着，左看右找。

"就让它放着嘛。"朱玉文一把拉住陆仲任往床上拖，"你快上来呀，人家还想要嘛。"

陆仲任的反应很快，他可不会放过这个机会，一个猛虎扑食动作，双手就压到了朱玉文丰满的双乳上了。紧接着，朱玉文就发出了娇羞的呻吟。

4

晚饭时间，金银湖球场的职工食堂里好不热闹，进进出出的球童们嘻嘻哈哈吵吵闹闹挤成一团，排着队取餐的，端着餐盘找座位的，坐在桌旁边吃边交谈的。结束了一天的工作，总觉得有许多事情要通气，许多心得要交流。这个世界上，凡是一大堆女孩子集中聚在一个空间里的时候，这个空间就会变得气氛特别浓烈。女孩子们往往会在异性面前表现出内敛和矜持，换成一群同性相处时，似乎张开嘴就会有说不完的话语，开不尽的玩笑。

韩戈平一般都会比球童们晚一些来到食堂。他天生不喜欢凑热闹，也不习惯与人争先恐后，所以宁可等大家都吃得差不多时再过来，一则不需要排很长的队取餐，二则可以找到比较舒服的位子，独自一个静静地进餐。

韩戈平走到餐厅门口的时候，恰巧与刚刚吃好饭打算回宿舍的夏盼雪迎面相遇。平日里夏盼雪来食堂总和郑小兰在一起的，今天却是独自一个人。韩戈平很奇怪，为什么自己每次见到夏盼雪，心里就会产生莫名其妙的躁动，明明刚才还是一片自然平静的草地，突然就会窜出几只野兔来，扰乱原先的静谧。

平日里，他们在此处相遇时，多半会相视一笑，互相礼貌地招呼一声，然后就会擦肩而过，反向而行，各走各的路。今天就要错开的当口，夏盼雪突然把韩戈平叫住了："韩经理，你吃过晚饭后有没有空啊？"

韩戈平以为夏盼雪有什么事情要找他。他本来是约好和两名巡场吃过晚饭后一起去练习场的，就如实相告，然后说："你如果有事，我去不去都无所谓的。"

夏盼雪微微一笑说："我也没什么重要的事情，如果韩经理一会儿有空，想和你一起散散步。"

韩戈平一愣，脑子来不及反应，傻傻地看着夏盼雪。他心里在自言自语：这怎么可能？这怎么可能？

夏盼雪见韩戈平不出声，好像在犹豫，赶忙说："没关系，如果韩经理没空，那就算了。"说完就打算离开。

韩戈平一着急，伸手一把拉住夏盼雪的衣服说："我有空，当然，当然有空啦。"韩戈平难以控制住喜出望外的心绪，回答时声音都变调了。夏盼雪邀他散步，他是求之不得啊！

"那我半小时后在宿舍外面的路上等你。"见有几个球童正走过来，夏盼雪说完就转身走了。

接下去的这顿晚饭是韩戈平吃得最最心神不定的。他很奇怪夏盼雪为什么突然约他一起散步。他边吃着饭边挖空心思去揣摩猜测，弄得他一会儿心跳不已，一会儿又自嘲摇头，吃在嘴里的饭菜究竟什么滋味都全然不知。他只是机械地往嘴里塞食物，刻板地咀嚼着，麻木地咽下去。他只想尽快把这顿味同嚼蜡的晚餐完成掉，可以尽快去揭晓那个缠绕他的谜底。

韩戈平吃完饭匆匆赶回到宿舍楼门口的时候，并没有看到夏盼雪的身影。他记起刚才夏盼雪说的半小时后在那里等他，心想一定是自己吃得太过匆忙了，不由暗暗发笑。他决定不回寝室了，就在宿舍外面等着夏盼雪，便在那里来回踱步。大约隔了七八分钟，他看到了夏盼雪从楼梯上快步走下来，显然她已经看见他了。

"你这么快就吃完啦？"夏盼雪走到韩戈平跟前说。

"嗯，吃完了。"韩戈平心里好笑，自己刚才不能算是吃饭，只能算是胡乱填饱肚子而已。

"那我们走吧。"夏盼雪说。

"往哪儿走？"韩戈平左右环顾着问。

"去球场吧，那里既安静又宽广。噢对了，我们朝第十洞方向走吧。"夏盼雪好像早有决定地提着建议。

"好吧。"韩戈平马上赞同了。

夕阳西下后的球场静得让人陶醉，只有偶尔吹过的风撩拨着树叶发出一阵阵飒飒声，像是有几个顽皮的孩童在树丛中躲猫猫。没有风的时候，韩戈平能听到自己和夏盼雪的呼吸声交织在一起此起彼伏。这种异常的安静令人不由产生莫名的尴尬。韩戈平想说点什么，又不知道该说什么。他时不时侧脸瞧上夏盼雪一眼。只见她神态恬淡，眉宇间漂浮着一丝隐约可见的笑意。她踩着轻松的步子和韩戈平并排前行，似乎在等在韩戈平开口。

"你来金银湖时间也不短了吧，感觉怎么样？"一路无语走过第十洞时，韩戈平终于找到话了。虽然连他自己都觉得这简直是没话找话，很无聊，但总算开口了。这种场合，女孩子不先撩起话头是正常的，他一个大男人，总不能一路闷声下去吧。

"嗯，挺好的。"夏盼雪回答得很简单。

"一切都习惯了吧？"

"嗯，习惯了。"

"这就好，这就好。"韩戈平又不知该怎么说下去了。沉默再一次伴随着两个人的脚步往前而行，一步紧接一步，静默却没完没了。不知不觉间，两人已经到了第十一洞的位子。

"韩经理平时一直都不爱讲话吗？"夏盼雪突然打破僵持的局面问道。

"啊，不，嗯，是的，我不太会说话……"韩戈平十分窘迫，在他听来，夏盼雪语气里显然带着抱怨。

"你整天被围在女孩子堆里，应该不会觉得和我在一起很拘谨吧？"

"噢，没有，那倒没有。"韩戈平脸都红了。

"韩经理，能问你件事吗？"夏盼雪边说边看看韩戈平，见他一副腼腆的样子，差点噗嗤一下笑出来。

"哦？那你早说呀，有什么想问的，你尽管问就是啦。"韩戈平像是一个被五花大绑的人突然被剪断了绳索，顿感一阵轻松。

夏盼雪没有马上说，又朝前走了几步后，才问道："韩经理，我听小兰说，你也有一片蚌壳做的饰品？"

"啊？噢，你说蚌壳啊，是的，我也有。"韩戈平被问得猝不及防。他无论如何也不可能料到夏盼雪会问这个的。

"你最近买来的？"夏盼雪边走边问。

"不，不是的，那是我原来就有的。"

"噢，原来这样啊。"夏盼雪笑了，"你看小兰的想法多奇怪，她以为你看到了我床头挂着的那片蚌壳后很喜欢，特意也去买了一片回来。"

"呵呵，那怎么可能？小兰就喜欢瞎猜。"韩戈平被逗笑了，"再说，到哪儿去买这种东西啊？礼品店里可不会有的。"

"韩经理的意思，你那片蚌壳和我一样也是别人送的？"夏盼雪试探着问。

韩戈平摇摇头："不是别人送的，不过和你那片蚌壳一样，也是一件纪念品。"

"哦……"夏盼雪似乎想再问什么，却欲言又止。

"我想，也许每个人心里都会有念念不忘、值得记住的事情。"韩戈平忽然颇有感慨地说了一句。

夏盼雪抬脸望了韩戈平一眼，也很有同感地说："是的，时光虽然流逝，岁月却无法磨损那些事情。"

"真是很有趣，我们两个竟然会有相同类型的纪念品。"韩戈平笑道。

"是啊，那么巧。"夏盼雪说。

天色一点一点暗了下来，原来挂在西边天际的晚霞不知何时早已消褪殆尽。球场边缘一带的建筑物逐渐变得模糊不清，晕化成深色的轮廓。球场上的绿草也由青绿转化成了暗绿。风比先前小了，温和地在空旷的草坪上撩拂着，带来丝丝凉意。韩戈平和夏盼雪不紧不慢朝球场深处走去。既然话匣子已经打开，两个人便东拉西扯一路闲聊过去，不知不觉之间，已经到了第十二洞。

"韩经理，我能再问你一件很认真的事情吗？"夏盼雪冷不防丢下别的话题说道。

"可以啊。"韩戈平不明白夏盼雪想起了什么话题，变得那么一本正经。

"听小兰说，你特别喜欢这第十二洞？"

"喜欢第十二洞？"韩戈平茫然不解地对夏盼雪摇了摇头，"没有啊，我为什么要特别喜欢这一洞呢？"

"那你为什么每次打球到了这里就会停下来休息？"

"噢，你是指这个啊？"韩戈平恍然大悟，不由笑道，"我还以为你们说我最喜欢打第十二洞呢。"

"小兰说，你每次来到这里都会走到河边的大柳树下坐一会儿，看着湖面发呆，你是很喜欢这里的景色吗？"

"嗯，怎么对你说呢。"韩戈平思索了一下，表现出很难解释的样子道："倒也不是这里有什么特别优美的景色。走吧，我们走过去再说。"韩戈平说着就朝河边那棵大柳树走了过去。夏盼雪赶紧跟上他的脚步。

两个人顷刻到了河边。河面已经显得很暗了，河旁的杂草野花都一片模糊，风吹起的涟漪已经只能看到一片虚影，只看得清柳树的垂枝在微风里扭动晃荡，就像还没有玩够的孩童不愿回家。韩戈平站在粗大的柳树杆旁，望着波痕模糊的河面默默凝视了一阵，然后叹息道："这里对别人也许毫无特别之处，只是一条河，一棵树而已，但对我而言，意义远不至此。”

"是吗？"

"是啊，我从来没有对别人说过这个。"

"能和我说说吗？这条河，这棵树，难道对你有什么特殊意义？"

韩戈平缓缓点头："在我的老家，也有一条河，河边也有一棵大柳树，那情景和这里实在是太像了，太像了。"

夏盼雪突然感觉到了自己的心跳在加快。她想起了那天清晨独自一人来到这第十二洞，这条河边，这棵柳树下时，她的心也是这样突突跳个不停的。

"所以每当我一个人打球走到这里时，我都会停下来。"韩戈平依旧盯着河面出神，好像他所有的思维都被河水吸附过去了。他并未注意到夏盼雪的神情有何变化，自顾自说道："我每次在这儿坐下来，望着河水，就会有许多回忆涌现出来，那些美好的回忆。"

"韩经理对家乡的景色如此有感情啊？"夏盼雪故意问。

"不光是景色，我是触景生情啊！"韩戈平欲言又止。

"难道是韩经理每次到了这里，看到这景色就会想起什么事来？"

韩戈平点着头承认："是啊，虽然相隔那么多年了，总是会想起来，总是忘不了啊！"

"莫不是韩经理当时的女朋友？"

"呵呵，"韩戈平开始摇头："哪谈得上是什么女朋友啊。那时候我还很小，她就更小啦。她对我来说，只是一个小妹妹而已。她是那么纯洁，那么可爱，那么活泼。我们经常一起在河边玩，我给她捉蝴蝶，抓蚱蜢，采野花……"

"那后来呢？"

"后来由于某种原因，她突然搬家了。"

"你们没有保持联系？"

"那个时候不比现在，通讯很不方便，何况那时她还是小孩子，也没有告诉我她家搬到哪里去了，因此就失去联系了。"

"你一直没有再见到过她吗？"

韩戈平缓慢摇头："那么多年过去了，再也没有遇到过，也没有任何联系，真想知道她现在多大了，长什么样了，一切都还好吗。"

夏盼雪的身子，在越来越暗的黄昏里微微颤抖起来。她用尽自己所有的力量控制住内心的波动，想让自己显得不动声色。

"有时候我会胡思乱想，如果哪一天我还能遇到那个小妹妹，会怎么样？你说这种想法怪不怪？"韩戈平依然沉湎在自己的思考里。

"我们走回去吧。"夏盼雪突然建议。

"你怎么了？不舒服？"韩戈平这才发现夏盼雪有点异常。

"我感觉有点冷。"夏盼雪说着，转身离开了河岸。

5

"你和韩经理在一起？"见夏盼雪推门进来，郑小兰马上就问。

郑小兰刚洗完澡，换上干净的睡衣，打算用手机玩一会儿游戏。她今天下场特别晚，有一个熟客点她做球童，打完球又非拉着她去俱乐部的餐厅吃了晚饭。这个客人很大方，每次叫她当球童都会给郑小兰五百元小费。他的球打得不怎么样，很希望郑小兰能教教他，帮他提高球技。这是个正派认真的客人，郑小兰不好意思拒绝他的要求。

"你怎么知道的？"夏盼雪并没否认。

"小妹看见你们两个一起往球场走去了，不过没有带球杆。"郑小兰故意暗示道。

"我们没去打球，只是散了会步。"

郑小兰嘻嘻笑起来，"老实向我汇报，是他约你的还是你约他的？"

"是我约他的。"

"这就对了嘛，早就该这样做了。"

"小兰你千万别误会哦，我是有事情问他才约他的。"

"有什么误会的？我就希望你主动点嘛。你不抢先一步，小心被别人占了位子哦。"郑小兰既像开玩笑，又显得很认真。

"好啦小兰，别瞎说了。我是有正经事找他。"夏盼雪声明道。

"真的吗？可以对我透露点吗？"郑小兰连续抛出两个问号，移了移屁股凑近坐在床边的夏盼雪。

"我本来就要对你说的。"夏盼雪转头看看郑小兰，然后忽然站起身走到床头，举手将挂在窗前的那片蚌壳取下来。

"说吧说吧。"郑小兰急切追问。

"小兰，你知道我为什么一直保存着这片蚌壳么？"夏盼雪坐回小兰身旁，双手捧着蚌壳。

"你说过啊，这是一件纪念品。"

"是啊，这片蚌壳是我儿时的记忆，一个我始终忘不了的记忆。"

"这么严重啊？"

"我今天是头一回对别人提起这件事……"夏盼雪盯着手里的蚌壳出神。

"那个别人很荣幸就是我吧？"郑小兰受宠若惊了。

"我小的时候，很喜欢一个大哥哥，我们一直在一起玩耍，他对我真的非常非常好。"夏盼雪像是慢慢进入了自己的记忆空间。

"哇，你那么早就开始喜欢男生了啊？真早熟。"郑小兰装模作样地喊道。"他当时一定是个小帅哥吧？"

"那时我才几岁啊，哪懂什么帅不帅的，就是喜欢和他在一起玩，一直跟在他屁股后面转。"夏盼雪被逗乐了。

"那后来呢？故事是怎样发展下去的？"郑小兰饶有兴趣地问。

"后来有一天，我们突然搬家了。"夏盼雪回忆道："临走之前，大哥哥就送给我这片蚌壳，说是做个纪念。"

"原来这样啊。"郑小兰恍然大悟，"你就一直把这片蚌壳随身带着？"

夏盼雪点头默认。

"没想到你像古代的林黛玉一样情意绵绵呢。那后来呢？你那个大哥哥到哪去了？他去找过你吗？你们又见过面吗？"郑小兰又丢出一连串问号。

夏盼雪摇摇头，满脸失落地叹了口气："那时我们都太小，没有想到要留地址，所以就失去了联系。一晃十多年过去了，真快啊！"

"你可以去找他啊？"

"去哪里找？"

"去老家啊，那时你们不是住在一起吗？"

"说起来很奇怪，我根本不知道他住在哪里。那时我是跟着同村的孩子们一起去河边玩耍时遇到他的。他不和我们一个村，却对我特别好。以后我就经常会去那条河边找他玩。我每次去，他都会在那里等我。"夏盼雪讲述的时候，抑制不住流露出回忆带来的快乐表情。

郑小兰被夏盼雪的回忆打动了，用想象力让自己跟着夏盼雪的叙述进入她回忆的画面。一会儿，她突然问道："咦，你讲了那么多蚌壳和大哥哥的事，这和你今天约韩经理散步有关系吗？"

"你听我讲下去嘛。"夏盼雪浅浅一笑："当时大哥哥送我蚌壳时，一共拿来两片。那本是一只河蚌，让他一分为二了。他给了我一半，自己留着另一半。他对我说，以后我们分开时间久了也许相互就会认不得，等到再相遇的时候，可以拿蚌壳作为信物，只要两片蚌壳能合在一起，我们就可以认出对方了。"

"哇，多浪漫啊！"郑小兰叫起来，"真要有那么一天，简直就像拍电影一样了。"

夏盼雪反复端详着手里的蚌壳，自言自语地呢喃道："是啊，谁能料到啊。"

"怎么说？"郑小兰耳朵里听到夏盼雪的轻语后警觉起来，"难道是，你找到他了？"

夏盼雪闻言抬起脸，意识到刚才自己情不自禁说漏了嘴，忙掩饰道："没有，还没有。"

"那么，你还是没有告诉我这一切和散步有何关联呢？"

"小兰你不是说过韩经理也有一片蚌壳吗？"夏盼雪小心翼翼提示道。

"是啊，我亲眼看到他……，等等，你是说？天哪，你是说韩经理有可能就是那位大哥哥？"郑小兰被自己的猜测惊呆了。

"我不敢肯定。但是，真有这个可能。"夏盼雪不再转弯抹角兜圈子了，"你还说过，韩经理每次走到第十二洞时都会停下来休息，坐在河边柳树下发呆对吗？"

"对啊，这是我好几次亲眼所见的啊。这和你说的事情又有什么关系呢？"郑小兰迷惑不解盯着夏盼雪。

"我去第十二洞仔细看过了。那条河，那棵大柳树，那片景色，和我小时候跟大哥哥一起玩耍的地方太像了，简直一模一样，所以……"

"啊，我总算明白了。"郑小兰再次叫起来："他每次走到那里就会触景生情，所以才会对着河水出神。那么说，他也一直记着那段时光？或许，他也一直想念着那个小妹妹？"

夏盼雪没有应答，只是垂着头看着手里那片在灯光下闪出色彩的蚌壳。她心里虽然已经有了八九分的把握，韩戈平很可能就是那个失联许久的大哥哥。可是，这世界上真有那么巧的事情吗？如果有，那么这一切不就是冥冥之中命运的安排吗？命运就像是一个经过精心设计的计划一般，一步接一步，一环扣一环地朝前演绎发展。那么，接下去命运还会做出怎么样的安排呢？会把她拖向何方呢？

"走吧，我们马上就去韩经理那里，问问他是不是你那个大哥哥。"郑小兰像是幡然醒悟过来一样，倏地站起身来，一把拉住夏盼雪，就要往外拖。

"等等，小兰你等等。"夏盼雪急忙阻止。

"为什么啊，要知道韩经理是不是就是你说的那位大哥哥，当面去问他一下不就行了吗？"郑小兰还是拉住夏盼雪不放，"你这人啊，干吗这么黏黏糊糊的？"

"听我说小兰，"夏盼雪掰开了郑小兰拉她的手，"我也很想立刻就弄明白韩经理是不是那个大哥哥啊，可是……"

"这就怪了，你不是一直想找到他吗？放在你面前了，你又不想相认。你是不敢吗？"郑小兰觉得夏盼雪简直莫名其妙。

夏盼雪沉默了片刻，然后认真地说："小兰你知道，我现在是不能暴露真实身份的。"

郑小兰一想，这倒也是，夏盼雪就是赵梦雨这个秘密，眼下就她一个人知道，轻易还不能泄露给别人的。可是事情已经如此明朗了，对于韩戈平究竟是不是那个大哥哥，郑小兰认为应该弄个水落石出嘛。郑小兰把自己的意见告诉了夏盼雪。夏盼雪听了之后点点头说："所以小兰，你帮我个忙吧。"

"你想让我去问他?"郑小兰愕然。

夏盼雪摇着头道:"不用你问的,其实要确认这件事是有个很简单的方法,就是试一试我这片蚌壳和韩经理的那片蚌壳能不能合在一起。"

"对啊!"郑小兰豁然开朗:只要两片蚌壳能合成一个整体,那韩经理毫无疑问就是夏盼雪说的那个大哥哥了。郑小兰知道自己该怎么做了。她朝夏盼雪伸出手去说:"来,把蚌壳交给我,我现在就去证明这件事。"

"不行,如果你当着他的面合并两片蚌壳,他一定会起疑心的,万一被他识破了怎么办?"夏盼雪并未将蚌壳交到郑小兰手上。

"说得也是啊,现在你又不想让他知道这件事。"郑小兰为难地皱皱眉,思索了一下后道:"得了,我想办法去把他的蚌壳拿过来吧。"

"你打算怎么说?"夏盼雪不放心。

"还没想好,不过,船到桥头自然直,你等着吧,我一会儿就回来。"郑小兰自信满满地拉开门走了出去去。

仅仅只隔了十几分钟,郑小兰就返回来了。她得意洋洋地走进寝室,手里拿着一片蚌壳。

"你是怎么拿到的?"夏盼雪惊喜异常。

"这有什么难的?"郑小兰做了个鬼脸:"我的方法很简单,就说夏盼雪想看看你收藏的蚌壳,她好像对蚌壳情有独钟。"

"你怎么可以……"

"有什么不可以?"郑小兰打断夏盼雪道:"我知道,只有这样说,他才会毫不犹豫拿出来,可不,效果超级好。来来,快把你那一片给我。"

郑小兰急不可耐地从夏盼雪手中夺过那片蚌壳,将它和刚刚从韩戈平那儿取来的蚌壳仔细合在一起。瞬间,她的嘴巴惊讶地张开了:这两片蚌壳完完全全地合并成了一个整体,所有的边缘都紧密相咬,几乎看不到任何缝隙。

"就是它,就是它,简直是天衣无缝啊!"郑小兰激动地喊起来。

夏盼雪已经看到了这合二为一的蚌壳。她所有想要证明的在这时全都证明了。即便原来所存的一丝一毫疑虑都被彻底打消了。这本来应该是一件可以令她高兴欢快的大好事,然而在此刻,她的心头却爬满了苦楚和抑郁,为什么偏偏就是他呢?为什么那个她一直难以忘怀的大哥哥居然会是张家宝的表弟?接下去,她该如何面对他,又如何与他相处呢?

6

朱玉文从贵阳回到金银湖球场后不久，就听到了球童间纷纷扬扬的传言，说韩戈平和夏盼雪要好上了。这让她原来由于满载而归所带来的好心情顿时打了折扣。

一直以来，朱玉文和男人打交道都是为了钱，对于这点她甚至毫不忌讳。她常和身边几个要好的女孩说，我们就是要趁自己年轻有资本时多搞点钱，对于男人千万不要太当真，尤其是客人，他们中能有几个和我们接触是出于真心欢喜？他们都是些家里红旗不倒、外面彩旗飘飘的家伙。这些男人仗着自己有钱，逮着机会就想和年轻女孩上床，千万别相信他们在动你脑筋时所讲的甜言蜜语。他们只是图一时之快，各个都是见异思迁之徒。因此，能让他们从口袋里掏钱的时候就要果断利索，一点都不需要犹豫客气。说到底，男人和女人之间就是交换，各取所需而已。

不过，不能就此认为朱玉文是个毫无情感的冷血女人。她对韩戈平就有一种说不清道不明的特殊感觉，没有将他划入所有男人之列。认识韩戈平这几年，她始终觉得这个男人很难走近。他似乎对金银湖球场的所有女孩都毫无兴趣，包括在众人看来最漂亮的朱玉文她自己。在平常的接触中，韩戈平对谁都客客气气，和和蔼蔼，像个大哥一样对待所有球童。但没有一个女孩可以和他亲密无间。相比而言，就数郑小兰和他接触最多。朱玉文心里清楚，他们的接触较频无非就是在一起打球时间比较多而已。她从不认为韩戈平会在其它意义上喜欢郑小兰，郑小兰也不可能有任何非分之想。除开郑小兰，金银湖的球童里和韩戈平相处最随意最轻松的，就应该是朱玉文本人了。敢整天叫他韩哥不叫韩经理的，只有她朱玉文一人。这给其他人留下了朱玉文和韩戈平关系非同一般的客观印象。导致许多时候，女孩们在私下闲聊时，都会议论其实韩经理和朱玉文是一对靓男倩女，很般配的。

朱玉文之前倒是没有认真思考过自己和韩戈平的关系。从外表上看，韩戈平绝对是她钟情理想的类型，高个，帅气。凭他和蔼恭让的性格，他也完全可能会成为一位好丈夫。唯一不足的是，他毕竟只是一个打工仔，比起康亮、陆仲任这些有钱人来就差得太远了。按照朱玉文的推断，仅凭韩戈平的固定工资收入，加上他教球陪打的额外收入，这辈子在上海都难以买得起一套像样的房子呢！如果嫁给这样的男人，那么朱玉文这辈子就只能过普普通通的生活了。这让越来越见多识广的朱玉文很不甘心。所以朱玉文尽管很喜欢韩戈平，却从未认真想过要和他谈一场以结婚为目标的恋爱。她脑子里转得更多的是自尊心的满足。那么久以来，凡是她朱玉文愿意征服的男人，她好像从未失手过。她确实脑子里转过一个念头：找到合适的机会搞定韩戈平，破掉他的处子之身。说处子之身当然只是假设，以韩戈平现在的年龄，朱玉文不相信他从未近过女身。但至少在金银湖，他是个目空一切的高傲王子，没有女孩能迷惑勾引到他。可以说，只要他愿意，金银湖没有女孩不愿为他献身。只是他对她们始终熟视无睹，不屑一顾。就连朱玉文这个人见人赞，让大权在握的陈伟垂涎三尺的美女，韩戈平也无动于衷。哪怕朱玉文给出再多的暗示，他也从来不为所动，坚如磐石。

现在，突然听到女孩们在传韩戈平喜欢上了夏盼雪，朱玉文心里难免五味杂陈。她承认夏盼雪也是公认的漂亮女孩，可她除了球比自己打得好以外，也不至于有多少过人之处啊！韩戈平凭什么会一反常态，对她情有独钟呢？

为了弄清楚女孩们的说法是不是误传，朱玉文就向同寝室的汤玉美打听："你们怎么知道韩经理和小夏好上了？捕风捉影的吧？"

"前几天有人看到他们两个一起散步呢。"汤玉美说。

"那有什么，两个人一起走走路就是要好了？我和韩经理也走过啊！"朱玉文不以为然。

"人家是特意约好了的，两个人走进球场去了，好久才出来的呢。"

"不会是一起去打球吧？"朱玉文问。

"没有打球，一根球杆都不拿，打什么球啊？人家就是肩并肩散步。你之前有没有见过韩经理和哪个球童，避开大家单独在一起走上一个多小时的吗？"汤玉美反问朱玉文。

"这倒也是。"朱玉文想，自己和韩戈平单独在一起走路是有的，不过仅仅是宿舍到食堂，宿舍到出发站之类而已，只能算顺路一起走，也就那么五六分钟样子最多了。如果他们单独在球场里待了一个多小时，又不打球，那还真的不同寻常呢。

为了搞清这一切究竟是真是假，朱玉文决定去试探一下郑小兰。她知道郑小兰现在已经和夏盼雪成了闺蜜，如果韩戈平和夏盼雪真的好上了，一定瞒不过郑小兰的。

这天吃过晚饭，朱玉文见郑小兰背着球包正要去练习场，就把她拉到一边问："小兰，听说韩经理和小夏好上了，是真的吗？"

郑小兰被朱玉文问了个冷不防，她脑子一转道："我不知道啊，有这事吗？"

"得啦小兰，大家都在传呢，你会不知道？"

"是吗？如果真有这事，蛮好啊。帅哥喜欢上美女，很正常啊。"

"这么说是真的喽？"

"我可没说啊。"郑小兰斜了朱玉文一眼："不过呢，真的也好，假的也好，反正是他们俩的事，和你我有什么关系呢？"

"真有这事的话，你不吃醋？"朱玉文狡猾地试探郑小兰。

"我？吃醋？笑话，我吃什么醋啊？"

"过去韩经理不是对你很好吗？"

"他现在也对我很好啊！"

"如果他和夏盼雪好上了，那就……"

"这个我都不操心，你就更不用操心了。"

"难道你不在乎韩经理喜欢上别人吗？"朱玉文别有用心地暗示着。

"噢，我明白了，"郑小兰盯着朱玉文瞧了几眼，突然笑道："原来是玉文姐你自己在吃醋啊？你的韩哥如果喜欢上了别人，你心里一定不是滋味吧？哈哈。"

这下轮到朱玉文发窘了，赶忙掩饰道："我吃什么醋啊，瞧你说的，我凭什么吃醋啊？"

"真不吃醋就好，反正我是不会吃醋的，希望你也别吃醋哦。好了，我得去打球了，拜拜。"郑小兰得意地朝朱玉文挥挥手，走了。

朱玉文一无所获，还碰了个软钉子，心里很不是味，闷闷不乐地回到寝室里。在金银湖那么多球童里，朱玉文最对付不了的就是郑小兰了。她个性鲜明，脾气耿直，快人快语，为人仗义，虽然她常常会因为心直口快得罪别人，却从没有人会记恨于她。

朱玉文一个人在寝室里坐了一阵，总觉得有点心神不宁。突然她脑子里闪过一个念头来：这次跟陆仲任去贵阳，回来那天，她在机场的礼品店里买了好几盒贵州土特产青岩玫瑰糖，本来是想散给大伙尝尝的，也可以再次证明她真是回老家探亲去了，不如此刻拿一盒给韩戈平送去吧，顺便转弯抹角试探试探他。

朱玉文来到韩戈平寝室门外时，见里面亮着灯，很巧，韩戈平正在里面。朱玉文定了定神，举手敲了两下门。

韩戈平很快来开了门，见是朱玉文，有些意外，忙说："是你啊，什么时候回来的？"

"今天刚到，带了点土产，给你尝尝。"朱玉文一面说，一面举起手上的礼品盒递给韩戈平。

"你太客气了。"韩戈平并没有推辞，大大方方收下了。

朱玉文见韩戈平没有请她进去坐一坐的意思，便厚着脸说道："韩哥也不请我进去坐坐？"

"啊，请请，进来坐一会儿吧，不过我房间里挺乱的。"韩戈平被朱玉文问得不好意思了。

朱玉文也不客气，一步跨了进去。韩戈平的房间比一般的寝室稍大了几平米，里面除了床和衣柜，还有一张书桌和一只已经很旧的长沙发。沙发上堆了许多衣服，也弄不清是刚晾干的还是脏了没洗的。书桌上瓶瓶罐罐也杂乱放好几个，有没开盖的也有空的，混在一起。朱玉文想，还真是有点乱啊。

韩戈平忙乱地用双手捧起沙发上的那堆衣服，统统放到了床上，空出沙发让朱玉文坐。等她坐下后，他问："家里的事都弄好了吗，你妈好些了吗？"韩戈平记得朱玉文请假回老家时，说是她妈妈生病住院了。

"嗯，好多了。"

"你这么匆匆忙忙赶来赶去，挺累的吧？"

"确实有点累。"

朱玉文应付着韩戈平例行公事般的一句句提问，一一搪塞过去，直到韩戈平觉得没什么可问的了，两个人眼看就要陷入无言以对的尴尬时，她抓住机会说道："我才离开几天，球场发生了不小变化啊。"

"球场变化？"韩戈平懵懂地瞧着朱玉文，"没有什么变化啊。"

"韩哥你呀，是你发生了变化。"

"我有什么变化？"

"听说向来对女孩子不感兴趣的韩哥开始恋爱了？"

韩戈平更加摸不着头脑了："你开什么玩笑，听谁瞎说的？"

"大家背地里都在传呢，说你和小夏好上了，是真的吗？"朱玉文说着，两眼尖利地注视着韩戈平的反应。

韩戈平的脸刷地一下涨得通红，结结巴巴反驳道："胡说，什么啊，无中生有，都是，都是无中生有。"

"这又不是坏事，你何必……"朱玉文故意深入试探。

"别胡说啊。"韩戈平果断阻止朱玉文说下去："别人瞎说，你不要跟着瞎掺和。你是组长，得去管管那些信口胡说的人。"

"无风不起浪嘛，韩哥肯定是被别人看到什么了吧？"

"你们真不要乱说，我倒没什么，可以不当一回事，人家小夏是女孩子，风言风语会对她造成伤害的，明白吗？"韩戈平说这几句话时，一下变得很认真严肃。

"那真是她们在瞎传？"

"绝对是捕风捉影。"

朱玉文又坐了一会儿就起身告辞了。离开韩戈平寝室时，她隐隐觉得，虽然不能确定韩戈平是不是真的和夏盼雪好上了，有一点却是可以一眼看出的，韩戈平肯定喜欢夏盼雪。这让朱玉文心里徒生出一股失落感来。

7

自从朱玉文那日晚上来过他的寝室，提到球场里正纷纷扬扬传言他和夏盼雪好上了的事之后，韩戈平总觉得那些女球童们看他的目光和以前不一样了。是她们的态度有了变化？还是自己的心态有了不同？韩戈平一直没弄清楚。

扪心自问，韩戈平不能否认自己喜欢夏盼雪。至于为什么会喜欢，他从未问过自己。也许，一见钟情根本不需要理由。韩戈平能确切意识到的是，喜欢夏盼雪的理由中，肯定有一条是她长得太像赵梦雨。

韩戈平和赵梦雨的直接接触几乎为零。但那段时间频繁地互发微信，好像已经在他和她之间建立了某种心灵上的纽带。赵梦雨怎么想他的韩戈平毫不知晓，但他怎么看赵梦雨的韩戈平当然心知肚明。那几天赵梦雨在场上比赛时，只要抽得出空，韩戈平必会亲临赛场，远距离出神地关注她。这个漂亮女孩的每一次挥杆，切杆，推杆，进洞，似乎她所有的一举一动，都能牵动他的神经。他会为她的失误而焦虑担心，会为她的成功而庆幸高兴，就好像赵梦雨是他的家人或朋友一般。其实在当时，赵梦雨对他而言充其量只是表哥张家宝嘱托的一个老乡而已，连熟人都算不上。韩戈平本来以为，自己通过那一段时间的接触可以和赵梦雨建立起某种固定的联系，即便只是一种普通朋友间的交往，至少能是一个开始，虽然无法猜测今后会衍生出什么故事，这种相互的认识很可能奠定继续联系的基础。因此，当赵梦雨突然不辞而别，接着又突然彻底失联后，韩戈平确实郁闷了很长时间。回想起来，其实当时韩戈平好像已经萌动了对赵梦雨的喜欢之念。如果不是喜欢，他凭什么对一个几乎素未谋面的女孩那么念念不忘？

后来，韩戈平在时间的消磨下终于慢慢淡化了对赵梦雨的思念，就如同墨迹水晕化模糊了。可就在这时候，夏盼雪突然出现了，她和赵梦雨那种惊人的相似，让韩戈平感到震惊，甚至闪过一个奇怪的念头：难道上天故意要送这么一个他喜欢类型的女孩到他面前？事实上，韩戈平毫无疑问是对夏盼雪一见钟情，至于这毫不犹豫，当机立断的喜欢，究竟是冲着夏盼雪还是因为内心里还存留着赵梦雨的影子？韩戈平自己至今还是解释不清的。

韩戈平在男女情感方面应该说是比较木讷的，或者说，在夏盼雪出现之前，金银湖还没有一个女孩让他怦然心动过。对他接触相对较多的两个女孩郑小兰和朱玉文，他都胸怀坦荡，从无非分之想。他把郑小兰当小妹，把朱玉文当部下，和她们之间的交往接触仅仅和练球或工作有关。尽管朱玉文时不时会对他表现出某种特殊的亲热，韩戈平却从来不为所动。朱玉文是长得漂亮，但不是他喜欢的类型。至于自己究竟喜欢什么类型的女孩，韩戈平从未认真思考过。直到夏盼雪出现，他才立刻明白了，自己喜欢的类型就是夏盼雪，或者说就是赵梦雨。

不管怎么说，赵梦雨已经如断线风筝，不知飞去了何方，完全杳无音讯、遥不可及了。现在天天能看到并为之心动的就是夏盼雪。因此，韩戈平已经面对现实，必须承认自己喜欢的就是夏盼雪。如今他内心迫切想知道的答案是夏盼雪对他的感觉，她会不会也喜欢自己呢？

那日夏盼雪突然约他去球场散步时，他心里一直非常紧张，一则他当时抱有一丝希望，认为夏盼雪会在两个人单独相处时对他暗示些什么；二则他以为自己能有勇气，利用这个机会主动对她表示些什么。结果是两个人在黄昏安静的球场里走了差不多一个半小时，时而沉默不语，时而东拉西扯，所有的交谈都没有走上他希望的思路。夏盼雪没有任何暗示，自己也没敢敞开心怀表白一句。有趣的是，这次毫无收获的散步倒是制造出了一个话题，在金银湖球童间传得沸沸扬扬，以至于朱玉文还一本正经来向他证实。这么一弄，韩戈平反而小心翼翼起来，流言蜚语会伤人。他可不想因为那些无中生有的猜测，无缘无故让夏盼雪受到什么伤害。

这天下午临近下班前，韩戈平正坐在他自己的小办公室里做着当月球童的出勤统计，郑小兰突然推门进来。韩戈平以为她又是来约他下班后一起去打球，就先解释自己今天没空，要把手上的活做完才行。

"我还没开口呢，你急着解释干吗？"郑小兰噗呲笑出来。

"你不是约我打球？"

"不是打球，想和你谈谈。"

"和我谈谈，这么严肃？"韩戈平奇怪了，郑小兰平日很少对他用如此正式的语气。

"你先忙着，吃过晚饭我们再聊。"郑小兰似乎不想打断韩戈平的工作，说完就要离开。

"没关系，你想谈什么现在就谈吧，事情我可以待会儿再弄。"韩戈平叫住她，指指一边的椅子。

"那好吧，你先给我倒点水喝。"郑小兰像是刚从很远的地方赶过来似的，一副口干舌燥的模样。

韩戈平赶紧起身去拿了一次性杯子，给郑小兰倒了满满一杯温水端给她喝。郑小兰接过茶杯咕嘟咕嘟一口气喝了个干净，将空杯放在了韩戈平的办公桌上。

"说吧，想和我谈什么？"韩戈平将手上的资料稍稍整理了一下，推到一边，问郑小兰。

"我要问你一件事，你必须对我讲实话。"郑小兰将双手搁在面前的桌上，身体朝前靠了靠，盯住韩戈平道。

"呦，这么严肃，什么大不了的事啊？"韩戈平感觉郑小兰今天的口气不同寻常，心里倒是有点发毛，猜想郑小兰也会质问他和夏盼雪是不是好上了。

"我不拐弯抹角，就直截了当问你吧，你喜不喜欢小夏？"郑小兰单刀直入。

"谁？"

"小夏，夏—盼—雪？"郑小兰故意把每个字都拖得很长。

"你，你怎么突然问这个……"韩戈平的脸颊轰地一下子热起来。他估计郑小兰会问及他和夏盼雪的事，可绝对料不到郑小兰以这种方式提问。见郑小兰睁大眼睛直盯着自己，好像要把他的心思看穿一般，他确实心虚了，只好避开话锋，转移话题："你怎么也相信那些风言风语？"

"我才不管什么风言风语呢。"郑小兰挥了一下手，好像要赶走风言风语这个词："其他人怎么瞎猜瞎编瞎说和我无关，我只想知道你是不是喜欢夏—盼—雪？"

"这个么……"韩戈平为难了，既不敢说喜欢，也不愿说不喜欢。

"你一个大男人，哪有这么黏黏糊糊的？喜欢一个人又不是做坏事，干吗躲躲闪闪不敢承认？"郑小兰毫不留情诘问道。

"……"

"我的哥哥呀，你喜欢小夏，我早就看出来了。金银湖有那么多女孩，包括我郑小兰都不入你的法眼。好不容易来了个夏盼雪，你既然看上了，就该有所行动啊！"郑小兰越发直言不讳了。

韩戈平听郑小兰叫自己哥哥，知道她没有因为发现自己喜欢夏盼雪而生气。她刚才的那些话饱含真诚，口气中不带丝毫醋意，倒像是一个妹妹在关心自己的兄长。他被感动了，觉得自己再对郑小兰装模作样隐藏自己内心的真实想法就不合情理了。

"我总不能冒冒失失对人家说什么吧？"韩戈平说这句话等于承认了郑小兰的话都是对的。

"你不能冒冒失失，难道要人家女孩冒冒失失吗？"郑小兰尖刻地反问。

"可是，即使我喜欢她，也不等于她也喜欢我呀。"韩戈平无意间将一直困扰他的疑问突然吐露了出来。

"终于说出来啦。"郑小兰歪了歪脑袋，嘻嘻笑起来。

"我实话实说了，你又取笑我。"韩戈平嘟哝了一句。

"我可没取笑你哦，我鼓励你还来不及呢。"郑小兰绽开笑脸说："哎，我再问你件事，你也要老老实实地告诉我哦。"

"又有什么事了？"

"听夏盼雪说，你老是喜欢在第十二洞发呆，是因为那里的景色和你老家那里很像，所以勾起你的回忆？"郑小兰问。

"嗯，上次和小夏散步到那儿时，我是这么告诉她的。"韩戈平不明白郑小兰为什么突然转移了话题，其实他倒希望她继续谈谈夏盼雪。

"你的回忆里，念念不忘一个小女孩？"

"这个小夏也告诉你啦？"韩戈平稍感意外，"是有那么一个小妹妹，当时经常在一起玩，后来她家不知为什么搬走了，就再也没什么联系了。"

"她临走前，你送了她一片蚌壳对吗？"

"是啊，那时候，等等……，"韩戈平猛然间意识到有点不对劲，急忙问："这个我可没有对小夏说过，你是怎么知道的？"

"我知道的还不止这些呢。"郑小兰卖起了关子。看着韩戈平困惑不解的表情，她觉得很好笑，决定再逗他一回，就说："你当时将一只河蚌一分为二，给了那个小妹妹一片，自己留着一片，对吗？"

韩戈平的脸刷地一下子变白了："你怎么会知道的？小兰你快告诉我，你怎么会知道这些的？我可从来没有对任何人说起过啊！"

"你还对那个小妹妹说，以后分开时间久了，彼此会认不出，只要拿出蚌壳来，合在一起，就能彼此相认了。"

韩戈平一时间惊愕得呆若木鸡。他就像遭受过雷击一样有好一阵子脑子里一片空白，所有思维都停止了。他下意识地伸手从办公桌上拿过自己的白底兰花陶瓷茶杯，喝了几口凉水，才慢慢缓过神来。这一切未必太奇怪了，郑小兰怎么可能知道这些深藏在他内心的秘密呢？她怎么会知道他很久以前做过的事和说过的话？他不由脱口而问道："小兰，这究竟是怎么回事？怎么回事？"

郑小兰看见韩戈平一副惊骇之态，额头都沁出了细密的汗珠，忍不住呵呵笑出声来："看把你吓得，放心啦，我不是什么女巫，不会算命的。"

韩戈平此刻似乎恍然发现了什么端倪，紧追不舍地说："小兰，别兜圈子了，告诉我到底怎么回事？"

"假如我告诉你，我替你找到了当年的那个小妹妹，你会相信吗？"郑小兰作弄般地逗着韩戈平。

"简直是天方夜谭，这怎么可能？怎么可能？"韩戈平虽然一口一个不可能，心脏却陡然加快了跳动。他觉得自己浑身的血液都在血管里沸腾，一种渐渐临近的真相让他紧张得透不过气来。他脑子里闪过了最近发生过的一些事情，这些事情原来都没有引起过他的重视，都是一个个偶然，现在，如果把那一个个偶然的碎片拼凑在一起，隐隐约约就显现出一幅完整的图案来了，这幅图案所表达的意思渐渐在韩戈平的脑子里清晰，完整。这难道会是真的吗？

"这世界上什么都有可能。"郑小兰突然像是变戏法似地取出一片蚌壳来，放在韩戈平面前："这是你借给我的蚌壳，还给你。"

韩戈平接过蚌壳看了一眼，确实是自己前两天给郑小兰的。郑小兰说夏盼雪得知韩戈平也有一片蚌壳，想借过去看一下，韩戈平当然欣然从命。他当时只是觉得夏盼雪挺有意思，怎么会对蚌壳情有独钟，除此之外一丁点都没有多想。

"那么，这片蚌壳你还认识吗？"郑小兰就像一个魔术师，出其不意又掏出了一片蚌壳来。

韩戈平接过蚌壳仔细看了看，发现上面有一个小孔，是用来穿绳子的。他眼睛一亮，说道："这应该是小夏挂在床头的那片吧？"

"完全正确。"郑小兰神秘兮兮地点点头，"现在，请你把这两片蚌壳合在一起，看看会有什么奇迹会在你面前发生。"

韩戈平将信将疑地把两片蚌壳都拿了起来，按照郑小兰的建议将它们慢慢合在一处。接下来发生的奇迹差点让他瞬间窒息：这两片出自两人之手，原本互不相干的蚌壳，居然密无缝隙地完全吻合在了一起，成为一个无懈可击的整体。

"现在你明白我所说的一切都是真的了吧？"郑小兰得意地吐了口气。

韩戈平什么话也说不出。他唯一能做的，就是目不转睛地盯着手里的蚌壳发呆。

8

夏盼雪刚刚吃完晚饭，准备在食堂的餐桌旁站起来时，就看到郑小兰朝自己走了过来。她空着两手，没端餐盘，不知道她已经吃过了还是刚刚过来。

"哎呀小兰，你去哪里啦？"夏盼雪之前回到寝室想和郑小兰一同去食堂吃晚饭的，却发现郑小兰不在。今天她们两个分别做了不是同一组客人的球童，一个下午几乎都没有碰到。赵梦雨在寝室里等了一会儿，不见郑小兰回来，就自己去了食堂。

"你吃完了？"郑小兰笑容可掬地走到夏盼雪面前。

夏盼雪嗯了一声，点着头。"你呢？"

"还没有。"郑小兰说，"不急，先和你说件事。"

"什么事？"

"你现在马上到韩经理的办公室去一趟，他有重要的事情找你。"郑小兰说。

"有重要事情？韩经理找我？"夏盼雪疑惑地问。

"是的，你快去吧，他等着你呢。"郑小兰催促道。

"哦，那我就去。"夏盼雪知道郑小兰不是在开玩笑，就想端上空餐盘离开。

"这个你就搁着吧，我来替你拿过去，快去快去。"郑小兰一个劲催。

夏盼雪也不知道韩戈平究竟有什么事情找自己，看郑小兰这副样子，好像事情很急，也不敢怠慢，匆匆出了食堂往会所大门而去。自从来到金银湖球场至今，夏盼雪一次都没有去过韩戈平的办公室，韩戈平也从未叫他去过。一直以来，好像没有什么事情需要去他办公室谈的。今天他怎么突然会把自己叫过去呢？夏盼雪心里感到一阵忐忑不安。

吃晚饭的时间，会所里非常安静，几乎没有什么人走动，夏盼雪都听得到自己的脚步，在走廊里敲击着地面，刷刷地发出声响。她走到韩戈平的办公室外，站在那里定了定神。她不知道自己油然而生的那份紧张，是因为猜不透韩戈平会找自己谈什么事情，还是仅仅因为马上要和韩戈平单独相处？屏息静气站了约有一分钟，夏盼雪终于举手在门上敲了敲。马上，她听到了韩戈平叫她进去的喊声。

夏盼雪推门进去，见韩戈平正站在办公桌边看着她。见她进去，示意她将门关上。夏盼雪也没有多想就照做了，然后停在了原处。

"进来坐呀。"韩戈平的神色不同往常。他的目光刚接触到夏盼雪的眼睛就闪开了，好像在躲避什么。

夏盼雪走过去，在一张椅子里坐了下来。她漫不经心地打量着这间办公室，面积不大，和寝室差不多少，里面摆设很简朴，除了一张办公桌，一个文件橱，三四把木椅子，其它就没东西了。扫视了一圈办公室的布置后，夏盼雪小心翼翼地问："韩经理叫我过来有事吗？"

韩戈平看着夏盼雪，没说话。过了一会儿，他走前两步，伸手拉开了办公桌正中的那个抽屉，慢慢从里面取出一样东西来轻轻搁在桌上，几乎就放到了夏盼雪的眼前。那是一只完整的蚌壳，不是分开的两片，而是完完全全合二为一的一整只！

"认识这只蚌壳吗？"韩戈平用的是一种极力克制住激动，尽量装出平静的声调。

夏盼雪猛地从椅子上弹起来，面孔唰地变得毫无血色。她试着张了张嘴，却没有发出音来。这一刹那，她觉得自己被一股奇怪的漩涡卷了进去，一时浑身无力，无法挣脱，只能盯着眼前的蚌壳久久发呆。她很奇怪，自己那一片蚌壳怎么会突然出现在了韩戈平的桌子上？她刚才回寝室时，甚至根本没有注意到挂在那里的蚌壳不见了。不过她很快她就明白了：郑小兰，一定是郑小兰！

"小妹妹，你就是那个小妹妹，对吗？"韩戈平再也控制不住自己内心的激动，冲着夏盼雪轻喊。他快速移动步子，一闪身已经到了夏盼雪的跟前。他似乎已经完全忘记了此刻是在球场的办公室里，不能自制地一把握住了夏盼雪的手，把它们举到胸前："快告诉我，你就是那个小妹妹，你快说呀！"

夏盼雪的脸色已经从苍白转成了通红。她听见自己骤烈的心跳，如同奔马驰骋在草原。此刻，她已经渐渐从刚才那一阵恍惚和惊慌中苏醒过来。她因为和韩戈平贴得那么近而由衷紧张。她几乎能够感受到韩戈平在她额头上呼出的气息，那是一种暖暖的、温和的气息。十几年前，他们在那条河边，在那棵大柳树下，也曾那么近距离地站在一起过。大哥哥用柳条给她编了一只皇冠，把她拉到跟前，认认真真地戴在她的头上。那时，她也感受到那种有节奏吹撒到她额头的气息，一样是暖暖的、温和的。夏盼雪尽力让自己冷静。其实她已经意识到不知从哪儿凝聚成的泪水，已经在她眼眶里打转。她竭力忍住不让它们夺眶而出。终于，她点了点头。

韩戈平愣了几秒钟，然后一把将夏盼雪拥到怀里："终于见到你了，总算见到你了，真的见到你了……"他像一个失忆很久突然清醒的病人般唠叨个不停。

夏盼雪什么也没说，一动不动地任凭韩戈平忘情地拥抱住自己。她轻轻地偎依在他胸前，时光好像已经倒流。她甜美地闭上了眼睛，不去想接下去会发生什么。这一刻，她感觉到了时间的凝固。她需要这种凝固，哪怕是短暂的、会马上消散的凝固。

一阵突然响起的电话铃声，将两个人从醇厚的沉湎里惊醒了。韩戈平仿佛这才意识到自己在做着什么，急急忙忙放开了夏盼雪，满脸涨得通红，结结巴巴为他刚才的举动道歉："不好意思，我刚才太激动了。你别在意。"

夏盼雪摇了摇头，表示理解，然后从口袋里取出了手机，原来是郑小兰。

"怎么样，牛郎织女相认了吗？"郑小兰在电话那头窃笑。

"你真坏，看我回来怎么收拾你。"夏盼雪也笑了，瞟了韩戈平一眼。

"我等着呢。你呀，应该好好谢我才对。"

"哼，想得美。"

夏盼雪收起电话后，韩戈平已经恢复了往日在夏盼雪面前的一贯神态，温和而略带拘谨。他开始询问夏盼雪这么多年来的变化，又讲述自己这十几年的经历。两个人像一对刚从重逢的惊喜中抽身出来的老朋友般聊起了往事。后来，韩戈平突然想起了一件事，就问："你不是四川人吗？怎么现在变成湖南人了？"

"噢……"夏盼雪有点猝不及防。她脑子飞快一转解释说，我们后来就搬去了湖南啊，我在那里办的身份证嘛。

"原来这样啊。"韩戈平立刻就相信了，"我记得那时你们村的小伙伴都叫你小羽，怎么现在叫盼雪了？"

"那是我家里叫的小名，"夏盼雪继续解答道："后来又取了学名。"

"那我以后叫你什么？小夏，小羽，还是小妹妹？"韩戈平开起了玩笑。

"私下里你怎么叫都可以，但在别人面前只能叫我小夏。"夏盼雪假装一本正经地回答。

"好吧，小夏，小夏，现在叫起来怎么突然觉得十分别扭了。"

"听着韩经理，现在球场里对我们两个风言风语的，所以我们不能让别人再瞎猜乱想，你说呢？"夏盼雪这话说得很认真。

"以后私下里叫我韩经理好吗？"韩戈平看着夏盼雪同样认真地道："我们分别那么多年，能够再次相遇重逢，难道不是某种天意吗？所以，你还是我的小妹妹，我也还是你的大哥哥，我会像十几年前一样爱护你，珍惜你的。"

夏盼雪心里如同拂过一阵暖暖的春风，一点都不怀疑韩戈平说的话。她点点头，深情地望了韩戈平一眼，然后说："我得走了，大哥哥。"

"把这个带上。"韩戈平从桌上拿起那只蚌壳，"这两片蚌壳分开的日子已经结束了，以后它们会永远合在一起，再不分离。"

夏盼雪从韩戈平手里接过了蚌壳。她从韩戈平的那句话里听到了他的心声，这是不是意味着某种暗示呢？她捧着蚌壳匆匆离开的时候，不由心潮澎湃。

第七章

1

　　韩戈平刚从陈伟的办公室走出来。

　　刚才他一直在说服陈伟要尽早给郑小兰一个正式的任命，不能让她老是只当球童一组的代理组长。韩戈平知道，陈伟是能拖一天就一天。现在郑小兰是代理组长，拿的是 A 级球童的底薪，一旦正式任命，就要拿组长的底薪，这之间有三百元的差额。陈伟这个人很抠门，一分一厘都算得很精。在韩戈平坚持不懈的争取下，陈伟总算松了口，说从下个月开始郑小兰正式出任组长一职，相应待遇也同时提高。

　　说完这件事，韩戈平又提出了要提升夏盼雪为 A 级球童。他摆出了充分的理由，无论从客户评价、服务质量或球技水准，夏盼雪都不在郑小兰和朱玉文之下。虽然她来金银湖球场时间不是很长，但早已超过球场评定 A 级球童需要的标准，因此球场应该让她破格升级，这样也能提高球童们互相竞争的意识。

　　陈伟一想起那个夏盼雪，就觉得是遇到了一朵带刺的玫瑰，自己根本不能轻易得手。本来对此他是不甘心的，这么多年，金银湖只要是他看上的女球童，不肯就范的还真是不多。无奈前一阵无意间从球场杨老板的嘴里获悉，金银湖球场排名第一的贵宾、大佬康亮好像对夏盼雪很有兴趣，陈伟就只得暂时放下那个时隐时现的贪婪念头。不管怎么样，夏盼雪在金银湖的表现确实越来越出色，现在有很多重要客人都会冲着她增加来球场打球的次数。若论客户对球童的好评率，夏盼雪甚至超过了郑小兰。对于韩戈平的建议，陈伟支吾了半天，总算原则上同意了。

　　韩戈平一下子搞定了两件事，心情大好，急着想把好消息告诉郑小兰和夏盼雪。

　　韩戈平走出会所，打算去球场巡视一番，顺便去找正在场上做球童的郑小兰和夏盼雪，让她们分享快乐。今天的天气不错，空气很清爽，不像前几天的下午那么闷热了。不断有阵阵微风从东南方向吹送而来，拂在身上十分舒适。韩戈平来到出发站，见在此等候的球童不是太多，今天的下场率还不错。他和正在那里等客人的球童们打了个招呼，就挑了一辆空着的球车驶入了球场。快到第一洞的果岭处时，他的手机响了起来。韩戈平将车子缓缓靠右边停下来，掏出了手机一看，是表哥张家宝的电话。

"小弟，是我。"张家宝的声音和往日一样熟悉又亲切。

"是大哥啊，你怎么突然打电话给我？"韩戈平很意外。

"我有事路过上海，现在住在市中心的宾馆里。"

"你来上海了？怎么不早点告诉我？"韩戈平惊喜异常。

"昨天晚上到的，刚入住宾馆就被朋友拖出去了，喝酒喝到很晚，回到宾馆已经半夜了，不想把你从睡梦里吵醒嘛。"

"哥你在这里能待几天呢？"

"待不了几天，后天上午的飞机去北京。"

"这么快就走啊？那我今天下班后过去看你。"韩戈平觉得表哥好不容易来了上海，自己无论如何要过去陪陪他，请他一起吃顿饭。

"今晚你就不用过来了，我还是有应酬的。你知道，我很少有空下来的时间。"张家宝在电话那头解释说，"不过呢，明天下午我倒是没有什么安排，这样吧，明天下午我过去看你……"

"还是我过去看你吧，我这里离市中心挺远的，我明天下午请个假过来，陪你出去逛逛吧。"韩戈平抢着说道。他不愿让自己向来爱戴敬畏的大表哥，特地赶那么远的路到球场来。

"没关系，我正好有两个朋友想打球。我说我弟弟在赫赫有名的金银湖高尔夫球场当经理，他们就吵着要来，要不明天你给安排一下，我们来三个人？"

韩戈平一想，既然他们想打球，当然来金银湖最好了，就说："那样的话，我开车过来接你们吧。"

"不用接，他们手里有的是车，都不用自己开的。你只要给我们安排一下场子和球童就行。"张家宝明确地说道。

"那我知道了。"韩戈平觉得这点小事他绝对没问题。"哥，你们明天大约几点到？"

"应该吃过午饭就过来，估计一点钟左右吧。这样，出发过来时我打电话给你。"

"那好吧，我会安排好的。"

挂断电话后，韩戈平继续驾车巡场。他在第十一洞的附近遇到了郑小兰和夏盼雪，把自己和陈伟谈话的结果告诉了她们。两个女孩听后显然都很高兴。接着韩戈平就问她们俩明天下午有没有预约的客人，郑小兰和夏盼雪互看一眼，不约而同摇了摇头。

"那好，明天下午我有三个客人过来打球。你们两个做球童，再叫上王小妹吧。"

"好的，没问题。"郑小兰说着看看夏盼雪。夏盼雪点了头表示同意。

"那就讲定了。"韩戈平意味深长地看了夏盼雪一眼，就留下她们俩，自己继续驾着球车往前面几洞去了。

吃晚饭的时候，郑小兰和夏盼雪在食堂里偶遇韩戈平，郑小兰有话没话随便一问说："明天过来的客人肯定很重要吧?"

"重要倒也谈不上。"韩戈平想了想又说："不过也对，于我而言，确实很重要，是我的表哥带两个朋友过来。他难得来一次上海，所以我想，让你们俩出场当球童，我会很放心。"

"你表哥? 是不是以前你提起过的那个对你很好的大表哥啊?"郑小兰记得韩戈平以前聊起过，自己读大学的费用都是大表哥资助的，大表哥是他一辈子报答不尽的恩人。

"就是他。我能有今天，全靠了他。"韩戈平满脸感恩神态。

"那我们明天可得好好为他们服务，一定要给韩经理面子。小夏你说对吗"郑小兰笑道。

夏盼雪没有出声。韩戈平和郑小兰两个人在说着这段对话时，完全没有注意到站在旁边的夏盼雪脸色的变化。当郑小兰无意中将目光转向她时，才发现了夏盼雪的异常。她忙问夏盼雪怎么回事。夏盼雪为了掩饰着自己内心的情绪，只好假装身体不舒服。她说："小兰，我肚子突然很痛，得先去一下洗手间。"

郑小兰信以为真说："要不要我扶你过去?"

"不用不用，我自己可以的。"夏盼雪一面摇手一面快步离开了他们，往食堂外面走去。

韩戈平望着夏盼雪的背影，很不放心，对郑小兰说："要不你还是陪她一起去吧。她不会有事吧?"

"看你急的。"郑小兰看出了韩戈平的担心，安慰他说："没关系啦，女孩子嘛，有时肚子痛很正常的。"

"哦，没事最好。"韩戈平说归说，心还是悬挂在半空。"如果她有什么不舒服，你可要照顾好她哦。"

"知道了。你以为就只有你一个人在乎她吗?"郑小兰善意地刺了韩戈平一句，把韩戈平说得不好意思了。自从那天郑小兰下决心撮合韩戈平和夏盼雪相认之后，她成了金银湖球场唯一知道这个秘密的人，这无形之中也加深了郑小兰和韩戈平之间的关系。她现在真的抱着一种妹妹对待哥哥的心态来定位他们之间的关系，一边是兄妹，另一边是姐妹，郑小兰觉得自己很开心。

吃过饭回到寝室的时候，郑小兰发现夏盼雪一个人躺在床上。她以为夏盼雪还在肚子疼，估计她来例假了，就轻手轻脚走到她身边坐下来，问夏盼雪要不要喝点温水。

夏盼雪摇了摇头，神色很凝重地看着郑小兰说道："小兰，明天下午我不能下场了。"

"怎么了，你真来例假了？"

夏盼雪又摇摇头说："那倒没有。"

"这是为什么？你刚才不是当面答应韩经理的吗？"郑小兰奇怪了。

"是答应过，可是情况变了。"

"情况变了？什么情况？"

"小兰，我不能让他表哥见到我。"夏盼雪像是下了很大决心后才直言相告。

"这又是为什么啊？"郑小兰更加摸不着头脑了，"他的表哥和你有什么关系？他又不认识你。"

"现在我不想见他。"

"我以前听韩经理不止一次说过，他那个大表哥人非常好的。你呀，人家说是丑媳妇怕见公婆，你那么漂亮聪明，还怕见到他家里人啊？"

"小兰，我真不能见他，但不是你说的原因。"夏盼雪很认真地说。

"那是什么原因，你真是奇怪。"

"小兰，你要相信，我这样做真是有原因的。"

"你说呀，什么原因？"

"我现在不便告诉你，到哪天合适时，我一定和盘托出讲给你听。"夏盼雪的神色越发认真起来，"所以，你这次务必要帮我这个忙。"

郑小兰这才意识到夏盼雪的语气非同寻常，透着一种不容置疑的严肃，知道事情可能比她理解的要严重地多，就问："好吧，你要我做什么？"

"明天你就对他说我病了，下不了场，让他另外再叫一个球童。"夏盼雪把韩戈平叫做他，含着特殊的意味。

"这个好办。可如果他知道你病了，一定会赶过来看你的。你没看到刚才在食堂里看你走出去时，他那副担心的样子，叫我要好好照顾你呢。"

夏盼雪脸上滑过一丝苦笑，静默了几秒钟后道："明天我会请一天假，我不会待在球场里的。他要是问起来，你就说我去医院看病了。至于什么医院，你就说我没有告诉你。"

"那好吧，就听你的。"郑小兰无可奈何地答应了。她想，夏盼雪坚持要这么做，一定有她的原因和理由。

2

韩戈平没想到，昨天夏盼雪答应得好好的，今天却突然变卦了。

韩戈平原本有自己的打算，想趁打球的机会让表哥张家宝认识一下夏盼雪。虽说他和夏盼雪之间的事还处在流言蜚语阶段，八字都没一撇，但郑小兰这段时间有意无意的促成还是让韩戈平萌生了不小的希望，尤其是在知道了夏盼雪就是十多年前突然分开的小妹妹之后，他的"痴心妄想"就更严重了。

不料上午郑小兰来告诉他说，夏盼雪下午不能上场了。

"为什么？"韩戈平不解了。

"她人不舒服。"

韩戈平本想立刻就去楼上宿舍探望夏盼雪的，可郑小兰拦住他说："夏盼雪今天请了假，一早就出去了。"

韩戈平问："她去了哪里？"

郑小兰说："不清楚，只知道她想去市中心找一家医院检查一下。"

韩戈平很无奈。正巧这时看见朱玉文从宿舍走出来，他就叫住了她，问她下午有没有预约的客人。朱玉文摇头说没有，韩戈平就让她代替夏盼雪当他表哥下午的球童。

整个上午韩戈平都有些心神不宁。他担心着夏盼雪，不知道她究竟哪儿不舒服，弄得要去医院检查。他想问问夏盼雪去了哪家医院，拨了三四次夏盼雪的手机，回答都是您打拨的电话号码已关机。韩戈平很无奈，心里不由埋怨：去医院检查身体关什么机嘛！

中午的时候，张家宝给韩戈平打来电话，说他们一行三人一点钟能到球场。因此十二点半刚过，韩戈平就让郑小兰、朱玉文和王小姝先去出发站。他让她们每个人准备好一辆球车。他自己则早早来到了会所的大门口，等候表哥以及他两个朋友的到来。

韩戈平大约等了二十几分钟后，看见一辆黑色奔驰 S600 朝会所驶过来，估计是大表哥到了。果不其然，等车门打开，就见张家宝满面春风地走下车来。韩戈平赶紧迎上前去。

"戈平啊，我们有好久没见了吧，你一切还好吗？"张家宝亲热地拍拍韩戈平的肩膀。

"还行。"韩戈平每次见到表哥都有点拘谨。他们之间相差了十几岁，韩戈平小时候对大表哥又喜欢又惧怕。其实张家宝倒是从未对韩戈平粗声粗气过，一直对他和和蔼蔼，疼爱有加的。

张家宝见他两个朋友都下了车，就把韩戈平介绍给他们，说这是他最喜欢的小弟。韩戈平一一和他们握了握手，然后带他们走进会所。一行人换了衣服鞋子，就跟着韩戈平去了出发站。

郑小兰、朱玉文和王小妹三个人见韩戈平领着几个中年男人走过来，就各自把车开了过去。不知出于什么原因，郑小兰不是很想当张家宝的球童，反倒是朱玉文从郑小兰口中得知来的是韩戈平的表哥后，急着走在了最前面。按她的判断，和韩戈平并肩而行的那个应该就是他表哥，就迎上去对韩戈平说："韩哥，就让表哥坐我的车吧。"

张家宝闻言瞧了朱玉文一眼，见她长得很是标致，心里也愿意她当自己的球童，就不等韩戈平开口，抢在前面答应道："好吧，我就坐你的车，"说完，一抬腿就先跨了上去。

韩戈平本来是想好叫郑小兰当表哥球童的，此刻也只好临时改变计划，让郑小兰和王小妹分别载上表哥的两个朋友。临出发前，他凑近郑小兰轻声问："她去医院，怎么还把手机关了？"

郑小兰一听就明白韩戈平已经给夏盼雪打过电话，知道他是放心不下她。不过郑小兰心里明白，夏盼雪关机是故意而为，今天她的目的就是避开韩戈平。于是她晃晃脑袋表示她也搞不懂。

三辆球车掉了个头，就准备朝球场第一洞进发。张家宝见韩戈平站在原地，就问："你不和我们一起玩一会儿吗？"

韩戈平心里牵挂着夏盼雪，有些心不在焉，听表哥这么一问，赶紧表态："那我就陪你们打几洞吧。"说完，他挥挥手让郑小兰她们先走，自己去一边开了一辆球车拿了球包，随后追赶上去。

韩戈平陪着张家宝一行人一直打完前九洞后，张家宝对韩戈平说："如果你有事要忙，那就先走吧，等我们打完之后再碰头。"

韩戈平已经看出来，表哥要自己陪他们打几洞是为了让他在那两个朋友面前露上一手。韩戈平挥杆打了好多个令人叫绝的好球，张家宝的两个朋友连连夸赞韩戈平球技了得，可以去玩专业了。张家宝听他们夸自己表弟，觉得很有面子，满脸洋溢着得意的笑容。既然韩戈平已经显过身手了，再让他陪完后九洞也没什么意义，毕竟他是在上班时间，就主动给韩戈平松绑。韩戈平对此当然求之不得，不失时机地说道："那我先走了，还有事情要处理呢，你们慢慢打。"

"戈平，晚上一块吃饭。"张家宝见韩戈平要走，就先和他约定。

"那是当然。哥，今晚我请客哦。"韩戈平早就想好了，如果表哥不在意，他就请他们在会所餐厅吃了晚饭再回去。

离开张家宝他们之后，韩戈平驾着球车在球场四处转了一圈，算是巡一遍场，然后回到了办公室。接下来的时间，他总觉得心里不踏实，就好像有一件非常重要的事情没有落实好，人像被悬挂在半空中晃悠一般。他又打了一次夏盼雪的手机，依旧无法接通。就像前一次夏盼雪被朱玉文叫到九龙山球场去陪客人打球时一样，韩戈平很焦虑，就想知道夏盼雪此刻在哪里，好不好。时间就在他的这种惴惴不安中慢慢溜走了。

不知过了多久，韩戈平听到有人从走廊里边说话边走到了他办公室的门口，门没有关紧，只是虚掩着，有人推开了门。进来的是朱玉文，她后面紧跟着张家宝。

"韩哥，表哥说想看看你办公的地方，我就把他带过来了。"朱玉文眉舒眼笑地对韩戈平说着，自己站在了门的一边，侧身让张家宝走进去。然后说："韩哥，那我先走了。表哥，下次有机会我再陪你打球哦。"

朱玉文离开时随手带上了门。张家宝站在那里打量着韩戈平的办公室。韩戈平赶紧拉过椅子给张家宝坐下。

"办公室太小了，没气派。"张家宝坐下来说。

韩戈平到过表哥的公司，那种派头当然是无与伦比的。他说："和哥的办公室比，当然天差地别啦，不过我只是一个小小球童经理而已，待在办公室里的时间也不多。"

"嗯，有点委屈你。你其实是大材小用了。要不是你自己太喜欢高尔夫，我早让你跟着我干了，我会给你一个大大的，派头十足的办公室。"张家宝说着，从韩戈平手里接过他为自己倒的茶水。

"除了会打几下高尔夫，我没有别的本事。"韩戈平谦虚地说。

"本事可以学的，主要是能力，我知道你的能力，能把高尔夫打得这么好，就一定也能把别的事做好。何况，你在房地产方面的市场敏感度还是很灵的。"

"哥，你的两个朋友呢？"韩戈平转开话题。

"他们洗了澡后现在去你们餐厅的酒吧喝咖啡去了，"张家宝抬起手腕看看表上的时间，"我和他们约好了六点半一起吃晚饭，还有一个小时呢。"

"哥，说好了今晚我请客的哦。"韩戈平说。

"好了好了，你跟我还客气，根本不用你掏一分钱的，他们会抢着买单。"

"可是你难得来一次上海，又那么远过来看我，理应我……"

"别说了。"张家宝摇摇手，"他们都是本地人，我大老远过来和他们见面，已经够给他们面子了，他们应该尽地主之谊的。你就不要抢了，到时和我一起吃饭就是啦。"张家宝的口吻是不容分辩的。

韩戈平熟悉表哥的脾气，也就不再争取了。他问张家宝："哥，后九洞球打得还顺利吗？"

张家宝淡然笑笑："我平时没什么时间打球，所以打不好。"

"本来就是打着玩的嘛。"韩戈平的话含着慰藉的意味。

"是啊，打一场球，放松放松很不错。哦对了，刚才做我球童的那个女孩叫什么？"张家宝忽然问了一句。

"姓朱，撇未朱，叫朱玉文，怎么啦？"

"她挺机灵乖巧的，对我完全是一见如故的模样，难道你和她是……？"

"我和她就是同事关系。"韩戈平猜出了表哥想表达的意思，赶忙否认说。

"哦，不过她人好像不错，挺聪明的，长得也算漂亮，说话也中听。"张家宝夸着朱玉文。

"她这个人，就是嘴巴甜，所以还蛮讨顾客喜欢的。"

"你和她认识很久了？"

"有几年了吧，我们是差不多时间应聘进来的。她一直是我的手下。"

"哦，我看她对你有点意思。刚才你离开球场后，她一直在我面前夸你呢。"张家宝边说边观察韩戈平的反应。

韩戈平有点窘，不知怎么应答表哥。朱玉文对他一直似真似假地表示着好感，韩戈平是知道的，可他从没有往那方面想过一丁点儿。他说不出朱玉文究竟有什么特别的不好，可就是提不起兴趣。作为同事完全可以和睦相处，但再进一步的话，他觉得朱玉文不是自己喜欢的类型，所以不来电。不像夏盼雪，见到第一眼时就像被点了穴位一般动弹不了了。

"戈平你也应该谈个女朋友了。"张家宝话锋突然一转。

"这个嘛，还早呢。"韩戈平说着，取过张家宝的茶杯转身去加水，故意回避开张家宝探疑的目光

"早什么，你今年都二十八足岁了吧？"张家宝看着这个长得一表人才的小表弟。一直以来，他确实很关心韩戈平的事情，看他从一个美少年长成英俊小伙子，现在已经到谈婚论嫁的年龄了。二十八足岁可真是不小了啊，他在韩戈平这个年龄早已经结婚生子了。

"不是三十都没到吗？"韩戈平将倒满水的杯子重新放到张家宝面前，然后说了一句打马虎的话。

"时间过过很快的，一眨眼就过三十了，得抓紧啊。"

"我现在还没遇到自己喜欢的人。"韩戈平做着解释。

"人嘛，长得像那个小朱差不多就可以了，也不一定要找什么天仙美女的。"张家宝以过来之人的经验，拿出长辈的语气，谆谆教诲着，"关键是要对你好，性格温柔一点，手脚勤快一点，以后能持家过日子就行。经济方面别有要求，你是男人，赚钱要靠你自己。"

"这些我知道。"韩戈平当然明白表哥是为自己好，讲了实话。不过他此刻对这个

话题提不起兴趣来，他脑子里不时闪过的，是夏盼雪的影子。

张家宝见韩戈平不想聊这个话题，也就不勉强。他喝了两口茶，看了看手表，然后道："走吧，我们去餐厅，他们一直在等我呢。"张家宝说完站起身来。

3

韩戈平和张家宝并肩从办公室出来，沿着会所的长走廊往餐厅而去。即将要到餐厅大门口时，朱玉文不知突然从哪儿闪了出来。她已经换掉了之前做球童时的工作装，穿着一身款式新颖的休闲服。她显然梳妆打扮过一番了，略长的直发垂在耳际，十分整齐，双唇好像涂过一点口红，不浓，恰到好处。她亭亭玉立地站在那里，朝正走过来的张家宝和韩戈平微笑。

"表哥过来啦。"朱玉文像是餐厅礼仪小姐般迎上前来。

"你在这里干什么？"韩戈平诧异地问朱玉文。

"是我叫她来的。"张家宝代替朱玉文解释。"辛苦了一个下午，我让她们一起过来吃饭。"

"小兰和王小妹也来了？"韩戈平问朱玉文。

"她们呀，就是那样，表哥都请了，可她们硬不肯过来，说不习惯和不熟悉的人一块吃饭，有什么熟悉不熟悉的啊，一回生二回熟嘛，对吧表哥？"朱玉文冲着张家宝一笑。

"对，我就喜欢你这样的性格。"张家宝欣赏地赞了一句。"走吧，我们进去。"

朱玉文等张家宝走到她身旁时，很自然地挽住了他的胳膊，和他并排走在了前面，把跟在他们后面的韩戈平弄得心里七上八下的，不知自己该做什么了。

张家宝的两个朋友早就坐在了一张小圆餐桌旁，见张家宝几个过来，就一起欠身相迎，看得出他们很在乎张家宝。其中一个朋友问，怎么还有两个女孩没来？

"女孩子嘛，容易害羞，不愿来就不来吧，不要为难她们。"张家宝让韩戈平坐在自己的右手，让朱玉文坐在左手。然后问韩戈平，这里有什么特色菜可以尝尝？

韩戈平还没开口，朱玉文就抢着介绍说："我们餐厅的大厨可是老板从五星级宾馆出高薪挖过来的哦。"

张家宝的两个朋友一听，连连叫好，让餐厅服务员递菜谱过来。其中一个翻开看了一会儿，开始报菜名点单。他尽挑价格贵的点，一口气点了十几样菜，然后又要了一瓶开价两千多元的茅台。今晚在会所餐厅用餐的客人不很多，上菜比平日快了不少，等白酒杯倒满，几个人就一起举杯碰了一下，开始正式进餐。

酒过三巡，大家的话开始多起来，气氛也越来越随便。坐在朱玉文对面的那位高个子开起玩笑说："张总啊，你一左一右俊男美女相伴，有福气啊！"

"我这小弟长得很帅吧？"张家宝得意洋洋侧脸看看韩戈平，还亲昵地将一条胳膊揽在韩戈平的肩头。

"绝对可以当电影明星了，比刘德华还帅呢。"高个继续夸赞。

"是啊，我这小弟从小长得清秀，像个女孩子一样。"张家宝赞道，一面放下了手臂。

"美女也很漂亮啊。"另一个年纪略大，开始谢顶的朝着朱玉文努努嘴，跟上来说。"刚才在球场上遮得严严实实，完全没看清楚，现在这么一打扮，眼前一亮啊，哈哈。"

"是，是，他们两个倒是很般配的，不会是一对吧？张总一定喜欢这样的弟媳妇吧？"高个子借着酒意继续说笑。

"嗯，我也觉得他们满匹配的。"张家宝看看朱玉文，又转眼去看看韩戈平。

"表哥说笑了，我怎么配得上韩哥啊？"朱玉文不失时机地故意自我调侃道："即使我喜欢韩哥，他也看不上我的，所以我可不敢痴心妄想。"

张家宝想起之前在韩戈平办公室里和表弟的那段相关对话，不想让韩戈平太过尴尬，就打圆场说："慢慢来，这种事急不得，急不得的。"

韩戈平并不参与他们的议论，也不理会朱玉文酸溜溜的话。他心不在焉地慢慢吃着菜，脑子里盘算着夏盼雪是不是已经回到宿舍了，今天去了哪家医院，检查下来的结果怎么样。

张家宝见表弟一声不吭，闷声吃着东西，怕他不高兴了，就转向了他，压低了嗓音说："对了戈平，我今天过来见你是有一件非常重要的事情要告诉你。"

"哥有什么事？"韩戈平听到非常重要四个字，不由全神贯注起来。

"我办理的加拿大移民申请已经通过了，可能下个月我就会飞去温哥华。"张家宝说。

"哥你要正式移民过去了？"韩戈平以前听张家宝提起过此事，也知道他在办理移民手续。为了移民加拿大，表哥飞过去考察过好几次。

"是啊，国内形势变化莫测，也不知道以后会发生什么事情。保险一点，我还是想在外面伸一只脚，到时候进退自如。"张家宝深思熟虑地说道。

"那你在这里那么多的生意怎么办？"

"这个问题倒是不大，手下有的是人，再说我也是可以两地来回走的。"张家宝停顿了一下，看看韩戈平，接着道："我现在心里不够踏实的倒是在那边，你知道我又不懂英语，在加拿大碰到外国人就像个傻子一样，所以呢，我想和你商量件事。"

韩戈平从来没有见过表哥用如此郑重其事的口气对自己说过这样的话，不免有些慌张地问："什么事啊？"

"哈哈，瞧你，那么紧张。"张家宝看出了韩戈平的担心，不由咧嘴一笑，"也不是什么大不了的事，我呢有个计划，想慢慢把生意转到外面去，到时候就需要帮手，加拿大那里我又没人信得过，所以我希望到时候你过去帮我。"

"我去加拿大帮你？"韩戈平惊诧地看着表哥。

"是啊，等我在那里安顿好了，我就开始替你办理移民手续。你读过大学，懂英语，有生意头脑，又是我最喜欢的小弟。有你在身旁辅佐，我在加拿大的生意一定也会红红火火的。"

"可是，可是我从来没有打算过要出国啊。"韩戈平确实非常意外，出国可不在他的人生计划中，至少目前丝毫没有这样的想法。

"没关系，今天我对你说了，你从现在开始打算起来也不迟嘛。"张家宝的语气听上去是很随意的，但仔细去辨别，他是在为韩戈平做着某种决定。

"哥啊，这事太大了，我得好好想想。"韩戈平嗫嚅道。

"你想吧，我也不是一时半刻就要你做决定。我过去之后，把生意的舞台搭好也需要花些时间，所以你慢慢想，我相信你会做正确选择的。"张家宝瞧了瞧表弟继续说："戈平，你天性聪明，也有能力，不过你的格局要大一点，目光要远一点，打高尔夫嘛，仅仅只是一种运动，一种消遣，懂吗？你能做更大的事情，不要埋没了自己的才能。"

韩戈平听出了表哥话语中的含义，看来这次他不是随口说说，而是有了成熟的计划，要动员自己跟他去加拿大。他虽然毫无思想准备，可他不能也做不到直截了当拒绝表哥。毕竟表哥这么多年来帮了他那么多，对他可以说恩重如山。表哥需要他协助时，他理所应当要尽心尽力的。但是从他内心而言，眼下他还不想离开金银湖球场，何况现在还有夏盼雪，这个分别多年又奇迹般重逢的小妹妹在这里，他怎么舍得离开她呢？此刻他只有含糊其辞地说："哥，让我想想吧。"

"你想啊，我不是说了吗，有的是时间，你慢慢想。现在我们吃饭。"张家宝说完伸手替韩戈平夹了一大块东星斑的肉："你多吃点，多吃点。"

朱玉文在一旁见张家宝和韩戈平一阵窃窃私语，也不知道他们在说些什么。张家宝的两个朋友正轮番和她开着玩笑，她一边应付着和他们说说笑笑，一边伸长了耳朵听张家宝和韩戈平的对话。一开始她以为对话会和她有关，但听了一阵，发现他们在谈什么移民啦，生意啦之类的，就不往心里去了。等张家宝和韩戈平聊得差不多时，她又给大家斟了一圈酒。韩戈平将手盖在酒杯上，表示他已经停杯不喝了。张家宝和他的两个朋友就让朱玉文替他们倒满继续边喝边聊，开始谈一些生意上的事情。朱玉文插不上嘴，往后靠在椅背上，不时转脸看看韩戈平。可惜韩戈平一点都没有发现，他根本没朝她看过一眼，目光一直朝向对面的某个地方，好像正在琢磨着什么心事。朱玉文猜不透此时此刻他会在想着什么。

晚餐吃了两个多小时才结束。开始谢顶的那个人掏出信用卡付了账。高个子的那个便打了个电话给司机，让他将车子驶到会所大门口来。一伙人慢慢出了餐厅往会所大门踱去。这时韩戈平猛然想起一件事情来，问走在身边的张家宝道："哥，那个赵梦雨有消息了吗？"

张家宝一愣，随即摇着头说："没有，到现在为止还没有她的任何消息。"

"奇怪了，那么就久了，她会去了哪里呢？"韩戈平像是自言自语地说。

"不知道，我也一直在打听。"张家宝说。

"表哥你也认识赵梦雨？那个大学生高尔夫冠军？"本来走在他们后面的朱玉文闻声凑上前来搭话道。

"嗯，当然认识，非常熟的。"张家宝看了看走到他边上的朱玉文，"你知道她？"

"知道，她打球很厉害的，我还当了她一天球童呢。"朱玉文似乎要以此来拉近乎。

"是吗？她打球一定厉害的，否则怎么可能得冠军。"张家宝随口回应。

"对了表哥，你说有趣吗，我们这里有个球童长得和赵梦雨可像呢，就像双胞胎一样。"朱玉文心血来潮地说着。

张家宝闻言瞬间变了脸色。他急刹车般停下脚步，问朱玉文道："这是真的？"

"不信你问韩哥，还是我把她介绍到金银湖来当球童的呢。"朱玉文说。

张家宝立刻转向了韩戈平："小弟，这事当真？"

韩戈平理所当然地点了头，"是真的，哥。"

"那女孩叫什么？"张家宝又问，"是哪里人？"

"她叫夏盼雪，是湖南益阳的。"朱玉文抢着答道。

"小弟，她真的和赵梦雨很像？"张家宝再问韩戈平。

"是很像，一开始我们大家都以为她就是赵梦雨呢。"韩戈平实话实说。

"竟有这种事？"张家宝似乎在深思什么，然后说："现在能见到她吗？"

"她今天好像不在。"朱玉文说。

"不在？"张家宝看了朱玉文一眼。

"是的，她今天请假出去了，不知她回来了没有。哥你想见她？"韩戈平奇怪表哥怎么对夏盼雪感起兴趣来。

"表哥，要不我去宿舍替你看一下她在不在？"朱玉文嘴上这么说，心里其实并不情愿。她表示一下，只是想多博得一点张家宝的好感。

张家宝想了想说："那倒不必了，时间太晚了。再说她又不认识我，把她叫来不免唐突。我只是有些好奇，天下真有长得那么像的两个人吗？以至于你们大家都会弄错？"

这时，先走到大门口的高个子和另一个朋友先后朝张家宝喊了一声，示意他车已经到了。张家宝向他们举了举手，表示知道了。然后对朱玉文说："他们在催我了，下次过来时再说吧。"

"表哥下次来提前告诉我们，到时我把小夏约来一起当球童。"朱玉文说。

张家宝没理会朱玉文，转向韩戈平说："小弟，万一那个女孩要离开金银湖球场，你可一定要了解她的去处哦。我还真想看看她和赵梦雨有多像呢。"

"哥，我这儿有一张她的照片，你可以先看一眼像还是不像。"韩戈平突然记起自己手机里面那张和郑小兰、夏盼雪三个人的合影来，赶紧掏出手机来翻找。过不了一会儿就找到了，他把手机递给张家宝。

张家宝借着灯光仔细看着照片。他顿时惊呆了，表弟身旁的那个短头发女孩长得真像赵梦雨！单论五官和脸庞的话，说是一模一样也不为太过，除了头发的长短完全不同，脸略微偏瘦一点之外，简直就是同一个人啊！

"她名字叫什么，夏什么……?"张家宝有些凌乱地问。

"夏盼雪。"朱玉文又一次抢答在前。

"对，她真的叫夏盼雪?"张家宝的目光还在照片上打转。

"当然真的。这还会假?"韩戈平不明白表哥怎么会这样问。

"我看过她的身份证的。到我们金银湖做球童都要出示身份证的，否则不可能录用。"朱玉文帮韩戈平说道："表哥是不是觉得她太像赵梦雨了? 其实我们每个人第一眼见到小夏时都是这种感觉。我没骗你吧?"说着，凑上前来，对张家宝手里的手机屏幕投了一眼。

"确实很像，确实很像。"张家宝连连说着，把手机递还给韩戈平。

张家宝钻入奔驰 S600 的后座坐稳之后，车子就启动了。韩戈平和朱玉文站在大门前朝他挥手道别，张家宝也向他们摆了摆手。车子很快驶出了球场，拐上沪青平公路。张家宝脑子里突然冒出了一个念头：他得弄清楚这个很像很像赵梦雨的女孩是不是和赵梦雨有什么关系。

4

夏盼雪今天是第一次独自一人在大上海逛街。

昨晚，夏盼雪和郑小兰商量，该如何打发第二天一整天的时间。郑小兰说，你不如干脆去市中心玩一天吧，就当是放假出游了。夏盼雪想想也对，来上海这么久，除了上次和韩戈平、郑小兰一起出去过一次外，她基本天天都窝在金银湖球场内。再说上次也仅仅是坐在韩戈平的车里，沿着高架道路走马看花观光了一番，还下着雨呢，根本算不上去市中心玩过。既然明天必须整日离开球场，总得有个可去之处吧，干脆去市中心玩上一天不失为是好建议，反正既无时间限制，也没有预设的目的地，逛到哪儿算哪儿吧。

郑小兰告诉夏盼雪说，从金银湖去市中心，可以在球场门口的沪清平公路上坐一辆从青浦驶往人民广场附近的公交车，只是时间会长一点。还有个办法是打辆出租车到徐泾东，那里有地铁二号线，直接就坐到了市中心，既方便又省时。

夏盼雪今天刻意打扮了一番，既然是出去玩，女孩子本能地会把自己弄得漂亮一点。她早上起床后先去洗了个澡，用吹风机把刚洗净的头发吹干，再用梳子仔细梳理了一遍。她上身穿了一件淡紫色的休闲服，下面是一条紧身的牛仔裤，脚上则是淡紫色镶纹的耐克跑鞋，和休闲服的颜色很搭。

夏盼雪打理完毕后离开宿舍，去食堂吃了早饭，然后独自一人走出了球场。她沿着沪青平公路往前走了几分钟，找到了郑小兰说的公交车站。站在那儿等车时她想，如果公交车先到，她就坐公交车。如果先看到出租车，她就打的去地铁站，一切随缘。大约过了十几分钟，就看到有辆亮着空车灯的出租车快速驶了过来，她赶紧跨前两步，举手向司机示意要打车。出租车吱的一声，一个刹车停在了她面前。

地铁二号线徐泾东站离得并不远，出租车只行驶了七八分钟就到了。夏盼雪进了地铁站才知道这里是二号线的终点站。她站在自动售票机前犹豫了好一会儿，不知道自己的票应该买到哪一站。排在她后面的人开始不耐烦地催她。夏盼雪一急，就随手按了一个静安寺。她看这个地方距离人民广场还有两个站，应该属于热闹的市中心了吧？好像上次坐在韩戈平车里时，他也提到过这个地方。

这是夏盼雪头一回乘坐上海的地铁，感觉很舒服。终点站上车的人虽说不少，但几乎人人都能找到座位。令她意外的是，地铁才刚驶出一站，到了虹桥交通枢纽时，就有大批提着行李箱的客人争先恐后涌上来，车厢里的乘客一下子多出一大群。接下去的几站，都是下客少，上客多，车厢变得越来越拥挤，空气也变得渐渐浑浊了。

车到一处叫中山公园的地方时，下去了好多乘客，车厢里空了很多，原来不少人在那里换乘三号线或四号线。夏盼雪看了看车门上方的示意图，上面标着下一站是江苏路，再下面一站就是静安寺。她很快该下去了。夏盼雪不敢松懈，接下去就竖起耳朵听车内广播的报站，等车子停靠站台又启动后，她怕坐过站，就先做好下车的准备，起身站到了车门前。

静安寺也是大站，下车的人不少，夏盼雪随着人流从地铁站出来走到地面。她没料到静安寺是一个如此热闹的地方，放眼望去四面八方都是簇新的高楼大厦。那个金色屋顶的庙宇更是让她眼睛一亮，在大上海的市中心地段，居然还会有这么大的寺庙，都说上海是寸土寸金，这真有些不可思议了。不知是否出于好奇，夏盼雪来到了静安寺门口，鬼使神差般买了一张入场券，想进入这个都市庙宇内一探究竟。

寺内香客不少，都在点香拜佛。夏盼雪虽说不是什么虔诚的佛教徒，不过也有逢庙敬香的习惯。以前爸爸在世时曾经说过，对于菩萨，信总比不信好，遇到寺庙敬敬香，没有坏处。静安寺规定买了香券进入后，可以自由领取一小束香。夏盼雪就去领了，拿到空场中间的香炉前就着燃烧的蜡烛点燃香火，然后学着那些香客，举香过头，朝四处拜了几拜，再把飘着袅袅青烟的香插入香炉。接下去，她便从左边的殿堂开始，顺时针方向到各间供奉着菩萨佛祖塑像的佛堂内一一跪拜。这时，她的内心突然浮现出一股异常的虔诚感。她不由想到了自己惨死的父母，祈祷他们能在天上安息。

夏盼雪进的最后一处是观音堂。殿堂里有一尊观世音菩萨的木雕立象，足有七八米之高，神圣而庄严。菩萨微微垂首，慈祥地注视着跪拜在跟前的每一个信徒。这里人不少，大家耐心排着队等着跪拜用的铺垫空出来，夏盼雪也随着大家缓缓而走。不一会儿轮到了她，她便规矩地跪在铺垫上，心有所念，恭恭敬敬地磕了三个头。当她站起身时，边上跪着的那个男人忽然对她说道："姑娘，是你啊？"

夏盼雪这才注意起身旁那个体态略胖的香客来，觉得很是脸熟，随即就记起来了，这不是前一阵来金银湖打过球的那位陆先生吗？她忙招呼道："原来是陆先生啊。"

"太巧了，太巧了。"陆仲任从垫子上起身，伸手还扶了一把同时起身的夏盼雪，两个人一起跨到了殿堂外面。"姑娘你好像姓夏吧？"

"是的，我是小夏，上次做刘先生球童的。"夏盼雪在人生地不熟的地方突然遇到一个认识的人，不免惊喜。

"你这么远特地跑到这里来上香啊？"陆仲任问。

"哦，没有，我是路过，顺便进来的。"夏盼雪说，"没想到里面香火这么旺。"

"今天是十五嘛，当然人很多的。"陆仲任解释道。

"陆先生怎么会过来的？"夏盼雪好奇地问。

"我特地过来烧香的。我是每逢初一十五，必定要去庙里烧香，几十年雷打不动的。"陆仲任摆出一副虔诚的表情。

"哦，真的啊？"夏盼雪说："你过来很远吗？"

"不远不远，我和刘先生就住在前面的波特曼酒店里。"陆仲任看着夏盼雪，发现她今天非常漂亮，特别是那条紧身牛仔裤勾勒出她圆润的臀部和笔直的长腿，特别动人。他试探着问："姑娘今天怎么没上班？"

"噢，我请了一天假。"

"一个人请假出来逛街？"

"算是吧。"夏盼雪羞涩地笑答。

"好兴致啊。"陆仲任呵呵笑着又问："那你还没有吃午饭吧？"

夏盼雪摇摇头。她掏出手机看了看时间，没想不知不觉已经快到中午了。

陆仲任说："难得这么巧，那你和我们一起吃午饭吧。"

"这……"夏盼雪觉得很突然，不知该答应还是拒绝。陆先生说我们，那就不止他一个人，她要不要去呢？去吧，似乎有些冒失。不去吧，她今天其实没有什么重要的事情，本来就是为了打发时间的。

"不要犹豫了。你不是一个人吗，走走，跟我一起去波特曼，这会儿刘先生大概已经在餐厅等我了。嘿嘿，你要是突然出现在他面前，他得高兴死了。"

"这怎么说？"夏盼雪不理解。不过一听陆仲任所说我们中的另一个人竟是那位刘先生，她之前有所顾忌的部分倒是消除了。那次接触，夏盼雪对刘先生印象不错。

"哎呀，自从上次在球场遇见你，他就对你念念不忘了。"陆仲任说着瞧了瞧夏盼雪，见她的神色疑惑中夹杂着警惕，忙解释道："你别误会，我不是指那种意思。刘先生是个正人君子，你放心好了。他一直念着你，是说你很有能力，对高尔夫又那么熟，他不是在加拿大收购了好几个高尔夫球场吗？很需要像你这样又懂高尔夫又能讲英语的人去他那里帮忙。哦，先不说这个了，走吧走吧，反正你也得找地方吃午饭的，跟我过去和刘先生见一面。"

夏盼雪盛情难却，只好跟着陆仲任出了寺庙，沿着南京西路往波特曼酒店走去。

夏盼雪跟着陆仲任来到上海商城波特曼酒店二楼的这家豪华西餐厅时，刘豪杰已经在里面坐着了。他远远看到陆仲任身后跟着一个高个子的女孩，心想这老陆明明说是去静安寺烧一把香的，怎么突然带了个……，正这么猜测着，却猛地认出了那个女孩是谁，不由从座位上惊弹起来。

"刘总啊，看看我把谁给你带来了？"陆仲任嬉皮笑脸地大声说着朝刘豪杰走过去。

"这是怎么回事？"刘豪杰有些喜出望外。他企图克制住自己，不让情绪过分外露。

"你好刘先生，我和陆先生碰巧在庙里遇到，他非要我一起过来。"夏盼雪上前和刘豪杰打招呼，一边解释着。

"竟有这么巧的事啊！"刘豪杰还是难抑惊喜地看着夏盼雪："来来，快坐下。"

"她今天请了假，一个人出来逛街，还没吃午饭，你说我要不要把她拖过来？"陆仲任坐下后说。

"应该，当然应该。"刘豪杰的欣喜之情依旧没有减退。他欣赏着夏盼雪活力四射的打扮，盯了她好一阵，把夏盼雪看得害羞了。

"姑娘，我没说错吧？刘先生突然见到你，是不是高兴至极？"陆仲任看出了刘豪杰的异常兴奋。他倒是开始怀疑自己刚才对夏盼雪的解释了。

"我本来想再去球场找你一次的，可是实在抽不出时间来，我又没你的电话，没法联系上你。"刘豪杰对夏盼雪说："明天我们就要离开上海回温哥华了，本以为我们就此别过了呢，没想还是再次见到了。"

"缘分，这就叫缘分懂吗？"陆仲任在一旁打趣。

"刘先生想找我，是有什么事情吗？"夏盼雪大大方方地问。

"刘总啊,先不忙谈业务吧,我倒是有些饿了,你们不饿吗?"陆仲任说着,朝服务生招手,一个穿着白衬衣打着黑领结的服务生赶紧捧着菜谱走了过来。

刘豪杰一边说着"对对,我们先吃,边吃边聊吧",一边将一份菜谱递给夏盼雪。

夏盼雪摇摇手说:"我不用看,随便吃一点就行。"

"吃得惯西餐吗?"刘豪杰想起什么来,"如果不习惯,我们就换一家。"

"姑娘你看,你面子多大哦。我是不太喜欢西餐的,可刘总说他喜欢,就是不肯换地方。你一来,还没提要求呢,他就松口了。"陆仲任开着玩笑。

"我什么都能吃,不用换了,不过这里太高级了,一定很贵吧?"夏盼雪这时才注意到这家餐厅非常安静高雅。从她以往的经验来看,这一顿一定价格不菲。

"这个你不用考虑。"刘豪杰说:"那我就替你点一个套餐,行吗?"

"姑娘你还担心贵啊?对刘总来说,这个世界上没有贵的地方。"陆仲任朝夏盼雪挤挤眉毛。

"我简单些就可以。"夏盼雪表示道。

刘豪杰看了看菜谱,用英语点了菜:鲜活大西洋龙虾汤,贝类慕斯,卡鲁阿烤猪,味增鳕鱼,葡萄牙香肠,奶油松露等等。还点了每人一份鲜果鸡尾酒。

菜一道一道送上来,按照正宗西餐的路数,前菜,汤,主菜,甜点,一道不少。陆仲任说是不喜欢西餐,吃起来却是津津有味。兴许他真的饿了,每上一道菜都吃得飞快。夏盼雪则跟着刘豪杰的节奏,优雅地慢慢地吃。刘豪杰暗暗惊讶,一个普通的球童,手举刀叉吃西餐的时候,动作竟然如此娴熟标准。

刘豪杰时不时问一点有关金银湖球场的事情,听上去漫不经心,其实都在了解一些很实际的细节。夏盼雪根据自己到球场后所了解的情况,一一如实告诉刘豪杰。不知是否故意为之,刘豪杰在和夏盼雪的交谈过程中不时夹杂几句英语,有时干脆用英语来提问。不过这丝毫没有难住夏盼雪。她反应非常快,无论听力和口语,接受和应答得都非常精确,这让刘豪杰不免刮目相看。

陆仲任边吃边心不在焉地听他们谈话,也插不上嘴。他油然想起了朱玉文,如果此刻她也在坐,那么他们俩倒是可以讲讲悄悄话,开开玩笑。那次贵州之行,虽说他放了大血,花掉不少钱,不过还是挺值的。朱玉文很会调情,漂亮又温顺。那几个晚上他是非常满意的。若不是马上要离开上海回温哥华,他还真愿意再花一次钱,重温一遍鸳鸯之梦。

陆仲任狼吞虎咽,很快就把自己的份全部吃完了。他见刘豪杰和夏盼雪吃得不紧不慢,就打算先离席而去。他有个习惯,吃饱了之后喜欢打个瞌睡,否则人会觉得晕乎乎没有精神,于是他说:"刘总,你们两个慢慢用,我回房间小睡一会儿。姑娘,陪刘总慢慢吃啊。"

陆仲任一走,余下的两个人反而冷场了,一时不知如何继续聊下去。两个人自顾自吃了一会儿，刘豪杰重拾话题道："刚才你问我找你有什么事，我也不兜圈子了。我很认真地想问问你，你有没有兴趣去加拿大？"

"去加拿大？我？"夏盼雪虽说刚才听陆仲任提到过这方面的事，但从刘豪杰口中一本正经说出来，她还是有些惊讶。

"是，如果可能，我很希望你能去加拿大。噢，对了，你千万别误会我的意思，我只是想请你过去协助我工作。"刘豪杰怕夏盼雪想偏了，说明在先。

夏盼雪沉寂片刻，她知道刘先生正在看着自己，等待答复，她说："刚刚在庙里，陆先生和我提起过这事，说你在那里有高尔夫球场。"

"是的，我已经收购完三个，正在谈另外两个，所以，我很需要懂高尔夫又懂英语的人才。对你说句实话吧，我目前正需要像你这样的一位助手。所以……"

"刘先生这么看重我我非常高兴，"夏盼雪觉得自己在这件事上不能含糊不清，这会影响到刘先生的工作决策。所以在内心已经有了定论后，她决定婉拒他："不过很抱歉，我暂时还没有出国的打算，我在这里还有许多事要做。"

"哦……"刘豪杰眼神里不免流露出失望，不过他还想争取一下，就说道："小夏，这么对你说吧，你不要有任何担忧和顾虑，如果你能考虑我的邀请，到时你去加拿大的一切手续我都会一揽子替你办好，非常方便的。再有，你到了温哥华之后的衣食住行也不需要操心，我都会给你安排好的。总之，有关钱方面的事你一概不用担心。"

"谢谢刘先生的好意，只是我目前真的不能走。"夏盼雪声音不大，但语气很坚决。

刘豪杰不明白，眼前这个漂亮女孩的内心里究竟在想些什么。也许换了其他女孩，对他如此条件优厚的邀请会惊喜若狂，可夏盼雪平静得就像在聊一件和她无关的事一样，刘豪杰更觉得她与众不同了，便继续争取道："我并不是要你马上就过去，我在那里还有很多事情在处理完善之中，我可以等你一个月，几个月，半年，甚至一年都行。"

夏盼雪温润地瞧瞧刘豪杰，对他那么的诚恳心怀感激。她也不忍心再接二连三的拒绝下去了，觉得自己应该给刘豪杰留个余地，于是就道："那就到时再看吧，如果条件成熟了，我能够过去帮助你的话，我就告诉你。"其实夏盼雪心里明白，即使自己眼下答应刘豪杰，她也去不了加拿大。她作为赵梦雨的真实身份，或许还在被成都警方通缉着呢，夏盼雪这个身份又是伪造的，根本无法去申请出国用的护照。

"那太好了。"刘豪杰开心地笑了，从身旁的手提包里取出一张名片来，突然记起之前已经给过夏盼雪了。

"你的名片我有，放得好好的。"夏盼雪松了口气，也启唇而笑。

"你再拿一张吧，以防万一。"刘豪杰还是把名片递给夏盼雪。

夏盼雪恭恭敬敬接过来说："也好，我分开放，万一找不到时，还有备份。"

"说到备份，我想冒昧地索要你的电话号码，可以吗？"刘豪杰说。

"当然，当然可以。"见刘豪杰掏出了手机，夏盼雪接着把自己的号码慢慢报了一遍。

刘豪杰取出手机来，仔细地按着键，然后拨通夏盼雪的电话。不料电话里说：您拨打的电话已关机。

夏盼雪猛然记起今天自己离开金银湖时就把手机关掉了，赶忙取出手机打开，一面向刘豪杰表示歉意。刘豪杰按了一个重复键，铃声很快响起来。夏盼雪看了看自己的手机说："通了"。

刘豪杰挂断电话，收起手机放回包里。然后用英语说了句一语双关的话："这样我就不会失去你了。"

夏盼雪莞尔一笑，随手按了关机键。

5

吃完饭已经临近下午一点钟，刘豪杰说，他下午要处理一些生意方面的事情，问夏盼雪有没有兴趣和他同往？夏盼雪当然不愿意。刘豪杰就建议夏盼雪自己去什么地方玩玩，然后他们再电话联系，找个地方一起吃晚饭。夏盼雪马上就婉言拒绝了，她不想再给刘豪杰添麻烦，也很想一个人自由自在到处逛逛。刘豪杰见她执意不肯，也不能勉强，两人遂在上海商城的出入口处挥手道别。

天气不错，气温也适度宜人，夏盼雪一个人沿着南京西路一路往东而去。这一段路非常优雅时尚，沿街开设着一家连一家的名牌精品店，持续延伸到人民公园附近。穿过西藏路，来到南京路步行街时，夏盼雪的情绪被带了上来了，这条商业街真是不虚为中华第一街，沿街商厦林立，热闹非凡，绝对称得上游人如织，车水马龙。

夏盼雪一路东张西望，目不暇接，从步行街的一头慢悠悠逛到另一头，这时已经看得见上海有名的东方明珠电视塔了。她知道那个地方叫外滩，有一条黄浦江，那是上海的母亲河。夏盼雪马不停蹄加快步子走到了外滩，在南京东路口，视野一下开阔起来，穿过宽宽的马路，就可以登上外滩的人行步道了。夏盼雪有点兴奋，穿过马路，来到黄浦江边，隔着宽阔的江水，东方明珠塔赫然矗立在她眼前。这个有着上下三个大小不同圆球的电视塔，早已成了大上海的象征之一。凝神而望，确实端庄秀丽，别具一格。视线稍稍右移，就看到了金茂大厦和环球国际中心两座直插云霄的摩天大楼，玻璃幕墙在阳光下闪着光亮，格外高贵大气。再回过身来，隔着马路就是上海人引以为豪的外滩旧建筑群，这些具有百年历史的钢筋水泥大厦外形各异，风格多样，既互相依存又各具风格，这片起伏的建筑上处处散发着历史的气息和时代的韵味，每幢大厦似乎在分别娓娓讲述着它们各自的精彩故事。

夏盼雪在外滩这片充满惊喜的空间里陶醉了，久久不忍离去。她在临江的步行道上来回往返。一头是陈毅广场，另一头是天文塔，她走了好几遍，直到觉得两腿发沉，才感到了累，找个地方坐下休息。外滩的游客一点不比南京路步行街上少，十有八九都举着照相机兴奋异常地拍照留影。

夏盼雪也用手机拍了不少景色，坐着的时候就打开来一一欣赏一番。看完照片，她又把手机关掉了，今天她不想任何人打扰自己。夏盼雪离开外滩时，找人一打听，如果要再去乘坐二号线地铁，她不得不走回程路去人民广场。于是她原路返回，再次穿越南京路步行街，重温一遍热闹非凡的场景。到了西藏路口，她停下来一想，时间还早，不如顺便去人民广场看看吧。

夏盼雪到了人民广场，先四处走了一圈。她第三次开启手机，把城市规划馆，大剧院，博物馆等著名建筑都拍在手机里，然后在广场中央的音乐喷泉处略作小息，看鸽群在广场上飞起落下。此时已经到了黄昏，她觉得自己再稍坐片刻就可以准备回去了。

夏盼雪找到了地铁广场的入口，已经是上下班的高峰时段，地下街的通道里来来往往都是步履匆匆的人流。夏盼雪夹在其中走了好长一段路，才到二号线的进口附近。她去自动售票机前排队，买了一张徐泾东的票子。

二号线地铁驶到徐泾东已经是晚上七点。下了车之后，夏盼雪犹豫着是不是要马上打车回金银湖，一转念，不如先去镇上吃点东西再说吧，这个时间回到球场，食堂也已经收摊了。再说，也不知自己想避开的张家宝是不是已经离开球场了，不如再迟些回去更加保险，于是就叫了出租车直接到了镇上的肯德基店门口。其实她并没有太饿的感觉，中午那个西式套餐吃得她很撑，好在她接二连三地走了许多路，那顿丰盛的午餐才慢慢消化掉了。夏盼雪想好了晚上就吃一个香辣鸡腿堡，加一杯可乐，不点薯条了。

夏盼雪坐在肯德基店里慢慢吃着鸡腿堡，继续打发时间。吃到一半时，她掏了出手机，打开来边吃边查看上面的信息。这才发现郑小兰已经发过三条短信给她，都是问她在哪里，什么时候回来？信息都是一个小时之前发送的。她赶忙回复了一条短信：我很快就回来。

夏盼雪吃完后来到街上，想找一辆出租车，可是这个时间路上一辆出租车都看不到。她足足等了近十分钟，终于没了耐心，干脆走回去吧！她对自己这么说着，做出了决定。此时天色已经很晚，她决定还是走大路回去，就往沪青平公路走过去。

半小时后，夏盼雪走到了金银湖球场的面前，这里有条水泥匝道连接公路和球场大门。这一段路不长，大概三十米左右，比起灯光敞亮的公路来，要暗了不少。夏盼雪刚折入匝道，就发现不远处站着一个高高的人影。此时，这个人好像也看到了她，快步朝她走来。夏盼雪略一紧张，随即就认出了是韩戈平。

"你怎么这么晚才回来啊？"快步走到近前的韩戈平声音中夹杂着焦虑和埋怨。

"你在这里干吗？"夏盼雪很奇怪。

"等你呀，我已经等了好一阵了。"韩戈平说。

"等我？"

"当然是等你啦。"

"你怎么知道我这时候回来？"

"是不知道，但我知道你还没有回来，所以来等你。"

"如果我还没打算回来你等到什么时候啊？"

"一直等到你回来呀。"

"你真傻。"夏盼雪不由亲昵地说，心里涌出一股暖流，眼前的韩戈平，还和当年的大哥哥一样对她那么关爱。

两个人慢慢并肩朝球场大门口走去。就像达成过默契一般，夏盼雪和韩戈平都尽量放缓着脚步，显然希望两人独处的时间能延长一点。

"你不舒服怎么也不告诉我一声，一个人去医院。"韩戈平怜惜地道。

"小兰对你说的？"

"嗯，说你一早就去医院做检查了，你干吗关手机呢？我打了许多电话都不通，担心了一整天呢。"

夏盼雪缄默不语，心里是暖洋洋的。

"检查下来结果怎么样，没什么吧？"

"噢，没有什么大问题，还算正常。"夏盼雪含糊其辞。

"那就好，可你怎么出去那么久啊？整整一个白天呢。"

"顺便在市中心逛了逛，反正请了一天假嘛，不逛也浪费了。"夏盼雪做出了合理解释。

韩戈平觉得这种想法可以理解，就问夏盼雪去了哪些地方。夏盼雪照实说了，不过没提碰到陆仲任和刘豪杰的事。接着，两个人默默走了几步，韩戈平换了话题道："你看，今天我本来是想让你和我表哥认识一下的，偏偏你人不舒服，离开球场了。"

"突然失约，对不住啦。"夏盼雪半开玩笑地道歉："后来小兰做你表哥的球童了？"

"没有，后来是朱玉文顶你做了我表哥的球童，晚上还在会馆一起吃了饭呢。"

"哦，玉文姐挺招人喜欢的。你表哥应该很满意吧？"

"她嘛，就是那样。我不喜欢她那副故作亲热的样子，和我表哥第一次见面，就表哥表哥地叫个不停。"

"她性格如此，容易和人熟，也不是什么坏事。"

"反正我不喜欢。"韩戈平口气里略带情绪。

夏盼雪抬眼看了看韩戈平。路灯光线很暗，她其实看不清他是什么表情，只能大致想象了一下。有一点她心里清楚，朱玉文喜欢韩戈平，但韩戈平并不喜欢朱玉文。郑小兰多次说过，韩经理心里只有一个人，夏盼雪当然明白她指的是谁。

两个人走完了那段匝道，进入球场大门。这里距离宿舍楼还有段距离，他们还能慢慢踱步。

"对了，告诉你一件事，你还记得我们说起过的那个大学生高尔夫冠军赵梦雨吗？"韩戈平突然说。

夏盼雪心里不由咯噔一下，顿时愕然，一时竟答不出话来。好在韩戈平并未看她，加上夜色的遮掩，夏盼雪才没有露出破绽。

"我表哥认识那个赵梦雨。刚才朱玉文无意间对我表哥说到你，说你和赵梦雨长得很像，可把我表哥惊到了。"

"哦，是吗？"夏盼雪余惊未消。

"是啊，他当时很想见见你，说要看看你和赵梦雨有多少像。"韩戈平根本没注意到夏盼雪的表情，只管自己讲下去。

"你表哥和赵梦雨很熟吗？"夏盼雪渐渐从最初的惊愕中解脱出来。

"应该是吧。那次全国比赛，赵梦雨来金银湖时，表哥还托我关心她一下的呢。"

"那赵梦雨现在和你表哥还有联系？"

"哎，此事说来难以置信。那天赵梦雨比赛完之后，还没领奖就突然离开了球场，之后再也没有她的任何音讯了。我回老家时还问过我表哥，表哥说他也不知道她去了哪里，一下子踪影全无，怎么也联系不到她了。"

"有这样的事？"夏盼雪努力让自己装得像个局外人。

"所以我表哥一听说球场有一个长得和赵梦雨一模一样的女孩，就非常吃惊。我想他一定把你猜想成赵梦雨了吧。"

"这倒有趣。"夏盼雪继续装得口气轻松地道："那你表哥还会不会来球场证实一下啊？"

"那应该不会，他已经看过你的照片了。"

"我的照片？"

"就是你我和小兰三个人的合影，我给他看的，他说你确实很像赵梦雨。"

"是嘛？"夏盼雪心里暗自思忖，如果张家宝认为夏盼雪很像赵梦雨，这会带来什么后果？张家宝会不会怀疑自己就是赵梦雨呢？

两人走到临近宿舍楼的地方，有两盏路灯坏了，留下一大片昏暗地带。韩戈平走进这片昏暗时忽然停下步来，转身对着夏盼雪。夏盼雪不由自主跟着停顿下脚步，转脸望望韩戈平，猜测着他要说什么。

"小妹……"韩戈平欲言又止的声音里满含着压制住的激越之情，在寂静的黑暗里，夏盼雪听到了他渐渐急促呼吸声。

"你怎么了？"夏盼雪觉得自己的心变得软软的，一声小妹将她唤回到了遥远的过去，韩戈平也瞬时变回了那个她念念不忘的大哥哥。

"小妹，马上要到宿舍了，我可以，可以在这里拥抱你一下吗？"韩戈平鼓足勇气说出了口。

空气凝固了足有几秒钟，在这阒无声息的寂静后，夏盼雪轻如风吟地"嗯"了一声。她没有拒绝，她不能拒绝，她为什么要拒绝呢？

韩戈平猛地展开双臂，将比他矮了大半个头的夏盼雪揽入自己怀里。他的下巴蹭着她细密的头发，闻到了一股甜美的香味。他的手臂逐渐用力，把夏盼雪越抱越紧，好像生怕这个女孩会从他双臂间滑脱，又消失得无影无踪。

"小妹，你以后不要再突然离开我了好吗？十几年了，我好不容易找回你，我不想我们再分开了。你今天一整天不在，又不接我电话，你知道我有多担心，多害怕。"韩戈平倾吐出憋了一天的心里话。

夏盼雪并没有作任何回答，只是将自己发烫的脸温柔地偎依了韩戈平宽厚的胸膛上。她甜蜜地聆听着从这胸膛内部发出的阵阵有规律的敲击声，那里有一颗充满热血和爱意的心。

静谧无声的夜色裹围着这一对坠落爱网的俊男美女，他们默默无声地享受着这第一次心心相印的拥抱。此时此刻，他俩谁也没有发现，在不远处的一颗树干后面，有一双眼睛正死死地看着他们，充满了嫉恨和妒意。

6

自从被韩戈平那么深情的一抱之后，夏盼雪在郑小兰时不时地鼓励和催促下，决定低调地接受韩戈平的示爱，尝试着将两人之间以大哥哥和小妹妹的往昔关系作为坚实基础，暂时抛弃张家宝这个不确定的因素，顺着内心的本能召唤，朝着恋人的方向逐步迈进。

这天一早就下起了雨，雨势还挺猛，又粗又密的雨珠一阵紧一阵浇淋着球场。天空被厚厚的灰色云层压得很低，稠厚的雨云里不知积蓄着多少水分，好像就要在这天痛痛快快全部倾泻下来。这是一场事先毫无征兆的大雨，昨晚睡觉时夜空上还有繁星在闪烁，月光也十分明媚。不料这老天的脾气说变就变，事先不打招呼，事后也不留余地，乐此不疲地泼下那一片大过一片的水来，硬生生打乱了日前原打算过来打球、已经预订了时间的所有客人的计划。看这架势，雨一时半刻绝不会停，即便过一阵停了，球场也完全浸泡在了水中，今天是不可能有客人进场打球了。因此，全体球童心情不一地迎来一个从天而降的休息天。

夏盼雪本来是有预约的，康亮讲好了下午过来打球，还特地说他今天就一个人过来，要夏盼雪做他球童。金银湖的球童们大都有所察觉，这个趾高气扬的大人物康亮最近每次过来都会叫夏盼雪做球童，明显冷落了以前时不时会点名的郑小兰和朱玉文。球童们私下议论说，夏盼雪结合了朱玉文和郑小兰两个人各自的优点，既漂亮，球技又好，也难怪这位金银湖的大佬客人会盯住她不放。

对于这件事，郑小兰没有丝毫的不高兴。其实从她趣味而言，她并不喜欢康亮这种类型的客人，更欣赏实在一点，厚道一点，随和一点，谦逊一点的。郑小兰是靠了技术好在客人中赚得的口碑，因此根本不愁没有客人点她做球童。许多客人都喜欢她爽快的性格和耐心的脾气，尤其是那些一心想提高球技的客人，特别喜欢要她当球童，所以郑小兰可以说是金银湖球童中预约不断的少数几个金牌球童之一。

朱玉文就有些不一样，虽说她也从来不愁客人的预约，但对康亮最近一反常态盯住夏盼雪，心里总有点不是滋味，觉得这个男人见异思迁，薄情寡义。原先他过来打球，十之七八是找她当球童的，还总要时不时夸赞她几句，怎么说变就变，把她冷落在一边视若无睹了？朱玉文虽说心里有气，也只好压在肚子里，客人要叫谁那是他的自由，作为球童是无权抱怨的，何况她和康亮私下虽然也有过打情骂俏的时候，但从未有过真刀实枪的交结。她其实也没有什么埋怨的资本。朱玉文明白得很，要想抓住康亮这种人不放，必须得有实实在在的付出才行，康亮不是那种如陆仲任一类愿意为了一时之乐慷慨解囊的人。他习惯于高高在上，身边不缺愿意跟他上床又不加索取的美女。所以他对球童不会区别对待，除非你也愿意无私奉献。偏偏朱玉文是不见兔子不撒鹰的人，想白占她便宜？她才不愿意呢！

对于这些情况夏盼雪完全默然无知，她只是尽职做好自己的球童。无论哪个客人点她，她都做到恪尽守职，热情服务。她从没有把康亮视为特殊人物，也不在乎康亮有什么特殊，在夏盼雪眼里，康亮这位大佬就是一个普通的球客而已。

雨一刻不停，粗大的雨珠敲击着窗户，发出噼里啪啦的声响，早已经过了平日起床的时间，可大家都懒得动，一个个懒洋洋躺在那里。

"今天泡汤了。"郑小兰从上铺探出身子对夏盼雪说。本来她今天也有预约。

"是啊，看样子要休息了。"夏盼雪早已醒了，躺在床上插着耳机在听音乐。

"我没有预约，休息一天也好。"对面上铺的王小姝接话说。

"我也没有，小姝，我们今天可以打一天麻将了，过过瘾。"睡在王小姝上铺的小刘，似乎很开心可以不上班。她是金银湖球童里牌瘾最大的。

"我们怎么打发时间？"郑小兰问夏盼雪。

"我可以看看书，听听音乐。"夏盼雪说。

"不行不行，那我做什么啊？你得陪陪我。"郑小兰反对说。

"那你说吧，你想做什么，我陪你就是。"夏盼雪像哄小孩似的。

郑小兰转回身子，仰天躺在床上想了一会儿，然后又翻过身来，脸朝下面道："要不我们去看一场电影？"

"看电影？上哪？"

"七宝，七宝那里有电影院的。"

"可是，外面下那么大的雨，怎么出去啊？"夏盼雪发愁地指指窗外，雨点正被风吹着一片片砸向窗玻璃。

"你叫他开车去。"郑小兰挤眉弄眼地朝夏盼雪诡笑。

"我不叫，要叫你叫。"夏盼雪知道郑小兰说的他是指谁，故意撅起了嘴拒绝。

"是不是叫韩经理开车带你们去啊？"对面的王小妹听出了端倪，插嘴而问。她和小刘都已经知道了韩戈平和夏盼雪的事，毕竟住在一间寝室里，有些事情避不开她们的耳目。不过她们对此事倒是乐见其成，大帅哥韩经理喜欢上自己寝室的女孩，她们觉得脸上有光。这时，就掺和进来道："那我和小刘跟你们一起去吧，一辆车正好坐五个人。"

"你不打麻将啦？"小刘倒是兴趣不大，她更喜欢痛痛快快打一天麻将。

"你瞎起劲什么，你们还是去打麻将吧。"郑小兰没好气地冲了王小妹一句，"我一盏灯泡已经够亮了，还嫌不够啊？"

王小妹一直敬畏郑小兰，被她前一句话讲得尴尬，听完第二句不免噗哧一声笑出来，连说："我们不当灯泡了，不当灯泡了。"

"那才识相嘛，"郑小兰说。

雨一直没有打算要停，还在一个劲地下，连歇一歇，喘一口气的意图都没有。球童们都起了床，撑着雨伞去食堂吃了早餐。看着绵绵不断的雨，大家反而安下心来，决定该做什么做什么呗。郑小兰和夏盼雪，共撑着一把花布大伞从食堂回到宿舍楼前。郑小兰说她去看看韩戈平在不在，让夏盼雪在一楼走廊里等她一下。夏盼雪见郑小兰走到韩戈平寝室门口敲了几下门，好像里面没人应答，随即就转了回来。

"估计他去办公室了。"郑小兰对夏盼雪说："我们去那里找他吧？"

"我就不去了吧。"夏盼雪显得很勉强。虽说她现在已经慢慢习惯了球童间的风言风语，不想故意掩饰自己和韩戈平的关系，但也不喜欢太过明显这种关系，毕竟还只是刚刚开始嘛，何况还有别人所毫不知晓的特殊因素在隐隐约约作梗，今后会出现什么情况和变化她自己心里都是毫无把握的。

"那好，你先回寝室，我去一趟，看看他有没有时间和我们一起出去。"郑小兰做事向来风风火火。

夏盼雪独自回到寝室，王小妹和小刘已经到楼下摆开了四方城的战场。她感觉到寝室里难得的安静，想借此时间静静地看一会儿书。夏盼雪刚刚从桌子上拿过一本书来，她的手机突然响了。一开始她以为是郑小兰打来的，告诉她韩戈平的回复，又一想，哪有这么快啊，此刻她还在去会馆的路上呢。夏盼雪伸手取过手机查看，不由心头勃然跳动。

电话是张光曦从成都打来的。

"梦雨啊，好久没有和你联系了，你一切都好吗？"

"我很好，张伯伯，您呢，您都好吗？"突然听到张光曦的声音，夏盼雪，不，此刻她应该是赵梦雨忍不住一阵激动。

"我还行，你现在还在上海那个高尔夫球场里吗？"张光曦问。

"是的，我还在这里。"自从离开成都，赵梦雨虽然很少和张光曦通电话，但彼此一直保持着联系。赵梦雨每换一个地方，只对张光曦透露自己的行踪，以便哪一天有需要时张光曦能够找到自己。为了安全起见，张光曦没有重要事情一般从不联络赵梦雨，所以赵梦雨觉得他今天突然来电，必然有什么事情。

果然，在寒暄了几句后，张光曦的语气变得严肃又凝重："梦雨姑娘，我有非常重要的事情要对你讲，你此刻方便吗？"

"您讲吧，我现在一个人。"赵梦雨庆幸此刻正好只有她一个人。

"好吧，你知道，自从你离开成都后，我独自一人一直在私下做大量的调查和测算，现在总算有了眉目，我终于确认了蓝天金矿的确切价值。"

"多少？"赵梦雨抑制不住突然冒起的紧张。

"最保守的估计，按照现在的国际牌价，蓝天矿所储存的含金量也要值十几个亿呢！"

"有那么多啊？"

"对，就有那么多。"张光曦语气肯定，不容置疑。

"那，当时他们怎么只评估了二点五亿呢？"

"这就是我要告诉你的，张家宝把蓝天矿贱卖了，最多只卖了五分之一的价钱。"

"可是……"赵梦雨心头掠过一丝凉意，一时不知道该说什么。她脑子里填满了不解和疑惑："张伯伯，如果这样，那是为什么？张家宝他自己也是蓝天矿的股东啊？他怎么愿意把自己的矿贱卖给太平洋集团呢？"

"问得好。"张光曦在电话那头稍作沉默后，语气沉重地说道："我仔细琢磨了很久，现在可以肯定地说，这件事比我们原先想象的要复杂得多，黑暗得多，残酷得多。"

"张伯伯，我该怎么理解？"赵梦雨困惑着。

"我虽然还理不清头绪，但我肯定这件事背后有黑幕。"

"黑幕？"

"对，一定有不可告人的阴谋，是这阴谋害死了你的父母。"张光曦语气沉重。

"那，那我该做些什么?"赵梦雨的声音微微颤抖着。

"这件事非同小可，牵涉到的人一定不少，而且都是有头有脸的实权人物，轻易扳不倒他们。你想想，你父母被害的案件，公安局方面拖至今日还没有突破，这里面一定有什么原因，不排除有人从中作梗的可能。还有，为什么他们会为了原始资料的备份盯住你不放?另外，一开始刘副院长明明没有说办公室里少了东西，怎么后来一下子声称被盗了价值五十多万的和田玉，以至于公安局立案抓捕你?这一切的一切，实在太复杂了。"张光曦言词凿凿地分析提示着，每一句话都如同锤子敲击在赵梦雨的心头。

"那我该怎么办?总不能什么都不做，任由他们无法无天吧?"赵梦雨内心的复仇之焰闪出了火花。

"我们一定要把事情弄清楚，还要让坏人伏法的，否则你父母就死得太冤了。"张光曦口气坚决而强硬。

"张伯伯，您给出出主意吧，只要我能做的，我会不惜一切代价去做。"赵梦雨心怀感激。

"你先不要着急，急了也没用，我一定会帮你的。我好好想想，看能找到什么关系。这个社会，没有到位的关系很难办成大事的。"

"那我难道什么都不做吗?"

"你耐心等等吧，我这里一有消息就告诉你。哎，真是苦了你了，明明是受害者，却有家不能回，还得在外面隐名埋姓。这些人真可恶啊!"张光曦叹了口气。

挂断电话的时候，赵梦雨含在眼眶里的泪水终于忍不住一颗颗滚落下来。她多想畅畅快快地大哭一场啊!

7

朱玉文这些天，心里总觉得压着什么重物般轻松不起来。

那天晚上送走韩戈平的表哥后，她和韩戈平一起走回宿舍楼。她本来已经想进自己的寝室去了，却看见韩戈平没有回房间的意思，独自一个在宿舍楼前来回徘徊，一副心神不宁的样子。

朱玉文站在宿舍底楼走道的一处阴影里悄悄看着韩戈平。过了一会儿，她发现韩戈平突然朝着球场的大门方向慢慢走了过去。朱玉文便鬼使神差般蹑手蹑脚隔着一段距离跟在了他后面。她并不知道自己干吗这么做，有一种窥探的欲望在她心里蠢蠢欲动。这么晚了，韩戈平能去哪里？今天一整天都没有见到夏盼雪。郑小兰说她一个人出去了，会不会韩戈平是去接她回来呢？不对啊，如果去外面接夏盼雪，韩戈平应该开车才对。那么，难道韩戈平和夏盼雪今晚约好了在哪里幽会？

好奇夹杂着一丝难以回避的醋意，驱使朱玉文盯梢韩戈平。她放轻步子，保持不近不远的距离。夜色很浓，韩戈平根本没有意识到有人跟着。他不紧不慢朝前走。奇怪的是，他也没有一口气走去大门口，在那段路灯暗淡的水泥道上，走走停停，有时干脆立在一盏路灯下止步不前了。朱玉文实在不能理解韩戈平如此怪异的举动，既不像要急着赶去某处，又不像有事没事的闲逛，他究竟要干什么呢？每当韩戈平驻足不动时，朱玉文都会迅捷地闪到道旁的树干后面去，躲在那儿观察他。突然之间，她恍然大悟，韩戈平这是想在这条必经之路上等夏盼雪回来啊！

朱玉文的猜测不久便得到了证实。看到韩戈平忽然甩开大步朝门口走了出去，朱玉文带紧脚步跟了上去。就在她刚走到球场大门口时，她将视线再往远处一眺，借着前方的路灯光，她望见了一个人影朝门口方向缓缓走来。不一会儿，韩戈平走到了那个人影跟前，两个人站立了大约一两分钟后，肩并肩慢慢朝她站着的方向走来。不用猜，那个进来的人就是夏盼雪无疑。朱玉文急忙往后退回去，快跑几步，闪到了一棵树杆后面。片刻过后，她就看到韩戈平和夏盼雪进了大门。

朱玉文一时不知如何是好，该不该马上折回去呢？很有可能她走出树身就会被看到。原地不动吧，他们两个越走越近。她有点进退两难。好在她此刻躲藏的那棵树比较粗大，又正好是在一处坏了路灯的黑暗区域，只要藏匿得够好，并不容易被发现。朱玉文决定就地躲藏，屏息静气等韩戈平和夏盼雪走过去，再做打算。

令朱玉文没有料到的是，韩戈平走到离她不远处时，突然停了下来，两个人面对面地站在那里不动了。朱玉文的心脏咚咚乱跳，预感到有什么事情即将发生。她透过黑暗努力看去，好像两个人在说话，声音却很轻，朱玉文伸长了耳朵也听不清楚。随即，她看到了令她心跳加剧的一幕，韩戈平展开双臂将夏盼雪拢进了怀里。朱玉文的心头像被什么尖利的东西划了一下，呼吸短促，胸口不仅隐隐作痛，还闷堵难受。她紧张地凝视着黑暗中紧紧相拥的两个人，以为接下去他们肯定会接吻。然而没有发生，韩戈平松开了夏盼雪，两人复又并肩朝着宿舍方向缓缓走去了。

朱玉文在树后面一直躲到看不见他们的身影才出来，悻悻地走回宿舍。

那一晚，朱玉文被失落感和妒忌心整整噬咬了大半夜。第二天醒来时，还有一种患过大病似的虚弱感。这几天，尽管在人面前她依旧若无其事一切如常，内心里却一直沉甸甸的堵得慌。她反复问自己，真有那么在乎韩戈平吗？真有那么喜欢韩戈平吗？她毫无把握也找不到答案。唯一可以确认的，是她不甘心韩戈平那么轻易落入旁人之手。夏盼雪能比自己强多少？竟如此轻松虏获了韩戈平的铁石心肠？朱玉文想不通。

这天晚上，朱玉文洗完澡，正打算坐到床上用手机玩游戏时，有人打她的电话。

朱玉文一看是个陌生号码，直接就按掉了不接。她刚打开游戏软件，电话又响了，显示还是那个电话。朱玉文再次按掉。可是没过十几秒，那个电话号码又在显示屏上顽强地出现了。朱玉文本来就心情不怎么好，火气一下冒上来。她估计对方一定是推销什么东西的，就按了接听键，想要狠狠骂对方几句。"你这人有完没完啊？"她吼道。

"是小朱吗？"一个男人的声音。

朱玉文一愣，显然对方认识自己，会是哪个客人？但凡是留电话的客人，朱玉文都存入了通讯录内，来电就能显示名字的呀。这个人是谁？

"我是表哥。"不等朱玉文提问，对方已经自报家门了。

"表哥？什么表哥？"朱玉文没有反应过来，没好气地说。

"我是你们韩经理的表哥，你忘了？前几天你做过我球童。"

"啊，原来是你啊。不不，没忘，表哥啊，怎么会，忘了呢？"朱玉文不知是惊还是喜，一时言语哽塞，乱了方寸。

"没忘记就好。"

"表哥，你稍等我一下。"朱玉文快速从床上跳下来，避开宿舍里的人，拉开门走到了寝室外面，又朝前走了几步，离开宿舍楼一段距离。她刚才迅速做了判断，张家宝不会无缘无故突然打电话给自己。如果是一般的事，他完全可以让韩戈平转告她，何况朱玉文那天根本没有和张家宝互留电话。

"表哥怎么突然打电话给我，你怎么知道我的电话号码的？"她很奇怪。

"问戈平要的。我有要事找你。"张家宝声音不紧不慢。

"您说吧，有什么事我可以帮您的？"朱玉文本能地把你改成了您。

"那好，半小时后，你到球场大门口去，那里会有一辆奔驰 S600 等着。你上车，他们会带你到我这里来。"

"表哥还在上海？您不是去了北京吗？"

"今天刚过来的。"

"那韩哥知道吗？"

"先不要告诉他，我明天上午就要走，不一定见他了。好了，我在这里等你。你务必要来。"张家宝没等朱玉文回答，就挂断了电话。

朱玉文心里顿时乱成一团。这事真是让她措手不及，自己要不要去呢？她脑子里飞速转动着，猜测张家宝突然找她，还特地派车到这么远的地方接她过去是什么用意？难道他今晚想要和我……？这个念头刚一闪现，朱玉文就摇了摇头。直觉告诉她，张家宝叫她不会是和陆仲任相同的那种需求。那么，他有什么事如此着急，还要瞒着自己的表弟和她这么一个仅有一面之交的女孩碰面呢？

朱玉文没有犹豫的时间，决定要冒一次险。在这么晚的时间突然离开球场，她还是头一回，既然决定要去，多少得打扮一下。她赶紧转回寝室，换了一套外出的衣服，又对着镜子开始化妆。睡在她一室的汤玉美奇怪了，问她："玉文姐，这么晚了你还要出去？"

"是，有要紧的事，必须出去一趟。"朱玉文边夹睫毛边回答。

"是刚才那个电话？"

"嗯。"朱玉文不想多说。

"那你今晚还回来吗？"汤玉美暗示着，她估计朱玉文这时候出去肯定不回来了。

"不知道。"朱玉文心里七上八下的，懒得回答。

汤玉美见状，知趣地闭嘴不问了，自己顾自己打游戏。朱玉文将脸上该涂抹的地方都打理了一遍，穿上鞋子就出了门。她一看手机，已经过去了近二十分钟，按照刚才的约定，她还有十分钟余地，赶到球场门口足够了。

朱玉文步履匆匆走到大门口，果然有一辆黑色奔驰车停在那里。司机好像在反光镜里看到她走过来，就开门下了车迎上几步问："是朱小姐吗？"

"是的。"朱玉文点头。

司机走到车旁打开后门，让朱玉文坐进车里，关上门，绕到车子前方坐回驾驶位，回脸对朱玉文说了句："我们走了，张老板在等你呢。"

奔驰车驶得很快，不一会儿转上了高架，速度又明显增快了。朱玉文眼睛望向窗外，黑夜遮蔽住了一切，什么也看不清，只感到路灯打出的光团一晃一晃闪到身后去了。后来，车子下了高架，转上了热闹的街道，时不时可见五彩缤纷的广告牌和店招。大街两旁的人行道上如同白天一般，依旧人来人往，络绎不绝。大上海的市中心好不热闹啊！

车子在市中心拐了几个弯，最后驶到了一家豪华酒店的门口，立刻有穿着制服的侍应生快步过来拉开车门，恭恭敬敬说着欢迎光临。司机对朱玉文说，张老板此刻在酒店大堂的酒吧等她，让她自己进去。等朱玉文一下车，司机就把奔驰车开走了。

朱玉文在侍应生的指引下进入酒店大厅，立刻感到这地方比上次跟陆仲任去贵州时那家酒店还要华丽气派。她问侍应生大堂酒吧怎么走，侍应生朝一个方向指了指，朱玉文就往那里走过去。酒吧区灯光调得比较暗，从那里传来一阵阵柔和的钢琴声，一排排沙发椅子里零零星星坐着一些老外，面前的几桌上搁着一杯杯鸡尾酒或咖啡。朱玉文很快看到了张家宝，他坐在一个角上，正朝她招手。

"表哥。"朱玉文很自然地叫了张家宝一声。她此刻已经定下心来，既然张家宝约她在大堂而不是卧房里见面，就说明他没有心怀不轨的企图，自己之前多虑了。

"坐，坐，你今晚真漂亮，喝什么酒？"张家宝显得极为随意。

"我晚上不喝酒。"朱玉文忙说.

"那就咖啡？还是茶水？"张家宝面前放着一大杯啤酒，刚刚喝掉三分之一。

"有水果茶吗?"朱玉文也不客气。

张家宝按了下桌角的呼叫铃,马上就有服务生跑过来,问他有何吩咐。张家宝问有没有果茶,服务生说有。张家宝就点了一壶,顺便还要了两块蛋糕。等东西送到,张家宝替朱玉文倒了一杯果茶,放到她面前。

"我自己来吧,表哥您太客气了。"朱玉文受宠若惊。

"不必客气,你一直表哥表哥地叫我,我早把你当自己人了。"张家宝笑眯眯地说。

"说来奇怪,我和表哥头一回见面时,就有一见如故的感觉,真的。"朱玉文趁势加油添醋。

"那就好,我这个人其实很随便的,不信你可以问戈平。"

"当然相信。对了,表哥您突然把我叫过来,有什么要紧的事吗?"朱玉文问。

"确实有一件要紧的事。这么说吧,本来我应该从北京直接飞回成都的,因为这件事,我特意到上海再转一下。"张家宝收起笑容,认真起来。

"噢……"朱玉文预感到事情比较严肃,却无法猜出究竟是什么事,就道:"那表哥您说吧,是不是要我帮什么忙?"

"你真是个聪明女孩,我一眼就看出你十分机灵。"张家宝夸着朱玉文,好像要为下面的话做铺垫。他略作停顿,端起杯子喝了口啤酒,然后说:"今天我和你谈的事情,你不要对任何人说,包括我表弟,行吗?"

"这个……"朱玉文好生奇怪,什么样的事情,连韩戈平都不让知道而要对她说?

"能答应我吗?"张家宝逼问了一句。

"能,能,既然表哥这么信任我,我可以保证。"朱玉文赶忙表态。

"好,这就好。"张家宝把拿在手里的酒杯放回小桌上,将目光集中到朱玉文的脸上,然后说:"是这样的,上次戈平给我看了那个很像赵梦雨的女孩的照片,她叫什么?"

"夏盼雪。"

"对,夏盼雪。她们两个长得实在是太像了。"张家宝说。

"是啊,我们都这么觉得,猛一看,几乎一模一样。"

"这世界上怎么可能有长得如此相像的两个人呢?"张家宝的语调里明显隐藏着其它含义。

"表哥的意思是?"

"听说那个夏盼雪是你带到球场去当球童的,是真的吗?"张家宝问。

"是真的。"朱玉文就把自己如何在虹桥交通枢纽遇到夏盼雪的经过,简单讲述了一下。

张家宝十分认真地听完后,突然问朱玉文:"你难道从来都没有怀疑过她就是赵梦雨吗?"

张家宝这么问，就表明了他内心已经形成的疑惑。赵梦雨失踪那么一段时间后，夏盼雪在金银湖出现了，这件事是非常蹊跷奇怪的，他始终不相信天底下会有两个长得如此相像却又彼此毫无关联的女孩。

朱玉文一怔，没有理解张家宝的话中之意。她说："她不是赵梦雨，是夏盼雪，这个我可以肯定。"

"你凭什么那么肯定？"

"我看过她的身份证。"

"哈哈，身份证吗？这可说明不了什么的，只要出钱，随随便便就可以伪造一张出来。"张家宝不以为然地挥了挥手。

"您说弄一张假身份证？"

"如果需要，有什么不可以呢？"

"这个我倒是从来没有想过。"朱玉文不明白张家宝这是要暗示什么。她想起来那天张家宝说过他认识赵梦雨，就问："表哥您不是认识赵梦雨吗？"

"不仅认识，还非常熟悉。"张家宝并不否认。

"那表哥应该知道她现在的情况啊。"朱玉文越听越糊涂。

"她突然失踪了，这几个月我一直在找她。"张家宝开始漏了点原由出来。

"表哥怀疑夏盼雪就是赵梦雨？如果那样的话，那表哥只要再去一次球场，找夏盼雪当面询问一下，仔细辨认一下不就行了？"朱玉文觉得张家宝是在瞎猜，又不能直接否定他，就提了个建议。

"不行。"张家宝立马否定道："如果赵梦雨真的把自己伪装成夏盼雪，她当然有她的目的，不会轻易承认自己真实身份的。"

"可赵梦雨活得好好的，有名有利，一个全国冠军，她为什么要化妆成夏盼雪来球场当一名低下的球童呢？没道理啊！"朱玉文无论如何不能够接受张家宝这种解释。

张家宝当然不会告诉朱玉文赵梦雨所遭遇到的一系列实情，他遮掩道："是啊，说来真是不应该，不过她们怎么长得那么像呢？所以我很想弄个明白。"

"哦对了，夏盼雪曾经对我说过，她好像有个双胞胎姐妹，小时候被送给人家了，会不会……？"朱玉文想起了这件事。

"她真这么说过？"张家宝心里一动。

"是的，还不止对我一个人说过呢。"朱玉文说。

张家宝静默了好一阵，似乎在思索着问题。他再次拿起杯子，慢慢喝了几口啤酒，然后像是做了什么决定一样对朱玉文说："这样吧，我今天特意叫你过来，就是想让你帮个忙，不知你愿不愿意。"

"表哥您说吧，只要我力所能及。"朱玉文接口道。

"那好，我也不瞒你说，我一定要找到失踪的赵梦雨。至于你们那个夏盼雪会不会就是失踪的赵梦雨，我还没有把握，只是瞎猜。但我总感觉这里面有些蹊跷，所以想请你帮忙证实一下。"

"证实夏盼雪究竟是不是赵梦雨？"

"对，就是证实这件事。"

"可我怎么才能证实呢？我去问夏盼雪吗？"

"说难也难，说简单也简单。"张家宝好像深思熟虑过，咽了一口口水继续道："你只要想出一个办法，验证一下夏盼雪的身份证是不是真的，事情不就清楚了？"

"这怎么办得到呢？"

"所以你得动动脑筋，你很聪明，总会有办法的。当然，我不会让你白替我做事的。"张家宝暗示朱玉文。

朱玉文低头想了想说："好吧，我尽量试试，但表哥得给我点时间，不能急哦。"

"我不急，只要你去做就好。"张家宝暗下舒了口气。忽然他又想到了一件事，就对朱玉文说："还有，你有没有看见那个夏盼雪脖子上戴过白金项链之类的东西？"

朱玉文摇摇头，一副木然无知的表情。

"你注意一下，夏盼雪有没有一根带有小猴打高尔夫球挂件的白金项链，如果有，你马上告诉我。"张家宝叮嘱道。

"表哥的意思，赵梦雨有那么一条项链？"朱玉文试探着问。

"你看，我就说你聪明机灵嘛，一点就通。"张家宝再次夸奖朱玉文。

"我明白了。"朱玉文说是这么说，倒怀疑起自己为什么要那么积极地帮张家宝做这件事情来，她图的什么呢？

张家宝像是看透了朱玉文的心思，突然转口说："我看得出，小朱你很喜欢我家表弟，对吗？"

"这个嘛……"朱玉文不由窘迫不已。

"不用瞒我，我那天就看出来了。其实呢，我倒是非常喜欢你的，如果你能成为我弟媳妇，我会很高兴呢。"张家宝观察着朱玉文的反应，继续道："我那个表弟嘛，太喜欢高尔夫了。不过我已经对他说过了，高尔夫不能当饭吃，也发不了大财，今后还是要让他管理一家公司。我手里那么多公司，一个人也打理不过来，他是我最喜欢最信任的小弟，所以我要送一家公司给他。他其实很有经商天赋，前几年他还是个大学生就劝我在上海投资房地产，我因为无暇顾及，他便硬劝我在市中心买了几套房，这样也不占用我的任何精力，结果没到三年房价就翻了几番，让我赚了几千万。如果哪天你能和他一起打理那个公司，我就更放心了。"

朱玉文内心通通乱跳，这是个令人惊喜的意外，韩戈平的表哥居然喜欢自己，愿意促成她和韩戈平的关系，更重要的是，原来韩戈平身上唯一的短板，他表哥轻而易举就能替他弥补掉。而且，韩戈平还具有赚钱的本领。那么，韩戈平一旦很有钱的话，他难道不就是最佳的丈夫人选了吗？

这晚稍后，当张家宝叫司机用奔驰 S600 送朱玉文回球场的时候，朱玉文坐在车里想：自己一定要完成张家宝拜托的事情，这样，张家宝会更倒向她一边，她得到韩戈平就更容易了。

8

这一阵，郑小兰察觉到夏盼雪有些一反常态，整天显得闷闷不乐，好像有很重的心事压着她似的。

郑小兰一开始以为是她和韩戈平闹了什么别扭，就寻了个机会悄悄去质问了韩戈平，有没有惹恼过夏盼雪。

韩戈平一脸无辜，说："我也发现这些天她有变化，不知为何突然对我爱理不理的，老是很冷淡，我正好想问问你是怎么回事呢！"

郑小兰就知道夏盼雪的情绪波动与韩戈平无关。那是为什么呢？

郑小兰肚子里是藏不下东西的，终于逮了个合适的机会，等寝室里只有她们两个人时，追问起夏盼雪。郑小兰说："既然我们是闺蜜，就应该彼此交心。你如果把我当自己姐妹，有什么不开心的事就别一个人窝在心里，讲出来我听听吧，兴许我能替你排忧解难呢。"

夏盼雪原本倒也没有打算对郑小兰隐瞒，只是这种事她也不便主动去对谁提起，既然现在小兰直言相问，她就叹了口气，摇摇头说："我确实有心事，但这件事太大了，谁也帮不了我的。"

郑小兰极其认真地道："什么事情你就说嘛，说出来总比一个人压在心里好受，即便我帮不上什么忙，也可以与你共同分担些忧愁啊！"

夏盼雪被郑小兰的诚挚打动了，便把接到张光曦的电话，张光曦在电话里所讲的事情原原本本告诉了郑小兰。末了，夏盼雪叹着气道："我现在发愁的是，自己没有任何门路可以主动出击，协助张光曦伯伯去寻找关系，尽快弄清蓝天矿业被太平洋集团收购的背后黑幕，只有弄清了这黑幕，才可能加快侦破我父母被害案子的速度。"

郑小兰听完之后一时无语。作为姐妹，她多想尽力帮助夏盼雪（此时应该叫赵梦雨），可她真的是心有余而力不足。面对这么复杂又重大的事情，她不知自己如何才能替赵梦雨分担焦虑和痛苦。郑小兰无法想象赵梦雨的家里遭遇如此天翻地覆的变故后，还能化身为夏盼雪隐匿在金银湖，等待为父母复仇的机会，她不由从内心深处万分佩服这种的勇气和毅力。她觉得自己一定要帮助赵梦雨，即便自己所尽的只是一份成效有限的绵薄之力。

这天夜里郑小兰睡在床上辗转反侧，突然鬼使神差般想到了康亮。她一直听人说康亮这个人手眼通天，认识很多政府官员，这世界上好像就没有他办不成是事情，如果找他帮忙行不行呢？

第二天起来，郑小兰就悄悄把自己的想法告诉了赵梦雨。赵梦雨听后为之一振。眼下，她脑子里盘算考虑的唯一一件事，就是怎么才能弄清真相，为父母雪冤复仇。为此，哪怕只有一丝一毫的希望，她都会抓住不放，都要尝试一下，即便是一次失败的尝试，总比无所作为来得要强。再说，破了案，金矿的阴谋也会真相大白，公安那里也会撤销对她的通缉，还她自由。何况，康亮曾帮她摆平过那个陪老头来打球的、不可一世的女人，应该值得一试。

正好这天下午康亮要过来打球，已经预约了夏盼雪做球童。最近凡是他来金银湖，都只点夏盼雪陪他。夏盼雪隐隐约约察觉到康亮好像很喜欢自己，虽说从没有对她说过一句出格的挑逗的话，但从他瞧她的目光中，夏盼雪能觉察到某种不同寻常的含义，这是一个男人喜欢上一个女孩时掩饰不了的贪恋眼神。只不过康亮作为一个事业成功的、经济富裕的、身边又不缺美女的男人，他故意将这种垂涎包装成一种绅士般的矜持而已。夏盼雪对此心知肚明，不过她心无杂念神自清，压根没有当回事。

下午康亮准时来到球场，和以往几次一样，两个人驾一辆球车下场，顺着球道一洞洞往前去。一路上，康亮还是那样滔滔不绝，讲述自己的经历和见识，身旁的夏盼雪始终安静地聆听着，依旧默不出声。不过，康亮很敏感地发现了夏盼雪的不同寻常，她的神色相比往常暗淡许多，在和平日相同的寡言少语里，掩藏着某种欲言又止的犹豫。康亮以为她今天身体不舒服。

"小夏，你今天怎么无精打采的，身体不好吗？"康亮在打到第四洞时，忍不住问。

"没，没有啊。"夏盼雪想有所掩饰。实际上，她脑子里正在转着该在什么适当的时间问问康亮。

"不用瞒我，如果确是身体不好，你可以下去休息，不必勉强陪我。"

"我真的没有不舒服。"夏盼雪否定着。

"那你就是有什么心事，对吗？"康亮肯定地说。

夏盼雪抬眼看了看康亮，没否定。她心里明白，也许这就是自己开口的机会。她试着张了张嘴，却没有说出话来，毕竟和康亮不熟，彼此只不过是客人和球童的关系，能不能托一件如此重大的事情呢？如果要托，又该如何开口呢？

康亮看出了夏盼雪的踟蹰不前。凭他老到的阅人经验，他认定身旁这个女孩遇到了什么一时难以解决的烦心事，就劝道："小夏，我毕竟比你年长好多，社会经验比你丰富，你有什么解不开的结，如果你信任我的话，可以对我说说啊，兴许我能给你出出点子。"

"我确实有事想问问你。"夏盼雪鼓足勇气说了出来。

"哦，那很好啊，你有什么事，说吧。"

"我听说，康总你认识很多政府的人？"

"嗯，算有这么回事吧，你想找哪方面的人？"

"康总，你在四川成都那边有没有政府里的熟人啊？"

"四川成都？"康亮非常意外，他原以为夏盼雪问的是上海。

夏盼雪一看康亮的表情，心想肯定没戏了，顿时觉得非常失望。想想也是，康亮人在上海，即使认得政府官员，那也都是上海本地的，怎么会和远隔千山万水的四川成都沾上边呢？她赶紧说："哦，我只是随口一问，没关系。"

"还真巧了，我有一个大学同学就在成都当副市长呢。"康亮冷不防说。

夏盼雪一开始怀疑自己听错了，脱口而出问："真的？"

"当然真的，我们关系还挺不错的呢。"

"那真是太好了。"夏盼雪掩饰不住惊喜，脸上绽开了笑容，不过随即她又将笑容收敛了。虽然是这样，可康亮凭什么要帮自己呢？何况这件事那么复杂，又该如何对他解释呢？

"说吧，你有什么事要找成都的官员？"康亮主动发问，替夏盼雪消除顾虑。

夏盼雪没有立即答复，在琢磨如何说更为合适。她思索了一会儿，转念道："康总，我有一个亲戚在成都遇到了非常麻烦的事情，希望能找到政府部门的人举报一下，最好能找到熟悉的人，又是能负责的人。所以……"

"能告诉我是哪一类事情吗？"康亮饶有兴趣地盯住夏盼雪的脸。

夏盼雪一时难以作答，嘟哝道："康总，这事说起来非常复杂，一时半刻我也讲不清楚。"夏盼雪说着，躲避开康亮询问的目光。

"你就简单扼要地说一下吧，要不我怎么托人？"康亮一眼就看出了夏盼雪是知道这件事的，只是不想说而已。

夏盼雪颇感为难，仔细在心里盘算了一阵后，决定先隐瞒主要实情，以旁观者的立场描述个大概。于是，她就把蓝天矿业公司被太平洋集团廉价收购的事情粗粗讲了一遍。

"这可不是件小事，你亲戚是蓝天矿业的老板？"康亮听到一家价值十几个亿的企业被轻易以不到百分之二十的低价出售掉，觉得这件事背后一定有十分蹊跷的原因。

"嗯，嗯。"夏盼雪含糊其辞。

"你亲戚被诈骗了。"康亮把握十足地下了结论，"如果不是诈骗，就是被掠夺了。这里面一定有什么黑幕。"康亮分析道。

"我亲戚也是这么认为的。"夏盼雪记起了张光曦的话。

"那他为什么不去报案告发呢?"

"他无能为力,说对方势力太大,斗不过他们。"夏盼雪试图解释。

"哦……。"康亮低头沉思着。他在生意场上摸爬滚打多年,当然了解许多常人不知的内情。据他所知,内地许多地方是很黑的,常常有黑社会性质的组织勾结官员对一些有油水的民营企业进行强取豪夺。一般的企业主,如果在政府的高层没有关系,确实斗不过那些黑白两道通吃的人,你可以称那些人为当代恶霸。康亮看看满脸渴望的夏盼雪,觉得应该帮她一下,就问:"那你要我做什么?"

"能不能把你那个当官的同学介绍给我的亲戚?"夏盼雪也一直在思考中。

"这个不难,"康亮眨着眼说,"我只要给那同学打个电话就行。"

"那就太感谢康总你了。"

"现在先别忙着谢,等事情有点眉目了再谢不迟。这样吧,你过会把你亲戚的名字和联系方式告诉我,我先和同学打个招呼,到时候让你亲戚直接去找他谈这件事。不过有一点,你必须保证你刚才所说的一切都是真实的才行。"

"我可以保证,可以对天发誓都是真的。"夏盼雪急了。

"那就好,今天打完球我就联系同学。你放心,我托他的事他一定会尽心尽力帮忙处理的。"康亮让夏盼雪吃了颗定心丸。

康亮说到做到,打完球之后,当着夏盼雪的面往成都打了个电话。夏盼雪在一旁听着,觉得康亮并没有夸大其词,那个官员和康亮的关系的确很好,两个人交谈的口气既亲切又随便,这肯定不是一般的熟人。结束通话后,康亮对夏盼雪说:"搞定了,我同学让你亲戚直接去找他,他会派人调查处理这件事,还会亲自过问事情处理的进程,你抓紧告诉你亲戚吧。"康亮接着把他同学的电话号码给了夏盼雪,叮嘱她绝对不要外传,只能告诉她亲戚一个人,同样,他要求夏盼雪的亲戚也务必对此号码保密。

"康总,我该怎么谢你才好?"夏盼雪心里充满了感激之情。

这天晚上,夏盼雪一个人在外面给成都的张光曦打了电话,把情况告诉了他。张光曦非常意外,在连连夸赞她一番后,向她保证一定会把事情办好,还承诺会及时和她通信息,告诉她事情的进展情况。末了,张光曦说:"梦雨,实在委屈你了,你再忍一阵吧,有了这条关系帮忙,我一定会把事情弄个水落石出。"

"那就辛苦您了,张伯伯,拜托了。"赵梦雨百感交集,终于看到了一丝盼望已久的希望。

9

晚上 7 点，夏盼雪约好了同康亮一起共进晚餐。这是她来金银湖球场至今第一次单独出去同球场客人吃饭。晚餐地点是康亮选的，位于上海南京西路上的一家五星级酒店——上海波特曼丽丝卡尔顿酒店里的中餐馆。很巧，上次在静安寺庙里遇到陆仲任后，夏盼雪跟他一起到过波特曼，还和刘豪杰一起吃过午餐，因此她认识这地方。

昨天下午，夏盼雪突然接到康亮的电话，说第二天晚上想请她一起吃饭。

夏盼雪随口问他还有什么人一起？康亮说就他们两个，别无他人。夏盼雪一听只有他们两个人，一时拿不定主意了，就问："康总怎么突然单独请我吃饭啊？"

"这个嘛，你来了就知道了。"康亮卖着关子，或许觉察到夏盼雪有些犹像，他又加了一句："你不会拒绝我的邀请吧？"

康亮这么一说，夏盼雪就难以回绝了。

上次是郑小兰向夏盼雪提议去找康亮试试，有没有关系可以帮助夏盼雪解决难题，没料到歪打正着，康亮真的帮上了大忙。从张光曦那儿传来的消息看，康亮那位当副市长的同学还真是个办事认真的官员。他让张光曦把收集到的相关材料全部整理齐全，交给他指派的一位市府秘书，还让那位秘书带着张光曦去见了市公安局经侦局的局长说明情况，好像是要直接委托经侦局来办理这个案子。走到这一步，张光曦觉得此事肯定有了希望，他叫赵梦雨要好好谢谢那个介绍副市长认识的人。可几天过去了，夏盼雪一直没有想出如何答谢康亮的方式。

今天中午，夏盼雪把晚上要出去和康亮吃饭的事告诉了郑小兰。郑小兰听后不知为何颇有些担忧。她最近已经察觉到康亮对夏盼雪的特别关注。郑小兰过去在球场听多了有关康亮的传言。球童间有关他的绯闻不绝于耳，郑小兰对他一直心生警觉。她很想劝夏盼雪别单独一个人去，生怕康亮会趁单独相处的机会对夏盼雪做出什么不轨之举。夏盼雪那么纯洁，别一不小心吃了大亏，被康亮占了便宜。转念又一想，眼下夏盼雪欠了康亮那么大一个人情，总不能直截了当拒绝他的邀请吧？就只能对夏盼雪发出点暗示了。

夏盼雪离开球场的时候，郑小兰陪她走到球场外，一路上千叮万嘱夏盼雪晚上一定不能喝酒，吃过晚饭就尽早回来，千万千万别再去除餐厅以外的地方。

夏盼雪自然明白郑小兰的好意，叫她放心。两个人站在马路旁招停一辆出租车，郑小兰目送夏盼雪上车开走后，才心神不宁地返回球场宿舍。

夏盼雪坐着出租车赶往地铁站。此刻正值高峰时段，车站里乘客很多，夏盼雪买了票，坐二号线直达静安寺。出站后，她看到那里有个很大的久光百货公司，就进去看看有没有合适的东西可以买来作为礼物送给康亮。她上上下下兜了一大圈，也没看到价格合适又自己中意的东西，只得悻悻地离开。

夏盼雪提早十分钟到了酒店的中餐馆，迎宾小姐引领她走进了康亮预订的小包房。包房设计精致、协调，显示出温馨、高雅和私密。以前，当夏盼雪被叫做赵梦雨的时候，也经常跟随父亲出入高档豪华酒店，不过踏进眼前这个著名的酒店，这么高档的餐厅时，夏盼雪还是感觉到小小的惊讶。

夏盼雪在等康亮的时候，韩戈平打来了电话，问夏盼雪在哪里。最近一段时间他对夏盼雪盯得很紧，完全不在乎公开他和夏盼雪的特殊关系，甚至有点故意渲染的意思，希望女球童们都明白他已经心有所系，不要再对他抱有什么幻想。

"我有个同学来上海出差，晚上约我一起吃个饭。"夏盼雪这样回答，这是她和郑小兰约定的托词，万一韩戈平问起，两个人要统一口径。

"哦，在哪里？远不远？要不要你结束后我开车去接你？"

"不用了，我在市中心呢，结束后我会坐地铁回来。"

"那到时我开车去地铁站接你。"

"不用了吧，挺麻烦的，我打的回来就行。"

"我来接你，晚上你一个人回来我不放心。"

"那……那到时我提前打电话给你吧。"

挂了电话后，夏盼雪将手机调到了静音模式。油然间，她觉得心里有点不安。自己明明和康亮在一块吃饭，这本来是光明正大的事，为什么要瞒着韩戈平？为什么要吹牛呢？

"哎呦，美女在思考什么啊？"康亮走进了包房，带着戏谑的口吻，对陷入沉思的夏盼雪说道。

夏盼雪刚才侧身对着小包房的门口，确实没有马上觉察到康亮走进来。她闻声转向康亮，赶紧解释："没有啊，我在等你呢。"

"现在正好是北京时间7点，我可没有迟到哦。"康亮一边坐下，一边笑容可掬地道。

"康总今天想吃什么，我请客。"夏盼雪拿起服务员先前给她的菜单，递给了康亮。她刚才灵机一动，既然没有买到合适的礼物，不如今晚她来埋单吧。这地方很高级，想必吃顿饭也不便宜，她请康亮吃，也算还个人情。

"你请客？为什么？"

"康总帮了我的忙，总要给我个感谢的机会吧。"

"在我的词典里，从没有'让女孩请客'这一说。"

"可是……"夏盼雪听得出康亮语气里不容置疑的味道。

"何况今天是我约你的，对吗？"还没有等夏盼雪说话，康亮就将脸转向了服务员。"今天有什么好吃的？"

"康总，不好意思来晚了，我本该到门口迎接您的。"这时，餐厅经理推门而进，赶紧对康亮说抱歉。

"都是老朋友了，就不用这么客气了。"康亮笑呵呵地把手一挥。"今天你帮我们配菜吧，每人二千元的标准。"

每人二千元标准？夏盼雪吃了一惊。这大大超出了她的想象空间，即便以前她也常跟随父亲出入成都的高级酒店，人均消费七八百元已经够阔气的了。

"拿一瓶我存放在你们饭店里 1986 年的拉菲红酒过来。"康亮继续吩咐道。

"是是。"经理连连点头。

"顺便告诉服务员，上菜时才进包间，其余的时间在门外等候。"

"好的好的，祝二位用餐愉快。有事随时吩咐。"经理退了出去。

康亮见经理带上了门，转脸对尚未从惊愕中摆脱出来的夏盼雪说道："饭店里提供的名贵酒，很多都是假冒的。就拿法国波尔多梅多克产区出产的拉菲红酒来说，每一年只产出 24 万瓶，销往全世界。但可笑的是，仅中国市场，一年销量就高达 50 万瓶，至少 40 万瓶是假冒的。所以，我都是到原产地去购买好酒的。"

服务员将拉菲酒拿了进来。康亮一看酒瓶商标上的记号确是自己做的，酒没有被换包，便让服务员打开瓶塞，先醒醒酒。

"康总，我不喝酒。"夏盼雪看着服务员用启瓶器开酒，马上记起了郑小兰的叮咛。

"你不喝酒？那怎么成？"

"我不会喝酒……"

"再不会喝，一点点红酒也没问题的。你要知道，这是世界上最好的红酒了。"

"我真不能喝。"

"刚才还说要请我吃饭呢，现在连陪我喝一杯酒都拒绝，你看你……"康亮似乎有点不悦。

"那，那我少喝一点行吗？"夏盼雪见此情况，难免犹豫，既然答应过来和他一起吃饭，总不能搞得康亮十分扫兴吧？她不自觉做了让步。

这时，服务员送上了四个精致的凉菜，为他们斟上了小半杯红酒，随后退了出去。

康亮举起酒杯，夏盼雪也跟着端起来。康亮说："小夏，你知道我为什么今天约你吃饭吗？"

"你刚才说到了这里再告诉我的。"

"是啊，我现在告诉你，今天是我的生日，所以，你一定要陪我喝点酒的。"

夏盼雪非常意外，举着酒杯的手不由晃了一下，还好杯子里的酒并不多，才没有洒出来。她慌忙说："真的啊？你怎么不事先告诉我呢？我什么礼物都没有准备。"此刻夏盼雪真的后悔自己刚才在百货商场里犹犹豫豫，没有买一样东西，要不就可以当做礼物了。

"你能来，就是最好的礼物了。"康亮含蓄地朝夏盼雪眨眨眼睛。

"既然是康总过生日，怎么不多叫几个朋友来热闹热闹？"夏盼雪觉得好奇怪，康亮过生日，怎么会只请她一个人吃饭。

"每年过生日，总有一大群朋友拖着我聚会，给我举办生日派对，又喝酒，又唱歌，闹得不亦乐乎。今年我突然想静一静，没有喧哗，没有吵闹，没有震耳欲聋的音乐，没有烂醉如泥的丑态。我只想和一个心仪的女孩单独吃顿饭。"康亮巧妙地说道。

夏盼雪听出了康亮表述背后的含义，没有接茬。她早就听说过康亮巧舌如簧，非常会讨女孩子欢心。

"其实嘛，围在我身边的女孩子还真不少。昨天我就在想，这次过生日约谁一起吃饭呢？我决定，自己脑子里哪一个女孩先跳出来，就约谁。因为那很能说明问题，第一个跳出来的就是我心里最看重的，你说奇怪吗，那第一个跳出来的人竟然是你！"

夏盼雪的心被拨动了一下。她没能掩饰住一阵突如其来的脸红，也不知该怎么接康亮的话，结果从嘴里溜出一句毫无用意的话来："康总你真有趣。"

"来，我们先喝一口。"康亮举着高脚杯和夏盼雪碰了碰。

夏盼雪喝下一口红酒，肚子里空空的，红酒有种温热感在她胃里弥漫开来。她脑子里闪过郑小兰的话：一定不要喝酒。

热菜一个接着一个，由服务员端送上来。每上一盘菜，康亮都会用公筷替夏盼雪夹一块放进她的盘子里。出乎夏盼雪意料之外的是，康亮并没有继续什么花言巧语，反而转开话题，像平时一样滔滔不绝谈起了人生："我总结了几条人生成功经验供你参考：1. 先做人，后做事，偶尔做秀。2. 任何事情都是可以变通的。3. 学会平衡：不能因为1%的利益败坏100%的回报。4. 我们要培养自己优秀的性格，花30分钟想一下身边20个人的优点，然后改变你的性格。5. 简单＋勤奋＝成功。无论是在生活中还是在工作上，把复杂的事变得简单一点，就离成功近了一步。6. 人生要有规划，不要想3年以后干什么，要想3年内的目标。7. 沟通是一个人的能力，要能很好地跟他人沟通。8. 成功'4＋1'理论——'1'代表性格，'4'代表智慧、机遇、勤奋和激情。只要性格好，搭配另外4个里的随便哪个都能成功。好的性格就是不挑剔别人的任何性格。"

康亮就像对着台下几千个大学生在演讲一样，情绪激荡，眉飞色舞，语速极快。看得出康亮兴致很高，一边说一边喝酒，还时不时和夏盼雪碰一下杯，而后极为自然地替夏盼雪斟酒。夏盼雪每次都想婉拒，康亮总说只加一点点，一点点。夏盼雪盛情难却，又想到今天是康亮的生日，就一次次勉强接受了。

"对于做人我有十大诀窍，"康亮讲完一个观点，又开始另一个观点，"1. 做人不能太单纯，需要适度伪装自己；2．凡事留余地要留退路；3．话不说绝，口无遮拦难成大事；4．成熟而不世故；5．心态好想得开活得不累；6．懂方圆之道：没事不惹事，来事不怕事；7．不可少二礼：礼仪与礼物；8．人在江湖飘防挨朋友刀；9．偶尔'势利眼'，寻可靠伙伴；10．放下面子来做人。"

"康总，你真能总结，难怪有那么多人崇拜你。"夏盼雪开始感觉全身热乎乎的。她不断告诫自己，不能再喝了，免得喝醉了，失态难看。但另一个声音又告诉她，自己不会醉的，大脑深处是清醒的，是完全能控制的。

"我还有如何做一个魅力女人的十大诀窍：1．善于发现生活里的美；2．养成看书的习惯；3．拥有品位；4．跟有思想的人交朋友；5．远离泡沫偶像剧；6．学会忍耐与宽容；7．培养健康的心态，重视自己的身体；8．离开任何一个男人，都会活得很好；9．有理财的动机，学习投资经营；10．尊重感情，珍惜缘分。"

夏盼雪听得有些云里雾里了。渐渐地，夏盼雪感觉，康亮的声音是从很远很远的地方传来的，而且越来越轻。两个眼皮，却越来越重，直到完全闭上……

夏盼雪再次睁开眼睛时，发现自己并不是睡在宿舍的单人床上，而是一张宽宽的大床。她再凝神一看，这好像是在酒店的客房里。她下意识地赶紧掀起盖在身上的被子，自己竟然赤身裸体。她赶紧坐了起来，发现床单上有一块血迹，这时她才感觉到了下体传来阵阵疼痛。发生什么事了？难道……？她的脑袋像被人从看不见的地方挥出的锤子狠狠砸了一记，顿时天旋地转。似乎隔了有一个世纪那么长的时间，夏盼雪才从那阵晕眩昏厥的状态中苏醒过来。一会儿，她看见康亮缓步从套房的外间走了进来。她本能地迅速钻进了被窝，用被子将身子盖得严严实实的，只露出一个脑袋。

"你醒啦。我怕吵醒你，就到外间去工作了。"康亮走到了床边。

"我怎么会在这里的？"夏盼雪惊恐地问道。

"昨晚你喝醉了，我背你过来的。"康亮笑嘻嘻地说道。

"你，你对我做了什么？"夏盼雪已经明白发生了什么，但她竭力想要去否认。她脑子依旧嗡嗡作响，像有群蜂围在她耳边乱舞。

"不是我对你做了什么，是我们一起做了什么。"康亮仍然嬉皮笑脸。

"我们做了什么？"

"我们做爱了呀，亲爱的。"

"你强奸了我？"夏盼雪恐怖地叫起来。

"怎么这样说话，都是你自愿的啊。"

"我自愿的？"

"对啊，你可能完全不记得了吧，是你紧紧抱住我不放的。也许，我不该让你喝那些酒。常言说酒为色胆，没想到酒会对你起那么大作用。"

"你……"夏盼雪一时气得说不出话来。

"我又没强迫你做什么，是你自己一直不断地说想好好报答我，希望我能接受你，所以我就……"康亮一脸诚恳地解释说。

夏盼雪顿时失声痛哭起来。一瞬间，自己就失身了，整个世界变得丑陋无比。康亮说的都是真的吗？还是完全胡编乱造的？不过她什么也记不得。她有没有抱住康亮不放呢？有没有说要报答他呢？她完全不清楚。她知道自己的内心里确实有想报答康亮的愿望，由于一时想不到合适的报答方式而焦虑内疚。不过她从未想过要用这种方式啊，这是绝对不可能的！可为什么现在竟成了这个样子呢？没错，此时此刻，她没有什么证据可以证明康亮是强奸她。他们两个单独在一起吃饭喝酒，她喝醉了，康亮把她背进了房间。她还在房间里睡了一晚。所有人都会认为他们是一对情侣，尽管年龄有些悬殊，但这个年代这种情况屡见不鲜也不会有人质疑的。难道她要去报案吗？康亮是著名企业家，又是名声在外的公众人物，公安能相信他会强奸一个女孩吗？能受理她的报案吗？那么，事已至此，该怎么办呢？这么多年来，自己一直守身如玉，甚至几乎从不和男生单独交往，如果此事传到金银湖球场搞得人人皆知，她还怎么过下去呢？她怎么面对韩戈平呢？夏盼雪只感到天昏地暗，无所适从。

"盼雪，你千万不要哭。你一哭，我就觉得自己犯了什么罪一般。本来我以为，你醒来后我们都会有一种幸福感的。其实不瞒你，我是非常喜欢你的，但我从未想过要欺负你。你是那么美丽，那么纯洁，我只想默默看着你，欣赏你。昨晚要不是你坚持，我也不会轻易冒犯你。我以为你是真的想要和我那样，早知道你会后悔，打死我也不会碰你的。我又不是身旁缺女孩的男人，这你应该是知道的，我对你是毫无邪念的，我想一直在心里默默喜欢你。哎，谁知会变成这样啊！"康亮滔滔不绝地一口气说着，语调里充满了悔恨和痛楚，好像自己一不小心把一件心爱之物打碎了一般。他坐到床头，伸出手试图抚摸着夏盼雪的头发："也许我昨晚应该拒绝你。其实我虽说帮了你的忙，我并没有想过要你报答什么的，为自己心仪的女孩做点事我心甘情愿，根本不求回报。可是昨晚你太固执了，一定要……"

夏盼雪将脸埋在被子里，始终不停地在抽泣。

康亮盯着白色被子下那个蜷曲的身形，昨晚发生的情形蓦然显现在他脑际。康亮在吃饭的过程中巧妙地、慢慢为夏盼雪添着红酒，还趁服务员上菜的时候，假装替夏盼雪加酒，神不知鬼不觉地在她酒杯里撒入了磨成粉末的迷药。他滔滔不绝地谈论人生的时候，发现夏盼雪已经慢慢耷拉下脑袋，闭上了眼睛，醉了，睡了。他在每月一结的账单上签完字后，便背着夏盼雪来到了同一酒店楼上、他长期包租的豪华套房里。

康亮在去年夏盼雪一声高喊之后，就喜欢上了她。只是直觉告诉这个阅女无数的采花能手，夏盼雪非一般女孩，物质诱惑对她无用，轻易也休想得手，必须对她攻心，感化她，使她从心底里对自己产生好感，最后再伺机把她收入囊中。夏盼雪托他帮忙的时候，他毫不犹豫就出手相助。之后他明显感觉到，夏盼雪对他的态度变得比之前亲近随便许多，做他球童时话也多了。康亮一直拖着没有约夏盼雪单独见面，直到他觉得时机成熟。昨晚，康亮感到基本已经瓜熟蒂落，便安排了一切。

当他把夏盼雪背进酒店套间，放倒在宽大的床上，小心翼翼脱光夏盼雪的所有衣服后，他惊讶地发现，夏盼雪的胴体是那么的美：洁白如脂的肌肤，圆润丰满的乳房，曲线柔和的腰肢，结实浑圆的翘臀，美丽颀长的双腿。眼前这个一丝不挂的尤物简直是前所未见，惊艳绝伦，无可挑剔。令他万万没有料到的是，夏盼雪竟然还是一块未曾开垦过的处女地。当他亢奋进入夏盼雪的身体后，他激动，疯狂，快乐。完事后，他意外地发现了床单上的血迹，夏盼雪竟然还是处女！这让他惊喜异常，心花怒放。这些年来，他和多少女孩发生过关系，但她们都是装模作样，老吃老做的货了。而夏盼雪是真正的纯真处女！得到这个女孩的初夜，康亮在心满意足之余，内心里甚至产生了一种奇怪的感激之情。

想到这里，康亮情不自禁说道："盼雪，事已至此，你也不要责怪我。我康亮是个有情有义、敢于担当的人。我发誓，我一定会对你好的。从今天开始，只要你愿意，你就可以离开球场，把宿舍里的东西都搬过来，就住这间套房。"康亮边说，边从口袋里掏出一张房卡，"你在这个波特曼酒店里的一切开销，不管是吃饭、Shopping、美容，还是按摩，都可以刷这张卡。"

夏盼雪继续沉浸在悲痛、绝望、自责之中，不断地抽泣。

"盼雪，从今往后，你有什么要求提出来，我康亮一定全力以赴满足你。如果你愿意和我康亮好，我一定会好好珍惜你，爱护你。"康亮说着，看看始终一言不发、躲在被子下的夏盼雪，他想轻轻将被子拉开。他突然很想再欣赏一番夏盼雪美丽无比的胴体。

"别碰我！"夏盼雪突然探出头来喊了一声，把康亮吓得缩回了手。

"你走，请你快离开我！马上！"夏盼雪冲着康亮吼道。

康亮没有料到一直低泣的夏盼雪会突然爆发，只好讪笑着说："好，好，我先出去，我先出去。等你冷静下来我们再好好聊。"

康亮走到外面之后，听到睡房的门里面再次爆发出一阵撕心裂肺的痛哭声。

第八章

1

韩戈平觉得，自从前两天夏盼雪彻夜未归之后就一直在回避他。

这几天，可以说是韩戈平有生以来最郁闷的日子，有一种从天堂瞬间坠落地狱的感觉。本来他和夏盼雪之间一切都好好的，不知为了什么原因会风云突变。夏盼雪见到他，就如同陌路之人一般，不仅不和他说话，甚至连瞧都不瞧他一眼，就好像他做过什么不可饶恕的坏事，令她分外厌恶，哪怕之前关系如胶似漆，现在也要弃他如弊帚。

那天韩戈平和夏盼雪是有约定的。夏盼雪说，有个同学突然来上海，约她见个面并一起吃晚饭，韩戈平因为不放心夏盼雪晚上一个人回球场，说好开车去地铁站接她，夏盼雪当时并未拒绝，答应到时候提前和韩戈平通电话再约时间。

然而那个晚上，夏盼雪始终没有打电话给他。他一直耐心地等到了接近地铁末班车的时间，夏盼雪依旧音讯全无。韩戈平终于忍不住拨打夏盼雪的电话，难道她那个同学要留她过夜？韩戈平觉得唯有这种解释才能成立。多年不见的老同学，好不容易见个面，或许会有讲不完的叙旧话。不过，即使如此，决定今晚不回来，夏盼雪也应该来个电话告诉一声啊。难道她不知道他会牵挂她，等待她吗？这么一想，韩戈平当时心里确实有点小小的不舒服。他抱怨夏盼雪根本没把他当回事，至少他重视夏盼雪要多上好几倍。

当韩戈平拨通夏盼雪的电话后，铃声是响的，却没人接听。这样反复了几次后，韩戈平心里那点小小的不愉快早就烟消云散了，取而代之的是越来越浓的担忧。这担忧沉沉地压住了他，使他开始不知所措。夏盼雪并没有告诉他去了哪里，他也不可能开着车去满大街地找她。偌大的上海，毫无目标的寻找还不等于大海捞针吗？可是只要得不到夏盼雪的消息，他就心急如焚。

以前已经有过两次类似的情况，夏盼雪去到外面后关了手机，让他变成热锅上的蚂蚁。他对夏盼雪提过要求，让她以后不要再关掉手机免他担心，夏盼雪是答应的。这次，手机倒是没有关掉，可无论铃声怎么响，无论他拨打多少次：十点半，十点三刻，十一点，十一点一刻，十一点半，直至十二点，每次铃声都是响的，夏盼雪却始终不接电话。韩戈平就像掉进了一口架在炉火上的油锅里，慢慢承受着煎熬，当油加温到沸腾时，他觉得自己将要窒息了。终于，他挣扎着想要逃离，他顾不得什么了，拉开寝室的门就快步奔上二楼，直接冲到夏盼雪所住的房间门外。他知道夏盼雪和郑小兰所睡的那张双层床的位子就靠在窗户边上，此刻，里面早已熄了灯，一片漆黑。不用说，除夏盼雪外出未归外，其他三个女孩已经坠落梦乡了。

曾有一刹那，韩戈平犹豫要不要敲窗，这个时间已经是所谓的三更半夜，叫醒熟睡的郑小兰确实非常失礼。但出于对夏盼雪的担忧，韩戈平顾不了那么多了，即使他要毕恭毕敬地道歉，也必须莽撞一番。韩戈平深深吸了一口气，勾起食指，在靠近郑小兰床头的玻璃窗上轻轻敲了几下，一边压低嗓门喊着郑小兰的名字。完全出乎他意料的是，他才轻声叫了两下，室内的灯光就亮了。隔着窗帘，他看到一个身影从上铺下到地上。接着，灯光又灭了。再接着，他听到寝室门拉开的细微声响，一个人从里面走出来。借着廊道灯的亮光，韩戈平立刻看到了郑小兰。

"你还没睡着啊？"韩戈平急切地朝郑小兰跨去一步。

郑小兰反手拉上了门说："走，我们下去说话吧。"

两个人走下楼梯，走到宿舍外的一片空地上，站在那里说话不会传到宿舍房间里面去。郑小兰没等韩戈平开口，抢先说道："你是在担心她吧？"

"是啊，她怎么现在还不回来？我打了几十个电话，始终铃响没人接。"韩戈平不兜圈子，直接承认自己的担忧。

"我也打过十几个电话了，和你一样，没人接，怎么搞的嘛。"显然，郑小兰也一样忧心忡忡。

"她和我约定过，回来时打电话给我，我开车去地铁站接她。"韩戈平一脸沮丧。

"现在已经没有地铁了，难道她打的回来？"郑小兰猜测着。

"那也不该不接我们两个人的电话啊！"

"是呀，我也觉得奇怪。不会是她把手机丢了吧？"郑小兰猜测第二种可能。

"她今晚究竟是和谁一起吃饭啊？她对我说是一个老同学，是真是吗？"韩戈平试探着问。

"应该，哦，当然，当然是真的啦，她也是这么告诉我的。"郑小兰谨慎地回答着。

"哦……"韩戈平稍作停顿后又问："那个老同学，女的还是男的啊？"

"这个，看你胡思乱想什么啊，肯定是女的啦？"

"我当时没问她这个……"韩戈平好像有些后悔自己没有问问清楚。

"你想多啦,盼雪当然和女同学会面才弄得这么晚嘛。"郑小兰想用带点抱怨的语气来消除韩戈平的猜疑。

"那就好,那就好。"韩戈平信任郑小兰。他相信夏盼雪不会对郑小兰隐瞒什么,她们是最好的闺蜜嘛。"可是,她怎么这么晚还不回来呢?她会不会留宿在同学那里啊?"

"对啊,也有这种可能的。"郑小兰嘴上这么说,心里明白这一点可能都没有。其实她内心的焦虑和不安一点都不亚于韩戈平,某种程度上,她比韩戈平更急切更担心,她甚至有点害怕,毕竟她是唯一知道夏盼雪今晚和谁在一起的人。如果什么事情都没有,夏盼雪不至于一直不接电话,更不至于到了凌晨还不回来。

郑小兰刚才人虽然躺在床上,为了不妨碍别人入睡把寝室的灯关灭了,可她没有丝毫睡意。她两眼睁得老大盯住黑暗的天花板发呆,耳朵一直听着外面有没有人走上楼梯的声响。所以刚才韩戈平上楼的时候,她一时间十分振奋,心头压着的巨石瞬间掉落了。可是隔了十几秒钟后,她期盼的开门声没有出现,而是听到了有人敲击窗户,接着是韩戈平的轻声呼喊,郑小兰立马又觉得胸口再一次被堵住了。

"她也真是,不回来也该和我们讲一下啊,不知道我们会担心吗?"韩戈平此时倒是最希望夏盼雪是在女同学那儿留宿了,那么,明天她就会平平安安回到球场。

"要不,你先去睡吧。"郑小兰看看韩戈平劝道:"我再等她一会儿,也有可能她会打车回来的。"

"我怎么睡得着啊?"

"看你说的,你就当她今晚在同学那儿睡不就行了吗?万一她今晚真不回来,你还一夜不睡觉啊?"

韩戈平想想也对,就说:"那我再拨一次电话试试。"说着他又拨了一遍夏盼雪的电话,还是老样子,铃声响的,无人接听。

"说不定,她们已经睡着了呢?"郑小兰提醒说。

"我从十点钟就开始打啦,一直这个状态。"韩戈平提出异议。

"这我知道,可是,现在你再打也是这个状态了,不如明天等她回来再兴师问罪吧。"郑小兰再次劝韩戈平早点回寝室睡觉。

不甘心地又站了一阵后,韩戈平想想也对,夏盼雪今晚多半睡在同学借宿的酒店了,再等下去也没有意义,就先自己回寝室去了。

郑小兰目送韩戈平进房间后,也转身上了楼。她没有进房间,而是倚在二楼走廊的露台上,独自望着黑暗的天空。虽然她在韩戈平面前装得故作轻松,其实她心越揪越紧,有一种不好的预感慢慢钻进她的脑子,像一条丑陋的毛虫在她的思绪中扭来扭去。她又拨了两次电话,知道这是白搭,她唯一能做的,就是心急火燎地等着夏盼雪的出现。

这一晚，韩戈平和郑小兰一样，几乎彻夜未眠。他在床上辗转反侧，满脑子都是恐怖的胡思乱想。他一次又一次闪出可怕的念头，又一一加以否定，责骂自己荒唐。也不知到了凌晨几点，他突然被一阵浓烈的倦意覆盖，迷迷糊糊睡着了。

第二天醒来时已经日上三竿，他觉得头晕乎乎的，一看手表，已经上午十点多了，早已过了上班的时间。他赶忙起床梳洗，然后赶往出发站。

韩戈平远远地就在一大堆球童中间找到了夏盼雪的身影，她正和郑小兰两个人站在一辆球车旁，好像正准备出发下场。韩戈平带紧脚步，加快步子走过去，冲着夏盼雪就喊："你什么时候回来的啊？昨晚真把我急死了。"

夏盼雪和郑小兰几乎同时朝韩戈平转过头来。令韩戈平大感不解的是，她们两个居然都没有搭理他，只是毫无表情地看了他一眼，一言不发。

"你们怎么了？"韩戈平被弄得云里雾里。

夏盼雪已经把目光转向了别处，像是根本不认识韩戈平一般。郑小兰看看夏盼雪，又看看韩戈平，然后说，"没什么啊，我们马上要下场了。"

正说着呢，就有两名客人走了过来。他们也是球场的老会员，都认识韩戈平，和韩戈平寒暄了几句后，走近了球车。夏盼雪和郑小兰就一边和客人说着话，一边跳上了球车，一踩电门，吱的一声开走了，把韩戈平独自一个留在了原地。韩戈平不知自己做错了什么，惹得她们两个生气了，心里十分纳闷。他站在那里发了一会儿呆，想不出自己该怎么办，难道就在自己睡了个懒觉的时候，发生了什么事情吗？他回头看看一大群等着下场的球童，她们和往日一样嘻嘻哈哈地聚在一块，并没有任何异常啊！

整整一个上午，坐在办公室里的韩戈平心里淤积着一团疑惑，浑身不舒服。他总是心神不宁的，什么事情也做不成，一分一秒地熬着时间。他知道这两位客人中午会先去会所餐厅吃饭然后再继续打球，他们的球童也会去吃午饭，便决定要在午餐的时候好好问一下夏盼雪。中午他早早去了食堂，买好午餐，挑选一个瞧得见门口的位子坐下。由于没吃早餐，此刻肚子已经很饿了，他狼吞虎咽地吃了几口，然后放缓速度，一边吃，一边紧盯着食堂大门，想在第一时间发现夏盼雪和郑小兰进来。他想好了，等她们买好午餐找好座位，他就端着餐盘过去。

午餐时间，今天还没有陪客人下场的和已经从球场走完洞下来的球童们陆陆续续都来食堂吃饭了，三个一伙两个一双的，说说笑笑走进来。韩戈平停下手里的筷子，睁大眼睛朝门口不停张望，却始终没见到夏盼雪和郑小兰。这个时间，该来吃饭的好像都已经进了食堂，门口已经不再有人了。有一瞬间，韩戈平还以为自己看漏了眼，就转脸在食堂的各个角落搜索了一遍，根本找不到她们俩的影子。倒是无意间看到了和她们同寝室的王小妹，他便直起身走到她跟前问："小妹，没见到小兰她们吗？"

"没，没看到，刚才在出发站是见到的，她们两个没过来吃饭吗？"王小姝反问。

"嗯，我看了半天也没找到她们俩。"

"会不会她们去会所餐厅陪客人一起吃饭了啊？"王小姝提醒说。

韩戈平哦了一声，恍然大悟，完全有这种可能啊，有时客人是会拖着球童一起吃饭的。

韩戈平回到自己座位，匆匆忙忙把剩余的饭菜吃干净，放好餐盘，就直奔会所。他三步并两步来到会所餐厅，里面稀稀拉拉坐着几桌客人，可是，哪有夏盼雪和郑小兰的身影？

下午上班后，有一个预定的部门经理会议，是陈伟召集的。整个会议从头到尾，韩戈平一直心不在焉，也不知道陈伟说了些什么。好不容易熬到了会议结束，韩戈平急忽忽地挑了一辆球车就往球场里驶去。他从第十洞开始，一洞又一洞地寻找她们两个。别人都以为他是在巡场，也没在意。终于，在第十七洞的果岭上，他发现了夏盼雪和郑小兰。他将车靠过去，停下。然后走上果岭。

"你们中午怎么没去食堂吃饭啊？"韩戈平笑眯眯地走到两个女孩近前问。

夏盼雪好像没听见似地一声不吭，连面孔也没有往韩戈平这边转过来。郑小兰脸色尴尬，应了一句说："哦，我们出去吃了。"

韩戈平见夏盼雪对自己爱理不理的样子，心里好委屈，真想要问个清楚，自己究竟什么时候，在哪件事情上得罪她了，她要这样不明不白地对他如此冷淡，可是碍于有客人在场，他不得不把要说的话咽了下去。他心里苦涩，脸上还是强露出笑容对郑小兰和夏盼雪说："天天吃食堂的东西也确实会吃腻的，要不下班以后，我们一起开车出去吃晚饭？"

"再说吧。"郑小兰见夏盼雪没有开口的意思，就自己回答了，"到下班再说吧。"

"那好吧，到时我再去找你们。"韩戈平知道自己再待下去会很无趣，也会妨碍客人打球，就和大家招呼了一声离开了。驱车回办公室的路上，他有一种说不出的失落感。夏盼雪是什么意思啊？怎么说翻脸就翻脸，而且毫无理由毫无征兆。他已经挖空心思自省过不止一遍了，至少从昨天开始到此刻，他根本没有做错过任何一件事啊！

接下去的几个小时，韩戈平备受煎熬地度过了。到了下班的时间，他就想再去找夏盼雪，他一定得问个清楚，不能这么不明不白地蒙在鼓里，凡事总有个来龙去脉，前因后果吧？他走出办公室的时候，转念一想，掏出手机来拨了郑小兰的电话，不一会儿就接通了。

"小兰，你们在哪？"

郑小兰没有立刻回答，隔了大约有十几秒，在韩戈平又喂喂了几句后，她才回答说："我们刚回宿舍。"

"那晚上一起出去外面吃饭好吗？"韩戈平想找合适的场所能说说话。

"今天啊？要不就算了吧。"郑小兰吞吞吐吐地婉拒了。

"小兰你告诉我，她究竟怎么回事？我哪儿得罪她了吗？为什么突然对我爱理不理的？"

"这……"

"有什么话你就说，她这是干吗呢？"

"哎，一时半刻我也说不清，反正她心情非常不好，我只能对你说这么多。"

"发生了什么事啊？"

"你不要追根刨底了，好吗？"郑小兰的口气有点顶真，"你只要明白，她无缘无故不会这样的，每个人都会有自己不想说出来的事情，你要理解，好吗？"

"可是，可是为什么冲着我来啊？"

"你是男人，就先受点委屈吧。现在她心情不好，我建议你这几天不要打扰她，否则成事不足败事有余。等她情绪好些了，你再问她，可以吗？"

"可是……"韩戈平欲言又止。

"我的哥哥，这次你就听我的，好吗？"郑小兰像是哀求般地说道。

"那好吧，我听你的。"韩戈平嘴上虽这么说，心里却十分不甘。可是，他又能怎么样呢？

2

朱玉文自从那天答应了韩戈平的表哥张家宝之后，心里反复在琢磨着，用什么办法才能验证夏盼雪的身份证是不是真的。从她心里判断，张家宝这种猜测最多也就是一种猜测而已，夏盼雪的身份证怎么可能是假的呢？如果是假的，她哪敢主动给别人看啊？再说了，虽然夏盼雪长得确实很像那个赵梦雨，但经过这么长一段时间的接触，她又觉得夏盼雪就是赵梦雨的猜想很不靠谱。赵梦雨是什么人啊，富二代，大学生，全国冠军，受人尊重和仰慕，一副高高在上、鹤立鸡群的派头，怎么可能到金银湖来当一名被人唤来使去、随时随地会受气挨骂的小球童呢？完全不可能！不过朱玉文脑子里虽这么认为，想想张家宝说过的那些话的吸引力，加上自己当时的一口允诺，总不能口是心非吧。不管夏盼雪的身份证是真是假，她总得要去证实一下。结果真假，都可以对张家宝做个交代，至少她帮了张家宝一次忙，那么在她和韩戈平的关系上，张家宝也会出一把力。

该怎么做呢？这是困扰朱玉文的问题，总不能无缘无故去找夏盼雪说要看看她的身份证吧？再说了，即便这么做了，夏盼雪也把身份证给她看了，朱玉文又如何来辨识这身份证的真假呢？即使那张身份证是假的，也一定做得真假难分的，如果肉眼就能轻易识别出来，那谁愿意花那冤枉钱啊？

朱玉文因为想不出妙计，被这件事整整苦恼困扰了好几天。然而这天下午，她陪客人打完球，驾着球车返回出发站时，却忽然灵机一动，对啊，为什么不找陈伟帮个忙呢？这么想着，她一回到出发站，放好球车，就掏出手机来给陈伟打电话。

"文玉你怎么突然打电话给我啊？"陈伟马上接电话了，知道是朱玉文，显得很惊喜。

"陈总，今晚你有空吗？"朱玉文嗲声嗲气地问。

"怎么，找我有事？"

"嗯，有点事。"

"什么事啊？不会是想我了吧？"

朱玉文想象得出陈伟此刻肯定一副嬉皮笑脸色眯眯的表情，顺水推舟道："是啊，想你了。"

"那好，要不我们晚上一起出去吃饭？吃完了去找个地方？"

"这个，就不用了吧。"朱玉文回绝道："要不这样，我吃过晚饭去你办公室吧。说正经的，我真有事找你帮忙。"

"噢，有事要我帮忙啊？我可不当雷锋哦，帮忙是要回报的哦。"陈伟半开玩笑地说。

"知道啦，到时再说吧。"朱玉文先不把门关上。她了解陈伟这个人，要求他办事情肯定是自投罗网，他一定会趁机出外快，提出非分要求的。不过朱玉文有心理准备，为了达成某种目的，当不得不付出时还是得付出，好在她和陈伟也不是第一次做这种交换。

"那好，我晚上八点在办公室等着你，那个时间比较合适。"陈伟兴致勃勃地说。

"好的，我八点一定到。"朱玉文表示心领神会。和陈伟通完电话后，朱玉文的脑子里一刻不停地旋转，她要想出一个有效的办法来达到自己的目的。她挖空心思想了又想，一次次决定又一次次推翻，最后终于有了一个觉得可行的方案，不过这件事是非陈伟帮忙不可的。

吃晚饭的时候，朱玉文在食堂遇到了同寝室的汤玉美。汤玉美端着餐盘，挨到了朱玉文旁边，环顾四周后，神秘兮兮地将脸凑近朱玉文，压着嗓音道："哎，你有没有注意到这两天球场里有什么变化啊？"

"球场有变化？什么变化啊？"朱玉文一脸茫然。

"哎，你真没注意到啊？"

"什么啊？有话你就说嘛。"朱玉文有些不耐烦了。她吃过饭还得去洗个澡，然后要去会所找陈伟商量事情。

"最近几天，好像夏盼雪和韩经理在闹别扭呢。"

"你怎么知道的？"朱玉文闻言放下手中的筷子。

"大家都看出来啦。"汤玉美又看看四周道："以前到食堂吃饭，韩经理总是和郑小兰夏盼雪坐一起的，可这几天他老是一个人坐在角落里呢。"

"真的吗？"

"当然真的。还有，好像他们两人在路上遇到也不说话呢，不过这我是听别人说的。"

"不会吧？"

"一开始我也不信，后来听好几个人都这么说呢。"

"奇怪。"朱玉文觉得不可理解。

"不信你自己留意一下。"

经汤玉美这么一说，朱玉文倒是记起来了，这两天她也觉察到了韩戈平有些异常，不管在哪里遇见他，与他打招呼，他都显得无精打采的，就像生了什么病一般，这是他从未有过的状况。难道他真的和夏盼雪吵架了吗？为了什么吵架呢？朱玉文想着，就脱口问汤玉美。

汤玉美摇摇头道："没有人知道发生了什么，也没人见他们吵过架，可他们两个闹别扭了是肯定的，要不你去问问郑小兰，我看只有她知道内情。"

朱玉文哦了一声，没有继续就这个话题和汤玉美聊下去。她并没有把韩戈平和夏盼雪闹别扭的事看成什么重大机会，男女恋人之间闹些别扭，搞些风波是家常便饭的事，说不定过个两三天就烟消云散、破镜重圆了。不过从她内心而言，她倒是巴不得他们两个闹得不欢而散才好。

吃过晚饭，朱玉文回到宿舍，拿着梳洗用品去浴室洗澡，正好见郑小兰也在淋浴室里，就脱了衣服，走到她旁边的一个淋浴笼头，拧开水阀，慢慢将水温调节好，然后将赤裸的身子凑到莲蓬头下面。

郑小兰刚刚在洗发，头上满是洗发液的泡沫，正用水在冲洗。她闭着眼睛，举着双臂在搓揉头发，并没注意到朱玉文在她旁边。朱玉文等她抬起头睁开眼之后，才和她打招呼。

"小兰，你今天下场了吗？"朱玉文问。

"下了。"郑小兰一边用双手捋去头发上的水，一边简短地答道。

"我也下了，今天那个客人真不好伺候，脾气太燥了。"朱玉文抱怨说。

"你不是一向温柔如水的吗？再锋利的刀，碰到你这水也毫无作用啊。"郑小兰似在称赞，又好像在嘲弄。

"那也不是每一个客人都让人受得了的。"朱玉文带点情绪地道："尤其那些长得吓人，脾气臭，又小气的客人，谁还会有好心情和他周旋？"

郑小兰淡淡一笑，没接话茬。

朱玉文见郑小兰开始用肥皂擦身体，估计她不一会儿就要洗完了，就抓紧时机问道："哎小兰，我问你件事。"

"什么事？"郑小兰瞄了瞄朱玉文，一边将肥皂放回肥皂盒内。

朱玉文把身子往郑小兰跟前贴近一些说："听说韩经理和小夏吵架了？"

"你听谁说的？"郑小兰警惕地看着朱玉文。

"大家不都在传吗？"朱玉文眨了眨眼："起先我也不信，后来大家都这么说，就不会是瞎猜了吧？"

"他们俩没吵过架。"郑小兰断然否定。

"那，那他们即便没怎么吵架，也是在闹别扭吧，不然怎么彼此不理不睬的？"

"闹别扭不是很正常吗？夫妻之间还要闹别扭呢。"郑小兰没好气地说着，关掉了水龙头。

"嗳，你知道他们为什么闹别扭吗？"朱玉文兴致勃勃地打听。

"我怎么知道？"

"你怎么可能不知道，你不是小夏形影不离的闺蜜吗？她有事还不告诉你？"

"我不知道。"郑小兰边用拧干的毛巾擦着身子便朝淋浴房门口走，然后撂下一句话道："你这么有兴趣，可以自己去问韩经理啊。"

朱玉文自觉没趣，只好认认真真地洗澡。说来也怪，在金银湖球场那么多的女球童中，朱玉文唯一对付不了的只有郑小兰一个人。不知是因为她技术好，人缘好还是她得理不让人谁都敢得罪的率直脾气，总之一直以来，朱玉文对郑小兰都是谦让三分，尽量不和她发生正面冲突。不管怎么样，从郑小兰的口气里也已经证实了韩戈平和夏盼雪真的在闹别扭，朱玉文的目的达到了。

晚上八点，朱玉文准时来到会所。此时的会所里已经没有什么人了，四周静悄悄的，显得特别空旷。朱玉文一边东张西望，一边踏上楼梯。她不希望被什么人看到，自己在这个时候到陈伟的办公室去。球场的女球童们，空闲下来就要寻找聊天的话题，一有风吹草动，就会捕风捉影的。

朱玉文上到二楼，看到了从陈伟虚开的房门前透出一道灯光，落在昏暗的廊道内，显然，此刻楼上除了陈伟，别无一人了。她放大了胆子，快步走了过去，然后推开门。

陈伟一见到朱玉文，就饿狼般扑了过来。朱玉文心里一阵厌烦，赶紧举起双臂抵挡陈伟送来的熊抱，一边说："你干吗哪，干吗哪？"

"你说你想我了，我可是比你更想哦。"陈伟急吼吼的就想亲吻朱玉文。朱玉文急忙一个转脸，陈伟刚刮完胡子的嘴唇触到了朱玉文的脸颊。

"你急什么嘛！"朱玉文稍稍用点力，推开了陈伟："我们先把正事说完好不好？"

陈伟讨了个没趣，只得放开怀里的朱玉文，连说："好，好，依你的，先谈正事。"说完，他回到办公桌那里，指指桌上放着的几罐酸奶说："你喜欢吃的，我特意给你买来的。"

朱玉文的确很喜欢喝这种加入草莓的达能酸奶，也不客气，上前拿了一罐打开盖子就喝，顺便坐在就近的椅子里。她喝着的时候，陈伟一直色眯眯地盯住她看，眼光在她高耸的胸脯前溜达。等她喝光一罐酸奶，放下空盒，陈伟就问道："说说，要我帮什么忙？"

"嗯……"朱玉文拖了个长音，好像在犹豫要不要说。

"哎呀，吞吞吐吐的干什么，有事就说嘛。"陈伟不耐烦地挥挥手，希望尽快把事情说完，可以做他想要做的。

"我想请你帮个忙，这两天找机会召集大家开个会，就说要每个人把自己的身份证都交到你这儿来。"朱玉文一字一句地说。

"这是为什么啊？"陈伟很是意外和奇怪，"这算是帮什么忙呢？"

"你别管为什么，你就说能不能做到？"

"嘿嘿，你这个人好奇怪，无缘无故的，让我收大家的身份证干吗啊？"

"你就说，接到镇政府的通知，要普查登记球场的实际居住人口。"这些话朱玉文显然早已事先考虑成熟了。

"这倒是不难，可是为了什么啊？"陈伟还是纳闷。

"不是让你不要追根刨底嘛，你只要帮我做这件事就行了嘛！"朱玉文开始不耐烦地撅起了嘴。

"好吧好吧，我不问了。"陈伟担心万一朱玉文一上脾气拔腿就走，那渴望了半天的好戏今晚就要泡汤了。

"还有，你要说，最近镇里发现有外来人口用假身份证登记的，这次如果一旦查到，派出所会出面解决。"朱玉文补充道。

"呦，搞得那么严肃吓人啊？"

"就这一件事，几句话，这个忙你能帮吗？"

"如果都收上来了，你打算怎样处理那么多身份证啊？"陈伟忍不住问。

"收上来之后，你锁进保险箱里，隔上两天再全部发还给他们就完了。"

"这么简单？"陈伟想不明白了。

"是，就这么简单。"朱玉文一点没有开玩笑的意思。

"我真是不明白，你这个小妖精啊，真不知道你小脑子里在想些什么。"陈伟伸出手臂，隔着办公桌轻戳了一下朱玉文的额头。

"那你答应了？"朱玉文微微一笑。

"你开口了，我敢不答应吗？"陈伟堆出一脸无奈的模样，随即换成一副讪笑道："那现在轮到我求你件事了？"

"你求我什么事啊？"朱玉文心里清楚，却不得不假装糊涂。

陈伟从椅子里站起身，绕过办公桌，走到朱玉文身后，张开双手就去摸她的胸脯，"还能有什么事？不就是想死你了吗？"

朱玉文知道自己此刻除了顺从没有其他选择，便任由陈伟摆布，一番折腾之后，陈伟已经瘫在了他的大班椅内，连裤子都懒得拉上了。朱玉文匆匆整理好自己，迅速离开会所，一路上她在想，不知道陈伟宣布要收身份证，并说要验证身份证的真假后，夏盼雪会是什么反应？

3

夏盼雪不理他已经整整五天了，韩戈平的耐心经受了难以形容的考验，终于过了他能坚持的极限。这天下午，他决定无论如何要找郑小兰问个清楚。他在办公室给球场上的郑小兰发了一条短信，让她下场后到他那里去一次，有事情商量。

韩戈平这几天已经注意到了球童们看他时的奇怪眼光，那眼光里夹杂着猜测，好奇，疑虑，同情，关切，嘲弄，幸灾乐祸等各种成分，显然，大家都已经看出来他和夏盼雪之间发生了什么事情。可笑的是，他自己到目前为止依然不清楚自己和夏盼雪之间究竟发生了什么，这太荒唐了！所以，他不能再这么含糊下去，必须要问个明白。他知道，如果直接去问夏盼雪，她不仅不会说明真相，甚至会干脆不理他。这从她最近几日遇见他时的表情，已经看得清清楚楚。韩戈平没有勇气去冒这个险，不如找和夏盼雪关系最好也是和他关系密切的郑小兰旁敲侧击一下来得实用和有益。

下午的阳光透过开着的窗户斜射进了办公室内，在白墙上照出一片不规则的光斑，显得十分刺眼。韩戈平走到窗前，将收起的百叶窗放下，顿时，办公室内暗下来。韩戈平心头充满焦虑，光线暗一点令他感到舒服些。他回到座位刚想坐下，就听到有人轻轻敲门，一定是郑小兰到了。韩戈平说了句进来，郑小兰就推开了门，韩戈平示意她把身后的门关上。

"韩经理，找我有事？"郑小兰问。

"先坐下吧，喝点水。"韩戈平在饮水机里给郑小兰倒了一杯凉水，指指办公桌前的椅子。郑小兰稍显拘谨地坐下了。这有点反常，放在平日，她来到韩戈平的办公室非常放松，一进门就会嘻嘻哈哈和韩戈平开玩笑。

"说吧，找我有什么事？"郑小兰从面前的桌子上取过杯子又问。

韩戈平心事重重地坐下来，面对面看着郑小兰的脸，考虑着怎样一个开场白更为合适。片刻后他道："小兰，你觉得平日里我对你怎么样？"

"挺好的呀。"郑小兰不加思考地回答他。

"挺好的吗，好在哪里？"

"这个嘛……"郑小兰噎住了。

"既然你认为我对你挺好的，那你应该知道好在哪里喽。"韩戈平苦笑道。

"嗯……你很关心我，不管在工作上还是在生活上。对了，还有在球技上，你也一直帮我提高。总之，只要我有困难时，你总会来帮我。"郑小兰一边思考一边斟词酌句地答着。

"你知道我为什么那样对你吗？"韩戈平挺了挺腰板问。

"这个嘛，应该由你来告诉我啊。"郑小兰不知道韩戈平葫芦里卖的什么药，机灵地回避自己没有把握回答的问题。

"好吧，我来告诉你，是因为你人品正直，性格爽快，勤奋好学，乐于助人。所以我一直不单单把你当做一个部下，我在内心里还把你看做一个值得信赖的小妹妹。"

"哇，我的哥哎，我有那么多优点啊？"郑小兰顺势叫道，不由咧嘴笑了，之前的防范心理一下散去大半，重又回复到平日和韩戈平单独相处时的轻松无拘状态。

"小兰，既然我在你有困难时会帮助你，那么，当我遇到困难时你该不该也帮帮我呢？"韩戈平话锋突然一转。

"嗯嗯，当然，当然应该啦。"郑小兰脸上的笑意倏然收敛。她警觉到自己落入了韩戈平所设的圈套，不由回避着垂下了眼帘。

"那好，我也不转弯抹角。小兰，你一定知道我这几天的日子过得有多煎熬，你得告诉我，夏盼雪突然对我那么冷淡，究竟是为了什么？"

"这事啊……"郑小兰如骨梗喉。

"小兰，你别对我说这件事你不知道，这不可能！"韩戈平的声音忽然提高了几度，情绪显得有点激动地道："你们是好闺蜜，她有什么事不可能瞒着你的。"

郑小兰低垂着脑袋不出声。

"你告诉我，我哪里做错了，惹她生气了？真是这样，我一定马上就改，马上给她赔礼道歉。"

"没有没有，不是这样的……"郑小兰急忙摇着头否定韩戈平的说法。

"那她为什么无缘无故的突然不理人？"

"这，这不是你的原因。"郑小兰慢慢抬起头来小心翼翼地说，声音轻得像蜜蜂在振翅。

"不是我的原因？那我更不能理解了。"韩戈平盯着郑小兰的眼睛道。他注意到郑小兰在回避他的目光。

"她遇到了一点事，心情非常不好，所以，所以不想对任何人说。"郑小兰无可奈何地说。

"任何人？也包括我？"韩戈平心有不甘地追问一句。他很困惑，为什么可以告诉郑小兰的事情，夏盼雪会认为不可以对他说。

郑小兰微微点了几下头。

"那你告诉我，她究竟遇到了什么事情？"

"这个我不能说。"郑小兰把眼光望着别处，尽量避免和韩戈平的目光发生碰撞。

"为什么？有什么天大的事不能说的？"韩戈平急了。

"我不能说，因为我答应过小夏的，我发过誓的。"

"你……！"韩戈平一下子觉得不知该怎么说下去。他既失望又沮丧，真想冲着郑小兰大吼几句，发一通火。可是他不能，郑小兰没有错，她不愿说，是遵守她对夏盼雪的承诺。然而，他内心里淤积了几天的委屈和苦楚令他无法默默忍受，他需要发泄，他举起手狠狠地在桌子上砸了一拳。嘭地一声，把郑小兰吓了一大跳，身子不由自主往后闪去。

一阵沉默从天而降，笼罩在办公室里，两个人都能听到韩戈平粗重的呼吸声。这是在生气，又无计可施。不知过了多久，郑小兰轻声抱歉道："对不起了，我真的不能告诉你。"

韩戈平的脸上涂满了气恼，勉强点点头表示理解。他用一只手掌托着额头，手肘支撑在办公桌上，一副垂头丧气的样子，把郑小兰看得心里泛起阵阵酸痛，却不知道如何来安慰他几句。隔了一会儿，他说："明白了，我不为难你，我自己去问她吧。"

"韩经理，不，哥，你听我一句，你现在千万别去问她，那样会更糟糕。"郑小兰急忙劝阻韩戈平，"等过上一阵，她的心情慢慢平复后，你再找她更合适，你就听我这小妹妹一次，好吗？"

韩戈平抬眼看看郑小兰，这回她没有回避他的目光，而是急切地等待他的反应。韩戈平见她一脸认真和哀求的表情，只得无可奈何地点头同意："那好吧，听你的。这段时间，你要好好照顾她，让她尽快摆脱烦恼。"

"知道了，这你放心好了。"郑小兰可怜地注视着韩戈平，心里明白他有多么在乎夏盼雪，不由心头像被刀子划破一般感觉到尖利的疼痛。她为韩戈平的无辜和委屈难过，突然觉得自己在此时刻不能袖手旁观，应该为他做点什么。

从韩戈平办公室出来后，郑小兰急匆匆地踏上回寝室的路。她决定要和夏盼雪好好谈一谈。她一定要劝劝夏盼雪，无论她今后如何打算，眼下总不能平白无故地对韩戈平那么冷漠，这对韩戈平太不公平了。

那天夜里，郑小兰睁着眼睛躺在床上毫无睡意。她分分秒秒盼望着宿舍的门外传来脚步声，只要有一点点异常的响动，都会让她一跃而起。郑小兰当时当刻的心情，用如坐针毡来形容毫不为过。其实当夏盼雪告诉她要和康亮单独见面共进晚餐时，郑小兰心里就莫名其妙产生了强烈的不安和担忧。有一个不好的预感时不时在她脑子里冒头，就像一颗坚强的嫩芽冲顶着泥块想要破土而出。正是由于这样，她才要心事重重地送夏盼雪去车站，一路上叮咛她千万不要喝酒，不要去餐厅以外的地方云云。

不过等她回到球场后，郑小兰安慰自己说，夏盼雪可不是个没头脑的女孩，她的性格也够坚强，她只不过是出于感恩之心去应付一下康亮，应该不会也不太可能出什么意外。这样的一番自我安慰后，她心里轻松了许多。可是，当天色渐渐变黑，夜晚渐渐变深，她几次拨打夏盼雪电话未果之后，由淡而浓的焦虑如同一群蚂蚁爬上了她的心头。随着时间推移，焦虑越积越重，搁在她的胸口，导致她夜不能寐。后来，当韩戈平过来敲窗，两个人一番交流后，她虽然表现得煞是轻松，还劝韩戈平早点回去休息，其实她心上的焦虑已经厚重成了一块坚硬硕大的石头，压得她透不过气来。再后来，焦虑逐渐演变成了恐惧，她突然非常害怕夏盼雪会出什么事情。她后悔自责，为什么当初不力阻夏盼雪去和康亮见面。自己明明知道康亮这个男人好色，花言巧语不可靠，善于对女孩耍手段，为何还放夏盼雪走，让她羊落虎口？这种自责又好像蜘蛛吐丝般将她紧紧网住，缠得她几乎窒息。

这种煎熬延续着，直至她猛地听到手机发出的一记轻微声响时才戛然而止。这是有一条短信进来的声音。郑小兰急忙拿过手机一看，果然有一条短信提示，发信人是夏盼雪。她打开短信一看，上面写着：小兰，你睡了吗？我在外面，你能出来一下吗？

郑小兰忽地一下从床上跳起来，撩开窗帘往外一瞧，隐隐约约看到宿舍外面的空地一侧，在一盏路灯下站着一个人影，不用说，那一定是夏盼雪。郑小兰看了看时间，已经过了凌晨四点。她怕惊醒寝室里另外两个人，就蹑手蹑脚爬下床，踮起脚尖走到门口，轻轻开了门，走出去又悄悄拉上门。然后就飞快奔向楼梯，一路急跑到了楼下，箭一般冲到夏盼雪跟前。

"你怎么现在才回来啊？"郑小兰忍不住抱怨道。

夏盼雪什么都不回答，拔腿就朝前走去。郑小兰愣了一愣，随即跟上她的步子。夏盼雪一声不吭地往球场方向而去，郑小兰不明白她这是想干什么，只得紧随不放地随她而去。走了好长一段路后，已经快到了第一洞的果岭附近，夏盼雪戛然止步，忽然双手捂脸，号啕大哭起来。

郑小兰顿时被吓坏了，一把抓住夏盼雪的胳膊问："你这是怎么啦？怎么啦？"

"小兰，我该怎么办啊？我该怎么办啊？"夏盼雪哭声连连地，断断续续地说着，猛地扑到郑小兰怀里，将头靠在她肩上呜呜地哭个不停。

即便夏盼雪不说，郑小兰也猜到了几分。她心头抽紧，仿佛在一瞬间浑身的血液都集中到心脏里凝结成了血块，堵塞了血管，致使心跳都要停止了。认识至今，郑小兰从未见过夏盼雪流眼泪，更不要说这种撕心裂肺的哭泣。之前她一言不发离开宿舍区，匆匆走进球场深处，就是为了能在这里不为人知地号啕大哭一番。她这样坚强的性格，落到如此伤心软弱的地步，一定是受到了天大的委屈和的伤害。郑小兰不猜自明，这个罪魁祸首非康亮莫属，他一定是欺负了夏盼雪，这个人面兽心的恶棍！

"是他欺负你了，对吗？"等夏盼雪的泪水充分倾泻，情绪稍稍平缓后，郑小兰一边抚摸着夏盼雪的后背，一边轻声轻气地问。

夏盼雪没应答，却微微点头承认，因为触着了痛点，忍不住再次哭了起来。

"都是我不好，我不该放你去的。"郑小兰后悔莫及地自责着。

夏盼雪边哭边缓缓摇头。渐渐地，哭声收敛了，夏盼雪抽泣着抬起头来。郑小兰赶紧从口袋里掏出一张餐巾纸，替她擦去脸上的泪水。

"来，我们坐下来慢慢说。"郑小兰拉着夏盼雪在旁边一处有坡度的草地上坐下，凌晨的草地里已经集聚起了露水，坐在上面潮潮的。

当夏盼雪啜泣着将事情的来龙去脉对郑小兰讲述了一遍后，郑小兰怒从心起，忽地窜起身来，冲着凌晨空旷的天空破口连骂了几句畜生。在夏盼雪的拉扯下，她才重新又坐下来，望着球场远处的一大片昏暗空间，粗粗起喘着气，感觉心肺都快炸裂了。

也许是将淤积在内心的冤屈和苦楚一下子倾吐发泄出来了，夏盼雪此时反而冷静了许多，慢慢停止了抽泣。郑小兰伸出一条手臂拦住夏盼雪的肩膀，让她将头斜靠在自己的肩头。两个人静默着，无声地融入到落寞寂静的晨色中。

"以后我该怎么办？"夏盼雪打破沉寂先开了口，声音里满含着哀伤和绝望。

"事情已经发生了，你就别再想那么多。"郑小兰用手掌轻拍着夏盼雪又补充道："那个畜生我是不会放过他的，一定要向他讨个说法。"

"小兰，我不知道怎么在球场待下去，我害怕极了……"这么说着，夏盼雪的眼泪又流了出来，她真有一种世界末日的感觉。

"听着，这件事除了你我不会有人知道，我料定那个畜生做了坏事自己也不敢对外乱说的，"郑小兰边思索边用冷静的语气道："所以，你要听我的，现在我们回宿舍去睡觉，不管能不能入眠都得躺到床上去。起床以后，我们要像什么事都没有发生过一样，按平日的节奏梳洗，吃早饭，然后去上班。我们今天都是有预约的，客人十点多要下场打球，因此，你必须振作精神，好吗？"

"可是……"夏盼雪欲言又止。

"我知道你心里担心什么。"郑小兰一针见血地劝慰道："你先别去想他，如果遇见他，你要尽量做到若无其事……"

"我做不到，我对不起他。"夏盼雪又忍不住想哭。

"听着，对得起也罢，对不起也罢，这已经是不可改变的事实了，何况这不是你故意犯的错。万一哪天让他知道了，也可以解释清楚的。无论如何，你现在不能想那么多，想了也没有用，只能走一步看一步。"郑小兰继续劝说，显得出奇的冷静和成熟。

肯定是觉得郑小兰说得在理，夏盼雪默默点头表示同意。郑小兰先从地上站起来，随即拉了夏盼雪一把，两个人挽着胳膊慢慢往宿舍方向走回去。黎明将要来临之前，是天色最为黑暗的阶段，两个女孩的身影渐行渐远，融没在那片深深的黑暗中。

4

郑小兰和夏盼雪在肯德基二楼一个靠角落的位子坐停当之后，郑小兰把刚才买好的两份套餐分别放在自己和夏盼雪的面前。

夏盼雪突然被郑小兰硬拖着来到镇上一同吃晚餐，就知道她一定有什么事情要对自己说。而且，她相信郑小兰要说的一定和韩戈平有关。

"吃呀，你愣着干什么？"郑小兰将套餐往夏盼雪面前又推了推，自己先拿起一个香辣鸡腿堡啃起来。

夏盼雪从小纸袋里取出一个炸鸡翅，拿在手上问："小兰，你是不是有话要对我说？"

"嗯，当然。"郑小兰咽着嘴里嚼碎的鸡肉，喝了一口加了冰块的百事可乐。

"说吧。"夏盼雪猜测着会听到什么。

"今天，不，就在刚才下班的时候，他把我叫过去了。"

"哦……"不用说，他就是指韩戈平。

"他一个劲地追问我，他在哪里得罪你了？如果他有错，他可以道歉，可以纠正。"

"……"

"他受不了你这几天对他不理不睬。他想直接来找你质问，被我劝住了。"

"我只能这样。"夏盼雪像是想为自己辩解。

"可是，这对他不公平。"郑小兰口气略显严厉。

夏盼雪垂下眼帘，望着桌面上的餐盘以及堆在里面的东西。这几天她如同患着重病一般，始终无精打采，食欲全无。她也听到了球童间的议论纷纷，显然大家都发现了她和韩戈平之间的异常，但是，她又能怎么做呢？装作若无其事，和以前那样和韩戈平亲密相处？她多想这样啊！可她做不到。只要一见到他，夏盼雪心里就刀割般的疼痛。

"快吃呀，冷了就不香了。"郑小兰催道。

夏盼雪歉意地勉强笑笑，开始慢慢嚼起鸡翅。

"你就打算一直这么对他，一直这么下去？"郑小兰边吃边问。

"我能怎么做？我自己也不知道。"

"我已经对他解释过两次了，说你遇到了一些不愉快的事，是和他无关的事，所以让他给你点时间，慢慢就会好的。他应该相信了，所以暂时不会来找你，怕惹你生气。他等着你从那件事中摆脱出来呢。"

"你说我能摆脱出来吗？"夏盼雪声音游移，如陷梦幻一般："这件事如果真的和他毫无关系，该有多好啊。"

"我理解，但一直这么僵持下去也不是个办法啊！他是无辜的，他会受到伤害。"

"我明白，我会尽快和他做个了断。"夏盼雪脸上浮现的表情显得古怪，令人难以猜透。。

"了断？了断是什么意思？"郑小兰惊诧地放下手里吃到一半的汉堡。

"发生了那件事后，我还能怎样？装得若无其事？"

"这……"这下轮到郑小兰语塞了。

"你说得对，我们不能一直这样下去，那对他不公平。"

"你想怎么做？"郑小兰急急地问。

"这几天我想了很多，我必须要和他说清楚。"夏盼雪似乎经过了深思熟虑。

"我的天啊，你要把这件事告诉他吗？"郑小兰失声叫起来，"不行，不行，不行，万万不可以的。"

"我不再是那个纯洁的夏盼雪了，我已经不是处女了，这件事是瞒不了的。"夏盼雪深陷哀伤地说。

"可是，谁会知道这些？你怎么可以告诉他是怎么造成的呢？绝对不行！"郑小兰像是急着要阻止一件危险的事发生一般规劝道："你和他分开了那么久，难道在以前的生活中你不可以遇到一个对你紧追不舍的男生，或者是你曾经心仪的男生吗？你和一个大学同学谈过恋爱，难道不可以吗？为什么非要提那件事？"

夏盼雪沉默着。

"假设你曾经有过一个男朋友，我想他是完全可以接受的。现在什么年代了？还纠结于处女不处女的？"

"你不也很看重自己这一点吗？"夏盼雪嘟哝道。

"哎，别扯上我好吗？我现在是在讲你的事呢。"郑小兰脸上掠过一闪即逝的尴尬，随即恢复了从容说："总之你不能告诉他真相，那才会越抹越黑，讲不清楚的。别人会怎么想，是你自己去和康亮见面的，是你自己喝酒的，是你自己那么晚回来的。如果你照实说了，到时他冲动起来去找康亮质问，那个畜生编造出另一套说法来的话，那是跳进黄河都洗不清的。何况那个康亮多么能说会道啊，死的都能讲成活的呢，大家又那么在乎他，看重他。这事一旦传开，你怎么在金银湖待下去？人家会认为你是贪图什么自己送上门去的呀！"

夏盼雪听着郑小兰的分析，不得不承认她说得在理。康亮是什么人？是社会名流，金银湖的大佬客户，从老板到球童几乎没有人不想巴结他的。他手眼通天，思路敏捷，能言善辩，怎么斗得过他？何况她眼下根本不想让任何人知道自己家里所发生的一切。如果事情闹大，难免不容易收场。只能怪自己一失足成千古恨。

"所以，这件事绝对不能提。"郑小兰看夏盼雪低头不语，知道自己的话起效果了，便继续发表见解说："你对他什么也不用解释，时间自然会化解一切。只要那个畜生不泄露出去，我们就把这件事埋在心里，让其成为只有我们两个知道的秘密。"

夏盼雪抬脸看着郑小兰，似乎在思考她的话对还是不对。

"至于失身这件事，既然已经发生了，只要你自己不那么往心里去，我相信将来他也不会过分在意的。他毕竟不是老古董。"郑小兰讲这话的时候，感觉到了自己的心虚。如夏盼雪刚才提醒的，其实她自己非常在意自己是个处女，绝不会轻易将自己的初夜随随便便交给一个自己不爱的男人的。她想，如果谁敢强迫夺取她的初夜，她或许会杀了他。

"将来？我和他还会有将来吗？"夏盼雪喃喃自语，又像是在问郑小兰。

"傻瓜，怎么会没有将来？"郑小兰立马反驳道："他是那么喜欢你，我太了解他了。在金银湖这么几年，追他的女孩，愿意无条件献身给他的女孩多了去了，即使故作清高的朱玉文又何尝不想？可他怎么样，从来都没有动过心，对谁都无动于衷。唯有见到了你，他像是完全变了个人，是他锲而不舍在追你，难道你不明白吗？"

夏盼雪再次陷入沉思，一团乱麻的心情一时半刻难以理顺。

"何况，你和他还有那么一段感人的往事。你们之间天生就是有缘分的，连老天都想着法子凑合你们，要不怎么可能时隔那么多年后，让你们又在遥远的异乡重逢？这简直就是一个童话故事嘛。公主和王子，天生的一对。"

夏盼雪的双眼湿润了，泪水开始积聚，模糊了视线。她从桌上取过店里赠送的餐巾纸，在两只眼眶上分别按了按，把泪水吸到纸面上。然后说："小兰，那天我出去，他问过你我去哪里了吗？"

"问过的，我说你有个老同学来上海，约你一起吃饭。我们不是讲好这么说的吗？"郑小兰疑惑地盯了夏盼雪一眼，不知她何故问起这个。

"我也是这样对他说的。"夏盼雪道。

　　"哦。"郑小兰松了口气："他当时还追问我，你那个同学是男是女呢。"

　　"你怎么说的？"

　　"我说你放心，当然是女的啦。你一定也是这么告诉他的吧？"

　　"当时他没问，我也没说。"夏盼雪说着，心不在焉地拿起可乐杯喝了两口，然后端着杯子又发起呆来。

　　"想什么哪？"郑小兰看夏盼雪一副失神的样子，提醒她说："一直在说话，你还没有好好吃东西呢，都冷了，快吃吧。"

　　"嗯，好的。"夏盼雪应道。

　　"我今天把你拉出来的目的，就是要你别再折磨他了，他也怪可怜的。你要知道，在这件事上，他没有一点错误的。所以从明天开始，如果他来找你，别再对他爱理不理的，好吗？"郑小兰觉得两个人讲了那么多话，该回到原点来了。

　　"嗯，好吧。"夏盼雪还是那句简短的答复，不过这次她还微微点了点头。

　　第二天中午，当韩戈平在食堂遇到郑小兰和夏盼雪，上前和她们打招呼时，夏盼雪果然一反常态看了看他，还朝他启唇微笑了一下。韩戈平的心头，顿时像被捆扎了很久突然松了绑一样舒展开来。他相信这是郑小兰在里面起了作用，不由对她心怀感激。他到窗口买好了午餐，战战兢兢地端着餐盘，尝试着和以前一样坐到她们一桌去，结果夏盼雪不仅没有冷落他，还主动挪了挪身子，给他让出了座位，听任他紧挨着坐在她的旁边。这时的食堂里，从各个不同的角度都投过来大惑不解的疑问目光：难道他们两个人已经雨过天晴了？那么风雨过后是要出彩虹了吗？所有关注着这一变化的球童们，几乎都在如此猜测着，观望着，议论着。

　　这天下午临近傍晚时分，天上忽然开始下起了雨，而且没有停的意思，本来在球场上打球的客人们几乎都悻悻地提早返回了。郑小兰本来和夏盼雪在一组，离开球场的时候，夏盼雪对郑小兰说，能不能让她带着两个客人坐一辆球车先回会所去，她想一个人在球场里转一转，因为下着雨，她要留一辆球车。郑小兰正纳闷她究竟想干什么时，夏盼雪又对她道："再帮个忙，替我去找他一下，告诉他，有时间的话去一次第十二洞，我在那里等他，有话对他说。"

　　郑小兰这才恍然大悟，一到下雨，整个球场就会空空荡荡渺无人迹，这难道不是恋人单独相处的好机会？看来夏盼雪已经决定和韩戈平和解了，郑小兰心里有说不出的高兴。她爽朗地一口答应道："懂啦，你放心，我一定把他叫到你的身边。"

5

韩戈平刚刚从陈伟的办公室里走出来。

之前陈伟把他叫过去，让他通知球童组长们，这几天把所有球童的身份证都收集一下，交到陈伟办公室去。韩戈平问这是为什么？陈伟解释说，他接到镇政府的电话，说镇里要进行全镇外来人口普查登记，听说最近镇里发现了不少外来人员用假身份证租借房子在镇上落脚，公安派出所决心要进行整顿，金银湖球场是辖区外来人口大户，所以必须要让所有球童的身份证都交上去验明正身。

韩戈平接受任务之后，打算去通知朱玉文和郑小兰她们几个组长，估计她们此刻都该从球场回到出发站了吧。他走到会所门厅时，发现外面下着雨，虽不是很大，却非常绵密。这样的雨，如果不打伞很容易淋湿，韩戈平去自己办公室取了把印有产品广告的大伞，匆匆走出会所，迈开步子就朝出发站方向而去。就在这时，他接到了郑小兰的电话。

"你在哪？"郑小兰问。

"刚从陈总那儿出来，正想去找你呢。"

"找我有事？"

"是的，工作上的事情。"

"噢，我也正好有事找你。我们在出发站旁边的小商店门口碰头吧。"

"好的，我正要去出发站呢。"

挂断电话，韩戈平加快了步子。雨随着风势一阵阵斜飘过来。韩戈平将手里的伞面朝向有风的一侧，避免雨滴打湿衣服。没过多久，他就到了出发站附近，一眼看到郑小兰站在约定的地方。他加紧几步过去，来到郑小兰跟前。他知道今天下午郑小兰和夏盼雪是陪同一组客人的，怎么此刻只有郑小兰一个人呢。他脱口而问："盼雪呢？"

"她在等你，你快去吧。"郑小兰见韩戈平打算收起雨伞，赶忙用手势阻止了。

"她在等我？哪儿？"韩戈平很意外也很惊喜。

"她在第十二洞等你过去。"

"怎么会在那里？"韩戈平不由奇怪，转念一想，自己不是傻吗？那个第十二洞，只对他和夏盼雪两个人才有深刻含义啊！他心里瞬间如同通了电一般暖和起来。忽然他想到了件事，就问："不是下着雨吗？她有没有带伞？"

"下场时天还好好的谁会带把伞啊？"郑小兰怪嗔地白了韩戈平一眼，"放心，她坐在球车上等你，淋不湿的。"

"不行，风一吹，雨就斜打过来了，球车的顶蓬挡不住。"韩戈平担心了。

"那你还不快去啊？"郑小兰催促道。

"哦，那我去了啊。"韩戈平说着就想走，随即又刹住脚步，转身对郑小兰说："看我，还没把工作的事交代给你呢。"

"快说快说。"郑小兰怕夏盼雪一个人在那里等得太久，真被雨水淋湿了，就不耐烦地催促。

韩戈平就把陈伟要求把全体球童的身份证都收缴上来的事说了一遍，然后让郑小兰马上代他去通知朱玉文等其他十几个组长。

"知道了，我会办好的。你快去出发站取辆车过去吧，别让她等太久了。"郑小兰急急地轻推了韩戈平一把。

韩戈平远远地就看到了停在第十二洞发球区的紫色球车，当然，也看到了坐在球车里的夏盼雪。细雨密密匝匝地从灰色的天幕上一阵阵飘落下来，四周被雨水织出的透明大网所笼罩，白茫茫一片，风漫无目的袭来，将本来凝固不动的雨网吹得左右晃动。球场里的草坪早已被雨水浇湿，透出特别亮丽的绿色来。

韩戈平将球车驶过去，停靠在夏盼雪的车旁。他看到夏盼雪闻声回眸，和他的目光相遇。

"盼雪，你淋湿了没有？"韩戈平跳下自己的车，撑开伞走到夏盼雪面前，发现座位的两侧已经沾满了雨水。他伸手一摸，都已经湿了，还好夏盼雪躲到了双人位的中间，好像那块地方还是干的。再一瞧，夏盼雪的头发明显也已经被雨水淋到，一绺湿湿的刘海紧贴在她光洁的前额上。

"你来啦。"夏盼雪看了看韩戈平说，语调很平静。

韩戈平记起了自己口袋里有常备的一包餐巾纸，忙掏了出来，抽出两张，举手去替夏盼雪擦额际的雨水。他原以为夏盼雪会推开他，从他手里取过餐巾纸自己处理，可是夏盼雪一动不动，任凭韩戈平替她轻轻地慢慢地吸干潮湿的刘海。

"下着雨呢，干吗要在这里见面，淋湿了可不好。"韩戈平将已经湿掉的餐巾纸团成一团，塞进自己裤袋里。

"走吧。"夏盼雪说。

"去哪？"韩戈平一怔。

"去河边看看。"夏盼雪眼睛望着不远处的河面。

"好好。"韩戈平心领神会，赶紧把先前搁在一边的雨伞捡起来，替夏盼雪遮着雨，让她走下球车。

夏盼雪自然地挽住了韩戈平的臂膀，两个人躲在一把雨伞下，不由贴得很紧。草地是潮湿的，踩上去感觉会有水渗出来，沾湿部分鞋面。两个人不言不语，紧挨着默默走到河边，站到那棵大柳树下。河面在雨天变成暗灰色，雨点掉进去时，密密麻麻地砸出许许多多的小圆圈，一个连着一个互相交错融汇，盯着看久了，有些眼花缭乱。

"对不起。"静静地站了许久，夏盼雪忽然说。

"为什么要这样说？"韩戈平侧了侧脸，闻到了从夏盼雪发丛中散出的淡淡香味。

"真的对不起。"夏盼雪重复了一句。

"小兰对我说了，你遇到了不愉快的事，心情不好，所以前几天才回避我。没关系的，我一点都没有怪你。"韩戈平声音里充满了柔软温情。

"我知道，你一直对我好。"夏盼雪说。

"我对你好是应该的，你是我唯一所爱的女孩。"韩戈平不知哪里冒出来的勇气，突然做了彻底表白。"盼雪你知道吗，自从我们再次相遇，自从我知道你就是我这么多年来念念不忘的小妹妹，我就已经暗暗对天发誓，这辈子，我是不会再离开你，我是非你不娶的。"

夏盼雪一下子抓住了韩戈平空着的那只手，握得很紧很紧。她觉得泪水已经开始集聚了。

"所以，不管你对我怎么样，我都不会改变，永远不会变。"韩戈平抬着脸，两眼望着天空，郑重其事地发着山盟海誓。

"可是，可是我配不上你……"夏盼雪咬住嘴唇，硬不让模糊了眼睛的泪水掉落下来。她松开了韩戈平的手。

"为什么这样说？你是这世界上最好的女孩了，要说配不上，是我配不上你。"韩戈平一手撑着雨伞，用另一只手将夏盼雪揽进怀里。夏盼雪并没有挣脱，连一点点的小反抗都没有，顺从地偎依在了韩戈平的胸前。

"如果我们能一直这样有多好啊！"韩戈平望着被雨水嬉戏的河面感慨道："十几年了，我梦过无数次遇见了你，我们就这样紧紧相拥在一起。老天有眼，让我的梦境变成了真实，把我日思夜想的小妹妹送回到我跟前，而且不再分离。"

夏盼雪静静听着，一句话都不说。韩戈平渐渐感觉到了她肩头的颤动。接着，他听到了她的啜泣声。韩戈平一阵茫然，不由忙放开了那条揽住夏盼雪的臂膀。他单手捧起夏盼雪埋在他胸前的面孔，发现夏盼雪已经泪流满面。

"你怎么哭了？我哪儿说错了吗？"韩戈平惊慌失措。

夏盼雪透过泪眼看着韩戈平英俊的脸，缓缓摇着头。

"那你别哭，心里有什么委屈，告诉我吧。无论发生了什么事，只要我能为你去做的，我都会为你赴汤蹈火。"

夏盼雪将脸从韩戈平的手掌中移开，目光转向了河水，渐渐收敛了泪水和抽泣。她依旧一言不发，看着河水久久出神。雨继续密密匝匝下个不停，雨点比之前大了许多，落在伞顶上发出杂乱的声响。河面上的水圈也变大了，一片一片时隐时现，凌乱地飘在水上。

"大哥哥，你让我永远做你的小妹妹吧。"静默之中，夏盼雪突然开了口。

"盼雪，你说什么？"韩戈平一下子懵了，难以理解这句话的意思。

"我们以后就像兄妹一样相处，可以吗？"夏盼雪说。

"你这话是什么意思？"这下韩戈平听懂夏盼雪那句话的含义了。这令他猝不及防，他不明白夏盼雪为何要这样说。他急了，不由分说地道："盼雪，我们从来就不是兄妹，对吗？以前不是，现在也不是，以后更不会是！你是我内心唯一的爱，我们是恋人，对吗？也许十几年前我们都不懂事，我们以哥哥妹妹相称，可是如今长大了，我们彼此心里有对方，我们是恋人，对吗？不仅如此，以后我们还要成为相亲相爱的夫妻，对吗？我们，我们这辈子都不会再分开，对吗？"

夏盼雪感觉一阵排山倒海般的心酸，泪水像泉水一样再一次涌上眼眶。她尽力忍住，不让它们滚落下来。她狠狠咬住嘴唇，轻轻摇着头。

"盼雪，你究竟怎么了？"韩戈平心急如焚。

"我们不能在一起的。"夏盼雪破釜沉舟地说。

"为什么，这是为什么啊？"韩戈平无法抑制地叫起来，叫声里全是不解和痛苦。

夏盼雪猛地抬脸朝向韩戈平，举手揩掉两眼泪水道："因为，因为我已经有一个男朋友了。"

韩戈平如同从高处突然坠落，脑袋重重砸在一块水泥地上，嗡嗡的一片晕眩。他呆呆地看着夏盼雪，嘴巴蠕动着却发不出声音。好一阵之后，他忽然异样地笑了笑道："你开玩笑的吧？不可能，这怎么可能？你从来都没有提过这件事啊。"

"他是我的同学，我们已经交往好几年了。"夏盼雪一下子变得格外冷静，几秒之间，像是完全换成了另一个人。

韩戈平脸上刚才那些僵硬的笑意此刻完全凝固了。他不知道自己该不该相信夏盼雪的话，或许，她只是在编个故事来考验他呢？

"那天晚上，我就是去和他碰头的。"夏盼雪字句清晰地继续说道。

"我不信，我绝对不会相信！"韩戈平像是冲着自己发起火来。

"我没骗你。那天他有事出差来上海，约我见面。晚饭之后，他不放我回来，我就只好留在他那里过夜了。小兰并不清楚这件事。"夏盼雪丝毫不像胡编乱造，说得极其认真。

"不对，郑小兰明明说你去见一个女同学的。"韩戈平挣扎道。

"小兰并不清楚这件事，我没告诉她是男是女。"夏盼雪冷静地解释着："这件事，我本该早些告诉你的，怕你不开心，就一直没敢开口。所以，从今往后，我们只能做兄妹，就像你和小兰的关系一样，你明白了吗？"

韩戈平的头脑已经不能思考。夏盼雪这突如其来的坦白让他犹如五雷轰顶，万箭穿心，他心上每一个被残酷射穿的洞里都开始流血。他想说什么，又不知道该怎么说，喉咙口像被一团破布堵塞住了，木然地看着前方。那里灰蒙蒙的一片雨幕，此外什么都没有。这一刹那，原来如此美好的世界在他眼前消失了。

"对不起了，大哥哥。"夏盼雪望着失身落魄神色呆板的韩戈平，心如刀绞。她不能再站在他的身旁了，否则她会忍不住号啕大哭的，她会哭得撕心裂肺的。她心里积累了太多的苦痛和悲哀，已经满满的就将决堤而出，倾泻而下了。

夏盼雪没有再多逗留一分钟。她匆匆地握了握韩戈平那只空着的、此刻已经感觉冷冷的、麻木的手，然后一个转身离开河边，朝着停在不远处的球车狂奔而去。越下越大的雨无情地泼向夏盼雪，仅仅十几秒她的头发就全湿透了。雨珠混杂着控制不住满溢而出的泪水，在她脸颊上不停淌下来。她冲上球车，猛踩电门，乎地一下将车驶离了第十二洞。这时，她再也不想压抑自己了，放声大哭着。那辆紫色的球车漫无目的、晃晃悠悠地穿行在被雨水淹没的球场之上。

6

这天晚上，已经完全冷静下来的夏盼雪，把她在第十二洞小河边对韩戈平所讲的一切，原原本本都告诉了郑小兰。

"为什么你要这样骗他？"郑小兰惊愕地瞪着夏盼雪，想象着韩戈平在听到这一切后的反应和伤痛，心里替他难过。

"我只能这样说，我还能怎么样？"夏盼雪眼睛里满含着悲哀的无奈。

"你可以什么都不说。"郑小兰道。

"那我无法面对他。难道你希望我一直像前几天那样回避他，不理他吗？你不是说那样会让他痛苦吗？"夏盼雪说。

"你这样说了，他一样痛苦，或许更痛苦。"

"也许是的，但让他知道了为什么，总比让他深陷在莫名其妙中要好。他会慢慢想明白的，到时就会放下。"

"这是你一厢情愿。"郑小兰并不同意。

"你得帮我开导他，让他从沉湎中走出来。"

"他爱你那么深，哪有这么容易？"

"一开始是会不适应的，时间长了，感情会渐渐淡的。"

"说得轻巧，你告诉我，你对他的感情会因为时间变淡吗？"郑小兰反驳道。

"我不知道，我会把感情藏在心的深处。"夏盼雪深思着。

郑小兰其实非常理解夏盼雪。要说内心，夏盼雪一点不比韩戈平轻松，某种程度上，她横下心来做这样的决定时，内心的哀伤痛苦会更加深重。自从郑小兰得知夏盼雪挂在床头的那只蚌壳藏含着如此一段往事和那样一片真情后，她就明白了夏盼雪对她的大哥哥韩戈平爱得有多深了。十几年的分离，老天让这对从未间断过思念、却又彼此音讯全无的有情人幸运地重逢了。一切是那么的美好，美好到超过世间任何童话故事和爱情小说。而如今，夏盼雪要亲手戳穿那个无与伦比的童话，要亲手撕碎那部感人肺腑的小说，这将有多么悲哀，多么残酷？

从另一个视角看，夏盼雪是多么骄傲自重。她被强暴了，不愿带着残破之身继续她和韩戈平的纯洁爱情。她以前一定想过，有一天她要晶莹剔透、毫无瑕疵地成为韩戈平的新娘。如今这个美好愿望再也不可能实现了，她内心的伤痛会有多么的惨烈和厚重？郑小兰就是这么想想，都忍不住要为这场悲剧掉下泪来。可是，还能挽回吗？怎么来挽回？郑小兰无能为力。这不是简单的恋人赌气吵架，这是冷静理智的抉择，至少对夏盼雪而言，她做出了这样的选择，而且她认为只有这样做才对韩戈平最公平！

"不管怎样，我希望你不要和他老死不相往来。"郑小兰叹着气道。

"你放心，我不会的。不管怎么样，他还是我喜欢的大哥哥嘛。"夏盼雪故作轻松地安慰郑小兰。

"还有，如果他不放弃，你会怎么办？"郑小兰冷不防问。

"不知道，这个我还没有想过。"夏盼雪坦白说。

"如果他不放弃，你必须给他机会。"郑小兰一脸严厉，斩钉截铁地道，像是在给夏盼雪下达不容商讨的命令。

翌日一整天，韩戈平都没有在球场任何地点露面。郑小兰曾悄悄地去过他的办公室和寝室察看过，两个地方都没有他的踪影。郑小兰挖空心思想了几个借口，尝试给韩戈平打电话，结果打了几次，对方都关机。郑小兰心里焦急万分，忍不住把这情况告诉了夏盼雪，问她韩戈平会不会出什么事？夏盼雪摇头否认，说韩戈平不是那种人，不会有事的。

晚上，当大家都梳洗完毕，躺到床上各自看着手机微信打算入睡的时候，郑小兰找了个借口离开寝室。她故意在宿舍楼外面转上一圈，想要看看韩戈平回来了没有，果然看到他的寝室里亮起了灯光，郑小兰满心沉重的担忧这才落了地。她本想去敲韩戈平的门，问他一天不在去了哪里？当然这不是主要的，主要的是她更想为了夏盼雪的事去安慰开导他一番，希望自己能像妹妹关心哥哥那样，在韩戈平最难受痛楚的时候出一点力，化解他那份郁闷和苦涩。转念又一想，这么晚了，夜深人静的，自己一个女孩进入男生宿舍不太合适，万一被哪个球童无意间瞧见了，怎么解释得清楚？于是只好放弃了。她想，不如明天找机会吧。

　　第二天上班时刻，韩戈平没有像以往那样出现在出发站和大家打招呼。郑小兰陪客人下场打球的时候，也没有看到他驾着球车巡场。到了午餐时间，郑小兰便在食堂里等着韩戈平出现，等了半天他也没来。难道他和昨天一样又去哪里了？是故意躲避夏盼雪吗？这也不是个办法啊。只要夏盼雪在金银湖做球童，躲得了初一躲不了十五的，又何必呢？正在独自思忖着呢，手机响了。一看，是韩戈平打来的，问她在哪里。

　　"我在食堂，你怎么不来吃饭啊？"郑小兰心头顿时一松。她朝边上的夏盼雪眨了眨眼，意思是韩戈平的电话。

　　"吃过饭来我办公室一趟。"韩戈平并不回答她的提问。

　　"知道了。"郑小兰本来就要找机会和他聊聊的，这下机会自己送上门来了。

　　挂了手机，郑小兰对夏盼雪说："他让我去一次，不知要和我说什么。"

　　"你去了不就知道了？"夏盼雪一副与己无关的表情。

　　"那我吃完先走了哦。"郑小兰抓起筷子，匆匆忙忙吃了起来。

　　郑小兰来到韩戈平办公室时，他正独自一个人坐在电脑前在看着什么。见郑小兰进门，就让她坐下，问她要不要喝水。

　　"刚喝了汤，不渴。"郑小兰说，"你怎么不去吃饭？"

　　"不想吃，没胃口。"韩戈平淡淡一笑，十分勉强。

　　"有事对我说？"郑小兰小心谨慎地问。

　　"哦，对。身份证的事，收集得怎么样了？陈总说最晚星期四一定要送到他那里，今天已经是星期二了，也就是后天截止。"

　　"我都对大家说过了，明天应该能收齐。不过，有件事我得和你商量一下。"郑小兰犹豫了，好像在考虑怎么说合适。

　　"怎么了？有事就说嘛。"韩戈平道。

　　"夏盼雪的身份证找不到了。她自己也不知道什么时候弄丢的，把她给急死了。"郑小兰说完，观察韩戈平的反应。关于要收身份证这件事，郑小兰一接到通知就懵了。她首先想到的就是夏盼雪的身份证是假的，该怎么办？万一被识破，可不是一般的麻烦。她急急忙忙和夏盼雪私下商量，为了避免真相败露，两个人探讨了半天，决定采取一个保险模糊的方式来蒙混过关：说身份证弄丢了总可以吧？

"那怎么办？"韩戈平立刻就信了，"偏偏在这个时候。"

"我想，反正金银湖球场有将近二百个球童，也不少夏盼雪那一张，镇里面不过是一次例行检查而已，风头一过，也就没事了。"郑小兰似乎早已经想好怎么回答。

"我只好试试了，但愿能蒙混过去。"韩戈平想想也对，其实镇里面根本不知道金银湖现在究竟有多少球童人数的，到时候肯定是由球场提供一份球童名单，按名单核对交上去的身份证。球童名单这种事，百分之百会由他这个球童部经理来做，为保险起见，打印名单的时候别把夏盼雪放上去就行了，万一出现问题，再解释说名单漏打了也不晚。韩戈平暗自琢磨着，想好了如何帮夏盼雪一把的方法。

"到时我把收来的身份证交给你，还是直接交给陈总？"郑小兰松了口气，没想韩戈平这关如此轻易就过了。

"都先交到我这里吧。"韩戈平说，"你回头转告朱玉文她们一声。"

"好的。"郑小兰一边答着，一边偷偷观察韩戈平接下去的神态表情。她想，他总不至于就为这件事特地把她叫到办公室来吧？不料韩戈平谈完这事，又开始一面看电脑一面点击鼠标，似乎事情已经讲完了。

郑小兰憋了几分钟后忍不住了，试探着问："昨天一天都没有见到你人影，去哪了啊？"

"哦，有点事，出去了一趟。"韩戈平若无其事地答道。

"你就没有其它的事要对我说了？"郑小兰见韩戈平一副什么事都没有发生过的样子，心里不由涌上一股气恼。

"你觉得还有什么事吗？"韩戈平没看郑小兰。

"当然有啦。"郑小兰真有点生气了，又急又快地道："你不想提，就我来说，前天下午你和盼雪在第十二洞的事，她都对我说了。"

"这我能猜到。"韩戈平出乎意料的平静，好像在谈着一件与他无关的事一般。

"这事你怎么想？你以后怎样打算？"郑小兰决定问个清楚。

"你说呢？"韩戈平停下手里移动的鼠标，试探地看着郑小兰反问。

郑小兰愣了愣，倒是被问住了。她盯着韩戈平的眼睛看看，觉得有点好笑，他自己的事，怎么反过来问她呢？她决定再把问题扔回去："你难道一点想法都没有？"

韩戈平将视线转向一旁，停顿了一会儿道："我确实很意外，既然她如此认真地说了出来，我只能相信这是真的。"

"你和她毕竟分开那么久了，互相没有联系，所以……"郑小兰想趁机开导几句。

"所以这一切很正常，是的，我知道。"韩戈平的语气依然那么平静，好像已经接受了这一切，并不再伤心气恼。

"不管发生了什么，我都希望你和她的关系不会受损害，你还是要像大哥哥一样，一如既往地对她好。"郑小兰像是在劝解，又像在请求。

"我为什么要像大哥哥一样对她？"韩戈平突然激动起来，"我对她说了，我们从来就不是什么哥哥和妹妹的关系！"

"那你，打算怎么样？"郑小兰吓了一跳，心头别别乱跳。她想，也许这世界上的男人都一样，在处理和自己喜欢的女孩的关系上，要么卿卿我我，两心相悦，要么就走向反面，侧目成仇，恶语相向。韩戈平受到了伤害，愤怒和生气是自然也合理的，可是，以郑小兰对他这么几年的尊重和爱戴，她真不希望韩戈平和别的男人一般世俗平庸。

"我不会放弃的。"韩戈平出乎意料地说。

"你是说……？"郑小兰怀疑自己理解错了，愕然望着韩戈平。

"我爱盼雪，无论发生什么，我不会放弃的。"韩戈平说得清清楚楚。

郑小兰差点跳起来，韩戈平的话完全在她的预料和想象之外。她原来准备好的那些安慰同情和鼓励他的话，此刻看来都没有必要，可以作废了。这才是她心里的韩戈平形象，一个胸襟开阔、一往无前的男子汉。她掩饰住内心的喜悦，故意问道："你不在乎她曾经有过交往很久的男朋友？"

郑小兰故意加重了曾经两个字，认为这是一种暗示，希望韩戈平会触动并理解。

"有什么可在乎的？那个人出现时，我并不在盼雪身边，所以我不在乎。"韩戈平显然对此冷静思考过了。他的神色和语气都显示出某种淡定和坚强："男人嘛，谁都有追求女孩的权利。他追盼雪，我也一样可以继续追她，所以我说我绝不放弃。至于最终的选择，那是盼雪的权利。"

郑小兰已经无话可说，心里涌起的敬佩和畅快已经让她喜不自胜。憋了半天，她终于大声说了一句："哥啊，我一定会竭尽全力支持你的！"

离开韩戈平办公室的时候，郑小兰的心情格外轻快。回宿舍的路上，她情不自禁哼起来歌来。她要尽快把韩戈平所讲的那些话告诉夏盼雪。她还要告诫夏盼雪：必须要给韩戈平机会，不能为了那个晚上的事一意孤行，不理智地轻易放弃一个全身心爱她的好男人。

7

康亮在会所总经理办公室和杨老板聊了一阵天，看了看表，时间差不多了，便把杯子里的咖啡全部喝完，起身告辞。他到更衣室换了下场的行头，来到了出发站。朱玉文早就等在那里了，一见到康亮走过来，赶紧迎上去。

"我等你一会儿了。"朱玉文娇嗔地对康亮甩了个媚眼。

"Sorry。"康亮说。

"我已经把球包装在车上了。"

"那我们走吧。你替我开车。"

两个人上了8号球车，往第一洞驶去。

"康总最近有很久没来金银湖打球了吧？"朱玉文把着方向盘问。最近她一直奇怪，那个每星期至少来打两次球的康亮怎么连续好两周没露面了。

"是啊，这段时间忙，去了一次欧洲，没空过来。"康亮笑答。

第一洞几乎没有等，上去就可以打。康亮今天的发球很好，打出有250码远，还在球道中间。朱玉文叫了声好球。

"你以前都是点夏盼雪做球童的，怎么今天想到我了？"朱玉文话里有音地问康亮，显然肚子里的不满和抱怨积累已久。

"不同的球童，有不同的经验，所以，换换球童，球才会打得更好。"康亮避重就轻，油腔滑调回答着。

"你倒是会找借口。"朱玉文冷笑道："怎么，这么快就不喜欢夏盼雪了？"

"哪的话，"康亮故作轻松打趣道："漂亮女孩我怎么会不喜欢？"

"这么说，和她之间发生什么不愉快了？"

"没有啊，没有啊。"康亮吞吞吐吐道："走吧，打下一杆去。"

"那你说，我算漂亮女孩吗？"见康亮拔脚往球车走去，朱玉文跟在后面不依不饶。

"当然，当然。"

"前一阵那么久，你怎么不叫我当你的球童？"

"今天不是叫你了吗？"康亮说着，回头看了看朱玉文。

其实，在多次接触朱玉文后，康亮发现她比金银湖任何一个女孩都更厉害。她不像郑小兰那么直截了当，要什么或不要什么，表露得清清楚楚。也不像夏盼雪那么含蓄矜持，始终与人保持着合适的距离。朱玉文不同，她乍看上去好像比较轻浮随便，会主动联系你，接近你，嘴巴上也从不吝啬花言巧语，逗得你心里痒痒，让你以为她就是一条在鱼缸里不停甩动尾巴游来游去的漂亮金鱼，只要你愿意，伸手可捞，随时可得。其实不然，这条金鱼滑溜得很，你出了手，她就异常精灵古怪，眼看要被握在手里了，却瞬间滑脱，又游到一边去了。

第一回有这种感觉，是在那次康亮约两个生意场上的朋友，带着朱玉文等几个女球童去九龙山球场度假打球。那天打完球之后，康亮计划着约朱玉文晚上去他的房间。

吃晚餐的时候，康亮把当晚他所住的房间号通过短信发给了朱玉文，朱玉文当即回复已收到，会按时过去。康亮吃过饭回到酒店房间，洗了澡，得意洋洋等待朱玉文的到来。他认为，既然这个女孩那么爽快答应来房间，一定心领神会，知道来了会发生什么事。这种情况，康亮经历了无数次，每次的过程都一样。来到他身边的女孩表现各有不同，有的爽爽快快，有的扭扭捏捏，有的直截了当，有的半推半就，有的毫不顾忌，有的躲躲闪闪，但是万变不离其宗，最后都成了他的猎物。当然，他也得给予和付出，不是金钱和礼物，就是承诺和兑现。这和生意场没有什么两样，双方各取所需，双赢共利。你得到了你想要的，我满足了我喜欢的，两不吃亏。

那天朱玉文敲门进来的时候，康亮大大吃了一惊。这个女孩脱掉球童装束，换成青春靓丽的打扮后，竟然判若两人。在康亮看来，朱玉文确实蛮漂亮，这种漂亮不仅限于五官、身材和肌肤，而在于某种风骚味道。这种从身体内部溢散出来的味道，会对异性产生强烈的吸引力，就像某种色情香水起到的作用，你会陷入一种难以自抑的冲动，满脑子都是占有欲。

"康总，你约我来，一定有什么事情吧？"朱玉文进门后，忽闪一对大眼睛，娇声细气地问。

这句话像是一剂清醒剂，抑制了康亮蓬勃而起的冲动。他毕竟是个留洋归来的博士，大型集团公司的 CEO，可不能像个急不可耐的嫖客对待进门的妓女那样饿虎扑食。于是，他摆出一副风度翩翩的绅士姿态，去冰箱里取出一瓶事先准备好的红酒和两只酒杯。所有电影里的浪漫之夜几乎都是从红酒开始的，康亮相信朱玉文也看过不少浪漫电影。

"我晚上不喝酒，康总冰箱里有饮料吗？"朱玉文看似随意，表达却清清楚楚。

"哦，有的有的。"康亮马上去拿来了可乐和橙汁，让朱玉文挑选。

朱玉文选了橙汁，康亮便为自己倒了一杯红酒，两个人分别坐在两椅子里，相隔一米距离。康亮知道今晚不能操之过急，就天南地北和朱玉文扯了一阵。然后瞅准机会，突然夸讲道："小朱，其实你非常漂亮。"

"是吗？"朱玉文倒也不谦虚，回答说："有不少人这么说过。"

"今晚你特别漂亮，真是美极了。"康亮开始了电影里的台词。

"谢谢夸奖。康总你还没有告诉我叫我来的目的呢。"朱玉文让话题扯回到原点。

康亮有点狼狈，他搞不清楚朱玉文真是那么木讷还是故意装模作样。他不敢冒进，只好先退一步。他走过去，从皮包里取出一叠钱来，放到朱玉文面前说："这个给你。"

朱玉文看了看钱，估计有一千元左右。她没有去碰，问道："这是什么意思？"

"小费，今天的小费。"

"你打完球不是已经给过我们了吗？"

"那是统一小费，这是特别给你的。"

"为什么对我特殊？"

"你说呢？当然是因为我喜欢你啦。"

"如果康总的意思这是陪你打球给的额外奖励，我就收下。"

"当然，当然是那个意思。"康亮不得不这样说。

"那好，谢谢你了。"朱玉文伸手拿起钞票，装进裤袋里，然后说："时间已经不早，我该回自己房间去了。"

"你这就要回去？"康亮措手不及。

"是啊，假如康总还有什么事，就说吧。"朱玉文笑眯眯的，冷静又自然。

"我以为你会明白我叫你过来的意思。"

"现在明白了呀，你是奖励我小费。"

"其实是我真的很喜欢你。"康亮突然去抓朱玉文的手。

朱玉文巧妙地将手抽回来："我知道，我看得出，可是，什么都得慢慢来啊。俗话说，心急吃不了热豆腐嘛。"

康亮知道今晚的计划要泡汤，又想不出更好的妙计，看着朱玉文如此淡然，他是不能任意妄为的。为了给自己打个圆场，他只好说："我懂你意思了，好戏下一幕开演吧。"

朱玉文离开后，康亮脑子里就产生了那种金鱼的念头。这不是一条普通金鱼，而是一条五彩斑斓的鱼精。普通的金鱼很容易捕捉，也很容易放手。鱼精不一样，可见不可得，却让人不舍得放弃。

这以后的一段时间，康亮一直想寻找和朱玉文亲昵的机会，都被她巧妙地应付过去了。康亮开车带着朱玉文几乎兜遍了上海的各个主要景点场所，带她去过好几个高级餐馆和商场。只要朱玉文表示出喜欢某样东西，康亮就买给她，衣服啦，鞋子啦，饰品啦，包包啦。然而，康亮感觉朱玉文回报他的很缓慢，起先只是走路时握着手，或挽住胳膊；接着愿意在暗影里让他拥抱一下，勉强和他接个吻；再过后是答应在车子里隔着衣服让他抚摸她丰满的胸部。直到最后一次，当康亮驱车送朱玉文回球场宿舍时，康亮将车停在一条无人的小马路上，希望和她亲热一下。这天傍晚，康亮在一家大商场里，刚刚替朱玉文买了一条价值一万多元的项链。这次，当康亮硬要把手伸进朱玉文的内衣里，直接触摸她诱人的双乳时，朱玉文没有怎么反抗。她稍微挣扎一下就放弃了，任凭康亮饥渴地搓揉和摸捏。可是，当欲火难忍的康亮想去解开她的裤子，把手伸向她下体时，朱玉文坚决阻止了他，无论康亮怎么央求她都不同意。

朱玉文越是和他保持着距离，康亮的心里就越焦灼难忍，想要整个得到这条鱼精的欲望也更强烈。在康亮和女人打交道的所有历程里，如此若即若离、唾手可得却无法如愿的女孩还真不多见。这不仅没有让康俊失望丧气，反而越加激发起了他的好奇心和占有欲。时间一长，还变成了一股好胜心。我一个堂堂的成功人物，可以称得上是当代英雄，难道就搞不定你一个小女孩？你不过就是千千万万漂亮女孩中的一个而已啊！

机缘巧合的是，夏盼雪出现了。她是金银湖唯一可以和朱玉文媲美甚至更胜一筹的女孩，被朱玉文吊着胃口渐渐失去了耐心的康亮找到了新的进攻方向。他开始频繁地点夏盼雪做球童，故意冷落朱玉文。他认为这样做是一箭双雕，如果攻下夏盼雪，是一大惊喜，如果没能突破，至少也会让朱玉文产生嫉妒，再杀个回马枪，或许她就投降了。

朱玉文陪着康亮说说笑笑一路打完了前九洞，康亮叫朱玉文一起进休息亭小歇一下。朱玉文怕违反纪律不想进去，康亮说有什么事他担着，不用怕。朱玉文看看四下无人，就同意了。金银湖球场的客人休息亭里，按时摆放着几种给客人休息时吃的水果和饮料。康亮随手拿了一只香蕉给朱玉文吃，然后说："下个月好像你要过生日了，对吗？"

"康总竟然记得我的生日啊？好感动。"

"想要什么礼物，说吧。"

"呦，康总今天是怎么啦？"朱玉文觉得意外。

"记得以前你看中过一块手表，要不我去替你买下来吧。"康亮说道。

"真的吗？可不许骗人哦！"朱玉文想起了那款欧米茄女表，很好看也很贵，要两万多元呢。那时她还几次和康亮提到那款表多么多么好看，她多么多么喜欢。她心里想过，吊了康亮那么久的胃口，如果他答应把那只欧米伽表买下送给她，她就和他上一次床。可当时的康亮始终装模作样不接口，她只好作罢。朱玉文突然感到康亮今天一直在讨她欢心，他一定和夏盼雪之间发生什么不愉快的事情了，回过来又要和自己恢复关系，毕竟以前在金银湖，朱玉文几乎是康亮的御用球童。

"当然真的，我答应过你的事，一定办到。"康亮说着，去拉朱玉文的手。

朱玉文慌乱地看看亭子外面，见没有别人过来，才没有抽回手来。她娇羞地轻声说："你对我真好。"

"我会对你更好。"康亮说，"不过我希望你也要对我好一点。"

"我对你不好吗？"

"你说呢？我们都那么长时间了，你还是对我有所保留。"康亮暗示道。

"那你想我怎么样？"

"你过生日那天，我在市中心最好的酒店里预定一个房间，好吗？"

"你真坏。"

"你答应了，对吗？"

朱玉文点了点头。

"太好了，走吧，我们抓紧打球，早点结束。"想到终于有希望和眼前这位垂涎已久的女孩享受雨水之欢，康亮亢奋起来。

走到第十三洞的时候，康亮接了个电话，好像公司里有紧急重要的事情需要他立刻赶回去处理。他和朱玉文打招呼说，本来打完球想和她一起在会所吃晚饭的，现在不行了。朱玉文当然说没关系。两个人跳上球车，直接驶回会所。在即将到达会所时，朱玉文见夏盼雪和一个客人驾着球车迎面而来，便叫了她一声。夏盼雪冲她笑了笑，却连瞧都没有瞧康亮一眼，就像完全不认识似的。

两车擦肩而过后，朱玉文问康亮："小夏好像在生你的气？"

"也许吧。"康亮学老外的腔调耸了耸肩。

"为了什么事？"朱玉文好奇怪。

"不知道。"康亮回避着没有给出答案。

朱玉文回到出发站刚把车停好，康亮就把小费塞进她手里，然后急匆匆去更衣室了，他的司机已经将车停在会所大门口等他。

朱玉文悄悄数了数小费，康亮给了她八百元，不少。她很开心地将钱放进口袋，这时她的电话响了，是陈伟打来的，问她在哪里。

"我刚下场呢。"

"你来一下，身份证都交到我这儿了，你要怎么弄啊？"

朱玉文环顾四周，近旁并没熟人，便走到一个偏僻处，压低声音问："你看过了吗？所有人都交上来了？没有人漏掉吧？"

"这个我可没点过，我也点不清楚，要不现在你自己过来看一遍？"

朱玉文犹豫不决起来。她知道陈伟急着催她过去，肯定有所企图的。自己到了那里，保不准那个色鬼又要乘机占她便宜。可是不去吧，怎么知道情况？这件事她是答应了张家宝的，必须给他一个明确的交代。想了半天，还是无可奈何地答应了。

果不其然，朱玉文进了陈伟办公室后，他马上关了门，还把里面的门销给插上了，急不可耐就来一把拥住朱玉文。朱玉文用力挣扎，试图摆脱他的纠缠，压着嗓子说："你急什么，也不看看现在是什么时间，光天化日的……"

"怕什么，百叶窗遮着呢，外面即使有人也瞧不清里面的，"陈伟死缠烂打，去摸朱玉文的胸部。他已经欲火中烧了，声音也变得淫荡起来："我们很快的，你配合一下，很快就完事的。"

"不行，现在绝对不行。"朱玉文板下脸来，努力挣脱开陈伟的熊抱。为了不使陈伟没面子发脾气，她违心地哄他说："换个时间吧，不要现在。"

　　陈伟见朱玉文决意不肯，觉得十分扫兴，只好悻悻地松开了她道："那你答应的哦，不能反悔的哦，就这两天晚上你过来，好吗？"

　　"知道啦。"朱玉文只好以退为进，先答应了再说，然后问收上来的身份证放在哪？

　　陈伟走到办公桌前，拉开抽屉，将一个牛皮文件袋取出来扔到桌上。朱玉文赶紧跨上前去，拿过文件袋，把里面装满的身份证哗啦一下全部倾倒在桌面上，然后一张接一张重新拿起来，看完一张就往文件袋里放入一张。十几分钟后，她把散在桌上的身份证都看完了，就是没有看到夏盼雪的那张。她不放心，怕自己看漏了，又再把袋子里的身份证重新倒在桌面上，重复一遍之前的动作。确实没有夏盼雪的身份证，而且，就唯一缺了她那一张，其他球童的身份证全部交齐了。

　　"你这是找什么啊？"陈伟站在一旁，见朱玉文颠来倒去地弄着身份证，大感不解。

　　"少了一张夏盼雪的。你问问韩戈平。"朱玉文一本正经地对陈伟说。

　　"现在？"

　　"对，就现在，你打个电话问问，为什么夏盼雪没交上来？"朱玉文突然表情大变，拉了拉陈伟的手撒娇道："哎呀，快嘛，快问他一下嘛。哦对了，别让他知道我在这儿。"

　　"好吧好吧。"陈伟无可奈何地道："真不知道你在玩什么把戏。"

　　陈伟拨通了韩戈平的手机，询问情况。韩戈平回答说，夏盼雪的身份证前几天不小心弄丢了，已经打电话回老家，让家里人替她去派出所补办一张呢。陈伟挂了电话，把韩戈平说的对朱玉文复述了一遍。朱玉文听着，脸上不由浮现出一种复杂古怪的表情。

　　离开陈伟办公室的时候，朱玉文暗想，韩戈平那个表哥张家宝真是厉害，他一语中的。看来，夏盼雪的身份证还真有可能是假的呢，要不哪有这么巧，之前从未提起过身份证丢失的事，等要她上交验证时，突然就弄丢了？朱玉文决定，必须立刻把这个情况告诉张家宝。

第九章

1

最近一阵所发生的许多事情，让朱玉文感觉到捉摸不定又喜忧参半。

首先是球童中传说夏盼雪和韩戈平闹矛盾了，果不其然，朱玉文很快察觉到了他们之间不同寻常的冷淡。朱玉文对此当然暗暗窃喜，韩哥平和夏盼雪之间的裂痕越大，她见缝插针的机会就越大。可是没过多久，大家又看到韩戈平和夏盼雪，郑小兰每天中午又坐在一桌吃饭了，还时不时见他们三个一块下场练球，嘻嘻哈哈地走在一起，好像什么事都从未发生过一样，至少是，即便曾经有过波折，眼下也已经雨过天晴。

这不免令朱玉文产生空欢喜了一场的沮丧。她和韩戈平认识有几年了，知道这个人的脑子一根筋，这么多女孩围着他转，他说不喜欢，就一个都瞧不上，即便哪个女孩再使力再积极，他都毫不为动，这点朱玉文自己就深有体会。一旦他喜欢上了谁，比如夏盼雪，那么一根筋的韩戈平一定不会轻易放弃，即使遇到些磕磕碰碰，他都不会退缩，除非有什么天翻地覆的大事伤害到他的自尊。

其次是球童中又盛传夏盼雪和康亮闹掰了的事情，这是不需猜测，一目了然的事实。最近康亮来金银湖打球，再也没有叫夏盼雪当过球童。两个人在球场里遇到时，几乎形同路人，连招呼都不打了。说得更确切些，是夏盼雪每次见到康亮，就像完全不认识一般，从不瞧他一眼。这可不光是球童们在背后嘀咕的花边新闻，而是朱玉文亲眼所见，切身体会。康亮不仅恢复了叫朱玉文当球童，还时不时对她献殷勤，这当然令朱玉文心花怒放。说心里话，康亮是她最看重、最不愿丢失的重要客人之一。之前康亮舍她而去，选择了夏盼雪，朱玉文一直憋着一肚子的气恼和不甘，又没有任何理由朝着康亮或者夏盼雪发泄。现在，局面突然扭转了，很有点物归原主的味道。朱玉文虽说对此有点喜出望外，但同时内心里陡生了一个疑团，夏盼雪和康亮一直好好的，怎么一下子就翻脸了呢？以朱玉文为人处世的经验，这无风不起浪，一定是有原因的！那么，发生了什么事，导致他们两个化友为敌了呢？朱玉文曾几次在陪康亮打球时巧妙地提问过，康亮每一次都环顾左右而言他，明显不想触及这个话题，康亮越是避闪，朱玉文的好奇心就越重，疑惑也越深。

还有就是夏盼雪那张身份证的事。她那天按照张家宝留给她的号码给他打了个电话，张家宝立刻赞赏她的机智。他分析说，如果唯有夏盼雪一个不交身份证，那么那张身份证作假的可能会很大。张家宝希望朱玉文继续追踪此事的结果，如果夏盼雪的身份证迟迟不能补来，那么此事就证实了。

朱玉文虽说依旧心存疑虑，万一夏盼雪果真让家里人去派出所补办好了身份证呢？

但她还是愿意再为张家宝出一份力。她清楚张家宝对于韩戈平的重要性，讨好了张家宝，她就能更走近韩戈平。

由于这三件事时不时会在朱玉文的脑子里打转，她隐隐约约觉得它们之间好像有什么牵连，却又理不出一个头绪。这天，朱玉文突发奇想，找到了郑小兰，说要单独请郑小兰吃顿饭，有事情想和她好好聊聊。

这天晚上，郑小兰满腹狐疑地被朱玉文硬拖到了镇上的一家饭店。朱玉文很大方地叫了很多菜，还要了两瓶百威啤酒。

"你这是干什么啊？今天你过生日吗？"郑小兰觉得朱玉文今天有些琢磨不透。

"还没到呢，要再过一个星期。"朱玉文说着给郑小兰倒酒。

"我不会喝，不会喝。"郑小兰想阻止。

"少喝点没关系，今天算陪玉文姐喝一点。"

"你今天究竟有什么事啊？怎么突然请我吃饭？"

"没什么大事，就是想和你聊聊。你看，我们在金银湖已经那么久了，也算是老朋友了嘛。小兰，你别看平时我们交心不多，其实我是很认可你的。"朱玉文举起杯子来。

郑小兰盛情难却，也只得举杯和她碰了碰。

"金银湖女孩子虽然多，要我把她们当回事的还真没几个。小兰你，还有盼雪，还有小汤，是我看得上的。我和盼雪嘛，虽然她是我介绍来的，可不在一个组里，平时接触不多，她来的时间又短；汤玉美嘛，虽然我们是同寝室的，她对我也好，不过她不太懂事，比不上你小兰。所以，真想找个人聊聊时，我觉得只有你了。"

"你想和我聊什么呀，那么一本正经的？"在郑小兰听来，朱玉文这番话说得并不夸张，不像是花言巧语。她虽然不怎么喜欢朱玉文这个人的做派，不过毕竟她们在金银湖已经相识了几年，两个人也从没有闹过什么大的矛盾。从某种角度讲，不知是不是因为郑小兰谁也不买账的直来直去脾气，许多时候朱玉文还是蛮让着她的。尤其那次郑小兰和夏盼雪得罪客人引得陈伟大发雷霆后，朱玉文出面替她们巧妙解围的事，郑小兰一直记在心里。

"也不是什么重要的事。"朱玉文给郑小兰又添了酒，自己喝下一大口又加满。"最近球场里传闻很多，也不知是真是假，所以想随便问问你。"

"什么传闻？"郑小兰也听到过一些传闻，不知道朱玉文指哪个。

"前一阵，都在传盼雪和韩哥闹矛盾了……"

"已经过去了。"郑小兰还没等朱玉文说下去就截断了她的话头，这是她不想聊的话题。

"对对，听说他们又恢复了。"朱玉文连忙道。

"恋人之间嘛，耍耍脾气斗斗嘴很正常的。"郑小兰故意说。

"不错，不错。盼雪真有本事，我们金银湖那么多女孩喜欢韩哥，偏偏韩哥只喜欢她一个。"

"人家这是一见钟情。"

"是啊，我们就没有这福分。我其实也很喜欢韩哥啊，小兰你不是也一样吗？"朱玉文直截了当地坦白说。

"别把我牵进去好吗？"

"哎呀，这有什么不敢承认的，喜欢就喜欢嘛。"朱玉文不以为然笑道："喜欢一个人是我们自己的自由，韩哥不喜欢我们那是他的权利，两回事。"

郑小兰认为朱玉文这句话有道理，就没吭声，等她往下说。

朱玉文停顿了，并没就这个话题继续展开。她热情地替郑小兰夹着菜，又和她碰了两次杯。吃了一会儿她才冷不防开口道："嗳，小兰你说，盼雪怎么偏偏在这个时候把身份证弄丢了呢？"

郑小兰停下手里筷子，警觉地问："你这话什么意思？"

"我是说，她那张身份证早不丢，晚不丢，偏偏在镇里要验证时弄丢了，多不巧啊。"

"她又不知道这个时候镇里要验什么身份证。"郑小兰辩解说。

"那倒也是，所以我说不巧嘛。"朱玉文斟词酌句地说："不过因为这事太巧了，你想，全金银湖就她一个人没交身份证，所以，就有风言风语说，会不会她的身份证有问题，所以交不出去……"

"谁说的？哪个人说的？"郑小兰立马追问朱玉文。

"不就是传言吗？"朱玉文故意试探道："听说现在外面假身份证很多的。"

"你什么意思？你怀疑夏盼雪的身份证是假的？"郑小兰放下筷子，严肃起来。

"怎么会啊，"朱玉文矢口否认，"我怎么会怀疑她呢，她还是我拉到金银湖来的呢，如果她用的是假身份证，我也有责任的啊。"

"丢了就是丢了，什么假的真的。"郑小兰有些恼怒地说："人家已经打电话回老家去补身份证了。"

"就是嘛，只要盼雪的身份证补回来，那些猜测啊，传闻啊，当然就不攻自破了。金银湖人多嘴杂，有人就喜欢编造故事。"朱玉文这么说的时候，心里也摇摆不定了，郑小兰说得一清二楚，夏盼雪已经在补身份证了，难道张家宝的推测是错误的？夏盼雪这次确实没有上交身份证，但也不能就此断定她的身份证就肯定是假的啊。万一她过些天真把身份证补办好了呢？

"真是吃饱了撑的，妒忌人家，也不能胡言乱语凭空捏造说坏人家啊。"郑小兰像是话中有话地道。

说者无意，听者有心，朱玉文拿不准郑小兰这话是不是暗指自己，不免有些窘迫。她决定把这个话题收掉，就道："还好镇里也没有那么顶真，前几天就把身份证发还给大家了。盼雪也算安然无恙度过这次检查。其实我们金银湖的人怎么可能弄虚作假呢？"说着，便拿起酒瓶来再次往两个人的杯子里倒酒，然后又催郑小兰多吃点菜。两个人一时无话，各自吃着菜，气氛有点沉闷。隔了一会儿，朱玉文突然想起什么似的又问郑小兰说："小兰啊，你觉得康亮这个人怎么样？"

"他可不是什么好东西。"郑小兰不假思索地回答道。

朱玉文不由愕然地看看郑小兰。她了解郑小兰本来就不喜欢康亮这类人，没想会对他那么不屑。她有意问了句："小兰你怎么会这么说？"

"你不是在问我对那个人的看法吗？"郑小兰两颊已经升起红晕。她平日不怎么喝酒，显然不胜酒力，几杯啤酒下去，已经有反应了。

"是啊，我只是问你对他的印象如何。"朱玉文察觉到郑小兰已经有了几分酒意。

"那就是我的印象啊。"郑小兰借着酒劲，直言不讳道："就一个色鬼，我最不喜欢那种男人了。"

"你可不能乱说啊，"朱玉文引导道："他可是我们金银湖的贵宾。"

"我知道你喜欢他那种人，对吗？"郑小兰眼睛也微微发红了，她讥嘲地盯着朱玉文道："你就喜欢有权有势又有钱的男人，对吗？"

"看你说的，有权有势又有钱，哪个女孩不喜欢啊？之前盼雪不是和康总也很亲密吗？"

"她和你不一样。"

"有什么不一样？康总每次来都找盼雪，我看她挺乐意的。"

"那是工作，没办法。可不是喜欢和那种人在一起。"郑小兰声明道。

"不过最近很奇怪，康总突然不叫她当球童了。"

"哼，不叫她，叫了她也不会去。"

"这是为什么，难道他们之间发生了什么不愉快？"

"不谈这个康总了好吗？讲到他我就冒火。"郑小兰说。

"没想到你对他印象那么坏。我本来是想问问你呢，他约我过几天去市中心吃晚饭……"

"别去，我，劝你，别去啊，不然，要后悔的。"郑小兰觉得头有点晕晕的。

"不就吃顿饭吗，有什么可后悔的。"朱玉文不以为然地道。

"上次，我就是，没劝阻她不要去……"郑小兰说到此戛然而止，好像忽然之间从微醉中清醒过来，"总之，你想去就去，问我的话，劝你，少和那种人接近。"

"你是说，上次康总约盼雪一起吃饭了？"朱玉文机敏地嗅到了某种味道，如获至宝，不失时机地打听道。

"我可没说啊。"郑小兰意识到自己酒后失言，内心一惊，脑子恢复了正常，赶忙否认。"哎，我说我们能不能不谈那个人了？"

"好吧好吧，不谈康总了。"朱玉文嘴上答应，心中暗喜。凭她的脑子，郑小兰刚刚无意间不慎脱口而露的那句话，一定不是无缘无故的。前一段时间，大家在传言韩戈平和夏盼雪闹别扭时，就有人说过，好像有一天夏盼雪曾彻夜未归，从那之后，他们就开始打起了冷战。不过，谁也没有深究这件事。更不会有人去想那天晚上夏盼雪可能和谁在一起。显然，郑小兰是知道的，她刚才一时疏忽泄露了一个秘密。那么，假如那个晚上夏盼雪果真和康亮在一起的话，这将是一件爆炸性的事情，他们在一起除了吃饭还干了什么？为什么夏盼雪会彻夜未归？为什么紧接着夏盼雪和韩戈平就闹别扭了？为什么夏盼雪和康亮突然就不理不睬形同路人了？这几件事之间有没有联系？

朱玉文决定，一定要设法把这些疑问解开，也许从此她会拿到一把劈断韩戈平情丝的杀手锏。

2

晚上，上海波特曼大酒店中餐馆小包房内，康亮正打算宴请朱玉文。

几周之前，在同一间包房里，康亮曾和夏盼雪举杯对饮。想到夏盼雪，康亮内心总感觉到有些对不起她。自己利用夏盼雪对他的感激，对他的信任，故意将她灌醉，并在醉酒之后破了她的处女之身。严格讲，那个晚上康亮是卑鄙地迷奸了她。面对夏盼雪醒来后的悲声痛哭，康亮确实后悔自责过。他不曾料到如今这个社会还有如此美貌的处女，而且是一个纯洁清高的处女。他欲火中烧地占有了她，令她伤心欲绝。她根本不在乎自己能从他那儿得到什么，她完全不是社会上那些追慕虚荣和贪图享受的拜金女，她看重自己的贞操和自尊。所以当她离开的时候，她怨恨又仇视地瞪了康亮一眼，这目光中包含了许多的意思，让康亮感觉到了自己的龌龊和下流。

其实，找个漂亮女孩玩一下，一起共度良宵对康亮而言只需举手之劳。以前曾有无数次相同的经历，约个女孩过来，讲讲笑话喝喝酒，然后上床做爱，完事以后该给的给她们，各取所需，皆大欢喜。谁也不会憎恨谁，谁也不觉得欠了谁。可是夏盼雪不同，她被侵犯了，没有要求一分钱补偿，甚至没有一句谩骂。她只是痛哭，不停地痛哭，然后收敛起泪水，充满轻蔑地、极其鄙视地瞪了他一眼就走了。这让康亮感到了极度的惶恐和不安，这是他迄今为止从未遇到过的。这就像一次交易，一方已经给了货，另一方却尚未给钱，让人心里不踏实，不知道接下去会发生什么。

接下去的几天，康亮一直忐忑不安。他不敢去金银湖，怕见到夏盼雪。他也时刻担心着会有身穿制服的警察敲开他的门，夏盼雪完全可以去报案，控告他强奸的。万一那样，他康亮可能一失足成千古恨，败坏了一世英名。他这时真有些追悔莫及，恨自己贪图一时之乐，去伤害了一个和自己最初的判断完全不相符合的纯情少女。然而，什么也没有发生，日子一切照旧。他没有料到，夏盼雪不声不响就让这件事情过去了。为什么呢？难道就是为了报答他曾经帮过她的忙？

康亮试探着去了金银湖，却不敢再叫夏盼雪当球童。当再次遇见夏盼雪时，他从她的神态中看到了某种令人寒心的冷漠，这是哀莫大于心死的冷漠，也就是，她把他从内心彻底删除了，就像在电脑里清除了一份文件一般。他对于夏盼雪，已经不复存在。她留给他唯一的东西，就是内疚和悔罪。

康亮从不会为女人内疚和悔罪，但夏盼雪已经把一根问罪的钢钎深深锤进了他的灵魂，将他钉在了耻辱柱上。康亮觉得自己应该做些什么，作为自己内心的忏悔也罢，作为对受到伤害的夏盼雪的补偿也罢。他知道，依夏盼雪那种性格和价值观，任何物质类的东西都是她漠视的，因此，他必须做些有用的事情。之后的一天，他非常认真地给那位在成都当副市长的同学打了电话，郑重其事地再三拜托，务必把他上次所托的事情办妥，这个忙一定要帮到位。那个同学让康亮一百个放心，说你的事就是我的事，我一定会亲自督管的。办完这件事，康亮才觉得自己轻松了一些。

"康总，客人来了。"包房服务员推门进来，打断了康亮的独自沉思。

"哇，这里真漂亮啊！"朱玉文一阵轻风般飘了进来。

"美女来啦？"康亮派头十足地起身迎接。

"这儿是不是你专让漂亮姑娘上钩的地方啊？"朱玉文一进包房还没坐下，就先和康亮开起了玩笑。

"我康亮是这种人吗？"康亮反问着，用眼神示意服务员可以退出去了。

"你不是常说，人在花中走，做鬼也风流吗？"朱玉文脱下外套，挂在进门处的雕花木衣架上。

"我是有口无心，对我喜欢的女孩，我还是感情专一的啊。"康亮自我打趣。他已经从之前的回顾中完全摆脱出来，恢复了一贯的巧舌如簧。

朱玉文入座后，又仔细打量了一番包房内的装潢和摆设，觉得一切都那么奢华精致，这地方的最低消费一定非常昂贵吧？朱玉文跟客人到过很多地方，康亮也曾带她去过好几家饭店，可这一家是她觉得最豪华富贵的。

"康总一定在这里请过不少女孩子吃饭吧？"

"这个我倒是不否认。"康亮坦白承认。

"以前怎么没带我来过啊？"

"一直没机会嘛。"

"明白了，只有你真心喜欢的女孩，你才会带到这里来，对吗？"

"也可以这么说吧，所以今天把你带来了呀。"

"你在这里一定也请过夏盼雪吧。"朱玉文出其不意地说着，两眼像雷达般扫视着康亮的脸色，观察他的反应。

"夏盼雪？哦，没有没有，我怎么会请夏盼雪在这里吃饭呢？"康亮避开朱玉文的目光慌忙否定。他急于避闪的眼神，明白无误地告诉朱玉文，他多半在说谎。

朱玉文今天是有的放矢同康亮提及夏盼雪的。自从前几天郑小兰不小心说漏嘴之后，她就暗下决心要把夏盼雪和康亮突然闹翻的事情查个水落石出。她私下在球童间已经旁敲侧击地了解到了一些蛛丝马迹，越来越怀疑这前前后后发生的事情相互之间有着某种牵连，究竟是什么，她难以得知。所以她已经想好了，今天晚上哪怕把自己的身体赌上去，也要有所收获。

康亮按铃叫来服务生，向他要了菜谱，问朱玉文喜欢吃什么。朱玉文接过菜谱，看到里面的菜价贵的吓人，随随便便一个炒蔬菜都要五六十元以上，一盘普通的基围虾子竟然要三百多，更不用说那些海蟹啦，金枪鱼三文鱼啦，龙虾啦之类的高档海鲜了。这可把她给吓坏了，赶紧把菜谱还到康亮手上说："你随便点几个呗。"

"今天是你生日，怎么可以随便点几个？"康亮慢慢翻看菜谱，一边有选择地对服务生报着菜名。

朱玉文下意识地在心里做着大概的匡算。等康亮点到第六个菜时，她估计已经接近了两千元，赶忙伸手拉拉他的袖子说："够了够了，就我们两个人，哪吃得了那么多啊？"一边说一边心里在嘀咕，在吃上面花那么多钱有啥意思嘛，还不如多给我点小费呢。

康亮停止点菜，叫服务生把之前镇在冰桶里的香槟取过来。

当朱玉文跟着康亮进入他在波特曼大酒店里常包套房时，感到一阵轻微的头晕。刚才喝了不少酒，虽说那香槟的度数并不很高，但一杯接着一杯下去，也会让人微醉。朱玉文的酒量不算很差，只是平时不怎么喜欢喝酒，如果慢慢喝，她能应付好一阵的。此刻虽说有昏眩的感觉，那也没什么大事，她的脑子完全处在清醒状态，只要稍稍坐一会儿就能完全恢复正常。

房间的布置和餐厅小包房一样豪华。欧风古典式家具使朱玉文心情很愉悦，她一屁股坐进柔软宽大的沙发内，将后脑靠在沙发背上，想要醒醒酒。

"要不要再来一杯？"康亮见朱玉文毫不犹豫就跟他来了套房，知道今晚要达到目的会比较轻松。

"不了。"朱玉文摆摆手。

"那好，我们来庆祝你的生日，你来切蛋糕。"康亮说着走到桌子旁。朱玉文这才看到桌上放着一只蛋糕盒子，康亮正在掀开盖子，并仔细插上蜡烛，然后用打火机点燃。

"过来许个愿。"康亮朝朱玉文招手。

朱玉文有点感动。今天就是一个二十三岁小生日，让康亮费了那么一番心思。虽说他明摆着会有所企图，但毕竟是一个浪漫的生日，在那么高级的餐厅里，吃了那么贵的菜，眼前又是那么动人美丽的蛋糕。她走过去，对蜡烛上闪耀的火苗凝视了一会儿，合起手掌，微闭双眼，开始许愿。许完愿，她深吸一口气，冲着蜡烛猛吹过去，吹熄了摇动的火苗。她从康亮手里接过塑料刀开始切割蛋糕。等她抬起头来时，发现康亮手里捧着一个礼品盒。礼品盒用粉底碎花的包装纸整齐地裹着，上面还扎了一根缎带，粉红的缎带在礼品盒上面打了个蝴蝶结。

"给我的？"朱玉文接过礼品盒。

"生日快乐。"康亮说。

"谢谢，是什么？"

"打开看不就知道了？"

朱玉文一边拆开礼品盒，一边猜测里面会是什么。难道康亮真会送给自己一只欧米茄表？这样想着时，她的心跳不由加快了。当她拆掉包装纸，将礼盒盖打开后，情不自禁惊呼起来："哇，真的是啊！"

康亮果然送给她一只奥米伽女表，就是之前她在柜台前几次驻足留恋、满心喜欢、康亮却几次装疯卖傻不接她口的那只欧米茄手表！

将表从盒子里取出来时，朱玉文的手微微颤抖了。她小心翼翼拎着表，对康亮说："替我戴上试试。"

康亮拿过手表，认真地给朱玉文戴上手腕，问道："喜欢吗？"

"太喜欢了！"朱玉文转动手腕，欣赏着闪闪发亮的手表，突然举起双臂，一下子圈住了康亮的脖子，兴奋异常地道："康总，你对我太好了，没想到……"

康亮没让朱玉文说下去。他果断用双唇堵住了她的嘴。朱玉文怔了仅仅一秒钟，马上心领神会地吸住了康亮沾着酒味的嘴唇。接着，她红唇开启，任凭康亮的舌头钻了进来。她闭上眼，让两条舌头热情火辣地缠在了一起。

两个人的欲火在一阵激烈的舌吻中熊熊燃起。老练的康亮建议一起去洗澡。

康亮喜欢洗鸳鸯浴。他习惯在浴缸里挑逗女孩，并一步步完成前戏。通常情况下，女孩们都受不了康亮熟练老到的刺激。他研究过女人，懂得应该在什么地方下力，轻重缓急把握得十分精确。大多数女孩在离开浴室前已经浑身酥软，不能自已，只想着能快一点开始正剧。康亮则不慌不忙，按他预设的程序一步步走下去。他喜欢把做爱这件事当作美好享受，尽量要做到极致，而不是简单的发泄完事。

可是今天不同，康亮没有料到朱玉文是如此娴熟大胆。以往都是康亮一个人掌握主动权，现在却是两个人平分秋色。康亮原先用惯了的那些套路完全被朱玉文的主动和狂烈打乱了，他甚至感觉自己会败下阵来。果然，当他还仰身躺在浴缸里时，已经想开始进入正题了。

"不，我喜欢在床上做。"朱玉文说道。

"没想到你经验这么丰富，还有那么多程序和规矩。"康亮颇感无奈。他已经等不及了。

等两个人用浴巾擦干身体双双爬到床上后，朱玉文放浪地仰天躺了下来。康亮为了等待这一刻，康亮已经被朱玉文折磨得几乎失去了耐心。然而，就在这时朱玉文突然一扭屁股，没让他得逞。

"啊呀，我的小宝贝，你这是干吗呀。"康亮被搞得几乎要急疯了。

"我有一个问题，只要你回答了，我们就尽情地做爱，今晚你要几次我都答应。"朱玉文说。

"好吧好吧，你快说。"康亮哪里还有耐心。

"你在这张床上强奸了夏盼雪？"

"怎么是强奸啊，她是自愿的。"康亮猝不及防，竟然脱口而出说了出来。"我……不是……"他想纠正刚才的话。

"好了，不提她了。让我们尽情做爱吧。"朱玉文重新躺平身子，手臂围住康亮的肩头，闭上眼睛说："来吧，快进来，我想要了……"

3

韩戈平最近一段时间，已经完全平复了前一阵和夏盼雪之间那场莫名风波所造成的坏心情。现在他和夏盼雪的相处已经风平浪静，至少在外人看来是和好如初了。

这世界上的事情，很多时候取决于你怎么看。比如对于夏盼雪有过一个男朋友的事，从韩戈平的立场而言，如果他纠结于过往，纠结于传统观念，那他会很难过很痛苦。这就像是看中了一件宝物，满心喜欢想占为己有时，忽然发现宝物上有那么一块瑕疵，心里总会觉得不舒坦。

不过再细想一下，毕竟他和那个纯如水晶的小妹妹分别了那么多年，她已经从一个青涩的小女孩长成亭亭玉立的美女，这中间的岁月是和他韩戈平不曾交汇过的，全然无关的。既然如此，他有什么权利去不满，去追究，去生气？那段时间根本不属于他们共同所有，他们在各自的航线上往前，谁也不必对谁承担责任和义务。虽说韩戈平至今没有爱上过一个女孩，根本没有与任何女孩子真正恋爱过，那只是他自己的事情，和夏盼雪无关。难道假设韩戈平也曾经有过一个交往甚密的女朋友的话，他现在就可以获得一点心理平衡吗？就可以抵消内心的失落感吗？也许真会起一点作用，但那又怎么样呢？夏盼雪还是那个有过一段恋爱史的女孩，这根本改变不了。对韩戈平而言，重要的是内心那份真实的感情，自己是不是真的爱着夏盼雪，是不是爱到难舍难分？

韩戈平把这个问题想清楚了，其它一切便迎刃而解。所以他找机会对夏盼雪做了一次推心置腹的表白。

那天下班后，韩戈平约了夏盼雪去打球。在金银湖球场里，彼此接触的机会要么在食堂吃饭，要么在球场陪客，要么去练习场挥杆，但那几个场合都会有旁人在侧，不方便内心交流。下场去打球就不一样，谁都可以相约而行，不会有未受邀约的人硬要挤在旁边，也不会让人少见多怪背后议论。球童用业余时间在自己球场里打球，在金银湖司空见惯，纯属正常，还得到鼓励。

韩戈平和夏盼雪驾着球车一路下去，两个人每一洞都打得非常认真，你一杆我一杆互不相让。虽然韩戈平早已领教过夏盼雪的球技，但她能打得那么出色还是令他惊奇诧异。在金银湖的球童中，能偶尔打到只差韩戈平几杆的人唯有郑小兰一个，而且还是在她发挥最佳的时刻。可是这次不同，在打完前九洞时，夏盼雪居然还领先了韩戈平两杆。

韩戈平在一旁观看夏盼雪的每一次精彩挥杆，忍不住称赞道："盼雪，你打球的姿势真像那个大学生冠军赵梦雨，太漂亮了。说老实话，我还真没想到一个球童能把球打到这么好呢。"

夏盼雪并不解释，只是一笑了之。

来到第十二洞时，韩戈平把杆数追平了。他心里清楚，自己用的是一套好杆，这套球杆他已经连续用了几年，熟门熟路。夏盼雪用的只是郑小兰以前的那套旧杆，质量上根本无法相提并论，况且夏盼雪只是偶尔玩一下，用得并不多。可想而知，如果她能有一套属于她自己专用的好球杆，她的球技将明显提高，或许自己不一定是她的对手呢！这么想着，韩戈平在心里已经暗暗做了决定，他要送夏盼雪一套顺手的品牌球杆。

"我们歇一会儿吧。"夏盼雪突然提议。

"好吧，我们去河边坐一会儿怎么样？"

夏盼雪心领神会地点了头。两个人便将球杆留在球车上，徒手并肩来到河边的大柳树下。白天太阳很旺，此刻夕阳刚刚在西面天际沉落下去，草地上依旧很干燥，两个人先后席地而坐。

"每次到这里，我都会想到我们小时候在河边玩耍的情形。"静静地坐了一会儿后，韩戈平满怀感触地说。

"那都是过去的事了，过去的再也不可能重复了。"夏盼雪感叹道。

"在我心里，你永远是那个纯洁美丽的小姑娘。"韩戈平小心翼翼地试探着说。

夏盼雪苦笑了一下，眼神里流露出一股伤感来，轻轻说道："可是那已经改变了。"

"不，没有改变。"韩戈平反对说："尽管你经历了一些事情，但你依旧是你，不会改变。"

夏盼雪缓慢地摇着头，没有应答，只是望着河水出神。

"我也一样，不会因为岁月的变化，不会因为发生了什么而改变对你的想法。"韩戈平用心地把话说得既含蓄又清晰。

夏盼雪还是默不出声，好像在思考着韩戈平的话有多少可信度。

有一抹橘红色的晚霞在西天远远地挂在细长的云层上，像几条丝绸缎带一样漂浮在空中，云层移动得极其缓慢，如同画家故意涂抹的色彩一般，这让黄昏时刻变得特别漂亮动人，只可惜它们的滞留不会太久，一个疏忽，色彩或许就不知不觉褪尽了。

"盼雪，我一直想问你句话。"韩戈平说着，将目光落在自己脚边的绿草上。

"什么？"夏盼雪应得很轻。

"我还有机会吗？"韩戈平像是鼓足了勇气才吐出了想问的话。

夏盼雪迅速地侧过脸来，漂亮的大眼睛在韩戈平英俊的脸上停留了好几秒，随后又把目光转回河面。她静默了好几分钟，而后突然说道："我和他已经分手了。"

"谁？你和谁分手了？"韩戈平问，随即领悟到了夏盼雪所言的他是什么意思，不由惊喜地叫出声来："真的吗？盼雪，你说的是真的吗？"

夏盼雪无声地点了点头。

"那就是说，我们可以完全像以前一样了？"韩戈平激动不已。

"我们还能和以前完全一样吗？"夏盼雪忧心毕露地反问。

"能，当然能，为什么不能？"韩戈平肯定地下着结论。

"你一点也不在乎我以前发生过什么？"夏盼雪又问。

"不在乎，为什么要在乎以前呢？我们都分开那么久了，你以前发生的任何事都和我无关，关键是我又遇到了你，我只在乎今后，我不能让你再离开我，我决不放弃你。"韩戈平的情绪稍显冲动。

"我也不想离开你……"夏盼雪忽然觉得鼻子发酸。

"不离开，我们谁也不离开谁，永远在一起，好吗?"韩戈平听出了夏盼雪声音中掩饰不住的伤感，一把抓起了夏盼雪手，紧紧地握着。

那几条丝带般的晚霞已经淡出了视线，云层开始变暗，如同蘸过水的毛笔刷出的墨迹横在宽广的天边。有风从远处徐徐拂来，吹出水面一片细密的涟漪。两个重新修好的恋人紧紧地依靠在一起，不再说话，沉湎在黄昏那片安静和甜美之中。

"你是什么时候和他把话说清楚的?"隔了许久，韩戈平有些不放心地问。

夏盼雪踌躇了片刻说："就是那天晚上，那是我们见最后一面。"

"是因为我吗?"韩戈平的理解，那个晚上是夏盼雪去和过去的男友道别的。

"嗯。"夏盼雪顿了顿，好像在思索该怎么说，"自从再次遇见你，我就做了决定。"

韩戈平一阵感动，张开手臂把夏盼雪揽住，轻轻在她头发上吻了吻："你放心，这辈子我都会对你好的。从今往后，你就是我的唯一了。"

"但愿吧。"夏盼雪呢喃道。

"你一定要相信我，我可以对天发誓的。"韩戈平信誓旦旦地抬头望向天空。他在内心里念叨着誓言，他这一辈子只会爱夏盼雪一个人。

美好快乐的到来就像伤痛的到来一样快捷，韩戈平在接下去的几天完全变了一个人。他内心满满的幸福感让他萌发了浓烈的温情，对任何人都比之前显得更加客气宽容。他总是笑嘻嘻的和每一个球童打招呼，在发出站和她们聊一阵天，巡场的时候也总是笑容满面，平日里偶尔会有的严厉批评也换成了善言引导。金银湖所有的球童都感受到了美男子经理的微妙变化，同时也在球童间引来了各种不同的议论和猜测。大家很快发现，夏盼雪也悄悄地发生了变化，曾经的那些郁郁寡欢已经被明朗的笑意一扫而空。她的气色光鲜亮丽，形象更美艳了，脚步更轻盈了，笑容更灿烂了。

不用说，金银湖的一对金童玉女又彼此融合在一起了。

对于这一切，有人欢笑有人愁。最开心的当数郑小兰。当夏盼雪把她和韩戈平的对话告诉郑小兰时，她真是从心里高兴至极。她默默为他们两人的破镜重圆祈祷，祝愿他们从此一路恩爱下去，尽早结成正果。但是，郑小兰心里不知为何总是隐隐约约漂游着一丝莫名其妙的不安。她老是会想到那晚朱玉文请她吃饭喝酒时，她一时疏忽所漏出的那句话，虽说已经过去了很久，但她总是时不时会疑神疑鬼，心神不宁。

和郑小兰截然相反的是朱玉文，眼看着韩戈平和夏盼雪的幸福表情，她一肚子的嫉妒和醋意，由之而来的是浓烈的不甘，难道她和韩戈平之间就这么完了? 难道她就没有希望了? 不行，她一定得为自己做点什么，她必须要放手一搏。她现在已经掌握了夏盼雪的一个惊人秘密，如果这件事在球童中传开，那么夏盼雪跳进黄河也洗不干净自己了。朱玉文心里明明白白，那天晚上是康亮欺负了夏盼雪，这导致了夏盼雪现在视康亮为仇人恶魔。可是，如果夏盼雪那么清白无辜，那么清高骄傲，她为什么会忍耐下去？也许，夏盼雪也没有那么高尚，她或许已经从康亮那里得到了巨额补偿，所以才忍声吞气地把这件事遮盖了过去。不管是不是有意，她也用自己的身体和金钱做了一次交易。那样的话，她也不比自己好到哪里去。所以，她不能轻易把韩戈平让给她，绝不！

　　这天傍晚吃过饭，韩戈平在办公室里做着这个月球童的出勤统计。他和往日一样，在电脑里用 Excel 软件做了统计表格，将数字准确地填进去。这个月大家的出勤率都非常高，几乎没什么人请假。每个月，韩戈平都要做一模一样的统计，然后把结果交给财务部，由他们核发每个球童的基础工资。金银湖的球童有 ABC 三个等级，每个等级的基础工资相差几百元。虽说球童每月的主要收入靠客人给的小费，但因为基础工资比小费稳定，大家还是很看重的。

　　工作快要结束的时候，韩戈平突然接到了表哥张家宝从成都打来的电话，告诉他说后天他就要飞往加拿大，问他考虑得怎么样了？

　　"你上次不是说要下个月才走吗？怎么提前了？"韩戈平很是意外。

　　"发生了一点事，我必须得提前走了。"张家宝的语气沉重，不像平时嘻嘻哈哈那么轻松。"戈平，你去加拿大帮我的事，要尽快拿个主意，不要再犹犹豫豫了。你父母那里，我已经打过招呼了，他们也希望你能跟着我。"

　　"哥，我再想想吧。"

　　"你呀，就是这个缺点，从小这样，做事扭扭捏捏的，不干脆。"张家宝似乎有些不高兴。

　　"这毕竟不是小事，况且我在这里工作，也不是说走就能走掉的……"韩戈平向表哥解释道。

　　"不要用工作的事当借口，那算什么了不起的工作啊？你一年能赚多少钱？"张家宝很少用这种生硬的口气对韩戈平说话，"我上次就对你说了，高尔夫这种事，玩一阵就可以了，不能当成全部的。你还年轻，要有远大抱负，哥哥我为你创造好了条件，你没有理由放弃。一个男子汉，一定要有做大事的心胸才行。"

　　韩戈平明白，张家宝这次叫他去加拿大，明显有霸王硬上弓的味道。也许他确实需要一个有文化、懂英语的自己人在身边做助手，可是对韩戈平而言，他要马上放弃的不仅是高尔夫球场的工作，关键是他如果去加拿大，就会和夏盼雪分开了。他们两个相隔那么多年，好不容易重逢在一起，而且信誓旦旦这辈子都要相伴终身，永不分离，他怎么可以突然告诉夏盼雪说自己要出国去了，把她单独留在金银湖球场呢？

　　"好了，我也不逼你。"张家宝听不见韩戈平的回复，知道他在为难，就说道："这件事你要想好了，一旦做了错误决定就可能影响到你一生的发展。哥哥我是看着你长大的，某种程度上说，我比你的父母更了解你的性格。所以我要推你一把，我不希望你这么优秀的人平平淡淡地过一生，你一定要跟着我轰轰烈烈做一番事业才对。"

"你的话我明白了。哥，再给我一点时间吧，我会尽快告诉你的。"韩戈平无可奈何地答道。他心里在想，应该找机会把这件事告诉夏盼雪，说服她跟自己一起去加拿大，如果夏盼雪答应，不就两全其美了吗？

"那好吧，你一旦定下来，我马上叫人替你办理加拿大的工作签证。"张家宝知道再步步紧逼也没有意义了。

"那哥你出国去后自己一切保重啊。"韩戈平由衷地道。

打完电话后，韩戈平做了一会儿收尾工作，然后关了电脑准备回寝室。在往宿舍区走去的路上，他心里乱糟糟的。本来和夏盼雪恢复了关系之后他内心十分平静甜美，如今有这么一个棘手的选择硬生生横在他的人生道路上，他既绕不过去，又无法将它搬开，唯一能做的就是面对它，然后跨越它。因此，他需要尽快和夏盼雪谈一谈。

韩戈平回到宿舍时天色已经暗下来。他朝楼上郑小兰她们的宿舍望了一眼，那儿没亮着灯，好像里面没人。不知郑小兰和夏盼雪去哪里了。他这么想着，掏出自己寝室的钥匙开了门，走进去正准备将门关上时，忽然感觉自己脚下踩到了什么东西。他一伸手按了门口的电灯开关，室内立刻一片明亮，低头一瞧，被他踩到的是一只白色的信封。他好奇地捡了起来。谁会往他门缝里塞一封信进来呢？他习惯性地关上了房门，拿着信封走到床边坐下来查看。

信封上没有一个字。刚才被他踩过后留下的一段鞋印，像一块丑陋的疤痕贴在洁白的封面上。信整齐地封了口，用手一摸，里面有纸。韩戈平觉得十分蹊跷，迅速撕开了封口，从里面取出信来。他好奇地展开了信笺。这不是一封手写的信，上面的字明显是电脑打印的宋体字。这甚至不是一封严格意义上的信，只能说是一张字条，没有对收信人的称呼，也没有落款的人名和年月日，只有挤在一起密密的几行正文。

韩戈平开始读那段文字。顷刻，他捧着信的双手开始颤抖，原来流露着好奇的脸色突然变了，由红润变得煞白，又从煞白变成铁青。当他读完字条，整个人已经变得像一块冰雕般的僵硬寒冷。他已经完全无法思考，甚至已经无法呼吸了。他就这么呆若木鸡地坐在床沿，完全没有了时间和空间概念。在一片浑浑噩噩中，韩戈平听到从他内心深处传来的虚弱声音：这是真的吗？这会是真的吗？

4

郑小兰一走进韩戈平的办公室，就觉得气氛不对。平时，只要她进去，韩戈平都会笑脸相迎，会叫她坐下，还会为她倒上一杯水。哪怕这天是郑小兰做错了什么事情，韩戈平以领导的身份找她谈话，也总是客客气气，像哥哥对待妹妹那样，脸上总是一副宽宏大量、循循善诱的表情。

今天不同，郑小兰开开心心推门进去时，韩戈平连脸都没有抬。当她乐呵呵地说了句"韩经理，我来了"的时候，韩戈平依旧埋头看着什么东西，只是很生硬地嗯了一下，根本没有瞧她一眼。

郑小兰有些尴尬，不知道自己是该坐下来还是仍然站着。她观察着韩戈平的脸色，一扫以往的温和轻松，浮现着一层她从未见过的阴沉，真的就像一场暴风雨降临之前天空压着的厚厚黑云。郑小兰脑子里迅速盘算起来，今天自己有没有做错什么事情。她从早上起床开始想，起床后梳洗，接着去食堂吃早饭，然后上班去出发站，陪客人下球场，打完球回来，就被叫到了这里，自己完完全全一切正常啊！

"韩经理，你找我来有什么事吗？"郑小兰忍不住韩戈平这种不理不睬，把她晾在一边当空气，真是莫名其妙！她心里烦躁起来。

"你坐吧。"韩戈平终于开口了，可是脸上毫无笑容，连瞟过来的眼光也是冷冷的。

郑小兰自从来到金银湖工作这么几年，还是头一回见到韩戈平用如此冷漠的目光看自己。她既觉得奇怪，又产生了一种十分不好的预感。她拘谨地坐了下来，感到后背像是有一阵冷风吹过，凉飕飕的。

"有什么事，你说呀。"郑小兰像个站在严厉的老师跟前，不知道老师为什么把自己叫过来，也不知道自己犯了什么错的学生。

"郑小兰，我问你，你这几年在金银湖球场工作，我韩戈平对你怎么样？"韩戈平一开口就显得既严肃又不客气，顿时拉开了他们两个人的距离。

"你这话什么意思？"郑小兰的心咚咚跳着。她太意外了，韩戈平怎么会用如此不友好的口吻来开头。

"我没什么意思，就是要你回答，我对你怎么样？"韩戈平语调冷冷的。

"你一直对我很好啊。"郑小兰实话实说。"你今天究竟怎么啦？"

"你说说，我对你怎么个好法？"韩戈平说完这句，就直视住郑小兰。

"以前不是已经说过的吗，你对我就像哥哥对妹妹一般好。"

韩戈平收回了目光，侧向一边，像是要借此来平息内心的某种冲动。他无声地停顿了片刻，再次将脸朝向郑小兰道："那我问你，既然你知道我一直对你很好，为什么你要忘恩负义？"

"忘恩负义？我？"郑小兰惊得两眼圆睁，双唇大开，喉咙口好像忽然给什么东西堵住了，发不出声来，呆了好半晌，才颤颤巍巍地回道："我不明白，我一点都不明白你这话的意思。"

"你为什么要与别人合谋来欺骗我？"韩戈平的声音里充满了被压制住的气愤。

"这……"郑小兰完全懵了，这是在说什么啊？她一时缓不气起来，都不知道说什么了。这个韩戈平，今天是什么毛病发作了啊？她再次哑了，隔了好久她才恢复了语言功能，同时有一股莫名的火气从胸口直窜上来。她再也忍不住叫道："韩戈平，你真是莫名其妙！"

"我莫名其妙？"韩戈平毫不相让："那你给我老实说，你知不知道那天晚上夏盼雪究竟去了哪里？和谁见面？"

"什么那天晚上，什么夏盼雪和谁见面？你都把我说糊涂了。"郑小兰还真的一下子没有反应过来。然而仅仅过了几秒钟，她的脸色就倏地发白了。就像被人从头到脚浇了一盆凉水，她不由哆嗦了一下。

"别给我装了。"韩戈平声音虽不很响，口气却出奇地冷厉："我说的是那次夏盼雪彻夜未归的事，难道你事先不知道她去和谁碰头？"

"知道啊，她不是也告诉你了吗？"郑小兰想要守住阵脚。

"是告诉我了，和她前男友碰头，对吗？"韩戈平讥讽道。

"对啊，这件事不是已经都过去了吗？"郑小兰夏想以守为攻。

"如果你真不知道她那天和谁在一起，那么她把你也给骗了。"

"我不明白……"郑小兰意识到了事情的严重性。令她诧异万分的是，这件事怎么突然就让韩戈平知道了？难道那天自己在朱玉文面前不小心说了一句话，就造成了如此严重的后果吗？假如真是朱玉文在韩戈平面前搬弄是非挑拨离间，那可不行，她非得当面去问责不可。郑小兰还记得，当时她并没有提到夏盼雪的名字，完全可以指责朱玉文是借题发挥，无中生有。为了夏盼雪，她一点都不怕和朱玉文吵个天翻地覆。

"你自己好好看一看吧。"韩戈平突然不知从什么地方取出一张纸来，推到郑小兰面前。

郑小兰疑惑中带着惶恐地从办公桌上取过那张纸拿起来看。不一会儿，她的面部表情就像一条活鱼丢进了速冻冰箱内，渐渐僵硬了。

纸上是这么写的：

那天晚上（8月21日，星期二）夏盼雪是去和康亮约会的，地点是在上海商城波特曼大酒店的中餐馆18号小包房。吃过晚饭后，夏盼雪跟着康亮去了酒店的豪华套房过了夜，房间号是2218。如果不信，你可以自己去调查一番。

郑小兰看完之后又重复看了一遍，她的思路完全卡住了，这会是谁写的呢？又是怎么落到韩戈平手上的呢？写这纸条的人毫无疑问是想要撕裂夏盼雪和韩戈平的关系，这个人会是谁？郑小兰脑子里能马上跳出来的只有两个人：朱玉文和康亮。按纸条上写得那么详细的时间和地点，关键是地点，连吃饭的包房号和套房的房间号都清楚地标明了，那不是康亮又会是谁？那个晚上只有康亮和夏盼雪两个当事人在场，没有第三者会了解细节。那么，康亮干吗要这样做？他有什么理由要这样做？难道他那么喜欢夏盼雪，想离间她和韩戈平的关系？郑小兰情不自禁地摇了摇头，这根本不可能。如果那样，为什么夏盼雪不理睬他之后，他马上就找了朱玉文，一如既往地谈笑风生。何况像他那种风流成性的富人，又是玩弄女孩的老手，才不会为了一个夏盼雪而兴师动众大闹一场呢。那么，难道是朱玉文？也不像啊。尽管那天自己不慎泄露了一句，可能会引起朱玉文的怀疑，但她怎么可能了解那些细节？她怎么知道房间号？

"看清楚了？"韩戈平盯着郑小兰注视良久，见她脸色白一阵红一阵，也不知道她此刻在想些什么，就突然质问："你现在可以说老实话了吧，是不是知道那天夏盼雪和谁去约会了呢？"

郑小兰哑口无言，垂着头一声不吭。她根本无法回答。

"你是不是还要说夏盼雪是去和以前的男友碰头？呵，难道她的男友也叫康亮？和我们金银湖的客人康亮正好同名同姓？"韩戈平尖刻地冷笑道。

"这张纸是从哪来的？"郑小兰猛地抬起头来。

"这和从哪来的有关系吗？"韩戈平不耐烦地反驳道。

"这种东西你也信？"郑小兰迅速做了选择，承认是最简单也最容易的，最坏的结果也不过就是承认，但不能轻易就让那个搞阴谋的家伙得逞了，必须要全力一搏。

"有时间，有名字，有地点，你还认为不可信？"

"要无事生非什么不可以编出来？"

"有谁无缘无故要编这些来给我听？"

"既然要编，当然是有道理的，明摆着就是有人不希望看到你和盼雪好下去。"

"这和别人有什么关系？关键在于她是不是真和康亮约会并且过夜了！"韩戈平冷不防提高了嗓门，满脸的怒气。

"你的意思是，你已经相信这上面写的都是真的？"郑小兰心里很虚，但还在努力挣扎着。

"你是真不信，还是故意假装不信？"韩戈平犀利地盯着郑小兰，好像要看透她此刻内心里的一切。

"我确实，确实不信……"郑小兰躲避着韩戈平的目光，虽然还在坚持，但语调明显地虚弱了很多。

韩戈平没有马上反驳郑小兰。沉默像一只突然飞进来的蝴蝶，停在了室内。房间里静得只剩下了两个人节奏凌乱的呼吸声此起彼伏。

"好了小兰，我知道，你一直希望夏盼雪和我能好好在一起，我又何尝不想？"隔了足足有十几分钟，韩戈平的语气油然而变，从恼怒转成了痛楚，刚才还是咄咄逼人的眼神瞬间布满了愁伤和哀怨。"我知道小兰你是一片好心，即便你帮她一起欺骗了我，我也不怪你。我想你一定也是出于无奈。可是，这件事太严重了，太离谱了……"

"难道你认定这是真的了吗？"郑小兰做着最后的努力想挽回局面。

"我多么希望这只是一次挑拨，一个谣言啊！"韩戈平痛苦异常地叹了口气，两眼闪出了泪光。"不幸的是，我自己亲自去那个酒店核实过了，夏盼雪确实在那里出现过。"

郑小兰完全傻了。她既不能言语也不能思考。如果韩戈平讲的属实，她还有什么可以分辨的？她再多说，就只能证明她是同谋，和夏盼雪串通好了来欺骗韩戈平。可事实就是如此啊！虽说她们都是出于好意，想让这事像昨天的日子一样在岁月的河床里流过去，永不返回。可是，如今这件事被卡在了河床中间的一块巨石间，水流退去时，它已经暴露无遗。

"你想怎么做？"在又一阵漫长而枯燥的沉默之后，郑小兰战战兢兢地问了一句。

"还能怎么做？"韩戈平已经放弃了之前对郑小兰的那股抱怨和敌意，从一只挑衅的猎豹变成一只受伤的山羊。他似乎深思熟虑地对郑小兰袒露了自己的想法："在我们重逢之前发生的任何事情我都不会计较，可是，在这之后发生的，我无法接受。"

"你的意思是……"郑小兰已经猜到了韩戈平话中的含义。

"是的，我不能接受这种卑鄙的背叛！"

"可是……"

"没有什么可是了。小兰，麻烦你去转告夏盼雪，我以后不会再去找她了，我会把过去的一切都忘掉！"

"这又何必……"郑小兰想说些什么，可是她看到韩戈平朝她扬了扬手，意思是让她离开，什么也不要说。她看得出，韩戈平已经忍不住了，眼泪立刻就要从他的眼眶里倾泻出来了。他肯定不想让郑小兰看到作为男人的软弱一面，所以转过了身，别过脸去，将视线望向窗户外面那一排绿树。他那宽厚的背向着郑小兰，再次举起手臂朝她挥了挥，好像在说：走吧，你快走吧。

郑小兰走出韩戈平办公室的时候，只觉得自己的眼泪也如泉水般地直往上涌。她赶紧咬住嘴唇，一路小跑冲进了会馆一侧的女厕所。一看厕所内空无一人，她进去后背靠在门上，捂着脸呜呜地哭了起来。她实在分不清这泪水是为谁流的。为夏盼雪？为韩戈平？还是为她自己？

这天晚上，韩戈平没吃晚饭，也没有开灯，独自在漆黑的办公室里呆坐到半夜。离开之前，他用手机给表哥张家宝发了一条短信：哥，我已经决定了，跟你去加拿大，请你尽快为我办理一切手续。

5

这天，夏盼雪的心情本来一直很好。

自从韩戈平那日在第十二洞对她一番山盟海誓后，她已经将自己被康亮迷奸后淌血的伤口缝合上了。她看到了原来遮盖住蓝天的那层乌云已经被阳光撕开了巨大的口子，灿烂的光线已经一扫阴霾和灰暗，四周的一切又变得清晰明朗，绿树红花的世界再次绽放在她眼前。

回顾那一次的遭遇，肯定是她人生中最大一次疏忽和失误。对待异性，多年来她一直那么谨慎，几乎从不单独和他们出去吃饭玩耍，每次参加什么活动，都必须有好几个人在场。她也从未谈过恋爱，根本没有和男生单独相处的经验。可是那次，她几乎没有什么犹豫就答应了和康亮单独去吃饭。她对这样一个名声在外、年龄几乎长她一辈的男人，的确没有任何的防范意识。康亮是什么人？一个经常在电视和报纸上露面的企业界名人啊，年轻人都把他视为事业成功的楷模，他受过高等教育，留洋海外多年，在世界著名的五百强企业打拼过许久，知识丰富，见识广泛，在金银湖广受大家的敬重和喜欢。这样一个男人，会做出什么离谱的事来？

然而错了，完完全全错了。夏盼雪遇到了衣冠禽兽，一个卑鄙龌龊的伪君子。他用流氓手段占有了她的初夜，将她从天堂打落至地狱。可是那能怪谁？是自己去波特曼酒店的，是自己答应喝酒的，是自己稀里糊涂被带进卧室遭到奸污的。康亮居然还一口咬定当时是自己主动要求那样的。事实究竟怎样呢？夏盼雪当时醉得不省人事，根本无从判断。她只知道那天她内心里确实有一股感恩之情。康亮托同学帮了大忙，父母的冤案看到了曙光，她心存感激，所以才去赴宴了，所以才没有拒绝喝酒。可是即便如此，她相信自己绝不会主动对康亮投怀送抱，绝对不会的！因为在夏盼雪心里，除了韩戈平，从没有过其他男人。

悲剧发生后她真的感到了生活的暗无天日，她不知道如何面对韩戈平，她想要和他分手，她不想在以后的新婚之夜看到韩戈平鄙夷的目光。她觉得，她和大哥哥那段漫长而浪漫的经历要戛然而止了。

可是事情的发展竟然出乎意料。夏盼雪在郑小兰的帮助下并非刻意，只是顺水推舟编了一个故事，结果出乎意料解决了她痛失贞操的难题。韩戈平对此表现得无比宽宏大量。他并不在乎夏盼雪曾有过一个男朋友，那就意味着，他不会计较她还是不是处女。如此，夏盼雪最害怕的那个关口就不存在了，两人继续交往下去的唯一障碍去除了。从此，只要夏盼雪和韩戈平好好相处，他们之间的浪漫故事就会顺利延续下去，直至到达幸福的结局。所以夏盼雪最近的心情一直很开朗，她正努力忘却那个对她造成伤害的噩梦，她要让自己开心欢乐起来，她要将目光朝向未来。

这日中午，夏盼雪遇到了一件令她意外惊喜的事。张光曦突然从成都打电话过来，告诉她一个好消息，说在那位副市长的亲自督查下，蓝天矿业的事情已经有了眉目，公安局经侦大队的人已经找张光曦交谈过了，听了他提出的不少疑问，正要派员到他们勘探研究院来取证。经侦大队的人还告诉张光曦，他们正在追查太平洋矿业集团的幕后操纵人。所以这个案子进展很快，马上就要有结论了。一旦蓝天矿业和太平洋集团这件经济案的脉络理清楚，那么与之相关的赵梦雨父母谋杀案也必将水落石出。

夏盼雪听到这个消息着实兴奋了好一阵。不料张光曦又告诉她说，还有一件喜事。公安局的人说，有关赵梦雨偷窃和田玉这个案子已经撤案了，因为那个报案人刘副院长突然去公安局解释，说是他自己搞错了，原来那块和田玉他一直藏在家里的地下室里，时间一久竟然忘记了，这次去打扫地下室，才发现原来并没有丢失。张光曦判断说，其实这很可能是一处设计好的闹剧，刘副院长一定是嗅到了什么气味，怕以后吃不了兜着走，就抓紧时间先脱掉一点干系。

"所以梦雨，你不必再躲躲藏藏了，你可以回成都来了。"张光曦乐观地道。

听到自己可以回成都去了，夏盼雪（赵梦雨）真是感慨万千，差点掉下泪来，她连声对张光曦道谢。

"谢我干吗?"张光曦说："好人有好报，恶人有恶报，人在做，天在看，这都是必然的。梦雨啊，你尽快回来一次吧，张伯伯我还真的挺想你的呢。"

"好的好的。"夏盼雪当时就答应了，"我最近一定请假回来一次，看看我小姨，也看看您。"

和张光曦通完电话，夏盼雪心情一片大好。整个下午，她在球场上做球童的时候，一直笑声朗朗，脚步也比平日更加轻松了。

可是，夏盼雪万万想不到，所谓乐极生悲的事情会毫无征兆地悄悄向她逼来。

郑小兰走进寝室的时候，夏盼雪正躺在床上看手机。郑小兰二话不说，三步两步走到她面前，一把将她拉起来。

"小兰你干吗?"夏盼雪延续着下午的好心情，笑嘻嘻问道。

"走，出去说话。"郑小兰脸上一丝笑意都没有。

"怎么了?"夏盼雪这才注意到了郑小兰的异样。她匆匆穿上鞋，跟着郑小兰往外走，不由满腹狐疑。

两个人下了楼，快步离开宿舍区。郑小兰也不说话，直往球场里面走。夏盼雪从未见过郑小兰这副闷闷不乐的样子，心里不免奇怪。问郑小兰这是要去哪里? 郑小兰也不答，自顾自继续朝球场深处走着。夏盼雪心想，会不会韩戈平又在第十二洞等她呢？如果这样，小兰也没必要一言不发啊？难道是他们两个人吵架了，拉我去评理？

两个人走到第三洞果岭附近的时候，夏盼雪忍不住再问道："小兰你今天究竟怎么回事啊？一句话也不说？你到底想带我去哪里啊？"

郑小兰突然刹住脚步，等她转过身来时，夏盼雪看到她满眼泪光。

"你这是怎么啦？"夏盼雪吓坏了："谁欺负你了？"

"盼雪，我对不起你。"郑小兰说着，泪水就哗哗地淌了下来。

"等等，你这是在说什么啊？你有什么好对不起我的？"夏盼雪完全糊涂了。她急急忙忙去替郑小兰擦眼泪，将手搭在她的肩头，轻轻抚摸着，等着郑小兰冷静下来。

"盼雪，我做错了一件事。"

"你慢慢说，没什么大不了的，谁都会做错事情的。"

郑小兰让自己逐渐平静下来，然后和夏盼雪又缓缓朝前走，边走边把那天朱玉文请她吃饭喝酒，她说漏了嘴的事情对夏盼雪仔细回顾了一遍。

"我还以为出了什么了不起的大事呢，这没什么啊。"夏盼雪听了之后根本没有觉得这是件多么严重的事情。"何况你根本没有说我的名字嘛。再说了，即便朱玉文猜准了你说的是我，也没有什么关系啊，和客人吃一次饭，有什么大惊小怪的，朱玉文不是经常出去吗？"

"问题是康亮。"郑小兰说着，又停下脚步。

"康亮怎么了？"

"可能朱玉文猜到了你是和康亮在一起。"

"……？"夏盼雪心头被牵动了一下，即使朱玉文猜到了那晚的事情，最多也就是知道夏盼雪和康亮在一起吃饭。不，不对，因为那晚自己是凌晨才回到球场的，朱玉文如果了解这一点，也许会产生更多的联想和猜测。不过，她和朱玉文本无任何冤仇，她来金银湖工作还是朱玉文介绍的，平日里大家相处得也和和睦睦，从没有发生过纠纷或争执，难道朱玉文会把这件事在金银湖传开去，破坏她的名声？夏盼雪便把自己的猜测告诉了郑小兰。

"盼雪，事情比这要严重得多。哎，真是急死我了。"郑小兰又露出满脸激动焦虑的神态来，失魂落魄地呢喃道："这该怎么办哪？……"

"难道是？"夏盼雪的第一反应是这件事传到了韩戈平的耳朵里。这不由令她的心像跌落到一池深渊里往下沉去。她闷闷地站了一会儿，心里七上八下的。她发现郑小兰看着她的眼光里充满了惶恐和不安。

"韩经理也知道了。"郑小兰在一阵艰难的踟蹰之后，终于说了出来。

虽然似乎已经有了心理准备，夏盼雪依然像突然遭了雷击一样，人不由晃动了两下，差点摔倒。郑小兰急忙伸手扶住了她。夏盼雪神情恍惚地说："小兰，我得坐一会儿，我感到头晕。"

郑小兰扶着夏盼雪，让她在路旁草地上坐下来，自己紧挨着她。郑小兰心焦如焚，不知道自己该怎么解释下去。两个人默默无声地在那儿坐了好长一阵，眼看着天色渐渐加深，黄昏慢慢褪去，四周的一切开始模糊。

终于，夏盼雪好像回过了神来，脸色也渐渐恢复了正常。她举起两手整理着一头短发，使人想起老电影里的革命者临上刑场前的镇定和坚强。她口气淡定，语调平稳地道："小兰，你说吧，究竟发生了什么？"

"盼雪，我告诉你了，你千万要挺住哦。"郑小兰央求道。

夏盼雪努力慰出一个不自然的笑容来，仅仅在她脸上停留了几秒便一闪即逝。她故意采用诙谐的口吻说："有那么吓人吗？你别把我看得那么软弱无能好吧，我毕竟是全国冠军哦。"

郑小兰却一点也笑不出来，怔怔地瞧着夏盼雪假装轻松的样子，心里非常难受，可是，再难受也必须把之前在韩戈平办公室里发生的一切告诉夏盼雪，即使这对夏盼雪是那么的残忍。

当夏盼雪沉默着一句句听完郑小兰的讲述之后，她的反应出奇地冷静。她既没有哭泣也没有晕厥，只是凝望着面前那片已经陷入灰暗中的草坪出神。这一切来得那么突然，令她措手不及，然而她没有被击倒，她感觉到了自己内心那个愈合不久的口子又一次爆裂开了，而且大到无法再次缝合，血液已经咕咕涌出来，奇怪的是，那份剧烈的疼痛刚刚出现就麻木了。她的灵魂在那里孤独地苦笑，她像一个努力攀登的人突然脚下一滑，从高处跌落到深渊，但她没有死，只是受了重伤。她知道自己再也不可能重新攀登到原定的目标了，情绪反而一下子变得格外平静。她想，这就是所谓的命运，所谓的谋事在人，成事在天。如果你已经尽力了，已经拼尽全力努力过了，却仍然达不到目的，到不了你想去的地方，那就只有认命，只有接受！

"盼雪，你打算怎么办？"郑小兰见夏盼雪一言不发，便小心拘谨地问。

夏盼雪摇了摇头说："不知道。"

"要不要去和他解释一下？"

"不必了，不必了。"夏盼雪连说两遍。

"可是……"郑小兰不甘心。

"小兰，也许我和他缘分尽了。"

"我非常怀疑，那张纸条是朱玉文写的，是她交给韩经理的。你知不知道，朱玉文其实一直暗恋着韩经理，她不甘心你们走到一起，所以就搞阴谋诡计拆散你们。"郑小兰油然升起一股怒火，她相信朱玉文是制造这件事的罪魁祸首。

"谁都不要责怪，要责怪就责怪自己。"夏盼雪深思地说："自己酿的苦酒，不能往别人身上泼，应该自己坦然喝下去。"

"但这不是你的错，你不是故意的，你是受害者啊！"郑小兰叫起来。

"也许吧，可是戈平是无辜的，不能让他喝下这杯苦酒。"

"他只凭一张纸，也不找你问清情况就断然和你分手，太冷酷无情了。"郑小兰愤愤不平。

"他没有一点错，错全在我自己。"夏盼雪面色严峻，语气坦然。

"那你，就不打算做任何解释了？就这么放弃了吗？"郑小兰非常的不甘心。

夏盼雪一脸凝重地摇了摇头，然后无奈又凄苦地笑笑道："小兰，你先回宿舍去吧，我想一个人再走走。"

郑小兰明白夏盼雪是要一个人静静，思考一下。虽说在球场里安全是没问题的，她还是有些不放心地说："那你不要走太远，时间也别太长，快点回来噢。"

夏盼雪捏了捏郑小兰的手，点了点头。

6

夏盼雪接连两天没有上班，白天在球场见不到她的身影。一开始也没人注意，以为她请假休息了。一个月内，几乎所有女球童由于身体原因都会请上一两天的假不下场，大家都习以为常了。但到了第二天傍晚，才有人察觉到夏盼雪连续两天的午餐和晚餐时间都没有在食堂出现。明显反常的是，前一阵十分热络的韩戈平和郑小兰，这两天因为夏盼雪的缺席，两个人在食堂吃饭时竟然不再同桌，而且还彼此坐得远远的。

这天吃完饭从食堂出来，郑小兰正往宿舍而去，走在她后面的汤玉美三步两步赶上来问："小兰，这两天怎么没见到小夏啊？"

郑小兰瞥了汤玉美一眼说："她有点事，请假。"

"她好像不在球场？"汤玉美又问。

"你问那么多干吗？关你什么事？"郑小兰没好气地刺了汤玉美一句。她心里认为，这很可能是朱玉文叫汤玉美来打听的。她这几天心里老想着要找朱玉文问个一清二楚，总觉得韩戈平和夏盼雪之间的事情闹到这个地步，肯定和朱玉文有关。尤其看到朱玉文这两天满面春风对大家炫耀她戴在手上的那只欧米茄手表，那副得意洋洋的神态，郑小兰看着心里就有气。要不是夏盼雪事先慎重叮嘱过，坚决不许郑小兰去找朱玉文，恐怕以她自己的脾气，郑小兰已经和朱玉文吵得天翻地覆了。

"我只是随口问问嘛。"汤玉美讨了个没趣。她知道郑小兰的脾气，不高兴的时候说爆立刻就会爆的，当然不敢惹她发火，便自己打了个圆场。

"还是多管管自己的事情吧。"郑小兰不客气地撂下一句，就加快步子朝前走去，把尴尬的汤玉美撒在了后面。

夏盼雪这两天去了哪里，郑小兰当然是知道的。前天晚上夏盼雪从球场回来后，就把郑小兰叫到寝室外面商量，说她刚才思考了很久，决定先回老家一趟，所以她后面两天都会请假，要去购买机票。由于从张光曦那里获知了成都警方对和田玉失窃一事已经撤案，夏盼雪现在就可以用自己的真实身份证，以赵梦雨的身份堂堂正正坐飞机回成都了。夏盼雪说，还要花点时间去市中心看看，有什么东西可以买了带回老家去的，准备一下。

昨天夏盼雪回来后对她说，机票已经买好了，是四川航空的飞机，后天上午八点的航班。虽然时间早了点，但是从虹桥机场走。如果坐晚一班的川航，是九点半起飞，可是得赶到浦东机场去，计算了一下，还是宁可早一点从虹桥机场走，方便很多。

今天一早，夏盼雪又出门去市中心了，今天回来后她就得准备行李，明天一早得赶往机场。郑小兰此刻步履匆匆赶回宿舍，就是想看看夏盼雪回来了没有。这么久以来，她和夏盼雪睡在上下铺，吃在一起玩在一起，两个人亲如姐妹情同手足，突然要分开一段时间，也不知会分开多久，郑小兰一想起心里就说不出的寂寥。

郑小兰来到寝室时，夏盼雪已经回来了，一个人在里面整理箱子，床上散着一大堆衣服，她正一件件叠好装箱。有几个购物袋搁在床前的桌子上，一定是夏盼雪白天采购的东西。边上还有一只黑色的旅行包好像也是今天买回来的，估计是夏盼雪怕东西装不下才添的。

"你回来啦，晚饭吃过了吗？"郑小兰关切地问。

"吃过了，刚才回来之前在地铁站吃的。"夏盼雪朝郑小兰笑笑说。

"东西都买好了？"郑小兰是没话找话。

"嗯，差不多了，也就是买点吃的东西送送人。"夏盼雪说着，挺起身来，从桌上的购物袋里取出一盒费列罗巧克力递给郑小兰道："这个给你，你喜欢吃的。"

"看你，还给我买东西干吗。"郑小兰确实非常喜欢费列罗巧克力，不过自己从不舍得花钱买，觉得太贵了。有几次客人带过来时，分给大家尝尝，郑小兰说太好吃了，没想到夏盼雪就记在了心里，今天特意给她买了一大盒，郑小兰心里不由充满了感激。

"顺便看到的，想起来你很喜欢，就买了。"夏盼雪继续整理衣服。

"我来帮你吧。"郑小兰走近去说。

"那好，帮我把塑料袋里的东西装到那只旅行包里吧。"夏盼雪也不客气。

两个人就分着工，一个装箱一个装包，时不时说上一句无关紧要的话，用来掩盖明天不可避免的暂别所带来的那丝惆怅和不舍。终于，该理的东西都理得差不多了。夏盼雪把塞得满满的行李箱拉链勉强拉拢，把箱子竖起来靠在墙边。郑小兰也已经把零零碎碎的物品，尽量整齐紧凑地装进旅行包内。包很大，还留有不小一块空间，明天临出发时可以放些随身用品。两个人先后坐下来，都想歇一下。这时，夏盼雪从床上的枕头旁取过一样东西交给郑小兰。

"小兰，麻烦你把这个交给他。"夏盼雪说。

郑小兰一看，是那只凝聚着夏盼雪和韩戈平漫长情谊和回忆的蚌壳，两片蚌壳紧紧地合在一起。她从夏盼雪那里接过来时，不由双手微微颤抖，她试探地建议道："你可以留着啊。"

"我留着干吗？这一页已经完全翻过去了，还是物归原主吧。"夏盼雪苦涩而艰辛地笑了笑。

"你要回去的事，真不打算和他说一下？"

"不用，到时你说一下就行。"

"说你请假回老家吗？"

"随便你吧，怎么说都行。"夏盼雪似乎很不在意。

郑小兰本来想再说点什么劝劝夏盼雪，见她那副淡定得毫无情绪的神态，只得将原来打算讲的话又咽回了肚子里。尽管她心里有一万分的惋惜，此刻都显得无能为力。这时，门口传来了脚步声，显然是王小姝她们回来了，郑小兰赶紧将那只蚌壳塞进自己的枕头底下。门开了，果然是两个室友。

"呦小夏，你东西都准备好啦？"王小姝一进门，看到一个竖着的行李箱和一只装满的旅行袋就嚷道

"小夏你怎么说走就走，突然想起要回老家一趟啊？"室友小刘随口接问。

"人家家里有事回去一次，有什么奇怪的啊？"郑小兰抢在夏盼雪前面回答。夏盼雪要回去一次是瞒不了同寝室几个人的，知道内因的却只有郑小兰一个。

"那你回去多久？"王小姝还是要问。

"现在还不知道，至少两三个星期吧。"夏盼雪勉强答道。

"那你回来时，得带点土产回来给我们吃啊。"王小姝笑吟吟地说。

"对啊对啊，小夏你可得记住哦。"小刘也跟着起哄。

夏盼雪和郑小兰互相对了一眼后说："好的，我知道了。"

这时，王小姝眼尖，一下看到了放在桌上那盒包装精致的费列罗巧克力，就馋馋地问："这是谁的，可以尝一个吗？"

郑小兰想，这一盒巧克力，自己也不能一个人躲在被窝里偷偷地吃吧，不如各给她们一个尝尝吧，就说；"这可是盼雪买给我吃的，你们两个馋，就分你们每人一个，就一个啊！"

王小姝和小刘就欢呼雀跃起来。郑小兰认真地拆开盒子的封带，取了四颗费列罗出来，每人一颗。

"哎，你们看到朱玉文手上戴的那块表了吗？"王小姝边慢慢品尝巧克力，忽然问大家。

"看到了，这两天她不是天天在炫耀吗？"小刘说。

"听说要两万多呢。"王小妹一副不可思议的表情。

"那么贵啊，吓死人了。"小刘惊讶地吐了吐吐舌头。

"你们傻呀，会是她自己花钱买的吗？"郑小兰不屑地嘲讽了一句。

"当然不可能她自己掏钱的。"王小妹故作神秘地放低了声音说："你们能猜到是谁给她买的吗？"

"是谁，是谁？"小刘急不可耐地追问。

"我也是听说的，真的假的我不能保证。"王小妹看了看夏盼雪，又看看郑小兰，而后道："好像是那个康总买给她的，说是生日礼物呢。"

"这话当真？"郑小兰敏感地瞪着王小妹问。

"大家背地里都在传呢。"王小妹道："我也不知是真是假。"

"这就对了！"郑小兰忽然没头没脑地叫道。

"什么对了？"王小妹和小刘都将目光转到郑小兰脸上。

郑小兰正打算说什么，猛然间发现了夏盼雪投向她的制止眼神，急忙刹住，改口说："她就是那种人嘛，为了钱什么都愿做。"

"是啊，不过这次她蛮划算的，是吧？毕竟要两万多呢。"小刘随口说。

"那你也去呀，"郑小兰没好气地冲小刘道："你也去找康亮呀。"

"我才不呢……"小刘立刻缩了回去。

这一晚，同寝室的四个女孩有两个像平日一样睡得很香，还轻声打着呼噜。郑小兰和夏盼雪一上一下都在黑暗中睁着眼难以入眠。她们本有许多话想讲，但又都想让对方早点休息，明天一早，她们就要一起去机场。现在登机前的安检非常严格，因此最好在航班起飞前提早两个多小时就出发去机场。为保险起见，八点的飞机，六点就一定要到机场了，那样的话，两个人明天不到五点就得起床。夏盼雪本来只让郑小兰送她到球场门口上出租车，可郑小兰坚持要送夏盼雪到机场，夏盼雪拧不过她，只好答应了。

夏盼雪和郑小兰两个人都只是迷迷糊糊睡了几个小时，就被手机上的闹铃吵醒了。按掉闹铃，夏盼雪和郑小兰先后下了床，去盥洗室匆匆忙忙梳洗了一下，回到寝室拿起行李就出了门。

外面的天才蒙蒙亮，慵懒的夜色尚未完全褪尽。出租车是昨晚预约好的，要不然这个时候马路上根本拦不到车子。两个人走到球场门口时，已经有一辆大众公司的车子停在那里。司机见来了两个小姑娘，便十分热心地帮她们将箱子和包都装进了后盖箱里，载着她们就往机场赶去。

从球场到虹桥机场其实并不很远，也就20分钟的车程。到了机场夏盼雪就去托运行李，办理登记手续，今天还算顺利的，前前后后花了将近半个多小时就搞定了，接下去就是安检。到了那里，郑小兰就无法再陪夏盼雪进去了，两个人在安检入口处停了下来。夏盼雪从肩头取下随身带的背包，拉开包链，从里面掏出一件东西来。

"小兰，这个送给你，做个纪念。"夏盼雪说着，双手将一条白金项链从郑小兰的头顶套进去，挂在她脖子上。

郑小兰一开始不知道是什么东西。当夏盼雪放开手后，她托起挂件一瞧，是一只手持高尔夫球杆的猴子，紧贴杆头的一颗高尔夫球是一粒闪闪发亮的钻石。她不由惊呼起来："盼雪，这不行，这东西我不能要，太贵重了。"

"小兰，你一定要收下，我们是好姐妹对吗？你如果拒绝，我会生气的。"

"可是，这实在太贵重了，我怎么可以……"

"别说了，以后你就带着它，看到它就是看到我。"夏盼雪语调里流露出一丝伤感来，话里似乎隐藏着某种暗示。

"盼雪，你还会回来的吧？"郑小兰突然紧张起来，难道夏盼雪这一走就再也不回金银湖了？这个想法一冒头，郑小兰心里顿时感到空空荡荡的，像是被谁挖去了一大块血肉。

夏盼雪拉住郑小兰的手握了几下："小兰，我真不知道还会不会回金银湖来，不过无论怎样我都不会忘记你的。"夏盼雪眼眶里突然盈满了泪水。

"不行，你一定得回来，你答应我。"郑小兰听出了某种不祥，眼睛立刻也红了。她把夏盼雪的手抓得死紧。

"小兰，你了解我所有的秘密，你知道，我还有许多事情需要去处理，等我把一切安顿好了，我就过来看你，或者你来成都看我，就在我家住上一阵。总之，我今生今世能遇到你，是我的荣幸，这辈子我们都会是好姐妹，对吗？"

郑小兰一边淌着眼泪一边点头："可是盼雪……"

"不，别再叫我盼雪了。从今往后，不再有夏盼雪这个人了，以后你就叫我赵梦雨吧。"赵梦雨替郑小兰抹掉泪水，艰辛地笑道。

"嗯，不管你叫什么，你都是我这辈子最好的姐妹。"郑小兰由衷地道。

"是啊，我一定会和你保持联系的。"赵梦雨最后说。

当赵梦雨走进安检处，回身朝郑小兰挥手道别时，郑小兰感到自己的鼻子很酸，忍不住的泪水再次淌满了一脸。

金银湖所有的球童都知道夏盼雪请假回老家了，大家所传的原因是夏盼雪回去补办遗失的身份证。听说当地派出所一定要本人到场才能办理补发新身份证的手续，所以夏盼雪必须回去一趟。

没有人把夏盼雪回家的事看得有多严重，除了三个人：郑小兰，朱玉文和韩戈平。

郑小兰这几天一直犹豫着该怎样完成赵梦雨所托的事，把那只蚌壳还给韩戈平。已经有一阵了，郑小兰故意躲着韩戈平。她心里对韩戈平有气，凭着他和赵梦雨有那么漫长曲折的一段经历，他怎么可以听到一点事情，也不问青红皂白，就毫不留情地将赵梦雨弃如弊帚了呢？即便韩戈平确认了赵梦雨有过失，那也应该心存疑虑，问个为什么，应该给赵梦雨解释的机会啊。难道以前口口声声的爱都是假的？难道爱情如此脆弱不堪？还是男人都那么计较，那么无情？

郑小兰深知赵梦雨内心的苦楚和伤痛。她不慎被人强暴了，因为欠着康亮的人情，更不想泄露自己家里的不幸遭遇，只能忍气吞声守口如瓶，结果又被自己深爱的恋人无情抛弃了。置身处地站在赵梦雨的立场上想想，郑小兰真的忍不住要哭。赵梦雨面对如此险恶困境，只能离开金银湖，连韩戈平的最后一面也不见，这或许是最明智的但也是很残酷的选择。

这天下午从球场下来后，郑小兰刚刚回到寝室，正在里面换衣服的王小妹对她说："刚才我在路上碰到韩经理，他让你去一趟他的办公室，说有事要和你谈。"

郑小兰唔了一声，心想他怎么突然找我，会有什么事？转念又一想，也好，不如趁此机会把赵梦雨所托的事办掉。她赶紧去盥洗室洗了把脸，换掉了工作服，然后悄悄取出那只蚌壳，塞进小坤包里。

郑小兰敲开韩戈平办公室的门后，看到韩戈平正端坐在办公桌后面，好像是专门在等着她的到来。两个人已经有好几天没单独讲过话了，不免有些异样的生疏和拘谨。郑小兰掩上门后，用很正式口气问："韩经理，你找我有事吗？"

"你坐吧。"韩戈平和气地指指他对面的椅子。

郑小兰坐下来，也不说话，等着韩戈平开口，一副你有什么要说的我都洗耳恭听的架势。韩戈平像是在脑子里斟酌着词句，闷闷地拖延了好几分钟，然后问："夏盼雪真的回老家了？"

郑小兰哼了一声，轻轻从鼻孔里喷了口气，心想，你终于想到她啦？人家都已经走好几天了，你才记起来啊，真是无情无义。这么想着，她说话的口气就有点生硬了："那还会假？你以为她去哪里了？"

"她什么时候回来？"

"不清楚，没有具体说过。"

"她不是向你请假的吗？请假总有天数啊。"

"她订的是单程机票，没有决定请多久的假。"

"那她还回来吗？"

"你觉得呢？"

"小兰，你别兜圈子，我这是和你谈工作。球童请假回家，我作为球童部经理需要知道她什么时候能回来，还回不回来。"韩戈平故意摆出一副公事公办的样子道。

"我告诉你了，我不知道她什么时候回来，更不知道她还回来不回来。"郑小兰心里有气，并不买韩戈平的帐，故意回答得铿锵有力。

"听你的意思，她有可能不回来？"

"我说了，我不知道。"郑小兰别过脸去回避道。

韩戈平对郑小兰倔强脾气毫无办法，只得放下经理的口吻，缓和说："小兰，她是不是回湖南了啊？你有她老家的地址吗？"

"你不是球童部经理吗？金银湖所有球童的档案你都应该心中有数啊，干吗问我？"郑小兰是六月债，还得快。

韩戈平被呛得闷住了，面色尴尬地看看郑小兰说："我只是打算到时候和她联系一下，问问她还来不来金银湖上班嘛。"

"你可以打她电话啊。"郑小兰毫不留情戳穿韩戈平的谎言。

韩戈平被郑小兰连着顶了几句，神色僵硬地坐在那里有点手足无措。他觉得自己是在自讨没趣，一下子又摆脱不了被动局面，只好无奈地笑笑。郑小兰瞧了他一眼，觉得时机到了，便拿起坤包，从里面取出那只蚌壳来，恭恭敬敬地放到韩戈平面前。

"这是她委托我还给你的。"郑小兰镇定从容地说。

韩戈平一见到蚌壳脸色就变了。他呆呆地失神地对它凝视良久，好像在探究一件没有弄清含义的物件。他一直没有伸手去拿蚌壳，怕一触碰到它就会发生不吉利的事情。郑小兰时不时溜他一眼，猜测着韩戈平此刻内心的想法。隔了许久之后，韩戈平自言自语般地说："真没想到结果会是这样。"

"这不正是你想要的吗？"郑小兰气不打一处来。

"你这么说不公平。"韩戈平分辨道："是她有错在先。"

"即使她有错，你就应该如此绝情？"郑小兰憋了很久的情绪要爆发了。

"那你让我这么办？权当什么都没有发生过？"韩戈平想反驳。

"人的一生，谁还没有点错误，你难道从不犯错？"郑小兰诘问。

"这不一样，这不是一般的犯错，是不可以原谅的错。"韩戈平毫不相让。

"好吧，即使如此，退一步讲，你知道她为什么会犯错吗？"

"这……？"

"你问过她怎么会发生这种事情的吗？"

"……"

"你确认她是你想象中的那种女孩吗？你从没想过她或许是有原因的吗？你脑子里从没转过她或许是被动无奈的吗？"郑小兰一个问题紧接着一个问题，语调越来越高，情绪越来越激动。

"你的意思是……"韩戈平完全被郑小兰问得没了方向。

"你呀，我的哥哥，那么多年来我是多么欣赏你的聪明和稳健，没想到你遇到人生大事时，处理起来是如此草率粗糙。我更没想到，你对待一个对你一片真情的女孩是如此冷漠无情，如此残酷死板。"

韩戈平思绪一团紊乱。郑小兰所提出的一连串问号，他之前确实都没有想过。他只认为夏盼雪既然欺骗了他，背着他去和一个花花公子般的客人会面，不仅一起单独吃饭，还在酒店房间里过了夜，这件事绝对是不可饶恕的！夏盼雪会无缘无故这样做吗？当然不会，毫无疑问也是抵抗不了重金诱惑，就像大家平时所议论的，现在这个社会，哪个女孩会和钱作对？哪个女孩用金钱搞不定？关键只是金钱数量的差别而已。

令韩戈平格外受伤害的，是他一直以来都把夏盼雪与其他女孩区别对待的。尤其当他知道夏盼雪就是失散多年的小妹妹后，他真是如获至宝。他眼里的夏盼雪就是一块毫无瑕疵的璞玉，一颗晶莹剔透的钻石。能有这样白璧无瑕、纯真美丽的女孩当自己的女友，以后成为自己的妻子，那是上天对他的莫大恩赐，是他无与伦比的幸运。然而一切忽然变了，就像有一双魔鬼的大手生生撕碎了他精心编制成的梦想之网，将一切的美好损毁了。关键并不在于夏盼雪是不是失去了贞操，毕竟分开那么多年，他不会苛刻地要求她非得守住处女之身。令他愤怒而崩溃的，是夏盼雪为了金钱而出卖自己身体，这卑贱的做法残酷地颠覆了她在韩戈平心目中的完美形象。即使他曾经再深深地爱她，那也是不可接受的，这越过了他的道德底线。

然而此刻，郑小兰却抛出了他脑子里不曾转过的问题，韩戈平像是在短暂的晕厥后被人唤醒了，他需要辨识一番周围究竟发生了什么事情。他神色暗淡地瞧着郑小兰，忍不住问道："难道她那么做是有原因的？"

"告诉你，你不能把夏盼雪看成是朱玉文，懂吗？"郑小兰不客气地说。

"这么说，小兰你一定知道些什么，对吗？"

郑小兰既不点头也不摇头，直直地看着韩戈平不出声。

"小兰，如果你知道什么，请马上告诉我，好吗？"韩戈平带着央求的口气。

郑小兰缓缓摇着头，"晚了，现在一切都晚了，人都走了，说这些还有什么用？"

"你是说，她真的不会回来了？"

"是的，她不会回来了，你永远也见不到她了。"郑小兰冷冷地说。

"这不可能！"韩戈平忽然歇斯底里地叫起来，"我可以去找她的。"

"哼哼，你去找她？"郑小兰像是幸灾乐祸般地冷笑着，"那你去找呀，你知道她家住在哪里吗？你刚才不是还在向我打听她老家的地址吗？"

"你知道呀，小兰你不是知道吗？"韩戈平急躁地追问。

郑小兰又一次苛刻冷漠地道："不知道，我根本不知道，她的身份证丢失了，谁也没有留下复印件，怎么可能知道？"

"我不信，你和她情同姐妹，她走的时候绝对不会不告诉你她家的地址。"韩戈平固执地下着结论。

郑小兰既有点同情又有点可怜地盯住韩戈平，语气里却依然满带尖刻："她什么也没有告诉我，只说以后会和我联系的。所以你的猜测是错的。"

韩戈平无话可说。他没法怀疑郑小兰，因为他认识的郑小兰从来不会信口胡说。现在，他知道如果自己主动打电话给夏盼雪的话，她十有八九会拒绝接听。要知道夏盼雪的地址，只有等她和郑小兰联系后告诉郑小兰，自己再向郑小兰打听。于是他说："小兰，也许我当时太冲动了，所以，如果她和你联系，你一定要让她把地址告诉你。"

"好了，说了那么多，韩经理你还有别的事吗？没有的话，我想回宿舍了。"郑小兰似乎不愿意再聊这个话题了。

"小兰，还有件事，我对谁都没说过。"

郑小兰本来已经打算站起身来了，随即又坐下，等韩戈平开口。

"小兰，我可能也要走。"韩戈平说。

"你要走？去哪？"

"我可能要去国外。"

"你去国外？去干什么？什么时候回来？"郑小兰睁大了眼睛。

"如果去，就不回来了。"

"你说你要离开金银湖球场？"这下轮到郑小兰被惊到了，这完全出乎她的意料。

"是的，我表哥需要我去帮他的忙，正在帮我办理去加拿大的手续，一旦办成我就会走，所以我会向老板推荐，让你出任球童部经理一职。"韩戈平说得极为认真，看来他是深思熟虑过的。

"我怎么行……?"郑小兰本能做出反应。

"我仔细考虑过了，金银湖除了夏盼雪，只有你能接替我的位置。"韩戈平肯定地说道。

8

朱玉文发现郑小兰最近对她充满了敌意。几次迎面相遇，郑小兰都对她视而不见，完全一副"目中无人"的神态，这使得几次想主动搭讪的朱玉文窘迫不已。

对此原因朱玉文心里大概能猜到几分，肯定和夏盼雪有关。她知道自己暗中使出的那记阴招已经有了明显效果，往韩戈平寝室的门缝里塞进纸条之后几天，就再没看见韩戈平和夏盼雪在一起，甚至连夏盼雪的身影都难以见到了。而后就听汤玉美说，夏盼雪突然回老家去了，说是去取补发的身份证。

朱玉文认为，如果韩戈平和夏盼雪之间没有发生矛盾和摩擦，夏盼雪绝对不至于在这个当口突然回老家。她不辞而别，肯定有原因。一定是韩戈平看到纸条后反应激烈，导致夏盼雪不得不暂时离开金银湖。不管怎样，朱玉文为自己赢得了机会。她不知道夏盼雪要过多久回来，决定要趁其不在的这段时间，争取俘获韩戈平的心。朱玉文揣测，当一个男人发现自己被欺骗或者遭到背叛时，会深陷痛苦和沮丧之中，这时的男人是软弱和迟钝的，也是最容易被攻破和俘虏的。

不过对于自己乘人之危去抢夺韩戈平，朱玉文忌讳的是还有郑小兰横在中间。一则郑小兰是夏盼雪的闺蜜，无论发生了什么，郑小兰都会维护夏盼雪的利益；二则韩戈平和郑小兰的关系特殊，如果郑小兰在韩戈平面前唱反调，说她坏话，那么也会对她十分不利。所以，朱玉文想好了，不管郑小兰对她有多冷淡，她都要厚着脸去打探一番，她要装成一个局外人，澄清自己是无辜的，被误解和冤枉了。

朱玉文前两天听汤玉美说，大家都在传郑小兰有一条非常漂亮的白金项链，天天挂在脖子上，可任谁也不肯完全取出来给看一眼。当时朱玉文便心有所疑，以郑小兰的性格，她应该不会舍得花钱买一条白金项链戴在脖子上，她也不可能和任何一个客人做交易来获取这么贵重的饰品。时间又恰巧是在夏盼雪回老家之后，有人发现了这条项链，难道是夏盼雪送给她的？朱玉文不由想到了张家宝曾经说过，赵梦雨有一条带有小猴打高尔夫挂件的白金项链，会不会就是那一条呢？朱玉文决定去找郑小兰弄个清楚。

朱玉文上到二楼的时候，看到郑小兰的寝室亮着灯。她蹑手蹑脚走过去，发现寝室门虚掩着，灯光从门缝里挤出来，落在暗暗的走道里。朱玉文靠到门前，偷偷摸摸地站在门外朝里张望，无意间看到了郑小兰独自坐在夏盼雪睡过的床头，双肘支撑在床前的桌面上，两只手里正举着那根白金项链在出神。朱玉文眼尖，立刻就看到了那根项链上好像是有个猴型吊坠。她惊喜之下一时失控，身子无意中一个前倾，不料"吱"的一声将门推开了。

"谁？"郑小兰惊声而叫。

"哦，是我。"朱玉文只好立刻现身，朝门里探进脸去，堆出一大片笑容。

"你鬼鬼祟祟的干吗啊。你来这里干什么？"郑小兰看到是朱玉文，没好声地板起脸问。

"我这不是来看看你吗？"朱玉文笑眯眯推门走进去，"你呀，最近干吗看到我像见着仇人似的啊？"

郑小兰也不能叫朱玉文滚出去，便冷笑一声，摆出一副不想搭理的样子。

"小兰，你在金银湖可一直是以耿直爽快出名的哦。"朱玉文并不打算遇难而退。她不去理会郑小兰故意做出的冷淡，先用赞赏来稳住对方，紧接着说："我们认识也好几年了，我玉文姐有做过对不起你的事情吗？你这么忽然之间对我不理不睬如同仇人一般，总要给我个理由和说法吧。我难道在哪儿得罪你了不成？"

郑小兰不接话，也不看朱玉文，似乎铁了心不理她了。

朱玉文见郑小兰也不叫她坐下，就自己走到夏盼雪对面的床铺坐下来，用郑重其事的口气道："如果我有做错什么，你明确指出来嘛。如果你无缘无故这样对我，就是你的不对了，这对我不公平。"

"你自己做过什么你会不清楚吗？"郑小兰转过脸来问。

"我做过什么了？我对你做过什么了？"朱玉文一脸无辜的表情。

"不是我，你说，你对夏盼雪做了什么？"郑小兰不想绕弯子，开门见山质问。

"对夏盼雪？我？我对她能做什么啊？"朱玉文一副完全蒙在鼓里表情，流露着迷茫不解的眼神，满脸委屈。

"那好，你老实说，你有没有塞过纸条给韩经理？"郑小兰目光炯炯，犀利地看着朱玉文的脸。

"塞纸条给韩哥？什么纸条啊？小兰你究竟在胡说些什么呀！"朱玉文受了天大冤枉似的提高嗓门喊起来："你怎么可以这样无中生有啊？"

郑小兰见朱玉文要发火，倒是怔了一怔，满腹狐疑地盯住朱玉文，似乎想从她那张喊冤叫屈的脸上找出破绽来。可是朱玉文的表情里除了委屈还增加了气愤，显示她蒙受了天大冤屈，这让郑小兰心虚了。不管怎么说，怀疑朱玉文给韩戈平递了纸条只是她自己的主观臆测，并没有任何证据。可是，如果不是她，那还会有谁？

"小兰，既然你是为了这件事责怪我，那我倒是要与你搞搞清楚了。"朱玉文转被动为主动，开始出击，"你不想理我那是你的权力，我也不能强求。可是这件捕风捉影的事你不能扣在我头上，首先我根本不知道有什么纸条这件事，更不知道你说的纸条上写了什么。听你的口气，好像那张纸条破坏了夏盼雪和韩哥的关系，这事可就大了，这个罪魁祸首我可不敢当。"

郑小兰本性淳朴简单，被朱玉文这么一说，一下子乱了阵脚，难道真是自己猜错了，平白无故冤枉了朱玉文？这么一想，刚刚凌厉尖刻的态度顿时松懈下来。她一时不知该说什么，就把面孔转向了别处，回避朱玉文的目光。

郑小兰这一连串的微妙变化当然躲不开朱玉文精明的观察，她顺势放缓了语调说道："我也不是要责怪你什么，但是小兰，我猜你一定是听了谁的挑拨离间，那个人故意把脏水往我身上泼，自己可以不被引起注意。"

郑小兰将信将疑地又转过脸来瞧着朱玉文。

"想想也是，只有我是最容易被怀疑的对象，因为金银湖的人都知道我喜欢韩哥，我见到韩哥喜欢夏盼雪心里不舒服，所以想着法子要拆散他们俩，这个理由太充足了，小兰你说对不对啊？"朱玉文继续气恼地推理道："可我朱玉文有那么贱吗？有那么恶吗？夏盼雪还是我介绍过来的呢，我和盼雪也是好朋友啊，我们相处一直很好啊，我为什么要背后插她一刀？至于韩哥，我曾经是很喜欢他，可他不喜欢我啊。这一点我和你小兰不是一模一样的吗？你小兰不会做那种缺德事，我有什么理由会去做呢？他们两个好，我也替他们高兴嘛。再说了，天下又不是只有韩哥一个好男人，你说是吗？"

朱玉文振振有词的一番话，完全把郑小兰说傻了。她开始怀疑自己的判断。朱玉文说得没错，她确实是最容易引起疑问的人选，既然如此，她也不会笨到自撞枪口吧？如果真的是冤枉了朱玉文，那倒是自己的不对了。于是她说："你能肯定你和这件事无关吗？"

"当然肯定。"朱玉文毫不犹豫地答道："你不信的话我可以发誓，如果我说了假话，让我这辈子嫁一个又穷又丑、个子和武大郎一样矮的乡下老男人。"

郑小兰不由扑哧一声笑出来。顿了顿之后，她带着歉意地说："玉文姐，如果我错怪你了，就请你原谅。"

朱玉文内心里长长地舒了口气。这个郑小兰，别看她平日咄咄逼人，其实还是很容易搞定啊！既然如此，就应该顺水推舟了，于是她说："你放心，我们这么几年姐妹做下来了，我才不会为一点点误会生你的气呢。有人暗地里使坏，挑拨盼雪和韩哥关系，我和你一样气愤的。"

"那你说，偷偷往韩哥寝室里塞纸条的会是谁？"郑小兰已经彻底相信朱玉文了。

"是啊，会是谁呢？我们应该好好调查一下。"朱玉文说："小兰你知道那张纸条上的内容？"

"不不，我不太清楚。"郑小兰反应快速地否认。她觉得既然朱玉文不知道此事的来龙去脉，就没必要让她了解细节，便立刻转移话题："玉文姐，既然这件事和你无关，我们就不要再聊下去了吧。"

朱玉文心里偷偷暗笑，马上表示同意。她不失时机地伸手拿起之前郑小兰没有来得及放好，一直搁在桌面上的白金项链，装模作样地惊呼道："呦，小兰你买了一根这么贵重的项链啊？"

朱玉文说着，两手将项链抖开，果然下面是一只手持高尔夫球杆的猴子，球杆头上还有一粒小钻石。没等郑小兰开口，她又惊讶地叫："这个挂件太漂亮了，还镶着钻石呢，哎哎，多少钱啊？小兰你花了多少钱啊？"

"不是我买的，是盼雪送给我的。"郑小兰并不打算隐瞒。

"哇，你运气这么好啊，盼雪居然送你这么珍贵的东西。要我猜的话，这根白金项链带这个坠子少说也值四五万呢。"朱玉文一脸的羡慕。这可不是装出来的，她真是羡慕郑小兰，平白无故得到一条这么贵的项链。

"什么，你说值四五万元？有那么贵吗？"郑小兰对首饰的价格之类全无概念。她猜测夏盼雪送给她的这根项链一定很贵，但四五万这个数字，着实把她吓了一大跳。

对她而言，那简直是个天文数字耶！

"也许还不止呢。"朱玉文沉浸在一时的羡慕中尚未脱离。

郑小兰的脸色都变了，心里七上八下翻腾着。早知道这么贵，自己无论如何也不该收下的。四五万，那得一个球童不吃不喝积攒一年的工资加小费都不止啊！

"我能戴一下试试吗？"朱玉文拿着项链爱不释手。

郑小兰麻木地点点头。她思绪一片混沌。

朱玉文小心翼翼地将项链戴在脖子上，然后站起身，走到镜子跟前，照着镜子自我欣赏，嘴里不停地说着：太漂亮了，太漂亮了。臭美了一会儿后，她对郑小兰说："我买不起这么贵的东西，只好这么戴戴过过瘾。来，小兰你用我的手机替我拍几张照片，我以后也可以炫耀炫耀。"说着，朱玉文将自己的手机调到摄影档，交给站起身来的郑小兰。自己则摆起了POSE。

郑小兰老老实实地为朱玉文拍了七八张各种姿势的照片。她知道朱玉文好这一口，看到首饰啦，名牌包包啦，名表啦之类就兴奋不已。郑小兰对那些没什么兴趣。

拍完照片，朱玉文依依不舍地把项链从脖子上取下来还给郑小兰，半开玩笑地说："哪天有重要派对要我参加，小兰你借给我戴一下哦。"

郑小兰没有说可以，也没有说不可以，只是浅笑着将项链收了起来。她想，如果赵梦雨回到金银湖来，一定要把这条项链还给她。

这天夜里，朱玉文离开郑小兰的寝室之后，一个人找了个四周无人的地方，从手机内翻出了张家宝的电话号码，拨了五六次，对方都是无人接听。朱玉文没办法，只好发了一条短信过去："表哥，打你电话未接。告诉你一件十分重要的事，我见到你说的那条项链了。你判断是正确的，我们这儿的夏盼雪，或许就是那个赵梦雨。"

发完短信，在走回宿舍的路上，朱玉文忍不住想：既然赵梦雨是全国女大学生高尔夫冠军，她为什么要化名为夏盼雪，来金银湖球场当一个被人使唤的小球童呢？

9

这天深夜，朱玉文睡得很熟，正在一个美好的梦境里喜笑颜开，忽然被一阵阵的震动声惊醒了，就像有一直大黄蜂在她的耳旁振翅飞舞，绕着她的脑袋周围不停旋转，一定要将她从梦境拖回现实。临睡之前，朱玉文像往常一样玩了一会儿手机，然后将手机调在了震动模式，塞进枕头下面就打算入睡。照例，她不一会儿就入眠了。

这么晚，会有谁打电话过来？朱玉文不情愿地睁开眼睛，伸手从枕头底下掏出手机来。黑暗中，手机屏幕显得格外明亮刺眼。她眯起睡意朦胧的眼睛看了看，发现是张家宝的来电，倐地一下从床上坐起身，已经完全清醒。一定是张家宝看到她发去的短信。这么想着，朱玉文悄悄下了床。同寝室里的女孩们都睡得死熟，轻微而频率不同的鼾声此起彼伏在室内混响着。青春就是这么无忧无虑没心事。

没有人知道朱玉文蹑手蹑脚离开了房间，此时手机的震动停止了。兴许是朱玉文一直没有接听，张家宝已经挂断了电话。朱玉文离开宿舍楼一段距离后，正准备回拨过去，手机又一次剧烈震动起来，朱玉文忙按下了接听键。

"小朱吗？抱歉这么晚打电话给你，你应该已经睡下了吧？"张家宝在电话那头客气地问。

"哦，表哥啊，是的，我已经睡着了。"

"那真是不好意思了。"

"没关系的，没关系的。"朱玉文重复着说，"表哥你这么晚还不睡呀？"

"这么晚？哦……"张家宝在电话里笑起来，"你可能不知道，我这里现在是上午呢，对上午九点多。"

"怎么会这样啊？"朱玉文惊讶不已。

"我这里是加拿大嘛，有时差的。"

"时差？那是什么啊？"她从未出过国，毫无时差概念的。

"时差是什么，我一下子也解释不清楚，反正我这里比你那里晚了十五个小时，所以我这里是上午九点多，你那里应该是半夜十二点多吧？"张家宝说。

"嗯嗯，正是，正是。"朱玉文还是没有完全搞明白，只是觉得很有趣。她无意间从遥远的记忆里捞回一个片段，好像上学时地理老师讲过什么地球有时区之类，会不会和那个有关呢？读书的时候，她最不喜欢的就是地理和历史课了，都需要死记硬背的。每逢要考试她都如坐针毡，头痛得要命。

"小朱，你真看到那条白金项链了？"张家宝不再和朱玉文讨论时差问题，切入主题问道。

"是的，我还想办法戴着拍了几张照片呢。"朱玉文得意地说，"如果表哥有微信的话，我可以把照片传给你看的，你辨认一下是不是那条项链。"

"微信我倒是有的，才安装没多久，还不太会玩。"张家宝说。

"那我们连一下微信吧？"

"怎么个连法？我不会弄啊。"

"没关系，我来连吧，表哥的微信就是用这个电话号码吗？"

"是的，就这个。"

"那好，我用你的号码连微信，我到时发条微信给你，你只要接受我的连接邀请就可以了。"

"那太好了，我现在该怎么弄？"

"先挂了电话吧，然后你打开微信等我的消息。"

朱玉文等张家宝挂断电话，就进入自己手机的微信页面，从通讯录里搜索张家宝的电话号码，不一会儿就找到了。她一番操作后，发了一条要求加朋友的微信过去。张家宝按她之前的指点，很快接受了她的邀请，两个人很顺利就连上了。朱玉文让张家宝稍等片刻，她传相片过去。为了能让张家宝更加清晰地看到那条项链，朱玉文从手机相册里挑出那几张照片，选了一张特别清晰的做了一番编辑，将相片中戴项链的脖子部分做了剪辑放大，这样一来，那个猴型挂件就大了好多，看起来更清楚了。

"没错，正是这条项链。"张家宝收到相片后没多久，再次打电话过来。

"真的吗？那夏盼雪就是赵梦雨，这事确认无疑了？"朱玉文小声惊叫。虽然已经有思想准备，这个事实还是把她惊到了。难怪啊，难怪从看到夏盼雪的第一眼时就觉得她很像赵梦雨，难怪所有见到夏盼雪的人都说她长得和赵梦雨几乎一模一样，原来这两个名字本来就是同一个人啊！

"小朱，你是怎么拿到这根项链的？"张家宝在那头好奇地问。

"我是从小兰那里，哦对了，你不一定认识，我是从和夏盼雪，不不，现在应该叫她赵梦雨了，和她同寝室的球童那里看到的。"朱玉文脑子里有点乱。

"赵梦雨的项链，怎么会跑到那个球童手里去了？"张家宝进一步问。

"听她说，赵梦雨把那根项链送给她了。"朱玉文心里还是羡慕那根项链。

"什么？她把它送人了，那可值五万多呢！"张家宝不由喊起来。

"是呀，没想到那个赵梦雨如此大方。不过她们两个是非常要好的闺蜜。"朱玉文心里很妒忌，同时奇怪张家宝怎么会知道那条项链值多少钱的呢？这把她搞糊涂了。

张家宝没有马上接茬，停顿了几秒钟，然后说："小朱，你听我说，目前你千万不能让赵梦雨知道你已经发现了她的秘密，你要装得和没事一样懂吗？"

"噢……"朱玉文虽然应着，心里并不很明白。

"你还是要一如既往把她当做那个叫夏什么？"

"夏盼雪。"

"对，你还是把她当夏盼雪对待，明白吗？"

"可这是为什么呢？"

"你先别问为什么，以后我会解释给你听的，现在你只要照我说的去做。"张家宝的口气严肃起来，已经明显有了不容置疑的命令意味。

朱玉文当然不想得罪张家宝，硬是把一腔好奇心压了下去。不过此刻她内心确实疑点重重，猜不出张家宝和赵梦雨是什么关系，为什么张家宝那么早就会怀疑夏盼雪就是赵梦雨，为什么他会判断得如此准确，张家宝又怎么会知道那条项链的价格。听他刚才那一声喊，显然非常生气，难道这条白金项链是他送给赵梦雨的？那么，韩戈平知道这些吗？这里面究竟隐藏着什么复杂的秘密呢？

　　"对了，小朱，我表弟最近怎么样？他没碰到什么不开心的事情吧？"张家宝似乎想起来什么来似的补充道。

　　"嗯……"朱玉文犹豫了一下说："应该没有什么事情吧，挺正常的。"

　　"那就好，那就好。"张家宝好像松了口气："你们现在关系怎么样？你如果喜欢我表弟，就该主动一点。"

　　朱玉文在黑暗里苦涩一笑。她真想告诉张家宝，你表弟喜欢赵梦雨呢。不过她还是忍住了，现在他们两个不是已经闹翻了吗？不知道等夏盼雪在老家补好身份证回到球场时，他们还会不会和上次一样和好如初呢？可是，不对呀，既然已经确证了夏盼雪就是赵梦雨，那么夏盼雪的身份证就肯定是假的了，还补个屁啊！朱玉文忍不住把这个想法对张家宝讲了出来。

　　"什么什么，你说赵梦雨离开球场了？"朱玉文说得无意，张家宝在那一头听得吃惊："你刚才说，她回老家了？"

　　"是啊，她前几天就走了，说是去补身份证。"朱玉文说。

　　"你能确认她是回老家吗？"张家宝很顶真。

　　"应该不会错吧，大家都知道她回湖南了。"

　　"不是湖南，是四川！"张家宝斩钉截铁道。

　　朱玉文一想，对啊，夏盼雪的身份证是湖南益阳的，可那是伪造的嘛。既然夏盼雪变回了赵梦雨，她当然不可能去那个虚幻的编出来的老家了。去年全国女大学生冠军赛时，宣布赵梦雨的时候，就说她是来自四川的选手，这个朱玉文还记得。

　　"好了小朱，我有事情得挂电话了。我刚才说的话你都记住了吗？"张家宝打断了朱玉文的开小差。

　　"是的表哥，我记住了。"朱玉文马上答道。不知怎么的，她对张家宝有一种奇怪的畏惧心理，觉得韩戈平的这个表哥深不可测。

第十章

1

几天前，当飞机的轮子接触机场跑道，撞击地面的那一刹那，赵梦雨情不自禁潸然泪下。她望着舷窗外那片熟悉的景色百感交集。她这个背负着沉重冤屈，无可奈何流落他乡的游子，终于回到了自己的家。

赵梦雨为了预防万一，事先没有通知任何人说自己要回成都。虽然说张光曦已经告诉她，矿产勘察设计院的失窃事件公安局已经撤案了，这等于还了赵梦雨清白，警方不会再拘捕她，但赵梦雨还是本能地有种直觉，一定还会有一股看不清搞不明的暗势力会缠绕她，不会轻易放她过关。那个西装男，那个眼角有痣的人，那个眼镜男，虽然已经相隔很久，赵梦雨依然对他们记忆犹新。她已经隐隐约约觉察到，那伙人一定是属于某个团体的，如果用社会上通俗的称法，很可能他们是黑道的。这伙人，说不定直接与她父母被害的凶杀案有牵连，因此决不能掉以轻心。

赵梦雨下了飞机，取好行李，到机场叫了一辆出租车直奔小姨家里。从双流机场到市中心并不很近，司机先走的是6号省道，这条道也叫成都机场高速，它从机场一直接通到三环。过了三环，车流明显增多了，司机又从成雅高速驶到永丰立交桥，再折上二环。过了二环就到了中心城区，车速不得不减慢下来。

一路上，赵梦雨的两眼始终望着窗外。从小到大，虽然她也时不时会离开成都出门一阵子，几天，几个星期，可她从来没有一下子离开那么久的。这次用年来计算的离开，令她对成都产生了久违的感触，竟然观察到了许多意外的新鲜。也许以前天天住在这个环境中时，对身旁和周围的那些街路大楼商店都不会特别留意，也不去加以特别的关注，所以在记忆中并未留下多么深刻的印象，此刻坐在出租车内一路沿途观赏，发现自己原来对这个城市其实知之甚少，简直和一个异乡人没有多大差别。直到车子驶入自己家和小姨的家所属的区段，才真正有种我回家了的体会。

赵梦雨下了出租车。当她走入小姨家的公寓楼，进到电梯里时，心咚咚急跳起来。她这么事先毫无征兆地突然出现在小姨面前，不知会出现怎么个场面？下了电梯，她拖着行李箱到了6楼小姨家门外举手按门铃。她听到门铃在室内叮咚叮咚地响着，不一会儿就传来了小姨不耐烦的声音："来了来了，你自己不是有钥匙吗？"小姨一定误以为是姨夫或者表弟了。

门刷地拉开了，站在门里的小姨猛一见到赵梦雨，愕然地啊了一声，举起手捂住了嘴巴，惊呆了。隔了好一会儿她都不能动，也忘记了给赵梦雨打开装了防蚊网的防盗铁门。

"小姨，开门哪，不让我进来了？"赵梦雨笑道，眼睛里却含着泪花。

"噢，噢。"小姨这才恍然醒来，赶紧开了门。还没等赵梦雨完全进去，小姨已经一把抱住了她。"你怎么突然回来了？你怎么不预先告诉我啊？你怎么不先打个电话给我，好去机场接你啊？"小姨激动万分，吐出一连串问号，像是带着责备，其实是大喜过望。

小姨等赵梦雨安顿好，就去厨房做午饭。赵梦雨让小姨简单点，小姨就下了两碗面，炒了一个辣椒肉片，两个人面对面坐着吃。小姨不停地问赵梦雨这一年来的情况。赵梦雨边吃边回答着。那么久没吃家里的饭菜，虽然简单得很，却是那么爽口。

吃过饭，小姨给丈夫和儿子各打了个电话，让他们下班下课后都早点到家，小雨回来了，大家要好好庆祝一下。她让赵梦雨去房间躺一会儿，自己出门去超市采购。她打算要买好多东西，今晚肯定要多弄几个菜，一家人热热闹闹聚一聚。

小姨出门去后，赵梦雨确实想要打个盹。早上为了赶飞机，起得非常早，几个小时的路上奔波，确实很累。她躺到床上准备睡一会儿，可是虽说身体感到疲累，脑子却如同一部依旧通着电源的机器还是不停运转着。忽然间换了一个环境，赵梦雨的脑子里再浮现出金银湖球场的景象时，不知怎么地会有一种恍如隔世的遥远感觉，时间上仅仅只过了几小时，空间上的距离却相隔甚远，就像是隔着一大片浩瀚的湖水在遥望对岸的景色。这是一种奇怪的经验，是赵梦雨从来没有体验过的。即便早上在机场最后和郑小兰拥抱分手的场面，对此刻的赵梦雨而言，似乎也是一件发生在好久以前的事情了。金银湖，我还会回那里吗？赵梦雨暗暗问自己。接着自然而然就想到了韩戈平，这时的回忆渐渐清晰了，就像举着一个变焦镜瞄准了某个地方，随着镜头的转动，聚焦点逐渐清晰起来一样，刚才似乎变远的距离突然又拉近了。当韩戈平的形象渐渐塞满赵梦雨脑中的空间时，她感到了心里的隐隐作痛。毕竟，韩戈平是自己的初恋，那是一片纯洁无瑕的真爱，而且不知不觉爱得那么深远。如今这个被郑小兰称作童话般的爱情故事突然中断了，赵梦雨不仅猝不及防，而且无可奈何。也许，赵梦雨最好的选择是忘却，她不必抛弃，只需要埋藏，把一切藏入心的深处就好。那么，就不要多想他了吧，毕竟过去的已经过去了。

赵梦雨惊讶地发现，原来在金银湖的那段经历，在金银湖结识的那许多人，都是可以不去多想的，唯有韩戈平的影子不容易轻易挥去，就像一只执着的小蜜蜂，不停地围着她的思想绕转，一圈又一圈，一次次试图接近，提示它的存在。赵梦雨只要闭起眼睛，许多回忆便不请自来。显然，这个午觉肯定是睡不好了，不如起来整理箱子吧。

赵梦雨从床上坐起时，忽然想起一件事来，自己已经回到成都，应该马上告诉张光曦伯伯啊！接下去一定会有许多事情需要和他商量呢。如此一想，她马上取来了电话。

电话铃声响了几下就接通了，张光曦的声音出现在那头："梦雨啊，怎么突然想起给我打电话？"

"张伯伯，我回来了。"赵梦雨听到张光曦的声音有些激动。

"啊？你回来了？已经到成都了吗？"张光曦显然非常意外，也掩饰不住高兴的情绪。

"是的，我已经到了，现在在小姨家里呢。"

"太好了，离开那么久，张伯伯我还真担心你呢。你看，什么时候我们见个面吧，我有许多事要对你说呢。"张光曦很兴奋。

"好的，如果张伯伯您明天有空的话我们就碰个面。"赵梦雨也很希望尽快见到张光曦，她急于想知道自己离开后在成都发生了什么事情。

"那好，我们就明天见面，要不我们在老地方约会？"张光曦开玩笑地说。

"行，就在那里见。"赵梦雨知道所谓老地方就是那家星巴克咖啡店。

这天晚上，小姨烧了满满一桌子菜，凡是赵梦雨以前喜欢吃的，一个都不拉下，应有尽有。姨夫因为高兴，自己买了一打奥古特啤酒回来，那是青岛啤酒里最贵的一种，一罐差不多要九元呢，平日里他可舍不得花那钱的，今天算是豁出去了。一开始他还担心小姨会不会嫌他买这么贵的啤酒花钱太多，没想小姨一句都未啃声，还主动替他罐接罐开酒，正在读高中的表弟今天也被特许放开喝啤酒，父子俩借题发挥，一次次频频碰杯。

现在，当父母不幸被害之后，赵梦雨已经完全把这里当成了自己的家，把小姨和姨夫当成自己的父母。事实上，赵梦雨自幼受到小姨和姨夫的爱护，他们始终把她当成女儿。小时候，当不懂事的表弟要和赵梦雨争执某样东西时，他们往往都会帮着赵梦雨，把表弟拉开，边骂边揍他肥胖的屁股。尽管这样，表弟从不记仇，一直把赵梦雨当做亲姐姐对待。他曾经纠缠赵梦雨，要她教他打高尔夫球，但小姨和姨夫希望他一门心思读好书，能考入名牌大学。赵梦雨就力劝表弟先以学业为重，等考进大学后再学学高尔夫不迟。表弟平日不太理会父母的教诲，但对年长几岁的表姐历来言听计从，所以表姐能突然回来，令他喜出望外。

酒过半巡，姨夫突然问赵梦雨这次回来后还走不走？赵梦雨想了想说，看情况吧。小姨就接着问："公安那边还会抓你吗？"

赵梦雨摇了摇头："听说报案的单位已经向警方要求撤案了，他们应该不会再来找我麻烦了吧。"

"那就好。"小姨和姨夫都欣慰地舒了口气。小姨接着说："不过小雨，你可不能一个人住回去啊，我不放心的。你以后就住在小姨家里。"

"嗯，我最近不住回去，我是想和你们住一起，至少暂时是那么打算的。"赵梦雨已经想过这件事，她也担心现在一个人住回家不安全。

"那太好了。"小姨一面喜悦说着，一面往赵梦雨碗里加菜："你住在这里，我可以照顾你。再说了，家里多一个人也会热闹好多。你别看你弟今天那么兴奋，平日里他一回来就往自己房间里钻，半天不出来，除了一起吃饭，他老是一声不吭。"

"妈你瞎说什么呀？"表弟抗议了。

"还不是吗？平时连一句话都懒得和我们讲，今天见到你姐，就成话唠了。"姨夫笑着帮老婆奚落儿子。

赵梦雨看着这家人你一句我一句，不由感叹，有家多好啊！以前父母都在时，晚上一家人围着桌子吃饭，父亲总会问她不少问题，还时不时和她开句玩笑。可惜那样的好日子再也回不来了。赵梦雨想到这点，内心不由浮起一阵伤感，但怕扫了小姨一家迎接她回来的兴致，她丝毫没有流于言表，脸上始终挂着笑容。

这一晚，赵梦雨睡在小姨家，体会到某种非常特别的温馨安心。不知是不是陪姨夫喝了一罐啤酒的缘故，她躺到床上没多久就睡着了。

第二天下午，赵梦雨如约而至离时代广场不远的那家星巴克咖啡店，因还在上班时间，店里的顾客并不很多，几个店员在玻璃柜台后面聊着天，见有人进入，一起喊着欢迎光临。赵梦雨一眼就瞥见了已经坐在店内一隅的张光曦。与此同时，之前一直盯着门口看的张光曦也发现了踏进门来的赵梦雨，立刻站起了身走过来，还没等走到赵梦雨跟前就已经伸出了手。

"张伯伯您好。"赵梦雨握住了张光曦的手。她发现虽说隔了一年，张光曦一点都没有变化，一头长发依旧梳理得整整齐齐，服帖地盖在头上，那副金丝边眼睛后面的目光还是那么炯炯有神。张光曦显然是个注重自己外表形象的知识分子，总是穿戴得干干净净，服装颜色的搭配也总是非常得体协调。

"梦雨啊，你总算回来了。"张光曦用力握着赵梦雨的手摇了摇，看得出他有点激动。

　　赵梦雨问张光曦喝什么，无论张光曦怎么客气，她都坚持要买单。两个人就各点了一杯拿铁，赵梦雨还要了两份提拉米苏。

　　两人坐下后，张光曦先询问了赵梦雨离开成都后的一些情况。赵梦雨就把自己从广州到上海的大致经历简单讲了一下。张光曦听完之后不由感叹："梦雨，你真不容易啊！"

　　"回头想想，这一段的经历对我而言也很宝贵，至少我知道了自己一个人还能应付过来。"赵梦雨颇有感触地说，以前她至少没有在那样的状态下独自面对过生活。

　　"是啊，也算你人生中一段磨练吧。"张光曦表示同意；"这段经历会成为你的人生经验，虽然苦了些，也锻炼了你。"

　　"嗯。"赵梦雨点着头想，确实如此啊！

　　两个人又闲聊了一会儿后，赵梦雨步入正题问："张伯，太平洋集团的事了解得怎么样了？"

　　"我急着要和你见面，就是要对你说这件事呢，"张光曦喝了口咖啡后放下杯子道："根据市局经侦大队的调查，那个太平洋矿业集团可不简单，它像一只巨大的八爪章鱼一般，到处伸手，它不仅在国内有好几家分公司，而且也在海外伸了脚，其实它的原始注册地就在国外，算是一家外资公司，然后以各地分公司的形式在中国好几个省份做生意，发展得非常快。"

　　"原来这样啊。"赵梦雨没有料到太平洋集团有那么大的规模。

　　"太平洋集团不只是一家商业公司，它的运作形式带有明显的黑社会性质。他们经常采用利诱欺骗和恐吓的方式，强取豪夺一些民营企业的资产。他们对蓝天矿业采取的也是这种手段。"张光曦说到此，环顾了一下左右，然后凑近赵梦雨，压低声音说，"据推测，我们的刘副院长也和他们有牵连，这样就能解释那件所谓的和田玉失窃案了，看来他们是串通一气精心设计好的。"

　　赵梦雨倒抽了一口冷气："那个刘院长是他们一伙的？"

　　"一伙倒未必，但一定从太平洋集团那里得了不少好处。"张光曦分析道。

　　"怎么可以这样做呢？不是太卑鄙了吗？"赵梦雨愤愤地说，"因为他的缘故，我才被逼得离开成都。"

　　"是啊，这年头，许多喝过不少墨水的知识人也挡不住金钱的诱惑，或主动，或被动地被人利用了。"张光曦不由想到了自己的遭遇。他也不能幸免啊，还好他的良知尚在，正义感尚在。

　　"那现在刘院长已经完全撤案了对吗？"赵梦雨不放心地问。

　　"这件事已经定了，这是经侦大队的人当面告诉我的。"张光曦让赵梦雨放心，然后赞赏地道："梦雨啊，你托到的那个朋友真厉害也，直接找到了副市长，而且那个副市长对我们这件事好像非常重视，直接盯着市局经侦大队过问，所以他们效率才那么高。"

赵梦雨没有搭腔。她只要一想起康亮，就自然要想到那个被迷奸的夜晚。康亮用卑鄙的手段夺走了她的贞洁，害得她不得不和心爱的人分手了。可是听张光曦这么说，她觉得自己也许不必那么怨恨康亮，毕竟这个忙，康亮是实实在在帮上了。也许在这个社会，什么事情都得作交换才能起到作用和效果，只是自己付出的代价太大了。

见赵梦雨不出声，张光曦也不清楚她在想什么。既然她对这个话题避而不谈，也就没有必要深入下去了。隔了片刻，张光曦说："梦雨，还有一件事，我不知当不当说。"

"张伯，您说吧。"赵梦雨疑惑地看看张光曦。

张光曦稍事犹豫后道："不过此事还没有最后的结论，负责太平洋集团案子的警察只是有个初步怀疑，好像太平洋集团背后的实际操作人当中，很可能也有你那个张叔叔的份。"

"你是指张家宝？"赵梦雨差点叫起来。

张光曦点点头，再次左右环顾了一遍："现在还没有结论，应该还处在秘密调查过程中。你知道，张家宝不是一般的商人，他和政府部门的关系很好，自己还是省政协委员呢。因此，你务必要保密，不要对任何人讲起。"

赵梦雨不太理解，假如张家宝是太平洋集团的人，他为什么还要和前来收购蓝天矿的那两个人讨价还价？他为什么不可以直截了当收购蓝天矿呢？

"梦雨，有句话我必须对你讲，不论以前你们的关系有多好，如今你一定要防备张家宝这个人。虽说你已经不和他联系了，但我觉得他是不会轻易放过你的。"张光曦对自己的这番话显然深思熟虑过，"所以，你回到成都来之后，各方面一定要小心，千万不能大意，毕竟现在太平洋集团的案子还在侦查阶段，尚没有破案的结论，那伙人完全可能依旧我行我素，为所欲为。"张光曦觉得自己有责任提醒赵梦雨注意安全。

"好的张伯，我明白了。"赵梦雨说。

2

自从夏盼雪回老家之后，韩戈平的心里总是空空荡荡的，像是一只本来装得满满的包裹，一下子被掏空了所有东西，只剩下一副皮囊。这种内心的空虚失落之感，直接导致他成天无精打采，比起以往来，更加沉默寡言了。

本来韩戈平在金银湖球场能够交心的人就寥寥无几，夏盼雪一走，几乎就剩下了郑小兰一个人。可是从那天郑小兰替夏盼雪将那只含义深厚的蚌壳退还给韩戈平之后，她似乎一直有意在躲避着韩戈平，对他爱理不理的非常冷淡。看得出，郑小兰肚子里有气，在为夏盼雪抱不平，可是韩戈平能做什么？轻易就理解夏盼雪那个晚上和康亮在一起的事情吗？很快就把这件事忘记当做什么也没有发生过吗？韩戈平做不到，即使他的理智有时劝他那样做，他的情感还是不允许他去做。他可以接受夏盼雪曾经有过男朋友，已经不是处女之身，但他接受不了她在和自己相认相爱后再背着自己去和康亮幽会，还过了夜。

郑小兰曾经暗示过，夏盼雪那样做或许有一定的原因。韩戈平追问过是什么原因，郑小兰就是闭口不说。不过在韩戈平的观念中，一个正经的女孩无论出于什么原因也不该出卖自己的贞操。在夏盼雪已经和康亮上过床这一点上，不管有何原因，都是无法容忍的。每次想象着夏盼雪赤身裸体和康亮相拥在一张床上肌肤相亲，韩戈平都会气喘胸闷，一团无名之火会在他脑袋里熊熊燃烧，几乎要将他的脑子烤干，让他的脑壳爆裂。他的状态几近发疯。好几次他都想狠狠地摔东西，想把自己的办公室砸个稀巴烂，也想把自己的寝室掀个底朝天，可他都忍住了。每当那股莫名的火气上来，他就赶紧走出去，走到空旷宽广的球场上去，站到那大片的绿草地上，昂起下巴抬起额头，朝着深邃的天空大口吸气再大口吐出，唯有用这样的深呼吸才能平息他内心深处复杂厚重的怨气。遇到这样的事，他能怨谁？怨了又有何用？他该怎么办？

韩戈平忽然意识到，只要一空下来，他所有的思想都被囚禁在一个狭窄阴寒的铁笼之中，左冲右突就是出不了铁杆限定的范围之外。白天在他脑子里转悠的和晚上在他潜意识里游荡的，都是那一团灰暗丑陋的阴影，如同一股妖风自始至终在思想的林子里绕来拐去，就是不肯离去。如果一直这样下去，不能摆脱那份固执的纠缠，他的精神非出问题不可。在这种情况下，韩戈平急切地渴望表哥能尽快替他办妥出国手续，让他离开这个时时刻刻触景生情的地方。

现在，唯一能够让他得到解脱和忘怀的只有打球了。韩戈平只要空闲下来，不再独自一人坐在办公室，也不早早回去寝室，那两个空间都令他陷于胡思乱想，令他郁闷窒息。他只去练习场，去球场，甩开双臂去挥杆打球。每一次用力地甩动胳膊，奋力一击，都好像在打击那团时时刻刻困扰住他的阴影。他用球杆驱赶它们，把那些杂乱丑陋的念头挥出自己的脑壳，让那儿获得暂时的空白。

这天韩戈平在练习场击了几个小时的球后，满身大汗回到寝室，天已经完全黑下来。韩戈平进门后将球包放到一角，开始脱衣洗澡。每次打完球后，洗个热水澡真是一种享受，能疏松全身的经络和肌肉，让疲劳顿时消失殆尽。

韩戈平让淋浴莲蓬头里的热水慢慢从头顶浇灌下来，沿着沾满水流的脸淌到结实的躯体上。他油然想到，假如水流也可以清洗脑子里的念头和想法该有多好啊，那就可以洗掉那许多讨厌又纠缠不清的垃圾了。他需要一个纯洁清净的脑子，那里什么令人心烦的东西都不存在，只有蓝天白云，绿草红花，还有那弥足珍贵的儿时回忆，那条河，那棵树，那个纯如水晶般透明美丽的小妹妹。

　　洗完澡，韩戈平擦干身子，穿上一条短裤，光着上半身喝了一大杯水，正准备躺倒床上去看一会儿电视，就听到有人敲门，接着有人轻声在喊："韩哥，你休息了吗？"

　　在一片寂静之中，韩戈平很容易就辨识出来，是朱玉文的声音。他很奇怪她这么晚了找自己干吗。朱玉文又轻声敲了两下门，韩戈平赶紧应了一声，叫她稍微等一下，急急忙忙穿上了汗衫和长裤，然后走过去开门。

　　外面夜色朦胧，四周暗暗的一片，室内的灯光涌到了门口。朱玉文倚着门框站在那里，手里端着一个洗脸盆，盆里放着毛巾肥皂，好像还有叠好的内衣之类，正笑盈盈地看着韩戈平。

　　"找我有事？"韩戈平问。

　　"一点小事想麻烦你。"

　　"哦，那进来吧。"韩戈平招呼道。他平日对待朱玉文的态度一直比较谨慎，好像刻意与她保持一定距离，很少和朱玉文单独相处。

　　朱玉文一步跨进门，随手把身后的门关上。她往屋里四处扫了一眼，然后道："你还没睡吧？"

　　"没呢，刚练完球回来。"韩戈平拉了一把椅子过来给朱玉文，"你坐吧。"

　　朱玉文放下手里的东西，坐到椅子里。她看着韩戈平，好像一时不知说什么合适。这两天张家宝对她说的那句话一直在她脑子里盘来盘去。张家宝说，如果她真喜欢韩戈平，就应该主动一点，这显然是一种鼓励。朱玉文觉得张家宝是看得上她的，也希望她和韩戈平走近。现在，夏盼雪，不，是赵梦雨，已经回去了，而且肯定是和韩戈平闹得不开心后才回去的，这就留出了一片空间，可以说是天赐良机，如何利用好这个机会，对朱玉文非常重要，她必须要试探韩戈平，看看自己有什么可以长驱直入的可能。她知道韩戈平这个人很刻板，不像一般的男人那样容易攻破，不过在此非常阶段，韩戈平会不会像一个人得了病后抵抗力瞬间减弱呢？

　　"说吧，什么事？"韩戈平见朱玉文坐在那里不出声，忍不住问道。

　　"哦，"朱玉文恍然大悟般应着："其实也没有什么大事，就是想问问你，夏盼雪什么时候回球场来啊？"

　　"这个嘛，我不太清楚。"韩戈平此刻真不想有人在他面前提到夏盼雪。

　　"你是球童部经理啊，她向你请假怎么会不说什么时间回来呢？"

　　"她是向小兰请假的，没对我说。"韩戈平还以为朱玉文有什么工作上的事要和他商量，见她是谈夏盼雪，就不想多讲。

　　"郑小兰只是一个组长，最多也只有批假一天的权利。她怎么可以让夏盼雪无限期地请假呢？"

　　"这个……"韩戈平一时语塞。是的，朱文玉说得没错，郑小兰是没有这个权利的。当韩戈平听郑小兰讲赵梦雨突然不辞而别，而且不知道归期后，心里的确有些不高兴。按球场规定，球童请假一天以上的，必须得到他球童部经理的批准。不过，因为是夏盼雪，又是在这个时候，韩戈平就没有追究郑小兰的越权行为。甚至想好了，一旦球场上面怪罪下来，就说是自己批准夏盼雪请假的。

"夏盼雪这次回去得那么突然，不知道是为了什么？"朱玉文依然不打算放弃这个话题，似乎故意要违拗韩戈平的心绪。但她也很知趣，就郑小兰越权一事点到为止，否则韩戈平会很难堪，也会引起他对自己的反感。

"去补身份证啊，还能为什么？"韩戈平略显不耐烦地说。

朱玉文观察着韩戈平神态，见他提到夏盼雪时表情呆板厌倦，就明白他和夏盼雪之间有了隔阂，于是抓紧机会说："这几天大家背地里都在传，夏盼雪这次突然回老家，肯定不光是为了去补身份证呢。"

"不为身份证，还能为什么？瞎扯！"韩戈平生硬地说。

"韩哥你知道夏盼雪有一次出去后整夜未归的事情吗？"朱玉文忽然话锋一转。

"什么整夜未归，你说什么啊？"韩戈平愕然一惊。

"大家都在传，你不会一点风声都不听到吧？"

"都是捕风捉影的事，别吓猜乱传啊。"韩戈平这句话一出口，等于承认也知道了这件事，刚说完他就后悔了。

"所以嘛，我猜想韩哥你应该有所耳闻的，不然怎么可能和盼雪闹得不开心呢？"朱玉文层层剥笋似地向前推进。

韩戈平想加以否认，再一想那么做肯定是徒劳的。他和夏盼雪之间是风和日丽还是风雨交加，球场里的人只要稍加关注就会一目了然，装也装不了，瞒也瞒不过的。他就没有说话，故意伸手去拿桌上的杯子，喝了两口水。

"韩哥，我听说你收到过一封匿名信？"朱玉文有计划地更进一步。

韩戈平刚喝入一口水，听到此言，顿时噗嗤一下将嘴里的那口水全部喷了出来，溅得满桌都是。他慌忙抽出几张餐巾纸去擦那些水迹，尽量克制住心里的慌乱说："你，你这是听谁瞎说的？"

"这难道是瞎说吗？"朱玉文步步逼紧。

韩戈平的脑子开始飞快旋转，匿名纸条的事，他只告诉过郑小兰一个人，朱玉文怎么会知道的呢？难道还有其他人也知道这件事？对啊，不是还有那个把纸条塞进他门缝里的人吗？那个人是谁？不会就是朱玉文吧？还是其他人做了这事后再暗地里把风吹出去了？这么想着，他不由问："朱玉文，你究竟是听谁说的？"

"还能有谁？你最信任的妹妹郑小兰呗。"朱玉文有点幸灾乐祸地道："这总不会是瞎说了吧？"

韩戈平哑然，心里不由恨起郑小兰来。这样的事情也能往外说？还算是夏盼雪的闺蜜呢，这么做不是拆夏盼雪的台坏她的名气吗？不管夏盼雪做过什么，韩戈平都不希望她在金银湖的名声被毁坏掉。他生气地问："郑小兰怎么会对你说这些的？"

"你先别误会啊，"朱玉文说明在先："这件事不是我想打听的，是小兰主动告诉我的啊。"

"她主动告诉你？不可能！"韩戈平不信。他认为，郑小兰不可能无缘无故把这么一个秘密泄露给她平时不喜欢的朱玉文。

"她怀疑是我写了那封匿名信，是来对我兴师问罪的。"朱玉文狡黠地笑笑。

"真是没脑子。"韩戈平自言自语地数落郑小兰。

"好啦韩哥，你也不要怪小兰，其实她也没有告诉我什么，所以呢，我只从她那里知道有匿名信的事，但并不知道信上写的内容。说实话，我也不想知道，因为这与我无关。所以你放心，这件事就到我这里为止了，我朱玉文绝不会再外传给任何人知道的。"朱玉文表示得非常诚恳。

韩戈平看着朱玉文信誓旦旦的样子，感觉她某些方面确实要比郑小兰来得成熟，既然她当面这样做了保证，就应该信任她才是，就说："这种事，越传越走样。"

"明白啦韩哥，你就放心吧。"朱玉文嫣然一笑又道："韩哥你猜猜为什么小兰不怀疑别人，偏偏怀疑我写了匿名信呢？"

"谁知道她啊！"韩戈平不悦地说。

"她知道我这么久以来一直喜欢你呗，"朱玉文兜了一大圈，慢慢将话题引入她所要的轨道上来。"所以她觉得我看到你和盼雪走近了，我就会妒忌，会想方设法离间你们，破坏你们的关系。"

韩戈平没说话。他想，既然朱玉文这么说出口来，当然就不会那样做，郑小兰是看错她了，女孩子之间，就是会有这种小肚鸡肠的事情。

"我从来就不否认喜欢韩哥你，"朱玉文觉得应该突击一下了，"这么久以来我也从不掩饰这一点，我想金银湖的球童都知道我真心喜欢谁。喜欢谁不是错嘛，韩哥你说对吧？"

韩戈平不语，他认为朱玉文讲得并不错。

"可我朱玉文也不至于为了自己喜欢韩哥你，而去做破坏别人感情和关系的卑鄙事情吧？道理我还是懂的，真爱一个人的话，就应该希望他过得幸福才对啊。所以你和盼雪好，我是一直暗暗为你们祝福的……"

"不提夏盼雪了好吗？"韩戈平打断朱玉文。不知道为什么，他心里突然乱糟糟的。

"噢……"朱玉文冷不防被打断，有些不知所措。她瞧了瞧韩戈平，也不知道他脑子里在想什么，就改言道："看我，光顾说话，到现在还没洗澡呢，刚才上面浴室里人太多了，我就没进去，要不我就在韩哥你这里借用一下浴室，洗个澡，可以吗？"

"哦，可以啊，可以啊。"韩戈平没多思考，心不在焉地答应着。

"那谢谢你了。"朱玉文边说边弯下身子取搁在地上的脸盆,然后站起来朝浴室走过去。

"那,你在这洗吧,我出去走一走。"

"这个不必,外面都一片漆黑了,你上哪去啊。反正你浴室的门可以关上的,你就看你的电视吧,我进去洗,很快的。"朱玉文回头说。

"里面洗发露护发素和沐浴露都有的,你尽管用好了。"韩戈平说。等朱玉文走进浴室,关好门,他想了一想,站起身来,从桌子上拿过钥匙装入裤袋内,冲着浴室里的朱玉文叫道:"我还是出去一会儿,过半小时回来。你洗完之后出去时,把门带上就行。"说完,他拉开门走出去,随手关上了门。

球场的夜十分安静,韩戈平独自往前走去。路灯光照不到的地方,是黑黢黢的一大片。韩戈平第一次黑夜中在球场内行走,一种古怪的孤独浓浓地罩住了他。对于最近发生的一切,他需要好好冷静思考一下,接下去自己该怎么做。可是他脑袋瓜里杂乱无章,就像一汪被搅浑了的水,看不清里面究竟有什么。韩戈平踩着小步,在球场里慢慢转了一大圈,许多杂七杂八的念头像一群讨厌的蚊子在他脑子里乱飞乱舞,嗡嗡嘤嘤横冲直撞,搅得他脑袋发胀。他无意中看一眼手机屏上显示的时间,出门到现在,已经过去了将近半个小时。他估计,此时朱玉文应该已经洗完澡离开了,就迈开步子往回走去。

宿舍楼许多房间的灯都熄灭了,楼上还有零零星星几个窗口透着光亮,底楼好像只有他一家还亮着灯。他走到门口,掏出钥匙打开门。令他大为意外的是:朱玉文还没走,正穿着一条睡裙坐在他的床上看电视。

"你还没回去啊,洗完了吗?"韩戈平注意到朱玉文已经换了一身衣服。一定是她刚才过来时带着的。

"你回来啦,叫你不用出去嘛。"也许是刚刚用热水淋过了,朱玉文的脸上堆满红晕。

韩戈平是头一次见到朱玉文穿着睡裙的样子。这是一件淡黄色的无袖全棉绣花睡裙,腰部略微收紧,宽大的裙摆刚抵到膝盖以上部位。韩戈平没有料到朱玉文显露出来的那部分肢体皮肤那么白,配着淡黄色显得格外细腻协调。

朱玉文见韩戈平瞧着自己出神,就笑眯眯道:"韩哥,你觉得这条睡裙好看吗?穿着合适不合适?"她边说边站起身,走到灯光下转了一圈。

其实认识那么久以来,韩戈平从未认真打量过朱玉文,更没见过朱玉文暴露出这么多的肌肤。他知道朱玉文是金银湖球童中公认的美女,直到夏盼雪出现之前,她的漂亮是无人可及的,只是韩戈平从没有对她产生过兴趣,也就没有特别关注过她。然而此刻,当韩戈平的眼光滑过朱玉文线条柔和的颈脖和胸部时,内心里不由抖动了一下。他这时才发现,朱玉文的乳房是如此丰满,在睡裙里高高耸起着,将前胸部的布料顶得紧绷绷的。这个念头一闪而过时，他不由脸上掠过一阵热晕，赶忙将目光从朱玉文身上移开，走上几步坐到床沿上，一面假装看着电视，一面掩饰自己的窘态说："还真的很合适。"

"韩哥你看，最近我好像略微胖了一些，她们说我这样更加性感了。"朱玉文丝毫没有要马上离开回自己房间的意思。她开玩笑似地说："韩哥我问你，你说我和盼雪谁更漂亮？"一边问，一边站在那里摆了一个舞蹈的造型，笑眯眯盯住韩戈平。

"都漂亮，都漂亮。"韩戈平不由自主迅速溜了朱玉文一眼。说实在，刚刚洗完澡的朱玉文面色红润，浑身飘散出沐浴露的香味，真的让人很动心。

"那么，如果没有夏盼雪，韩哥你会喜欢上我吗？"朱玉文笑得更甜，像一阵轻风般飘到韩戈平身旁，挨着他坐下问。

韩戈平的脸腮刷地红了。他并不是那种对女孩的挑逗很有经验的男人，也从来没有和一个穿着那么暴露的女孩靠得那么近。从朱玉文肌肤上散发出来的阵阵香味如同迷香一样令他晕晕乎乎，他结结巴巴地道："好啦玉文，时间很晚了，你快上去睡觉吧。"

朱玉文不仅不走，而且挨得他更紧了："为什么要赶我走，韩哥，你那么不喜欢我吗？"

"不，不是这个意思……"韩戈平慢慢躲避向他挤过来的朱玉文，最后移到了床的尽头，无路可逃了。他慌乱解释着。

"那你抱抱我好吗？就抱我一回，你知道我是多么喜欢你啊！"朱玉文动了真情，毫不遮掩地表白了。

韩戈平看到了朱玉文眼睛里那股热烈又略带哀怨的光亮，那不是装出来的，是真实可见的。他知道朱玉文一直喜欢自己，此时此刻，当她那么渴望地提出希望自己抱一抱她时，难道他能狠心拒绝吗？韩戈平心软了，他也已经退无可退。当朱玉文柔软的身体挤进他的胸怀时，他下意识地展开了双臂，将朱玉文揽入臂弯之中。

朱玉文趁势温柔地靠在了韩戈平的身上，脸贴到了韩戈平的面孔，嘴里喷出的呼吸，温热地吹到了韩戈平的耳际。此时他偶尔一撇，看到了放在不远处的脸盆里有一条深红色的三角短裤。他记起来之前好像并没有见朱玉文有带来替换的内裤，难道此刻她光着屁股没穿内裤吗？这个古怪的念头刚一浮现，他的身体就马上有了反应，毕竟韩戈平是一个健康正常的小伙子啊！此刻，某种本能开始暗流涌动，悄然而至。

朱玉文敏感地捕捉到了韩戈平的变化。她知道火候已经到了，开始温情脉脉亲韩戈平的脸，接着毫不犹豫地将手慢慢移向了韩戈平身体最敏感的区域。她欲火中烧地呢喃道："韩哥，你要了我吧，你要了我吧。"

韩戈平如同跌进了一个深深的漩涡里，被那股打转的急流席卷着带向深渊。那是他从未到过的陌生地方，既渴望去向那里，又竭力挣扎着。他意识到自己的本能在驱动他不要抵抗，任它去吧，总会有开始的，他这么对自己劝告，可是他内心残存的一点冷静又警告他快点逃离，否则将无可挽回。这时，他的一只手被朱玉文抓住了，那只手被朱玉文的手牵引着，来到一片光滑的肌肤上，那是她丰腴的大腿，然后随着缓慢的移动，他触觉到了杂草般的毛绒，紧接着，他体察到某种湿漉漉的温意，仿佛草丛中躲着的一片水塘。与此同时，一个轻微悠远的声音如同呻吟般飘入他的耳膜：我想要你，我想要你……。韩戈平马上就要崩溃了，他的心膨胀欲裂。可就在这一刹那，夏盼雪的身影从天而降般突然出现在他眼前。他哆嗦了一下，像从噩梦中猛然惊醒，迅速地抽回自己的手，一下坐直了身子，轻轻推开朱玉文说："不行，我不能，我不能。"

"为什么？为什么？朱玉文的声音虽然不是很响，但情绪中已经充满了歇斯底里的绝望。她已经进入了临界状态，这就像一个饥饿的人硬生生被人从嘴里挖走了刚才还在咀嚼正打算吞咽下去的食物一般，她怎么能甘心？她不顾一切地再次扑向韩戈平，将他撞倒在床上，急切地伸手去解韩戈平的腰带。这个时候，她已经不带任何阴谋色彩，纯粹作为一个精力充沛的女人在放任自己，她真的想要，很想很想。

"别这样！不行！"韩戈平轻声吼道。这次他是支起身子，用力推开了朱玉文。朱玉文终于被这冷漠的一推震醒了，呆若木鸡般坐在那里喘着粗气，脸色由红转白。不知隔了多久，她终于平静下来，嘲讽地看着韩戈平问："你是生理上有障碍，还是心理上有缺陷？你怎么可以这样对待一个女孩？"

韩戈平感到了震撼，他不知道如何辩解，他知道自己这样做伤害了朱玉文的自尊，他内心深感抱歉，于是他说："对不起，我不想那样做。"

"为什么？你是为了什么？难道你是为了夏盼雪吗？为了那个已经离开你的夏盼雪？"朱玉文压低嗓子喊叫。

"我不知道。"韩戈平老实地坦白。

"你以为那个夏盼雪真的喜欢你吗？"朱玉文充满刻薄地说道："如果她真心喜欢你，她会对你隐瞒真实身份到现在吗？"

"什么？你说什么？"韩戈平听出了朱玉文言后有音，本能地追问："你说她隐瞒真实身份是什么意思？"

"她不叫夏盼雪，她的真名叫赵梦雨！"朱玉文彻底豁出去了。

"胡说！"韩戈平莫名其妙发起火来。

"我干吗要胡说？告诉你吧，她那张夏盼雪的身份证是假的，她回老家也不是补办身份证去的，因为她根本办不出，因为她就是那个大学生冠军赵梦雨！"朱玉文说完，倏地从床上站起来，从地上端起那只脸盆就往门口走。她气呼呼地拉开门闪了出去，也没将门带上，直奔自己的寝室，将韩戈平一个人呆呆地留在了原地。

韩戈平不知道，此时的门外，有一个人正躲在宿舍楼前面的一棵榉树后面，远远看着朱玉文离开韩戈平的房间。当然，朱玉文对此也一无所知。

<h1 style="text-align:center">3</h1>

郑小兰是无意间看到朱玉文进了韩戈平的寝室的。

昨晚她也在练习场打球，和韩戈平只隔了几个位子。她见到了韩戈平全神贯注地在那里挥杆，最近他好像比以前更热衷于打球了，一打就是很长时间，似乎要把精力都发泄在球杆上。因为韩戈平那么粗糙地处理他和夏盼雪的关系，令郑小兰觉得他是个情很薄的男人，怎么可以和一个自己喜欢了那么多年的女孩说掰就掰，而且丝毫不犹豫呢？所谓的真挚爱情，难道就那么脆弱不堪，像一块脆皮薄饼那样，一不小心落在地上就四分五裂再难拼凑了？韩戈平难道那么心胸狭窄吗？还是所有男人都一样，只是因为自己所爱的人犯了一次错，就可以轻而易举地将爱情一刀斩断，毫不留恋？

郑小兰就是因为心里有气，所以最近始终对韩戈平爱理不理。除了工作上必要的交谈，她几乎不和韩戈平多说一句。她看得出，韩戈平有好几次都显出一副想和她如以前那般畅聊一会儿的表情，可郑小兰视而不见，假装糊涂，总是在一讲完事情之后就匆匆告别，不留余地，弄得韩戈平很扫兴。昨晚在练习场碰到韩戈平时，他本来是想邀请郑小兰和他一起打球的，不过郑小兰还是赌气拒绝了。韩戈平很无奈，只得悻悻地离开她。事后郑小兰心里略感后悔，不管怎么样，韩戈平对她还是不错的，她那种不理不睬的态度，是不是有点过头，应该适可而止了呢？

郑小兰比韩戈平先离开练习场，挥了一个多小时球杆，她觉得累了。临走时她还关注了韩戈平一眼，见他依然全神贯注在打球，丝毫没有要回去的意思。就打消了等他一起回去的念头，虽说她心里对韩戈平有气，但潜意识里，她还是摆脱不料对他的关注。有一些时候，她也会同情韩戈平，觉得他蛮可怜的，好不容易才动真情喜欢上一个女孩，偏偏如今成了白璧有瑕。再说吧，有许多事情他都蒙在鼓里。直到今天，他都不知道自己情深意长等待寻盼了那么久如今又伤了他心的小妹妹，其实不叫夏盼雪，而就是那个全国大学生冠军赵梦雨。这么想着，郑小兰在回宿舍的路上就做了个决定，从明天开始改变一下态度，不要再对韩戈平那么冷淡了，毕竟他现在心里也不好受嘛。

要在平日，郑小兰通常打完球回到寝室后，去洗一个热水澡，然后上床拨弄一会儿手机，阵阵倦意就会袭来。运动毕竟会让人感觉疲累，是一种效果良好的催眠药，郑小兰往往很快就会入眠，而且睡得很深。可是昨晚不知什么原因，她玩了很久手机之后，依然一点睡意都没有。郑小兰一时兴起，想到外面的夜色中去走上一圈，回来再睡。她便一个人出了门，走下楼梯。完全是出于本能，郑小兰下到一楼后就习惯性地朝着韩戈平的寝室那儿望了一眼，这无意间的一眼，令她瞬时收住了正往前迈出的脚步，条件反射般往后退了一步，让自己停留在路灯照不到的暗影里。她看到一个人站在韩戈平寝室门口，手里拿着东西。不一会儿，门打开了，室内灯光投射到那个人脸上和身上，郑小兰看清楚了，是朱玉文。还没有容她猜测，朱玉文已经闪身进了韩戈平的房间，而且把门随手关上了。

郑小兰像自己在做贼一样紧张，心在胸壁后通通通一阵乱跳。这么晚了，朱玉文去韩戈平那里干吗呢？她手里拿着的是什么东西？她有什么事去找韩戈平？她马上就会走出来吗？一连串的问号在郑小兰头脑里打转。按郑小兰认识韩戈平这几年所知道的常情，女球童们通常都不会去他的寝室里，假如有事，都会去办公室找他，无论对女孩子们而言还是对韩戈平而言，大家都觉得去他的寝室不太合适，男女有别嘛，对这点大家都有某种默契，心照不宣。如果有什么重要的事情非要进他寝室里去的话，女孩子们都会很谨慎地拉上一个人做伴，有三个人在场，就生不出什么流言蜚语，而且大家都会挑白天的时候，不会在晚上进去。偶尔也会有一个女孩因急事要找韩戈平说，那么女孩子们通常会去敲敲他的窗子，把他叫到外面来说话，或者干脆隔着窗玻璃简单讲几句话便结束。即便郑小兰和韩戈平的关系那么密切，她也从来没有在晚上独自一人进过韩戈平的房间。此刻朱玉文竟然在这么晚的时间，偷偷摸摸一个人进了韩戈平的房间还关上了门，她想要干什么？

郑小兰心里别别跳着，脑子里一派胡思乱想。她很想轻手轻脚摸到韩戈平的窗外去，躲在那儿偷听里面的动静。再一想，那太危险了，万一她站在那里，朱玉文又正好开门出来看见了她，那会多么傻啊！还有，万一她走到窗前，韩戈平的窗帘并未拉上，她被里面的人发现了，岂不可笑？郑小兰左右为难，不知道自己怎么做才好，此时她既不甘心就这么离开，又不敢凑向前去看个究竟，不由自主就钉在原地发起呆来。

忽然，韩戈平寝室的门打开了，走出一个人来，郑小兰以为肯定是朱玉文，结果一看，出来的人竟是韩戈平。只见他带上门后，独自一个人离开了宿舍，往球场大门口方向走了出去。这下郑小兰糊涂了，朱玉文不出来，他倒出来了，还走了出去，这是演的什么戏啊？也许是出于一探究竟的好奇，郑小兰决定找个地方躲起来看看到底怎么回事。郑小兰见韩戈平走远，就快步移到距离宿舍楼四五米处的一棵大榉树后面，这个位置观察韩戈平寝室的门窗特别清楚。

虽说今年上海的九月中旬依旧较热，但晚上的气温已经和夏天时分完全不同了，衣着单薄的话，在晚风的吹拂下会渐渐感觉到凉意。郑小兰站在树干后面时间一久，身上就有些发冷。她又不敢大幅度伸展肢体，只好轻轻地弯曲臂膀和膝盖，稍微活活血。郑小兰的视线一刻都没有离开韩戈平的门窗。她一直没见到朱玉文出来，这么长时间她一个人在里面干什么啊？太奇怪了！又过了一会儿，郑小兰看到韩戈平回来了。

他走到寝室门口取出钥匙开了门，进去后又把门关上。既然朱玉文一直没有离开，那么现在房间里就是他们两个人在一起，难道朱玉文要在韩戈平那里过夜？难道韩戈平刚才出去是为了买那个……？郑小兰一闪过那个念头，脸上顿时浮起一起热潮，她的心小鼓般急速敲动，她不敢再任由自己信马由缰胡思乱想了。她盯着韩戈平寝室的窗户，那里遮着深色的帘子，只从边缘泄露出断断续续细长的灯光，里面究竟是何种情况？郑小兰什么也看不清，只能猜测和想象。郑小兰有些气馁，感到一阵虚弱和无能为力。她想放弃，两只脚却像钉住了一样不肯移动。她的内心里有个声音说，再等等，看看朱玉文什么时候出来，或者，看他们什么时候关灯。郑小兰认为，如果朱玉文睡在那里了，那么灯是一定要关掉的。

又隔了一阵，郑小兰似乎隐隐约约听到韩戈平的房间里传来轻微的、断断续续的声响，像是说话的声音。这声音忽隐忽现，时高时轻，含含糊糊，郑小兰即便伸长了耳朵也根本听不清。她甚至怀疑这不是真的，或许仅仅是自己的幻觉。郑小兰屏息静气站在原地，搞不清自己想要得到什么结果。不知不觉中，有一股愤怒夹杂着妒忌的情绪慢慢在她内心里滋生出来，像虫子一样吞噬她的耐心。她很想一跃而起，冲过去用力敲击韩戈平寝室的门，责问他们两个鬼鬼祟祟在搞什么。就在那股冲动跃跃欲试时，她看到那扇门又一次打开了，这回走出来的是朱玉文，她手里拿着之前进去时的东西。现在，借着灯光，郑小兰远远地看清了，那好像是一只洗脸盆。

乍一见到朱玉文终于走了出来，郑小兰竟然像是脱离了险境一样长长地吐了口气。既然她离开了，那就不存在她会在韩戈平寝室里留宿的事情了，那么刚才他们两个在里面应该也不会干什么出格的事吧？也许，朱玉文只是有话和他说，他们只是坐在里面讲了一阵话聊了一会儿天而已。这么想着，郑小兰一直紧绷的心头就宽松下来，或许是我自己过于敏感了，瞎猜太多了吧？可就在目送朱玉文走进她自己寝室门去的一刹那间，郑小兰感觉不对头，之前看到朱玉文走进韩戈平寝室时，好像并不是穿的睡裙啊？对，她在里面换过衣服了，这点毫无疑问。郑小兰刚刚松下来的心情一下又抽得紧紧。

郑小兰昨夜里躺在床上左思右想，决定今天要找韩戈平兴师问罪。虽然他有权利放弃夏盼雪，有权利选择朱玉文，但他也不可以如此翻云覆雨。夏盼雪才走了几天啊？怎么可以如此亵渎在郑小兰看来是那么诗意浓郁的爱情，将感情变成一种毫不值钱的垃圾呢？在自己心目中一直那么高高在上，甚至有点神圣的美男子韩戈平，怎么可以去选择一个水性杨花的朱玉文呢？难道是为了报复吗？还是他原来也根本抵抗不了朱玉文狐狸精般的进攻？

韩戈平突然接到郑小兰的电话很是意外。郑小兰问他在不在办公室里，她有话要和他说。韩戈平昨晚从朱玉文嘴里听到夏盼雪其实就是赵梦雨这个难以置信的惊人消息后，就一度打算要找郑小兰，问她是否知道这个事情，但又怕郑小兰依旧板着脸对他不理不睬，会弄得他进退两难。现在倒好，郑小兰主动找他来了。他赶紧回答说正在办公室而且正好空着。

郑小兰没有敲门就气势汹汹地推门进来了，脸色比往日更加阴沉铁板。这让韩戈平非常意外，不知道自己在何处又得罪了她。他还没有来得及请郑小兰坐下，她已经急不可耐地开了口："韩经理，你做人怎么可以这样啊？"

"我怎么啦？"韩戈平不明白郑小兰在说什么事，被一下子弄糊涂了。

"我问你，昨晚朱玉文是不是去了你房间？"郑小兰也不绕圈子，直截了当就奔入主题。

"这……"韩戈平脸色唰地变了，一阵燥红喷涌而出。他尴尬地盯着郑小兰，一时张口结舌。

"你老实说，昨天晚上朱玉文去你的寝室待了那么长时间，你们做了什么？你这样对得起夏盼雪吗？万一她回金银湖来了呢？"郑小兰急促地、严厉地责问着，突然眼眶里盈满泪光。她觉得肚子塞满了委屈和怨愤，不知是为夏盼雪，还是为自己。

韩戈平继续窘迫着。他很奇怪郑小兰是如何知道的。难道她昨晚看到朱玉文进他的寝室里了？难道她昨晚躲在外面听到里面的动静了？这可真叫隔墙有耳啊！还好自己昨天最终控制住了冲动，才没有酿成更严重的结果。他在关键时刻刹住了车，让本来就要演变成一次男女欢爱的剧情半途而废果断终止了。因此，说到底他和朱玉文之间什么事情都没有发生，他还是清白的。此刻，出于自卫本能，他必须为自己分辩，不能让郑小兰深陷在主观猜测和盲目误会之中，于是他让自己渐渐冷静下来道："小兰，昨晚朱玉文确实到我房间里来了，但不是你想的那样。"

"不是我想的那样？那是什么样？"郑小兰紧盯不放。

"她只是来和我说点事……"韩戈平思考着该如何解释。

"只是说了点事？"郑小兰的口气里充满了不信任，"说点事要说那么久？"

"还有，还有她借我的浴室用了用，在我那里洗了个澡。"韩戈平觉得还是说出这件事来为好，既然郑小兰知道朱玉文在他房间里待了很久，那说不定她早已注意到朱玉文进去和出来时穿的不是同一件衣服，与其再引起一次误会，不如讲出实情更妥。

"她在你房间里洗澡？！"郑小兰忍不住尖叫起来，这点她完全没有想到。明明宿舍有女生专用的公共浴室，朱玉文却特意跑到韩戈平房间里去洗澡，这太离谱了吧！

"你别误会，她只是借用一下浴室。而且，她进去洗澡时，我就出去了，等她洗完我再回房间的。"韩戈平见郑小兰一脸暴怒的样子，不由像一个被人误会后穷追不舍的窃贼一般慌不择路地匆忙加以说明。

郑小兰听此一说倒是愣了。显然韩戈平这话是可信的，能够解释昨晚为什么他在中途开门出来，一个人往球场深处而去，大约过了半个小时才转回去的古怪行为。那段时间朱玉文正在里面洗澡，韩戈平避开了。这让郑小兰心里顿时宽松了下来，原来的纠结也渐渐解开了。既然在朱玉文赤身裸体洗澡时韩戈平故意出门回避了，那他就没有理由再和朱玉文之间发生肌肤相亲的事了，男人应该是这样的吧？那么，韩戈平应该还是那个稳重矜持的韩经理吧？不过，无论如何。他怎么可以答应让朱玉文用他的浴室呢？这么想着，她就朝着韩戈平问出了口。

"她也是说着说着话临时提出来的，你说我怎么好意思拒绝呢？"韩戈平一脸无辜地解释："我想，她也是头一回开口，不就是用一下浴室吗？也不是什么大不了的事情，所以……"

"那我以后也要借用！"郑小兰像小孩赌气一般喊道。

"可以，可以啊。"韩戈平毫不犹豫地答应道："你想借用，随时随地都可以啊，只要你说就行。"

"我才不要呢，谁要啊！"郑小兰现在心里的疙瘩彻底解开了，脸上早已阴转多云，还差点泄露出一丝笑意来，不过她嘴上还是要不满地嘀咕几句；"一个女孩到你房间里洗澡换衣服，你就不怕被人议论？还好是被我撞见，换了别人，谁知道这两天金银湖又会有什么小道新闻传得漫天飞扬呢。你韩经理的一世英名恐怕也得毁了。"

"我当时没想那么多的。"韩戈平坦白道。他觉得郑小兰讲的不无道理，金银湖女孩子多，喜欢捕风捉影，也喜好传些风言风语，如果那么晚的时间被人看到朱玉文在他房间里洗澡，肯定会满城风雨的，人言可畏啊。于是他说："你提醒得对，我今后还是注意点好。"

两个人竟一时无话了。一个坐着，另一个站着，默默相对了一会儿，韩戈平才开口问："小兰你找我就为这件事？"

"唔，就为这事。"郑小兰感到该讲的都讲完了，可以离开了，就道："那你忙吧，我先走了。"

"等等，"见郑小兰转身要走，韩戈平当机立断叫住了她："小兰，我正好有一件非常非常重要的事情想问问你。"

4

韩戈平几乎彻夜未眠。他一直在等着身在温哥华的表哥张家宝打来电话，他要表哥给她一个赵梦雨在成都老家的地址。无论如何，他必须去寻找到赵梦雨！

韩戈平终于从郑小兰嘴里证实了这件对他而言惊天动地的大事：夏盼雪确实就是那个大学生冠军赵梦雨。昨天，当韩戈平突然提出这个问题时，郑小兰的脸色刹那间白成一张纸，她张口结舌，一定很想否认，但最后她不出一声地沉默着，不否认，即便不开口，就意味着默认，这是真的了！

"你为什么一直不告诉我？"韩戈平说不清是冒火还是失望，冲着郑小兰大吼："这么大的事情，你竟然一直瞒着我，还口口声声说把我当哥哥呢！"

在这件事情上，郑小兰自知理亏，只好对韩戈平解释："是梦雨不让我说，此事对她事关重大，我不能违背承诺。"

"事关重大？"韩戈平不明白，"她为什么要那样做？为什么要冒充一个实际不存在的夏盼雪？"

"我可以坐下吗？"郑小兰现在和韩戈平互换了位置，一开始她进韩戈平办公室是因为朱玉文夜入韩戈平的房间来讨伐他的，此刻则是韩戈平为了郑小兰隐瞒夏盼雪就是赵梦雨的事责问她。

韩戈平这才发现郑小兰自从进门后一直站着，歉意地指指椅子让她坐下，然后自己站起来，像往常一样去给郑小兰倒了杯水。郑小兰坐好，喝了两口水，然后开始慢慢说起来。郑小兰从去年全国大学生比赛决赛日那天赵梦雨打完球突然离场，连奖杯都没有领取的事情讲起，把赵梦雨告诉过她的全家不幸遭遇，以及赵梦雨被迫更改姓名流落他乡，在虹桥火车站巧遇朱玉文来到金银湖的那段经历一一复述给韩戈平听。讲着讲着，郑小兰眼睛里不知不觉已经含满了泪水，只要轻轻一眨眼，那些泪水就会淌下来。她最后说："你想想，梦雨的遭遇有多么惨？真不知道她需要有多大的毅力和勇气才能一天天熬过来，她真的太苦了。"

韩戈平听着郑小兰的那一席话，早已惊愕得失魂落魄了，天下怎会发生如此残酷悲哀的事情啊！那个像女神一样风姿飒爽站在高尔夫球场里潇洒挥杆，赢得全场热烈掌声和喝彩的赵梦雨，竟然遭遇那种天崩地裂的噩运，同时失去了两个这世界上最亲的亲人，自己还遭到恶人的诬陷和坏人的追迫，不得不隐名埋姓移步他乡，最后乔装打扮来到金银湖当一名任人使唤的小球童，这简直太不可想象了！此刻回想起来，难怪当初第一眼见到夏盼雪时，就有似曾相识的感觉啊！韩戈平还清楚地记得自己当初刹那间的震撼：这个女孩竟然长得和赵梦雨如此之像，太不可思议了！原来，根本就是一个人啊。

"小兰，你是怎么知道夏盼雪就是赵梦雨的？"韩戈平突发奇想地问。

"我自己看出来的。"郑小兰说，"不单单是因为盼雪长得太像赵梦雨，主要是她放开打球时的姿势。她挥杆时的那些小动作，和赵梦雨几乎毫无区别。你知道，比赛期间，我做过赵梦雨的球童，那时我非常崇拜赵梦雨，就特别留意她打球的姿势。"

"小兰你真聪明。"韩戈平心想，对呀，每一个出色的球员都有他们习惯性的动作姿势，自己怎么就没想到这方面去呢？要不然或许早就怀疑夏盼雪就是赵梦雨了呀，真是够愚笨迟钝的。他又盘根究底问道："是你提出疑问后，她承认了？"

郑小兰点点头："是的，她丝毫都没犹豫就把真相告诉我了，她对我很信任。她对我只有一个要求，让我替她保守这个秘密，所以……"

"我知道，所以你对谁都不能说，这是应该的，我理解。刚才我错怪你了。"韩戈平温和地表示对之前说过的话表示歉意。

"那么，你又是怎么会知道这件事的呢？"郑小兰反过来问韩戈平。

"是昨天晚上朱玉文对我说的，我不敢相信，所以叫你过来问问，想证实一下。"韩戈平不想隐瞒什么，老老实实地答道。

"朱玉文也知道了？"郑小兰闻言大吃一惊。

韩戈平点点头："应该吧，听她的口气，好像挺有把握的。"

"太奇怪了，"郑小兰嘀咕道："她怎么会知道的呢？按理说，她要是知道了夏盼雪就是赵梦雨，大家早就会传开去了。"

"是呀，朱玉文怎么会知道的呢？现在看来，好像她也没有对别人说起过这件事，这确实令人费解。"韩戈平同意郑小兰的分析，奇怪的是，朱玉文说出这件事的时候，完全不像是在信口胡说，一副有根有据的样子。

"好在现在这件事也不重要了，夏盼雪已经走了，也许不会再回来了。"郑小兰叹息了一声。

"小兰，既然今天你已经把夏盼雪的秘密全告诉我了，那你干脆把我想知道的所有事情都和盘托出吧，不然的话，我心里总是感觉不踏实，很多真相我都蒙在鼓里。"韩戈平试探着要求道。

"好吧，你想知道什么？我都告诉你。"郑小兰觉得事到如今，确实也没有必要再对韩戈平隐瞒什么了。很多事情，似乎都会有时效性，某个时刻需要守口如瓶的，过了一阵就毫无意义了。

"那天晚上究竟发生了什么事？"韩戈平提到那天晚上时，内心总会隐隐作痛。

郑小兰当然立刻就明白了韩戈平指的是哪天晚上，明白韩戈平心里一直有个解不开的结，这个结缠扎在他心头，他无法挣脱。郑小兰想了一下说："其实你太不了解盼雪，不，是赵梦雨，你太不了解赵梦雨是怎样一个女孩子了，你竟然会怀疑她为了金钱去出卖自己。"

韩戈平缄默不语。他已经意识到自己肯定错怪了夏盼雪。赵梦雨可不是什么山村里出来的穷孩子，表哥去年托他为赵梦雨介绍球场情况时曾说过，赵梦雨的父亲是表哥的好朋友，生意上的搭档，那赵梦雨一定是个富家女孩喽！她怎么可能去做那种不齿之事呢？韩戈平曾经一时冲动所做出的推测是极其荒唐可笑的。此刻被郑小兰一奚落，他不由脸颊发烫，像个做错了事的小孩般垂下头，老老实实地等着挨批。

接下去郑小兰就把那天晚上所发生的事情原原本本讲述了一遍，末了后悔地叹道："哎，都怪我那天没有阻拦她过去和康亮碰头，不然就不会发生那样的事了。"

"他那是强奸！"韩戈平听着郑小兰的叙述，面孔早就转了色。不知道是因为怒火中烧还是受了意想不到的打击，他浑身竟然微微颤抖起来。他感到浑身所有的血都开始往上涌，直冲他的脑袋，在那里集聚成团，然后沸腾咆哮着，似乎立刻就会爆炸。他忽地一下拍案而起说："不行，我得找那个畜生去，我饶不了他！"

"别，你等等。"郑小兰吃惊之余，立马意识到了韩戈平想干什么，赶紧阻止他道："你千万别冲动。"

"这事不能就这么不明不白的过去，我一定得去找他讨个说法……"韩戈平脸色惨白，嘴唇哆嗦，目露阴森，如果此刻康亮出现在面前，或许他会立即冲上去将他撕碎。

"你给我坐下！"郑小兰大喊一声，把刚想拔脚离开的韩戈平震住了，"你怎么不想想，这样的事康亮会承认吗？何况这事已经过了那么久，你找他有用吗？"

"我要去报案，控告他强奸了赵梦雨。"韩戈平义愤填膺。

"你凭什么去报案？当事人都没报案，你去有什么用？康亮是怎么个人你难道还不清楚？那晚是盼雪自己去赴约的，是她自己喝醉的，是她自己……"

"可是康亮灌醉了她，在她意识不清时占有了她，这不是强奸是什么？"韩戈平怒气冲冲地打断郑小兰。

"可康亮不是这么说的，他说是盼雪喝醉了酒主动要求的，是为了报答他的恩惠。"郑小兰无可奈何地道："这些就是盼雪忍气吞声的原因，康亮确实帮过她很大的忙。"

"难道就这样不声不响放过那个畜生吗？"韩戈平太不甘心了。

"还能怎么样？"郑小兰此时显得格外理智冷静。她说："如果现在把这事闹大，不仅扳不倒康亮，而且会让盼雪的名誉大大受损，会让那个全国冠军赵梦雨的名誉大大受损。只要康亮一口咬定当时她是自愿的，大家会怎么想？你不是怀疑过夏盼雪是为了贪图金钱吗？金银湖的女孩难道不也是这么认为的？"

韩戈平一屁股跌坐在椅子中。郑小兰的话句句在理，像这样的事情，首先得要当事人出面报案才行，而且报案还有时效。如今过了那么久，他一个与事件毫不相关的人，凭什么去告康亮？能告得赢吗？倒是完全可能在无意间将此事弄得满城风雨，到时金银湖会人人皆知，确实会像郑小兰所言，毁坏了夏盼雪的名誉。毕竟现在，知道这件事的寥寥无几啊。这么想着，韩戈平刚才的满腔怒火像被浇了一大盆水似地熄灭了，只有余烟一片还在那里漂浮。

"你现在需要做的，并不是找康亮报仇，而是弥补你自己对赵梦雨雪上加霜的伤害。你在她流血的伤口上残酷地撒盐，你应该吗？"郑小兰醍醐灌顶地谴责道。

"是的，我要去向她赔礼道歉。"韩戈平有些失神落魄地自言自语，而后猛地抬脸对郑小兰说："小兰，你把她的地址告诉我吧，我要去找她。"

"我没有她的地址。"郑小兰摇头。

"不会的，你是她最好的闺蜜，她连那些重要的秘密都对你坦然相告了，怎么会对你隐瞒她老家的地址呢？不可能的。"韩戈平不信。

"我真不知道。她临走时说过，到时机成熟她会联系我的，我当时也没想问她留个地址，这是真的，我可以对天发誓。"郑小兰极其认真地对视着韩戈平满含央求的眼睛。韩戈平不得不相信郑小兰没有骗他。到了这个时候，那么多的事情都讲开了，郑小兰也没有必要隐瞒什么，她不是也希望韩戈平要修补自己的过错吗？

晚上回到寝室后，韩戈平的情绪非常低落。他独自一人闷闷不乐了很久，然后从箱子里取出了那只郑小兰交给他的已经合二为一的蚌壳，茫然地坐在灯光下，对手里的蚌壳凝视良久，许许多多的往事在这一刻都逐一浮现上来，就像一部影片在他脑际里缓缓放映，一幕幕如此清晰。很多栩栩如生的画面一帧一帧移动着，触手可及。就那样静静地孤独地坐着，韩戈平忍不住有种想哭的感觉，阵阵的酸痛像泉眼一样频频涌上心头。现在，他已经确认了夏盼雪就是赵梦雨，也清楚了那个梦魇般缠绕他很久、始终不能丢弃的夜晚究竟发生了什么事情。他惊讶地发现，自己那么多年来始终在内心里思念着的，喜欢着的，现在又深陷爱情之渊难以脱离的那三个女孩，小妹妹，赵梦雨，夏盼雪，其实就是同一个人，这真可以说是一段奇缘，是他命中注定，或许他这一辈子都要和这个女孩牵连在一起。现在他已经知道了，这个叫赵梦雨的女孩遭遇到了那么多的不幸，一个人孤苦伶仃地经受各种磨难。那么，作为一个曾经希望替她遮风避雨的大哥哥，作为先暗恋过赵梦雨，之后又深爱上一个长得太像赵梦雨的女孩夏盼雪的男人，自己应该为那个深深扎在内心的女孩做点什么。他应该去找到她，向她致以歉意，请求她的宽恕，他要陪伴她，帮助她，想方设法带她脱离苦海。可是，怎么才能找到她呢？

当韩戈平烦恼地躺到床上冥思苦想好一阵后，脑子里突然灵光一闪，对呀，为什么不去问问表哥呢？既然夏盼雪就是赵梦雨，那赵梦雨不是表哥介绍给自己的吗？既然表哥和赵梦雨的父亲曾经是生意伙伴，那表哥当然知道赵梦雨的家在哪里！韩戈平一跃而起，想立刻就拨通表哥的电话，又一转念，表哥张家宝是个大忙人，不喜欢别人突然打扰，再加上表哥说过，上海和加拿大有时差，韩戈平也不知道此时此刻表哥那里是几点，不如先发条信息给他，等表哥有空时，让他打电话过来吧。于是他就用手机发了一条短信：哥，有空请打个电话给我，我有非常非常重要的事情要告诉你。

凌晨六点左右，韩戈平刚迷迷糊糊入眠不久，放在枕边的一阵电话铃声将他吵醒。他睡眼惺忪拿过电话，看到显示的是表哥的号码，顿时就清醒了。

"戈平，你有什么重要事情找我啊？"张家宝一如既往十分亲切。

"哦，哥啊，你收到信息啦？"韩戈平说了句废话。

"当然收到了，你说吧，什么事？"

"我找到赵梦雨了。"韩戈平的声音有些兴奋。

"是吗？在哪里啊？"张家宝倒是十分镇定，没有显出丝毫惊讶。

"哥你知道吗，赵梦雨就是我们球场里那个叫夏盼雪的球童，就是上次我给你看过照片的那个女孩。"韩戈平解释着。

"哦，怪不得她们长得那么像。"张家宝的口气显然有点不以为然。

"哥你不是一直在找她吗？"韩戈平没有料到表哥听到这个消息的态度那么平淡，不由感到困惑不解，还以为表哥听到了赵梦雨的消息会特别兴奋呢。

"是啊，我是在找她，现在你不是找到她了吗？"

"可是，她前些天离开球场回老家去了，所以，所以我想问问你，赵梦雨住在成都的什么地方啊？哥，你和她爸爸熟悉，你应该知道吧？"

"怎么，你想去成都找她？"张家宝问。

"是的哥，她这一走，多半不会再来球场了，所以我想去找她。对了哥，你听说她家里发生的那些事情了吧？她好可怜的。"韩戈平不由提起从郑小兰处听到的事来，他想表哥认识赵梦雨父亲，应该有所耳闻的。他甚至奇怪为什么表哥从不提到这事。

"是的，我早就知道了，就因为她家里发生了那么大的事后她突然失踪了，我才要找到她嘛。"张家宝说话的语气令人琢磨不透。

"原来这样啊。"韩戈平若有所悟道："那你把她家的地址发给我吧，我过几天请假去成都一趟，去找找赵梦雨，我一定会想尽办法找到她的，一旦找到她，我立刻就告诉你。"

"那很好，如果你能确认小雨现在回了成都，那你一定要好好找一找，想办法把她找出来。"张家宝似乎忽然提起了精神，兴奋起来："戈平啊，这样吧，你到了成都以后，立刻去我公司一趟，我让他们安排一辆车给你用，这样你在成都来来去去会方便些，找人也不是那么容易的嘛。"

"那太好了哥，我到时去问谁呢？"

"哎呀，公司办公室谁不认识你呀？你只管去取车就是了，我会先给他们下命令的。"张家宝笑呵呵道。

挂断电话前，韩戈平催促表哥尽快把赵梦雨家的地址发给他。果然，十分钟后，地址发到了他的手机上。韩戈平决定今天就去找陈伟请假，他已经等不及了，他要尽快找到赵梦雨，越快越好。

5

一眨眼，赵梦雨回到成都已经两个多星期了。一开始的几天，她非常谨慎，每次出门走在街路上都会东张西望，看看是否有人在暗里跟踪她。那一次被人盯梢又抢走手机的经历至今还记忆犹新，提醒她一点都疏忽不得。赵梦雨回来后这段时间只到自己家去了一次，还是小姨陪她一起去的，她也没有什么重要的事，无非想取些替换的衣服和日常用品之类，于是就拎一个空包包过去，装满了带到小姨家。平日无事，赵梦雨一般不轻易出门，就在小姨家里看看书看看电视。她不知道这种日子还要熬多久。她希望等到太平洋集团的事水落石出，到那一天，那些坏人应该就不敢那样无法无天了，那么，她也就有了真正意义上的行动自由。

这天下午，赵梦雨去了趟商场，她的那副苹果手机上标配的耳机坏了，她去苹果专柜重新购了一副。一路上回去，她就将耳机插在双耳内听音乐。赵梦雨的业余爱好除了看书就是听音乐，而且她不像大多数年轻人那样喜欢追偶像听流行歌曲，她偏好于纯乐曲，最喜欢室内乐和轻音乐。她微信的收藏栏里已经收集了上百首优美动听的乐曲，其中世界三大著名轻音乐队詹姆斯拉斯特、曼陀凡尼和保尔莫利亚占了不小比例。还有安德烈里奥的作品，她几乎听到一首收藏一首。只要空下来，她就会一遍一遍反复听这些乐曲，真可谓是百听不厌。在那么多好听的曲子里，赵梦雨最喜欢杰奎琳杜普雷的大提琴曲，这位才华横溢的英国大提琴家是赵梦雨的偶像，她演奏的曲子让赵梦雨听得如痴如呆。自从父母遇害以后，她更加钟情于杜普雷拉的那首《殇》了，那哀婉悠绵的旋律每次都可以令赵梦雨听出眼泪，让她进入独自的回忆并发出由衷的叹息。她觉得杜普雷要表达的就是她当下的心情和思绪，她的心灵能和那首优美伤感的曲子完全水乳交融在一起。

赵梦雨就这么插着耳机听着音乐，从商场一路慢慢往小姨家走回去。天很阴，阳光被厚厚的云层遮挡在高空之上，比起大晴天，室外的能见度明显降低，一切都笼罩在灰蒙的状态下，含糊不清。这样的阴天，总有一种令人闷闷不乐的感觉。心情本来就欢快不起来，就不用说再配上杜普雷的曲子了。听完那首《殇》，赵梦雨把耳机拔了下来，想让自己振作一下。她挺胸抬头，稍微加快了脚步的频率。从商场到小姨家大概有五站路，平常应该是要坐公交车的，可今天赵梦雨就想走一走，反正也没有什么事情等着她去做。街路上行人并不很多，大家都在匆匆赶路。因为是工作日，路边一家家商店里顾客寥寥无几，店员们看上去都很悠闲自在，不是靠在柜台上互相聊着天，就是面朝店门欣赏街上路过的各色行人。

赵梦雨在一个三岔路口拐了弯，转上一条通往小姨家小区的安静马路。这条路除了上下班高峰时段，平常都很安静。路的两旁几乎没有店家，都是一个个住宅小区的围墙。沿着围墙种有郁郁葱葱的街树，时不时有风吹过来，摇晃着街树稠密的叶子，悉悉索索地一阵乱响。马路上偶尔会有车辆驶过，携来一阵格外清晰刺耳的噪音，等车辆驶远，四周又回归宁静。有一个老年妇女推着一辆童车迎面而来，童车里坐着个可爱的胖嘟嘟的小男孩。在即将擦肩而过时，小男孩瞪着两只圆溜溜的大眼睛朝着赵梦雨好奇地张望，赵梦雨便朝小男孩招了招手，说了句真可爱。老年妇女就和蔼地对赵梦雨笑笑。

又走了一段路，已经看以看见小姨家小区的大门了，就在这时，赵梦雨发现小区的大门口附近停着一辆很眼熟的车子。在这一瞬间，她的记忆里跳出了那辆她再熟悉不过的黑色奥迪 Q7 来。没错，一定就是那辆车！赵梦雨本能地刹住脚步，闪到一棵街树后面。她让自己定了定神。她需要判断一下究竟是自己神经过敏还是的确没有搞错。可惜从她站立的位子到那辆车的距离稍微偏远了一些，她又不敢贸然靠近去确认。如果真是那辆奥迪 Q7，那么显然是冲她而来的。那伙人怎么会知道她已经回了成都，又怎么找到小姨家来的呢？现在该怎么办？赵梦雨躲在树后想了想，掏出手机来拨通了小姨家里的电话。小姨一听是赵梦雨，忙问她什么时候回家。

"小姨，你现在马上到小区门口替我做件事。"赵梦雨说。

"让我去小区门口？干吗呀？"小姨丈二和尚摸不着头脑。

"小姨，你别多问，赶紧去一趟小区门口。"赵梦雨不容置辩地要求道。

"好吧好吧，我立刻就去，"小姨答应着："你让我做什么啊？"

"小姨，你要装得像平常闲逛一样。你到小区门外，会看到一辆黑色的 SUV 车子停在那里。你要装得若无其事地走过去看一下，那辆车是不是奥迪 Q7，你知道奥迪吗？对，就是有四个圆圈连在一起的。型号标识在车后面的左下方可以找到，你一定要看清楚了。还有，看一下它的车牌是不是川 A 打头的，后四位是 1111。"

"你要看那辆车干吗呀？"小姨表示不理解。

"小姨，你就先别问了。这事很重要，你快去吧，看准了马上告诉我。记着，要装得像闲逛的人一样，千万别紧张。"赵梦雨也不解释，催促小姨快去。

赵梦雨挂了手机，就聚精会神盯着小区大门口。那里偶尔会有三三两两的居民进出，赵梦雨并没有看到有什么可疑的人站在那里。大约隔了五分钟左右，她远远看到了小姨的身影。小姨从小区里面走到大门口时放慢了步子，做出一副好像在等人的样子，在门口晃来晃去，然后很自然地靠近了那辆车子，在它边上站了一会儿，再踱回到大门口，又东张西望晃了几分钟，便转身回进了小区内。很快，赵梦雨的手机就响了起来。

"小姨怎么样？"赵梦雨急切又紧张地问。

"和你说的一样，确实是奥迪 Q7，是川 A 牌照，后四位数是 1111。"小姨说。

赵梦雨的心猛地往下一沉，果然是那伙人在找她。看来，小姨的家里暂时是无法待下去了。该怎么办呢？她得先和小姨打个招呼才行，于是她说："小姨，我可能今天不能回来了。"

"为什么？怎么回事？"小姨很紧张。

"那辆车里的人是在找我，所以我无法回来了，我不能被他们发现。"赵梦雨尽量用平常的口吻对小姨说，以免她过于紧张。

"小雨，你不是说警察已经不会再找你麻烦了吗？"小姨还是焦急万分。

"小姨，他们不是警察，是坏人，很可能和害死我父母的那伙人有关。"赵梦雨解释道。

"那怎么办啊？"小姨的声音已经发颤，带上了哭腔。

"你先别急小姨。"赵梦雨安慰道："我这几天可能得先在外面躲一躲，就不回来了。我去找一家旅馆先住上几天，到时候我告诉你在什么地方，你替我理一点衣服再放些日用品送过来。"

再次挂断电话后，赵梦雨返身往刚才过来的路上走了回去。她加快脚步，生怕被坐在奥迪车里的人远远地发现。谁知道啊，说不定他们手里拿着望远镜呢？赵梦雨尽可能贴着街树走，这样比较容易遮挡住视线。终于她回到了三岔路口，一个闪身转到了热闹的街上。现在，她不用担心他们再看到自己了，不由稍稍放宽了心。接下去，赵梦雨漫无目的地在街上逛着，脑子里想着自己该去哪里。这时她正好经过一家甜品店，就走了进去，坐下来点了一份芒果西米露。一个人走了那么久，再加上一阵紧张，嘴巴里干渴如烧，她得喝点东西，歇歇脚。赵梦雨慢慢吃着加冰片的甜品，一边思考着自己该暂时住在哪个旅馆比较安全，要离开小姨家远一点还是近一点。她不知道那伙人会在小姨家附近守候她多久时间，会不会像那些动作电影里所放的，几个坏蛋躲在车子里，白天黑夜都派人盯着小区门口进进出出的人。这时赵梦雨想到了张光曦，觉得应该把这事告诉他，听听他的意见该怎么办。于是她就拨通了张光曦的电话，把刚才所发生的一切说了一遍，末了她问："张伯伯，您说我现在该怎么办？"

"梦雨啊，没想到他们这么快就找上你。"张光曦的口气很凝重，"看来对这伙人绝不能掉以轻心，他们真是无处不在，无孔不入啊！他们怎么会知道你已经回成都了呢？"

"是啊，我也想不通。我回来，除了家里人，就只告诉了您一个人。"

"这就奇怪了。"张光曦道。

"是啊，难道是上海那边有人联系过他们，告诉他们我回来了？"赵梦雨瞎猜着。

"不能排除这种可能，可他们怎么会知道你住哪里呢？"

"我回自己家去过一次，难道被盯梢了？"赵梦雨突然想到这点。

"完全可能的。我了解这批人，比你我想象的要厉害得多，所以你务必要非常非常小心才是。"张光曦停了停又说："梦雨啊，太平洋集团的案子侦查已经接近尾声了，等到一破案，他们就不能再胡作非为了，所以这个阶段你必须要好好保护自己，千万大意不得，绝对不能让他们找到你，明白吗？我们可不能倒在黎明之前啊！"

"张伯伯，我明白的，所以我已经决定不住回小姨家了，我会在外面找个旅馆住一阵。"赵梦雨说。

"哎，真是苦了你了，"张光曦叹息道，"你好不容易回来了，却依然有家不能回，那帮家伙太可恶了。"

"没关系的张伯伯，"赵梦雨好像已经不那么害怕东躲西藏了，"我相信总有出头之日的。"

"这是肯定的，我相信这个时候已经为期不远了，不过我总是不太放心你一个人住在旅馆里，你想，住旅馆都是要住宿登记的，你无论住哪家都会留下足迹。万一那伙人有办法搞到住宿信息，你早晚会被找到的。"张光曦私下估计，太平洋集团那伙人手眼通天，各种关系网都能打通，不排除他们会通过公安内部的人查找旅馆的入住记录。"

"那我该怎么办？"赵梦雨被张光曦这么一说，心里倒是不踏实了，"难道我再离开成都一阵吗？"

"你让我想想，有没有比较安全妥当的地方可以让你暂时躲一阵的。"张光曦说，"要不你先找个旅馆先住下，我一找到合适的地方就通知你搬过去。"

"那太麻烦您了张伯伯。"赵梦雨非常感激张光曦的关心爱护。

等打完电话，赵梦雨一个人坐在店里继续吃甜品的时候，忽然之间有一个新奇的念头飘进她的脑子，对啊，我为什么不去那个地方躲上一阵呢？那伙人再厉害，也不太可能找到那儿去的呀！赵梦雨顿时有了山重水复疑无路，柳暗花明又一村的豁然开朗之感。

赵梦雨在一家锦江之星酒店里住了一个晚上。第二天一早，她就搭上了去往成都郊外的一辆长途汽车。一路上，赵梦雨倚窗凝思，感慨万千。人生真的很奇怪，在相隔了久远的十几年之后，她竟然为了躲避坏人的追踪，独自一人重返旧地。那个距成都两百多公里之外的美丽乡村，曾在赵梦雨内心深处留下过太美好的童年记忆。此刻她正往童年回忆而去。难道除了躲避，还想去寻找过去岁月的痕迹？那些田埂还在吗？那片草地还在吗？那条河流和那棵大柳树还在吗？

6

韩戈平是几天之前来到成都的。

本来还可以提早些，可是正值月底，他手上的事情一大堆，又无人可以代做，只好往后延了几天。他向陈伟请了半个月假，称是家里有急事必须回去处理。陈伟未加思考就答应了，说你只要将手上的事情安排好就行。其实平日里球场也没有什么重要的事情，需要韩戈平天天盯着。球童这一摊事，组长都已经可以独当一面，都很有经验了，一般不会有什么偏差。万一有什么突发的纠纷之类，她们如果处理不了，直接找陈伟出面就行。

韩戈平差不多每年回成都一次，看看自己的家人。他的家在四环以外，离市中心很远，属于比较偏的城郊结合部了。当年他考取了大学后不久，表哥张家宝就把他一家人从蒲江的乡下接了过来。那时表哥属下的房地产公司正好在四环一带开发了一个住宅楼盘，楼盘竣工之后，成立了一个物业管理公司负责这个小区的管理，张家宝就想到了让韩戈平的父母都到这家物业管理公司来工作，算是帮他们家的忙，让他们不用在乡下一辈子靠种地为生。韩戈平的父亲人很聪明，年轻时学过不少手艺，木工活泥水匠活水电工活都能上得了手，虽然谈不上十分专业，但应付一般家庭的修修补补还是绰绰有余的。他这样的多面手，物业管理公司正好能派上用场。韩戈平的母亲则可以做做门卫保洁一类比较轻松的活。这样两口子每月就能稳稳当当拿到几千元的工资，比在农村种地不知强了多少倍。还有很重要的一点，是韩戈平的妹妹可以从农村来到成都读书了。虽说是地处郊区，可无论如何，上学的环境和教育质量都会大大优于农村，这对她今后的发展至关重要。为了让这一家人安居乐业，张家宝还特意给了他们一套住房，名义上是借给他们住的，实际上根本不需要交房租，也没有租期限制，只要他们愿意，就可以一直住下去。说到底，整个小区都是张家宝独家开发建造的，留一套空房出来还不轻而易举？因此，对韩戈平一家而言，张家宝就是他们的大救星大恩人。韩戈平父母对这个飞黄腾达的大外甥始终感恩戴德，言听计从的。

韩戈平的父母对儿子突然从上海回来当然是喜出望外，一家人像过节般热闹了一阵子。韩戈平并没有向家里吐露这次回来的真正目的，只是用含糊的一句到成都出差来回应父亲的询问。父母也没有兴趣对此深究，反正儿子回来本身就是一个惊喜，让他们兴高采烈。母亲照例会一阵忙乎，买菜洗菜炒菜乐呵呵干个不停。父亲肯定要比平常多喝几杯酒。已经长成花季少女的妹妹，则娇羞地依偎在哥哥身旁问这问那。她一直向往能跟着哥哥去上海看看，韩戈平答应过几次，却一直没有兑现，撒娇的妹妹免不了要指责哥哥骗人，不守信用。哥哥则笑着解释，并再一次给出不知何时才能实现的承诺。

韩戈平回到成都后的第二天上午，就去了表哥的公司。这座35层高的5A级商务楼靠近骡马市一带，是非常热闹的地段。韩戈平每次进入恢宏气派的宝顺大厦时，都会由衷钦佩表哥张家宝的非同凡响。他甚至不敢相信这么一幢漂亮的大楼是属于表哥公司的，而公司又是属于表哥的。只有当他来到宝顺集团时，当有人带他乘坐专用电梯直达表哥的豪华办公室时，他才确认这是真的。

韩戈平过来之前已经和表哥的秘书小陆约了时间，因此小陆很准时地在30层的接待大厅等着他的到来。小陆本来想带韩戈平上35层他的办公室坐一会儿，但韩戈平一想，表哥又不在，自己不过是来取车子的，也没有其它事情要谈，就婉拒了。小陆显然已经得到过老板的指令，知道韩戈平的来意，也就不客气，直接领着韩戈平去了大厦 B1 层的集团小车队办公室。长得五大三粗的小车队长事先接到过集团办公室的通知，正在等着韩戈平的到来，一见是老板的秘书亲自带韩戈平过来，不由一个劲点头哈腰，表现出的谦恭和他的外形极不相称。韩戈平以前听表哥说过，他管理的公司里，员工等级分明，上下有序，看来是不假了。小陆问车队长车子准备好了没有，车队长马上表示已经准备妥当，接着就从桌子上取过一把车钥匙来，带着韩戈平去看车子。三个人下到 B2 层的 A 区，那里停着好几辆颜色各异的豪车，有奔驰，有路虎，有保时捷，有宝马，车队长带韩戈平走到一辆白色的宝马 X6 跟前说，就是这辆。

韩戈平一看，车子很新，说他其实不用这么好的车，借一辆一般的车给他就行了。始终跟在一旁的小陆就贴上来说，老板吩咐过，要给你辆好一点的车子，你就随便用吧，这辆车还是新的，性能也好。车队长这时赶紧按了一下遥控钥匙，嘟的一声已经将车门锁打开了，然后就把钥匙恭恭敬敬递给韩戈平。

"那就谢谢了。"韩戈平知道小陆对表哥是唯命是从的，不能为难他。接过钥匙后就打开车门坐了进去。

韩戈平刚发动车子想走，车队长却叫住了他，随即伸手给了韩戈平一张硬卡道："这是加油卡，里面有三千元，你随便用好了。"

小陆见状，立刻称赞车队长说："还是老顾想得周到，我倒是忘了这事。"

车队长不由受宠若惊地憨笑起来说："应该的，应该的。陆秘书过奖了。"

韩戈平离开宝顺大厦后直奔赵梦雨的家。他已经查过百度地图，从表哥公司到玉林小区一带并不很近，市中心行车不比环线高速公路，同样距离范围，所花的时间相对多出不少。他打开了车上的导航仪，将赵梦雨家地址输了进去，然后在导航指引下不快不慢地前行。大约半小时后，他到了赵梦雨家所在的小区，按照地址找到了那栋公寓楼，在楼门口按响对讲门铃。铃声在响，却无人应答。他反复按了几次，结果都是一样。韩戈平有些无奈，取出手机来想打着试试，其实他回来后已经拨过两三次赵梦雨的电话，回答总是"您拨打的电话已关机"，这次得到的是同样的结果。韩戈平想，是不是我来得不是时候，干脆到下午再来试试。

这天韩戈平一共去了赵梦雨家三次，下午一次，傍晚一次，晚上一次。这期间他就漫无目的在外面打发时间，一会儿把车子停到公园门口，到公园里逛上一圈；一会儿又把车子停到商厦的停车场，找地方吃东西喝咖啡。晚上又扑空后，他只得灰溜溜地驾车回自己家了。

接下去连着三天，韩戈平都执着地上午很早就出门，晚上很迟才回家，期间一次一次往赵梦雨家走。然而一切如旧，毫无变化，门铃每次都无望地响着，却永远等不来回音，拨打手机时，就像鹦鹉学舌般重复着那句一模一样的答复。这不由令韩戈平心灰意冷。他搞不明白，既然赵梦雨回到了成都，怎么会不住在家里呢？就在他困惑不解时，这天一早他接到了表哥的电话，问他寻找赵梦雨的进展如何。

"哥，我已经连续到她家去了四天了，她家里根本没人，她好像没有住在那里。"韩戈平向表哥汇报。

"既然如此，你就不该再浪费时间了。"张家宝说："梦雨好像有一个阿姨就住在她家附近，你可以到那里去看看。"

"哦，真的吗？"韩戈平似乎在黑暗中看到了一线曙光，"那你知道她阿姨住哪里吗？"

"我一会儿就把地址发给你。你可以直接上她阿姨家问问情况。记着，你一定要说自己是梦雨上海工作单位的同事，正好也回成都来，有重要事情找梦雨，知道吗？"张家宝交代道。

"好的，我明白了。"韩戈平觉得表哥总是比自己想得周到。除了打高尔夫和大学毕业，其它任何方面，自己都比表哥差得太远了。

韩戈平原本想拿到赵梦雨阿姨家的地址随即就赶过去的，又一想，万一他们一家白天都出去上班了呢？不如晚上过去把握更大，吃过晚饭后，家里总会有人吧。即便赵梦雨不在，多少也能问出点情况。韩戈平好不容易熬过了整个白天，一吃完晚饭，他就驾车出去了。

韩戈平到达赵梦雨小姨家所在小区时，大概是晚上七点半左右。通常而言，这个时间上门拜访是比较合适的。人们下了班之后回到家弄晚饭吃，差不多这时候，晚餐应该都结束了，大家多半会围着餐桌聊一会儿天，或者干脆收拾干净了坐到客厅去看电视节目。这个时间离睡觉还早，人们往往精神饱满也比较好客。

韩戈平在小区里找了个空位停好车子，按表哥发给他的地址寻到了赵梦雨阿姨家所住的那栋楼。他本来是想按照房间号揿一下对讲门铃的，恰巧楼里有个住户出来，打开了底楼大门，韩戈平便趁机走了进去。他乘电梯到了六楼，找到605室门口。防盗门边上的墙上有个门铃开关，韩戈平镇定一下自己，举手按铃。

里面的门很快打开了，一个中年女人隔着防盗门迟疑地望着门外的陌生人，警惕地问："你找谁？"

"噢，阿姨您好，我找赵梦雨，她在家吗？"韩戈平礼貌又恭敬地回答着。

"你是谁？"中年女人依旧没有松懈防范心理，并未打算打开防盗门。

"我姓韩，我叫韩戈平，麻烦你告诉赵梦雨一下，我是她在上海工作单位的同事。我是她的经理。"韩戈平面带笑容地解释。

"哦……"赵梦雨的小姨似乎听赵梦雨无意中提到过这个名字，再看看这个小伙子长得那么英俊帅气，神色坦然大方，一点不像是坏人，就稍稍放下心来。她再次仔细打量了韩戈平一下说："你来得不巧，小雨不在。"

"是吗。"韩戈平有点失望，"哪她什么时候回来呢？"

"这个不好说，她最近几天都没回这里。"小姨说着，突然"咦"了一声问："你是小雨上海的同事，怎么会来这里找她啊？"

"哦，是这样的阿姨，我家也在成都，住在四环那儿，我这次有点事请假回来，因为知道赵梦雨这阵子也在成都，就想和她联系，不料我打了她几天电话都没有打通，所以就冒昧直接上门来找她了，打扰您了，真不好意思。"

"是这样啊。"小姨对这个彬彬有礼的年轻人产生了好感，拉开防盗门对韩戈平说："那要不你进来坐一会儿，喝杯茶吧。"

"哦，不用了。"韩戈平忙着摇手，"如果赵梦雨回来，阿姨您对她说一声吧，就说球场的韩经理来找过她，让她给我打个电话。"

"哎，我现在还不知道她什么时候回来呢。"小姨叹了口气。

"她去哪里了？她没住在您这儿吗？"韩戈平看出了小姨有些心事重重。

"她刚从上海回来几天是住在我这里的，可前几天忽然搬出去了。"小姨已经不再防备眼前这个陌生青年了。

"那她搬去哪里了您知道吗？"

"问题就是我也不知道啊！"小姨一点不像要故意隐瞒的样子，"她先在旅馆住了两天，然后就不知去了哪里。这几天我打她电话也打不通，真是担心死我了。"

"阿姨您不用担心，赵梦雨不会有事的，她能力很强的，可能是这几天有事要忙，所以没和您联系。"韩戈平安慰起小姨来。

"嗯，我们也是这么想的。她离开时说过，等安顿好了会联系我的，所以我只好耐心等她来电话了。"小姨似乎心里宽松了些。

"她如果来电话，麻烦阿姨别忘了告诉她我来过。"韩戈平重复道。

"好的，我会记住。今天真不巧，让你白跑一趟。等她一联系我，我就告诉她你来找过她。"小姨觉得这个年轻人和蔼可亲，很不错。

告别了赵梦雨的小姨，韩戈平沮丧地驱车回家。掐指一算，回到成都将近一周了，他想做的事情毫无头绪，回来的目的就是找赵梦雨，可几天找下来竟然踪影全无，她应该落脚的两处地方都不在，她会去了哪里呢？韩戈平很奇怪，赵梦雨既然千里迢迢回到老家，却又不住在家里，连最亲近的阿姨都不知她去了哪里，这件事非常奇怪啊！她不会出什么事吧？又想想，她在成都长大的，应该对这里的一切都非常熟悉，能出什么事呢。会不会是离开久了，有好多同学啦，朋友啦要碰头呢？不过那也不必把手机关掉啊！韩戈平记起赵梦雨在金银湖球场时有关机的习惯来，不由暗暗摇头。现在，人找不见，手机打不通，他接下去该怎么办？他该到哪儿去找她呢？总不能每天驾着车在成都的马路上瞎碰乱撞盲目乱兜吧？想要碰巧遇到，那概率简直可比从飞机上掉下一颗黄豆正巧落到自己头上一样小，几乎等于痴心妄想。如果没有任何线索，在成都这一个热闹的城市里要找一个人，还不是大海捞针？这一系列思考之后的结论令韩戈平无比气馁。他已经失去了信心，慢慢萌发了放弃的念头。除非赵梦雨的小姨哪天来电话相告，他做什么样的努力都将是白搭而且荒唐的。

这天夜里，韩戈平睡着之后做了一个奇怪的梦。梦里，那个还是小女孩的赵梦雨躲在一棵大树后面，露出一点点小脸来朝着韩戈平呼唤：大哥哥，你来找我呀！你快来找我呀！韩戈平循着声音望去，看到了一颗硕大的柳树，树旁是一条清澈的河流，河床上绿草如茵，开满了各色野花。韩戈平朝那里奔了过去，到了树旁的时候，他猛一伸手想抓住躲在树干后面的小妹妹，却抓了个空。他转到树干那边去看，哪有什么小妹妹，根本一个人影都看不见。他泄气地躺倒在草地上，无意间一抬眼，却瞧见柳树叉上挂着一样东西，那是一只在阳光照射下五彩缤纷、闪亮夺目的大蚌壳，用一条红绳系着，在春风的吹拂下慢慢左右摇摆着。他正盯着蚌壳出神，忽然，那根红绳断了，蚌壳朝着韩戈平的脸猛地砸落下来，韩戈平一声惊呼，从梦里醒来。

第二天，韩戈平像是得到了某种神秘的启示，突发奇想，决定驾车去童年时代居住过的地方看一看。他想知道十几年前只是少年的他，和当时还是小女孩的赵梦雨，两人一起玩耍过的地方时隔那么久发生了什么变化。那条河还在吗？那棵柳树还在吗？他的潜意识里有个声音在悄悄询问，会不会在那个地方奇迹般地遇到赵梦雨呢？

7

赵梦雨来到山里的这个乡村小镇已经好几天了。

虽说离开了十几年，这个地方的变化似乎并不很大。原来的小巷里，有人盖起了新的楼房，沿街也增加了好几片店铺，但整个小镇的格局依然如故，还是那么安静，那么简洁，那么亲切。赵梦雨初来乍到时，着实让小镇上惊讶了一回。这个乡村小镇上从未见到过从城里过来的美女，赵梦雨走到哪里都有好奇的目光追随。后来，当赵梦雨在小时候常去的店家里自报家门后，父母亲那一辈的老乡们不由惊呼起来：你就是当年那个小雨啊！长得那么高了，那么漂亮了，简直像个仙女嘛！

凡是曾经和赵梦雨家有过交往的街坊邻居都闻风而动，倾巢而出，大家一起涌到小镇上唯一的小茶馆来，争先恐后看看当年小镇上长得最漂亮、脑子最聪明灵活的小雨姑娘变成什么样了。赵梦雨和所有相互记得起来的人握手寒暄，大家情不自禁嘻嘻哈哈大谈赵梦雨小时候发生过的趣事。后来，大家自然问起赵梦雨现在家住哪里？怎么会突然回到这里来？赵梦雨用早已想好的说辞告诉大家，在大城市里住腻了，趁着有空，突然想回到留着童年记忆的地方住上一阵，呼吸呼吸新鲜空气，顺便找找童年朋友。小镇上的人天生朴实简单，大家都相信了。

这个小镇和其它所有穷乡僻壤的村镇一样，绝大部分和赵梦雨同龄的年轻人都外出务工去了。和赵梦雨小时候一起玩过、此刻也挤在看热闹的人群里的只有一男一女两个人，男孩叫强子，女孩叫小梅。十几年前，当大家还是孩童时，他们几乎天天闹在一块，你追我，我赶你，现在都已经长大成人，完全认不出了。时隔十几年不见，再次相遇时，一开始不免会有疏远感，但只要一提旧事，大家立马回到了过去。赵梦雨记得强子以前是个羞涩的小男孩，平日里话不多，看到小梦雨总是躲躲闪闪的。小梅则是小梦雨的跟屁虫，几乎每日不离左右。令赵梦雨惊讶的是，留在小镇上的这两个童年伙伴，如今竟然成了一对新婚夫妻，去年春节刚结的婚，小梅现在正怀着身孕呢。原来，他们两个人几年前一起在深圳打工时，偶尔在大街上相遇，真是老乡见老乡，两眼泪汪汪。之后就来往密切，半年之后就住到了一起。此事被双方的父母知道后，就一直催促他们早点结婚。尤其是小梅父母，生怕夜长梦多，闺女既然已经被人睡了，不如生米煮成熟饭为好，不要到时强子变了心，落个人财两空，毕竟强子和小梅同岁，男孩子的资本更加充足。

从经济条件来讲，强子的家境要比小梅家好很多。强子的父母很早就外出务工，赚回来不少钱，本来家底也好，因此就在镇上开了一家小超市，算是镇上的富裕户。这次为了让儿子结婚，强子家翻新旧屋，造起了一栋三层楼房，算得上是全镇最引人注目的住宅了。在一大片的平房和两层小楼之中矗立着，从远处看来，绝对鹤立鸡群。小梅也算嫁了个好人家，心满意足。此时，当听说赵梦雨要在镇上找个地方小住一阵时，小梅和强子快速互对了一眼，抢着拉赵梦雨住到他们家里去，理由很简单，他们家是新造的，最干净，他们又是童年伙伴，最熟悉。

对赵梦雨而言，这应该是最好的选择。不过她想好了，即便认识，也不能白吃白住，所以一踏进那栋房门和窗户上依旧贴着喜字的小楼时，她就表示她愿意住在这里，也希望和他们一家吃在一起，不过她会付每天一百元的住宿费。强子和小梅当即反对，死活不肯。赵梦雨就以搬到别处去相逼，最后达成的协议是到时候再说。强子和小梅十分客气，坚持把他们的结婚新房腾出来让赵梦雨住。赵梦雨推脱再三，还是拧不过他们夫妻的盛情好意，只得同意。就这样，赵梦雨很顺利地在老家小镇上落下脚来。

十月中旬，秋高气爽，对赵梦雨而言，这是她最喜欢的季节。天空总是湛蓝湛蓝的，高深莫测。空气清新，金桂飘香，呼吸进去都能感觉到一股淡淡的甜味。走在野外，被略带凉意又不觉得冷的清风吹着，让人精神抖擞，充满活力。刚从夏季的慵懒中脱身出来，爽朗的秋意裹满了全身，人好像走入了一个全然不同的天地。赵梦雨现在每天很早就起床，伴着小树林里的鸟鸣清醒。吃过早饭，她就会坐在楼前的空地上看看书，听听音乐，或者在镇上随意转一圈。到了午后，有时她会走出小镇，到四周农田里散散步，或者到稍远处的小山上看看风景。

当然，赵梦雨最想去的地方，就是那条留存着她太多回忆的小河，以及河边的那棵大柳树。她到小镇的第二天下午就独自找到了那里。让她既惊讶又欣慰的是，这个地方几乎一层未变，河流的水依旧那么清澈见底，河边草地还是那样茵茵如毯，草丛里还能见到星星点点的美丽野花。唯一变化的，是那棵柳树杆更粗壮了，柳枝更长更密了。重返故地，感慨万千，赵梦雨在那里坐了整整一个下午，直到太阳西下，黄昏降临。

此刻，赵梦雨头披明媚阳光，身裹稀薄微风，再一次朝那里走去。出小镇，折上公路走大约十分钟，沿着公路旁叉出去的一条乡间泥路走到一座小山丘前，绕过小山丘，就可以看见那条河流，沿着河流走几分钟，就是那片长满野花的草地，那棵大柳树就在草丛间拔地而起，静静地探视着流动的河面。每次到了这里，赵梦雨就有一种既亲切又失落的惆怅之感，亲切是因为童年难忘，失落是由于时过境迁。面对这片景色，她难免会想到金银湖球场第十二洞，会想到韩戈平，会记起小时候和大哥哥在一起时的开心欢乐，也会记起在金银湖和久别重逢的韩戈平沉默相依。她不知道郑小兰是否已经将那只蚌壳还给了韩戈平，也不知道韩戈平拿到那只蚌壳时是什么表情。他会将它不屑一顾地扔掉吗？还是会小心翼翼地珍藏起来？

赵梦雨像以前一样，背靠着柳树杆坐在草地上。她随手在近处摘下一朵黄色的小花，拿在手上，花瓣凑近鼻尖时，闻到了一股清香。她就这样独自一人静静坐着，望着流动的河水出神。她觉得此刻自己的内心很静谧，但她也明白这种静谧掩盖下的暗流涌动。这一年多来，她经历了那么多的人生磨难，她奇怪自己是怎么一步步走过来的。她认为自己很坚强，但这种坚强背后是多少悄悄流出的泪水。令她心烦的是，她不知道还要在这样的煎熬里忍耐多久，什么时候她才能感受到真正的轻松和自由？

赵梦雨就这么坐着，沉陷在时而凌乱时而清晰的思绪中。四周是那么安静，时间好像都停止了一般。眼前这景色，也凝固成了一幅百看不厌的画，让赵梦雨不知不觉沉醉其中。忽然，她好像听到有人正在叫她：梦雨，梦雨，是你吗？

一开始，赵梦雨以为自己迷迷糊糊睡着了，进入了梦境。可是她的眼睛没有闭上啊，前面的河水是流动着的，眼前的柳枝在风中是飘动着的，自己明明清醒得很啊！这时，呼声又起，一遍遍叫着她的名字。她听到了呼声来自身后，由远而近。赵梦雨不由循声转过脸去，这一瞬间，她惊呆了：那个朝她跑来，越跑越近的人，居然是韩戈平！

赵梦雨晃了一下脑袋，再次证明自己没有做梦。她呼地从草地上一跃而起，一种想飞扑过去的冲动填满了她的整个身体，可是她没有动，而是生生钉立在原地。

"小妹妹，真是你，真是你啊！"飞奔而来的韩戈平一眨眼已经到了跟前，急促地喘息着，立停在离赵梦雨半米的距离内。

"你……，你怎么来了？"赵梦雨已经完全忘记了自己身在何处。

"我来找你，我来成都找你，找了你都一个多星期了。"韩戈平没有继续靠近，两眼直直地盯着赵梦雨的双眸，激动令他呼吸急促。

"怎么会找到这里来？"赵梦雨木然发问，既像问韩戈平，也像问自己。

"感觉，我的感觉告诉我，你或许会在这里。"韩戈平显得有些心潮澎湃。

"你刚才叫我什么？"赵梦雨终于像是从梦中清醒了过来。

"小妹妹啊。"

"不，之前。"

"我叫你梦雨啊，你不就是赵梦雨吗？"

"你已经知道了？"得知韩戈平知道了自己的真实身份，赵梦雨真不知道应该紧张还是轻松。

"知道了，我一切都知道了，你不叫夏盼雪，你就是那个全国冠军赵梦雨，小兰都告诉我了。"

"是吗？她都告诉你了？"赵梦雨茫然地说着。

"是的，不仅这些，还有那天晚上的事她也告诉我了，对不起，我错怪你了。"

赵梦雨的眼泪已经涌出了眼眶。她没有用手去擦。她让泪水模糊自己的视线。她此时的内心五味杂陈，欣慰、惊喜、凄苦、酸楚、困惑、担忧都混在了一起，像在搅拌机内翻滚糅合，难以分辨。她就这样透过泪眼看着韩戈平。她感觉到那张模糊不清的脸正朝她靠近，靠近。然后，她被突然紧紧抱住了。

"原谅我，小妹妹，我太自私了，在你需要我帮助的时候，我却推开了你。"韩戈平一把将赵梦雨拥入怀中，对着她的耳际轻声说。

赵梦雨终于哭出了声来。她那美丽的脸埋在韩戈平的肩头，嘤嘤的哭泣连绵不断。她多么需要痛痛快快哭一场啊。那集聚了太久的冤屈、酸痛和苦楚，已经将她憋得要生一场大病了。她要让源源不断的泪水将这一切都带走，冲刷掉内心那一份沉重和苦涩。她多想能够轻轻松松地过日子啊！她就这样柔弱地依偎在韩戈平的怀里，任凭泪水流个畅快。她感觉到韩戈平温暖的手一直在轻柔地抚摸着她的头发。她从这份细心的抚摸中感觉到了温存和爱意。

接下去的时间，这对回到旧时故地的恋人，无需太多的解释和辩白就互相谅解了对方的所有过错。他们很自然地并肩坐到了那棵大柳树下，一起面对潺潺流去的清冽河水，小时候发生的许多有趣事情都随着流水而来，进入他们的眼帘。就如同在金银湖球场第十二洞一样，共同的追忆让他们紧紧相靠。这个时刻，他们心里都非常清楚，他们依旧深深爱着彼此。这种爱自然而成，不需要理由，就像这条河，这棵树，这片草地。这种爱无法刻意锻造，也不需精心编织，一切都是浑然天成的。之前出现的所有裂隙，都会被这种爱所融化弥合，不留痕迹。

后来，韩戈平问赵梦雨，为什么要一个人躲到乡下来，害得他在成都天天开着车满街跑，寻找她的踪迹。赵梦雨就把自己的不幸遭遇讲了一遍。从父母突然被害，到自己被公安局通缉，再到那几个始终不依不饶纠缠住她不放的黑势力，以及这次回到成都后又被追踪盯梢，她不得不到乡下躲上一阵，等待事情有个结果。她几乎将一切都告诉了韩戈平，唯一没有提到的，就是张家宝这个名字。

韩戈平听完之后沉吟半晌。他完全无法想象，像赵梦雨这么一个年轻的女孩正遭受着如同电影故事般的噩梦，一切听起来不可思议却又绝对真实。赵梦雨太可怜了，明明在成都有自己舒适的家却无法回去住，连悉心照顾她的阿姨那里都不得不放弃，只身一人躲到这么个乡村小镇来，过着孤独又不便的生活，这怎么行？韩戈平内心非常沉重，觉得自己义不容辞应该帮助这个自己满心真爱的女孩。他经过深思熟虑，最后做了决定，要求赵梦雨跟他走，他不能让赵梦雨独自一人住在这么偏僻的地方，他不放心。他把想法告诉了赵梦雨。

"我还能去哪？"赵梦雨犹豫不决地问。

"我会给你安排的。如果你愿意，你和我一起回上海去。我在上海有一间住房，一直空着，在你的事情没有解决之前，你可以住在那里，没有任何人会知道的。"韩戈平在上海确实有套两室一厅的房子，在杨浦区的五角场附近，是多年前他考取上海同济大学时，表哥张家宝买了送给他的，说读书期间可以不用住学校拥挤的集体宿舍，万一韩戈平以后想在上海落脚定居，租房子开销太大了，不如自己买更好，像上海这样的大城市，房子是有投资价值的，买了不会吃亏。当时韩戈平拒不接受，但表哥硬是在房产证上写了他的名字。韩戈平想好了，等自己有了钱，一定会把表哥投入的购房款全数还给他。令他没有料到的是，那套房子的价格如今果然已经差翻了五倍。

"不，我现在不想去上海，我暂时不能离开成都。"赵梦雨直接摇头否定了韩戈平的建议。

"如果你暂时想留在成都，我去市里安排一个无人知晓的地方让你住，一直等到事情水落石出。"韩戈平想了一下改口说，"总之，我不能让你一个人住在乡下，太不方便了。"

赵梦雨思忖了好久，最终答应了。韩戈平说，他一会儿就驱车回成都去做安排，明天下午两点，他会准时来这里接她，让赵梦雨准备好行李，等在小镇前的公路上。两个人又坐了一阵后，起身准备回家。赵梦雨很自然地挽住了韩戈平的胳膊，两人离开小河草地，缓缓转出小山丘，沿着乡间小道往公路而去。这时，赵梦雨的视线越过宽阔的田野，看到了公路上停着一辆白色的车子，她刚想问韩戈平那车是不是他的，韩戈平已经抢在前面说了："那是我开来的车，我送你回住的地方吧。"

"不用，是反方向的。我慢慢走过去就行，很近。"赵梦雨想，自己果然一猜就中，不过，这附近也没见有其它车子啊。正这么想着呢，视线随意一偏，见远处的公路上还有一辆灰色的车子停靠在公路边。

韩戈平没有让赵梦雨自己走回镇上，坚持让她上了宝马车，几分钟后就把她送到了小镇前。分手的时候，韩戈平有些依依不舍，深情地望着赵梦雨下车而去。当赵梦雨回转身来向他挥手道别时，他打开了车窗，朝她喊道："别忘了，明天两点我来接你。"

韩戈平一直目送着赵梦雨走进镇子，消失在他视线外之后才发动了车子。他在小镇附近一个岔路口调了个头，然后往成都市区方向而去。一路上，他并没有注意到，那辆一直停在公路边的灰色别克车在他经过后迅速跟上了他。

这天傍晚，张家宝突然打来电话，问韩戈平寻找赵梦雨进展得怎么样了。韩戈平兴奋地汇报说："哥，我找到她了。她回到成都后，有几个可疑的人一直在跟踪她。为了以防万一，她一个人躲到乡下去了。"

"那怎么行啊，乡下怎么能住呢？"张家宝表示出担忧。

"哥，你放心，我已经想好了，替她在成都找个地方给她住。我有一个要好的哥们家有间房子，已经空着很久了，我和他打了招呼，让梦雨先过去住上一阵。"

"你打算什么时候再和她碰头呢？这事得抓紧点，别拖拖拉拉。"

"哥你放心，我已经和梦雨约好了，明天下午两点去镇上接她，估计明天晚上一切都能安顿好。"

"那好，有什么困难，直接到集团去找小陆，让他给你安排。"张家宝最后叮嘱了一句。"你要好好照顾梦雨哦。"

"我知道的。"韩戈平打完电话，觉得表哥对赵梦雨真是非常关心。

8

强子和小梅没有料到，赵梦雨来到他们家还没有住满一星期就要回成都去。

这天晚上，小梅特意烧了好多菜，为赵梦雨饯行。强子从自己家小超市里取了一瓶最好的剑南春低度酒，硬是让赵梦雨也喝几口。三个人慢慢喝酒吃菜，又一次回忆小时候的一些趣事，嘻嘻哈哈的好开心。赵梦雨从未喝过白酒，感觉辣得厉害，勉强喝了一小杯就放弃了。强子见她不胜酒力，才喝了半两不到就已经满脸通红，就赶紧给她开了一大瓶可口可乐。

晚饭过后，赵梦雨就开始整理自己的东西。小梅过来和她聊天，问她以后还会不会再来看他们。赵梦雨说那是一定的，还说以后要请强子和小梅去成都玩几天，可以住在她家里。小梅听了十分高兴，她虽说去过几次成都，都是匆匆忙忙当天来回的，也没有去市中心好好逛一下，现在怀了孩子，她还真想去那里看看，顺便买一些时兴的儿童用品，虽说家住在小镇上，还是很想把自己的宝宝打扮得像样一点。赵梦雨说，等小梅的孩子出生，就告诉她是男是女，她一定会给小梅的孩子买几套漂亮的童装。

小梅对此很是感激，然后就问赵梦雨有没有男朋友了，打算什么时候结婚，说如果可能，很想到时候去参加赵梦雨的婚礼。赵梦雨笑着说现在还没有确定的男朋友呢。说这话时，脑子里自然就钻出了韩戈平的形象。她万万料不到，韩戈平竟然为了自己特意从上海飞来成都，开着车满街找了她一个多星期。更想不到他会心有灵犀，如此准确地找到这个偏僻的小镇上来。她还能怀疑他对自己的一片真情吗？当然不能。之前任何的误会都已经烟消云散，唯有爱情触手可摸，她一定要珍惜。

赵梦雨这天晚上睡得很香，第二天醒来时已经日上三竿，强子和小梅都不在，客厅的桌上放着为赵梦雨准备好的早餐。赵梦雨梳洗完毕，就喝了一碗米粥，吃了一个煮鸡蛋，正打算去洗碗呢，就见小梅拎着一只菜篮回来了。小梅见到赵梦雨就说："小雨起来啦，我去买了条鱼，中午吃。"

"哎呀，我哪里还吃得下啊，早饭才刚刚吃完呢。"赵梦雨笑道。

"早饭是早饭，午饭是午饭，两码事。"小梅说着就走到厨房里，展开双手开始做午饭。赵梦雨力劝小梅别忙了，随便吃一点就行。小梅说除了刚才去买的那条鱼和一点蔬菜，其它都是昨晚吃剩下的菜，只是热一热而已。

等小梅把该烧的和该热的都弄停当，也就到了午餐时间，强子准时从小超市里回家就餐。三个人围着桌子吃饭，赵梦雨肚子根本不饿，只吃了一点点。小梅硬是夹了一大块鱼肉塞进她碗里逼她吃掉。三个人边吃边聊，不知不觉就吃完了。强子事先有约，今天下午要去批发市场进货，此刻必须先出门去。他和赵梦雨握手道别后就离开了。下午强子不在，小梅得去小超市开门守店，赵梦雨便拿好行李，和小梅一同来到了小超市。

下午开门营业不久，就陆续有顾客前来光顾。这个超市虽说不大，但麻雀虽小五脏俱全，日常用品几乎应有尽有，本镇居民以及附近村子里的农民都会到这里购物。小梅开始一个人忙忙碌碌在应付顾客。赵梦雨在店里坐着，见小梅忙碌又帮不上手。隔了一会儿，她看看时间已经过了一点半，想想差不多了，就和小梅道别。小梅让她再等一会儿，说忙完这阵送她到公路。赵梦雨忙说不必不必，和接她的人约好的时间也快到了，小梅你忙你的吧，反正已经互相留了电话号码和微信，她一到成都就和小梅联系。小梅见一下子脱不开身，也就不再坚持，目送赵梦雨离开了店门，冲着她的背后喊叫："一定要来电话啊。"

赵梦雨一个人走到了公路边，站在那里等着韩戈平的出现。午后的公路上来往车辆并不很多。没有车子经过的时候，路上很静。毕竟是在乡村，比起城市来，可以说行人稀少。目光所及，都是绿幽幽一片片农田。山峦在远处的天际线蜿蜒起伏，散落在广袤原野间的树林和村落形成团团浓荫，镶嵌在青绿的田地中。天空和前几日一样高深湛蓝，稀有的几朵白云贴着蓝天在缓慢移动。赵梦雨看看时间，离两点还有十几分钟，估计韩戈平正火急火燎地往这儿赶呢。

过不多久，从远处驶来一辆灰色的轿车，赵梦雨也没有太注意。她之前坐过韩戈平的车，是一辆白色宝马。她昨天倒是忘了问，这车是他自己的吗？正随意想着，那辆灰色桥车已经驶到了跟前，慢慢停了下来。赵梦雨这才看清这是一辆别克，大约七八成新，车窗都贴上了深色防晒膜，从外面完全看不清车内的情况。赵梦雨奇怪这辆车为什么要停在她面前，难道是要问路？赵梦雨还在揣测着呢，就见那辆车的后车门打开了，跳下一个戴着墨镜的粗壮男人。没等赵梦雨反应过来，他已经一个猛虎扑食，双手拽住了赵梦雨就往开着的车门里推。

赵梦雨顿时吓得魂飞魄散。那个男人力气好大，赵梦雨根本无法挣脱他铁钳似的双手。短短几秒之内，她已经被塞进了车内。这时她才发现，车里还坐着另外一个年轻男人。赵梦雨本能地张开嘴，刚刚想要叫喊，就被车里那个年轻男人伸过来的大手捂住了嘴巴。接着，她的脖子被身旁男人的一只胳膊勾住，使她既不能叫，也不能动弹。再接着，那个男人坐进车内，两个人将赵梦雨夹在当中，随后嘭地一声，车门关上了，还上了保险锁。

"不许叫，否则捅死你！"坐在赵梦雨左侧的年轻男人忽然亮出一把匕首，气势汹汹地威胁道。

夏盼雪脑子里嗡嗡乱响，觉得浑身酥软，喉咙干得冒烟，丧失了反抗的勇气和力量。还没有弄清究竟发生了什么事，别克车已经启动，快速行驶在公路上。

"老大，我们不会抓错人吧？"车驶出一段距离后，那个将赵梦雨推进车内的墨镜男问坐在前排的人。

"你们昨天不是见过她吗？怎么会搞错？"坐在前面副驾驶座上的人用粗哑的嗓音回答道。

"不会搞错的，大哥。"坐在另一边的匕首男又肯定地道。

"你们快把她的眼睛蒙起来。"粗哑嗓音显然是这伙人的头，在发号施令。

很快，赵梦雨的两手被胶布缠在了一起，眼睛被一块黑布蒙上。他们还用一条胶布封住了她的嘴。顿时，赵梦雨的心彻底凉透了。她不知道自己遇见了什么情况，毫无疑问，自己被人绑架了。这伙人是谁？和太平洋集团有关吗？如果无关，那他们无缘无故绑架自己想干什么？如果是太平洋集团的那伙人，他们怎么会找到自己的？赵梦雨漫无头绪。不过，她告诫自己必须要冷静下来，不管遇到什么意外，只有先让自己冷静下来才可能出现转机。刚才他们说，昨天见过自己，那是什么意思？忽然，赵梦雨记起昨天和韩戈平一起从小山丘后转出来后，自己曾经偶然瞥见过那辆停在远处的灰色车子，当时它泊在距韩戈平那辆白色宝马大约一百米开外，难道那辆灰车就是这辆灰色别克？如果真的是，那他们难道是一路跟踪韩戈平的车子过来的？那他们又怎么知道韩戈平是来找她的呢？他们怎么会认识韩戈平的呢？一连串的问题在赵梦雨脑子里集聚打转，令她困惑不解，使她身陷捉摸不透的谜团之中。

"这妞还挺漂亮的啊。"一直时不时瞟上赵梦雨一眼的匕首男，此时嬉皮笑脸地对坐在另一边的墨镜男说。

"的确不错，鲜嫩鲜嫩的。"墨镜男看看赵梦雨细腻光洁的皮肤附和了一句，嘿嘿笑着。

"城里的小姐就是长得好，招人心里痒痒。"匕首男又说。

"你小子又急啦?"墨镜男继续起哄。

"让我试试……"匕首男说完，伸出手来在赵梦雨胸前摸了两把。

赵梦雨一阵惊吓，思绪被突然打断。她一边扭动身体躲避，一边呜呜叫着反抗。

"别动她，你找死啊?"前排那个粗哑的声音猛地吼了一句，阻止了匕首男进一步的无理举动。

"大哥都还没尝过，你小子想要偷鲜可不行哦!"墨镜男取笑匕首男，说完淫荡地哈哈大笑起来。

"给我闭嘴!"粗哑嗓音更高地又吼了一句。"你们两个给我听好了，在老板给我们明确吩咐之前，你们最好给我老实点，管好你们的手和嘴，要不看我怎么收拾你们，听明白了吗?"

"明白了。"赵梦雨身旁一左一右两个男人乖乖地答应着。

赵梦雨此时已经冷静了许多。听着他们的对话，她估计这伙人一时半刻不会对她做出什么不轨之举，显然他们只是一伙喽啰，看来，他们多半是太平洋集团的人了。那么，他们现在要把自己带到哪里去呢? 他们在光天化日之下竟然在公路旁绑架她，有什么目的呢? 还有，那个粗哑的嗓音，她总觉得以前在哪里听到过。

"老大，我们直接去一号别墅吗?"这时一个新的声音出现了，听上去比较文雅。赵梦雨猜测，应该是之前没有开过口的驾驶员。

"对，直接去一号。"粗哑声音在下指令。

接下去安静了好一阵。赵梦雨只听到汽车在马路上行驶的声音。她不知道他们说的一号别墅是哪里，不过她记起了一年前那一次，太平洋集团那伙人冒充警察把她带到过一个在建中的别墅区，她进过一幢别墅，会不会是那里呢?

由于被紧紧蒙住了双眼，赵梦雨好像一下子失去了空间和时间概念。她无法判断车子的行进方向，也无法猜测车子已经走了多久。这时她猛然想起了韩戈平，他肯定早就到了小镇，将车泊在公路边等她出现，等了那么久不见她出来，他会怎么想? 会去小镇里找她吗? 昨天赵梦雨没有告诉他自己住在小镇的哪里，他怎么能找到? 不过假如他拿着自己的照片一路询问，肯定会有人告诉他的，然后他就会找到小超市，见到小梅，小梅会告诉他自己已经走了，那么韩戈平会不会意识到自己出事了呢? 他会不会去报警? 赵梦雨幻想着韩戈平驾车沿着公路急追的情形，他会找到自己吗? 当然不可能，赵梦雨不免暗自苦笑。尽管如此，她还是抱有一丝希望，希望韩戈平发现自己被坏人绑架了。

9

赵梦雨被囚禁在车子的后座上，夹在两个紧挤住她的男人中间，身体随着车子时快时慢地前行或拐弯而晃动。辨不清究竟过了多久，赵梦雨感觉到车子的速度缓慢下来。接着，车子在很短的时间里连续转了几个向。再过一会儿，车子戛然停下。赵梦雨听到车门打开的声音。紧接着，她被一拽一推地拖下了车，左右两条胳膊被两只男人的手牢牢抓着。而后，她被拉进了什么地方。随后，听到了背后嘭的一下关门声响。

"解开她。"是那个粗哑的嗓音。

很快，赵梦雨眼上的蒙布和嘴上的封胶接连被取掉了。因为蒙的时间过长，赵梦雨眼前一片模糊，看什么物体都像对错了焦距般叠影重重。之后，她的双手也被解开了。约莫隔了一两分钟，赵梦雨的视线才渐渐清晰。她定睛一看，这儿原来正是以前来过的地方。赵梦雨还清楚地记得室内的布置，尤其那张皮面已经旧出裂纹的黑色长沙发，她印象深刻。那个一路上用粗哑嗓音训斥手下并下命令的人，正是以前见过几次的眼角有痣的那个人，此刻他就坐在长沙发里盯住她看。

"姑娘，找你好难啊。"眼角有痣的人忽然开口说道，语调中明显含着讥讽。

"你们要干什么？干吗绑架我？"赵梦雨环顾四周，除了眼角有痣的人，其他三个绑架她的男人分布成三角形站在她四周，好像生怕她会突然拔腿逃走。此刻的赵梦雨，已经逐渐克服了之前内心里那团浓烈的恐惧。既已知道这伙绑匪就是太平洋集团的人，她心里反而变得冷静了。

"我们只是奉命行事。"眼角有痣的说。

"放我出去，你们这是触犯法律的。"赵梦雨义正词严地喝道。

"该放你的时候自然会放你，不过不是现在。"眼角有痣的扬了扬眉毛，似笑非笑，好像他长期板着脸习惯了，脸部的肌肉已经忘记怎样配合微笑。"你呢，先在这儿好好等着，别动什么歪脑筋，千万别想怎么从这儿逃出去，因为这儿是我们的地盘，你不可能逃出去，明白吗？"

赵梦雨不做声，暗自判断着，眼下只要不去违拗这伙人的要求，或许自己暂时不会有什么特别大的麻烦。陷于眼前的处境，她恐怕只能走一步看一步，不如以退为进，先顺着他们，看看他们到底会耍什么把戏。于是她问眼角有痣的说："我可以坐吗？"

眼角有痣的指指一把空椅子，意思让赵梦雨坐那里。

赵梦雨又说："我想喝口水。"

眼角有痣的冲着之前用匕首威胁过赵梦雨的男青年努努嘴道："给她一瓶水。"

匕首男就走到屋子一角，那里堆了好几箱瓶装矿泉水。他取了几瓶出来，给了赵梦雨一瓶，又扔给屋内其他人各一瓶。

赵梦雨拧开瓶盖喝了几口水。她瞥了眼角有痣的一眼，记得这个人脸上少有笑意，始终一副阴森森的神情，似乎天生是一头冷血动物。这时，匕首男掏出一包烟来，抽出几根分发给戴墨镜的粗壮男人和司机，他刚想掏出打火机点烟，眼角有痣的就朝他扬扬手，不客气地训斥道："嗨嗨，谁让你们在这里抽烟了？去去，都给我到门外面去抽。"

匕首男尴尬一笑，俯首帖耳地收起打火机往门口走过去，另外两个手里拿着香烟的男人便也跟着出了门。

赵梦雨看看唯一留在室内的那个眼角有痣的人，试探性地说："我认识你，以前你们也带我来过这里。"

眼角有痣的扬起脖子连续喝了几口水，斜眼瞟了她一下，并没有理睬赵梦雨。

"你们还冒充警察去过我的家里。"赵梦雨又说。

"那又怎么样？"眼角有痣的冷笑一声。

"我一个小姑娘和你们无冤无仇，为什么要这样三番四次地对我紧盯不放？"

"我刚才已经说了，我只是奉命行事。拿人钱财，替人消灾，懂了吗？"眼角有痣的冷冷地回答。

"为了钱也不能做伤天害理的事啊！"

眼角有痣的没理睬赵梦雨。

"如果我是你家人，你会这样做吗？"赵梦雨试图采取攻心战术。

"我只管奉命行事，其它一律不管。"眼角有痣的依旧表情默然，一副无动于衷的模样。

"你们想把我怎么样？"

"问那么多干吗？"眼角有痣的不耐烦了，"你现在就给我老老实实地待着，懂吗？"

赵梦雨心里明白，跟歹徒讲道理无疑与虎谋皮，是不会有结果的，也劝善不了他们，不免觉得懊丧，自己接下去是凶是吉，好像命运全凭那个幕后老板的指令了。这时，三个抽完烟的男人转回屋里来，眼角有痣的看了看手表后，就让匕首男和墨镜男看住赵梦雨，说自己要和司机先去外面吃饭。临出门前，他特意回头叮嘱了一句："你们两个给我记住了，不许动她一根毫毛，否则别怪我下手狠。"

等眼角有痣的和司机离开，匕首男就冲着墨镜男说："大哥今天怎么回事，把这个妞护得那么牢。"

"你不懂，这丫头不比其他小妞，听说是大老板发过话的，不能乱碰。"墨镜男说。

"大老板？你见过大老板？"匕首男问。

"才没有呢，我们和大老板之间隔着好几级呢，怎么可能见到？"墨镜男说。

"听说大老板神通广大，没有不知道的事，没有搞不定的事情。"匕首男的口气里充满敬仰。

"当然啦，要不然我们哪能这么快找到这小妞？"墨镜男说。

"大老板果然厉害啊！"匕首男佩服地说。

"所以嘛，你千万别自作聪明，瞎来一气。万一被大老板知道，可有你受的。"

"可是这妞太漂亮，到了嘴边吃不上，实在太可惜了。"匕首男用下流的目光上上下下扫视着赵梦雨。

赵梦雨听着他们对话，脑子里在猜测这几个人嘴里提到的大老板是何许人，为什么要发话不许这些人侵犯自己，还有，好像是大老板引导他们找到了她，这究竟是怎么回事？难道那个大老板认识我吗？这么想着，她下意识瞥了匕首男一眼。谁知这无意的一眼竟让她大吃一惊。她意外地发现，那个匕首男刚刚撸起的左手腕上戴着一只十分眼熟的玉镯。定睛细看，这只玉镯白润滑亮，上面镶了两圈金箍。这不是母亲天天戴在腕上的手镯吗?!

赵梦雨十岁那年，一天放学回到家里，无意间瞥见客厅的桌上放着一只精美无比的白玉手镯，就好奇地拿起来玩，结果手一滑，不小心将玉镯掉落在了地板上，顿时一断为二。母亲闻声从厨房过来，见此情形，不由分说打了小梦雨一个耳光。这是母亲第一次，也是唯一一次动手打她。事后母亲告诉她，这只和田羊脂玉手镯是曾外婆在外婆出嫁时给她做陪嫁的，外婆又在母亲出嫁时戴在了母亲手腕上，母亲原打算是要在赵梦雨出嫁那天再传送给她的，现在倒好，被摔成了两截，多心疼多可惜啊！

为了修复这件传家之宝，父亲赵大花了好长时间，才找到一个玉匠高手，为这极其珍贵的手镯做修复。玉匠寻思了半天，决定给玉镯镶上两圈金箍，将断头部分拼接到一起。这样，虽说玉镯的价值掉了不少，但从外观看煞是漂亮。以后，这只手镯就没有离开过母亲的手腕。父母被害后，在整理父母遗物时，赵梦雨发现少了母亲这只手镯。谁料现在，这只祖传家宝竟然会出现在面前这个匕首男的手腕上，这是怎么回事啊？难道，难道这伙人就是杀害她父母的凶手吗？这个想法立刻使得赵梦雨浑身的血液沸腾起来。许久以来，她费尽心机想要寻找那些凶手，谁知凶手此刻很可能就站在自己眼前。赵梦雨萌生了要立刻扑上前去夺回那只玉镯的冲动，但她硬是克制住了。她知道，以她一个女孩之身，独自去和两个壮男人硬拼瞎撞，结果只会是以卵击石，得不偿失。尽管义愤填膺，她必须要保持冷静，见机行事。

过了将近一个小时，眼角有痣的和司机回来了，换匕首男和墨镜男出去吃饭。此时天色已经暗下来，司机进门后先开亮电灯，然后将手里一个塑料袋打开，取出一个纸盒和一双一次性筷子，搁到赵梦雨近旁的一只小方桌上，对赵梦雨说："吃饭吧，这是给你的。"

赵梦雨哪有心思吃东西？她本来想拒绝，再想想没有必要和自己过不去，算算此时应该已是黄昏时分，如果现在不吃点东西，今晚很可能就得空着肚子了，接下去还不知他们会怎么做呢，于是就打开了饭盒，拿起筷子勉强吃了起来。吃到一半的时候，她听到有手机铃声响，眼角有痣的人从裤兜里取出手机喂了一声，转头看了看赵梦雨，然后说稍等一下，就开门到外面去了。

赵梦雨本能地意识到那个电话与自己有关，难道是他们的老板打来的？如果是，那一定在指示他们接下去对她怎么做。是继续扣押她呢，还是像上次一样放她回去呢？赵梦雨不由伸长耳朵，努力想听清门外的通话声。可是，隔着厚厚的门，她一句也没听清楚。过了片刻，眼角有痣的回进房间里，不知是不是心理作用，赵梦雨感觉他在回避自己的目光。他脸上的神态更加阴沉了。坐回老地方后，他掏出一支烟来点燃，闷声使劲抽着，一口接着一口。

赵梦雨没有将盒饭吃完，因为实在是没有胃口。见眼角有痣的一声不吭，接连抽了两支烟，就觉得有什么地方不对劲，很可能是他刚才得到了什么指令，或者是被他的老板骂了。不管哪一种，赵梦雨觉得都会对她不利。

隔了好一阵，匕首男和墨镜男吃过晚饭回来了，嘴里有明显的酒气。眼睛有痣的马上站了起来，让司机盯住赵梦雨。把他们两个叫进了一个房间。

赵梦雨的心怦怦乱跳，本能告诉她，他们三个在房间里肯定是在说关于她的事情，显然他们的老板已经给出了处理她指令，那会是什么呢？

几分钟后，匕首男和墨镜男从里屋走了出来，眼角有痣的并未跟他们一块出来，而是关上了那个房间的门。匕首男对司机扬了扬头道："去发动车子，我们走。"

"去哪？"司机问。

"上了车再告诉你。"墨镜男接上来说。

"大哥不去？"司机又问。

"他不去。"匕首男说着，看看赵梦雨，眼神里弥漫着一股邪恶和淫荡。

等司机先出去后，匕首男和墨镜男就走过来拉住赵梦雨。匕首男说："我们现在带你回去。如果你一路上肯配合，保你没事。如果你耍心眼，可别怪我们对你白刀子进红刀子出。"说着，他掏出了匕首在赵梦雨眼前晃了两下。

"把她眼睛蒙上吧？"墨镜男提议。

"天黑了，看不清什么的，好像没这必要了吧。"匕首男古怪地笑笑说。

赵梦雨被再次押进别克车内，还是被两个男人夹在后排的中间。坐在司机背后的匕首男直起身子，凑到司机耳边低语了几句。司机似乎有些犹豫，等匕首男在他肩上重重拍了一掌后，才发动了车子。

天色早已暗了，车窗外一切都显得模糊不清，路灯洒下的光亮一阵阵在车外晃过，忽明忽暗。赵梦雨根本辨不清车子驶向何处。过了一会儿，车子转上了高速，车速明显加快。赵梦雨总感觉到左右两个男人都在时不时不怀好意地看着自己，内心油然而生的紧张感逐渐加重了。

"我说老弟，你天天替大哥开车，有没有见过大老板啊？"匕首男忽然有事没事问起司机来。

"大老板？没见过。好像大老板现在不在中国。"司机答道。

"是啊，上次大哥说过，大老板已经到国外去拓展业务了？"墨镜男插话道。

"大哥上次说他去哪儿来着？"匕首男又问。

"应该是加拿大吧。"司机抢着说，"听说他在那里生意做得很大。"

"对，就是那儿。"匕首男说："大老板神通广大，全世界都搞得定。"

"是啊，他离得那么远，还能遥控指挥我们，真他妈本事大。"墨镜男表示赞同。

"可不是吗？我们找这个小妞找了那么久，白搭了个把星期时间，老板一个指令就搞定了。"匕首男说。

"可不，听大哥说，我们跟踪的那小子好像是大老板的亲戚？"墨镜男又问。

"是表弟吧。"司机说，他好像知道的事情最多。

"那小子长得倒挺帅的。"匕首男说。

赵梦雨听着他们的闲聊不由愕然。他们所说的大老板，不会是张家宝吧？张家宝不是已经去了加拿大吗？张家宝的表弟就是韩戈平啊，他们刚才说，他们跟踪了大老板的表弟才找到她的，不就是说韩戈平吗？难道这一切都是真的？难道是张家宝派人来绑架她？这种假设使赵梦雨顿时呆若木鸡。她被自己这种猜测吓傻了。张家宝为什么非要害自己呢？他根本没有任何理由非陷害她不可啊！

此时外面已经是一片漆黑。赵梦雨看看窗外，觉得很不对劲，车子根本没有往市区方向去，而是去往更加偏远的地方了。赵梦雨之前还抱有一丝侥幸，希望他们会像一年前那次一样，把她送回成都市区放她回去，现在看来完全不是那回事。他们究竟要把自己带往何处？是不是要把她囚禁到更隐秘更偏僻的地方去？到了那里之后，这两个居心不良的家伙又会把自己怎样？眼角有痣的没有一起来，没人约束他们，匕首男好像是这三个人里说了算的人，他一直对自己不怀好意，到时会不会一意孤行，兽性大发呢？赵梦雨的不良预感越发浓重了。她开始害怕，开始担忧，不，绝不能这样束手待毙，无论如何都得想个办法逃离虎口。

"前面有加油站，"一路驾驶车子的司机突然说，"我得给车子加些油。"

"非加不可吗？"匕首男问。

"是的，否则半路就没有油了。"司机肯定地答复道。

几分钟后，司机在一个匝道口将车驶下高速，慢慢进入加油站。

"我要上厕所。"赵梦雨说道。她觉得这是逃跑的好机会。

"在这里不行。你以为这里人多，想要花招打算逃跑吗?"匕首男厉声说着，将匕首顶在赵梦雨的腰际。

"我真的很急，快憋不住了。"赵梦雨央求道。

"憋不住也憋着。"墨镜男说着，猛地抓住赵梦雨的胳膊，好像是防止她逃跑。

"等加完油后，找个地方给你方便。"司机说道，这伙人中，数他对赵梦雨的态度最温和。

给车子加完油后，司机没有马上将车折回高速公路。他出了加油站，沿着右侧一条在僻静的马路往前驶。马路两边全是漆黑一片的田野，根本看不到人影。走了一段，司机选了一处有岔道的地方将车停了下来，熄了火，指指路旁说："那里有棵大树，可以到那后面去方便。"

匕首男马上说："不行，我得盯住她。"

"你想偷看啊?"墨镜男坏笑着说，"我看算了吧，让她放放干净也好，到时更爽，嘿嘿嘿。"

"这里都是农田，她一个女孩，逃不掉的，就让她方便一下嘛。"司机试着替赵梦雨求情。

"你就在那里方便，不许走远。"匕首男指着五米开外大树道。

"那你们离远一些，别跟过来。"赵梦雨说。

"我们不急，有的是欣赏你的机会。"墨镜男嬉皮笑脸地说。

赵梦雨慢慢朝大树走去。短短的一段路上，她迅速判断有没有逃跑的机会。公路旁是大片黑压压的田地，没有灯光什么也看不清，但大树的位子正好在一盏路灯光亮的边缘附近，她只要一离开大树后面就会被发现，他们之间才相隔五六米的距离，几个男人只消奔上几步，轻易就可以把她逮回来。她从那儿逃脱的可能几乎为零。既然把握很小，就不能冒险，不如再找机会。赵梦雨到了树身后刚站了一分钟，她的第六就感告诉她，匕首男正在她后面跟过来。果然，当她走出树干时，匕首男就站在大树的跟前。

"这么快?"匕首男见赵梦雨闪身出来，倒是颇觉意外。

赵梦雨也不理他，朝着车子走过去。匕首男让赵梦雨先坐进车里，他们几个则站在车旁吸烟。等一支烟吸完，三个男人照原样上了车。司机发动车子，准备调头上路，可不知怎么搞的，车子竟然发不起来了。

"我下去看看。"司机连着试了好久，依旧发不动车子，无奈地对后座的人说着，自己下了车。他走到车前打开前盖，用手电筒照着查了半天也查不出什么毛病，再回到驾驶座上点火，踩油门，东摸西摸折腾了将近半小时，车子还是毫无反应，就像死了一般。

"你究竟会不会弄啊？"匕首男冲着司机问。

"我是驾驶员，又不是修车的。"司机见车子发不起来，窝了一肚子火，顶了一句。

"妈的，真倒霉。"匕首男恨恨地叫道。

"小妞，都是因为你要撒尿，现在好了，在这过夜了。"墨镜男冲着赵梦雨埋怨。

"是啊，都他妈让你害的。"匕首男也来骂赵梦雨。

赵梦雨突然觉得这是天赐良机，她必须抓住这个机会，于是她说："也许我能修好车子。"

"你？会修车？"司机将信将疑。

"我从小在我父亲的别克4S店里玩汽车，对它的性能很了解。"赵梦雨说道。

"哄谁啊？想耍什么心眼吧？"匕首男一脸不信任。

"你真懂车子？"墨镜男也是不信。

"我不能保证，但可以试试。"赵梦雨冷静地说。

"你如果骗老子，可没你好果子吃，你懂这意思吗。"匕首男威胁道。

"你们不信那就算了。"赵梦雨以退为进。

"那就让她试试，也没有什么坏处，万一真弄好了呢？"司机提议道，"反正我是没本事弄了。"

匕首男和墨镜男交换了一下眼色，看来也只有同意了。赵梦雨便下了车，走到汽车前面，用手电筒查看发动机罩里的各个部件。她初步看了一遍，就已经知道故障出在哪里了，原来是电池的接头松掉了，但她不露声色。此时司机和墨镜男跟在一旁，目光紧跟着手电筒的光束。匕首男则拿着刀，紧贴在赵梦雨另一边，以防她逃跑。

"你去驾驶座，我说好了，你就发动车子。"赵梦雨对司机说。

司机坐回了汽车里。赵梦雨将电池松掉的电线搭了上去，并让司机发动汽车。驾驶员一踩刹车，发动汽车，果然汽车启动了。

"你还真有两下嘛。"匕首男惊讶地叫。

"走吧走吧，上车去。"墨镜男边说边转身离开。

就在他们兴高采烈的时候，赵梦雨又悄悄将电线拉了一下，汽车立刻又熄火了。

"怎么又熄火了？"匕首男一愣。

"你的水平不行嘛。"墨镜男回头说赵梦雨。

赵梦雨并不理睬他们的抱怨，将电线再次固定好以后，走到司机旁，对他说道："你下来，我来发动汽车。如果再出现这种发动了再熄火的情况，我也没有本事修理了，只能叫汽修厂的人赶过来。"

司机看着匕首男，没有移动。

匕首男想了一下，自己坐到了副驾驶位子上对司机说道："你下去吧，就让她发动。"他并不担心赵梦雨耍心眼。由于发动机罩打开着，即使汽车发动了，这小妞完全看不见前面的路，根本无法开车溜走的，何况自己就坐在她身边，手里拿着匕首呢。

"你们两个人都到后面去，只要我说开始，就一起用力往前推。"赵梦雨对刚下车的司机以及站在车旁的墨镜男说道。

几个人互相看看，犹豫不决。

"你们还要不要发动车子啊？"赵梦雨坐在驾驶座上催促道。

墨镜男和司机只得往车后走去。

"好，开始。"赵梦雨一声高喊。汽车被往前推动了，她马上发动了汽车。听到点火成功的响声后，她猛踩一脚油门，车子猛然往前冲出去。赵梦雨立刻将油门一踩到底，车子开始吼叫着飞快加速。

"停停，快停！要出人命的！"坐在副驾驶座位上匕首男彻底懵了，他根本看不见前面的马路，只看见汽车的发动机罩在晃动，车速却越来越快，他瞬时吓傻了，惊慌失措地连声高叫。

赵梦雨集中思想，注视着打开的发动机罩和前风挡玻璃之间前上方马路两边的路灯，沿着两排路灯中间的路，继续加速行驶，早已把两个在后面推车的人甩得远远的。约莫开出七八百米远的距离后，赵梦雨忽然打开车门，紧闭双眼，咬紧牙关，奋力往外一跳。此时汽车像脱缰野马般继续往前急窜。十几秒之后，一声猛烈的撞击声响彻了宁静的夜空。别克车发疯似的冲向路边，撞在了一棵树上，匕首男因为没有系上保险带，一头撞向挡风玻璃，嘭地一下，被撞得昏死了过去。

10

张光曦接到赵梦雨的电话是在第二天的早上，电话是从和成都毗邻的 D 县里打来的。一开始，张光曦见是个陌生号码，没有去接。但这个号码反复多次打他的手机，非常固执，引发了张光曦的好奇，决定接一下试试，不料他听到了赵梦雨的声音。

"张伯伯，我是梦雨。"

"梦雨啊，你怎么会用这个电话打给我？你在哪里啊？"

"张伯伯，您得帮帮我。"赵梦雨说着，啜泣起来。

"梦雨啊，你怎么啦？你冷静点，快告诉我发生了什么事？"张光曦听到赵梦雨带哭腔的声音，立刻猜到她肯定遇到了什么不幸。

"张伯伯，他们找到我了，他们绑架了我。"

"什么什么？他们抓住你了，那你怎么……？"张光曦的意思是，你怎么可以打电话给我的呢？

"我逃走了，他们一定会再找我的。现在我不知道该怎么办。"

"你先别急，你告诉我，你现在在哪里？"张光曦问。

"我应该是在 D 县的一个村子里，我是借用一家小店里的公用电话打给您的。"赵梦雨渐渐平静了。

"那好，你就待在那里，什么地方都别去。你向店家打听清楚那里的详细地址，马上告诉我。"张光曦非常镇定地叮嘱赵梦雨。

张光曦没有挂机，隐隐约约听得见赵梦雨在询问地址的声音。一会儿，赵梦雨就把问到的情况详细告诉了张光曦。张光曦一一记在脑中。

"梦雨，你要提高警惕，万一他们找过来，你千万别让他们发现，想办法躲起来。我这就动身赶过来接你。"张光曦当机立断地做了决定。

"您能找到我吗？"赵梦雨担忧地问。

"有地址就没问题，我会用导航仪。"张光曦让赵梦雨放心。

赵梦雨昨晚跳下车子之后，地上打了好几个滚，把左边膝盖和手肘部位的皮肤都擦破了，好在她是事先计划要跳车的，动作上已经有所准备，快落地的当口，就势一个翻滚，减缓了身体碰撞地面时的冲力，才没有受太大的伤。当她从地上爬起来时，感觉脚踝扭到了，非常疼痛。她也顾不得那么多，咬着牙就一拐一拐往前走。她刚才听到了汽车撞倒树上的巨大声响，但无法判断那个匕首男此刻是什么情况，被撞晕了呢，还是和她一样跳了车，正在追赶她。

赵梦雨边走边回头，借着路上昏暗的灯光看身后的情况。她并没有看到有人紧随其后，说明匕首男没有追上来，这令她略微松了口气。按她的估计，另外两个人一下子也不可能追上她。要是他们从后面赶过来，一定会先看到撞在树上的车子。出于本能，他们多半会先去车子那里看个究竟。如果发现匕首男受伤，他们应该会先处理他的情况，把追她的事放一放，这样就为她的逃跑争取到了宝贵的时间。

赵梦雨沿着公路往前走了好长一段路，终于看到了一条岔道，这是条坚硬的水泥道，大约三四米宽，应该是·条所谓的拖拉机道。农村里这种水泥道往往是用来连接村庄和公路的，赵梦雨相信沿着这条路进去就能找到最近的村庄。只要到了房舍多的地方，她躲藏起来就比较方便，不像在公路或田野里那么空旷易见，远远的就能发现人影。再说，一旦到了村子里，那儿居住着很多人，万一他们追上来，也不敢胡作非为，到时只需赵梦雨大声呼救，一定能惊动村里人的，料匕首男几个也不敢冒此风险硬抓她出去。这么想着，赵梦雨就往水泥道的深处走去。

离开公路后不久，四周就完全没有了光亮，水泥道上没有一盏路灯照明，加上昨天从傍晚开始天色就阴沉沉的，到了深夜更是一片漆黑，可以说是伸手不见五指。赵梦雨小心翼翼地往前走，凭借脚踩在硬路上的感觉不使自己偏离方向。扭伤的脚踝阵阵作痛，有几次痛得她忍不住要叫出声来。她强忍着疼痛一步一拐地前行，不时停下来舒一口气，同时聆听一下背后是否有人声响动。在这夜深人静的时刻，假如后面有动静，那就一定是他们追了过来。

很幸运，赵梦雨大约走了半小时左右也没人追上来。虽说她根本走不快，但过了那么久时间，估计已经离开公路一段距离了，这时赵梦雨蓦然看到了在前方不远处闪亮的几点灯光，村子好像就在那里。果然，又走了七八分钟后，路面开始有了轮廓，分得清路面和田地的区隔了，越靠近村子，路面越清晰。

这个村子并不小，房屋一行行排列在路旁。夜色中，目所能及之处都渺无人迹，四周一片深沉的静谧，所有的村民应该都已经坠入梦乡。赵梦雨慢慢在村子里兜着，寻找可以坐下来歇脚的地方。不一会儿，她发现了在两幢房屋之间的通道上，正好有一个草垛堆在那儿。赵梦雨走过去，拣了个舒适的位置，顺势倒在了草垛中。这时她才感觉到自己好累好累。进入十月，夜间空气中含着较大凉意，赵梦雨卷缩起身子，往草垛里挤。还好这里没有风，赵梦雨半坐半躺，不一会儿竟然迷迷糊糊睡着了。

一觉醒来天色已亮，她才发现自己竟然会在黑夜里找到一个如此隐蔽的地方。此刻村里人已经陆续起来，鸡狗之声也在四处时不时响起，已经有人在村子里来回走动，可是并没有人发现她这个陌生的闯入者。赵梦雨赶紧从草垛里站起身，拍打掉粘在衣服上的碎干草。她看到自己的牛仔裤上摩擦出一个大洞，那儿露出的皮肤上满是已经凝固的血迹，手肘部位的袖子也一样磨破了，皮肤上一片擦痕。她试着走了两步，脚踝还是不能用力，一踩到地面，仍然那么疼痛难熬。

赵梦雨深吸了几口气，举手整理一下头发。她尽可能要让自己显得正常，不被村上的人产生怀疑。她定了定神，从草垛后走出来。当务之急，她需要找地方打个电话，她的手机从她被绑架开始就不在身边了。

村子很大，除了住户，还有几家小店。可能是因为时间尚早，路上的人并不多，但凡遇见赵梦雨的村民，都会投来好奇的目光打量她几眼，大家似乎都在猜测这个显然是从城里过来的陌生女孩是哪家的亲戚，有时擦肩而过后，会从背后传来几句啧叹，夸奖这个姑娘长得真漂亮。赵梦雨转到拖拉机道附近的时候，看到了道旁有一家已经开张的杂货店，就走上前去。庆幸的是，她口袋里的钱保存良好，昨天没有被他们拿走。

店里的老板娘是个眉慈目善的中老年妇女，大约五十多岁。她好奇地看着走近前来的陌生姑娘。赵梦雨礼貌地和她打了个招呼，掏出钱来买了一瓶矿泉水，又买了一袋真空包装的蛋糕。一夜下来，她既渴又饿，得先补充一下体力。赵梦雨也顾不得看看那袋蛋糕的保质期，匆匆就着白水吃了起来。两个蛋糕下肚后，赵梦雨感觉精神了许多，便问老板娘村里何处可以打电话。老板娘闻言，侧过身去，不知从什么地方取出一部白色的电话机来，笑着放到赵梦雨眼前说："我这里有电话，你用好了。"

赵梦雨道了谢，凭记忆想着张光曦的手机号码，开始拨电话，拨了几次，对方都是铃声响无人接听。赵梦雨猜想，张光曦可能是看到陌生号码轻易不接听的那种人，就锲而不舍地反复拨，终于把电话打通了。听到张光曦声音的一刹那，赵梦雨鼻子一酸，禁不住流下眼泪来。

等赵梦雨与张光曦通完话后，杂货店老板娘就问赵梦雨是村上哪家人的亲戚，以前好像没有见过。赵梦雨觉得自己没有必要编一个故事骗她，就说自己没有亲戚在这里，只是走错了路才到这里的，现在需要在这里等家里人过来接她回去。老板娘一听，也不怀疑这话的真伪，马上让赵梦雨进到店里面去，说她可以坐在店里等，站在外面多累啊。赵梦雨吃不准张光曦要多久才能到，便也不客气，向老板娘道了谢，走进店里去。老板娘就拖了只凳子给她坐。两个人不由得东一句西一句闲聊起来。老板娘从没到过成都市里，听赵梦雨说她是成都人，就好奇地打听起杂七杂八的事情来。赵梦雨就这么一边等张光曦，一边看老板娘做生意，和老板娘东拉西扯断断续续说着话，时间不知不觉就过掉了。

张光曦找到赵梦雨的时候，已经过了中午十一点。张光曦说，他整整开了三个多小时的车才到的，幸亏用了高德导航仪，否则无论如何也找不到这个偏僻的地方，离开成都太远了。赵梦雨向杂货店老板娘道了谢，又买了几瓶水，坐上了张光曦的车子。张光曦重新设置了导航线路，驾着车离开了村子。等车子脱离水泥道转上公路后，张光曦稍微加快了速度。一路上，张光曦详细询问了昨晚发生的事情。赵梦雨便把来龙去脉全部叙述了一遍，还特别把自己怀疑那伙人所说的大老板可能就是张家宝的揣测告诉了张光曦，想听听他的判断。

"毫无疑问，张家宝一定和这件事有关。"张光曦几乎没有犹豫就给出了结论。

"您也是这么认为的？"赵梦雨想让张光曦再次确认她的假设是正确的。

张光曦坚定地点点头，然后问赵梦雨："梦雨，你一个人不是躲在乡下吗？那伙人是怎么找到你的呢？"

赵梦雨刚刚是从自己站在公路边被绑架说起的，之前有关韩戈平的那些事她只字未提，此刻被张光曦这么一问，觉得还是说出来的好，就把韩戈平在前天下午找到她的事补充一下。张光曦听了之后，疑惑地又问赵梦雨，韩戈平是怎么会知道她躲在乡下的？韩戈平究竟是什么人？赵梦雨只得吞吞吐吐地把自己和韩戈平的关系简单介绍了一番，但她还是隐瞒了自己和韩戈平相爱的那些经历。

"等等，你刚才说那个韩戈平是张家宝的表弟？"张光曦像是发现了什么蹊跷。

"是啊。"赵梦雨看出张光曦想要说什么。

"如果这样，就没有悬念了，派那伙人来抓你的十有八九就是张家宝。"张光曦像是猜出了谜底般肯定，"这样的话，你一定要提防那个人。"

"提防韩戈平？为什么？他们只是跟踪了他的车子才找到那里的。"赵梦雨当然认为张光曦并不了解韩戈平。

"那我问你，如果只是他们跟踪了韩戈平，他们怎么会知道第二天他会在马路口接你？怎么会知道他去接你的准确时间？"张光曦犀利地问。

"这……？"赵梦雨一下子被问住了。

"这事应该只有你们两个人知道，对不对？"张光曦再问。

赵梦雨只有点头承认。

"除非他们在他身上安装了窃听器，才可能听到你们约定的时间和地点，对吗？但这几乎是不可能的。"张光曦分析给赵梦雨听："那么，如果他们并没有窃听你们的谈话，昨天下午，他们怎么会如此碰巧地等你一出现在马路旁，就过来把你绑走？而且正巧赶在韩戈平接你之前不久？"

"张伯伯，我不太明白……"赵梦雨的确不明白张光曦想表达什么意思。

"梦雨啊，你太单纯了。"张光曦叹道："我怀疑，那个韩戈平就是受了张家宝的指示来找你的，也就是说，张家宝利用他找到了你。"

"你是说，他是为了张家宝来找我的？"赵梦雨难以接受张光曦这种说法。

"就是啊，他和你那么熟，张家宝完全有可能派他来找你，然后再派那伙人跟过来绑架你。"张光曦分析道。

"你的意思，前天下午他们来绑架我韩戈平是知道的？"

"不能排除这种情况。他们毕竟是自己人嘛！"

"韩戈平会带他们来抓我？"赵梦雨惊呆了，这实在是难以置信！

"我想有这种可能，所以我要提醒你，以后绝对不要再和他联系了，再也不能让他知道你的任何行踪，直到事情全部解决。"张光曦不容置疑地说。

赵梦雨茫然若失地坐在车里，思绪混乱至极。她不敢相信张光曦的判断和结论，这简直匪夷所思。但细细回顾事情的来龙去脉，有些疑点又如张光曦所指出的那样难以回避。那么，韩戈平特意从上海来到成都找她，难道真的并非如他所言，是出于他对她的爱，而仅仅是为了执行张家宝的指令吗？如果韩戈平真的如此轻易地为了亲情而背叛爱情，这对赵梦雨而言实在是太过冷酷无情了。赵梦雨该如何接受如此残忍的现实呢？赵梦雨不敢去想也无法想象。

赵梦雨的内心已经遭受了太多的打击，划出了太多的伤口，流淌了太多的血。她已经变得虚弱了，渴望依靠，需要休息。以后的路，她究竟该怎么走下去？

11

　　张光曦把赵梦雨带回成都后，让她寄宿在他一个大学同学的家里。那位女同学是名大学教师，去年刚从单位退休，她的丈夫前些年因病早逝，唯一的儿子十几年前留学美国斯坦福大学，以优异的成绩毕业后留在那里工作，现在已经是位教授，在美国成家立业，结婚生子，隔上一两年才回来一次探望母亲。张光曦的这位同学已经独自一人生活了好几年，以前在上班也没有觉得有多寂寞，退休之后不久，就感到了很不适应，整天闲得发慌，因此张光曦一找她商量，她二话没说就答应了，说是非常乐意地接受赵梦雨去她那里住上一段时间，让她有个伴说说话。

　　赵梦雨现在暂时是真的安全了，除了张光曦，没有其他人知道她住在哪里。住过去的当天，赵梦雨托张光曦替她重新买了一部手机。她给好些天没有联系的小姨打了个电话，报了平安，让小姨和姨夫不必担心，还特意叮嘱了小姨一句，之后无论谁找上门来打听她的行踪，一律都说不知道。这以后的一段日子，为了避免被无孔不入的太平洋集团那伙人找到，赵梦雨就隐居在张光曦的同学家，没有特殊原因几乎不出门。

　　另一方面，张光曦从 D 县接到赵梦雨，安排好她住宿的第二天，就直接打了个电话给康亮的同学，那位分管政法的副市长，要求能和他见上一面，说有非常重要的事需要当面报告。因为蓝天矿业的那个案子，张光曦和副市长通过几次电话，已经很熟了。副市长倒是平易近人，当即就答应了，约张光曦去他的办公室。张光曦到了那里，便把赵梦雨如何遭到歹徒绑架的事对副市长详细讲了一遍，希望副市长能为民做主，不能让坏人如此无法无天。副市长听完后不由勃然大怒，当即致电市公安局长，说在共产党执政的天下，那伙人竟敢在光天化日之下绑架女孩，简直太过猖獗狂妄，严令市局必须限期破案，尽快把歹徒捉拿归案。

　　公安局长听到顶头上司的指示，岂敢怠慢，立即给刑侦局下命令。市局刑侦局接到指令后雷厉风行，马上组织精干警力成立了专案组，开始摸排寻找线索。由于 D 县前几日确实发生过一起汽车撞树的交通事故，车内有人受伤昏迷被救到当地县中心医院医治，所以侦查线索的脉络十分清晰。侦查员们顺藤摸瓜，没费多少周折，很快就在一家汽车修理厂找到了肇事的灰色别克车，并查出车子的所属单位是太平洋国际矿业集团（中国）有限公司。接着又在 D 县中心医院外科病房找到了受伤的匕首男并立即将他控制起来。第二天，侦查员们又埋伏在医院里抓捕了前来探视匕首男的墨镜男和另一个同伙，将他们拘押到市公安局进行突击审讯。

　　几天之后，一个黑社会团伙的内幕如同洋葱般被层层剥开来，一系列看似互不相关的悬案开始一个个串联起来。原来发生在成都及四川其它地方的好几个恶性伤害案，暴力事件，以及明抢暗夺的经济纠纷案，都和一个赫赫有名的公司有关，那就是太平洋国际矿业集团（中国）有限公司。这个公司表面上是一家合法经营的矿业开发企业，实质上一直在进行着强取豪夺的黑社会勾当。他们一直采用恐吓威逼诱骗等卑鄙手段，从一些有发展前途的民营企业家手里抢走市场或技术，为所欲为，无法无天。

这天下午，张光曦事先没有进行联系就突然来到了赵梦雨所住的地方，一进门便兴冲冲地喊道："梦雨，梦雨，案子终于破了，案子破了。"

赵梦雨见张光曦满脸兴奋，猜想可能是父母的凶杀案破案了，急不可耐地催促张光曦告诉她情况。

"杀害你父母的凶手，就是两次跟踪绑架你的那伙人。他们是太平洋集团下面一个子公司的人，说是公司，其实就是一个黑社会团伙，一帮胆大包天的黑社会流氓打手。公安局现已查明，那天坐在别克车里撞到树上受伤晕过去的那个人，就是动手行刺你父母的直接凶手。"

"你说是那个匕首男？"赵梦雨惊讶地睁大了眼睛。

"对，就是他。这个家伙手上不止有一桩血案，最近几年有好几件大案都和他有关。现在他已经都认罪了，还供出了指使他行凶的那个头目，你猜是谁？就是那个眼角有痣的人，他是那伙流氓打手的头，他们的大哥。那家伙曾经到我单位来当面威胁过我，现在好了，他也落网了，会受到应有的惩罚。"张光曦说到此咽了咽口水稍微停顿了几秒后又继续道："你见到过的那伙人，差不多都已经捉拿归案了，听说唯有那个西装男在逃，他的身份是太平洋国际矿业集团（中国）有限公司总经理，是一条大鱼。现在省公安厅已经在全国发出了协查追缉通报，估计他逃不掉，很快就能抓到。"张光曦亢奋地说着，看得出他心里有多么高兴。

赵梦雨听着听着，不知算不算是喜极而泣，两行泪水忽然之间情不自禁流就沿着脸颊淌了下来。她并不想哭，却怎么忍都忍不住。

"梦雨，现在你自由了，不必再东藏西躲了。你现在可以回自己的家去，再也不用担惊受怕了。"张光曦懂得赵梦雨此刻的心情。

"嗯嗯……"赵梦雨抹着泪说不出话来。

张光曦将手搭在赵梦雨肩头，安慰她说："我知道你受了很多苦，不过没事了，都过去了，你要振作起来，重新开始你的正常生活。"

"嗯，嗯，我知道，谢谢您张伯伯，真的谢谢您。"赵梦雨激动地说。

"谢我干吗，都是靠了你自己的勇气和智慧才顺利渡过难关的。"张光曦称赞赵梦雨道："这次破案，你是立了大功的。要不是你让那个家伙撞晕过去，让警察逮住了他，一时半刻还真不一定能抓到那个团伙呢。所以嘛，这个案子破掉，不仅是你的个人恩怨，也等于是为民除害。"

张光曦的同学刚才站在一旁听他们两个对话，也没有搞清他们究竟在讲什么事情，这时大致听出了点眉目，也不由为他们高兴。她见张光曦进门后一直站在那里和赵梦雨讲话，就拉张光曦和赵梦雨都在沙发里坐下，自己去厨房煮了两杯咖啡过来端到他们面前的茶几上，然后说："你们慢慢聊，我出去买点东西。张工今天就在这儿和我们一块吃晚饭了。"

"好嘞，"张光曦毫不客气地笑着答应道："你别忘了买瓶好一点的红酒回来，晚上我和梦雨得好好庆祝一下。"

等室内只剩下张光曦和赵梦雨两个人时，张光曦告诉赵梦雨说，那天晚上幸亏赵梦雨在途中急中生智跳车逃跑，否则后果不堪设想。那个匕首男和墨镜男被捕后在公安局里供认说，那天他们得到的指令是要杀人灭口。那天夜里，他们原本打算将赵梦雨带到偏远的山里去加以谋害的，多亏老天有眼，突然让那辆别克车抛了锚，给赵梦雨寻找到一个脱身的机会。

赵梦雨听得浑身起了鸡皮疙瘩。她一下子记起了当天的情形，难怪眼角有痣的人接听完电话回到屋里时脸色那么难看，难怪匕首男和墨镜男作了那么多下流的暗示，假如那晚她没有跳车逃跑，被他们拉到深山里去，谁知道他们会对她怎么样呢。他们在害死她之前，一定会兽性地蹂躏她，再将她推下山去。这太可怕了！

等赵梦雨从惊恐的想象中回到现实后，她突然想到一件纠缠在她内心已经很久的事情来，就问张光曦说："张伯伯，我一直有个解不开的疑问，即便太平洋集团想要吞并蓝天矿业，他们又为何一定非要杀害我父亲呢？"

"是啊，你问得太好了。"张光曦对这个问题似乎并不感到意外。他直视赵梦雨道："这个问题从一开始就困扰着我，他们为什么下手那么狠，要杀害你的父母呢？不管怎样巧取豪夺，可这毕竟是伤天害理要枪毙的杀人案啊！"

"究竟是为什么呢？"赵梦雨听张光曦的口气，好像他已经有了答案。

"因为他们必须这样做，"张光曦明确无误地道："只有杀害了你的父亲之后，才不会有第二个人知道蓝天矿业金矿的勘探结果和实际价值。"

"你是说他们就是为了那份勘探报告的复印件才害死了我父母？"赵梦雨的反应非常快。

"对，正是如此。从这层意义上讲，你父母的死我也有责任，是我把复印件交给了你父亲，才使他招来杀身之祸。"张光曦讲到这句话时，深深皱了皱眉。

"不，这不能怪您……"赵梦雨赶紧说。

"我当时确实是出于好心，想让你父亲了解蓝天金矿的真实情况。你父亲是个忠厚老实的企业家，我怕他吃亏。"张光曦解释说。

"我完全理解张伯伯您的好心。"赵梦雨思索着说，"奇怪的是，您给我父亲复印件的事，除了您和他，应该没有别人知道啊！"

"对啊，一开始我也是这么想的，这件事应该只有我们两个人知道啊！那些家伙是怎么得知的呢？"张光曦神色严峻地看看赵梦雨继续说道："直到那天你告诉我说，蓝天矿业除了你父亲是老板外，另外还有一个股东。"

"您是说张家宝？"

"对，就是他！既然张家宝也是蓝天矿业的股东，依你父亲那种正直品格和直爽脾气的人，一定不会瞒着他不说的。"

"您的意思是，我父亲将复印件的事告诉了张家宝，张家宝又告诉了太平洋集团的人？"赵梦雨脸色顿变，"他为什么要那样做，他自己是蓝天的股东，那样做没道理啊！"

"是的，如果张家宝仅仅是蓝天矿业的股东，他当然没有理由那样做，蓝天金矿的价值越高对他越有利。"

"是啊，就是这个道理啊。"赵梦雨抢着说。

张光曦看了赵梦雨一眼，放慢语速对她道："假如张家宝不仅仅持有蓝天矿业的一部分股份，不仅仅是蓝天矿业的一个小股东呢？"

"我不明白您的意思。"赵梦雨没有听明白张光曦话里的含义。

"我这么说吧，你想想，假如张家宝既是蓝天矿业的小股东，又是太平洋集团的大股东，而且太平洋集团算计好了要一口吞掉蓝天矿业，在这种情况下，张家宝得知你父亲手上有一份可以证明蓝天金矿真实价值的复印件时，他会怎么做？"

"等等，张伯伯您说什么？您说张家宝是太平洋集团的大股东？"赵梦雨彻底懵掉了，这怎么可能？怎么可能？

张光曦缓缓点头，"市局经侦局在侦查太平洋国际矿业集团（中国）有限公司对蓝天矿业的恶性收购案时，发现了种种疑点，好多迹象都显示出这个公司背后的太平洋国际集团才是幕后操纵者。在深入调查后，他们发现张家宝很有可能就是真正的幕后黑手，因为他持有太平洋国际集团绝大部分的股份。"

赵梦雨猛地记起了那天被绑架在车子上时，几个歹徒的对话，他们确实说起过大老板去了加拿大的事，也提到大老板是韩戈平表哥的事。大老板，对啊，不就是指太平洋集团的老板吗？现在联系张光曦的这番话来思考，似乎一切的一切都昭然若揭，完全真相大白了。原来那时候表面上对自己关怀备至的张家宝，完完全全是一只披着羊皮的狼，是一个口蜜腹剑的大恶人，是自己不共戴天的杀父仇人！现在已经可以确认，张家宝在操纵着一切，包括派人跟踪她，绑架她。那晚要处死她的指令，或许也是张家宝下达的呢！

在初步弄清楚这些真相后，赵梦雨内心已经燃起了熊熊的复仇之火。她问张光曦，自己该做点什么？

"据我所知，张家宝目前不在成都，已经去了国外。"张光曦略带遗憾。

"是的，我知道，他早就去了加拿大。"赵梦雨说。

"现在这么多人都被抓了，张家宝在国外一定会很快得到消息。既然如此，我估计以他那么狡猾的人，他暂时绝对不会回到成都来自投罗网的。"张光曦分析道："如果这里对太平洋集团的事一查到底，肯定要追查到张家宝身上。那样的话，他都有可能躲在加拿大不回来了。"

"公安不能去加拿大抓他吗？"赵梦雨问，

张光曦摇摇头，"不可以，我们国家的公安只能请求加拿大方面帮助。如果这些犯罪分子有合法的移民身份，一时半刻根本无法抓他们回来，张家宝也一样的，因为我们和加拿大没有引渡协议。"

"如果他不回来了，难道就让他这么逍遥法外？"赵梦雨恨恨地问。

"所有干了坏事的人都会得到报应的，只是时间早晚的问题。"张光曦肯定地说。

几周之后的一个上午，天空晴朗。

赵梦雨昨天就和小姨一起到超市购买了许多东西，准备今天去父母的坟前祭拜。小姨本来要跟她一块前去，但赵梦雨劝住了，她希望就自己独自一人去和父母说说话。小姨理解她的心思就不再坚持，叮嘱她开车当心。

赵梦雨一个人驾车到了成都郊区的一处墓园，因为既不是清明也不是冬至，几乎没有人来墓地祭拜。赵梦雨停好车，取下装了物品的包包，来到父母坟前。她在花岗石凿成的供桌上摆开了贡品，点上了香烛，凝视着一缕青烟在静静的秋日里升腾，在微弱的秋风中缓缓摆动。赵梦雨跪倒在地，朝着父母的墓碑深深磕了三个头，然后面对父母两人的瓷质遗像，凝神而视。许久以来，赵梦雨心中积郁了太多的悲伤和痛楚，命运对她是那么的不公。

她开口说了一句："爸，妈，杀害你们的凶手已经抓到，你们可以放心了。"这一刹那，她已经泪如雨下。

赵梦雨双手扶住父母的墓碑，释怀地号啕大哭。

她哭，是因为这世上最最爱她，又是她人间最爱的父母突然遇害，自此她从一颗饱受父母宠爱的掌上明珠瞬间变成了一个无依无靠的孤儿，失去父母的同时她那个习以为常的温馨家庭也一去不返，父亲打拼半辈子的巨额额财产，一夜之间被人掠夺殆尽，她将毫无准备地踏上一条寂寞之路。从今往后，她不得不独自一人去面对整个人生，再也没有最亲近的人可以依靠，可以倾诉，可以撒娇。

她哭，是因为本来一马平川的事业之路不得不嘎然中断，或许，她终将不得不放弃自己最钟爱的高尔夫球，向往已久的、一心想成为职业选手的梦想就此破灭，人生所有的规划将要重启，不知会被命运牵拉着走向哪条途径。

她哭，还因为自己含冤抱屈，莫名其妙遭到公安的通缉，变成一个莫须有的犯罪嫌疑人，不仅如此，她还身临凶险，陷于随时随地会被杀人灭口的绝境，如同黑夜中的荒野旅人，看不清周围有多少饿狼在围猎追击，她危机四伏，终日提心吊胆，再也没有了安稳日子。为了躲避黑白两道的追捕，她不得不痛下决心，离开生她养她的这片熟悉的土地，这个维系她所有美好记忆的城市，与此同时，她不得不中断学业，断绝和亲朋好友的联系，从此隐姓埋名远走他乡。

她哭，还因为自己一时疏忽，被崇拜和感激的偶像康亮迷奸，痛失贞操，从此不再纯如水晶，不再白璧微瑕，在她一生的记忆中刻下了永不能磨平的伤疤。

她哭，还因为自己倾心相爱的男朋友竟会冷酷无情地出卖她，引导凶神恶煞般的流氓坏蛋将她追踪擒获，全然不顾她的死活，要不是自己急中生智，恐怕早已命归黄泉，这残酷的变故让她那颗少女之心如何承受？她整个的身心已经数遭打击，备受摧残。

她哭，更因为原本美满无缺的生活已经支离破碎，毁损不堪；她花团锦簇的大好前程已经烟消云散，荡然无存；从今往后，她该何去何从，她不知道自己脚下的路在哪里，不清楚今后自己会面临怎样的余生，世界如此之大，她却只有孤单单一个人！

赵梦雨的哭声撕心裂肺，在空旷的墓园中四溢，在广阔的天地间回荡……

这一年多来，赵梦雨从未这样畅畅快快地大哭过一次。经历了那么多的冤屈和打击，她始终一直在忍。她内心集聚了太多的痛楚和苦闷，强忍着的泪水已经汇积成潭。今天，她要把所有的眼泪都倾泻一净，让泪水带走她内心所有积淀成块的愁苦阴郁。她需要一次脱胎换骨的自我改变！对，她已经不再是那个在双亲慈爱的呵护下无忧无虑的小梦雨了；她也不再是一个满足于赢得比赛，一心只想着打好高尔夫球的赵梦雨了。她已经长大，已经成熟。经历了那么多的事情，度过了那么多的磨难，她必须拥有一颗坚不可摧的心。她需要好好地活下去，她要在人生道路上迈开新的一步，不管这一路有多少荆棘和坎坷在等着她，她一定要充满勇气地走下去，因为她肩负着一个别人无法取代的义不容辞的使命：复仇！对，她必须要复仇！

终于，当赵梦雨停止哭泣并擦干眼泪的时候，她庄严地对着父母的遗像起誓：我一定会找到那个谋害你们的恶棍，让他付出应有的代价！

这天半夜，赵梦雨郑重其事地给远在加拿大温哥华的刘豪杰打了一个电话。

· 柯兆龙移民系列作品 ·

高尔夫丽人

〈下册〉

〔加拿大〕**柯兆龙** — 著

SPM 南方出版传媒·广东人民出版社

· 广州 ·

目　录

第十一章

1

时光如河，长流不息，从遥远的过去淌来，向未知的将来涌去。所有的人和事，都是河面上的浮枝漂叶，无奈地，凌乱地，不由自主地，被河流撑托着前行，在哪里搁浅，到何处消失，一切都无法预测。水流的力量是无法抗拒的，人和事，只是顺流而下，只能随流而动，在时间的长河里成为一段段的不可逆转的过往，一片片的零零星星的追忆。

爱丽丝每天驾着车驶上奥克桥，一次又一次望见这宽阔而湍急的菲沙河水时，就是这么想的。她不知道为什么自己的脑袋里会反复冒出这么一串的感慨来，有点深刻，带些伤感，像是含有哲理，其实又非常普通。

从乔治海峡经由劳娜岛两侧分开又重新汇合的水流，从温哥华市区和温哥华机场所在海岛之间穿越而过，形成浩浩荡荡的菲沙河水，一路蜿蜒向东，划出了一条区别温哥华市和列治文市的分界线。奥克桥高高地横跨在温哥华西区和列治文市的两端，任由菲沙河水从它的腹下激荡兴奋地流过。如果孤零零地站在大桥中央，从桥面俯瞰这条长流不息的大河，兴许会让人产生一种很想纵身一跃的诱惑。设想一个人苦难重重，历尽千辛，最终见不到希望的曙光，无法从悲惨的境遇挣脱，站在高处投向大河急流或许能是一种解脱。人生有时遭遇太多的苦难和不幸，一了百了并非不是好方法。

不过爱丽丝此刻内心并不阴暗，相反充满了生机。她从万里之外的中国来到加拿大，来到温哥华这座美丽的城市，可不是为了向菲沙河水一跃而下。她是来履行自己的使命，兑现一个誓言。她是来寻找仇人，讨还血债的。是的，她使命在身，有事要做！

爱丽丝是赵梦雨来到温哥华之后所用的英文名字。这是她几年前在美国学习高尔夫球时，她的教练给她起的。这个名字从第一次被叫至今，已经过了好多年。赵梦雨很喜欢爱丽丝这个名字，因为她一直非常敬仰德国乐圣贝多芬，崇拜那个失去了听力后还能创作和指挥《第九交响曲》的无与伦比的大师，还因为她特别喜欢那首钢琴曲《致爱丽丝》，每每陶醉，百听不厌。如今，她自己也有了个爱丽丝的名字，再听贝多芬的作品时，她越发感动，似乎大师的曲子就是作给她的。赵梦雨一直牢牢记着大师曾经说过的一句话：只要有机会，我就要反抗命运。

赵梦雨来到温哥华，就是要反抗命运。不仅要改变自己的命运，还要改变另一个人的命运，她要把被颠倒的一切再翻转过来！

半年之前的那一天，当赵梦雨从成都打电话给远在温哥华的刘豪杰时，她已经想好了自己今后要走的路。这条路不会平坦顺畅，或许非常崎岖坎坷，但不管怎样，既然选定了这条路，就一定要走下去。赵梦雨明白，当下自己需要有人搀扶一把，因为加拿大对她而言，完全是个人生地不熟的地方，想在完全陌生的环境里站稳脚跟，并且艰难前行，她需要贵人相助，而这个人，非刘豪杰莫属。

"我是上海金银湖高尔夫球场的小夏，您还记得我吗？"当电话接通，听到刘豪杰的声音时，赵梦雨有过担心，刘豪杰这位过客般的富豪，还会记得她这个普通球童吗？

"当然记得，别的人我或许会忘记，你不会。"刘豪杰毫不犹豫地回答她。

"谢谢刘先生。"赵梦雨当时有点感动，一个远在他国的富豪，只不过和她见过几次面，没有什么特别深交，之后也没有继续联系，竟然一下听出了她的声音并立刻记起了她。

"你突然给我来电，一定有什么事情吧？"刘豪杰主动发问。

"是的刘先生，我想来温哥华。"赵梦雨直截了当地说出了目的。

"真的吗？"刘豪杰的声音意外中流露出惊喜。

"真的，不知您以前对我说过的话还算数吗？"

"我刘豪杰永远是君子一言驷马难追。你想什么时候来都行。"

"我现在就想来，越快越好。"

"过来玩多久？"

"我不是来观光旅游的，是想去您的球场工作。"赵梦雨不想拐弯抹角。

"明白了。"刘豪杰显然完全明白了赵梦雨的意思，他在电话那头稍作停顿，接着就开始告诉赵梦雨，她需要尽快准备哪些材料，末了他说："等你把那些资料伊妹儿过来，我会立即吩咐手下的移民公司，以最快速度为你办理所有需要的手续。"

手续很顺利，三个月左右的时间，赵梦雨就拿到了加拿大驻重庆领事馆签发的工作签证。经过一周左右时间的准备，赵梦雨坐上了飞往温哥华的飞机。

到达温哥华机场那天，由于赵梦雨能讲一口流利的英语，不必再排到配有华人翻译的长长队伍里。审查有效签证的海关官员是一位白人小伙，对赵梦雨很客气，问了几个无关紧要的问题就放行了，出关比预想的要顺利。赵梦雨等候并取了行李箱，拖着箱子走到接客大厅，一眼就看到了站在那里翘首以盼的刘豪杰。他西装革履，穿得很正式，容貌和在上海见到时没任何变化，依旧那么稳重大方，风度翩翩。

在停车场，刘豪杰替赵梦雨将旅行箱装入他的保时捷凯宴SUV。令赵梦雨很意外的是，加拿大虽说也是英联邦的国家，汽车驾驶座居然和中国一样是在左边的，这与澳大利亚、新西兰等处都不一样。刘豪杰解释说，加拿大的驾驶习惯是和美国一样的。难怪，赵梦雨想，毕竟北美这两个国家之间应该保持一致，否则来来去去多不方便。

刘豪杰驾车离开机场，一路随意问问赵梦雨过来路上的情况。车过贸瑞桥，进入列治文市区。刘豪杰已经在列治文市给赵梦雨安排好了一套近百平米两室一厅的高级公寓，卧室，书房加客厅，让她先在那儿安顿下来。公寓离著名的大统华超市很近，步行五六分钟就到。刘豪杰说，列治文是华人为主的区域，可以说是大温地区的新中国城，对初来乍到的中国人而言，住在那里十分方便，路上走的，店里坐的，一半以上都是华人面孔，出门办事几乎都可以用中文解决，大统华超市里中国食品应有尽有，生活上会很便捷。不过刘豪杰随即记起赵梦雨会说一口流利的英语来，不由说了声抱歉。

赵梦雨对刘豪杰安排的公寓非常满意，里面有崭新的成套家具，北欧风格，美观简约，配上齐全的日产家用电器，全然一个舒适方便的家。等安置完行李，刘豪杰带赵梦雨乘公寓的电梯到了地下车库。赵梦雨本以为刘豪杰要带她去球场，不料刘豪杰取出把车钥匙交给赵梦雨，指指一辆停在凯宴边上的白色宝马说："这辆车就先给你用，记住停车位的位置，这里都是私家车位。"

赵梦雨没有想到刘豪杰连车子都给她准备好了，很是感激。刘豪杰说，在温哥华没车不行，一是开车，二是语言，是国外生活的两条腿。虽说有公交系统和天空列车，毕竟不如自己驾车方便。说着，刘豪杰又取出一只信封递给赵梦雨说："这里是5000加币，你先拿着用。"

"这个不可以不可以，我过来之前，已经在银行换了一些加币。"赵梦雨没有去接。

"那是两回事，我给你的，你就拿着，就算预支给你的工资。"刘豪杰不容违拗地说。

赵梦雨看得出刘豪杰这个人不喜欢被人拒绝，就让了步，莞尔一笑说道："谢谢，那我就先收下啦。"

"应该这样，我喜欢爽快的人。"刘豪杰也笑笑。

"我什么时候去球场?"赵梦雨问："明天? 还是现在就跟您去?"

"不急，不急，哪有这么急的!"刘豪杰呵呵笑出声来，"你先住下再说，这段时间，你先倒倒时差。书房里我给你备了一张大温地区的详细地图，车上有自动导航仪，你可以到处转转，熟悉一下周边环境，去超市兜兜，多购些日常用品和饮料食品，把冰箱塞满，一旦开始上班就没那么空了。”

刘豪杰没有返回楼上公寓小坐一会儿就告辞了，临走又从包里取出一只崭新的苹果6手机交给赵梦雨，说这是温哥华的手机号码，让她有需要就直接打电话他。

望着刘豪杰驾着凯宴离开地下车库时，赵梦雨心想，真没料到刘先生是如此细心的一个男人！

赵梦雨第一次去海天高尔夫球场是在一个星期之后，经过一周的转悠，她已经对公寓四周甚至整个列治文都非常熟悉了。不仅如此，她还到菲沙河对面的温哥华市去过几次。她开着车在富豪集中的温市西区转了几圈，猜想刘豪杰应该就住在那些风格各异的豪华别墅中的某一幢里面。来加拿大之前，她就听闻温哥华是全世界最适宜居住的城市，温哥华西区是最漂亮的高级社区，百闻不如一见。温哥华西区真是非比寻常，在这四月初的季节，虽然见不到遐迩闻名的红枫，但已经有樱花点缀着街道了。一幢幢精致的别墅前鲜花盛开，姹紫嫣红，街路上静谧安宁，鲜见行人，空气温馨透明，轻风里含着淡淡花香。

那天下午刘豪杰开车来接赵梦雨去球场，之前还特意叮嘱她穿得休闲一些，说到时一起挥几杆。赵梦雨便一身运动装加球鞋坐在副驾驶座上。刘豪杰驾车往球场而去，赵梦雨头一回可以无需集中精力关注方向盘，自由自在欣赏车窗外的景色。当车驶上奥克桥时，她突然闪过一个念头：什么时候要步行到这座桥上来，站在最高处看看桥下的这条大河。她猜测，就像苏州河对上海的意义一样，菲沙河应该也是大温地区的母亲河吧？

来到海天高尔夫球场后，赵梦雨以为刘豪杰一定先会给她介绍今后的工作内容，不料刘豪杰说，今天只需要她陪他打一场球，“我们打一场完整的十八洞，你顺便了解一下球场的地貌特征。”

赵梦雨当然乐意奉陪，打球永远是她的第一爱好，很久不碰球杆，心里确实也痒痒了，赶紧将脚上的球鞋换成了高尔夫鞋。刘豪杰吩咐球场工作人员替赵梦雨取来一套高级球杆，两个人驾着一辆球车从第一洞T台出发，一路不紧不慢打下去。

赵梦雨对海天球场的第一印象可以用惊喜来形容。这座位于海洋大道旁边的高尔夫球场，比上海金银湖球场更大更漂亮，特别是它的会馆，是一幢很大的欧式建筑，散发着英伦年代感，让人联想到那些英国老式绅士的翩翩风度。

“刘总，您这个海天球场比我们上海的金银湖球场更具魅力、更有挑战性。”赵梦雨站在第十五洞的一个伸向大海的果岭边，带着兴奋的语调，对身旁的刘豪杰说道。他正亲自驾着球车，带赵梦雨巡览海天球场。

"你猜猜，这个球场是谁设计的?"

"谁? 哪位大师?"赵梦雨好奇地仰脸望着刘豪杰略显得意的表情。

"知道美国的尼克劳斯吗?"刘豪杰问得不无自豪。

"高尔夫界谁不知道大名鼎鼎的'金熊'啊? 原来是他设计的，难怪气派十足。"赵梦雨惊叹道："尼克劳斯不但在球场设计是个奇才，在高尔夫球场上也是个传奇人物。"

刘豪杰带着一丝刮目相看的眼神看看赵梦雨，没想到她对高尔夫领域这么了解。缄默了片刻，刘豪杰说："你可能难以想象，两年前，这个球场还是一副破旧不堪的颓败之象。由于排水系统很差，一到冬天雨季，很多球一落地就不见踪影，陷进草地里去了。所以，每年的10月到第二年的3月，由于温哥华的雨水特别多，来这里打球的人就特别少。这也难怪，毕竟这个公共球场已经有一百多年历史了。"

刘豪杰和赵梦雨回到了停在球道边的球车上。赵梦雨想起一个问题道："我听说温哥华的球场不少，人口不多，所以打球的人不多，尤其是到了冬天就更少。为什么来这里打球的人这么多呢?"赵梦雨看着球道上不少的人在打球，想象不出刘豪杰描述的门庭冷落的情景。

"球场现在处于试营业阶段，搞了一些促销优惠，打球的价格比那些老旧的公共球场还便宜。"刘豪杰解释道。"只要来过的客人，都觉得我们球场大气漂亮，很乐意当回头客。"

赵梦雨点点头，她注意到一个现象，在场上打球的客人以华人居多。

黄昏时分终于打完十八洞，不用多说，赢家肯定是赵梦雨，她领先刘豪杰整整九杆，不过在赵梦雨看来，刘豪杰的球技已经相当不错了。

晚上刘豪杰请赵梦雨共进晚餐时，赵梦雨问刘豪杰，她什么时候开始工作?

"从明天开始你每天都来球场上班吧。"刘豪杰说。

"具体需要我做什么?"赵梦雨问。

"我还没有决定。这样吧，最近一段时间，你到球场各个部门都去转一转，工作几天，和各处的员工熟悉一下，了解了解目前各部门的运转情况，有空余时间的话，下场打打球，和客人也接触下，听听他们对球场的看法。还有，你要抽一点时间去温哥华及周边的其它球场看看，观察一下各自的优劣之处。一个月后，你交一份对海天球场的观察分析报告给我，记住，我需要的是一份货真价实的分析报告。"刘豪杰虽然脸上笑容依旧，却已经带上了工作的语气。

"是，老板，我一定尽我所能。"赵梦雨想把气氛冲淡些，晚餐应该在轻松的环境里才有味。果然，刘豪杰会心地笑了起来。

第二天上午，赵梦雨准时来到海天球场。刘豪杰亲自带她到球场各部门走了一圈，把赵梦雨介绍给各个部门负责人，并让他们安排了赵梦雨进部门见习的时间表。球场工作人员都对这位新来乍到的年轻美女议论纷纷，猜不透这个由平日不苟言笑的老板亲自带到各处转悠的大陆女孩是什么来头，许多人猜测会不会是钻石王老五老板的女朋友呢？

赵梦雨算是正式开始上班了，没有什么具体的职务。她似乎像是一个实习生在各个部门轮训，但她内心一直有种无形的压力，既然是她自己主动要求来到温哥华，她就一定要为刘豪杰做出一番成绩来。

一个月后以后，赵梦雨按期交给刘豪杰一份《关于海天高尔夫球场现状和发展愿景的分析报告》。刘豪杰认真仔细地读了两遍后，发现赵梦雨这位工商管理专业的学生还真是不可小觑，她不仅对海天球场目前各部门存在的问题看得透木三分，提出的改进思路也切实有效，而且对海天球场的商业推广提出了很有分量的建议，尤其出彩的是下面四条：

"第一，聘请一位在美国球场排名前二十名的球场总经理，来天海球场工作半年，最多一年。这样可以带来许多管理经验，也可以带来很多无形资产。

"第二，在会所左边的空地上，再建一个练习场，专门接待非会员的人来练球，同时，在这个练习场里成立一个高尔夫学院，重点培养青少年球手。这样，既不影响会员打球，又可以吸引更多的人来天海球场，还会带旺会所的餐厅。

"第三，争取在三年之内，在我们的球场举办一次一年一度的加拿大公开赛，世界很多名将都会参加这个比赛，这对迅速提升我们球场的知名度极有帮助。离海天球场不远的桑拿斯私人球场已经举办过好几次加拿大公开赛，我们的球场规模和设施远比他们好，完全有资格举办这样的比赛。

"第四，在条件成熟的时候，建立高尔夫学院，面向全球招生。"

刘豪杰没有料到，这位漂亮的女孩，不仅人长得漂亮，球打得好，还极具商业头脑，她的到来，真是老天爷赐给海天球场的一份厚礼。

收到赵梦雨书面报告后的翌日，刘豪杰把赵梦雨叫进了他的办公室，等赵梦雨在他面前坐下后，刘豪杰说："爱丽丝，你的报告我读过了。"

"请刘总批评指教。"赵梦雨心中浮现一丝不安。

"很好，你好像对高尔夫球场的管理很有想法。"刘豪杰称赞道。

"我读大学时就对这方面很感兴趣。"赵梦雨说。

"我知道你得过大学生高尔夫竞标赛全国冠军，所以在大学最后阶段你化名夏盼雪去上海金银湖球场体验生活，当起了球童，为的是写出一篇好论文？"刘豪杰试探地问。

"刘总这么理解也可以。"赵梦雨回答得含含糊糊。其实之前有一次刘豪杰也问起过她，明明叫赵梦雨，为什么要在金银湖球场化名夏盼雪？赵梦雨当时没有回答，避开了那个话题。今天刘豪杰再次问及，她倒是找到了一个搪塞的理由。

刘豪杰当然能感觉到赵梦雨不愿涉及那个话题，便不再深入。他缓缓从办公桌抽屉里取出一个透明小盒子，推到赵梦雨面前说："爱丽丝，你从下周开始正式上任，这是为你印好的名片。"

原来是一盒名片啊，赵梦雨暗想，自己已经在球场各个部门都蹲过点了，不知道刘豪杰认为她在何处最合适，究竟要她负责哪一块的工作？她一边猜测一边伸手取过名片盒，打开盒盖一看，放在面上的名片上用中英文印着：爱丽丝，海天高尔夫球场俱乐部总裁助理。

"这……？"赵梦雨颇感意外地看看刘豪杰再瞧瞧名片上的职称，一脸困惑。

"你对各部门的情况都已经了如指掌了，你今后的工作，就是统管全场，我不在的时候，你就行使所有权力，记住，你代表我。"刘豪杰一字一句地说。

"这个，我恐怕……"赵梦雨有些慌乱。

"什么也不用怕。"刘豪杰斩钉截铁地鼓励道："放手去干，只要是为了海天球场的发展，我什么都支持你。"

此刻，驾车驶过奥克桥的爱丽丝，已经行使总裁助理的职权将近两个月了，球场的管理正快步走上正规，各部门已经井井有条，高效运转。试营业已经结束，会员制开始实施，海天高尔夫球场早已名声在外，申请成为海天会员的各路富豪趋之若鹜。第一期会员卡虽然卖到二十万加币一张，却在三周之内完全售罄。刘豪杰庆幸自己具有伯乐的眼光，当初在上海金银湖就一眼相中了赵梦雨，也自赏能放手重用赵梦雨出任球场大总管，使得如今球场一派欣欣向荣景象。

三天前，刘豪杰把赵梦雨召到办公室说："爱丽丝你辛苦了，为我做了那么多事，你到温哥华也几个月了，一切都适应了吧？现在，你有什么需要我替你做的事吗？"

赵梦雨思索了一下道："刘总，我还真有一件事需要您的帮助。"

"说吧，什么事？"

"我想请您在温哥华帮我打听一个人。"

"打听一个人？叫什么名字？"

"张家宝，刘总遇见过或者听说过吗？"

刘豪杰努力想了一下后摇了摇头："不认识，也没听说过。"

"哦……"赵梦雨显然有些失望。

"他是大陆来的吗？移民多久了？"刘豪杰问。

"四川成都过来的，来了一年多吧。"赵梦雨答。

"是你的亲戚？朋友？还是……？"

"都不是。"赵梦雨的口气很断然，她明显不想解释，也不希望刘豪杰多猜。

"好的，我替你打听，在温哥华找个华人，应该不会很难。"刘豪杰是明白人，不再刨根究底，只是一口答应。

找到张家宝并对他报仇雪恨，是赵梦雨来温哥华的唯一目的。因此，在来到温哥华的第二天，她便迫不及待地开始寻找张家宝。在列治文3号路上的八佰伴购物中心里，放着很多免费的报纸、杂志，她每个都拿了一份。回家后，细细查看，尤其是那些房地产报道和广告，她希望能从中发现张家宝的踪影。她分析张家宝财大气粗，视财如命，在国内又是主业房地产，不会到了温哥华就偃旗息鼓，一定会马不停蹄地开始他的赚钱旅程。令她失望的是，翻遍了所有报刊杂志，也没有张家宝的任何蛛丝马迹。

她也很留意列治文的马路上、商场里，餐馆里，是否会出现张家宝的踪影，也是没有任何收获。她甚至开着车，慢慢地行驶在华人富豪聚结的温哥华西区不同的马路上，期盼突然看见张家宝。一次，她看见从桑拿斯地区一个豪宅开出的一辆宾利车，一阵短暂急促的紧张和欣喜之后，她猛踩油门紧随其后，一直跟到了列治文的海港海鲜大酒店，才发现下来的不是张家宝。两个多月下来，还是没有张家宝的任何踪影。

无奈之下，她只能求助于刘豪杰了。同时，赵梦雨的复仇之心也慢慢趋于理智。即使现在就找到张家宝，又能将他怎么样？复仇之心决不能动摇，但还得讲究策略，要有计划。

赵梦雨将车子驶下大桥，转上海洋大道的时候，车载电话突然响了，一看来电号码，是刘豪杰办公室打过来的。赵梦雨赶紧按下了接听键。

"你在路上吗？"是刘豪杰的声音。

"是的，刚下奥克桥。"

"好的，你今天中午你不要安排任何事情，我们一起吃午餐，给你介绍一个人。"

"谁啊？"

"我的一个老朋友，她或许会对你找那个张家宝有点帮助。"

"好的知道了，谢谢您刘总。"

挂掉电话，赵梦雨略感兴奋，看来刘豪杰正在很认真地想方设法替自己打听张家宝的踪迹。他要介绍给自己认识的是怎么样一个人呢？他是干什么的？为什么刘豪杰会觉得他能帮上忙？

2

　　刘豪杰和雪雅的重逢完全是一次偶然。

　　那天，刘豪杰应邀去本那比参加由大温地区华人工商联合会举办的一个研讨会，议题是如何让新移民更快更好融入温哥华华人群体。说是开会，其实就是一个简单的派对，大温地区各路移民同乡会的头头脑脑几乎悉数到场，他们大都是一些腰缠万贯，无所事事的富豪移民，聚在一起凑凑热闹。本来刘豪杰对这类活动是一概排斥的，他一直觉得温哥华富人很多也很无聊，大部分人都是在大陆或港台赚足了钱，跑到温哥华这块风水宝地来休闲养老的，还有就是一部分从大陆巧取豪夺，卷了一大票不义之财躲到温哥华来享受蓝天绿地净水和清新空气新鲜食品的。刘豪杰向来懒得与那些人交往，他们中大多数人都喜欢夸夸其谈，吹嘘自己曾经的辉煌经历，他们手上好像有用不完的钱，所以热衷买豪宅，开豪车，处处显示自己的富豪派头。他们喜欢隔三差五聚在一起喝港式午茶，去著名的中国餐馆喝酒饕餮。当然，他们也有一个刘豪杰眼下感兴趣的嗜好，许多人装模作样赶着时髦追逐高尔夫运动。

　　刘豪杰就是为了海天高尔夫球场来参加这个会议的。他收购海天高尔夫球场的初衷之一，就是要吸引温哥华地区华人富豪移民的主要群体，这是一个潜力巨大的客户群，这些人有钱，有时间，有虚荣心，为了长寿要锻炼身体，为了面子要紧跟潮流。所以，只要刘豪杰把海天球场打造成温哥华一流的顶级的豪华高尔夫球场，就会像磁铁吸引铁末一样把这些华人富豪都汇聚过来。果然，在这次派对之后，当海天球场开始试营业时，和刘豪杰交换过名片的富豪们几乎都来过海天球场，连续几天球场的驻车场里都泊满了各种名车，这是后话。

　　刘豪杰是在几个同乡会头目侃侃而谈之后开始的冷餐会期间遇到雪雅的，两个人无意间对面碰上，不免都颇感意外。这两个曾经在几年前缠绵过一阵，有过一段印象深刻的床笫之欢经历的男女，这里不知该说他们是旧时倾心的情人，还是红颜蓝颜的知己，总之他们后来就分手了，分得没有一丝怨气和遗憾，就像当初莫名其妙地相遇相吸，最后也是莫名其妙地不辞而别，彼此之间既无一声争吵，也无一点不满。就好像一切都理应那样发生的，自然而平静。据刘豪杰后来了解到的情况是：雪雅跟着她的同居男朋友去了多伦多。这一晃，差不多就有三四年了吧？

　　"四年，我们有整整四年多没见了。"雪雅从最初的惊讶中迅速恢复了淡定，还是她主动向刘豪杰伸出了手。

　　"你不是在多伦多吗？"刘豪杰也从意外中摆脱出来。能见到老朋友，或者说旧情人，他感到高兴。

"那里一到冬天就冰天雪地的，我还是喜欢和习惯四季如春的温哥华，所以就回来了，回来重操旧业。"雪雅大大方方地说。

刘豪杰仔细端详了雪雅一番，觉得她虽说略微胖了一点点，但依旧很漂亮很精神。他说："你还是老样子。"

"是吗？应该老一点了吧？"雪雅说。

"一点不老，"刘豪杰说："比以前成熟了。"

"我以前很幼稚吗？"

"不是这个意思，"刘豪杰赶紧解释："我的意思，你更像一个有家庭的女人了。"

"哦，你呢？你也是个有家庭的男人了吧？"雪雅半开玩笑地问。

"No，I am still single."（"不，我依旧单身。"）

"why？"（"为什么？"）

"没有运气遇到合适的。"刘豪杰自我打趣地说："我看上又喜欢的，人家不要我。"

雪雅心领神会，知道刘豪杰所指的是贺晶晶，那是她在温哥华时的闺蜜。刘豪杰一度被她的出众美丽和非凡气质迷倒，这已经是段过去的历史了。

刘豪杰似乎不想在这个话题上进一步展开，话锋一转问："刚才你说你回温哥华来重操旧业，仍然在做房地产经纪？"

"是啊，除了这行我还会什么呢？"雪雅笑笑。

"你回来多久了？"刘豪杰问。

"快三个月了吧。"

"哦，那你真应该早些联系我的。"

"为什么？"

"当然今天能碰到还不算晚，"刘豪杰说："我手上正好有一个房地产的开发计划。"

"真的吗？那太好了，到时肥水不能外流哦。"雪雅出于职业本能立刻兴奋起来。

"这还用说？"刘豪杰边说边掏出一张名片给雪雅，"你明天有空吗？有空的话到这儿来找我，我详细对你说说我的计划，也想听听你的建议，毕竟你在这一行是行家里手。"

雪雅接过名片看了看，不由一愣："我之前听说有个中国人买下了海天高尔夫球场，原来是你呀。"

"这是我收购的第五家高尔夫球场。"刘豪杰不以为然，好像是说他买的第五辆汽车一般轻松。

"哇，真是士别三日，刮目相看啊！"

"怎么，我以前很差劲吗？"刘豪杰打趣问，

"不是不是。"雪雅慌忙摇头："谁不知道你刘豪杰财大气粗啊。我是说，没想到你

会突然涉足高尔夫产业。"

"在温哥华地区，这个领域会很有发展潜力的。"刘豪杰的口气颇为自信。

"我相信，我相信，你看中的项目，一定不会错。"雪雅熟知刘豪杰的能力和魄力。

"你喜欢打高尔夫吗？喜欢的话，到球场正式开张时，送你一张会员卡。"刘豪杰说。

"那怎么可以，听说一张会员卡值很多钱呢，再说我高尔夫打得很差的。"雪雅摇完头又连连摆手。

"和我还客气啊？我们认识又不是一天两天了，对吗？"刘豪杰似乎在暗示什么，看到雪雅两颊微微泛红，便语气一转道："球打得差，就更应该多练练了，到时我会在球场替你安排一个专职教练，包你进步飞快。"

"那我得谢谢你了，说实话，我也真想把高尔夫球打得好一些，这样有利于我的工作。"雪雅刚才被刘豪杰的暗示弄得很羞涩，她此刻并不想和刘豪杰一起回忆往事。

刘豪杰明白雪雅的意思，她做房产经纪，打交道的多半是些男性富豪，如果会打高尔夫，也不失为一种社交手段。他突然想起件事来，不由问道："你来温哥华了，那他呢？和你一起回来的？"

雪雅当然知道刘豪杰指的他是自己的丈夫许小博，摇摇头说："没有，他还在多伦多，现在升任部门主管了，来不了。"

"那你们不是分居两地了吗？"

"暂时的吧，他们公司很快要在温哥华开办分部，老板承诺会派他过来当区域经理。"雪雅赶紧说明。

"那不错，你是先来打前站喽。"

"算是吧，我不想一个人在家里无所事事让他养着，所以和他商量了，我先回温哥华，把老本行重新拾起来，到时两个人都有自己的工作。"雪雅此话很认真。

"嗯，应该这样，你是温哥华地区的王牌经纪人嘛，无所事事多可惜。"刘豪杰看着雪雅笑笑说："好了我还有事，得先离开这里。明天你有空吗？抽个时间来一次球场吧，我带你四处看看，我们好好聊一聊房产计划。"

"好的，那我明天一定来。"雪雅大大方方答应了。

第二天下午，雪雅来到了海天高尔夫球场。她几年前也曾到过这个属于政府的公共球场，留下的印象不怎么样，比起温哥华其它由私人经营的球场来，各方面都比较简陋。虽说场地面积很大，地理位置也占优势，可因为政府缺少这方面的投入资金，设施都老化了，服务也跟不上。现在，当雪雅驱车驶入球场大门的一刹那，她简直不敢相信自己进入的是同一个球场，光球场大门的改造就完全抹去了过往的破败痕迹，一副气派十足的样子足以引起人们的窥探兴趣。从大门通往会馆的通道已经修缮一新，车道增宽了，两侧的草坪花坛整整齐齐，一派生机。

雪雅在驻车场停好车子，步入整修一新的会馆大楼。说是大楼，其实只有三层，不过这幢英式建筑体量很大，占地面积不小。楼内的过道很宽敞，阳光从大窗户的玻璃上透射进来，照得楼内一片明亮。

雪雅稍作打听，很快找到了刘豪杰的办公室，敲门进去。刘豪杰正在等她，让雪雅坐定。刘豪杰用咖啡机现磨现煮了牙买加蓝山咖啡给她喝。两个人闲聊了一阵后，雪雅问到刘豪杰所说的房地产项目："你是要圈地造房吗？"

"既是也不是。"刘豪杰卖关子，"我是想以旧翻新。"

"也就是买下旧房子，推倒重建？"

"差不多就是吧。"

"那幢房子有多大？"雪雅以前有不少的客户就是这样。在温哥华买下一幢旧房，全部拆除，在原地造一幢新楼。然后委托雪雅出手卖掉，一般就有可观的利润。

"不是一幢，是二十幢。"刘豪杰说。

"二十幢？不会吧？"雪雅惊得合不拢嘴。她知道刘豪杰的风格，常常会有与众不同的大手笔，可一下子吃下二十幢老别墅，那得多少资金啊？

"就是二十幢。"刘豪杰一点不像开玩笑。

"在哪？"雪雅不得不相信了。这刘豪杰不是在买卖房子，是想进行旧区改造啊？

"走，我现在就带你去现场。"刘豪杰迅捷地站起身来。

雪雅懵懵懂懂地被刘豪杰拖着走出会馆，上了他的停在附近的车。刘豪杰也不回答说是去哪，载着雪雅就驶出了球场大门，一个拐弯，沿着海洋大道往东走了一段，在一个社区前的空地上停下来。两个人下了车，走到一长排别墅前。

"就是这一排，看到吗？沿着球场边缘的那一排旧别墅。"刘豪杰停下脚步举手指指前方对雪雅说。

雪雅抬眼望去，紧邻着海天球场的边沿，有长长的一排别墅，看上去年份已久，大小不一，安安静静排列在春天灿烂的阳光下。

"总共二十幢。"刘豪杰放下举着的手臂。

"你想都买下来？"雪雅惊异地问。

"是的，都吃掉。"刘豪杰毫不犹豫地答道。

"那要多少钱啊？！"雪雅觉得难以置信。

"钱的事你不用担心。我找你来，是想听听你的建议，你认为这个地块怎么样？"刘豪杰转脸看着雪雅。

"什么怎么样，这地块太好了啊！"雪雅凭她做了多年房产经纪的经验不假思索脱口而出。

"如果我把它们全部拆掉，然后在这地方建几幢多层的高级公寓楼，你觉得可行吗？"

"当然可行。"雪雅本能地被刘豪杰的设想弄得激动起来，这么大的地方，能建至少四幢小高层公寓呢，现在温哥华新移民越来越多，有钱人也越来越多，高级公寓的需求量很大的。

"好，有你这句话，就更坚定了我做这个项目的信心了。"刘豪杰右手握拳往左手掌里轻轻砸了一下道："你有兴趣参与这个项目吗？"

"共同开发？不行不行，我哪有这么多钱啊？"雪雅不停晃了几下脑袋。

"不是让你参与开发，而是将销售全部交给你，你得帮我把房子的楼花一套套卖掉。"刘豪杰说。

"真的吗？"雪雅大喜过望："刘总这是要挑我发财啊？"

"你不是叫我肥水不外流吗？"刘豪杰嘴角露出一丝笑意："我不给你做给谁做呢？怎么样，售楼的事，你应该有把握吧？"

"你之前不是称我王牌经纪人吗？"雪雅戏谑道。

"当然，你可不是浪得虚名的。"刘豪杰会心地笑了。

"我回来重起炉灶，正发愁如何开始呢，有你这么一个项目的支撑，我就一点不担心了。你对我这么好，真不知道该怎么样好好谢你呢。"雪雅刚说完最后一句话就后悔了，怕自己随口一说会引起刘豪杰的误解，以为她是在对他做某种暗示，毕竟两个人几年前有过那段肌肤之亲的难忘经历。

"我们是商业合作，我当开发商，你做销售商，互相帮助，互惠互利。我找合伙人，理所当然要找自己熟悉和信得过的嘛。"刘豪杰并没有想到其它方面去。

回球场去的路上，雪雅问刘豪杰这个项目打算什么时候开始。刘豪杰告诉她已经开始了，"我已经买下了其中的三幢别墅，从海洋大道这儿数过去，第一幢，第十幢，第二十幢。"刘豪杰说。

"什么什么？我没有听懂你的意思，为什么要这样间隔着那么大的距离零零星星地收购呢？"雪雅觉得太奇怪了，哪有这种做法的。

刘豪杰看看雪雅困惑不解的表情道："这个项目太大了，我一下子也拿不出这么大的资金把二十幢别墅全买下来啊。不过我听说，已经有开发商在关注这个地方了，所以我必须提前一步，抢占先机。我先把两头和中间的位置占下了，其他开发商如果想吃下这一片地方，就必须得过我这一关，对吗？如果我不答应，他们就什么也做不成。"

"哎呀，这下我明白了。"雪雅大呼小叫起来："你这个人，真是太精明了！"

"商场如战场，不精明的人，一定吃败仗。"刘豪杰轻松一笑。

重新坐回办公室后，刘豪杰把自己对这个项目的初步设想和规划对雪雅详细讲述了一遍。他希望雪雅能在最近替他摸摸市场情况，特别是高级公寓，哪些规格和房型最受欢迎。毕竟这不是一件小事，不做好详细调查就不能轻易下手。一旦开始，就要确保成功。

"你放心，我会记在心里，近期会给你一个参考建议的。"雪雅非常希望这个项目能做成，那样她也就不必担心房源了。如果真的在球场边建起四幢小高层公寓，那她就要组建一个销售团队了，以最快速度将楼花全部销售出去。

刘豪杰本来想留雪雅共进晚餐的，雪雅说晚上她还有事，婉拒了。刘豪杰也不强求，他不想引起雪雅误会，几年不见重又相遇，很多事情或许已经时过境迁，彼此保留着一份不错的感觉，珍惜一份长久的友情也是很好的。

离开海天球场，驾车返回自己住所的路上，雪雅心头陡生出一种奇怪的感受。她弄不清自己对刘豪杰究竟是什么感觉。她曾经喜欢过这个风流跌宕的男人吗？结论应该是肯定的。不然怎么可能和他一度沉湎于欢愉中难以自拔？那么她对他有过爱吗？雪雅吃不准，这个男人太有魅力，但同时也令人畏惧，以雪雅的能力，根本驾驭不了他的。相比之下，她最终选择回到许小博身边应该是正确的。刘豪杰只适合做情人，他带给你的是冲动、热烈、陶醉和向往；许小博才适合做丈夫，和他在一起感受到的是平静、安稳、踏实和长久。

3

赵梦雨来到球场会所楼顶的阳光餐厅时，刘豪杰和一个陌生的女子已经坐在里面了。

阳光餐厅是利用了大楼原有的一个巨大露天阳台搭建出来的，几乎是全玻璃结构，就像是一个热带植物展馆。餐厅四角种着许多大型盆景植物，绿意盎然。餐桌和餐桌之间也有精心布置的花草间隔，布局非常漂亮。由于全玻璃结构，阳光可以肆无忌惮从各个方向穿透过来，将餐厅照得一片光亮。在冬季，这里无疑是一处享受温暖的宝地，外面气温再低，餐厅内始终和暖如春。夏季时，餐厅顶部的遮阳设备可以自动合起，四壁也都按有隔断炎热光线的大型百叶窗帘，制冷设备一启动，餐厅里也绝不会感到闷热。春秋两季，天气不热不冷，餐厅四面的玻璃窗户可以任意撑开各种角度，确保有舒适的微风徐徐吹入，使得室内的空气保持清新，一如户外。温哥华的阳光本来就贤静温婉，像美女一般动人，阳光餐厅就如同妙龄女郎的闺房，令人神往迷醉。

赵梦雨走过去时，刘豪杰正聚精会神和身旁的一个年轻女子说着话。从赵梦雨的角度，只能看到她的侧面，感觉上这是个漂亮的女子。她一身素雅的打扮，一件浅黄色的薄薄毛衣裹住她凹凸有致的丰满身材，很有女人味。难道这就是刘豪杰电话里讲的，会对找到张家宝有帮助的人？赵梦雨之前一直以为会是个男人呢！

这时，刘豪杰无意间一抬头，看到了即将走到桌前的赵梦雨，扬起手朝她挥了挥。"哦，你来啦。"刘豪杰暂时搁下他和雪雅的对话。

"我没打扰你们吧，刘总？"赵梦雨注意到坐在刘豪杰旁边的女子正转过脸来看自己。那是一张十分标致的脸，年纪好像比自己大了几岁，也许快三十了吧？赵梦雨心里猜着，朝她点头示意。

"没有，没有，我们正东拉西扯闲聊呢。"刘豪杰说着，转脸对雪雅说："来，我给你们介绍一下，这位是我的助理，爱丽丝。"

雪雅赶紧起身，颇为认真地打量着赵梦雨，然后轻声惊叫："哇，刘总的助理这么漂亮啊！"

"爱丽丝，这位是赛琳娜，我的老朋友。"刘豪杰继续介绍。

"你好，很高兴能认识你。"赵梦雨优雅地伸出手去。

雪雅赶忙握了握赵梦雨的手道："你也是从国内来的吧？我的中文名字叫雪雅，白雪的雪，文雅的雅。"

"好优雅的名字啊。"赵梦雨赞道："姓雪的人应该很少吧？我姓赵，《三国演绎》里常山赵子龙的赵，很普通的姓。名字叫梦雨，做梦的梦，下雨的雨。"

"梦雨，名字很浪漫啊。"雪雅也回赞一句。

"呵呵，你们一个雪一个雨的，都和天气预报有关嘛。"刘豪杰打趣道，引得两个女孩都噗嗤笑了出来。

三人先后坐定，刘豪杰唤来服务生，征求了各人意见后，分别点了三份套餐。雪雅喜欢银鳕鱼，刘豪杰点了牛排，赵梦雨说中午吃不了很多，只要了三明治加蔬菜色拉。午餐时间，一早来球场打球的客人陆陆续续收杆离场，阳光餐厅渐渐热闹起来，不停有人三三两两走进餐厅，择位而坐。交谈声，嬉笑声开始在各个角落此起彼伏。这些客人，有些上午只打完半场球，午餐毕，稍事休息，然后再重整旗鼓，挥杆再战。

"爱丽丝，赛琳娜想要提高球艺，希望我能替她找一个私人教练。"等前菜和汤送到，刘豪杰对赵梦雨说。

"没问题啊，我可以去培训部安排一下……"赵梦雨说。

"不不，"刘豪杰打断赵梦雨，"我答应给她找一个女性教练。"

"女性？我们培训部没有啊。"赵梦雨有点为难地看着刘豪杰。

"远在天边，近在眼前啊，"刘豪杰说，"你不就是最好的教练吗？"

"我？……"赵梦雨很意外。

"对，还有谁比得上你呢？"刘豪杰说着转向雪雅："爱丽丝可是得过中国大学生竞标赛全国冠军的高手哦，她能当你教练，是你的福气。"

"哇，真的啊？全国冠军，太厉害了。"雪雅觉得难以置信。

刘豪杰又对赵梦雨半开玩笑说："我已经答应赛琳娜了，就看你给不给我面子哦。"

赵梦雨看看刘豪杰又瞧瞧雪雅道："既然刘总已经答应了，我一定尽力。"

"哎刘总，你答应我的时候，我可不知道她是你的助理，更不知道她是全国冠军哦，"雪雅觉得应该解释一下，"让爱丽丝这么高职位这么好技术的人来教我这个高尔夫小学生打球，未必太大材小用了吧？"

"不能这么说，她教你打球，是发挥她一技之长，我先给你吹吹风，爱丽丝也有事情需要你帮助的哦，你们这叫互通有无。"刘豪杰说。

"是吗，我们初次见面，爱丽丝会有什么事需要我帮忙？难道她想在温哥华买房子吗？"雪雅显得好奇，她是一个房产经纪人，除了买房她还能帮什么忙？

"我哪买得起温哥华的房子啊。"赵梦雨立刻摇头否认。

"那我能帮你什么？爱丽丝，你有神通广大的刘总罩着，在温哥华根本什么事都不用担心的。"雪雅不无夸张地说。

"爱丽丝，赛琳娜是温哥华著名的王牌房地产经纪人，在本地的人脉关系相当广，华人圈里更是如鱼得水，游刃有余，所以，你那件事托她打听，一定很快会有结果。"刘豪杰认真地对赵梦雨道。

"爱丽丝，你要打听什么事啊？我一定尽力而为。"雪雅这时觉得他们不是随口说说，真的有事情托她，便一本正经承诺赵梦雨。

"爱丽丝，你自己对赛琳娜说吧，没关系，我和她是好朋友。"刘豪杰对赵梦雨说。

赵梦雨停顿一下，想了想，将目光投向雪雅的脸道："雪雅姐姐，我想拜托你打听一个人，叫张家宝，是个新移民，从四川成都过来的。"

"他是住在大温地区吗？"雪雅问。

"应该是吧。"

"他是什么情况？技术移民，还是投资移民？"雪雅问。

"这我不清楚，好像他在温哥华做生意。"赵梦雨凭印象说明。

"噢，这个应该不难，温哥华的华人生意圈很小，我四处打听一下吧，不过你要稍微给我一点时间。"雪雅毕竟离开温哥华好几年了，虽说回来后所有的老关系差不多全部接上头了，但对于这两年新到温哥华的移民，她还真的不熟悉。她需要转弯抹角通过各路朋友的信息来一步步打听才行。

"我不急，"赵梦雨马上表示："只要能找到这个人就行。不过，请雪雅姐保密，暂时不要让外人知道这件事。"

"这个我明白，你放心好了。"雪雅心领神会。她本来还打算多问些情况，转念一想，似乎这个女孩不希望别人过多打探自己的隐私，所以就不再多问。她只是在心里私自揣测，爱丽丝要打听的那个人应该是个男青年，或许是一位大帅哥吧，会不会他们之前是一对情侣呢？是不是那个帅哥欺骗了爱丽丝的感情后，一个人不辞而别逃匿到了温哥华，爱丽丝为了找到他才来到温哥华的呢？那么，爱丽丝又怎么会认识刘豪杰的呢？年纪轻轻的，怎么就当上了刘豪杰的助理？雪雅一边胡思乱想一边对着赵梦雨凝视，忽然，她感觉爱丽丝长得有点像某个人，对的，爱丽丝有点像自己的闺蜜贺晶晶，哇，确实有点像，是什么地方呢？眼睛和嘴巴？不错，很像，脸型也有点像，还有，说话时的神态也像。

"你发什么呆啊？"刘豪杰觉察到了雪雅的异样眼神，不由问了一句。

此时，正好有服务生端菜上来，两份主菜和赵梦雨要的三明治都陆续端来了。等服务生撤去桌上用过的空盘子，雪雅颇有含义地对着刘豪杰说："爱丽丝长得真漂亮，对吗？"

"嗯，可以这么说吧。"刘豪杰被雪雅很意外的一句提问弄得毫无准备，唯有含糊地搪塞着。

"雪雅姐过奖了，其实你自己就是个美女啊。"赵梦雨被人当面夸奖，不由脸红了。

"我那么老了，还美什么啊……"雪雅轻声感叹，"女人的年龄不能相差几岁的。爱丽丝，你是一朵刚刚盛开的花，水灵灵的，我呢，已经开始凋谢啦。"

"看你，把自己说得像个老太婆似的，按你的年龄说凋谢，我还不要入土了？"刘豪杰插进来调侃。

"男人和女人不同，都说男人四十一朵花，你还盛开着呢，和爱丽丝处于同一阶段。"雪雅比以前更加能说会道了。

"雪雅姐这样的年龄才有一种成熟女性的美，我太年轻，太幼稚肤浅啦。"赵梦雨谦虚地说。

"可你的美丽是浑然天成的，所谓天生丽质。你说呢刘总？"雪雅顿了顿后又问刘豪杰："你是不是觉得爱丽丝长得有点像晶晶啊？"

刘豪杰被雪雅这么冷不防一问，倒是愣了愣。他缓缓地朝赵梦雨仔细打量了一番后，不由点起头来："让你这么一说，某些地方还真的像呢。"

"晶晶是谁啊？"赵梦雨见他们两个反复在拿自己和另一个人比较，忍不住问。

"我的闺蜜，温哥华著名的大美人。"雪雅不无自豪地说。

"刘总你也认识？"赵梦雨不经意地再问。

"嗯，认识，当然认识。"刘豪杰脸上飘过一丝不易察觉的复杂表情。

雪雅神色怪异地朝赵梦雨眨了几下眼睛，似乎暗藏着什么意思。机灵的赵梦雨立刻就搞懂了，其中定有某种隐秘的含义。她看看雪雅，再看看刘豪杰，会心地笑道："你们说的晶晶，不会是刘总的太太吧？"

"不是不是。"刘豪杰一惊，急着摆手否定。

雪雅忍不住笑出声来："爱丽丝啊，你的老板可是温哥华出名的钻石王老五哦，他还单身着呢，哪来什么夫人啊。"

"这……，刘总，不好意思哦。"赵梦雨一时十分尴尬。

"没什么，不必在意。晶晶只是我和赛琳娜一个共同的朋友而已。"刘豪杰赶紧替赵梦雨解围，

"晶晶是你老板最欣赏的女人类型。"雪雅有些兴奋，继续开玩笑道，"爱丽丝啊，你和她长得很像的，所以呢……。"

"看你，瞎扯什么啊？"刘豪杰阻止雪雅说下去，"爱丽丝还小呢，别开这种玩笑啦。还是让爱丽丝给你说说高尔夫方面是事情吧。"

4

雪雅是被公司同事西塞罗拖着一起去参加下午举办的地产推介会的，推介会会场设在市中心庞贝街的一幢大楼里，会议举办者是一家叫太平洋地产集团的公司。西塞罗说，这是一家大陆新移民组建的房地产开发公司，很有实力，老板到温哥华才一年多一点，已经出手不凡地在温哥华购置了不少房地产，其中包括两幢价值超过三千万的大楼，今天举办会议的那幢楼就是其中之一。

西塞罗和雪雅一样，是大温地区房地产界的王牌经纪人。事实上，西塞罗可以说是雪雅的入门师傅，当初雪雅刚进公司的时候，西塞罗特别照顾她，主动传授了很多经验给她，还给她介绍过好几个不错的客户。一开始，雪雅以为这个年长她好些的男同事对自己如此之好或许心有所图，雪雅知道自己长得漂亮性感，走到哪里都吸引男人的目光，西塞罗只是众多对她垂涎三尺的男人之一。后来时间长了，雪雅发现西塞罗在工作上关心照顾她并未夹杂任何邪念，他不过是个热心人，愿意帮助新人而已。

这次从多伦多回到温哥华，雪雅决意回到原来工作过的公司去。时隔几年不见，大家看到是赛琳娜回来，既意外又高兴。西塞罗更是乐不可支，他一如从前，热情地帮助雪雅重拾旧业，一有合适机会，他必会带着雪雅同往。他相信今天下午的推介会一定能有助于雪雅重新拓展业务，因此他要把雪雅介绍给自己已经打过几次交道的太平洋地产集团老板。这个老板在大温地区有雄心勃勃的房地产开发计划，可不是一般的小打小闹，如果能找到与他合作的机会，那可就发了。

雪雅和西塞罗步入会堂时，里面已经人头攒动。会议在二楼的一个大厅内举行，几乎大温地区一半以上的华裔有名房地产经纪人都到场了，男男女女几十号人，三个一堆，五个一群，叽叽喳喳说着话。雪雅和西塞罗是这个圈子里的名人，华裔经纪人几乎都和他们认识，尤其是雪雅，离开温哥华几年后突然又在这种场合露面，难免引起一阵骚动。看到她的人纷纷过来和她招呼，女性经纪人们更是送来一个个热情洋溢

的拥抱。虽然老话说同行是冤家，但表面上大家都和和睦睦，较劲厮杀都是在暗中的行为。再说了，所谓行行出状元，人家能做到王牌经纪人，必有过人之处，普通的、业绩欠佳的经纪人们，也乐于和那些名扬大温地区的地产经纪界翘楚套套近乎，取取经验，分享信息。

有人在大厅前方的会议桌后招呼大家入座，说会议马上开始。西塞罗招呼雪雅跟他一起坐到前排去。有太平洋公司的两位年轻女职员给每一位到场的经纪人发了一个纸袋，里面有一瓶矿泉水和一套太平洋地产集团的企业介绍宣传资料。

面对经纪人们而坐的有两个男人，一个中年人，五十不到一点年纪，体型微胖，满脸的自信中略带傲慢，目光轻蔑地扫视着全场。另一个是将近三十的年轻人，一张十分英俊的脸，双眸明亮却很温和，从坐着的样子看，站起来时应该是个高个子。雪雅脑子里闪过玉树临风四个字。她已经很久没有遇到这么俊朗的华人青年了。他的面前搁着一只麦克风，好像是他主持会议。

果不其然，等会议厅基本坐满，与会者也渐渐安静下来后，男青年开始讲话了："女士们，先生们，诸位下午好。"他先用英语向全场打了个招呼，然后话语一变说："今天到场的应该都是温哥华房地产界的华裔同行，大家应该都能听懂中文吧？好，为了便于表达，我就用中文做开场白了。"

男青年先做了自我介绍，他是太平洋地产集团的董事长助理，英文名字叫杰姆斯。然后他介绍坐在他身旁的中年人道："这位是我们太平洋地产集团的张董事长，大家可以翻阅我们发给你们的公司介绍，里面有我们董事长的履历简介。"

那位张董事长朝大家扬了扬手，算是打招呼。这时经纪人中有人问了一句："请问张董事长的英文名字怎么称呼？"

"我没有英文名字。"张董事长不以为然地答了一句，"大家以后叫我张董就行了。不过发音要准，别把张董叫成'装懂'就行了。"

这话让那些听清楚同时领会意思的经纪人们笑了起来，觉得这个张董倒还不乏幽默。雪雅也笑了，不过她心里在嘀咕：希望张董真的不是装懂。

接着是年轻的杰姆斯介绍太平洋地产集团的大致情况，虽然到温哥华时间不长，但公司的发展非常迅疾，最主要的是，太平洋地产集团资金实力雄厚，出手都是大项目。这不得不让到会的经纪人们刮目相看。杰姆斯介绍完公司的大致情况，最后说道："下面有请我们张董事长和大家说话。"边说便把话筒移到了张董面前。

张董事长将话筒在自己面前摆摆正，压低了一点，接着轻咳两下，像是要清理掉粘在喉咙口的异物，然后用粗厚的嗓音说道："非常感谢各位今天前来参加这个会议，这是对我们太平洋地产的支持。我今天请大家来的目的，并不是为了买卖楼盘……"

"请问张董，"下面立刻有人打断道："我们都是房产经纪人，如果不是为了买卖楼盘，叫我们大老远赶过来干什么呀？"话音刚落，就有不少声音迎合。

"大家先别急，"张董脸上掠过一丝不悦，但立刻就被堆出来的机械笑容掩盖了。他扬扬眉头，提高声音朝着全场喊道："我今天把大家召来，是有一个全新的想法和三赢的方案同大家商讨。"

这句话果然见效，大家立即安静下来，饶有兴致地将目光聚焦到张董脸上，急切地等待他的下文。张董不慌不忙地喝了一口茶，盖上白色的细瓷杯盖后，开始切入发言的主题：

"诸位，大家应该都比我先到温哥华，对与温哥华的情况，诸位肯定比我更了解。温哥华这个地方嘛，富豪多如牛毛，路上随随便便逮一个华人，他的身价可能就是几个亿。但是大家有没有思考过一个问题，温哥华华人手里的钱很多，但那些钱基本都在长期睡懒觉啊。"

会场里漂浮起一片嚓嚓的议论声，大家都不明白这位张董想表达什么意思。

张董等议论声稍稍平息下去后继续说道："我们公司在这里做了详细的调查后，制定了一个前景可观的提案，今天就想慷慨地贡献给大家。"

"张董你就别卖关子了，直奔主题吧。"坐在第一排的西塞罗说。

"好吧，我们直奔主题。"张董认识西塞罗，朝他友好地笑了笑。这时他的目光无意中瞥见了坐在西塞罗边上的雪雅，不由在她脸上驻留了片刻，他没有料到，温哥华还有这么漂亮的女房产经纪人。当他意识到雪雅发现了他在偷偷打量她时，赶紧将目光移开了去，朝着话筒说起来："我们的计划，是如何将大温哥华地区富人手里的闲钱盘活、用好，更好地发挥鸡生蛋钱变钱的作用。我们知道，在座的各位身边都有不少富人朋友，或者客户，你们只要说服这些富人把存放在银行里的钱取出来，投资于我们太平洋地产开发经营的地产楼盘，不仅安全可靠，而且可以得到很高的回报率。"

"说说看，投资回报率是多少？"下面的人果然听出了兴趣，有人急不可耐提问道。

"我可以用太平洋地产集团董事长的名誉向各位承诺，所有参与投资的客户，每一年的资金回报率至少10%。如果存在银行里，应该没那么多利息吧？"

将钱存入银行几乎没有利息，这不低于百分之十的投资回报率迅速引起会场里的再次骚动，议论纷纷的经纪人们转身回头交头接耳起来。雪雅对边上的西塞罗轻声说："不知这个承诺靠不靠谱，如果是真的，那是很有吸引力的。"

"是啊，真有那么高的回报率，我手上就可以找到好几个客户，他们都是钱多得不知用在何处。"西塞罗点点头。

"我应该也能找到不少有兴趣的人。"雪雅也表示道。她想了一想，突然高高举起了手，冲着对面的张董大声问道："如果确有10%的回报，我们的许多客户肯定很愿意投资。但不知这个百分之十的投资回报率是怎么得来的？请张董具体解释一番可以吗？"

张董闻声转过视线，这下可以名正言顺地盯住这个美女经纪人了，于是他微微含笑地解释道："我们的具体做法是，一旦选中某个物业，立刻成立一个太平洋地产的子公司——即项目公司，我们太平洋地产投资 25%，其余 75% 向社会招商引资，每一个投资者最低投入额为 20 万元，而最高的只能占项目的 20%。等到该楼盘物业出售时，先扣除 25% 的利润用于项目公司的管理费用、员工工资等，其余 75% 的利润按各位投资者投入项目公司的比例马上进行分配，分配结束，即刻关闭该项目公司，再转战新的项目，重新组织投资者。"

"那么，太平洋地产将如何使投资者放心，也就是说在法律上如何保证这些投资者的合法权益呢？"雪雅进一步提问。

张董被问得停顿了一下，和身旁的杰姆斯交换了一下眼色，杰姆斯便把话筒往自己面前移了移："这位女士的问题提得好。我们清楚，每一个投资人肯定首先会想到一旦投资，如何确保资金的安全性以及利润的确定性，我们太平洋地产法务部已经考虑过方案了，为了做到法律上有保障。我们所设立的每一个项目公司，它们在法律上、财务上都将是独立的，每一位投资者都是项目公司的股东，买入和卖出物业都得让所有股东签字。当然，如果意见不统一，就以投票表决方式决定，必须达到 50% 之上的多数意见为准。"

杰姆斯的这番解释让所有在场经纪人都频频点头，觉得这方案可靠、有效。雪雅和西塞罗又互相看看，两个人都觉得这种方式比较靠得住。

这时，那位张董又把话筒移了回去，他接下去说道："我在一开始说了，我们要提出一个能够做到三赢的新方案，说到这里，大家已经看到了双赢，即我们太平洋地产赢了，每一位参与投资的客户也赢了，那么还有一赢呢？"

张董不失时机地卖了一下关子，再次打开茶杯盖喝了口茶，然后不慌不忙地继续道："那第三赢，当然是在座的各位喽。凡是引资成功的经纪人，都属于劳苦功高的人，我们将给每一位引入资金的人按引入金额 5% 的比例抽取佣金。"

"5%？这么高啊！"好几个经纪人一起脱口而出叫出声来。大家都议论纷纷：这远比物业买卖的佣金高得多啊！

"对，就是 5%！"张董加重语气道："这是太平洋地产的承诺，也是我张董的承诺。这 5% 的佣金，与项目最后的盈利多少无关，即便我们太平洋地产最后获利甚微，我保证 5% 的佣金一分也不会少给你们。"

在加拿大，一个物业的买卖，买卖双方经纪人的佣金总和一般为成交价的 2.5% 到 3% 之间。现在，由于拥有经纪牌照的人越来越多，据说单单大温哥华地区 200 多万人口中，就有一万多个人通过了省政府的专业考试而取得了经纪人的牌照。所以，一些买（卖）主，就要求经纪人成交后返还佣金，经纪人最后到手的佣金往往 1% 都不到。现在，太平洋地产居然拿出 5% 的佣金，而且不用和他人分享，这太有诱惑力了。显然，在坐的经纪人没有一个想到太平洋地产出手会如此阔绰。

其实这些经纪人没有想到的是，羊毛出在羊身上。这5%的佣金太平洋地产只是出了其中的25%，因为支付给经纪人的这个佣金，都计入项目公司的成本。太平洋地产在项目公司其实只投资了25%，其余的资金都是集资而来的。张家宝之所以热心开设不同的项目公司，不是他缺钱。事实上，他带到加拿大的钱多达加币7亿，折合成人民币高达近40亿，其中的4亿加币是侵吞金矿所得，还有3亿加币是从国内银行贷款所得。他这样做的目的，一是迅速提升太平洋地产的知名度；二是可以将集团公司的所有开支都分摊在各个项目公司上面；三是在这些大牌经纪人所提供的物业中，可以将特别好的物业由集团公司直接购买。

"所以，我们的方案是三赢，你们经纪人盈利了，投资者盈利了，我们太平洋地产也盈利了，现在大家都听明白了吧？"张家宝总结道。

有人鼓起掌来，接着又有人跟上去，渐渐地，掌声越来越响。坐在前面的两个会议召集人互看一眼，露出了满意的笑容。

杰姆斯宣布会议结束后，有好几个经纪人没有立即离开，涌到前面去向张董咨询，想进一步了解一些细节。雪雅原本打算告辞的，不料那位张董向西塞罗招招手，让他等一下。西塞罗原本有意将雪雅介绍给那位太平洋地产的掌门人，毕竟他是大温地区异军突起的华人房地产开发商，结交一下没有坏处。

等张董打发完那些留下来的经纪人后，他拉着杰姆斯走到西塞罗和雪雅坐的位子前。西塞罗和他们两个人都很熟，一一握手之后，他欠身把雪雅介绍给两位开发商道："张董，杰姆斯，这位美女叫赛琳娜，是我公司里的同事。"

"幸会幸会。"张董忙着向雪雅伸出手去。雪雅和他象征性地轻握一下，然后主动将手伸给杰姆斯。杰姆斯不敢怠慢，马上礼貌地握住了雪雅的手。

接下去按照习惯，彼此交换起名片来。当雪雅接过那位张总的名片时，一下子愣住了，这个名字怎么如此熟悉呢？张家宝！一瞬间，雪雅便记起来了，这不就是刘豪杰的助理爱丽丝拜托她打听的那个人吗？天哪，真是踏破铁鞋无觅处，得来全不费工夫啊！她根本不用四处去打听，只是跟着西塞罗来参加了一个会议，就找到了想找到人。不过，自己之前的猜测完全是错的，张家宝根本不是一位大帅哥，而是一个在雪雅眼里有点土气的微胖男人。倒是他身旁的杰姆斯一表人才，一米八几的高个子，一张端正的脸和漂亮的五官，十足一个帅哥。雪雅看看另一张名片，上面的英文名是杰姆斯，下面的中文名叫韩戈平。

"赛琳娜，你怎么对着名片发呆啊？"西塞罗唤了一声。

"哦，不好意思，我想看看仔细，"雪雅解释道。

"赛琳娜这么年轻，是刚进你们公司的吗？"张家宝好像对雪雅颇感兴趣，问西塞罗。

"张董这次可猜错了，别看我们赛琳娜年轻，她可是大温地区有名的房地产王牌经纪人哦。"西塞罗得意地介绍道。

"哦？"张家宝拿起雪雅给他的名片再看看，似乎想以此判断西塞罗的话有没有夸张，"那我怎么没听说过赛琳娜小姐啊，算起来我到温哥华已经快一年半了吧，华人经纪人我认识的可不少。"

"我从多伦多过来时间不长。"雪雅很不喜欢张家宝居高临下自以为是的口气。

"赛琳娜几年前去了多伦多，之前在温哥华已经是功成名就的王牌经纪人，几个月前她刚从多伦多回来，重操旧业。"西塞罗替雪雅解释。

"原来这样啊。"张家宝似乎这才相信这个漂亮女人真是王牌经纪人。

"那以后我们希望和赛琳娜小姐多多合作。"一直没出声的韩戈平插进来对雪雅表示出诚意。

"开发商和房产经纪人本来就是互相合作、互惠共赢的关系，以后也要请杰姆斯多多关照了。"雪雅对杰姆斯印象颇佳。

几个人说了一番客套话后，张家宝认真起来，对西塞罗道："我有一件事情想要拜托你打听一下。"

"说吧，"西塞罗点点头："凡是我能做的，一定尽力。"

"除了做房地产之外，我一直有个计划，想在加拿大收购一家大型矿泉水生产基地，不知你有没有这方面的资源？"

"矿泉水吗？这方面我倒是没有涉及过，不过我可以替你打听，加拿大是水资源大国嘛，这方面的企业应该不少的。"西塞罗表示。

"最好不要离开温哥华太远，便于我操作管理。"张家宝补充道。

"明白了。"西塞罗答着，转身对雪雅道："赛琳娜，你也可以帮忙打听打听，你在温哥华的人脉关系比我还广呢！"

雪雅像是油然记起了什么事情，她看看西塞罗再看看张家宝说："说起来是无巧不成书，我刚回到温哥华的时候，几个老朋友替我接风，其中有个人偶尔提到过什么矿泉水项目，好像他也想做这方面生意，手上就有矿泉水的资源。"

"真的吗？"张家宝不由兴奋起来，"那请你尽快帮我打听吧，一旦成功，我不会亏待你的。"

"这也凑巧了，"西塞罗对雪雅说："你就辛苦一下，我看张董急着想做矿泉水生意呢。"

"好吧，我去问问。"雪雅答应了。

离开太平洋地产以后，西塞罗和雪雅来到街上，西塞罗问雪雅对张家宝的印象如何？雪雅毫不掩饰地回答说："不喜欢！如果不是因为业务关系，我会讨厌这样的人，一副大陆暴发户的样子，既傲慢又无礼貌。"

西塞罗微微点头道："说得也是，不过反正我们也不是和那样的人交朋友，只是生意而已，只要能给我们机会赚钱，就不要在乎太多。"

"嗯，这个我明白的。"雪雅颔首认可。

5

雪雅最近一直在了解温哥华地区最近一段时间的房地产行情，虽说由于大量华人移民的到达，将温哥华的房产价格炒高了许多，尤其是温哥华西区的别墅被华人富豪炒得高到离谱，但这个上升的势头好像不见有停下来的苗头。这几年，原来常年居住在温哥华西区上好地段的西人，禁不住价格疯长的诱惑，陆陆续续都把自己的住宅抛了出来，一幢原价一两百万的别墅，这几年已经炒到五六百万，许多西人就乘机出手卖掉，拿了大笔的钱，跑到素里这些稍微偏一点的城市去，重建新居，只要花掉一两百万，就能够造一幢比旧居更大的豪宅，舒舒服服住进去之后，手里还多余几百万加币，用于周游世界，到欧洲或东南亚去度个长假之类，实在是绰绰有余。

有趣的是，尽管温哥华市区的房产已经那么高，还是会有后继的大陆移民争先恐后过来接盘，现在不光是别墅，就连好地段的公寓房也成了抢手货，所以刘豪杰要将海天高尔夫球场周边的老别墅收购下来改建成高级公寓这件事，确实有利可图，这再一次让雪雅不得不佩服刘豪杰的敏感和果断。在商场上，敏感和果断是成功者必备的性格要素。

这日，雪雅和刘豪杰通电话后，刘豪杰约雪雅一起去伊丽莎白女王公园里的西餐馆吃晚饭，顺便聊聊对公寓开发项目的建议。也许是怕雪雅忌讳两个人晚上单独相会而找借口婉言拒绝，他先说明道："到时我会带爱丽丝一起来的，三个人小聚一下。"

雪雅注意到刘豪杰加重了"三个人"的语气，心里暗暗好笑。其实她倒并不在乎和刘豪杰单独见面，怎么说他们都是好朋友嘛！如今，她对刘豪杰已经心无杂念，过去的都已经成为往事了，曾经的激越时光和缠绵片段就让它们永远滞留在回忆里吧，那样反而更美好更长久。雪雅可不希望自己已经走上的稳定生活道路再次偏离轨道。

伊丽莎白女王公园的春天真是令人沉醉入迷，满园的鲜花姹紫嫣红，雪雅以前就很喜欢这个地方。每逢春秋两季，她是一定会过来，登上公园的最高处，眺望温哥华市中心的全景。这次从多伦多过来后，一直忙忙碌碌，还没有时间重游故地。刘豪杰像是了解她的心思一般，约她来这儿碰头。雪雅趁黄昏刚刚降临，满园景色被夕阳的金辉涂满的美妙时刻，提早来到了伊丽莎白女王公园。令她没有料到的是，竟然在山顶的植物馆附近迎面碰到了走过来的刘豪杰和爱丽丝。

"哇，这么巧啊！"雪雅和赵梦雨几乎同时叫起来。

"我带爱丽丝先来这里逛逛，她到温哥华差不多半年多了，还没有来过女王公园呢。"刘豪杰好像要对雪雅做一番解释。

"应该应该，这是西区最漂亮的公园，我一直很喜欢。"雪雅表示理解。她很自然地过去拉起赵梦雨的手，边走边说："不过爱丽丝能让你老板陪着逛公园，足见你面子够大的，我和你老板认识那么久，他可从未有过如此雅兴哦。"

"你也从未提出要我陪你逛逛公园啊！"刘豪杰揶揄道："我又不敢贸然相约。"

"哪有女孩厚着脸皮约男人的，你应该主动的嘛。"雪雅继续半真半假地开玩笑，"爱丽丝，今天应该是你老板主动提出带你来这里看看的吧？"

"刘总也是难得有空。"赵梦雨被雪雅说得不好意思了。

"本来就要到这里来吃饭嘛，提前一点出来，顺便游览一下。"刘豪杰说。

三个人便结伴在公园里四下看了一圈，边走边聊。雪雅问赵梦雨对温哥华这地方的印象如何，赵梦雨说比想象中的还要好许多。赵梦雨以前到过两次美国，不知为什么她并不太喜欢那里，或许是因为那里的白人对亚裔或华人总有点居高临下的味道，说话不很客气，尤其机场进关的时候，他们总是反复盘问，好像怀疑所有亚裔的人到了美国就会非法滞留一般。相比而言，赵梦雨来到温哥华这么久，还没有遇到过类似的不愉快经历。她把自己的想法对雪雅和刘豪杰讲了出来。

"加拿大和美国不一样，提倡的是多元文化，各族裔平等相处，因此种族歧视是不被允许的，也是犯法的。"刘豪杰说。

"加拿大的白人族群相比美国确实很温和兼容一些。"雪雅接着说，"不过近年来温哥华也有白人或其他族裔的居民对华人牢骚满腹的。"

"这是为什么？"赵梦雨好奇地问。

"主要是大量华人移民，尤其是大陆新移民的涌入后，把大温地区的房价炒得太高了，本地人都买不起房子，好地段的房子许多都被中国移民占领了。"雪雅一回到温哥华就了解到了这个情况。其实多伦多那里也一样，华人把房价不断往上抬，引起当地居民的强烈不满。

这个情况好像已经引起了政府的关注。

"中国人现在确实有钱啊！"刘豪杰说。

"是啊，像刘总这样的中国人越来越多了。"雪雅不失时机调侃一句。

"华人移民踊跃购置房地产，炒高房地产价格，不是也给你们经纪人带来了赚钱机会吗？"刘豪杰反击，"你这个王牌经纪人，主要的业绩应该来自大陆新移民客户吧？"

"这个没错。"雪雅不想争辩，"爱丽丝你知道吗，实际上呢，我的第一个大客户就是你的老板刘豪杰。我们就是那样认识的呢。"

赵梦雨瞧瞧雪雅又瞧瞧刘豪杰，原来如此啊！

三个人漫无目标地走了好一会儿，刘豪杰看看时间差不多了，便带着两个女孩往餐厅而去。刘豪杰事先预约了靠窗的座位，服务生热情地领他们入座。这个位置的视野很好，可以透过大窗看到外面的景色。夕阳已经渐渐下沉，留下一大片余晖印染着轻轻漂浮的云朵，使天空呈现出斑斓色彩。霞光给浮云镶起金边，整个天际呈现从橙色到蓝色的渐变，透过窗框望出去，像是一幅耀眼夺目的画作。

刘豪杰让两个女孩并排坐在一起，自己则坐在她们的对面。服务生送来了菜谱，两个女孩小声商量了一番，各自点了自己爱吃的套餐。

等三个人各自选定了自己要吃的东西后，刘豪杰要了一瓶2000年份的法国Bollinger堡林爵老藤香槟，这瓶酒标价1980加元。尽管赵梦雨在父母被害以前时常出入高级餐厅，山珍海味也是家常便饭，但一听价格还是感觉有些吃惊，要算成人民币的话那得1万多元一瓶呢。刚来加拿大不久的人，都会将加币立刻算成人民币来比较价格贵不贵。雪雅倒是习以为常。她了解刘豪杰，喝酒就喜欢上好品质的，要么干脆不喝。刘豪杰对此毫不在意，等冰镇过一会儿的酒送到，他立刻让服务生打开，斟入细长的酒杯。三个人举杯轻碰，各自抿了一口。

香槟的味道很醇，很好喝。放下酒杯时，雪雅油然想起一件事来，急切地道："哎呀，看我，和你们七拉八扯地聊了这么久，倒把一件重要的正经事给忘了。"

刘豪杰和赵梦雨不约而同将视线转向雪雅，好奇地注视着她，等她解释。

"我找到那个张家宝了。"雪雅说。

"真的吗？"赵梦雨失声而叫，差点将杯里的酒泼洒出来。

雪雅点点头："嗯，真的。说来有意思，我还真没有费多少精力，随随便便参加一个会议，就碰上了，你们说巧不巧啊？"

"简直匪夷所思，刚托你件事，你立马就办成了，我说赛琳娜，你还真是神了。"刘豪杰觉得难以置信。

"怎么，你不会不信吧？"雪雅挑衅似地问刘豪杰。

"哪里啊，我只是太佩服你了。"刘豪杰忙否认："那你快说说吧。"

雪雅不慌不忙地拿过手提包，摸索了一阵，掏出一只皮质的名片夹，从里面拣出一张名片来放到桌上。她指着名片说："这就是他给我的名片，你们看，弓长张，家庭的家，宝贝的宝，一字不差。"

刘豪杰拿过名片看了一眼，确实一字不差，再看看张家宝的头衔上写着：加拿大BC省太平洋地产开发集团公司董事长兼总经理。"呦，此人看来不是个等闲之辈嘛。"刘豪杰说着，将名片递给赵梦雨。

赵梦雨一看名片就知道这正是自己要找的人，不但名字完全一致，太平洋这个公司名称也对得上号。她虽然心里顿时翻江倒海一样起伏波动着，但表面保持住了冷静。此时此刻，她绝对不能过早地泄露自己寻找张家宝的意图。她镇定地把名片放回桌上，用极为平静的语气道："正是他，雪雅姐，谢谢你了。"

"这名片你就拿着呗,上面有他电话啊,你可以直接联系他。"雪雅说。

赵梦雨没有去拿名片,而是悄悄将张家宝公司的地址记了下来,然后对雪雅说:"名片是他给你的,还是你收着吧,到需要和他联系时,我再问你要。"

"怎么,你不急着和他联系?"雪雅搞不明白了。

"现在不急,我只要知道了他的下落就可以。"赵梦雨的态度显得奇怪,令人费解。

刘豪杰悄悄注意着赵梦雨脸上的微妙变化。尽管赵梦雨表现得一片风平浪静,他还是从她闪动的眼神里探到了某种微妙的变化。这种变化很快,转瞬即逝,但被刘豪杰捕捉到了。他暗自猜测:赵梦雨和这个张家宝之间的关系非同寻常,有些复杂。他见雪雅好像要再问下去,就故意把话岔开道:"赛琳娜你说说经过吧,你怎么会一下子就找到他的?你说是参加一个会议,是什么会议呢?"

雪雅于是就把那天参加会议碰到张家宝的来龙去脉,从头到尾讲述了一遍。接着,她还饶有兴趣地介绍起了张家宝提出的那个三赢方案,末了用佩服的口气说:"这个张董还真是个精明的生意人,脑子非常好使,听说他那个太平洋地产实力雄厚,手笔很大,已经在温哥华做了不少大项目了。"

"听上去,你好像对他很感兴趣啊?"刘豪杰喝了口香槟道。

"我对他有什么兴趣啊?恰恰相反,我对他这个人一点好感都没有。如果说我有什么兴趣,那只是对他的生意有兴趣,他是房地产开发商,我是房地产经纪人,很正常,对吗?"雪雅有条有理地表示了自己的观点,既是对刘豪杰的反驳,又是对赵梦雨的解释。

"这个我同意。"刘豪杰说着,看看赵梦雨,见她有些心不在焉地看着窗外,似乎在想什么心事。

"这个张董还不仅仅从事房地产开发呢。"雪雅由于和赵梦雨并排肩而坐,并未注意她的表情,自顾自继续对刘豪杰说:"会议结束后,他托了我同事西塞罗一件事,说是他一直想要收购一家大型矿泉水厂。"

"哦,他对矿泉水生意感兴趣?"刘豪杰问。

"是啊,西塞罗还让我也帮忙打听一下呢。"雪雅好像记起了什么来,问刘豪杰道,"哎,我之前好像听老陆提起过矿泉水生意的事,你知道吗?"

"知道呀,老陆曾经谈过有关矿泉水的生意,当时还雄心勃勃想大干一番呢。"刘豪杰知道这件事,陆仲任也和他提起过。

"那他后来没有做下去吗?"雪雅又问。

"好像半途而废了吧。"刘豪杰说。

"既然原本想大干一番的,怎么又中途变卦了呢?"雪雅忍不住问。

"这个嘛,我倒是不太清楚,他后来没有再和我说过那件事,我也没有再问过他。"刘豪杰说。

"那，他应该知道哪里有想卖掉的矿泉水厂吧?"雪雅继续打听下去。

"应该吧。"刘豪杰提议说："你如果真的有兴趣，可以约老陆出来问一问嘛。"

"对啊，过几天等我空了，约他出来碰碰面。"雪雅点头同意。

这时，坐在一旁好久没说话的赵梦雨忽然开口问："你们说的老陆，是不是陆老板啊?"

"爱丽丝也认识老陆?"雪雅很意外。

"嗯，爱丽丝当然认识老陆。去年在上海，我们就一起吃过饭。爱丽丝你还记得那次我们三个人在波特曼大酒店共进午餐吗?"刘豪杰说。

"当然记得，还是陆老板带我去波特曼酒店见您的呢。"赵梦雨瞬间回忆起了当时在静安寺的庙里遇见陆仲任的情形，"陆老板是个很有意思的人。"

"爱丽丝来温哥华之后，老陆还特意请她吃过饭呢。"刘豪杰补充道，"他们俩现在很熟的，老陆每次来海天打球，都会先去看看爱丽丝。"

"我说，这天下真小啊!"雪雅不由感叹起来："看来过不多久，爱丽丝就会成为我们温哥华朋友圈的新成员了。"

"你可要照顾好这个小妹妹哦。"刘豪杰含笑举起了酒杯。

第十二章

1

昨天突然接到赵梦雨的电话邀请他去海天打球时，陆仲任愣了一愣。

虽说自从赵梦雨来到温哥华后，他们见过几次面，还一起吃过几次饭，不过那都是刘豪杰出面约的，其中一次去列治文吃日本寿司时，陆仲任表示一定要他来埋单，算是他欢迎赵梦雨来到温哥华工作。刘豪杰客气了几句也就不再多争，让陆仲任付了钱，说起来，让他请赵梦雨吃顿饭也不是什么大不了的事嘛。

陆仲任一开始从夏盼雪这个称呼改为赵梦雨很有些不习惯。当刘豪杰告诉他说赵梦雨才是真名，她是高尔夫全国大学生冠军时，陆仲任大大吃惊了一次，怪不得在金银湖球场时她的球打得那么好，当时就觉得怎么一个普通的球童能打出如此出色的球来呢？原来是为了写毕业论文，改名换姓隐藏在金银湖球场体验生活啊！

陆仲任对赵梦雨的印象一直非常好。以他老到的人生经验，他从一开始就知道赵梦雨和朱玉文属于完全不同的两类人。虽说都是绝对会让男人走神入迷的美女，但她们的性格和人生观完全风马牛不相及。赵梦雨正派，高雅，聪慧，得体。朱玉文虚荣，娇媚，现实，狡狯。

不过陆仲任明白，赵梦雨这种女孩你再喜欢，根本不能轻易虏获，你不可能用金钱来换取她的欢心，也很难用权力征服她的身体。这种女孩只为爱情献身，就像温哥华的贺晶晶一样。

因此，对陆仲任而言，如果要速战速决抱一个女孩上床，最合适的还是找朱玉文那样的美女。她们只看对方愿意付多少钱，只要金钱到位，她们不在乎其它一切，如此一来，事情反而简单容易得多。事实证明，陆仲任的判断是对的。

陆仲任原以为今天赵梦雨邀请他过来打球是刘豪杰的意思，不料到了球场后，赵梦雨告诉他说，刘豪杰今天不在，去本那比的大都会城市广场谈项目了。陆仲任便敏感到赵梦雨或许有什么事情要和自己说，那么，会是什么呢？在陆仲任看来，刘豪杰明显很喜欢赵梦雨这个女孩。既然赵梦雨接受他的邀请，来到温哥华当他的助理，那么按理说赵梦雨在温哥华是不会有任何解决不了的困难需要他陆仲任帮忙的，刘豪杰的能量比他大得多了。况且陆仲任和赵梦雨的关系很普通，只是相熟而已。

赵梦雨今天好像比往日更加朝气蓬勃，精神抖擞。她一身轻便运动装，驾着球车和陆仲任一起下场打球。每次和赵梦雨同场打球，陆仲任总会有不小收获。论比赛，他们俩根本不在一个级别上，所以与其说是同场竞技，不如说是教练带学员。赵梦雨这个教练不急不躁，既温和又耐心。

两个人打到第三洞时，陆仲任忍不住半开玩笑地问："我说爱丽丝，你今天突然请我过来打球，不会是单单想见我这个老头吧？"

赵梦雨灿烂一笑道："既是也不是。"

"那你说说，除了想见见我，还有什么吩咐？"陆仲任满脸得意地推着杆。第三洞上了果岭后，这已经是他推的第四杆了，还是没有把握能一下子推进洞里。赵梦雨过来看了看进球线路，帮他稍微调整一下姿势。陆仲任按照赵梦雨的指教摆动肩和双臂轻轻用力一推，小球往球洞略微偏左的线路滚过去，出乎陆仲任的意外，他原以为会擦着洞口而过的球竟然掉落进了洞里！这意外的惊喜让陆仲任像小孩一般举起双手欢呼起来。

收拾好推杆，两个人往下一洞而去，路上，赵梦雨冷不防道："陆总，我们一起合伙赚点钱怎么样？"

"喔，爱丽丝怎么突然对赚钱感兴趣了？"陆仲任深感意外。

"赚钱谁不感兴趣啊？只要有机会。"赵梦雨说得自然而轻松。

"这倒也是。"陆仲任举手摘下球帽，在开始稀疏的头发上挠了几下："那么爱丽丝，你是不是遇到什么赚钱好机会了？"

"眼下确实有个机会，不过非得你陆总帮忙才行。"赵梦雨不兜圈子。

"是吗，这倒是很有意思，你快说来听听。"陆仲任不由提起兴趣来。他本质上就是一个敏感的商人，只要听到有赚钱的机会，一定会感兴趣。

赵梦雨没有马上告诉陆仲任，似乎在思考该如何开口。等到了下一洞的发球处，两个人下了车时，她问道："陆总你手上是不是有一个矿泉水项目？"

"矿泉水项目？"陆仲任重复了一句，好像在追索记忆，"哦，那是我去年五月份谈过的一个项目，已经放弃了。你怎么会突然问起这事？"

"陆总既然对那个项目很感兴趣，为什么之后又放弃了呢？"赵梦雨没有直接回答陆仲任，又抛出一个新的问题。

"噢，一开始我确实对那个项目很感兴趣。我本来是打算买下那片矿泉水源做中国市场的，之前我已经仔细测算过一番，那可能是一个潜力巨大的商机，弄好了，绝对可以赚大钱的。"陆仲任回忆起来依旧兴致勃勃。

"既然如此，为什么放着钱不赚呢？"两个人都已经开出了球，和陆仲任一起往前而去时赵梦雨再问。

"如果能赚钱，我老陆还能轻易放弃吗？"陆仲任说："后来仔细打听了以后，发现行不通啊，不得不放弃了。"

"哪个环节出了问题？收购不顺利？"赵梦雨紧盯着问。

"收购毫无问题，那个老外急于想卖掉那片水源地，我出的价格他很满意，和他谈过之后，倒是他一直催我成交呢。"

"那是什么原因呢……？"

"中国的政策，你知道，中国不允许从国外进口散装水。我之前的测算，都是以散装水的形式进行的，算下来利润非常可观。但如要把散装水在加拿大全部灌成瓶装矿泉水再出口去中国，成本就会大幅增加，投入的精力也大出几倍，所以考虑再三，我还是决定放弃了。"陆仲任解释道。

"原来这样啊。"赵梦雨低声沉吟。

"爱丽丝对这个项目有兴趣？"陆仲任好奇地试探道。

赵梦雨静默了几秒钟后说："是我们球场的一个客人有兴趣，是个新移民，很有实力，在打听矿泉水项目。"

"哦，他也打算把矿泉水生意做到中国去？"陆仲任问。

"这个我尚不清楚，只知道他急于想收购一家矿泉水厂。"赵梦雨老实回答。

"爱丽丝是想和他合作？"陆仲任问。

"不，我是想同陆总你合作。"赵梦雨看似早有打算。

"哦，说说看，你怎么和我合作啊？"陆仲任兴趣盎然地看向赵梦雨。

"陆总，你先告诉我，你有没有可能再从老外那儿把那个项目重新拿起来？也就是说，如果你再去收购那个水矿，有可能吗？"赵梦雨也看着陆仲任，一脸认真。

"当然可能啦。据我所知，那个水源至今还无人问津。你想想，加拿大当地的洋人谁会对一个湖泊感兴趣啊？在加拿大，相同的水源地多得是，没人稀罕。所以，当初见我感兴趣，那个老外可高兴呢。他守着那个湖有什么用，每天能喝多少啊？不如卖个几百万现金在手上，用起来畅快多了。"陆仲任说。

"那就好。"赵梦雨显然看到了希望。她说："陆总，你看这样行不行，我们两个合伙先把那个老外的矿泉水买下来，然后再加价转售给我们那个客人？"

"哇，没想到爱丽丝你这么厉害啊！"陆仲任确实意外，他没有料到像赵梦雨这样的女孩会动这样的脑筋。

"我刚才不是说了吗，只要有机会，钱总是人人想赚的。"

·31·

"这个不错，我就是没料到你也会那么有生意头脑。"

"陆总对我的提议有兴趣吗？"

"他知道这件事吗？"陆仲任突然问。

"谁？"赵梦雨一下子没反应过来。

"当然是你老板啦，他知道吗？"

"不，不知道。"赵梦雨摇着头，"陆总，这件事我不想让他知道，所以不论你答应不答应和我合伙，希望你都不要对他提起这件事。"

"这倒是有趣，还这么保密啊。"陆仲任对此不太理解，不过他还是答应了赵梦雨："那好吧，我一定不说。"

"那陆总的意思是……"

"嗯，你的提议是可以考虑的，低价买入，高价售出，这就是生意，也很正常。不过爱丽丝，你大概不清楚，收购那个水源地需要的资金可不是几千几万哦，如果你老板不参与，你一个人能有多少实力？"陆仲任说出了他的担忧。

"你当初和洋人说好的收购价格是多少？"赵梦雨问。

"350万吧。"陆仲任故意在原来的商谈价格上多加了50万，"即使我们各投一半，每人至少得拿出175万加币。注意，是现金哦。那个老外愿以这个价格出让水源地，唯一的条件就是要全部现金，明白吗？爱丽丝你能一下子拿出那么多现金吗？"

"怎么可能？"赵梦雨当即否定："我怎么可能拿出这么多现金来呢？"

"那你打算怎么做？"陆仲任马上想到赵梦雨会不会向他先借一笔钱作为投资款，不由提高了警惕。

"我虽然拿不出那么多，但十分之一的份额我是能够拿出来的。"赵梦雨说。

"那还有90%呢？不不，就算我们是合伙人，那另外40%呢？从何而来？"陆仲任已经想好了，如果赵梦雨开口借钱他就把这件事 Pass 掉。

"我并没有打算向老外一次付清收购款啊。"赵梦雨好像事先已经有所计划了，"陆总你看有没有这种可能，我们先付给卖家10%的定金，再和卖家签一个在正式成交前可以转让的买卖合同，即在正式成交前我们可以转卖给第三方。然后和他约定一个付清全款的日期，如果到期我们没有能力兑现合同约定，他有权没收我们的定金。"

"唔……"陆仲任一边听脑子一边在转。

"如果卖家同意这样做，我们就抓紧时间和那个买家，也就是我们的客人谈判这个项目。我们至少在原价上加码50%转给他，并要求他必须一次性付清全款。如果一切顺利，这钱不是很好赚吗？"赵梦雨说道。

陆仲任眨巴着眼睛，他还是第一次听说可以这样做。不由将信将疑地看着赵梦雨，这小姑娘要么在胡说八道，要么得到了高人的指点。她所说的这个做法是不是行得通呢？他问赵梦雨："你说得倒是很有意思，可你觉得卖家会同意这种方案吗？"

"应该会同意，"赵梦雨自信地答道："除非另外有买家冒出来和我们竞争，否则的话，卖家答应我们的方案，他不会蒙受丝毫损失。你想想，他不是苦于没人收购吗？我们和他签了合同后，是有一个截止期的，到了该付清全款的时候，不论是我们自己掏钱付给他，还是我们转让给别人后拿别人的钱付给他，对他还不都一样？他只要一分不少把钱全拿到手上就行了，你说对吗？"

"这倒是的，对他都一样，只要拿到 350 万现金就行。"陆仲任点头表示同意。

"万一到了截止日期我们交不出全款，按合同规定他有权扣下定金不予归还。到时候，他湖里的水一滴都没少掉，还平白无故收进 35 万加币，不是天上掉馅饼吗？"

陆仲任不得不承认赵梦雨讲的合情合理，不由对这个女孩刮目相看，没料到她这么有商业头脑，思路如此清晰有逻辑。他稍稍思忖一番后说："爱丽丝，你想没想过这里面还是存在一定风险呢？"

"当然想过。"赵梦雨似乎早已料到陆仲任会提出这点来，她镇定地答道："如果在预售合同截止期到了我们还没有搞定新的买家，那我们将会损失 10% 的定金。"

"对啊，对啊。"陆仲任叫到。

"所以我已经想过了，只要陆总你能答应出面去谈这个项目，那 10% 的定金全部由我来出，万一事情不顺利，所有的损失都将由我一个人承担。"赵梦雨显然经过考虑的，语气非常坚决。

"这怎么行……"陆仲任嘴上这么说，心里倒是安定了许多，他实在不想不明不白损失 10 几万加币。

"这个陆总不必客气，既然我想发一笔横财，理所当然要有承担失败风险的心理准备，因为整个这件事我需要陆总你出面去操作，我只能躲在幕后，所以我们是有钱出钱，有力出力，一旦成功，我们平均分配利润。万一失败，你输掉精力和时间，我输掉一点钱，合情合理。"

陆仲任此时不仅是对赵梦雨另眼相看，而且对这个如此豪情万丈的女孩敬佩无加了。她这种姿态，这种口气，哪像是一个二十几岁的女孩子？简直就一个大侠嘛。这刘豪杰真是慧眼通天，怎么让他觅来这么一个侠女啊！他于是又试探着问："万一让你损失了 30 几万加币，那也是一笔不小的数字啊。"

"对我而言确实是一笔很大的数字，不过舍不得孩子套不住狼，收益和风险是共存的。"赵梦雨不动声色地说："不过那只是最坏打算，我们做事情，当然不会为失败而做，既然做了，就要努力使其成功，你说对吗陆总？"

"好，就冲着你这几句话，我陆仲任答应和你合作一次。"陆仲任有点被感动了，"那我回去后就和那个卖家联系一次，看看那边的情况有没有变化，然后我就告诉你。"陆仲任将球推进洞里后，爽快地说道。

"太好了！"赵梦雨说："我刚才说了，这整件事我不方便出面，要麻烦陆总全权代表我。不论是和卖方打交道还是和买方打交道，都需要你亲自出面。"

"这个没问题，一切按你的意思来办，具体由我来操作。"陆仲任说。

"还有件事，陆总应该认识赛琳娜吧？"

"赛琳娜？"

"中文名字叫雪雅。"

"噢，你说雪雅啊，我们是老朋友了。"陆仲任这时才想起，雪雅对外打交道时用的是赛琳娜这个英文名字。"你也认识她？"

"刘总介绍我们认识的，我们已经是好姐妹了。所以陆总，我想请雪雅来做我们这个项目的经纪人，你觉得可以吗？"赵梦雨征询陆仲任意见。

"可以，当然可以啦。雪雅在温哥华人脉很广，做经纪这行很有经验，脑子也活，是个精灵鬼。"陆仲任太了解雪雅了，没有任何理由反对。

"那就这么定了。"赵梦雨非常开心，"走吧，接下去我们认真把余下的几洞打完。"

2

张家宝突然接到雪雅邀请他去海天球场打高尔夫的电话后，既感到十分意外又觉得非常开心。

张家宝这个人和一般的暴发户男人不同，他在情欲方面特别冷静克制。从商那么多年来，他很少在女人身上花心思和精力。在他的意识里，最看重的是权力和金钱。至于女人，他觉得既然唾手可得，反而缺乏了吸引力。何况自己的结发妻子待他不薄，不论他一无所有时还是家财万贯时，都一如既往的温顺体贴。在他一路走过来的途中，无论他时来运转顺风顺水，还是一波三折头破血流，妻子始终如一无怨无悔，不离不弃。妻子的贤惠和朴素，忠诚和专一，使得张家宝对糟糠之妻心怀感恩，所以他在自己的行为准则上竖起了一道防波墙，不被那些贪图金钱不惜献身的美女们所诱惑。因此，发财这么多年，他从未移情别恋。他对生意场上遇到的众多美女始终保持着适当距离。如果有人表现得对他过于亲热，他反而会觉得此女心怀叵测，从而产生防范心理。

当然，张家宝也非圣人，做不到每时每刻坐怀不乱。一些逢场作戏的场合，当酒精点燃了潜伏于体内的欲念，又被如花似玉且搔首弄姿的美女厮磨拉扯时，他也会失魂落魄，放松一下，图个一时之乐。不过每次都限于交易范围，完事之后给钱走人，从不带上一丝一毫情感色彩。所以，张家宝在女人这方面从没有心理负担。他会偶尔让身体出一次轨，却从不让心灵出轨。他不喜欢和女人缠绵悱恻，纠缠不清，正因为如此，他至今从未有过一个情人，也从未对任何一个遇到的女人产生过真正的浓烈兴趣。

移民到加拿大之后，相比中国的环境，可以供华人娱乐放浪的场所大大减少。温哥华这个地方，自然环境好得没话说，除了冬天，几乎日日蓝天白云，处处青草绿树，春秋两季，更是姹紫嫣红，繁花似锦。然而对腰缠万贯的华人富豪移民而言，总觉得少了可以一醉方休打情骂俏的场所，歌厅也好，夜总会也好，几乎不见踪影。即便有些情色场所，也是西人一统天下，华人做不到想要开心一下时，花钱就能相拥美人入怀，美酒香肌绕鼻，秀色可餐伸手可及。这对张家宝而言反而诱惑更少了，邪念绝迹了，一门心思扑在了生意上。夜里在家，则多了与发妻缠绵的机会，家花一枝独放，饥即可食，既方便又无风险，乐得家和万事兴。前两个月，竟然还发生了意外喜事，时隔近十年以后，已经四十出头的妻子居然又一次怀孕了。这让一直对膝下只育有一个女儿的张家宝大喜过望。原在中国时，由于独生子女政策，令这位身挂省政协委员一职的著名企业家无法再奢望有一个儿子。如今移民加拿大后，就没有了生育方面的限制。原来想想，眼看要过生育年龄的妻子应该不会再受孕，享受雨水之欢时也就毫无任何规避措施，不料却中了头彩。张家宝指望这回上苍会恩施给他一个儿子，因此就对妻子格外爱护，当然对别的女人就兴味索然了。

但是在那天的房产推介会上无意间瞥见雪雅时的那一刹那，张家宝的心好像被什么东西微妙地敲击了一下。在异乡他国，突然遇见这样一个漂亮、成熟、性感、妩媚和活泼的上海女人，他十分意外。他不得不承认，自己对这名温哥华地区的王牌经纪人产生了兴趣。至于是生意概念上的兴趣还是个人色彩的兴趣，张家宝还分不太清楚。不过，那次会议后，张家宝脑子里会时常闪过雪雅的影子，这是不可回避的事实。

张家宝携全家移民登陆温哥华已经一年多过去了。前两个月，他在不同行业经纪人的引领下，考察过许多商业领域，有房地产、矿业、农业、水产业、旅游业、餐饮业、金融业和高科技业。最后，他决定将他在加拿大初步的投资领域锁定在房地产和矿泉水。按他的想法，温哥华地区的移民数量在逐年上升，新来的移民都需要住房子，所以今后几年房地产业依旧有利可图；矿泉水生意是基于中国国情，那里随着经济发展，环境污染日益严重，水质条件不容乐观，如果能将水资源大国加拿大的优质矿泉水运往中国，那绝对前景可观。如今，张家宝在温哥华房地产领域已经做得风生水起，名气在外。矿泉水这块，由于之前不太熟悉，一直没有找到合适的路径，不料在那个推介会上，本来只是顺便拜托认识不久的房地产王牌经纪人西塞罗的，不料突然冒出了一个美丽的经纪人赛琳娜，竟然说有矿泉水生意方面的关系，真是天助我也！既然如此，他不仅寻到了步入矿泉水生意的门径，也自然而然有了和赛琳娜多多接触的机会。

雪雅昨天在电话里是这样说的："张董，你让我打听的矿泉水项目有些眉目了，不知你明天有没有空。如果有空，我请你去温哥华最好的高尔夫球场去打球怎么样？我们可以边玩边聊。"

"好啊好啊，不过我的球技很一般的哦。如果赛琳娜是高手，那我就难以奉陪了。"张家宝心里在转，赛琳娜主动邀请他去打球，一定是对自己的印象还不错吧？

"我哪是什么高手啊，"雪雅否认道，"我还在学习呢。"

"那我就不怕你了。"张家宝开了句玩笑。

"不过我可是有一位高手教练哦，明天我介绍给你吧。如果你是名高手，那我就请我教练陪你打。"

"真的吗？"张家宝不由笑了，"这样的话，我也得带一个教练过去了，万一赛琳娜是谦虚，我也只好让我的教练陪你玩了。"

"张董在温哥华有私人教练？"雪雅听似随口一问。

"是啊，很好的教练。哦对了，你见过的嘛。"张家宝说。

"我见过你的高尔夫教练？在哪？"雪雅不解了。

"在上次的推介会上啊，坐在我边上的那位。"张家宝答道。

"你是说你的助理杰姆斯？"雪雅立刻记起了那位玉树临风的帅哥。雪雅对他印象深刻，极有好感。她颇感意外地又问："他还是高尔夫教练？"

"他在中国时，是正儿八经持有执照的高尔夫教练哦！"张家宝口气里满是骄傲。

"这太有意思了。"雪雅兴趣盎然提议道："要不明天干脆我们四人一组，我对你，教练对教练？"

"好啊好啊，这样更热闹了。"张家宝表示出积极赞赏的态度。

下午一点，是雪雅昨天在电话里和张家宝约定在海天球场碰面的时间。雪雅约张家宝来球场打球，并非她心血来潮，而是听从了赵梦雨的请求。

几天前的一个傍晚，雪雅带着赵梦雨在温哥华西区 41 街和甘比街交汇处的奥克瑞特商业中心逛商店时，赵梦雨突然说："雪雅姐，想让你帮我个忙。"

"说吧，什么忙？"雪雅正在挑选一件款式新颖的上衣。

"你能不能把张家宝拉到我们海天来打球啊？"赵梦雨说。

雪雅一怔。她一直疑惑一件事，赵梦雨委托自己寻找张家宝，既然替她找到了，却迟迟不去和他接触，此刻又稀奇古怪地要求她带张家宝来海天打球。她明明自己可以发出邀请嘛！搞的什么把戏啊？

赵梦雨的解释倒是很有意思，说她想营造一种意外相遇的效果，应该很有意思。雪雅心里不以为然地想：和那么一个自以为是的土包子半老头还搞什么意外相逢啊？如果是和那个英俊潇洒的杰姆斯碰面，设计一次意外惊喜才有点意思呢！

赵梦雨接着讲了一个雪雅没想到的理由："你带张家宝来打球，如果到时他愿意买我们的会员卡，那就是你的功劳了。"

"哦，原来你是让我替你们拉客户，销售会员卡啊？"雪雅笑着叫起来。

"这是我的本职工作嘛，雪雅姐替我分担一些也应该的呀，嘻嘻。"赵梦雨调皮地说了一句。

"不行，我从来不给别人白干活的，我如果拉张家宝入了会员，你可得分成给我。"雪雅开起了玩笑，"至少20%。"

"雪雅姐你真黑心，我们不是已经赠送给你一张会员卡了吗？已经提前预支给你回扣了呀！"赵梦雨说。

"好啊，你这丫头这么精啊，送了一张卡就要我白白拉客户？"雪雅轻轻打了赵梦雨一下："谁让我结识你这么个精明的小妹啊，好吧好吧，我答应了，不过我只负责把那个张董拉过来，不保证他会掏钱入会啊。"

现在，雪雅真的把张家宝拉过来了，至于他会不会在打过一场球后购买会员卡，雪雅心里毫无把握。既然赵梦雨开了这个口，她当然会努力一把，煽风点火吹捧一番海天球场的好处，对张家宝这样的富豪而言，买一张会员卡之类应该不在话下吧。说实在，雪雅很好奇赵梦雨和张家宝究竟是什么关系，这个问题今天马上就可能揭晓了。

张家宝和韩戈平坐着一辆宾利豪车来到海天球场的时候，离下午一点还差五分钟。韩戈平把车驶入海天高尔夫球场大门时，张家宝不由感叹了一声：这个球场好气派啊！雪雅说这里是大温地区最顶级的高尔夫球场，果然名不虚传。张家宝虽说球打得极其一般，但出于生意场的需要，去过的高尔夫球场已经不下几十个。可以说，凡在中国有点名气的球场他都光顾过，还到过日本、泰国和韩国等地的好几个球场。移民到了加拿大后，他一直在生意场上忙忙碌碌，还没有机会打一次高尔夫球，想不到头一次来到温哥华的球场就令他耳目一新。毫不夸张地说，一进入海天球场的大门，就有一股扑面而来的豪华气派，让他感到震撼。尤其看到那幢渐行渐近的大气庞然的英式建筑时，他内心突然萌生了一股强烈欲望：如果这个球场是我的，该有多威风啊！

雪雅正站在那幢英式建筑的门口等他们，显然那里是球场的核心地带，俱乐部会馆。雪雅一身运动装束，贴身的面料勾勒出她凹凸有致的优美曲线，丰满的胸部十分惹人显眼，看得不贪女色的张家宝也不由将目光滞留了十几秒钟，像是被粘住了一般。

韩戈平将车停在了会馆门外的一块空地上，打开车后盖准备卸下球包，张家宝好奇地问："这里没有球童服务吗？"

"好像没有。"韩戈平猜测着。

走上前来的雪雅闻声说："加拿大的球场都不配备球童服务。"

"那怎么行，打球时，谁给我背球包啊？"张家宝感到不可理解。

"自己驾车自己背喽，或者自己带一个球童来。"雪雅说着，看了韩戈平一眼，这个帅小伙子个子真高，应该和刘豪杰差不多吧，他腰背挺拔，步履轻松，容貌和蔼，一定讨女人喜欢。

"这样的服务，比中国差多了。"张家宝抱怨道，"一定要改进，一定要改进。"

"等会见到爱丽丝，你们可以提建议。"雪雅边说边又忍不住瞟了韩戈平一眼。

"爱丽丝是谁？张家宝问。

"球场负责人，老板的助理。"雪雅答。

"洋人吗？"韩戈平把两个球包放在一起后，插进来问。

"不是，和我们一样是华人。"雪雅说着，朝会所大门里张望，她和赵梦雨约好一点整在会所门口碰头的。

"哦，那说话就不用翻译了。"不会说英语的张家宝最怕直接和洋人打交道，还好自己有先见之明，把表弟韩戈平叫过来待在身旁，好歹充作一名翻译。

"爱丽丝不仅仅是个中国人，或许还是张董你认识的呢。"雪雅好像是开玩笑，其实她很认真。

"这怎么可能？我从来不认识什么爱丽丝呀。"张家宝根本不信，"戈平，你在温哥华认识的人中有叫爱丽丝的吗？"

韩戈平茫然地摇摇头。就在这时，雪雅叫了一声："看，爱丽丝来了。"

张家宝和韩戈平不约而同循着雪雅的声音转过脸去，当他们的目光接触到那个叫爱丽丝的女孩时，顿时都傻呆了：怎么可能？这不是赵梦雨吗？！是的，虽然说已经很久没见了，但这个被赛琳娜称作爱丽丝的女孩，这个身材高挑、步履优雅、容貌美丽、神态端庄、朝气蓬勃、正一步一步朝他们走近的、同样一身运动装打扮的女孩，不就是那个他们太熟悉不过的赵梦雨吗？张家宝和韩戈平在这短短的几十秒时间内，完全像是被点了穴位一般凝固不动了。他们的脚似乎被钉子钉在了地上，表情仿佛被胶水粘在了脸上，浑身像是被粗大的绳索紧紧捆绑住一般麻木。他们的目光里混杂着迷忙、杂乱、意外、困惑和不解的古怪神色。他们糊涂了，怀疑了，不安了，惊慌了。这一切是真实的吗？他们各自怀着不同目的苦苦寻找的赵梦雨，此刻竟然毫无预兆地突然从天而降，活生生走到了他们面前，这简直是比梦境还要虚假的真实啊！

"张叔，不认识我了吗？"赵梦雨在张家宝面前停下脚步，脸堆微笑地看着张家宝。

"啊，啊，小雨，怎么，怎么是你啊？真的是你吗？真的吗？这怎么可能？"张家宝结结巴巴，不知道是紧张还是激动，竟然语无伦次起来。

"是我，当然是我喽，赵梦雨呀！"赵梦雨神色不变，语气自然。

"哦，真的是你啊，好奇怪，你怎么会在这里呢？你，你怎么突然来温哥华了呢？"张家宝还是没有完全缓过神来。

"我来这里工作呀。"赵梦雨平淡轻松地答着。

"爱丽丝是这里的老板从中国挖过来的，她全权负责海天球场的运营管理。"雪雅接口道，"张董，我没说错吧，爱丽丝是你认识的吧？"

"岂止认识，我们是老熟人了。"赵梦雨的语调含蓄，令人捉摸不透。

"是的是的，我和爱丽丝，不，我和小雨认识十几年了……"张家宝极力掩饰着内心的惊异和不安，这太意外了！即便一贯处事不惊、稳重老辣的张家宝，对这种突然相遇的场面也一时难以镇定以待。这时，他猛然想到身边还站着韩戈平，慌忙朝他转过脸去说："哎呀，戈平啊，你不是一直在念叨着小雨吗？怎么见了面也不招呼一声呢？"

韩戈平这么冷不防猛然遇见赵梦雨，简直就像着了雷击。他一时半刻无法从那种剧烈的震撼中回过神来，就如同一尊木雕般僵硬在那里，喉咙中发不出任何声音，只是直直地凝视着赵梦雨的脸和眼睛。但他发现赵梦雨直到此刻甚至都没有瞧过他一眼，就像完全不认识他这个人，或者根本没有感觉到他的存在。这种无视和冷漠，令他内心掠过刀劈般的疼痛和冰冻过的寒冷。听到表哥的话，他才像是被解开穴道似地张开嘴唇嗫嚅了一句："梦雨，你好吗？"

"原来爱丽丝和杰姆斯也认识？"雪雅在一旁小声惊呼，这倒是出乎她的意料。

"嗯，认识。"直到此时，赵梦雨才毫无表情地撇了韩戈平一眼，随即就说："走吧，赛琳娜说你们要来打球，我替你们准备了球车，我去叫人替你们开过来。"言毕，赵梦雨让雪雅留在原地，自己转身重新走进了会馆大门。

站在一起的三个人，一起目送赵梦雨的背影消失在会馆大门里。他们心里各自想着不同的心思。雪雅还是没有搞懂，爱丽丝和这两个男人之间究竟是何种关系呢？

3

韩戈平自从在海天高尔夫球场突然遇见赵梦雨后就开始魂不守舍。

人生真是一场不知道接下去会发生什么情节的连续剧。韩戈平自打在成都突然和赵梦雨失去联系后，曾一度非常沮丧。那日，他和赵梦雨约定好下午两点到童年故居地的小镇外路口接她回成都的，韩戈平准时驾车来到约定地点时，赵梦雨并未出现。一开始，韩戈平以为赵梦雨被什么事情耽搁了，会迟一些出来，便将车子泊在公路旁等待。不料时间一分一分地过去，赵梦雨却迟迟没有出现，一刻钟，半小时，三刻钟，一小时。这期间，韩戈平确实尝试过打电话询问一声究竟怎么回事，但一想起自己前一天遇到赵梦雨时，竟然没有向她索要新的手机号码而悔断肠子。在等得终于失去了耐心后，韩戈平锁好车门，盲目走进小镇里，漫无目标地东游西荡，想碰巧找到赵梦雨的踪迹，然而几圈走下来他一无所获，路上遇见的都是陌生面孔，哪有赵梦雨的影子？他也想过要找人问一问，可找谁问？怎么问？韩戈平最后还是心灰意冷地放弃了。他回到了车上继续等，一直等到黄昏日落，那条从公路通往小镇里的水泥道上根本不见赵梦雨的人影，这让韩戈平简直要怀疑自己昨天是不是仅仅做了一个美妙的梦，实际上他根本没有遇到过赵梦雨！

之后的日子，赵梦雨就像人间蒸发了。绝望的韩戈平离开成都，回到了上海，又离开了上海，来到加拿大。在温哥华的这段时间里，他跟着表哥张家宝东奔西跑，忙忙碌碌，渐渐适应了新的生活环境和节奏，许多的往事开始慢慢淡出他的思绪，他已经不再去多想赵梦雨了。这十几年，两人之间跌宕起伏的经历像是一个婉转曲折的故事，他也许不必时时记在心上了。赵梦雨永远是他生命中刻骨铭心的爱情记忆，但这是一段想起来就令他痛彻心扉的经历。这经历里塞满了困惑不解的谜团，有着太多的误会和折磨，一会儿还春暖花开，一会儿却冰天雪地。他如同在一个灯谜会上乱转，猜不透一个个咄咄逼人的谜底，令他泄气，令他悲观，令他绝望。韩戈平已经决定把赵梦雨搁在内心深处不去触碰了，因为每一次的触碰都会让他产生一股悲哀苍凉，令他内心隐隐作痛，就像触碰到一块从未愈合、始终在渗血的旧伤口。他已经学会了不再去想赵梦雨此刻在哪里？那个驻留在他内心里的可爱的小妹妹此刻在哪里？

人生的怪异之处，就在于当你决定放弃某一种追求目标时，它却突然降临你的面前，令你猝不及防。现在，赵梦雨就这么令人措手不及地从天而降，活生生回到了韩戈平的生活里。

如果一个人曾经真正爱过，如果一个人经历过真正的爱情，那他一定会和韩戈平有同样的感受：不论爱情有多么艰难曲折，不论相爱有多么困难重重，不论爱人有多么变化无常，只要自己内心里的那份爱没有被摧毁，那份情没有被吹灭，那么一旦出现机会，哪怕是稍纵即逝的机会，爱情就能死灰复燃，从一颗尚存的火星瞬间就能爆发成一团熊熊烈火，也许只要几分钟，甚至几秒钟。

那天在海天球场，赵梦雨没有给韩戈平任何交流的机会，在给他和张家宝，赛琳娜三个人安排好了球车后她就匆匆离开了，说是有重要的业务需要处理，不能陪他们打球。临走时，赵梦雨对张家宝说，希望张叔以后有空多来球场玩玩。她没有和韩戈平道别，甚至转身离开时都没有瞧他一眼。这让韩戈平很受伤，满肚子都是不解和委屈，为什么赵梦雨要视他如同路人呢？当着张家宝和赛琳娜的面，韩戈平没有勇气主动向赵梦雨讨要手机号码。他默默地凝望着赵梦雨修长姣好的身影渐行渐远，消失在会馆大门内，顿时被笼罩在一片酸楚和惆怅之中。

那个下午，韩戈平根本无心打球，基本就在充当着张家宝和赛琳娜的球童角色，替他们开车，拿球杆，站在一旁无声地观望他们打出的每一颗球，连提一个建议的热情都没有。有好几次，张家宝叫他打几杆，韩戈平都婉言拒绝了。有趣的是，张家宝也不像以往那样居高临下硬逼表弟表现一番，倒是一切随他。

由于张家宝和赛琳娜都属球技平平的业余人员，一个下午磨叽磨叽最多也只能打半场球，因此他们只打完前九洞就结束了。整个打球过程中，张家宝和赛琳娜两个人一直在断断续续讨论收购矿泉水源的事。赛琳娜说她已经联系上了矿泉水的卖家，对方委托她充当经纪人，所以，张家宝有什么想法，可以直接告诉她，她再去转告卖主。张家宝对这件事好像兴趣十足，不停地提一些问题，最后表示，如果他决定要收购那个水矿的话，他也希望赛琳娜做经纪人，她一线牵两头，可以减少中间环节。

韩戈平对他们的谈话毫无兴趣，他的心思完全缠绕在赵梦雨身上，他只想着能尽快打完球，然后去找赵梦雨，他有太多的话要和她说，太多的疑惑要她解释，太多的苦楚要向她倾诉。等他们打完前九洞，返回到会馆时，他趁张家宝去厕所解手的时候，问赛琳娜索要了赵梦雨的温哥华手机号。

"如果我没有猜错的话，你和爱丽丝应该已经认识很久了吧？"雪雅将赵梦雨的电话号码告诉韩戈平之后，审视地看着韩戈平问。

"是的，认识很久很久了。"韩戈平点头承认。

"那爱丽丝怎么会对你爱理不理的？"雪雅一边说一边脑子在转，今天爱丽丝见到这两个男人后的所有表情都让雪雅捕捉到了，她本能地觉得这里面有故事。

韩戈平没有正面回答赛琳娜这个带点挑衅色彩的问题，只是刻板地笑了一笑。然后说："谢谢你给了我爱丽丝的电话号码。"

张家宝从洗手间出来后坚持要约赛琳娜一起去会馆咖啡厅喝一杯咖啡，说还有一件重要的事情想拜托赛琳娜。韩戈平趁机让他们先走一步，说他也得去一下洗手间。等他们刚一离开，韩戈平就拨打了赵梦雨的手机。铃响了几下后，接通了。

"哈喽。"赵梦雨说了一句英文，这柔美的嗓音韩戈平再熟悉不过。

"梦雨，是我呀……"韩戈平抑制不住紧张。他没有用英语回答。

对方显然很意外，沉默了好一会儿，一声不吭。

"梦雨，是我呀，戈平。"韩戈平急了，很担心赵梦雨会突然挂断电话。

对方依旧一言不发，没有回答，也没有挂断电话。

"你怎么不说话啊，梦雨？"韩戈平手心出汗了。

"你怎么会有我的手机号？"赵梦雨终于回答了，口气却很冷淡。

"问赛琳娜的。"韩戈平心头一松，他最担心的事情没有发生。

"找我有事吗？"赵梦雨的口气和以前天差地别，好像韩戈平完全是个素不相识的人。

"梦雨，你的办公室在会馆几号房间？我想过去找你……"

"对不起，我现在没空，再说我此刻也不在球场。"赵梦雨断然拒绝了。

"那，那你，什么时候会有空？"韩戈平失望之余，小心翼翼问了一句。

"不知道。"赵梦雨依旧冷若冰霜。

"那……，要不，要不明后天我再联系你吧。"韩戈平感到了自己的自讨没趣。他咽了一下口水，感觉好苦。

"我挂了。"赵梦雨话音未落，已经挂断了手机。

这天晚上，韩戈平夜不能寐，胡思乱想了大半夜才迷迷糊糊坠落睡眠。第二天清晨睁眼醒来时，他已经想明白了一件事：决不能放弃！既然老天突然之间又让自己和赵梦雨在温哥华重逢，说明他们之间的缘分未尽，他们两人的感情故事只是暂时的中断还远未结束，就如同上一次杳无音讯了十几年后，在金银湖球场突然重逢一样。既然只是中断，那么无论长短，都只是场间休息，戏还是要继续演下去的，情节还是要继续开展下去的，因为尚没有到达结局。韩戈平自己必须要有这样的信念，以这样的信念来鼓舞起勇气，哪怕要开始一次重新的追求，哪怕要背负沉重的委屈和误解，他一定要出发。韩戈平铁了心，这辈子他一定要得到自己钟爱的小妹妹，非她不娶。

第二天，韩戈平打了电话给赵梦雨，要求和她见面。赵梦雨回答得很简单：今天没空。

第三天韩戈平再打电话要求见面，赵梦雨的回答照旧：今天没空。

第四天，第五天，一样的电话，一样的回答。

韩戈平一点也不气馁，坚持每天都询问赵梦雨有没有空，要求见上一面，哪怕只是一面。韩戈平对赵梦雨说，有些话他必须要和赵梦雨说，有些事他必须要弄清楚，因此无论赵梦雨对他怎么想怎么看，他一定要和她碰一次面。

不知道是第九次还是第十次的询问后，赵梦雨终于松了口。她说："明天我在球场等你，你下午两点准时到。"

锲而不舍的韩戈平这才长长地吐了一口气。与此同时，他眼眶里涌上了泪水，不知是因为高兴还是委屈。

这天下午两点，韩戈平按时到达海天高尔夫球场。他将时间掐得非常准，当他推开挂着爱丽丝名牌的办公室门时，时间一分不差。

赵梦雨的办公室非常气派，全套欧式办公家具，舒适合理地布置在近五十平米的大房间内，地毯和窗帘都是她最钟爱的浅紫色，配上乳白色的墙壁和窗框，非常高雅上品。

"你坐吧。"赵梦雨的语气已经不像之前那么冷漠刻薄了。也许，她觉得既然答应见面了，又何必弄得冷若冰霜，不如客客气气。

韩戈平就像一个走进老师办公室的小学生，小心翼翼地坐下来，谨言慎行地望着赵梦雨替他在咖啡机前冲咖啡。当赵梦雨端着咖啡放到他面前时，他拘谨地道了声谢。赵梦雨转回到办公桌后面，面对韩戈平坐下，两人显然都显得拘谨而生疏。静默了好一阵，赵梦雨先开口问："说吧，找我什么事？"

"梦雨，你，你怎么来温哥华了？"韩戈平文不对题地答了一句。

"怎么，你能来，我就不能来？"赵梦雨没好气地呛道。

"不是不是，"韩戈平连忙摆手，"我只是很奇怪，你怎么会突然出现在这里。"

"和你一样，来工作。"

"这我知道，我知道。"韩戈平显得有些慌乱，生怕自己说错话惹赵梦雨发火把他赶走。他没话找话地脱口又问："你来这里后，一切都好吧？"

"我很好。"赵梦雨答得十分简单，这种简单里渗透出冷淡。

韩戈平有些不知所措，只好伸手取过咖啡杯来，慢慢喝上一口，以稳定自己的情绪。他原来就是有备而来的，有些话他趁此机会无论如何都得说出来。当他搁下咖啡杯的时候，他已经将一切的慌乱都沉淀下去了。他看了赵梦雨一眼，深吸一口气，然后问道："梦雨，我今天来，想要问你一件事，请你一定如实告诉我。"

"你问吧。"

韩戈平停顿了好几秒后道："梦雨，那天我们约好了下午两点我去小镇外的路口接你回成都，你为什么没来？"

赵梦雨本来是侧面对着韩戈平的，听此一问，她刷地转过脸来叮嘱韩戈平，目光中满含着怨愤。她厉声回答道："这事应该问你自己。"

"问我？为什么？"韩戈平从赵梦雨的眼光内看到了敌意。

"你应该扪心自问，那天下午你干了什么？"

"我？我……，我干了什么啊？"韩戈平被问得稀里糊涂，"那天下午，我按约定时间到了那里等你，我把车子停在路边，足足等了你一个小时，直到三点钟你都没出来。"

赵梦雨一动不动凝视着韩戈平脸上的表情，露出一副怀疑神态。

韩戈平觉察到了赵梦雨的不信任，他能做的就是进一步说明事实："我等了你一个小时后，下了车去小镇里找你，我来来回回兜了好几圈，可到哪去找你啊！根本不可能找到你的踪影。之后，我只好再回到车里继续等，一直等到太阳落山后，我才无可奈何地离开的。"

"你说的是真的？"赵梦雨冷不防问。

"当然真的，我可以对天发誓。"韩戈平完全不明白赵梦雨想暗示什么，也搞不清她道听途说或者误会了什么。

赵梦雨听着韩戈平起誓没有立刻开口，而是紧盯着韩戈平的眼睛，仿佛要在那里寻找到证据，证明他刚才说的一切都不是谎言。大约过了一两分钟，她才松开目光转向别处，然后问："那天下午那些人不是你带来的？"

"你说什么？你指的是哪些人？这究竟是怎么回事？"韩戈平完全不能理解，他堕入一片云雾之中，不明白赵梦雨在说什么。"那天下午我是一个人开车过去的呀，根本没有任何人同行。况且我在车里坐了差不多一个下午，四周也没有见到任何人啊！你说那些人，是指什么人呢？"

赵梦雨的目光再次转向韩戈平。这回，她从他的脸上看出了诚实和无辜。其实，她对这个男人太熟悉了，他脸上和眼睛里的细微表情都瞒不过她那颗敏感的心。无论从韩戈平刚才所描述的情形以及他描述时的语调和表情，都不可能是胡编乱造的。那么这里面确实存在误会了。看来当那几个人绑架她之后，韩戈平才到那里的。回想起来，那天自己的确早了十几分钟到路口的，竟然就给歹徒抓到了机会。

"梦雨，你快告诉我，那天究竟发生了什么事？你为什么没有过来？你去哪里了？之后也一直没有和我联系，我们无缘无故就突然分开了，一点信息都没有。"韩戈平迫不及待地追问着。

赵梦雨因为自己误会了韩戈平而油然而生一股歉意，不由避开了韩戈平询问的目光。她静静地坐了一会儿，没有回答韩戈平急切的追问。隔了一阵，赵梦雨忽然提议道："走吧，我们去球场逛逛，有些事我或许真应该告诉你。"

4

赵梦雨送走了依依不舍的韩戈平后，独自一人返回她的办公室。此刻她的心情产生了非常微妙的变化。有一点已经可以肯定，她曾经那么深爱过，或许至今依旧爱着的人并没有像自己之前认为的那样出卖了她。这使她内心某处滴血的伤痕顷刻间愈合了。

在赵梦雨二十几年的人生中，除了父母，或许韩戈平就是最亲近的人。这位童年时可亲可敬、少女时念念不忘的大哥哥，在时隔十几年的重逢后，成了自己真心所爱的男友。她把自己和异性的第一次拥抱和吻都给了他。她在感情上对他是如此忠诚专一，即便是那次被康亮灌醉迷奸，遭到韩戈平的误会贬低，即便知道了她是自己杀父仇人的表弟，她内心深处也丝毫没有减少对他的爱。可是突然之间起了变化，如同晴空万里的天际忽然黑云密布，这个口口声声说深爱自己的人，转瞬之间成了一个要置她于死地的阴谋的主角，将她长久以来编织的美梦撕得粉碎。在痛苦地承认这个现实时，她真的绝望至极。所以她断绝了和他的一切联系，独自一人来到了加拿大。

赵梦雨不是没有想过，她来加拿大既然身负重任，要找张家宝复仇，一定免不了会再次遇到韩戈平，她早有此心理准备，不过她已经把韩戈平定性为仇人而不是爱人，如果像张光曦伯伯所推断的，是韩戈平带领张家宝的手下在小镇外绑架了她，将她推入火坑，那么也只能说明韩戈平在关键时刻无情无义，完全站在了张家宝一边。赵梦雨觉得，他以前所有的甜言蜜语和山盟海誓都只是逢场作戏，口是心非。所以，自从被绑架之后，赵梦雨每每想起韩戈平，心里都充满了怨恨。当她在海天球场的会所门口第一眼看到他时，一时怒火中烧，真想破口大骂。她好不容易才克制住自己的情绪，努力不去看他，不和他说话，当他如同空气般不存在。

赵梦雨猜到韩戈平一旦见到她后一定还会找她，她也明白既然同在温哥华他们就不可能老死不相往来，但她已经给他们的关系做了重新定位，他们已经不再是恋人，也不再是朋友。即便能够宽恕他，不把他当仇敌，最多只算是认识的一个普通人。

然而刚才，两个人在球场里漫步而行时，当赵梦雨弄清了真象，确认韩戈平与小镇绑架案毫无关系，甚至他毫不知情时，她原先的决定开始动摇了。显然，是她错怪了韩戈平！尽管韩戈平不可改变是仇敌张家宝的表弟，他对张家宝也忠心耿耿，总不能因此非将他划为自己的敌人吧？

虽然如此，当韩戈平在走回会馆的路上试探性地提出要和赵梦雨恢复过去的恋爱关系时，赵梦雨还是回避着没有接口答应。其实赵梦雨内心非常矛盾，她否定不了自己内心深处还爱着韩戈平。少女内心的爱假以时日一旦成形，岂是顷刻就能化为灰烬的？但韩戈平毕竟是张家宝的表弟，张家宝在韩戈平心中，始终如一是个大恩人。赵梦雨已经立誓要报复张家宝，她来到加拿大，就是为了这个目的，如果韩戈平知道了这个情况，还能和她好好相处吗？还会继续爱她吗？他有可能和自己站到一个阵营吗？所以，与其到头来依旧要撕破脸，各走各的，不如现在就保持一点距离为好。

刚才，当赵梦雨把自己在小镇外被突然绑架，后又差点被杀害的过程讲给韩戈平听时，他脸上布满了诧异和震惊。他反复追问，是什么人要对她这样一个善良女孩狠下毒手。他愤慨至极，怒火冲天，表示从今往后绝不会再允许任何人来伤害她。他希望赵梦雨回到他的身边，他要成为她的保护神，即便献出生命也在所不惜。赵梦雨并不怀疑韩戈平表白的可信度，但她不能马上再次投入他的怀抱，此刻她不能轻易沉湎于情感之中，她有许多事情要做，她已经开始了计划的第一步，她不想让韩戈平的柔情影响到她计划的实施，更不想他动摇自己复仇的决心。

桌上的电话在这时突然响了，赵梦雨接起来一听，是雪雅打过来的。雪雅问赵梦雨晚上有没有空，如果有空，陆仲任想约她出来，三个人好好商量一下那个矿泉水项目。雪雅说，这两天张家宝盯得她很紧，希望她尽快有个说法。

"行，我晚上可以。"赵梦雨立刻答应，"我也希望尽快推进这个项目。"

"那好，我现在就和老陆联系，我们晚上见。"雪雅说。

一个星期前，赵梦雨慎重其事地告诉雪雅，她想参与陆仲任的矿泉水生意。雪雅听完赵梦雨的具体解释后表示，如果想赚点快钱，这还真是个机会。她说作为经纪人，她会尽力促成这单交易的进行，当然，事成之后，她也少不了会得到一笔经纪人报酬。无论是雪雅还是陆仲任，其实都不知道赵梦雨参与这个项目的真实意图，他们都以为赵梦雨是想借此项目赚上一笔。赵梦雨并没有把陆仲任告诉她的详细情况告诉雪雅，同样，赵梦雨也没有将可能的买家张家宝的来龙去脉告诉陆仲任。因此，这个项目成了雪雅一人牵着买家张家宝和卖家陆仲任两头，在中间传递信息，而幕后的策划人却是赵梦雨。

三个人的碰面约在格列佛岛上的一家咖啡馆内。这家咖啡馆临近著名的格列佛岛公众市场，占着得天独厚的位置，坐在里面，透过宽大的窗户，就能看到外面的游艇码头，和稍远处的格列佛大桥。白天的时候，码头上空不停地有白色的海鸥飞来飞去，或轻盈地落停在木质的粗大栏杆上，悠闲地晒着太阳。这些海鸟已经习惯了与人类和平共处，对来往游人们的喧闹毫不在意。

本来陆仲任的意思是要请赵梦雨和雪雅一起去列治文吃晚饭的。虽说到温哥华已经多年，陆仲任还是比较喜欢华人区。他和朋友见面，多半约在列治文地区，或者就是本那比大都会商业中心。但雪雅之前已经有约，今晚要参加一个省房地产协会举办的大型冷餐会。赵梦雨恰巧也有几件事情需要当天处理完，没空再耗时间一本正经吃顿晚餐，于是大家讲好了就一切从简，聚在一起喝杯咖啡。

在约定的时间晚上八点半，他们陆续都到了咖啡馆。陆仲任先来，挑了个靠窗的小圆桌。座位紧靠窗户，此时天色已晚，窗外的景色混沌一片，已经分辨不清游艇码头上的物体，只看得见星星点点的灯光。赵梦雨和雪雅差不多同时到达，她俩在寻找泊车位时碰巧遇到，两人将车子相邻停好，说笑着一起走进咖啡馆。陆仲任此时占着座位还没有点东西，他让雪雅随便给他点一杯即可，最好是甜的。雪雅和赵梦雨在柜台前各自点了一杯自己喜欢的咖啡，雪雅帮陆仲任要了一杯热巧克力。没几分钟，她俩端着饮品坐在了陆仲任身旁。

"老陆，你叫我们出来，一定是你那里有进展了吧？"雪雅喝了一口咖啡，先开口问。

陆仲任卖关子地笑了笑道："你们先说说吧，你们那个买家靠得住吗？"

雪雅和赵梦雨互对了一眼，然后说："买家应该靠得住，他最近盯得我很紧，已经催问好几次了，好像对矿泉水生意非常感兴趣，我又不知道你那里谈得怎么样了，所以不敢满口允诺。"

"据我所知，买家想要收购矿泉水源这件事已经是肯定的了。"赵梦雨紧接着雪雅的话说道："他们已经把矿泉水项目列入了公司发展计划。"

下午，赵梦雨和韩戈平在一起时，她见机行事试探性地问过韩戈平有关矿泉水的事。韩戈平告诉她，表哥张家宝自从到了加拿大之后就一直有意向要收购一家矿泉水公司，好像对加拿大的矿泉水情有独钟。张家宝认为，加拿大是水资源大国，纯净水储备极为丰富，而中国目前恰恰水污染严重，高品质水源的需求量特别大，除了知名品牌农夫山泉敢于宣称自己是千岛湖源头之水外，其它大部分品牌的矿泉水或纯净水都不过是对自来水的深加工产品而已。如果能利用好两地的差异，将矿泉水做成有规模的生意，这其中的前景绝对不可估量，或许比做房地产更加赚钱。前一段时间，因为没有矿泉水方面的关系，这个项目就一直停留在嘴上，最近偶然听赛琳娜说有这方面的关系后，张家宝非常兴奋，已经正式在公司高层会议上提出了这个项目，准备安排专门的人手设立项目部门，待时机一旦成熟后就立马投入运作。听韩戈平这么一透露，赵梦雨心里就踏实了许多。

"如果买家靠得住，那么我们这单生意应该八九不离十能做成。"陆仲任见两位说得那么有把握，不由展眉而笑。

"卖家那边呢，没问题吗？"赵梦雨问得有点急切。

"嗯，没问题。"陆仲任信心满满地说："那个老外看到我再次去找他谈收购水源的事，可兴奋呢。事实上，自去年五月份我决定终止收购后，再也没有其他人上门找他谈过这件事，他正天天对着那片湖水发愁呢。他说，既然你又来了，希望这次洽谈不会再次半途而废。"

"那么，你有没有和他说了我们的具体收购方案？"赵梦雨更关心的，是矿泉水源卖主能不能同意她提出的先预付 10% 定金，以及可在正式成交前转让给第三方一事。对她而言，如果卖主不同意先支付 10% 的定金，不同意签订一份可以转让给第三方的收购合同，那么即便卖主急于要脱手那片水源，和她赵梦雨也就没有半点关系了。

陆仲任稍稍疑虑地看了看雪雅，并没有马上回答。他对赵梦雨会当着雪雅的面提这件事不免有些意外。他原以为赵梦雨不一定会让雪雅知道那么多具体的细节。依陆仲任多年的从商经验来看，大凡是一单明摆着没有风险、油水又十分充足的生意，参与者和知情者都应该越少越好。

赵梦雨敏感察觉到了陆仲任犹豫着不开口的原因，就对他说："陆总，这次的生意，我对雪雅姐都是和盘托出的。既然是好姐妹，我们之间就没有秘密，不需要打任何埋伏，况且我提出的那个先付 10% 定金的主意，还是受了雪雅姐的启发才想到的呢。"

雪雅当初建议赵梦雨先付 10% 定金，主要是考虑到赵梦雨太想做成这单生意了，而且成功可能性又很大，但限于经济实力她最多只能承担 350 万的 10% 资金，所以就将定金定为 10%。这样，对卖主也是一个较大的约束，毕竟是 35 万，不可能轻易违约。

"是这样啊。"陆仲任有些不好意思地看看赵梦雨再看看雪雅，"我说呢，原来爱丽丝有高人指点啊！"

"老陆，要不要我暂时回避一下？"雪雅半真半假地问陆仲任。

"不必，不必。"陆仲任赶紧摇头，"既然爱丽丝那么信任你，我还有什么话说呢。

我们之间认识的时间可比你们两个认识的时间长多了啊。"

"老陆你放心，我是懂规矩的人。"雪雅并没在意。她面带微笑，语气从容地说："对于这单矿泉水生意，我只负责帮你们牵线搭桥。你们之间的生意怎么做，如何交易，最后做得对谁有利，都和我无关，我只是一个经纪人而已。等生意做成，如果你们愿意，我就拿一份我该拿的经纪人佣金，如果到时你们没赚多少，那我可以分文不取，就算帮爱丽丝妹妹一次忙。"

陆仲任以为雪雅话里有话，有点尴尬，忙着安慰说："雪雅你多虑了，我老陆做事也有规矩的，生意做成后，该给你的一分也不会少，不会让你白化精力和时间的。"

"哎呀，怎么弄得那么严肃啊。"赵梦雨进来化解局面，"这件事就是我们三个人的事嘛，好啦好啦，陆总你快说吧，卖家到底能不能接受我们的方案啊？"

"一开始他不愿意，说要诚心收购就必须先付30%定金。我知道，他是怕我再次变卦，因此我就耐心对他解释，告诉他我们这个方案他应该接受，因为对他有百利而无一弊。他是坐在那里赚钱，没有丝毫风险，只是给我一点时间而已。如果在约定时间内我和他交易成功了，他就拿到了全款，如果在约定时间内我反悔了，那付给他的10%定金就归他所有了。再说，物业和生意买卖常规也就是先付5%的定金。我先付他10%的定金，说明我已有很大诚意了。"陆仲任滔滔不绝描述起来，"他可能是上了点年纪，反应没那么快，支支吾吾犹豫了很久，后来他老婆进来了，那女的要比他年轻好几岁，听我重复了一遍后，立刻就让她老公同意我的方案。希望我当场就签合同，付定金。"

"看来女的就是比男的聪明。"雪雅不失时机调侃了一句。

"既然他们松口了，所以我今晚急着约你们俩见面，问清楚买家那边的情况。如果买家那头有八成以上把握，我这两天就要去和他们把合同签掉了，同时把10%的资金打给他们。爱丽丝你觉得呢？"

"夜长梦多。既然如此，就麻烦陆总尽快把这件事落实掉吧。"赵梦雨此刻很认真。她几乎没有任何犹豫就做了决定，"我明天就把该付给卖家的定金交给你。"

"这不急，不急。"陆仲任说："我可以先拿出来的。"

"你不用客气，一切按原先说好的做。"赵梦雨坚持道。

陆仲任也不多客气，转而问雪雅，"你看什么时候带那个买家去看水源呢？"

雪雅在上周已经跟着陆仲任去过一次水源地，摸清了从温哥华市到达那里的路线。她说："就看你什么时候定下来呀。如果你这儿没问题了，那我最近几天就和他约时间。现在的情况是，他比我还急呢。"

"那我们就都抓紧一点吧。"赵梦雨说："这星期内我们把和卖家的合同签掉，雪雅姐带买家去看水源，然后陆总正式和他接触洽谈，你们看这样可以吗？"赵梦雨像个熟练的指挥官一般发表意见。

"我没问题。"陆仲任表示可以。接着他突然想到一件事，就问雪雅："你知道买家收购矿泉水源的心理价位吗?"

"这个我还不清楚，要不老陆你给我个参考价格吧，你打算卖多少?"雪雅反问。

"我和爱丽丝之前商量过的价格是不能少于500万，但是你最好别先把这个底透出去。你先带他去水源地考察，然后看看他的反应，听听他愿意投资多少。你摸到了底马上告诉我们，我再去和他接触。"陆仲任说。

雪雅笑道："老陆真是精明啊，不愧为生意场上的老手。"

"你也丝毫不比我差，在温哥华房地产界，谁不知道你赛琳娜的大名啊?如果我算生意场上的老手，你就是后起之秀，哈哈。"陆仲任说完笑了起来。

三个人之后又闲聊了好一阵，陆仲任见时间已晚，怕回家太迟老婆会啰嗦，就先告辞了。临走之前，他告诉了赵梦雨一个很突然的消息，说朱玉文可能要来温哥华。

"她来干什么?"赵梦雨很意外，不由愕然地问。

"来旅游啊。现在加拿大对中国人不是开放十年多次往返旅游签证了吗?签证比以前容易多了。"陆仲任说。"等她到了，我们请你们一起聚聚。"

"好啊，我和她倒是有很久没见了。"赵梦雨说。

等陆仲任走后，雪雅好奇地问赵梦雨："你们刚才说的那个人是谁?"

"哦，是我原来在上海打工时的一位同事。"赵梦雨道。

"老陆怎么会认识她的?"雪雅又问。

"陆总到我们球场打球时，她当过陆总的球童。"赵梦雨说。

雪雅和赵梦雨又坐了半小时左右，临分手时雪雅突然问赵梦雨一个困惑她好久的问题："爱丽丝，你既然和张家宝本来就很熟，为什么你会和老陆合伙对付他呢?"

"对付他?没有啊。"赵梦雨回避着说："只是想抓住机会赚点钱而已。"

"熟人的钱你也要赚?"雪雅似乎不太理解。

赵梦雨想了想说："生意场上都是周瑜打黄盖，有人愿意卖，有人愿意买，生意就成了，和是不是熟人无关啊，所谓生意是生意，朋友是朋友，就是这个意思吧?只要不是强迫人家接受你的条件就可以了，雪雅姐，你说对吗?"

雪雅不置可否。她心里在想，爱丽丝的做派倒是很像她的老板刘豪杰啊!不过她说得也有道理，她自己不也在朋友圈里做房地产经纪吗?替他们卖掉房子或者买进房子，也是在做熟人的生意嘛。

5

在格列佛岛喝过咖啡后的第三天，雪雅按照前两天的约定，带领张家宝公司一行人去实地考察矿泉水水源地。

这日上午九点左右，雪雅驱车到了 Downtown，将车泊在太平洋地产集团所在大楼的地下停车库内，然后在大楼门口上了由公司司机驾驶的一辆奔驰六人座面包车。张家宝客气地请雪雅坐在自己身旁，韩戈平坐在了副驾驶位上，另外同行的两个人是公司的财务经理和企划部经理，坐在后排。

要去的那片水源地，位于温哥华北面大约两百公里左右的地方。车子从 Downtown 出发，穿过郁郁葱葱、古树林立的斯坦利公园，驶上了赫赫有名的狮门大桥。这座历史悠久的大桥，连接着温哥华市中心和加拿大本地富人集聚、背山面海及俯瞰大温哥华大部分城市的西温哥华市，是到温哥华来的旅游观光者必定要一睹为快的胜景之一，知名程度，可以媲美美国旧金山大桥了。驶过了狮门大桥后，汽车左拐转上 99 号公路。在地图上的一段，99 号公路同时被标注为 1 号公路。它还有一个好听的名字，叫海天公路，公路依山傍海，忽而笔直，忽而弯曲，在蓝天白云下蜿蜒前伸。沿着海天公路一路往北，极目所望，一路景致美不胜收，可谓时时令人意外惊叹，处处美景相随相伴。一侧海面烟波浩瀚，时有青翠岛屿在晴空碧水间飘渺显现，世外仙境般如梦如幻。另一侧山坡耸立，绿树翠影间，各式房舍点缀其中，优雅精致到如画如诗，令人目不暇接，扼腕惊呼。

一行人走了两个多小时后，在雪雅的指点下，车子转出了 99 号公路，然后沿着一条静谧的地方公路再向西北方向继续行驶了约有 20 分钟，开始进入了群山环抱的区域。再三转四拐行驶了一段后，终于来到了水源所在地。司机将车子在一块广场般的空地上停稳后，大家先后下了车。

第一个发出惊呼的是韩戈平："哇，这地方好漂亮啊！"自从来到温哥华，他一直在市区忙忙碌碌，还是第一次来到远离城市的地方。

这地方确实很美！说是水源地，实际就是一个山中湖泊。展眼望去，湖水浩渺一片，水面像块巨大的蓝玻璃，透明平静。湖水的三面都被郁郁葱葱的山峰围绕，山峰顶端积雪层层，皑皑白雪在阳光下闪烁着银色光芒。

走到湖边的张家宝一时被这片水源地惊得目瞪口呆，哑然站立了好久都没有发出一点声音，显然眼前所见的大大出乎他的预料和想象。

站在张家宝身旁的韩戈平开口问了雪雅一句："赛琳娜，这片水源有多大啊？"

"这片湖水的面积有将近十几平方公里，水深有 50 多米。这湖泊是一个完全没有开发过的原始水矿。"雪雅也出神地望着湖面。

"这儿的环境实在是太好了。"韩戈平不由感叹。

"是啊，杰姆斯，因为这附近没有牧场或任何农业活动，所以水质是无与伦比的好。"雪雅指着眼前这个三面环山的巨大湖泊说道。

张家宝也完全被眼前的景色吸引了：静静的蓝色湖泊，白雪覆盖的群山，郁郁葱葱的大树，湛蓝的天空上缓缓漂浮的洁白云朵。如果他买下这个湖泊，那这一大片美丽的自然景色就属于他的了。他刚才听到雪雅说水矿两个字时，心里被触动了一下。以前接触过很多的矿区，金属矿啊，稀土矿啊，煤矿啊等等的，可他从来没见过所谓的水矿，原来矿区也可以如此景色迷人啊！

"这湖里的水质应该非常非常好吧？"张家宝用了两个非常。

"这是毫无疑问的啦。张总刚才是不是对着湖水太出神了，没听到我的话呢？"雪雅毫不犹豫地笑着回答说："这片湖水的水源，主要来自对面那片山峦里甘甜的山泉，山顶上千年冰川融化的积雪，以及平日集聚的纯净雨水，因此，绝对没有一点点污染。什么重金属、杀虫剂、农药、肥料和放射性物质之类，一概都没有。也没有任何有害的微生物。可以说，这是地球上很难寻得到的纯净水呢。"

张家宝微微点头。他事先做了准备，此刻便示意司机去车上取来一只小水桶，去湖里吊起了半桶水，然后让司机再去车里拿来几只纸杯，将桶里的水，分别倒了几杯，给了随行而来的人每人一杯。他自己带头先喝了一口。

"张董，口感怎么样？"雪雅不失时机地问。之前陆仲任带她过来时，她已经尝过这湖里的水，非常纯净，略带一点甜味。

"真爽啊。"张家宝一边咂着嘴巴，一边赞叹。

其他几个人一一喝过后，也对这湖水的纯净、味觉赞不绝口。

"可以说，以前从未喝到过这么好的水。"韩戈平又喝了几口，细细品味，不由再次感叹道。"在中国时，记得农夫山泉有句广告词，叫'农夫山泉有点甜'，如果和我们这水比较一下，实在是小巫见大巫了。"

"戈平说得不错，这水比农夫山泉不知强了多少倍。"张家宝表示同意。他一下子将纸杯内的水都喝了下去。

"你们看，"雪雅指着晶莹透彻的湖水，趁热打铁继续介绍，"这湖水纯净到几乎无需过滤，就可以直接让消费者喝。"

众人连连点头。张家宝更是笑逐颜开地凝神望着湖水。

"张董，杰姆斯，还有很重要的一点我得向你们介绍，"雪雅进一步说明道："这湖水的 PH 值为 8.3，偏碱性，这一点非常重要。由于我们人体基本属于偏酸性，所以容易生病，长期喝这偏碱性的水，对人的身体健康大有好处。"

"赛琳娜，你说的是真的吗？"站在一旁的企划部经理兴趣十足地将目光盯住雪雅问，"这可是太重要的卖点了，也就是说，我们的水不仅仅是用来解渴的，还有良好的保健作用，这可了不得啊。董事长，到国内去宣传一下，还怕没人来抢购？"

"嗯，确实如此。"张家宝显然对雪雅刚才对 PH 值的介绍极为兴奋，也立刻乐观地想到了销售前景。

"赛琳娜，你刚才所说的那些，都有具体的证明材料吗？比如检测报告之类？"韩戈平显得很严谨地提了个问题。

"看来杰姆斯做事最仔细啊。我手里就有一份检测报告呢。"雪雅边说边从包里取出一份印制精美的水矿介绍，这是陆仲任上次交给她的，去年因为陆仲任想收购这片水源，卖主特意请了政府专门机构对湖水做了一次严格检测，出了这份检测报告。陆仲任又特意将报告印刷成精美的推介手册。雪雅将推介手册翻到了印有几份表格的页面，对站在面前的几个人说："这是由加拿大国家检测中心出具的检测报告，里面包含了对重金属、有机化学物质、无机化学物质，以及其它一些内容的检查结果。你们可以仔细看一看。"

韩戈平从雪雅手里接过介绍册，随手翻了几页，里面有中英文的文字介绍，彩色照片和大量数据。然后，他将介绍册交给了张家宝。张家宝拿过来粗粗看了一眼，不露心迹地再交到企划部经理手里说道："你们回去好好研究一下。"

在湖边又逗留了一阵之后，一行人坐回了车上。在返回温哥华的路上，大家不停议论着那片湖水，个个赞不绝口。突然，张家宝想到了一件事，便问雪雅道："赛琳娜，这湖里的水是绝对的好，可是，我如果买下来后，怎么将这湖水运到码头呢？"

"这个好办。"雪雅显然事先有所准备。她从容地答道："据我所知，张董的公司只要愿意投资 1000 万，就可以修建一条从这里通往温哥华深水港的输水管，省政府已同意这个方案。如果觉得有必要，我随时可以陪你们去当面咨询。"这些都是那天在格列佛岛咖啡馆里陆仲任告诉雪雅的情报。陆仲任当时都确认过的。

"投资 1000 万这倒不算什么。"张家宝一副财大气粗的样子，"你说的卑诗省政府已经批准同意这个项目这点倒是非常重要，戈平，看来你要和赛琳娜约个时间去省政府确认一下。"

"好的，我知道了。"坐在前面的韩戈平道。

"杰姆斯只要提前几天和我约就行。"雪雅表示没问题。

这时，坐在张家宝和雪雅后面的企划部经理突然说："对了张董，刚才赛琳娜小姐说那片湖水的 PH 值是 8.3 对吧？我突然有了灵感，以后我们去中国推广的时候，就把这矿泉水的品牌叫做'PH8.3'不是挺好的吗？"

"这个品牌名有点意思。"韩戈平回过头来赞同道。

"嗯，有道理。"张家宝听了也很感兴趣："这方面就靠你们企划部多动脑筋了。"

"不过，要在宣传推广品牌的时候对人体的偏酸性做一番解释。"韩戈平建议道。

"这个当然，只有讲清了人体的酸性体质，才能推广偏碱性的矿泉水嘛。"企划部经理乐呵呵说。

"赛琳娜小姐，讲了半天，那这个湖想卖多少钱啊？"一直没有发表过意见的公司财务部经理冷不防提出一个关键问题来，好像是出于职业本能，他觉得老板既然对水矿兴趣如此浓厚，这个项目成功的可能大大提升，那么，他要从公司账户里划出多少钱呢？

雪雅愣了一愣。她施了个缓兵之计道："卖家还未最后定价。他出的价格应该是按照市场需求而定的吧，但依我的直觉，应该是你们这么有实力的集团公司能够接受的。况且，对你张董来说，出让价格多一点少一点应该不是主要问题，关键是这个项目今后能否给张董带来丰厚利润。对吗，张董？"显然，雪雅已经基本摸透张家宝的行事风格。

张家宝咧嘴笑笑，没有吭声。此刻，他脑子里正在盘算着如何将矿泉水生意做到中国去。按照刚才大家的一番议论来看，这矿泉水生意应该是前景广阔。雪雅说得没错，主要是后面的利润，只要将来的利润可观，眼下的收购价格即便贵一点也在所不惜。做生意嘛，要敢于投入才会有丰厚的产出，他张家宝不是斤斤计较的人，要做大生意，就得有大手笔。

雪雅若有所思地左右瞧瞧。尽管张家宝没有表态，但雪雅已经从他和随行人员的喜形于色，以及张家宝眼神里闪着的光芒，判断出他们对这个水矿是非常满意的。雪雅不由想到一句话：好的开头，是成功的一半。

返程途中几个人在一家麦当劳餐厅简单吃了点东西，当做午餐。回到 Downtown 已经过了下午三点，在公司门口下车后，张家宝说："赛琳娜如果下午没要紧的事，不如就在我们公司坐坐，中午没有时间请你吃饭，晚上我弥补一下，你喜欢 Downtown 的哪家餐厅？"

"不了，我还有事情要处理呢。"雪雅婉言谢绝。

"赛琳娜不必客气，晚上一起吃饭吧。"韩戈平也挽留雪雅。

"真的不必了。"雪雅推脱说："反正矿泉水项目在，我们有的是机会。"

"那也好，下次我好好请你。"张家宝见雪雅坚持要走，也不勉强，这时他想到了一件事，便对雪雅道："赛琳娜，我还有一件重要的事情想拜托你。"

"哦，什么事啊？"雪雅问。

"上次你带我们去的那个高尔夫球场叫什么？"张家宝问。

"海天高尔夫球场。"韩戈平抢在前面替雪雅回答。

"对，杰姆斯说得对，海天高尔夫球场。"雪雅重复了一遍。

"那个球场真漂亮，我和戈平都非常喜欢。"张家宝说着睨了韩戈平一眼再转向雪雅说，"我想请赛琳娜替我打听一下，那个球场有没有可能转让给我？"

"张董还想收购高尔夫球场？"雪雅吃惊不小。

"是啊，一直有这个打算。"张家宝一副早有此意的表情。

"哇，张董你真是厉害，来温哥华时间不长就四处出击，不愧为实力雄厚啊！"雪雅由衷而叹。

"温哥华商机不少啊，我喜欢出击，既然机会摆在面前，为什么不积极主动出击呢？商场如战场啊，不主动出击怎么行？守株待兔可赚不了大钱的。所以赛琳娜，你替我问问吧，如果那个球场肯转让，我愿意多出点钱。"张家宝显得洋洋得意又自信满满。

"那好吧，我就替张董去问问。"雪雅笑着答应了。

雪雅和张家宝韩戈平道了别，去地下停车库取车。慢慢走着时她暗想，张家宝也想得太美了，刘豪杰是什么人，怎么可能出让海天高尔夫球场呢？别做梦了吧！

第十三章

1

朱玉文这是第一次出国，没想到这第一次就走得那么远。十多个小时的飞机坐下来，不由觉得腰酸背痛。还好飞机座位上都有液晶播放器，看看电视可以消磨时间。吃过晚餐后，许多旅客都开始蒙头睡觉。朱玉文一开始怎么也睡不着，干脆睁大了眼睛，接连着看了三个电影，打发过去五六个小时，后来终于撑不住了，一股倦意猛烈地罩住了她，也不知迷迷糊糊地睡了多久，被一记巨大的震动突然弄醒，原来是飞机轮子碰上了跑道，飞机已经稳稳当当降落在温哥华国际机场。

朱玉文半睡不醒地跟着一大群叽叽喳喳的旅客下了飞机。出关的地方排着长龙似的队伍，手持护照的旅客焦虑地等着走到海关官员跟前接受询问。朱玉文茫然地跟着人流缓缓前移，她心里盘旋着紧张情绪，这是她头一回站在中国以外的地方，看着那些和自己肤色不同的、穿着制服的机场工作人员，警察和海关官员，她甚至感到害怕。万一他们向自己提问，她可什么也回答不了，她几乎不懂英语，他们问什么都将是对牛弹琴。

大约排了十几分钟后，有一个华人中年女人在隔离带的外面走到她跟前，用国语问她会不会讲英语，朱玉文慌忙摇头，女人就招呼她出列，指指不远处一支更长的队伍说："那请你排到那边去吧，那边有翻译。"

朱玉文赶紧道谢，慌慌张张地离开原先的队列，排到那行只有中国人面孔的更长队伍里。朱玉文舒了口气，不知为何，换了一行队列后，她那颗紧张的心顿时放松下来了，反正不会英语的也不是她一个人嘛。她看看排在一起的那些同胞，他们好像嘻嘻哈哈的一身轻松，有不少像是一家子一家子的，挤在一起，其乐融融，满不在乎。看这些人的模样，应该和她一样，拿的是旅行签证吧？

朱玉文这次来温哥华，冥冥之中似乎命运驱使。

最初，是夏盼雪突然离开了金银湖球场，这一走就再也没有回来。朱玉文曾经向郑小兰打听过夏盼雪的行踪，郑小兰口风很紧，坚持说她没有夏盼雪的任何消息。隔了一段时间后，朱玉文认准夏盼雪是不会再回金银湖球场了，虽然时不时会有一种莫名其妙的寂寞感，但朱玉文内心里还是免不了溢出一份暗喜。夏盼雪的消失，至少可以证明一点，她和韩戈平的恋爱关系已经告吹了，这显然给自己留下了极好的机会。

有一阵子，韩戈平请假回了四川，朱玉文一度非常担心他不是回老家探亲，而是去找夏盼雪，万一找到了，他们破镜重圆了可怎么办？韩戈平不在的那些日子，她一直提心吊胆。后来韩戈平回来了，除了显得更加寡言少语外，看不出有何变化，每天还是照样上班，巡场，管理她们一大群球童。朱玉文的心放下了，开始积极寻找和韩戈平接触的机会，希望有所突破。不过，韩戈平始终对她不冷不热地保持着距离。朱玉文敏锐感觉到他们两个人之间存在一样看不见的障碍物，这依旧会是夏盼雪吗？是韩戈平念念不忘夏盼雪才不愿意接受自己吗？朱玉文不得而知，她几次想问韩戈平，可话到嘴边都又咽了回去。

忽然有一天，球场经理陈伟告诉朱玉文说韩戈平辞职不干了，要离开金银湖球场，朱玉文惊愕之余，将信将疑地直接去问韩戈平这是不是真的？

"是真的，我手续都办好了。"韩戈平回答得极为平静。

"那为什么？你要去哪里？"朱玉文觉得猝不及防，她希望得到的答案是相反的。

"我要去加拿大，去我表哥那里。"韩戈平说。

"是去旅游吗？"朱玉文刚问出口就觉得自己傻，如果是旅游，用得着辞职吗？

"不，我是去工作，帮表哥的忙。"韩戈平这次的答复和朱玉文猜想的一模一样。

"那，你还会回来吗？"

"不知道，也许还会回来，也许再也不回来了，眼下我自己也不知道。"韩戈平说。

朱玉文的内心一时空荡荡的，掺杂着失落和凄凉，脑子里团团乱丝纠缠，竟不知道再说什么了。她相信，韩戈平这一走，或许他们之间就是一次永别，想想自己那么在意这个男人，心里几次三番设计着想和他走到一起，到头来只是他一个简单的决定，就将一切化为乌有。在韩戈平的心里，或许从就没有过她朱玉文这个人，她充其量只是他的一个同事和下级而已。对此，朱玉文除了酸楚和苦笑还能怎样呢？唯一可以宽慰的是，至少韩戈平是和夏盼雪分手后才走的，他独自一人远赴加拿大，更可以证明他和夏盼雪已经彻底掰了。想想真叫人哭笑不得，弄了半天，这个两女一男的爱情游戏竟然会如此仓促地草草收场。

韩戈平离开金银湖球场的那天，他不许任何女球童送他，连郑小兰也被他婉拒了。望着他驶出球场大门的车影，好几个一直暗恋着他的女孩都哭了，她们心里的白马王子就这么一去不复返了，真是令她们伤心欲绝。

韩戈平走后的第三天晚上，陈伟特意把朱玉文招到他办公室，得意洋洋告诉她说，韩戈平临走前，竭力推荐郑小兰接替球童部经理的位子，可他没同意，他想把这个位子留给朱玉文。朱玉文对此当然是求之不得，不过她心里也十分明白，有得必有失，一旦接受了陈伟这个恩施，以后自己时不时也得满足他的要求。果然，陈伟当晚就急不可耐把她摁在了办公桌上，朱玉文不得不闭着眼任凭他泄欲。

为了不在球童间产生议论和反弹，朱玉文建议陈伟提升郑小兰当球童部副经理，一则可以平息球场里的风言风语，二来郑小兰在球童中威望较高，作风也淋漓泼辣，提她当副手，对朱玉文开展工作有利。陈伟见朱玉文和自己已经心有默契，估计以后随时能满足自己，就欣然同意了。令朱玉文意料不到的是，郑小兰听到这个决定后一点都不兴奋，反而冷冰冰地说："我对副经理位子没什么兴趣，还是当我的组长吧。"

"副经理待遇可比组长好多啦。"朱玉文诱劝着。

可任凭朱玉文怎么劝，郑小兰就是只愿意当组长。最后朱玉文和陈伟无奈，只好将副经理位子搁下不说了。之后一段时间，朱玉文算是勉勉强强把韩戈平的工作担当了下来。球童们知道她和陈总的特殊关系，也没人敢无缘无故得罪她，日子就这么风平浪静地过了几个月。直到有一天下午，以前和朱玉文同寝室、如今被朱玉文提升为组长的汤玉美突然来到朱玉文的办公室，神秘兮兮地凑在她跟前说："哎玉文姐，你有没有听说夏盼雪的事啊？"

"夏盼雪？没有啊。"朱玉文奇怪为什么汤玉美忽然提起夏盼雪来。

"听说她也去了加拿大呢。"汤玉美脸上的表情怪怪的。

"去了加拿大？"朱玉文没有立刻领会汤玉美话中的含意。

"对啊，加拿大，韩经理不就是去了加拿大吗？"汤玉美提醒着。

朱玉文的脸刷地变了，难道夏盼雪此刻和韩戈平在一起？她不相信，不甘心地问："你从哪听来的谣言啊？这不可能！"

"怎么是谣言呢，这是郑小兰透露出来的，千真万确。"汤玉美说。

"郑小兰怎么会知道加拿大的事情？"朱玉文还是不想相信。

"人家夏盼雪现在可厉害啦，在加拿大的一个高尔夫球场当老板的助理呢，她想邀请郑小兰，王小姝她们几个去加拿大发展呢。"

"有这种事？"

"不信你可以自己去问郑小兰嘛。"汤玉美一副把握十足的样子。

心里七上八下的朱玉文在吃晚饭的时候就迫不及待地找到了郑小兰，问她汤玉美所说的一切是真是假？郑小兰倒是没有想隐瞒什么，回答说都是真的，夏盼雪确实给她来过电话，说她如今在加拿大负责一个高尔夫球场，那里今后可能会需要有经验的球童，问郑小兰愿不愿意去试试。

"韩经理也在那里吗？"朱玉文脱口而出问。

"谁？噢，你说韩经理啊，不知道，盼雪没有说过。"

"夏盼雪没有说起她和韩经理在一起吗？"朱玉文顾不得躲躲藏藏了，单刀直入地问。

"没有，没有啊！"郑小兰好奇地盯着朱玉文反问："难道他们两个在一起了吗？你有韩经理的消息？"

"没，没有。"朱玉文相信郑小兰确实不知道，这反而让她心里稍稍宽松下来。她认为，如果夏盼雪确实和韩戈平在一起并且复好如初了，一定会告诉郑小兰的。

尽管朱玉文没有证实韩戈平和夏盼雪已经破镜重圆，但他们两个都在加拿大这件事足以让她开始心神不定起来。相比之下，他们两个人现在是近在咫尺而朱玉文和他们却是远隔天涯啊！对男女关系而言，距离有时是很可怕的。

这么闷闷不乐了好几天后，朱玉文突然想到了一个人，像是在漆黑一片的夜里见到了一丝光亮不由一阵兴奋。她急急忙忙从手机通讯录里找到了陆仲任留给她的电话号码，也不管打过去会是什么情况，盲目地拨了起来。凑巧的是，电话竟然很快接通了。

"哪位啊？"是陆仲任懒洋洋的声音。

"陆总，是我呀，小朱，上海金银湖球场的小朱呀。"朱玉文说。

"哎呀，是你啊！"陆仲任显然非常意外。

"看来，陆总早把我忘得一干二净了吧？"朱玉文埋怨道。

"哪里哪里，怎么可能啊。"陆仲任声音乐呵呵地否认，"谁都能忘，怎么可能忘记你呢？"

"那你怎么这么长时间不和我联系啊？我一直以为你会记得我，给我来电话呢。"朱玉文娇嗔地责怪着。

"哎呀，我实在是太忙了嘛，抱歉抱歉，你多多谅解哦。"陆仲任忙着道歉。

"你什么时候再来上海嘛？"

"怎么，不会是你想我了吧？"

"不想你我干嘛打电话给你啊？"朱玉文开始用娇滴滴的语气。

"哎呦，我的宝贝，你真的想我啊？"陆仲任像是受宠若惊般轻叫。

"当然啦，我骗你干嘛呢？"朱玉文更加娇声娇气了："你最近能不能抽空过来啊，人家想你了嘛。"

陆仲任在电话那头停顿了片刻后道："哎呀，我最近倒是还真的来不了呢。"

"那你今年什么时候能来呢？"

"今年啊，今年来不来还不一定呢。"

"不行，你今年一定得来，一定得来！"朱玉文像是陆仲任的小情人般蛮横地进一步撒起娇来，"你不可以让我等你那么久的呀，不可以的。"

"哦哦，你让我想想，让我想想。"陆仲任明显被朱玉文的娇嗔打动了，心里美滋滋的。他停了几秒后说："要不你过来看我吧，行不行？"

"你又没来上海，我去哪里看你啊？"朱玉文懵懂地问。

"你来温哥华看我啊。"

"温哥华是哪里啊？"朱玉文确实不太熟悉这个地名。

"就是我现在住的地方呀，加拿大温哥华嘛。"

"加拿大不是外国吗？那么远，我怎么过来看你啊？不行的吧？"

"有什么不行，现在中国来加拿大旅游的人可多呢，你过来旅游一次，我们不就可以见面了吗？如果你申请到多次往返签证，你最多可以在温哥华待上差不多半年呢，嘻嘻，到那时，我们不是可以三天两日在一起了吗？到时候，我还怕你要厌我了呢。"陆仲任带点玩笑又非常认真地说。

"这是真的吗？我真的可以过来看你？"朱玉文似信非信。

"千真万确的事情啦。"陆仲任说，"你抓紧时间去办理护照，然后办理来加拿大旅游的签证。"

"可是，可是那要花很多钱吧？要买飞机票，到了那里还要吃要住，我哪来那么多钱哪？"朱玉文不失时机表示出迟疑不决。

"哎呀，我说你呀，钱的事情还用你操心吗？"陆仲任马上安慰朱玉文："你只要自己先付一张机票的钱就行了，到了加拿大，一切我都会给你安排好的，哪用你操心吃的住的啊，没必要，你来了，和我在一起，我还能亏待你不成？"

"亲爱的，我就知道你会对我好的。"朱玉文恰到好处地用上了特别亲昵的称呼，听得陆仲任乐不可支。

朱玉文给陆仲任的这通电话原本是无心插柳，不料歪打正着找到了一个去往加拿大的机会，这令她有些喜出望外。接下去的一段时间，她满脑子都是去加拿大旅游的计划，既然有人出钱请她免费出国旅游，她何乐不为？况且她要去温哥华，还有一个重要目的，就是想去找找夏盼雪和韩戈平，看看他们是不是在一起。

朱玉文请假回老家办了护照，等护照到手，回到上海又找了一家旅行社办理了赴加拿大旅游的签证。在这个过程中，陆仲任几乎每周都和她通一次电话，问询进展情况，给她出点子拿主意，指点她一步一步应该如何进行。在旅行社审查她的材料时，要求朱玉文的年收入必须高一点，朱玉文便不得不去请陈伟帮忙，写了一份她超过30万年薪盖有公司印章的公司证明材料。去拿材料的晚上，陈伟问朱玉文要去加拿大旅游多久，朱玉文怕他不准假，就说最多两个星期。陈伟说了句这么久啊？就又急不可耐地一把抱住了她，毫不客气地在办公室把朱玉文剥光了。朱玉文除了说服自己耐心忍受，别无选择。反正每次的得到必须都得付出相应的代价，对这点她早已习惯了。

签证终于顺利拿到了，是多次往返的，也就是说，入境一次，最长可以居留六个月。朱玉文第一时间把这个消息告诉了陆仲任，陆仲任喜不自胜，叫朱玉文赶快买机票，别管贵还是便宜，机票的钱，他到时会一并给她的。于是两周之后，朱玉文就网购了东方航空公司从上海浦东机场直飞温哥华的机票。就这样，朱玉文独自一人来到了温哥华机场。

朱玉文的回忆，使得排在长队里慢慢前移的速度加快了。不知不觉，她已经轮到了警戒线面前。招呼她过去的是一个中年的亚裔男性海关官员。朱玉文出示了护照，官员翻看了签证页后，用不太流利的中文提了几个问题，诸如为什么要来加拿大，打算待多久，住在哪里，带了多少钱之类，朱玉文按照陆仲任事先在电话里指导过她、已经背得滚瓜烂熟的话一一作了回答。海关官员看了朱玉文几眼，最后在护照上盖了章，把护照和海关报关单还给了她。

朱玉文长舒一口气，赶紧出关取行李。她那只蓝色的硬壳旅行箱一定已经在传送带上转了好几圈，等它再次出现时，朱玉文急忙走过去搬了下来。她背着包，拖着行李箱往外走。刚到接客大厅，就发现了胖乎乎的陆仲任。他正仰着脖子朝走出来的人群东张西望，很快他就看到了朱玉文，三步两步跑了过来。

"哎呀，你终于出来了，急死我了。"陆仲任一把拉住朱玉文，抱了她一下。

众目睽睽之下，朱玉文很不习惯，慌忙挣脱了，解释说："里面的队伍排得好长啊。"

"我知道我知道，我们走吧。"陆仲任伸手替朱玉文拉行李箱，乘机将嘴凑近朱玉文的耳朵边说："想死你了，我们这就去酒店吧。"

朱玉文尴尬一笑不置可否。她跟着陆仲任走到停车场，上了陆仲任的奥迪Q7。等车子缓缓驶出机场后，陆仲任开始在畅通的公路上加速。不一会儿，朱玉文就感觉到陆仲任的一只手摸到了她的大腿上，在那里轻轻移动。她知道，看这架势，只要一进酒店房间，陆仲任就会把她抱到床上去，将她脱得一丝不挂的。

2

赵梦雨接到朱玉文的电话时感到挺意外的，虽说上次陆仲任在格列佛岛的咖啡馆里曾经提起过这件事，可没料到这么快她就到了温哥华。朱玉文寒暄过后，把自己独自一人来到温哥华的来龙去脉像汇报工作一样对赵梦雨讲述了一遍。

"你住在哪里？"赵梦雨礼节性地问朱玉文。

"这里好像叫什么列治文的。"朱玉文说。

"噢，你也住在列治文啊，哪个酒店？"赵梦雨更意外了，朱玉文竟然和自己在一个城市。

"我住的不是酒店，是陆总替我借的公寓，附近好像有个公众市场。"

"那你是住在3号路一带了。"赵梦雨知道公众市场。

"我一点都不熟，也没有好好出过门，除了到住所附近转转，几乎一直窝在家里。"朱玉文不识英文，看到什么路标之类也记不住。

"你不是来旅游的吗？窝在家里怎么行？"赵梦雨觉得好笑。

"什么旅游啊，我又不会说英语，也不会开车，怎么出去啊？"

"那陆总没带你出去转转吗？"

"他只是替我买了好多吃的东西放在冰箱里，过来陪我吃了几顿饭，说过些天再抽空带我出去玩，谁知道他要过几天哪。"朱玉文显然带些小情绪。

"你别太在意，陆总平时确实很忙的。"赵梦雨替陆仲任圆场。

赵梦雨知道最近一段时间陆仲任的确很忙，他一直在和矿泉水矿的卖主接触，确定一些细节。前些天，赵梦雨已经将一张35万的银行本票交给了陆仲任，让他去和矿泉水矿的卖主签订买卖合同并付掉那笔定金。赵梦雨来加拿大的时候，曾经和刘豪杰商量过，如何才能把她手上持有的200多万元人民币兑换成加拿大货币带过去，刘豪杰当时告诉她，如果按正常手续，一次性带几十万加币出境是根本不可能的，如果她一定要带，那只有将人民币打到刘豪杰国内公司的账户里去，等赵梦雨到了温哥华，刘豪杰给她相应价值的加元就可以了。赵梦雨非常信任刘豪杰，就按他的意思操作了。按照当时的汇率，赵梦雨一到温哥华，刘豪杰就给了她40多万加元的存款单。赵梦雨来了那么久，那笔钱一分都没动用过，这次一下子就将绝大部分拿了出来，也算是背水一战。

"所以呀，我也没指望他什么。"朱玉文心有不满地说："他说认识你工作的地方，还和你见过面，我就向他要了你的联系方式，这不，急着就打电话给你了呀。盼雪你看你何时有空，我们两个碰碰面吧？除了陆总，在这里我也就你一个朋友了。"

赵梦雨想，既然朱玉文到了温哥华，作为曾经的同事无论如何都是应该要请她吃顿饭什么的，如果有时间，确实还应该陪她在温哥华四处转一转，也算尽地主之谊，便欣然答应说："那是一定的，你那么大老远过来玩一趟也不容易，我们是必须要碰面的，我请你吃饭。"

"那太好了，什么时候啊？你看，我来这里已经一个多星期了，哪儿都没去过。"朱玉文似乎在家里太无聊了，有点焦急。

赵梦雨想了一想说，"要不就明天吧，明天我正巧有点空，我们一起吃晚饭。"

"好啊好啊，那我们怎么碰头呢？"朱玉文煞是兴奋。

"你把地址告诉我，我明天下午会过去接你。"赵梦雨说。

"盼雪你可真够朋友。"朱玉文虽说已经知道夏盼雪的真名是赵梦雨，一时半刻却仍然不习惯改口。她找出了自己住的公寓所在地址，慢慢读给赵梦雨听。

赵梦雨按她讲的地址一查，其实离她的家不太远，于是她说："那明天下午五点半左右我开车去接你，你在家里等我，我到了会打电话给你的。"

"好的好的。"朱玉文听赵梦雨要开车去接她，心里说不出的羡慕，看来她真的如汤玉美所说的，在加拿大混出名堂来了。她忍不住道："盼雪你自己会开车啊，好厉害。"

赵梦雨心里暗笑，开车算什么啊，她在成都老家时就是熟练的司机了，她也没想多解释，对朱玉文说："那就这样了。"

听赵梦雨的口气好像立马要挂断电话，朱玉文急急忙忙说了一句："盼雪啊，有件事想问问你，我来之前就听小兰她们说韩经理也在温哥华，是不是真的啊？"

"是的，他也在这里。"赵梦雨毫不犹豫回答道。

"他真在这里啊，那你们一定经常碰面吧？"朱玉文试探道。

"碰是碰过面的，但不是经常。大家都很忙的，哪有时间多碰头啊。"赵梦雨说。

自从那次韩戈平来球场找过她之后，他们之间一直只是电话联系联系。韩戈平确实约过赵梦雨几次，希望两个人一起出去吃吃饭喝喝咖啡，但赵梦雨一则不想一下子和韩戈平走得太近，二则最近一直很忙，也抽不出什么时间，就没有再见过面。此刻被朱玉文这么一提，她心里倒是一动，既然朱玉文来了，不如约韩戈平一起碰头吧，以前的同事能在离中国万里之外的温哥华相聚一处，这样的机会说来也不会很多的。她正想对朱玉文说呢，不料朱玉文抢先开了口。

"盼雪，要不你打个电话给韩经理吧，就说我来这里了，能不能明天叫他抽空一起过来吃饭呢？难得大家碰在一起。"

"我也正这么想呢。"赵梦雨完全了解朱玉文和韩戈平过去的关系，她不认为朱玉文喜欢韩戈平有什么过错，也从没把这事看成是对自己的威胁。感情上的事嘛，人人都有追求别人或被人追求的自由和权力。况且如今她和韩戈平之间的恋情至少处于暂停阶段，她更不在意让朱玉文和韩戈平见见面了，便一口答应下来："我这就打电话问问他明天晚上有没有空。"

韩戈平驾车从素里市出发后不久，沿着91号高速公路一路赶回Downtown。素里是一个近些年发展起来的新城市，靠近美加边境，如果从温哥华去美国要走和平门的话，就一定要经过素里。

下午，韩戈平和表哥张家宝一起去素里看一块土地。这块地面积相当大，地处素里市西南边缘。乍一看上去，位置并不十分好。原地主因为想不出在这块地上能做什么大事，之前一直将它出租给一些印度移民，在那里建了果园，种植一些葡萄蓝莓之类。后来和印度租客因为租金发生矛盾，双方弄得不欢而散。地主考虑再三后，打算将那块地出手转让。有地产中介的经纪人得知太平洋地产公司一直在物色和收购土地，便大老远从素里跑到 Downtown，上门到太平洋地产公司来推荐那块地，对张家宝说了一大堆那块地如何有潜力之类的广告推销语言。张家宝做事向来严谨，从不相信别人的忽悠，所有项目都必须自己亲力亲为实地考察，只有亲眼看到过的，他才会做出判断和决定。就像赛琳娜带他看的那个水矿，亲眼目睹之后，他才认为机会难得，那片湖水确实清澈无比，甘甜爽口，商业价值明显，盈利潜力无限，因此亲自果断拍板，做出了收购的决定。

对素里那块地，张家宝看过之后并不十分满意。地主开价是 1500 万加元，对这么一大块土地来说，单论价格本身应该还是可以接受的，问题在于那个区域目前还处于待开发阶段，政府的许多政策和规划尚不够明确，如果收购下来，一时半刻可能无法开发房产项目，因此张家宝十分犹豫。从素里回 Downtown 的路上，就问正在身旁驾车的韩戈平对那块地有什么想法。韩戈平也不掩饰，直接说出自己的观点，如果公司目前资金充足，周转轻松，应该先把那块地拿下来。

"可是，如果拿下来之后囤在那儿不能做事，资金不就搁死掉了吗？"张家宝表示出自己内心的担忧。

"哥，你做生意那么有经验，有时候应该会打提前量吧。"韩戈平手握方向盘说："大温地区目前发展的势头正越来越旺，我们到温哥华时间不算长，体会不深，我听不少比我们早来几年的移民说，不论是温哥华市，列治文市还是本那比市这几年变化都非常之大，发展迅速。许多开发商，包括不少大陆地产商都来抢地盘造房子，很多老移民都后悔前几年怎么没有多吃下几块地皮，现在转转手就可以发大财了。"

"可是素里太偏了，离 Downtown 那么远，所谓房地产业的金科玉律是地段地段再地段嘛。"张家宝打断韩戈平说。

"这个没错，"韩戈平和颜悦色地道："所以我说提前量啊。哥你想，假如素里现在已经热火朝天发展起来了，那么一大块土地还会是那个价格吗？"

"问题是，我们怎么知道素里什么时候才能发展呢？万一十年八年不动，我拿在手上有什么用？还有时间成本呢。毕竟 1500 万还是可以做点事情的。"张家宝说了自己的理由。

"哥，按我的判断，素里近几年里一定会有较大发展的。它和美国毗邻，进出方便，而且迁入素里的人口在逐月增加，因此发展潜力巨大。1500 万如果投在温哥华市区，能买多大一块地？最多也就建几栋别墅而已。素里这块地，都可以造七八幢高层公寓了，一旦开发，利润丰厚可观啊！"

"嗯，你说的也不是没有道理，容我再考虑考虑。"张家宝点了点头。

"哥，我的意见是，如果公司资金允许，就不妨拿下那块地。如果资金有缺口，那也只得忍痛割爱了。"

"资金方面倒不是问题，但我眼下急于要做那个矿泉水项目，一旦启动，没时间再去素里详细调查那块地了。"张家宝思考着说。

"哥，素里那块地的详细调查工作由我来做吧，到时你只要决定就可以了。"

"那好吧。"张家宝对韩戈平的工作能力还是很放心的。

此时，韩戈平驾驶着车从91号公路拐上99号公路，行不多久就到了奥克桥。车驶上大桥的时候，韩戈平突然想到了住在列治文的赵梦雨，心里猜测赵梦雨不知此刻在哪儿，在干什么。昨天下午，赵梦雨突然打电话给他，问他第二天晚上有没有空，有空的话，出来一起吃晚饭。韩戈平不免大喜过望，之前他约过赵梦雨几次，她都推说有事走不开，这次竟主动来电约他，他当然是求之不得，连一秒钟都没耽搁就答应了。赵梦雨就告诉他碰头的时间和地方。韩戈平每次听到赵梦雨的声音就不想急着挂电话，转弯抹角问赵梦雨怎么会突然想到约他吃饭。赵梦雨回答他说，是有一点原因，不过先不说，反正见了面就知道了。这么一说，倒是弄得韩戈平心里很是忐忑，不知道赵梦雨打的什么埋伏。

车子过了奥克桥，在温哥华西区走了一段，张家宝两眼望着窗外出神。他对韩戈平说，这些地段称得上全世界最美的街区了，可惜移民过来晚了点，没能在这些地方多买下些土地。韩戈平表示同意，不过他认为温哥华地区今后还是机会多多的，商业发展就像河流，水满则溢，而且水往低处流，温哥华市发展到了瓶颈后，热点就会迁移到外围城市去，只要有前瞻眼光，能及时把握住时机就行。

车转到了格列佛大街，开始一路往北直奔 Downtown 而去。本来，张家宝今晚是要韩戈平陪他一起去吃韩国烧烤的，但韩戈平在去素里的路上提前告诉张家宝，晚上有朋友约了他去列治文一起吃川菜，张家宝也不勉强，就让表弟先送自己回公司。

韩戈平把表哥一直送到公司楼下，张家宝下车时问韩戈平要不要先休息一会再走。韩戈平看看手表，时间也不是很宽裕了，就说他不上去了，然后就将车子调了个头，再原路返回去，一直驶向奥克桥赶往列治文去。赵梦雨订的饭店叫"湘川人家"，开张已经几年，因为川菜和湘菜都做得特别地道，在列治文已经颇有名气。

韩戈平来到列治文三号路附近的"湘川人家"饭店时，离六点还差十分。停车的时候，他认出了赵梦雨那辆白色宝马车。韩戈平的记忆力向来很好，那天去海天球场找赵梦雨，回去的时候赵梦雨送他到停车场，顺手指指一辆白色宝马，说她现在开这辆车，韩戈平就一下记住了那张尾号188的车牌。

白色宝马左边正好还有一个空车位，韩戈平就把他驾驶的那辆黑色奔驰缓缓停靠进去。这辆奔驰 280 的牌照号码还要牛，尾号 888。到温哥华这段时间，韩戈平已经有了经验，凡是看到车牌上 6 和 8 这两个数字很多的，车主百分之九十是华人。

韩戈平锁好车，步履轻松地推门走进"湘川人家"。店里的布置中国味十足，墙上挂着许多颜色各异的川剧脸谱，绢制红辣椒像一串串小灯笼般点缀在脸谱与脸谱之间，木质餐桌的桌面铺着兰花土布，方形直背木椅子显出古香古色。此刻，店里已经坐了许多嘻笑言谈的顾客。韩戈平一抬眼，就瞧见了七八米之外面朝门口而坐的赵梦雨。令他意外的是，赵梦雨坐的那一桌好像不只她一人，还有一位女孩坐在她对面，韩戈平只能瞧见她的背影，那是谁呢？韩戈平心里有点失落，他原本以为今晚是他和赵梦雨两个人的约会呢！这么一来，之前那股兴奋劲立马减褪不少，刚才还富有弹性的脚步也不知不觉拖沓起来。

赵梦雨仰脸看到了渐渐走来的韩戈平，举起手来扬了扬。与此同时，那个背对韩戈平的女孩转过了头。韩戈平顿时傻了：这不是朱玉文吗？她怎么会在这里？韩戈平以为自己眼花，本能地眨了几下眼睛，再仔细看时，就见朱玉文也满脸堆笑地朝他招手。

"你怎么在这里啊？"韩戈平不知是惊诧还是意外，刚走到桌前就冲着朱玉文问。

"来看看你啊。"朱玉文半真半假地笑道。

"瞎扯，怎么可能。"韩戈平拉开椅子坐下来。

"真的啊，不然我怎么会出现在这里呢？"朱玉文时隔那么久突然看到韩戈平，显得精神焕发。

"说正经的，你究竟怎么回事，干嘛来温哥华啊？"韩戈平充满好奇。

"玉文姐是来加拿大旅游的。"赵梦雨忍不住替朱玉文讲了出来。

"噢噢，原来是旅游啊。"韩戈平想，这还差不多，就问："你是跟旅游团来的？"

"不是，是自己来的。"朱玉文也不开玩笑了，其实她并不认为刚才所讲的话是开玩笑，说到温哥华来是为了看看韩戈平，这话对她而言一点不假呀！

"自由行啊，和谁一起来的？"韩戈平一边从赵梦雨手里拿过茶壶自己倒水，一边问。

"一个人来的。"朱玉文说。

"是嘛？"韩戈平觉得不可思议，就打破砂锅般再问下去："你打算在温哥华待几天？计划去哪些地方？"

"不知道，什么都不知道。"朱玉文说的是老实话，她到目前为止没有任何计划和打算。反正按陆仲任的说法，她至少可以在这里待上五六个月呢。"我没有任何计划，既然有你们两个朋友在这里，到时就请你们出出主意啦。"

赵梦雨征求了两人意见后开始点菜，把这里最有名最典型的几个菜诸如毛血旺啦，干锅牛蛙啦，沸腾鱼啦，尖椒小炒肉啦，全都点齐了。赵梦雨和韩戈平都是四川人，朱玉文是贵州人，都喜欢吃辣的，觉得所有菜都合口味。三个人边吃边闲聊，韩戈平免不了问了一些金银湖球场的事情。朱玉文说到自己接了韩戈平的位子，赵梦雨就举杯祝贺她升职，对此韩戈平不以为然，直言不讳地说，他离开时向陈伟推荐的是郑小兰，不料陈伟还是起用朱玉文，看来陈伟有私心。朱玉文有些尴尬，只好解释说，郑小兰自己不愿意当球童部经理，然后她忽然问赵梦雨道："盼雪，我听说你希望郑小兰过来帮你的忙？有这回事吗？"

"小朱，你以后不要再叫她夏盼雪了，你也知道了她是赵梦雨。"韩戈平插进来打断朱玉文说："在温哥华，大家都叫她爱丽丝吧，你也可以这么叫的。"

"哦，不好意思，我是习惯了。"朱玉文看看赵梦雨道："爱丽丝，这个名字真好听。"

韩戈平问朱玉文道："你刚才说什么？郑小兰要来加拿大？"

"这个你得问赵梦雨，哦不对，你问爱，爱丽丝吧，我也只是听说而已。"朱玉文对韩戈平说着，忍不住笑起来，一下子改口叫夏盼雪为爱丽丝，还真是别扭得很。

韩戈平便把猜疑的目光转向赵梦雨。赵梦雨就说："我是有这个打算，温哥华这儿的球场里都不设球童，许多从国内过来的有钱人来打球时都表示很不习惯，所以我想开个先例，在海天球场尝试实行球童制，不知能否行得通。"

"哎呀梦雨，这真是个好主意！"不知是否出于职业习惯，韩戈平闻言竟然失声欢叫起来，还情不自禁去拍了一下赵梦雨搁在桌子上的手，触碰了一下立刻又收回去了，急忙掩饰着自己的失态道："我看行得通，一定行得通。"

"如果我老板同意我的建议，我就想从金银湖先挖几个人过来试试。她们比较有经验，一到这里就可以上手工作，比在这里招聘生手再培训强多了。"赵梦雨兴致盎然说着她的计划，"所以我之前打电话问了小兰她们，问问有没有兴趣过来帮我。"

"那你也可以请我过来呀。"朱玉文趁机对赵梦雨说："小兰她们能做的，我也能做啊，我可是老球童啦。"

"你现在在金银湖当经理了，到这儿来当个普通球童有什么意思啊？你在办公室坐习惯了，还愿意替人背球包，晒太阳？"韩戈平泼起了冷水，他认为朱玉文是说风凉话。

"那不一样，如果小兰她们都过来了，我当然也想过来，大家在一起热闹嘛，你说对不对爱，爱丽丝？"

赵梦雨笑笑说："到时如果玉文姐想来，我当然欢迎啦。不过这件事现在还只是个设想而已呢。"

朱玉文其实也真是信口一说的。她如果真来温哥华工作，可不是为了当个小球童。如今看到赵梦雨混得那么顺风顺水，她更是不会甘心落在赵梦雨手下打工的，可是自己能做什么呢？这么想着，她就问起韩戈平来："韩经理，那你在这里做什么事啊？"

"在替我表哥工作。"韩戈平说。

"说到你表哥，我和他还认识呢，什么时候你带我去见见他吧？"朱玉文说。

"可以啊，"韩戈平随口而答，"不过最近几天他在忙一个项目，恐怕没时间，过几天我再问问他吧。"

"说起项目，我听赛琳娜说你们公司正在准备收购一家矿泉水公司，现在进展怎么样了啊？"赵梦雨见机行事，立即向韩戈平打探起来。今晚她约韩戈平一起过来，这是目的之一，她想了解张家宝是否做出了最终决定，这太重要了！

"嗯，那个项目就是赛琳娜牵线介绍的，我们已经去实地看过了，水源非常好，"韩戈平捞到和赵梦雨说话的机会可不想放过，"我们已经开过论证会，决定把那个水矿买下来了，前几天公司成立了项目部，表哥可能会让我去总负责。"

"收购价贵不贵啊？"赵梦雨问。

"对方要价1000万。"韩戈平不假思索地透了底。

"哇，1000万元人民币啊？吓死人了。"朱玉文愕然。

"不是人民币，是加元，合人民币将近五千多万呢。"韩戈平纠正朱玉文说。

朱玉文倒吸了一口气，张口结舌，心想，你表哥怎么如此有钱哪？

赵梦雨听到韩戈平说的价格时也吃了一惊，本来和陆仲任商量好是500万出手的呀，收购价350万，出手500万，轻轻松松就赚了150万。这个陆总也够黑心，竟然开价时翻了一倍，这样做行得通吗？狮子大开口，别把她的计划给搞砸了哦！赵梦雨心里不由暗暗焦急，陆仲任当然只有一个目的，多赚钱。她赵梦雨这次花血本参与这个矿泉水项目，真正的目的可不仅仅是赚一笔钱那么简单，她主要目的，就是要张家宝买下那个水矿！

3

朱玉文刚从超市回来，手里拎着满满一大袋吃的东西。来到温哥华不知不觉已经过了三周时间，朱玉文对公寓周边的环境已经很熟了，知道附近有些什么商店，买什么东西应该往哪个方向走。出门不远处就能到一个商业中心，那里的超市规模很大，里面货品琳琅满目，应有尽有，实在太方便了。

今天吃过午饭不久，陆仲任打电话过来，说晚上要到朱玉文这儿来吃晚饭，让她去超市买点菜回来。朱玉文问为什么不去外面吃，陆仲任说想在家里吃，方便一些。朱玉文无奈，只好答应。朱玉文出门前走到窗口看了看，见外面天气非常好，蓝天白云的，气温也很舒适，决定步行去商业中心。从公寓到那里并不很远，朱玉文大约走了不到十五分钟就抵达了那里。现在朱玉文已经不像第一次单独走进超市时那么担心了，虽然还不会讲英语，但购买商品一点没有障碍，只管将需要的东西一件件装入购物篮内就行了，反正到收银台结账时根本不用说话，再说了，列支文市华人实在太多，超市收银员也十有八九是亚裔面孔，万一碰到什么事，总有会说汉语的人过来解围的。

朱玉文在超市里走来走去逛了好一阵，买了一些拿回去放进微波炉热一下就能吃的炸鱼排啦，炸虾啦，培根火腿肠啦之类的，又挑了几样蔬菜，顺便买了一点她喜欢吃的水果。结完账走出超市，刚好见到公交车进站，就带紧几步上了车。

自从朱玉文住进这套二室一厅的公寓之后，陆仲任最多间隔两三天就会过来一次。他的时间不固定，有时下午来，有时晚上来，有时甚至还在一大早呢，朱玉文躺在床上睡意朦胧的时候，他就自己开门进来了。不管陆仲任是什么时间来，反正只要来了，有一件事是必定不会漏掉的，就是和朱玉文做爱，而且每次都要做得畅快淋漓才肯罢休。朱玉文没得选择，只有配合。她来到温哥华，吃的住的都是陆仲任提供的，到的第一天他就给了朱玉文5000加币作为零用。说起来一个非亲非眷的男人能对你这么大方，无非就是想和你上床亲热亲热，这点普通的道理朱玉文怎么会不知道？相比金银湖球场的经理陈伟，朱玉文对陆仲任倒没有那么反感。一则是陈伟属于利用职务之便，老是想方设法白占她便宜。陆仲任是公平交换，每次和她亲热，都会给她相应的酬报。二则陈伟每次都急猴地草草了事，朱玉文从未有过愉悦之感。陆仲任虽说更加年长，却是经验老到，每次做爱，几乎都能让她进入状态。其实作为女人，她也需要这样的享受。来到温哥华这阵，大概因为不需工作，朱玉文身心都特别放松，加上几乎天天一个人在家，免不了感到寂寞难当，她有时情不自禁也会盼望陆仲任能来。

朱玉文本来希望能和赵梦雨韩戈平多多来往，但他们毕竟都在上班，哪有空陪她？那日赵梦雨请客，叫来韩戈平，三个人一起吃了顿川菜后，一晃已经两周多过去。期间朱玉文和赵梦雨韩戈平都通过两三次电话，赵梦雨在上一个周末还开车带朱玉文去温哥华市中心转了转，请她喝了咖啡吃了午饭，又陪她去那个很大很大的斯坦利公园玩了两个小时，朱玉文觉得赵梦雨对她已经蛮够意思了。

朱玉文也向韩戈平提出过带她四处转转的要求，韩戈平每次都答应却从没有兑现。他一直推说最近因为处理矿泉水项目实在太忙，要忙完这阵才抽得出时间。其实朱玉文心里也明白，韩戈平一般不会单独和她一起出去，他会忌讳赵梦雨。从那天晚上韩戈平每次看着赵梦雨的眼神里，朱玉文就清清楚楚明白了他心里依旧那么喜欢赵梦雨。既然如此，他怎么可能在赵梦雨不加入的情况下单独和她约会呢？即便哪天他真的空下来，必定也是会拉着赵梦雨一起出来的。倒是赵梦雨对韩戈平的态度有些不冷不热的，这让朱玉文琢磨不透，他们两个目前究竟属于什么情况呢？按赵梦雨的说法，虽说同在温哥华，其实他们之间见面也很少，这一点不像是热恋之中的男女呀！

朱玉文一面东想西想，一面整理买回家来的东西，该装碗盆的就先装好，该洗的蔬菜也一一洗净切好炒熟，然后就坐在客厅里看电视。电视里讲的都是英语，她也听不懂，只能看着画面猜测想象。大约过了个把小时，她听到陆仲任敲门的声响，就起身去开门。

陆仲任和往常一样满面笑容。他手里拿着两瓶葡萄酒，看样子兴致很高，打算喝个一醉方休了。朱玉文从他手里接过酒瓶刚放到桌上，陆仲任就一把抱住了她，胡子拉碴的嘴就往朱玉文脸上摩擦。

"你干嘛，别急呀，"朱玉文边说边推开陆仲任。

"好的，不急。"陆仲任嘻嘻笑道："今晚我反正不回去，不急不急。"

朱玉文想，怪不得要我买菜回来吃，还带了两瓶酒，原来他今晚要在这里过夜啊。也不知是应该为此高兴呢还是忧虑，朱玉文心里的感觉既生疏又古怪。以前她跟陆仲任去贵阳出差的时候，连着几夜和他睡在一起，陆仲任几乎每个晚上都要折腾一两次。那以后，再也没和他一起过过夜，这一阵在温哥华，他都是做完事就离开的，毕竟他的家在这里。

朱玉文看看时间，差不多到了可以吃晚饭的时候了，就开始用微波炉热菜，陆仲任则找了启瓶器将一瓶红酒打开醒着。等朱玉文将菜一盆盆端到桌上，再取来酒杯和筷子，两个人就面对面坐下了。

"今晚我们一起多喝点。"陆仲任今天显得特别兴奋，他给自己和朱玉文都斟了满满一杯红酒，然后举起酒杯和朱玉文碰了碰，喝掉一大口。

朱玉文也喝了一口，她想，今晚陆仲任肯定会和她大战一场，不如自己也喝得晕乎乎的，到时随他怎么折腾吧。

两个人边吃菜边喝酒，不一会儿就把一瓶红酒喝光了。陆仲任紧接着开了第二瓶，再次将酒杯都倒满。

朱玉文虽然比陆仲任喝得少，也开始有了几分酒意。乘着酒兴，她把这几天一直想对陆仲任说的一番话讲了出来："我来到这里这么多天了，你也不陪我出去玩玩，你究竟一天到晚在忙些什么嘛，老是把我一个人晾在家里。"

"宝贝不瞒你说，我最近在忙一件大生意呢，一旦成功了，可以赚一大票。"陆仲任也有了几分醉意，说话时舌头变粗了，"哦对了，宝贝，你身上的钱够用吗?"

"你上次给我的那些，还没用完呢。"朱玉文心里明白，和陆仲任谈钱的事不能着急，得悠着点效果更好。

"你出去逛街时，喜欢什么就去买，不用节约的。"陆仲任边说边摸口袋，掏出一个钱夹来，从中取出一叠钱来放到桌上。

朱玉文朝钱瞟了一眼，估计会有两三千。就说："我也不可以乱花的，你赚钱也辛苦。"

"是啊，赚钱，确实不容易的。"陆仲任收起钱包，微胖的身子往后一仰，将整个背部靠在椅子上说："等那笔生意做成了，我开车带你去班芙玩一圈。"

"班芙是哪里啊？远不远？"朱玉文头一回听到这个地名。

"很远，从这儿过去要千把来公里呢，路上得整整一天。"陆仲任接着喝酒。

"那里很好玩吗？有什么好东西可以买吗？"朱玉文打听道。

"说是很好玩的，不过我也没去过。"陆仲任打了个饱嗝后继续说："我们一起去玩几天，住那里最高级的宾馆，吃最好的西餐，让你开开眼界。"

"哦，那我先谢谢你了，来，我敬你一杯。"朱玉文的脸颊开始发热，借酒发挥，重重地和陆仲任碰着杯，将几滴红酒洒在了桌上，她一仰脖子喝了半杯下去，而后问："你口口声声说在做一笔大生意，是什么生意啊？是不是房地产？"

"不是不是。"陆仲任连连摇头："房地产现在不如以前好做了，我这次是做水的生意。"

"水的生意？什么水啊？"朱玉文听得糊里糊涂。

"矿泉水呀，我买下了一个水矿，然后再卖给别人，利润可厚呢。"

"水矿是什么呀？"

"水矿吗？就是一个湖嘛，一大片水，一个湖泊，好多好多水。"陆仲任开始解释，却不知道自己解释清楚了没有。

朱玉文虽然头脑开始晕乎乎的，却蓦然记起上次和赵梦雨韩戈平一起吃晚饭时他们也提到过有关矿泉水生意的事情，难道陆仲任和韩戈平在做同一件生意？出于好奇，她问陆仲任道："你把那个水矿卖给谁啊？是不是中国人？"

"是啊是啊，你怎么知道的？"陆仲任觉得奇怪。

"那个中国人是不是叫韩戈平啊？"朱玉文又问。

"韩，个品？"陆仲任此刻也有些晕乎了，他晃了一下脑袋说："No，那个人叫杰姆斯。"

"他多大年纪，长得什么样子啊？"

"杰姆斯是个英俊的小伙子，长得可真是帅，要是让你们这种女孩遇见了，一定会神不守舍的。"

杰姆斯？朱玉文怔了怔，她想到赵梦雨在温哥华的英文名字叫爱丽丝，难道韩戈平也有个英文名字叫杰姆斯？按陆仲任的描述，那个人极有可能正是韩戈平呢！她想了想又试探着问："你说那个人很年轻，他哪来这么多钱和你做生意啊？"

"不是他有钱，是他家里有钱，他是替他哥哥做事的，他哥哥才是老板。"

"他哥哥是不是姓张啊？"朱玉文紧盯着又问，

"嗯，好像是姓张还是什么的，听说他的公司很有实力的。"陆仲任酒后吐真言，一点也没想要保留。

果然是韩戈平啊！朱玉文在这一刹那脑子恢复了清醒，天下这么小，原来那件矿泉水生意的买卖双方她都认识啊。她忽然有种冲动感，想知道陆仲任究竟在矿泉水生意上赚了韩戈平多少钱，就一下问出来。

陆仲任虽然已经有五六分醉，关键时刻还是保持本能的警惕，他遮遮掩掩地说："这个嘛，我就不便说了，反正到时候我会让你高兴就是啦。"

朱玉文明白自己应该见好就收了，既然陆仲任不想露底，她也没必要多问，听陆仲任的意思，一旦赚到那笔钱，也不会亏待她的，这就足够了。

"不过呢，这笔生意的利润也不是我一个人的，还得分给合伙人一份。"陆仲任像是要对朱玉文解释什么。

"你是和别人合伙的啊？"这点朱玉文倒是没有想到。

"对，合，合伙的。"陆仲任的酒劲慢慢上来了，"唉，说起来，我那个合伙人和你很熟的呢。"

"等等，你说和我很熟是什么意思？"朱玉文惊疑了。

"爱丽丝呀，你不是认识爱丽丝吗？你们不是，已经见过面了吗？"陆仲任微微眯起双眼，摇摆着圆圆的脑袋。

"你的合伙人是赵梦雨？"朱玉文睁大了双眼，之前的一点醉意全被惊跑了。

"不是，不是，是爱丽丝……"陆仲任强调。

"噢，爱丽丝，对，你是说，那个水矿是你和爱丽丝合伙买下的？现在你们又转手卖给韩戈平？"

"卖给杰姆斯，是杰姆斯。"

朱玉文听到此，脑子飞快转了起来。这件事十分奇怪，那天一起吃饭时，赵梦雨并没有露出她和陆仲任是合伙人的迹象啊，在问及矿泉水生意时，她完全像个局外人，可见韩戈平根本不知道赵梦雨和水矿有关系。那么，赵梦雨为什么要瞒住韩戈平呢？难道赵梦雨暗中要赚韩戈平表哥的钱？朱玉文决定趁陆仲任酒水糊涂的当口顺藤摸瓜再打探些情况，于是她又给陆仲任倒满一杯酒，和他干杯，等陆仲任喝下去后，她又问道："那你告诉我，如果矿泉水生意做成，你和爱丽丝能大赚一票吗？"

"嗯嗯，爱丽丝也会赚不少，不少。"陆仲任说。

"不少不少究竟是多少嘛？"朱玉文忽然起身转过桌子走到陆仲任跟前，一屁股坐到他大腿上，娇滴滴地搂住陆仲任的脖子间。

"一两百万总有吧，对，一两百万。"陆仲任的双手箍住了朱玉文的细腰，凑上嘴唇在朱玉文脸上亲了一口。

"你是说加元？哇，那就是几百上千万人民币呢。"朱玉文这几天已习惯于将加元折算成人民币了，忍不住惊呼起来："啊，赵梦雨要发大财啦！"

陆仲任本来想吃过饭之后洗个澡，然后再和朱玉文一起上床的，不料朱玉文突然过来投怀送抱，一下子将他的欲火煽动起来了。他的手不由自主地伸向朱玉文。

朱玉文微微挣扎着了几下就随他去了。这时她又想到一个问题来，就问："我说，他们为什么要出那么多钱买你们的水矿啊？"

"这个水矿是棵摇钱树呀，如果弄好了，就是一只会下金蛋的鸡。"陆仲任的手继续在朱玉文身上游走，开始从上往下探索。

"既然是摇钱树，你和爱丽丝又怎么舍得出让呢？"朱玉文听不明白了。

"嘿嘿，这里面是有奥妙的，"陆仲任一边将手探进朱玉文的内裤里，一边得意洋洋地道："即便是只金鸡，如果下不了金蛋了，还不如把它卖掉好呢。"

"我，我不太明白……。"朱玉文感觉陆仲任的手指在她身上最敏感的地方摸弄着，她浑身忍不住颤抖了一下，某种熟悉的热浪在她浑身弥漫开去

"好了宝贝，我们不讨论这件事了，到时再详细告诉你吧。"陆仲任已经按耐不住自己的欲火中烧，他感觉到了朱玉文身体突然间的变化。他一把将朱玉文抱了起来，把她放到沙发上，迅速解开朱玉文的内衣，然后急急忙忙把自己脱了个精光。

朱玉文知道陆仲任已经急不可耐了，决定要装模作样地反抗一下，在他得手之前，必须让他先把该讲的全都讲出来。

4

自从移民来到加拿大后，张家宝心情一直很好。可以说在他踏上温哥华土地的第一天起直至今日，他始终是一路坦途，顺风顺水。凡是要做的事情，基本都遂从人愿，心想事成。太平洋地产集团在温哥华的几宗收购大案已经令他在华人商圈里颇有名气，甚至在整个房地产领域也引起了不少震动。他最近在大温地区房地产行业推出的"三得利"计划，更是受到业界关注，许多和房地产相关的企业机构和经纪人都议论纷纷，跃跃欲试。

不过，张家宝最近感觉最最得意的一件事，是谈妥了收购矿泉水源的项目。那天跟着赛琳娜驱车两百多公里去实地考察那个水矿时，张家宝有种一见钟情的迷醉感。在看到过那片清澈见底的湖水后，他心里就树立了志在必得的雄心。

说起来，张家宝想做矿泉水生意并非心血来潮。以前在国内时，他就有过这个念头。有一回他在超市看到了标价20元的法国依云矿泉水，和只卖3元钱的农夫山泉做了一回比较，口感方面好像也没辨出多大的差别。同样的一瓶水，市场价格竟然相差了六七倍，理由何在？理由就是因为依云是外国牌子。在大部分中国人眼里，外国进口的都是高大上的好东西。依云虽然贵出许多，可要面子的人就是愿意买着喝，不是因为口渴而是因为想炫耀，喝依云水变成了某种品位和身价。当时张家宝就闪过一个

念头，如果自己以后也从国外找到好的矿泉水，创一个外国品牌再打回中国市场，把价格定得比依云低一点，比其它瓶装水高个三四倍，不是会发大财吗？当时张家宝正在办理移民加拿大的手续，事先他已经了解过那里的基本国情，知道加拿大是全球水资源大国，天然水的储存量全球第一，那么，水资源应该不会稀缺难找，水的价格应该也很低廉。

到了加拿大后，他看到大温地区的房地产开发十分火热，就先把主要精力投入了进去，这毕竟是他的老本行，与此同时他一直没有放弃过做水生意的念头。最初他是想在加拿大现有市场里寻找一种便宜的瓶装水，更换品牌后运往中国去销售。他让企划部和财务部做了一番研讨，得出的结论是：如果将瓶装水贴牌卖到中国去，那么会增加许多中间环节，如果算上两地的仓储费，集装箱运输费，中国那边的印刷包装费，宣传促销费，成本会很高，市场零售价已经几乎接近依云矿泉水了，再想盈利的话，空间少得可怜，多半是一件吃力不讨好的事情，因此张家宝就打消了做瓶装水生意的念头。后来在一次商务酒宴上，有个香港老板听说张家宝想做水生意，就提了个建议说，你可以直接去收购一个水矿啊，加拿大的水矿多得是，水矿里的水几乎是源源不断取之不尽的，只要一次性投入就可以了，然后用船将散装矿泉水运回中国后再重新分灌成瓶装矿泉水投放市场，成本不就大大降低了吗？

说者无意听者有心，张家宝不由拍案叫绝，香港生意人的脑子真是灵啊！之后张家宝就一直在转这个念头，派人四处打探有无合适的水矿可以收购，可迟迟未能如愿，直到那天遇见赛琳娜，她向他推荐了那个水矿，张家宝觉得真所谓"踏破铁鞋无觅处，得来全不费工夫"，没想到偶尔结识了一个美女，就让他如愿以偿了。

张家宝从水矿考察回来后，立马组建了包括律师和会计师在内的项目组，在对市场进行可行性分析的同时，还对水矿各方的情况进行查证。很快，项目组确认了卖方所提供的所有资料和数据的真实和可靠性。那么，等正式买下那个水矿后，只要再投资 1000 万铺设一条管道到码头，然后用 VLCC（30 万吨的超级油轮）将矿泉水运输到中国，以这样的方式测算，每一瓶 500ml 水的成本在中国大约只有 7 分钱人民币，假如以一瓶只要赚 0.1 元人民币计算，2 个月来回运输一次，利润就是 1.2 亿人民币，全年就是 7.2 亿人民币，如果租两艘 VLCC 利润就是 14.4 亿；如果以一瓶赚 0.2 元利润计，那就是 28.8 亿，这比石油买卖、挖金矿都赚钱。实际上，进口的矿泉水在中国至少能卖到 8 至 10 元一瓶呢，这是多么丰厚的利润前景啊！张家宝已经决定，接下去他要在国内自己设加工厂进行矿泉水的灌装，形成一条从水的源头到瓶装水生产再到终端销售的产业链。

为了慎重对待这个项目。张家宝决定让自己最信任的表弟韩戈平全权负责，其他各路人员积极配合他。韩戈平不负表哥重托，最近一直紧锣密鼓在张罗此事，现在进展一切顺利，就剩下在收购价格上最后的讨价还价了。对方卖家咬定要 1000 万，韩戈平按照张家宝的授意希望砍掉至少 15%，于是进入你来我往的拉锯战。不过张家宝也对韩戈平漏过底，即使对方最终寸步不让，他还是会买下那个水矿，他已经看到了今后的无限可能性，一个源源不断的水矿，即便现在投入多一点，以后可是一片取之不尽的滚滚财源啊！

　　这天，张家宝刚从外面吃过午饭回到公司，正打算在办公室里打个瞌睡，公司前台的接待员打来电话，说有一位小姐要想见他。张家宝开始以为是赛琳娜，他在温哥华不认识几个女孩，更不用说熟悉的女孩了，最近接触比较多的，也就非赛琳娜莫属了，于是他就问："是赛琳娜小姐吗？"

　　"不是老板，"前台接待的回答很出乎张家宝意外："这位小姐说她姓朱，说和你认识的。"

　　"姓朱？"张家宝有点纳闷，在温哥华，他不认识什么姓朱的女孩啊，会是谁呢？还说是认识自己的，他想了一下，就对前台招待说："既然这样，你就让她来我办公室吧。"

　　朱玉文独自上门来找张家宝也是鼓足了勇气的。那次和赵梦雨韩戈平三个人碰面时，韩戈平曾给过她一张名片，上面有太平洋地产集团的办公地址。当时朱玉文也没仔细看，随手塞进了包里。之后，她也没有拿出来看过，反正她也不会到那里去，韩戈平的手机号已经保存在她的通讯录里了，有事找他，只要打电话就行。

　　朱玉文突然起念去找张家宝，是因为最近几天她心里不知不觉产生了某种焦虑感。一眨眼，她到温哥华已经将近两个月了，某一天早晨她从梦里醒来时，突然发现自己非常喜欢温哥华这个地方，不知是因为这里的环境太优美，还是眼下的日子过得太舒服，她不由得害怕回中国去了。据她所知，赵梦雨和韩戈平拿的都是工作签证，他们可以长期滞留在温哥华，不必半年就离境回国。而她，再过几个月后，不论她愿不愿意，都得飞回中国去，这令她非常不甘心。接下去的一段时间，每当陆仲任过来和她亲热时，朱玉文都要对他提要求，问他有没有可能也替她办一张工作签证？可是陆仲任始终摇头否定，说别的事情他都能帮忙，这工作签证不是想办就能办的，需要许多相关的规定和条件。他虽然在温哥华也做做生意，但他的公司规模很小，不符合办工作签证的资格。

　　朱玉文失望之余，也对陆仲任要过几回脾气，在他欲火中烧的时候突然从床上跳起来不让他得逞。陆仲任知道她是故意的，就变着法子哄她，说你非要工作签证干嘛呢？你现在手里拿着十年多次往返签证，你如果喜欢温哥华，回去一下可以马上再过来啊。你一来就可以待上五六个月，回去个把月再来，不是大部分时间都在温哥华吗？朱玉文觉得陆仲任的讲法也没错，至少这十年里她想来就能来，不过她心里就是不爽也不甘心，于是就找借口说："一会儿回去，一会儿过来，我哪有这么多钱哪？"陆仲任就心领神会地许诺说："钱的事还用得着操心吗？你不是我的小情人吗？我当然会为你负担一切费用啦。"

其实陆仲任没有把他内心的真实想法透露出来。他那么多年定下的找情人的原则，就是不能让情人和老婆同住在一地。常在河边走，哪能不湿鞋？这次把朱玉文短期养在列治文，已经很冒险了，好在时间有限，小心谨慎一点，几个月的快活日子应该是能混过去的。至于以后，还要不要朱玉文过来，来了还要不要像这次一般供她吃住外加零花钱，主动权都在陆仲任自己手里，进退自如。要是朱玉文真的不回去了，长期留在温哥华，陆仲任倒是会湿手捏面粉，甩不掉了。所以别说他现在确实没办法帮朱玉文办理工作签证，即使有这个能力，陆仲任也绝不会帮这个忙的。

朱玉文当然不会知道陆仲任内心的想法。她缠绕了多次后，知道陆仲任确实对工作签证的事毫无办法，也就死了心，想到了另起炉灶。她也曾试探过赵梦雨，问她的老板能不能雇佣她。赵梦雨的答复很干脆，目前没有这种可能，要到今后球场决定邀请郑小兰她们过来当球童的时候，如果朱玉文愿意来，才可能会有机会尝试申请工作签证。接着朱玉文又想到了韩戈平，想打电话问问他，转念又一想，通过韩戈平去问他表哥，还不如她直截了当去找张家宝本人呢，她毕竟和张家宝有过交往。朱玉文感觉张家宝对自己的印象还是不错的，要不然那时也不会鼓励自己多和韩戈平接触啊。于是朱玉文找出了那张韩戈平给她的名片。

在温哥华毕竟住的时间不短了，朱玉文出门的胆子也大了好多，学会了看地图，也知道了怎么换乘各路公交车以及搭乘天空列车。其实从列治文到 Downtown，坐一辆天空列车就可以直达，挺方便的，然后按着地址找到那条街道那幢大楼就行。

张家宝看见朱玉文推门进来的时候颇感意外，那个姓朱的小姐，原来是金银湖球场的朱玉文啊？她怎么会突然出现在这里？

"你好啊表哥，没想到会是我吧？"朱玉文笑吟吟走进办公室，随手掩上了门。已经有·年多没见过张家宝了，她略显拘谨地微笑着。

"哎呀，原来是你啊，没想到，确实没想到。"张家宝笑脸相迎站了起来，跨前几步和朱玉文握了握手："看你，还是那么漂亮。你怎么会到温哥华来的啊？"

"戈平一直都没对表哥说起过吗？"朱玉文两颊堆起红晕，用她最擅长的娇声柔气，带点不理解地说："我到这里都快两个月啦，几乎每周都和他通电话呢。"

"那就是戈平的不对了。"张家宝似乎在朱玉文脸上看到了委屈，赶紧批评起韩戈平来。他让朱玉文坐到办公桌对面的长沙发里，问她想喝什么。朱玉文说都可以。张家宝就按铃叫来行政秘书，让她煮两杯咖啡过来。

"表哥你一切都好吧？很久不见，还挺想你的呢。"朱玉文恰到好处地献着殷勤。

"我很好，你呢，怎么样？"张家宝边问边揣摩着朱玉文怎么突然到这里来的，不由重复问了一句："你怎么会来温哥华的？"

"旅游，算是来旅游吧。"朱玉文说。

"噢，现在过来旅游也方便。"张家宝想想也应该是这样，"你刚才说已经来两个月了？那你和戈平常见面吗？，他有没有带你去哪里玩一下啊？"

"我们总共只见过两次面。他现在可是大忙人，哪有时间陪我出去玩啊。"朱玉文显然是在抱怨。

"那是不应该的，你这么远过来，他应该尽地主之谊的，应该带你到处走走。"张家宝再次责怪韩戈平。

行政秘书端着两杯咖啡进来放在沙发前的茶几上，然后就走出去了。张家宝让朱玉文喝咖啡，自己也端起一杯来。他原本每天中午时分都要打个盹的，朱玉文这么一来，他只得靠喝杯咖啡来提神了。

"你今天是怎么找到我这儿来的？是戈平带你来的吗？"张家宝又问。

"哪里啊，我到这里来，戈平都不知道的。"

"我也在奇怪嘛，他今天明明去外面办事了，说是要到晚上才回来的，怎么会把你带来呢？"张家宝笑了，他知道韩戈平今天是去进一步了解水矿情况的。

"你怎么会知道我公司在这里？"张家宝又问。

"他给过我名片，我按上面的地址找过来的呀。"

"那你今天是特意来看我的喽？"

"是啊，我一直等戈平带我来见见你，可他老没有空。我想，还不如我自己过来看看表哥得了，顺便有件事想问问表哥呢。"朱玉文把表哥两字叫得非常亲热，就像他们真的是亲戚关系一般。

"还是你有心啊。"张家宝对朱玉文的印象本来就不错，加上之前她也帮过自己忙，不免对她另眼相看。张家宝问了朱玉文来温哥华后的一些情况，和谁一起来的，现在住哪儿，朱玉文当然不会全部说实话，只说自己住在一个朋友家里。两个人天南地北聊了一会儿之后，张家宝问道："你刚才说有事要问我？"

"是啊表哥，说来我还不太好意思开口呢。"朱玉文像是要考虑一下该怎么开口，她端起杯子喝了口咖啡，觉得有点苦，好像没有加过糖，很不习惯。这时，她无意间发现，原来面前的长条茶几上有一个玻璃缸，里面放着许多细细的纸棍，她猜想这应该是用来加进咖啡里的糖，就伸手拿了两支出来，果然不错。她撕开口子，把两支糖加进咖啡里，用搁在托碟内的小条匙拌了几下，轻轻端起杯子又慢慢喝了两口。

"没关系，有什么事情你就说吧。"张家宝的第一反应是，朱玉文来温哥华一段时间了，可能手上缺钱用，会开口借点钱。见朱玉文一副犹豫不决的模样，他就主动说道："你是不是钱不够用，需要点加元啊？没关系，你说吧，要多少？"

"不不，我不需要钱。"朱玉文见张家宝误会了自己的意思，放下咖啡杯赶紧摆手否定。

"噢，那你是……?"张家宝没料到自己会猜错，意外地看着朱玉文那张漂亮又带点窘迫的脸。

"是这样的表哥，我这次来温哥华以后，觉得这个地方太好了，所以，想问问你，有没有办法帮我个忙，让我和戈平一样可以长期留在这里呢?"那些话朱玉文看上去是鼓足了勇气才说出来的。

张家宝闻言一怔，这是他无论如何也猜不到的要求，一时不知该如何答复朱玉文好了。他站起来在办公室里踱了几步，思考着该怎么回复朱玉文比较妥当，最后他还是决定实话实说："小朱啊，你的这个要求真是把我难住了呢，一时半刻的，我恐怕还帮不了你什么。你看，戈平当时拿的是工作签证，所以能长期留在这里，而你的是旅行签证，按规定最多只能呆六个月。"

"表哥你这么厉害，可不可以也替我办一张工作签证呢?"朱玉文不想转弯抹角，干脆单刀直入地问。

张家宝呵呵一笑道："可能你不太了解这方面的情况，工作签证可没你想象的那么容易，对各方面的要求都是很严格的。戈平是大学生，有专业，又懂英语，而且确实在我这儿工作，我要替他交税，所以才能提出申请，像你这样的情况恐怕难度就比较大了，加拿大对签证这方面管得很紧的，现在连投资移民都不批了。"

"这样啊?"朱玉文听到这番话不免失望。想起来，韩戈平和赵梦雨都是大学生啊，而且都懂英语，怪不得能拿工作签证。自己那两个条件都不符合，看来这条路目前是希望渺茫了。虽然如此，她还是不太甘心，就接着问道："那么表哥，除了工作签证之外，我还有其它什么方法可以留下来吗?"

张家宝想了想道："这方面的事我并不很熟悉。办法我想应该会有吧，要不这样吧，我托人下打听打听，看看像你这种情况，有什么更好的办法能留下来。"

"我听人说过，有一个办法对我可能比较管用。"朱玉文说。

"哦，说来听听。"张家宝坐回到沙发里，靠得朱玉文很近，饶有兴趣地看看朱玉文。

"办个假结婚手续。"朱玉文也不兜圈子就说了出来。上一周她去列治文中心，顺便到美食广场去吃晚餐。坐在她邻桌的是两个华裔女孩，正在用国语谈论通过假结婚的办法移民温哥华的事，虽然她们压低嗓音交谈，朱玉文竖起的长长耳朵还是把大部分内容听了个清清楚楚。

"假结婚?!"张家宝以前听说过这类事情，只觉得这种事根本和他无关，就从不多去关心。没想到，眼前的朱玉文居然要动脑筋办假结婚移民加拿大。

"表哥，如果我采用这个办法，你能帮我吗?"朱玉文开始切入主题了。

"这……"张家宝觉得朱玉文这个要求太突兀，又不能立马一口回绝，就施了缓兵之计道："如果有可能，我当然愿意帮你，但我对此一无所知，无从着手啊。"

"我听说，可以找有经验的移民公司办理此类手续，费用大概需要十几二十万加元，表哥，我希望你帮我出这个钱。"朱玉文冷不防提了个很高的要求。

张家宝倒是怔住了，眼前这个女孩不简单啊，刚才还说不需要钱呢，一眨眼就要自己替她出那么一大笔钱，说得还十分理直气壮的，真叫人难以理解。

"表哥，我朱玉文向你开这个口是有原因的。"朱玉文见张家宝垂着脸缄口不语，知道他受了惊，不能理解，立即补充说明道："我今天过来，除了拜托你事情外，其实还有一件非常重要的事情想告诉你，或许我的这个消息能让你省下一大笔钱呢。"

张家宝猛地抬起下巴来，两眼看着朱玉文。他不明白朱玉文这话是什么意思，听口气，好像不是件一般的事情，而是件很严肃很重大的要事。

"不过，我告诉你之后，表哥千万不能说是从我这里知道的，你连戈平都不能说，你能答应吗？"朱玉文显得神秘兮兮的。

张家宝估计自己的猜测没有错，便断然道："我答应你，你说吧，什么事？"

"我听说，表哥你正在收购一个矿泉水矿对吗？"

"对啊，你怎么知道的？"

"我听戈平说的。"

张家宝不知道朱玉文为什么要突然提起矿泉水项目来，这和她能有什么关系？不免好奇地等着朱玉文继续解释。

"表哥你知道那矿泉水矿的卖家是谁吗？"朱玉文问。

"这件事我都是委托戈平和经纪人去办的，具体是谁我倒还真不太清楚呢，现在的卖主，好像是个姓陆的大陆老移民吧。"

"卖家一共是两个人，其中一个是赵梦雨。你想不到吧？"

"赵梦雨？"张家宝失声惊叫，脸色顿时变了。嗅觉灵敏的他立刻感觉到这里面有什么蹊跷了，一时之间，他还难以相信，脱口而道："这，这怎么可能？"

"表哥，这件事千真万确，如果不是你表哥对我好，不是我和戈平那么久的交情，我是不会把这个秘密透露出来的，"朱玉文信誓旦旦地说。

"这件事，你怎么会知道的呢？"张家宝还是难以消除疑惑。

"说起来真是巧，那个和赵梦雨合伙的人正巧是我认识的一个朋友的朋友。有一回正巧碰到，在一起吃饭时，是他亲口告诉我的。我一开始也不敢相信，反复问了他，才确认这是真的。他们两个之前先合伙买下了那个矿泉水矿，然后转手卖给你，从中赚取差价。"朱玉文慢慢解释着。

"原来是这样啊。"张家宝脑子转动着，刚才高悬着的心放下了一些。说实在，作为生意人，对有人抢先买下水矿再转手倒给其他人赚取差价这种商业行为，张家宝并不会觉得大惊小怪。做生意嘛，都是为了赚别人的钱，关键是怎么赚法，赚多少。于是，他试探道："那你知道他们是多少钱收购下那个矿泉水矿的吗？"

朱玉文摇晃着脑袋："不知道，我试着问过，但那个人嘴巴很紧，就是不肯露底。"

"这也正常。"张家宝表示能理解，这属于商业机密，除了当事人自己，一般不会轻易外泄。此时令他心里疑虑重重的是：为什么赵梦雨会和这件事扯在一起，她难道不清楚是他张家宝在收购那个水矿吗？难道不知道韩戈平在一手操办此事吗？张家宝把自己的疑问对朱玉文说了出来。

"赵梦雨知道啊，她应该都知道，上次我们三个人碰面时，戈平当她的面说过这些的。"朱玉文说。

"那她为什么不告诉戈平她和那个项目有关呢？"

"这就是我也觉得奇怪的地方呀。我一直纳闷，既然戈平那么喜欢她，赵梦雨为什么还要阳奉阴违去赚你们的钱呢？"朱玉文不失时机贬了赵梦雨一把。

"嗯，这事确实有点令人琢磨不透，会不会还有别的玄机在里面呢？"这后半句话，张家宝显然是问自己的。

"对了表哥，说到玄机，我听说之前他们买下那个水矿，本是想做矿泉水生意的，你知道后来为什么他们又决定把它卖掉了呢？"朱玉文想起一件重要事情来。

那天在公寓的沙发上被陆仲任压在身下的时候，朱玉文没有像平常那般顺从地任由他轻松得手。她扭动着屁股躲来躲去，就是不让陆仲任得逞。急得陆仲任呼呼直喘气。朱玉文就穷追不放，说一定要陆仲任讲清楚，之前他说的如果是一只下不了蛋的金鸡就只好卖掉这句话指的是什么，如果陆仲任不说，她就不让他舒服。陆仲任当时早已火急火燎，一心就想着能快快得手，于是就把自己为什么放弃矿泉水项目的主要原因讲了出来。

"对啊，为什么呢？"张家宝警觉起来。

"听说散装水是不能进口到中国去的，中国政府对此有明确规定。"朱玉文把从陆仲任嘴里听到的话全部抖露出来了，"所以他只得放弃了矿泉水生意。"

张家宝听到朱玉文的这句话，就像当头挨了重重一棒，耳朵里嗡嗡直响，脸色瞬时变得一片煞白。天哪，如果朱玉文所说的是真的，那他一旦正式买下那个水矿可就惨了，等于花1000万加元买了一个废水矿，如果在不明真相的情况下又投资了输水管道，那就得白白损失两千多万哪，这还了得?! 而且会被贻笑大方! 张家宝不由吓出一身冷汗来。

"表哥你怎么啦？"朱玉文发现了张家宝陡变的脸色和凝重的神情，忍不住问。

张家宝这才慢慢缓过神来。他情不自禁一把抓住了朱玉文的手道："小朱啊，你这个消息对我太重要了，谢谢你。对了，你刚才所说的办理假结婚的费用，我一定帮你出，我会尽快找一家移民公司咨询这方面的情况，你的事，我一定尽力而为。"

5

张家宝没有留朱玉文共进晚餐。他没有这个心思。当朱玉文试探着告辞时，他顺水推舟解释说要不是晚上约了客户见面，应该请朱玉文吃饭的。朱玉文也知道张家宝说的是客气话，就回答说她晚上也有约会。于是，张家宝提出叫公司司机把朱玉文送回去。朱玉文婉言谢绝了，说她还想到 Downtown 那几条热闹的街上逛一逛，其实她是不想让张家宝知道自己具体住在什么位置。

张家宝一直把朱玉文送到公司大楼下面，临别时他叮嘱朱玉文，不要对旁人提起今天他们俩的对话，甚至连今天他们见过面也不要对任何人说，包括韩戈平。

送走朱玉文回到办公室，张家宝点起一支烟慢慢抽着。他脑子里闪过一个可疑的念头：赵梦雨真是水矿的两个卖家之一吗？关于散装水不能运回中国销售这么大的事，赵梦雨了解吗？如果她清楚，为什么要故意瞒着韩戈平只字不提呢？还有那个卖主陆老板究竟是什么人？他这么做是为什么？仅仅为了狠狠赚他张家宝一笔吗？他和赵梦雨之间又是什么关系呢？他们是怎么认识的？什么时候认识的？又是什么时候成为水矿合伙人的呢？还有那个经纪人赛琳娜，又知不知道这些内情呢？她会不会是他们一伙的，串通好了来敲他钱财呢？这一连串的问号在张家宝脑子里盘旋，使他心跳骤然加快。他做了那么多年的生意，从来都是稳稳当当的，唯独这次的矿泉水项目，自以为已经思考得百密一无一疏了，偏偏忽略了整个过程里最最重要的一个环节：中国能不能进口散装水，如果不允许进口，那就等于抽掉了整件生意的核心，把一切可能都瞬间变成为不可能，那他干嘛还要买下那个湖呢？他又没打算进入加拿大的矿泉水市场，要那个水矿有何用呢？这不是太荒唐了吗！

张家宝决定马上打电话把韩戈平叫回来，还有，他必须要尽快把赛琳娜也找到公司来，将这件事原原本本问个清清楚楚！

第二天上午，当雪雅按照张家宝的要求来到他办公室的时候，立即意识到了气氛的异常。张家宝没有如同往常那般热情似火地起身相迎，他依旧端坐在那张黑色大班椅内，皮笑肉不笑地朝她点了一下头，然后只是简单说了句：你来啦。甚至都没有请雪雅入座的意思。

"张董这么着急约我过来，一定有什么重要事情吧？"雪雅问，心里不免忐忑，她尽力表示出和平时一模一样的不卑不亢态度。本能告诉她一定发生了什么事情，而且这件事和她有关，但她实在猜不出是什么事。

"找你过来，当然有事。"张家宝的语气显得有些生硬。

"既然有事，就快说吧。"雪雅心里很不舒服，她觉得张家宝过分了，哪有这样对待一个经纪人的？你以为自己是谁啊？

"赛琳娜我问你，那个矿泉水矿的卖家究竟是谁？"张家宝咄咄逼人地问，不给雪雅有耍滑头编故事的时间。

"卖家姓陆啊！"雪雅不假思索地回答道，"奇怪，项目都进行那么久了，你不可能还不知道吧？"雪雅不明白张家宝突然询问卖家情况是什么用意。

"姓陆我当然知道。"张家宝说。

"那你还问我？"

"我问你，是因为你赛琳娜没有全部说实话。"张家宝目光尖刻地盯着雪雅。

"我没说实话？"雪雅脑子里闪过了爱丽丝的脸，她当然不能说出全部真相的，便反守为攻道："张董，你这句话是什么意思？"

"我的意思很清楚，既然你是这个项目的经纪人，负责买卖双方的沟通，你就应该对我们都负责，不能隐瞒任何东西。"张家宝语气严厉。

"那么请问，我对你隐瞒什么了？"雪雅并不示弱。

"那个水矿的卖家就是陆老板一个人吗？"张家宝紧逼着问。

"据我所知，是的。"雪雅知道自己没有退路，必须死扛着。她相信爱丽丝绝不会出卖她，陆仲任和爱丽丝既有默契，应该也不会随便瞎说的，不知道这个张家宝从哪儿听到了什么风声。

"据我所知，卖主不止陆老板一个。"张家宝说。

"哦，那是几个？"雪雅问。

"两个。"张家宝提高了声音。

"不会吧？"雪雅装出一副非常惊讶的神态，"可是委托我做经纪人的就只有陆老板啊。"

"此话当真？"张家宝咄咄逼人地盯着雪雅不放。

"我有必要骗你吗？"雪雅冷冷地回敬了张家宝一眼。

"那好，我告诉你，那个水矿的卖主一共是两个人，一个是陆老板，另一个人嘛，你赛琳娜也认识而且很熟。"张家宝吃不准雪雅是在伪装还是真的不知内情，稍微放缓了口气。

"你说的是谁？"雪雅堆出一脸的困惑不解。

"爱丽丝，另一个是爱丽丝。"张家边说边观察雪雅脸上的细微反应。

"不会吧！"雪雅大叫起来："张董你这是在听谁胡说八道啊？爱丽丝怎么可能和水矿有关？她一个女孩子，才从中国过来没多久，一直在海天球场靠打工赚钱，怎么可能有钱成为那么大一个湖泊的卖主？不，不，这绝对不可能，就是我赛琳娜这样的老移民，也不可能有实力投资那么大的水矿啊，这未免太可笑了吧。"

张家宝在雪雅的表情里找不出丝毫的虚假，看到的完全是真实情绪的流露。他想，赛琳娜说的也没错，从她角度讲，赵梦雨这么一个年纪轻轻的女孩怎么可能拿得出那么一大笔钱来呢？不过他张家宝是知道的，赵梦雨能拿得出，只要她有办法将国内的资产转过来。多了不敢讲，她父亲赵大明至少留了几千万人民币的遗产下来。当然，张家宝是不会对雪雅解释那些的。于是他缓和了口气道："看来赛琳娜你是真不知道内情，那现在我告诉你，据我掌握的情况，爱丽丝确确实实有那个水矿的份，只是她没有告诉你而已。"

雪雅见张家宝的语调渐渐轻了下来，知道自己刚才那出戏演成功了，就也跟着缓和气氛说："即便你说的属实，我还是难以相信。爱丽丝还是个小姑娘啊。"

"不能以貌取人的，"张家宝像是告诫雪雅一般说："有些人是深藏不露的。"

"你说爱丽丝？"雪雅连连摇头，"我和她认识也有一阵了，她年纪轻轻，就一个清纯的小姑娘，有什么可以深藏不露的？"

张家宝想，是啊，原来我也一直认为赵梦雨是一个单纯的小女孩，可士别三日当刮目相看啊。自从她在中国玩失踪开始，就不能小瞧她了。接下去在成都发生的一系列事情，应该都和她脱不了干系。现在，她忽然出现在了温哥华，难道仅仅是巧合吗？现在又和矿泉水矿的事牵在了一起，这里面的原因看起来绝不简单，自己再也不能把赵梦雨当一个单纯的女孩子来对待了。只有张家宝自己心里最清楚，他和赵梦雨之间究竟是什么关系，赵梦雨现身温哥华，恐怕是来者不善哪，自己应该多生一颗心，防人之心不可无啊！

"张董今天叫我过来，就是想告诉我爱丽丝和水矿有关这件事吗？"雪雅见张家宝一时无语地发起呆来，就提醒地问。

"还有一件事也想问你。"张家宝抬起下颌，如梦初醒。

"请问吧。"

"赛琳娜知不知道陆老板为什么要把水矿卖掉吗？"

雪雅摇了摇头回答说："张董，我只是一个经纪人，有人托我做事，我就尽自己的努力为客户牵线搭桥，尽可能在双方都满意的前提下把生意做成功，至于客户为什么要做那单生意，我从不过问。在加拿大做事有约定俗成的规矩，不该知道的事情我从不打听。"

张家宝被雪雅的这番话说得哑然失语，一时倒觉得自己的确问得多余了。他表情僵硬地尴尬了几秒钟，然后自找台阶而下地说："塞琳娜说得也是，陆老板不会什么都对你说的。既然这样，我也不多问了，最后一件事，我想麻烦你约一下陆老板，后天下午两点，你带他一起来这里，我想当面和他聊一些事情。"

"这个嘛……"雪雅踌躇着。

"赛琳娜你放心,我也知道温哥华做生意的规矩,我即使和陆老板直接见了面,也不会背着你和他单独接触的。我保证,矿泉水的项目绝不会跳过你这个经纪人。一旦成交了,除了你从卖家那里得到正常的经纪费外,我这里额外再付给你一份佣金。"

"是不是我哪儿做得不好?"雪雅不悦地问。

"绝对不是,赛琳娜你千万别误会我的意思。"张家宝急着安抚雪雅:"你是温哥华有名的王牌经纪人,做事怎么会有问题呢?我只是需要和那位陆老板当面沟通一次,想弄清楚那些你赛琳娜不便替我询问的事情而已。"

雪雅略微想了想说:"那好吧,我打电话问问,如果陆老板同意,我后天下午就带他一起过来。"

雪雅离开太平洋地产集团之后,直接驱车赶往了海天高尔夫球场。随着球场口碑的慢慢传开,过来打球的富豪越来越多,俱乐部会员已经有了上百人之多,并且人数还在不断增加。雪雅将车驶入停车场时,见靠近会所的停车场停满了豪车。她好不容易才泊进了一个空位,锁好车,直奔爱丽丝的办公室。很巧,赵梦雨刚刚开完会,从会议室回到办公室,见雪雅推门进来,不由惊喜非常。

"雪雅姐,你怎么来啦?"赵梦雨喜笑颜开快步相迎。

"我是无事不登三宝殿。"雪雅的脸色不那么轻松。

"哦,有什么事?"赵梦雨察觉到了雪雅的情绪不同往常,看来她今天不是来练球或者约自己一起吃饭的。

"我刚从张家宝那里过来。"雪雅自己坐下来说。

"你去见他了?"赵梦雨问。

"是他突然把我叫过去的。"雪雅说:"你知道为什么吗?"

赵梦雨摇摇头,虽然还不知道雪雅会告诉自己什么事情,可本能已经让她察觉到那件事一定与她有关。

"他知道你是老陆的合伙人了。"雪雅毫不含糊地说。

"你是指矿泉水项目?"赵梦雨对此极为意外,自言自语般说:"会是谁告诉他的呢?不会是老陆吧?"

"不会,张家宝和老陆从未见过面。"雪雅有把握地否定。

"那是怎么回事?"

"我也不明白,难道还有其他人知道你们的事?"

赵梦雨像是挖空心思想了想说:"不会啊,连刘总都不知道呢。"

"确实很奇怪。"雪雅觉得难以理解,便像大姐姐般地教导赵梦雨道:"爱丽丝,我不知道你和那个张家宝之间究竟发生过什么事,你们到底是什么样的关系,我也不想知道那些,总之你听我一句话,张家宝绝非空穴来风试探我,他已经确认你和矿泉水有关联，所以，我特意赶过来提醒你，你得有心理准备。"

"我明白了姐，谢谢你。"赵梦雨神色有些凝重，"那他有没有说要放弃矿泉水项目？"

"这倒还不至于，看样子，他不会轻易放弃那个项目的，除非有什么节外生枝的特殊原因。"雪雅说出自己的判断。她推测如果后天下午陆仲任愿意直接去和张家宝面谈，那么到时才是决定性时刻。

赵梦雨想留雪雅在球场一起吃晚饭的，可雪雅还有其它事情要办，就先离开了。赵梦雨送她到停车场，看着雪雅驾车离开，她独自一人在原地木然站了好久。她不知道雪雅带来的消息意味着什么，会不会令她好不容易找到的这次机会突然前功尽弃。

第十四章

1

赵梦雨这是第一次来到位于 Downtown 庞贝街的太平洋地产集团。

昨天，韩戈平突然打电话给她，说张家宝邀请她第二天下午去一次他们公司，有非常非常重要的事需要和赵梦雨商量。赵梦雨问什么事？韩戈平说他表哥没有具体讲，只要他务必将赵梦雨叫来。

赵梦雨原本想找个借口回绝的，但一转念，张家宝突然要见她，十有八九是为了水矿项目，之前雪雅已经特地到球场来给她吹过风，如果自己避而不见，反而会引起张家宝的怀疑，不如坦荡一点，过去面对他。事实上，她既然千里迢迢来到温哥华，原本就是为了寻找到张家宝复仇的，早晚得和他面对面交锋，至于怎么对付他，到时候见机行事就是了。听雪雅的说法，张家宝并未打算放弃矿泉水项目，或许他就是要证实一下自己是不是陆仲任的合伙人，那么，万不得已时，承认下来就是了。从生意角度讲，如果张家宝看好水矿的前景，认为这将给他带来源源不绝的财富，相信他也不会因为赵梦雨是卖家之一而轻易放弃水矿。对张家宝而言，除了心理上有些障碍之外，纯粹从商业角度看，水矿的卖主是赵梦雨还是李梦雨和他又有什么关系呢？这么一思考，赵梦雨就答应了韩戈平。

挂断韩戈平的电话后，为了预防万一，赵梦雨觉得有必要和陆仲任统一一下口径。她打了个电话给陆仲任，简单把张家宝可能已经知道她参与了水矿项目的事对陆仲任讲了讲。不料陆仲任说雪雅已经来过电话了，他知道此事。陆仲任的意思，这没有什么大不了的，要是问起来，就说赵梦雨只是在当初陆仲任收购水矿时投了点钱，只占了一小部分股份，并不参与具体买卖过程，也不清楚这次的交易对象是谁就行了。

韩戈平约好了下午一点开车到球场来接赵梦雨过去。赵梦雨事先安排好了球场下午的工作，等韩戈平过来。韩戈平到得很准时，看到赵梦雨从会所大门出来，他心里涌起一股暖意，他们俩已经有三个多星期没碰过面了。这一阵因为矿泉水项目，他一直很忙，也没有时间约赵梦雨出去吃饭喝茶，不过隔上三四天他总是会主动打个电话问候一声。工作再忙，他心里始终是装着赵梦雨的。韩戈平替赵梦雨拉开车门，待她坐好后，自己再坐回驾驶座。

"最近怎么样，忙不忙？"韩戈平启动车子，朝球场大门驶去。

"每天都差不多，总有事情的。"赵梦雨看了看韩戈平的侧脸，觉得他好像略微廋了一点，就问："你呢？"

"我最近实在太忙了，所以一直没有约你见面。"韩戈平趁机解释一番。

"在忙什么？"赵梦雨有意问。

"还不是那个矿泉水项目嘛，表哥让我当项目主管。"韩戈平将车子驶出大门转上海洋大道，"事情太多了，必须一件一件地落实。"

"进展顺利吗？"

"还算顺利吧，反正对那个水矿应该做的前期查证评估以及咨询工作都完成得差不多了，接下去只要在收购价格上再最后磋商一下，就能正式签订合同。"韩戈平看了赵梦雨一眼，每次看她，心里都觉得甜滋滋的，"等忙完这事，我们就多见见面。"

赵梦雨未置可否。她心里暗暗揣测着，张家宝既然已经知道她是水矿的卖家之一，怎么韩戈平见到她后对此只字不提呢？难道张家宝还瞒着韩戈平？这是为什么？按理说，韩戈平是项目主管，无论如何都应该让他知道实情啊！

"你表哥今天找我过去究竟什么事啊？"车上格列佛大桥时赵梦雨再次问韩戈平。

"我还真不知道。"韩戈平两眼盯着前方的车辆说，"他就说有重要的事情找你谈谈，却不告诉我什么事，我又不便刨根究底。"

赵梦雨知道韩戈平历来敬畏张家宝，他说的肯定是实话，就不再问了。反正一会儿到了那里就会知道，她只需做好各种心理准备就是。

"小雨啊，来来，快坐快坐。"张家宝一见到赵梦雨就满脸笑容地迎上去。

"张叔你好。"赵梦雨礼节性地打了个招呼，尽量让自己保持自然轻松。

张家宝请赵梦雨在沙发里坐下，对跟在后面的韩戈平说："戈平啊，你快去弄点水果来。"

"张叔不必客气。"赵梦雨打量着张家宝的办公室，空间非常大。

"你看看我们俩，大家都在温哥华，却难得才见一次面，怎么变得生疏起来了？"张家宝像是自责地笑道："是张叔我不好，上次见到你之后，连顿饭都还没请你吃过，虽说确实比较忙，那也不应该啊。"

"没关系，其实我也一直很忙。"赵梦雨合适地回答了一句。

"是的，大家都忙，都忙。不过小雨啊，以后你可要多来张叔这里走动走动哦，毕竟我们是自家人嘛。"

赵梦雨没有回应，只是微微一笑。这时，韩戈平回了进来，端着两杯咖啡。他后面跟着行政秘书，她双手托了一大盘水果。

等行政秘书反身走出去后，张家宝看看韩戈平和赵梦雨说："你们俩应该常常见面吧，处得很好吧？"

"我们也不常碰面，平常就通通电话。"韩戈平抢先回答。

"戈平啊，你们俩相处，你可不许欺负小雨哦，否则我饶不了你。"张家宝摆出一副长辈的架势来。他说完这话，抬起手腕看了看手表。

"哪会啊……"韩戈平偷偷溜了赵梦雨一眼，不知为何脸颊有些发热了。

赵梦雨不知道张家宝这么拐来拐去的是什么用意，既然特意把她叫过来了，何不直截了当说事呢？她决定打断张家宝的寒暄，催他进入正题，便问道："张叔你今天把我叫过来，听说有重要事情要谈？"

韩戈平听赵梦雨这么一问，赶紧从沙发里站起来说："哥，那你们聊，我先出去了。"

"不，你不用出去。"张家宝举手阻止："你是我弟弟，我又没什么要瞒着你的。"

正当韩戈平重新坐回原处时，之前端水果进来的行政秘书出现在了办公室门口，她对张家宝说："老板，赛琳娜小姐来了。"

赵梦雨和韩戈平不约而同闻声朝门口转过脸去，只见行政秘书的身后站着两个人，赛琳娜和陆仲任。赵梦雨顿时脸色骤变，像被什么东西刺着了般从沙发里弹起身来。韩戈平见状，也条件反射地紧跟着站起来。与此同时，刚跨入门内的雪雅和陆仲任也看到了赵梦雨，两人几乎同时顿住了脚步。很明显，他们不知道赵梦雨在场，就如同赵梦雨不知道他们这个时候会来一样。三个人在这一瞬间的感受是完全一样的：意外、诧异和困惑。韩戈平则完全被蒙在鼓里，不明白为什么在同一时间大家都来到了表哥办公室。

"赛琳娜，快进来，想必你身旁的那位就是大名鼎鼎的陆老板吧？欢迎欢迎。"张家宝不动声色地用非常普通平常的口气迎客。

雪雅最快从惊愕里冷静下来。她朝赵梦雨使了个不易被人察觉的眼神，意思是你要冷静哦。接着她迈前一步，对张家宝说："张董说得对，这位就是陆老板。"

陆仲任之前猛一眼看见赵梦雨在里面也是非常惊讶，不过他毕竟久经沙场，几秒之间就已经稳住了阵脚，这时听雪雅介绍，就跟着走上前朝张家宝伸出手去。

"这位是太平洋地产的当家人张董事长。"雪雅继续介绍，这场面里，她扮演的就是手牵两头的角色。这个时候，很需要她这样的角色来调和气氛。

"请坐请坐。"张家宝指指靠长沙发另一边的两只单人沙发，请雪雅和陆仲任入座，接着他对依旧站在门口等候指示的行政秘书说："再去搞几杯咖啡过来，给杰姆斯也来一杯。"

赵梦雨毕竟经验不足，雪雅和陆仲任的突然到场令她不知所措，之前已经理清楚的思绪一下混乱了，呆站着一语不发。

"呦，这么巧啊？爱丽丝也在？"雪雅看出了赵梦雨的困境，赶紧来解围。她一边故意提高嗓门喊着，一边朝赵梦雨走过去，张开双臂来一个西式的拥抱，借机凑在赵梦雨耳边轻声叮咛道："他故意安排的，你要冷静应付。"

"爱丽丝，你最近怎么样啊？"老到的陆仲任一步不落地紧接着朝赵梦雨挥手。

赵梦雨这时才缓过神来。她放开了雪雅说："赛琳娜，陆总，你们好，好久不见了，最近怎么没过来打球啊？"

"忙，太忙了。"陆仲任一副若无其事的样子，像平日一般笑呵呵地说道："等忙过这阵，我约赛琳娜一起过来。"

"好啊，我等你们。"赵梦雨的神经慢慢松弛下来。

行政秘书再次出现，这次托盘里放了三杯咖啡。她在雪雅和陆仲任面前各放了一杯，另一杯端到了韩戈平的面前。

等行政秘书出去，带上了门，张家宝开口了："好吧，大家都到齐了，看来彼此都很熟悉，也不用介绍。那我们就谈正事吧。"

坐在沙发内的几个人相互看看，都不知道张家宝在要什么把戏，尤其困惑不解的是韩戈平，张家宝明明说有重要事情找赵梦雨谈，怎么突然变成开会般的场面了呢？如果是要和陆老板谈矿泉水项目，把赵梦雨叫过来干嘛？

张家宝一副老奸巨猾的冷静表情，就像一切都处于正常状态一样，脸上一直露着笑容。他环视了室内所有的人一圈后，开门见山地说道："今天在座的各位，都和我们正在洽谈的矿泉水项目有关。"

韩戈平眨眨眼，不理解地看看表哥，又转过去看看赵梦雨。他真想朝张家宝问：梦雨和此事有何关系啊？

"哦对了，"张家宝看出了韩戈平的想法，干脆先把事情挑明说："杰姆斯可能还不知道，爱丽丝是陆老板的合伙人吧？"

"爱丽丝是合伙人？"韩戈平看着赵梦雨，眼睛瞪得滚圆，这太不可思议了。项目前前后后已经谈了那么长时间，这件事怎么从来没有人告诉过他？他和赵梦雨也常常聊到水矿项目，她竟然从没流露过一点半点的信息啊！

"杰姆斯你不必大惊小怪，"雪雅看准时机插进来解释："其实张董把爱丽丝称为合伙人是说大了。这件事我已经仔细问过陆总，当时他收购那个水矿时，爱丽丝只是少量投了点钱而已，其实她对水矿的事从来不闻不问的。对吧陆总？"

"赛琳娜说得没错，"陆仲任马上接茬道，"其实我从一开始就对爱丽丝说过，如果她投了钱不放心，随时都可以撤回去，如果愿意放着，那我就算她股份。说来这事也有不少日子了，那时好像爱丽丝才到温哥华不久吧。"陆仲任的这些话是之前和赵梦雨沟通时彼此约定好的。

"哦，原来陆总以前就认识爱丽丝啊？"张家宝故意问，他一直吃不透陆仲任和赵梦雨时何种关系。

"是啊，我们在上海时就认识了呀，还有，爱丽丝的老板是我哥们哦。"陆仲任笑嘻嘻对张家宝说。

"陆总和爱丽丝的老板好像都来我们金银湖打过球吧？"韩戈平这时朦朦胧胧记起来了。他好像曾经在巡场时见到过他们一次，不过打球的客人实在太多，他也没特意去记住他们的面孔。

"对啊对啊，"陆仲任赶紧接上去说："就是那个时候认识爱丽丝的嘛。"

原来他们的认识和金银湖高尔夫球场有关哪。张家宝觉得心里有了底，其实他和朱玉文的相识也在金银湖啊。他望着不发一言的赵梦雨，把被韩戈平扯开去的话题再拉回来："不管小雨你投了多少钱，享有多少股份，反正股东再小也是那个项目的合伙人，所以我特意把你请过来。"

"我不懂生意的，过来也只能听听而已，反正一切由陆总做主。"赵梦雨此刻已经完全恢复了正常，回答得非常巧妙得体。

"是啊，水矿的事，爱丽丝从不过问，自己开发经营也好，转让卖掉也好，她都无所谓，所以我之前也没和她多商量，不料张董事长把她也叫过来了，来了也好，既来之则安之，就坐着听听，也没什么坏处。"陆仲任非常灵敏，抓准每个机会圆场。

"我们既然都到场了，不妨请张董谈谈想法吧。你把陆总直接叫过来，肯定有话要说喽？"雪雅也看准机会加了一句，想把话题从赵梦雨身上转移掉。

张家宝再次用他令人难以琢磨的目光扫视了在座的人一圈，嘴边依旧挂着一丝笑意。静场了半分钟左右时间后，他开口了："陆老板，赛琳娜带我去实地看过以后，我觉得这个水矿确实不错，有很大的商用潜力，值得投资开发。"

"是的是的，我们英雄所见略同。"陆仲任连连点头。

"因此我在想，我们之间是否可以换一种思路来进行合作，从而达到让双方都更加满意的双赢结果呢？"张家宝深藏不露地说。

在场的人面面相觑，没有人理解张家宝话里的。大家一时无语，盯着张家宝等待下文。室内顿时非常安静。

"我想，陆老板当初买下那个水矿，一定是看好了它的前景，弄好了，那水矿就是一台印钞机，你说对吗，陆老板？"张家宝的表情没有丝毫变化。

"那是当然。"陆仲任摸不透张家宝究竟什么意思，只有附和着他。

"因此我想，我们都是华人移民，我张家宝哪能凭着自己实力雄厚就横刀夺爱啊。"

张家宝此时眼角划过一丝不易被察觉到的奸笑，接着说道："所以我深思熟虑之后，倒是想出了一个新的方案。"张家宝说完，不慌不忙地端起杯子喝起咖啡来。

张家宝这种引而不发的策略起了效果，令所有人都屏住呼吸，竖起耳朵，焦虑地等着他把话全部讲完。终于，张家宝放下了杯子，重又开口了：

"陆老板，爱丽丝，你们看这样行不行，你们也不要出让那个水矿了，不如我们三个一起合作来做这个矿泉水项目怎么样？"

陆仲任没想到，张家宝居然提出这么一个建议来。他看了一眼赵梦雨。赵梦雨脸部的神经已经忍不住绷紧了，显然她内心很焦急紧张。陆仲任赶紧开口表示婉拒："张总，很感谢你看得起我，愿意和我一起合作，但我怕心有余力不足，因为我这几年在国内的投资太大，资金一直比较吃紧……"

"这个不是问题。"张家宝猛地甩了甩手，毫不客气地打断了陆仲任："我有一个好建议，你们看这样行不行。我们按那个水矿的市场评估价作为一个标的，然后测算出今后需要投入多少资金才能完成整个生意过程，这后期的投资款全部由我来出，所投入的资金也作为一个标的，然后我们成立一个合资公司营运这个矿泉水项目，按双方所投入的资金比例来分配合资公司的股份数。这样的话，或许我们就能达到双赢的结果，陆老板也就不存在资金问题了。"

办公室里顿时鸦雀无声，再次陷入一片寂静。在这寂静的表面之下，是各人汹涌复杂的内心波动，每个人都从自己的角度迅速猜测和理解张家宝那番话的用意。

"张董，我不太明白你的话。"雪雅不清楚张家宝在耍什么花招，就主动出击道："我们这么忙乎了半天，你今天把我们都叫到这里，就是为了告诉陆老板，你不要那个水矿了？"

"是啊哥，难道我们要放弃收购水矿吗？"韩戈平也表示了不理解。

"我有这样说过吗？"张家宝看看雪雅又看看韩戈平，板起脸厉声反问。把韩戈平吓得赶忙别过脸去看着别处。不过，张家宝马上又缓和了语气道："我只是对陆老板和爱丽丝提个建议嘛。"

"张老板的建议确实是个好建议。"陆仲任毕竟在商场里滚打多年，知道怎么随机应变。他刚才脑子飞转，很快想好了如何应答："如果我现在没有其它项目需要分心，我就接受张老板的建议了。可惜啊，我这几年投的项目太多，已经被弄得精疲力竭，实在不可能再分出精力搞一个矿泉水公司了，再加上我手上的那些项目都需要后续资金支撑，所以我才决定忍痛割爱放弃掉那个优质水矿，要不然，我也不会那么急于出手了。"

"陆老板看来对我的建议最终还是没有兴趣？"张家宝听完陆仲任的解释后似笑非笑说，"我可是一番好意哦。"

"不是没有兴趣，而是力不从心，"陆仲任答复得很快，"张老板，我们也不用再兜圈子了，既然我们今天打破这儿的规矩彼此直接见面了，就干脆直截了当一点。如果你觉得我出的价格太高了，想要讨价还价，那这样吧，我就答应在原来价格上下浮10%，但这确实已经是底线了。"

韩戈平第一个对此做出反应，他已经和陆仲任就价格问题拉锯了很久，不料口齿一直很紧的陆仲任突然之间就松口了，虽然还没有达到张家宝的最高要求，但毕竟收获不小了。他不由焦急地望着张家宝，希望能抓住这个机会。

张家宝突然之间哈哈大笑起来，把在场所有人都弄得莫名其妙。当张家宝收敛起笑声后，他朝陆仲任说道："陆老板不愧是厉害的生意人，懂得及时见风使舵啊。看得出，陆老板是急于要出手那个水矿，不过呢，据我所知，陆老板想把水矿卖给我的真正原因并不是你刚才所讲的那些理由。"

"哦，那张老板认为我想出手水矿的真正原因是什么呢？"陆仲任不甘示弱，针锋相对地反问一句。

"真正的原因是，中国不允许散装水进口！"张家宝毫不含糊地说完这句话后，面色一下子严肃得像一块冰冷的岩石。

所有人都大惊失色，哑然无声。雪雅一脸疑惑不解，她不太懂张家宝那句话的含义，她没有散装水的概念。韩戈平惊诧之极，他之前和矿泉水项目团队所做的所有销售测算，都是以散装水为基础的，如果不能做散装水，那么一切都前功尽弃，将推倒重来。赵梦雨已经脸无血色，双手微颤，她心里只有一个声音反复敲打她的胸壁：完了，这下完了。就连久经沙场的陆仲任在这一刻也木然无神了，他再有准备，也没能防住张家宝这出乎意料的猛烈一击，这简直就是一剑封喉的绝招啊！

空气变得异常沉重，像一片液体状滚烫的钢水突然掉入深潭凝固成了冰冷的钢块，压得所有人都透不过气来。气氛紧张得都可以听到此起彼伏的呼吸声和心跳声，大家都屏声息气地等待着出现破局。

"不过呢，"张家宝在一片静寂中忽然开了口："既然已经谈到了这个份上，我还是会收购你们的水矿，不会改变计划。"

张家宝的话再次像扔下了一颗炸弹，炸得所有人更加没有了方向。几个人我看看你，你看看我，互相看来看去了好几回，都傻了一般丧失了思维能力：这个张家宝，到底是在搞什么名堂啊？他就像一个魔术师般变化多端，出其不意，令人眼花缭乱，他究竟是何意图，又想达到什么目的呢？

这时，张家宝知道自己已经完全掌握了主动权，就对雪雅说："赛琳娜，我们原来约定一周后是成交的限期，现在我要求能再往后推迟一个月签订合同。一个月为限，保证绝不再次延期。如果陆老板同意，那我会继续兑现承诺，买下那个水矿。"

雪雅不知可否地看看陆仲任，说道："陆老板意见如何？"

陆仲任还没有完全缓过神来，听雪雅问他，急忙转着念头做判断，然后吞吞吐吐地说："这样行不行，我明天下午给张老板确定答复。"陆仲任这一招，是以守为攻，给自己争取一些时间。

雪雅再把脸转向张家宝，双目直视着他，等他答复。

"可以，明天下午五点之前，请陆老板务必给我明确答复，过期无效。"张家宝显然占了上风，神态和语调都流露出了抑制不住的傲慢和得意，"还有，刚才陆老板已经表过态了，到时我们的成交价是在目前的协商价上打九折，这点就说定了。"

2

这天傍晚，离开太平洋地产集团之后，陆仲任、雪雅和赵梦雨三个人就在 Downtown 的一家名叫麒麟海鲜酒家的中餐馆一起吃晚饭。其实大家都没有心思吃东西，聚在一起，主要是为了紧急磋商对策。鉴于张家宝提出了要延后一个月签订买卖合同一事，应该如何应对才好。陆仲任刚刚在张家宝办公室施了缓兵之计，争取到一天时间，他们必须协商出一个结果来，明天下午必须给张家宝明确回复。

"现在最主要的问题是，如何与水矿主人进行时间上的对接。"陆仲任先开口。接着，他向坐在对面的两个女孩介绍了他和西人谈判的全部细节。

当初，陆仲任答应赵梦雨，有关水矿项目的操作，一切都由他出面。他动作也很快，连续和那个西人接触了几次。由于从雪雅处得到的消息一直很顺利，上周末，陆仲任就同西人签订了一份水矿买卖合同。合同里面有这样的条款：自本合同签订之日起两周内，陆仲任需首先支付水矿转让费总额的10%，即30万加元作为该次交易的定金；但如果在申请银行贷款时出现了问题，买方有权在两周内取消本合约，卖方需全额退还定金；如过此两周期限，买方未提出取消本合约的要求，则需要在之后的三周时间内，向卖家付清所有成交价的余款，即270万加元；截止到期日，如果买方没有付清全部款项，则合同作废，30万定金全额归卖家所有。

现在，距必须付出30万定金的期限剩下的时间已经不多了。张家宝突然提出延期一个月成交，这就让陆仲任和赵梦雨陷入骑虎难下的境地。如果先付出了定金，张家宝万一在一个月之内的任何时候改变主意，决定不买这个水矿了，那水矿就变成了一只烫山芋，至少是赵梦雨投入的30万元定金全数没有了。反之，如果不按买卖合约付出定金，那么合约就自然失效，万一张家宝最终决定要买下水矿，那损失可就大了，整整六七百万啊！

这就是眼下摆在陆仲任和赵梦雨面前的两难选择。赵梦雨知道，她需要承担大部分的压力，因为她既然答应了陆仲任，由她承担全部定金费用，而且已经将30万加元转到了陆仲任账上，她就没有理由反悔，要求陆仲任和她共担风险。摆在她面前的抉择很简单，还有几天时间，要不要让陆仲任将定金付掉。

雪雅了解了基本情况后先说出了她的意见：不要冒这个风险，张家宝这个人翻云覆雨变化多端，不得不防。他承诺一个月后签合同，这只是空头支票，没有任何约束力，万一变卦，他几乎毫无损失，而这里拿出去的却是 30 万真金白银。所以，她建议放弃这单生意，宁可不赚，也不能白赔钱。

陆仲任微侧着脑袋听雪雅讲完，他和雪雅的立场不同，思考的角度也就不同。假如现在就决定放弃那个项目，完全有可能是轻易放弃了一次赚大钱的机会。张家宝虽然狡猾，但从他今天的表现来看，在知道了中国不允许散装水进口这个情况后，要是他最后不想要那个水矿，本可以当场就宣布放弃这个项目，何必只是要求延长签合同的期限呢？这说明张家宝不愿轻易放弃水矿，实际上他也在左右摇摆，踌躇不前，如果这个判断正确，那么成和败就各占了一半的可能。轻言放弃，也就是放弃了 50% 的机会。再算一笔账，其实这是一次以小搏大的机会，用 30 万冒一次险，博取六七百万的利润，这种机会也不是经常有的，因此他倾向于不放弃。不过，他不会让赵梦雨承担所有风险，如果一旦真的造成了损失，他会承担一半费用，拿出 15 万还给赵梦雨。

赵梦雨耐心并认真地听完他们两个人的意见后，沉思片刻，然后说出了自己的意见："陆总，我们不能放弃。我了解张家宝这个人，一旦他看到有利可图的事，多半不会放弃。他拖延签合同的时间，一定是在想办法解决问题，相信他最后还是会买下水矿的。因此，我愿意冒这个险，即便到时 30 万定金全部损失了，我也不需要你还给我的，契约就是契约，我说过的话，做过的事，绝不会反悔，也绝不会后悔。"

雪雅听完赵梦雨这番话，不由对她刮目相看，别看她年纪轻轻，内心却如此强大，性格如此果断坚毅，不由十分佩服赵梦雨。她说："爱丽丝，既然你铁了心要做这件事，我当然会全力以赴帮你随时打探情况，反正现在离老陆正式去付定金还有差不多八九天时间，我会多和张家宝联系催问的，尽可能减少你的风险。"

"是的，爱丽丝，"陆仲任也发表看法："你不是和那和杰姆斯关系很熟吗？他是张老板的亲信，应该最了解内情，也会第一时间得知张家宝的决定，最近几天，你不如多找机会和他接触，随时掌握他们的动向。"

赵梦雨嗯了一声，觉得他们讲得很有道理，还有将近十天时间，应该张家宝那边会有所动静，最近她确实应该多多接触韩戈平，探出一些蛛丝马迹。

"梦雨。"一眨眼，韩戈平已走到了赵梦雨的跟前。

赵梦雨坐在海天球场会馆顶楼的玻璃餐厅内一个靠角落的位子。从她身后打开的窗子外，掠进一阵阵清爽的暖风，吹在离桌子不远的一处大型盆栽植物上，翠绿欲滴的阔叶在风抚摸下轻轻摇摆晃动，像是躲避着初秋之风的轻浮触碰。

"戈平，快请坐。"赵梦雨一反以往见到韩戈平时的不温不火，满面春风地热情招呼。

自上次在太平洋地产集团的办公室一别，已经过了有五六天，之间韩戈平打过一次电话给赵梦雨，带着责备的口吻问她，为什么不早点对他讲明她是陆仲任的合伙人，弄得他当时很被动尴尬。赵梦雨向他说了抱歉，还做了一番解释，其实她从不过问水矿的具体事情，所以也从不把自己当合伙人。不管韩戈平是否真的相信赵梦雨的讲述，反正他没有再纠缠此事，只说了一句，你以后遇到什么事，应该和我商量，毕竟我们的关系非同一般，在异乡他国，更应该互相关心和依靠。

"戈平，你要喝点什么？"赵梦雨语气温柔地问。这不是就餐的时间，玻璃餐厅里几乎没有什么人。

"随便吧，要不来点可乐就行，喉咙是有点干燥了。"韩戈平只要能和赵梦雨在一起，心里就说不出的高兴，吃什么喝什么都不重要，能安安静静看着她那张漂亮的脸，他就心满意足了。

赵梦雨叫服务生送来两杯冰镇可乐，再要了一大盘各色水果。本来她是邀请韩戈平过来一起吃午餐的，韩戈平说今天中午正好没空，他要下午两点左右才能赶到球场。赵梦雨就和他讲定，下午两点她在玻璃餐厅等他。

两个人慢慢喝着可乐。赵梦雨正思考着自己应该怎么开口，然后巧妙地把话题引到自己关心的方向而且要显得十分自然。还没等她开口，韩戈平却先问她了："梦雨，这几天电视里在实况转播里约奥运会高尔夫比赛，你看了吗？昨天那场女子决赛真精彩啊！"

"唔，抽时间看了点。"赵梦雨含糊地答道。不知为什么，本来蛮好的心情刹那间变得烦躁起来。

"不容易啊，时隔一百多年，高尔夫运动终于又列入奥运会竞赛项目了。以前好像只是在上世纪的1900年和1904年那两届奥运会上才有的，之后高尔夫比赛就被奥运会取消了，直到2009年在丹麦举行的国际奥委会全会上，才重新将高尔夫列入奥运会，入选2016年里约奥运会的竞赛项目，整整一百多年啊！"韩戈平边回忆边感叹。

赵梦雨微微垂下头，没有做声。

"这次参加奥运会比赛的两名中国女选手表现还不错吧，冯珊珊得了第三名拿了铜牌，林希妤打了一个一杆进洞。"韩戈平并没有注意到赵梦雨低落的情绪，继续兴奋地说着，"对了，我想起来了，以前在金银湖球场时，你告诉过我你曾经和冯珊珊见过面，对吗？"

赵梦雨又轻轻唔了一声。她内心里正在翻江倒海着，这几天的里约奥运会高尔夫比赛对她的刺激太大了。她赵梦雨岂止是见过冯珊珊？她还和冯珊珊一起打过好几次球呢！以当年的技术实力而言，毫不谦虚地说，她赵梦雨绝对不在中国高尔夫一姐冯珊珊之下的。赵梦雨曾和冯珊珊赛过几场，成绩几乎不分伯仲。自从爱上了高尔夫运动后，赵梦雨一生的梦想就是能当一名职业高尔夫选手，去打美巡赛，有朝一日问鼎世界。只是由于父亲一直反对，才迟迟没能成为一位职业选手。三年前在上海拿下全国首届女大学生高尔夫竞标赛冠军之后，赵梦雨激动无比，因为父亲赛前答应过她，只要这次比赛夺得冠军，就同意她退学打职业。这么多年的夙愿终于可以实现了，那时她才21岁啊，正是打球的黄金时光。谁知她的人生道路风云突变，天翻地覆。那个人面兽心的张家宝害得她家破人亡，不得不离乡背井，改名换姓，彻底偏离了原先设计好的人生轨道，再也和职业高尔夫无缘了。要不是这个可恶的张家宝改变了她的命运，今天代表中国队参加里约奥运会的女子队员中，就应该有她赵梦雨的身影。冯珊珊最终夺取一块铜牌，为祖国争了光，也为落后的中国高尔夫运动添了彩，但谁又敢说如果她赵梦雨有幸参加这次奥运比赛，就不会增光添彩？说不定拿块银牌或金牌都有可能呢！

赵梦雨越想越气愤，暗暗更加坚定了要报复张家宝的决心。不论是为了替屈死的父母报仇，还是为了给自己被毁掉的人生讨个公道，她赵梦雨一定要打败那个万恶不赦的张家宝，让他受到应有的惩罚！

"梦雨，你怎么啦？"韩戈平一直没听到赵梦雨吱声，不由朝她看了一眼，这才发现赵梦雨的脸色变化，急忙伸手去触碰了她一下肩膀，问道："你不舒服吗，梦雨？"

"哦，没什么，没什么……"赵梦雨恍然醒悟，赶紧掩饰自己的情绪。

"没什么就好。"韩戈平松了口气："我看你面色发白，以为你哪儿不舒服呢。"

赵梦雨拿过不锈钢叉子，慢慢吃了几块水果，还递了一把叉子给韩戈平，让他也一起吃点。她得稳住自己的心绪，别让自己走神了，今天约韩戈平过来是有任务的。

"戈平，你已经原谅我了吧？"隔了一会儿，赵梦雨突然问。

"原谅你？"韩戈平一愣，"我有什么需要原谅你的？"

"那件事啊，就是我没有告诉你我有水矿的股份。"

"哎呀，我早就忘了，你还提这事啊。"韩戈平不由爽声而笑。

"你不生气就好。"

"我生气？怎么会呢！"韩戈平爱怜地看着赵梦雨，心想，我就是对全世界的人都生气，也不会生你的气呀。

赵梦雨被韩戈平炙热的目光盯得有些不好意思，把脸转往窗外。过了一会儿，她才回过来说："关于水矿的事，陆老板让我打个招呼，其实他之前也不知道你们收购下来后是以什么形式操作，打算在哪里销售矿泉水，所以没有提起有关散装水的事。"

"我可以理解，他应该不是故意的，"韩戈平表示谅解。

"你表哥一定很生气吧？"

"确实有一点，不过他也怪自己事先没有想到要了解一下中国方面的政策，疏忽了。"

"我有一点不太明白，既然他已经知道了中国不允许进口散装水，为什么不果断停止收购水矿，而是要拖一个月签合同呢，难道你们想改做瓶装水？"赵梦雨有目的地开始试探着问。

"不是的，如果改成瓶装水去做中国市场，我们已经详细测算过，几乎没有什么竞争力和利润空间，所以要做就一定要做散装水的。"韩戈平老实说。

"可国内不是明令禁止了吗？"赵梦雨不理解。

"我也这样问过表哥，如果不能做，不如干脆对你们明说，何必再拖一个月再给结论呢？"韩戈平并不想隐瞒赵梦雨，"表哥说，这个矿泉水项目十分难得，他不想轻易放弃，至于中国的政策，从来就不是铁板一块的。"

"这是什么意思？"赵梦雨问。

"虽说商务部有这种规定，具体执行起来还是有灵活余地的，关键是要能找到对路的领导做批示，什么问题就都能解决了。"

"有这种事？"

"这个我还是相信表哥的分析，毕竟他在国内时和上层一直打交道，懂得里面的诀窍。"

"那么你表哥找到关系了吗？"

"嗯，昨天下午他告诉我，基本上没有什么大问题了。我表哥的大姐夫是四川的官员，他通过一个朋友，好像很可能会拿到特批资格。"

"那就是说，散装水的问题解决了？"赵梦雨惊异地看着韩戈平，心想，这张家宝真的是手眼通天啊，难怪他敢那么无法无天。

"这话现在还不能说，只有真正拿到批文后才能算尘埃落定。"韩戈平答得比较保守。他怕话说得太满，到时反而被动。

赵梦雨在韩戈平离开后，立刻把她得到的消息告诉了陆仲任。有一点可以肯定，如陆仲任所判断的，张家宝没有轻易放弃矿泉水项目，他正在积极运作，希望出现柳暗花明的局面。这对陆仲任和赵梦雨来说，无疑是个好消息。

陆仲任叮嘱赵梦雨，离需要付定金的日子还差几天，最近这四五个日子，赵梦雨一定要多和韩戈平保持联系，以便及时获得新的消息。赵梦雨当然知道此事非同小可，大意不得。她心里想，自己以前几乎不主动去联系韩戈平的，如今一改常态，突然变得那么积极主动，会不会引起韩戈平的怀疑呢？

不过赵梦雨的担心后来证明是多余的，就在她和韩戈平在球场玻璃餐厅碰面后的第三天，韩戈平又主动约她见了次面。韩戈平请客，两个人在列治文的一家韩国料理店吃烤肉。韩戈平说，接下去一段时间他可能会很忙，过几天还要飞回中国去。

"回国去？干嘛啊？"赵梦雨好奇地问。

"矿泉水的事有些出乎意料，据说批文这几天就要下来了，所以派我回去一次，让成都公司总部先组织人员去各地做一次全方位的市场调查，顺便让我把批文带回来。"

"这么顺利啊？"赵梦雨简直不敢相信。她掩饰住内心的喜悦，对韩戈平说："那矿泉水项目要正式上马了？"

"是的，表哥说，等我一回来，就组建一个新公司，名字都拟定好了，叫加拿大万年冰川水集团公司。"韩戈平见赵梦雨兴趣盎然地盯着自己看，全神贯注在听，不由说得更起劲了："我表哥原本打算和国内几家大型矿泉水厂合作，我们负责将水运到中国，直接卖给那些厂。但现在，我们决定从源头到终端销售都自己来做，先在上海和天津两个地方建立矿泉水灌装厂。昨晚，表哥通知了国内集团公司的办公室主任，让他派人去上海和天津找当地政府谈判，要求给予一定的税收优惠政策，并让办公室主任以后直接同我联系。所以，我以后可能要常去中国了。"

"如果要经常飞来飞去，每次都要倒时差，会很累的，你一定要注意身体。"赵梦雨这句话倒是真心实意的。

"累一点我不怕的，唯一担心的，是和你的见面次数会减少了。如果回去时间长了，我会很想你的。"韩戈平不失时机表达心意。

赵梦雨的脸红了。她相信韩戈平说的是真心话，但她还没有做好完全的准备，还不想立刻和他恢复以前的那种恋爱关系。于是她说："现在要见面也方便呀，不是有微信随时可以视频吗？

"对啊，还是你想得周到，以后我在国内出差的话，每天和你视频。"韩戈平笑了。

3

第二天早上，赵梦雨一进她的办公室，就给陆仲任打了一个电话，把昨晚从韩戈平那里听来的消息原原本本讲给他听。陆仲任认为这是好事情，既然这些都是杰姆斯亲口告诉赵梦雨的，消息应该都非常可靠。眼看离需要付定金的期限已经临近，陆仲任便征求赵梦雨的意见，要不要这两天就带上支票去西人那里支付定金，毕竟这30万是赵梦雨拿出来的。他不能自作主张。

"陆总，我觉得不要再拖了，你就把定金去付掉吧。我感觉，张家宝购买我们水矿的概率还是很大的。"赵梦雨心想，韩戈平既然把内情都毫无保留讲给自己听了，接下去的判断和决定就应该她来做。对她而言，那30万付出去虽说眼下仍然存在风险，但毕竟程度已经大大降低，只要韩戈平说的那张特批文件到手，张家宝买下水矿也就板上钉钉了。

"那好吧，这两天我就让赛琳娜赔我走一趟，先把西人那头敲定。"陆仲任听到赵梦雨的决断当然很高兴。

"还有，你能不能和那个西人协商一下，将付清余款的期限再往后延两个星期。"赵梦雨忽然想到了一件事。

"爱丽丝你的意思……？"

"如果能往后延两周时间，我们就可以在张家宝给我们的期限之后再付余款，这样我们的风险就大大减少了呀。"赵梦雨把自己的想法告诉陆仲任。

"对啊，还是爱丽丝你想得周到。"陆仲任道。

"这样的话，万一张家宝改变了主意，我们最多也就损失一点定金而已。"赵梦雨说。

"好的，我尽量说服西人多给我们两周时间，我想应该问题不大，又没有其他人要买那个水矿，早两周晚两周拿到余款对西人来说没什么差别。"陆仲任很自信地说。

挂了电话后，赵梦雨开始工作。最近海天球场的业务发展得非常好，购买会员卡的人越来越多，球场的名气随着口口相传，在整个大温地区已经人尽皆知。现在不仅仅是新老移民中的华人踊跃过来打球，不少西人也时不时出现在球场绿茵中。赵梦雨作为球场的实际主管，经过几个月的努力，已经把球场各个部门都疏理得井井有条，各部门之间早已配合默契，

整个球场的运作平稳顺畅。随着会员人数的猛增，球场几乎天天都排得满满。

赵梦雨最近开始把一部分精力移到了如何在海天高尔夫球场推出球童制的计划上。实行球童制这个设想是赵梦雨建议刘豪杰的，刘豪杰一听就很感兴趣。在温哥华，甚至在北美，还没有一家高尔夫球场提供球童服务的项目。来海天打球的许多华人移民，尤其那些近几年从大陆过来的富豪移民对没有球童服务很不习惯，这些人都腰缠万贯，花点钱无所谓，需要的是舒适和享受。赵梦雨在和他们的接触过程中，常常听到他们对没有球童服务的抱怨，说温哥华的高尔夫球场不如中国大陆的好。赵梦雨觉得，随着来海天球场打球的人数日益增多，推出球童制将十分有利，一则满足了球场主体会员阶层的需求，二则也能加快会员们下场后打球的推进速度，另外，有女球童相伴，还可以让客人的心情更加愉悦。

刘豪杰听了赵梦雨的分析后，认为这个设想不错，关键是从哪里招募女球童，如果在温哥华本地招人，一个成本太高，另一个人力资源也不充沛。赵梦雨的意见是从国内球场招聘有工作经验的球童过来，不仅所花薪资成本较低，还免去了上岗前必需的培训阶段。需要解决的唯一难题是这些从中国挖来的球童怎么过来？如果要全部替

她们办理工作签证，那明显不现实，所以赵梦雨的建议是，可以有个试验阶段，比如半年，让她们通过旅游签证的形式过来，在海天球场试行球童服务，几个月下来后，应该能够看出球童制在温哥华有没有发展前景了。刘豪杰认为这个建议不错，但对外讲她们是来海天球场学习的，没有报酬的，这就不违法，于是就让赵梦雨考虑一个详尽的具体计划，另外逐渐物色第一批球童的合适人选，一开始不要多，有二十个左右就行了，如果今后球童制推出顺利，那再加大球童数量。

赵梦雨三个月之前已经打过电话给郑小兰，把自己的设想对她说了，让郑小兰在金银湖球场了解一番，会有多少球童对出国有兴趣。上个月，郑小兰反馈消息过来了：大家听到是赵梦雨在招人，兴趣都很浓，说只要待遇方面能略超出金银湖，不少球童都跃跃欲试。赵梦雨就叫郑小兰具体统计一下，真心愿意过来，到时候不会变卦的人大概有哪几个。就在前几天，郑小兰通过微信发了一份大致的名单过来，表示想来而且不改变主意的大约有十七八个人，其中包括了原来和赵梦雨同寝室的王小姝和小刘。赵梦雨仔细看了看名单上的人员，大部分是郑小兰组里的，她都熟悉，只有几个是朱玉文一组的，以前没怎么交往过。

此时，赵梦雨从手机里再次翻出那份名单看了一遍。她自己的打算是，第一批球童不超过十人，因为这毕竟只是一次尝试，人员不宜太多。一旦启动这件事，刘豪杰方面将要支出一大笔费用，包括这些球童从申请签证到来回机票，以及来到温哥华后的所有吃住开销，以及半年实验期的薪水，粗粗算一下就得好几十万加元呢。虽说老板刘豪杰认为那不算什么，但作为助手，赵梦雨总希望为他精打细算，宁可等到营运顺利后，到时再逐渐增加人手。

赵梦雨拿着手机思考了一会儿，猛然间想到了朱玉文，名单上那几个自己不太熟悉的球童，何不问问朱玉文呢，她是她们的组长，应该对她们的情况很了解呀。

朱玉文突然接到赵梦雨的电话的时候，正一个人在家里闲着无事干。赵梦雨在电话里向她打听金银湖球场几名球童的情况，还把她打算组建球童制的情况告诉了朱玉文，末了还问了朱玉文，如果海天球场正式需要球童时，朱玉文有没有兴趣参加？

"我恐怕去不了。"朱玉文说。

"怎么啦，你要回国？"赵梦雨问。

"那倒不是，恰恰相反，我正在想办法长期留下来呢。"

"噢，那你上次不是希望来球场工作吗？"

"是啊，本来我想，如果小兰她们都过来，那我也过来，"朱玉文停顿了一下又道："不过现在情况有些变化，我找到工作了。"

"是吗？"赵梦雨显然十分惊讶，"你不是拿的旅游签证吗？怎么找得到工作？"

"我要去太平洋地产工作，"朱玉文的口气里掩饰不住一股得意劲："就是韩经理表哥的公司。"

"哦，这样啊。"赵梦雨似信非信。

"是韩经理的表哥亲自找我过去谈的，说是要新成立一个分公司，以后做矿泉水什么的，他说让我过去给韩经理当助手呢。"朱玉文的语气中满是得意。

电话那头静默了好一会儿，然后赵梦雨说："那好吧，我知道了。我就不把你排在球童计划里了。"

"不过爱丽丝你能想到我，我还是要谢谢你的。"朱玉文开始习惯叫赵梦雨为爱丽丝了，她最近也想给自己起个英文名字，却不知道叫什么好，她决定等自己正式去张家宝公司上班时，叫韩戈平替她起一个。

挂掉赵梦雨的电话后，朱玉文心里有说不出的得意，忍不住一个人笑出了声来。

自从那天她独自一人贸然前去张家宝的办公室，又故意泄露了赵梦雨是陆仲任的合伙人，以及陆仲任急于出手水矿的秘密之后，她一直担心事情早晚会败露，到了那时，赵梦雨和陆仲任都会怪罪于她，尤其陆仲任，万一知道了是她捣的鬼，导致水矿的买卖吹掉，那他完全可能一怒之下断绝和她之间所有的经济往来，不再供她吃住开销了。

朱玉文那天从张家宝办公室走出去后，一度有些后悔。她弄不明白，自己为什么要去对张家宝说这些。在她的潜意识里，她始终不希望赵梦雨和韩戈平顺利走到一起，因此一旦遇到不利于赵梦雨的机会，她都本能地不想放弃。她在张家宝面前诋毁赵梦雨，就是希望张家宝成为韩戈平和赵梦雨之间的障碍。朱玉文了解韩戈平，他对表哥几乎是言听计从的，如果张家宝反对韩戈平和谁交往，韩戈平一定会掂掂份量。所以，她故意告诉了张家宝赵梦雨和陆仲任合伙的事，而且暗示赵梦雨在这件事上存心欺骗了韩戈平，他相信张家宝一定会提醒韩戈平要提防赵梦雨。韩戈平知道真相后，也一定会对赵梦雨产生不满。

至于为什么要对张家宝透露中国不准进口散装水一事，朱玉文被两个因素所推动，其一是讨好张家宝，送他一个大礼，指望他今后帮助她留在温哥华；其二还是因为嫉妒，听到赵梦雨轻而易举就赚到那么多的钱，她内心很不舒服。自己一次次陪陆仲任睡觉做爱，仅仅只能换到有住有吃和有限的零花钱，赵梦雨只是把钱投在陆仲任的水矿上，都不用花一点力气，一夜之间就可以暴富，赚到她朱玉文可能一辈子都遥不可及的钱。朱玉文心里实在不甘心，她确实不希望水矿的交易成功。

然而当她由着性子把秘密泄露给张家宝之后，反而担心起来。俗话说纸包不住火，这个内情恐怕早晚会被陆仲任和赵梦雨知道，那么，其实自己这么做，唯一得益的只有张家宝一人。除了陆仲任和赵梦雨，她自己也一定蒙受损失，说不定在温哥华都无法待下去。

不过她的担忧在前天和张家宝再次碰面后很快消失了。

昨天是张家宝打电话给朱玉文的，让她抽时间去一次公司办公室。朱玉文正好空着，换了一套衣服就出门了。像上次一样，她坐天空列车到了 Downtown，然后步行到了张家宝的公司大楼。推门进办公室的时候，张家宝正在等她。

"我叫你过来，有两件重要的事情，"张家宝也不多寒暄，一开口就直奔主题，"第一件事，是上次答应替你办理假结婚的事，已经基本有了着落，我委托的那家顺风移民咨询公司手里正好有一个老外对象，愿意配合办理手续，就是要价略高了一点……"

"要多少？"朱玉文忍不住打断张家宝问。

"一开口就是三十万加元。"张家宝说，"算了，多一点就多一点，只要他愿意办理手续就行，钱我会给他的。"

"那我太不好意思了，真的谢谢表哥帮忙。"朱玉文赶紧表示感谢。"这笔钱，等我以后在温哥华找到工作，慢慢还给您。"

"这个不必，"张家宝断然道："我张家宝从来说话算话，答应你的事就一定做到，所以你不必去想那笔钱了。"

"表哥您真是大好人，能认识您真是我的福气。"朱玉文真的被感动到了，30 万加元可不是小数字，差不多一百六七十万人民币啊！她在中国得陪多少男人上床，或者发多少次三陪的活给手下女球童获取介绍费才能够到这个数啊。要知道，张家宝是连一个小指头都没有碰过她一下的。

"你就不要说客气话了，"张家宝瞧了瞧朱玉文说，"你以前也帮过我的忙嘛。"

"那表哥，您刚才说是有两件事……"朱玉文不再客套连连了。

"对，另一件事呢，就是想问问你，愿不愿意先来我这儿做上一阵？"张家宝说。

"表哥让我来您公司帮忙？"朱玉文真是喜出望外，不由欢叫起来："那真是太好了！"

"本来你只是来旅游的，也没必要找事做。现在情况不同了，万一假结婚的事落实了，你就得在温哥华常待下去，不找件事情做做可不行啊，起码自己得养活自己吧。"张家宝的话非常现实和休贴。

"可是，表哥您知道，我以前只是个球童，其它什么都不会干啊，到你这儿来行不行呢？"朱玉文表示出了担忧。

"我听戈平说，你来温哥华之前，已经升任经理了，接替戈平以前的位子？"张家宝问。

"确实干了几个月。"朱玉文说。

"那就没问题，说明你有这个能力。"张家宝一副很信任的样子看着朱玉文继续说："你过来，也没有特别复杂的工作要你做，我决定还是要买下那个水矿。我要在下面成立一个新公司，专门负责矿泉水的事，我会让戈平负责那个公司，想让你当他的助手，协助他工作。"

"真的啊！"朱玉文再一次惊喜不已，没想到张家宝不仅为她安排工作，还把她安排在韩戈平的身旁，那样的话，以后她不是可以天天在韩戈平身边了吗？

张家宝显然看出了朱玉文内心在想什么，不由笑笑说："机会我给你创造好了，接下去得看你自己如何把握喽。"

朱玉文知道张家宝在暗示什么，看来他是真心希望韩戈平能和她要好。朱玉文心里对张家宝顿时充满了感激之情，情不自禁一下子扑向张家宝的怀里，嘴里喃喃道："表哥您对我真好，以后您要我做什么我都会答应。"

张家宝冷不防被朱玉文抱住，不由吃了一惊，连忙掰开朱玉文的双臂，将她轻轻推开。他略带责怪地对朱玉文说："别这样，要是被戈平看到了，多不好啊。以后，你只要能好好照顾戈平，我就心满意足了。"

朱玉文不好意思地退后了一步。她不了解张家宝，是真的那么想还是故意装得一本正经，至少除了韩戈平，她还没有遇到过第二个对她毫不动心的男人。

4

天空晴朗，湛蓝一片，零零落落絮状的白云挂在很高的苍穹顶部，凝结不动。一阵阵温柔的暖风轻轻地吹上果岭，空气透明清新，正是挥杆打球的好天气。

"戈平，听说朱玉文要到你们公司去上班了？"赵梦雨一边摆动着球杆，一边问韩戈平。

今天上午，韩戈平打来电话，说他已经很久没打高尔夫了，下午正好没事空着，很想去海天球场打一场球，问赵梦雨能不能挤出时间来陪他一起下场。说起来，他们两个也有很长时间没在一起打球了。在金银湖时的那段美好时光，回忆起来总是那么温馨美好，令人怀念。赵梦雨几乎没有犹豫就答应了。

今天下午，赵梦雨正好没什么重要的事情需要处理，有几件小事，拖到明天后天去办也没关系。关键是，她希望能多多和韩戈平碰面，以便及时掌握矿泉水项目的进展情况。

韩戈平是下午两点多到的，带了他自己的球包，一身运动装束，精神饱满，气宇轩昂，看上去挺兴奋的。赵梦雨不敢怠慢，也换了一套打球的专业服装鞋子，戴上球帽高尔夫手套，一副严阵以待的架势，好像打算和韩戈平在球场上一决高低。两人驾着一辆球车，从第一洞开始打起。

"是我表哥突然叫她来的，也不知道为了什么。"韩戈平等赵梦雨的球滚进球洞后答复她说。

此刻他们已经打到了第六洞，两人几乎没有什么差距，赵梦雨只领先了韩戈平一杆。韩戈平今天状态非常好，每次击球都稳准狠，把比他更专业一点的赵梦雨逼得毫无退路，只有认真对付每一杆，屏息静气，不敢大意。第六洞是个四杆洞，赵梦雨开球偏出球道，进入了球道沙坑，而韩戈平的击球却在球道中间。第二杆，赵梦雨救了一个好球，球上了果岭，但离旗杆却有45英尺的距离，韩戈平第二杆依旧是个好球，球上果岭后只离球洞10英尺的距离。结果，赵梦雨两推打了一个帕，韩戈平则顺利抓了一只小鸟。这一洞，韩戈平追平了赵梦雨。

两个人收起推杆继续前往第七洞，等韩戈平坐上球车，赵梦雨接着问道："听说她还要当你的助手？那以后你们俩得天天在一起了？"

"表哥这种安排真是莫名其妙，我又不需要什么助手，再说了，朱玉文能做什么？"韩戈平听得出赵梦雨口气里有试探的意味，就直白说出了自己的想法。

"你表哥是怕你太累呗，给你配个生活助理，给你倒倒茶，拿拿东西什么的。"赵梦雨揶揄道。

"我自己有手有脚的，才不需要什么生活助理呢！咦，你是怎么知道这事的？"韩戈平觉得很奇怪，这事在公司都还没有宣布过啊，表哥也只是很随意地对他说了一次，打算叫朱玉文过来，到新组建的矿泉水公司干活，帮帮韩戈平。

"朱玉文自己在电话里告诉我的呀，听她的口气，还是很得意的呢。她呀，可能做梦都想离你近一点。"

"可我希望离她远一点，离你近一点。"韩戈平毫不含糊地表态。他很怕赵梦雨知道这件事情后会产生误解，不如把话先挑明了，让赵梦雨放心。

到了也是四杆洞的第七洞发球台附近，两个人停车拿球杆，然后开始新一轮竞赛。这一洞的发球，两个人都发挥得很出色，球的飞行线路既远又准。韩戈平毕竟是男生，落球点比赵梦雨超前了大约20码。两个人对自己的发球都很满意，忍不住相互击了一掌，以示庆祝。

"朱玉文和你表哥的关系好像不错嘛。"赵梦雨坐回球车时说道。

"在金银湖时，她做过我表哥的球童。你知道她这个人的，很会笼络人心，所以我表哥对她印象不错的。"韩戈平解释道，坐在了赵梦雨身旁。

"她讨好你表哥，恐怕是醉翁之意不在酒吧。"赵梦雨故意说给韩戈平听。

"她确实有无孔不入的本事。"韩戈平默认了赵梦雨的话。

"有一点我不太明白，朱玉文拿的是旅游签证，在温哥华最多滞留六个月，现在已经差不多过去一半时间了，你表哥却聘她去你们公司工作，似乎不可思议呀，万一到时候工作需要时她要离境了，该怎么办？"赵梦雨问道。

"这个情况我问过表哥，他说朱玉文正在想尽办法争取长期留下来。"韩戈平说。

两个人驾车到了第一杆的落球点附近，停好车，准备打第二杆。赵梦雨的落点离果岭更远一点先挥杆。小白球停在球道的中央，直线对着果岭方向，赵梦雨放松自己的全身，站在小球前试挥了几下，然后吸了口气，大力甩臂挥杆，杆头准确地击到了小球的甜点，一道白线跃起，高高划破空气的阻力，迅捷地飞向果岭。

"好球！"韩戈平禁不住大声喝彩，这一击，打得非常漂亮，足见是专业水准。

"你表哥打算为她办理工作签证？"赵梦雨跟着韩戈平到了他的落球点。

"这个我不太清楚，表哥从没对我说过，我也不想问。"韩戈平站在那儿目测了一下距离，从手中的几支铁杆中选了一支，将其余的两支铁杆放在了身旁地上，然后认认真真挥杆打球。这一杆他也打上了果岭，只是落点没有赵梦雨那么好。这一洞，赵梦雨领先了韩戈平一杆。

赵梦雨不再问有关朱玉文的事情了，说得太多，怕韩戈平误会是自己吃朱玉文的醋呢。其实她不过是借这个话头引到自己真正想问的问题，于是就边打球边和韩戈平天南海北地聊一些其它方面的事情。在打到第十五洞时，赵梦雨已经领先了韩戈平四杆。韩戈平感叹，赵梦雨毕竟专业程度高出自己一截。他不得不佩服赵梦雨的球技。赵梦雨则谦虚地表示说，因为自己天天在球场工作，不像韩戈平现在只是偶然打一次球，再说了，她对海天高尔夫的地形比韩戈平熟悉，所以占了上风。

在打完第十六洞时，赵梦雨感觉所剩时间已经不多，边找准了一个机会问韩戈平："中国那里有批文的消息了吗？"

"你是说矿泉水批文吗？听表哥的意思，好像就这几天能下来吧。"韩戈平说："估计不会有什么大问题，要不然，我表哥也不会把朱玉文叫过来，协助我做矿泉水公司啊。"

"嗯，这倒也是。"赵梦雨嘴上这么说，心里却在想，只有拿到正式批文才能作数，这之前仍然存在变量的。她随意又问："你不是说最近要回国一次吗？怎么没听你说起？"

"是啊，原来表哥说得火急火燎的，可这两天他又说等批文正式下来后再回去也不迟，所以就等几天再说了。"韩戈平说着，驾车去第十七洞。

在第十七洞的发球台打完第一杆后，赵梦雨的手机响了。她一听是陆仲任的声音，就往边上走了几步，看上去是不想影响到韩戈平的开球，其实她也不想让韩戈平听到她和陆仲任之间的谈话。

陆仲任在电话里告诉赵梦雨，那天去付给西人定金的时候，他提出要求西人答应将余款的限期往后延长两个星期，当时西人既没有同意也没有拒绝，说是要考虑考虑再给陆仲任答复。刚才西人来了电话，说他经过深思熟虑，决定答应陆仲任的一半要求。

"一半要求是什么意思？"赵梦雨一边问一边瞟了韩戈平一眼，见他刚好把球打出去，她再问道："是不是只答应延期一周啊？"

"他说的一半不是指这个，而是要求在原来的期限内必须先付清余款的一半，在这前提下，另外一半余款可以往后延长两周。"陆仲任说。

"他好像很担心我们会变卦。"赵梦雨说。

"是啊，因为之前我反悔过一次，他怕我到时又重犯旧病，所以非常小心。"陆仲任不得不说实话，"对了爱丽丝，你那儿情况怎么样，杰姆斯有什么新消息吗？"

"到目前为止，没有什么坏消息。"赵梦雨谨慎地说着，看看正在走向球车的韩戈平。

"如果依你判断变数不大的话，那我们要不要就接受西人提出的要求？"陆仲任征询赵梦雨的意见。

"看来我们不得不冒一定的风险。"此时韩公平已经上了球车，坐在驾驶位上等着赵梦雨打完电话。赵梦雨不想让他等很久，也不想当着韩戈平的面多聊这件事，就对陆仲任说："这样吧，现在我正好有点事，晚上我再打给你。"

打完最后一洞时，韩戈平追上来两杆，最终结果是赵梦雨领先了两杆，韩戈平觉得最后两洞赵梦雨是故意让着自己的。返回会所的时候，天色已近黄昏，天幕上显现出橙红色的霞云，衬着碧蓝的晴空，非常漂亮。赵梦雨打算留韩戈平在球场吃晚饭，韩戈平说晚上已经和表哥约好，要一起和一个老外客户碰头，表哥不会讲英语，无法单独和老外沟通，所以他必需在场当翻译。赵梦雨也就不勉强了。韩戈平到赵梦雨的办公室取了装衣服的包，然后去浴室洗澡。他洗完澡换了衣服，赵梦雨就送他到了停车场。韩戈平临上车前，赵梦雨突然说："戈平，有句话我一直想问你，我在矿泉水项目上赚了你们公司的钱，你不会对我有看法吧？"

韩戈平摇摇头说："怎么会？生意这种事，只要大家明明白白放在桌面上谈清楚，接下来就是周瑜打黄盖了。做生意赚钱是天经地义，没什么可以指责的。"

"可这毕竟是赚了你表哥的钱呀。"

"他愿意让你们赚这笔钱，当然有他的考虑，我相信他一定看到了更广阔的前景。我了解他这个人，明知吃亏的事，他是不会伸手去碰的。"韩戈平尽量抚慰赵梦雨，让她不要产生内疚感。

赵梦雨目送着韩戈平的车渐渐远去，内心里不由对他的宽容和理解充满感激。此刻，她心里忽然有一种奇怪的、空落落的感觉。她眼下还没有决定立刻就和韩戈平恢复以前的那种亲密关系，有一些心理障碍还不能即刻消除殆尽。可一想到接下去的日子里，朱玉文有可能天天围在韩戈平身旁转来转去，赵梦雨浑身就有一股说不出的别扭。

这天晚上，赵梦雨正打算如约联系陆仲任，商讨最终决定是否接受西人要求的时候，韩戈平突然打了个电话给她。他异常兴奋地告诉赵梦雨说：表哥刚刚告诉他，从国内传来的消息，商务部有关矿泉水项目的批文下来了，成都总公司已经以最快速度派人去北京，一旦拿到手，将通过联邦快递直接发到温哥华来，估计过几天就可以到。

"真的吗?"赵梦雨不知是被韩戈平的兴奋感染了，还是原本压在她心头的那块石头终于落了地，情绪顿时高涨起来，冲着电话就对韩戈平提要求："戈平，到时你一定要把批文拿给我看一下哦!"

"没问题，我一拿到就送过去给你过目。"韩戈平一口答应下来。

等挂了韩戈平电话后，赵梦雨抑制不住内心的喜悦，迫不及待拨通了陆仲任的电话，把这个好消息告诉了他。陆仲任听到这个消息非常兴奋，如此看来，张家宝买下水矿已经是八九不离十的了，最近一段时间赵梦雨从杰姆斯处获得的一系列消息，都证明了这一点。陆仲任决定第二天再去拜访西人一次，答应接受西人的条件，反正那一大笔转让水矿的利润已经像只关进笼子的鸟，不会飞掉了。

5

陆仲任在第二天带着雪雅一起前去拜访了西人水矿主，并按照西人的要求修改了买卖合约几处条款的内容，陆仲任同意到原来的商定期限先付清余款的一半，西人则答应最后结款期再往后延长两周。

接下去的一周多时间里，赵梦雨一直在等着韩戈平的消息。她问过韩戈平两次批文的进展情况，第一次，韩戈平去问了张家宝之后告诉赵梦雨说，成都公司的人已经到了北京，第二天就可以拿到批文；昨天晚上，赵梦雨再次打电话问及此事，韩戈平说，批文应该已经从成都寄出来了，这几天就能到。

时间过得非常快，一眨眼就到了陆仲任应该付给西人第一笔余款的时间了。最近一直心情舒畅的陆仲任，见张家宝还没有找他过去签合同的意思，不免暗暗有点不安。不管怎样，这第一笔余款要一百多万加元哪，而且眼下必须是要由他来垫付的，付了出去之后，绝大部分的风险就落到了他的身上。现在不可避免的情况是，他和西人的协议时间与他和张家宝的协议时间之间有一个明显的时间差。张家宝需要延期一个月签订合同，而陆仲任必须在这个期限之前一周多就付掉一半余款给西人，如果到时张家宝按期签掉了合同，那么什么问题都没有，万一张家宝改变主意了怎么办? 于是陆仲任就约了赵梦雨和雪雅一起商量对策。

赵梦雨的看法是，既然商务部的批文已经拿到手，张家宝应该不会不兑现承诺，种种迹象都证明了张家宝对矿泉水项目的兴趣非常浓厚。因此，她让陆仲任不要过于担心。陆仲任自己的想法是，既然商务部已经下达了批文，张家宝也决定要做这个项目，为什么他还拖拖拉拉不尽快把合同签掉呢？他还在等什么？陆仲任希望雪雅能够以经纪人的身份前往太平洋地产集团去和张家宝再沟通一下，是不是就在这两天双方见次面把合同提前签掉。

雪雅十分理解陆仲任的心情。这么多年来，老陆做事一向稳妥，尤其那年上了王根宝一次大当后，他行事愈发小心谨慎，一般情况下很少会去冒险。这次是因为看到水矿的转让利润太过丰厚，这样的机会确实可遇不可求，所谓重赏之下必有勇夫，他才跃跃欲试，愿意承担风险。无论如何，100多万加元的确不是个小数字，都可以在温哥华东区买一套别墅了呢！于是她立即答应去找一趟张家宝。

翌日，张家宝一如既往很热情地接待了突然来访的赛琳娜。在听完雪雅传达的意思后，他略显轻蔑地笑笑说："我说赛琳娜，真不明白陆老板急什么啊，我不是答应了只延期一个月吗？眼下离期限已经很近了，你就叫他再耐心等几天吧。等批文到了我的手上后，我们就约时间见面，如何？"

雪雅知道，张家宝把话说到这份上，自己不能再多讲什么，想想也对，不就前后差那么几天吗？陆仲任也只好再等等算了。雪雅回去后，就把和张家宝见面的结果告诉了陆仲任。陆仲任十分无奈，内心七上八下地考虑着是否要在按规定剩下的两天时间内把余款的一半付给西人。

说来也巧，雪雅去见过张家宝之后的第二天，也就是陆仲任需要去付给西人一半余款最后期限的前一天，韩戈平拿着从国内快递过来商务部批文来找赵梦雨了。

韩戈平递给赵梦雨的是一只联邦快递的专用文件袋。赵梦雨从开过口的文件袋里取出批文的时候，小心脏咚咚地跳得很快。即刻，赵梦雨看到了印有"中华人民共和国商务部"字样的批文原件。这是一份典型的红头公文，里面的内容写得很清楚：经有关部门研究审定，同意成都太平洋集团从加拿大进口散装矿泉水。文件右下方盖有商务部的圆形印章。

"今天上午刚刚送到公司的。"韩戈平乐呵呵地说，"我刚才从表哥那里取到手，就马上开车过来给你看。"

"嗯，这下应该没问题了。"赵梦雨自言自语地说着，又仔细看了一遍批文内容，然后征询韩戈平的意见说："我能不能拍一张照片下来呢？"

"当然可以，这又不是什么秘密文件。"韩戈平说。

赵梦雨就把批文摆在自己的办公桌上，取出手机来，对着红头文件连拍了三张照片，然后把文件装回文件袋还给韩戈平说："这样的话，你马上就要忙起来了？"

"应该吧，既然拿到了批文，我们这边可能就要正式启动项目了。"韩戈平说。

"那朱玉文也应该很快过来上班了吧？"赵梦雨像是很随意地问了一句。

"不清楚，这个得由我表哥定夺，反正我做我自己的事，不关心她来还是不来，我无所谓。"韩戈平似乎不愿多提朱玉文。

韩戈平因为还有事情，在赵梦雨那儿坐了没多久就告辞了。赵梦雨等他离去，马上致电陆仲任，把她亲眼看到了红头批文的事说了一遍。陆仲任听完之后，终于把那颗半悬着的心放下来了。他决定明天抽点时间，如约过去将余款的半数付给西人，明天就是约定的最后一天，好险啊！

第二天一早，陆仲任就赶到了银行，让银行开具了一张100多万加元的银行本票，正准备送往雪雅的经纪公司让雪雅给西人送去时，接到了雪雅的电话。雪雅告诉她，张家宝让雪雅转告陆仲任和爱丽丝，两天后，也就是星期四的下午三点，请他们一起去Downtown的太平洋地产办公室。

"看来，张家宝这个人还是有信誉的，他说过拿到批文就签合同，果然做到了。"雪雅在电话里赞赏着张家宝。

"对对，这家伙好像还真是说到做到。"陆仲任听到两天之后就能和张家宝签合同，不由喜出望外。一想到这桩日思夜想的大买卖终于尘埃落定，一大笔的利润即将装入口袋，陆仲任心里不知有多得意高兴。他对雪雅说："我现在就过来将银行本票给你。等签掉合同，后天晚上我好好请你们吃一顿，你和爱丽丝想一想要去哪里吃晚饭。"

"好啊好啊，那我可要挑Downtown最贵的一家餐厅哦。"雪雅见好事多磨的项目终于接近了尾声，也非常高兴。

星期四和往常一样，是一个好天气。温哥华除了雨季，几乎天天阳光明媚，空气永远都是那么清新透明，周围的环境里泛出盎然绿意，在开阔的地带，能见度非常高，可以远眺到几十公里之外的景象。秋天的风从车窗一阵阵涌进来，携带一股稠厚的暖意，吹得人精神抖擞。

赵梦雨，陆仲任和雪雅一行三人，坐在陆仲任驾驶的奥迪Q7内，从列治文穿越整个温哥华西区直奔Downtown。今天下午，张家宝约好了和他们三个会面。陆仲任亲自驾车，先后接了雪雅和赵梦雨前往市中心庞贝街。此刻，他们都心情大好，一路上有说有笑，各人心里都揣着一份胜利的喜悦。陆仲任更是异常兴奋，时不时从嘴里蹦出一个好笑的段子来，引得两个女孩忍俊不禁。

那个好事多磨的矿泉水项目，今天终于瓜熟蒂落了。这么久以来盘桓在他们心头的那份担忧和不宁，终于将随着买卖双方在合同上敲下的印章而烟消云散。

相比之下，赵梦雨的兴奋程度没有陆仲任那么高涨。虽然说交易的成功意味着她几乎一夜暴富，轻轻松松可以赚到几百万加元，但她当初主动要求陆仲任重拾这个项目，并决定冒险投入随身所携全部资金的本意，并不是想赚张家宝的钱，而是要让张家宝赔钱，并且是要让他陪得莫名其妙不知所措。赵梦雨很想能够亲眼看到张家宝在花了上千万加元买下一个几乎没有利润的水矿后，会是一副怎么样的表情，想看他暴怒、颓丧和自食其果却又无处抱怨。她要让张家宝尝尝被人欺骗和作弄后的感受。令赵梦雨预料不到的是，本来以为中国不允许进口散装水是一条铁律，张家宝一定会因为不知情和疏忽而误入圈套。没想到他竟然能转危为安，顺利拿到了中国商务部的批文，将一件不可能的事变成了可能。看来，赵梦雨完全低估了张家宝的实力和能耐，这导致她和张家宝斗法的第一回合马失前蹄。不过值得庆幸的是，虽然没有完胜对方，赵梦雨自己也没有溃败，甚至依然战果累累，至少让张家宝放了血，用几倍的价格收购了水矿，赵梦雨和陆仲任则将大赚一票。

赵梦雨一行三人步入张家宝公司的时候，前台的行政秘书直接将他们带进了一间宽敞的会议室。此刻，张家宝、韩戈平、公司财务经理，以及企划部经理等几个高管都端坐在长方形会议桌的一侧。会议桌两侧桌面都摆上了白瓷茶杯，中央还放着几只果盆，里面盛着水果和糕点之类。张家宝居中而坐，两旁的几个人面前都摆放着笔记本或手提电脑，乍一看上去，就知道这是一次十分正式的谈判签约仪式。

在几句日常的客套寒暄之后，陆仲任、赵梦雨和雪雅在秘书引领下入座。陆仲任居中，面对张家宝，雪雅让赵梦雨坐在韩戈平对面，自己坐到另一侧。张家宝示意秘书给客人斟茶倒水，雪雅趁此时机，从随身带来的公文包里取出了两个文件夹，里面是早就准备好的签约合同文本，放在了陆仲任面前。赵梦雨和韩戈平情不自禁对视了一眼，韩戈平眼里流露着温和的笑容，好像在说，终于到了这个时刻，你放心了吧？

"欢迎你们的到来。"等行政秘书走出去后，张家宝很正式地说了句欢迎词。然后，他将目光转到赵梦雨脸上，面带微笑道："没想到小雨你今天也来了。"

"是我硬拖她过来的，毕竟她也是水矿股东嘛，这么正式重要的场合，还是应该让她一起参加，你说对吗张董？"陆仲任抢着替赵梦雨回答。

"当然当然，"张家宝表示赞同，"今天确实是很重要的一天。"

"是啊，太重要了，我们谈了那么久，总算有了结果。听说张老板已经拿到了商务部允许进口散装水的批文，真该祝贺你。张老板了不起啊，别人做不到的事，你就能做到，可见你的实力有多雄厚，连中央一级都能搞定。"陆仲任凭着自己的好心情，觉得事到如今，捧捧张家宝是应该的。话说回来，这几句奉承话也有根据，他陆仲任就没有这个本事，如果能搞到商务部批文，他还不愿意将这么好的水矿拱手相让呢，这真是一只下金蛋的鸡啊，他张家宝虽然现在多花了点钱，以后就会财源滚滚，取之不尽了。

"在这里，我先要谢谢赛琳娜，"张家宝并未理会陆仲任的美言，而是转向了雪雅，"为了这件事，你来来回回跑了好多次，花了不少时间。"

"这是应该的，"雪雅连忙带点玩笑地答道："我们经纪人干的就是这种体力活，跑腿是我们的本职工作。"

"所以呢，我是一定不能让你白辛苦的啦。"张家宝说着，朝坐在他右手边的财务经理使了个眼色，财务经理便从面前的笔记本里取出一张纸片来交给张家宝。张家宝又将那张纸片推到雪雅面前说："赛琳娜，这是我给你的额外经纪费，你收好了。"

雪雅心想，这个人还真守信誉，答应过的费用已经准备好了。不过，雪雅感觉一是双方还未正式签约，更没成交；二是总觉得有点不合常规。于是，雪雅边将支票推回给了张家宝，边说道："张董，我的经纪费卖家会给的，我不能再收取你的经纪费。"

在加拿大，任何物业及生意的买卖，中间无论有几个经纪人，不管代表买家还是卖家，一旦成交，所有的经纪费都是由卖家按一定的百分比支付的。

"这些我都知道，所以我说是额外给你的，你就不用客气了。"张家宝再一次将支票推到了雪雅面前。

这次雪雅没有再谢绝，伸手取了过来，同时对张家宝道了声谢说："张董既然这么说了，那我就真的不客气了。"

雪雅看了看那张支票，见上面写着一个五位数字，整整 5 万加元。这正是之前张家宝答应付给她的那个数。她把支票收起来了。

"这本来就是你赛琳娜应得的，根本不必客气。"张家宝朝雪雅笑笑。

大家看着雪雅收起支票，理所当然接下去应该是正式签署合同了。陆仲任主动将两个文件夹推到桌子中央说："张董，这是正式合同文本，你要不再过一下目吧，看看还有补充和修改的吗？"

张家宝并没有去取陆仲任递过来的合同文本，而是身子往后靠了靠，拿起茶杯来不慌不忙地慢慢喝了几口水，然后把杯子放回原处。他先看看陆仲任，再看看赵梦雨，然后开口道："今天我把大家都叫到这里来，是想告诉你们一个重大决定。"

张家宝这句话说得既玄乎又模棱两可，在场的人都猜不透他究竟想宣布什么，不由互相瞧了瞧，大家一起木然等待张家宝的下文。

"我想告诉大家的是，经过再三考虑，反复斟酌，我最后还是决定不再收购那个水矿了。"张家宝冷不防扔出的这一句话，就像在一堆原本玩得兴高采烈的人群里投下了一颗手榴弹，足以让全场都炸得晕头转向，慌乱失措。

这一瞬间，陆仲任和赵梦雨如遭雷击，惊得呆若木鸡，坐了半天仍没弄清究竟发生了什么情况；雪雅也是愕然失色，张口结舌，一时间没有了方向；就连坐在张家宝两旁的几个公司成员都神色突变，互相看看，觉得这实在是难以置信。

"哥，这究竟是怎么回事？"惊得面无血色的韩戈平第一个忍不住打破沉默问，张家宝的话令他晕头转向，令他怀疑自己是不是听错了。他注意到了赵梦雨此刻已经表情僵硬，面如灰土，自从他认识赵梦雨以来，这是头一回看到她的神情有如此失落和绝望，就像生命在这一瞬间暂别了她的躯体，使她浑身上下毫无生气。

"我说得还不清楚吗？"张家宝声色俱厉地加重了语气："那我重复一遍，我已经决定不再收购那个水矿了。"

"可是……"韩戈平知道，表哥显然不是在开玩笑卖关子，他还想挣扎一番，向表哥讨个解释。

"没有什么可不可是的。这就是我的决定！"张家宝提高嗓门，似乎在呵斥韩戈平。顿时把其他几个公司成员吓得面面相觑，不敢再发出半点声音。

良久，陆仲任终于从最初的震惊和呆滞中挣脱出来。他的脸色由白渐红，激动令他开始血脉贲张。他冲着张家宝斥问道："张老板，你这是什么意思？你得解释清楚。你不是叫我们过来签合同的吗？"

"叫你们过来签合同？我有这样说过吗？"张家宝边说边看向雪雅，那目光是含着讥诮和冷漠的，"赛琳娜，我有这样对你说嘛？"

"这……"雪雅被问住了。张家宝叫她星期四约陆仲任和赵梦雨一起过来见面，他确实没有明确说过是签合同，是她想当然地这样认为的。她感觉自己被愚弄了，不由气愤地冲着张家宝道："张董，如果你不想签合同，又让我把他们叫过来干嘛呢？"

"对他们宣布我的决定呀，这不是很正常嘛？"张家宝反诘雪雅。

"不行，你这样出尔反尔是不讲信誉的。"陆仲任急了，不由叫起来。

"我哪里出尔反尔了？"张家宝干笑着转向陆仲任，针锋相对地说："陆老板，我们之前怎么约定的？将签约期延一个月，现在到期了吗？还没有吧？还有，我对你承诺过到了期限一定签约吗？没有吧？难道在这个期限内我不能改变主意吗？你拿得出对我有约束的法律条款吗？"

"可是，可是我们已经付掉了一半的款了，你不签合同，叫我们怎么办啊？"陆仲任脑际中忽然里闪过了王根宝的身影，再次上当的焦虑让他难以自控了。

"那是完全不相干的两个概念，是你们自己的事，和我无关。"张家宝冷冰冰地答道，同时敛起脸上剩余的一丝笑容，完全变成另一副面孔，冷酷而漠然。

"张老板，这么长时间里，你从未表示过会放弃这个项目，我们也相信你需要时间等待国内的批文，现在批文到了你手上，你却突然要终止这个项目，哪有这样做生意的？"陆仲任强压住愤慨和恼怒，想和张家宝评理。

"世事多变嘛。"张家宝一副轻描淡写的样子。

"你总得给我一个理由吧？"陆仲任不甘心。

"理由很简单，由于我们公司要开拓一个新的项目，眼下资金非常吃紧，所以暂时无力投资水矿项目。这个理由可以了吗？"张家宝语气里带着讥嘲，"如果陆老板有兴趣，可以等我们一段时间，到我们资金充足时，我再重新收购你的水矿，如何？"

张家宝一副掌控全局的得意摸样，把话说得有声有色。明明是在演戏，却演得完全像真的一样。当然，在座的没有人相信这是真的，可即使如此，又能拿他张家宝怎么样呢？整个交易过程中，大家都被老谋深算的张家宝忽悠了。他一直释放出某种信号，让陆仲任和赵梦雨坚信他会买下水矿，却未曾料到他让他们吃了一个空心汤团。

可是张家宝为什么要这么做呢？谁也不知道，没人知道。

当陆仲任走出张家宝公司的时候，完全像是一只被斗败的公鸡，无精打采地耷拉着圆圆的脑袋。他一声不吭地拖沓着步子，走向停车场内的奥迪 Q7，脑子里已经一片混沌，自己刚把 100 多万付给西人，接下去该怎么办？如果两周之后他不追加再付出另外一半余款，他就属于违约。按照双方约定，之前所有的钱都不能退回，都将白白损失掉。如果他再付一百多万给西人，那个湖泊就算是他的了，可他要那个湖泊何用？自己重起炉灶做中国的散装水生意吗？那他起码还得投入大量的人力物力，还得取得中国商务部的特批，以他现在的情况，几乎是不可能的。陆仲任心里火急火燎又毫无头绪，只有闷闷地走路。

跟在陆仲任身后的两个女孩一样垂头丧气。赵梦雨差不多要崩溃了，这样的风云突变是她做梦也想不到的，张家宝竟然可以如此翻云覆雨，信口雌黄，使赵梦雨深刻醒悟到自己根本不是这种人的对手。现在的问题是，自己投入的 30 万定金将不翼而飞也就算了，正是由于自己一直坚信张家宝不会放弃矿泉水项目，接连给陆仲任发出错误信息，导致他蒙受了 100 多万的巨大损失，这是她难以承受的压力。她该怎么办？

相对冷静的是雪雅。她已经想好了，要把张家宝给她的 5 万经纪费送给赵梦雨，减少她的损失。至于陆仲任，雪雅了解他的实力，100 多万虽说数额巨大，也不至于让他伤筋动骨。然而，雪雅心里疑点重重，这个张家宝究竟为什么要突然变卦？还要不动声色地搞一次突然袭击？他是针对谁的？想达到什么目的？

当他们走到车子跟前时，雪雅对陆仲任说："老陆，我来开车吧，你一个人坐到后面去，好好歇一下。"

"好吧，我的确有点累了。"陆仲任无精打采地答着，拉开了后车门。

第十五章

1

刘豪杰离开温哥华已经足足有半个多月了。

他先是去纽约参加一位好朋友女儿的婚礼,顺便在那里会会许久不见的几个大陆移民朋友,那些人以前在国内时都和刘豪杰的关系不错,有发小,有同学,也有生意场上结识的朋友。虽说大家如今都在北美定居,可温哥华与纽约毕竟一西一东,要走一趟也不容易,因此平时除了偶尔通通电话互致问候外,见面的机会还真是不多。这次借刘豪杰去纽约的机会,那几个朋友就早早地分别和他约定了见面的时间,加上刘豪杰本来要在纽约处理公司的几件事情,以致刘豪杰在纽约的日程全部排得满满的,几乎每天晚上都在各种风格的餐厅里应酬。

有意思的是,那天晚上刘豪杰在一家著名的餐厅里,和纽约一位叫大卫的高尔夫球场老板相约商谈联合收购事宜时,竟然遇见了世界著名的高尔夫美女魏圣美,这位1989年在夏威夷火奴鲁鲁出生的韩裔美国运动员,是遐迩闻名的美国职业高尔夫球员。魏圣美4岁起就开始学习高尔夫球。她是取得美国职业高尔夫球协会锦标赛(15岁)和美国女子职业高尔夫球协会锦标赛(14岁)参赛资格最年轻的球员。2005年10月5日,魏圣美在她16岁生日前夕宣布成为职业选手。魏圣美身高1.85米,开球有力,推球进洞的能力稍弱。她极受媒体重视,每次比赛都有大量记者和支持她的观众围观,人气极高。

大卫向魏圣美介绍,刘豪杰在北美已经收购了五个高尔夫球场。魏圣美颇感惊讶。刘豪杰便不失时机对魏圣美发出邀请,希望她能够抽时间去温哥华的海天高尔夫打一场球。魏圣美非常爽快,没有半句推脱之词,立即就欣然答应了。

纽约之行结束后,刘豪杰去多伦多参加了加拿大高尔夫协会举办的年会。这个会议是年度例会，刘豪杰已经是第三次参加，不过今年的会议对他意义特殊，因为会前他曾向协会提出申请，希望将 2020 年的加拿大高尔夫公开赛的比赛场地放在温哥华的海天球场进行。令他欣喜的是，协会在讨论这个议题时，竟然全票通过了。那些考察过海天球场的协会成员，都一致夸赞海天球场无疑是全加拿大最好的高尔夫球场之一，某些条件和设施可以说是加拿大首屈一指的。于是，大家都投了赞成票。这对刘豪杰来说是件大喜事，举办加拿大公开赛不仅能迅速提高球场的品牌效应，而且将为海天球场今后的发展提供保障。

在回温哥华的飞机上，刘豪杰心情十分舒畅愉悦。这次公私兼顾的东部之行，令他双喜临门：顺利取得了加拿大公开赛的举办权，还邀请到了世界著名球员魏圣美。在一片好心情下，刘豪杰不由想到了在他出差期间独当一面的助手赵梦雨。他庆幸自己用对了人。自从这个女孩来到海天球场，球场各方面面貌都有了很大改观。她已经把球场管理得井井有条，会员卡的销售业绩蒸蒸日上。说实话，刘豪杰之前虽然看好赵梦雨，也没有料到这个才二十几岁的女孩有这么大的能量。他想好了，回到球场后，要和赵梦雨好好商量一下如何利用他这次收获的两件好事，来进一步推动海天球场的发展。对了，刘豪杰想，我从下个月开始应该大幅提升赵梦雨的工资，作为对她勤奋工作的鼓励。

按照事先约定，赵梦雨驱车到温哥华机场接刘豪杰回球场。刘豪杰取好行李步入接客大厅时，赵梦雨已经早早等在那里了。和刘豪杰的容光焕发相比，赵梦雨虽说脸上挂着笑意，却还是掩饰不住从神色里透露出来的疲惫和黯淡。刘豪杰很敏感，一眼就看出来了，他以为这段时间自己不在，赵梦雨一定被里里外外的事情弄得太累了。

"最近怎么样，身体还好吗？"刘豪杰坐上车子后就关心地问。

"挺好的。"赵梦雨浅笑即止。

"这段时间你累坏了吧？"刘豪杰又问，"看你的脸色，本来白里透红的，现在变得有些苍白了。"

"有吗？"赵梦雨看了老板一眼，"还好吧，并没有觉得很累啊。"

"我知道你做事的风格。"刘豪杰爱惜地看看赵梦雨："不管工作多重要，身体还是更重要的，不要拼命。"

"真的还好，没有你想的那样。我一切如旧。"赵梦雨内心很感谢老板这番诚挚的关怀。

"那样就好，我回来了，你这几天可以放松一下，休息休息。"

"不用的。"赵梦雨边开车边答。

"对了，我要告诉你两个好消息，"刘豪杰满脸阳光地说："第一，高尔夫协会全票同意把 2020 年加拿大公开赛的比赛场地放在我们海天了。"

"那很好啊。"赵梦雨说。她听到这个消息的反应不如刘豪杰预料的强烈。

"还有一件事你肯定是想不到的，"刘豪杰十分得意地说："猜猜我这次在纽约遇到了谁?"

赵梦雨瞧瞧刘豪杰，微微摇头，表示猜不到。

"魏圣美。"刘豪杰说。

"你见到她了?"赵梦雨最欣赏魏圣美，这时情绪稍稍活跃起来，魏圣美是她最崇拜喜欢的高尔夫运动员之一。

"不仅见到了，还同桌吃了饭呢。"刘豪杰炫耀似地冲着赵梦雨呵呵笑道："最重要的是，她还答应了我，要来我们海天打球呢!"

"真的啊?"赵梦雨这才兴奋起来，"那我也可以见到她了，真想和她一起打一场球。"

"到时我替你争取一下，好歹你曾经也是中国大学生冠军嘛。"刘豪杰说。

刘豪杰在回到球场的第二天，把赵梦雨叫到他的办公室，非常正式地向她宣布，从下个月开始，他每个月要加给赵梦雨3000加元的工资，这样加上每年的奖金数额，赵梦雨的年薪可以达到15万加元。对于她那么年轻的女孩来说，这应该算是高薪阶层了。刘豪杰原以为赵梦雨会为这次破格加薪而惊喜欢悦，出乎他意料的是，赵梦雨只是轻描淡写地说了声谢谢，并未显现出欢欣鼓舞的激动，这不免让刘豪杰颇感意外和扫兴。

接下去的一段时间，刘豪杰有意识地一直在悄悄观察赵梦雨的神态和情绪，发现她除了对工作一如既往地认真负责外，整个精神面貌好像变了一个人。她的眼睛里少有笑容出现，整日寡言少语，一副心事重重的模样，完全不像之前那个自信开朗、活泼欢快的爱丽丝了。赵梦雨整个人似乎陷入某种郁郁寡欢的病态中，是不是真的身体有什么不舒服呢?出于担忧，刘豪杰几次巧妙又委婉地询问赵梦雨，都被她否定了。既然身体没有问题，那么赵梦雨情绪变化的原因何在呢?刘豪杰心里慢慢纠结起一个疑团，在他离开温哥华的这段时间里，难道发生过什么事情吗?

这个疑团在和雪雅见了一次面后真相大白了。那天雪雅来找刘豪杰谈一宗地产生意，介绍两幢位于西区准备出售的旧别墅信息给刘豪杰。刘豪杰就留雪雅在球场吃饭，他本来想叫赵梦雨一起过来作陪的，结果赵梦雨推说有事不肯过来。两个人进餐时，刘豪杰顺便就把自己对赵梦雨变化的感觉告诉了雪雅，说他怀疑赵梦雨一定遇到了什么事情才会如此，可他又问不出个所以然来，他问雪雅最近这段时间有没有来见过爱丽丝。

"她确实遇到了点事。"雪雅听完刘豪杰的叙述，毫不含糊地说。

"你知道?"刘豪杰颇感意外。

雪雅点点头："嗯，我不仅知道，还参与了。"

"噢，竟有这事？快说说，快说说。"刘豪杰急不可耐地催促雪雅。

于是，雪雅就把赵梦雨如何参与陆仲任的水矿生意，他们怎么和张家宝交易，张家宝又如何最终变卦，让赵梦雨和陆仲任都遭受了巨大损失的事情，详详细细地对刘豪杰讲了一遍，最后说："老陆也就算了，虽说损失不小，还不至于破产。爱丽丝可就惨了，把从国内带过来的所有钱都一下子赔光了。"

"你们倒好，这么大的事竟然一直瞒着我。"刘豪杰闻讯大惊，显然很不高兴。

"爱丽丝不让我对你说，怕你反对她做那笔生意。"雪雅解释说："这丫头脾气也倔强，我说把我得到的那笔经纪费给她，减少她一点损失，她就是不肯接受。"

刘豪杰思索着没有搭理雪雅，难怪这些日子赵梦雨一副萎靡不振的样子，无缘无故损失那么多钱，对她那样年龄的女孩来说，真有点灭顶之灾的味道。30万加元，就是在加了她薪水之后，赵梦雨不吃不喝也得存上两年哪！

"老陆也真是，怎么可以把爱丽丝拖入这趟浑水呢。她年纪轻轻，懂什么生意啊？"刘豪杰不由责怪起陆仲任来。

"这也不能全怪老陆。"雪雅知道内情，不免替陆仲任辩护，"一开始，是爱丽丝主动找老陆要求做这笔生意的，也是她自愿拿钱出来作为定金的。"

刘豪杰有点纳闷，不由问道："那个出尔反尔的张家宝究竟是何许人？怎么可以这样坑害别人？"

"他是太平洋地产集团的董事长。说起来，这个人移民过来时间并不很长，但已经在温哥华房地产圈颇有名气了。据说他做事手笔很大，资金实力非常雄厚。有趣的是，他还曾几次三番让我找你商谈，问有没有可能把海天球场转让给他呢。"雪雅想起那件事来，趁此机会告诉了刘豪杰。

"会有这事？"刘豪杰听了一愣，"他看中我的球场了？"

"应该是吧，我带他过来打过一次球，之后他就说很喜欢这个球场，如果球场老板愿意转让，他一定出高价买下来。"

"是嘛？这倒的确有趣。"刘豪杰眼里拂过一丝冷笑："我倒很想见识见识这个人究竟有多大能耐。"

"有件事我心里一直很奇怪，"雪雅干脆把想说的全说出来："爱丽丝和那个张家宝之间，好像有一种很神秘的关系。据我推测，他们应该在国内就很熟了，可是在温哥华，彼此却不怎么互相联系。奇怪的是，爱丽丝听说张家宝要想投资矿泉水项目后，就非常主动积极地拉老陆去和他做这个生意，还拉我做经纪人，非让我把他们牵在一起。我的直觉是，爱丽丝好像故意是要赚张家宝的钱。谁料结果恰恰相反，反被张家宝给糊弄了，白白损失那么多。"

刘豪杰一声不响听着雪雅讲完。他本能地意识到，雪雅的猜疑或许有道理，爱丽丝和张家宝之间应该有某种特殊的关系，那会是什么关系呢？刘豪杰决定要亲自问问赵梦雨。

赵梦雨走进刘豪杰办公室时，发现老板的脸色非常严肃，这是她自从来到温哥华后头一回见他板着脸。她不知道自己做错了什么事，心里不由十分忐忑。

"坐吧。"刘豪杰指指一把欧风宫廷式椅子。

"刘总找我有事？"赵梦雨问得小心翼翼。

"爱丽丝，水矿的事我全知道了。"刘豪杰不拐弯抹角，单刀直入地说。

赵梦雨脸色顿变，也许是因为自己一直瞒着老板，此时被刘豪杰点破，心里很是慌乱，两颊不由涨得通红。

"这么大的事情，为什么不早点让我知道？"刘豪杰的口气很严厉，表示出他不满的态度，"事到如今，你还在瞒着我？"

赵梦雨此时已经猜到，刘豪杰是从雪雅那里听来的消息。她嗫嚅着不知如何作答，就垂下头去，两手交叉着，下意识看着自己的手指甲。

"怪不得你最近一副萎靡不振、心神不宁的样子。"刘豪杰像是批评又像是怜悯地说："有必要这样折磨自己吗？"

"刘总，我……"赵梦雨抬起头来想解释。

"不就输掉30万吗？"刘豪杰说着，从抽屉里取出一本支票薄，再拿过一支水笔，刷刷地在上面写着，然后撕下一张支票往赵梦雨面前推过去，"这是30万，你拿去。别再想这件事了，好好把心思都放在球场的工作上。"

"刘总，我不能拿你的钱。"赵梦雨看了一眼支票。

"什么我的钱你的钱，给你你就拿着。"刘豪杰不容分辩地说，"以后吸取教训，别再去做这种傻事了。你以为赚钱那么容易啊，想一夜暴富，天下哪有这样的好事？"

"我不是为了赚钱。"不知是出于本能还是怕刘豪杰误解了自己，赵梦雨脱口而出。

"呵，这倒有点怪了，不是为了赚钱，你去投资老陆的项目干嘛？"刘豪杰不相信赵梦雨的辩解，"听说还是你主动先去找老陆的，非要他做那个项目。"

"是这样的。"赵梦雨承认。

"你就是想要赚那个叫什么，对，那个张家宝的钱，对吗？这究竟是为什么？"刘豪杰一语道破天机地问。

"我不是为了赚他的钱。"赵梦雨重复了一句，像是强调，又像是郑重声明。

"这就怪了，你不是为了赚钱，为什么非要推动这个项目？投资这个项目？"

"我为了报复他。"赵梦雨昂起头来，严峻地看着刘豪杰，"我要报复他！"

"报复？"刘豪杰被赵梦雨的话和语气惊到了。他从赵梦雨冷若冰霜的表情里看到了真实的愤怒和决心，不由缓下语气来问："爱丽丝，这是怎么回事？你和那个张家宝有什么仇吗？"

"他毁了我的生活，毁了我的前程，我和他不共戴天！"赵梦雨几乎是咬牙切齿地蹦出这句话来，与此同时，她的眼圈红了。"刘总，我不会放过他的，不会！"赵梦雨坚定地说道。说完，她再也忍不住内心剧烈的痛楚，双手捂脸，哇地一声哭了起来。

刘豪杰惊愕万分地看着放声大哭的赵梦雨，看着她的双肩不停地随着哭声颤动着，泪水渐渐从她的指缝间渗出来。这不是普通的泪水，是憋忍了许久、集聚得太多，又忍无可忍的泪水。可以想象这泪水里饱含着多少痛苦和委屈，多少悲愤和哀伤。这哭声从赵梦雨这样一位坚强、内敛和理智的女孩嗓门里一声声迸发出来，即便冷静硬朗如刘豪杰这样的人，也会被瞬间震撼、融化和触动，甚至击垮。刘豪杰离开座位，绕到了赵梦雨身后，将双手搭在她起伏不停的肩膀上。

"告诉我，究竟发生了什么？那个人以前究竟对你做过什么？"刘豪杰的声音像岩石一样冷静。

赵梦雨慢慢收敛起自己的哭声，努力让自己平静下来。她一边抽泣着，一边断断续续将自己一家的悲惨遭遇合盘告诉了刘豪杰，等讲到自己曾在父母坟前发过的誓言时，再一次忍不住呜呜地痛哭起来。

"这个畜生！"刘豪杰早已听得怒火万丈，浑身血液直冲脑门。他使劲在赵梦雨肩头拍了两下，然后用用斩钉截铁的口吻对赵梦雨说道："爱丽丝你放心，这个仇我一定会帮你报！我刘豪杰在此发誓，我一定要搞垮他，替你讨回公道！"

2

朱玉文明显感觉到，最近陆仲任来得少了。她首先的反应是：男人都一样，玩多了就会腻。自从她来到温哥华，陆仲任至少一周和她见两三次，每次过来，都会和她疯狂缠绵，弄得两个人都精疲力竭。在朱玉文的人生经历里，住在温哥华的这几个月，是她性生活最频繁的一段日子。奇怪的是，她仿佛被陆仲任那股贪婪的肉欲挖掘出了隐藏在身体内部的潜质，对一周数次的做爱节奏不仅没有感到疲倦和厌烦，反而渐渐成为某种习惯了。因此，当陆仲任突然减少了过来看她的次数时，朱玉文反倒有些不能适应，好像所过的日子里少了一样必需的东西。

朱玉文一转眼来到温哥华已将近四个月了。有陆仲任出钱养着，她的日子过得非常轻松，既不用自己付房租，也不用自己掏钱买东西。陆仲任每隔一段时间，就会给她一笔现金，让她作为日常开销。朱玉文可以口袋里揣着钱去逛商业中心，去超市购物，一点都不用对过日子发愁。尽管如此，在那种最初的新鲜感慢慢消失之后，朱玉文对每天重复的生活内容逐渐产生了怠倦：起床，梳洗，一日三餐，去住宅区周边散步溜达，坐公交车或者步行去超市买日用品和食物，陆仲任来了，就上床做爱，等他心满意足离开回家后，就一个人无聊地面对几个中文电视节目，或者上网看韩剧、美剧，同上海金银湖球场的球童微信聊天，一直到疲倦了睡觉。第二天又重复这样的顺序，日复一日，周而复始。偶然有机会时，和赵梦雨韩戈平见个面，喝杯咖啡或者吃顿饭。他们始终那么忙忙碌碌，自己永远空得发慌，闲得无聊。这么一过就是几个月。

前一阵，张家宝曾把她叫去，说要聘用她去太平洋地产上班，去协助韩戈平打理新成立的矿泉水公司，朱玉文当时欣喜若狂，精神为之一振，觉得自己总算可以改变一下生活状态了。之后不仅可以天天和自己喜欢的人相处一堂，更重要的是可以不再每天独处一室，无所事事。朱玉文原以为这件事很快就能兑现，过不多久张家宝就会通知她到任，谁知一眨眼已经过了两个多星期，张家宝那里却音信全无，毫无动静。朱玉文不由感到焦虑，已经暗暗决定，如果到这个周末还没有消息的话，自己一定得主动问问，即便不好意思直接找张家宝，也一定要探探韩戈平的口风。

这天中午，朱玉文正在厨房里洗刷吃过午饭后的锅碗瓢盆，打算洗完之后就出门，去那家日本人经营的2元商店，瞧瞧有什么看得上的便宜东西买几样回来。她把洗好的东西插入滴水的架子，擦干双手准备换衣服时，陆仲任来了电话，说他一个小时后要过来。陆仲任这次已经有十天左右没来了，朱玉文心里囤积着抱怨，就在电话里假装生气，说你还没有忘记我啊？怎么想到要过来看我了啊？陆仲任听出了她的怨气，就解释说他最近一直很忙，实在没时间过来。

朱玉文立马取消了外出的打算，坐在家里等陆仲任的出现。也许是间隔的时间有点长，朱玉文独自坐在那儿时，竟然有些神情恍惚，想到陆仲任即将过来以及到了之后一定会做的事情，她的心跳突突地加快了，一股欲念像团软体小虫般在她身体内不停蠕动起来。她决定先去洗个澡，干干净净接待陆仲任。

朱玉文从浴室里出来的时候只穿着一件浴袍，里面是全裸着的光滑身子。她正犹豫着自己这样是不是太过放浪呢，陆仲任已经在外面敲门了。朱玉文用腰带将浴袍扎紧后走过去开门，接陆仲任进来。

陆仲任没有像以往那样，一见到朱玉文就非常兴奋地一把搂住她，急急忙忙一边说着宝贝好想你一边亲吻她的脸颊。他今天显得有些迟钝地看看朱玉文，慢条斯理地问了一句："你刚洗过澡吗？"

"对呀，不是你要过来吗？"朱玉文的话里带着暗示。

陆仲任嗯了一声说："冰箱里有啤酒吗？我喉咙好干。"陆仲任说着，坐了下来。

"应该还有吧，我看看。"朱玉文一边答着一边走过去拉开冰箱门，从里面取了一罐啤酒出来。她拉掉易拉罐的盖子，将啤酒递到陆仲任面前。

陆仲任接过啤酒，扬起下巴咕咚咕咚一口气喝掉将近一半，似乎要证明他真的是渴得厉害。然后他放下啤酒罐，问朱玉文说："最近还好吗？"

"你说呢？那么久不过来。"朱玉文抱怨说。

"这次好像是有好几天没来了。"陆仲任承认。

"是不是不想我了？"朱玉文斜了陆仲任一眼，继续表示不满。

"怎么会不想你呢？"陆仲任好像这时才发现朱玉文仅仅只穿了一件浴袍。他招手让朱玉文过来，然后就一把将她抱在自己腿上。朱玉文知道一场戏的序幕即将拉开，也不挣扎，乖乖地靠着陆仲任，任凭他肆无忌惮地将手伸进她的浴袍内，在她光滑的胸脯上摸来捏去。陆仲任或许是闻到了从朱玉文身体上飘出的一股股香味，他的情欲即刻被点燃了，动作逐渐放肆起来。

朱玉文在陆仲任不停的挑逗下，已经抑制不住自己迅速膨胀的需求，呻吟着伸手去解陆仲任的腰带。她是难得有如此主动的，这不免鼓励了陆仲任。他站起身，将朱玉文一把抱了起来，三步两步就到了床边。把朱玉文放倒在床上后，陆仲任凑到她耳旁说："宝贝，稍微等我几分钟，我去洗一洗。"

"别洗了，就这样吧。"朱玉文急不可耐地拉住陆仲任不让他离开。

陆仲任就顺水推舟，以最快速度将自己剥了个精光。他爬到朱玉文身上时，她已经自己解开了睡袍，将又白嫩又细腻的胴体完整呈现在陆仲任面前。

陆仲任气喘吁吁地完成了任务，不过今天他的表现不佳，没有几分钟就垮塌了。朱玉文处在欲火中烧的关键时刻，陆仲任却突然熄了火，让她如同一个饥饿之极的人才刚刚吃了几口就被人收掉了饭碗，心里非常恼火。等他从自己身上翻下去后，不由怨声说："你今天怎么啦，真没用。"

"对不起，今天太快了，我最近有点累。"陆仲任抱歉道。为了弥补一下，他伸手要去摸朱玉文，被朱玉文不客气地推开了。

"哼，隔了那么久才来看我，又这副摸样，不会是有别的女孩了吧？"朱玉文没好气地说道："我感觉你好像变了，是不是厌烦我了啊？"

"你瞎说什么呢？"陆仲任急忙辩解道："有你了，我怎么可能去找别人，我哪有那么多精力，你以为我是二十几岁的小伙子啊？"

"那你最近到底在忙些什么嘛？一个多星期不过来。"朱玉文不依不饶。

"哎，说来真是倒霉透了！"陆仲任长叹了一口气，刚才被性欲刺激起来的亢奋已经完全褪尽，重又恢复到刚进门时那种无精打采的状态，甚至更加垂头丧气了。

"怎么了？遇到不顺了？"朱玉文奇怪地问。

陆仲任光着身子躺在朱玉文旁边，肥肥的一大堆白肉。他心事重重地两眼望着天花板，又叹了口气说："这次我亏大喽。"

"你做什么生意亏本了啊？"朱玉文侧过身来面朝陆仲任，她平常很少见到陆仲任闷闷不乐的样子。

"还不就是那个矿泉水项目吗？"陆仲任灰心丧气地说。

"矿泉水项目？你不是说已经八九不离十了吗？"朱玉文非常意外。

朱玉文一直没有告诉陆仲任她和张家宝有过接触，她相信陆仲任也不会知道她曾经向张家宝泄露过秘密。倒是陆仲任过来时，断断续续总要告诉她一些有关矿泉水项目的进展情况。朱玉文对这件事原本是局外人，每次都听过算过，除了对赵梦雨的妒忌外，其实这宗生意的成和败都和她无关。一开始，她以为张家宝从她嘴里获悉了中国不允许进口散装水的秘密后就会终止这个项目，不料后来又从韩戈平嘴里听到了张家宝已经搞定商务部批文，决定继续推进这个项目的消息。当时，朱玉文因为想到赵梦雨将大发一笔而心里酸溜溜的，不过再一想，一旦项目成功，赚得最多的应该是陆仲任啊！这对朱玉文而言又不是什么坏事情，他赚得多了，给她的一定也会增加吧？这么一想，心里自然就舒服好多。后来发生了张家宝要聘用她，让她和韩戈平一起工作的事，朱玉文不由完全改变了想法，很指望这个项目能顺利达成交易，这样她就可以尽早去太平洋地产上班了。此刻见陆仲任这样长吁短叹的，不由疑惑地追问起陆仲任来。

"是啊，本来应该已经签掉合同了，谁知那个家伙会突然变卦呢？"

"变卦？谁变卦了啊？"

"还能有谁？太平洋公司那个张家宝呗。"

"他不买你的水矿了吗？"

"是啊，他一本正经把我叫过去，我以为肯定是和我签合同呢，因此把所有合同文本都带过去了，不料这个混账东西竟然对我说他不想要了！"陆仲任恨恨地说。

"你是说，他不做矿泉水项目了？"朱玉文愣住了，这可是她万万没有料到的，难怪张家宝这几天没有下文了，没有再找过她，连一个电话都没有。搞了半天，她想去太平洋上班，和韩戈平在一起工作的愿望成了竹篮打水一场空啊！

"他不做也就算了，不做就早说啊。"陆仲任一肚子火气没地方出，冲着天花板大声叫道："这个混账东西早不说晚不说，偏偏在我付掉了100多万之后搞突然袭击。真不是个东西，不是个东西！"

"你是说，你白白损失了100多万？"朱玉文简直不敢相信自己的耳朵。

"是啊，这混蛋害得我100万打了水漂，真是该死的家伙。"陆仲任咬牙切齿地骂着。

朱玉文听到陆仲任损失那么惨重，不免心疼。虽然陆仲任不算她的什么人，他的财产也和她无关，但想想那100多万加元，得八九百万人民币啊，够她一辈子也花不完的了。脑子里这么转着，就不由脱口而出道："哎呀，早知道这样，那些钱还不如给我呢。"

"是呀，早知道会损失那么大，我还不如养你十年二十年呢。"陆仲任下意识地附和着说，这也是他脑子里曾经闪过的念头，100多万加元，不是足够把朱玉文当金丝雀养起来吗？这样自己就可以一直拥有这个小妖精了。

朱玉文不由自主地将赤裸的身体往陆仲任身上靠了靠，伸手在他长着几根胸毛的上身摸了几下。要是在往日，陆仲任一定会立即转过身去抱住她，说不定两个人的肉体磨蹭了一会儿又会产生新的反应，第二轮的欢愉就此启动。可是今天陆仲任完全心不在焉，一动不动地躺在那里，对朱玉文的亲昵毫无反应。

"我做生意那么多年，这次竟然栽在这家伙手上，真算是在阴沟里翻了船。"陆仲任余恨未消。

"可是我就不明白了，难道你事先一点都没有发现什么蛛丝马迹吗？"朱玉文忽然很不理解地问陆仲任："他总不会是一时心血来潮才决定不要你的水矿的吧？"

"道理上讲是这样。"陆仲任脸上现出沉重的后悔，"不过他伪装得太好了，之前连一丝风都没有透露出来过。为了防范风险，我还一直叫爱丽丝去向杰姆斯打听消息的呢。她从杰姆斯那里得到的信息一直是很顺利的。你想想，他都搞定了中国那头，还拿到了批文，谁知道会风云突变，说变就变啊。"

朱玉文静默着躺了一阵，她的手依然在陆仲任胸前磨来磨去。忽然，她脑子里浮现出一个念头来，觉得这是一次可以利用的机会，于是她想了想说："我有一个感觉，不知道该不该说出来。"

陆仲任转眼看了看朱玉文侧躺的裸体，的确是曲线优美，性感撩人，青春勃发，活力四射。不过，此刻他并未被这所打动所迷惑，他想知道朱玉文要说什么。他催促朱玉文道："说吧，你有什么感觉？"

"我也是瞎猜的，不一定正确，"朱玉文欲擒先纵地说："你说杰姆斯是张家宝的亲戚加亲信，能不知道他表哥的真实想法和最终决定吗？既然他知道内情，为什么他还要几次三番告诉爱丽丝一个一个好消息呢？不觉得这很奇怪吗？"

"你想说什么？"陆仲任被朱玉文的话触动了，翻身从床上坐了起来。"你说下去。"

"你说会不会张家宝为了要报复你们之前欺骗了他，故意让杰姆斯放出那些好消息，让你们放松警惕，再一步步走入陷进呢？"

"你是说，张家宝和杰姆斯串通好了给我们设一个局？张家宝故意让杰姆斯一次又一次传递给爱丽丝好消息，诱骗我们先去付掉一半钱，然后再打我们一个措手不及？"陆仲任的脸色顿时变了。

"我不过是瞎猜猜。你想，他们毕竟是自家人哪，在生意上共同对付别人也是很正常的啊。"朱玉文退一步又进一步。

"对啊，我之前怎么就没有想到这一点呢？"陆仲任情不自禁在自己大腿上猛拍了一掌，高声叫起来，随即又表示不理解地说："可是那天张家宝宣布放弃收购水矿时，我看杰姆斯也非常意外啊。"

"你啊，如果他们要演一台戏，一个唱白脸，一个唱红脸，当然要演得逼真才不会引起你们怀疑啊。"朱玉文继续煽风点火。

陆仲任不由缓缓点头，觉得朱玉文的分析不无道理。看来，他应该尽快提醒爱丽丝，得处处提防那个杰姆斯才对。

3

赵梦雨不知道陆仲任和雪雅急匆匆赶到海天球场来，找她有什么重要的是事情要谈。她约了他们直接到她的办公室去见面。

自从上次在刘豪杰的办公室里畅快地大哭一场，将长久以来憋在内心里的苦痛和怨恨都对刘豪杰倾吐而出后，赵梦雨这段时间的心情明显舒畅了许多。这几天，她在刘豪杰的劝导下明白了许多事理，自己想要找张家宝复仇，但明显操之过急，结果适得其反，不仅自己蒙受了不小的损失，还让陆仲任赔了那么多钱。刘豪杰说，做什么事都得看机会，所谓谋事在人，成事在天，不能任由脾气性子乱来。何况张家宝什么岁数？他在商界混迹那么多年，岂是初出茅庐的赵梦雨能够轻易打败的？以后有什么想法，可以先和他刘豪杰沟通。他会给赵梦雨出出点子。再说了，他不希望赵梦雨轻举妄动。对惩罚张家宝这件事，只要时机成熟，该出手时，他自会出手，赵梦雨要相信他的承诺。

那天刘豪杰写了一张30万的支票给赵梦雨，说是弥补她的损失，但赵梦雨怎么可能接受这样的慷慨施舍？她坚决不肯拿支票，弄得刘豪杰很不开心，说赵梦雨把他当外人了。后来僵持了一阵，赵梦雨突然想到了陆仲任，老陆这次的损失太大了，水矿项目是她挑起来要和陆仲任合伙做的，之后又是自己一直坚持认为张家宝不会放弃收购，以至于老陆一下子付掉了100多万给那个西人，导致那笔钱白白扔掉，既然这项目是两个人合伙的，那么岂能让老陆一个人承担这么大的损失呢？于是，赵梦雨决定拿下刘豪杰给她的支票。她对刘豪杰说，支票她收下了，算是她向刘豪杰借的，她会写一张欠条，这笔钱她会逐渐还给刘豪杰，或者刘豪杰可以每月在她的薪水里扣除一部分钱作为分期还债。刘豪杰当然不会理会赵梦雨的方案，不过他了解她的性格，心想只要眼下你先收下来就好。

之前接到雪雅电话，说要和陆仲任一起来见她，赵梦雨就想好了，正好趁陆仲任过来，她要将那30万的支票转到陆仲任的名下去，减少他一些损失。

陆仲任和雪雅推门进来时，赵梦雨正在等他们。简单的寒暄过后，赵梦雨问什么事那么重要，以致他们这么匆忙赶过来？雪雅看看陆仲任说，是老陆有事情要对你说，我呢，正好要找你的老板，所以我就搭老陆的车一起过来。

赵梦雨心里有点不安，问陆仲任道："陆总找我有急事？"

"也谈不上什么急事。"陆仲任咽了口口水，瞧瞧雪雅又看看赵梦雨说："这件事，我总觉得还是提醒你一下比较好。"

赵梦雨听他这么一说，更加吃不准发生了什么严重的情况，不由紧张起来。

陆仲任也不再兜圈子，直接对赵梦雨说出了他对韩戈平的怀疑。他慎重其事地把朱玉文之前所讲的那番猜测，对赵梦雨拷贝了一遍，然后说："爱丽丝，我不了解你和杰姆斯的关系究竟怎么样，但这个人你得多生一颗心，老话说害人之心不可有，防人之心不可无。要知道，杰姆斯毕竟是张家宝的表弟，他们才是自己人，所以，我们可能轻信了杰姆斯，才遭受了这次的巨大损失。"

赵梦雨静静地听完陆仲任的讲述和分析，面色已经一片苍白。陆仲任所讲的这些可信吗？陆仲任的分析有理吗？如果可信有理，那么她不就是傻瓜一个吗？难道韩戈平会为了表哥而故意陷害她？难道他一点都不念他们之间的感情，把她当做一个纯粹的对手来设局诱骗，让她一步步陷入泥沼？

"爱丽丝，老陆的说法只能作为参考，我并不一定同意。"雪雅察觉到了陆仲任那番话对赵梦雨所起的作用，猜测赵梦雨此刻心情一定非常郁闷难受。雪雅一直认定赵梦雨和杰姆斯之间的关系非同一般，以前很可能是一对恋人。如果真像陆仲任所言，杰姆斯帮他表哥设局陷害赵梦雨，那对她将是多么大的打击。因此，她赶忙出来降温道："刚才在路上，我已经向老陆讲过我的观点，以我的直觉，杰姆斯不像是那种搞阴谋诡计的人。何况那天在会议室，张家宝宣布放弃收购水矿的时候，杰姆斯的脸色都变白了，这不可能是事先串通好的。"

"难道不可以做戏吗？"陆仲任又把朱玉文的观点亮出来。

"做戏也要做得像啊。"雪雅不买账："那天我是看得很清楚的，杰姆斯的惊讶不可能是装出来的。你要在一刹那伪装出一副表情可以，要瞬间改变脸色，老陆你倒试试看。"

陆仲任唔了一声，不知如何反驳，只得承认雪雅讲得有一定道理，就自我解释地说："我也不是一定认为杰姆斯有多么虚伪，我只想提醒爱丽丝，他们毕竟是自家兄弟，当发生利益冲突时，自家人多半会站在自家人一边的，何况杰姆斯还在他表哥手下打工，吃他的饭。"

"陆总的提醒是对的，谢谢你。"赵梦雨表态了。她此刻脑子里有点乱，不知道陆仲任和雪雅两个人的说法谁更正确。回想起来，那天韩戈平脸色突变，坐在对面赵梦雨是看得最最清楚的，确实不像是演戏。何况，凭她对韩戈平的了解，他也不是那种搞阴谋诡计的人。那么，难道张家宝一直在利用韩戈平，让他无意间散布假消息，迷惑她和陆仲任？但是，张家宝搞到了批文这件事总假不了吧？韩戈平是实实在在拿了红头批文过来给赵梦雨过目的呀！这又如何解释呢？

三个人又聊了一会儿其它的话题后，陆仲任要先告辞了。赵梦雨赶紧拿出那张30万元的支票来交给陆仲任。陆仲任不明事理接了过来，一看数字吓了一跳，问赵梦雨怎么回事？赵梦雨说，现在她只有这么多钱，希望陆仲任拿着，她不想让他一个人承担那么大的损失。陆仲任哈哈笑着，将支票放回桌上说："爱丽丝，亏你想得出，我怎么可能拿你的钱？你初来乍到，这次已经够惨的。你不用担心我，虽然这次损失不算小，但我是百尺大虫，死而不僵，不会就此一败涂地的。"

赵梦雨说："陆总，这是两个人的项目，损失应该共同承担，你要给我机会，让我尽力而为，不然我会内疚。"

陆仲任不由感到一阵强烈的震动，赞叹道："姑娘，我就知道你这个人与众不同，刘豪杰能得到你真是他的福气。现在你听我陆叔一句，再也别提这件事了，对你说实话，损失那点钱，我陆仲任虽然心疼，可还承担得起。所以你千万别忘心里去，忘了它，好好在这里工作。以后有什么困难，尽管向我开口，我一定会帮你。好，我走了。"

陆仲任说完，也不和雪雅打招呼，站起来一个转身，大踏步朝外面走了出去。走到户外时，他觉得自己眼睛里潮潮的，他竟然被那个女孩的举动感动得要流泪了。

雪雅亲眼目睹了这一切，不由对赵梦雨生出一股由衷的敬佩之情。这个爱丽丝，在金钱面前是如此大器，这不是这种年龄的女孩能做到，也不是雪雅可以想象的。见赵梦雨因为陆仲任的突然离开而发呆，雪雅便拉了拉她的手说："爱丽丝，想什么哪？快把支票收起来吧，老陆是不可能拿你钱的。走，陪我去见你老板，我有一件大事要转告他呢。"

两天前，雪雅接到张家宝的电话，约她到太平洋地产去一次，说是有重要业务商谈。

自从那天张家宝出尔反尔，在水矿项目上搞突然袭击，造成陆仲任和赵梦雨遭受重大损失后，雪雅木已经决定要终止和张家宝的交往。按理，作为大温地区的房地产经纪人，遇到张家宝那样的大开发商，都会趋之若鹜希望建立合作关系。房地产经纪人就是依靠介绍和销售楼盘赚钱营生的，和开发商搞好关系，意味着累积机会。雪雅心里不是不明白这个道理，但鉴于张家宝那样翻手为云覆手为雨的行事风格，雪雅在内心就否定了这个人的人品，觉得不做他的生意也罢。因此那天离开太平洋地产后，她从未主动联系过张家宝。期间张家宝倒是打过几个电话给雪雅，有事没事问候一声，雪雅也隐约感觉到张家宝还是希望和她保持联系，不知是对她王牌经纪人的身份感兴趣呢，还是对她本人感兴趣。雪雅当然还是应付着张家宝，不管怎么说，虽然张家宝突然中止了收购水矿，却还是把应答应付给雪雅的额外经纪费一分不少给了她。雪雅可以不主动，但没有理由对张家宝过于无理。

张家宝既然说是有重要业务商谈，雪雅想了一下后，觉得自己也没有必要和送上门来的机会过不去，就答应过去一趟。雪雅自己驾车到了 Downtown，走进张家宝办公室的时候，发现杰姆斯也在场，这令她稍感意外。也许是特别喜欢杰姆斯这种类型的男人，雪雅每次遇见他总要多看几眼，觉得他十分赏心悦目。

雪雅原以为张家宝有什么楼盘需要她做销售代理，不料张家宝要她过去所谈的事情完全风马牛不相及。张家宝说："赛琳娜，我今天邀请你过来跑一趟，是非常认真地要求你替我去向海天高尔夫球场的老板打探一下，他有没有可能把那个球场卖给我？当然，我出的钱一定会高于市场价格。"

雪雅诧异地看看张家宝，又看看杰姆斯，问道："张董放弃收购矿泉水项目，难道是为了腾出资金收购高尔夫球场？"

"你这么理解也可以。"张家宝说："为了确保成功，我确实不能两头出击。收购高尔夫球场是我刚到温哥华时就有的计划，由于一直没有看得上的，就搁在一边了。自从上次你带我去了那个海天球场，我对它真是念念不忘，所以只要有一丝机会，我都想争取一下。"

"我没有料到张董事长会对高尔夫如此感兴趣。"雪雅表示难以理解。

"这么对你说吧，我想拿下海天球场有两个考虑，"张家宝露出一副坦诚的表情说："其一，球场其实也是地产，投资球场就是投资地产，这和我们公司的业务发展方向一致；其二嘛，"张家宝说到此停顿了下来，看着一旁的韩戈平。

韩戈平此时接口对雪雅说："赛琳娜，我哥想收购海天球场有一大部分是为我着想。"

"哦，此话怎讲？"雪雅问。

张家宝先于韩戈平说道："我这个弟弟，一生所爱就是高尔夫，不仅球打得好，对球场管理也很有见解，因此我一直想为他买一个高尔夫球场，让他去打理，实现他的梦想。"

张家宝还有第三个考虑，也是最重要的考虑，那就是海天球场已聚集了众多卑诗省，尤其是大温哥华地区的精英前来打球。就连加拿大其它地方，以及美国西部旧金山和西雅图的不少客人也慕名前来打球。他们中有当地商界、政界、专业人员、大陆富豪富太太等各方面精英。拿下球场，就可以零距离接触他们，利用他们，必将会产生很多商机，会办事容易，会事倍功半。当然，这一点他不会告诉任何人。

韩戈平确实有这种梦想，希望自己能够全权管理一个高尔夫球场，因此当表哥提出想收购海天高尔夫时，他内心非常期盼能够成功。他对经营高尔夫球场历来有自己的一套想法。当初在金银湖球场时，他曾给陈伟提过许多建议，可惜陈伟都似听非听，置若罔闻，使得韩戈平一腔抱负难以实现。如果表哥真能买下海天高尔夫球场交给他打理，他就可以将自己的许多想法逐一付诸实施。他相信自己一定能够将海天打造为卑诗省，乃至加拿大第一位的顶级球场。何况现在自己心爱的人就在海天球场里，已经积累了不少经验，韩戈平认为，只要他和赵梦雨能合在一起，共同管理球场，那么梦想就很容易成真。

"赛琳娜，正如我哥哥所讲，管理高尔夫球场是我最大的心愿。"韩戈平接过表哥的话头，对雪雅说道："所以想麻烦你前去打听一下，海天有没有转让的可能。"

"大温地区有的是高尔夫球场啊，你们干嘛非要海天不可呢？"雪雅不理解地问。

"我去看过几个球场的，"韩戈平答道："海天是我们的首选，它的地理位置无可挑剔，发展前景可观。"

雪雅心里想，难道就你们知道海天球场首屈一指？刘豪杰比你们还要聪明呢！他怎么可能把海天卖给你们呢？于是她说："据我所知，海天的老板从未有过转让球场的想法，况且他们现在经营得很好。"

"赛琳娜，话可不能说死。"张家宝打断雪雅说："生意上的事情，归根到底是钱。所谓重赏之下必有勇夫，如果我出的价格够高，难保海天的老板就不会动心。所以，就拜托你了，请你去找一下海天的老板，转达我的意思，可以让他先开个价，看我们能不能达成默契。"

雪雅明白，这趟差事她总得承担下来了。不过也无所谓，不就是问刘豪杰一声吗？于是她说："那好吧，我替你们问问，不过，我劝你们真的别抱什么希望。"

雪雅在赵梦雨陪伴下来到了刘豪杰的办公室。刘豪杰事先已经知道雪雅要来找他，此刻正在等她过来。

"我没有打扰你吧？"雪雅进门先打招呼。

"你什么时候也学会说客套话啦？"刘豪杰一面让雪雅和赵梦雨坐下，一面微笑道，"咦，你不是和老陆一块过来的吗？他怎么没来？"

"他来过了，是来找爱丽丝的，已经走了。"雪雅说。

"这个老陆真是，到了我的门口也不进来打个招呼。上次我责怪他把爱丽丝拉进矿泉水生意，他不会生我气了吧？"刘豪杰笑嘻嘻道。

"哪会啊，你还不了解他这个人？才不会生气呢，遇到再不开心的事，不过三天就忘记了。"雪雅说。

刘豪杰给雪雅泡茶，赵梦雨抢着去做了。等茶杯端到桌上后，刘豪杰问雪雅，有什么事情要告诉他。

"关于海天球场的事。"雪雅开门见山说道："上一次我曾经对你提起过，有人看上了你的球场。"

"你是说那个太平洋地产的老板？"刘豪杰问。

"是，就是那个出尔反尔的张家宝。他前两天特意把我叫过去，一本正经谈了这件事呢。"雪雅喝了口茶后又道："我几次三番对他说，海天球场是不可能转让的，可是他死缠烂打，非要我找你一本正经地问一次，说他很喜欢海天，愿意出高价收购，说你可以先开个价。"雪雅一边说，一边观察刘豪杰的反应。她发现刘豪杰刚才还很愉快的面容渐渐凝重起来，就像一池清水被寒风吹过结起了一层薄冰。

赵梦雨也注意到了老板脸色的变化，就替他说道："他想得美，来动我们海天球场的脑筋。雪雅姐，你直截了当回复他，我们绝不可能放弃海天球场的。"

"我早就知道嘛，行，我就这么回了他。"雪雅早就料到应该是这个结果，爽快地答复赵梦雨并看看刘豪杰。

"等等，"刘豪杰突然开口道："我可以给他一个机会。"

"刘总，你打算卖掉海天球场吗？"赵梦雨闻言大惊失色。

刘豪杰没有理睬赵梦雨，而是面对雪雅看了几秒钟，而后说道："赛琳娜，你去问问那个张家宝，太平洋地产有没有兴趣和我合作，联合开发海天球场周边的老别墅群。如果他愿意，那么球场的事我可以考虑考虑。"

雪雅满以为刘豪杰对待球场的态度一定会和赵梦雨的反应一样激烈，一口回绝掉张家宝的痴心妄想，不料刘豪杰冷不防给出这样的答复，着实让她意外和愕然。她盯着刘豪杰看了半天，满心狐疑，一时竟讲不出话来。

刘豪杰当然看出雪雅的困惑不解来，便解释说："你知道，我一直想开发海天周边的老别墅，但这个项目需要的资金量非常大。你一直说，太平洋地产实力很雄厚，如果那个张家宝愿意合作，就可能加快这个项目的推进速度。"

"你的意思是，假如张家宝愿意出资和你共同开发老别墅项目，你就答应把球场转卖给他？"雪雅缓过神后，似信非信地问道，她觉得刘豪杰不像在开玩笑了。

"我可没有那样说。"刘豪杰眼睛里掠过一种难以捉摸的神情，"我不可能卖掉海天球场的，不过，我可以把球场和老别墅项目打包在一起，如果张家宝愿意和我合作，他就可以得到海天的股份，成为球场股东。"

"你是要用海天的股份换取张家宝投入开发资金？"雪雅紧接着问。

"可以这样理解。"刘豪杰恢复了他一贯的淡定，"赛琳娜，我说得够清楚了了吗？你就按我的意思回复张家宝，如果他愿意合作，我们再具体商谈。如果他不愿意，那么关于收购海天球场的事，从此不要再提起了。"

雪雅将信将疑地看着刘豪杰，下意识点了点头。她不知道刘豪杰这样突发奇想，究竟是为了什么。海天球场是他苦心经营后已经大获成功的项目，他怎么舍得出让掉股份呢？这一点也不像他刘豪杰的行事风格。更何况，刘豪杰实力那么雄厚，怎么可能缺少开发旧别墅的资金呢？即便暂时有所不足，他也应该找温哥华的那些老朋友解决啊，陆仲任，陈秋，还有那个厉害的余国伟，随便哪个都有能力和他联合开发的，为什么他偏偏会想要和张家宝合作呢？雪雅满腹狐疑，却没有讲出来。她很了解刘豪杰，相信如果不是心血来潮，他要做一个决定时，就一定会有他自己的道理。刘豪杰做事向来沉稳老练，会不会他正在酝酿什么重大的计划呢？

4

之前雪雅是搭陆仲任的车来海天球场的，现在陆仲任一个人先走了，雪雅打算电话预定一辆出租车回去。刘豪杰就问雪雅，晚上是否有重要的事情，必须要回去？雪雅说那倒没有。刘豪杰就说："既然没事。晚上我们三个人一起吃晚饭吧。"

"好啊好啊。"雪雅欣然答应，反正晚上回去也是一个人，要找地方搞定晚餐的。

赵梦雨也很喜欢和雪雅在一起多待一会儿，就说她先问一声餐厅，晚上有什么好吃的。刘豪杰摆摆手阻止她说："不用了，我们出去吃。"

雪雅就对赵梦雨说："爱丽丝，你老板请客，说吧，今晚想吃什么？"

赵梦雨想了半天说："好久没吃地道的中餐了，想吃中式海鲜。"

"要不我们去本那比的大都会购物中心吧，那里有一家海鲜酒家。"雪雅抢着介绍："我去过几次，味道很不错的，已经有好久没去了，被爱丽丝这么一提，我也想吃海鲜了呢。"

"行，只要你们俩想吃，去哪儿都行。"刘豪杰一口答应。他知道雪雅说的是哪个酒家，在大都会购物中心的二楼，香港人开的，海鲜确实做得不错。

傍晚时分，刘豪杰驾驶他那辆保时捷凯宴，载着两个女孩出发往本那比而去。从海天高尔夫球场，到本那比大都会购物中心并不很远，大约开车半小时就到了。刘豪杰驾车沿着海洋大道一路往东，然后转入邦德瑞大街，这是一条南北走向笔直的大马路，是温哥华市和本那比市的分界线。车子穿行在两个城市之间走了一段，在本那比中央公园边上向右拐了个弯，本来有一条更近的路可以右转，但刘豪杰还是选择多往前走一段，然后折上国王街，这样就可以直接驶到大都会购物中心，不必再穿过那些支路了。

大都会购物中心应该是本那比，乃至大温地区规模最大、人气最旺的商业中心了。这里不管白天晚上都是顾客川流不息，每逢周末或节假日，更是热闹非凡，各家商店顾客盈门，人头攒动。

刘豪杰泊好车子，和两个女孩一起步入中心。或许是这三个华人的气质与众不同，一路引来不少注视的目光。本那比这个城市本来就是华人移民比较集中的区域，华人数量在大温地区可能仅次于列治文，而华人和白人不一样，比较喜欢关注身边的行人，评头品足。

天渐渐昏暗下来，购物中心内已经灯火通明。刘豪杰问两个女孩，要不要先逛一下商店再去吃饭，雪雅和赵梦雨互看一眼后，一致摇头，表示急不可耐想吃海鲜了。于是三个人就直接上了二楼。这家中式酒家的名字叫福联海鲜酒家，在本那比的华人圈里非常出名，尤其晚上，常常宾客满堂，一座难求。不过今天不是周末，店里还有空位，刘豪杰一行三人很快就能落座就餐了。刘豪杰把菜谱交给两个女孩，叫她们任意点菜，想吃什么就点什么。赵梦雨不太好意思，就委托雪雅做主。雪雅笑道：难得机会，干嘛不敲你老板一笔，吃个爽快？她就毫不客气地点了许多，反正蟹虾鱼参，一样不漏，摆了满满一小桌。

三个人嘻嘻哈哈边吃边聊，不知不觉，话题就转到了赵梦雨和矿泉水项目上来。雪雅便把陆仲任所说，韩戈平很可能和张家宝串通一气来坑害他们的说法讲给刘豪杰听，让他分析一老陆的判断究竟有没有道理。雪雅还亮明了自己的观点，说她不同意陆仲任对杰姆斯所下的结论。

刘豪杰从未见过韩戈平，在听完雪雅的话后，一本正经问赵梦雨："爱丽丝，你可以坦率告诉我，你和那个杰姆斯之间是什么关系吗？"

赵梦雨被问得一怔。她想了想，决定还是实话实说，就把自己和韩戈平之间的关系简单讲了一下，然后强调了一句说："那都是过去的事情了，现在我和他只是普通朋友，至少这是我的想法。"

"对啊，这只是你的想法而已。"雪雅因为自己之前的判断非常准确而暗暗得意："其实我早就猜到爱丽丝和杰姆斯的关系非同一般了。尤其是杰姆斯，我发现他每次注视爱丽丝的目光里，总是充满了只有恋人才有的那种温柔和甜蜜，因此我认为，杰姆斯绝不可能加害于爱丽丝的。"

听了雪雅的话，赵梦雨低头不语。她内心里也希望韩戈平不会为了表哥而故意害她，否则对她而言就太残酷了。之前韩戈平才澄清自己和成都郊外的绑架案毫无干系，赵梦雨也相信他了，如果这次韩戈平那么虚伪，协助张家宝设套让她和陆仲任钻进去，那他以前所有对她的山盟海誓不都成假的了吗？

刘豪杰思索着赵梦雨和雪雅的话，然后说出了自己的看法："从大概率讲，那个杰姆斯故意和他表哥合伙来陷害爱丽丝和老陆的可能性很小，因为毕竟他和爱丽丝有这层关系，而且按照赛琳娜的判断，他依旧非常喜欢爱丽丝。"

"就是呀，我就是这样认为的。"雪雅开心地笑了，刘豪杰和她想得一样。

"不过呢，从整个事情的进程上看，那个杰姆斯有意无意地帮了他表哥的忙。"刘豪杰继续分析道，"如果不是他一次又一次给爱丽丝吃定心丸，可能结果就不一样了。"

赵梦雨和雪雅不约而同点了点头表示赞同。

"我的判断是这样的，"刘豪杰进一步说道："那个张家宝正是利用了爱丽丝和杰姆斯之间的特殊关系，才演了一出戏，不断地让杰姆斯向爱丽丝泄露中国商务部批文的进程，使得这件事弄得像真的一样。"

"刘总，你是说商务部批文这件事是演戏？"雪雅惊呼起来。

"完全有可能。"刘豪杰道，"你们想想，如果之前商务部明令禁止散装水进口，怎么可能轻易为一个地方性企业开绿灯特别照顾呢？"

"不会吧刘总。"赵梦雨像是遭受到当头一棒，被刘豪杰的说法击懵了。她一时难以置信地问道："什么都可能是假的，但这份商务部的红头文件总是真的啊，上面盖有商务部的大红印章呢！这是我亲眼看到的。哦对了，我当时还拍了照片呢。"赵梦雨说着，取出手机来翻出那几张相片来给雪雅和刘豪杰看。

雪雅看过之后一面点头，一面递给刘豪杰。刘豪杰拿过手机快速扫了一眼就还给了赵梦雨说："爱丽丝，你毕竟还年轻，经历的事情太少，一份红头文件有什么大惊小怪的？我告诉你，连贵重的珠宝鉴定证书都可以伪造出来，何况一份简单的红头文件？做一份假的易如反掌啊！小姑娘你真是太天真了。"

赵梦雨顿时傻掉了，目光呆滞地盯着刘豪杰，愣在那里似信非信，脑子里空空如也。雪雅马上接受了刘豪杰的判断说："对啊爱丽丝，中国现在造假制假是家常便饭的事，不能排除这种可能。"

这时赵梦雨渐渐回想起一些事来，开始觉得疑点重重：当初韩戈平曾说要回国去取批文的，后来一直没有成行，批文最后是托联邦快递寄到温哥华的；还有，韩戈平说过矿泉水项目由他负责，以后成都集团公司办公室主任会直接和他联系的，可每次韩戈平过来告诉赵梦雨消息时，都说是从他表哥那里得到的或听说的，说明韩戈平根本没有接触过第一手信息，所有消息都是出自张家宝之口。赵梦雨越想越不对头，立即将自己的疑问讲了出来。

"这就对了呀，"刘豪杰听完后说道："正符合了我的判断，张家宝一手导演了整场戏，那个杰姆斯是被他牵动的木偶。他扮演了传声筒的角色。"

"杰姆斯怪可怜的，他也被人玩弄了，还是自己的表哥。"雪雅替韩戈平抱不平。

"所以，爱丽丝你今后和杰姆斯接触时，脑子里要多生一根筋。杰姆斯这个人也许并不坏，但会被他表哥所操纵，完全可能误传信息给你。"刘豪杰提醒赵梦雨说。

"我已经想过了，以后不和他来往了。"赵梦雨像是赌气般地甩出一句来。

"这又何必，事情归事情，人归人嘛，杰姆斯又不是张家宝，你干嘛一棍子把他打死啊？"雪雅觉得这对杰姆斯不公，就劝导赵梦雨。

"雪雅说得对，你不必那么极端。"刘豪杰站在雪雅一边劝道："爱丽丝你记住，你现在非但不能和杰姆斯断绝往来，相反，你要和他更多接触，只有这样，我们才有渠道了解张家宝的想法和动向。或许，我很快就会和张家宝有所交集，如果他同意和我联手开发海天球场周边的旧别墅项目，我们就更需要一个像杰姆斯那样天天在张家宝身边的亲信了。爱丽丝你明白我的意思吗？"

赵梦雨何其聪明，刘豪杰轻轻一提醒，立刻就领会了老板话里的含意。她神态严肃地连连点着头。

雪雅也灵巧得很，立马就从刘豪杰的那番话里听出了弦外之音。这一刹那，她似乎突然弄明白了刘豪杰答应把海天球场作为筹码，要求张家宝联合开发旧别墅项目的缘由来。直觉告诉她，接下去好像有一出好戏将要开演了。而拉开戏台帷幕的人，可能就是她赛琳娜。

雪雅第二天就去找了张家宝。她办事的效力令张家宝很是惊讶，不由更加对她刮目相看。在详细听完雪雅转达刘豪杰对联合开发旧别墅项目的要求后，张家宝不置可否地在他的办公室里来回踱着步，半晌才告诉雪雅说，这件事事关重大，等于是公司凭空要立项一个新的地产项目，牵涉到的资金量一定不小，他需要好好推敲一番，还要听取公司高层的意见。张家宝承诺说，他会在三周内明确回复刘豪杰，一旦他做出决定，第一时间就会通知雪雅。末了张家宝突然问雪雅，依你在温哥华做了那么多年的房地产经纪人的角度看，海天球场周边的旧别墅值不值得投资？

"张董事长想听真话吗？"雪雅问。

"当然，我当然想听真话。"张家宝说。

"以我的经验而言，这是一个千载难逢的机会。"雪雅说："我认识刘总已有多年，恕我直言，他的精明绝对不亚于张董事长你。凡是他看中的项目，没有一个不赚大钱的。"

"既然如此，他又何必拉我这么一个素不相识的人联合开发呢？他为什么要无缘无故分一杯羹给我？"张家宝犀利地问。

"我就知道你会问到这一点，"雪雅也毫不避讳地说："其实想起来一点不复杂，在我看来，像他那样的人，一旦愿意把蛋糕和别人分享，就一定是资金方面的问题，肯定是他一个人启动这个项目遇到了困难，所以才出此下策，寻找合伙人。"

张家宝唔了一声，不由连连点头。雪雅的话不带水分直截了当，张家宝觉得可信。他对雪雅说："如果真如你的分析判断，我会慎重考虑一下那位刘先生所提的方案的。"

离开张家宝的办公室后，雪雅特意去拜访了韩戈平。他的办公室和张家宝只隔开三个房间的距离。雪雅敲门进去时，韩戈平很是意外，问她怎么会突然来访。

"不速之客，你不会不欢迎吧？"雪雅半开玩笑地说。

"哪里哪里，突然见到赛琳娜，对我而言只有惊喜。"韩戈平笑容诚挚地答道。

"没想到平时少言寡语的杰姆斯说话会这么中听。"雪雅盯着韩戈平看，她很喜欢他的长相。这个男人年轻英俊，身材修长挺拔，而且非常结实，女孩应该人见人爱的。她很羡慕爱丽丝被这样一个俊男追逐喜欢着。

"赛琳娜是来找我表哥的吧？"韩戈平这样猜测道，一边请雪雅入座，问她要不要喝杯咖啡。

"和张董要谈的事都谈完了，现在特意来找你。"雪雅一面点头表示可以喝一杯咖啡，一面环顾四周，打量了一番办公室内的布置：东西不多，恰到好处，简洁而舒适。

"赛琳娜找我有事？"韩戈平在用咖啡机替雪雅弄咖啡。

"想和你谈谈爱丽丝的事情。"雪雅说，"算是我们之间一次纯私人的交流，可以吗？"

韩戈平正端着咖啡杯走过来，刚想把杯子放到雪雅面前，听到这句话不由一愣，差点将杯里的咖啡泼出来。他心里很奇怪，赛琳娜怎么突然要和自己一本正经聊赵梦雨的事呢？不过他随即稳住了自己的心绪，用平淡的语气道："那好啊，不知赛琳娜想和我说什么？"

雪雅等韩戈平也坐定在椅子里后，嘴角挂着一丝笑意道："杰姆斯，恕我直言，你和爱丽丝是情侣对吗？"

韩戈平被雪雅这么直截了当的一问问得脸都红了，一时不知道该肯定还是否定，只得支支吾吾说："这个嘛……"

"你很爱她，对吗？"雪雅紧逼一步问，"杰姆斯，我希望听你说实话。"

韩戈平这时感觉到雪雅不是过来和他闲聊，而是有备而来的，不免认真起来。他觉得自己应该实事求是，没必要躲躲闪闪，就对雪雅说："赛琳娜，如果要我说实话，那么是的，我很爱她。"

"很好。"雪雅像是舒了一口气般轻松地笑了笑，"所以你绝不会害她的，对不对？"

"我害她？"韩戈平圆睁起双眼叫道："这怎么可能？"

"我也这么认为，如果一个男孩深爱一个女孩，他绝不会加害那个女孩的。"雪雅说。

"赛琳娜，我不知道你为什么要说这些，究竟发生什么事了？"韩戈平感到不理解。他觉得赛琳娜不会无缘无故跑到他面前来特意问他爱不爱赵梦雨，一定有什么原因。

"杰姆斯你知道吗？你这次可把爱丽丝害苦啦！"雪雅叹息了一声，瞧着韩戈平瞬间堆满惊愕和困惑的脸，便开始把她想说的所有话都慢慢地、一句一句地对韩戈平倾吐出来。末了她说，"我知道，在整个矿泉水项目交易的过程中，你所说的和做的一切都是无意的，可是爱丽丝被害惨了，她把从国内带来的所有积蓄都赔了进去，一分钱都不剩了。"

在听雪雅讲述的过程中，韩戈平的脸色红一阵白一阵，最后变得惨白如纸。等听完最后一句，他的心里就像压上了一块巨石，冰冷沉重。他完全没有料到，表哥突然决定终止收购水矿，会给赵梦雨造成如此巨大的损失！

"杰姆斯，看来你对此情况一无所知，我想我告诉你一下是应该的，因为爱丽丝是你所爱的女孩。"雪雅看得出，显然杰姆斯之前对这一切毫不知情。

"谢谢你赛琳娜，谢谢你特意过来告诉我这一切。"韩戈平由衷地说。

这天，在雪雅告辞离开之后，韩戈平一直独自呆坐在办公室里。他的内心就像被无数的蚂蚁在噬咬，泛起一阵阵难以形容的难受和疼痛，完全是因为自己的不经意，让赵梦雨蒙受了如此之大的伤害，虽然他完全是无意识的，最后终止交易的决定是表哥做出的，即便如此，难道他就没有一点责任了吗？是他误导了赵梦雨啊！既然有责任，他就该承担这个责任。对，我一定要想方设法弥补赵梦雨的损失，韩戈平想，不然怎么证明自己是爱她的呢？

5

说来真是非常之巧，韩戈平打电话给赵梦雨的时候，她正好在 Downtown 的汉密尔顿街办事，而且刚刚办完。

"我想见你，有重要的事情要和你谈。"韩戈平非常正式地说。

"什么时候？"赵梦雨问。

"就现在，你不是正好在 Downtown 吗？"

赵梦雨最近一直没有和韩戈平见面，有过两次，韩戈平约她吃晚饭，她都回绝了，说是没有空。其实是她对韩戈平心存戒意，暂时不想和他走得太近。不管雪雅如何劝说她不应该在水矿的事情上怪罪韩戈平，刘豪杰分析后得出的结论也差不多，但赵梦雨心里总有一个解不开的结，不管怎么说，这次韩戈平起到了反面作用，等于是做了件请君入瓮的事，因此她不可能不生他的气，也不可能轻易原谅他。她本来又想拒绝和韩戈平碰面的，但突然想到了刘豪杰叮嘱的话，需要一个像韩戈平那样天天在张家宝身边的人，就临时改了口。她问韩戈平在那儿见面。

"你不是在汉密尔顿街吗？要不我们就去煤气镇吧，那里离你不远，商店也多，我们可以找个地方坐坐。"韩戈平提了个建议。

赵梦雨想了想答应了。从她现在的位置到煤气镇的确不太远，步行过去也就十多分钟，她刚才和客户谈事情，坐了很久，此刻稍微走几步路也很不错。她就和韩戈平讲定，谁先到那儿谁就先找一家咖啡馆，坐在那儿等。挂了电话，赵梦雨也不去停车场取车了，直接就往煤气镇而去。她沿着汉密尔顿街一路走到哈斯汀街，然后顺着哈斯汀街再走去煤气镇。

温哥华的煤气镇并不是生产煤气的地方，它只是温哥华一个最古老的街区。这里有一家温哥华最早的酒吧，酒吧老板的名字是 Jack Deighton，他是温哥华市的首任市长，他有个绰号叫 Gassy，街区渐渐由此出了名。后人还为这位"煤气先生"竖立了雕像来纪念这个煤气镇传说中的创始人。镇上有一座重达 2 吨的蒸汽钟，它以蒸汽为动力，每隔 15 分钟就会冒出白色蒸汽并奏响钟乐，如今成了煤气镇显著的标志。

赵梦雨来过煤气镇好几次，对这一带还是挺熟悉的。她就在蒸汽钟的附近找了一处露天咖啡座，一个人先坐下来。她打电话告诉韩戈平自己的位置，而后等着他出现。天气很暖和，坐在户外的座位上，柔和的风从宽阔的街面吹来，非常舒服。蒸汽钟就在十几米开外，四周不停有游客驻足观看，阳光穿过浓密的树叶零零碎碎投到被阴影覆盖的地面，泛出点点滴滴抖动的光亮，十分耀眼。

大约过了十分钟不到，韩戈平出现在赵梦雨的视线里，看样子，他是从坎宾街方向过来的。他快到蒸汽钟附近时，远远瞧见了赵梦雨，就加快步子，一路小跑过去。

"不好意思，让你久等了。"韩戈平在赵梦雨旁边坐下来。

"我也刚来不久。"赵梦雨说着，问韩戈平想喝什么。韩戈平说都可以，赵梦雨就去柜台点了两杯拿铁。没几分钟，她就端着咖啡折了回来。喝了一口咖啡后，赵梦雨问道："急急忙忙的，找我有什么事？"

"有些话必须要对你说，否则憋在我心里好难受。"韩戈平看看赵梦雨投来的疑惑目光，也不躲避。

赵梦雨以为韩戈平会谈他们两个人之间的关系，很可能是又一次山盟海誓，不由皱了皱眉，把目光转向前面的蒸汽大钟，语气略带冷淡地道："想说什么？说吧。"

韩戈平稍事犹豫，接着就表示了自己的歉意："梦雨，这次是我害了你，真的对不起。"

赵梦雨将视线从蒸汽钟那儿收了回来，再次投到韩戈平脸上。她虽然一下子就明白了韩戈平指的是什么事情，但还是忍不住装模作样了一下说："我不明白你在说什么。"

"梦雨，水矿的事，真是对不住，让你损失了那么多钱，之前我一点都不知道。"韩戈平满脸惭愧，完全像一个做错事情的小孩一般。

赵梦雨把目光移到一旁，波澜不惊地淡淡一笑说："你是说这件事啊，都已经过去了。"

赵梦雨并不计较自己的那 30 万损失，毕竟这件事是自己挑的头，主动要去做的，如今亏了，自己应该自作自受。她心里过不去的坎，是让陆仲任一下子损失了一百多万，这件事一直压在她心里，让她透不过气来。

"回想起来，都是我害的，我给了你太多的误导。但是梦雨，你一定要相信，我不是故意的，我完全不知道表哥会突然改变主意。"韩戈平一面后悔一面为自己解释。

"我知道，你也蒙在鼓里，你也被利用了。"赵梦雨觉得此时此刻，再多责怪韩戈平已经毫无意义，不如宽慰他一下更好。

韩戈平没有理解赵梦雨说他被利用了是什么含义，他说："我那个表哥，在商界时间太久了，有时想法和做法都变化很快，常常会朝令夕改，我都很难适应他的行事风格。"

赵梦雨没出声，只是盯住韩戈平看。她心里想，你那个表哥比你想象的要狡猾多啦！

"那个水矿项目，自从赛琳娜带我们去看过现场后，大家都觉得好，之后公司上下都在为这事忙碌，本以为收购下来已经是板上钉钉的事，更何况批文的大事也解决了，红头文件都到了手上，表哥却突然决定不做了，真不知道他在想些什么。"韩戈平的话语里明显夹带着对张家宝的不满。

"如果我对你说，你表哥从一开始就没有打算买那个水矿你相信么？"赵梦雨冷不防问了一句。

韩戈平怔住了，狐疑地看着一脸严肃的赵梦雨，老半天才张开了口："这，不会吧？"

"哼，我也希望不会。"赵梦雨冷笑了一声。

"如果他一开始就不打算收购水矿，为什么还要去实地考察，还要成立项目公司，还要托托人去北京搞批文？"韩戈平不同意赵梦雨的说法。

"不为什么，就为了让我们钻进圈套，蒙受损失。"赵梦雨冷冷地说。

"这怎么可能……？"

"我就是这么判断的。"赵梦雨毫不客气地说："他利用你不断输送给我们好消息，让我们不起一点疑心，我们就按照既定程序一步步走下去了，等我们付掉了一半收购款，覆水难收时，他给我们一个突然袭击，确实，你表哥成功了。"

韩戈平额头上冒出了冷汗。他很难接受赵梦雨的说法，觉得这只是她单方面的无端猜测，就提出异议说："梦雨，我真的不能同意你的分析。虽然结果确实是这样，表哥临时变卦，让你们遭受了损失，但绝不可能一开始就有这种打算的，那不成了阴谋诡计了吗？你想想，连北京商务部的批文都下来了，你不是亲眼看到的吗？"

"我确实亲眼看到了，可那张批文是假的！"赵梦雨加重了语调，目光显得格外犀利。她这句话不是凭空捏造的，就在昨天下午，刘豪杰把她叫过去，告诉了她这个消息。原来刘豪杰通过他在北京的关系，到商务部打听这件事，结果商务部这方面的主管人员说，他们从未发出过这样的批文，一定是伪造的，还表示一定要追究伪造者的罪责。

"批文是假的？！"韩戈平惊得差点跳起来，"不不不，这绝不可能。"

"你信也罢，不信也罢，反正批文肯定是假的，已经证实过了。"赵梦雨为了让韩戈平相信，就把刘豪杰昨天讲的那些话给韩戈平复述了一遍。

韩戈平听完，面部表情已经完全僵硬了。他垂头丧气地面对赵梦雨冷峻的目光，已经无法再持否认态度。既然赵梦雨讲得有证有据，他还有什么可反驳的？他唯一能做的，就是回公司直接去问表哥，让他说出事情的真相来。韩戈平沉默良久，心如乱麻。他本来打算要和赵梦雨一起吃晚饭的，这时连这个想法都放弃了。

赵梦雨看出了韩戈平的矛盾和沮丧，她不想继续加重他内心的负担，就找了个借口，说如果韩戈平没有别的要说了，那她还要回球场处理点事情，先和韩戈平告别了。

韩戈平木然地点点头说："那你就先走一步吧。"当赵梦雨站起身来时，他急急忙忙地补充了一句："梦雨，你损失的那些钱，我一定会补偿你的。"

赵梦雨侧脸看看韩戈平，苦笑道："我为什么要你的钱？又不是你设计害我的。"

韩戈平原本打算回到公司就去问表哥有关批文的事情，可走进自己办公室后又改变了主意，虽然赵梦雨对这件事说得斩钉截铁般可靠，韩戈平还是希望自己来亲自印证一下真伪。这天晚上七点左右，韩戈平算了一下中国时间，应该是上午十点，正是公司上班的时间。韩戈平就给成都集团办公室秦主任打了个电话。

对方一听是韩戈平的声音，就显得非常客气，说："原来是戈平啊？你怎么突然来电话？"

"秦主任，我想问一下，北京商务部的批文什么时候才能到啊？我们这儿等不及了。"韩戈平一副焦急如焚的口气问。

"什么什么？商务部批文？什么批文啊？"秦主任反问。

韩戈平心头一紧，控制住自己的情绪再问："就是关于散装矿泉水进口的批文啊，不是北京已经下来了吗，什么时候能到啊？"

"矿泉水进口批文？这……，我不知道啊，我们从来没有听说过这件事。"电话那头着急起来，生怕疏忽了什么事情。

"哦，是这样啊。"韩戈平赶紧见好就收，"那我搞错了，这件事可能不是你们部门管的，没关系，我再问问其他人。"

匆匆挂掉电话，韩戈平的心像是被一只阴冷的魔抓给紧紧拽住了，阵阵发凉，隐隐作痛。事情已经一目了然，赵梦雨说得完全是真的，表哥欺骗了他，利用了他，把他当傻瓜使用，这是为什么？为什么啊？

韩戈平被突然涌上胸口的一股恼怒激愤了，决定明天一到公司就去找表哥张家宝，他要向表哥抛出一连串的为什么？

第二天上午，韩戈平准时出现在公司。开晨会的时候，他一反常态，板着脸一语不发。等会议结束，张家宝怀疑地看看他问："你今天怎么了？身体不舒服吗？"

"哥，我有事情要问你。"韩戈平面无笑容地说。

"好啊，跟我去办公室吧。"张家宝说着步出会议室，朝他的办公室走去，韩戈平便一声不吭地紧跟在他后面。等两个人都进了办公室，张家宝示意韩公戈平把门关上，然后坐到他的大班椅里，仰脸对韩戈平道："说吧，有什么事要问我？"

"哥，你是不是早就想好了不买那个水矿的对吗？"韩戈平阴着脸问。

"怎么突然问这个？水矿的事不是早就了解了吗？"张家宝很意外，暗暗猜测韩戈平突然问起这事有什么原因。

"我就想知道，是不是你本来就没打算买那个水矿？"韩戈平说，"但是你又装得像是一定会买下它的样子？"

"你这么问是何意思？"张家宝挺直腰板坐正了，目光尖刻地射向韩戈平。

"哥，整个过程，你一直在利用我对吗？"韩戈平声音里充满了委屈和埋怨。

"利用你？你今天是吃错什么药了吗？"张家宝的嗓音高起来，"竟敢这样和我说话。"

"哥，我一向都很敬重你，佩服你，可是这件事你做得太过分了。"韩戈平并未如往常那样，一听到张家宝拔高喉咙就把想说的话咽回去。

"戈平，你到底想说什么？"张家宝从没见过韩戈平如此倔强，反而冷静下来，但语气十分冷冽，充满压力。

"哥，实话对你说吧，我全知道了，收购矿泉水项目的整个过程就是一场骗局，你一直都在演戏，对吗？你一直把我蒙在鼓里，就连那张商务部的批文也是你让人伪造出来的。"韩戈平不想拖拖拉拉了，干脆直接点到要害上。

张家宝被突然揭开了短处，一下子闷住了。他不知道该怎么回答韩戈平，脑子飞转着，猜测韩戈平是从什么渠道听到了真相，以至于一副义愤填膺的样子来讨个公道。他很想朝韩戈平大声呵斥，虽然你是我的表弟，但我还是你的老板呢！可是他压住了内心即将膨胀爆发的火气，不声不响地直直盯着韩戈平的脸。他那令人难测的目光令韩戈平心虚起来，毕竟那么多年，韩戈平习惯了对表哥俯首帖耳，言听计从。

"好吧，既然你知道了真相，那我也不回避。"张家宝脸上滑过一丝阴森森的冷笑："你说的没错，我确实是设了一个局，让他们钻进去。这过程中，你认为我是利用你也罢，坑害你也罢，反正都无所谓了，我已经达到了目的，一切都结束了。"

"为什么？哥你为什么要这样做？"韩戈平未曾料到张家宝这么快就承认了，而且说得如此轻松，这令人立刻想到了厚颜无耻四个字。

"为什么？"张家宝斜眼瞧着韩戈平道："这个你应该去问问他们啊，是他们先设了局来陷害我的。你不是不知道啊，他们明明知道中国商务部规定不能进口散装水，却还来向我推销水矿，骗我收购下来，想让我白白损失几千万。哼，想得倒美，要和我张家宝斗法，还嫩着点呢。"

"可是表哥，你如果知道他们想这样做，直截了当回绝他们不就行了吗？何必一定要害他们呢？"韩戈平被张家宝那么一说，不由又矛盾起来。好像最初确实错不在表哥啊。但他还是不赞成表哥做得那么绝，害别人损失那么大。

"都像你这种菩萨心肠，我张家宝能在生意场混到现在吗？"张家宝站起来，严厉地批评韩戈平道："别人不让你吃饭，你就要不让他拉屎，懂吗？商场如战场，不是你死就是我活，这点简单的道理你也不懂吗？"

"可是，总也不能弄虚作假，无中生有吧？"韩戈平的声音明显低了下去，但还在挣扎。

"你是指那张批文？哼，那有什么，那叫兵不厌诈，有什么大惊小怪的。"张家宝说。

韩戈平此时反而被搞糊涂了，说表哥的话不对吧，似乎含有一些道理，说他对吧，又觉得很荒唐。他一时语塞，低下头去不再出声了。

两个人静默了一阵，张家宝慢慢缓和了语气对韩戈平说："你啊，还是生意场上的新手，也不能怪你，慢慢的你就会适应和习惯的。商场上历来就是弱肉强食的法则，你要记住。否则，你会一败涂地的。"

韩戈平像学校里受训的小学生一样，站在那里不发声响。他确实不太懂做生意那一套，他也不喜欢弱肉强食一类的丛林法则。

"我知道，你这次对我有意见，是因为梦雨也被牵涉进来了对吗？"张家宝看到韩戈平一副萎靡不振的样子，心里也不忍，就放平了语调。

"是啊，她一下子损失了整整30万加元，把从国内带来的所有钱都赔光了。"韩戈平小心翼翼地说道。

"权当给她一次教训吧。"张家宝并不同情地说。

"可是她……"

"没什么可是的，她既然想赌一把，那么就会有输赢。赚钱有那么容易吗？"张家宝说完，看看韩戈平，重新坐回椅子了说："戈平，你是不是还喜欢着梦雨啊？"

韩戈平默不作声，既不否定也不肯定。他吃不准表哥问这话什么用意。

"其实，你又何必在一棵树上吊死呢？"张家宝开始劝说道："你和她之间，老是你主动她被动，你又何苦经常委屈自己？你哪点不如梦雨？她凭什么瞧不上你？要我说啊，你们球场那个朱玉文也不错的，论长相不输梦雨多少，论心地嘛，我看她对你才叫一往情深呢，你何不考虑考虑呢？"

"不可能。"韩戈平条件反射般抬起头来，不容置疑地回答说："除了梦雨，我对谁都没有兴趣，所以哥，这件事就容我自己做主了。"

"好吧好吧，个人感情上的事，别人是管不了的，你想怎么样就怎么样吧。"张家宝略显尴尬地笑笑，然后语气一转说："不过生意上的事，你必须要听我的。"

第十六章

1

刘豪杰着一身得体的藏青色阿玛尼西装，系一条浅蓝底深蓝条纹领带，昂首挺胸，气宇轩昂走进会议室。他的身后，跟着旗下地产公司的副总、业务经理等几个人。

之前坐在张家宝身旁的雪雅第一个站起来，她侧低下脸，轻声对还没有反应过来的张家宝说："进来这位高个子就是刘总。"

张家宝的屁股本能地离开座位，双手搭在会议桌沿，迅速撑起身来。坐在左右两侧的随行人员见状，立即跟着齐刷刷地起立，列成一排。

雪雅先给张家宝介绍刘豪杰，又向刘豪杰介绍张家宝。两个人脸上绽放着笑容，互相打量了一番。刘豪杰隔着桌子倾身向张家宝伸出手去说："欢迎欢迎，张董事长亲自大驾光临鄙公司，十分荣幸。"

张家宝赶忙伸出手和刘豪杰握了一握，客气道："早就听闻刘总大名，能结识你是我的荣幸。"

"张董请坐。"刘豪杰打量着张家宝，此人相貌平常，五官没有什么特别之处，脸型有点偏圆，腮帮很宽，如果从背后看去，应该属于脑后见腮那种。张家宝中等个子，体态微胖，乍看上去，就是一个马路上随时能够遇见的普通人，给人一副波澜不惊的平常印象，甚至还略带些土气，也许所谓土豪就是这类人。他的衣着打扮看得出用过一番心思，但色彩搭配很不协调，缺少品位。不过，张家宝不大的眼睛里，隐隐约约藏匿着某种寒气逼人的锋芒，即便在他满脸堆笑的时候，双眸也是冷飕飕的，捉摸不透和充满戒备的，很容易令人联想起黑暗的旷野中的远远跟随而来的野狼。

与此同时，张家宝也在注视刘豪杰，这位刘总高高的个子，玉树临风，几乎和表弟韩戈平不相上下。他的年纪好像比自己小上几岁，外表虽然看上去属于风流跌宕一类，容易给人留下玩世不恭的印象，但只要仔细观察，就能发现此人稳重老到，那张脸虽说不上英俊突出，但五官端正，线条清晰，尤其从他神态里展露出的自信和潇洒，难掩他足够的智慧精明，见多识广，一眼便知，此人绝非等闲之辈。

待双方参会人员全部落座后，刘豪杰先发言道："张董事长今天能过来，想必已经了解了我委托赛琳娜转告你的意思，不知你是作何考虑的？"

张家宝今天之所以带着太平洋地产集团一行成员，在雪雅的陪同下登门拜访刘豪杰，就是因为刘豪杰对出让天海球场的事松了口，虽说尚未达到他原来的期望值，直接整体转让球场，可毕竟已表示愿意以海天球场的股份作为交换，争取张家宝对旧别墅改造项目的投资。在张家宝想来，这是跨出的第一步，生意场上，很多时候得要有耐心，心急喝不了热粥，只要有好的开头，接下去就靠斗智斗勇，一步步达到目的。于是他说："是的，赛琳娜把你的想法都说了，我很高兴能有机会同刘总谈双方合作事宜。在温哥华，我是初来乍到，不比刘总你，老移民啦，对这里的一切熟门熟路，以后还要向你多多讨教。"

"哈哈，张董太客气了，如今温哥华房地产界，谁不知道实力雄厚的太平洋地产啊？"刘豪杰一边说，一边朝坐在对面的几个人环视了一遍。他的目光在韩戈平的脸上滞留了几秒钟，猜测这位坐在张家宝右手边的英俊小伙应该就是赵梦雨和雪雅提到过的杰姆斯，张家宝的表弟。的确，这个杰姆斯气质非凡，十分俊朗，若说和赵梦雨成为情侣，实在是很般配的一对。刘豪杰将目光从韩戈平身上移开，随后停留在张家宝脸上说："张董虽说比我晚几年到温哥华，但早已经后来居上了，这不，我要开发一个小小的项目，还有求于你的协助呢。"

"刘总这话客气了，赛琳娜早就和我说过你的实力，如果我们能有机会合作，那就是强强联手，相信一定能把任何项目做大做好，"张家宝的这番话，既表示出谦虚又透出一股隐约的傲慢。

刘豪杰顺着张家宝的话故意发挥了一下说："其实我们中国人出来，就要抱成团，既能把握住商机，又能为中国人争到脸面。"

张家宝点点头表示同意，接着就切入主题道："那我们就言归正传吧，对于刘总提议的合作开发旧别墅改建公寓房的项目，以及共同经营海天高尔夫球场，我很感兴趣。不知刘总有何具体计划？"

刘豪杰没有立刻答复张家宝的提问，而是站起身，走到会议室连接大阳台的落地玻璃门前，打开门，转身对张家宝说道："张董，你可以先来感受一下外面的风景。"说完，自己先走到了阳台上。

张家宝等一众人，不由陆续站起身来，一起走到阳台上。

这个阳台非常宽敞，长方形，足有七八十平米大，左右两侧能观赏球场大片绿茵，树木，沙坑及河流。朝着正面望去，可以看到稍远之处，球场外面那一排二十栋老旧别墅。站在三楼的阳台上，居高临下，那片等待改造的住宅区域尽收眼底，一览无余。

"张董，你可以想象一下，在那块地方建几栋面向高尔夫球场的小高层公寓楼，环境、地段和景观都无可比拟，卖点独特，我觉得一定会供不应求。"刘豪杰指着旧别墅的方向介绍道。

众人的目光齐刷刷投向前方，立即引来一片啧啧不休的赞叹，能看见高尔夫球场的公寓房，绝对不可多得啊！

张家宝如同一个前线指挥官般睁大眼睛，认真地注视着前方，他的脑子积极盘算起来。之前他做过几个房地产项目，但不容违言，根本没有一个项目能比眼前的那片地更让他心动。无论以他的直觉或经验来判断，这绝对是一个不可多得的项目，赛琳娜说得完全符合实际，丝毫没有忽悠他。

待大家回到会议室后，刘豪杰问雪雅道："赛琳娜，你有没有告诉张董事长我们建公寓房的具体打算？"

不等雪雅回答，张家宝抢着说："她介绍过了，不过我想亲自听听刘总怎么计划的。"

这时，刘豪杰手下房地产公司的秘书，将事先放在会议桌上的一叠《海天公寓房开发规划书》发给了在场所有人。接着，具体负责的公司副总一边按页翻着，一边开始解释。

"所以说，"刘豪杰等副总介绍结束，接着副总的话说道，"我们匡算了一下，这个公寓房项目的总投资约在1.5亿，利润也在1.5亿左右，回报率达到100%。从收购到销售，两年之内可以搞定。因此，年回报率在50%。如果我们借用一部分银行的钱来做这个项目，回报率将达200%以上。"

"嗯，这的确是个不错的项目。"张家宝慢慢合上规划书，若有所思地说道："这个项目虽好，但说实在，对我吸引力更大的，还是你的海天球场。因此我还想听听刘总的意见，球场具体怎么合作法。"显然，他明确暗示刘豪杰，他之所以会来，是对球场更感兴趣。

"赛琳娜应该对你说过吧，我可以把球场和开发公寓的项目打包和你合作。"刘豪杰说。

"这个我明白，刘总能不能说具体一点？"张家宝问。

"那我就直截了当说了，"刘豪杰微微一笑道："我是希望能在开发初期引入张董的资金，主要用于第一步收购老别墅。"

"你希望我出资金来收购？"张家宝扬了扬眉毛。

"正是，如果我目前资金充足，也不会找合伙人了。大家都看到了，这是个稳赚钱的机会，我必须争分夺秒地捕捉住。因此，我需要一个资金充足的搭档共同分享这个机会。"刘豪杰说到此略作停顿，然后继续道："所以赛琳娜一介绍你张董，我就很有兴趣。"

"刘总你还是没有说到这和球场有什么关系啊。"张家宝提醒道。

"我正打算要说呢，"刘豪杰始终保持着恰到好处的笑容，语气却很是认真："只要你张董能在三个月之内，将那二十套老旧别墅收购完毕，我就将海天球场一半的股份转让给你。"

"三个月之内？"张家宝往后靠了靠，脸色略显吃惊："时间上是不是太紧了啊，干嘛那么急呢？"

"时间是有些紧，但事出有因的。"刘豪杰解释道："据我最近得到的消息，市政府有可能会改变原来已经松口的计划。而且，看好这块地的开发商很多，大家都虎视眈眈。所以，我们动手越迟，收购价会越高，当然开发成本也会越高，这些不用我说张董也应当明白。"

张家宝神情严肃地盯着刘豪杰看，他觉得刘豪杰应该不像是骗他。他想了想，单刀直入地问刘豪杰："那么收购价定在多少？"

"平均 400 万一套。"

"400 万?!"张家宝睁大眼睛，以为自己听错了。他虽然来温哥华的时间没刘豪杰长，可对这里的市场行情还是了解的。这个价格显然高出了正常水平，他不由心生疑虑。

雪雅愕然瞧着刘豪杰，也感觉出乎意外。刘豪杰定的收购价，明显偏离市场价位。她不明白，刘豪杰葫芦里到底埋的是什么药。

"没错。我当刚才讲的回报率，就是按 400 万一套测算的。"刘豪杰很镇定也自信。他的表情好像在说：这没有什么值得大惊小怪的啊！

张家宝的大脑开始迅速转动起来。他在来之前，他已经派出企划部的人做了市场调查，也敲了大部分老旧别墅主人的大门打探过了。按现在的市场价，这些平均占地 6000 多平方英尺的老旧别墅，每套价格大概在 300 万左右。精明老道的刘豪杰为何提出让他出价 400 万收购？这里面是否有陷阱呢？

"我说的这个价格确实明显高于市场价。"刘豪杰像是看出了张家宝的疑虑，不慌不忙解释说："如果我们以市场价收购，那么就会有其他的竞争者出现，难保老别墅的主人们一定会和我们做交易，讨价还价的事一多，就会变得夜长梦多，时间成本就提高了，不知道张董是否能明白我的意思？"

张家宝当然马上听懂了刘豪杰的意思，但没有立即回答。细细想来，出 400 万收购，也许恰恰说明刘豪杰的行事风格，大胆精明。这样一来，不仅可以加快收购速度，还避免了其他开发商吞噬这块地的可能性，谁会轻易答应在市场价上爽快地平均增加 100 万啊？于是他对刘豪杰说："我当然理解刘总的意思，不过这样的话，我们就要多拿出 2000 万来了。"

"确实如此，但是相比目前就能看到的利润率，用 2000 万来买一张保险单应该是值得的，况且以你们太平洋地产的实力，这并不算什么大数字，对吗？"刘豪杰说。

"2000 万当然不算太大的数字，"张家宝摆出一副财大气粗的架势说，"不过有一件非常棘手的事不知道刘总是否清楚……"张家宝欲言又止。

"请张董事长明示。"刘豪杰马上表态。

"不瞒你刘总说，过来见你之前我已经做过市场调查。"张家宝老谋深算地笑了笑："这二十套别墅中的十七套收购应该没什么大问题，最多出价高一点。但另外三套却不然，它们挂在一家公司的名下，而且这三套的位置是一头、一尾和中间。显然，这家公司很聪明，抢占了极为有利的方位，目的就是先占领这片土地，估计他们正计划收购这全部二十套别墅搞开发。因此我认为，要收购这三套别墅难度非常大，甚至不可能。"

"哈哈哈，原来张董担心这件事啊？"刘豪杰轻松地笑出声来："张董有所不知啊，你所担心最难办的事情，实际上恰恰是最容易办到的。"

"怎么讲？"张家宝不解。

"赛琳娜没有告诉你吗？"刘豪杰朝雪雅看了看。

"告诉我什么？"张家宝更加莫名其妙。

"这家公司的老板远在天边近在眼前啊。"

"噢，原来是就你刘总啊，那当然就好办喽。"张家宝恍然大悟。

"不是我。"刘豪杰摇摇手否定。

"那是谁？"张家宝糊涂了。

"是赛琳娜啊。"刘豪杰再次将眼光转向雪雅，双眸里投射出某种暗示。

"赛琳娜?!"张家宝睁圆了眼睛，难以置信地问。"赛琳娜能拥有这三栋别墅？"显然，他不相信一个经纪人会这么有钱？

雪雅在一刹那间也非常惊惑，那三幢别墅明明是刘豪杰自己先收购下来的，为什么突然要说成是她的？但雪雅毕竟聪明机灵，立刻明白这是刘豪杰的计谋。凭她的直觉，刘豪杰这样做一定有他的道理，无论如何她必须配合刘豪杰。

"不好意思张董，我之前没有对你说这件事。"经验丰富的雪雅，脸上只是闪过一丝愕然，随即便镇静下来。她从容微笑着，巧妙地对张家宝说明："我做了十几年的房地产经纪，确实赚了一点钱，之前在刘总的建议下，投资了这三栋老旧别墅。既然现在你们俩要合作开发这地方，我可以把它们转让出来，我也不一定要你们加我 100 万，按照目前市场价，你们适当加一点就行，不过你们得答应我一个条件作为交换，等你们开发完多层公寓后，楼盘的销售务必要让我分一杯羹哦。"

"原来是这样啊。那就比较好办了。"张家宝对刘豪杰说，"排除了我的担心后，我基本可以保证三个月搞定老旧别墅的收购。不过，赛琳娜，我们有言在先，在我收购完其它别墅后，你的三幢别墅得立刻卖给我们，不能反悔的哦。"

雪雅赶紧瞄了一下刘豪杰。只见刘豪杰微微扬了一下眉头，她立刻心领神会，马上回答道："当着你们俩的面答应的事情，我怎么可能反悔？以后还要不要在温哥华地产界混了？如果张董和刘总不放心，我可以先和你们签个协议。"

"这倒不必，我相信张董是很信任你的。至于我嘛，对谁都可以不相信，但不会对你。"刘豪杰不失时机插话进来，"张董，现在你可以放心了吧？"

张家宝暗自思考了几秒钟，对雪雅说："赛琳娜，不是我不放心，那三套别墅的事，你光口头答应，毕竟口说无凭，所以我的意思，还是要同你签一个转卖合同，当然，时间上不必很急，可放在待我收购完其余十七套后。"

"张董做事毕竟老到啊。不过对于赛琳娜，其实你用不着担心，她也是言出必行的人。"刘豪杰说着用目光暗示了雪雅。

"君子一言驷马难追。"雪雅说。

张家宝微微点头道："我可以答应出资作为先期投资。不过刘总，我还有一个要求，等我们俩的合作成功后，海天高尔夫球场另外属于你的50%股份，能不能全都卖给我？"

"为什么？"刘豪杰一愣。

"刘总你已经有好几个球场了，让一个海天给我也无妨大碍啊。我呢，希望要一个100%自己能掌控的球场。"张家宝坦率地讲出自己的想法。

"那我可以卖给你一个其它球场。"

"不不，我就喜欢海天球场。到时价格随你开。"张家宝一副志在必得的样子。

刘豪杰做思考状，然后皱着眉头，一副忍痛割爱的神态说"好吧，我考虑考虑。"

"那么刘总，接下来可否说一下你对合作有什么具体想法？"张家宝听到刘豪杰松口答应全部放弃海天球场，不由暗自得意。

刘豪杰看看张家宝说："你看这样行不行，我们先成立一家各占50%股份的房地产开发公司，然后用这家合资公司的名义开始收购老别墅，具体收购事宜由张董出面。只要你在三个月之内，把这二十套老别墅都收购完毕，我就在之后十天以内，将天海球场50%股份转给你。"刘豪杰爽快地答应道。

"刘总，我的想法是，当我们收购到这二十套老别墅里最后一套时，收购的买卖合同必须和你海天球场的转让合同同时签署，你看可以吗？"张家宝明显是多生了一个心眼。

"没有问题。"刘豪杰回答得很干脆，随即话锋一转又道："但是张董，如果在三个月内，你不能完成老旧别墅的收购，该如何处置？我想，我们既然要合伙做事，彼此的承诺和兑现应该是对等的。"

"那我当然甘愿受罚。"张家宝毫不在乎地回答说。

"如何处罚呢？"刘豪杰紧追不舍。

"如果三个月完成不了收购任务，我陪你3000万，怎么样啊？当然，前提是雪雅不能反悔。"张家宝拍着胸部信誓旦旦。

"我一定遵守诺言。"雪雅赶紧表态。

"那就一言为定。"刘豪杰脸上再次展露出笑容来："张董真是爽快人，决断干脆利落，要不我们尽快让律师把所有文件都准备好，然后签字画押。"

"再好不过了！"张家宝眼里透着光芒，抑制不住内心的兴奋。在他的考虑中，老旧别墅的收购小菜一碟，不是什么难事。他已经初步摸过底了，除之前不知道的那三幢属于赛琳娜的别墅外，其余十七家中的十六家都表示了只要价格舒服，就愿意出让的意向，唯一剩下的一家，主人是一对老年夫妇，最近去欧洲旅行了，因此没有面对面交谈，但估计不会有问题，大不了多讨价还价一番而已。一旦收购完成，海天球场不就成了囊中之物？

2

送走张家宝一行人之后，雪雅跟着刘豪杰去了他的办公室。她有几句话一定要问问刘豪杰。刚走进办公室的门，雪雅就迫不及待地开口了："我不明白，刚才你为什么突然说那三幢别墅是属于我的？你一定有什么意图吧？"

"我说小雪，你这么聪明，难道还会不明白我这么说的原因？"刘豪杰笑笑说。

"我还真的被你弄得云里雾里的呢。"雪雅摇摇头表示不理解。

"你想，我要张家宝和我合伙开发旧别墅改建公寓的项目，而且要他承担先期投资的费用，如果他知道了那三幢别墅是我的，那他不就会少投入差不多15%的资金了吗？"刘豪杰提示道。

雪雅茫然地瞧着刘豪杰，似乎没有明白他这句话里包含的意思。

"如果以平均400万一幢计算，他至少可以少拿出来1200万，对吗？"刘豪杰也看着雪雅的眼睛问。

"哦，明白了，你是想先把那三幢的成本加利润通通收入囊中后再和他合作？"雪雅好像终于弄明白了。

"这是其一，我的目的是要尽可能地增加他的先期投入。"刘豪杰思索着道："我把那三幢别墅说成是你的，除了这个原因外还有一点，以张家宝这个人的精明程度，如果他知道是我早就收购下了那三幢别墅，多半就会起疑心，未必能答应和我合作开发公寓楼的项目。"

"这倒是有可能的，此人疑心很重的。"雪雅从水矿的事情上得出的经验就是如此，张家宝办事会不动声色，似是而非，让人琢磨不透。

"现在他知道三幢别墅是你的，大不了以为我想挑你赚点钱而已。"刘豪杰说："相信他一定会和你讨价还价，要你降低出让费，到时你要见机行事，既不能不做让步，也不能让得太多，这出戏你一定要演好。"

雪雅似懂非懂地点了点头，接着问道："你能不能对我说实话，难道你真的要和他合作开发这个项目吗，这可不像你一贯的做法啊？"

刘豪杰正打算回答雪雅的提问，办公室的门突然被推开了，只见赵梦雨火急火燎地冲了进来，脚步尚未落稳，就急匆匆地朝着刘豪杰叫道："刘总，你真的要把海天球场卖掉？这是为什么，为什么？"

刘豪杰和雪雅互对了一眼，然后对赵梦雨道："爱丽丝，你是听谁说的？"

"刚才韩戈平，不，杰姆斯刚才打电话告诉我的，说你已经答应转让球场了，还是100%的股权。我想不通你为什么要这么做。我们辛辛苦苦忙了那么久，才把球场打造得这么好，你却说卖掉就卖掉，这不是……"赵梦雨说着，眼睛里已经含着泪水。

雪雅看出了赵梦雨的满心委屈，移步到她身边拉起她的手以示安慰道："爱丽丝，你先别急，别着急。"

"刘总，既然你早就想好了会把海天球场卖掉，又何必把我从中国叫过来？"赵梦雨按捺不住激动地说，显然她非常生气，感觉是自己被利用之后就出卖了。

"是啊，我也很不理解这点，你可以和张家宝合作开发地产项目，但为何一定要拿海天球场做交易呢？"雪雅趁机将自己心里的疑问说了出来。

"如果我不答应将球场的股权打包进来，张家宝能和我合作吗？"刘豪杰反问雪雅。

"那你也不能和别人平分股份啊，更不可以答应将另外50%的股份也卖掉。如果这样，我们之前所做的一切，不都是为他人作嫁衣裳吗？"赵梦雨强忍着眼框里的泪水，不服气地朝刘豪杰喊。自从认识刘豪杰以来，这是她第一次不顾身份和情绪直截了当责怪老板。

"我完全理解爱丽丝的心情，"雪雅旗帜鲜明地站到赵梦雨一边，"她为海天球场付出了那么多的心血，每天兢兢业业地工作，你现在轻而易举就表示要把球场完全转让给张家宝，她怎么能接受得了？"

刘豪杰看看雪雅再看看赵梦雨，不做声，如同局外人般面无表情。

"我知道你急于想开发旧别墅改建公寓的项目，可是你未必一定要拿球场做交易呀。"雪雅干脆把自己的想法全部倾倒出来："其实刘总，恕我直言，依我对你的了解，你不用和张家宝合作，也有能力独立操作这个项目。即便一时资金周转有困难，我们在温哥华不是有那么多可靠的老朋友吗？如果你不好意思出面融资，我愿意去和他们谈，我去找陈秋姐和余国伟大哥，以他们的实力，哪一个都不会比张家宝差。"

"我就是要和张家宝合作。"刘豪杰冷不防打断雪雅，口气生硬地道。

刘豪杰这句话，使得雪雅和赵梦雨都不免惊讶之极。两个人不由愣愣地盯着刘豪杰难以琢磨的表情。雪雅一时无语。赵梦雨更是脸都变了色，含了半天的泪水不知不觉淌了下来。她举手擦了一擦，顿时有一阵绝望之情从她心里浮起。她咬住自己的嘴唇，不让自己因为内心的冲动而朝刘豪杰大喊大叫，然后迅速一个转身就想离开办公室。

"你给我站住！"刘豪杰冲着赵梦雨吼了一声。

赵梦雨一惊吓，顿时刹住脚步，像被点了穴位一般纹丝不动。

雪雅见状不妙，赶紧过去拉住赵梦雨，随即责怪刘豪杰说："哎呀，你有话好好说嘛，朝爱丽丝吼什么吼啊？"

"我还没把话说完呢，你耍什么小孩子脾气？"刘豪杰严厉地呵斥赵梦雨，然后又说："你们俩都坐下，耐心听我说。"

雪雅很少见刘豪杰口气这么强硬，不由吐了吐舌头，拉着赵梦雨坐到长沙发里。赵梦雨低垂着脸生闷气，不愿瞧刘豪杰一眼。她心里嘀咕着，要不是看在你刘总平时一贯对我像家人般关心照顾这点上，我早就拔腿走了，我又不怕你。

三个人静默了一阵后，刘豪杰对她俩道："你们啊，都不好好想想，如果我不和张家宝合作做项目，我哪有和他接触的机会？如果我不和他接触，又怎么可能打败他？"

两个女孩闻言不约而同抬起头来，意外又惊惑地直视刘豪杰，揣测着他那句话到底是什么含义。

"雪雅说得没错，我不用和任何人合作，自己也有能力独立开发这个公寓项目，"刘豪杰此时已经放平了语调，开始解释起来，"所以，我不是需要他的资金才和他合作，我要的是和他交手的机会。"

"交手的机会？"雪雅脱口而问。

"是的，"刘豪杰朝赵梦雨看了看，含义颇深地说："他不是让爱丽丝和老陆蒙受了那么大损失吗？这事可不能就这么过去了，这回我要让他付出更大的代价。"

雪雅和赵梦雨惊讶地相互瞧瞧，本来绷紧的脸部表情立刻松弛下来，不由好奇地望着刘豪杰，等待他的下文。

"雪雅你刚才听到我和张家宝的约定了对吗，如果他在三个月内收购完毕那二十幢旧别墅，我就答应把海天球场的股份全部转让给他。反之，如果他到约定时间无法完成二十幢别墅的收购，我将要罚他3000万。"

"是啊，你们是这样约定的，那又怎么样呢？只不过是说说而已的君子协议呀。"雪雅应道，她还是不能理解刘豪杰。

"不，我会非常认真地把这些条款做进合作协议内。"刘豪杰说。

"即便如此，我的感觉是张家宝对按期完成收购自信满满的。"雪雅表示说，

"对啊，万一他真的如期完成了收购，我们的球场不就要给他拿走了吗？"赵梦雨此刻已经冷静下来了，从原来的激动变为担心。

"他不可能完成那二十幢旧别墅的收购。"刘豪杰呵呵一笑，斩钉截铁地说，"所以，他一定会输掉那3000万！"

刘豪杰并没有进一步解释他说的话。雪雅想问个清楚，刘豪杰举了举手掌，似乎要挡住任何问题，意思很明确，你们别再追问下去了，他以沉默和浅笑作了没有结论的回答。

雪雅很知趣，不再多纠缠。赵梦雨心里已经雨过天晴，觉得可能是自己误会了老板，既然刘豪杰那么有把握地说张家宝不可能完成收购，那么海天球场就不存在卖给张家宝这一说了，甚至连作为打包合作那50%的股权都只是说说而已。

"今天我说的这些话，就到我们三个为止，你们不能对任何人提起半句，明白吗？"刘豪杰警示说。

雪雅和赵梦雨连连点头，她们俩其实内心都非常信任和敬佩刘豪杰。

"接下去的一段时间，雪雅你一定要全力以赴配合我，要和我保持密切联系，把张家宝所有动向及时告诉我。还有爱丽丝，你也一样，以后无论我叫你去担任什么职务，你都要无条件服从。你们俩能做到吗？"

两个女孩再次互相看看，然后一个劲点头。她们本能地觉得，有一出大戏要拉开序幕了，这戏的导演就是刘豪杰。

一周之后，刘豪杰和张家宝如约签订合作协议，双方都带来了公司的法律顾问。在即将要正式签字前，张家宝突然问刘豪杰道："刘总，听说你一向对海天球场爱不释手，为怎么会突然同意出让全部股份了呢？"

刘豪杰淡定笑笑，故作神秘地泄露了一个商业机密，说他正打算收购美国加州洛杉矶一家更好的球场，至于是哪一家球场，眼下恕他暂时保密不泄，然后郑重其事地说："我在加拿大已经有几个球场了，接下去的目标是美国，打算在那里也收购几个球场。"

"哇，刘总真是有雄心壮志和雄才大略啊。"张家宝似信非信，但不得不佩服刘豪杰的眼光和魄力。

"你过奖了，我不过是对高尔夫球场情有独钟而已。"刘豪杰谦虚了一句。

"可是，海天球场刘总已经花了那么多精力和心思，经营到这么好的地步，就像你把一个青涩的小姑娘养育成了如花似玉人见人爱的妙龄女郎，要是完全让给了我，你一点不心疼吗？"张家宝再次巧妙地试探着。

"要我说实话？当然不舍得啦。"刘豪杰一脸中肯地回答张家宝，"如果换了另一个人，我肯定就不会同意转让的。"

"此话怎讲？"

"我考虑再三后愿意让给张董，有个非常特别的因素起了作用。"刘豪杰说。

"哦，可否说来听听？"张家宝一脸兴趣。

"因为据我所知，张董事长收购海天的目的，是为了让你的表弟杰姆斯来打理球场对吗？而杰姆斯一生最爱的就是高尔夫。我相信，由一个视高尔夫为生命的人来掌管海天球场，球场的前景只会蒸蒸日上，不会嘎然而止。那样的话，我之前所有的付出和努力都将延续下去，不会白费，张董事长，你说对吗？"刘豪杰把理由讲了出来。

张家宝嗯了一声，不由频频点头。

3

经过几轮紧锣密鼓的磋商，刘豪杰和张家宝终于达成合作协议，共同开发海天高尔夫球场边上的旧别墅改建项目。依照刘豪杰的提议，双方共同出资，成立一家新的房地产开发公司，取名为海天房地产开发有限公司，双方各占50%股份。按照协议约定，双方各投入6000万加币，分两期注资。由于刘豪杰将海天球场50%的股份作为投资入股，因此需要张家宝先投入收购旧别墅所需的大部分资金，待二十幢旧别墅收购完毕，张家宝就理所当然成为海天球场和刘豪杰平起平坐的股东，之后一个月内，刘豪杰需要将海天球场其余的一半股份卖给张家宝，协议由双方律师见证，两位当事人分别签字画押。

签完协议，刘豪杰提了个建议，新公司的办公场所可以就放在海天高尔夫球场，刘豪杰表示可以免费提供球场会所内的几个房间，作为海天房地产的办公用房，以示他对此次合作的诚意。张家宝对此求之不得，一则这样可以省下一笔额外开销，二则将办公地点设在海天球场便于他派员进行收购旧别墅的操作。至于刘豪杰的好意，他觉得没有什么大不了的，很快他就是和刘豪杰平分秋色的球场老板之一了，刘豪杰这不也是在康他之慨吗？

一周后，海天房地产开发有限公司的成立仪式，放在了海天高尔夫球场会所大厅里举办。傍晚，刘豪杰在顶楼玻璃餐厅举行了一个小型酒会，参加的人有刘豪杰和张家宝各自公司的多名高管，温哥华地产界的一些企业家朋友，受刘豪杰邀请而来的华人商会或同乡会的几个头面人物，雪雅和另十几个大温地区有名的王牌经纪人，以及其他一些和房地产业有牵连的相关人员。所有来宾都穿着整齐正式，男宾多半西装革履，系上领带，皮鞋雪亮。女宾则长裙飘逸，首饰璀璨，香气怡人。刘豪杰让餐厅准备了丰富精致的各式冷餐，各种好酒和琳琅满目的饮料一应俱全。杯盏交错之间，认识的和不认识的，大家相互招呼，介绍，交换名片，攀谈，聆听，嬉笑，场面好不热闹。

张家宝自从来到温哥华，还是第一次参加这样的派对，这不仅让他结识了不少华人圈的名人，令他在温哥华的社交圈得以扩大，也使得太平洋地产的名声有所提高，对此他倒是很感谢刘豪杰，觉得他考虑非常周到，借此机会，对海天房地产今后将要开发的公寓项目也等于做了一次预告和宣传。

酒会进行到一半时，刘豪杰带着亭亭玉立的赵梦雨来到张家宝跟前，赵梦雨轻声叫了声张叔，微微欠身以示礼貌，好像已经全然不计前嫌，忘了被张家宝愚弄的水矿项目。

"张董，你和爱丽丝本来就很熟吧。"刘豪杰对张家宝说。

"当然很熟，我和爱丽丝的交情比她和你的认识的时间还要长很多呢。"张家宝说。

"我带爱丽丝过来是要正式告诉你，今后她将出任海天房地产开发公司我方的首席代表和董事会成员。"

之前，为了组成合资公司，刘豪杰特意新成立了一家 MY 公司，作为海天房地产开发公司的投资方和股东，刘豪杰让赵梦雨出任 MY 公司的总经理并享有 10% 的股份。这样一来，赵梦雨就成为海天房地产开发有限公司的股东方和董事会成员。当刘豪杰对赵梦雨宣布这个决定时，赵梦雨觉得难以理解，不知道刘豪杰想下怎样一步棋。不过刘豪杰曾经有话在先，今后赵梦雨需要对他所有的安排言听计从，所以她就没有表示异议，欣然接受了。只是希望刘豪杰不要调离她球场主管的位置，还说她对开发房地产之类毫无经验，很难有所作为。刘豪杰让赵梦雨不必担心，球场主管毫无疑问还是非她莫属，至于出任 MY 公司总经理一职，其实只是名义上的，没有多少实际工作需要赵梦雨去操作打理。

张家宝突然听到刘豪杰这番话颇感意外，他不知道刘豪杰把赵梦雨拉进这个项目来是何用意，据他对赵梦雨经历的了解，她可从来没有涉足过房地产业务啊！便表示了自己的不安："难道刘总你置身事外？不参与合资公司的经营吗？"

刘豪杰一眼就看穿了张家宝内心的狐疑，解释说："张董事长不必多虑，我让爱丽丝参与这个项目，是因为我最近一段时间会非常之忙，可以说会满世界飞来飞去，尤其是中国和美国两处，会频繁出入，能投入到这个项目上的时间比较有限，因此，我让爱丽丝做我的代理人。"

"可是，作为一个从事房地产开发的公司负责人之一，爱丽丝是不是太年轻了一点，况且她对房地产业没有任何经验？"张家宝也不顾赵梦雨在场，听了会不会不高兴，就直接说出了他的顾虑。

"这个我早有考虑。"刘豪杰不以为然地笑笑："海天房地产公司的操作嘛，还是要以张董事长你为主，就麻烦你多投入些精力。至于爱丽丝的角色，就是替我及时了解一下进展情况而已。至于项目具体的展开，前期工作主要是旧别墅的收购，反正说好了都由你们负责的，爱丽丝不需要做什么事情，待需要我方出力时，爱丽丝尽其所能配合你们就好。"

听刘豪杰这么一解释，张家宝立刻顺水推舟表示了理解。他虽说嘴巴上表示对赵梦雨不放心，认为她对房地产没有经验，其实他对赵梦雨的参与暗中窃喜。在张家宝看来，赵梦雨在生意场上根本不是他的对手，让她代表刘豪杰负责海天房地产开发，反而是为他创造了难得的机会。今后海天房地产公司还不是他说了算？赵梦雨最多就是个摆设而已。对于海天房地产开发有限公司的运作方式，张家宝早有自己的如意算盘。

"那好，我们今后就是合作伙伴了。"张家宝对赵梦雨说。

"请张叔多多指教。"赵梦雨保持着笑容，从容得体地回答道。

海天房地产开发有限公司正式成立后的第三天，张家宝把韩戈平叫到了他的办公室。

张家宝决定将收购二十幢旧别墅的任务交给表弟韩戈平去办理。对此他有三个考量，其一，那二十幢别墅的住户除去雪雅外，其它十七户清一色都是老外西人，要和他们谈判交流只能用英语，这事只有韩戈平干得了；其二，他一直想让韩戈平独立操作一个项目，以此培养他的业务能力；其三，是因为刘豪杰一方派出赵梦雨担任海天房地产公司的代表，韩戈平与赵梦雨有特殊关系，比较容易沟通和相处，便于掌握她的动态和想法。除此之外，张家宝内心里还隐藏着另一个更重要的考量，当然，这是他不会对任何人讲出来的秘密。张家宝等韩戈平坐在他对面后，就把自己的决定告诉了韩戈平。

"让我负责收购旧别墅？"韩戈平显然没有丝毫准备，对此没有把握，就对张家宝说："哥，我可从来没有这方面的经验，怕做不好。"

"这事非你不可。"张家宝便将自己第一第二个考量对韩戈平说出来。

韩戈平听后无语，他不得不承认表哥的考虑是有理由的，何况表哥是出于好意，想培养自己独立操作一个项目的能力。事实上，自从来到温哥华，虽然韩戈平参与了几个项目的谈判操作，但全部是作为表哥的副手出面的，至今还从未独立干过一件事。于是他说："那好，我试试吧。"

"让你出面，还有一个原因，是因为刘总那边要派梦雨作为代表，参与海天房地产的工作，这是我之前未曾料到的。你知道，自从矿泉水项目被我否定掉之后，梦雨一直对我有看法，我如果直接出面和她打交道就不太合适了。而你和她的关系一直非常好，你们容易相处也互相信任，这对项目开展好处多多。"

"真的吗？你的意思，我以后要和梦雨一起工作？"韩戈平不禁喜出望外，听说赵梦雨将担任合资公司代理人，自己以后差不多天天可以见到她，和她近在咫尺处在一块，这不正是他求之不得和梦寐以求的吗？韩戈平当即频频点头，毫不犹豫就欣然接受了表哥的委任。从他而言，最重要的是从今往后可以名正言顺地和赵梦雨频繁接触，经常见面了。

"好，你答应了就好。"张家宝当然看出了表弟压制着的喜悦之情。他不易察觉地皱皱眉头，从他内心而言，他真不希望表弟和赵梦雨走到一起，不过眼下先顾不得这些了，要紧的是收购旧别墅这件大事。他喝了口水，然后对韩戈平道："今天叫你过来，还有一件事情。"

"什么事？哥你说吧。"韩戈平此时心情特别好。

"我要说的这件事，只能天知地知，你知我知，明白吗？"张家宝显得很严肃。

韩戈平被张家宝这句话弄得紧张起来，问道："什么事如此严重啊？"

"我前几日新注册了一家希望地产开发公司，我要你出任总经理。"

"哥，这是干嘛啊？我们本来不就有房地产公司吗？为什么还要重新注册一家，还要我负责？"

"不仅要你负责，而且我要给你20％的股权，也就是，你要出任的是董事总经理。"张家宝深思熟虑地说。

"给我股份？"韩戈平更搞不懂了。

"对，让你成为股东。"张家宝肯定地说，"戈平，你跟着哥我的时间也不少了，我不能让你一辈子替我打工啊，你也应该逐渐成为老板才对。现在正好有这个机会，哥就应该推你一把。除开希望地产公司我给你20％的股份，我和刘总合资的天地房地产公司也要赠送你10％的股份。"

"哥，这……"韩戈平一阵感动，不知道说什么好了。

"当然，这也不是哥白送给你的，只有公司赚了钱，我给你的股份才真正有意义，否则就是一纸空文。"

"这个我明白。"

"所以，收购旧别墅的项目你务必全力以赴，在我和刘豪杰约定的时间内完成。当然，我不会袖手旁观的，会在背后全力支持你。"

"可是哥，我们收购收别墅不是以海天房地产的名义出面的吗？那个希望地产……？"韩戈平说出了自己的不解。

"这就是我要和你密谈的事情。"张家宝将脸凑近韩戈平道："表面上，我们是用海天房地产开发公司的名义去收购那二十幢老别墅，但暗地里，我要你悄悄地以希望地产的名义先尽可能的去买下那些旧别墅。当然，赛琳娜所占的那三幢除外。对其他住户而言，是海天收购他们还是希望收购他们反正都一样，他们只要能拿到足够的钱就行。懂吗？"

"可我还是不够明白……"韩戈平老实说。

"你想想，刘豪杰不是说了要以平均400万的价格收购旧别墅吗？"张家宝一脸神秘地道："按照现在温哥华那个地段的别墅市场价，那些旧别墅的平均收购价最多也就300万上下，有些甚至只值200多万。那么，我们为什么一定要平均加价100万去收购呢？如果只加了50万就能拿下来，又何乐不为？你明白我的意思了吗？"

"你是说，我去和住户谈判的时候，尽可能将收购价谈得低一点？"韩戈平似乎听懂了。

"那是当然喽，别人50元愿意卖给你的东西，你何必非塞给人家100元呢？哪有这样做生意的？"张家宝理所当然地说。

"我明白，这样我们可以替海天地产节省一部分钱下来。"韩公平不由点起头来。

"不不不，你还是没有明白我的意思。"张家宝连说了三个不字，脸上微露失望地说道："我们没有必要替海天地产省一分钱，懂吗？因为这是两家人拿出来的钱。"

韩戈平又糊涂了，不知道表哥究竟在想些什么。

"我之所以要成立希望地产，让你负责操作，就是想借此机会让你自己多赚点钱懂吗？"

张家宝像是老师开导学生般提醒道："海天地产的收购预算是8000万，我们不用改变它。你以希望地产的名义先去收购，如果谈得顺利，你只花了6000万就顺利完成了收购，那不是就多出了2000万来吗？"

"哥的意思，我们先用希望地产去完成收购，再转卖给海天地产公司……？"

"哎呀，你总算开窍了。"张家宝站起来，倾身伸手在韩戈平肩上重重拍了一下："你想想，假设多出了2000万在希望地产的账上，你占20%的股份，不就有400万了吗？要是折算成人民币，就是2000多万哪，你不一下子成千万富翁了？"

"可是，这样做可以吗？"韩戈平疑惑地问。

"有什么不可以的？所以我刚才说此事只能天知地知你知我知嘛。收购旧别墅的事，刘总说了由我们全权负责，他不会过问，只要我们按时完成收购就行，那我们怎么操作，他又怎么会知道呢？"张家宝很有把握地下了结论，接着他加了一句说："不过此事必须绝对保密，你一丁半点都不可以泄露给梦雨，知道吗？"

"这个我知道……"韩戈平嘟哝着说。

"戈平啊，你既然入了生意场，就不能够过于书生气，明白吗？所谓无商不奸，这话听起来有点不舒服，但生意圈全都如此，无一例外的。做生意不是做慈善，人人都只为自己考虑打算的，手段无所谓，能赚钱才是硬道理，懂了吗？"

韩戈平没有答复表哥，可是他点了点头，尽管在内心里他总觉得有些不舒服。

4

日子过得飞快，转眼之间温哥华已经步入了深秋。秋天是枫叶之国加拿大最美丽的季节，满大街的枫树叶由绿渐黄，由黄渐红，因为所处位置和所受光照的不同，千万棵街树各展姿容，黄绿红三色交杂融汇，争奇斗艳，演绎出一片生机勃勃的斑驳灿烂，温哥华便逐日美丽得胜过彩笔下的画幅。

韩戈平自从接受了表哥指派给他的新任务后，最近两个月来，一直在紧锣密鼓推进海天球场边上那二十幢老旧别墅的收购工作。这并不是一件轻松的事，比原先预想的要复杂很多。本来，韩戈平只要委托房产经纪人去挨家挨户上门洽谈，只要谈成了，他在买卖合同上签字就可以了。但考虑到尽管经纪费是由卖家支付的，但羊毛出在羊身上，卖家会在出售价格上算上这笔经纪费，到头来相当于买家出了经纪费。如果自己直接和老别墅房东洽谈，他这边的经纪费就可以省下来，十七套的经纪费至少几十万。同时，在收购时间上也会大大提前，以确保三个月内收购完毕。

此外，假如按照刘豪杰的计划，平均每幢别墅加价100万的话，这个工作或许会轻松得多。对于那些老别墅的房东而言，毕竟高出市场价一大截的收购价是具有吸引力的，谁也不会轻易和钱过不去。然而现在韩戈平得到的指令是，能压低多少就压低多少，对各家各户不采用统一标准和模式，要根据交谈下来的情况分而治之。

这样一来，除了赛琳娜所拥有的三幢别墅不用花什么精力外，其余十七户人家是需要挨家挨户逐一去磨嘴皮子商谈的。虽然之前在摸底的时候，大部分住户对高出市场价的收购表示出了兴趣，但真要谈起来，还是很难做到一马平川，顺风顺水。韩戈平碰到了各种问题：有的今天爽快答应了，明天却又突然变卦；有的上来就狮子大开口，漫天要价；有的犹豫不决，拖拖拉拉，始终不给明确答复。因此，韩戈平确实是经受了锻炼和考验。既然由他负责这个项目，他就必须动足脑筋，逐一化解面临的每道难题。他既要有灵活的谈判技巧，又要显露恰到好处的语气和态度。更重要的是，他务必首先赢得那些老外住户的好感和信任，不吃闭门羹，方可以进入真正的谈判进程，然后才是动听的说服解释和适度的讨价还价。韩戈平以他平生最大的耐心和韧劲，用蚂蚁啃骨头的精神，一家一家走访洽谈。两个月后，终于和大部分住户达成了收购意向，签订了旧别墅转让意向协议。剩下还有三家，其中两家一开始要价甚高，在韩戈平一次又一次上门拜访后，一则被韩戈平的诚意打动，二则见左右邻居都已打算出售，自己过高要价的目的也不易达到，就开始松了口，表示再做最后考虑。

现在让韩戈平最为伤脑筋的，是住在这二十幢旧别墅中间位置的一户人家。这是

一对白人老夫妇，男的叫杰克，女的叫玛琳娜，都已经七十多岁了。老两口身体很健康，经常外出旅行，

光要找到和他们见面的机会就很难，好不容易碰到了他们在家的机会，韩戈平一说收购别墅，他们就一口回绝，说他们的房子不卖。第二次好不容易说服老杰克听他解释一下情况，韩戈平将其他住户基本都已经答应接受收购的情况对老夫妇介绍了一番，然后表示说，只要愿意出让别墅，老杰克可以开一个价格，他们公司会尽可能满足杰克夫妇。不料老杰克毫无商量余地地说：我们从没有打算出售房子，要开价干什么？韩戈平知道人一旦年纪大了，会比较固执一点，只好以退为进，不再紧盯不放，和气地要求老夫妇仔细考虑考虑，说这对他们也许是一次不错的机会，他们可以找一处新居，手上还能多出一笔数字客观的闲钱，正好可以用于舒舒服服的旅行。

韩戈平为了谈判收购老别墅，几乎是连轴转地工作，整整忙碌了两个月。他也真想能休息一下，到什么地方转转，放松放松疲惫的身心。一天他随手翻看一份华文报纸，读到一则消息，说眼下正好是三文鱼回流的季节，今年又是大年，前去观赏三文鱼回流的游客络绎不绝云云。韩戈平脑子一转，当即起念要约赵梦雨一起同往，去看一次三文鱼回流的奇观。他当即致电赵梦雨，说了自己的想法，本来还有点担心赵梦雨会推说工作忙走不开，不料她竟然一口答应了，说她也曾听说过三文鱼回流的场面非常特别，令人惊叹，一直也有前去一睹为快的想法，两个人一拍即合，就相互约定了时间。通完电话，韩戈平满心欢悦，想到能和赵梦雨单独出游，两个人可以一整天都待在一块，心里不由如同涂上了蜜一般甜美。

这天是韩戈平和赵梦雨约定去看三文鱼回流的日子。韩戈平驾驶他自己的那辆墨绿色三菱越野车，早早地到列治文去接赵梦雨。他们要赶往观赏三文鱼回流的著名景点叫亚当河，是菲沙河的支流，流经美丽的欧垦娜根山谷，四周林荫环绕，充满自然原始情调。当全身赤红的鲑鱼顺着溪流回游，亚当河犹如一条美丽红地毯，无限延伸。在所有亚当河流域中，最适合观赏红鲑产卵地点，就在小苏士瓦湖附近的罗海布朗省立公园。那个地方在温哥华的东北面，有四百多公里，驱车过去大约要花四个多小时才能到，因此必须一大早就出发。

早晨七点不到，天刚蒙蒙亮，夜色尚未全部褪尽，空气里有股潮湿的气味，似乎有下雨的迹象。赵梦雨拎着一个大大的白色塑料篮子，走出公寓大门朝着韩戈平的车子走来。等在车旁的韩戈平赶紧迎上去，从她手里接过塑料篮问："你带了什么啊，要这么大的篮子？"

"吃的喝的呗，"赵梦雨笑笑说："不是要一整天吗？早中晚得三餐呢。"

"我已经带了一些。"韩戈平往篮子里瞧瞧，看到里面装着好几个食品盒，还有好几罐饮料。他打开车子后备箱，将塑料篮子装进去。

"我自己做了点蔬菜色拉，还有几样冷菜，吃起来方便。"赵梦雨说着，自己拉开车门，坐到了副驾驶位子上。

"女孩子就是想得周到，我只买了几个面包和一些水果，午餐和晚饭打算请你去外面吃的。"韩戈平边盖上后备箱边说。

刚坐进车里的赵梦雨说："你不是说来回路上就要差不多十个小时吗？哪还有时间去饭店吃饭啊？"

"所以我说你想得周到嘛。"韩戈平也上了车，关上车门发动车子，在赵梦雨家门口的空地上调了个头，驶上公路。

天气有些阴，四周依旧一片朦胧灰暗。韩戈平事先查过线路，可他还是不太放心，干脆就用了卫星导航仪来引领方向。赵梦雨问韩戈平，收购旧别墅的事进展怎么样了？

"一开始还比较顺利，大部分人家都谈下来了，已经签了买卖合同，现在除了赛琳娜外，还有三家尚未敲定。"韩戈平说。

"应该不会有问题吧？"赵梦雨问。

"剩下的三家中，有两家已经松口了，估计问题不大，唯有一家始终不愿出让，可能得花点精力才行，不过没关系，还有时间慢慢说服他们。"此时天空飘下了雨滴，不一会儿雨就渐渐大了，雨水积在挡风玻璃上模糊了视线，韩戈平赶紧启动了刮雨刷。

"这么一家一家去谈，你很辛苦吧。"赵梦雨听了韩戈平的话，感到有些意外，听上去收购工作很顺利啊，那为什么刘豪杰那么有把握地认为他们不可能按时完成收购呢？

"确实有点累，"韩戈平承认，"不过那是工作，没办法的。"

韩戈平想到赵梦雨今天起得太早，就让她干脆打个盹。赵梦雨早上是被闹钟吵醒的，确实没有睡够，反正天色暗暗的，一路上也没什么可看，不如眯一会儿吧。她动动身子，让自己坐舒服，然后阖上了眼睛。

雨还是不停下着，路上的车子都开启了雾灯。雨滴敲打在车窗上，很有节律，像是一首单调的催眠曲，赵梦雨不知不觉迷迷糊糊睡着了。等她猛睁开眼睛时，车子已经驶上了一号高速公路，路上的行车大大减少，韩戈平早就加快了车速，一路向东而去。此刻，天已经放晴了，窗外的景色清晰起来，远远的可以着到落基山脉朦胧的影子。忽然，前方的天空浮现出一大片橙红色的朝霞，霞光在远处的山峦上方扩散漂移，看得赵梦雨失声惊呼起来。

"哇太美了，太美了！"赵梦雨兴奋得像个跑进春天百花齐放的花园玩耍的少年儿童。她一下子挺直了身子，双眼直视着挡风玻璃外面的美景，陶醉了。

"是啊，好漂亮。"韩戈平也被这景色感动了，"如果不是出来这么早，还看不到呢。"

车子朝着前面的山峦急驶而去，越走越近，很快就看到了山腰间缭绕轻浮的云雾，不一会儿，有一片轻盈柔和的霞云从车子上空飘过，再次引起了赵梦雨的感叹。说实在，她是生平第一次近距离见到那么漂亮的云朵。

这时，车子折上了五号高速公路，走了将近一个半小时，天色已经大亮。赵梦雨将目光从前方景色中收回来的时候，无意间发现了仪表盘上面放置着一只河蚌壳。她立即认出了这件凝聚着她和韩戈平那段爱情经历的信物。她万万没有想到，韩戈平至今还保留着它。

"你还一直留着这个？"赵梦雨内心涌过一股暖流。

"什么？"韩戈平问，随即就瞥见了那只河蚌壳，展眉一笑说："当然保留着啦，什么东西都可以丢，唯有它是一辈子都不能离开的。"

"为什么？"赵梦雨明知故问。

"对我而言，它是我生命中最重要的东西啊。"韩戈平也不躲躲闪闪，"只要看到它，就等于看到了你。无论你在不在身旁，只要它在，我就觉得自己仍然和你在一起。"

"你真傻……"赵梦雨心里甜甜的，不由被感动了。

"我早就发过誓，我们能不能有情人终成眷属得看缘分，但我这辈子非你不娶是肯定的。"

"那又何必？……"

"这十几年，我心里始终只装着你一个人，因此，我不可能接受除你之外的任何人！"

"你真傻。"赵梦雨羞涩地看看韩戈平的侧脸，然后将目光移向了窗外。

车子经过一个叫希望的小镇后，开始进入蜿蜒的山路，两旁都是树木茂密的山坡，阳光被遮挡在树丛的顶端，道路在忽明忽暗中向前延伸着。此时，韩戈平突然想起车子应该要加油了，本以为，高速公路每过一百公里就应该有个加油站的，可是车子进入山区之后，好像一直没有见到过加油站或休息区的提示牌。韩戈平瞄了一眼油量表，上面显示车子还能走六十公里，可眼前这条山路看上去遥遥无期，根本无法判断前方要过多长距离才会出现加油站。如果继续盲目往前而去，万一六十公里内没有地方加油，那他们两个不是要被困在群山之中了吗？韩戈平不由担心起来。他脚踩刹车，减缓速度，慢慢又走了一段后，看到前方公路上停着一辆工程车，好像正在修路。他当机立断，将车驶到那儿停下，让赵梦雨等在车里，自己跳下车去询问。

韩戈平这一问问出了一身冷汗。修路的工人告诉他，这前方至少一百公里内根本没有加油站，因此劝他赶紧掉头往回走，必须在距离此处最近的一个出口下匝道，然后去附近的希望镇加油。韩戈平不敢怠慢，回到车上将情况告诉了赵梦雨。赵梦雨听完吓得不轻，脸色都变了，连问几声那该怎么办？韩戈平看看油表，还能走五十公里多一点，但愿这点油能坚持到最近的加油站。

韩戈平立即将车子掉了个头往回走，大约走了五六公里时，看到了出口，遂将车子驶出匝道直奔希望镇。一路上只要是下坡路，他就放开油门，利用惯性让车子尽可能多走一段。这样能节省用油。两个人提心吊胆地观望前方，希望能看到路旁出现加油站指示牌。油表的指针，随着车子的前行朝着归零的方向快速倾斜。韩戈平和赵梦雨都一语不发，焦虑地东张西望。终于，赵梦雨先看到了前方公路一侧竖立的指示牌了，惊喜地大叫起来："有了，有了！"

果然，那是去往希望镇的指示牌，表明前方三公里有休息点和加油站。此时，油表显示只剩下最后五公里的油量。

一眨眼，三公里就走完了。当车子驶进加油站时，韩戈平和赵梦雨都长长吐了口气。韩戈平说："真是老天护佑我们，如果当时我再往前行驶二十公里后才想起要加油，那就麻烦大了。"

"那我们就抛在前不着村后不着店的大山里了，对吗？"赵梦雨余惊未消地问。

"是啊，我们不但看不成三文鱼回流，恐怕还得在山路上过夜了，你怕吗？"韩戈平一面自助加着油一面说。

"有你在，我怕什么啊？"赵梦雨轻声说着，含情脉脉瞧了韩戈平。

油箱里加满了油，两个人之前的紧张情绪顿时一扫而空。韩戈平说他有点饿了，建议干脆两个人吃点东西再上路。赵梦雨表示同意。两人便取出带来的食物，坐在车里吃起来。由于路途很远，这么一个来回又浪费了不少时间，他们只能匆匆吃上一点就急着赶路。赵梦雨怕韩戈平已经连续开了两三个小时的车会累，提出由她来驾驶。韩戈平摇摇头说他不累，还开玩笑道："有你陪在我身边，我怎么可能会累？"

韩戈平驾车重新驶上山间公路，这下完全不用担心前方有没有加油站了。为了补回之前损失的时间，他将车速尽量加快。公路边上不时会有限速标识，韩戈平总在限定速度上再加十公里，这样警察一般不会作为超速处罚。就这样走了两个小时左右，卫星导航显示已经很靠近亚当河了。

又走了一段后，突然之间，导航仪上的信号不知为什么中断了，好像是之前设定的目的地已到，需要重新设置更具体精确的位置才能重启导航。韩戈平见正好路边有一家店，就把车靠边停下，前去店里打探。一个白人女孩正在店里工作，听到询问，她很热心地告诉韩戈平接下去该怎么走，说只要再往前两公里左右，就能看到罗海布朗省立公园。

当韩戈平和赵梦雨来到罗海布朗省立公园时，景区已经人头挤挤。前来此处观赏三文鱼回流的大都是西人，几乎见不到亚裔的面孔。有不少黄色的大巴士排列着停在空地上，那是专用校车，看来有不少学校组织学生过来游玩。韩戈平找地方泊好车，和赵梦雨两个人朝着河边走去。

此处的亚当河部分是一条很宽的河道，河水并不很深，但水流很急。清澈的河水里此时已经布满了从大海回流过来的三文鱼。这是一种红体黑嘴的鱼，几乎每条都有半米来长。无数条三文鱼像赶集的人群一样前拥后挤，朝着一个方向逆水游动，水流越是湍急，鱼群越是奋勇向前。

韩戈平和赵梦雨并肩沿着河岸慢慢边看边走，被眼前的情景深深吸引。这真是难得一见的景观，鱼群一团团，一片片在河水里争先恐后，匆匆赶路。它们经常会挤成一堆，缠成一垛，时不时有单条的鱼被挤出水面，奋力跃起的鱼儿每每激起大片四溅的水花，在阳光照射下泛出碎金般的光亮。按报纸上介绍，今年大约有三百万条三文鱼回归此地。这么庞大数量的鱼群在短时间同时出现，使得亚当河的河水被染成了一大片一大片的红色。这移动的红色无比壮观动人，充满惊艳，不断激起观赏者阵阵惊喜不断的大呼小叫。

这时，赵梦雨在河流上发现了另一番令人惊愕的景象：那些浮出水面的浅滩上，竟然堆着成片成片的死鱼，数不清的，已经发白的鱼身惨烈地拥挤在一起，就像刚刚经历了一场大屠杀后的刑场。阳光照射过后，大片的鱼尸散发出股股腥味，随风一阵阵吹进游人的鼻孔。

赵梦雨呆呆地看着这一切，止步不前地问韩戈平这是怎么回事？是谁捕杀了这些鱼群，还让它们暴尸河滩？

韩戈平来此之前在网上已看过对三文鱼回流的介绍，便向赵梦雨讲述起来：据说这种三文鱼每年都会成群结队从大海游到这里来产卵，它们的特点是，产完卵之后就会筋疲力尽而死。鱼卵在孵出小鱼后，就会顺着河流一路而下直达海洋。大约相隔四年之后，那些小鱼长成了大鱼，它们就会成群结队重返故里，回到自己的出生地来产卵，延续下一代，在完成了自己的使命后，坦然死在它们的家乡。

赵梦雨被这种悲壮的描述打动了，不知不觉眼睛里已经一片潮湿，不知是因为那些为了下一代放弃生命的大鱼，还是因为那些没有父母孤单游往大海的小鱼。总之，三文鱼回流充满了惨烈又如此雄壮！

在返回温哥华的路上，韩戈平和赵梦雨都沉陷在刚才所见的感人场景里，不由感叹大自然的伟大和神秘。他们心里共同的感受是，绝对不虚此行，尽管路远了点，但太值得来了。

两人回到列治文的时候，天已经黑了，和走的时候一样，此时又下起了雨。从一早出发到此时，已经整整过去了十三个小时。赵梦雨问韩戈平要不要上她家里坐一会儿。韩戈平开了十几小时的车，这时确实觉得有点累了，想早些回去休息。赵梦雨也不勉强，向他道了声谢打算下车，不料韩戈平一把拉住她说："梦雨，有件事我得告诉你。"

赵梦雨转过脸来问："什么？"

"我已经把我在上海的那套房子卖掉了。"韩戈平说。

赵梦雨不明白这事和她有什么关系,韩戈平为何要一本正经地告诉她,就茫然地看着韩戈平,嘟哝了一句:"是吗?"

"梦雨,那笔钱很快就能到温哥华,到时我会划给你。"

"给我?"赵梦雨愕然。

"对,必须给你,补偿你因为水矿而蒙受的损失。"韩戈平坚定地表示道:"梦雨,到时你一定得收下,否则我一辈子都不会原谅自己的,明白吗?"

这天夜里赵梦雨躺在床上时,不由浮想联翩。她当然不会接受韩戈平的恩施,不会去拿他的一分钱,但就韩戈平那个举动而言,她被深深感动到了。这个她从小就认识的大哥哥一点没变,还是那么关心她,想着她,呵护她,也许不得不承认,他始终爱着她,从未改变。从今天在他的车上看到了那只饱含他们俩以往情史的蚌壳,到他不声不响卖掉上海的房产,只为弥补她因盲动而损失的那一大笔钱,他都是默默而为的。不管她对他曾经多么冷淡,有多么大的误会,他都从不计较,一如既往地对她好。那么,自己应该以什么样的态度来回报他呢?难道就因为他是张家宝的表弟,就一定要拒他于千里之外吗?难道明明知道自己也爱着他,还非要装出一副不冷不热的假象吗?韩戈平对自己的爱,真像是三文鱼回流产卵一样执着,不顾生死一往无前,那么我有什么理由不接受他?不同样好好地去爱他呢?不知何故,有一股奇怪的伤感之情涌上赵梦雨的心头,她不知不觉流下了眼泪。

5

由于张家宝放弃了收购矿泉水项目,朱玉文没能如愿到太平洋地产去上班,也无法达成她想近距离和韩戈平天天相处一块的愿望。有好长一段时间,她为此郁闷不堪。

朱玉文依旧无所事事,靠着和陆仲任的来往获取在温哥华的生活费。虽说吃住用都不愁,但那种复印一样的生活内容令她觉得枯燥乏味,有时甚至产生了厌倦情绪,真想买账机票飞回上海去,回到金银湖球场当她的球童部经理。不管怎么说,那儿可以接触到新的人,遇见新的事,和那么多女生在一起也热热闹闹。唯一担忧和讨厌的就是那个纠缠不清的陈伟,因为提升朱玉文当了经理,似乎她就理所当然要当她的情妇,其实连情妇也算不上,就是一个发泄的工具,想要她了,就把她叫过去,肆无忌惮地侵犯她,却分文不给,连像样的礼物都没有送过她一次。

相比之下,朱玉文宁可接受陆仲任。他做事有分寸,也没有陈伟那么粗鲁,两个人相处得也算和谐,朱玉文就是扮演了一个小情人的角色。更重要的,是陆仲任出手大方。每次朱玉文开口，或者只需一个暗示，只要不太过分，陆仲任都会慷慨解囊。他愿意在物质上满足朱玉文，让她过得开心，这或许算是对他从朱玉文身上得到了充分性满足后一种对等回报吧。

虽然如此，朱玉文还是渐渐感觉到了生活的无聊和空虚。异乡他国就是不一样，你没有朋友和熟人，无法轻易融入社会，认识的仅有几个人都在忙忙碌碌，你的感觉是受到了冷落，在别人眼里可有可无。你每天的生活内容都一模一样，周而复始，毫无变化。

陆仲任倒是理解朱玉文这种每天无所事事的状态，有多么无聊。他给朱玉文提了一个建议，让她到住所附近的语言学校去学习英语。陆仲任说：你与其天天没事可干浪费时间，倒不如学点语言，对你在温哥华生活也有益。陆仲任还表示，如果朱玉文同意，学费他会全包下来。

朱玉文觉得陆仲任这个建议很中听，她不是打算要在温哥华长期留下来吗？那不会英语的话如何混下去啊？哪怕住在列治文这样华人集聚的地方再方便，加拿大毕竟是英语国家，能讲英语总会更方便些。再想想赵梦雨和韩戈平两个，不都是因为会讲英语而得益匪浅吗？既然陆仲任愿意出钱，自己和乐不为呢？一则可以打发时间，再则能学点日常有用的东西，也是一箭双雕的好事呀！

朱玉文知道离住宅区不远处，就有一家由华裔人士所办的语言培训学校，专门接收从大陆过来的新移民，好像还蛮有人气的。朱玉文雷厉风行，第二天就去那里咨询情况。学校负责人一听她的情况，就说那儿对她是最适合的，他们会从日常会话开始，帮助不会讲英语的移民在短期内取得重大突破，他们的教学方法会有出奇的效果。朱玉文一听正中下怀，她想要的就是短期速成的课程，于是马上就报了名付了学费。

从第二天开始，朱玉文增加了一份新的生活内容，每天上午会去学校上两个小时的课。对朱玉文而言，坐在教室里的感觉非常新鲜也好玩。同班的学生大都年长她好多，好像大都是家庭主妇之类，朱玉文应该是全班最年轻的了。那些阿姨辈的女人，对这么年轻的女孩和她们学习同一种课程都表现出了难以理解的好奇。

这天，张家宝打电话给朱玉文，让她过去一次，说有重要的事情要告诉她。朱玉文并不像前几次接到电话后那么兴奋。她觉得张家宝这个人城府太深，不可捉摸，说话出尔反尔，承诺不能兑现，在温哥华，她不知自己能在多大程度上依靠他。不过，眼下还有一件极为重要的事情，是必须要依仗张家宝出手来解决的。朱玉文猜不透，张家宝此次叫她去，是否就为了这件事。

朱玉文到的时候，张家宝一如既往笑脸相迎。待她坐定后，张家宝对她说："小朱，告诉你一个好消息，假结婚的事情，已经替你办妥了。"

果然是这件事，朱玉文暗暗窃喜，赶紧向张家宝致谢："太谢谢你了，表哥真是说到做到啊。"

"男人嘛，必须一诺千金。"

"为我办这件事，表哥一定花了不少钱吧？"

"以前和你说过的，那个人要价30万。"张家宝说得很轻松。

"真是让表哥破费了，不好意思。"

"不必客气，这也不是什么了不起的大钱。上次多亏了你的情报，让我避免亏损那么多钱，作为感谢，我也应该为你做这点事情的。"张家宝倒是一副很记情的样子。

"以后只要能替表哥出力的地方，我都愿意。"朱玉文乖巧地表白说。

"上次承诺你来我这儿工作的事，一时半刻无法兑现，抱歉了。"张家宝觉得这件事不可不提，就乘此机会表示歉意。

这件事被张家宝主动说出来，朱玉文反而无话可讲了，本来为这件事她心里是不高兴的，此时想想，再生气也挽不回这个结果，不如做个顺水人情，便说："表哥不必道歉，本来就是我求你的事嘛，再说了，既然矿泉水的项目都取消了，我过来也没事可干的。"

"我就知道小朱你通情达理，你这么说，我就放心了，我张家宝最怕别人觉得我言而无信呢。"

"哪会啊，我是了解表哥为人的，要不表哥事业怎么可能做得那么大？"朱玉文嘴巴像涂了蜜一般。

"对你工作的事，我是一直放在心里的，上次不行，还有下一次呢，你不必灰心。"张家宝听了朱玉文的恭维显然很舒服。

"以后我还有过来替表哥效力的机会？"朱玉文故作不解状。

"当然有啦。"张家宝得意洋洋地瞧了瞧朱玉文渴望的表情说："过不多久，我就会成为海天高尔夫球场的股东了，不，也可能是唯一的股东。到那时，我一定会让你到我这儿来，替我帮助戈平一起打理球场，这正好是你熟悉的行业，你会英雄有用武之地的。"

"这是真的吗表哥？"张家宝这番话完全出乎朱玉文的意料。她从没想到过，还有这么一件大好事在等着她，这让她简直欣喜若狂，差点又像上一次一样朝张家宝扑过去抱住他。不过，她刚刚起念，就立刻克制住了。她不敢太造次，怕引起张家宝不高兴，这个男人有点奇怪，好像对美女不会动心。

"当然是真的，而且这件事我把握很大。"张家宝很自信。

"还要多久呢？"朱玉文担心张家宝只是说说而已。

"快了，还有个把月吧，戈平正在紧锣密鼓洽谈收购事宜，一旦收购完成就行了。"

"你是说收购老别墅？"朱玉文从韩戈平嘴里听说过这件事。

"正是。"张家宝得意洋洋地答。

朱玉文不知道收购老别墅和海天球场有何关系，不过她不想打破沙锅问到底，毕竟这是别人的生意。对她而言，既然眼下已经搞定了长期留在温哥华的难题，接下去只需再有个稳定的工作，那么她就可以高枕无忧了。倘若能真的和韩戈平一起打理球场，那倒是圆了自己的心愿，工作是驾轻就熟的，又能和喜欢的男人朝夕相处，不就心满意足了？这时，朱玉文想到件事，如果以后真的到海天球场干活，能不能把原来在金银湖球场所做的那一套搬到温哥华来呢？温哥华的有钱人真是多了去了，如果能在这里开展球童三陪服务，那自己的收入就太可观了。朱玉文正美滋滋想着呢，突然被张家宝打断了。

"对了，有一件事我得告诉你。"张家宝好像也是刚刚才想起似地说："虽说我委托的那家移民公司，已经替你找到了那位愿意和你假结婚的名叫山姆的老外，等你和山姆取得结婚证明，并在所有申请材料上签完字，并由移民公司为你申请永久居住权后，理论上讲，你已经和山姆结了婚，所以你可以在温哥华等待永久居住权的批准，不必回中国去。不过，现在有件比较棘手的事情，你要有所准备。"

朱玉文刚刚还满心欢喜，听张家宝这么一讲，心里咯噔了一下，不知道接下去会听到什么意外的消息。

"这几年因为通过假结婚留在这里的人不少，因此最近加拿大移民局对这事管得很紧，对像你这种情况的结婚，会查得比较严。"张家宝说。

"那我该怎么办？"朱玉文顿时忧心忡忡。

"所以，为了保险起见，有一件事你可能不得不做。"

朱玉文紧张地竖起耳朵，张家宝要她做什么呢？

"为了防止在你们结婚的初期移民局过来突击检查，你可能要搬到那个结婚对象那儿去住，至少暂时住上一段时间。"张家宝把结论说出来。

"这……？"朱玉文不知所措了，让她搬到一个完全陌生的男人那儿去住，而且还是个白人，听说年纪还挺大的，那怎么成？朱玉文实在是很不愿意。

"你听我说，如果你想顺利拿到枫叶卡，长期留在加拿大，这一步就不得不做。万一移民局查出你们是假结婚，不仅前功尽弃，你还可能被遣送回国呢。"张家宝一脸顶真，不像是吓唬人。

"可是，我一个人住过去，他会不会对我……"朱玉文确实担心这个，那个男人万一动她脑筋怎么办？到时候他名义上就是她的丈夫，即便强奸了她，她也有苦无处说的。

"这个你可以放心，"张家宝明白朱玉文担心什么，安慰她道："移民公司给那个白人钱的时候都和他有约定，他不敢胡来的。当然，万一遇到什么情况，你只要坚决不从就行了，他不敢强迫你的，否则他就是犯罪。"

"是吗？"朱玉文不敢相信，心里七上八下的，无论如何安不下神来。

"既然是你自己要走这一步，你就要有勇气走下去，明白吗？"张家宝教诲似地对朱玉文说，"不要才刚刚开始就打退堂鼓。"

朱玉文知道张家宝为这件事已经付出了 30 万，如果她退缩不前，那笔钱就白花了。办假结婚是自己对张家宝提出的，现在反悔为时已晚，不如走一步看一步吧。于是，她很不情愿地点了下头。

就在这时，韩戈平忽然敲门进来。看到朱玉文在场他很是意外，简单招呼了一下后，他告诉张家宝，现在要去一次海天球场，和一户人家签出让协议，问张家宝还有什么吩咐。

"那对老夫妇呢？有没有松口？"据张家宝了解，韩戈平现在过去签掉那家后，整个二十幢旧别墅不愿搬走的就剩那对老夫妇了。

"没有。我已经和他们谈过四五次了，他们依旧很固执。"韩戈平不得不说实话。

"今天过去，再找他们一次，一定要说服他们。"张家宝指示道。

"好吧，我再试试，"韩戈平答应着，准备离开。

"对了，你正好把小朱送回去吧。"张家宝对韩戈平说。

韩戈平看看朱玉文说："OK，那我们走吧。"

朱玉文知道张家宝这是委婉地逐客了。不过，既然该知道的都知道了，她也乐意搭韩戈平的顺风车回去，就跟着韩戈平下了楼，去到车库。韩戈平让她坐在身旁位子，驱车离开公司。

一路上，两个人东拉西扯聊了一阵，然后朱玉文就问韩戈评说："刚才你表哥说，他很快就会成为海天球场的股东了，这是真的吗？"

"有可能吧。"韩戈平不知道朱玉文怎么会问这事。

"他还说，等他完全接收了球场之后，你就是球场主管？"

"应该吧，我表哥不会自己去管理球场。"

"刚才他对我说，希望我过去协助你工作，你欢迎吗？"

"哦，他是这么说的吗？"韩戈平很有些意外。

"怎么，不欢迎我去？"朱玉文故意问。

"没什么欢不欢迎的，既然我表哥让你来，我不欢迎也没用啊。"韩戈平回答得非常巧妙，既没有欢迎的意思，也没说不欢迎。

"如果你表哥真的当了海天球场的老板，那赵梦雨怎么办？"朱玉文挑起这个话题，其实是想问这件事。这事她刚才脑子里转了很久的，又不便问张家宝。

"什么赵梦雨怎么办？她当然还是在那儿工作啦。"韩戈平不假思索地回答。

"万一换老板了，她还留下来？"朱玉文不甘心。

"她如果不愿留下，那是她自己的事，反正我是不会让她走的。"韩戈平毫不含糊道。

朱玉文有点自讨没趣，赶紧换了口气说："那就好，这样我们三个人又能在一起工作了，就像在金银湖的时候一样。你又成了我们的上司。"

韩戈平淡然笑笑，没有理会朱玉文的那句话。他双目注视着前方，聚精会神驾驶车子。

两个人沉默了一阵，朱玉文没话找话地又问："原来赵梦雨有个打算，在海天球场试行球童制，她打算把郑小兰一批人叫过来。如果你管理了球场，会那样做吗？"

"也许吧，"韩戈平模棱两可地表示，"这得看具体情况，时机成熟的时候推出球童制也是可以的。"

"如果小兰她们都能过来，那就热闹了。"朱玉文想象着今后的情形，不由兴奋了。

韩戈平没有接朱玉文的话，却突然问她道："听我表哥说，他正在委托一家移民公司替你办理假结婚手续？"

朱玉文一惊，没想到韩戈平也知道此事，再一想，张家宝和韩戈平是什么关系，张家宝能不让表弟知道那件事吗？她稍感尴尬地替自己解释说："我这是没有办法的办法，我不像你们，都有工作签证。"

"你胆子够大的。"韩戈平这没头没脑的一句，听不清是表扬还是批评。

"我想和你们一样留下来，不这样冒险，哪有别的办法？"朱玉文辩解道。

"可这是违法的，万一被移民局查出来，会吃不了兜着走。"韩戈平不客气地说。

"那就看我的运气了。"朱玉文像是看穿一切般说："但愿我能顺利过关，拿到枫叶卡，万一真被查出来赶回中国去了，那也只好回金银湖去喽。"

韩戈平微微摇头，然后说："你如果已经有这样的准备，那我就没话说了。"

很快，车子就快到奥克桥了。韩戈平提议他先送朱玉文回家，然后再去海天球场。朱玉文说她可以和韩戈平一起去海天球场啊，韩戈平去谈协议时，她正好可以去看看赵梦雨，她有许久没碰到她了。韩戈平想了想说："也好，你就在赵梦雨办公室坐一会儿，等办完事我就过来。晚上，我请你们一起在列治文吃饭好了。"

"好啊好啊。"朱玉文开心地叫起来："我前两天在中文报纸上看到一则广告，说列治文的花园城路上新开了一家重庆火锅店，叫刘一手火锅，听说很有名，我想去那里吃。"

韩戈平不置可否，睨了朱玉文一眼说："等会儿问问赵梦雨再说吧。如果她不反对，我们就去吃火锅。"

朱玉文的热情像是被浇了一盆冷水。韩戈平的意思很明白，要是赵梦雨反对吃火锅，那韩戈平就会首先听从她的意见。这不是明摆着吗，任何时候，赵梦雨在韩戈平心里都占着上风，她朱玉文是可有可无的。

第十七章

1

　　最近，老杰克夫妇成了张家宝的心头之患。他们是海天球场边上那二十幢老别墅住户中唯一的钉子户。不管韩戈平如何耐心地三番四次登门拜访，开出优惠条件，磨破嘴皮，他们夫妇俩自始至终顽固不化，死不松口，活像两块又硬又凉长满苔藓的石头。

　　这对白人夫妻自打从新婚燕尔之时起就居住在那儿，一住就是五十年，算是那一带最最资深的住户了。老杰克是英国血统，祖上是从英国伯明翰过来的移民。老杰克出生在加拿大，他父亲早年在魁北克工作，后来觉得那儿的气候太冷，带着全家来到西海岸，在温哥华落了脚。勤奋工作之后，在海洋大道附近买了块地。到杰克结婚娶妻之前不久，他父亲在这块闲置了很久的空地上盖起一幢英式别墅，全家人住在里面。这是海天球场旁边那片别墅群里最老的一幢。

　　父母相继过世后，老杰克从他们那继承下了那幢面积在三百多平米的两层小楼。和妻子玛琳娜相濡以沫，一直住到现在。这对老夫妇膝下无子女，两个人恩爱有加，相约伴老终身。退休之前，夫妇俩都是在政府部门工作的公务员，有着稳定的收入，吃用不愁。退休之后，他们顿时空闲下来，为了打发时间，开始精心打造自家的花园。他们的花园占地面积不小，老杰克和玛琳娜精心栽培了好多果木和花花草草，还在花草间挖了一个鱼池。老两口的日子过得悠闲舒适，和左邻右舍和睦相处，得到大家的尊重。他们本打算就在自家舒适的房子和花园里颐养天年的，不料最近突然有人来动他们房子的脑筋，还告诉他们，说周边熟识的邻居们都有了搬迁的意向，这弄得他们夫妇两心情很不爽。本来那么平静美好的生活遭到干扰，受到破坏，这必然会引起他们的不满。当然，邻居们受到高价收购的诱惑原意离开是他们的事，老杰克也管不了。

但他对自己那一亩三分地有决断权，愿不愿卖只有他能做主，而他从没想过要离开自己住了大半辈子的房子和洒满心血的花园。他不稀罕钱，这不仅因为他们自己的钱已经够用，而且他们对金钱从未有过更大的贪欲。对他们来说，唯有平静的生活才是最最美好的。

如果不是因为杰姆斯这个中国青年讲了一口流利英语，人又如此彬彬有礼，每次登门拜访都表现得温和亲切，谦恭有加，给他们留下了好印象，老杰克早就不耐烦了。不过尽管老杰克可以对杰姆斯以礼相待，愿意听他轻声细语的开导劝说，但他的态度并未因此有丝毫改变。他最充分的一条理由是：我们夫妇俩都已经这把年纪了，要那么多钱有何用？因此，无论加多少钱，对他们都没有意义。

这就成了横在韩戈平面前无法跨越的鸿沟。其他所有的住户，最后都是用收购价格逐渐加码达成协议的。如果钱不起作用，那就令人黔驴技穷，束手无策了。不管韩戈平有多大的决心和多久的耐心，一块真正的硬骨头啃起来还真是非常之累。

这日，公司召开项目会议的时候，韩戈平老老实实向张家宝汇报了这一情况。到目前为止，整个旧别墅收购项目的开展可以说是比较顺利的，现在唯一的问题是只剩下老杰克夫妇坚决不愿意离开，加多少钱都没有作用。

"必须要谈下来，否则就前功尽弃。"张家宝沉着脸说："如果他们不搬，那我们整个项目都将被拖累，根本无法运作。"

"我知道。"韩戈平左右为难地看看表哥，"我已经把该说的话都对他们说过了，该许诺的也都许诺了，哎，他们就是岩石一样纹丝不动。"

"即使是岩石也要把他们挪走。"张家宝蛮横地说。

"我再试试吧，"韩戈平无可奈何："我明天再跑一趟。"

"再加一些钱，我就不相信这世界上有不喜欢钱的人。"张家宝武断地下着结论。

韩戈平苦笑着摇了摇头，他懒得和表哥争论，实际上，这世界上还确实有不那么在乎钱的人呢！

韩戈平第二天硬着头皮再次去登门拜访，老杰克见韩戈平这么死缠烂打，有些不高兴了，连门也没让韩戈平进，就站在院子里和他交谈了几句，还是那些老话，叫韩戈平别再浪费时间了，反正他们家的房子不可能出让的。末了老杰克告诉韩戈平，两天以后他们夫妇俩就要去北欧开始一次长途旅游，十天半月不会回来，所以请韩戈平不用再过来了。

韩戈平无功而返，回到公司把情况汇报给张家宝。张家宝一听就傻了。之前他和刘豪杰对收购旧别墅是有时间之约的，刘豪杰给的期限是三个月，眼下就只剩下半个月左右了。如果杰克夫妇出去旅游，半个多月不回来，那不就超过期限了吗？这该怎么办才好？张家宝就把自己心里的担忧对韩戈平说了。韩戈平难得见到表哥如此垂头丧气的样子。他灵机一动，安慰张家宝说："哥，你先别急，我去和梦雨商量商量，让她去和刘先生通融一下，放宽一点期限。"

张家宝觉得这个想法可行，他相信赵梦雨知道是韩戈平具体负责收购工作，不会见死不救，至于刘豪杰，如果由赵梦雨出面商量，他也不应该铁板一块，将期限延长十天半个月的可能还是有的。他想了想道："你要对梦雨说，杰克夫妇已经松了口，答应等他们旅游回来就商谈协议，这样会比较有效。"

两天后，从韩戈平那儿得到的消息是，经赵梦雨和刘豪杰商量后，刘豪杰答应了将期限延期二十天。这让张家宝松了口气，至少不再火烧屁股了。然而过不多久，他心里又烦恼起来，虽然刘豪杰答应延期，说是可以给时间让张家宝等到杰克夫妇回来，但张家宝心里再清楚不过，他真正需要的不是延期，而是杰克夫妇改变想法。如果他们顽固不化，死也不愿离开，那么刘豪杰给再长的时间又有何用？杰克夫妇已经成了张家宝心里一个解不开的死结，即便自认为经验和手段都无可挑剔的张家宝，也沮丧地感到了无能为力。眼看自己当初自信满满对刘豪杰夸下的海口将不得不兑现，他或许会因此白白损失掉一大笔钱，这笔钱的数额甚至超过了当时打算收购水矿和投资输水管道的总额，张家宝想想就不寒而栗。这可不是什么君子协议，而是由双方律师出面见证，白纸黑子签下的具有法律效应的协议啊！如果他赖账，刘豪杰完全可以上法庭去告他的。

然而，毕竟天无绝人之路。正当张家宝整日提心吊胆、不知所措之时，朱玉文的一次突然来访，让他在漆黑中见到了一丝曙光，真可谓山重水复疑无路，柳暗花明又一村。

几周之前，朱玉文按照那家替她办理假结婚手续的移民公司的要求，临时搬到了那位假结婚对象山姆的家里去住。去的那天为了壮胆，朱玉文要求张家宝派人陪她同往。张家宝就叫了公司里两个壮汉开车送朱玉文过去，这两个人得到过老板指令，要表现地强悍一些，给山姆一定的震慑力，让他感觉到朱玉文背后是有人的，以免觉得她软弱可欺，动她的歪脑经。

想想也是，一个年轻女孩，搬到素不相识的老外男人家里居住，这里面所含的风险未免太大了。这一男一女要在同一所房子里过夜，虽说那是一套两室一厅的公寓，两个人可以分房而睡，互不相干，但毕竟是在一个门洞里，如果对方起歹念，总有防不胜防的时刻。

为了防备移民局的突击检查，朱玉文无可奈何地住进了山姆的家中。她第一眼看到山姆时，心已经凉了一大截。山姆看上去有五十出头，前额头发秃掉一大块，剩下的部分凌乱枯燥，像乱草般贴在两侧头皮上。他偏瘦的脸型，肤色发暗，眼睛不小但眼珠浑浊，一只酒糟鼻红红的引人注目，四肢的皮肤粗糙不堪还长满了暗黄色的毛。山姆穿着邋遢，好像是拿到什么就往身上套一样，上衣、裤子和鞋子都很不协调，松松垮垮的。当移民公司的人把朱玉文介绍给他时，他并不热情地看了她一眼，指指一间房门，暗示朱玉文可以住在那里。然后给了朱玉文一把进出用的钥匙。朱玉文通过一段时间的语言培训，现在已经能够说几句简单的英语了，就问了山姆一些最基本的生活方面的问题，山姆就给她介绍了一下厨房和浴室里摆放的东西。

以后几天里，山姆几乎都不在家，很早出门很晚回来，这倒是让朱玉文感到了轻松和放心。她将本来很脏乱的房间收拾干净，把自己箱子里的衣物取出来安放好，又去将厨房厕所以及浴室都打扫了一遍。不管怎样，她都得在这地方住上一阵子，必须干干净净才行。为了留好后路，朱玉文并未将陆仲任给她借的公寓退掉。陆仲任也不在乎花这点钱，他希望保留那个爱巢，每周可以和朱玉文相约在那里碰面亲热。搬到山姆家这开始的一段时间，朱玉文白天可以自由出门，晚上却不得不住在这里，目的要让左邻右舍都看到她在山姆家进进出出，万一移民局前来调查，可以证明他们是夫妻同居一处的。

令朱玉文欣慰的是，山姆并未如她所担心的那样前来纠缠不清。他像是遵守什么约定般，没事几乎不来搭理朱玉文。两个人每天相处在一起的时间也非常少，基本上就如同两个合租公寓的租客，各过各的日子。两个人偶尔碰到时，也只是相互看看，点一下头，或者非常简单地聊上几句，就各做各的事，互不相干。山姆在家里的时间很少，好像成天在忙忙碌碌，晚上回来时，总带回满室的酒气。朱玉文很快明白了山姆是个酒鬼，只是在这两天，她又发现了山姆还是个赌鬼。

前一天晚上，朱玉文正在自己房间里玩手机，听到山姆开门回来。和平日不一样，他开门关门的声音非常大。等他进门不久，朱玉文就听到了酒瓶摔在地上的巨大声响，接着是山姆用拳头砸东西的砰砰声。朱玉文不知道发生了什么，屏息静气坐在床上不敢吱声。隔了一会儿，她听到山姆的脚步声朝她房间走过来，接着就听到他的砸门声。朱玉文吓得不轻，不知该不该开门，她听到山姆一句连一句叫："Open the door. I need money."（开门，我需要钱。）就知道他一定喝醉了。朱玉文哪敢搭理他啊，浑身发抖地蜷缩在床上。山姆还是敲着门，嘴巴里叽里咕噜不停讲话。朱玉文虽然能听懂几个单词，但听不懂山姆究竟讲些什么，只听得出他颠来倒去一直在重复那几句话。朱玉文突然起了一个念头，她将手机调到了录音档，悄悄走到了门后面，偷偷录下山姆不停重复着的那几句话，她想搞清楚山姆究竟反反复复在说些什么。

翌日上午，当朱玉文睡醒之后，发现一切已经归于平静。她小心翼翼打开房门走出去时，没有见到山姆，他好像又出门去了，客厅里还留有昨晚他摔碎酒瓶的玻璃渣子。朱玉文就取来吸尘器弄干净了。中午时分，她正打算出门去吃点东西，刚拉开门，猛然发现外面站着两个男人，见她要出来，便一下堵住了她。朱玉文吓坏了，赶紧往屋里躲，却被他们一把拉住。朱玉文这才注意到这两个人中有一个是亚裔面孔，另一个好像是南美一带的。南美人使劲拽住朱玉文的胳膊，恶狠狠地盯着她，叽叽呱呱讲了一长串英语。朱玉文根本没弄懂，只听明白了几个单词，诸如钱啦，丈夫啦，家庭啦，断断续续的，根本搭不到一块。

那个亚裔面孔的人会说中文，见朱玉文听不懂英语，就用带着浓重的广东腔国语，问朱玉文是不是山姆的家人，山姆在不在？朱玉文赶紧摇头说他不在。

"你男人欠了赌场的钱一直不还。"亚裔面孔的冷冷地冲朱玉文说道："你告诉山姆，我们老板说了，限他三周之内一定要把钱还清，否则就打断他的腿，让他一辈子不能走路。"

那个南美人举起手来做了一个抹脖子的动作，凶神恶煞般瞪着朱玉文，用英语喊道："Three weeks. Any longer and I'll make him disappear!"（超过三周我就让他在地球上消失！）

朱玉文吓得双腿发软，差点一屁股坐到地上。她惊恐地看着那两个陌生人，不知道他们会对她做什么。还好，这两个人叽里咕噜说了几句之后，就放开了她，然后转身离开了，临走时，那个亚裔面孔朝朱玉文重复强调了一遍，警告山姆三周之内必须还钱。

等他们不见了踪影，朱玉文才惊魂未定地走了出去。此刻，她脑子里闪出的第一个念头就是去找张家宝，得告诉他，她根本没法在山姆家待下去的。

朱玉文来到张家宝办公室的时候，恰巧韩戈平也在场，正和张家宝在商讨着那件棘手的事，琢磨着有什么好办法让老杰克改变主意。张家宝见朱玉文来了，便撇下韩戈平，问她急急匆匆赶过来找他有什么要紧事？

朱玉文反正知道韩戈平了解她办理假结婚的事，也不避讳他，当着他的面就把自己从昨晚到今天中午的惊险遭遇战战兢兢地讲述了一遍。然后，她取出手机来，把昨晚录下来的山姆反复唠叨的那几句话放给韩戈平听，问他是什么意思。

韩戈平就将手机音量调大，仔细反复地听了几遍，然后收起手机还给朱玉文说："他肯定是喝醉酒了，全是些胡言乱语。"

"胡言乱语什么呀？你说给我听听嘛。"朱玉文不放心，怕山姆的话和她有关系。

"他在骂那个赌场，好像就是列治文那家河石赌场吧，说他们是骗子，骗光了他的钱。"韩戈平把山姆的话大致翻译出来，"他还说他要报复，早晚会点一把火把赌场烧了，反正颠三倒四的，大概就是这意思。"

"他要放火烧了赌场？"朱玉文惊呆了。

"这是酒话，喝醉了随便说说的。"韩戈平稍感担忧地对朱玉文地道："不过这个山姆看来不是什么正派人，你住在他那里，还真得当心一点才好。"

"表哥，我今天过来找你，就想说我能不能不住在那里呢？"朱玉文求救似地问张家宝，她这次被吓得可不轻啊！

"这件事我不能替你做主的。"张家宝想了想说："移民公司要你住过去，是为了避免移民官员怀疑你们假结婚，会影响到你的枫叶卡申请。所谓不怕一万就怕万一。你不和山姆住在一起的话，万一他们查到了你们作假，你就会被驱逐出境。"

"可是……"朱玉文真不知如何是好。

"当然，如果山姆是个酒鬼加赌棍，你在那里确实也会有麻烦和风险的。"张家宝说："对你而言，此刻就是面临选择，需要两害相遇取其轻了。"

"那我再想想，再想想……。"朱玉文满脸无可奈何的绝望表情。

等朱玉文回去后，韩戈平也离开了办公室，剩下张家宝独自一人时，他脑际突然了出现一个念头：那个酒鬼加赌棍的山姆能不能利用一下呢？他不是扬言要一把火烧了河石赌场吗？他会这么大声喊出来，说明他脑子里转过这种念头，所谓狗急跳墙，这种人被逼急了，真是会铤而走险的呢！现在，山姆因为欠了赌场的钱被黑道催债逼讨，甚至威胁要杀了他。他正处在走投无路的境地，如果此时给他一丝希望，他多半会抓住不放的，老话说有钱能使鬼推磨，这个山姆可不可以成为一步令局势转危为安的妙棋呢？

2

朱玉文怎么也猜不出，张家宝单独约见她的目的是什么。前几天她为了想要搬离山姆家的事情，刚刚去过张家宝的办公室，怎么时隔不久，他又要约自己见面？令朱玉文感到奇怪的是，这次张家宝并没有像以往那样要她去公司，而是约她在外面单独见面，约的地方更是让她疑虑重重，竟然是Downtown的香格里拉酒店。更令她费解的是，张家宝没有约在酒店的餐厅或者咖啡厅见面，而是直接约她去一间客房。

在朱玉文的印象里，张家宝这个人与别的男人不同，好像天生不喜欢女色。至少，张家宝似乎对她朱玉文没有什么特别的兴趣。自从朱玉文来到温哥华后，他们时不时会见上一面，但张家宝从未用一种纯男性的眼光打量过她。他始终客客气气，温和大方地充当着韩戈平表哥的角色，与朱玉文保持着适当的距离。即便那次朱玉文一时兴起去拥抱他时，张家宝依然分寸感极强地将她推开了，拒她于千里之外。这不免让朱玉文对他既失望又佩服，失望是因为她无法用自己几乎十拿九稳的方法来征服一个男人；佩服是由于像这样一个中年男人，竟然在年轻美女主动示好面前能做到毫不动心，坐怀不乱，这实在是少见得很。

可是这次，朱玉文困惑了。既然张家宝对她的身体不感兴趣，为什么会突然约她去酒店房间呢？难道之前他所有的道貌岸然都是装出来的吗？如果仅仅为了要谈点事情，大可不必特意去开一个房间啊！朱玉文在去 Downtown 的路上，一直在胡思乱想，猜测着一旦走进那扇房间的门后会发生什么事情。她必须有多重心理准备，万一张家宝提出意想不到的要求该怎么办，她是答应还是拒绝？如果他像陆仲任一样和她做交易，自己是不是需要半推半就？要是他像陈伟那般霸王硬上弓，自己又要不要反抗呢？从朱玉文内心而言，她并不害怕跟男人上床。她有自知之明，她不是赵梦雨，没有什么贞操要坚守的。只要这个男人值得她利用，对她有价值，上几次床算不了什么。做爱那类事，和谁还不都一样？碰到自己喜欢的，就主动一点投入一点；遇见不喜欢甚至讨厌的，就闭着眼睛忍耐一会儿呗，不就是一支烟的功夫吗？只是张家宝这个人比较特殊，一方面他在她面前始终是正人君子的面孔，一旦来个一百八十度的转弯，朱玉文还真有些不适应；另一方面更重要，他毕竟是韩戈平的表哥，万一以后有希望征服韩戈平，想想和他们兄弟俩都有一腿，该多么古怪啊。

朱玉文就在这种矛盾忐忑的心情下，按响了香格里拉酒店客房的门铃。

这是一个套房，布置得很豪华。过来替朱玉文开门的正是张家宝本人，而且，室内除他之外没有任何其他人。朱玉文听到房门在自己身后关上时，心里咯噔了一下，随即心跳的速度就加快了。

“表哥今天怎么约我来这里见面？”朱玉文尽量保持镇静，摆出一副若无其事的表情。

“因为我不想让别人知道今天我们俩碰头的事。”张家宝笑笑，话里藏着某种玄机。他让朱玉文坐到客厅的沙发内，打开冰箱取出饮料给朱玉文喝。

朱玉文心跳更快了。张家宝那句话，无疑是一个明确的暗示。他不想让任何人知道他们这次会面，那除了一件事还会有什么其它的事吗？这个念头一闪过，顿时有股热流在朱玉文的血管里涌动起来。这是她熟悉的感觉，每当和男人第一次上床前，她都有这种感觉，说不出是紧张还是兴奋，是害怕还是焦虑。虽说男人都一样，但和不同的男人上床毕竟会有不同的感受，比如陈伟，粗糙而草率；比如陆仲任，贪婪而激烈；那么，这个平日里端着架子的张家宝，一旦脱光了衣服趴到女人身上时，会是一种什么样的情形呢？朱玉文此时确实产生了好奇心。她一点都不害怕，甚至还有些急切，一种猎奇的心态控制了她，她倒想见识见识韩戈平的表哥接下去的表现如何。

“表哥特意这样安排，一定有什么特别的理由吧？”朱玉文试探着。

“你真聪明。”张家宝坐到另一把沙发里，和朱玉文面对面。他牢牢地盯着朱玉文道：“我今天约你来，只为一件事，而这件事只有你能做到。”

“可是，如果我不答应呢？”朱玉文嫣然一笑，嗲声嗲气地瞟了张家宝一眼。

“我相信小朱你是个懂得知恩图报的人，所以你不会拒绝我的。”张家宝充满自信。

朱玉文一时无语，两颊开始渐渐发热。她见张家宝嘴上是那么挑逗着说，人却依旧坐在原处，没有马上靠近她的意思，这和陈伟陆仲任都不一样。也许是大老板当惯了，张家宝过于冷静，缺乏主动，难道非得等她自己过去投怀送抱吗？朱玉文想了想说："表哥一直以来都对我那么好，我当然应该还表哥的情啦，只是一直没有机会而已，所以，如果表哥你今天真的需要我，我当然会满足你的任何要求的啦。"

"好，真爽快。"张家宝满脸高兴，忽地站起身来。

朱玉文以为张家宝会立刻走到她面前来拉她的手或者干脆抱住她，不料他只是走过去取放在桌上的一只紫砂壶。他将紫砂壶拿着，又坐回原来的地方。朱玉文认识这只紫砂壶，平时一直放在张家宝办公室的桌上，是他用来喝茶的，显然他对此壶爱不释手，特意带到酒店来了。张家宝退回原处而坐，令朱玉文十分费解，他究竟是什么意思呢？

张家宝就着紫砂壶喝了几口茶，随后将壶搁在一旁的茶几上，举手抹一下嘴唇上沾到的水滴，然后道："小朱，我需要你帮一个忙，你无论如何不能拒绝，因为这事唯有你才能做到。"

朱玉文一怔，难道张家宝不是要和自己上床做那种事？她的脸刷地红了。这次不是由于害羞或紧张，而是因为自己判断的重大失误。她显然是以小人之心度君子之腹了，看来张家宝还是那个一本正经的张家宝，对她美妙的胴体并无兴趣。朱玉文尴尬地在沙发里扭动了一下屁股，然后表示说："表哥你说吧，只要我能做到的，我一定在所不辞。"

然而，当张家宝一字一句说出他想要朱玉文帮忙去做的那件事情时，朱玉文愕然无声地凝视住张家宝，一时半刻真不知是该答应还是拒绝。她犹豫了，惊骇了，这是一件她无论如何也想不到的事，是超出她想象力的事，是一件非同小可的事，是隐含着巨大风险的事。如果出于本能，她应该当即一口回绝。但是出于情面，她又无力且无法那样做。就像有一根骨头卡在喉咙里，朱玉文半晌无声。张家宝立刻看出了朱玉文的进退两难和踌躇不前，于是，他开始慢慢对她讲述自己需要朱玉文帮这个忙的无奈处境和充分理由。

在离开香格里拉酒店那个房间时，朱玉文虽说身体毫发无损，内心却差点被反复转换的矛盾心理而撕裂。但是最后，她决定背水一战，帮张家宝这个忙。

这天晚上，朱玉文回到了山姆的住处。山姆正巧在家，而且并没有喝醉，一个人坐在自己的房间里，对着窗外的夜色发呆。他一副颓丧落魄的样子，胡子拉碴，灰头土脸，就像一条已经饿了好几顿的流浪狗。

朱玉文走到山姆房间的门口，轻轻敲了敲本来就敞开着的门。现在，她已经能用比较简单的语句进行些日常会话了，可以和山姆做些简单的交流。这多亏了陆仲任让她去语言学校培训，才由此得益。

山姆听到敲门声，缓慢转身，用毫无精神的目光朝朱玉文瞧瞧，懒洋洋地问她有什么事。

"山姆，你需要钱，对吗?"朱玉文小心翼翼地问。

"什么，你说什么?"山姆一下挺直了腰板。

"我说，你现在是不是非常需要钱?"朱玉文重复道。

"当然，我当然需要钱，你可以借给我?"山姆来劲了，本来死气沉沉的脸上忽然有了生气，就像一盆因为久不浇水而干枯耷拉的植物，因为得到了浇淋而顿时恢复了常态。

"不不，我没有钱借给你。"朱玉文忙加以否定。

"发克，"山姆忍不住骂了一句，"你开什么玩笑?"

"不，我没有和你开玩笑。"朱玉文对山姆解释:"我想问你，如果有人能够给你一大笔钱，但你必须替他做一件事，你愿意吗?"

"有人给我钱?"山姆刚刚跌落下去的情绪瞬间又提了起来，"是谁? 给多少钱?"

"先说你愿不愿意?"

"那得看钱有多少。"

"3万，如果你愿意做那件事，会给你3万。"朱玉文镇定地说。

"这么多啊?"山姆像是打了兴奋剂一般呼地从椅子里跳起来，快步冲到朱玉文面前:"是谁? 他要我做什么事?"

"那人是我朋友，"朱玉文说:"他要你做的事也不难，就看你有没有胆量。"

"说，什么事? 天下没有我山姆不敢做的事。"山姆完全摆脱了之前的熊态，换成一副生龙活虎的样子。3万元钱，这对他太有吸引力了，如今他的命都不值3万啊。

"那好。"朱玉文说着，将嘴凑近山姆的耳朵，好像生怕被什么人听到似的，其实这屋子里就他们两个人。

当山姆听明白朱玉文所说的事情后，本能地往后退了一大步，像是兴冲冲走在路上忽然发现前面横着一条银环蛇似的。他瞪大眼珠盯着朱玉文，哑然无语。

朱玉文以为山姆吓坏了，赶紧表示说:"没关系，你如果不想做，就当我刚才什么都没对你说。"说完她就想离开山姆。反正张家宝托她做的她已经做完了，至于结果是她无法掌控的。

"等等。"山姆见朱玉文要走，伸手一把拉住她。他对着朱玉文看了半天，看得她心里直发虚，然后像是突然痛下决心般说:"我做，我需要钱。"

"那好，我马上告诉我的朋友，两天之内，我会给你三分之一的钱，也就是1万。等你做成那件事后，马上再给你剩下的2万。"朱玉文说。

"不，我要6万。先付2万。等我完成后，马上再给我4万。"

朱玉文一口答应。张家宝给她的底线是，只要汤姆答应做，最多可以出到10万。

"行，你快去拿钱，我需要钱。"说道钱字，山姆两眼放光，或许真是天无绝人之路，如果再弄不到钱，黑道的大耳窿受了赌场的委托很快就会来找他麻烦了。

朱玉文回到自己房间，转身锁上门，然后就给张家宝打电话，告诉他事情基本谈妥，不过汤姆要价 6 万。张家宝说没问题。朱玉文又说，最后山姆是不是会变卦，她是不能保证的。她建议张家宝趁热打铁，最好明天就先给山姆一笔钱。

第二天上午，张家宝把韩戈平叫到他的办公室，递给他一张纸，纸上写了几行中文字，他让韩戈平把这些字立即翻译成英文。韩戈平接过纸看了看，上面没头没脑写着这么几句话：如果你能按照要求做成这件事，立刻能得到 6 万元报酬，但绝对不能出差错，也不能泄露给任何人。

"这是什么?"韩戈平好奇地问。

"你不用多问，快给我翻好就行。"张家宝说。

韩戈平只得收起猜疑心，拿起笔来想在中文的下面做翻译。不料，张家宝从抽屉里另外取出了一张空白 A4 打印纸和一支水笔，让韩戈平将翻译出来的英文单独写在那上面。韩戈平就照办了，伏在张家宝的办公桌上把那些中文内容规规矩矩地翻成英语，认认真真地写在那张 A4 白纸上，然后交给张家宝。

张家宝看了看，其实上面的英语他根本不懂。他折起打印纸，从抽屉里取出一个文件袋，将折叠好的纸装了进去，文件袋里面好像还有其它东西，厚厚的一沓。张家宝把文件袋封好后，对韩戈平说："这东西非常重要，你亲自把它送给朱玉文。"

"送给朱玉文?"韩戈平一脸的不解，更加觉得奇怪了。

"对，她认识的一个人给我介绍了一单大生意。"张家宝敷衍地解释了一句，然后就告诉韩戈平和朱玉文交接的地点和时间。

下午，韩戈平开车来到列治文的八佰伴，在那儿的停车场和朱玉文见面。朱玉文已经等在那里，一见到韩戈平的车子，赶紧奔了过来。等朱玉文坐上他的车子，韩戈平就把文件袋交给了她。

"听表哥说，你朋友给他介绍了一单大生意?"韩戈平问。

"哦……，"朱玉文愣了愣，随即点头说："对对，是的。"

两个人也没有多聊，韩戈平有事急着要赶去海天球场的办公室。朱玉文将文件袋装入随身背着的包里，一个人去逛大阪超市买东西。

朱玉文买好东西，坐公交车回到了山姆的住处。她先到自己房间里关上门，打开了文件袋，就看到里面有两张纸条和几叠整整齐齐的现金。一张纸上是几行英文字，朱玉文也看不太懂；另一张纸很小，上面有个详细的地址和门牌号。朱玉文又把文件袋里的钱取出来，一共八叠，每叠应该是 1 万现金。张家宝之前对朱玉文说了，先给山姆 2 万，事成之后再给 4 万。其余的 2 万，是给朱玉文促成这件事情的奖励。朱玉文将 2 万元和两张纸条放在一起，搁在外面，另外 6 万元放回文件袋，再将文件袋锁进自己的箱子里。

晚上，等山姆从外面回来时，朱玉文拿着两万元和纸条去他的房间，问山姆有没有改变主意？山姆说只要有钱他就干。朱玉文把钱和纸条拿出来。山姆一见厚厚两叠现金，立刻像饿虎般扑过来，一把将钱夺了过去，然后高高举起，兴奋得发了疯一样哈哈大笑。

"事成之后还有4万。"朱玉文说。

"没问题，我一定按时做到。"山姆对天发誓般地叫道，"钱啊钱，我终于又有钱啦！"

3

这是一个没有星光的漆黑之夜，温哥华在进入雨季之后，时常有这样的夜。云层像一道厚厚的帘子隔断了天地，将月光和星光通通挡在了云层的上面。凌晨时分，万籁俱寂，阒无人迹，海天高尔夫球场周边的一切都浸没在浓厚的夜色之中。这看似安宁的一刻，却酝酿着一个恶毒的阴谋，这阴谋随着一个人影的悄然出现而演变为现实。

这个人影悄无声息地翻入了老杰克家的花园，鬼鬼祟祟一步步靠近那幢历时长久的旧别墅，在四下阁顾。确认一切无虑之后，这个人影开始了预谋多时的行动。他从宽大的双肩包内取出了几个随身携带的可乐瓶子，逐一走到老别墅的木质门窗前，将瓶里的液体浇泼在门窗的木框之上。然后，他掏出了打火机，将火源引向了浇洒在窗台和门前的汽油。当火焰在不同的角落慢慢燃起后，这个人影迅速离开了现场，像一只耗子般窜出了老杰克家的院子。他一路飞奔到停在路旁的一辆皮卡上，迫不及待发动了车子，然后沿着海洋大道往本那比方向急驶而去。

火势迅速在老杰克家的别墅四面蔓延扩展，凶猛的火舌舔舐着老别墅所有易燃的部分，渐渐将整个墙面包围的严严实实。火光越来越大，照亮了四周的花园，将黑暗的夜空染出一个橙红颜色的光团。这很快惊动了正巧从海洋大道经过的车辆，有人相继发现了火情，赶紧停车报了警。

几辆消防车从远处急驶而来，刺耳的警报声尖利地撕破了深夜的安宁，将着火点周围的居民们从甜梦中唤醒。大家纷纷披上衣服，走出家门看个究竟。消防队员们开始了全力以赴的灭火抢救，大声呼喊着，忙碌着，冲进房子内寻找幸存者。然而，他们无功而返，屋里既不闻人声，也不见人迹。在一番争分夺秒的扑灭行动后，熊熊大火终于在几辆消防车喷出的水柱压制下妥协了，火势渐渐趋缓缩小，最后偃旗息鼓，退缩进黑暗的夜色之中。

天大亮之后，当一切都清晰可见时，邻居们遗憾地发现，老杰克家的别墅已经成了一片废墟，被烧焦碳化的木结构呈现着凌乱的黑色，家里的东西已经荡然无存，变为一堆堆被火魔吞噬后呕吐出来的焦黑残渣。不幸之中的大幸是：两个年逾七十的老人都不在家，躲过了这惨烈的一劫。

整个住宅区的人都在议论这件事。在温哥华，这样的火灾很少发生，更何况是一幢家中无人的老别墅发生自燃，这简直匪夷所思。于是，议论纷纷之中，大家都倾向于这火来得蹊跷，十有八九是人为纵火案，可是，又有谁会和那对和蔼可亲的老夫妇过不去，要陷害他们呢？这就成了大家心中解不开的疑团。

警察勘察后，得出的初步结论是很有可能是有人蓄意放火，立刻刑事立案，开始了详细调查和取证工作。

赵梦雨得知这个消息后大为吃惊，后来听到说这次火灾没有造成人员伤亡后才舒了口气。她本打算立即将此事打电话告诉在北京出差的老板刘豪杰的，可是又一想，不如再了解得更详细后再说。这段时间虽说刘豪杰让赵梦雨代表她参与老别墅的收购项目，但实际工作她一概无需参与，都有韩戈平在操办。韩戈平会定期告诉她一些关于收购的进程和遇到的问题，算是情况通报。本来，刘豪杰和张家宝最初约定的收购期限即将到期，韩戈平的收购工作却遇到了难啃的硬骨头，在韩戈平的请求下，赵梦雨和刘豪杰做了商量，最后答应宽限半个多月，韩戈平算是能缓一口气，打算等老杰克夫妇从北欧旅行回来再做最后一搏。谁又能料到突然发生了这样的事件？对急于完成任务的韩戈平来说，这场火烧掉了那幢老别墅，究竟是祸是福呢？

火灾发生后的第五天，老杰克夫妇从国外回到了温哥华。当他们走进自家的院子里时，完全被眼前的那一幕吓垮了。他们两人休戚与共日日相伴的温馨之家，眨眼间变成了一片断壁残垣，凄楚地卧伏在花园中间。这突如其来的沉重打击令他们欲哭无泪，精神几近崩溃。杰克的房屋因为毁损太厉害，不可能入住，也不可能翻修，只能重建。保险公司立刻安排他们入住了酒店。酒店只要不奢侈，到时候全部可以凭发票报销，不仅如此，他们每天还可报销约百分之七十的正常餐费，直到问题解决。

当地警局得知火灾的受害者回来后，立刻到酒店找了杰克夫妇。据他们目前调查的情况来看，很可能这次火灾是人为纵火，警察需要向老夫妇了解具体情况，询问他们有没有仇人。杰克夫妇一脸茫然，他们向来与人为善，从未和他人结下怨恨，因此提供不出任何线索。警察局十分无奈，只得另辟蹊径展开深一步调查。

这日，韩戈平来到了老杰克夫妇入住的酒店，代表公司捐赠了2万元现金，以表示对他们突遇不幸的关心。在交谈了一阵后，韩戈平婉转地询问老杰克接下去作何打算，又巧妙地暗示，如果老杰克有意出让，即便如今已成废墟，他们依旧可以以原来许诺的价格收购他们的这块地。

老杰克头一回在听到韩戈平提及收购之事时没有即刻拒绝，只是沉默着坐在那里，好像在思考着要不要答应。韩戈平敏感地捕捉到了老杰克微妙的变化，便不失时机地趁热打铁。他耐心细致地替老杰克做了一番分析，只要老杰克同意出让这块地，拿到的钱足够他们在西区重新购置一幢同样面积的旧别墅，还能多出将近一百万左右可以用来养老和周游世界。韩戈平还说，只要老杰克愿意签署买卖合同，在他们找到合适的房子后，韩戈平的公司还会帮助他们搬运家里的东西，替他们安顿好一切。

老杰克悲伤地摇着头表示，家里的东西都付之一炬了，还有什么可以搬走的啊！这几天，他们夫妇俩一直在废墟里寻找一切幸存完好的东西，但已经找不到几件像样的旧物了。这把火不仅烧毁了所有他们用惯了的东西，更是摧毁了他们熟悉的环境，将他们几十年来积累的美好生活砸得支离破碎，就像在高温下爆裂的玻璃碎渣，散落各处，无法拼全。

这天晚上，躺在床上的这对老夫妇，在经过一番争执和商量之后，最终做了一个决定：同意将残破不堪的宅地转让给韩戈平的公司。既然一切承载他们美好回忆的东西都已经消失殆尽，即使在原地上再盖一个新屋，那也是一个伤心之地，不如换一处新的地方，开始一种全新的生活更好。

第二天上午，老杰克主动打电话给韩戈平，将他们的决定讲了一遍。韩戈平不敢怠慢，风风火火就赶到了老杰克暂住的酒店，两个人进行了一番认真的商谈，将一些需要弄明白的细节都一一谈清楚。然后，老杰克终于在韩戈平带过去的协议上签下了名字。韩戈平看到了老杰克签字时的手抖得厉害，也看到了他眼里隐隐浮现的泪光。玛琳娜不愿见到这个场面，一个人走到窗前，看着窗外久久发呆。

韩戈平拿着签过字的协议书离开老杰克的时候，心里没有丝毫的兴奋，反而充满了沉沉的内疚。他突然觉得的自己的行为很卑劣。他这是在趁火打劫啊！他利用了老杰克的绝望和悲哀，用花言巧语动摇了他们原先固守的决心。他终于抓到了机会，说服老夫妇搬离他们居住了几十年的熟地。他的任务算是完成了，可同时，那对老夫妇的生命回忆也被斩断了。他们原先的美好愿望，也随着即将到来的搬迁而云飞雾散，不复存在。

张家宝此时正坐在在温哥华机场里。三天前，他接到大姐夫从成都打来的电话，告诉他张家宝的大姐患重病正住在医院。大姐一直有心脏病，差不多每年都会发作一次，每次复发都要住院一段时间进行治疗康复，几乎每次都能转危为安。不过，大姐夫说这次情况非常严重。大姐在急诊室抢救了两天才脱离危险，现在仍在重症监护室接受观察。医生的说法是，如果病情再次恶化，就很难保证她能脱离生命危险了。

张家宝家里一共有五个兄弟姐妹，张家宝是老四，上面两个姐姐一个哥哥，下面还有一个妹妹。张家宝父母早亡，在他还仅仅上小学的时候，年龄大了十几岁的大姐就负担起了全家的生活重任，可以说大姐就是母亲，靠她一个人的辛苦勤劳将下面四个弟妹养大。张家宝小的时候，家里非常之穷，经常会出现有一顿没一顿的情况，每当这种时候，大姐都会省下自己那部分食物，让给最小的弟妹，尽量让他们吃饱，她自己用喝水来撑饱肚子。当时的张家宝虽然年幼，却对此亲眼目睹，记忆深刻。在张家宝的印象里，大姐是位慈母，从不对弟妹发脾气，尤其对张家宝，更是特别宠爱呵护。这一份恩德，张家宝一直铭刻在心。他成年之后，一直想着要报答大姐的恩情，终于在他从商成功发了大财后，他给大姐在成都购置了一套复式的高级公寓，还送给她家一辆奔驰豪车。他要让大姐过上舒适的好日子，这是他素来的夙愿。来到温哥华后，他就数和大姐联系得最多。不料大姐突然发病而且如此严重，他思考再三，决定要临时飞回成都去一次。不论怎样，他必须去看看大姐，万一大姐这次撑不过去，不就成了他终生的遗憾？

这日，张家宝安排好一切后，让公司司机送他去温哥华机场，他要乘四川航空公司的班机飞去成都。张家宝自从来到温哥华后，回去的次数很少，一则他早就把事业的重心和大部分资金转移到了加拿大，二则是他本就不太喜欢坐飞机倒时差，觉得非常之累，难以适应。另外还有一个非常重要的因素，是因为中国目前的反腐之风越刮越紧，从成都传来的消息一天不如一天，前一阵市公安局经侦局一直在审查太平洋矿业集团的账目，传唤有关人员进行核实，这让张家宝早早提高了警惕。所以，这次他回去探望大姐，除了大姐家人和韩戈平外，几乎没有任何人知道。张家宝买了双程票，打算飞到成都后直接去医院，然后就在医院附近的酒店住上两夜，把几件必须办的事情办完后就马上回温哥华。张家宝明白，倾巢之下安有完卵，国内形势逼人，他不得不防。

司机一直将张家宝送到安检外才回去。张家宝通过安检后，进入了候机大厅的商务舱休息室，正打算找个地方坐下来时，电话突然响了，举起来一听，是韩戈平的声音。

"哥，告诉你一件事。"

"哦，你说吧。"

"一个小时前，我和老杰克把协议签掉了。"

"什么什么，你再说一遍。"张家宝不相信自己的耳朵。

"我说我已经把老杰克的房屋买卖合同签掉了。"

"他愿意出让了？"

"是的，他同意了。"

"妈的，太好了，真是太好了，你小子可真行啊！"张家宝又惊又喜，脱口骂了句脏话。现在他再也不用担心要付给刘豪杰三千万违约金了。这一仗打得漂亮，到了最后时刻，一切如愿以偿，就像足球赛场上，两队一直是平局，到了加时赛临近结束时，临门射进一球，立刻锁定胜局。他不由兴奋地对韩戈平道："等我回来，要重重奖赏你。"

"哥，我答应了杰克，等他们买好了房子后我们帮助他们搬家。"韩戈平强调说。

"这个没问题，你说了算。"

挂了电话，张家宝长久沉湎在胜利的喜悦中。他不由回顾起自己一系列的动作来，实在是佩服自己的想象力和胆识，正是看中了朱玉文这张牌，利用了山姆的软肋，才轻而易举啃下了老杰克这块硬骨头。决胜千里之外的是表弟韩戈平，运筹帷幄的却是他张家宝啊！

自从来到温哥华，他一路顺风，屡战屡胜。之前矿泉水一战，他营造了扑朔迷离的氛围，用他制造的假象打得陆仲任和赵梦雨一败涂地；如今老别墅一战，又出奇兵长驱直入，攻下刘豪杰的城池，过不多久，那个名扬大温的海天高尔夫球场就将成为他的囊中之物了。

就在张家宝洋洋自得的思绪中，传来了登机的通知。张家宝提着小型行李箱走向登机口，他买的是商务舱，可以优先登机。很快，在满脸笑容的空姐引领下，张家宝舒舒服服地坐在了商务机舱内宽大的可以平躺的座位上。张家宝突然想起，应该发一个短信给成都的大姐夫，让他告诉大姐，自己正在赶回去的路上，要大姐务必等他来到她的身边。于是他掏出了手机，写了一条短信迅速发出去。随后，他就想等飞机起飞后，舒舒服服地好好睡一觉。

很快，登机的旅客都已到齐，广播里通知飞机几分钟之内就将顺利起飞。接着，飞机的舱门按时关上了。就在此时，张家宝的手机响了一下，听这声音，是有短信进来，一定是大姐夫收到了他的短信后发来的回复。张家宝取过手机按亮显示屏。当他不经意地看完显示屏上的那行字时，本来轻松愉快的脸部表情瞬间僵硬住了，脸色已经变得一片煞白。大姐夫的短信是这样写的：千万别回来，否则有来无回。

在短短的几秒钟里，张家宝脑子里冒出了一个念头。他一边悄悄收起手机，一边左右环视，然后，突然哇地大叫一声。接着，只见他头一歪，眼一闭，整个人横向倒了下去，躺在机舱过道的地上剧烈抽搐起来。坐在他边上的乘客见状立即尖声大叫，其他几个旅客闻声都探过头来，见有人突然晕倒都慌了手脚，赶紧去找空姐。几名空乘人员得知情况火速赶了过来，见张家宝口吐白沫不停抽搐，一时慌了手脚，请示机长之后，决定立即打开机舱门，将病人抬出机舱，人命关天，必须将病人紧急送往医院。

张家宝紧闭双眼，咬着牙齿，双脚依旧不停抽动。他感到自己被几个人抬起身体，搬出机舱，不知搁在了什么地方。有人在掐他的人中，有人在搭他的脉搏。隔了好一会儿，他被抬上了急救车，然后听到了急救车拉着警报呼啸而去的声响。

4

刘豪杰是在接到赵梦雨电话的第三天，从北京匆匆赶回温哥华的。赵梦雨在电话里将老杰克家发生火灾，以及韩戈平终于说服老杰克签署了买卖合同等几件事，一一向刘豪杰做了汇报。当时，刘豪杰在电话那头缄默无声，直到赵梦雨连叫了两声刘总，你还在吗？刘豪杰才答复赵梦雨说，他知道了，他会立即飞回温哥华。

刘豪杰到达温哥华机场时，赵梦雨前去接机。赵梦雨很少见到老板如此阴沉着脸，见到她时仅仅朝她点了点头，一声没吭就拖着行李箱直往停车场赶。这非常反常，赵梦雨心里像闯进了一头野鹿，咚咚跳个不停。她看得出老板情绪很坏，却不知是否和她有关。

两个人坐进车子的时候，刘豪杰终于开了口："你前天在电话里对我说的那些事都确切吗？"

"是的，都是真的。"赵梦雨不明白刘豪杰为什么要这么问她，难道不相信她吗？

"那就麻烦大了。"刘豪杰眼神忧郁地看着前方说。

"你一定是指老杰克签掉了买卖合同这件事吧？"赵梦雨非常机灵。

刘豪杰点点头，叹息道："早知会发生这样的事，当初就不该答应他们延期二十天了。"

赵梦雨的脸刷地涨得通红，有好一阵说不出话来。果然刘豪杰对她有看法啊！当初就是她去和刘豪杰商量放宽韩戈平期限的。其实细想起来，她去替韩戈平求情，确实怀有一份私心，她不忍心看到韩戈平压力太重。再说了，既然韩戈平开口求她帮忙，她也不好意思毫不作为。赵梦雨偷偷瞥了又开始沉默不语的老板一眼，小心翼翼地说："刘总，都是我不好，我不应该……"

"算啦，现在说这个已经无济于事了。"刘豪杰打断赵梦雨，嘴角掠过一丝苦笑。等车子又走了一程路后，他转脸望了望一脸窘迫的赵梦雨问道："你还记得我把握十足地对你和雪雅说过的话吗？"

"嗯，记得。"赵梦雨听到刘豪杰说话的语气缓和下来，紧揪着的心不由跟着松弛了一点，"你说张家宝不可能在三个月内完成老别墅的收购项目。"

"你知道我为什么那么自信满满吗？"

赵梦雨摇摇头，表示不了解。

"就是因为有那个老杰克，"刘豪杰像是透露秘密般说道："我坚信老杰克绝不会答应出售他的旧别墅。"

　　刘豪杰接下去就对赵梦雨讲述了他那么认为的原因，原来当初想好要做这个老别墅改造项目时，刘豪杰除了先后收购下三幢别墅外，早已经对剩下的十七家住户摸了一遍底，尽管各家各户表态不一，但唯有老杰克一家是断然回绝的。刘豪杰曾去试探过几次，结果是针插不进，水泼不进。老杰克死死咬定绝无可能。刘豪杰甚至开出过比市场价高出一倍的价格，老杰克依旧毫不动心，坚定表示说，钱对他们没有用，所以一点都不在乎。因此，刘豪杰知道这个老杰克肯定是一颗拔不掉的钉子户，凭张家宝那样多加一点钱就想说动他离开，那简直就是天方夜谭，除非太阳从西边出来。然而，太阳偏偏真的从西边出来了一次，老杰克居然被说动了。当然不是因为韩戈平那张嘴，而是那场从天而降的大火，真是人算不如天算啊！

　　刘豪杰心有不甘地叹道："那场火烧得真是太蹊跷了。"

　　"听说警方的推测，那场火很可能是人为纵火，不是天灾。"赵梦雨听了老板的一声叹息，赶忙说明。

　　"当然是人为的。"刘豪杰深思地说："可是警方能查到什么吗？如果查不到，就是无头案。"

　　"总有一天会真相大白的吧？"赵梦雨不甘心地问。

　　"也许会，也许不会，不过对我们而言都没有意义了。"刘豪杰复又陷入一种无奈的情绪里，"我和张家宝有约在先，只要他在限期内完成那二十幢老别墅的收购，海天球场一半的股份就归他所有了。"

　　赵梦雨哑然失色，顿时感觉浑身乏力，还好此时车子已经驶进了海天高尔夫球场。赵梦雨强打起精神，将车子驶到会所门口。当刘豪杰下车的时候，赵梦雨发自肺腑地央求道："刘总，另外一半的股份，你绝对不让出让给张家宝。"

　　刘豪杰取下旅行箱，看看赵梦雨一脸焦虑不堪的神色说："尽量吧，不过我们现在非常被动，好牌都攥在张家宝的手里。"

　　赵梦雨闷闷不乐了好几天，虽然刘豪杰并没有多责怪她一句，但想到这次海天球场一半的股份即将落入张家宝之手，而且导致这件事发生的原因之一是她去为韩戈平争取到二十天时间，恰恰就在这争取到的期限内让韩戈平说服了老杰克，随着老杰克签掉协议，海天球场一半的股份也就铁板钉钉将归到张家宝名下去。赵梦雨只要一想到这件事，就会浑身无力，产生一种瘫软般的疲惫。她来到温哥华这么久所辛辛苦苦付出的一切，究竟有什么意义呢？她把海天高尔夫打理得那么好，到头来却沦为替他人做嫁衣裳！

　　刘豪杰这几天也一直在思考对策，这次与张家宝之间的博弈，原来他认为自己是十拿九稳的赢家，看来他恰恰犯了轻敌麻痹的错误。这再次说明，一切皆有可能，不能太过自负。现在，海天50%的股份眼看就要落入旁人之手，而且好像已经回天无术，那么，另外一半的股份，他无论如何要设法保下来。可是，已经和张家宝之间有过商业约定，如今该如何规避和绕开呢？为此，刘豪杰大伤脑筋。

这天上午，刘豪杰正在办公室里冥思苦想，雪雅却当了不速之客，突然来访。令刘豪杰意想不到的是，她竟然带来了一个令人十分意外的消息，这消息让刘豪杰在一片漆黑中看到了一丝光亮。

雪雅进门刚坐定就问刘豪杰，为什么除了你的三幢别墅之外，其它十七幢旧别墅的收购项目不用海天房地产公司的名义而要改用希望房地产开发公司？

"希望房地产？"刘豪杰一愣，他从来没有听说过这个公司，根本不知道这件事。

"对啊，听说杰姆斯都用希望房地产公司的名义在和住户签买卖合同的。"雪雅说。

"此事当真？"刘豪杰本能地产生了警觉。

"我开始也是听公司的一个同事说的，他正好有个亲戚是那里的住户之一，向他咨询出让别墅的价格是不是划算，之后我又去问了几个住户，他们都证实是一家叫希望地产的公司在和他们谈判。"

"你能确定？"刘豪杰一副急切的样子。

"当然确定。"雪雅毫不犹豫。

"太好了！"刘豪杰情不自禁大叫一声，弄得雪雅莫名其妙。

隔了片刻，刘豪杰陡生一念。他拿起办公桌上的座机，拨通赵梦雨办公室的电话，让赵梦雨立刻过来一趟，说有重要事情商量。

赵梦雨一接到电话，赶紧放下手里的事情就直奔老板办公室。推门进去时，她没有料到雪雅也在场，匆匆和雪雅打了个招呼，心里揣测着刘豪杰要和她们俩商讨什么大事，赶紧坐下来听老板吩咐。

"爱丽丝，你听说过一家叫希望房地产的公司吗？"

赵梦雨摇摇头："没有听说过。"

"杰姆斯从未对你提起过？"刘豪杰又问。

赵梦雨再次摇摇头："没有啊，从来没有。"

"太好了！"刘豪杰将他的右拳重重砸在他的左掌内，再一次大声叫好。弄得雪雅和赵梦雨都不明就里地盯着他看了半天。

"爱丽丝，我现在交给你一个非常重要的任务，你必须想方设法完成。"刘豪杰严肃地对赵梦雨说。

赵梦雨一脸茫然地点点脑袋。既然是老板的吩咐，她当然会尽力照办。

"你去找杰姆斯，我不管你以什么形式和他碰头，你一定要替我问清楚一件事。"

"什么事？"赵梦雨不免紧张起来。

"你务必要他老老实实讲出来，张家宝有没有指示他用希望房地产开发公司的名义和那些老别墅的住户谈判并签订买卖合同。"刘豪杰语调非常凝重地说，"这件事非同小可，关系到我们的成败，所以我不管你怎么去做，总之一定要问个水落石出。"

赵梦雨接到刘豪杰的指令后不敢拖延，当天就和韩戈平约时间见面。韩戈平一听赵梦雨要约他一起吃晚饭，就告诉赵梦雨，他本来这两天也打算要和她见面，有事情告诉她。韩戈平还说，他突然很想吃火锅，问赵梦雨有没有兴趣。作为四川出生的女孩，对火锅当然是喜欢的。韩戈平见赵梦雨欣然同意，就建议去本那比的那家刘一手火锅试试，那儿打出的广告词是麻辣江湖，干锅演义，蛮有吸引力的。赵梦雨则表示没意见，就去那里好了。两个人相约了下班后在海天会所门口会面，由韩戈平开车过去。

重庆遐迩闻名的刘一手火锅，在中国其它大城市成功拓展开市场后，近年开始向海外发展。如今，在加拿大卑诗省的大温地区就已经开张了三家店。一家在温哥华市的罗博圣街，一家在列治文的花园城路，另一家就在本那比的国王大街上。刘一手火锅在网络上的宣传非常有卖点，号称是：秘制的汤底，霸道的食材，繁复的调料，足以让人品尝过后口齿留香，念念不忘。这种略带夸张的宣传的确起到了作用，以致那三家店开张后就顾客盈门，络绎不断。尤其是大陆过来的新移民，即便为了赶时髦，也都要去那儿光顾几次。

韩戈平和赵梦雨停好车走进本那比的刘一手火锅店时，里面早已熙熙攘攘坐满了人。好在韩戈平预定在先，店里给留了位子。店里的装潢简洁而干净，浅驼绒色的车厢位靠背，深咖啡色的皮革面座椅，配上本白色的桌面，并不豪华却协调温馨。暖色调的墙贴和地砖，都给人热闹舒适的感觉。两个人坐下不久，便有服务生过来问他们需要什么。韩戈平征求了一下赵梦雨的意见后，就点了一个新推出的三色锅底，然后荤素搭配点了几样菜。

在等服务生送菜过来的时候，韩戈平从包里取出一只信封来放到桌面上，然后轻轻推到坐在他对面的赵梦雨面前。

"这是什么？"赵梦雨不解地问。

"里面是一张30万的支票，给你的。"韩戈平笑吟吟说。

"给我的？为什么？"赵梦雨还是不解，她并不伸手去拿信封。

"我在上海的那套房子卖掉了，钱通过办法换成加币转了出来。上次去看三文鱼回流时对你说过的，你在水矿项目上的损失我会补偿给你，所以，你收下吧。"韩戈平轻声说着，非常诚恳，非常认真。

"我怎么可以拿你的钱？……"赵梦雨内心震颤了一下。她没有料到韩戈平会说到做到，真的把上海唯一的一套房子卖了，为的就是弥补她在矿泉水项目上的损失。她完全被感动了，还没吃辣辣的火锅，浑身却已经充满了暖意。

"什么我的你的，拿着吧。"韩戈平伸手又将信封往前推了一点："如果你不拿，我的房子不就白白卖掉了？要知道，上海的房价一直在上涨哦。"韩戈平半开玩笑着说。

"戈平，你对我好我心里明白，"赵梦雨语气温柔地责怪道："可你干嘛那么冲动啊，真的去把房子卖掉？虽说我的确损失了一大笔钱，可对我而言那是一笔闲钱，不等着用的。我现在上着班，并不缺钱花啊！"

"可是，我不能让你白白损失那么多钱啊，何况是因为我的原因。"韩戈平说。

"那不能怪你。"赵梦雨打断韩戈平，"是我自己愿意冒那个险，愿赌服输嘛。"

"我们就不讨论这些了好吗？"韩戈平愈发认真地道："既然我已经把房子换成了钱，你就收下，否则我会内心不安的。梦雨，我们都认识那么多年了，你还不了解我？"

"如果我拿了这笔钱也会寝食不安的，你也应该了解我吧。"赵梦雨也振振有词地找出一个理由来。

两个人僵持不下，此时服务生把锅底和菜陆续送了过来。韩戈平自己去取了两份调料酱，等一切安放妥当，他再次提醒赵梦雨收下信封。赵梦雨想了想说："要不这样吧，算我收下了这笔钱，但先存放在你那儿怎么样？如果我们俩今后有一天需要动用时，我再对你说，这样可以吗？"

韩戈平听到赵梦雨那番话，内心为之一动。他好像隐隐约约听到了某种暗示，意思是，等我们俩走到一起时，再动用这笔钱。他顿时感到一种美美的甜蜜。他思索了一下后，对赵梦雨说："那也好，我以我们俩的名义把这笔钱存起来。你什么时候要用，随时随地可以取出来。"

两个人总算达成了妥协，不再推来推去。赵梦雨将信封拿起来递还给韩戈平，韩戈平就收下了，两人相互看看，心里都有了某种默契。接下去，韩戈平就动手刷菜，细心地一样样挟进赵梦雨的盘子里。说实在，这火锅和调料的味道真是不错，一开始吃就停不下来。两个人不再说话，津津有味地吃了好一阵。然后，赵梦雨放下筷子，用餐巾纸擦了擦嘴唇，对韩戈平说道："戈平，我今天约你，是有一件事需要你帮忙。"

"说吧说吧，什么事，我一定尽力而为。"韩戈平一口答应。

"这事并不复杂，我只是需要你告诉我一个真相，希望你如实回答我，千万不要骗我，你答应吗？"赵梦雨慢慢收敛起笑意，变得严肃起来。

韩戈平这才听出了事情有点严重，赶紧放下手里的筷子和勺子，认真面对赵梦雨说："只要我知道的，我绝不会骗你。"

"那好。"赵梦雨坐坐端正说："我听说你一直是在用一家希望房地产开发公司，在洽谈收购海天球场边的老别墅，有这回事么？"

"这……"韩戈平一下子被问住了。

"你刚才说的，只要是你知道的，绝不骗我。"赵梦雨毫不留情地逼问一句。

韩戈平显然有点犹豫该不该讲真话，但立刻就做了决定。他也挺了挺身子，回答赵梦雨道："是的，是有这回事。"

"希望房地产是怎么回事？"

"是我表哥在项目开始前注册的新公司。"

"这个项目不是我们双方合作的吗？为什么不用海天地产的名义去洽谈和收购呢？"赵梦雨紧盯不放。

"这件事是我表哥的意思，一开始我也想不明白，后来我表哥说他是想帮助我。"

"帮助你？"

"是的，他的意思，这样操作能够腾挪出一块利润空间，他想把那块利润多给我一点。"

"这是为什么？"

"他说，我年龄也不小了，总要成家立业，手里没点钱不行，我不可能为他打工一辈子的，再说他知道我们俩的事情，也希望我们能早点……，"这后一句话是韩戈平即兴冒出来的，是在给赵梦雨某种暗示。他想表达的意思是，如果能多赚点钱，也是为了他们以后的婚事。

赵梦雨当然能听懂韩戈平欲言又止没有讲完的那半句话，不过她并未去接韩戈平的话茬，此刻谈这话题对她而言并不合适也没有兴趣。

"所以我就按他说的去做了。"韩戈平见赵梦雨默不作声，就把话头扯回原处说："我想，反正这和用海天地产的名义去收购也没有什么差别。"

"明白了。"赵梦雨神色略显迟疑。她一下子没有理清几件事情之间的关系，也不知道自己该理解韩戈平还是质疑他。总之，刘豪杰交代给她的任务完成了，已经证实确有那么一家希望地产公司，韩戈平确实如雪雅所言，一直用它的名义在操作项目。她此时突然记起刘豪杰的一句叮嘱，就对韩戈平说："戈平，今晚我问你的事情，希望你先不要对你表哥提起，能答应我吗？"

"当然可以，我不告诉他就是。"韩戈平觉得这又不是什么大不了的事情，就一口允诺下来。然后，他问赵梦雨还有没有别的问题需要他解答。

"没有了。"赵梦雨故作轻松地笑了笑说："谢谢你告诉了我真相。这很重要。"

5

翌日，赵梦雨将自己从韩戈平那儿打探到的消息，向刘豪杰作了汇报。刘豪杰听完之后不由大喜。看来，天无绝人之路，海天球场有救了。

本来，当刘豪杰从北京匆匆赶回温哥华后，他绞尽脑汁思索着如何保住海天球场至少50%的股份，他甚至想到了万一无计可施的时候只好当一次老赖，拒不履行之前和张家宝之间的第二个约定。这样一来，虽说由于张家宝在约定时间内完成了老别墅的收购事宜，因为他已经投入巨资，刘豪杰必须自动转让海天球场一半的股份作为与海天房地产公司一半股份的交换，但之前答应卖给张家宝的另外一半海天球场股份就可以保留下来了。那么至少，海天球场没有完全落入他人之手，无论如何刘豪杰还是高尔夫球场的老板之一，拥有一半的决断权。

现在突然冒出了一个希望房地产开发公司，张家宝指使韩戈平在收购老别墅的项目上采取了暗箱操作的手法想瞒天过海，这就在无意间给他们自己的脖子上套了一条绳索，这条绳索弄不好就是致命的。当通过赵梦雨的探听坐实了这件事情后，那条绳索的一头就拽在了刘豪杰的手上，他可以随时随地拉一下绳索，收紧那个绳套。

赵梦雨毕竟缺少商场打拼的经验，并不太明白刘豪杰的想法。她最最焦虑和关心的唯一一件事，就是海天高尔夫球场不能完全落入张家宝手中。于是，她问刘豪杰，为什么以希望地产出面收购老别墅会造成张家宝的死穴。

"你想想，张家宝不是要趁此机会多赚一份利润吗？"刘豪杰向坐在他对面的赵梦雨解释道："他们的做法非常明确，就是在与老别墅住户谈判合同的时候，尽可能压低收购价格，比方说，他们把平均收购价压低到每幢350万甚至更低。"

"然后呢？"赵梦雨竖起耳朵，很感兴趣地听着刘豪杰的分析。

"然后，他们会以平均400万一套的价格和海天房地产成交。"刘豪杰说，"因为之前我和张家宝有过协商约定，海天房地产打算用平均400万的价格收购二十幢老别墅，我们按这个价格做了投资预算。"

"你的意思是，他们如果用350万均价收购下二十幢老别墅，再以均价400万的总价作为海天房地产对二十幢老别墅的收购投入，这样他们就少花了差不多1000加元就完成了收购项目？"赵梦雨的脑子里在快速计算。

"应该说，是他们在完成收购后，希望地产的账面上多出了1000万。但是海天房地产投入收购的钱一分都没有节省，也就是说，比起实际所花费的投资金额，海天房地产多拿出了1000万，其中500万是属于我的。"刘豪杰努力将条理解释清楚。

"他们真会那样做？"赵梦雨表示疑惑。

"不是已经那样做了吗？"刘豪杰诘问赵梦雨："韩戈平不是明明白白告诉你了吗？"

"可是万一……"

"不会有什么万一的。"刘豪杰明白赵梦雨想说什么，"我虽然认识张家宝的时间远比你短得多，但我更了解这个人的贪得无厌。这就是为什么当初我一定要派你去当海天房地产公司的代表。"

"这话怎么说？"赵梦雨不解了。

"如果是我亲自参与进去，张家宝一定会忌讳我，做事也会规矩得多。但因为参与进去的是你，他必然就会放松警惕，会包藏私心趁机牟利。况且我当时明确表示过，海天房地产的具体操作一概由他张家宝负责，你作为我的代表，只是起到了解情况和通气协调的作用。所以，我早就认定，张家宝十有八九会利用这个机会。"刘豪杰自信地说。

"你早就预料到他会那样做？"

"是的，因为张家宝是个唯利是图的人。"

"那我们应该做些什么？"赵梦雨担心地问。

"什么也别做。"刘豪杰颇有含义地笑了笑，"所以我特地叮嘱你，务必不要让杰姆斯把你问过他的事情告诉张家宝，否则就会引起他的警惕和防范。"

"我们就让他这么为所欲为？"

"对，我们不必发出任何声响，只需要静观其变。"

"可是如果放任他们那样做，你不是就要至少白白损失几百万吗？"赵梦雨不甘心："如果将这些钱折成海天球场的股份，不就不需要给张家宝一半的股份了吗？即便是少给他们百分之几的股份，加上你另外的一半股份，你就是控股股东，掌握住决策权，海天高尔夫球场就保住了啊！"

"我就是要让他得利。"刘豪杰狡猾地一笑说："只要他们敢拿希望房地产和海天房地产做交易，赚取那份差价，我就给他们大开绿灯。"

张家宝那天在飞机即将起飞之前装病倒地，被惊慌失措的机场工作人员紧急送往医院急救。当他被抬进急救室不久，他忽然清醒了过来，弄得所有在场人员都目瞪口呆。后来医护人员得出的结论是，此人患有癫痫症，会突然发作，也会突然清醒。

张家宝从医院回到公司的时候，大家都非常奇怪，董事长说好了要回国去几天的，怎么又突然返回了？不过猜疑归猜疑，却没有人敢问。唯有韩戈平关系特殊，等只有他们两个人时还是忍不住问个究竟。张家宝当然不会说实情，敷衍着说在机场接到了一个电话，说大姐已经病愈出院了，既然如此，他就没必要再匆匆赶回去，再说这阵温哥华事情那么多，他也不放心。大不了就浪费一张机票而已。

韩戈平当然就信以为真了。既然张家宝回到公司，他就详尽地汇报了一番如何说服老杰克一家同意搬离的过程。张家宝非常得意地拍拍表弟的肩膀，对他大肆夸奖了一番。等韩戈平离开后，张家宝觉得既然二十户人家的老别墅出让都已经签掉了买卖合同，他应该和刘豪杰通个电话，把这件事告诉他，让他准备履行之前的承诺。于是，他拨通了刘豪杰的电话。

"好久不联系了刘总，你一切都顺利吗？"张家宝向刘豪杰打招呼。

"托你的福，我一切都顺利。"刘豪杰客气地答道。

"今天给你打电话，是想告诉刘总，老别墅收购的事，我已经全部搞定了。"

"哦，那我恭喜你了，真是兵贵神速啊。"

"还不是因为刘总给了我期限吗，我是必须要按时完工的，否则刘总的罚款很厉害啊，恐怕要罚得我倾家荡产喽。"张家宝开了句玩笑。

"我可没那么苛刻，要不然我也不会答应给你们宽限二十天了。"刘豪杰笑着反击。

"是啊是啊，刘总大人大量，给我面子。"

"我这叫诚意合作，既然是合作，就希望把事情办好，也不在乎拖那么几天时间，你说对吗张董事长？"

"是的是的，和你合作真是很愉快，这只是刚刚开始，今后的路还长得很呢。"张家宝一边说一边脑子滴溜溜地转动，然后提醒道："刘总一定还记得我们之间的约定吧？一旦我按时完成老别墅的收购，你就将海天球场一半的股份划归我所有。"

"当然记得。"刘豪杰知道这才是张家宝打电话的真正目的，提醒他办理球场股份转让手续，张家宝真有些急不可耐啊。

"那就好，我这里很快就要完成收购了，所以希望刘总也准备兑现承诺哦！"张家宝既是提醒又是催促。

"没问题，只要你把老别墅搞定了，我理所应当会兑现承诺。"刘豪杰挂断电话后想，接下去就看你怎么做了，只要你得意忘形，你的劫数就将到了。

张家宝虽然依旧对手机上那条从成都发来的短信心有余悸，耿耿于怀，但毕竟在温哥华的一切那么称心如意，这大大抵消了他心里的不快。他是一个务实的人，眼下最重要的不是去想国内所发生的变局，而是如何把眼前的事一件件做完。他决定尽快召集公司财务部开会，让他们把收购老别墅实际所需的资金全部落实到位，接下去一段时间，就是韩戈平的部门去一家一家具体交涉，按约定付款并限定时间让那些住户一家家走人。

半个月后的一个下午四点，刘豪杰建议赵梦雨陪他出去散散步，说他很想去看看被烧毁的老杰克家的废墟。两个人就慢慢踱出了球场大门，往老别墅区域的方向慢慢走了过去。进入11月后，温哥华不但几乎天天下雨，而且在下午5点多就天黑了。这天，难得天空晴朗，蓝天和白云依旧互相衬托着，清晰可辨，西边的晚霞像是一个因为羞涩而涨红了脸庞的女孩，依恋着白天不舍得离开，隐退得很慢很慢。

赵梦雨这是头一次单独和刘豪杰并肩休闲漫步，心里不免有点拘谨夹杂着紧张。自从来到温哥华，刘豪杰一直对她如同一个小妹妹般呵护，从未让她产生过丝毫的偏想和不安，但毕竟老板是个单身的钻石王老五，不知道他会不会忽然对她说一些让她左右为难的话，令她无言以对。

赵梦雨的担忧是多余的，刘豪杰一路上都在和她天南地北地聊一些他自己经历或者听闻的事情。他们不知不觉就来到了老杰克的家门前。刘豪杰隔着院子的栏栅，望见了那一堆尚未处理的、在暮色中黑沉沉的残壁废墟。它毫无生气地躺在静谧无声的院子里，仿佛在向每一个驻足观望的人讲述那一段悲惨的经历。刘豪杰默默站在那里，凝神观望了好一会儿，似有思绪万千涌进脑中。半晌，他才招呼赵梦雨离开，一起往回而去。

"爱丽丝，你知道我为什么要和张家宝合作开发老别墅项目，并且愿意将球场一半股份和他做交易吗？"刘豪杰边走边问。

赵梦雨抬头看看老板，不由摇了几下头。

"我是想替你复仇。"刘豪杰说。

"替我复仇？"赵梦雨非常意外。

"对，我在下一盘棋，希望能将死张家宝。"刘豪杰仰脸看看，天空已经渐渐暗下来，蓝色越来越深，越来越厚，慢慢转换成蓝黑的颜色。

"将死他？"

"对，我原来很有把握，觉得老杰克会是一颗拔不掉的钉子，所以张家宝想在三个月内完成收购根本不可能，因此赌他罚款 3000 万。我本来一直认为，这次他是砧板上的肉，输定了。等他掏出 3000 万来，我就全部给你。"

"全部给我？"赵梦雨惊呆了。

"是的，那应该归你所有。补偿侵吞你家蓝天金矿被侵占的损失。"刘豪杰说。

"是这样啊。"赵梦雨怎么会想到，刘豪杰会花这么大的精力在暗中帮她。仅仅因为她把自己的身世和遭遇和盘托出，竟然让他如此当回事，精心策划了这场交易，目的就是为了帮她。此刻她被深深打动了，满怀感激地抬眼看看刘豪杰说："刘总，我不知道该如何谢谢你才好。"

刘豪杰摆了摆手，表示这不值一提。接着，他有所不甘地长叹一声说："可惜呀，我还是大意失荆州了，没有想到张家宝最后竟然说动了老杰克。"

"这场火灾，是谁也料不到的。"赵梦雨像是要劝慰刘豪杰似地说，"何况，胜败乃兵家常事嘛。"

"不，胜败还未定局呢。"刘豪杰话锋一转说。

"你的意思是……？"

"他张家宝逃得过初一，不一定躲得过十五。我的直觉是，他马上就要倒霉了。这次，他将大祸临头，爱丽丝，你复仇的机会也来了。"刘豪杰的表情由阴转晴。

"刘总，你是指什么？"

"据我了解的情况，最近他们开始了正式的收购工作。如我所料，他们果然是先用了希望房地产的名义，和老别墅的住户一家家进行交易，暗中套取差价，而收购的资金却是海天房地产的。"

"果然被你猜到了啊！"赵梦雨叹道。

"是啊，张家宝自以为得意，可他不知道，这样做已经犯下了一个大错。"刘豪杰略显得意地说："张家宝以他的希望公司名义收购别墅，再加价转卖给我和他的合资公司，这件事已经触犯了本地的法律，何况他更是动用了合资公司的资金为他们的希望公司牟利，这是罪上加罪，足够让他下大牢了。"

"真的吗?"赵梦雨喊起来。

"当然是真的，所以现在，你可以以此逼迫他吐出侵吞你家的财产了。"刘豪杰说。

"我?……"

"是啊，你现在手里捏着一张王牌，只要你去检举，他就无路可退。你可以让他自己选择，是去蹲大牢呢，还是把蓝天矿的股权还给你。"

赵梦雨豁然开朗，原来刘豪杰做了一个局把张家宝套住了，就如同一个猎人在猎场里下了暗套，将猎物紧紧扣住了。张家宝可能还不知道自己已经犯了重罪。刘豪杰则把对张家宝的生杀大权交给了她，让她来决定左右。

第十八章

1

赵梦雨按照刘豪杰的指点，开始了对张家宝的吃里爬外犯罪证据进行了收集。张家宝对此则全然不知，依旧按他原先的部署，让韩戈平将老旧别墅从希望地产公司转卖给了合资公司——海天地产公司。同时，张家宝对刘豪杰方面转让球场股份的事情也越催越紧。等到转卖交易完成后，赵梦雨便以海天房地产合资方的名义，向卑诗省的经济警察举报。警方接报后很快立了案，开始暗中调查。

刘豪杰心里十分明白，海天球场那一半股份的转让目前来看是躲不掉的。他可以拖时间，但改变不了结果，因为这清清楚楚写进了海天房地产开发公司的合作协议内。如果他拒不履行，张家宝就可以通过正常途径，委托律师去法院起诉。刘豪杰在温哥华那么多年，和许多人做生意打交道，还从未有过官司缠身的经历，他也不想走到这一步，以免坏了自己的名声。这件事怪只怪自己一时自信过头，就是没有想到凡事都存在万一这个因素。"万一"这件事，虽然看起来概率极低，可一旦遇上了，就是百分之百的惨痛教训。刘豪杰在深思熟虑之后，觉得必须忍痛割爱，把海天50%的股权尽快转给张家宝。

张家宝对于即将拿到海天球场一半的股份非常欣喜。这日，为了庆祝这第一步的成功，他特意在 Downtown 一家高级餐厅招待韩戈平和朱玉文。这是一家日本人开的餐馆，以生鱼片刺身著名。张家宝喜欢吃生鱼片，喝一点加热的日本酒。

等三人坐定，张家宝得意洋洋地宣布说："告诉你们一个好消息，我现在已经是海天高尔夫球场的合伙人了。我手上握有球场一半的股份。"

"真的啊？"朱玉文惊喜地叫道："那我们今天得好好庆祝一番，表哥，我先敬你一杯。"朱玉文说着，端起装着温热清酒的酒盅，将自己面前的白瓷小酒杯斟满，举起来和张家宝碰杯。

"戈平一起来，"张家宝举着酒杯对一旁的韩戈平说："其实最应该高兴的是你呀！"

韩戈平笑了笑，也举起杯来，三个人互相碰了杯，仰头喝下。

"接下去就是另外那一半股权，刘豪杰答应会全部转让给我的。"张家宝放下空杯说："到了那一天，我就是海天球场唯一的老板。"

朱玉文赶紧再次替张家宝把酒倒满。这时，一大盆色彩漂亮的生鱼片端了上来。这是一个刺身大拼盘，里面有三文鱼，金枪鱼，北极贝，章鱼片，大鲜贝，还有海胆。朱玉文忙着往三只小碟里倒上店里特制的酱油，并拌点芥末。

"戈平啊，哥哥我一直想满足你的这个夙愿，让你独当一面管理一个高尔夫球场，现在，我们离这个目标已经很近了。"张家宝爱惜地看看韩戈平，显然他很看重这个小表弟。

"哥，真的谢谢你了，来，弟弟我敬你。"韩戈平能体会到表哥一份真心实意的关怀，不免心存感激。

张家宝和韩戈平碰杯后再次喝完，然后他招呼韩戈平和朱玉文一起吃生鱼片。三个人将各种刺身都各尝了一遍。朱玉文大喊好吃，尤其是金枪鱼片，又肥又软，入口即化，是她从未尝到过的。她也不客气，接连吃了三片。她边吃边想，今天这样的场面真有意思，她很像是张家宝弟媳妇的角色啊，如果哪一天这成了真的，该有多好！

张家宝喜欢吃生蚝，所以点了一大盘。服务生送上来后，他急不可耐一连吃了好几个，然后喝了口清酒，抹抹嘴道："戈平，我最近一直在盯海天的刘总，等我把海天球场的另一半股份买到手后，我就把整个球场交给你打理，你出任球场总经理。"

韩戈平点了点头，这个安排其实表哥在平时早就对他反复说过好多次，表哥不懂球场管理，当然希望由他韩戈平来出面。而打造和管理高尔夫球场正是韩戈平一生的梦想，他也乐意而为。不过不知道为什么，在听到这么好的消息之后，韩戈平却一时高兴不起来，他确实非常希望能有一家可以成为他事业基础的球场，但不一定非是海天球场。如果从刘豪杰手里全盘接下海天球场，那意味着将会把赵梦雨从现在的位子上挪下来。韩戈平知道张家宝不可能继续让她掌管整个球场，从某种意思说，就是韩戈平夺了赵梦雨的权。如果有人要问，对韩戈平而言，球场和赵梦雨哪个更重要？韩戈平毫不犹豫会选择后者。

"你怎么不出声，你在想什么哪？"张家宝没有见到他预期的结果，韩戈平并未如意料之中那般兴奋欢快，不由心生疑惑。

"哦，我在想，我到时能不能负责起那么大一个球场的管理。"韩戈平急忙掩饰自己。

"这个你大可不必担心。"张家宝轻松地说："这不，我今天把小朱一块叫过来，就是打算给你配助手啊。小朱和你原来在上海金银湖球场就是搭档，你们俩都有经验，现在重新合作，还怕球场搞不好？"

"表哥这么信任我，我一定会全力以赴，配合戈平把球场管好。"朱玉文不失时机表决心。她听张家宝那么一说，就像吃了一颗定心丸，看来自己也要梦想成真了，不仅可以天天待在韩戈平左右，还能做自己力所能及的事情，这样，她在温哥华的日子总算可以真正稳定下来了。

"戈平啊，你对球场有什么想法，可以直截了当告诉我，缺什么我会给你添，哪儿需要改动我会支持你。总之，你要把海天搞成世界一流的高尔夫球场。"张家宝雄心勃勃地说。

"哥，我倒是真有一个请求。"韩戈平抬起一直微微低垂的脸说。

"说吧，什么要求？"张家宝注视着韩戈平。

"如果要把海天球场经营好，我们不能缺少梦雨，所以我要求一定把她留在球场。"韩戈平也不转弯抹角，直接讲出了他的意见。

"嗯……"张家宝作深思状，没有立即答复。他慢慢就着刺身喝了几口酒，见韩戈平一直在等他的回答，就说道："把她留下也不是不可以，问题是她要愿意留下来。"

"这个我会去和她谈。"韩戈平连忙接上去。

朱玉文刚才听到韩戈平的提议，满心都是不高兴，本来以为张家宝接手了球场，韩戈平当了总经理，球场当然就没赵梦雨什么事了，她应该会跟着老板刘豪杰另谋它途。不料韩戈平却要把她留在球场，这不就又回到金银湖球场那种状态了吗？不过朱玉文知道，她不能把心里的不高兴暴露在脸上，否则会引起韩戈平的反感。于是，她干脆堆起笑意对张家宝说："表哥啊，戈平这个想法是有道理的，赵梦雨管理海天球场毕竟有一段时间了，有她帮助一把，对戈平这个总经理是很有益的。如果有我和赵梦雨两个人共同辅佐戈平，你就真的可以高枕无忧啦。"

"好，好，"张家宝借着几分酒意，呵呵笑起来："还是小朱心胸宽广，我本来是有些担心你们能不能相处得好，如果你不介意留下赵梦雨，那就什么问题都没有了。"

"我和赵梦雨当然能相处得好，对吧戈平？"朱玉文趁机把手放在韩戈平的手上动了动，"我们在金银湖时，不就处得非常好吗？"

"那太好了。米米，我们一起再干一杯，为了海天球场。"张家宝觉得脑袋有一点点晕乎的感觉，这是最舒服的状态。

韩戈平第二天在球场会所上班时，特地去赵梦雨的办公室走了一趟。赵梦雨正好一个人在里面，见韩戈平进来，赶快请他坐下，为他煮了咖啡。因为之前她从韩戈平嘴里打探出了希望房地产公司的事，又要求韩戈平不能告诉他表哥，赵梦雨总觉得自己是利用了韩戈平，心里或多或少有点歉疚。事实上，她和刘豪杰将利用韩戈平泄露的信息去狠狠地整垮张家宝，韩戈平对此却完全浑然不知。

"梦雨，有句话我想问你。"韩戈平最近和赵梦雨的关系维系得很好，两个人频繁接触，相处很和谐。

"问吧。"

"假设，我是说假设，"韩戈平欲言又止。

"别兜圈子哦，想说什么就直说。"赵梦雨道。

"好吧，我是说，假设我表哥完全买下了海天球场的股份，把球场交给我来打理，你会留下来帮我吗？"韩戈平试探着问。

"这……，"赵梦雨没料到韩戈平会说这件事，她倒是从没有想过这个问题。其实她至今不认为刘豪杰会出让球场另一半股份，也不相信张家宝会成为海天球场独一无二的老板，所以此刻她倒是很同意韩戈平采用了"假设"一词。

"梦雨，如果真有那一天，我希望你一定要留下来帮我。"韩戈平已经不是在征求意见，而是在请求赵梦雨，"没有你的协助，我一个人肯定管不了球场。"

"不会的。"赵梦雨心里暗暗好笑，怎么这么早就考虑起这个问题来了呢？球场的事，虽说张家宝拿到了一半股份，但那只是八字的一撇嘛。不过她也不想扫韩戈平的兴，就说道："你完全有能力管理球场，你在金银湖干了那么多年，很有经验了。"

"我只是个球童部经理，没有总管过整个球场，何况这里是加拿大，有很多当地的法律法规。你知道，我对温哥华的高尔夫球场毫无经验。"韩戈平没有那么自信，反而显得忧心忡忡，"这海天球场，可以说是你一手打造的，今天获得如此好的口碑，全是你的功劳，所以，即便看在朋友的份上，你也得帮我。"

赵梦雨觉得韩戈平有点可爱，也明白他一直有个管理球场的梦想。此时此刻，她也没有拧着劲的必要，于是说道："到时看吧，如果我的老板不强求我跟着他走，我就留下来。"

"那太好了，"韩戈平情不自禁去抓赵梦雨的手，将它们握进自己掌心里，"有你在，我什么都不担心，一定能将海天办成世界一流球场。"

赵梦雨轻轻将双手从韩戈平手里抽出来。她想了想问："估计到时候，你表哥一定会把朱玉文也拉过来帮忙吧？"

"他确实有此打算。"韩戈平不得不说实话。

"果然如此啊。"赵梦雨若有所思地低下头去。

"梦雨，这个你不用多虑。"韩戈平担心赵梦雨会因此不高兴，忙着解释说："到时我是总经理，球场的事我说了算。我已经想过了，你担任我的助理，全盘管理各个部门。至于朱玉文嘛，等建立球童制之后，我让她当个球童部经理。到时小兰应该也过来了，我想好要让小兰当培训班经理。"

"你已经想到那么远啦？"赵梦雨很惊讶。

"不能不想好啊，万一我接手球场，如果什么计划都没有，那怎么成？"韩戈平一副质朴诚实的表情。

　　韩戈平离开之后，赵梦雨总觉得有什么不对劲的地方。听韩戈平的口气，似乎海天球场落入张家宝之手是早晚的事情，否则按韩戈平的个性，不会那么肯定自信的，一定是他在张家宝那儿得到了某种承诺。这一想，赵梦雨心里马上就不安起来，觉得自己应该去找刘豪杰打听一下，问问最近他和张家宝之间有没有就股份转让的事有过进一步的接触。

　　刘豪杰刚从外面回到办公室才不一会儿，见赵梦雨进来就说："你来得正好，我也打算打电话叫你过来，和你说些事。"

　　"不会是关于球场股份的事吧？"赵梦雨本能地问。

　　"还真是让你一猜就中了。"刘豪杰让赵梦雨坐下后说："我刚刚和张家宝见了面，是他约我过去的。"

　　"他说了什么？"赵梦雨警惕起来。

　　"还能说什么？催促我兑现承诺呗。"刘豪杰带点苦笑地摇摇头，"最近，他一直在催我办理海天球场一半股份的转让合同，看来是急于想大功告成啊。"

　　"那怎么办？你可以不理他吗？"

　　"这好像不行。"

　　"那一半股份，你可不可以用其它方式，比如直接注资海天房地产来替代呢？这就是一桩生意嘛，要买卖双方都自愿才行，他有什么权利强迫你一定要抵押球场股份呢？"赵梦雨分辩道，她就是不希望刘豪杰把海天球场的股份出让给张家宝。

　　"话是这么说，不过当初在要求他注资海天房地产公司时，那是作为一个附加条件写进协议的。"刘豪杰坦率地说，"虽然我确实可以耍一下赖，拒绝给他股份，但他也可以通过律师追究我的责任，甚至告我不守信用，而加拿大恰恰是个重信用的社会。"

　　"那怎么办？要不你先和他磨着，能拖就尽量拖，我不是已经举报他了吗？如果因此他被判刑，球场股份的事不就一笔带过了？"赵梦雨提着建议。

　　"那恐怕不行。首先，球场的事和他犯的事属于两件事，不能混为一谈。再说，加拿大警察办事一直是拖拖拉拉的，你的举报也不知何时能有结果。如果张家宝一起诉我，那我刘豪杰的名声将毁于一旦。另外，我的目的并不是真要他坐牢，而是要他吐出你家蓝天矿业的股份。如果光把他送进大牢，你什么都没有得到，我就白忙乎了。"刘豪杰严肃地说。

　　"那……我们该怎么办才好呢？"赵梦雨越发忧心忡忡了。

　　刘豪杰若有所思地停顿着，低下头，脸上显现出沉重的神色。

　　赵梦雨此刻突然说道："其实我已经想好了一个办法，不知你能否同意。"

　　刘豪杰抬起头来问："你有什么办法？"

赵梦雨一脸认真地道："网签合同。"

"网签合同?"刘豪杰一下子还没有完全明白赵梦雨的意思，"网签合同和纸签合同是具有同样法律效果的啊，这解决不了问题的。"

"我知道，但这次的网签不需要你亲自动手。"接下去，赵梦雨就把自己想好的计策对刘豪杰讲了出来。她的方法是，让刘豪杰告诉张家宝因有急事来不及当面签约，所以只能采取网签形式，由赵梦雨负责联络，张家宝先将购买球场合同通过邮件发给赵梦雨，赵梦雨再转发给刘豪杰，刘豪杰签完再传给赵梦雨，最后由赵梦雨传给张家宝。而实际上，赵梦雨没有将张家宝发来的合同转发给刘豪杰，而是她冒充了刘豪杰的签名在合同书上签字，直接发给了张家宝，所以从法律角度上来讲，这份合同是无效的。

"这不行!"刘豪杰断然否定道："这样做虽然不失为一个良策，但你所冒的风险太大了。你冒充我的签名签署合同，这是触犯法律的，一旦事情败露，你就会有坐牢的可能。"

"为了保住海天球场的股份，我心甘情愿去冒这个风险。何况，这样做，我们就有足够的时间等待警察给张家宝定罪。到时，再和他谈判。这样，主动权又回到了我们手里。"赵梦雨自告奋勇，语气坚定，"刘总，你就听我这一回，不要犹豫了。"

刘豪杰看着赵梦雨一脸认真的样子，他心里清楚，赵梦雨这样做的目的，就是既留了一条可以翻盘的后路，又争取时间去告张家宝。刘豪杰想了想，认为张家宝必会投降，所以同意了赵梦雨的建议。

2

张家宝最近几乎是一天一个电话，催促刘豪杰尽快办理海天球场的股份转让事宜。这天他又打电话去盯，不料刘豪杰告诉他说，有一件十万火急的事情，他必须马上赶回北京去处理，此刻他已经在温哥华机场，一刻钟后就要登机了。

张家宝听了不由火冒三丈，他好不容易克制住自己的情绪，压住嗓门冲着刘豪杰责问："刘总，你这是什么意思? 我这么三番四次地提请你签合同，你却一直拖拉着不办，现在倒好，打算一走了之吗?"

"张董，你这么想就错了。"刘豪杰心平气和地道："我为什么要一走了之呢? 难道我从此就不回温哥华了吗?"

"既然如此，你干嘛不爽快一些呢? 球场股份的事我们是有约在先的，更何况白纸黑字写进了合作协议中，你一拖再拖也没用啊?"张家宝暗嘲道。

"我并不是拖，只是最近实在是忙不过来。"刘豪杰说。

"刘总恐怕是找借口吧？"张家宝忽然记起以前听别人说起过的一句名言，不过他已经记不得是谁说的了，他勉勉强强还记得那话，就对刘豪杰说："古话说，时间就像海绵里的水，你如果想挤，总能滴出几点的。"

"呵呵，张董厉害，还能借用鲁迅先生的话来责备我啊。"刘豪杰听了确实感到意外，这土里土气的张家宝还知道鲁迅啊？不过他刚才说的是"古语说"，显然他并不知道此话的真正出处，而且最后部分也说错了，不是鲁迅原话。因此，他多半只是听什么人说过而已。

张家宝知道自己的话有误，有点尴尬。他随即掩饰着说："我也不是责备你刘总，我哪有这资格啊？只是再次提个醒而已。"

刘豪杰那头静默了几秒钟，然后他说："既然张董那么焦急，那就不必等我回温哥华再签合同了。我这去北京，处理的事情很棘手，也不知道要多久才能回来，我想至少要十天半月的吧。你看这样行不行，我们马上就把合同签掉。"

张家宝搞不懂了，刘豪杰不是明明过十几分钟就要登机起飞了吗，怎么又说立刻把合同签掉呢？这不是明摆着开玩笑吗？他这么想就这么问了出来，口气很不高兴。

"张董，我没有和你开玩笑啊。"刘豪杰否认。

"你人都飞走了，我们怎么签合同？"张家宝觉得刘豪杰过分了。

"可以签的，我们可以进行网签啊。"

"网签？那是怎么回事？"张家宝还是头一次听到这种说法。

"网签就是我们可以通过网上签约呀，现在生意场上用得很多的。"刘豪杰说明道。

"这有法律作用吗？"张家宝警惕地问。

"当然有啦，这和纸签合同是一样有效的。只要我们俩都签了名就有法律作用。"

"哦……"张家宝将信将疑，"那具体怎么做法呢？"

"很简单的，你可以在合同上签上你的名，然后扫描到电脑里，通过电子邮件发给爱丽丝，爱丽丝会转发给我。这样，我一下飞机打开邮箱就可以看到合同了，我可以立刻签掉字回传给爱丽丝，爱丽丝再转发给你，这样合同就生效了，海天球场50%的股份也就立刻归你了。"刘豪杰解释得非常轻松。

"噢，这听起来好像很不错。不过，网签在法律上真的有效吗？"张家宝还是不放心。

"你可以咨询一下你的律师，这样你就可以完全放心了。"刘豪杰说，"既然张董这么着急要签合同，我又正好不在，网签就是最好的选择了，整个过程半小时就能完成，多块啊。我说张董，现在可是互联网时代哦！"

在张家宝听起来，刘豪杰最后那句话有点贬指他太落伍的意思，他决定要赶一趟潮流，就果断地表示说："那好，我这就去让杰姆斯准备合同，等你一到北京就发给你签字。"

张家宝挂了电话后就去找韩戈平。韩戈平今天正好在 Downtown 的公司总部处理点事，见表哥兴冲冲推门进来，知道他找自己一定有什么事情。

"戈平，知道网签吗？"张家宝问。

"网签？"韩戈平一下子没有弄明白。

"就是通过电脑签合同。"

"哦，你是说在网上签合同啊？当然知道。"韩戈平笑了。

"原来你知道啊。"张家宝觉得自己确实跟不上时代了。接着他就将刚才和刘豪杰通电话的内容对韩戈平讲了一遍，然后说："你尽快去法务部，让他们起草一份合同吧。既然刘总已经答应把合同签掉，我们不如雷厉风行，以免他到时又变卦，拖我们的时间。"

韩戈平听明白张家宝的意思后，答应放下手头其它的事情，立刻先做这件事。最近他非常忙，收购老别墅的工作需要他经常去和住户交涉协商。虽说大家都签了买卖合同，待到正式具体交付时，还是会出现一些小的变数，有几家住户提出一些新的要求，比如因为还没有找到满意的房子希望延期交房啦，年龄较大的住户提出能否提供搬迁帮助啦之类的，韩戈平必须逐一去解决。虽然很忙，由于能一直和赵梦雨保持频繁的接触，这等于给他不断滋补了精神养料，令他始终保持着兴致勃勃、精神抖擞的状态。

过了个把小时，公司法律顾问草拟好了一份海天球场股份转让合同书交给韩戈平。他先将合同书打印出来，拿到张家的面前让他审查。张家宝仔仔细细看了两遍，在几个小地方用黑水笔画了圈，做了点修改，然后交还给韩戈平。韩戈平便拿着修改过的合同回到自己办公室，照着上面张家宝所批注的字在电脑上进行调整。等仔细确认一切无误后，他给赵梦雨打了个电话，把这件事告诉她。

"刘总已经对我交代过这件事。"赵梦雨听完韩戈平的话立即回答说："你把写好的合同先发给我吧，我一会儿就转发给刘总。"

"好的，我马上发到你的邮箱里，你让刘总看看有没有需要改动的地方，尽快告诉我，我改好后再发给你。"韩戈平知道表哥很着急做完这件事，就希望赵梦雨动作能快一点。

赵梦雨答应尽快和刘豪杰联系，一有消息就通知韩戈平。结束通话前，韩戈平问赵梦雨要不要一起吃晚饭，赵梦雨说这两天事情很多，要不过几天吧。韩戈平也就不勉强，实际上这几天他手上的事情也一大堆，一件件等着他去处理呢。

仅仅只隔了一天，赵梦雨就打电话给韩戈平，告诉他合同已经发给在北京的刘豪杰了。刘总看过之后觉得没有什么问题，不必修改了，因此他就先在合同上签了名。现在，那份刘豪杰签过名的电子合同已经发还给赵梦雨，赵梦雨说她马上发到韩戈平邮箱里。

半小时后，韩戈平就收到了那份电子合同，看到了上面刘豪杰亲自签下的名字。至此为止，海天高尔夫球场转让50%股份给张家宝的事情正式尘埃落定。韩戈平不敢怠慢，立刻将合同打印出来，快步走去张家宝的办公室，将它给张家宝过目。

当张家宝从韩戈平手上接过那份合同书时，他两眼放光地盯住刘豪杰的签名看了足足有半分钟，然后提笔在合同上签上了他的大名。接着，仰天大笑道："哈哈，终于签掉了！从现在开始，我就是海天球场的老板之一啦。过不了多久，我就会让刘豪杰把另外一半股份卖给我，到时候，我就是海天球场唯一的股东！戈平啊，接下去就要看你的发挥啦！"

张家宝终于如愿以偿取得了海天高尔夫球场一半的股份，成了球场两个老板之一。这天他一时兴起，带着韩戈平来到球场，并让赵梦雨陪他们到球场的各个部门去兜了一圈，全然是一个老板在巡视自家地盘的做派。海天球场的员工们并不了解情况，见爱丽丝领着两个人来参观转悠，都以为是她带来的客人。

回到会所接待室后，张家宝对赵梦雨说："尽快替我安排一个房间吧，要大一点的，我有空的时候会过来坐坐，毕竟这里也是我的球场了嘛。"

赵梦雨竭力克制着内心的不愉快和对张家宝那副得意洋洋神态的反感，勉强露出笑意答应说："好的，我一定尽快安排。"

"还有，替戈平也搞一个大房间，他早晚要接手球场管理的。"张家宝又说。

还没等赵梦雨回答，韩戈平抢着道："不必了，我在会馆已经有办公室。"

"那是临时用的，等老别墅收购项目结束，你就要准备球场的工作了，到时候，如果你当了球场总经理，没有一间像样的办公室怎么行？你说呢爱丽丝？"

"嗯，我会去安排的。"赵梦雨无可奈何地说。

"真的不需要，"韩戈平反对着："只要有地方坐就行了，没必要弄得那么复杂。"

"行了戈平，此事你就不要多啰嗦了，我是老板，这事我说了算。"张家宝故意这么说给赵梦雨听。

赵梦雨心里当然明白，张家宝是新官上任，肯定要烧几把火来显示自己的权力。毫无疑问，他首先需要震慑的就是她，要让她搞清楚，现在她的老板不仅仅是刘豪杰，还有他张家宝，虽然他眼下不会天天坐镇在海天球场，但他说的每一句话都是可以作数的。

韩戈平觉得表哥在赵梦雨面前过于炫耀和张扬了，毕竟只是刚刚取得了球场一半的股份而已，而且刘豪杰目前不在温哥华，对球场今后的安排至少眼前不能那么自说自话做决定。他不由担忧地瞧了赵梦雨一眼，怕她会不高兴。然而，赵梦雨的态度很坦然，脸上一直挂着浅浅的笑意，好像对这一切并不以为然。

其实，此时的赵梦雨内心里正在翻江倒海，真想冲着张家宝破口大骂：你这个混蛋，有什么好得意的？很快你就要大难临头了，到时候看你还能神气几天。不过她牢牢记住了刘豪杰之前在电话里对她的嘱咐，刘豪杰猜到张家宝一旦取得球场股权后，必然会来球场要耍威风的，他要赵梦雨无论如何不能和张家宝翻脸或者争执。一则从法律上讲，张家宝一旦取得股权，他就是赵梦雨的老板，赵梦雨作为部下不能公开顶撞他；二则她需要暂时麻痹张家宝，不能让张家宝觉得赵梦雨对她有恃无恐，这会引起他的警觉和猜疑，到时起不到让张家宝陷于措手不及境地的效果。因此，赵梦雨尽可能做到对趾高气扬的张家宝有礼有节，温良恭谦。她牢牢记着小不忍则乱大谋这句古语。

连续好几天，张家宝一直沉湎在成为海天球场老板的愉悦欢快之中。他几乎天天满面春风，得意洋洋。然而好景不长，仅仅只过了两个多星期，一个从天而降的打击瞬间将他满怀的得意劲一扫而空。

这天，张家宝正在公司会议室召开部门经理会议，商讨下一步如何着手准备海天球场边那片老别墅区的拆迁工作，以及接下去建造多层公寓的计划。虽然海天房地产是和刘豪杰合资的，但张家宝希望自己能抢得先机，早于刘豪杰拿出建造方案来，以便能掌握主动权。一群人正七嘴八舌讨论着，行政秘书突然带着两个高大的白人老外推开了门。

"老板，这两位先生要找您。"行政秘书朝着张家宝说。

张家宝茫然看看那两个陌生的洋人，不知道他们是谁，找他有何贵干。他又不会说英语，便对坐在他身边的韩戈平说："你问问他们，找我干什么。"

韩戈平便站起身来，用英语礼貌地问两个老外到这儿来有何贵干？

"我们是警察局的经济警察，有事找张先生调查。"一个年纪稍长的老外答复了韩戈平，一面说一面出示了警徽。另一个年轻点的昂首挺胸站在边上，双手交握在腹前，一副气势威严的样子。

韩戈平很惊讶，俯身在张家宝耳旁翻译了一遍。张家宝一听是警察找他，不由愣了愣。他从来不和警察打交道，他们会有什么事？他就让韩戈平再问问清楚。韩戈平只得再问两名警察想调查什么事？

那位年长的警察好像弄明白了他们要找的人，不是那个和自己对话的小伙子而是坐在一旁的中年人，显然这个需要询问的对象还不会讲英语，就对韩戈平说："你告诉张先生，有个案子与他有关，希望他能配合我们调查。"

韩戈平再翻译给张家宝听，张家宝这才意识到事情并不简单，赶忙对参加会议的人员说："今天会议先到此结束吧，大家可以散了。"

各部门经理赶紧起身离开，警察的出现令他们既好奇又惊慌。在大家的理念中，警察平白无故出现总不会有什么好事。张家宝一面看着众人走出去，一面拉拉韩戈平示意他留下，他必须有韩戈平在场才能和警察对话。韩戈平等其他人都走光后，走过去掩上了会议室的门，请两位老外警察入座。

"好，谢谢。我们今天只问几个简单的问题就行。"年长的那位警察开始问张家宝："张先生，你们公司是不是在收购海洋大道海天球场边上的老别墅？"

张家宝听完韩戈平的翻译后回答说："是的，有什么问题吗？"

"你们是以什么公司的名义展开收购的？"年长的警察又问。

"这……？"张家宝本能地犹豫着没直接回答，朝韩戈平瞧了一眼。

"是不是希望房地产开发公司？"年长的警察再问，他那双蓝色的眸子紧紧盯着张家宝，注意他脸上的细微表情。

张家宝转头听韩戈平翻译，等弄明白了，稍稍犹豫了几秒后，承认说是的。

两个警察得到这个明确回答后互相看看，然后那名年轻的警察取出一张名片递给韩戈平说："这是我们的办公地点，请你们务必准备好收购老别墅群的每一份合同，以及所有相关材料，在一周内到警局接受问询调查。记住，绝对不允许弄虚作假，否则后果自负。"

"这是为什么？"张家宝不理解地问。

"因为有人报案。"年长的那位白人说着站起身来。

"报案？报什么案？"张家宝忍不住追问。

"具体的等你们到了警局后才能告诉你们。"年长的警察对韩戈平说。

等两名身着便衣的经济警察离开后，张家宝坐在会议室纳闷了很久，这究竟是怎么回事？有人报案？这和他张家宝又有什么关系？他让韩戈平猜猜并分析一下，韩戈平也一样觉得莫名其妙，犹如坠落在云里雾里。

令张家宝万万没有料到的是，仅仅隔了两天，他又收到了一份由卑诗省高等法院寄来的传票，让他前往法院应对一件民事诉讼。

3

张家宝没有自己去警察局，也没有去法院应诉，他全部委托了公司的法律顾问去处理。他知道在加拿大这种法治社会里，律师的作用之大超出想象，他们会掌握尺度，拿捏分寸，让一些有利的细节发挥作用，将风险降到最低限度。他张家宝虽说很聪明，脑子也很好使，但在真正遇到法律纠纷时，还是必须依赖专业人员。

法律顾问在和警局以及法院接触后，带回一个惊人的消息，到警局报案的和去法院起诉的是同一个人，这个人竟然会是赵梦雨！赵梦雨以海天房地产开发公司董事的名义去了警察局和法院，她举报和起诉张家宝用自己的公司即希望房地产开发公司的名义收购老别墅，然后又转卖给合资的海天房地产开发公司，从中渔利，损害了合作方的利益。

张家宝立即咨询律师，这件事如果调查确实，会产生什么后果？律师不假思索地告诉他：非常严重，严重到警察可以逮捕张家宝，法院可以判他入狱，还要被判巨额赔偿和罚款。

张家宝顿时吓出了一身冷汗，他没有料到事情会那么严重。本来嘛，他只是耍了一次小聪明，想利用海天地产的资金，在收购老别墅的过程中为自己某点好处，粗算下来，大约可以赚取近千万的利润。这样的事，在操作上完全可以做得人不知鬼不觉，以前在中国做生意时，张家宝以这样的方式试过好几次，几乎屡试不爽。即使偶尔泄露了马脚，通常也就是赔些钱就可以了结的。没想到同样的事到了加拿大，居然会下大牢，这可不是闹着玩的。万一真的被判了刑，那不仅他自己身败名裂，而且太平洋地产集团也完蛋了，以后谁还会和他们合作做生意？绝对不可以落到这一步的！

张家宝问律师，有什么良策可以化解目前面临的困境？律师想了很久后告诉他说："最上策方法的就是和诉讼方达成和解，只要对方同意撤诉，就从源头上彻底摆脱了危机。否则，任何其它方法都不可能解决全部问题。"

摸到底之后，张家宝心里很不是滋味，意识到自己这次是老马失蹄了。其实，自从发现赵梦雨出现在温哥华之后，张家宝就有一种奇怪的不祥预感，总觉得赵梦雨有点神神秘秘，一会儿在成都失踪，一会儿又在温哥华现身，这肯定不是正常的现象，而是有计划的阴谋。直觉告诉张家宝，赵梦雨来温哥华，多半是冲着他来的。她一定已经了解了在成都发生的那一系列事情，特意追踪到温哥华来找张家宝的麻烦。回过去看，之前那次收购水矿的项目，应该不像陆仲任所说是他在做主，赵梦雨只是投了点钱，完全可能是赵梦雨一手策划的，目的就是让张家宝在不知道中国不能进口散装水的情况下贸然买下那个水矿，接着再投资输水管。赵梦雨显然希望张家宝跌入陷阱，希望他蒙受巨大经济损失。幸好半路杀出个朱玉文及时提了个醒，才没让赵梦雨的谋划得成，她自己反而偷鸡不着蚀把米，亏了几十万。以赵梦雨的习性，她当然不会甘心，一定还会伺机报复。果然，现在让她抓到了机会，既然这次将法律绳索套在了他张家宝的脖子上，估计她就轻易不会松手，那么，该怎么办才好呢？

张家宝苦思冥想很久，决定还是要为自己创造一次机会，他必须放下身段，恳求赵梦雨能够撤诉。

赵梦雨知道张家宝早晚一定会找她。两天前，韩戈平在无意中对她透露了警察到过他们公司的消息，赵梦雨心里再清楚不过，好戏开场了。这次，她倒很想看看张家宝如何再挣脱缰绳转危为安的。

这日，张家宝约了赵梦雨在西区的一家咖啡馆见面，说有重要的事情商量。赵梦雨接到张家宝的邀请后并未拒绝，甚至毫不犹豫就答应了。这种正面的碰撞机会，其实赵梦雨盼望已久。她对在张家宝面前装模作样地演戏已经厌倦，盼望着两个人面对面地撕开面具，都露出真相来，毫不留情地针锋相对。

赵梦雨走进咖啡馆时，张家宝已经坐在里面一个角落里了。店里人不是很多，零零星星坐着几个白人青年，一边喝着咖啡一边看书或者玩电脑。张家宝见赵梦雨走过来，赶紧欠了欠身。赵梦雨把随身携带的包搁在旁边的位子上，自己坐在张家宝对面。

"说吧，你找我见面有什么事?"赵梦雨省掉了之前一直用的"张叔"称呼。

"小雨，我想我们之间是不是发生了一些误会?"张家宝开始试探。

"误会? 没有啊。"赵梦雨直接否定道："你有什么事就直说吧。"

"好吧，那我就不兜圈子了。我想我们都清楚最近发生了什么，叫你来，就是想问你，为什么要去警察局和法院告我?"张家宝也单刀直入地问。

"难道你会不知道为什么吗?"赵梦雨冷笑道。

"小雨，如果你觉得我和戈平做错了什么，你本可以直接对我们说嘛，大家都是自己人，何必这么动刀动枪的?"

赵梦雨慎重地看着张家宝，没有说话，想看看张家宝究竟打算演什么戏。

"我让戈平以希望公司的名义收购老别墅，是事出有因的。我无非就是想让他有机会多赚点钱而已。你知道，他年龄也不小了，因为喜欢高尔夫，一直也没赚过多少钱，再说了，你们俩好了那么久，总要打算结婚的吧? 我让他多赚点钱，是为了你们俩好啊。"张家宝来之前已经思考了很久，酝酿好了一番说辞。

赵梦雨依旧不出声。

"我本来是出于一片好心，你知道，我自己的钱已经几辈子都花不完了，但我得为戈平的将来，为你们俩的将来多考虑考虑嘛。"张家宝继续表示他的那番用心良苦。

"你特意叫我见面，就是为了告诉我这些?"赵梦雨戳了一句。

"你看小雨，我们之间关系一直都不错，何况你一旦和戈平结婚，我们就是一家人，对吗?"张家宝想继续打攻心战。

"请你别再提我和戈平之间的事了好吗?"赵梦雨冷冷地打断张家宝。

张家宝有些尴尬，改口道："那好吧，我是想要提醒你，小雨，你千万不能被人利用来对付我啊。"

"没有任何人利用我。"赵梦雨断然道。

张家宝摇摇头："不，我们认识那么久了，我太了解你了，如果没有人在背后指使你，你不可能自己去做这种事。"

"那我再明确告诉你一次，完全是我自己决定这样做的。"赵梦雨毫不含糊地回答道。

"为什么？仅仅为了我赚了点差价，你就去告我？"

"当然，因为你犯了法，而且你做得太卑鄙。"赵梦雨开始不客气了。

"小雨，你犯不着为了你的老板和我翻脸。我是占了他的便宜，可我说了，我不是为我自己，是为了戈平和你们俩。既然你不领这个情，我可以把多赚的部分吐出来，还给你老板不就行了嘛。"张家宝已经想好了如何一步步演绎下去，他要根据赵梦雨的反应灵活应对。

"你准备把吞下去的东西吐出来？"赵梦雨目光里充满讥讽。

"我可以全部吐出来啊，只要你同意去警局和法院撤诉。"张家宝摊出了底牌。

"哼，这才是你今天找我过来的真正目的，对吗？"赵梦雨尖刻地说。

"明人不说暗话，确实如此。"张家宝并不回避："你想，我和你们刘总毕竟是合伙人，今后还要合作开发多层公寓，有什么必要为了这点小钱反目呢？一切都得从长计议才对。如果这件事和你老板无关，完全是你一人的主张，你就更应该尽快去撤诉了，免得影响到我们接下去的合作项目。"

赵梦雨心里暗暗好笑，这个张家宝真是够狡猾，先是用韩戈平来做挡箭牌，想用甜言蜜语来感化她，拿她和韩戈平的关系引诱她。现在又搬出刘豪杰来，用合伙人和共同事业来吓唬她，真还把她当成两年前那个单纯不懂事的赵梦雨啊？

张家宝见赵梦雨一时无语，以为自己说动她了，就趁热打铁劝说道："小雨啊，我知道你是因为知道了我们的暗箱操作，一时生气才那么冲动去警局和法院的。你毕竟还年轻，不知道轻重，这报警和起诉法院是不能意气用事的哦，你图个一时之快，我可要被你害惨啦，这是要坐牢的事情呀！"

"我就是要送你去坐牢！"赵梦雨顿时板起脸来，冷酷地朝着张家宝说。

"什么？你说什么……？"张家宝震惊不已。赵梦雨这句话不像是脱口而出的口误，看她那副神态，完全像是有备而来的警告，他不由呆住了，之前平稳运转着的思路也顿时卡住了。

"我说，我就是希望你去坐牢！"赵梦雨刻薄地重复着。

"你，你这是什么意思？"张家宝恼怒地问："我和你有什么深仇大恨，你需要对我如此恶毒憎恨？"

"这个你得好好问问你自己。"赵梦雨厉声说。她知道自己彻底摊牌的时刻已经临近了，憋了那么久的愤怒，今天终于可以朝着眼前这只披着羊皮的狼宣泄出来。第一次报复他的时候，眼看要大功告成时，却被这只老狐狸轻易逃脱了，这次可不同，她已经抓住了套在他脖子上的锁链，想扯多紧就多紧。

"小雨，我一点都不明白你在说什么，"张家宝心里开始醒悟，这件事情远比自己原先考虑的要严重得多，但他还想故作镇静装模作样一番，"我不懂，你为什么要这么对张叔我，我难道是你的仇人不成？"

"对，我们就是不共戴天的大仇人！"赵梦雨无法控制自己的情绪，声音一下子拔高了许多，引得四周座位上的几个客人都朝她转过脸来。

"你这是什么意思？你疯了吗？"张家宝明知故问，做最后的抵抗。

"好吧，既然你喜欢装糊涂，那我就来告诉你。"赵梦雨强抑住自己的情绪，压住嗓门却字字有力地点破张家宝道："那么多年来，我爸爸一直把你当好朋友，我也始终叫你张叔，没想到你是个贪得无厌的恶魔，你不仅强取豪夺了我们家蓝天矿业的大部分股权，还指使黑社会的人杀害了我的父母，你，你难道不是我赵梦雨这辈子最大的仇人？难道我不应该把你送进大牢？"

"不不不，"张家宝的脸色瞬时变得一片灰白，仿佛血液在一刹那间都从脚底突然裂开的创口流光了。他举起一只手摇摆着，表示否定，却又声音发颤语无伦次，"误会，小雨，你真的误会了，不不，不是那样的，根本不是，我和你父母的死没有关系，真的……"

"你不用狡辩，我已经都弄清楚了。"赵梦雨眼睛里突然涌出了泪水。她拿起餐巾纸擦了一下，强忍住内心的痛楚，咬牙切齿地说："人在做，天在看，你作恶多端，一定会有报应的。如今你躲到了加拿大，想逃脱惩罚？但你是逃不掉的，你还得去坐牢。"

直至此时，张家宝才意识到自己小看面前这个小姑娘了，她已经远非以前那个只会打打高尔夫、成天笑声开朗的小梦雨。现在看来，去年在成都所发生的那一件件事情都有她的影子，她远比自己估计的要更聪明，更坚强，更勇敢，更厉害。既然她能千里迢迢追踪他到温哥华来，一次次设局诱他掉入陷阱，说明她是绝对不可小视的对手。不过他还是不太明白，赵梦雨怎么会弄清楚蓝天金矿的事情的？她又怎么会那么固执地认定是他幕后指使，杀害了她父母呢？

张家宝浑身已经沁出了冷汗，背脊上凉飕飕的。他傻傻地看着赵梦雨义愤填膺的表情，不知道用什么话来对答。他脑子沉沉的，晕晕的，乱成一团，不知道该如何说明和辩驳，只好念念叨叨地说着："误会，你误会了，你冤枉我了……。"

当把该说的一切都说了出来，一吐为快之后，赵梦雨渐渐冷静下来。她想起了刘豪杰对她说过的话：我的目的不是要送张家宝蹲大牢，而是要他归还侵吞的蓝天矿业股权，否则，所有的策划都白辛苦了。赵梦雨转脸看着窗外，努力将内心不断窜上来的怒火压下去。然后，趁张家宝尚不知所措的时候，她突然说了一句让他意外之极的话："你如果想要躲过牢狱之灾也不是不可以，我可以去警局和法院撤诉。"

"真的？……"张家宝直接怀疑自己听错了。

"真的，但你必须满足我的几个条件。"赵梦雨毫不客气地说。

"说，你说来听听。"张家宝像是劫后余生般脸上渐渐恢复了血色。

"第一，你必须把这次收购老别墅侵吞的钱一分不少退还到海天房地产公司的账户里。"

"没问题，绝对没有问题。"张家宝答得又快又爽。

"第二，你必须把霸占我家的蓝天矿股份全部还给我。"赵梦雨字字清晰地说。

"这个嘛，"张家宝有点吞吞吐吐了："这个也不是不可以，只是做起来有点复杂，所以……"

"别找什么借口，你只要说行还是不行。"赵梦雨非常强硬，"如果不行，就一切免谈。"

"行行，我努力办到。"张家宝好汉不吃眼前亏，先答应了再说。

"第三，将海天球场的50%股份还给刘总。"

"嗯，这个……"张家宝拖着长音，不想答应。

"如果不答应，那你就准备去坐牢吧。"赵梦雨站了起来，提包要走。

"好好，我都答应。"张家宝无可奈何地说了一句。

"我只给你一周时间，你必须把这三件事办妥，然后我再去撤诉。"赵梦雨像是发出最后通牒。

"好吧，我尽力而为……"张家宝此时完全像一只斗败的公鸡般耷拉着脑袋，一副垂头丧气的模样。

4

这天赵梦雨回到海天高尔夫球场后，心里一直涌动着悲喜交加的波浪。悲的是，因为和张家宝的当面对质，重新勾起了她对已故父母的强烈思念。自从来到温哥华，她一直忙忙碌碌，已经不太去沉湎往事了，她想朝前看，往前走，让自己进一步振作起来。她遇到了一个好老板刘豪杰，结识了一个好姐妹雪雅，而且之前误会重重的恋人韩戈平也回到了身边，依旧对她一往情深。她希望往日的伤口能尽快愈合结痂。她尽量不去触碰它。然而，那块痂盖是那么薄那么脆，一不小心就又渗漏出伤心痛苦的血液来。

赵梦雨喜的是，她终于看到了张家宝垂头丧气的样子，她总算逮住了这只老狐狸的弱点，并且将他击败了。只要蓝天矿业的股权回到她赵梦雨的手里，她父母的在天之灵多少也会得到安慰。她作为女儿，也可以对父母有所交代了。

下班之前，赵梦雨和刘豪杰通了个电话，把张家宝找她以及他们之间交谈的情况都对刘豪杰讲了一遍。刘豪杰听后非常高兴，叮嘱赵梦雨说："你必须要盯紧张家宝才行。他这个人非常狡猾，一定会挖空心思来对付你的。"

"我只给了他一周时间，如果他做到了，我就去撤诉。如果他做不到，那就是他自己甘愿坐牢。"赵梦雨很有信心地说。

"他当然不会束手待毙去坐牢。"刘豪杰提醒道："你还是要时时注意他的动向才好。这几天，你要多和杰姆斯联系，他这个人很单纯，有事瞒不住。张家宝有什么举动，他可能最清楚。"

赵梦雨领会了刘豪杰的意思，要她通过韩戈平掌握张家宝的动态。不过，她倒不担心张家宝会有什么反击能力，加拿大又不是中国，一旦牵涉到法律上的事情，靠买通官员，贿赂经办人是行不通的。如果他敢那样做，一定会罪上加罪。其实摆在张家宝面前的路很简单，只有两条路：要么照她所提出的要求去做；要么等待警察的拘捕和法院的判决。赵梦雨认为，张家宝不至于傻到为了保住那些钱甘愿坐大牢吧？不过，赵梦雨想，无论如何刘豪杰的提醒是对的，她这几天确实可以和韩戈平多多接触，及时掌握张家宝可能出现的动向。

第二天，赵梦雨主动约韩戈平打球。这阵子一直很忙，他们已经有好长时间没有一起打球了。不料韩戈平推脱说，他这两天太忙，没时间打球。赵梦雨很意外，以前只要她约韩戈平，不管什么时间什么事情，他从不拒绝的，哪怕手上有天大的事情，他都会先放一放，一定会满足赵梦雨的提议。

"那要不下了班一起吃饭吧？"赵梦雨换了个建议。

"好吧。"韩戈戈平答应了，说要不他们就在球场玻璃餐厅碰头，随便吃点吧，不要再另外找地方了。

赵梦雨想了想，总觉得今天韩戈平情绪不太高涨，也不要强人所难，就同意了。

傍晚，两个人在玻璃餐厅见了面。赵梦雨立刻就看出韩戈平的精神状态有些反常，一副垂头丧气的样子。

"你怎么啦，身体不舒服吗？"赵梦雨关切地问道。

"没有。"韩戈平摇了摇头。

"那你怎么无精打采的，工作上遇到麻烦了？"赵梦雨再问。

"也不是。"韩戈平再次否认。

"那是为什么？不想和我碰头？"赵梦雨故意刺激韩戈平。

"怎么会？"韩戈平急于否定，"我今天心情确实不太好，无缘无故被我表哥骂了一通。"

"哦，他干嘛要骂你？"赵梦雨竖起了耳朵。

"今天一上班，他就把我叫过去，问我有没有把我们用希望房地产公司收购老别墅的事情告诉过你。"韩戈平抬脸看了赵梦雨一眼。

"你一直没对他说过那件事？"

"你不是让我别告诉他我们上次碰头的事吗？"韩戈平显得很委屈的样子，"所以我就没对他提起。"

"那你怎么回答的？承认了吗？"

"还能不承认吗？"

"你表哥之后怎么说？"赵梦雨追问。

"他破口大骂，说我没脑子，简直是个白痴。还有更难听的……"韩戈平好像感到不该把张家宝骂他的所有脏话都对赵梦雨说，就刹住了话头。

"然后呢？"赵梦雨紧盯不放，想知道张家宝接下去有什么举动。

"然后他让我滚出去，让我以后做事多动动脑筋。"韩戈平愁眉苦脸地说着，长叹了一口气。

"都是我不好，让你受委屈了。"赵梦雨有点于心不忍。韩戈平年近三十，这么高高大大一个男人，竟然遭到那样的辱骂，他内心会是什么感觉，赵梦雨十分理解，因此她觉得内疚，她情不自禁去握住了韩戈平的手。

韩戈平温柔地看看赵梦雨，反过来将她的手握进自己手里说："不怪你，是我自己愿意告诉你的。"

"我让你为难了。"赵梦雨歉意地说。

韩戈平缓缓地点了点头，示意自己确实感受到了为难，但没有再展开说什么。赵梦雨这句话触到了他的内心，他已经敏感到了张家宝和赵梦雨之间存在着某种奇怪的纠葛，两个人好像在暗里较劲。具体是怎么回事他并不明白，但如果这是真的，一定会让他处于非常为难的境地，一面是恩重如山的表哥，另一面是自己深深爱着的恋人，万一成了敌对的双方，他可怎么站队呢？

时间一天一天过去，已经到了赵梦雨对张家宝发出最后通牒的第五天，她依旧没有从张家宝那里得到任何一点信息。这几天她差不多天天都能与韩戈平碰面，也没有一丁点儿有关张家宝的反常消息，就像什么事情都没有发生过一样。这种表面的平静反而让赵梦雨渐渐不安起来。张家宝按照她的要求去办了吗？还是他在想别的办法摆脱困境？赵梦雨全然不知。她不由开始焦虑起来，张家宝葫芦里究竟埋的什么药啊？赵梦雨很想给刘豪杰打电话，听听他的判断和分析，又一想，既然自己什么蛛丝马迹都看不到，何况眼下人不在温哥华的刘豪杰呢？他毕竟不是神仙，怎么可能猜到张家宝心里作何打算？

就在赵梦雨疑惑不定的时候，张家宝毫无预兆地突然出现在了赵梦雨的面前。此日下午四点左右的时候，赵梦雨正打算去球场培训部去一趟，布置下个月的计划。她刚从办公桌后站起身时，办公室的门被推开了，张家宝从天而降一样走了进来。

"你怎么来了？"赵梦雨觉得非常意外。

"来找你呀。"张家宝似笑非笑地说。

赵梦雨一阵暗喜,他终于来找她了。期限将至,他一定是按她的要求办妥了那三件事,催促她去撤诉的,既然如此,不如对他客气一点,就说道:"那你请坐吧。"

张家宝也不谦虚,拉开赵梦雨桌前的椅子就一屁股坐下去。他四下打量了一番赵梦雨的办公室,然后怪里怪气地说:"呦,办公室很气派啊。"

"你找我什么事?"赵梦雨不想和他东拉西扯。

"我来问问你,上次让你替我和戈平准备两个大一点的办公室,你都弄好了吗?"张家宝没头没脑地问。

赵梦雨一怔,不明白张家宝是何用意,难道他不是为那件事来的?看他的神情,不慌不忙,甚至有点趾高气扬,就像没有发生过任何事情一般,还摆出一副球场老板的姿态来责问她呢。赵梦雨一时不知如何是好。她好不容易镇定住自己的情绪,应付道:"已经准备得差不多了。"

"要抓紧,知道吗?"张家宝摆出教导赵梦雨口气说:"我也是你的老板,我布置的事,你同样要全力以赴,明白吗?"

赵梦雨被张家宝那副高高在上的神态激怒了,不由拉下脸来问:"你今天过来,究竟是什么意思?你不是想告诉我那天我们约定的事情吗?"

"哪天?我们约定了什么事情啊?"张家宝忽然变了一个人似的。

"你……,"赵梦雨一下子气得说不出话来。她不明白为什么张家宝会这样变脸,那么有恃无恐起来,难道他真的不怕去坐牢了吗?

"哦,我记起来了,你是说警察局和法院的那件事情吧?"张家宝阴笑了一下,"你是问我有没有兑现承诺?"

"对,我要求你做的你都做了吗?"赵梦雨被张家宝出尔反尔的古怪行为弄乱了阵脚。

"当然没做,我为什么要听你的指挥啊?我是老板还是你是老板?"张家宝嘲弄道。

赵梦雨从来没有遇到过这样翻云覆雨胡搅蛮缠的状况,她认为一定是张家宝的脑子出问题了,才如此语无伦次,要不就是,他今天过来不打算解决事情,而是来要一通无赖。她定了定神,严肃地对张家宝说:"看来你是不怕蹲大牢对吗?"

"蹲大牢?哈哈,我为什么要去蹲大牢?"张家宝满脸毫不在意的表情。

"你如果做不到我要求的那两条,我就不会撤诉。"赵梦雨威胁道。

"没关系,我没有一定要你去撤诉啊。"张家宝皮笑肉不笑地牵动着嘴角,然后咄咄逼人地盯着赵梦雨的眼睛说,"赵梦雨小姐,你可以不撤诉,那是你的权力。不过呢,我张家宝是不会去蹲大牢的,因为那件事根本和我无关。"

"你什么意思?"赵梦雨被弄傻了,心里忽然浮现起一种不良的预感。

"我的意思再清楚不过,你可以去举报,可以去起诉,找警察,找法院,但那一切都和我无关，懂了吗？"张家宝仿佛已经完全置身事外，说得很潇洒。

"怎么和你无关？你胡说！"赵梦雨大叫起来。

"冷静，赵梦雨小姐，冷静，"张家宝继续嘲弄着说："你还是太年轻，太容易冲动了，这可不太好，以后做事一定要稳重，知道吗？只有稳重了才能把事情办好。"

赵梦雨方寸大乱，无言以对。她心里的愤怒迅速积聚起来，真想举起桌上的茶杯朝张家宝脸上砸过去。这个无赖，混蛋，究竟想干嘛啊？

"你不要急，赵梦雨小姐，听我慢慢给你解释。"张家宝显然掌握了主动。他看着赵梦雨涨得通红的脸颊，嘿嘿冷笑着道："希望房地产公司收购老别墅这件事，我一点都不知情，懂吗？操作这件事的不是我，是韩戈平。我虽然是希望房地产公司的董事长，但我不管事，韩戈平才是董事总经理，负责具体运作。我从来没有叫他用希望地产的名义去收购老别墅，是他自作主张的，所以这件事他是瞒着我干的，明白吗？而且，韩戈平还私自将海天房地产公司的资金调到希望公司，去收购老别墅。所有这一切，都是韩戈平一个人干的，所有文件都是他一个人的签名。你听明白了吗？"

"你，你怎么可以这样？……"赵梦雨非常聪明，她立刻听明白了张家宝的意思，他这是想嫁祸于人，自己金蝉脱壳，可韩戈平是他的表弟啊。

"你真聪明小雨。"张家宝这次不再用赵梦雨小姐，改叫小雨了。"看来你已经弄明白我的意思了。所以，我一点都不害怕你去报案，去起诉，因为我不会去坐牢的。如果要追究有人用希望地产的名义收购老别墅再转卖给合资公司从中渔利，私自挪用合资公司的资金，那个人不是我，而是韩戈平。"

赵梦雨全身血脉偾张，气得脸上红一阵白一阵。她浑身微微颤抖，已经难以理清思路，根本不知道如何应付张家宝，只有用憎恶的目光直直盯着那张卑鄙无耻的脸。

"现在你明白了吗？"张家宝觉得自己已经胜券在握，继续穷追猛打说："如果你不愿意去警局和法院撤诉，那么只有一个结果，那就是有人要去坐牢，不过那个人肯定不是我，是谁你应该心里很清楚了吧？而且，这个人因为拿的是工作签证，没有加拿大身份，所以，刑满释放后还会被立刻驱逐出加拿大。"

赵梦雨只感到有一团东西堵在她的胸口，让她透不过气来。她想冲着张家宝大骂，可是嗓子里发不出一点声音，气愤像一团熊熊烈火，烧得她难以忍受，却丝毫不能伤及面前这个得意忘形的恶魔。

"再对你说明一下，我刚刚说的都不是我自己胡思乱想出来的，这都是我的律师对我说的。他们已经了解了整个事情的来龙去脉，他们会为我作证的。所以，如果你不想让那么喜欢你的男人去坐大牢，你就抓紧时间乖乖去撤诉，听清楚了吗？"张家宝说完，忽地从椅子里站起身来，打算结束此次谈话。

"你简直不是个人！"赵梦雨终于在憋了半天后挤出了一句话来。

"这又何必？骂我几句就解气了吗？"张家宝奸笑道："我说小雨啊，本来我们是可以和平相处的，毕竟我们认识那么久了。现在，既然你选择以我为敌，那么张叔我告诉你，你还嫩了点，你根本不是我的对手，懂吗？"

当张家宝撇下赵梦雨快步走出去后，办公室里是一片死一般的静寂。赵梦雨无力地瘫坐在办公椅上。情势以如此迅捷的速度急转直下，本来稳稳占着上风的赵梦雨，仅仅十几分钟后就溃不成军、一败涂地。她怎么想得到张家宝会用这一手，不惜牺牲韩戈平来保住他侵占的财产。她怎么也不会料到，张家宝会如此不择手段，冷酷无情，这样歹毒之人，还有什么坏事做不出来呢？

赵梦雨呆呆地坐了好久，脑子陷入一片晕晕乎乎的状态，仿佛刚才被什么重物敲击过一般，所有的思路都嘎然而止中断了。眼下，她唯一的选择是立即把情况告诉刘豪杰，希望得到老板的分析指点。

刘豪杰接到赵梦雨的来电，在电话那头沉默良久。然后，对赵梦雨说："爱丽丝，我早就料到张家宝不会那么轻易束手就擒。这家伙老奸巨猾，太有经验了，不是随随便便可以将他斗败的。"

"刘总，我该怎么办？"赵梦雨自己已经没有主意了。

"张家宝这一遭非常狡猾毒辣，我怀疑他之前安排杰姆斯出任希望地产董事总经理时，已经想好了要利用他。"刘豪杰说。

"张家宝说，如果我不撤诉，杰姆斯就会受牵连，还可能去坐牢，还会被赶出加拿大，有这可能吗？"赵梦雨此刻最关心韩戈平会不会受累。

"完全有这种可能。"刘豪杰分析道："张家宝确实很容易将这件事的责任推到杰姆斯头上去，因为你想，在希望地产和老别墅住户谈判时，所有合同上签的都是杰姆斯的名字，他张家宝从不露面。从法律上讲，只要他坚持说他并不知情，他就毫无责任。"

"那就这样让他滑掉了？"赵梦雨非常沮丧，于心不甘。

"除非杰姆斯自己出面检举张家宝，声明他所做的一切都是听从了张家宝的吩咐和安排。"刘豪杰说。

"这不太可能。"赵梦雨太了解韩戈平了，他历来视表哥为恩重如山的大好人，怎么可能说动他去把张家宝送进大牢？

"如果杰姆斯不站在我们一边，那就没有办法了，除非你不在乎他被传唤去警局和法院。"刘豪杰提醒说。

"不行，我决不能害他。"赵梦雨立即本能地反对说。她怎么可能让韩戈平去替张家宝顶罪呢？张家宝为了达到目的可以不择手段，她绝不会那样做。

"那就只剩下一条路了。"刘豪杰显然早已预料到了赵梦雨的回答，无可奈何地说。

"你是说撤诉？"

"对，如果不想伤害杰姆斯，你暂时唯一能做的就是撤诉。"刘豪杰的语气非常肯定，"如果一旦警方和法院找上杰姆斯的麻烦，即便他没有被判入狱，至少会被驱逐出境，终身不得再来温哥华。"

和刘豪杰通完电话，赵梦雨浑身乏力，像刚刚生过一场大病似的。现在摆在她面前的，只有华山一条路，主动去警局撤案和去法院撤诉。这将意味着她主动放弃了逼迫张家宝归还蓝天矿业股份和海天球场股份的筹码，之前所有的努力都将前功尽弃成为泡影。赵梦雨内心非常不甘和难受，但她还能怎么做？如果为了夺回蓝天矿业的股份她不惜牺牲韩戈平，那她和张家宝还有什么区别？不同样自私和卑鄙吗？即便韩戈平不是她的恋人，赵梦雨也不会那样做，更何况她内心一直爱着韩戈平？尤其来到温哥华之后，弄清了那些真相，切身体会到了韩戈平一如既往深情款款的爱，她已经暗暗把自己和韩戈平的将来捆绑在一起了。她怎么可能去把自己所爱的人推入困境？

赵梦雨最终做出了决定，即便有一千个不甘一万个不愿，她也必须面对现实，主动去撤案和撤诉，除此之外，她没有任何选择。只是，最终为了将刘豪杰的海天球场50%的股份从张家宝手里夺回来，自己到时只能投案自首承认假冒刘豪杰的签名，使得球场股份转让合同变得无效，但这样做自己可能会因此坐牢。好在刘豪杰在帮她申请工作签证时，同时申请了加拿大永久居民——枫叶卡并获得了批准，自己不会被驱逐出加拿大。

5

朱玉文和陆仲任有半个多月没见面了。前一阵，陆仲任有事去了美国，好像一直很忙，两个人连电话都未通过。朱玉文这些日子为了防备移民局的突击检查，一直老老实实地住在山姆家里。陆仲任在的时候，她白天几乎都在他租借的公寓里消磨时间，毕竟那里宽敞舒适，应有尽有，出门购物上课都很方便。加上陆仲任时不时会过来找她亲热，她还是待在那儿方便。只有到了晚上，朱玉文才会无可奈何地返回山姆家那间小房间，当然，只是为了在那儿露露面，睡个觉。

山姆倒是很少来打搅她。自从拿到了张家宝给的那笔钱后，他又觉得钱包鼓鼓，得意忘形起来。山姆用那笔钱还掉了之前的赌债，再把剩余的部分又投到赌桌上去。好像这一阵他的手气挺不错，每次去赌，都能多少赢回一点，这样积少成多，他手里的钱渐渐多了起来。于是，每天在赌场泡的时间就更长了，回到家中往往深更半夜。第二天，朱玉文还没起来，他又匆匆赶去赌场了，因此很少和朱玉文照面。

陆仲任不在的这阵，朱玉文懒得天天跑来跑去，有时就会连着几天住在山姆家，反正离开购物中心并不很远，来回路上走个把钟头，就当是散步。朱玉文发现自己自从来到温哥华后，大概是动得太少的缘故，渐渐胖了出来。

朱玉文得到陆仲任回来的消息时，正好在超市买东西。陆仲任在电话里问她在干嘛，朱玉文说正在购物，陆仲任就叫她结束之后就去公寓，他一会儿过来。朱玉文听了暗暗欣喜，虽说才隔了半个多月，她倒是有点想那件事情了。她每次临近例假前几天，都会特别烦躁，脑子里老是会转那个念头，有时她会自问，自己是不是过于骚了？

陆仲任和以往一样，只要连续一周以上没和朱玉文亲热，见到她时就会急不可耐。他很奇怪，虽说已经年过五十，性欲却越来越旺盛了。自从朱玉文来到温哥华后，陆仲任的性生活非常有规律，每周都有三到四次。这不仅没有让他感觉到丝毫的疲惫，反而更加精神抖擞，简直是越活越年轻了。他不得不相信用进废退这个道理，人体所有的器官应该都一样，不用就很容易衰老，多用就保持住健康，似乎和年龄没有多大关系。难怪老外到了六七十岁还会过夫妻生活，是有道理的呀。

半个多月没在一起，陆仲任和朱玉文都成了干柴烈火，两个人在床上翻来滚去折腾了足足有半个小时才偃旗息鼓。陆仲任心满意足地从朱玉文滑溜的身上翻下来后，气喘吁吁地倒在一边。两个人赤身露体地并肩而躺，都想好好休息一下。

"我不在的这段时间，发生过什么事情吗？"陆仲任的喘息慢慢平复下来后问朱玉文。

朱玉文刚才因为太过投入性爱，此时浑身酥软。她半闭着眼睛，好像还没有完全从之前那享受中完全脱离出来，听陆仲任问，就懒洋洋答道："要说有事情，好像就是海天高尔夫球场有了点变化。"

"海天高尔夫？"陆仲任转眼看看朱玉文，她的额际微微冒汗，"海天高尔夫怎么啦？"

"你一点都不知道？太平洋地产的张董事长现在是海天球场的老板之一啦。"朱玉文说着两眼朝着天花板上那只吊灯看。

"这怎么可能？"陆仲任不相信。

"怎么不可能？"朱玉文反问，"人家转让手续都办好啦，现在张董事长和刘总各占一半股份呢。"

"竟然有这种事？刘豪杰怎么舍得把球场让给别人啊？这太奇怪了。"陆仲任之前没有听闻过半点风声，觉得不可思议。

"听说，另外一半股份，以后也会卖给张董事长。那样的话，海天高尔夫球场彻底换老板了。对啦，到了那时啊，我可能要去球场上班呢。"朱玉文的精神振作起来。

"你去球场上班？"

"对啊，张董事长想聘用我去协助他表弟管理球场。"朱玉文说这话时掩饰不住心里的得意，她下意识地用双手摸自己的双乳，自我欣赏着。

"不对啊，"陆仲任困惑地道："如果刘豪杰要卖掉那么好的海天高尔夫球场，那他何必这几天又去美国洽谈购买球场呢？"

"刘总现在在美国？他和你一起去的？"朱玉文觉得奇怪。

"那倒不是。"陆仲任说，"我们偶然通电话时，才知道两个人正巧都在美国洛杉矶，就约了时间一起吃了顿饭。"

朱玉文之前听张家宝和赵梦雨都说过，最近刘豪杰回中国去了，要好一阵才回温哥华，怎么陆仲任说他在美国呢？看陆仲任的样子，不像是瞎说，何况他也没必要胡编乱造这种事情啊。朱玉文心里就起了一份疙瘩，猜测刘豪杰为什么要声东击西呢？为了确认刘豪杰的行踪，朱玉文就说道："奇怪，刘总不是说他去北京了吗？怎么又出现在美国呢？"

"去北京？没有啊，他最近一直在美国，谈一家球场的收购事宜。他一直想做成北美最大的高尔夫球场集团，因此我想不通他为什么要把那么好的海天球场转卖给张家宝呢？"

"这个我就不知道了。"朱玉文终于确定了刘豪杰并没有去北京。那么他为什么要骗张家宝和赵梦雨呢？

"好了，先不聊球场的事。"陆仲任朝朱玉文侧过身来问："你晚上住在那里，那个老外有没有动过你脑筋啊？"

朱玉文说："没有，都和他有约定的，他哪敢。"

"这也不一定，老外有时喝醉了会控制不住，你可要当心点。"

"放心，我每晚在他回家之前都锁在自己房间里，他碰不到我的。"朱玉文倒是对陆仲任这种带点妒忌和担忧的提醒很开心。

这日晚上，朱玉文思考了半天，决定还是要把从陆仲任嘴里得到的消息告诉张家宝。站在她目前的立场，当然希望尽可能与张家宝搞好关系，一则张家宝在假结婚的事情上实实在在帮了她的大忙，二则今后一旦海天球场落到张家宝手里，她还要靠在他身上呢。本来，作为一个年轻漂亮的女孩，征服男人的方法非常简单，只要愿意和他们上床就行了，偏偏张家宝不吃那一套，朱玉文在别的男人身上屡试不爽的手段在他面前根本行不通，所以，朱玉文只好做个有心人，在一些一开始看似简单事后又证明很重要的事情上助他一臂之力。

第二天，朱玉文特意去了一次 Downtown，到太平洋地产集团找张家宝。张家宝看到朱玉文忽然来访，不免很高兴，客客气气地请她坐下，还亲自为她倒了一杯茶。朱玉文注意到了张家宝的心情非常好，但她根本不了解其中原因。

张家宝料定爱丽丝很可能会去警察局和法院撤销对自己的指控，这件突发的大事很快会风平浪静结束了。张家宝为此十分得意，就像他对赵梦雨所言，要和他斗，赵梦雨确实还嫩了一点。张家宝不费吹灰之力就找到了她的死穴，热恋中的女孩，即便牺牲得再多，也不会愿意出卖自己所爱的男人。只要告诉她，如果她执迷不悟，那么韩戈平就会受牵连，赵梦雨多半就不敢走下去。果然不出所料，赵梦雨退让了，放弃了。他张家宝只是虚惊一场，最后毫发无损。

"表哥，你看上去容光焕发啊。"朱玉文先拍一句马屁。

"是吗？你气色也不错，最近都好吗？"张家宝心想，这或许就是人逢喜事精神爽吧，我刚刚打了场胜仗，心情当然不错喽。

"托表哥的福，我很好。"朱玉文说。

"那个山姆，没有找过你麻烦吧？"

"有表哥做我后盾，他怎么敢？"

"那就好。还有那件事，应该不会节外生枝吧？"张家宝猛然想到了老杰克家的纵火案，顺口打听一下。

"人不知鬼不觉。"朱玉文明白张家宝问的是那件事，"这老头天天泡在赌场里，估计他自己都已经忘记了。"

"那就好，那就好。"张家宝笑了。

"表哥，海天球场的事，进展得怎么样了啊？你答应过让我去球场工作的，我可是一直在等着哦。"朱玉文妩媚地朝张家宝看着。

"已经成功了一半。另一半嘛，应该也不会要很久的，等那个刘总出差回来，我就会盯他，让他尽快履行承诺。"张家宝让朱玉文放心，叫她去球场工作是早晚的事。

"对了表哥，你说那个刘总在出差？你知道他去哪了吗？"朱玉文正好接上话茬子，她今天过来的目的就是要谈这件事情。

"北京，他回国去北京了。"张家宝不假思索地说。

"你确定吗表哥？"

"确定啊，是他亲口对我说的。"

"可是，我怎么听说他没有去北京呢？"朱玉文冷不防说。

张家宝听到朱玉文这句话后，不由意外地看看朱玉文问："不会吧，你是听谁说的？"

"表哥，我今天突然过来，本来就无事不登三宝殿，我就想来告诉你这件事的。"接下去，朱玉文就把她从陆仲任那儿听来的消息，原封不动全部端给了张家宝。

张家宝听了朱玉文提供的消息倒是愣了好一会儿。他揣测着这消息里面的含义，这本不是什么惊人的消息，但是如果刘豪杰明明是去美国收购新的高尔夫球场，为什么要对他说回北京处理一件棘手的事情呢？他有什么必要吹这个牛呢？

朱玉文见张家宝凝神思考的样子，就讨好说："我不知道这个消息对表哥有没有用，反正我知道了，就第一时间赶过来向你汇报。"

"小朱，我就知道你贴心，处处为我着想，谢谢你。"张家宝心不在焉地先应付朱玉文一句。确实，这个女孩像他的福星，会在关键时候帮他转危为安。上次水矿的事全靠了她，挽回一大笔损失，今天这个消息……忽然，张家宝心里一动，脑子里像是闪过了一道电光：不对啊，那天刘豪杰告诉他要去北京，是在机场里，说他马上就要登机，那就证明他是故意在骗他，明明是飞美国，为什么说飞北京？刘豪杰这个人，做事不会心血来潮的，一定有所意图，那他是为什么呢？张家宝冥思苦想起来。他细细回想那天和刘豪杰通话时的所有细节。蓦地，他想到了一件事，正是那天，刘豪杰说如果张家宝等不及他回温哥华，他们可以采取网上签约的方式来解决球场股份转让合同，还具体告诉了他如何签约的流程。难道这里面有什么猫腻……？张家宝越想越觉得不对劲，总觉得事情就出在这上面。

朱玉文无意间发现张家宝面色渐变，原先展露的笑容此刻收敛已尽。他正皱起眉头，开始焦虑起来。朱玉文不知发生了什么，赶忙关心地询问张家宝。

张家宝瞧了瞧朱玉文，将一只手搭到她的肩上拍了两下，然后说："小朱，你刚才告诉我的消息非常重要，真的要谢谢你才是。这事，你千万不要再对任何人提起，明白吗？"

朱玉文不明缘由地点头答应："好的，我会守口如瓶。"

此时，张家宝似乎已经理出了一些头绪。他想，凡事都应该防患于未然。他心里已经慢慢酝酿出一个计划来。

第十九章

1

韩戈平最近一直处于或忧或喜的心情之中。

近一段时间，他感觉到赵梦雨对他越来越好，无论是两个人通电话，还是一起喝咖啡吃饭，她都表现出了前所未有的温柔可亲。赵梦雨虽然没有什么甜言蜜语，但韩戈平从她的一举一动中，体察到了某种只有相爱的恋人间才会出现的细节，比如每当两个人一起在街上漫步时，赵梦雨往往都会主动挽住韩戈平的胳膊，身子自然地紧贴着他。面对面而坐时，赵梦雨的目光更多地会在他的脸上游弋，双眸中常常含着脉脉温情。有时候两个人正说着话呢，她会忽然举手替韩戈平拿去掉在他头发上的细小垃圾，或者弹掉落在他肩头的发丝。一起吃饭的时候，赵梦雨时常会主动替韩戈平夹菜，送到他的碟子里，有几次她甚至还用自己的筷子夹着菜塞到他的嘴里。回想起来，那一系列的举动以前都是未曾有过的。这让韩戈平心里充满了甜蜜，相信赵梦雨已经和他之间消除了全部的误会，两颗心正越贴越紧。韩戈平此生别无他求，只祈祷上天能把他深深爱着的女孩完整地恩赐与他，今生今世永不分离。现在，别说是能遇见赵梦雨，和她在一起说说聊聊，即便是空闲的时候想起她来，韩戈平浑身都涌满了幸福感。

然而，在赵梦雨对韩戈平日益亲近的当口，表哥张家宝对他的态度却恰恰相反。以前那个和善可亲的大表哥好像突然不见了，换了一个挑剔严厉的人。这个人最近老是摆出一副公事公办的面孔，好像忘记了韩戈平除了是他的下属外还是他的小表弟。韩戈平不知道自己做错了什么，自从他接受老别墅收购的工作，他可以称得上兢兢业业，废寝忘食，埋头苦干，终于在规定的时间内和二十家住户都签掉了合同，当时他告诉张家宝和老杰克达成意向后，张家宝不是还大大夸赞了他一番吗？可最近不知道为什么，表哥一反常态，好像对他有一百个看不顺眼，每天碰到时都板着个脸，对他说话也不像以前那般好声好气了。韩戈平想来想去，或许就是有关希望地产公司那件事，张家宝怪他对赵梦雨透露了内幕，其实在韩戈平想来，这也不算什么秘密啊，用希望地产的名义和老别墅住户洽谈买卖合同，这个动作本来就很大的，能瞒得住外人吗？即便赵梦雨不问他，只要她随便找几家住户了解情况，立马就能弄个清清楚楚。表哥犯得着为这件事生那么大的气吗？韩戈平确实搞不懂其中原因。

除了表哥张家宝的一反常态，韩戈平在公司里也隐隐约约觉察到其他人对他的态度有了微妙变化，尤其是法务部的那两个顾问，以前对他非常客气，公司里有什么项目都会主动告诉他，听听他的建议。现在不同了，他们每次见到他都表现出一种异常的客气，虽说依旧是笑脸相迎，但在他面前却开始少言寡语了。有时韩戈平随意问问情况，他们都是避而不答，将话题岔开去。还有财务经理，也明显在避免与韩戈平多接触，除了工作上就事论事的交往，已经不像以前那样热情多语了。韩戈平是聪明人，知道同事们的这些变化不是平白无故出现的，一定是表哥发过什么声音了，他们才如此谨小慎微，小心翼翼。韩戈平对这些变化也没有特别往心里去。他本来就性格内向，不善和人多打交道，有事就努力去做，没事他可以独自坐在办公室看看电脑，久而久之，他就慢慢习惯了。

这日，韩戈平正从海天球场的办公室回到 Downtown 的总部，行政秘书见他进来，就告诉他说老板在找他，让他一会儿到公司就去他那儿。韩戈平说了句知道了，连自己的办公室也没去，直接就往张家宝那儿走，一边走一边猜测表哥找他会有什么事。

"哥，你找我有事？"韩戈平推门进入张家宝的办公室后，小心翼翼地问。

"呃，你先坐吧。"张家宝正捧着他那只紫砂壶坐在桌子后面，见韩戈平进来，抬眼瞄了他一下。

韩戈平见张家宝如同最近一阵对他的态度一样，疏远冷漠，面无笑容，心里不由暗暗提醒自己要防着点，生怕表哥又会找他的茬，劈头盖脸骂他几句。

"要喝什么吗？自己弄。"张家宝说。

韩戈平摆摆手说不必了，之前他刚喝过一瓶矿泉水，所以不渴。

"那边的事情办得怎么样了？快收尾了吧？"张家宝又问，似乎不想立刻和韩戈平谈正事，只在外围兜圈子。

韩戈平明白表哥是问老别墅收购的事情，那儿的住户正在陆陆续续搬离，目前还剩下的不到五六家了，除了老杰克之外，其他几家基本上已经落实了购买新房的地方，正在和房产中介洽谈。这次帮助原住户物色新居的工作，韩平征求过张家宝意见后，都委托给了赛琳娜操办，赛琳娜的工作效力非常高，依靠她原有的人脉和房源优势，最近这段时间一家一家带着住户看房，签合同，眼下已经解决了一大半。

"那个老杰克怎么如此挑剔？"张家宝不满地说，"这儿看不上，那儿不喜欢的。"

"可能年龄老了，比较固执吧，没看到自己满意的，就不会轻易点头。"韩戈平替老杰克解释。

"还是要抓紧，不能因为他一家拖延了工期。"张家宝下着指示。

"好的，我知道了，我让赛琳娜再多多费心，尽快找到适合他们的房子。"韩戈平道。

张家宝捧起茶壶抿了几口，好像在思考如何开始和韩戈平谈正事，隔了一会儿他放下手中紫砂壶，慢条斯理对韩戈平说："今天找你来，是想告诉你一个决定。"

韩戈平心里咯噔了一下，表哥会告诉他什么决定？是有关他的决定还是有关公司业务的决定？他心神不定地等着张家宝的下文。

"我考虑再三，决定要解除赵梦雨在海天球场的职务。"张家宝出其不意地说。

"什么？"韩戈平根本没弄明白张家宝这话中的含义。

"我说得不清楚吗？"张家宝问，"那我再说一遍，我要解除赵梦雨的职务。"

"哥，你怎么可以这样做？"韩戈平总算明白了。他提出疑问说："刘总不在，你没有这个权力的啊。"

"我现在是海天的老板之一，有一半的决定权。"张家宝非常自负。

"那也得有刘总同意才行啊。"韩戈平不知道表哥吃错了什么药，突然会做出这样的决定，不服气道："梦雨把球场管理得那么好，有什么理由不让她做下去？"

"你小子，究竟是胳膊朝哪儿弯啊？一会儿刘总一会儿梦雨的，怎么老是替别人说话？"张家宝提高了嗓门。

放在平日，韩戈平只要一听到表哥提高嗓音就会沉默不语，他不想和表哥对峙，再觉得委屈和不满都会忍住。可这回不同，张家宝直接打击的是自己心爱的女孩，而且那么毫无理由，随心所欲，这怎么可以呢？他回敬了张家宝一句说："梦雨对我而言不是外人，而是自己人。"

"你的意思，她是自己人，我是外人？"张家尖刻地讥嘲道。

"我当然不是这个意思，你是我表哥，我们当然是自己人，可你又不是不知道我和梦雨的关系，我能把她当外人吗？"韩戈平分辩道。

"我一直不赞成你和赵梦雨走到一起，你难道不知道？还是装糊涂？"张家宝板起脸道："我就搞不懂，人家老是对你爱理不理的，你盯着她干嘛？"

"我们现在相处得很好。"韩戈平很不服气。

"人家是想要利用你，你有点脑子好不好？"张家宝没好气地道。

韩戈平觉得到了这个时候，有些话他不得不说了，就道："哥，我不知道你为什么老是对梦雨有偏见？她在哪儿得罪你了吗？"

"我对她有偏见？"张家宝冷笑了一声："你懂个屁！"

韩戈平见表哥要发火，就克制住自己，尽量不再反驳。毕竟自己欠了表哥那么多，两个人意见不合时，自己做点让步就行。有什么不开心，先搁在心里吧。他便挪开目光，垂下脸去看着地上，心里做了打算，沉默不语。

"戈平我可以明确告诉你，我反对你和赵梦雨走到一起。"张家宝见韩戈平低头不语，就走到他跟前，略微放缓语调说："我觉得，小朱那个人很好，她对你一片痴心，长得也不比赵梦雨差，你为什么不和她谈恋爱呢？如果你和小朱好，我会全力支持你，以后你们办婚事什么的，费用全部由我来出……"

"不可能！"韩戈平猛抬起头来一口回绝。他本想忍住不说但没有忍住，因为对于婚姻这件事，没有商量的余地，任何人都不能做他的主，即便恩重如山的表哥也不行。

"为什么不可能？"张家宝再次拔高了嗓门，"朱玉文有哪点不好？你说呀，有哪点不如赵梦雨？"

"我不喜欢她！"韩戈平坚定地说。他不需要其它理由，不喜欢就是最充分的理由。

"可我喜欢她！"张家宝发飙了，觉得表弟太不听话，根本就是把他的劝导当耳边风，显然不把他放在眼里。

韩戈平抬眼看看张家宝，此时此刻，他头一回感到表哥是那么地无理取闹，你喜欢朱玉文管我什么事啊？你喜欢就非得我也喜欢？是你谈恋爱还是我谈恋爱？虽然我家受过你的帮助，我也受过你的恩惠，但也不能因此你就完全忽视了我独立的人格，剥夺我对自己命运的把握权利啊。这也太过分了吧！心里这么想着，就有一股抑制不住的火气直冲脑门，他不假思索就回敬了张家宝一句："哥，如果你那么喜欢朱玉文，你可以叫她做你的情人啊，反正她只要有钱什么都愿意做。"

啪的一声，还没等韩戈平搞明白怎么回事，他的脸颊上已经重重地挨了一巴掌。一阵热辣的疼痛让韩戈平意识到表哥打了他。他本能地举起手来护住面孔，看到了张家宝涨得通红的脸色。

"你个混蛋，竟敢这样对我说话！"张家宝怒吼道，"你以为你是谁啊？"

韩戈平此时已经意识到自己闯了祸，他刚才那番话确实讲得太过分。其实他是了解表哥的，不管他在生意场上如何铁石心肠不择手段，但对表嫂一直非常好，可以说是始终如一的好。表哥早已腰缠万贯，算得上富豪身份，但从未听说他有过绯闻，他从来不交往别的女人，也不花天酒地。对这点，表嫂常常引以为荣。他刚才的话，不仅是污蔑了表哥，对表嫂也是一种侮辱，太不应该了。韩戈平不由陷入深深的后悔之中。

张家宝一气之下抽了韩戈平一个耳光，而且很用力，这时他看到了韩戈平右面脸颊上那个泛着红色的手印，知道自己下手过重了。虽说余气未消，心里也不免有些后悔。毕竟他看着韩戈平从小长到大，这二十几年来，他一直对这个小表弟呵护有加，从未对他动过一根手指，刚才是一时气恼难以控制，才下此重手。

房间里寂静如死，空气好像都凝结住了，足足有十几分钟，两个人都哑然无声。韩戈平低垂着头一动不动，就像一个挨了父母打骂的小孩子。张家宝则如同一个知道自己做过分的家长，不愿对小孩赔不是，端着大人的架子放不下来。

终于，张家宝打破了沉寂，他走回到自己的位子坐下来。刚才由于怒火中烧，此刻嗓子干得要命，他拿起紫砂壶接连喝了几口茶。搁下茶壶后，他偷偷瞥了韩戈平一眼，见他依旧纹丝不动，不由动了恻隐之心，就开口道："不是我要骂你，你这个人实在是没有脑子，你知道我为什么要反对你和赵梦雨在一起吗？"

韩戈平没出声也没有动弹，保持着原先的姿势坐在那儿。张家宝也不管他是不是在听，继续往下说道："你还一味帮着她说话，你知道她暗地里是怎么对我们的吗？"

韩戈平不由抬起头来，瞧瞧张家宝。他不明白表哥话里包含着什么意思。

"你肯定是蒙在鼓里什么都不知道，那好，我来告诉你吧，赵梦雨已经爬到我头上来撒尿啦，你明白么？"

韩戈平当然没有搞懂张家宝话里的意思，茫然傻盯着表哥。

"你喜欢的赵梦雨，暗地里一直在想着如何谋害我。她前一阵已经把我告到了警察局和法院，她一门心思要把我送进大牢里呢。"张家宝声色俱厉地朝韩戈平说。

"有这种事？"韩戈平心头一惊，终于发出了声音。

"我有必要骗你吗？"接下去，张家宝就把赵梦雨如何去警局检举和去法院起诉的事情，原原本本对韩戈平讲述了一遍，末了还加了一句："如果你不相信我的话，可以去问法务部的顾问，他们最清楚事情的经过。"

韩戈平将信将疑，不知道该说什么，所以干脆什么都没有说。不过，他已经想好了，他要去确认这件事的真伪，如果确认表哥所说属实，他会去找赵梦雨彻底问个明白。

2

赵梦雨最近一段时间心情一直不好，尤其一个人独处时，就像有一团阴云牢牢裹住了她的身躯，令她无精打采，心绪郁闷。

目前看来，为了不使无辜的韩戈平受牵连被警局和法院传唤，赵梦雨不得不去警局和法院撤除掉举诉和起报。这样做的结果可以预料，张家宝再次挣脱了她设置的、并已将他置于死地的绳索。可赵梦雨没得选择，想保住韩戈平，自己只能这样处置。

经过与张家宝的两次较量，赵梦雨方才醒悟到自己毕竟经验欠缺，思维不够缜密，判断不够精确。每次当自己觉得胜券在握时，情势就会突然急转直下，最后一败涂地，就像一个初出茅庐的拳手，因为年轻而自信满满，面对年长的对手，觉得无所畏惧，用自以为必胜的套路一阵挥拳出击，眼看对方节节败退被逼到了绳角，马上就要落败，可还没来得急欢呼雀跃，对方就开始雷霆般的反击，一记重拳打过来，令她毫无抵挡之力，被击得晕乎乎倒地不起，只能遗憾地听着裁判读数。

用张家宝的话来说，赵梦雨根本不是他的对手。现在，赵梦雨不得不承认这句话是对的。

她不远万里来到温哥华，就是想和仇人决一高低，谁料连续两次出击都溃不成军，不仅毫无所获，还搭上了不小的损失。接下去她应该怎么办？

赵梦雨自来到温哥华后，第一次感到了某种难以摆脱的孤独。刘豪杰去了美国，雪雅最近因为韩戈平的委托，接手了老别墅住户的新居搬迁事项，忙得几乎手脚并举。赵梦雨都不好意思打扰他们，唯一剩下的，就是韩戈平了。虽说韩戈平是可以随叫随到的对象，赵梦雨完全不用担心他会拒绝和她见面。但引起她内心闷闷不乐的那些事，恰恰是不能向韩戈平倾吐的。于是，赵梦雨心里那淤积起来的苦闷，就如同一个地震后形成的堰塞湖，水位越积越高，不知道哪天会溢出来泛滥成灾。

温哥华的秋冬之交，时常会有淅淅沥沥的下雨天，逢到这样的天气，球场里就很少有客人光顾，除了练球场，不会有人淋着雨下场打球。对赵梦雨而言，这会是她比较松闲的时间，不用成天待在球场里了。

这日上午就开始下雨，一阵一阵，雨量还挺大，到了中午时分，雨变小了，却依旧像绵绵细针那样断断续续密密匝匝下着不愿停下。赵梦雨知道，今天下午即便雨完全停掉，客人也会很少。赵梦雨站在办公室窗户跟前，注视着外面灰蒙蒙的天空，忽然涌起一股强烈的愿望，想出去走走。去哪儿呢？对，去斯坦利公园吧，到那儿的海湾边走走。此时此刻应该游人寥寥，一派安静，正是赵梦雨所向往的环境。

赵梦雨离开窗前，整理了一些零碎东西放进背包内，就打算出门。就在此时，办公桌上的电话响了，她拿起来一听，是韩戈平。

"你在啊？"韩戈平说："我一会儿过来找你，有点事情要问你。"

"你在哪？"赵梦雨心想，如果韩戈平抽得出时间，不如叫他一起去斯坦利公园走走吧。

"我在 Downtown，我马上出发过来。"

"不用过来了，我正好要去 Downtown 呢。"

"你要过来？有事要办？"

"今天下雨，球场很空，我想去斯坦利公园走走，你有空吗？"

"当然有空，那我开车过来接你吧？"

"不必，我开车顺路过来接你就行，哪用你来回跑啊？"赵梦雨已经做出了决定，她说："半小时后，你就在公司大楼门口等我。"

斯坦利公园是北美最大的市内公园，离温哥华市区只有十五分钟的步行距离。公园北临巴拉德海湾，西临英吉利海湾，占地面积六千多亩。公园三面环海，只有南端和 Downtown 相接。狮门大桥如同一条巨蟒，在布满原始红杉林的公园中央径直穿过，一直通往富人区西温哥华市。

温哥华市民都非常喜欢斯坦利公园的环岛步行道，这里平日是喜爱运动者们的天堂，并列着一条步行道和一条自行车道，任凭好动的人们放松奔跑。公园里大片大片的原始森林散发出来的负离子，令那儿的空气格外新鲜。人们走进公园，只要深深呼吸几下，就能顿感神清气爽，精力倍增。

赵梦雨驾着她的白色宝马车，在庞贝街接了韩戈平后，一口气驶往位于乔治亚街的公园入口。车子在公园内又缓缓前行了一段后，找到一个付费停车场。赵梦雨将车子泊好，和韩戈平两人撑起一把雨伞，往公园腹地走去。

"你就在 Downtown 上班，平时会来这儿散散步吗？"赵梦雨问。韩戈平打着伞，她便挽住了比她高出半个头的韩戈平，为了不被雨淋到，她紧靠着韩戈平的身体。

"几乎不来，一则没有什么时间，再则我不习惯一个人逛公园。"韩戈平说着，将雨伞侧向赵梦雨一边，想为她多遮挡住一点。虽说雨并不大，雨点也不密，他还是担心赵梦雨会淋湿了。

不一会儿，两个人走到了海湾边的步行道，沿着海边慢慢而行。平日里，这儿人很多，各种肤色，各段年龄的都有，跑步的、快走的、骑车的、闲逛的，各自为乐。今天因为从上午开始就下雨，一直没有停下，几乎就没什么人过来，只有一些零零碎碎的观光客打着伞边走边指指点点。

"刚才你在电话里说，有事情要问我？"赵梦雨猛然记起来，就问道。

韩戈平一直在考虑什么时候开口问赵梦雨合适，此刻听她主动发问，当然不想错失良机，就说道："昨天我和表哥吵架了。"

"是嘛？"赵梦雨抬眼瞧瞧韩戈平。

韩戈平似乎感到厌倦地摇了摇头，"最近他老是冲我发脾气，变得很不讲理。以前他可不是那样的。"

"那是为什么？"

"一开始我也困惑不解，以为自己做错了什么事，想来想去，就是把希望地产收购老别墅那件事透露给了你。"韩戈平说到此停顿了片刻，然后又道："昨天，他终于把事情说开了。"

"哦，说开了什么事情啊？"赵梦雨心里已经有所警惕，估计张家宝说的事情多半会与她有关。

"他反对我们俩好。"韩戈平叹道。

果不出所料，赵梦雨心想，不过这并不令人吃惊，张家宝怎么可能真心诚意赞同他们两个人走到一起呢？这时，她觉得应该听听韩戈平自己的态度，就问："那你怎么打算？"

"能有什么打算？"韩戈平轻轻哼了一下："其它的事我会尽可能服从他，唯有这件事，我不会听任何人的，我自己能做主。"

赵梦雨当然明白韩戈平的意思，心中顿时掠过一阵暖意。她情不自禁抓紧了韩戈平的胳膊，默默走了几步后，轻声说，"戈平，我并不想让你左右为难。"

"这件事和你无关。我早就说过，这辈子我非你不娶，谁也别想改变我，不管他是什么人。"韩戈平像是要再一次对赵梦雨发誓。

赵梦雨不由将脸靠在了韩戈平的肩膀上。她没有理由不相信身边这个男人，他们俩从小就心有灵犀，经过那么多年的离别和磨难重新走到一起，轻易是分不开的，就像固定在韩戈平车子内的那只蚌壳一样，曾经分开的两半如今已经紧紧咬合在一块，成为一个整体了。

两个人像是要吸收刚才韩戈平那句山盟海誓所带来的养分，紧紧贴靠着，默默走了好一程，不知不觉来到了图腾柱广场。这里是斯坦利公园最人气的景点之一，高高的、粗大的图腾柱散发着浓烈的印第安文化气息，一根根矗立在郁郁葱葱的树丛之前那片草地上，每一根图腾柱所雕刻出的立体图案都不同，乍一看似乎很简单，仔细观察其实很繁复，各种形态和颜色相叠在一块，给人一种神秘又庄重的体验。这片沉淀在现代社会中的古老文化标记穿越了历史岁月的磨难，依旧顽强自信地挺立在那儿。赵梦雨和韩戈平默默凝望着色彩斑斓的图腾柱群，在那儿站立了很久。后来，韩戈平建议去旁边不远处的一家店里去坐一会儿，喝点东西，顺便歇歇脚。

两个人坐到店里，各叫了一杯热饮，一边休息，一边望着外面细密起来的雨帘。

赵梦雨说："聊了半天，你还没有告诉我你要问我什么呢。"

"哦，是啊……"韩戈平仿佛有些犹豫不决。

赵梦雨看出了他的踌躇，鼓励道："你呀，快说吧，干嘛吞吞吐吐的啊？"

"那好吧小雨，我问你的事，你一定要如实回答我，可以吗？"韩戈平狠下决定似地道。

"当然，我干嘛不如实回答你呢？"赵梦雨笑了。

"有件事，是昨天我表哥说的，我听了不敢相信，所以必须当面问你。"韩戈平的表情开始严肃了："他说你为了希望公司的事情，去警察局和法院告了我们，有这回事吗？"

赵梦雨早就猜到韩戈平十有八九会问这件事，已经有了心理准备。她觉得这没有什么可隐瞒回避的，就爽快地说："是有这件事，但我举报的不是你们，而是他。"

"你是说我表哥？"

"对，就是你表哥张家宝。"

韩戈平面色瞬变，眼光愕然不解，盯了赵梦雨好一会儿，然后问："为什么？你为什么要那么做?"

"我想让他去坐牢!"赵梦雨毫不犹豫地说道,声音坚定,表情冷硬。

"你?"韩戈平惊得倒吸一口凉气,圆睁着双眼,发不出声音来。过了半天,仿佛一个被什么异物噎住了之后终于缓过气来一般,韩戈平音调微颤地问:"梦雨,你这是怎么啦?为什么要这么对我表哥?"

"因为我和你表哥不共戴天。"赵梦雨毫不留情地回答道。

"我,我不明白,你和他究竟有什么深仇大恨,要如此对他?"韩戈平此刻已经呆若木鸡,事情好像比他之前想象的要复杂严重得多。他相信赵梦雨不会无缘无故说出如此切齿痛恨的话来,其中一定有他毫不知情的原因。他猜疑着凝视赵梦雨。

此时,赵梦雨已经侧转过脸,将目光投向了店外,仿佛在观察外面的雨势。韩戈平从侧旁看过去,猛然发现了赵梦雨的眼睛里已经饱含了晶莹的泪水,很快,这泪水就满满而溢,流出了眼眶,赵梦雨举手去擦。

韩戈平赶紧拿起桌上的餐巾纸递给赵梦雨,战战兢兢地问:"梦雨,你怎么啦?"

"没什么。"赵梦雨接过韩戈平递来的餐巾纸,迅速将双眼的泪水擦干,然后闪过一丝苦笑,轻轻叹了口气。

"不对,你和我表哥之间一定发生过什么,对吗?"等赵梦雨渐渐平复,韩戈平迫不及待地问道。

"那些事,你不知道也罢。"赵梦雨依旧看着外面。

"不,"韩戈平一把抓住赵梦雨的手,难抑激动地说:"以前我什么都不知道,现在既然你们俩都触及到了这些事情,今天你无论如何都应该把实情全部告诉我,不要再让我蒙在鼓里。梦雨,你一定要告诉我,好吗?"

赵梦雨朝韩戈平转过头来,用泪眼朦胧的目光看看韩戈平道:"戈平,有些事,你还是不知道更好,真的。"

"不行,我必须要知道!如果你今天不告诉我真象,我会不顾一切,从此在你身边寸步不离,你应该知道,我会说到做到。"韩戈平固执地坚持着。

赵梦雨任凭韩戈平紧握住她的手,目不转睛地盯了韩戈平好一会儿,然后无可奈何地摇摇头道:"既然如此,我就把曾经发生过的一切都告诉你吧。"

店门外,细雨还在连续下着,不像要停的样子。不远处的图腾柱被雨水洗刷过后,色彩更加鲜明了。有几个亚裔女孩冒雨在图腾柱前拍照留念。虽然被雨水打湿的刘海贴在了前额上,她们还是一张接一张地拍着,摆着各种姿势,全然忘记了从头顶飘落的雨水。

赵梦雨再一次将目光朝向外面。她不想正面对着韩戈平,生怕说着说着,抑制不住伤痛会掉下泪来。她思绪翻卷,心潮澎湃,许许多多的往事一件一件涌现到眼前。她极力镇定自己的情绪,尽量平和地把她父母如何被害,张家宝如何侵吞了她家财产,之后又如何勾结黑社会追杀谋害她的所有经过，一句一句讲了出来。

等赵梦雨叙述完毕时，韩戈平的额头已经淌下冷汗。他觉得自己的心脏停止了跳动，里面被塞满了冰块，把所有的血管都冻硬了，令他无法呼吸。难道赵梦雨所说的一切都是真的吗？当然是真的！赵梦雨还会如此无中生有污蔑别人吗？韩戈平此时突然记起了当年全国大学生高尔夫锦标赛决赛那天的情形来，夺得全国冠军的赵梦雨打完最后一杆后，没有领奖就匆匆忙忙离开了球场，这成了当时众说纷纭的一个谜团。此时此刻，当赵梦雨说出一切之后，这个谜团就解开了。由此可见，赵梦雨说的一切都是真的！那么，自己那么爱戴崇拜的表哥张家宝，真如赵梦雨描述的那样是个贪得无厌、人面兽心的坏蛋吗？韩戈平很难接受这个残酷的事实。

韩戈平不知道应该对赵梦雨说些什么好。他想道歉，乞求原谅，想安慰赵梦雨，可他脑子太乱了，像一部被烧坏的机器已经不能运转。如果一切都是真的，他该怎么办？他如何再与表哥相处？如何再与赵梦雨相处？韩戈平坐在那儿发着呆，像外面的图腾柱一样，纹丝不动。

3

刘豪杰从美国回到温哥华后的第二天，就约赵梦雨和雪雅一起吃晚饭。三个人讲定在温哥华西区一家叫新马印的东南亚餐厅碰头。这家店虽说规模不大，却很有特色，里面的厨师都来自新加坡和马来西亚，做出的东南亚料理很正宗。

下午刘豪杰有事外出，赵梦雨就自己先过去。她刚坐下没多久，雪雅也到了。赵梦雨有一阵没和雪雅碰头了，看到她非常亲切。两个女孩手拉着手坐在一块，叽叽喳喳说了好一阵悄悄话。赵梦雨发现雪雅瘦了一点，肯定是这阵子东奔西跑太累了。

"你和杰姆斯怎么样？还顺利吧？"雪雅等东拉西扯过几句后，关心地问。

"还不是老样子。"赵梦雨说，其实她内心里有些空荡荡的。自那日在斯坦利公园散步之后，韩戈平一反常态，足足有四五天没到海天球场来，也不和赵梦雨联系，连个电话都没打过来。赵梦雨好几次打算主动联系韩戈平，一次次又都忍住了。她不清楚韩戈平为什么这样做，是否遇到了麻烦，还是回去后和张家宝之间发生了什么，会不会因为拗不过表哥而改变了主意？尽管内心一片焦虑，赵梦雨还是故作镇定，像没事人一般处理着日常的工作。遇见同事或客人，依然满脸笑意，没人会认为她心事重重。

"老样子就好，说明一切正常。"雪雅最近为了工作上的事常常和韩戈平见面，她非常欣赏那个小伙子，不仅长得帅，做起事来也认真，又十分好相处，遇到问题总是很耐心，会以积极态度想方设法解决掉，行事风格不急不躁，稳稳当当的。

"你和他最近常常会碰到吧？"赵梦雨随意一问。

雪雅当然明白赵梦雨说的他是指谁，点头道："嗯，差不多两三天就见一次，有时候为了去看房源，他会开车载住户和我一同前往，不厌其烦，他真是个好男人，被这样的好男人爱护，是你的福气。我如果再年轻几岁，说不定就会成为你的竞争对手，去追求他呢。"

赵梦雨笑笑，没说话。

"对了，我忘了问你呢，你和他这两天没有闹过什么别扭吧？"雪雅想起什么似地道："前天我遇到他时，怎么感觉他情绪很低落，无精打采的？"

"是嘛？……"赵梦雨低声应了一句，接着说："我们没有不开心呀。"

雪雅正想要说什么呢，就见刘豪杰进了店门朝她们坐的位子走过来。两个女孩不约而同举手向刘豪杰摇摆致意。一段时间不见，刘豪杰好像晒黑了，也难怪，成天在跑高尔夫球场，天天晒太阳嘛。

又是一阵免不了的问候和闲谈，接着三个人开始点餐。黑胡椒蟹是店里的特色菜，几乎桌桌必点的。刘豪杰要了一个分量比较重的大珍宝蟹，另外又加了五六个菜，估计三个人能吃完就不错了。

"赛琳娜，张家宝最近有什么新动态吗？"等服务生离开，刘豪杰问雪雅。

"前一阵，我看他有些闷闷不乐，不过现在又好了，恢复了那种高高在上、得意洋洋的腔调。"雪雅回答说。

雪雅如今的角色挺有意思，颇有一种线人的意味。那个张家宝不知出于什么原因，很欣赏她，凡是能和雪雅沾得上边的事情，都愿意交给她去做，好像是故意挑雪雅赚些钱。这次的老别墅项目，雪雅成为唯一的经纪人，先后在温哥华、本那比、素里、以及列治文等大温哥华地区出手了十几幢房子。雪雅一则自己手里有房源，二则经纪公司的同事都愿意帮她一把，因此十分顺利，最近几乎处于马不停蹄的状态，一户接着一户解决问题，算得上顺风顺水。其实这次张家宝和雪雅的合作是双赢的，张家宝的目的是让老别墅的住户尽快搬离；雪雅则做成生意赚到佣金，可以说合作很愉快。因为这个项目，张家宝和雪雅的接触多起来，关系也比以往更近一步。有时候，张家宝会请雪雅吃吃饭。放在从前，雪雅多半会婉言拒绝，这次张家宝挑了这么多生意给她，雪雅就不好意思回绝了。不过雪雅早就受过刘豪杰的嘱托，让她把能关注到的张家宝的动态及时告诉他。有意无意间，雪雅就成了刘豪杰放在张家宝跟前的一个眼线。

刘豪杰一直把雪雅当做自己人，有事当然不想瞒她，就把张家宝如何利用希望房地产公司吃里爬外赚取合资公司利润、挪用合资公司资金的事情，以及赵梦雨出面去告发他差点把他送上法庭的事，一五一十对雪雅讲了一遍。

"会有这种事？"雪雅听后颇觉意外，不由叹道："那个张家宝好大胆子，他完全在用国内的那套作风在温哥华做生意啊，这样下去，早晚得出事。"

"是啊，这次侥幸让他躲过一劫。"刘豪杰心有不甘地说。

"刘总，我们接下去该怎么做？"赵梦雨提到那件事心里就非常不爽，"总不能让他像没事人一样，那么得意忘形吧？"

此时，服务生把他们点的菜开始陆续一盘盘端了上来，刘豪杰建议大家先吃一点填填肚子。他自己已经有饥饿感了，举起筷子就先挟了一块菜送进嘴里，然后连说味道不错，让两个女孩一起尝尝。三个人暂停讲话，各自挑喜欢的菜吃了几口。店里的顾客渐渐多起来，餐桌很快就坐满了。这个地方，通常都是要先预约才有座位的。

"爱丽丝，你有什么想法？"刘豪杰吃过几口后，放下筷子，打算把刚才间断的话题重新接起来。

"我这么一撤诉，等于张家宝就可以高枕无忧了。那样的话，刘总你那一半的股份得抓紧要回来才好啊！"赵梦雨说出了自己的想法。她自从得知刘豪杰是为了替自己讨回公道才冒着风险与张家宝打交道之后，一直觉得自己深深亏欠刘豪杰，现在已经到了自己舍命为刘豪杰索要回那 50% 股份的时刻了。见刘豪杰不语，赵梦雨继续说道："刘总，不能拖得太久，你赶紧去办吧，我都准备好了。"

"这又是怎么回事啊？"雪雅再次听得云里雾里。

刘豪杰就再次对雪雅进行解释。他当时在机场和张家宝通电话，提议进行网签合同的做法，是和爱丽丝商量过后决定的。目的是在张家宝不知情的情况下，让爱丽丝冒充刘豪杰的签名在合同上签字。万一要反悔时，刘豪杰就可以不承认自己已经签署了合同，那样一来，转让给张家宝的那一半股份就不符合正常法律手续，变成无效合同了。这是一步险棋，这步棋由爱丽丝走出去后，她就背负了风险，意味着要想否认合同的有效性，刘豪杰就得去举报赵梦雨弄虚作假，那么，赵梦雨就得承担相应的法律责任。

"这么做太冒险了吧？"雪雅听完刘豪杰解释忍不住喊起来。她看看赵梦雨说，"爱丽丝，你不怕警察找你麻烦吗？"

"只要能要回球场的股份，我什么都不怕。"赵梦雨说。

"刘总，这事万万不能草率，万一爱丽丝被警局传唤，就是很严重的犯罪行为。如果爱丽丝眼下拿的是工作签证，一定会在判了刑后被遣返回中国。"雪雅焦急万分。

刘豪杰忙说："爱丽丝在办理工作签证的同时也办了枫叶卡，因此不可能被遣返。"

"但这样一来，爱丽丝就有了犯罪记录，对她今后的人生是一个极大的打击，所以必须从长计议。"雪雅的担忧不无道理。

刘豪杰若有所思地点着头，然后对着两个女孩说道："请放心，我就是真的失去海天球场，也不会去举报爱丽丝假冒我签名这件事的。何况，现在还没有到水穷山尽的地步。"接着，对雪雅说："赛琳娜，你得抓紧替我去证实一件事情，我听到一个消息，说张家宝打算悄悄把海天球场那一半的股份卖给另一家公司。"

"不会吧？"雪雅和赵梦雨几乎同时叫出声来。

"所以，你务必替我打听清楚，一，有没有这回事；二，如果确有其事，那么，股份卖给了哪家公司，拜托了。"刘豪杰对雪雅说。

"嗯，好吧，我尽力试试。"雪雅并没有什么把握，但既然刘豪杰如此慎重托付给她的事情，她必须尽力而为。

又隔了两天，韩戈平还是没有联系赵梦雨。赵梦雨觉得有什么地方不对劲，决定还是打个电话试试。电话很容易就拨通了，赵梦雨问韩戈平还好吗，怎么一直不联系她。韩戈平顿了一会儿说，如果赵梦雨有空，他现在就去球场找她。他还问赵梦雨，刘豪杰是不是已经回来？他希望见见刘总，有事商量。

赵梦雨知道刘豪杰这时正好也在球场，好像今天没有外出的打算，就让韩戈平尽快过来。挂断电话，赵梦雨给刘豪杰打了个招呼，说杰姆斯突然要求和他碰个面，有事要谈。刘豪杰说没问题，他今天一直会在办公室，等韩戈平到了，赵梦雨可以带他过去。

半个小时后，韩戈平开车到了海天球场，先去找了赵梦雨，也不解释为什么将近一周时间不和她联系，像人间蒸发了一般，而是急于拉着赵梦雨带他去见刘豪杰。

刘豪杰果然在办公室等着韩戈平的到来，等他坐下，就客气地说道："杰姆斯，好久没见，听说这阵你一直全力以赴在忙着住户搬迁的事，辛苦了。"

"应该的，"韩戈平赶忙说，"这是我的工作。"

"嗯，听爱丽丝说，你找我有事？"刘豪杰问。

"有件事，我不知该不该告诉你们。"韩戈平看看刘豪杰又瞧瞧赵梦雨。

"如果与我们有关，你就应该告诉我们。"刘豪杰话说得非常到位。

"我也是这么想的，所以急于过来。"韩戈平咽了一口口水又道："刘总，我表哥好像正打算把海天球场的股份转让掉，我觉得这可不是小事，应该及时和你通个气。"

"你是听谁说的？你表哥吗？"赵梦雨忍不住抢着问。

韩戈平快速摇头："自从那次他骂过我之后，他已经不让我参与公司机密的事情了，重要的事情都瞒着我。这次是我偶然经过公司法务部时，听到里面的人正在商量，好像这事已经着手开始做了。"

"你知道是转卖给哪家公司吗？"刘豪杰很冷静地问。他委托雪雅打听消息一直无果，不料韩戈平自己把消息送来了。

韩戈平又摇摇头，没有把握地说："具体不清楚，好像是一家我表哥在 BVI（英属维京群岛）注册的离岸公司。"

"好的，太谢谢你了。"刘豪杰说着，朝韩戈平笑笑。

尽管刘豪杰表面上还是很镇静，但心里很明白，张家宝只要将海天球场 50％的股份转到他在 VBI 设立的公司，那麻烦就大了，因为 BVI 公司不属于加拿大管辖，也无法知晓股东的名字，即使赵梦雨自首她伪造了签名，但要回海天股份也是极其困难的，时间上也是遥遥无期的。张家宝这一招够狠够狡猾的。

"他这是想干什么？当初不是一而再再而三地说，是为了你才想要海天球场的股份吗？"赵梦雨心里愤愤不平地冲着韩戈平问。

韩戈平晃晃脑袋，泄气地道："他可能改变想法了，觉得不值得为我那么做。"

"杰姆斯，谢谢你今天过来告诉我这么重要的消息。"刘豪杰再次对韩戈平表达了由衷谢意，然后说："如果没有别的事，你们俩去爱丽丝的办公室多聊一会儿吧。"

"等一下刘总，"韩戈平急忙说道；"我还有一件事想要请刘总帮个忙。"

刘豪杰哦了一声："杰姆斯有何事需要我做的，我一定尽力而为。"

韩戈平稍稍踟蹰，而后像鼓足勇气说："正好你们俩都在，我就斗胆开口了，我想，我想能不能让爱丽丝去警局和法院撤案啊？"

赵梦雨和刘豪杰对此话都感到出乎意料，彼此对了一眼，却不知如何回答韩戈平。

"我突然提出这个请求，一定很唐突。"韩戈平带着央求的口气继续说："拜托了。张家宝，不，我表哥，他虽然做了不少对不起你们的事情，可他毕竟是我的表哥，对我有恩，我不忍心眼看他被警察拘捕，然后被判刑入狱。"

赵梦雨朝刘豪杰看着，似乎在征求他的意见，要不要把真象告诉韩戈平。刘豪杰看得懂赵梦雨目光里所含的意思，微微朝她点头示意。赵梦雨正想开口说什么，韩戈平又抢在头里说道："梦雨，我知道这样做对你不公平，你被我表哥害苦了，你有权利憎恨他，报复他。可是我想请求你答应我这一回，放过他吧，别把他送进监狱。他欠你的那些，我这辈子做牛做马都一定会补偿你的。"韩戈平说着，眼里已经呛着泪水。看得出他内心的斗争非常剧烈，他说出这番请求，是下了极大决心的。

"杰姆斯，爱丽丝已经撤案了。"刘豪杰干脆代替赵梦雨先说了出来。

韩戈平懵懂之极，看看刘豪杰，再看看赵梦雨，不由急切地问："这是真的？"

"是真的，已经撤案了，你们那里还没得到消息吗？"赵梦雨说。

韩戈平木然摇头。他简直不敢相信这件事，赵梦雨竟然已撤诉了，自己却还在替表哥求情。他一脸木讷，好一会儿理不清思路，后来他想到了一件事，就问赵梦雨："小雨，这样的话，你们家的那件事，不就没希望了吗？"

"你是指爱丽丝家的蓝天矿业股份吧？"刘豪杰插进来说。

"刘总你也知道这件事？"这是韩戈平没有料到的。

"爱丽丝都对我说了。"刘豪杰神情严肃地对韩戈平说道："杰姆斯，你表哥对爱丽丝家犯下了滔天罪行，爱丽丝想把他送进大牢毫不为过，她好不容易有这么个机会报复他，却又放弃了，你知道这是为什么吗？"

韩戈平茫然摇头，此刻他内心充满矛盾，为了表哥，他希望赵梦雨撤案；为了赵梦雨，他又不希望她撤案。这左右两个人对他都那么重要，他根本无法抉择。

"她是为了你，为了不让你受到伤害。"刘豪杰不由激动地说。

"为了我？"韩戈平一头雾水，困顿地瞧着刘豪杰。

"对！"刘豪杰说，"杰姆斯，千万别以为你表哥像你那样，时时刻刻念着兄弟之情，他可是个六亲不认的冷血动物！为了继续霸占爱丽丝家的股份，他宁可把你牺牲掉，让你去替他坐大牢。"

"刘总，你这是什么意思啊？"韩戈平怔住了，刘豪杰的话振聋发聩，却难以置信。

刘豪杰并没有直接答复韩戈平，也没做任何解释说明，而是转而朝着赵梦雨说："爱丽丝，你带杰姆斯去你的办公室吧。事到如今，你应该把所有的一切如实告诉杰姆斯，让他好好清醒清醒，以便更了解他表哥的真面目。"

4

韩戈平这天晚上严重失眠了。

失眠对他而言是件稀罕事。在他的人生记忆中，全部加起来不会超过五六次。之前有过的那些失眠，基本都是大半夜翻来覆去睡不着，然后突然就被倦意袭扰，束手就擒。就像正在崎岖的山路上行走，侧旁就是万丈悬崖，一直那么小心翼翼搬动着脚步，不料一阵狂风吹来，摇晃几下，就无法控制地跌落下了昏睡的深渊，全然入睡。等睁开眼来，已经日上三竿。

这次不同，要严重得多。不是半夜，也不是大半夜，而是整夜。从头到尾整整一个晚上，他就没有合过眼。他满脑子混乱的思绪，像被绑在了游乐场内的圆转木马上，不停地在黑夜中一圈一圈打转，从起点转到终点，又从终点转到起点，无数次的重复，没完没了沿着一个被划定了的圆圈轨迹运动，周而复始，绵长无尽。

昨天，当韩戈平跟着赵梦雨走回她的办公室后，他从赵梦雨的嘴里听到了令他震惊不已的叙述。有好一阵子，他不敢相信这是真的。韩戈平宁可指望这是因为赵梦雨憎恨他的表哥而编出来的一套谎话，然而赵梦雨讲得如此淡定，如此认真，如此坦白，不带丝毫编撰的痕迹，让人不得不信，无可置疑。

那么，表哥张家宝真是一个冷血动物吗？这是刘豪杰昨天对他的称呼，还用了六亲不认这个词。假如那一切都是真的：之前，他在中国强取豪夺赵梦雨家蓝天矿业的股份；勾结黑道谋害老朋友兼合伙人即赵梦雨的父亲和母亲；然后又纠缠追杀受害人唯一的继承者赵梦雨；如今，他在温哥华又背弃信誉，欺骗合作伙伴刘豪杰，赚取黑心差价，当阴谋被揭，东窗事发后，竟然打算牺牲自己的表弟韩戈平去替他顶罪。从这一系列的行为来评判，张家宝岂止是六亲不认的冷血动物？简直就是丧心病狂、毫无人性的恶魔啊！

韩戈平最终不得不相信赵梦雨所讲的一切都是真实的。正因为如此，他脆弱的内心里才充满了痛苦。韩戈平从小到大，已经习惯了敬佩和崇拜大表哥。在他的心目中，即便世界上充斥着坏人，大表哥也一定是善良的好人。在他所有的记忆里，表哥留下的全是美好印象。多少年来，大表哥对韩戈平始终关怀备至，和蔼可亲，循循善诱，恩宠有加，不是父母胜过父母。某种意义上说，表哥就是韩戈平的榜样和偶像。

然而，这座偶像竟然顷刻之间坍塌了，碎裂了，脱落了镀金彩绘外表之后，裸露出原本丑陋的泥土。这让韩戈平不敢正视，不想面对。他试图用自己的一贯印象来替表哥遮掩粉饰，他不甘心如此轻易就让内心所留的记忆分崩离析，破败不堪。

韩戈平在度过那个漫长的、煎熬的、痛苦的不眠长夜后，当他迎着窗外明亮的阳光时，昏昏沉沉的脑子里油然冒出了一个念头：他必须亲自去验证一番，表哥张家宝究竟是怎样一个人，是不是真的如刘豪杰和赵梦雨所描述的那样，还是他们对他确有误解。

中午时分，吃完午餐之后，张家宝通常会一个人在他办公室的长沙发里躺下来打个盹。韩戈平知道在这个时间段，公司里任何人都不会去打扰他，即便有再急的事情，也会等他醒过来才汇报。韩戈平决定就在这个时候去找表哥好好聊一下。

韩戈平轻轻敲门，张家宝很快就有了回应，估计他还没有睡着。听出是韩戈平的声音，张家宝就让他进去。韩戈平拧开门，见张家宝还坐在那儿，那只精致的紫砂壶搁在他面前。果然，他还没有打盹，正在品茶，这也是他的习惯，饭后喝一小壶热茶。

"怎么现在过来，有事？"张家宝尽管面无笑容，语气并不带着敌意。

"有点事，想和哥聊一聊。"韩戈平恭恭敬敬地说。

"那你坐吧。"张家宝并没有因为韩戈平破坏了他的午睡时间而显得不高兴。

韩戈平找个地方坐下来。他之前虽然做足充分准备，想好了自己要说的话，此时和表哥面对面，忍不住又心慌意乱起来。他感觉到心脏突突在跳，不断撞击胸壁。

"说吧，有什么事？"张家宝并未注意到韩戈平有何异常，以为他只是来汇报工作，就保持原来的坐姿，慢慢喝茶。

韩戈平定定神，竭力镇定住紧张情绪，斟词酌句地道："哥，我知道最近一段时间你一直在生我的气，我也知道自己做得不好，惹你不高兴了。"

张家宝唔了一声，不由抬眼去看韩戈平，很奇怪他怎么会突然跑过来认错。

"哥，因为我的缘故，赵梦雨去告了我们的状，害得警察局和法院都来找你的麻烦，真是对不起。"韩戈平的态度极为诚恳。

"你能意识到就好。"张家宝听了那些话心里很舒服。他很奇怪韩戈平怎么会突然跑过来和他说这番话，既然是主动认错，自己就没必要再为难韩戈平。

"这几天，我想了又想，觉得祸是我闯下的，表哥你却被警察局和法院传唤，这不公平。"韩戈平继续道。

"是不公平，但有什么办法？树大招风嘛，谁让我是董事长呢？"张家宝说："这种事，说大不大，说小不小，弄得好化险为夷，弄不好就会难以收拾。那个赵梦雨如此任性，随随便便就去报案起诉，完全不知道后果。"张家宝难掩心中的恼怒。

"哥，你估计这事真会闹大吗？"韩戈平摆出一副竭力想要证实的表情说："真会闹到抓人下牢的地步？"

"当然有这种可能。"张家宝斜眼看看韩戈平，"我已经让法务部的人查证过了，按照当地法律，完全要承担刑事责任。如果处理不好，就会被判刑。"

"如果真的如此，哥，我想只有一个办法了。"

"呃？你能有什么好办法？"

"我去为哥顶罪。"韩戈平出其不意地说。他的语气很坚定，看似已经深思熟虑过。

"你去顶罪？"张家宝倒是没有想到表弟会说这样的话。他深感意外，慢慢挺起腰来，疑惑不定盯着韩戈平的眼睛，像是要从眸子里看出他说的是真是假。

"是的，"韩戈平道："我仔细想过了，公司没我毫无关系，可不能没有表哥你，万一法院找你麻烦，判你入狱，公司不就要垮了？那可不行，绝对不行。"

"嗯，难得你会这样想。"张家宝点了点头，把犀利的目光从韩戈平脸上移开去。他拿起桌上的紫砂茶壶，慢慢转动着，像是在欣赏壶面上的那片花纹，而后仿佛陷入思考般的缄默不语了。

"如果我不出面挡着，万一警察和法院纠缠不清一查到底，麻烦肯定不小。"韩戈平见表哥不再做声，就再度表示意见。

"难道你不怕去坐牢？"张家宝突然开了口。

"怕，当然怕。不过没关系，我还年轻，大不了浪费几年时间。"韩戈平像是早已想透了一般说："只要能保住表哥你，保住太平洋地产，我吃点苦无所谓。"

张家宝再次静默不语，继续打量茶壶上刻着的几个草体书法。

"哥，你觉得我的建议可行吗？"韩戈平必须听到张家宝的明确回答。

"唔，这也许不失为个办法。只是那会委屈了你，毕竟是要去坐牢的。"说完这句，张家宝将茶壶转了转，将壶嘴送到自己口中，想喝一口已经变淡的绿茶，脑子里却在思考着如何安抚韩戈平所表的赤胆忠心。他将壶嘴塞进嘴里后，才发现里面已经没有水了，就站起身，走到电热水瓶那儿，掀开茶壶盖，往里面注入热水。

"哥，你一直有恩于我，可能现在正是我报答你的机会。"

重又回身坐下后，张家宝说："戈平，难得你有这片好心，不过这也是没有办法的办法，就像你所说的，万一我有什么麻烦，就不是一个人的事，整个公司都会遭殃，因此，确实不能让那样的事情发生。"

"所以我说让我来承担吧。"韩戈平毫无惧色地表示："有句话，叫丢卒保车，对公司而言，这肯定是上策。"

"嗯嗯，"张家宝似乎有些感动地说："你刚才说，万一你去坐牢，大不了浪费点时间，不，我不会让你浪费时间的。不管你进去几年，我都按照你现在的收入，再加倍替你存上一笔钱。此外，等你出来那天，我还会给你一大笔钱作为补偿。"

韩戈平心里猛地像被利刃划割过一样，裂开一道长长的口子，可他脸上丝毫没有反应出半点异常，依旧用冷静的语气说："不过哥，如何具体来做这件事，我没有经验，你得教教我才行。"

"这个简单。"放在平常，张家宝此刻早已哈欠连天，眼皮厚重，要躺在沙发上打盹了，这时却一反常态，精神抖擞地说道："万一警察和法院传讯我去时，我会告诉他们，有关用希望地产收购老别墅再转卖给合资公司这件事，我毫不知情，虽然我是董事长，但你是负责具体事情的总经理。"

韩戈平凝视着振振有词的张家宝，故意缓缓点头表示了解。

"那样的话，他们很可能就会传你过去问话，到时候，你只需要一口承认，所有的事情都是你一个人自作主张，从来没有和我商量过，甚至没有通过气，都是你私自而为的就行了。"张家宝像是传授什么宝贵经验似地讲得绘声绘色。张家宝心里很清楚，老旧别墅的合同上都是韩戈平的签字，他只要装不知情，韩戈平就得负法律责任。当初，张家宝给韩戈平20%的希望公司股份，并担任董事总经理，其中一个目的，就是哪天万一出事，就由韩戈平承担法律后果。

韩戈平不动声色地面朝张家宝，他的心里已经被灌入了沉沉的铅水，他所爱戴崇拜的表哥，他心目中的大好人，此刻终于暴露出了他的真实嘴脸。原来，当大祸临头的时候，他会毫不留情。韩戈平感到了某种前所未有的痛楚和伤心，就像被人野蛮地撕碎了一幅他珍藏多年的画，美丽的画面在成为碎片后变得如此丑陋难看。

"你在想什么？我说的你都听清楚了吗？"张家宝见韩戈平没有反应，就问他。

"知道了，我现在什么都知道了。"韩戈平一语双关。

"这就好，明白就好。"张家宝并未觉察到韩戈平内心的剧烈波动。

"那我们就这么讲好了，"韩戈平站起身来："如果哪天警察或者法院找上门来，我们就按刚才商量好的去对付，行吗哥？"

"行。我还是没有看错你，白疼你，关键时刻，你会替我着想。"张家宝说这句话时并未掺假，倒是他真实的心声，所谓养兵千日用兵一时嘛。

"那我先走了。"韩戈平告辞。

"好的，你看，我要错过午睡了。"张家宝说着，朝韩戈平挥挥手，意思是，去吧去吧，我要睡一会儿呢。

离开张家宝那儿后，韩戈平并没有回自己的办公室，而是径直走到了电梯前，乘着电梯下到底层，然后走出了大楼。他需要出去透透气，因为此刻他心里实在憋得难受，就像有东西堵住了冠状动脉，阻止了对整个心脏的血供，使得心肌开始坏死，导致心脏无法跳动，他忽然尝到了"死心"的滋味。

市中心的中午，街路上行人不少，尤其在几条商店集中的购物大道上，几乎每天都同样热闹，年轻人三五成群，嘻嘻哈哈到处闲逛，临街的咖啡店，饮食店几乎座无虚席，上班族和闲暇族在午餐时间汇合，挤满了各条街道。韩戈平心不在焉地四处闲逛，顺着街路一直往前走。他想去英吉利海湾那儿看看海，听听海水涌上沙滩的声音。让海潮冲刷他内心的郁闷，减轻他急速膨胀的苦痛。

也许，人生最痛苦的事情里，肯定有一件是被自己人出卖。韩戈平此时就是这种感觉。为了证实赵梦雨对自己所讲的一切，他刚才故意去试探了表哥，其实他心里极为希望表哥的表现不符合赵梦雨的描述，他不相信表哥真有那么坏，或者说他多希望表哥不会那么坏。然而他错了，表哥刚才的回答已经说明了一切，他确实不是善良之辈，如果他能对韩戈平都如此冷酷，那就想象得出他会怎么对待外人。难怪他会为了霸占赵梦雨家的股权而胡作非为，甚至不惜伤害生命。

韩戈平想到了赵梦雨的不幸，这种家破人亡的悲惨，竟然就是他历来崇拜的表哥造成的。可是当赵梦雨牢牢逮住了报复表哥的机会时，仅仅为了保护他韩戈平不受牵连，她毫不犹豫就放弃了。同样一件事情，拿表哥和赵梦雨做比较，这种天壤之别一目了然。那么，谁是真真的在乎韩戈平，难道还不清楚吗？

如今摆在韩戈平面前的选择，是他今后该怎么做？是站在表哥一边还是站在赵梦雨一边？有一点韩戈平已经非常清楚，他不可以为虎作伥，从今往后不能昧着良心跟随表哥做坏事。不仅如此，他还要想方设法帮助赵梦雨，要弥补表哥对她造成的伤害。如果再次遇到赵梦雨和表哥的纷争时，他必须旗帜鲜明地站在赵梦雨一边，这不仅因为赵梦雨是他最爱的女孩，而且由于他应该站在正义和公平的一边。

韩戈平走到海边的时候，天空正在积起大块大块的云团，灰色的云团里好像饱含了水分。海风一阵阵从远处的海面浮掠而来，满带着潮湿的气息。看这样子，过一会儿就要下雨。

韩戈平并不在乎自己有可能会被淋湿。不知为何，他很渴望能被雨水痛痛快快浇淋一下，从头到脚，彻彻底底，洗涮掉他多年以来积聚的盲目和轻信，让他能够焕然一新地变得更加成熟和坚强。

云团越聚越密，天幕越压越低，海风一阵紧似一阵迎面袭来，灰色浓厚的云层随风快速移动，就像一群拥挤狂奔的野马，急速扑向城市的胸怀。原来聚在海边的游客，因为担心突如其来的大雨，已经纷纷离开沙滩，惊惧地向建筑物方向快步而去，寻找遮蔽之所。此刻，整条大道上，好像只有韩戈平一个人在逆向而行，迈开大步朝着大海的方向走去。他仿佛什么都不在乎，完全被大海所深深吸引。

5

"爱丽丝，我最近反复在琢磨一件事情，你说老杰克家那场火灾来得那么突然，这里面有没有什么蹊跷啊？"刘豪杰坐在球场玻璃餐厅的餐桌旁问赵梦雨。他们两个刚刚一起在餐厅吃了午餐，这时正对面而坐，在慢慢喝着咖啡。

"我也这么想过，为什么就在他们出去旅游，家里无人的时候就发生了奇怪的火灾呢？"赵梦雨同意刘豪杰的猜疑。

"我现在了解到的情况是，老杰克家的那场火是人为纵火案，这点警方已经证实了。"刘豪杰说。

"真的吗？那怎么警方到现在还未破案啊？"赵梦雨听说警方已经证实了是人为纵火，不免吓了一跳。

"警方没能在现场找到有用的破案线索，估计纵火者是经过精心策划后才动手的，因此没有留下什么痕迹。"刘豪杰道。

刘豪杰本来已经不太去关注那次火灾的细节了，那天让赵梦雨陪着过去看看那片被大火焚烧过的残垣断壁，只是出于一时兴起，也没有想要挖掘什么秘密，只是为那对老夫妻感到可惜和遗憾。过后，他并没有多往那方面花心思。可是前几天在一个朋友聚会上，他偶然碰到了一名在警局重案组工作的白人警探怀特·雷米，此人是刘豪杰公司法律顾问强生律师的朋友，怀特警探听说刘豪杰就是海天高尔夫球场的老板，不由就聊起了球场边的那场火灾，说当时幸好被经过的路人发现，火势才没有蔓延到其他住户，否则或许还会影响到海天球场呢。刘豪杰一听，不由就这个话题与怀特警探深聊了一会儿。怀特告诉他，经过现场勘查，发现了好几处汽油的痕迹，已经可以断定这是一件人为纵火案，有人往老杰克家的门窗上泼洒了汽油，然后点上火逃之夭夭。刘豪杰忙问纵火者有线索了没有，怀特警探非常遗憾地摇摇头，说那个家伙很狡猾，目前警方尚未掌握到任何蛛丝马迹。

刘豪杰回到家里之后，脑子里就开始起盘算这件事情来。按警方的分析，这场纵火案肯定不会是无缘无故的，不会是哪个精神错乱者即兴所为。从那幢老别墅前后的门窗都留下了汽油的痕迹这点上推测，纵火者一定和老杰克家有仇，他趁着夜深人静，耐心地在每一处有木框的地方都泼上汽油，说明他志在必得，一定要将这幢房子化为灰烬。但是，纵火者又不像是要伤害老杰克夫妇的性命，所以选择了在老杰克夫妇外出旅行的机会下手。纵火的当夜，他肯定知道老杰克家没有任何人，所以从容不迫地从前到后施行放火计划，并且顺利得手了。那么此人究竟会是谁呢？是谁一定要烧毁老杰克的房子呢？不知为何，刘豪杰脑子里突然跳出了一个大胆的假设，这件事会不会和张家宝有关呢？

刘豪杰的假设并非平白无故的，他想到了一个问题：如果老杰克家的房子被毁了，对谁最有利？据老杰克夫妇说，他们一生从未和谁结过仇，那么，既然他们没有仇家，也就不存在仇人报复这件事，那又是谁要如此丧心病狂地去毁掉他们的家呢？谁会在这件事情上获得好处呢？顺着这条思路推理下去，刘豪杰就想到了张家宝。当时张家宝正全力以赴和老别墅住户一家一家交涉，说服他们出让住宅，二十家住户几乎都松动了，唯有老杰克顽固不化，一口拒绝。眼看刘豪杰给的期限渐渐临近，张家宝对老杰克却毫无办法，就在这个当口，老杰克夫妇居然拍拍屁股，出门旅行去了。张家宝肯定清楚，等他们旅行回来，一定依旧老调重弹，不可能答应搬走的。那么，他会不会趁此机会下手呢？

说张家宝下手，当然不会是他本人亲自在深更半夜跑过来纵火，谅他也绝无这个胆量。那么，他会不会雇佣了什么人来放这把火呢？为了能尽快赶走老杰克，逼迫他搬迁，这不失为一条计谋啊！刘豪杰越是这么推理，越觉得自己有道理，从逻辑上讲，能梳理出因果关系的，目前还真只有张家宝一个人呢，唯有他的嫌疑最大了。不过，这毕竟不是单凭想象就可以认定的事情，刘豪杰也不敢轻易将这种猜测告诉警方，以免产生误会。不过此刻，他忍不住把自己的猜测告诉了赵梦雨。

赵梦雨听完刘豪杰的假设顿时就傻掉了，这件事会是张家宝指使人干的？赵梦雨只停顿了不到半分钟，就附和了刘豪杰的观点，因为她心里真希望这件纵火案是张家宝暗中操纵的，那样的话，一旦破案，警察就会逮捕他。因此她说："刘总分析得有道理，很可能这件事就是张家宝干的。"

"如果这件事真的和张家宝有关，对我们是个大好消息。"刘豪杰说。他见赵梦雨好像不理解他的话，就解释道："这件事可是严重的刑事犯罪，这比之前的商业欺诈严重多了，一旦警方追究他的责任，那他就无处可逃了。你想，如果他被捕入狱，那他所有之前做过的恶事都会被一一查出来，我们想解决的问题不是都迎刃而解了吗？"

"海天球场的股份应该也能拿回来了吧？"这是赵梦雨最关心的。

"只要弄清楚他把股份转到了哪里，就可以追回来。"刘豪杰说得很肯定。

"那就太好了。"赵梦雨欣喜地说。

"目前的问题，是我们如何能证明我之前的推测。因此，恐怕我们得下点功夫进行暗中调查。"刘豪杰说。

"我们能行吗？"赵梦雨担忧地问，"警察都查不出什么呢。"

"我们和警察不同，他们是毫无头绪，盲目侦查。我们是有的放矢，针对具体对象和目标，只要假设成立，我们的效率应该更高。"刘豪杰显然老成持重，很有经验。

"真的吗？那么刘总，我能做些什么？你快告诉我。"赵梦雨急切请战，只要能够有机会扳倒张家宝，她赴汤蹈火都心甘情愿。

刘豪杰想了想，对赵梦雨说："还是要得到杰姆斯的帮助。如果那件事真是张家宝所为，他不可能不露出一丝马脚。那么，最有可能触碰到线索的就是杰姆斯，一则杰姆斯是张家宝的亲信，二则是杰姆斯在负责和老杰克的交涉。所以，你要巧妙地去试探杰姆斯，看看从他那儿能否有所突破。"

"好的，我这两天就和他见面。"赵梦雨点了点头。

赵梦雨和韩戈平此刻正驾车驶出海天球场的大门，沿着海洋大道由东往西而去。

今天，韩戈平正好来海天球场，下午和傍晚的交替之际，他处理完需要做的事情后，打电话问赵梦雨是不是忙着，如果不忙，他就去她的办公室聊聊，然后晚上一起吃饭。赵梦雨说她正巧空着，要不两个人出去走走怎么样？韩戈平欣然同意赵梦雨的提议，问她想去哪里？赵梦雨想了想说，在这雨季的时节里难得有一个晴朗天，这样吧，我们开车去卑诗大学，到哪儿去看落日吧。于是两个人就开了赵梦雨那辆白色宝马车，顺着海洋大道直奔卑诗大学。

卑诗大学校区就在温哥华市的西头，是一座开放性大学，几乎占满了半岛区域，那儿有大片大片的绿地，就像巨型绿肺，给温哥华市区输送着充足的氧气。卑诗大学是世界名校，也是温哥华的骄傲，这所开放式大学占地面积极大，校区内各种服务设施一应俱全，有专门的公交车连接校园和市中心各处，整个校区已经俨然成为一个小卫星城市。

赵梦雨一直非常喜欢卑诗大学校区，一个人驾车曾来过此处多次。有一次她漫无目标地驶入校区深处，意外地看到了校园内竟然还有类似斯坦利公园里的印第安人图腾柱，这令她惊喜不已，后来发现临近图腾柱的那幢极具现代风格的水泥玻璃建筑好像是卑诗大学艺术学院所在地。

赵梦雨驾着车，再一次随心所欲地在校园里忽东忽西兜着圈子。韩戈平也曾经来过卑诗大学，不过没有进过校区腹地，仅仅在校园外围转过一次，当时就觉得这个大学很大气很漂亮，现在坐在赵梦雨边上，仔细参观了整个校区的建筑和校舍容貌，不由对这所大学的规模和布局大大感叹了一番。

等时间差不多了，两人就驾车向海边而去。卑诗大学一带有不少可以走近海水的岸滩，黄昏时分，可以在那里欣赏晚霞和夕阳。赵梦雨来过几次，知道哪儿的海滩人比较少又能停车。她带着韩戈平到了那里，将车停在一个不大的免费停车场内。两人下了车，顺着停车场一端的下坡道往大海的方向而去。

坡道有点陡，赵梦雨自然地拽住了韩戈平的胳膊。韩戈平则护着她，不让赵梦雨摔倒。很快他们就下到了平坦的沙地上，海水就在不远处闪着金光，太阳正朝着大海落去，急于想亲吻海面，西天已经被晚霞染成一片闪亮的橘红色。

"哇，太美了！"赵梦雨情不自禁叫道，深情款款地靠在韩戈平身上。

"确实太美了！"韩戈平被眼前的景色深深打动。他展开双臂轻轻围住赵梦雨，凝视着夕阳和大海，不免陶醉在眼前的美景中。

两个人朝着慢慢沉落下去的、火饼样的太阳和闪烁着灿灿光波的海水发了好一阵呆，然后赵梦雨建议找个地方坐一会儿。前面的沙滩上，不规则地横卧着一些粗大的树干。韩戈平挽着赵梦雨的手，走到那儿，找了一个舒适的位置，两人并肩而坐，继续欣赏落日和晚霞。

"戈平，我想拜托你一件事，可以吗？"等大半个夕阳浸入海水之后，一直轻轻偎依在韩戈平胸前的赵梦雨说。

"当然可以。"韩戈平不假思索地答应道。

"不过这事可能会让你为难。"赵梦雨先打预防针。

韩戈平很敏感，知道赵梦雨要说的事可能与表哥张家宝相关，不过他早已经想过这件事，万一遇到需要他在表哥和赵梦雨之间做出选择的时候，他一定选择赵梦雨，因为表哥欠赵梦雨太多太多，他必须替表哥赎罪补偿。因此，他没有半点犹豫地道："无论什么事，你尽管说吧。"

"那好吧。"赵梦雨现在已经完全把韩戈平当成自己人了。她放下了之前背负的包袱，不再因为韩戈平是张家宝的表弟，而对全盘接受他的爱情犹豫不决。她现在明白了，张家宝是张家宝，韩戈平是韩戈平，这是两个不相关的独立个体，她不应该受到偏见的影响而忽视了韩戈平那份真挚热烈的爱。于是，赵梦雨就把她和刘豪杰对老杰克家那场火灾的疑问告诉了韩戈平，讲完之后她补充了一句说："戈平你难道从没有感到过那场火灾很奇怪吗？"

"我确实也感到过奇怪，一幢家里没人的房子，怎么会无缘无故就烧毁了呢？"韩戈平坦率地表示说，"只是我没有你们想得那么深入。"

"你要相信，我并不是持有什么偏见才怀疑你表哥的，我觉得刘总的推测和分析不无道理，才来和你探讨。你想想，现在警方已经确认那是一件故意而为的纵火案，那么是什么人放了那把火呢？为什么这人非要放火烧了老杰克家的房子呢？总得有个原因呀！"

韩戈平点头表示同意，可是他无论如何不相信表哥会去老杰克家放那把火，就把自己的想法坦白说了出来。

"当然，他不可能自己动手的。"赵梦雨并不反对韩戈平的讲法，"那么，他有没有可能买通什么人去下手呢？"

"这……"韩戈平深思地看着渐渐暗下去的海面。此刻，夕阳已经完全沉入海中，不留半点痕迹，残留的晚霞也开始渐渐淡出天际，海面上的光点已经不见了。海水恢复了深蓝色，海浪轻轻扑打着沙滩，发出有节律的声响。从海面阵阵吹来的海风也比之前冷了许多。忽然，韩戈平心中一动。他转过身，一把拉住赵梦雨的手说："对了，让你这么一说，我倒是记起了一件事情来。"

"快说说，是什么事？"赵梦雨兴奋了。

"有一次，他让我翻译了一段话，对，现在回想起来，那段话很可疑。"接着，韩戈平就把那天张家宝叫他翻译的句子告诉了赵梦雨。

"这个线索太重要了！"赵梦雨忍不住喊道。

"是啊，那张纸条会不会和纵火案有关呢？"

"那张纸条你表哥交给谁了？"赵梦雨问。

"他装在一个文件袋里让我去交给朱玉文。"韩戈平回想着说道："他当时说，是朱玉文给他介绍了一笔生意。哦，对了，那只文件袋里好像还装了不少现金。"

"太好了戈平，你说的这件事太有用了。走，我们马上去见刘总，把这件事告诉他，听听他会怎么说。"赵梦雨说着，忽地一下站了起来，同时将韩戈平也拉了起来。两个人快步离开海滩，爬上斜坡来到停车场。

等韩戈平系好安全带，赵梦雨一踩油门，白色宝马飞快转上公路，沿着海洋大道朝着海天球场的方向疾驶而去。

第二十章

1

刘豪杰在法律顾问强生的事务所里，再次见到了那位怀特警探。这次，是刘豪杰委托这位白人警探了解一下山姆的情况。虽说怀特负责重案组的案子，但他在警局人源非常好，关系很广，打听一个赌棍的背景材料显得轻而易举。

山姆也是一个多次进出警局的"老油条"了。以前好像从没犯过什么大事，最多就是欠债挨揍，与人打架，或者有些手脚不干净的小偷小摸。每次被抓住，也就被训斥几句，最多拘禁一两天，就被释放回家。据和山姆比较熟悉的警察介绍，山姆这个人除了嗜赌成性，其它坏事倒也没怎么干过，至少在案底卷宗里没有记录，也从未被真正判过徒刑。

在怀特警探叙述的内容里，有一点引起了刘豪杰的关注，那个熟悉山姆的警察对怀特讲了一个情况，说山姆前一阵曾欠了赌场一笔数字不小的赌债，结果赌场叫了黑道上的著名凶神恶煞大耳窿找他催债，大耳窿在一天夜里带着手下将山姆塞进一辆面包车，拖到荒郊野地里狠狠揍了一顿，山姆被打得鼻青眼肿，掉了两颗牙齿，还差点被割掉一只耳朵，吓得山姆连连讨饶，并答应一定尽快还债。之后一段时间，山姆就像一只过街老鼠，时刻处在惊恐不已、东藏西躲的状态之下，再也不敢走近赌场半步了。

可是就在前不久，山姆忽然摇身一变，就像什么事都没有发生过一般，又开始满面春风得意洋洋起来。他不仅重新坐回了河石赌场的赌桌旁，还从早到晚天天泡在里面，似乎一下子咸鱼翻身，腰缠万贯了。

刘豪杰听完这段讲述，本能觉得这里面有文章。

怀特警官见刘豪杰打听得如此认真，不由产生了好奇，便问道："刘先生怎么会对一个赌徒感起兴趣来啊？"

刘豪杰并没有透露他的怀疑和猜测，只是找了个借口搪塞过去，说他的一个白人朋友和山姆在河石赌场偶尔结识，也曾借给山姆好几千元钱，山姆一直没还，还玩起了失踪，因此一听说刘豪杰有警局的熟人，便托他打听一番。

"原来如此啊。"怀特这才搞明白了。

"听强生说，怀特警官也喜欢打高尔夫？"刘豪杰乘机将话题转开去。怀特是重案组负责老杰克家纵火案的当事警官，刘豪杰不希望在没有把握的情况下，将怀特的侦查方向引往山姆身上，怕这样反而会打草惊蛇。

"我非常喜欢高尔夫。"怀特说："什么时候约强生一起去刘先生的球场打一场。"

"欢迎欢迎，如果你肯赏光，我到时一定陪你们一起挥杆。"刘豪杰笑道。

"怀特球打得很好的，"法律顾问强生律师便不失时机向刘豪杰介绍，"他一直很想去你的球场试一试呢。"

"以后怀特警官只要想打球，随时可以来海天球场打啊。"刘豪杰立刻表示道。

"那太不好意思了。"怀特笑了，从他的笑容里可以看出他对刘豪杰的许诺非常满意。

刘豪杰已经得到了关于山姆的重要信息，不过他的目标不是山姆而是张家宝，因此他必须顺藤摸瓜，一步一步推进，以稳求胜。

一周前，刘豪杰从赵梦雨嘴里得知了朱玉文通过办理假结婚的手续留在温哥华的事情，又从韩戈平那儿确认了她的假结婚对象叫山姆。于是，刘豪杰就请强生帮忙，托怀特了解山姆的背景情况。他这样做是有的放矢的，既然韩戈平说是张家宝花钱替朱玉文办了假结婚手续，张家宝和朱玉文又一直有所接触，那么张家宝和山姆之间会不会也有某种牵连和瓜葛呢？刘豪杰决定把朱玉文作为调查的切入口，逐步深入。

这天，刘豪杰先和赵梦雨作了一番商量，然后，打电话把陆仲任约到了球场办公室，他需要陆仲任帮一个忙。陆仲任很少碰到刘豪杰心急火燎临时约见面，相信一定有什么重大事情，就丢下手里的活，匆匆忙忙驱车赶了过来。一踏进刘豪杰办公室的门，就大声嚷嚷，问刘豪杰啥事这么急？

"老陆，有件要紧事，需要你配合。"刘豪杰开门见山地说。

"说，你的事就是我的事。"陆仲任一屁股坐下，满口答应。

"你和那个姓朱的女孩仍然有来往吧？"刘豪杰问。

陆仲任愣了愣，不明白刘豪杰怎么会突然提到朱玉文。他心里暗想，既然刘豪杰开口问，那他一定已经了解这件事情，遮遮盖盖就没有任何意义了，不如以实相告为好，就带点不好意思地说："你是说从上海金银湖球场过来的女孩吧？"

"对，就是她，朱玉文。"

"一直有来往，当初是我出的钱让她过来旅游的，还替她在列治文租了房子，我挺喜欢她的。"陆仲任干脆竹筒倒豆子，全说个清清楚楚。

"她听你的话吗?"刘豪杰又问。

"这个我倒不敢说满口话。"陆仲任稍稍犹豫道，"不过呢，我一直负责她在这儿的开销，如果有什么事，她应该多少能听我的意见吧。怎么，你托我的事与她有关?"

刘豪杰点点头，然后就凑近陆仲任，把他想好的计划对陆仲任和盘托出，末了说："这件事还非得你出场配合一下，把握才更大。"

"行，没有问题。"陆仲任听明白来龙去脉后，立即一口应承下来。

朱玉文按照和陆仲任的约定早早来到列治文的公寓。她如同往常一样，先从超市里买点吃的喝的带回公寓。现在她已经习惯了这种约会的节奏，而且把自己当做陆仲任理所当然的小情人了。

这样的关系对她而言也没什么不好，至少目前在温哥华的吃用开销不用自己担心，很有保障，至于付出嘛，那不算什么，不就是性关系吗? 一个二十几岁的女孩，本来就有需要的呀! 朱玉文体会到和陆仲任交往有几个好处，首先就是他为人大方，该给的钱从不拖沓;其二是他从不管她，只要保证他需要朱玉文的时候她能待在公寓里，其它时间她在做什么事情陆仲任很少过问;其三是在性生活方面，他们两个好像越来越合拍了，如果连续一周不碰头，朱玉文还真有点想呢。

朱玉文将该放入冰箱的东西统统塞进了冰箱里，然后坐在那儿，犹豫着要不要先去洗个澡，还是等陆仲任到了一起洗。最近他们经常一起洗澡，兴致高时还在浴缸里做爱，好像相处时间久了，都想来点新花样。朱玉文正有点心神不宁地回顾有些细节呢，就听到了敲门的声音。她一个箭步冲过去把门打开，就在这一刹那，她僵在了门口。

门外站着的不仅仅是陆仲任一个，还有刘豪杰，这位在朱玉文看来是遥不可及高攀不上的高富帅魅力男。

"刘总你怎么……?"朱玉文憋了几秒，喉咙里终于滚落出声音来。

"不好意思，突然来访，打扰了。"刘豪杰礼貌地对朱玉文笑笑。

"来来来，快进来吧。"陆仲任拉起刘豪杰就往里面走，完全把这儿当做是他自己的家里。他朝着朱玉文喊道:"有喝的东西吗? 拿点出来。"

"有的，有的，我刚买了几罐啤酒。"朱玉文连忙应着。她关上门，跟在两个男人后面回进房间内。

"啤酒太凉了，去去，拿我上次带过来的红酒。"陆仲任说着，请刘豪杰入座。

"大白天的，喝什么酒嘛，有没有咖啡?"刘豪杰阻止陆仲任。

"有咖啡，有咖啡，"朱玉文赶紧回答，"我这就去煮。"

"我还是喝点红酒，你一起拿过来。"陆仲任朝往厨房走过去的朱玉文呼唤。

"知道啦。"朱玉文爽声答着。

刘豪杰不经意地四下打量着房间的布置，而后冲着陆仲任打趣道："老陆，不错啊，这小窝挺温馨的。"

陆仲任不知怎么地竟然脸红了，凑到刘豪杰跟前，压低嗓门说："你可不许往外宣传啊，要是让我老婆知道了，非扒掉我的皮。"

刘豪杰会心一笑道："这个我懂，放心吧老陆，我从来没到过这里，也不认识小朱。"

朱玉文端着一杯热咖啡从厨房出来，直接端到刘豪杰面前，搁在玻璃茶几上。然后又转回厨房，取来一杯倒好的红酒，交给陆仲任。她心里好生奇怪，陆仲任怎么会突然带刘豪杰到这儿来，是正好在附近碰见，顺便请上来坐坐，还是特意有什么事情过来？有一点可以肯定，陆仲任能把刘豪杰拉过来，让他知道她和陆仲任的关系，说明这两个男人关系非同一般。这时，她脑子里浮起一个古怪的念头，不由顿时心跳加速：不会是陆仲任又想到了什么新花样的玩法吧？难道是他们两个人……？朱玉文摇了下脑袋，似乎想把刚才那个既刺激又荒唐的念头甩掉。

"你也坐吧。"陆仲任朝一直站在旁边的朱玉文说。

朱玉文在一侧坐下来，偷偷瞟着刘豪杰，这位高个子男人很有魅力，是那种少女杀手类型，应该没有哪个女孩子能抵抗住他的吸引力，只要他提出，肯定没有几个女孩会拒绝他的任何要求。如果能嫁给这样一个既有魅力又那么有钱的男人，那真是前辈子修来的福气了。

"我说，你应该认识刘总吧？"陆仲任喝着红酒问朱玉文。

"大名鼎鼎的刘总，我怎么会不知道呢？"朱玉文朝刘豪杰嫣然一笑，"爱丽丝有福气，能在刘总手下打工。"

刘豪杰没说话，抬手端起咖啡杯来。咖啡不是现磨的，而是冲出来的速溶咖啡，味道很淡，里面还有奶精，刘豪杰勉强喝了一口就放下了。

"刘总刚巧经过这里？"朱玉文试探问。

"不，刘总今天是特意过来找你的。"陆仲任代替刘豪杰回答。

"特意找我？"朱玉文觉得奇怪，无论如何也想不出刘豪杰找她的原因，总不会想邀请她去海天球场工作吧？

"我今天确实是特意过来找你的，想从你这里了解点事情。"刘豪杰说。

"哦，我有能帮得上刘总忙的地方？"朱玉文问。

刘豪杰和陆仲任互相交换了眼色，然后，刘豪杰端正了坐姿，认真地问朱玉文说："小朱，我听说，你对我们球场边上那幢老别墅发生的火灾了解一点内情，这是真的吗？"

"我？火灾？内情？……"朱玉文的反应有些迟钝，隔了几秒钟之后，当她似乎弄明白理解了刘豪杰的问题时，不免惊诧了。

"是啊，就是那次莫名其妙的火灾，把老杰克的家全烧毁了。"刘豪杰观察着朱玉文脸上的表情变化，"现在警方勘查下来，认定这是一次人为的纵火。"

"是嘛？那，那太可怕了。"朱玉文嗫嚅道，尽力掩饰自己内心里的慌乱。

"我在警局的一个朋友向我透露，说他们查下来，那个纵火犯的名字好像叫山姆什么的，警察可能很快就会传讯那个人呢。"刘豪杰一边说，一边专注地捕捉朱玉文的反应。

朱玉文的神色已经完全走了样。出于畏惧，她躲避着刘豪杰犀利的审视目光，不知道自己此时该不该回应刘豪杰，是不是要干脆装糊涂。她心里开始积聚起阵阵恐慌。她猜不透刘豪杰已经掌握了多少情况，看来他突然上门找她是有备而来的。此时，就像有无数小虫钻进了朱玉文的血管里，她感到了浑身的不舒服。

"我对刘总说了，好像你认识的那个洋人就叫山姆。刘总觉得应该来问问你，会不会那个纵火犯就是他？"陆仲任插进来说，"如果真的就是那个山姆，问题就严重了。这会对你非常不利。"

朱玉文本能地想把那种事情和自己撇开，脱口而出说："这和我有什么关系，又不是我干的。"

"即便不是你干的，如果是和你办理假结婚手续的那个山姆干的，警察不可避免会找到你头上来，你们名义上毕竟是夫妻啊！"陆仲任提醒朱玉文："如果在调查案件的过程中，警察发现了你和山姆搞的是假结婚，那麻烦就大啦，弄得不好你的签证就会被立即取消，还有可能被遣送回中国呢。"

朱玉文已经吓得不轻，面容呆滞地看着陆仲任，脑子里嗡嗡直响。她像是挣扎般地问道："真会像你说得那么严重吗？"

"小朱，这件事非同小可。"刘豪杰此时接过陆仲任的话茬对朱玉文道："老陆的话并不是在吓你，你要知道，杀人放火本来就是最重的刑事案件，警察一定会全力以赴一查到底。如果那个放火的山姆和你无关也就算了，万一真是和你住在一起的那个，你的处境就危险了。即便警察不拘捕你，也一定会传你去问话，那样，很多破绽就难免会暴露出来，你想再留下来就很悬了，所以你一定要看清楚这个现实才好。"

"那，那我该怎么办？"朱玉文觉得双腿发软，浑身无力。如果真如他们说言，因为山姆的事影响到她在温哥华的居留资格，那她之前所有的努力不都白费了吗？

"你现在要做的，就是争取主动权。"刘豪杰启发说。

"刘总，你说的主动权是什么？"朱玉文努力想要抓住救命稻草。

"把你所知道的情况都说出来。"刘豪杰声音不大但语气严肃地说："这么说吧，据我所知，杰姆斯曾经交给你一个文件袋对吗？里面有一张给山姆的字条和一大笔钱，这件事是真的吗？"

朱玉文的脸色由白转灰，额头上沁出了一层细密的冷汗。她心头如同被一把又硬又凉的钳子夹住了，原来连这件事都让刘豪杰知道了，那还有什么他不知道的呢？她心灰意冷地承认说："确实有这件事，我不想瞒你们。"

"那么，杰姆斯为什么要让你交给山姆那么多钱？那张纸条上写了什么？难道是杰姆斯指使山姆去烧了……"刘豪杰故意这么问。

"不不，不是的，杰姆斯不认识山姆。"朱玉文立刻打断刘豪杰，急着替韩戈平解释，"杰姆斯只是替别人转交那些东西。"

"哦，那个让杰姆斯转交东西的人又是谁呢？"刘豪杰盯着问。

"……"朱玉文欲言又止，低下脸去看着地上，两只手缠在一起，不知放到何处才好，一副十分为难的样子。

"是不是张家宝？"刘豪杰觉得必须趁热打铁，干脆一下子点穿了。

朱玉文顿时垂头丧气，已经不打算抵抗了。在这种时候，她根本没法替张家宝保密。她意识到眼下这件事非同一般，既然连本来毫不相关的刘豪杰和陆仲任都已经知道得那么多，那警察局很可能掌握了更多的情况呢，看来目前最重要的，是如何保住自己。她只得无奈地承认说："是张家宝叫我转给山姆的。"

"事情完全清楚了。"刘豪杰对陆仲任说。

陆仲任缓缓点头表示同意。

"我会怎么样？警察还会找我麻烦吗？"朱玉文心慌意乱地问刘豪杰。

"现在还不知道警察会不会找到你。"刘豪杰像是安慰朱玉文又像是给她指点迷津地说："不过万一警察真的来找你，你就一口咬定，你只是替别人传递了一个文件袋，至于内容是什么，你一概不知。记住了，一定要坚持这个说法，你什么都不知道。"

朱玉文嗯了一声，整个人都快瘫掉了。

2

像往日一样，山姆一早就出了门，不用多猜，一定又是去赌场。嗜赌如命的人，和瘾君子没什么两样，只要手里还有一点钱，就会忍不住，何况最近山姆手气一直不错，怀里揣着不少钱，够他赌上一阵的。

朱玉文躺在床上，竖起耳朵听着门外的动静。在确认了山姆不仅已经离开，而且肯定走远了之后，她一骨碌从床上爬起来，披上一件外衣，拉开自己的房门。虽说明明知道山姆已经不在家里，她还是谨慎地到处查看了一番，客厅，厕所，阳台，都不见人影。朱玉文蹑手蹑脚走到山姆的房门口，像平常一样，山姆的门没有关紧，只是虚掩着。山姆出去从不锁门，也许他认为没必要提防一个年轻女孩子。再说了，他房间里除了一张床，一只床头柜，一条破沙发和一个旧衣柜外，别无他物，也没有什么可担心被窃的。

昨天在列治文的公寓里，刘豪杰是一个人先离开的。临走时，他问朱玉文，有没有可能找到张家宝托她交给山姆的那张字条？朱玉文当时一个劲摇头，说她不确定，毕竟时间隔得那么久了。

"不如你回去想办法找找看，如果万一能找到，或许会对你的处境比较有利。"刘豪杰鼓励朱玉文。

"山姆白天不是都不在家吗？你可以偷偷去找一下。"陆仲任附和着刘豪杰劝朱玉文，"这毕竟不是小事，就像刘总说的，你要尽量争取主动。"

"我试试吧。"朱玉文答应的时候，心里并无把握。那张纸条交给山姆已经有些时间了，不知道山姆会不会已经扔掉了呢？如果早已扔掉，到哪儿去找？

此刻，朱玉文只是抱着试一试的心态，轻轻推开了山姆的房间门。搬到山姆家时间也不算很短了，朱玉文这是头一回走入山姆的房间。一进去，就闻到一股泛酸的酒味，随意一瞥，看到墙角横七竖八堆着不下十几只空酒瓶，有几只翻倒的酒瓶口流出来的剩酒撒到了地上，积成一滩酒迹，气味就是从那里散发出来的。房间里很暗，窗帘依旧拉得严严实实，窗帘倒是不厚，户外的光线投到窗上，光亮透过帘布闯入室内，使人能够清晰分辨出屋子里的每件家具处在什么位置。

朱玉文毕竟做贼心虚，她本能地从山姆房间先退出来，走过去检查客厅的门有没有关严。她干脆将大门上的插销给插上了，那样的话，万一山姆突然闯回家，用钥匙一下子也打不开，到时朱玉文可以有时间从山姆房间里溜出来替他开门，就说她正打算洗澡，这样十有八九就蒙混过去了。

朱玉文定了定神，再次返回山姆房间。她按照顺序开始搜寻那张字条。其实也就两处地方值得找一找，不是在床头柜的抽屉里，就是在衣橱里，并不复杂。朱玉文先去拉开了床头柜的上下抽屉，里面都是些乱七八糟的杂物，打火机啦，手电筒啦，胶布卷啦，香烟盒啦，药瓶啦，根本没有任何纸质的东西。朱玉文关上抽屉，转身开启衣柜的门，顿时有股怪味扑鼻而来，橱里挂着一年四季的衣服，感觉有不少都没有好好洗过，一只只衣架挤在挂杆上，各种衣物长短不齐，懒懒散散排成一队。朱玉文很有心，将每一件衣服的口袋里都仔细摸了一遍，倒是从里面找出来几张纸条，但那不过是超市的收银条和一些公交车票之类，毫无用处。

朱玉文几乎把衣柜翻了个遍，什么收获都没有。能放东西的地方她都搜看过一遍，那张字条根本不见踪影。她十分失望，呆呆地站了片刻后，又走到床边，掀开脏兮兮的被子，想收获一次意外发现，该找的地方都找了，结果却什么都没看到。一无所获的朱玉文，已经不是失望而是绝望了。她退到门口，倚着门框站在那里，考虑着要不要就此放弃。就在此时，她无意间瞥见了放在床头柜旁边的那只垃圾桶。远远看去，桶已经被各种垃圾堆满。这个山姆真是够懒的，不知有多久不倾倒垃圾桶了。

朱玉文怀着一不做二不休的心态走向垃圾桶，蹲下身去，皱起眉头开始翻看桶内的垃圾，里面有好几只啤酒罐，饮料罐，空烟盒，还有不少广告纸一类。朱玉文一开始是拨弄着看，后来一想，不如干脆全部翻倒出来找一找得了，如果什么都没有，她也死心了。于是她将垃圾桶拉到外面空一点的地方，轻轻将里面的东西倒出来。这时，她看到那一大堆垃圾里面有几个大小不一的白色纸团，这令她看到了一线希望。朱玉文捡起纸团一个个展开来看，前面几个都像是购物发票之类，当她展开第五个纸团时，不由惊叫起来，那张被团得皱巴巴的白纸，不正是那天装在韩戈平交给她的文件袋内的字条吗？当时是她取出来后再交给山姆的。没想到山姆就这么扔在了垃圾桶里始终没有处理掉！

朱玉文一阵兴奋，朝着字条上的英文字母看了一遍，似懂非懂地瞧了几分钟，然后将字条展平又折起，装入自己口袋。接下去，她把倾倒在地上的垃圾一件件装回原处，凭着记忆，特别将几只空啤酒罐放在最上面。等把事情做完，她长长舒了口气。站起身来时，她感觉到两条腿因为下蹲得太久，都已经发麻了。

朱玉文掩上山姆房间的门，尽可能让一切都恢复了不留痕迹的原状，而后去客厅大门处，拉开插销。等回到自己房间里，她那颗一直处于紧张状态挂在喉咙口的心才彻底落下来。朱玉文稍微让自己歇了口气，接着就掏出电话来打给陆仲任，告诉他已经找到了刘总需要的那张字条。

"那太好了！"陆仲任听说字条已经找到，不由大喜，对朱玉文道："下午你在公寓等我，我过来取吧。"

"好的。"朱玉文挂断电话的时候，想到了昨天陆仲任对她的承诺，陆仲任劝朱玉文不要担心得罪了张家宝后在温哥华的日子会不好过，只要她朱玉文在温哥华一天，他陆仲任一定会照顾她一天的。当时刘豪杰提出，到了万不得已的时候，如果警方需要证人，朱玉文为了保住自己应该勇敢出来作证。朱玉文觉得那样就是公开与张家宝为敌了，她很担心。陆仲任便让她吃下定心丸，说在温哥华不必依靠张家宝，有他陆仲任就足够。朱玉文当时不置可否。从她内心讲，最好两头都不得罪，陆仲任继续提供她生活上的方便，张家宝能遵守承诺给她在球场安排一份舒适的工作。

张家宝最近一直有些自鸣得意。自从来到温哥华后可谓事随人意，不仅生意上节节胜利，两次遇到大坎都逢凶化吉安然度过。张家宝在家庭生活上也非常称心如意，他的妻子竟然在时隔十几年后，以四十出头的年龄又怀了孕，这不由让张家宝喜出望外。

张家宝原来只有一个女儿，那时中国严格执行独生子女政策，规定一家只能生一个小孩。张家宝本来可以像许多有钱人一样，违反规定多生几个，大不了罚点钱款，但后来由于他头上顶着省政协委员的光环，就不能再为所欲为，必须考虑社会影响。虽然觉得没有儿子做家族继承人是人生一大缺憾，心有不甘，可是也只得罢了。时间一久，心里那块疙瘩也就逐渐消退，不再多想了。来到温哥华后，张家宝把女儿送去美国读大学，自己和老婆两人居住在西区一幢豪华别墅内。大约在今年春天，樱花盛开的季节，一天从公司回家，老婆满脸春风地告诉他说，她今天从医院检查身体回来，医生说她怀孕了。张家宝当时惊得说不出话来，怎么可能呢？老婆都已经四十出头了呀！

老婆见他呆头呆脑的样子，以为他不想要，就说："如果你不想要，就做掉。"

"要，当然要啦！"张家宝这才缓过魂来地呵呵笑道："说不定是个儿子呢？"

后来的好长一段时间里，无论从老婆的生理反应或医院各项检查的结果，都越来越明显地证实了这次老婆怀上的十有八九是张家宝梦寐以求的儿子。张家宝如获至宝，开始加倍呵护老婆。他特意请了个住家保姆到家里，加上原来每周上门三次的钟点工，家中里里外外的家务就不用老婆再干了。他一心只想让她养得健健康康的，到时给他生下个大胖儿子。那样的话，他多年辛苦积攒下来的万贯家产就有了保障，不至于落入他人之手了。

那日张家宝陪着老婆去医院做了一次例行检查，医生说一切正常，让他们夫妇俩放心。现在离预产期只剩不到两个月，张家宝心里急着想看到自己的儿子呢。和司机一起把老婆送回家之后，张家宝来到了公司，电梯到楼上后，行政秘书就告诉他说，有位刘先生来找他，已经在接待室等了他好一会儿了。张家宝一听刘先生，马上想到了刘豪杰，暗忖他登门拜访有何目的，难道是商谈海天球场另一半股份的出让事宜？这么一想，不由兴奋，迈开大步，快速朝客户接待室走去。

推开接待室的门，张家宝见到的果然是西装革履的刘豪杰。他正坐在那儿翻着一份中文报纸，见张家宝进来，立刻放下报纸站起来致意。

"啊呀，真是稀客，刘总怎么会大驾光临鄙公司啊？"张家宝满面笑容，声音十分愉快。

"有点要事，务必过来和张董事长聊一聊。"刘豪杰也微笑而言。

"快请坐，快请坐，我让他们弄些水果来吧。"张家宝说着，自己坐到刘豪杰对面。

"不必客气。"刘豪杰婉言谢绝。

"哎，刘总难得过来，总不能让你只喝一杯清茶吧。"张家宝边说，边按响了装在小会议桌边连通行政秘书座位的对讲机说："让她们送一盘水果过来。"

张家宝和刘豪杰闲聊了几句，等秘书小姐将水果盘送到后，他自己先吃了一块去皮的苹果，又让刘豪杰也尝尝。刘豪杰并未动手去碰水果，只是坐在那儿看着张家宝，眼神里弥漫着琢磨不透的光泽。

"说吧刘总，想和我聊什么？一定是很重要的事情吧？"张家宝说着，又用不锈钢小叉子取了一块苹果放进嘴里。所有水果里，他最偏爱苹果。

"我要和你聊的事非常重要。"刘豪杰收敛起脸上仅存的一丝笑意道。

"哦……?"张家宝突然意识到有什么地方不对劲，显然刘豪杰不是来和他谈球场另一半股份转让之事的，那还有什么更重要的事呢？他放下手里的叉子说："那就请刘总说来听听，这件事究竟有多重要。"

刘豪杰没有马上回话，而是从身旁的椅子里拿过他带来的公文包。他打开包，慢慢从里面取出一张纸来。他放好公文包，然后将纸从桌面上推到张家宝眼前。

"这是什么？"张家宝看着纸，不解地问。

"请张董事长仔细看看，你应该认识这张纸吧?"

张家宝伸手取过白纸，那是一张 A4 复印纸，很新，上面有几行英文字，张家宝不识英语，看不懂，他摇了摇头说："我不明白是什么，请刘总明示。"

"哦，我忘了，张董事长不懂英语，那我把上面的内容给你翻译一遍，可能你就能想起来了。"刘豪杰边说边拿回复印纸，然后把上面的英文一字一句翻译出来。

张家宝听着刘豪杰说出的句子，瞬间就变了脸色。等刘豪杰念完，重又将纸放到桌上时，他急不可耐地一把将复印纸抓过去，牢牢拽在自己手里。

"这只是复印件，原件此刻锁在我的保险柜里。"刘豪杰看着张家宝在那一刹那间的本能动作，不动声色地说。

"刘总，我不明白你这话是什么意思。"张家宝心里已经猜到了大概，但他必须要保持住态度上的镇定。他知道今天刘豪杰是来者不善，他必须冷静应付。

刘豪杰目光锐利地盯住张家宝。尽管张家宝表现出一副无所谓的样子，刘豪杰却已经看出了他若无其事外表后面的心虚和不安。刘豪杰用犀利的口气道："我想，张董事长此刻已经回想起这张字条的来龙去脉了吧?"

张家宝被刘豪杰盯得乱了阵脚，显然刘豪杰图谋已久，要过来打他个措手不及，果然奏效了。张家宝此时不免心虚，决定以退为进。他举起手在头发上挠了挠说："可能时间隔得久了，我还真有点忘记了呢……"

"那好，既然你记不住，我可以提醒你。"刘豪杰轻蔑地朝张家宝送去一个讥讽的笑容，"这张字条，是你叫朱玉文转交给一个叫山姆的白人老外的，还记得吗?"

张家宝木然地看着刘豪杰，半晌不说话。他脑子里在盘算如何回答，却又不知道该怎么回答，因为他弄不清刘豪杰怎么会掌握这些情况的，今天突然过来找他，朝他甩出这支杀手锏的目的究竟是什么？

"如果你还想不起来，那我再提醒你一个细节，那张纸条是装在一个文件袋里送过去的，而且文件袋里还装了一大笔现金。"

张家宝的面部表情完全僵硬了，已经没有办法再装出一副轻松神态来。他知道，眼前这件事，光靠躲避装傻是根本不行的，只有迎难而上了，于是他说："既然刘总已经知道这么多，不妨把话都挑明吧，你今天过来，是想达到什么目的？"

"我的目的很简单，过来救你，不让你遭受牢狱之灾。"刘豪杰毫不含糊地道。

"救我？"张家宝警惕地瞧瞧刘豪杰。

"对，救你。"刘豪杰的目光像刀刃一样，"这一刻，我想张董事长你也没必要再揣着明白装糊涂了吧？我既然特意过来找你聊这件事，就说明我已经掌握了整件事情的所有细节。你想想，现在警方真竭尽全力在侦破老杰克家的纵火案件。我可以告诉你，据我在警局的朋友透露，他们已经锁定了犯罪嫌疑人，这个人不用我说你也清楚，他的名字叫山姆，而就是这个山姆，从你手里拿到了一大笔钱和一张纸条。"

张家宝已经灰头土脸地耷拉下脑袋，深陷绝望之中，想不出用什么话来辩驳或解释。他内心清楚，这个刘豪杰绝非等闲之辈，如果他掌握了山姆放火烧毁老杰克家的证据，他一定会刨根究底，查到幕后指使人，刘豪杰今天来，显然是要治他于死地的。

"现在张董事长明白自己的处境了吗？"刘豪杰步步为营地继续说道："只要山姆被警局拘捕，他必然会供出自己是被人收买后才冒险去放火烧毁老杰克家别墅的。那么，警察接下去就会调查那个幕后指使者是谁，一旦查到，会是什么后果，我想你应该非常清楚，那可要比挪用合资公司资金之类的经济犯罪严重几十倍，如果法院判罪，恐怕至少得坐上十年二十年的牢房。"

"你刚才说要救我，怎么救？"张家宝完全明白自己眼下的处境，干脆直截了当地询问刘豪杰，想先抓住任何对自己有利的机会。

"山姆并没有和你直接接触，他甚至根本就不认识你，所以口说无凭，唯一的证据在我手里，你明白了吗？"刘豪杰说。

张家宝立刻明白了刘豪杰的意思，刘豪杰当然不会是善心大发，而是手里捏着重要证据来要挟他，向他提条件的。此时即便再不愿意，他最聪明的做法就是退让，不管刘豪杰有何要求，他看来都不能拒绝，除非自己愿意去蹲大牢。张家宝想通了之后，反而略微振作起来，抬头看着刘豪杰道："说吧，你有什么条件？"

刘豪杰严峻地逼视了张家宝几秒钟，然后说："条件非常简单，第一，把侵吞爱丽丝家的蓝天矿业股份全部完璧归赵；第二，还回海大高尔夫球场那一半的股份。"

"这个嘛……"

"听着，这没有商量的余地！"刘豪杰厉声说，"要么照我的要求做，要么我把证据交给警局的朋友，你等着他们来抓你进去，蹲上十年以上牢房，你自己选择吧。"

"你真的会知情不报？"张家宝表示不敢相信，"为什么你会放过我？"

"理由也很简单，我原本和你无冤无仇，何况山姆放的那把火没有伤及生命，事后你也对老杰克家做了经济补偿。再说了，我们还是合资公司的合伙人，需要开发公寓项目，所以，我没必要非送你进牢房。只要你答应上面两个条件，这件事就可以过去。"

"好吧，给我点时间，让我想一想，很快给你答复。"张家宝已经像只斗败的公鸡，浑身无力地认了输。

刘豪杰站起身来道："张董事长是聪明人，应该知道在一个法治国家犯了重罪会是什么结果，所以，我给你一周时间，务必抓紧把那两件事办掉，否则别怪我刘豪杰不够朋友。"

张家宝沮丧地望着刘豪杰开门走出去的背影，一下子瘫倒在椅子里。

3

张家宝整个下午一直都独自坐在办公室闷闷不乐，之前的好心情因为刘豪杰的突然出现已经荡然无存。真所谓天有不测风云，从阳光灿烂到电闪雷鸣，改变就在眨眼之间，人生真是无常啊！

眼前的处境，可以说是张家宝来到温哥华之后最凶险的，甚至可以说是他将近五十年人生历程中最可怕的。作为杀人放火重大案件的幕后指使，即便放在中国，只要证据坐实，也将难逃牢狱之灾，只不过在国内存在另一种可能，可以花钱打点买通各路关系，尽量减轻刑期，或者干脆花重金找个替死鬼去蹲上几年牢，以后再想办法将他弄出来。所谓有钱能使鬼推磨，在中国还有峰回路转，绝处逢生的机会。

然而眼下在加拿大温哥华，这是一个完全法治的社会，铁板一块的社会，几乎没有用金钱进行回旋的余地。如果恣意妄为出错了牌，甚至会罪加一等。因此，张家宝的当务之急，是不能让自己罪名成立，一定要游离于老杰克家纵火事件的案情之外，离得越远越好。那么，要做到这点，就需要和咄咄逼人的刘豪杰达成妥协。张家宝心知肚明，刘豪杰不是陆仲任，更不是赵梦雨，一旦与他为敌，张家宝无论从智慧上和实力上都未必占得了上风。从和刘豪杰有限的接触来判断，此人深藏不露，非同寻常，加上他来温哥华的年份远远久于自己，各方面的人脉关系和熟悉程度都占着优势，如果与他真刀实枪对着干，几乎毫无胜算。之前为了取得海天球场的股份，张家宝在九死一生之际采用了极端手段，总算在约定时间里完成全部老别墅的收购，应该说是险赢一招。本以为难关已过，坦途已现，不料风云突变，被对手捏住命脉，死死将住，可能导致满盘皆输的结局。

现在，刘豪杰已经明确提出了他的两个条件，他手上拿着可以置张家宝于死地的重要证据，他不是来吓唬张家宝，而是实实在在来做交易，这说明刘豪杰和张家宝一样是个生意人，就像他之前所言，他并非一定要将张家宝送入监狱，那对他没有什么实际好处，他需要的是利益，是交换，只要能让他得益，他就可以放过张家宝。这其实是给张家宝指了一条希望之路，就看张家宝自己愿不愿意去走。刘豪杰把选择权交给了张家宝，往左或往右，两只脚长在张家宝身上。

张家宝爱财，钱对他而言多多益善。他知道自己本性里有某种难以抑制的贪婪，不是为了花天酒地肆意挥霍，而是某种好胜心理。每做一单生意，他都要追求最大限度的赢面。他不服输，不愿输，为了赢，他可以不择手段，无所不用其极。凡逢和别人较量，他唯一的目标就是赢，只有打败对手，他才有一种渗透全身的愉悦感。不过张家宝并非一介武夫，他深谙谋略之道，知道何时何处该进该退。他不会莽撞，为了一时之输赢将自己逼上绝路。他懂得来日方长和好汉不吃眼前亏的道理。因此，经过一下午的深思熟虑，他初步有了决定，同意刘豪杰的条件，为了避于牢狱之灾，宁可放弃已经到手的利益，人生任何时候，财产都是身外之物，性命才是根本的。

这日晚上，张家宝回到家中，面对大腹便便的妻子，以及妻子腹中那个即将出世的大胖儿子，他认为自己做出了正确的决断，如果刘豪杰将那张字条送到警局，警察逮捕了山姆，再传唤他进去受审，那么他就有可能和眼前的妻子告别，和妻子腹中的儿子告别，这一别将会延续多久，将无从判断，这是万万不能的。这么一想，张家宝沉重的内心陡然变得轻松了。他记起了一句话：凡是能用钱摆平的事，都不算事！

夜里，睡在床上，身旁的妻子已经发出了均匀细微的鼾声，张家宝却翻来覆去无法入眠。他脑子里转悠着一个疑问：刘豪杰是怎么会得到他转交给山姆的那张字条的呢？这件事，知道经过的只有两个人，表弟韩戈平和那个女孩朱玉文，一定是他们中的一个泄露了秘密。他们为什么要把此事告诉刘豪杰呢？刘豪杰又是如何从山姆手上拿到那张原始字条的呢？张家宝在床上辗转反侧，苦苦猜测却一无所获。他决定第二天先去查问韩戈平，然后再找朱玉文。

韩戈平上午和雪雅一起陪着老杰克夫妇去本那比看了一幢独立别墅。这幢别墅并不很大，总共才两百多平米的居住面积，不过别墅附带的花园很大，比老杰克家原来的花园还要大出不少。别墅的位子也不错，离开大都会购物中心驱车大概只要十分钟，别墅附近有很大的公共绿地公园，出门不远就有便利的公共交通。雪雅已经为老杰克家物色过不下五六处地方，每次韩戈平都会陪同他们一起前往察看，不知是否因为上了年龄的关系，老杰克始终十分挑剔，每次看房，不是这儿不满意，就是那儿不舒服，不是环境太吵了，就是花园太小了。好在雪雅和韩戈平两个人的耐心都很好，能够理解老杰克夫妇的状态，都这把年纪了，总想找到一处称心如意的住宅，颐养天年。

有幸的是，这次老杰克夫妇一看到本那比的那幢别墅就十分满意。他们很喜欢那个宽大的花园，老杰克热爱养花弄草，花园面积大，他就有施展的余地，加之那个区域很安静也很整洁，不比温哥华西区的环境差。看过之后，老杰克做主就基本敲定了。

中午的时候，韩戈平因为终于替老杰克解决了住所，算是长舒一口气。这么一来，他负责替除了雪雅那三套别墅外的十七家老别墅住户寻找搬迁对象的任务，也就差不多全完成了。算是想要替自己庆祝一下吧，韩戈平就在丽晶广场旁边找了一家餐馆，请雪雅和老杰克夫妇吃了一顿不太复杂的午餐。他对雪雅的帮忙表示了感谢，也对老杰克家的配合表达了欣慰。

午餐后他驱车送走雪雅和老杰克，然后顺路去海天球场转了转，在赵梦雨那儿坐了一会儿。赵梦雨就顺便提起了刘豪杰昨天去太平洋地产集团找张家宝的事。韩戈平听了很是惊愕，他没料到刘豪杰做事如此雷厉风行，之前他提供给赵梦雨那条有关字条的线索才过去没多少日子，刘豪杰竟然已经亲手拿到了证据，可见他办事效率之高。看来，这次刘豪杰是要向表哥摊牌，彼此一较高低了。

站在韩戈平的立场，他其实非常矛盾。从正义感出发，他不应该帮着表哥，因为张家宝确实干了伤天害理的坏事，应该受到惩罚；但作为表弟，受了张家宝那么多的恩惠，他又不希望刘豪杰将表哥推入绝境。现在，刘豪杰已经掌握了把柄，如果他最后真的去揭露表哥的真相，或许后果不堪设想，而造成这严重后果的初始原因，就是韩戈平自己提供的一条线索，也就是说，是韩戈平为表哥挖了个陷阱并将他推了下去。韩戈平正那样胡思乱想着呢，表哥张家宝的电话就来了，让他办完事情马上回公司，直接去他办公室。韩戈平听表哥在电话里的口气，隐隐觉得有点不对劲，多半又有什么不顺心的事情了。他不敢怠慢，匆匆和赵梦雨告别，去停车场取了车子，加大油门直奔公司。

韩戈平急匆匆来到张家宝的办公室，推门进去后就发现表哥面色沉重，目光阴郁。等韩戈平坐下，他一直盯住韩戈平看，好像要从韩戈平脸上看出什么名堂来似的，弄得韩戈平好不自然，就先没话找话道："哥，老杰克家的事终于搞定了。"

张家宝毫无表情地应了一声，依旧审视着韩戈平。

"这次赛琳娜介绍的房子在本那比，不错的一个街区，老杰克夫妇一眼就看中了，这么一来，搬迁的事情就基本解决了。"韩戈平自顾自地把要说的话讲完。

"我问你一件事，你要如实回答。"张家宝猛地开了口。

韩戈平收住刚才的话头，脑子里猜测着表哥那么严肃的样子会问他什么事情，嗫嚅一句："好的。"

"我问你，当时我叫你翻译的那张字条，你对哪几个人说过？"

"字条？哪张字条？"韩戈平一下子没有反应过来，事实上，张家宝叫他翻译过的英文不止一次。

"就是我让你转交给朱玉文的那张。"

"哥是说那次让我写好装在文件袋里的那张？"

"对，就是那张。"

韩戈平心里有些紧张，显然，表哥对他产生了怀疑，要来兴师问罪。不过韩戈平当初把字条的事主动告诉赵梦雨后，就一直有着心理准备，总有这么一天，张家宝会问及此事。他早就想好了，一旦表哥问起，他就实话实说。从他内心而言，他应该无所畏惧。从某种角度讲，表哥的所作所为已经偏离了正道，作为爱戴他的小表弟，有责任劝善规过，这是出于一片好意。韩戈平一直在寻找一吐为快的机会，很想和表哥开诚公布地谈一谈，此刻，这个机会已经来了。韩戈平安定了自己的情绪，对张家宝说："这件事，我对梦雨说过。"

"你这个混蛋！"张家宝闻声勃然大怒，他忽地一下从座椅中跳起身来，举起拳头狠狠砸着桌面，"你，你，这种事你怎么可以告诉别人？"

"哥，你当时让我将东西交给朱玉文的时候，我没有想到会发生那么严重的后果，你告诉我是朱玉文为你介绍了一单生意。如果我当时知道真相，我一定会阻止你那样做，因为那明摆着是犯法的。"韩戈平已经有了心理准备，不再怕惹张家宝发火，所以他干脆一语挑明真相。

"你，果然是你出卖了我啊！你这个没良心的东西，你这个叛徒，你这个吃里爬外的家伙……"张家宝早已气急败坏，嘴里骂出一连串的脏话还不解气，顺手操起桌上一把裁纸刀就朝韩戈平的脸上扔过去。

韩戈平本能地将头一偏，好险，那把用力扔过来的细长裁纸刀差点就插进了韩戈平的左眼，好在他躲避及时，刀锋在他眼睑下方轻划了一下，割开一道口子。韩戈平感觉到一阵刺痛，举手摸了一下，眼睑下方渗出了鲜血，韩戈平赶紧取出一张餐巾纸捂住伤口。

张家宝丝毫都没为自己的失手感到内疚，反而更加气恼地冲着韩戈平吼道："妈的，我要是养条狗，它懂得忠诚，你这个混蛋，连条狗都不如。我照顾了你那么多年，你却为了一个女人老是和我作对，你还算不算人啊？"

韩戈平没做声。他知道张家宝此时处在歇斯底里的激动状态，什么话他都不会听进去，不如任凭他发泄，等发泄得差不多了再和他讲道理。

"你这个混账东西，对那个女人言听计从，家里的事通通往外说，你是不是存心想要陷害我去坐牢啊？"张家宝三不罢四不休地继续怒骂韩戈平，"你怎么不出声？你个混蛋，你倒是说呀，说呀！"

"哥，你那么冲动，我没法和你说话。"韩戈平道。

"放屁！我冲动？我怎么能不冲动？我一心一意照顾你，处处为你着想，没有想到你是条白眼狼，帮着外人来对付我……"

"梦雨对我来说不是外人。"韩戈平说。

"那个婊子不是外人，那我是外人？"张家宝大喊大叫。

"你不能这样骂梦雨！"韩戈平有点忍不住了。

"我骂她又怎么啦？婊子，婊子，我就骂，就骂！"张家宝已经怒火中烧，完全丧失了理智，像一只疯狗般地狂吠。

"哥，你实在太过分了！"韩戈平已经忍无可忍，不由也提高了嗓门喊道："你把赵梦雨害得还不够惨吗？你还有什么资格无缘无故骂她？"

韩戈平声音突然一响，倒是把张家宝说愣了。在他的记忆中，表弟从来没有如此大声对他叫喊过，在他面前，韩戈平始终是一只温顺的小绵羊。张家宝傻呆地看了韩戈平好一会儿，意识到韩戈平话中有话，难道赵梦雨把过去的事情都告诉他了？毕竟自己曾经做过的亏心事太多，他不得不收敛了一点，但依旧蛮横无理地举手指着韩戈平说："你这混账东西，你什么意思？嗯？今天你把话给我说清楚，否则我会对你不客气！"

韩戈平对表哥的威胁面无惧色。他已经想好了，今天必须破釜沉舟把话讲清楚，不管这会带来什么后果，他都准备接受。于是，他正义凛然地盯着张家宝说："哥，今天是你让我说的，我也就不回避了。这么多年来，我一直非常尊敬你，甚至崇拜你，我把你当做人生的榜样和楷模，我也始终对你心怀感恩，从小到大，你不仅是我最亲近的大表哥，还是我的恩人。我老是想这辈子我应该如何报答你。但是，我没有想到你会有我不认识的另一面。哥，你太贪得无厌了，你怎么可以去侵吞梦雨家的财产，霸占他们的蓝天矿业？不仅如此，为了达到目的，你竟然派人杀害梦雨的父母，梦雨的父亲可是你多年的老朋友啊！"

"胡说！我没有杀害她的父母，这完全是胡说……"张家宝大声狡辩。

"哥，你让我把话说完。"韩戈平毫不让步，"你不仅对梦雨的父母下毒手，之后在成都你还一路陷害失去了父母的梦雨，害得她不得不隐名埋姓出走他乡。后来，你又利用我找到失踪的梦雨，指使你的手下绑架了她，还打算杀害她，幸亏老天有眼，让梦雨逃脱了魔掌。哥你按着良心想想，你这样赶尽杀绝，难道不觉得过分吗？不觉得伤天害理吗？"

"你……"张家宝因为被揭穿了真相而一时哑口无言。他没有料到韩戈平掌握了那么多的情况，而在此之前他竟然只字不提，装得什么都不知道一样。这小子有这么大的忍耐力，真是不能小看他。

"哥，你已经有那么多财产了，几辈子都用不完。"韩戈平下定决心要把该说的全部说个彻底，"你听弟弟我一句，你就把蓝天矿业的股权还给梦雨吧，她是一个失去双亲孤苦伶仃的小女孩，你为什么对她没有一点怜悯之心呢？"

"她对我有怜悯之心吗？"张家宝不甘心地反驳道："她利用一切机会报复我，和她的老板勾结在一起，就想着把我送进监狱。"

韩戈平当然明白张家宝指的是哪件事，他从赵梦雨那儿得知了刘豪杰对张家宝所开出的两个条件，韩戈平觉得那是合情合理的条件，既然张家宝此时提到这件事，不如趁机劝他几句，就说道："哥，你不能这么理解，他们也未必一定非要害你，把你送入监狱。依我看，他们的目的就是想要回原本应该属于他们的东西。他们拿证据要挟你，这只是手段而已，目的是要你答应归还蓝天矿业和海天球场的股份，只要你还了，他们就不会再对你怎么样的。"

"你怎么知道？你能保证？哼！"张家宝嘴上还是那么生硬，耳朵倒是把韩戈平的话听了进去。不过，从他内心而言，他的确还不够放心，世界上的事，不怕一万就怕万一。万一他真的按刘豪杰说的去做了，满足了他那两个条件，事过之后他们还是翻脸不认人，再去检举他该怎么办？

聪明的韩戈平好像一下子看透了张家宝的心思，他不由慎重其事地对张家宝说了一番推心置腹的话："表哥，我在此为梦雨和刘总做个担保，保证在你答应了他们的条件后不会再节外生枝，保证你会平安无事。"

"哼，说得轻巧，你拿什么来担保？就凭你一张嘴？"张家宝轻蔑地冷笑。

"不，我拿自己来抵押担保。"

"你？抵押担保？"张家宝不明白。

"如果他们不守信誉，在你履行承诺后依旧不放过你的话，哥，到时候我会替你顶罪。"韩戈平毫不含糊地说。

"你替我顶罪？"张家宝捉摸着韩戈平的意思，内心为之一动。他记起来，之前韩戈平也有过一次类似的表态。

"对，那张字条是唯一可以证明你买通山姆纵火的证据，那张字条上是我的笔迹对吗？表哥你根本不懂英语，不可能写出那张字条，所以，那个幕后指使人就是我韩戈平，是我急于要完成你交给我的任务，想要按时让老杰克搬走，才通过朱玉文收买了山姆，是我花钱让他放火烧了老杰克的家。"韩戈平讲这些话的时候，神态特别冷静，一副深思熟虑，视死如归的样子。

"你真会那样做？"张家宝将信将疑，"你难道不怕去坐牢？"

"坐牢我当然怕，但到了万不得已时，我只有面对。"

"你要替我顶罪，为什么？"

"不为什么，我刚从说了，哥你对我恩重如山，我一直无以报答，如果这次需要我以这种方式来报答你，我会毫不犹豫。"韩戈平极为认真地说："只要你真的做到了你该做的，我付出什么代价都愿意。"

张家宝从韩戈平坚定不移的神色和落地有声的语句中，已经完全相信了他的决心，张家宝很了解这个表弟，他从不玩虚招，向来言出必行，言行一致。为了那个赵梦雨也为了报恩张家宝，他真的会去顶罪，去坐牢，义无反顾。这一瞬间，张家宝内心里泛起一阵感动的暗流。他默默无声地摇了摇头，再朝着韩戈平挥挥手，意思是让他先出去。确实，张家宝非常需要独自冷静一下。

4

虽然韩戈平明确表达了他在万不得已时心甘情愿去替张家宝顶罪，以免除表哥的牢狱之灾，但张家宝想到单凭刘豪杰手里那一张纸条，就要他放弃到手已久的蓝天矿业以及收入囊中的海天球场股权，无论如何都是于心不甘的。现在的问题是，假如不答应刘豪杰那两个条件，刘豪杰一定不会放过他，只要刘豪杰将字条送去警局，山姆随时随地会被拘捕，紧接着张家宝的麻烦也就随之而来。如果他并未履行自己对刘豪杰的承诺，没有归还蓝天矿业和海天球场的股权，那么韩戈平也不会出面替他顶罪，摆到张家宝面前的除了坐牢就不会有另一条路了。那么，如何才能让自己绝处逢生呢？

张家宝挖空心思想了老半天，突然记起一个人来。这个人大家都叫他老开，是一个香港人，在香港回归大陆前几年随大批港人一起移民到加拿大的。张家宝在一次地产协会举办的商业宴会上碰到老开，和他相邻而坐，彼此交换了名片。老开做的是纯地产生意，买卖土地，这个人能说会道，十分活络，看上去不是普通的生意人。他曾向张家宝吹嘘，在大温地区什么都搞得定，说他自己白道黑道两头通吃，哪天张家宝在温哥华遇到什么麻烦可以去找他，他一定鼎力帮忙。当时张家宝也是听过算过，他混迹商场那么多年，什么人没碰到过？说大话的，吹大牛的，装模作样的，煞有介事的，各种各样的人多了去了。

此刻突然想到老开，倒是像往张家宝的血管里输入了一管兴奋剂，顿时令他精神一振。可不可以从老开那儿找到一条生路呢？对张家宝而言，这就像是掉进河里之后意外发现了一块在不远处漂浮的木板，如果能抓到它，或许就不至于淹死了。张家宝迅速找出了老开给他的那张名片，按着上面印着的电话号码打了过去。

对方很快就应答了，口气很陌生地问："你是谁，有什么事？"

张家宝忙做自我介绍说："我是太平洋地产集团的张家宝呀，上次宴会上我就坐在你边上，我们交换过名片。"

"哦，是张董事长啊，我记起来了，久违了久违了。"老开的语气一下子变得非常客气。

他问张家宝怎么突然打电话给他，是不是有重要事情？

张家宝表示确实有非常重要的事情要和对方商量，但这事不便在电话里说，问老开有没有时间一起吃顿饭。当然，是张家宝请客。老开倒是非常爽快，说他没问题，看张家宝什么时候方便都行。张家宝不想拖延时间，能快则快，就约老开当天晚上一起去吃日本料理。

晚上两个人在 Downtownd 一家高级日料店见了面。张家宝点了一瓶价格不菲的清酒，就着各式生鱼片边吃边聊。酒过三巡，张家宝问老开上次说认识黑道的人，是真是假？

"当然是真。"老开拍着胸脯说，"你要办哪一类事情？不妨直说，我给你介绍道上的人。"

张家宝随即编了个故事，说有人欠了他一大笔钱，赖着不还，他需要教训一下那个无赖。

"这个容易，"老开说："我给你介绍大耳窿吧，他是个狠角色，欠债不还这类事，很多人都找他去摆平。"

"这个大耳窿可靠么？"张家宝略显迟疑地问。

"非常可靠，不过他收费也不便宜哦。"老开提醒说。

"只要做事可靠，钱不是问题。"张家宝表示道。

"你想什么时候找大耳窿？"老开问。

"越快越好，最好是这两天。"张家宝现出很急切的样子说。

"那行，我现在就打电话问问，看能不能今晚就去他那儿。"老开对这件事很起劲，一说完就拿出手机来拨号码，不一会儿电话接通了，老开用流畅的英语和对方聊了一阵。挂断手机，老开说："他今晚正好空着，我们吃完饭就过去见他吧。"

晚上九点左右，张家宝让司机驾车，载着他和老开从 Downtown 出发直接去见大耳窿。

大耳窿的居所在列治文一幢老公寓内。老开带着张家宝坐电梯径直到达这座八层公寓的顶楼。电梯门一开，就见两个彪形大汉迎面走过来，老开显然和他们认识，一边微笑一边和他们用英语打招呼。两个大汉凶神恶煞般瞪着陌生的张家宝，搜了他的身，然后由其中一个带他们走进一扇门内。里面是一个很大的套房，宽大的客厅里坐着三四个手臂上纹着花纹的男人，正聚在一张桌边玩牌，烟灰缸里塞满了烟蒂，空气很浑浊，张家宝不由咳嗽了几下。带他们进来的大汉推开客厅最里面的那扇门，张家宝就看到了坐在沙发里喝着酒的大耳窿。叫他大耳窿，原来是因为这个老外长着两只比常人大得多的耳朵，耳郭特别宽，耳垂特别肥。他看上去四十出头，光头，浓眉，圆脸，粗脖，身体非常壮实，就像一头西班牙斗牛。

大耳窿见到老开，表现得算是客气。他从沙发里站起身，和老开握了握手，笑嘻嘻寒暄了几句，然后老开介绍了张家宝，大耳窿就换成戒备的目光上下打量了张家宝一番。

"我已经向他介绍了你的情况，你和他慢慢谈，我先到外面去。"老开对张家宝说完，冲着大耳窿做了个手势，表示他懂得规矩，先出去。张家宝心里急了，心想我不会说英语啊，怎么和眼前这个人对话呢？没等他留住老开，老开已经走了出去，还关上了门。

大耳窿复又坐下，伸手指指旁边一张单人沙发，示意张家宝坐在那儿。然后，他突然用中文问张家宝："找我有什么事？"

张家宝这一惊非同小可，明明是个老外，怎么会讲中文？他愣愣地看着大耳窿，缓不过神来。隔了足有半分钟，他自言自语般道："这位先生会讲中文？"

"唔，这不算什么，我小时候在台湾长大的。"大耳窿显然看出了张家宝的惊讶。

"哦，原来这样啊。"张家宝叹道，怪不得老开留下他一个人。

"听老开说，你需要我们替你讨债？"大耳窿的中文讲得非常好，"那个人叫什么名字？住在哪儿？总共欠了你多少钱？"

"我需要你们替我惩罚那个人，不是讨钱。"张家宝试探道。

"你要我们揍他一顿？"大耳窿眼里闪过一丝笑意："那正是我们的特长。"

"我说的那个人叫山姆，好像就住在列治文。"张家宝没有到过山姆的家，不知道具体地址，只是记得韩戈平说过，那个和朱玉文搞假结婚的老外住在列治文。

"你不会说那个赌棍山姆吧？"大耳窿一下子坐直了身子，冲着张家宝问。

"你知道这个人？"张家宝非常意外，他说："我不知道是不是同一个人，但我说的那个山姆确实是个赌棍。"

"肯定是他，天天泡在赌场里，经常欠债不还的，一定是他。"大耳窿很有把握地说。

"那你们应该知道他住哪里吧？"

"当然知道，我们之前揍过他不止一次。"大耳窿不知为何忽然哈哈大笑起来。等笑完之后他说："这小子，算是和我有缘，又要落在我手里了，这次要揍得再狠一点。"

"你们只局限于揍人吗？"张家宝有意图地问了一句。

"你什么意思？"大耳聋一下警惕起来，盯住张家宝道："你还想怎么样？"

"我的目的不仅仅是揍他一顿。"张家宝觉得不得不摊牌。

"你是要我们砍掉他一只胳膊还是一只脚？那和揍一顿的价格是完全不同的哦！"

"说吧，什么价？"

"要斩胳膊砍腿，那少说也得2万。"大耳窿随口答道，他并不相信张家宝真会要求那样做。

"如果我要你们做掉他呢？"

"什么什么？你是说要他的命？"大耳窿这下惊得张开大嘴。

"对，如果替我做掉他，要多少？"张家宝冷冷地问。

"等等，这位先生你不是在开玩笑吧？"大耳窿眯起眼睛，猜疑地打量张家宝。

"不，我不开玩笑，你开个价，做掉山姆要多少？"张家宝说得十分镇定，丝毫没有开玩笑的意思。

大耳窿长长地吸了一口气，身子往沙发上一靠，目光尖利，一动不动瞧着张家宝。半晌之后，他慢慢举起一只手，张开五个手指，在张家宝眼前晃了晃。

"行，我们成交。"张家宝毫不犹豫地说。

"先付一半，事成之后再付一半。"大耳窿开出了条件。

"我会一次全部付清，我相信你们一定会把事情做干净。"张家宝道。

"好，爽快！"大耳聋很满意张家宝的态度，"说吧，需要我们什么时候动手？"

"越快越好，明天我就带钱过来。"张家宝说完站起了身。

在司机送他回家的路上，张家宝私下琢磨着，如果大耳窿真的顺利得手，那么他就等于是釜底抽薪。山姆一死，作案人无从对质，刘豪杰手上那张字条立马就成了废纸一张，对张家宝再也构不成任何威胁了，看他还怎么神气活现。张家宝倒是很想看看刘豪杰和赵梦雨那副失落绝望的模样。

就在张家宝见过大耳窿后的第三天晚上，山姆在河石赌场输了一大笔钱后，跑到一家酒吧喝得烂醉。深夜时分，他一个人醉醺醺地返回家中，一直不知道后面有人紧紧跟着他。当他来到住宅附近，就在离家不到五十公尺的马路边摇摇晃晃走着时，突然被一辆疾驶而来的皮卡车狠狠撞击了一下。山姆腾空飞起足有几公尺高，然后笔直摔在路边的草丛里，顿时不省人事。第二天一早，他被路过的行人发现，他们聚拢来查看究竟，发现这个满身酒气的人已经断了气，像一副破旧的皮囊被随意扔在路边。山姆，这个以赌为生的男人稀里糊涂地离开了尘世，不知上了天堂还是下了地狱。

路人一报警，警车几分钟后就赶到了。约过了半天之后，警察确认了山姆的身份，并很快就查询到他的住址。接着，他们找到了朱玉文。

警察登门拜访的时候，朱玉文吓得不轻，以为是假结婚的事情败露了。警察见山姆的妻子是如此年轻一个华人，不由也非常惊讶。不过他们并未对朱玉文多加盘查，只是寻问山姆是不是她丈夫？

出于条件反射，朱玉文一个劲点头。于是警察告诉她说，山姆，你的丈夫，昨天晚上因为一起车祸死了，现在需要她去停尸房辩认那具尸体。

朱玉文似懂非懂地听着警察的讲述，等她完全理解了他们的意思，得知山姆突然暴死，早已唬得魂飞魄散，让她一个人去见死人，她怎么有这胆子？朱玉文血脉阻塞，手脚冰凉，呆呆站了好一会儿后，她灵机一动，颤颤巍巍打了个电话给韩戈平。

"你，你赶快过来帮帮我好吗？"朱玉文声音颤抖，满带哭腔。

"发生什么事了？"韩戈平不明白朱玉文忽然来电叫他过去为了什么。

"山姆死啦，现在警察来找我……"朱玉文说着已经呜呜哭出了声。

韩戈平突然间听到山姆的死讯，不免大惊失色。他让朱玉文不要急，慢慢说。朱玉文就简单按之前警察的说法叙述一遍，然后央求韩戈平陪她同去警局。她说："我说不好英语，万一警察要问话，我不一定能听懂，你在的话，可以帮忙翻译。"

"那好吧，你现在是在山姆家吗？"韩戈平要问清楚。

"是的，你快过来好吗？"朱玉文又哭起来。

他答应朱玉文立刻赶过去，不管怎么样，朱玉文这个时候身边确实需要一个熟悉的人，作为曾经多年的同事，韩戈平觉得自己义不容辞应该帮她一把。尽管他对朱玉文一贯没有什么好印象，但毕竟眼下她一个人在温哥华，遇到这样倒霉的事，还是很可怜的。他让朱玉文先跟着警察去警局，说他保证随后就到。

半个小时后，朱玉文和韩戈平先后来到了医院。在当事警官带领下，两人一起去停尸房。在那里，他们看到了山姆的遗体，确认无误之后，负责该案的警官解释说，这基本可以断定是一次交通事故，据推测，昨夜山姆喝醉了酒，不小心窜上了马路，被快速驶过的车子撞飞，当场死亡。

他们又一起到了警局。在警局办公室，警察例行公事地问了朱玉文一些问题，朱玉文疙疙瘩瘩地回答了一半，另外不太理解的部分，韩戈平及时做了翻译。幸运的是，警察似乎并不关心朱玉文和山姆之间的婚姻有否可疑之点，可能他们觉得这是移民局的工作范围，没有必要多管闲事。等把该了解的内容都问清楚，一一记录在案后，警官就客气地让朱玉文回家了。

坐上韩戈平的车子，朱玉文余惊未消。她一直抓住韩戈平的胳膊不放，好像生怕被丢弃掉一般。韩戈平理解此刻朱玉文的心情，就任凭她去。朱玉文拜托韩戈平道："你陪我一起去山姆的家里吧，我想去收拾一下东西。"

"你要搬走？"韩戈平问。

"嗯，突然发生了这么可怕的事情，我怎么敢再独自一人留在那儿？"

韩戈平表示理解地点点头。

"况且，现在山姆已死，不存在同居的条件，我住在那儿已经毫无意义了。"朱玉文战战兢兢地说。

"说得也是。"韩戈平同意朱玉文的想法，"那我这就帮你去把东西搬走。"

来到山姆的住处，朱玉文迫不及待冲进自己房间，让韩戈平替她把自己所有的东西全部装进房间里那两只旅行箱里。两个人忙活了一阵，将一大一小两只行李箱装得满满的，然后塞进韩戈平车子的后备厢。韩戈平坐到驾驶位发动了车子，等着朱玉文出来。

朱玉文将客厅、厨房和浴室再次查看了一遍，手里拿着一个塑料袋，把遗漏掉的，今后能用到的小东西一件件装入袋内，而后走到外面，将门锁上。

当车子离开山姆家的时候，朱玉文突然感觉到一阵由衷的轻松，她终于可以不回这个压抑的地方了。这段住在山姆家的经历，可以说是一场讨厌的噩梦，令朱玉文没有想到的是，竟然会以一个更可怕的梦来将它结束掉。

5

张家宝自从把钱送到大耳窿手里后，就一直心神不定地等着结果。大耳窿当着他的面，嘭嘭嘭拍了好几下胸脯，说他历来干的是拿人钱财替人消灾的活，在道上也不是混了一天两天了，不信张家宝可以去打听，大温地区道上的人有哪个不知道他大耳窿从来就是言出必行的。他让张家宝一百个放心，所托之事一定会做到，张家宝只要安安心心坐在家里听好消息就是了。

果然，张家宝很快就得到了山姆出车祸的消息。事发第二天，这起交通事故还上了加拿大几个中文网站的新闻栏目，连中文电视节目里也播出了。张家宝心里清楚得很，这绝不是一桩普通的交通肇事，而是大耳窿拿钱之后兑现了承诺。张家宝不得不佩服大耳窿的行事方法，选择了一种最不容易被侦破的方式了结了山姆的生命。如今，从警方的判断来看，这就是一起醉汉不慎闯上马路，被快速驶过的车子撞到路边摔死的案子。警方认为当时的驾驶员应该属于正常行驶，并没有违反交通规则。现在的情况是，当事驾驶员已经不知去向，不知属于故意肇事逃逸还是根本不知车子撞了人，加之马路现场也没有留下任何值得借鉴的证据材料，警方除了希望目击者提供信息外，也就不愿意再花大力气派员去查个一清二楚。按照当地的法规，擅自闯入行车道致死，应该责任自负，也就是说，山姆是自寻死路。

既然山姆已除，可以指控张家宝是老杰克家纵火案幕后指使人的最重要证人就消失了，死人不会开口，一切指控都将死无对证。那么，从此就可以高枕无忧了吗？张家宝并没有那么肯定，因为那张字条还在刘豪杰手里。虽然说字条上没有山姆的名字，但如果与字条相关的证人还在，就存在着某种隐患。整个事件的链条上有四个人，张家宝，韩戈平，朱玉文，山姆。起点和终点这两头已经毫无问题，中间两环中，本来韩戈平作为张家宝最宠爱的小表弟，根本用不着担心，但如今他对赵梦雨着迷得神魂颠倒，接连发生的几件事情上，他几乎都站在了张家宝的对立面，不管有意无意，做出来的举动都损害了张家宝的利益，因此，张家宝不敢掉以轻心，万一这个陷在爱河里的表弟翻脸不认人，在关键时刻帮着赵梦雨加害自己，那就防不胜防了。

张家宝反复思考之后，决定还是要先搞定剩下的一个环节朱玉文，如果她对字条的事情守口如瓶，完全站在自己一边，那么即便韩戈平倒向赵梦雨和刘豪杰一方，也难以对他构成威胁。光凭韩戈平一个人，是无法成为纵火事件证人的。

张家宝于是就打电话给朱玉文，再次约她到了香格里拉酒店的客房里碰个面。

朱玉文最近几天的情绪一直很阴郁低沉，山姆的突然暴毙将她吓坏了，人的生命如此脆弱，生死似乎就在一步之遥。好长一段时间内，朱玉文虽然每晚住在山姆家里，其实和他没有进一步的接触交往。说是同居一套公寓房内，两个人其实很少照面。山姆早出晚归，比正常上班的人待在家里的时间还少。朱玉文只是在清晨和夜晚两个时间段，能从自己的房间里听到他走来走去的声音。极为偶然的时候，两个人会在厨房或客厅打个照面，多半是相逢一笑，擦肩而过。即便如此，山姆对朱玉文而言总是一个活生生的存在，不管是作为假结婚的对象，还是一个酒鬼加赌棍的颓废男人。可是现在呢？这个山姆突然之间就从这个世界上消失了，再也不会满身酒气地回到那套公寓里去。

搬离山姆家之后，朱玉文反而经常会想到他。每次想到他时，她的心里就充满了恐惧和担忧。山姆是正儿八经的加拿大公民，土生土长的卑诗省人，从某种意义上说，山姆是她能够长期居留在温哥华的唯一保障，只要移民局不怀疑她的婚姻作假，作为他的合法妻子，她朱玉文迟早会拿到加拿大的永久居民身份即枫叶卡。到了那个时候，朱玉文即便离开了山姆，居留权的问题也得到了解决，可以一劳永逸了。然而，忽然风云突变，山姆死了，那她的枫叶卡会受到影响吗？就像本来有一堵墙可以靠着，虽说墙体不那么结实，只要自己小心一点，还是能支撑一下身体，现在那堵墙倒塌了，她没了依靠，会不会倒下去呢？朱玉文在接到张家宝的电话时，立马就想好了，见到张家宝之后要立即问问这件事，山姆的死会不会给她的枫叶卡带来麻烦？

朱玉文按时来到了 Downtowm 香格里拉酒店 18 楼的那间客房。她还记得，上次张家宝见她也是在同一个房间，估计那个房间是张家宝长期包下的吧？这回，朱玉文敲门进去时，不再有其它稀奇古怪的想法了。朱玉文已经相信，张家宝始终对她没有非分之想。她猜测张家宝多半是有原由才找她到这里来，谈的事肯定和上次一样是不能外泄的。

果然，张家宝笑眯眯拉开门，将朱玉文让进里面。他衣着整齐，仍然一副正人君子的样子，客客气气请她入座，问朱玉文喜欢喝什么，然后为她端上饮料。

"山姆的事，我都听说了。"等两个人相邻坐下后，张家宝说。

"吓死我了，怎么会发生这样的事？"朱玉文没料到张家宝一开口就提山姆，其实一提到山姆，她背脊上就会滑过一丝凉意。

"是啊，太突然了，这个山姆真是倒霉。"

"警察说，是喝醉了酒被撞死的。"

"是啊，酒害死了他。"张家宝挪了挪身子，让自己更舒服地朝向朱玉文，"听戈平说，你把东西都从那里搬走了？"

"当然啦，我哪敢再住在那个鬼地方啊！"朱玉文急切声明道，她怕张家宝会对她提出要求，让她搬回去。

"搬出去也好，反正山姆已经不在了，你住那里意义也不大，没有人会要求你非一个人守在那间公寓里不可。"

朱玉文偷偷舒了口气，她担心的事情没有出现，既然张家宝这么说了，应该移民公司那头也不会有问题吧。上次就是他们坚持要她搬到山姆家去住的。她想趁此机会把这几日困扰多时的疑问说出来，让张家宝分析解答一番，就一本正经问张家宝说："表哥，山姆这么一死，会影响到我的枫叶卡吗？"

"通常应该不会吧。"张家宝其实心里也没把握，只能凭猜测而言，"不管他活着还是死了，在表面上你和他都存在婚姻关系，对吧？移民局应该没有理由因为丈夫死了，就无缘无故把家属赶走吧？再说，移民局也不一定知道山姆已经死了。"

朱玉文默然点了点头，她当然希望能够如张家宝之言。不过，也不知道张家宝的话有几层把握。她想了想，对张家宝提了个要求说："表哥，麻烦你婉转地向移民公司打听一下吧，为这事我总有点心神不定。"

"行，没问题，我替你问一下。"张家宝一口答应下来。

朱玉文向张家宝道了声谢谢，然后问："表哥今天叫我来这里，一定有什么事吗？"

张家宝瞧瞧朱玉文，嗯了一声，好像在思考该怎么说比较合适。他停顿了好一会儿，然后往沙发里一靠，慢条斯理地道："小朱啊，其实我担心的并不是山姆的死会影响到你的枫叶卡，我担心的是另一件事。"

"哦？"朱玉文闻声竖起了耳朵。

"据我得到的消息，好像温哥华警方正在全力以赴侦查海天球场边上那幢老别墅被烧毁的案件。"张家宝边说边瞄着朱玉文，看她有什么反应。

朱玉文其实已经从刘豪杰和陆仲仁那儿知道了这件事，此刻她并不想让张家宝知道这情况，就装模作样地问："他们查到什么了吗？"

"据说，线索正指向山姆呢！"

"真的吗？"朱玉文继续假装大吃一惊。

"是啊，也算老天有眼，就在这关键时刻让山姆去见了上帝，否则就麻烦大了。"

"表哥的意思是……？"

"如果警方抓到了山姆，你的麻烦可就大了。"

"我吗？为什么？"朱玉文觉得张家宝这句话说得有些过分，要说有麻烦，到时候还不是你自己吗？这件事是你挑起的呀，我不过替你带个信而已。当然，她不会把想法说出来，只堆出满脸的困惑不解，直愣愣盯着张家宝，等待他的解释。

张家宝今天约朱玉文见面的目的，就是想要封住她的口，让朱玉文任何时候都不能承认对山姆纵火的事情曾经和他有过私下沟通。他这样做，是防患于未然，万一负责纵火案的警察确认了是山姆作的案，顺藤摸瓜查到朱玉文头上，估计这个小姑娘到时会吓得手忙脚乱，一旦被叫到了警局，肯定经不住盘问，多半会把一切来龙去脉都讲出来，这个隐患显然太大了，他张家宝不得不防。他在心里盘算了一番后对朱玉文说："你想想，只有你每天晚上都和山姆在一起，了解他进进出出的情况，山姆作案之前，肯定有所准备，不可能不露一点蛛丝马迹，警察如果想了解细节，他们不找你了解又能找谁？"

"你是说，警察早晚会找到我头上？"

"完全可能，所以你必须要有充分准备。"

"万一他们找我，表哥的意思我该怎么办？"朱玉文确实担心会出现那样的情况。

"这就是我今天找你来的原因。我必须提醒你，一定要撇清和这件事的关系。"张家宝直视着朱玉文茫然的表情说："这件事情可能会变得非常复杂和可怕，如果我们不想好保护自己的计策，不仅你，连我也会受牵连。"

朱玉文暗想，你终于还是把自己也放进去了。

"本来嘛，山姆突然出了交通事故，这件事就成了无头案，"张家宝继续对朱玉文解释道："但是现在有了一个新的情况，海天球场的刘总不知从何处搞到了当初你转交给山姆的那张字条，他现在正用那张字条在做文章，目的是让我把球场的股份还给他，否则他就要把字条交给警方。"

朱玉文的面色唰地变了，那张字条正是自己找出来交给陆仲仁的，张家宝难道已经知道了这件事，今天来质问她的？她不敢正视张家宝的眼睛，假装喉咙发痒，转过脸去咳嗽了几声，然后从茶几上抽了一张餐巾纸擦擦嘴巴。

张家宝已经觉察到了朱玉文神态中的异常，故意暗示说："我并不是在追究那张字条怎么会落到刘豪杰手里去的，那已经没有意义了，我要考虑的，是事情到了这个地步之后，我们如何来应付最坏的局面。"

"最坏局面？"朱玉文忍不住应了一句。她庆幸张家宝没有追究字条的事。

"对，"张家宝看着一直在躲避他目光的朱玉文说："小朱，有一点你必须明白，在这件事情上，你和我是在一条船上的。一旦刘豪杰真的把字条交给警方，警察一定会追查到底，到时候我们都脱不了干系。你不要认为山姆放火的事与你无关，话是你传的，字条和钱也是你给他的，在警察眼里，你和我就是同谋犯。明白吗？"

朱玉文被这几句提醒吓坏了，想想也是，最初就是在这个房间里，张家宝说出了他需要朱玉文去试探山姆，敢不敢为了钱去放一把火，朱玉文确实替张家宝传了话，后来又是她从韩戈平手里接过了钱和字条交给山姆的，万一警察来查，她怎么逃得过？更何况，为了这件事她还从张家宝手里拿了报酬，她敢说这件事和她无关吗？这么一细想，朱玉文觉得事情非常严重了，不由忧心忡忡地问张家宝："表哥，那万一警察来找我，我该怎么办才好？"

"只有一个办法，你必须要保住我，只有保住了我，才能保住你自己。"张家宝好像早就想好了该怎么回答朱玉文。

"表哥，我不太明白你的话。"

"你想，如果让警察知道了那件事是我策划的，那么我肯定会被抓，到时候我不得不交代出整个过程，包括我们两个人如何在这里商谈这件事，你如何传话给山姆，后来又把东西交给山姆等等。"张家宝很有心计地准备好了一套话。他观察到了朱玉文掩饰不住的惊恐，继续道："那样的话，警察怎么可能放过你呢，弄不好连假结婚的事也会被连带查出来。所以，为了你，也为了我，你必须先保住我，只要警察不来找我麻烦，那些我知道的事情警察就不会知道了，懂了吗？"

朱玉文当然懂了，张家宝明摆着是在警告她甚至是威胁她。张家宝的意思，他们两个是一条绳上的蚂蚱，不是同生就是共死，只要警察找张家宝麻烦，他一定会把这把火引到朱玉文身上，所以朱玉文不能抱任何幻想也不应存有一丝侥幸心理。朱玉文知道张家宝这个人厉害得很，他一定会说得出做得到，因此除了听他的话，按他的吩咐去做，朱玉文别无选择。

"我明白了表哥，你说吧，万一警察找到我，我该怎么做？"朱玉文想透了，反而镇定下来，不再躲避张家宝的目光了。

"一句都不能提到我，万一警察提示你，你也必须死死咬住这件事和我毫无关系，记住，这是关键的关键。"张家宝说得斩钉截铁。

"可是，警察如果问那张字条是哪里来的，我怎么回答啊？"朱玉文想，我可以不提到你，但警察是一定会问到字条的来源的。

"这个嘛，其实很简单，你就说是韩戈平给了你一个文件袋，让你转交给山姆，那个文件袋是封了口的，因此你并不知道文件袋里有什么东西。你做的唯一一件事，就是替韩戈平转交东西，其它一概不知。这样一来，你就和山姆放火的事毫无关联了。"

"可是，这……，这样做行吗？"朱玉文心里像被猫爪子抓了一把，顿时抽紧了。她明白了张家宝的意图，这太离谱了。

"没有什么行不行的，为了不引火烧身，这是你唯一能做的，明白吗？"张家宝说这些话时，表情僵硬刻板，"你必须一字不差地按我教你的话说，否则，我就不能保证你不会去蹲监狱了。"

"可是，那样一来，戈平不就要被卷进去了吗？"朱玉文这么担心着，脱口而出。

"到了这地步，你还替别人着想？还是先保住自己吧。"张家宝答得冷若冰霜，好像韩戈平是一个和他毫不相识的陌生人。

朱玉文注视着张家宝毫无表情的脸，顿时感到一股寒气袭来，差点把她身体内所有流淌着的血液都冻住了。她打了个哆嗦，嘴唇都变白了，有一个声音在连续敲击她的耳膜：可怕，可怕，太可怕了！

第二十一章

1

赵梦雨是从韩戈平那儿得知山姆死讯的。那日中午，赵梦雨刚刚从球场培训部开完会议回到自己的办公室。最近，海天球场正筹划成立一个少年的高尔夫训练营，目标对象瞄准了居住在大温地区的大陆移民子女，当然都是一些家境殷实的投资移民。这是赵梦雨提出的想法，这个建议立刻被刘豪杰接受了，觉得这是非常有价值和远见的创意，将成为海天球场的又一个亮点，也使球场拓展出一项新的业务。赵梦雨计划着，要加快时间把郑小兰等几个上海金银湖球场的骨干球童邀请过来，只要刘豪杰把被张家宝拿走的一半球场股份取回来，夺回球场的控制权，她就要好好大干一番。

韩戈平急匆匆闯进赵梦雨办公室时，赵梦雨很是吃惊。她从韩戈平的脸上看到了某种不祥，果然，韩戈平一开口就把她说愣了。

"梦雨，发生了一件意外的事，山姆死了。"韩戈平不等坐下就急匆匆说道。

"山姆？哪个山姆？"赵梦雨对山姆并不熟悉，脑子一下子转不过来。

"就是朱玉文的假结婚对象。"

"你是说那个纵火嫌疑人？"

"对，就是他。"

赵梦雨立刻意识到此事非同小可，赶紧让韩戈平详细介绍了一遍情况。听毕，她决定立即要将此事告诉刘豪杰。

赵梦雨打电话给刘豪杰的时候，他正和几个大陆来的客人在卑诗大学附近的一家餐厅就餐，得知这个消息后，他认为事情相当严重，本来他餐后还要陪客人参观大学城的，这时就临时决定让手下代劳，自己驾了车匆匆忙忙就回到了球场。

赵梦雨陪着韩戈平到玻璃餐厅简单吃了午餐，两个人回到办公室，在等刘豪杰回来。三个人见面之后，韩戈平又将先前对赵梦雨所讲过的话对刘豪杰重复了一遍。刘豪杰听后沉默不语，脸色阴沉地坐在那里，半晌才开了口："这件事太过蹊跷了，怎么偏偏在这个时候，山姆会出车祸呢？"

"你怀疑不是车祸？"赵梦雨刚才一直在注意刘豪杰的脸色，这个通常处变不惊的人此刻显得很是烦躁。

"车祸是肯定的，警察都已经定案了。"韩戈平解释说。

"表面上看肯定是的。"刘豪杰答了一句，接着又闭口不语了。

赵梦雨知道刘豪杰在思索问题，就暗示韩戈平不要出声，让刘豪杰静一静。果然，隔了片刻后，刘豪杰突然站起身来问韩戈平说："杰姆斯，你表哥此时在公司吗？"

"应该在吧，他今天好像没有外出安排。"韩戈平说。

"爱丽丝，我们现在就过去见他。"刘豪杰似乎已经有了想法。

赵梦雨想问为什么这样着急，随即又打消了这个念头。她一贯相信老板，他每做一件事都不会是心血来潮，大都深思熟虑过，此刻他急于去找张家宝，肯定有他的打算。她马上简单整理了一下东西，拎上手提包，就打算跟刘豪杰出门。

"我和你们一起走吧，我正好要回 Downtown。"韩戈平也站起身来。

刘豪杰和赵梦雨到达太平洋地产集团时，正值张家宝午休时间，前台秘书小姐见有客人来访，也不敢去打扰张家宝，说张董事长这会儿可能在休息，就想引他们先去接待室稍事等待。一旁的韩戈平朝她使了个眼色说："你直接带他们去董事长办公室，他们有要紧的事情。"

"这……"前台秘书犹豫不决。

"叫你去就去，有什么我来担着。"韩戈平知道公司的员工十有八九都怕表哥，所以安慰她一下。

前台秘书这才勉勉强强地带着刘豪杰和赵梦雨径直去往张家宝的办公室。

韩戈平悄声对赵梦雨说："你们过去吧，我就不陪你们了。"

赵梦雨点点头，她知道韩戈平是故意回避，这种场合所谈的事情，他在场反而不方便。韩戈平就再和刘豪杰打了个招呼，离开他们去了自己的办公室。

前台秘书来到张家宝的办公室门外，举手勾起食指，提心吊胆地在门上轻轻敲了两下，听听里面没有反应，就再加重力度又敲了两下，这才听到里面传来张家宝的声音，问是谁，有什么事？秘书战战兢兢报告说有两位客户有急事求见。她的声音微微发颤，看得出她很害怕，或许之前有过类似的情况结果挨了骂，心有余悸。

里面有一阵无声无息，接着传来张家宝的喊声："进来吧。"

秘书旋开门把推开门，欠身让刘豪杰和赵梦雨进去，自己则退到一边，等他们进去后赶紧将门关上，在走廊里，她将手捂住胸口，长长地吐了口气。

张家宝猛一见刘豪杰和赵梦雨同时出现在眼前不免诧异，不过短短两三秒之后他就定下神来，堆出一脸笑容迎上前来道："呦，你们两个今天怎么一起过来啊？稀罕稀罕。"

刘豪杰展眉道："午休时间过来打扰你，不好意思。"

"哪里哪里，你们快快请坐，我让他们送咖啡水果来。"张家宝走过去像是要按铃。

"不必不必，我们很快就走。"刘豪杰阻止说。

"哦，这么急啊？"张家宝假惺惺地转回身来："不知两位找我有何重要事情呢？不过事情再急，总要坐下说吧，来来，请坐刘总，还有你，小雨。"

刘豪杰和赵梦雨互相对视一眼，就势坐了下来。张家宝也回到他的大班椅那儿。他扫视着两个来客，再次问他们过来找他有何贵干？

"张董事长，你应该不会忘记我们之前的约定吧？"刘豪杰开口了。

"约定？刘总啊，我们之前有过好几个约定呢，我不知道你是指哪一个，是不是那个你尽快把海天球场另外一半股份卖给我的约定啊？"张家宝似笑非笑地回答着。

刘豪杰的脸色唰地变了，张家宝这是揣着明白装糊涂啊。他强忍住内里直往上窜的火苗，努力让自己不显出激动，淡然笑道："张董事长不会忘记了那张字条的事吧？你上次是怎么答应的？"

"字条的事？我当然没有忘记你手里有一张字条喽。"张家宝轻蔑地瞧了刘豪杰一眼，"不过，那不就是一张字条吗？"

一旁的赵梦雨早已气得双颊通红，忍不住插进来，冲着张家宝大声呵斥道："张家宝，你不会真的想去坐牢吧？"

"坐牢？我为什么要去坐牢？"张家宝转向了赵梦雨。

"如果你不把蓝天矿业的股份还给我，不把海天球场的股份退给刘总，你就得去坐牢！"赵梦雨逼视着张家宝放出狠话。

"呵呵，小雨啊，你这是在威胁张叔我吗？我好害怕呀。"张家宝皮笑肉不笑地朝赵梦雨撅嘟嘴，做了一个古怪的表情。

"你……"赵梦雨被张家宝的举动气得说不出话来。

刘豪杰心里基本已经猜测到了，张家宝这突然转变的态度后面必有原因，这原因多半就和山姆的突然死亡有关。依他的直觉，山姆的死多半不是一件意外，很可能像老杰克家的纵火事件一样是人为操作的，那么，幕后黑手会不会也是他张家宝呢？刘豪杰认为完全有这种可能，只是这件事警方已经定案，不再追究下去，所以要找到证据比纵火案更难。张家宝此刻嘴巴那么硬，一定是认为既然山姆死了，字条的事已经查无对证，因此才有恃无恐。他想了想说："张董事长，纵火案一事，据我得到的消息警方还在一查到底，不会轻易放弃的，即便有一个人死了，其他相关的人还在呀，所以你不要觉得我手上的字条已经成了废纸。如果你这样想，你就要犯下大错。"

赵梦雨是聪明人，马上听出了刘豪杰在暗示张家宝，不要以为山姆死了，他和纵火案就无关了，于是就说道："张家宝，你不要忘了，经手这张字条的不止一个人，你逃脱不了警方追查的，所以你不要抱侥幸逃脱的幻想。"

"哈哈哈，你们两个很有意思。"张家宝似乎根本没有把刘豪杰和赵梦雨的话当回事。他从桌上拿起紫砂壶，将壶嘴塞进嘴里慢慢吸了几口，然后把茶壶放回原处，抽出一张餐巾纸擦擦嘴唇，再将用过的餐巾纸团成球状，拿在手里搓了几下，扔到桌面上，纸球滚了几圈，停在紫砂壶边上。张家宝往大班椅上靠了靠，两手搭在椅子两侧把手上，以一副悠然自得的样子面对刘豪杰和赵梦雨。顿了约有两分钟后，他说道："我明白你们两个今天的来意，是警告我快些兑现承诺，对吗？你们的意思很清楚，如果我原地不动，你们就要把那张字条，所谓的纵火案证据交到警方手里去，对吗？行，行啊，如果你们想那么做，就去做啊，我想不出我有任何可以害怕的理由。"

刘豪杰听张家宝这么一说，倒是有点吃不准他是真是假了。他心想，难道这个张家宝真的不怕他们将证据交给警方吗？还是虚张声势？他决定来一次火力侦察，就轻轻在张家宝的办公桌上拍了一下道："那好，既然张董事长这么有把握，觉得那张字条已经死无对证，我也只好去碰碰运气，把它先交给警方再说了。不过我要提醒一句，眼下警方正愁没有破案证据呢，我想他们一旦拿到了证据，一定会顺藤摸瓜，一查到底，到时张董事长可不要悔青了肠子哦。"

"谁悔青肠子？我吗？"张家宝不屑地哼了一声："真是无稽之谈，那张字条本就与我无关，我为什么要害怕？刘总说得没错，你若把字条交给警方，他们必然会以此展开调查并且一查到底，最后一定会抓住那场纵火案的幕后指使者。可是，这和我张家宝又有什么关系呢？一点关系都没有啊！"

说实在的，刘豪杰驰骋商场那么多年，算是也遇到过各式各样的对手，奸诈狡猾的，耍泼无赖的，背信弃义的，翻云覆雨的，应有尽有，可像张家宝这样集恶性于一身，如此难以捉摸的还是头一回。他此刻竟猜不透张家宝究竟葫芦里埋的什么药，倒是一时无语以对了。不过有一点刘豪杰心里明白，既然张家宝如此淡定从容，丝毫不惧他将证据交给警方，他一定是想好了应对之策，不然不会如此猖狂。

见刘豪杰沉默不语，赵梦雨忍不住了，冲着张家宝道："你别以为自己做了坏事能蒙混过关，你就是那个幕后指使者，赖不掉的。"

"唉，我说小雨，不，爱丽丝啊，你怎么可以血口喷人呢？"张家宝摆出一副嗔怒的神色对赵梦雨喊道："你心里明明知道幕后指使人是谁，却还要冤枉我，这太不厚道了吧？"

"你……你这话什么意思？"赵梦雨愕然了。她边上的刘豪杰也闻之一动。

"你明明知道那张字条不是我写的，对吗？"张家宝出其不意地出击了："我张家宝没有什么文化，根本不懂英语，不会说，不会读，更不要说写了，对不对？"

刘豪杰这下突然明白了，原来张家宝又想好了嫁祸于人的计策，难怪他今天敢如此嚣张咄咄逼人。

赵梦雨当然也听出了张家宝的话中之音，脱口而出说："难道你想把祸水引到戈平头上？"

"什么叫引到他头上？这祸本来就是他闯下的嘛。"张家宝说这句话时就像一个局外人。

"你……你太无赖了，太恶毒了！"赵梦雨真恨不得冲上去甩张家宝一个耳光。

"你想嫁祸于人，这只是你一厢情愿。"刘豪杰不失时机插进来警告张家宝："警方不会如你想的那么笨，一个人犯案，总要有作案的动机和理由，杰姆斯既没有动机也没有理由，所以你想栽赃与他是白日做梦。"

"说得好，动机和理由。"张家宝一点都不为所动。他伸出一只手摸摸桌上的紫砂壶，将它在桌面上慢慢转了一圈，而后道："要找动机和理由的话，总能找得到的，比如这把壶，从这个角度看是一种形状，我将它转动一下，就变成另一种形状了，刘总你说是吗？"

"你想说什么？"刘豪杰问。

"你说杰姆斯没有作案动机和理由，这是你的视角，我说他有，因为我的视角与你不同。"张家宝像个老师在给学生上课似地不慌不忙，侃侃而谈："当初你刘总限定我三个月内必须把那二十幢老别墅收购完毕，作为老板，我把此任务交给了杰姆斯。他一开始干得非常顺利，偏偏遇到了一个顽固不化的老杰克，钉在那儿不肯走，如果不将这根钉子拔掉，他将前功尽弃，因此在无奈之下，杰姆斯才出此下策，干脆雇人一把火烧了那房子，再用优惠条件说服老杰克家般走，这个理由难道不成立吗？"

"你……"赵梦雨叫起来。

"你别急，听我把话说完。"张家宝朝赵梦雨摆摆手，"刚才说的是杰姆斯指使人作案的理由，至于动机嘛，我给了他希望公司的股份，他一旦完成收购，就可以赚到至少200万，所以他不择手段也不足为奇呀！"

"你这个无赖，恶魔。你……"赵梦雨已经气得浑身发抖了。

刘豪杰也如同冷不防遭人暗算被当头猛击一棒，这个张家宝，真能故伎重演啊，原来他一步步的棋子早都布局好了，他安排韩戈平充当替死鬼的角色，一旦有什么风吹草动，他自己就金蝉蜕壳，蜥蜴掉尾，溜之大吉，全然不顾自己表弟的死活，这个人太可怕，太可恶了。可是，眼下拿他有什么办法呢？

张家宝已经知道自己这几句话击中了要害，就乘胜追击道："所以呢，如果你们要去警局提供证据可以尽管去，到时候警察来调查，我的律师自会出面证明我与此案毫无关系。到时候警察为了草草收案，肯定会把杰姆斯作为案犯处理，那张字条是他亲笔所写，这是抵赖不掉的物证，因此，最后去坐牢的不是我张家宝，而是爱丽丝你未来的丈夫杰姆斯，这下你总该明白了吧？"

刘豪杰和赵梦雨一时都哑然无语。刘豪杰好不容易才忍住了满腔怒火，对赵梦雨说："爱丽丝，我们先回去吧。"

"刘总要走啦，我还有事，恕我不送。"张家宝嘲弄道。

等赵梦雨坐进刘豪杰的车子里后，满心的冤屈集聚成眼泪涌了出来。刘豪杰并没说一句劝慰的话，只是伸手从仪表盘上面的盒子中抽了几张餐巾纸递给了赵梦雨，然后凝神望着前方，将车子驶离了停车场。

2

回海天球场的一路上，刘豪杰和赵梦雨都默默无语。刘豪杰知道赵梦雨心里不好受，也不知该用什么话来安慰她一番。这个为了复仇来到温哥华的女孩，在与不共戴天的仇人张家宝缠斗了几个回合，不料屡战屡败。这次本以为已经牢牢拴住了这条恶狼，让它无以逃脱，谁知最后还是让它挣脱了锁链溜出陷进。这个张家宝，实在是太狡猾了。刘豪杰自己都没料到这个对手会如此强劲，过去一段时期真是太轻视他了。当一个人半点良心都不讲，一丝人性都不在乎的时候，确实会难以对付，因为许多常识性的手段都无法见效了。

刘豪杰驾着车子，满脑子想着如何扭转局势，现在的情况下，即便将字条作为证据交到警察局，结果多半会像张家宝所预言的，麻烦会落在韩戈平身上。从表面上看，收购老别墅整个过程确实都是韩戈平全权负责操作的，他没有想到在一开始表哥就给他下了套，一旦东窗事发，所有的不利证据都会指向他，刘豪杰觉得，这个朴实正直的小伙子实在是可怜。他一直对张家宝感恩戴德，却不知自己只是一枚表哥随意布放的棋子，到了要丢弃的时候，会被毫不犹豫地牺牲掉。

"刘总，我们不能把证据交给警察了。"在车子驶出好长一段路之后，赵梦雨终于平静下来，对刘豪杰提了个要求。

"嗯，我明白。"刘豪杰知道赵梦雨担心韩戈平会被牵连，这种事情，一旦陷入误区，将会百口莫辩，因此绝对不能走错一步。

"我们应该怎么办？难道就这样让张家宝溜之大吉吗？"赵梦雨显然于心不甘，好不容易将这个混蛋网住了，就这么轻而易举就被他挣脱吗？

"当然不行。"刘豪杰说。

"你有什么好主意吗？"赵梦雨自己已经无能为力了，她把希望完全寄托在刘豪杰一边，相信他会想出新的办法来击败张家宝。

"现在，想要证明张家宝就是山姆背后的黑手，恐怕只剩下一条路了。"刘豪杰说。

"你快说说，什么路？"

"你想，虽然山姆死了，但可以证明山姆被买通作案的证据和证人都还在啊。"刘豪杰像是豁然开朗似的，既是讲给赵梦雨听，又是讲给自己听："张家宝让杰姆斯翻译了他写的字条，又让杰姆斯把字条和钱交给了朱玉文，朱玉文把字条和钱转给了山姆，这几个环节都是可以有证可查的，山姆虽说死人不能开口，可另外两个活人还可以开口啊，如果杰姆斯和朱玉文能同时出来指证张家宝策划了那个纵火案，既有人证又有物证，张家宝还是脱不了干系的。"

"对啊，警方也不会光听张家宝一个人为自己狡辩吧。"赵梦雨振奋起来。

"问题是，杰姆斯和朱玉文两个人，愿不愿意勇敢地面对张家宝，出于正义感出来充当证人呢？你想想，杰姆斯毕竟是张家宝的表弟，一家人啊，他会自己动手将表哥送进监狱吗？"刘豪杰侧眼瞄了瞄赵梦雨，继续道："还有那个朱玉文，会有胆量揭发张家宝吗？张家宝帮了她的大忙，她一定也收了张家宝的好处，才充当张家宝买通山姆的工具，她会不会怕自己受牵连而不敢作证呢？"

"戈平应该没问题，他这个人对待大是大非还是有自己立场的，我可以说服他。我相信为了我，他什么都愿意做的。"赵梦雨内心的确有这点自信，"至于朱玉文，我没有把握，她从来就是没有原则的，说得难听点，会见利忘义。"

"这样吧，我们抓紧时间去探探她的口气，如果她松口，我们再去找杰姆斯。"刘豪杰建议。

"要不我们现在就去找她？"赵梦雨认为此事必须要抓紧时间分秒必争。

"行，你先打个电话问问她在哪里，我们直接去找她谈。"刘豪杰说。

赵梦雨掏出手机给朱玉文打了个电话。很巧，朱玉文正在家中看电视，赵梦雨就让她别离开，说自己和刘总马上过去找她，有紧要的事情商谈。挂了电话，赵梦雨想给刘豪杰指路，刘豪杰说不用，他跟着陆仲仁去过朱玉文的住处一次，记得路。此时车子本看来已经沿着海洋大道往球场方向过去了，刘豪杰就在前面十字路口找机会将车子调了个头，往回走了一段路后，拐上了奥克桥，直奔列治文朱玉文所住的公寓。

朱玉文自从搬出山姆的家之后，那种恐惧的心态渐渐消退了。不过这件事，以及后来张家宝找她谈话的情景始终纠缠在她脑子里，弄得她心神不宁。最近她都懒得出门，一天大部分时间都窝在家里看电视和 iPad，或者玩玩手机，有时会一连两三天都不踏出家门一步。每次陆仲仁过来，她就要他从超市带些吃的用的东西回来，这样她就可以少出去了。陆仲仁明显感觉到了朱玉文的变化，两个人亲热时，朱玉文一改以往的主动和热情，变得勉勉强强，每次好像都在应付陆仲仁，等待他快快结束。这不免让陆仲仁感到扫兴，不过他认为这是由于山姆的突然死亡造成了朱玉文暂时的心里阴影，过一阵应该能够恢复的。为此，陆仲仁最近故意减缓了来访的频率，一周基本上只过来一次。朱玉文呢，好像对这种变化无动于衷，并不在意。

朱玉文接到赵梦雨电话的时候有些兴奋。其实她一个人在家里憋得慌，放在以往，她会去兜商店逛马路借以消遣，可最近她的两条腿特别懒惰，根本不想搬动，宁可蜷缩在沙发上。因此，听说赵梦雨要过来找她，朱玉文小小地振作起来，又听到刘豪杰也要一起过来，不由又平生出一丝高兴，想他们两个一起过来，会不会要她去球场工作呢？说实在，朱玉文开始厌倦了眼下的生活状态，如果天天过这种无聊空虚的日子，她的耐心也渐渐磨损殆尽。这几天一个人在家里，有许多时候她都在回忆上海金银湖球场的那段生活，想想还是在金银湖球场工作更有意思，虽说赚钱比较辛苦，可那儿热闹多了，有趣多了，要不是讨厌那个总要占她便宜的陈伟，朱玉文说不定就下决心回去了呢。

令朱玉文既意外又失望的是，赵梦雨和刘豪杰进门之后并没有发出邀请让她去海天球场工作，而是一下子将她推到了一处进退两难的绝境。当赵梦雨先讲出了他们过来找她的目的，接着刘豪杰又详细说明希望朱玉文如何去做之后，朱玉文呆呆地坐在那里一声不吭。她不知道自己该说什么，能说什么，脑子一片空白。

"玉文姐，你怎么不说话？"赵梦雨见朱玉文半天不开口，忍不住催问她。

朱玉文摇了摇头，看看赵梦雨，然后垂下脸去，两只手不停地在卷弄衣服的边角，卷起来再放开，再卷起来，又放开，始终不发声音。

"小朱，你是不是有什么顾虑？"刘豪杰耐心地等着，温和地问了一句。

"我不能，对不起，我不能检举张家宝的，不然，他不会放过我。"朱玉文总算说出了话。她不敢照刘豪杰教的去做，她已经明白了张家宝这个人的性格，连他的表弟都可放弃不管，一旦知道是她举报了他，一定会把她假结婚的事捅出来的。那样的话，她之前所有的努力不都白辛苦了吗？

"玉文姐，你可不能包庇张家宝啊。"赵梦雨想劝说朱玉文回心转意，"你想想，他什么样的坏事做不出来？为了赶走老杰克，竟然叫人放火烧他们家房子，而且……"赵梦雨说到此停顿了一下，看看刘豪杰。

刘豪杰大概猜到了赵梦雨想说什么，朝她点点头，鼓励她说卜去。

"你知道吗？我和刘总都觉得，山姆的死不一定是纯粹的交通事故。"赵梦雨说完又看了刘豪杰一眼，她从刘豪杰目光里找到了肯首。

"你这是什么意思？"朱玉文懵懵懂懂地问，把刚刚卷好的衣角再次放开。

"我们猜测，不排除山姆的死和张家宝有关。"赵梦雨把话讲明了。

"这怎么可能？……"朱玉文一只手掩了住嘴巴。

"对张家宝而言，没有什么事是不可能的，既然可以放火，为什么不能杀人？"刘豪杰更露骨地暗示着。

"可是，警察已经说了，山姆是被车子撞死的呀！"朱玉文不同意这种猜测。

"是呀，山姆确实是被车子撞死的，不过，谁能知道这是无意间撞死的，还是有人故意撞死了他，造成交通事故的假象呢？"刘豪杰点明了说。

"刘总的意思，是张家宝开车撞死了山姆？"朱玉文大惊失色。

"当然不是他自己开车去撞山姆啦，就像他没有自己去老杰克家放火一样。"刘豪杰像解谜一般开导朱玉文，"他既然能买通山姆去放火，为什么不能买通其他人撞死山姆呢？"

朱玉文显然被刘豪杰的话吓住了，目光呆滞，浑然不动，低着头，垂下脸，再次回复到沉默不语的状态去。

"所以你想，像他那样无恶不作的坏人，难道我们不应该让他受到惩罚吗？还要让他逍遥法外？"赵梦雨劝导朱玉文。

朱玉文依旧低头不语。她不再卷弄衣服，只是将手搭在自己盘曲的腿上，一动不动。

刘豪杰和赵梦雨互相瞧瞧，耐心地等着朱玉文的答复，可是她始终不开口。刘豪杰忍不住了，说道："小朱，这件事唯有你答应出来作证，才能扳倒张家宝，送他进监狱，所以……"

"不，不行，我不敢，如果山姆真像你们说的是他雇人杀死的，那他也会同样派人来杀死我，不，我不能，绝对不能，我不想死。"朱玉文突然打断刘豪杰，带着哭腔地说了一连串理由，然后不停地摇头表示否认。

赵梦雨无可奈何地闭起双眼叹了口气，同时咬住了自己的嘴唇，她怕自己控制不住要大骂朱玉文自私无耻。这时，她油然想到了几句话，觉得在离开之前必须要对朱玉文说清楚。她睁大双眼瞪住朱玉文，抑制住自己的气恼说："玉文姐，你坚持不愿意出来作证我们也不能勉强你，可是你知道吗？你这样做将要害了一个人。"

"我害人？害谁？"朱玉文抬起眼来。

"韩戈平，你如果不愿意指证张家宝，那么韩戈平就麻烦了。"刘豪杰迅速机敏地接过赵梦雨的话头，"他可能就成了张家宝的替死鬼，张家宝已经想好了要把纵火案推到他身上去，说是他指使山姆放的火。真到了那时，警察肯定就会拘捕韩戈平，把他送进监狱，按加拿大的法律，说不定一关就是十年八年甚至更久，可怜他年纪轻轻，就要蒙此大冤，无缘无故就要被自己的表哥害惨了。"

朱玉文傻愣了十几秒钟，然后突然之间双手捂住脸庞，哇的一声号啕大哭起来。

直至刘豪杰和赵梦雨离开，朱玉文都一直在哭泣，没有再说过一句话。刘豪杰无可奈何地暗示赵梦雨可以走了。回去的路上，刘豪杰问赵梦雨，是不是朱玉文也很喜欢韩戈平？赵梦雨说是的，就把朱玉文在金银湖开始就一直在追求韩戈平的那些事一一告诉了刘豪杰。刘豪杰听后若有所思，他说："看来我们最后那些话对她有所触动的，不过她一下子还鼓不起勇气，又怕张家宝会不择手段加害于她，因此非常矛盾。事已至此，也不急于一天两天，不如就给她一点时间，我让老陆再给她施加一点压力，劝劝她，可能还有希望。

虽说刘豪杰那些话给了赵梦雨一丝希望，接下去的几天里她的心情还是十分抑郁，表现在外表上就显得闷闷不乐。这很快就让韩戈平看出来了，几次询问赵梦雨是不是身体不舒服，还是碰到了什么麻烦事？赵梦雨想了好久，决定把自己的心结坦示出来，把他们去找朱玉文的事告诉韩戈平。

这天，天空微微飘着雨，虽说不大，地上已经全湿了。下班的时候，韩戈平来电话约赵梦雨一起出去吃饭。赵梦雨说，不要出去了，要不你就去超市买点东西，去我的住处吃吧。韩戈平一听欣然答应，让赵梦雨先回家里，他买好东西就过去。

赵梦雨回到家做起了准备，平时难得在家煮饭吃，得先把锅碗瓢盆都洗洗干净。等她把一干杂活都做好，韩戈平拎着一大包东西也到了。两个人一起动手，忙碌了一阵，桌上便摆上了好几样菜肴。两个人开了一瓶美国加州红酒，开始安安心心吃顿晚餐。吃到肚子半饱时，赵梦雨说："戈平，你知道我这几天为什么心情不好吗？"

"我问了几次，你都不告诉我。"韩戈平语气抱怨。

"也不是不想告诉你啦。"接着赵梦雨就把那天她和刘豪杰去朱玉文家的事，讲给韩戈平听。见韩戈平听得一脸凝重，赵梦雨干脆问韩戈平道："戈平，如果朱玉文哪天答应出来作证，到时你会站在我们一边吗？"

韩戈平放下手里一直举着的筷子，拿起酒杯大喝了一口，放下酒杯后他长喘了一口气，然后说："虽然张家宝是我的表哥，对我恩重如山，但我不会不讲原则盲目庇护他。我会给他施加压力，一定要让他把该还给你们的东西全部还掉，否则我就不会罢休。"

赵梦雨听懂了韩戈平的意思，他还是不希望将张家宝送入监狱，但他会以此胁迫张家宝兑现之前的承诺，这样就不至于两败俱伤。她想反正眼下朱玉文还没有动静，没必要紧逼韩戈平，让他左右为难，不如先搁下这个话题以后再说吧。赵梦雨就岔开了话题，和韩戈平聊起了海天球场发展的事，想听听韩戈平有什么好建议。

两个人边吃边聊。这时，一直打开着的电视节目里播出了一条新闻，说移民部最近查处了一批不法移民，这些人通过移民中介公司伪造了假身份材料，靠弄虚作假的手段骗得了枫叶卡。移民部官员向媒体表示，凡是靠造假而取得加拿大身份的人，都将会被取消移民资格，遣送出境。

"这下糟了。"韩戈平眼睛看着电视屏幕，失声而叫。

"你怎么了？"赵梦雨奇怪地问韩戈平。

"我表哥，他可能有麻烦了。"

"他能有什么麻烦？"

"你不知道，他移民过来的时候，就是出钱请人做的假材料。由于那时加拿大停止了投资移民，他原来的计划办不成了，后来多方打听，有人给他出了主意，叫他更改材料，以厨师的身份申请省提名移民，名义上受聘于温哥华一家大饭店，工作签证和枫叶卡同时办理。这不，现在有麻烦了，刚才那条新闻里讲的正是他这种情况，万一移民部查到他头上该如何是好？不是要被遣返回中国了吗？"

"这是真的？"赵梦雨吃惊不小。

"当然是真的，我对此一清二楚。以前都不觉得这是问题，谁知突然要查了呢？"韩戈平顿时忧心忡忡。

赵梦雨内心一阵躁动。在急切的心跳过后，一个大胆的念头渐渐从她脑中浮现，她不由握起了拳头，好像要准备大干一场。

3

赵梦雨从韩戈平口中得知了张家宝当初移民的情况后，脑子里开始酝酿一个计划。加拿大从2012年就停办了投资移民，这迫使腰缠万贯的张家宝为了快速移民去加拿大，不得不选择了一条捷径，即改变在国内的职业身份，以受雇厨师名义来到温哥华，同时申办永久居民身份。这就是说，张家宝在申办移民时弄虚作假，采用了伪造的身份，按照加拿大的移民法，他必须被取消加拿大身份并遭到遣返。如果赵梦雨手里握有张家宝作假的材料，就可以将他赶回中国。

前几天，赵梦雨曾收到过一份张光曦发来的邮件，说四川省公安厅经侦总队正在调查一桩非法骗取银行贷款的大案，涉案金额高达20亿人民币。据张光曦得到的消息，这桩大案和太平洋矿产集团直接有关，那么，幕后主谋很可能就是张家宝。目前，省公安厅已经将此案移交给了省检察院，检察院已经接手查办。也就是说，张家宝只要在国内露面，就难逃法网。即便他如今躲在加拿大，也很可能成为被国际刑警组织列入红色通缉令名单的人员，即红通人员。

赵梦雨知道这是惩罚作恶多端的张家宝的绝佳机会。如果能将他作为非法移民逐出加拿大，那么只要他一踏入中国国境，等待他的就是正义的审判。赵梦雨左思右想，最后有了主意。她之前和韩戈平交谈时，已经了解到张家宝和韩戈平是委托同一家移民公司办理的移民和工作签证手续，于是她就向韩戈平打听那家移民公司的地址和联系方式，说有几个国内的同学想要来加拿大，让她帮忙介绍一家移民公司。韩戈平很快就给赵梦雨送来了一张名片，是那家移民公司的老板当初给他的，希望他介绍业务。

这家名叫顺风移民咨询公司的办公地点，设在本那比市靠近大都会购物中心的丽晶广场内。那座圆筒形的大楼在大温地区华人圈里十分有名，楼里集聚了大量华人经营的各类商店，还有不少中小型公司租借在里面办公。被遣返回中国的赖昌星，也曾在这座大楼里居住过。顺风移民咨询公司的总经理叫杨晨，名片上除了公司电话和传真，还印着他的手机号码。

赵梦雨并未急于去上门拜访，而是先去找了刘豪杰。她知道刘豪杰在温哥华移民公司界算得上是大哥大级的人物，对整个业界的情况了如指掌，就向他打听顺风公司的现状。令赵梦雨意外和惊喜的是，刘豪杰告诉她说，顺风是一家小公司，已经做了好几年但始终半死不活，没有什么发展，最近几年移民政策收紧后，这类小公司大都举步维艰，业务都在萎缩，加上最近移民局开始重点打假，不少小公司都曾有过违规污点，因此不免战战兢兢，顺风也在其列，好像公司老板有转让歇业的打算。

刘豪杰问赵梦雨，怎么突然对移民公司感起兴趣来？赵梦雨急忙搪塞说，有一个在国内的熟人正在委托顺风办理移民手续，交了钱后有点不放心，拜托她打听一下情况。刘豪杰并未生疑，说如果顺风那儿有什么问题，可以把那个人的材料转到他旗下的移民公司来，他一定帮忙办成。赵梦雨道了谢，回自己办公室。

赵梦雨取出顺风公司的名片，照着上面的号码拨通了那儿的电话。是一个女孩子接听的，问赵梦雨有什么事情。赵梦雨说，她要找公司老板，那女孩说稍等，然后赵梦雨就隐隐约约听到那个女孩在叫杨总，有人找你。

换手接听的是个男人，听声音大约四五十岁，他先自我介绍，然后问赵梦雨是谁，有何吩咐？赵梦雨即刻明白了名片上的杨晨既是总经理，也是公司老板。想想也是，那么小的公司，员工就小猫小狗那几个人，还分什么董事长总经理啊！

"你好，我姓赵，现在温哥华，我有一个大项目，希望能和你面谈。"赵梦雨说。

"哦，什么项目啊？"杨晨好像饶有兴趣。

"杨总，具体我们是否可以见了面再聊？电话里不方便。"

"可以可以，你是怎么知道我的？"显然杨晨还是带点防范之心。

"一个朋友给了我一张名片，是你的。此刻就拿在我手上。"赵梦雨淡定地回答。

"明白了。"杨晨显然放下心来，"那赵小姐何时有空过来呢？"

"就今天下午，怎么样？"

"没问题，下午我正巧在公司里。"杨晨的声音听上去很愉快。

两个人便约好了下午两点在杨晨办公室见面。

顺风移民咨询公司设在丽晶广场的三楼，这家公司如刘豪杰所言非常之小，走进去看，总共也就三间办公房，一看就知道是租下来之后经过隔断的。外面一间比较大，约有二十平米样子，里面放着五六张办公桌，差不多每张桌子上搁着一台电脑，不过大约有一半桌子跟前没有人，正坐着办事的只有两个人，且都是女的，当然，清一色的华人面孔。左侧有一个七八平米的小间，里面放着复印件，传真机，饮水机之类，地上堆着一些纸箱，估计是存放资料用的。右侧另一间的房门关着，赵梦雨猜测这应该是总经理办公室，她向一个女孩一打听，果不其然。赵梦雨就麻烦那女孩帮忙通报一声。

女孩站起身带赵梦雨走过去，敲了敲门说："杨总，有人找你。"

里面传来一声喊："请进来。"

女孩就旋开了门，让赵梦雨进去。办公室很简陋，十平米大小，靠墙竖着两个文件柜，里面塞着几排文件夹。中间是一张比较大的办公桌，和房间的面积对比起来，显得很不协调。办公桌后面是总经理的座位，位子后面是一扇窗，光线从半敞开的窗户外射进室内，形成一种背光的暗淡，模糊了坐在位子上那个人的容貌。

见有客人进来，杨晨从办公桌后面站起身。赵梦雨发现这个人个子不高，体态微胖，倒是有点像张家宝，不知为什么，她一下子就滋生了某种不信任感。等杨晨从窗口离开，绕过办公桌过来和赵梦雨握手时，赵梦雨才完全看清了他的长相，其实杨晨的脸和张家宝并不像，至少眼睛和嘴巴大相径庭。

"你应该就是赵小姐吧？"杨晨没有料到这位陌生来客竟然是一个模特儿一般的大美女，这令他有点惊慌失措。

"我叫爱丽丝。"赵梦雨挣脱杨晨握了很久的手。

"啊，爱丽丝，请坐请坐。"杨晨从角落里搬来一张折叠椅，打开后放在办公桌对面，这样一来，几乎已经紧靠着门口了。杨晨走到门口，招呼一个女孩送瓶水进来。一会儿，还是刚才那个女孩，笑吟吟在赵梦雨面前放了一瓶矿泉水。

"不知爱丽丝突然来访，要和我谈什么项目？"杨晨目不转睛地盯着赵梦雨的脸，好像欣赏不够那份惊人的美丽，弄得赵梦雨很不舒服。

"不好意思杨总，我今天来，是有一件事要拜托你，不知道行还是不行。"赵梦雨尽量避免和杨晨对视，就把视线移向一侧，看着窗外。

杨晨似乎察觉到了自己始终盯住赵梦雨的失态，就收回了肆无忌惮的目光。他笑眯眯说道："哦，你不妨说来听听。"

赵梦雨动了下身子，将视线从窗外移到杨晨脸上。此时她已经适应了室内的逆光，杨晨的脸不再迷糊了，赵梦雨认为和人说话时还是看着对方比较礼貌。她说："我想要了解一个人，他是委托你们公司办理的移民手续。我希望能看看他的移民资料。"

杨晨之前一直轻轻松松快快乐乐的表情一下子冻结了，面部肌肉全都僵在那里，眼睛里流露出疑虑和警惕。他警惕地问："请问，爱丽丝你是干什么工作的？"

赵梦雨被问得一愣，随即呵呵笑起来。她知道杨晨产生了误会，急忙解释道："杨总不必担心，我可不是什么移民局的密探，不是来调查你们公司的，请杨总大可放心。"

"哦……"杨晨这才松了口气，绷紧的面孔也松弛下来了，不过他还是有些不放心，隔了几秒后道："那么请问，你既然不是为政府工作的，为什么要查看我们客户的资料呢？"

"完全是因为私人之间的关系，请你相信我。"

"私人关系？"

"是的，纯粹私人关系。"

杨晨摆出一副十分为难的样子说："不好意思爱丽丝，我可能要让你失望了，按照我们公司的规矩，所有的客户资料都是保密的。"

赵梦雨未料到一开始就遭到拒绝，但她并不气馁，就说："我知道每个公司都有规章制度，所以我要拜托你杨总嘛，你毕竟是老板啊。"

"你知道，我即便是老板，也不能违反公司原则，否则开了一个先例，不就乱套了。"杨晨不为所动。

赵梦雨想了想，还是不甘心就这样被一口回绝，争取道："如果不是因为这件事对我非常重要，我也不会来求你帮忙，所以，杨总能不能就破一次例呢？我保证会对此守口如瓶，就像什么都没有发生过。"

杨晨缓缓摇头，不知道是心里依旧留着一份警惕，还是真的要坚守公司的规章制度，他继续拒绝道："这件事真的不行，爱丽丝，我实在无法帮你的忙。"

赵梦雨不免泄气，她想，看来只得采用第二套方案了。在过来之前，赵梦雨拟定了两套计划，要是 A 计划不成，就试试 B 计划。她下意识地取过桌上那瓶矿泉水说："我可以喝口水吗？"

"请请，当然可以啦。"杨晨忙说。他又一次发觉，这个女孩漂亮得惊人，在温哥华那么多年，还从没见过这样的华裔美女，不光脸长得精美绝伦，身材也好得无可挑剔。如果不是心有所虑，担心最近移民局风声太紧，一不小心会出纰漏，他还真愿意破例一次，讨好一下她，然后和这个美女交个朋友，偶尔能约着吃顿饭，喝杯咖啡，就是坐在那儿看看她，心里就非常舒服受用，如此美女，养眼得很啊！

赵梦雨拧开瓶盖，慢慢喝了一口水。放下水瓶后，她说："我理解杨总的难处，就不再坚持了。那么，我另外打听一件事可以吗？"

"只要不让我违反公司规章，都可以。"杨晨想开句玩笑。

"我听说，杨总的公司有意向要转让，不知道有没有这回事情？"

这一下轮到杨晨觉得窘迫了，公司要转让，说明经营不佳，这可不是什么光彩的事情。他很奇怪这个素未谋面的爱丽丝怎么会得到这个消息的，她又不是圈内人。他猜疑着，忍不住就讲了出来："不知爱丽丝从哪儿听来的？"

"杨总，我从哪儿听来的并不重要，重要的是有没有这回事？"

"爱丽丝好神秘啊，这么说吧，有没有这回事，和你爱丽丝又有什么关系呢？"杨晨狡猾地反讥。

"当然有关系，"赵梦雨颇有含义地牵嘴一笑道，"如果没有这回事，我这就起身回家了，如果有这回事，那我就再和杨总你谈下去。"

"哦，有意思，不知爱丽丝要和我谈什么？"

"那就是有这回事喽？"

"我们先假设有吧，你想谈些什么呢？"

"如果有，我打算接你的盘子。"赵梦雨直截了当地亮明目的。

杨晨这下大大惊愕了，就眼前这个年轻美女，想买下他那个破公司？他这个公司又没什么价值。这多半是开玩笑吧？他不可置信地晃着脑袋说："爱丽丝是说你自己要接手我的顺风公司？"

"当然是我自己啦。"赵梦雨的表态一点都不含糊。

"奇怪，如果爱丽丝真打算买下一家移民咨询公司，那温哥华同样的公司有一大把呢，好多家都有转让的意愿，为什么你单单会看上我们顺风呢？"

"因为我不想让你为难。"

"？……"杨晨没理解赵梦雨的意思。

"刚才我希望你能帮个忙，可是你说这违反了公司规矩，我又不能继续死缠烂打为难你，对吗？"赵梦雨脸挂笑容，语气风趣地说，"现在我打算买下你的公司，也就是连带你的规矩一块收购下来，你不是就不必承担任何道义责任了吗？"

杨晨的脑子并不笨，即刻明白了赵梦雨的意思。他看出来这个女孩急于想要得到那份资料，为此不惜出钱连公司一起买下来，这既令他大惑不解，又令他暗暗窃喜。你想，这样一个毫无科技含量的移民咨询公司，又处在行业不景气阶段，谁会看上啊？所谓公司，无非就那么几间租来的办公房，几台旧电脑和电话机，还有一台理光复印机算是略微值几个钱，这样的公司，想要转让都转让不了。眼前这个女孩子却一本正经说要接盘，这不是天上掉下来的馅饼吗？杨晨灵活的脑子迅速转动起来，机不可失啊，他或许可以卖个出乎意料的好价钱呢？

"爱丽丝真对我的公司感兴趣？"杨晨要证实一下。

"我像在和你开玩笑吗？"赵梦雨反问一句，然后正色道："不过前提是，我收购的，是你整个公司，不是部分。"

"我不太明白你的意思。"

"我的意思是，你公司里所有硬件软件包括全部资料必须一并打包出售，不得暗中抽撤。"赵梦雨此时已经显得极为认真，根本不带丝毫玩笑的成分，"如果做不到这点，我就不要了。"

杨晨凝神盯着赵梦雨，知道对方是来真的，心里便盘算起出售价格来。他思忖了片刻说："如果我答应转让给你，当然包括公司里所有的一切东西啦，真把公司卖了，我暗中留下什么也毫无意义的，对吗？可我不知道爱丽丝打算出多少钱收购我的公司呢？"

赵梦雨心里清楚，对杨晨而言，这才是关键，不过她对这样一个小公司值多少钱心里一点没谱，这件事她不想让刘豪杰知道，又不能打电话咨询他，于是她把球踢回给了杨晨，她说："这价格的事，应该是先由你来出价，我再还价，生意买卖大都是这样的，对吗？"

"呵呵，爱丽丝真的很会说话，很会说话。"杨晨打哈哈。

"说吧杨总，你的心理价位是多少？"

杨晨正为近几年移民政策改变、英文总体水平不高的中国人申请移民获批的比例逐年下降而头疼。前一段时间，他也曾打算出售公司，但报价五万都没人问津。现在，突然有人主动要购买他的公司，而且诚心诚意，这不由令他的贪婪心膨胀起来，刚才爱丽丝不是说要他先出价，然后她再还价吗？那他何不将出价开得高一点呢？于是他装模作样了一番说："哎，其实真要说到转让，我还有点舍不得呢，毕竟做了那么多年了……"

赵梦雨心知肚明地笑笑道："说吧，你直截了当出个价。"

"30万。"杨晨厚着脸皮开了个天价。

"高了。"赵梦雨毫不含糊地开始砍价："我刚才已经把你公司的资产大概估算了一下，全部加在一起，不会超过4万。"

"你不能这么算。"杨晨急了，他没料到眼前这个美女如此厉害，赶紧辩解道："像顺风这样的咨询公司，你不能光算硬件的，它有无形资产，这比那些电脑复印机之类值钱得多。"

"就按照你的说法也高了。"赵梦雨没让杨晨发挥下去。她说："其实杨总你心里很清楚，我之所以看上你的公司，是有特殊原因的，不然我有事没事买一家公司干嘛呢？我自己去注册一家公司，添上全新的设备，才多少钱啊？"

杨晨知道今天遇上对手了，别看这美女年纪轻轻，脑子聪明得很啊。他猜不透对方心里的底线是多少，一时半刻竟说不出话来。

"说个最低价吧，杨总。如果你打算卖，我又诚心要买，不如大家都爽爽快快的。"赵梦雨替杨晨解围，将他推出困境。

"那好吧，一口价，20万。"杨晨还是想博一记。他看出了爱丽丝很在意她想要得到的那份资料，因此故意继续喊一个高价。他准备好了让对方再还一次价，他把底价设在10万元。

"OK，"赵梦雨一口答应，"就20万，成交。"

杨晨不敢相信自己的耳朵，这个女孩真的愿意出20万买下他的公司？她不还价了？他睁圆了眼睛，满脸疑惑，这不会是真的吧？

"一周之内，我会带着支票过来和你签合同。"赵梦雨知道她答应的价格超出了杨晨的预期，他内心里一定惊喜万分呢。她站起身来时，加了一句话："到签合同那天为止，你必须要保证公司这么多年的资料一份不少，否则的话，我就放弃收购。"

"这个一定，这个一定。"从惊喜中缓过神来的杨晨慌乱地表着态。

杨晨一直把赵梦雨送到了电梯口，看着赵梦雨的倩倩身影消失在电梯里，他嘭地拍了一下自己的额头，心里还在怀疑：我这不是在做梦吧？

4

有道是无巧不成书，就在赵梦雨琢磨着如何利用移民部严查移民材料作假的风口，对张家宝展开进攻的同时，张家宝也得知了媒体披露的相同消息。

这日晚上，张家宝在家里刚和大腹便便的妻子吃完饭，一起坐着看了一会儿中文电视。妻子感觉有些累，先一个人进卧室休息去了。她已经临近产期，张家宝把她看成重要保护对象，什么事都依着她，怕她一不高兴影响到腹中胎儿，那可是他日思夜想的宝贝儿子啊！等妻子离去，他酒兴未尽，一个人坐在客厅里边喝着红酒边继续看电视。他正看着的是一档中文节目，叫《城市电视》。张家宝和他妻子都不懂英语，因此只能看看中文节目，很久以来，这也成了家庭生活里不可缺少的内容。

张家宝一边慢慢品着红酒，一边漫不经心看着电视。忽然，电视里播出的一条新闻引起了他的关注。新闻里说，温哥华有一个叫王洵的移民公司老板，因为作假，不久前被警方拘捕。警方和移民部经过深入调查，在王洵的公司查到了大量假材料。多年来，王洵采取变换真实身份，伪造虚假信息资料等各种方法，骗过移民部，办理了不少移民来到加拿大。现在，移民部根据已经查实的证据，对那些通过作假手段骗得移民身份的人采取了遣返回原居住国的严厉措施。电视节目主持人特别强调说，按照加拿大法律规定，凡是违反了加拿大移民法，弄虚作假获得居留资格的，即便已经加入了加拿大的国籍，也一样逃脱不了惩罚，那些人将被剥夺移民资格，遣送出境。主持人最后说，据他们得到的消息，加拿大移民部眼下正扩充人手，加大力度，准备在全国范围内展开一次彻底调查，将逐一审核那些通过移民中介公司办理的移民案子，一旦发现作假，绝不放纵。

看完这条新闻，张家宝当即惊出一身冷汗来。他再也无心品酒了，忽地一下从沙发中跳了起来，在宽敞的客厅里焦虑地来回踱步，一圈接着一圈，活像是热锅上的蚂蚁。张家宝如此惊慌失措是有原因的。前一阵子，他刚刚得到从成都传来的消息，说他操纵的利用成都太平洋矿产集团名义骗取三家银行巨额贷款，又通过地下钱庄将钱款洗出国境的事情败露了，四川省公安厅经侦总队已将此案移交到了四川省人民检察院，检察院已经受理查办此案，因此，张家宝在成都的各路亲密关系都奉劝他最近绝对不能回国，务必要躲过这次的风头，以后如何，得看情势发展变化再说。当时张家宝就大惊失色，幸亏自己此刻身在温哥华，如果在中国境内，多半已经身陷囹圄。还好他之前已把大量资金悄悄转移到加拿大来，自己已经拿到了枫叶卡，只要他暂时不踏进中国国门，估计检察院也奈何不了他。过去中国的事情，都如同刮风，一阵大风吹来，铺天盖地，摧枯拉朽，撞在风口上的可能无一幸免，但只要那阵风刮过之后，就会风平浪静，恢复原貌，总有法子摆平各路关节，最后不了了之。张家宝正是抱着这种心态，才不以为然。

现在不同了，假如加拿大移民部动真格的，对所有移民咨询公司挨家挨户调查取证，那早晚会查到他的头上。当初自己采用厨师身份办理技术移民过来，所有资料都是伪造的，那张二级厨师证也是出钱买来的，这些材料要是落入移民部手里，那他就惨了。一旦被遣送回国，可不仅仅是失去移民资格从此不得踏入加拿大这么简单，而是要受到中国法律的严厉制裁的。这么一想，张家宝内心的惊恐便越积越重，好像已经看到了风险正快步朝他走来，越走越近。

这一晚，张家宝辗转反侧难以入眠。他担心自己苦心经营的人生会在某个时刻突然毁于一旦，那他是绝不甘心的，一定要想办法摆脱困境才是。黎明时分，他终于有了主意，几乎彻夜未眠的他此时才模模糊糊睡着了。等到睁眼醒来，已经日高三竿。张家宝匆匆忙忙起身梳洗，然后找出了顺风移民咨询公司老板杨晨的名片，按上面的手机号拨了过去。

"你是哪位？"杨晨很快接了电话。

"哦，杨总啊，我是张家宝。"

"张家宝？"

"对，太平洋地产集团的张家宝，我当时就是委托你们公司办理的移民手续。"

"哦，是张老板啊，你好你好。怎么突然给我打电话？有朋友需要办理移民吗？还是有别的事情？"

"有件重要的事情，想和你面谈，不知道你有没有空？"张家宝问。

"可以啊，张老板什么时候有空？"

"现在你在公司吗？如果可以，我马上就过来。"张家宝认为事不宜迟。

杨晨没料到张家宝这么急，略作停顿了后答道："不好意思张老板，我一会儿就要出去办点事，要不我们明天上午碰头行吗？"

"要拖到明天啊，"张家宝有些失望，却也无可奈何，"那只好这样了，明天上午十点，我准时过去拜访你。"

　　第二天上午，张家宝按时让司机把他送到了丽晶广场。张家宝离开公司之前，已经让财务部给他准备好一张20万的银行本票。他为了节省时间，做到有备无患，要是谈得顺利，就可以和杨晨当场交易。

　　张家宝以前同杨晨打过两次交道，还算熟。一次是张家宝办理移民手续之前来温哥华考察，当时就是由杨晨负责安排接送机、住酒店的。听说张家宝今后有购买住房的意愿，杨晨还热情地带着张家宝去看了好几处房源。第二次是办成移民之后，杨晨请张家宝吃了一顿晚餐，席间他极力向张家宝推荐他全家购买人寿保险，一张嘴口吐莲花，说得花好稻好。不过精明的张家宝始终不松口。在他看来，保险公司所赔的额度还没有他资产的一个零头多，并且要到死了之后才获赔，实在是毫无意思。之后，杨晨又打过几个电话给他，还是推销他的保险产品，张家宝都婉拒了。时间一长，杨晨或许是明白了张家宝不是个容易忽悠的主，渐渐失去了兴趣，就不再联系他。张家宝一直觉得杨晨啰里啰嗦，比较烦人，乐得不再交往。像杨晨那样一个小公司的老板，还在兼职推销保险产品，根本不入张家宝的法眼。他来到温哥华是要干一番大事业的，要交往更有实力、层次更高的人。既然杨晨已经替他办好了移民手续，他已经在温哥华安顿下来，那么杨晨这种人对张家宝而言已经毫无用处了。张家宝却未料到，时至今日自己居然会主动登门拜访去找杨晨。

　　杨晨已经很久没和张家宝有联系，甚至已经把这个人淡忘了。做他这一行的，一开始对那些移民客户都得花大气力，要给他们尽可能好的服务，将他们拉在手里，不使他们被同行抢走。等到所有手续办完，客户到了温哥华落下户之后，就算大功告成。除非这位客户能介绍新的移民客户，否则就到此为止，联系不联系已经无关紧要。杨晨一直没有放弃他最早从事的保险业务，即便自己做了小老板，他也继续兼着职。因此，假如某个移民客户接受了他推销的保险产品，那么杨晨就会和那个人保持交往。反之，像张家宝那种对保险产品毫无兴趣的人，杨晨当然对他也毫无兴趣可言了。因此，当接到张家宝的来电后，杨晨并没有太当回事，他不知道张家宝突然找他有何事情，总不会是想买保险吧？

　　张家宝让司机等在地下停车场，自己乘电梯到了三楼，转了一圈后，找到了顺风移民咨询公司的门牌。他进去时，杨晨正在等他。两个人先是照例互相寒暄客气了几句，随后就言归正传。

　　"张老板电话里说有重要事情找我，不知是何事啊？"杨晨把弄着手里一支圆珠笔，不冷不热看着张家宝。

　　"我说出来，杨总可不要觉得我太唐突哦。"张家宝神秘兮兮地说。

　　"哦，那么严重？"杨晨将圆珠笔放到桌面上，他猜不透会有什么事会让自己觉得唐突的，他们之间平日里毫无交结，几乎互不来往。

　　"我想买下你的公司。"张家宝单刀直入。

"这……?"杨晨这下确实感到了唐突,不仅唐突,还非常震惊。这几天是怎么回事?自己手里这个破破烂烂的小公司像是中了什么头彩一般,一下子变得如此吃香了。先是一个美女爱丽丝,竟然爽爽快快愿意花20万买他的公司。今天又冒出个老辣的张家宝来,一开口就要收购顺风移民,这究竟都中了什么邪啊?

"杨总是觉得太突然了吧?"张家宝见杨晨一副张口结舌呆若木鸡的模样,差点想笑,不过他忍住了。

"确实想不到。"杨晨承认:"不知张老板为何要买我的公司呢?"

张家宝当然不会把事情说出来,临时脑子里转了转说:"做生意呗,现如今,移民的情势不太好,移民公司好像都在走下坡路,听说不少公司都打算关门大吉了。"

"这就怪了,既然我们这行如此不景气,张老板就更没有理由要买下我的公司了啊。"杨晨被张家宝的论点说糊涂了。

"杨总错也,"张家宝笑着摇头,"不知杨总有没有做过股票?"

"在国内还没出来的时候,倒是做过几年。"杨晨心想,这和股票搭什么界啊?

"那你应该明白一个道理,叫做高抛低吸。"张家宝说,"其实大多数生意都一样,在行业不景气时,那一行的价格就最便宜,买入最划算。你说对不对?"

杨晨似乎明白了其中玄妙,原来张家宝相趁如今移民生意难做的时候收购一家移民公司,想要捡便宜啊!他心里暗暗好笑,这回张家宝算是敲错门了,其它移民公司可能都很便宜,偏偏顺风如今贵得很呢!他就问张家宝道:"张老板怎么认为我会卖掉公司呢?"

"问得好。"张家宝眼睛微微眯起,略皱起眉头说:"我并不知道杨总有没有出让公司的打算,但是我想杨总毕竟是个生意人,做生意就是为了利润最大化,如果有人送钱给你,我想杨总不会拒之门外吧?"

"哦,听起来好像张老板今天是来送钱给我的?"杨晨打趣道。

"可以这么说吧。"张家宝疏开双眉:"据我掌握的情况,像顺风这样规模的小公司,假如在市场上转让,最多只值三四万,对不对?今天我要以几倍价格买下它,那不是送钱给杨总又是什么?"

"哈哈,这倒有意思了。"杨晨来了兴趣,双眼放出光来,"不知道张老板想出多少钱买下我这个小公司啊?"

张家宝并不出声,而是拿起之前搁在旁边的提包,拉开拉链,从中取出那张银行本票,轻轻放到桌上。他努努嘴,示意杨晨可以自己看看。

杨晨伸出手去,慢慢将那张本票移到自己面前,垂下目光扫了一眼。然后,他轻轻地又把本票推回到原处,非常淡定地看着显然有些意外的张家宝。

张家宝确实没有料到这张标明20万的银行本票,竟然对杨晨丝毫不起作用。至少从刚才一刹那的反应来看,他既不惊讶也不兴奋,好像根本不在乎这个数字,难道他根本不愿意放弃这个破烂公司吗？还是他欲擒故纵，装出一副不为所动的样子？

"这可是市场价的四五倍价钱哦。"张家宝提醒说。

"这个我知道。"杨晨说。

"那你怎么看上去毫无反应？莫非你根本不愿出让公司？"

"那倒不是。"

"这就奇怪了，既然杨总有出让公司的意向，有人愿意出这么高的价钱来买，你难道不动心吗？"

"问题是，在你张老板过来找我之前，已经有人来过了，她出了比这更高的价格收购我的公司。"杨晨故意做出一脸得意洋洋的表情。

"真的？"张家宝当然知道这肯定不是真的，哪个人脑子有毛病，花那么多钱来买下这么个破公司？显然是杨晨看透了自己急于想要这家公司，因此想敲他一笔，再往上加点码。他问："请杨总说来听听，那个人出价多少？"

"不多不少，30万。"杨晨轻松地说。

"30万？不可能吧。"张家宝心想，你这家伙胃口也太大了吧，一下子加码了50%啊！

"张老板不相信也没有关系，"杨晨往前倾倾身子，伸手将那张本票往张家宝面前推过去，"所以，就请张老板把本票收回去吧。"

张家宝一愣，这才感到杨晨不像是在做戏给自己看，难道真有一个傻瓜出30万要买这家公司？这个突如其来的意外情况让张家宝有些乱了阵脚，他忍不住问："那个人谁？"

杨晨摇摇头："不好意思，这个我不能说。张老板，你迟了一步，若是你早点来，你出的价格我也接受了。你说得没错，20万已经超出市场价四五倍了，我有何理由不心动？可是偏偏有人比你更看上我的公司，愿意出30万。你想，20万和30万，我会选择哪一个呢？"杨晨说完，呵呵笑了几声。

"你已经和那个人成交了？"张家宝心中一急，脱口就问了出来。

"那倒还没有，但我们已经谈妥了，这几天就签合同。"杨晨老练地观察着张家宝的反应。他胡说八道了一通，就是要等一个结果。

"我出40万买你的公司。"张家宝喊道，"怎么样杨总？"

"40万？你真要出40万?!"

杨晨心里激越无比，这几天真是撞大运了，爱丽丝愿意出20万买下一个只值三四万的壳子公司，眼前这个张老板竟然被自己几句假话一激，开口就翻了一倍，从20万变成了40万，天哪！杨晨用他最大的毅力压制住自己的兴奋，等待张家宝的回复。

"对，我出40万，现在你总该答应把公司卖给我了吧？"张家宝一副毫不反悔的样子。他把那张本票再次推到杨晨面前说："这20万你先拿着，算是定金，明天或者后天，我再带 20 万过来。如果你同意，现在我们两个就签约。"

杨晨看得出张家宝不是开玩笑，他迅速判断了一下后，对张家宝说："好，既然张老板真愿意出 40 万，我当然会选择卖给你，至于合同嘛，倒不急。我之前答应了别人，总不能说变就变，我也得和她通个气吧。所以，过两天张老板直接带一张 40 万的本票过来，到时我们再谈签合同的事。"

"可是，万一那个人也愿意加到 40 万呢？"张家宝想到了可能出现的变数。

"这个张老板可以放心，那个人和我讨价还价后说过，30 万是她的极限，超过那个数，她就不要了。所以只要你说话算数，出 40 万，我这小公司就归你了。"

"好，那我们一言为定。"张家宝只好就此作罢，耐心等两天。

离开顺风移民咨询公司的时候，他怨气冲天地骂了一句："真是的，这算什么事啊？要我花 40 万买这么个破公司！"

<h1 style="text-align:center">5</h1>

说巧也真是巧，张家宝来到地下停车库打算上车时，正好赵梦雨驾着她的白色宝马进入停车库。她今天正好要来本那比办事情，怕夜长梦多，顺便带着一张 20 万的支票来找杨晨，想尽快把收购顺风移民公司的事情处理妥当。

丽晶广场的地下停车库车位一直很紧张，有时需要在里面兜上几圈才能找到空位。赵梦雨驾车缓慢地在过道里寻找位子，就在不经意间，她瞥见了正拉开车门准备上车的张家宝。她脑子里马上闪过一个疑问，他来这儿干什么？随即又觉得自己不免过于敏感了，丽晶这地方，就是华人喜欢来嘛，楼上那么多的地方风味小吃，小超市、点心店、各种商店几乎应有尽有，正是华人移民们喜闻乐见的，像张家宝这样的人过来逛逛，有什么可奇怪的？

赵梦雨轻踩油门，加速驶过张家宝的车位，她不想被他看到自己。往右拐了两次弯后，她找到了空位，将车泊了进去。停好车，她匆匆忙忙上了楼。过来的路上，她打了个电话到顺风公司，问杨总在不在，接听电话的女孩说杨总正在和客户谈事情，让她过一会儿再打过来，赵梦雨想，既然他在就不用再打了，直接上去找他就行。

赵梦雨来到三楼，径直走到顺风公司推门进去。那个上次接待她的女孩立刻认出了赵梦雨，站起身来说："你来找杨总吧？真巧，他刚和客人谈完事，现在空着呢。"

赵梦雨出现在杨晨面前时，他很是意外，急忙起身相迎："咦，爱丽丝，你怎么会突然到访？"

"我为什么过来，杨总应该不问自明吧？"赵梦雨绽放笑容，令那张脸越发动人。

杨晨像上次一样，被赵梦雨的魅力所震慑，目光在赵梦雨身上不停游弋，半晌才回过神来，慌忙请赵梦雨入座。

"爱丽丝是为收购我公司而来？"杨晨明知故问。

"看，你不是清清楚楚吗？"赵梦雨坐下来。

杨晨依旧瞧着赵梦雨的脸，那张脸上如同有强大的磁场吸引着他的目光，令他无法移开。他说："我没料到你这么快又来找我。"

"既然是已经谈妥的事，我想还是尽快做完它才好。"赵梦雨说着，从手提包内取出了支票交给杨晨。"这是 20 万，我们敲定的金额。"

杨晨并没去接，他心里有点虚，自己不得不食言了，那多出 20 万的诱惑实在无法抗拒，即便是这么令人着迷的美女，他也不得不得罪一次。他见赵梦雨目光闪闪地盯着自己等待回答，反而躲开了之前的对视，将眼睛看向别处。不过他明白回避也不解决问题，他总要开口面对的，就又将目光移了回来。

赵梦雨敏感到了杨晨的神情有些异常，就问了一句："杨总好像有什么话想说对吗？"

"爱丽丝真是聪明过人，"杨晨觉得找到了机会，赶紧加以利用道："我实在有些难以启口，我们之间先前的约定，恐怕我不能兑现了。"

"这是怎么回事？"赵梦雨吃了一惊。之前一直挂在脸上的笑容顿时消失了。

"真是对不起你了，爱丽丝，"杨晨的歉意倒不像是装出来的，他解释说："就在方才，你进来之前没多久，有一位客人刚离开我的办公室，他也是来收购我公司的。不过嘛，他开出的价格远远高于你，所以……"杨晨没有再说下去，他相信聪明的爱丽丝会听懂他的意思。

赵梦雨顿时傻了，这件事情太过突然，完全是意料之外的。她坐在那儿，一时无言以对，思路不免有些混乱，难道是杨晨要加码吗？但他也没有撒谎，刚才赵梦雨就知道他在接待客人，那么就是刚才那个客人要收购顺风了？那会是谁呢？倏然之间，赵梦雨想到了一个人，心头骤然一紧。刚才在停车场不是见到了张家宝吗？难道会是他？这么一想，赵梦雨觉得可能性太大了。除了他，还有谁会愿意为了这么一个破公司出一大笔钱呢？况且时间上也吻合，张家宝刚好要离开，她自己接踵而至。这么想着，赵梦雨决定直截了当问个清楚。她镇定住情绪，抬眼问杨晨道："你说的那个客人，不会是姓张吧？"

"你怎么会知道的？"杨晨吃惊不已。

"他叫张家宝，对吗？"赵梦雨干脆打开天窗说亮话。

"你们，你们认识？"杨晨奇怪极了。

"算是认识吧。"赵梦雨并不打算讲得太多，转而问杨晨说："杨总不妨明确告诉我，他的出价是多少？"

"这个嘛……"杨晨稍事犹豫，吞吞吐吐道："我怕说出来爱丽丝你不相信，会以为我胡说八道。"

"说吧，多少？"赵梦雨很冷静。

"40万，他说愿意出40万，整整翻了你一倍啊。爱丽丝，你看，我能不接受吗？因此，真的很对不起你，我食言了。"杨晨一脸歉意。

赵梦雨猛听到40万这个数字确实吓了一跳，不过这反而让她相信杨晨没有胡说八道，因为她了解张家宝，只有张家宝能做出这样的事来，除他之外，全世界不会有第二个人会这样血拼价格去夺取一个根本不值钱的小公司。显然，他也得到了移民局要大检查的消息，担心自己身份作假的事情暴露，被取消移民身份遣送回国。因此，他不惜重金要买下顺风，销毁证据，这怎么能让他得逞呢？可是，眼下自己又该怎么办？张家宝既然出价40万，杨晨又是一个贪得无厌的家伙，如果自己不往上加码，公司就一定会落入张家宝之手。那么，这最好的报复机会又将失去了。要加码的话，自己哪来那么多钱？那20万还是从韩戈平手里临时要过来的，正是那笔卖房所得的款子，当初韩戈平要送给她她没有接受，现在要派急用才拿了过来，即便去和韩戈平商量，两个人拼拼凑凑也不可能再拿出多少钱来啊！赵梦雨心急如焚，一时有些手足无措。

"爱丽丝，这次真的不好意思了，过一阵我请你吃饭，向你赔罪。"杨晨察觉到了赵梦雨神色暗淡，看上去非常失望沮丧，不免过意不去。

"等等，"赵梦雨忽然冒出一个破釜沉舟的念头："杨总刚才说，张家宝愿意出40万收购你的公司，对吗？"

"对，确确实实是40万。"

"好，我再加你10万。"赵梦雨狠下心来说。

"什么？你要出50万？"

"对，我出50万。"赵梦雨口气坚定。

"这是真的？"

"当然真的。"赵梦雨非常严肃。

"这……"杨晨这下不知所措了。

"50万比40万多了10万对吗？难道杨总不感兴趣？"赵梦雨尖刻地道。

"当然，我当然有兴趣。"杨晨脑子已经糊涂了，这太令他难以理解了，这个女孩如此有钱？说50万时的口气就像说50元一样随意轻松。她有如此沉鱼落雁之美，闭月羞花之丽，难道是背后有巨富撑着？

"好，我们一言为定，我出50万买你的公司，"赵梦雨似乎想加快速度把生米煮成熟饭，"不过我有一个条件，杨总你不能再出尔反尔，如果你答应了，我们现在就把合同签掉。我这张20万的支票算是预付款，两天之内，我会再带给你30万。"

杨晨脑子里开始斗争起来，他要不要立刻答应这位美女呢？还是再等张家宝来加一轮价？颠来倒去思考了好一会儿，不知道是意识到了应该见好就收，不能太贪，还是觉得应该要给眼前这位大美女一个面子，他不由点头同意了，"好吧，我和你成交。"

赵梦雨暗暗舒一口气，她把20万的支票交给杨晨，请他收下。

"这个倒不必，下次你来一下子给我就行，"杨晨还是留了一份心计。

"不，这20万你务必此刻就收下来，作为合同的定金，而且你要给我一张收条。这样才表明你的诚意，也可以让我放心。"赵梦雨坚持道。

杨晨不得不佩服这个女孩，她这是要斩断他的念想啊！只要他收下这20万，并且作为合同的定金还写了收条，那他就不能再反悔了。否则，如果违约的话，得倒过来赔她20万。杨晨想，也罢也罢，这么一家破公司，从最初连出价5万都没人要，此刻一下变成了50万，整整翻了十倍啊！自己还有什么可犹豫不决的？简直就是美梦成真啊。他终于想通了，与其夜长梦多，不如落袋为安。

"好吧，我收下这20万，写张收条给你。同时，我们现在就起草并签掉转让合同。"杨晨下了决心。

赵梦雨是拿到了收条并且和杨晨签掉了转让合同后，才离开丽晶广场的。她必须坐实这件事才走下一步。现在，收条和合同都在她的包里，杨晨不再可能反悔了，否则将承担法律责任，料他也没这胆量。他已经占了大大的便宜，何必再多折腾。接下去，一旦赵梦雨付清剩下的30万余款，顺风公司的老板就是她了。到时张家宝就再也奈何她不得。看他还能得意几天。可是，另外那30万从何而来呢？赵梦雨知道自己眼下只有华山一条路，去求老板刘豪杰帮忙。

赵梦雨回到海天球场去找刘豪杰的时候，不想雪雅正好也在场。前一阵，由于雪雅的老公许小博身体不好，她回了一次多伦多，在那里住了约两个多星期，直至她老公彻底康复后才返回温哥华。赵梦雨和雪雅有好一阵没见面了，突然遇到，两人都很惊喜，不由亲热地拥抱在一块，拥抱完了，手还是拉在一起，雪雅让赵梦雨紧挨自己坐下。

"你匆匆而来，应该是有事找我吧？"刘豪杰等两个女孩亲热够了，才问赵梦雨。

赵梦雨这才记起了自己唐突过来的原因，她之前没有料到老板那儿还有别人，虽说自己和雪雅关系密切，情同姐妹，但向人借钱这种事，实在不是很光彩，更何况要借的不是小数字，是六位数呢。她犹豫了，说不出口来。

刘豪杰一眼就看出了赵梦雨欲言又止的神情，不由奇怪，就问道："怎么了？赛琳娜又不是外人，你有事就说呀。"

"我……"赵梦雨很为难。

"没关系，我先回避一下吧。"雪雅很聪明，她松开赵梦雨的手，想站起身先出去一会儿，不了却被赵梦雨拉住了站不起身来。

"雪雅姐不用出去。"赵梦雨看看雪雅说。

"好爱丽丝,那你就爽爽快快说吧,什么事?"刘豪杰觉得女孩子有时候会忸怩一些,不如男孩那样不管不顾。

"刘总,我想,我想问你借点钱……。"赵梦雨鼓足勇气把话说了出来。

"哎呀,我还以为是什么天大的事情呢。"刘豪杰差点笑起来,"你也真是,爱丽丝啊,你要知道这事根本不需要躲躲闪闪的,知道吗?"

"可是,我借的数字很大……"赵梦雨拘谨地说着,探察着刘豪杰的反应。

"哦,这数字有多大?说出来听听。"刘豪杰脸上的表情对于数字很大这句话根本毫无反应,他波澜不惊地问了一句。

赵梦雨躲避开刘豪杰询问的目光,再一次鼓足了胆气说:"30万,刘总,我想借30万。"

"哈哈哈……"刘豪杰放声笑起来:"我说爱丽丝啊,我还以为你要借300万,3000万呢?就30万哪?"

一旁的雪雅也被逗笑了,轻轻推了赵梦雨一把说:"哎呀我的妹妹,你太有意思了,借30万,用得着这么紧张吗?这么一点钱,你何必麻烦老板呢?向我开口不就得啦?"

"可是,30万是不小一笔数字啊。"赵梦雨说。

"对你而言可能是的,可对你老板来说,那算什么大钱啊?爱丽丝啊爱丽丝,你也太小看你的老板了吧?"雪雅边说边笑。

"我……"赵梦雨被说得满脸窘迫。

"好啦,别让爱丽丝尴尬了。"刘豪杰替赵梦雨打圆场,说完他拉开办公桌抽屉,从里面取出支票本,在桌上抽了一支水笔,刷刷几下写了一张支票。他撕下写好的支票,放回自票本,然后走过来准备将支票递给赵梦雨。

"哎,上次给你的30万你已经用完了?"刘豪杰移动一半的手臂突然停了下来,因为他猛然想起,上次爱丽丝因为在水矿买卖上输了30万,自己曾给过她一张30万的支票,怎么现在还缺钱?一定是她碰到了极大的问题,才鼓足勇气向他开口借钱的。出于对她的关心,还是忍不住问了一句。

"这……"赵梦雨刚想解释,被雪雅打断了。

"噢,你上次给爱丽丝的那张30万支票,爱丽丝给了老陆,但老陆坚决不肯收,爱丽丝就将那张支票撕了,没有存入银行。"雪雅那天见证了这一过程。

"原来是这样啊。"刘豪杰从心里更加赞赏赵梦雨了,于是将手中的支票递给了赵梦雨。

赵梦雨慎重其事双手接了过来,说了声谢谢。雪雅在边上瞧着,随口问:"爱丽丝,你派什么用处啊?这么急。"

赵梦雨低垂着脸没有吱声，她原本不想说出原由来，因此不免为难。刘豪杰立刻看出来了，朝雪雅使了个颜色，雪雅意识到自己的唐突，朝刘豪杰吐了吐舌头。刘豪杰就把话引开去说："爱丽丝，你如果有事急着要办，现在就去办吧，办完马上就回来，我和赛琳娜在这里等你，晚上我们三个一起吃饭。"

"是啊，我和爱丽丝好久没在一块吃饭了。"雪雅开心地摇了摇赵梦雨的胳膊，"你快去快回啊。"

赵梦雨嗯了一声道："那我就先离开一会儿。"说完就站起身来。

走出刘豪杰办公室，赵梦雨心里一阵轻松。她从小到大，还从未向别人借过钱，她自小家境不错，父亲又当她掌上明珠，没有什么要求不满足她的。这人生头一回借钱，就借了这么多，30万加元，折算成人民币得100多万哪，可不是个小数字呢！

赵梦雨回到自己办公室里，将刘豪杰给她的那张支票夹紧票夹，装入随身手提包内。她想了想，决定给杨晨打个电话。拨号不久杨晨就接通了，听到是赵梦雨，他有点奇怪，不是才分手没几个小时吗？

"杨总，明天上午我就过来，把剩余的30万给你。"赵梦雨对杨晨说。

"哦，这么快啊？其实不用那么急的，过几天没关系。"杨晨没有料到在这么短的时间里赵梦雨已经把30万准备好了，心里不由想，天哪，年轻漂亮的女孩子就是有办法。

"请杨总明天在公司等我，对了，你把应该移交给我的东西都准备好，明天我们一手交钱一手交货。"赵梦雨说。她猜测张家宝这两天一定会再去顺风公司的，她要赶在他去之前把一切转让手续都办妥，到张家宝再次踏进顺风公司的时候，坐在总经理位子上的就已经不是杨晨了。

"好吧爱丽丝，我这就整理东西，明天上午恭候你的光临。"杨晨高高兴兴地答道。

第二十二章

1

　　张家宝和杨晨约定了以40万加元的价格收购顺风移民咨询公司后，他悬着的心终于暂时放了下来。值得庆幸的是，他想到收购顺风公司这个点子恰逢其时，如果再晚一些日子，恐怕就要空手而归了。最近移民部宣布的调子如此之高，张家宝相信和他一般提心吊胆的绝不止他一个人，远的不说，就拿在他之前去找了杨晨，打算花30万买下顺风公司的那个人，百分之百也和张家宝一样，是通过虚假材料移民来温哥华的，毫无疑问，他也担心材料被移民局查实，因此不惜重金买下一个破公司，以此保住自己的移民身份。当然，张家宝现在的处境可能比那个人更为严峻，不仅是失去移民身份那么简单，他张家宝是无论如何不能踏入中国国境的，否则等待他的将是牢狱之灾啊！

　　自那天见过杨晨后，张家宝为了公司里几件火烧眉毛急需解决的事情一连忙了两天。这日上班来到公司后，他想起应该抓紧把顺风公司的事解决掉了，就给杨晨打了个电话，说他今天会带着40万的本票过去，和杨晨签掉公司转让合同。不料杨晨吞吞吐吐说，他今天有事外出了，没在公司。

　　"你几点回公司？"张家宝问。

　　"现在说不定，我去了维多利亚，今天可能回不去。"杨晨答道。

　　"哦，这样啊，那要不我就明天过去吧？"张家宝信以为真了。

　　"那我们明天再联系一下。"杨晨说得模棱两可。

　　第二天，张家宝又打电话给杨晨，杨晨支支吾吾说他今天还是不在公司，要不过两天再说吧，说完他就急急忙忙挂断了电话。这下张家宝觉得有点不对劲了，感觉上杨晨是在故意回避他，这是为什么呢？那天讲得好好的，他出40万，杨晨把公司卖给他，难道杨晨要变卦吗？张家宝这么一想，心情不由紧张起来，万一顺风被别人买走了该怎么办？他焦虑地在房间里转来转去，内心七上八下。

琢磨了一阵后，他开始宽慰自己，其实好像不用如此担心吧？试想一下，即便有人出于和张家宝一样的目的买下了杨晨的公司，那个人要做的事情无非就是销毁和他相关的假材料记录而已，一旦目的达到，那个破公司对他而言就一钱不值了。那么，只要张家宝找到他，提出从他手里再把公司买过来，还怕那个人不同意？估计那个人巴不得将公司转手掉，以便收回那笔冤枉投资呢！这么一想，张家宝不由安心了。他拿自己作假设，如果他真的花 40 万买下了顺风公司，一旦将自己的材料处理完毕，如果再有别人来收购顺风，张家宝还不开怀大笑？

张家宝又忍了两天。这两天中，他给杨晨打过不下四五个电话，但杨晨始终未接，看来这家伙是存心回避自己了。张家宝愤愤地想着，以后如何找机会整整杨晨这个不守信誉的混蛋，竟敢玩到我张家宝头上来了。这天下午，张家宝脑子一转，不再打电话给杨晨，而是按照杨晨名片上的公司电话拨了过去。接电话的是个女的，问张家宝找谁？

"你们老板在吗？"张家宝故意不提杨晨的名字。

"这位先生找我们老板啊？老板在的。请问找我们老板有什么事情？"

"哦，是这样，我有一件移民业务要委托你们公司办理。"张家宝随机应变得很快。

"先生可以对我介绍一下具体情况吗？"女子礼貌地问。

"这个么，我还是想直接找你们老板谈比较好。"

"那好吧，你如果现在过来，老板应该在的。"女子有些无奈。

张家宝挂断电话，刻不容缓叫司机备车，临行，他还是带上了一本空白支票簿，想到了那儿见机行事。如果杨晨是故意施计拖延时间，想再多敲诈他一些钱的话，他可以灵活应付。

一个小时后，张家宝再次来到丽晶广场三楼。他拎着包敲开顺风公司的门，一个女孩迎上来问他是不是之前打过电话的先生？张家宝点头称是，女孩就领他去了老板的办公室，这一刹那间，张家宝心想，杨晨你这个混蛋，看你面对我时作何解释？

赵梦雨从刘豪杰那儿拿到了 30 万的支票后，第二天就将钱送到了杨晨手上。接下去，花了一天半时间做交接。说是交接，实际非常简单，无非就是交代一下办公室租金支付情况，移交一下公司现有的办公设备，验证一下公司所有的客户资料。其实赵梦雨唯一感兴趣的只有公司电脑里的资料，因此她花了不少时间在这上面。杨晨知道她一定是在寻找当初想查看的那份材料，他对此兴趣颇浓，很想知道赵梦雨究竟是要了解哪个客户的情况，试探着问了两次，说材料那么多，他比较熟悉，可以帮忙找，结果都被赵梦雨婉言回绝了。杨晨讨了个没趣，只好闭嘴放弃。

杨晨这个顺风移民咨询公司前几年业务还是不错的，后来渐渐萎缩，这和移民大形势的变化密切相关。加拿大政府收紧了移民政策，等于釜底抽薪，很多人即便聪明过人，也成了巧妇难为无米之炊。因此，很多曾经风风火火的移民公司纷纷萎缩甚至熄火。顺风最旺时，员工有十四五个之多，如今加上杨晨，总共只剩下了五个人。那四名女员工，一个是杨晨的亲戚，如果杨晨不再是老板了，她当然就走了。另外三个都是从大陆来的，刚从大学毕业不久，尽管杨晨给的工资很低，但她们为了申请枫叶卡才在这里上班的，得知要换老板，心里不免忐忑。赵梦雨的态度很明确，如果想走，悉听尊便。如果想留，只要好好工作，待遇不变。其实赵梦雨说这话时，心里毫无底气，虽然这三个女孩工资并不高，但要赵梦雨拿自己的收入来供养她们，肯定很累。好在杨晨介绍说，目前公司还是有一定业务收入的，只要这样正常维持下去，供养两三个员工应该没什么大问题，只是老板自己要想赚钱就比较困难了。赵梦雨想，如果当真这样倒也无妨，她自己从未想过要靠这个小小的移民公司赚钱。她拼死买下顺风，只有一个目的。当然，一旦真的打败张家宝，夺回蓝天矿业的股权之后，她要盘活这家小公司可以说易如反掌。对赵梦雨而言，还有一个险招，万不得已时，她可以把顺风公司的移民业务并归到刘豪杰的旗下去做，这会带来双赢局面，不会增加他的负担，相信刘豪杰多半会欢迎的。

在确认了张家宝的所有移民资料都完好保存在公司档案里之后，交接算是正式完成了。这天下午时分，杨晨有些依依不舍地离开了顺风，虽然天上掉下来一个大大的馅饼，捡了那么大一个便宜，杨晨还是不免浮现一丝留恋之情。不过这种心情在他走出丽晶大厦时，即刻就烟消云散。他终于放弃了半死不活的公司，不必为经营不善而愁眉苦脸，提心吊胆了。

杨晨走后，赵梦雨一直独自坐在总经理办公室里，仔细翻看着剩余的一部分资料，不管怎样，她都得熟悉顺风的情况，到投靠刘豪杰时，要能说出个大概。

听到有人敲门时，赵梦雨抬头轻唤一声进来。门被推开后，她不由愕然色变，站在门口的竟然是张家宝！她脑子里闪过几个字：他终于找上门来了。

在看到杨晨的办公室里坐着的是赵梦雨时，张家宝的惊诧程度远远超过了赵梦雨。他刚准备跨出的脚步顿时收住了，一脸不解地问旁边的女孩："她怎么在这里？"

"她是我们新来的老板呀！"女孩自然地回答说，"你不是要找老板吗？"

"她是这儿的老板？……"张家宝难以置信。

"对，我现在是这儿的老板。"赵梦雨已经恢复了常态。她有心理准备，早晚会有和张家宝面对面的一天，只不过没料到来得这么快，这么突然而已。本以为一切妥当后，是她上门去找张家宝的，不想他自己送上门来了。

张家宝面无血色，像被钉子钉在了门口，动弹不得。他不知该走进去还是转身离开。对他而言，此刻好像是他一辈子所遇到的最大意外，即使老练沉稳的他，这时也不免乱了阵脚，这不仅仅是因为冷不防遇见了赵梦雨，也不光是得知赵梦雨成了顺风的老板，而是他迅速意识到了事情的严重性。赵梦雨绝不是偶然出现在这里的，也不会无缘无故当了顺风的老板，显而易见，赵梦雨谋划已久，定有所图，毫无疑问是冲着自己来的！

"怎么了张叔，进来坐啊。"赵梦雨用平平常常的口气招呼道，然后朝站在一旁好奇地看着他们俩的女孩挥挥手，意思她可以离开了。

张家宝好像被什么人推了一把似的，不自觉地走了进去。他下意识里有个声音在告诉他，转身离开毫无意义，此事必须要面对的。张家宝进去后，还刻意把门关上了。

"坐吧。"赵梦雨指指办公桌前面那只折叠椅。

"你买下了这个公司？"张家宝找句话开头。

"是啊，这不是明知故问吗？"

"对对，确实是明知故问了。"张家宝很尴尬。他勉强地笑笑，想让自己表现出轻松的姿态来。他知道，接下去一定有番唇枪舌剑。

"你不是也想买下这公司吗？可惜呀，你慢了一步。"赵梦雨嘲弄说。

"是那个杨晨不守信誉，他已经答应卖给我了，谁知他……"张家宝似乎很不甘心被杨晨耍弄了，愤愤而道。

"没想到精明透顶的你，也有被别人糊弄的时候。"赵梦雨幸灾乐祸。

"你为什么要买下这么一家破烂公司啊？"张家宝试探着问。

"你不又在明知故问了吗？"

"我不太明白……"

"我不惜重金买下这家公司，就是因为这儿有你齐全的移民资料，现在你明白了吧？"

"那我更不明白了，我的移民资料对你有何用呢？"

"好，既然你喜欢装糊涂，我就把话说说明白。"赵梦雨犀利地直视张家宝："你不是也对这家破烂公司感兴趣吗？既然你愿意花几十万买下它，难道会不知道那些移民资料对我具有什么价值？不，你心里明白得很，知道这些资料一旦落入我手里对你将意味着什么。你还需要我进一步说明吗？"

张家宝避开赵梦雨的锋芒，装模作样地四下看看，缄默不语。隔了一分多钟，他突然开口问："好吧，那么你花了多少钱买下这家公司的？"

"50万，多你10万。"

"多了10万他就卖给你了？"张家宝觉得十分憋屈，杨晨那个混蛋，干嘛不再要我加码呢？我可以出60万，70万，甚至80万啊。他想到这里对赵梦雨说："小雨，你看这样行吗，我再加10万，60万，你把公司转让给我。"

赵梦雨冷冷看了张家宝一眼，没有搭理他。

"那就 70 万，不 80 万，可以吗?"

赵梦雨保持着沉默，轻蔑地盯着张家宝。

"这样吧，我不要这家公司，只要拿回我自己的材料，对，我出 80 万，就换回我自己的材料。公司依旧归你所有。"张家宝态度诚恳，已经在请求了。

"你出 800 万也不行，你以为我买下这家公司是为了敲你竹杠?"赵梦雨冷峻地问。

"那你想干什么?"张家宝再次明知故问。

"我想干什么你再清楚不过了，"赵梦雨毫不客气地道："我想让你被移民部抓住，然后遣返回国。"

"你……，你难道非这样赶尽杀绝吗?"张家宝既无奈又气恼。

"对你这样的人，我还能心慈手软吗?"赵梦雨完全是胜券在握的样子。她知道这回可不比前两回，张家宝已经无法再搬出韩戈平来做挡箭牌了。韩戈平的移民资料也在顺风公司的档案里，赵梦雨已经仔细查阅过，所有手续完全合规合法，丝毫不会受到张家宝的影响。所以她可以放手一搏，将张家宝推下悬崖。

"小雨，你何必做得那么绝?"张家宝换了乞求的语气，"我以前待你不薄啊，虽说我确实做错过事，对不起你，可我们之间也有误会的地方啊。你说吧，你有什么要求，我都答应你，只求你别把我的移民资料捅到移民部去。行吗?"

"我说的条件你都答应?"赵梦雨尖刻地问。

"我都答应。一定答应。"张家宝信誓旦旦。

赵梦雨眼里两道目光如同利剑般直刺张家宝，盯得他心虚地躲避开去。张家宝的手心里出汗了，额头上也沁出细密的冷汗。此刻他完全失去了往日的狂妄和蛮狠，因为他心里再明白不过，自己除了投降，已经没有棋子可出。

"好吧，"在一阵静默之后，赵梦雨忽然开了口："如果你不是戈平的表哥，这回你就死定了。你应该很清楚如果你被移民部遣送回国，等着你的会是什么下场。"

"是的，是的。"张家宝完全成了落水狗，唯唯诺诺地应着。

"我给你最后一次机会，但你不得再动任何歪脑筋。你必须完全按我的要求去做。"

"一定的，一定的，你说吧，要我做什么。"

"还是那两个要求，一，归还我蓝天矿业的所有股权;二，无条件归还海天球场那一半股份。这两件事，务必在一周内全部办妥。"

"等等，第一件事归还你的蓝天股份没问题。但天海球场的股份，我已经卖给别人了，所以……"张家宝转动着眼珠，似笑非笑地说道。

"卖给谁了?"赵梦雨紧逼一句。

"一家注册在 BVI 的公司。"

"那你再去把它买回来。"

"这恐怕不行吧，因为这家公司的老板是谁我都不知道。你可以问一下任何一个律师，BVI 上开设的公司是无法知晓股东是谁的。所以，我不知道找谁去买呀。"张家宝语气怪怪的，嘴角还露出了一丝得意的微笑。他庆幸自己当初听到刘豪杰没去北京，而是去了美国，就立刻感到刘豪杰通过赵梦雨来进行网签转让天海球场股份必有猫腻，为了防患于未然，于是当机立断将自己加拿大公司拥有的海天球场 50% 股份转到了自己在 BVI 上开设的新公司里。这样，刘豪杰不管要什么花样，不管设什么陷阱，哪怕法院判决合同是无效的必须归还刘豪杰海天球场的股份，也因为这股份已不在加拿大的公司而无法实施，最后这 50% 的海天球场股份还是牢牢控制在自己手中。

"这我不管，反正下周这个时间如果我看不到结果，第二天一早你所有的作假材料都将被送到移民局官员手上。明白了吗？"赵梦雨知道张家宝又想要诡计了，BVI 这家公司明明是他自己开设的，现在却在装糊涂找借口，妄想蒙混过关。

"明白了，明白了。"张家宝见此招不灵，只得认输。他太害怕因为移民作假而被遣返。这是他头一回如此谦恭地在别人面前点头哈腰，而且还是他之前根本不放在眼里的赵梦雨。

2

自来到温哥华至今，张家宝还从未像今天这样沮丧烦躁。

多少年以来，在商场上几乎所向披靡的他，很少会心甘情愿接受溃败的结果。每次遇到困境，他都能无所不用其极地竭力扳回败局，摆脱颓势，转危为安。张家宝处世的信念是，没有做不到的事，只有不敢做的事。只要够狠，够赖，够冷酷，够绝情，那么一定所向披靡，无往不胜。年轻的时候，张家宝喜欢看《三国演义》，他最最崇拜的人是曹操，世人都认为他是大奸雄，张家宝认为他才是人杰。张家宝特别欣赏曹操那句名言：宁可我负天下人，不可天下人负我。张家宝认为，成大业者，就需要有如此强硬的信念和性格，因此遇到万不得已时，必须不择手段，不能瞻前顾后。他是这么想的，亦是这么做的，恰恰是他的这种做派，令他长久以来在商场里纵横驰骋，几乎立于不败之地。

他万万没有料到自己如今会遇到如此强劲的对手，这对手还是个初出茅庐的小姑娘。她屡战屡败，屡败屡战，就是冲着他张家宝死缠烂打，三不罢，四不休，一心一意想置他于死地。之前，张家宝并未将对手放在眼里，说句通俗的话，张家宝走过的桥比赵梦雨走过的路还长，吃过的盐比她吃过的饭还多。何惧之有？前面几个回合的交手，张家宝还不都是略施小计就逢凶化吉，峰回路转了？她赵梦雨再怎么努力，最终动不了他一根汗毛。

然而这次不同，赵梦雨走了一步先招，不仅是先招，还是杀招。可以说是奇兵突袭，直捣张家宝中军大营。如果比作下棋，那就是赵梦雨在张家宝不知不觉中将死了他。任他有三头六臂，也将束手就擒。眼下，情势所迫，张家宝不得不摇动白旗，挂出免战牌。

张家宝如何咽得下这口鸟气？离开丽晶广场之后的两天，他成日闷闷不乐，少言寡语。他绞尽脑汁，企图想出一个应对的办法来。不同的是，张家宝这次已经不能再出韩戈平这张王牌。本来，韩戈平就是赵梦雨的死穴，每点必中，每点必赢。为了保护韩戈平，即便再不情愿，赵梦雨也会退让放弃。但这回，这个屡试不爽的方法失效了，移民材料作假一事，怎么都嫁接不到韩戈平身上去，这该如何是好？

张家宝琢磨了老半天，依旧无计可施。情急之下，他免不了狗急跳墙，不由恶从胆边生，决定采取惯用的极端伎俩来让自己扭转局势，摆脱困境。张家宝思念停当后，急匆匆找出了大耳窿的电话，向他求助，看来这次不管出多少钱，都要豁出去。

大耳窿自从上次替张家宝做掉了山姆之后，就没再和张家宝有过联系。干他那一行，就是收钱办事，办完走人，决不拖泥带水。听张家宝突然找他，知道又有新的生意，就问张家宝有何事情。张家宝说这事得见面再谈，便约了大耳窿，晚上在列治文一家日式酒馆的小包厢里见面。

当晚，两个人如约而至。几小杯清酒下肚之后，张家宝伺机说出了自己所托之事。大耳窿听说张家宝要他去做掉一个年轻的女孩子，不由极为意外。他向张家宝了解了一番具体情况，得知那个叫爱丽丝的目标对象是温哥华大名鼎鼎的海天高尔夫球场主管后，他退缩了，问张家宝道："那个海天高尔夫球场的老板是不是姓刘？"

"对啊，姓刘，叫刘豪杰。"

"那不行，"大耳窿立刻拒绝道："刘老板的人我不能动。"

"为什么？"

"刘老板在温哥华可是响当当的人物，各路大佬都去他的球场打球，他的人脉关系太广，黑道白道都有他的朋友，这个人得罪不起的。"大耳窿解释说。

"我怎么不知道这种事？"

"哎呀，你来温哥华才几天啊？我问你，你听说过大圈帮吗？"大耳窿问。

"什么大圈帮啊？没听到过。"张家宝莫名其妙。

"看来你知道的事情确实不多。"大耳窿轻蔑地横了张家宝一眼说："大圈帮是大温地区最惹不起的华人帮派，人人都要避让三分。帮会的会长叫桂红军，他也是刘老板的朋友。现在你明白了吗？"

张家宝立刻就明白了，令他意外的是，温哥华这地方看似一派祥和平静，竟然也会有华人帮派。张家宝对帮派这种组织并不陌生，以前在成都时，张家宝有搞不定的事情，常常会花重金买通黑道势力去摆平。这样做往往所化时间短，效果非常好。黑道往往和某些政府官员有着千丝万缕的联系，犯了案多半会不了了之。张家宝却不了解这里也有同类人物，早知道如此，他就应该找到途径去拜拜码头才对，现在再提这件事，显然已经晚了。张家宝见大耳窿一开始就打退堂鼓，很是不甘心，劝说大耳窿道："你可以行事小心一点啊，不就一个手无缚鸡之力的女孩吗？悄悄行动，没人会知道的，就像上次做掉山姆一样，隐蔽得很，连警察都查不出……"

"不行！"大耳窿断然挥手否决。

"我会多出点钱，你开个价吧。"张家宝还是继续缠住大耳窿不放，他觉得有钱能使鬼推磨，这不会变。

"我说了不行就是不行，你以为我会放着钱不赚吗？可你知道，万一脑袋没了，钱再多有什么用？"大耳窿一个劲摇头，"大圈帮可不比警察，他们不会抓你入狱，他们的做法和我一样，说不定哪天夜里，我刚走出家门，就像山姆一样被车撞死了。也可能，我在哪家店里喝酒呢，然后就醒不过来啦。"

张家宝听得出，大耳窿显然不敢去惹刘豪杰，因为后面有个大圈帮。难道这个帮派有如此吓人，连胆大包天的大耳窿也胆战心惊？

这天张家宝无功而返，白白请大耳窿喝了一顿酒。临别时，大耳窿还警告张家宝，千万别招惹桂红军，别动他的朋友，否则会吃不了兜着走。回到家里，张家宝内心越发郁闷，对赵梦雨恨得咬牙切齿却又无可奈何。

一眨眼，赵梦雨所给的时限已经过去大半，张家宝绞尽脑汁也没有想出扭转败局的良策。再过两三天，如果他仍未兑现承诺，赵梦雨就会将他所有的移民材料送到移民部官员手里，接下去会发生什么，张家宝想都不敢去想。他没有办法对付赵梦雨，已经陷入险象环生走投无路的境地。深思再三之后，张家宝终于无奈地做出了决定，按照赵梦雨的要求，归还她蓝天矿业的股权，并且放弃海天球那50%的股份。不过即使做了决定，张家宝还是多生了一个心眼，他担心赵梦雨对他怀恨在心，一旦他兑现了承诺，她还是不会放过他，因为赵梦雨自始至终认为他是杀父仇人。因此，张家宝需要某种担保，担保赵梦雨同样兑现承诺，不会变卦。那么这担保从何而来呢？张家宝不由想到了韩戈平。

最近一段时间，张家宝对韩戈平一直十分冷淡，两人的关系出现了明显的裂隙，虽然表面上彼此客客气气，但已经有一道鸿沟横在两人心间。张家宝暗暗提防着表弟，认为他一心向着赵梦雨，处处和自己作对，所以公司里凡有重大机密的事情，都一概不让韩戈平参与，只让他负责一些无关紧要的表面工作。韩戈平心里自然很明白，他不免觉得委屈，却也无可奈何，好在他很清楚自己最需要的是什么，只要能和赵梦雨在一起，什么样的代价他都愿意付出。权也罢，钱也罢，都无关紧要，他毫不在乎。

韩戈平突然被叫去张家宝办公室的时候，不知道表哥又会找他什么岔子，这样的事情最近不止发生过一次。韩戈平当然知道表哥对自己心里有疙瘩，时不时想找个借口出出气。韩戈平对此并不计较，无论作为部下或表弟，他都不会对张家宝记恨在心，毕竟自己为了赵梦雨，有过得罪张家宝的地方，因此他早就说服自己，对什么都别太在意，即使逆来顺受，也毫无怨言。

出乎韩戈平意料之外的是，当张家宝见到他时，居然一反常态，变得十分客气，又是让座，又给他倒茶。这反而让韩戈平很不习惯，心里不免七上八下。

"戈平啊，这阵都好吗？工作还顺利吧？"张家宝笑容可掬地问。

"嗯，都很好。"韩戈平不知道表哥态度突变是出于什么目的。

"今天哥叫你过来，是想请你帮个忙。"张家宝也不兜圈子，直接将话引入主题。

"哥客气了，你的事就是我的事，说吧。"韩戈平表了个态。

"好好，不愧是我的小弟。"张家宝走过来，在韩戈平肩头拍了几下。

韩戈平没多吱声，等着张家宝告诉他要帮什么忙。他下意识地晃动着手中的玻璃杯，看着里面漂浮的茶叶轻轻摆动。这是好茶，根根都是嫩叶，碧绿地竖立在水中。

"我最近遇到了大麻烦。"张家宝叹了口气，一副垂头丧气的样子，接着很不情愿地将前几天所发生的事情一一告诉韩戈平。末了他说："我没有料到梦雨会来这一遭，一下子捏住了我的命脉，如果她不肯放过我，我就惨了。"

韩戈平听得一惊一乍的，他一点都不知道赵梦雨收购顺风移民公司的事。前些天，赵梦雨来找他，问他能不能把那笔上海卖房的钱借给她，说是有急用。韩戈平说当然可以，根本不用借，那钱本来就是赵梦雨的。赵梦雨拿到支票后，没有做任何解释，韩戈平见她不想告诉自己拿这笔钱去派什么用处，也不便主动问她。没想到她竟然是花在了收购移民公司上。韩戈平此刻已经明白，赵梦雨只要一天不斗败表哥张家宝，就一天不会罢休。而他自己总是有意无意帮了赵梦雨的忙。这次又一样，将张家宝移民材料作假的事不小心透露出来的就是他，没想到赵梦雨把这件事变成了对付张家宝的机会，而且，她成功了。韩戈平已经在表哥的神态中看到了恐惧。令韩戈平困惑的是，表哥刚才一句都没有问及是不是韩戈平泄了密，才让赵梦雨有机可乘。是他没想到那一点上，还是他故意不提？

"哥，你要我做什么？"韩戈平问。

"梦雨只听你一个人的，她在乎你，所以你得帮我去说情，不能让她把我的资料交给移民部。"张家宝说。

"我可以去找她，可是哥，恕我直言，梦雨的脾气你不是不知道，她也是那种不达目的誓不罢休的人。"韩戈平提醒张家宝，这件事没有那么简单的。

"这我知道，梦雨很固执。"张家宝丧气地说。

"哥，我总觉得梦雨并不是真想害你，把你逼上绝路，她的目的很清楚，就是想拿回蓝天矿业原本属于她家的股份，还有海天球场。"韩戈平小心翼翼地说道。

"你说的没错，她确实就是这两个目的。"张家宝承认。

"所以我想……"韩戈平故意顿了顿，观察张家宝的反应，"我想你不如就答应她的条件吧，这样就能……"

"我已经答应了。"张家宝说。

"真的？"

张家宝点点头："真的，我也想清楚了，所以我答应她了。"

"那你还要我帮什么忙呢？"韩戈平奇怪了，"既然哥答应了梦雨的要求，梦雨肯定不会再把你的资料交出去的。"

"你能肯定？你能保证她不会节外生枝？"

"我想我了解梦雨，她要么不答应，一旦答应的事情，不会出尔反尔。"

"那好，我就要你帮这个忙，告诉她，如果我答应归还蓝天矿业和海天球场的股份，她要保证绝不把我的资料交出去，我和她之间从此消除前嫌，不要再互相为敌了。这件事，我要你作担保。"

"行，我去和梦雨说。"韩戈平信心十足，"我愿意作担保。"

"戈平，你知道我为什么对她不放心吗？"张家宝突然问。

韩戈平摇摇头，表示不理解。

"因为梦雨一直认定我就是谋害他父母的幕后凶手，所以我怕她不会轻易放过我。"张家宝显得很无奈。

"那么这件事的真相是……？"韩戈平内心里也一直在为这件事纠结，如果张家宝是杀害赵梦雨父母的背后元凶，他们两家就是不共戴天的仇家。从他而言，希望表哥不会坏到那么毫无人性。

"不管你们信还是不信，我可以对天发誓，赵梦雨父母的被害完全和我无关。"张家宝满脸严肃，信誓旦旦。

韩戈平没有浪费一点时间，离开张家宝之后，立马就打电话给赵梦雨，说他有紧要事情，必须马上和赵梦雨见面。赵梦雨说她就在球场办公室等韩戈平过去。

韩戈平驾着他的三菱越野车火急火燎地赶到了海天球场，停好车后，直奔赵梦雨办公室。

赵梦雨见韩戈平急急忙忙推门进来，就问道："什么事啊，如此匆忙？"

"梦雨，你买下顺风移民公司的事，我都知道了。"韩戈平说。

"你表哥告诉你的吧？"赵梦雨避开韩戈平的目光，坐回到自己的位子。这件事她一直瞒着韩戈平没告诉他，主要是怕韩戈平知道了会因为她和张家宝的血拼而提心吊胆。她明白，韩戈平夹在她和张家宝之间，处境非常为难。

"梦雨，这回你又利用了我……"韩戈平嘟哝了一句，仿佛在表示心里的不满。

赵梦雨知道韩戈平指的是什么，只得抱歉道："是的，我利用了你无意间说出来的那些话，但是戈平，我没有别的路可走，我必须这样做。"

"我知道，我并不是责怪你。"韩戈平赶紧说。

"这是我打败张家宝的唯一机会，所以我会不惜一切代价。"赵梦雨表示道。

"我理解你的心情，"韩戈平温和地握住赵梦雨放在桌子上的手，"可是，你非要将我表哥赶尽杀绝吗？"

"我一定得夺回原本属于我的东西，还有属于刘总的股份。"赵梦雨声音不高，但语气坚定，不容置疑。

"假如我表哥把蓝天矿业和海天球场的股份都还给你们了，你能放过他吗？"韩戈平没有让赵梦雨把手抽回去，他用力握紧了，盯着赵梦雨的眼睛等她答复。

"他真能做到？"赵梦雨表示怀疑，因为张家宝答应过不止一次了，到后来都会推翻之前的承诺，她已经不敢信任这样一个言而无信的人了。

"他刚才对我说了，这次绝对做到，所以他让我过来转达他的意思。"

"我给了他一周时间，今天已经是第四天了。"赵梦雨说。

"我明白，毕竟那是一笔巨款，他当然会犹豫不决，可他现在想通了，答应把该还的都还给你们。梦雨，如果他那样做了，你能答应我就此放过他吗？"

赵梦雨没有表态。

"梦雨，我刚才答应替你作担保了，我说只要你归还了所有股权，我担保梦雨不会把移民资料交出去。可我表哥还是不放心，他说即使归还了一切，你仍有可能不放过他。"

"他是这样想的？"

"他说，你始终认为是他谋害了你的父母。"

"难道不是吗？"

"我不知道。"韩戈平垂下眼帘，他对此并无把握，片刻后他说："我表哥刚才对天发誓了，说他绝对和你父母被害的事情毫无关系。我不知道该不该相信他，但我从他的眼睛里看出来，他好像没有说谎。"

赵梦雨低头不语。

"所以梦雨，今天算我求你，请你看在我的面子上，答应这一回，只要我表哥真的兑现了承诺，你就别再去告发他了，给他一条生路吧。毕竟他是我的表哥，有恩于我。我也不能眼看着他身陷绝境啊。梦雨，拜托了。"韩戈平说着双手抱拳，附下脸去。

赵梦雨依旧沉默。房间里好一阵安静，除了每个人的气息，没有任何声响。也不知隔了多长时间，赵梦雨朝一直低垂着面孔的韩戈平说："好吧戈平，我答应你。只要他兑现承诺，我就饶了他。不过，我给他的期限还剩下三天，你让他明后这两天里准备好所有合同，第三天中午之前，我们必须将此事办妥，否则过时不候。如果他再敢耍花招，翻云覆雨，我也对天发誓，这次决不放过他。"

韩戈平抬起头来，再次抓住赵梦雨的手，激动不已地说："谢谢你梦雨。谢谢你。"

3

韩戈平将他和赵梦雨见面的结果告诉了张家宝，说赵梦雨已经当面答应，只要张家宝满足了赵梦雨的要求，她就不把材料交出去。张家宝这才安下心来，他拉着韩戈平的手说："戈平啊，这回你算是帮了哥哥我一个大忙了。

韩戈平心里也轻松下来，劝张家宝说："哥，那么你就抓紧准备吧，梦雨希望你在这两天里把该做的都做好，后天上午，她会到这儿来和你当面交接。"

"好吧，我知道了。"张家宝心里再不情愿，此刻也只有答应。

"那我先走了，还有些事情需要处理。"韩戈平先告辞离去了。

韩戈平走后，张家宝心里是喜忧交加。喜的是赵梦雨终于明确答应了不去告发他。张家宝了解赵梦雨的性格，别看她是个女孩，身上却有男孩子的血气，要么拒不答应，一旦允诺下来，她多半会遵守诺言。更何况她是对她所喜欢的韩戈平承诺，应该不会有变数。张家宝心里忧的，是他终于不得不归还蓝天矿业的股权，那是他费尽心机，花了九牛二虎之力才夺到手里的，现在却要拱手相还，这意味着那么多日子的心血统统白费了。不过细细想来，这件事也就罢了，蓝天矿业的股权毕竟他是用了阴谋诡计巧取豪夺而来的，一旦归还，他也没有蒙受多大损失。海天高尔夫球场那50%的股份就不同了，当初他张家宝是真金实银投下去的，为了搬迁老别墅的住户，他花了那么多钱，说好了是以此换取海天球场的股份。现在赵梦雨竟然要求他无条件归还给刘豪杰，那么他就等于白白扔掉了那一大笔钱。这让他实在难以接受，然而不接受又能怎么样？把柄落在了人家手里，万一赵梦雨把他的移民材料交给了移民部，他就难逃被遣返中国的厄运，那损失的就不光光是钱了啊！

张家宝正一个人闷闷不乐地想着，公司的法律顾问金律师敲门进来，向他汇报一个楼盘买卖合同上修改过的几个细节。他见张家宝一副精神不振、忧心忡忡的样子，就问张家宝郁郁寡欢有何心事？

张家宝忽然灵机一动，随口编了个故事说："哎，我的一个铁哥们遇到了点麻烦，我正好问问你，有没有化解的办法。"

金律师道："董事长不妨说给我听听。"

张家宝就把自己所遇到的那一连串事情改变成朋友的遭遇，从头到尾讲了一遍，当然他一句也未提关于赵梦雨和刘豪杰的那些事，着重于移民局和假材料之间的关系，最后他说："这位兄弟有恩于我，现在他遇到如此棘手的事情，我很替他担心啊，作为好朋友，在他有难之时，我却一点力都使不上，帮不了忙，心里实在愧疚。"

金律师听完张家宝的叙述，出乎意料地哈哈大笑起来，等收敛起笑声后，他对张家宝说："董事长啊，这件事有何难？你不必多虑的。"

"哦？"张家宝为之一振，忙催促着问："你快说说，有什么好办法？"

"这次移民部重点要查的，是那些用伪造的假材料申请移民资格的人对吗？"

"对啊，听说这次移民部是动真格的，会查得非常严格。"

"不错，问题是，怎么才能判定你那个朋友是不是用了伪造的材料呢？"金律师一副深不可测的表情向张家宝提问。

"他确实是用了呀。"张家宝说。

"对你而言是这样，因为你的哥们告诉了你实情，可是你想，移民部怎么来判定他是否作假了呢？"

"这个……"张家宝被问住了，他之前从未想过这个问题。

"听你所说的情况，虽然你哥们当初办理移民手续时伪造了假身份，但是，他交给移民部审批的那些材料都是真的啊！比如厨师证，那总是真的吧？我知道在中国这些证件花钱都能弄到，但移民部根本无法指证这些证件是真是假啊，如果无法确证那些材料是假的，又如何认定你朋友作假了呢？"

"对呀！"张家宝不由一拍桌子叫了起来。金律师这么一点拨，他顿时豁然开朗。他当初以厨师的身份申请移民，移民部怎么知道他在国内时没当过厨师呢？如果不能证明他没当过厨师，他又何来伪造材料一说？既然如此，移民部审查假材料与他有什么关系？半点关系都没有啊！那他又何必整天提心吊胆呢？这么一想，张家宝大为兴奋，一下抓住金律师的手说："哎呀，这下你可救了我了，哦不，你救了我朋友了。谢谢，太谢谢了。"

金律师有点不知所以然，赶忙客气道："这点小事，董事长不必在意。"

"过两天，我要好好请你吃饭。"张家宝放开了金律师的手。

"我只不过随口说了几句，不值一提的。"金律师搞不懂张家宝为何如此激动。

等金律师离开后，张家宝的心情大变，简直是拨云见日，云开雾散。他回顾了这件事的整个过程，不由失声大笑，明明是一件芝麻绿豆般小事，给自己弄得如此天翻地覆，实在是小题大做，太可笑了。此刻想来，还好自己没有花那40万买下杨晨的破公司，按照法律顾问的说法，要买那东西有何用？这个冤大头又一次让赵梦雨当了，就像之前花钱买下水矿一样，这次她可是花了大血本哪，50万收购那么个烂摊子，活该她倒霉，这叫自作自受。张家宝得意地坐在椅子里慢悠悠摇晃着，享受从天而降的喜悦。

两天之后的上午十点左右，韩戈平按照约定在公司门口等着赵梦雨的到来。两人见面后，赵梦雨问韩戈平，张家宝的态度有没有变化？

韩戈平说："表哥这两天看上去似乎情绪不错，应该是他想通了之后反而轻松了吧。"

赵梦雨又问："那他是不是把该办的事情都办好了？"

韩戈平说，"我没有正式问过表哥，但从他的态度上判断，应该不会有什么问题吧，要不然他不会那样淡定的。

"那好吧，我们去见他。"赵梦雨相信韩戈平分析是对的，就跟着他走入电梯。

"梦雨，一会儿你们要好好谈，一旦表哥满足了你的要求，我希望你们能冰释前嫌。"电梯上行时，韩戈平忽然说。

赵梦雨不置可否。她理解韩戈平的想法，从他而言，当然希望她和张家宝休战，不说化敌为友吧，也能做到互不为敌，毕竟韩戈平两面都关系密切，放弃哪一方都是痛苦艰难的选择。她想，如果张家宝今天兑现了所有承诺，把该还的都还清了，她不是不可以答应韩戈平的要求。尽管每想到父母的惨死她都心如刀绞，但毕竟死者不能复生，她也未必一定要一意孤行，从而让韩戈平过分难堪。

韩戈平敲开张家宝办公室的门时，张家宝正坐在他的大班椅内，拿着一个指甲剪在剪他的指甲，见赵梦雨跟在韩戈平后面走进来，就抬眼瞄了他们一眼，轻描淡写地说了句："哦，你们来啦。"

赵梦雨和韩戈平看张家宝那副不冷不热的样子，就站在那里看着他。张家宝见状，指指他们身旁的长沙发说："站着干嘛，坐呀，坐呀。"

韩戈平示意赵梦雨先坐下，然后自己紧挨着坐在她边上。张家宝也不出声，依旧自顾自慢慢剪着指甲，完全是不慌不忙的神态。他剪完了右手五个指头，将指甲剪换到右手里，开始去剪左手上的指甲。

赵梦雨见张家宝目中无人的样子，已经预感到了某种不祥。她轻轻拉了韩戈平的衣袖一下，韩戈平看看她，赵梦雨对韩戈平使眼色暗示，让他先开口洵问张家宝。韩戈平领会了她的意思，就轻轻咳了一声，然后问张家宝道："哥，今天是你和梦雨约好的日子，不知你答应她的事情都准备好了么？"

"我答应她的事？什么事啊？"张家宝两眼盯着自己的手指，好像非常欣赏自己剪干净的指甲，然后他开始挫磨起指甲的边缘来，连看都没有看赵梦雨一眼。

"哥不是说好了今天和梦雨签合同吗？"韩戈平也开始觉得不对劲。

"合同？我们有合同要签吗？"张家宝爱理不理的，冷冷地瞥了赵梦雨一眼。

赵梦雨早已忍不住了，她看到张家宝又要故伎重演，不由勃然大怒，拔调而喊：

"张家宝，你究竟是什么意思？"

张家宝停下手上的动作，转过来正面朝向两个年轻人，"小雨，你说我能有什么意思？你这样大呼小叫的为何啊？"

"表哥你……？"韩戈平完全蒙了。他刚才还对赵梦雨夸口说什么问题都没有呢，一眨眼间，完全不是那回事。看来表哥又要变卦，这是为什么啊？他忍不住义愤填膺地责问张家宝说："你不能又出尔反尔吧？"

"什么叫我出尔反尔？我又没答应你们什么事，怎么出尔反尔啦？"张家宝完全是厚颜无耻的嘴脸，说完这句话，他又开始磨起指甲来。

"哥，你也太过分了，太无赖了吧！"韩戈平这下被激怒了，他忽地站了起来，伸手指着张家宝，"你怎么可以三番四次这样做呢？"

"混账东西！"张家宝抬起脸，举手手里的指甲剪就朝着韩戈平用力扔了过去。

韩戈平眼疾手快，一个侧身，脑袋往旁边一歪。指甲剪呼地一声从他耳边擦过，飞出几米远之后掉在了地上。

赵梦雨迅速站起来扶了韩戈平一把。她的面色已经气得铁青，嘴唇哆嗦着，死死盯着张家宝，真想扑过去抽他一个大巴掌。

"你这个吃里爬外的东西，既然你处处为这个女人说话，从明天开始你就别再到这里来上班了，你跟这个女人回去吧。"张家宝冲着韩戈平暴跳如雷。

赵梦雨知道，此时此刻已经没有什么可论理的，对张家宝这种翻云覆雨的恶魔，即使说一句话也是多余的。她强忍住内心不断上窜的怒火，拉住韩戈平的胳膊说："走吧戈平，我们走。别在这儿浪费时间了。"

韩戈平也脸色惨白，瞪着张家宝道："哥，我对你算是仁至义尽了，你放着光明大道不愿走，偏要往死路上跑，那你就等着移民部来找你吧。"

"随你们的便，你们想对移民部怎么说就去说，我才不在乎呢，"张家宝冷笑着说。随即，他歇斯底里地冲着韩戈平大叫道："现在，你们给我滚出去，永远别再踏进我的房间。"

"走吧。"赵梦雨拉拉韩戈平，拖着他离开了张家宝的办公室。

好像是有着某种默契一般，赵梦雨和韩戈平虽然彼此默默无语，却步调一致地直接走向了电梯。搭乘电梯到了底层后，两个人又走出了公司。赵梦雨一直挽着韩戈平的胳膊，他们沿着街道并肩而行，走了好长一段路，在一个街角上，他们看到一家咖啡馆，两个人自然而然走了进去，在一角的座位里坐了下来。

"梦雨，我真的快被他弄疯了，我怎么会有这样的表哥。"韩戈平痛苦地举起双手抓住自己的头发，似乎要以此泄愤。

"他突然又变卦，定有原因的。"赵梦雨先冷静下来，若有所思地道："他好像并不怕我去移民部告发他。"

"是啊，太难以置信了。"韩戈平同意赵梦雨的分析。

"难道他想好了对付移民部的办法？"赵梦雨自言自语地问。

韩戈平摇着头，他实在想不出张家宝能有什么办法来化解那些伪造的材料所必然带来的凶险，他总不至于花钱买通了移民部官员吧？在加拿大，这是不可能的！

"他能有什么办法呢？"赵梦雨再次小声自语。她觉得太难以理解，张家宝怎么如此有恃无恐呢？只要她把材料交到移民部官员手中，张家宝百分之百会遭到遣返的呀，他就不怕回国被捕坐牢吗？

赵梦雨站起身，到柜台处点了两杯美式咖啡。不一会儿，她端着咖啡又坐回了原处。两个人默默坐在那里，慢慢喝着咖啡，各自想着心事。张家宝的举动过于古怪，太出人意料，一时半刻，赵梦雨竟然想不出如何是好。韩戈平更是心如乱麻，毫无主张。就这样干坐了大约十多分钟后，韩戈平忽然听到有人喊他的名字。

"杰姆斯，杰姆斯。"声音是从韩戈平背后传来的。

韩戈平回头一看，原来是公司的法律顾问金律师。他好像刚刚进入咖啡馆不久，或许是从背影上认出了韩戈平。这时，他快步走到韩戈平跟前，对坐在韩戈平对面的赵梦雨打量了一番，不由被这美女的气质和外貌所吸引。他对韩戈平道："这么巧，你也在这里喝咖啡啊？这位美女是？"

"哦，金律师啊，她是我的女朋友，爱丽丝。"韩戈平虽然心情极差，还是勉强堆出了笑容。金律师平时和他的关系不错，他不能对人家太无礼貌。

赵梦雨是聪明人，也马上朝金律师温和地笑笑，朝他伸出手说："你好。"

金律师有分寸地握了握赵梦雨柔软的手，说了句认识你很高兴，他并不想打扰这对情侣，就打算自己找个位置坐下。就在这时，韩戈平油然想到了什么，问金律师道："金律师，我可以请教一件事吗？"

"当然可以。"金律师停下来。

韩戈平往车厢位的里侧挪了挪，让出一块地方示意请金律师坐下，然后说："金律师，如果有人在办理移民手续时做了假，如果这次大检查时被查出了真像，从法律角度讲，你认为有办法可以化解吗？"

"咦，这倒有趣了。"金律师显然有些奇怪地瞧瞧韩戈平说："前两天，张董事长问过我同样的问题，难道你也认识他的那个朋友？"

"那个朋友？"韩戈平看看金律师，又看看赵梦雨。

"是啊，董事长有个朋友遇到了点麻烦，董事长很为他的事情发愁，结果我给他出了个点子。"金律师有点得意。

韩戈平和赵梦雨闻言都极其敏感地动了动身子，互相会意地看了一眼。

韩戈平说："哦，金律师能说给我听听吗？"

"当然可以。"金律师正想在美女面前显示一下自己的聪明才智，就不紧不慢地娓娓道来，把那天张家宝如何咨询他，他又如何教张家宝的过程详细讲述了一遍。

等他说完，赵梦雨和韩戈平已经心领神会：原来如此，总算弄明白了张家宝再一次翻脸不认账的原因！

韩戈平本来想请金律师一起喝杯咖啡，可金律师很知趣，讲完了那件事后，就急于起身离开，他可不想插在两个热恋的情侣中间当灯泡。他走到柜台处点了一份三明治和一杯咖啡当做午饭，然后在稍远处寻了个位子坐下吃了起来。

"梦雨，现在你想怎么做？"韩戈平等金律师离开了一会儿后，问心事重重的赵梦雨。

"我不知道。"

"你还打算把材料交给移民部吗？"

"按金律师的说法，我现在交出去未必有用。"

"那怎么办？"

"总会有办法的，让我想想吧。"赵梦雨的目光落在咖啡杯上，她要让自己先冷静下来。这次，如果不能斗败张家宝，她绝对咽不下这口气。

下午，赵梦雨独自回到了球场。本来她想去找刘豪杰商量，看他能否帮得上忙，又一转念，这件事暂时还是别让老板知道为好，不如回自己那儿再想想吧。就在赵梦雨走进自己办公室的一刹那，一个点子猛然间在她脑子里跳了出来，对啊，为什么不这么做呢？她不由一阵兴奋，双手合掌拍了一下。接着，她取出手机来，拨通了远在成都的张光曦的电话。

4

朱玉文致电韩戈平，要求和他单独见一面，而且还一定要韩戈平晚上去她的公寓，说有十分重要的事情要单独和他说。韩戈平的第一反应是婉言拒绝，他不想和朱玉文晚上独处一室，怕她到时会出什么花样。孤男寡女的，万一有什么事情发生，韩戈平浑身上下长满了嘴也说不清楚的。韩戈平深爱着赵梦雨，现如今两个人的关系比任何时候都更紧密甜美，他一点也不想弄出什么节外生枝的风波来。

韩戈平心里明白，朱玉文一直喜欢他，这已经不是一朝一夕的事情，而是延续好多年了。可以说当朱玉文在上海金银湖球场遇到韩戈平的那一刹那起，她就对韩戈平一见钟情。如果没有赵梦雨的出现，朱玉文会公开地对他穷追不舍。即便赵梦雨来到金银湖球场之后，所有球童都知道了韩戈平和赵梦雨在恋爱，朱玉文的心里也从未放弃过希望。她内心对韩戈平的那份执着连她自己都觉得惊讶，不知道是应了越是得不到的就越想要得到这个规律，还是她确实被韩戈平迷得神魂颠倒，朱玉文就是放不下韩戈平。在肉体上，只要有利可图，她可以很轻易和许多男人上床做爱，但在内心里，从未有任何一个男人能盖过韩戈平，占领她那一方神圣空间。换句话说，只要韩戈平一声召唤，朱玉文立刻就会跑到他身边，心甘情愿为他献身。这种献身是不带附加条件的，一厢情愿甚至是迫不及待的。只可惜韩戈平对她从不起那种非分的念头，长久以来一直与她友善相处以礼相待，不越雷池一步。这不由让朱玉文对他所抱的那份念想渐渐磨损。与此同时，朱玉文会极其嫉妒赵梦雨。韩戈平对赵梦雨的迷恋，不亚于朱玉文对韩戈平的执意，同样都是漂亮女孩，接受到韩戈平的反馈却是天差地别，朱玉文于心何甘？

韩戈平温和地回绝了朱玉文的邀请，建议说：如果一定要见，可以约在外面，他可以请朱玉文吃晚饭，但朱玉文的声音带着哭腔，十分哀怨，不停地央求，希望韩戈平就答应她这一次，她说这是唯一一次，也是最后一次。

韩戈平非常无奈，他心里很不情愿，又狠不下心来坚决回绝朱玉文。他就让朱玉文稍等片刻，自己先打了个电话给赵梦雨，对她说明了一下情况，最后问赵梦雨自己要不要去？赵梦雨听后笑笑说，这么小的事情，还用得着特意来电话询问吗？既然玉文姐如此坚持让你过去一趟，说不定她真有重要的事情要单独与你谈呢？

"可是我怕……"

"有什么好怕的？你一个大男人，害怕她把你怎么样啊？"赵梦雨轻松地鼓励道。

"你不会生气吧？"韩戈平还是十分谨慎。

"我生什么气啊？我又不是不认识玉文姐，更不是不了解你，放心去吧，傻瓜。"

最后那句傻瓜顶过千言万语，赵梦雨对韩戈平是绝对信得过的，这反而让韩戈平觉得自己有些心虚了，他为这种心虚感到了可耻。

是夜，在讲定的时间，韩戈平如约而至。给他开门的朱玉文看上去有些憔悴，脸色也不像之前遇到时那么光彩照人了。她甚至都没有化妆，头发稍显凌乱地披着，不过韩戈平反而觉得她这么素面朝天更加真实。其实，朱玉文也属于天生丽质那一种女孩，不化妆也很耐看。韩戈平一直觉得，很多漂亮女孩化了妆之后反而适得其反，弄巧成拙，不如自然一点更好。赵梦雨就是那样的，从不浓妆重彩，描眉画眼，最多在某些重要场合出现时略施淡妆，涂点口红。在韩戈平看来，自然的美才是真正的美。

"我有咖啡，你要喝吗？"朱玉文穿着一身宽松的淡粉色丝质睡衣，倒是遮掩了她曲线优美的身材。她走路的时候，睡衣轻晃动着，很是飘逸。

"好的，我来一杯吧。"韩戈平没客气。见朱玉文去厨房弄咖啡，他自己在长沙发里坐下来。他四处打量着室内的布置，以前他来时，只是匆匆忙忙就离开的，从未注意过房间的装饰，四壁贴着有花纹的浅驼色墙纸，干净而温暖，天花板上的吸顶灯是多边形的，光线透过毛玻璃均匀地洒在房间的各个角落里。

朱玉文端着两杯咖啡过来放在沙发前的玻璃茶几上。茶几是金属架子做的，面上盖了一块椭圆形的厚玻璃，金属架分为上下两层，下层玻璃上搁着一些糖果盒之类小东西。朱玉文想要拿点零食之类出来给韩戈平吃，被韩戈平阻止了，说他刚吃过饭，肚子很饱。

两个人默默无声喝了几口咖啡。韩戈平问朱玉文，特意叫他过来有什么事？

"我过两天就回国了。"朱玉文说，她双手端着杯子，神色暗淡。

"去办事？"韩戈平问，他感到意外。

朱玉文缓缓摇动她的头说："或许，回去后就不再过来了。"

"这是为什么？"这下韩戈平更不理解了，"你不是想方设法要留下来吗？"

"本来是的……"朱玉文说了半句停掉了。

"你是说，你不打算留在温哥华了？"韩戈平追问。

朱玉文又缓缓点着头表明认可了韩戈平的揣测。

"怎么会突然之间改变主意了？"

"这儿太无聊了，也太可怕了，哎！"朱玉文说完重重叹了口气。她把咖啡杯放到茶几上，偷偷溜了韩戈平一眼，随即就把目光移开，转到一边去了。"你们两个人能在一起多好，不光有工作，还有伴，不会空虚。"

韩戈平明白朱玉文是指他和赵梦雨。他能理解朱玉文的处境，本来表哥答应过帮她解决工作，后来都成了空头支票，想想她整日间无所事事，生活确实够无聊的。虽然看上去她并不缺钱花，可这种单调的日子是会让人渐渐厌烦的。换一种思路来考虑，朱玉文回国去未尝不是一种明智的选择。他不由问道："回去有什么打算？"

"回金银湖去呗。"朱玉文吸了口气，好像要给自己提提精神似的。

韩戈平哦了一声，明白了朱玉文打算。他觉得这是个不错的决定，毕竟金银湖熟悉，一切不必从头开始。不过他又想，假如哪一天赵梦雨把海天球场打理好了，需要从金银湖挖一批球童过来的话，朱玉文留在温哥华也是能派上用处的，她毕竟是个有经验的老球童。这个念头只是在韩戈平脑子里闪了一闪，他并没有说出来。

"戈平，有句话，我不知道该不该对你说。"朱玉文面对韩戈平时，很少会用戈平这个称呼。

韩戈平侧脸注视坐在旁边的朱玉文，心想，这大概才是今晚她特意把自己叫过来的原因吧，就鼓励道："我既然来了，你有什么话都可以说啊。"

朱玉文好像要给自己鼓鼓勇气，她拿起杯子喝了口咖啡，又把杯子放回原处，而后猛一转脸盯着韩戈平说："戈平，你一定要防备你的表哥。"

韩戈平突然听到朱玉文这句话，很是奇怪，忍不住问："你为什么这么说？"

"他这个人太可怕了，什么事都做得出。"朱玉文像是陷入了思考，低下她的脸，语气极其认真，"只要对他自己有利，他会不惜牺牲任何人，我是说任何人，也包括你。"

"听你这话，你是不是碰到什么事情了啊？"韩戈平此刻猜测着，朱玉文说这些话应该不会是无缘无故的，她突然决定要回国去了，一定事出有因。难道是她和表哥之间发生了什么吗？

"有件事，我一直犹豫着要不要对你说，"朱玉文并不回避，好像已经有了破釜沉舟的决心："我反正要离开温哥华了，可你还得待下去，还得陪在你表哥身边，但你一定要提防他随时随地会出卖你，牺牲你。"

"你怎么会这样想的？"韩戈平有点迷糊，难以理解。

朱玉文小做停顿，然后就把张家宝在山姆案发后，打算把那张指使山姆放火烧毁老杰克家的纸条推到韩戈平身上去的经过讲了出来，末了她强调了一句："这都是他亲口对我说的，希望我能帮他的忙，栽赃到你头上。"

韩戈平听得心惊肉跳，完全惊呆了。他知道表哥做事会不择手段，对人也会冷酷无情，但怎么也想不到，他为了逃脱罪责会如此狠心嫁祸与自己，我毕竟是他的表弟啊！韩戈平瞬间心如死灰，沉着脸说不出话来。

"他对你都这样，就不敢想他会如何对我了。"朱玉文垂下长长的睫毛，看着茶几的玻璃说："我知道的事情太多了，所有我不能再待在温哥华，我得回去。"

韩戈平总算弄清了朱玉文忽然之间要打道回府的真正原因了，不由叹息道："也许你是对的，我表哥是什么都做得出来的人。"

"所以我害怕……。"朱玉文喃喃而语。

"你回避一下也好，以防万一。"韩戈平表示理解。

"戈平，我不得不离开你了。"朱玉文忽然激动起来，一下拉住了韩戈平的手，眼眶里闪出了泪花："我很清楚，你爱的是赵梦雨。我本来总觉得，只要我在温哥华，你就离我很近，隔三差五我总有机会见到你，能这样，我也满足了。现在我要回去了，也许，这辈子再也不会和你见面了。"朱玉文的眼泪涌出了眼眶，沿着白皙细腻的两颊慢慢淌下来。

韩戈平并没有去抽回被朱玉文紧紧握住的手。他看到了她真实的泪水，不免为之心动，这不是朱玉文装出来的，她要离开了，所以会伤感。此时此刻，韩戈平觉得自己不应该端着架子冷冰冰对待朱玉文，他有义务安慰她一番，就说："玉文，你也别太难过，即使你回国了，你还是有签证，以后随时可以再来啊。再说了，我们也总要回国去的吧，如果回去，我们一定回去金银湖看你的。"

朱玉文松开了韩戈平的手，用右手背擦了擦两面脸颊上的泪迹，苦笑道："谁知道还有没有以后啊。"

"当然有啦，一定会……"韩戈平还没说完，他的手机铃声突然急切地响起来，一开始他以为是赵梦雨打来的，拿到手上一看，奇怪，怎么会是表嫂呢？表嫂就是张家宝的老婆，她几乎很少给他打电话的呀。韩戈平赶忙接通了电话，忙叫了一声嫂子。

"戈平，你快过来一下好吗？"表嫂听上去心急火燎的。

"嫂子，出什么事了？"韩戈平站起身来。

"你哥他……"表嫂欲言又止，催促韩戈平马上过去，"你快过来吧，来了就知道了。"

"那好吧，我马上就过去。"韩戈平答应着挂了电话。他以为表哥突然患了什么病呢，表嫂一个人应付不了，来向他求助的。他回头对朱玉文说："我表嫂打来的，好像有急事，我立刻得赶过去。"

朱玉文见韩戈平立刻要走，呼地从沙发里窜起身，陪韩戈平走到门口。在韩戈平伸手拧开门那个瞬间，她冷不防一把抱住了韩戈平，抱得很紧很紧，将脸埋在了韩戈平的胸口，贴得那么深。韩戈平有点愕然，但没有推开朱玉文。这个时候，他不愿意去伤一个女孩的心。隔了足足有一两分钟后，朱玉文抬起泪光闪闪的眼睛看着韩戈平那张英俊的脸说："戈平，你能吻我一下吗？就一下。"

韩戈平面对朱玉文如此可怜巴巴的乞求，再硬的心此刻也软化了。他俯下脸，用嘴唇在朱玉文的面颊上轻轻贴了一下，正好有一行泪水从朱玉文眼睛里流下来，韩戈平尝到一股湿湿的咸味。

韩戈平平时不常到表哥的别墅里来，和表嫂见面的次数也不算太多。不过以前他还是孩子的时候，和表嫂挺亲的，表嫂也喜欢这个长相英俊的小表弟，常常会带他去逛逛街，买些吃的玩的东西给他。后来韩戈平长大了，去上海同济大学读书，毕业后就留在上海工作了，和表嫂见面的机会就少了许多。只在逢年过节回成都时，到表哥家吃顿饭什么的。来温哥华之后，见面的机会反而增加不少，每个月总有两三次，三个人一起吃顿饭。表嫂不喜欢在外面饭店吃，喜欢邀请韩戈平上家里来，由她亲自下厨，炒几个家乡菜，然后三个人围成一桌，表嫂说这样有家庭气氛。后来表嫂意外怀孕，肚子越来越大，就不再料理家务，韩戈平过来的次数也少了很多。

韩戈平将车子开进表哥家的花园时，表搜正站在别墅门口等他。等他停好车，她就急急忙忙拉着韩戈平的手往里走。

"嫂子，究竟怎么回事啊？"韩戈平边走边问。

"你哥离家出走了。"表嫂一脸焦虑地说。

"离家出走？"韩戈平一头雾水，难以置信。

表嫂把韩戈平拉到客厅，然后取出一张纸来交给韩戈平说："你看看。"

韩戈平从表嫂手里接过纸，见上面歪歪扭扭写着一行字：最近有点不对劲，我得出去避上一阵，近期我不回来了，你自己千万当心身体。

"这是怎么回事？"韩戈平认得表哥张家宝的字。他完全糊涂了，好端端的，前一阵还一副逢凶化吉的得意劲呢，怎么风云突变了？

"可能和昨天晚上到我家来的那两个陌生人有关吧。"表嫂回想到一件事情。

"两个陌生人？是谁？"

"好像是专程从国内过来找你表哥的。"表嫂回忆说："他们一进门就对我们亮了亮证件，说是四川省检察院的，有事情要和你哥谈，当时我就发现你哥脸色唰地变了。"

"他们找表哥谈什么？"韩戈平觉得事态严重。

"你哥带他们去小客厅了，还掩上了门。我总觉得有什么不对劲的地方，就偷偷站在门外听了一会儿。好像听他们说到伪造文件，重复抵押什么的……"表嫂说到此停了下来。

"还有呢，嫂子，他们还说了些什么？"韩戈平急切问着。

"还说什么骗取银行高额贷款，好像，好像有二十几个亿什么的。"表嫂努力追忆道："有一个人好像劝你哥能自己主动回国去，说这样能从宽处理。还说否则的话，成为红通人员就不好了，就很被动。戈平，红通是什么意思啊？"

韩戈平当然知道红通是什么意思，如果表哥被国家列为红通人员，是要遭到国际刑警追缉的，那可都是犯了重罪的在逃人员啊！表哥在国内究竟干了什么坏事，引得四川省检察院的人千里迢迢赶到加拿大来找他谈话？莫不是和赵梦雨家的案子有关？韩戈平并未回答表嫂红通是什么意思，他不想吓着她，毕竟她眼下身怀六甲，惊吓不起的。于是他问："那后来呢？他们走了之后，表哥说了什么吗？"

"没有，他什么话都没有说，一个人坐在小客厅里，抽了好几根烟。他已经好久不抽烟了。自从我怀上这个孩子，他就没有碰过香烟，可他昨天一连抽了好多根。夜里睡在床上后，他始终一声不吭，两眼盯着天花板发呆。我见他这副模样，也不敢多问。后来我就迷迷糊糊睡着了。今天早上起来，他已经出门了。家里阿姨说，他往车子里装了一个大箱子走的。我打电话给他，他说是要去美国出差几天。我就觉得不对劲，真要去出差，昨晚为什么不对我说一声？况且，出差要带那么大一个箱子干嘛？"表嫂一口气讲了一大堆。

"那张纸条你是什么时候发现的？"韩戈平感到奇怪。

"我打电话给你之前不久，是他的司机特意送来的，封在一个信封里呢。"

"哥现在去了哪里，司机说了吗？"韩戈平又问。

"司机说他也不知道。"表嫂气呼呼地说："明摆着是吹牛，他怎么会不知道老板去了哪里？一定是你哥不让他说的。戈平，你说你哥到底犯了什么事，要这样躲躲藏藏啊？他会不会出事啊？"

"嫂子，你先别急。"韩戈平安慰表嫂道："他肯定是遇到了点麻烦，所以先出去避一避风头，应该没事的。"

"那我怎么办啊?我就快要生了呀,他不在家,我一个人怎么弄啊?"表嫂着急得快要哭出来了。

"嫂子,在找到哥之前,我会多过来看你的。你若有什么事情,记得马上打电话给我,我立刻就赶过来。你千万要当心身体啊,不能着急。"

"戈平啊,还是你好啊!"表嫂感激地拉住韩戈平的手摇了几下。

驱车离开表哥家豪华别墅的时候,韩戈平有一种风雨欲来风满楼的预感。或许,表哥的好日子要到头了,等待着他的将会是什么呢?

5

赵梦雨一点都不知道张家宝失踪的事。

这两天她有点兴奋,三天前,张光曦从成都寄来一个邮政快件,里面全是有关张家宝的资料。张光曦按照赵梦雨的要求,亲自去找了四川省公安厅经侦总队负责太平洋集团案子的警官,对他们说明了原由,希望他们帮忙搞到张家宝的档案。当事警官听说有可能逼迫张家宝回国,不由分说就出面处理此事。他们找到了张家宝所有的履历资料,还查到了那家给张家宝颁发厨师证的培训机构,弄清了张家宝花钱买下假厨师证的事实,让培训机构出了一份陈述证明。他们还把张家宝在省政协和省工商联里所填写的简历复印出来。从时间上可以证实,张家宝根本没有做过厨师这段历史,这就足够证明了他移民材料作假。最后,还由省公安厅经侦总局出面写了一份文件,证明以上所有资料属实,盖上了公安厅大印。

这天晚上,赵梦雨在她的公寓里再次仔细对照张家宝移民申请时所递交的材料,有了张光曦提供的资料,再对比张家宝留在顺风移民公司电脑里的履历,资料作假的事实已经一目了然,毋庸置疑。按照加拿大移民法,张家宝完全符合被取消移民资格和遣返回国的条件。赵梦雨合上笔记本电脑的时候,长长地舒了口气。经过这么多来回的较量,她终于看到了黎明前的曙光。赵梦雨决定,明天上午就将这些资料的副本交给移民部。她决定要打张家宝一个措手不及,到时候看他还能嚣张得意多久。这次,赵梦雨有了必胜的信心。

赵梦雨前一段时间一直紧揪着的心,终于放松下来。她哼着一首恩雅的《Only Time》,去浴室洗澡。赵梦雨只有在心情特别轻松的时候,才会边做事边哼歌。其实,她的嗓子非常好,音色很纯很亮。舒舒服服洗完澡,擦干身子,赵梦雨穿着睡袍走出浴室,打算倒一杯可乐,坐在客厅里看会儿电视,然后上床睡觉。就在她手里举着一杯可乐准备坐下的时候,韩戈平打来了电话。很久以来,他们只要这天没有碰头,晚上临睡前一定会彼此通个电话，卿卿我我说上好一阵，赵梦雨对此已经习惯了。

"梦雨，有件急事，需要你帮忙。"韩戈平的语气和往日完全不同。

"什么事？"赵梦雨问。

"非常急的事。你准备一下，我已经在过来的路上了，一刻钟内就能到。"

"要出门吗？"

"对，要出去，我到了那儿你就下楼。"

"究竟发生了什么事？"

"我一会儿再告诉你吧。"韩戈平说，匆匆着挂了手机。

赵梦雨心里猜测着原由，一面走到衣柜前挑了一身出门的衣服。她穿好衣服，在镜子前整理一番头发，然后重新拿起杯子喝了口可乐。隔了大约十几分钟，电话又响了，韩戈平的车子已经到了楼下。

赵梦雨锁上门，乘电梯下楼。一走出公寓大门就看到了韩戈平的车，车灯亮着，没有熄火，赵梦雨带紧几步走过去拉开车门。

韩戈平等赵梦雨坐稳，一踩油门就驶了出去。韩戈平一边快速开车，一边告诉赵梦雨，他表嫂不一会儿前打电话给他，让韩戈平赶紧送她去医院，她就要临产生小孩了。韩戈平不知道如何应付，况且又是一个小伙子，有诸多不便，只能请赵梦雨临时帮忙了。

"张家宝呢？他为何不陪老婆？"赵梦雨听到这么件事，实在是惊讶万分。

"哎，我还没有来得及告诉你这件事，我表哥前天突然失踪啦。"

"失踪了，怎么可能？"赵梦雨惊得合不拢嘴。

"是真的，他让公司司机给我表嫂送了张纸条，说暂时不回家，人却不知了去向。"韩戈平解释着。

"有这种事？"赵梦雨颇感奇怪，难道张家宝嗅出了危险临近的味道？那他的狗鼻子也太敏感了吧。

韩戈平见赵梦雨困惑不解，就把上次表嫂说的有关四川检察员来人的事情对她重述了一遍，然后说："我估计他怕遭到追缉，躲了起来。"

"你没有打电话和他联系过？"赵梦雨问。

"打过，不是关机就是不接电话。"韩戈平无奈地摇头，"哎，这下苦了我嫂子了。"

赵梦雨没有料到四川省检察院会派人来温哥华劝说张家宝投案自首，看在国内对他犯下的案子十分重视，这样一来，张家宝的压力会更大，赵梦雨手上的王牌也将更加具有威慑力了，但此时此刻说这些有点不合时宜，赵梦雨就缄默着，没有多说什么。

车子很快到了张家宝的别墅，赵梦雨紧跟着韩戈平下了车。两个人匆匆进入别墅大门时，只见张家宝老婆挺着大肚子正躺在客厅的地摊上呻吟不止，她面色苍白，额头上全是冷汗，一副半死不活的样子。那个五十岁左右的住家保姆傻乎乎坐在旁边，惊恐地盯着孕妇，见有人进来，哆嗦着嘴唇求救道："谢天谢地，来人了，快快，她见红了，那个好像也破了，她好像要晕过去了。"

韩戈平没有听懂，但赵梦雨立刻就猜到了保姆所说的意思，孕妇的羊水也破了。她刻不容缓地对韩戈平说："快，我们马上把她送到医院去，一刻也不能耽搁了。"

韩戈平慌忙俯下身去，用力抱起表嫂。赵梦雨见状上去搭一把手，抬起孕妇的双腿，两个人托着孕妇快速往外走。赵梦雨叫保姆赶紧去打开后车门。两个人让孕妇坐进车内后，赵梦雨说她坐在孕妇旁边照看她，让韩戈平赶紧出发。韩戈平发动车子，却不知要去哪里？就问赵梦雨。这时孕妇听到了，断断续续说："去，去奥克街，靠近25街的，卑诗省妇女医院。"

赵梦雨赶紧在手机上查找那家医院，然后将手机递给韩戈平，用卫星导航给韩戈平指路，并让韩戈平以最快速度直接驶往那儿。赵梦雨知道孕妇此刻已经见红，一定疼痛难熬。她一面磋磨着孕妇的手背让她分心，一面安慰惊慌失措的孕妇，让她做做深呼吸，减缓紧张情绪。其实赵梦雨这是头一回遇到这种事，心里同样极其紧张，但她尽力让自己保持冷静。这个时候，绝对不能慌成一团，否则孕妇会更加恐惧，岂不是更为不利？因此，她伴在孕妇身边，不停和她说话，让她思想有所分散，同时催促韩戈平再快一点。

韩戈平不敢拖延，猛踩油门。还好夜晚的马路上很空，几乎没有多少行驶的车辆，韩戈平此刻也顾不得限速标识了，反正脚不离油门踏板，能开多快就多快。十分钟后，终于赶到了医院。紧接着，张家宝老婆被护士直接推进了产房。

自从那天两名检察官从天而降来敲张家宝家的门之后，张家宝预感到要大祸临头了。张家宝虽说满脑子的生意经，可他还是时不时关注一下中国政治形势的。他从一些中文媒体上看到过有关中国政府反腐的报道，也看到过政府公布的百名红通人员的名单。这次中国政府好像下了大决心，要把潜逃海外的红通人员一一捉拿归案。从他们中的一些人已经被陆续押解回国受审的情况来看，中国政府这次摆出了不达目的决不罢休的姿态，这显然是要震慑那些打算出逃的人员，告诉他们天网恢恢疏而不漏。

对张家宝而言，现如今，以太平洋矿业集团名义骗取银行巨额贷款的事早已东窗事发，如果他张家宝不主动回国投案，很有可能将被列入红通人员。张家宝心里清楚得很，他是绝对不能回去的。这么多年的发迹史中，他可远远不止骗取银行贷款这一件事。勾结地方黑势力强取豪夺的事情，他做过好多好多。最为可怕的是，他还背着买凶杀人的指控，这是棘手无比的事，只要当事人为了坦白从宽把罪责推到他头上以求自保，那他就绝路一条了。如果此事被检察院法院认定，他甚至可能会被判处死刑。所以，他坚决不可以回国去。

然而真可谓祸不单行，偏偏在这个时刻，加拿大移民部开始审查移民材料作假的案子，采取强硬手段要将作假者遣送回原居住国。本来听了法律顾问的建议，他已经暗暗松了口气，可就在前两天，从成都的心腹那儿传来一个消息，说省公安厅正在查他的档案并复印了他的简历，还去了他学习的烹饪学校。张家宝觉得很蹊跷，公安厅为什么要做那些事呢？本能和直觉告诉他，这极有可能是赵梦雨所为。她通过国内的关系在掌握他的履历材料，以此来佐证他办理移民手续的材料是假的。估计过不多久，这些材料就会送到加拿大来，出现在移民部官员的桌子上。如果这样，这次就在劫难逃了。一旦证实他移民材料作假，移民部很可能先将他抓起来，如果他同意主动回国，就会像高山一样；如果他不同意主动回国，移民部就会找理由遣返他，就像赖昌星一样。对张家宝而言，如果想死扛到底，坚决不回去，那就只剩下一条路：玩失踪。当务之急，是找个隐秘的地方躲藏起来，让移民部官员和加拿大皇家骑警都找不到他的踪影。

张家宝知道老婆即将临产，随时随地需要他陪在身旁，但他已经自顾不暇，想不了那么多了，他必须出去躲一阵，他不能因为老婆要生孩子就毁了自己，反正家里有个常住的保姆，可以照顾老婆。再说了，他相信万不得已时，老婆一定会找表弟韩戈平帮忙的，而依韩戈平的性格，他绝不会袖手旁观。

张家宝在那天离开家里后，先住了两晚酒店。然后，他在距温哥华东南方向约70多公里、与大温哥华地区及美国接壤的阿伯斯福德市，租了一栋空置已久的老旧小别墅先落下脚来。这个地区的居民绝大部分都是白人老外，街路上几乎看不到亚裔面孔，更不用说大陆移民了，应该有很高的安全系数。张家宝这次出来足足带了50万现金，这够他花上一长段时间的。张家宝自以为只要拖上一段时间，哪怕一两年，到那时，中国的反腐也没有这么厉害了。至于加拿大政府，对他这种情况不会兴师动众穷追猛打，一则很难找到他，而且是在花纳税人的钱；二则毕竟这些所谓的红通人员都不是在加拿大犯的罪，对加拿大没有造成伤害。所以，除非他被很容易逮着，否则最后很可能对他的事会不了了之。

现在，知道张家宝住在哪儿的唯有他的私人司机，但这个人是张家宝的亲信，嘴巴极紧，最近又拿了张家宝一大笔钱，不用担心他。所以，他现在就成了张家宝和外界联络的唯一渠道。张家宝虽然躲起来了，他还得遥控指挥公司的运作呀。当然，公司没有人知道老板在哪，都以为老板最近回国去了，那儿有重大项目需要他处理，一时半刻不会回来。

本来，张家宝可以更加信任韩戈平，把一切真情都告诉他，毕竟他们是自己人嘛，但现在，韩戈平和赵梦雨走在了一起，恰恰赵梦雨是他张家宝最大的威胁，一心想要扳倒张家宝。所以张家宝信不过表弟，他指示过司机，关于他的行踪，决不能对韩戈平暴露一丝半点。因此，韩戈平多次打来电话他都没接，他怕横生突变。

这日，张家宝坐在房间里看电视，手机响了一声，应该是有短信进来。他拿起手机看了一眼，是韩戈平发过来的。张家宝想，我故意不接你电话，你倒聪明，干脆发短信给我，知道我一定会看。张家宝不太情愿地点开了短信。只见短信上说：哥，嫂子前天晚上生了个大胖儿子，足有八斤多重呢。嫂子说，儿子长得很像你。尽管当时很危险，但现在他们母子平安，请放心。你如果有可能，就去医院看看他们吧。

不知为什么，张家宝鼻子一阵发酸，眼睛潮湿了。他视线模糊地盯着手机屏幕，定格般一动不动，心里涌起一股浓烈的痛楚感。天哪，他日思夜想的儿子终于出生了，自己却不能在第一时间看到他，在老婆最需要他的时候，他却不能陪伴在他身旁，而是一个人孤零零躲在一幢空落落的房子里提心吊胆，自己这都是在图些什么啊？

张家宝老婆生完儿子后的第三天上午，张家宝突然出现在卑诗省妇女医院。这家医院他来过几次，就在前一二个月，他陪着老婆来这里上了几次有关生小孩及如何照看婴儿的课程，因此很熟悉。他在咨询台查到了老婆所在的病房号，就找了过去。

张家宝推开病房门时，她老婆已经醒了，正抱着刚出生的儿子在端详。猛然见到丈夫从天而降，不由喜极而泣，一边流泪一边数落："你这个死鬼，你跑到哪里去了啊？你还来这里干什么？你不要来啊！"

张家宝歉意地走到老婆跟前，在她脸上亲了一下。他也顾不上老婆用拳头不停捶他，伸出双手就想要把儿子抱过去。他的目光如同被磁铁吸住了一般，紧紧盯在刚出生的婴儿身上，他的小脸是如此稚嫩如此天真。

张家宝老婆狠狠打了丈夫几下，算是出了气，毕竟丈夫还是来看她和儿子了，心一软，就把儿子交给了他。张家宝抱着儿子喜出望外，俯下脸不停亲吻婴儿粉嫩的脸颊，一面亲一面轻声叫"儿子，我的儿子……"。

张家宝老婆当然知道丈夫肯定爱这个儿子，这是盼星星盼月亮好不容易盼来的呀，哪有不喜欢之理？张家宝以前对她唠叨过不知多少回，说他平生最大的遗憾就是没有一个儿子来继承他的财产家业，女儿虽说也很聪明孝顺，但女儿毕竟早晚要嫁人，俗话说，嫁出去的女儿泼出去的水，即便生了下一代，也是跟着夫家的姓。张家宝为此一直不爽，这成了他的一块心病。现在好了，见他抱着儿子那副陶醉的样子，就知道那心病顷刻之间已经得到了根治，他已经痊愈了。

等张家宝那股子的兴奋劲稍微平复下来后，张家宝老婆讲起了这次自己如何进医院的经过。她把那天晚上自己突然剧烈腹痛倒在了客厅里，躺在那儿差点晕厥过去，保姆怎么慌乱无助手足无措，她怎么艰难拨打了韩戈平电话，韩戈平如何带着女朋友及时赶到的过程对张家宝讲述了一遍，最后她对张家宝说："这次多亏了戈平和他的女朋友，要不然你就见不到我们母子俩了。"

张家宝听完老婆的讲述，才了解到发生在那天晚上的事情经过，如果不是韩戈平和赵梦雨及时赶到，当机立断将老婆送往医院，大人和小孩可能都保不住，因为在家里她的羊水就全破了，送到医院后，打了催产针，还是生不出，只得剪开下体产钳，才将大胖儿子生了出来，由于是高龄生产，又发生产后大出血，当班医生说，只要再晚送来半个小时，母子两个都会产生极度危险，即使用死里逃生这句话来形容也决不为过。医生还责怪她，为何不打911喊急救车，这样，专业人员就会在第一时间帮助她。张家宝老婆还告诉他说，那天到了医院之后，戈平的女朋友一直陪伴在她身旁，整整一晚上都没有合眼。直等到第二天下午，老婆的情况稳定了，母子俩都平安无事后，她才回家休息去了。

"所以，戈平和他女朋友是我们母子两人的救命恩人，你一定要好好对待他们，绝对不要忘了这件事，来世都要报答他们的。"张家宝老婆一脸感恩戴德的表情对丈夫说。

张家宝听完老婆的叙述后久久不发一语。没想到，老婆为了生这个儿子，受尽了苦难，甚至连命都差点丢了，自己亏欠她太多了。此外，如他所料，一旦有事，表弟韩戈平一定会第一时间出来帮忙。可他万万没有想到的是，一心想要置他于绝境的赵梦雨会在这个时候出现，协助表弟挽救了他老婆和儿子的生命。张家宝心里涌起一股说不清的复杂滋味，羞愧，后悔，内疚，不一而足。他头一回省悟到，自己是不是应该好好想一想接下去该怎么做，该如何走完自己的人生之路。

张家宝在病房里待了将近个把小时。临走前，他依依不舍地将闭着眼睛已经入睡的儿子交到老婆怀中。他告诫老婆，不要告诉任何人他来过这里，也不要去找他，只要条件许可，他一定会回来的。

张家宝驾车回他暂居地的时候，并没有发现有一辆白色的车子一路跟在他后面。张家宝往日里都有专职司机伺候，已经很久没有自己开车了，所以一路上都小心翼翼驶得不快。他的注意力完全集中在前方的路面上，根本没有多看后视镜，因此丝毫没有注意后面有车尾随跟着。那辆车一直跟到了张家宝所租的那幢旧别墅附近，等张家宝的车子停下时，它也在距离十几米远的地方靠下了。那辆车里坐着的不是别人，正是韩戈平和赵梦雨。

6

赵梦雨得知张家宝离家出走的消息后，一直想着要摸清他的躲藏之处。这个可恨的家伙眼看就要受到惩罚了，竟然玩起了失踪。多半是他嗅到了什么味道，预感到即将大难临头，才隐匿起来。令赵梦雨犯难的是，她根本无法弄清张家宝究竟藏在哪里，大温哥华地区那么大，他会住在哪个城市中？如果他不在大温地区了，那卑诗省的范围更要大得多，假使他已经离开了卑诗省，那么如此广阔的加拿大，到哪儿去找一个人啊！

然而韩戈平的分析是，表哥不会离开太远，因为他知道表嫂最近就会临产。韩戈平了解表哥，他对世人再冷血无情，对自己的家人却很在乎，尤其对表嫂，他一贯以来都是个好丈夫的形象，更何况他知道表嫂怀的是个儿子，这是他多年来日思夜想要得到的，因此，为了妻子和儿子，他不可能走得太远。

"这样的话，我们试试找到他。"赵梦雨觉得有点道理，她和韩戈平说此话的时候，张家宝老婆已经脱离了危险，被护士从产房推到病房里。看到母子平安后，赵梦雨那颗悬着的心总算放下来。这时她重又想起了要找到张家宝这件当务之急的事。

"怎么找？我们一点线索都没有。"韩戈平觉得这事不容易。

"你不是说，他很在乎你表嫂和她肚子里的儿子吗？"赵梦雨脑子在转动着，"你表嫂已经生完孩子了，是个大胖儿子，你得马上把这个情况告诉他。我相信，如果他真如你所说的那么在乎他们，一定会很快赶到来医院看一眼的。"

"有这个可能，但是，他现在根本不接我电话啊！"韩戈平很无奈。

"他的手机能拨通，只是他不接，对吗？"

"是的，每次都不接。"

"发信息给他，他一定会看的。"赵梦雨信心十足。

韩戈平照赵梦雨的建议做了，给表哥写了一条信息。赵梦雨自信满满地和韩戈平相约，这两天分头守在医院看动静。谁知不出赵梦雨所料，信息发出后的第二天，张家宝就现身医院了。当时韩戈平和赵梦雨两个人正好都在医院的花园里，那儿离停车场很近，有许多树木掩护，找个合适的位置监视从停车场进出的人很隐蔽。他们看到张家宝从停车场走出来，一步三回头地进了她老婆所住的病房楼，于是他们就出了花园，走到停车场里面，悄悄上了自己的车，坐在那儿打算耐心等张家宝出来。韩戈平认识表哥的宾利车，泊在停车场几十辆车之间。很巧的是，赵梦雨的白色宝马离开那辆车不远，只隔了前后一排，横向里大约四五个车位的距离。

张家宝在病房里待了很久，等得韩戈平都快没耐心了。他提议出去买两杯咖啡来喝，赵梦雨劝住他说，张家宝随时都可能出来，还是忍一忍吧。果不其然，只隔了不到十分钟，张家宝就出来了，快步来到车之前。不一会儿，张家宝的车子就缓缓驶了出去。赵梦雨随即启动车子跟了上去，一路上不紧不慢尾随在后，一直跟到了张家宝的隐藏之处。

等张家宝关上车门走进屋内后，赵梦雨也下了车。她沿着街树渐渐靠近那幢房子，然后取出手机，隔着一条街路，拍下了张家宝所住的那幢旧别墅的位子。她还特意拍下了门口的那只邮箱，上面写着门牌号1783。

等她坐回车上后，有些高兴地对韩戈平说："总算找到他了。真没想到竟会这么容易，得来全不费工夫啊。"

"接下去你打算怎么办？"韩戈平并没有像赵梦雨那样因为大功告成而一脸兴奋，反倒忧心忡忡问了赵梦雨一句。

"还能怎么样，按原来的计划做呗。"赵梦雨理所当然地说。

韩戈平呃了一声，提议由他开车回去。赵梦雨也不客气，就和他换了位子。韩戈平将车子驶出小路，上了大道。一路上，他忽然沉默寡言起来，显得心事重重。

"你怎么一声不响啊？"赵梦雨察觉到了韩戈平的反常。她很聪明，已经猜到了他的心思，就说："你怎么了，是不是担心我去举报你表哥？"

韩戈平摇了摇头，叹了口气道："我哥他确实做了不少坏事，冷静想想，如果他被移民部遣送回国，在国内受到审判或者入狱，那也是罪有应得。"

"你既然这样想，干嘛还闷闷不乐的？"

"我只是替我表嫂难过。"韩戈平又叹了口气，"哎，一旦表哥被抓，她一个人在这里该怎么办？还有那刚刚出生的小侄儿，还没懂事呢，他老爸就要离他而去了，想得悲观些，或许他这辈子都不一定能再见到他的爸爸了，实在是怪可怜的。"

赵梦雨望了韩戈平一眼，这回轮到她沉默不语了。韩戈平那几句貌似不经意间讲出来的话，不由像榔头一样敲击着她那颗女孩柔软善良的心，最后那一句，震得她心里发麻，并且隐隐作痛。她瞬间想到了自己眼下的状况，没有了父母，孤零零一个人在这个世界上，那是一种什么滋味啊！不知道那番话是不是韩戈平故意说给她听的，可他说得一点没错，张家宝一旦被遣送回国，以他所犯下的罪行，恐怕得一辈子都坐在牢里。那么自己前两天救下来的那个男婴很可能就难以见到他的生父了，对这个孩子是很残酷的，难道我就忍心将他推入那种境地吗？可是，我又能怎么做？就这样放过张家宝，让他悠然自得地逍遥法外吗？赵梦雨陷入了深深的矛盾和纠结之中。

这一路上返回，两个人都变得默默无语，各自陷入自己的思考中。中午时分，他们到了海天球场，赵梦雨叫韩戈平一起去玻璃餐厅吃了饭再走。两个人随便点了东西，草草填了肚子，当他们正打算离开餐厅时，韩戈平的手机响了，他拿过来一看，脸色顿变，朝着赵梦雨小声说："是我表哥。"

"他怎么突然给你打电话？快接快接。"赵梦雨小声催促。

韩戈平赶忙按下接听键，叫了声哥，然后故意问："你在哪里啊？"

"你先别管我在哪里。"张家宝的口气依旧那么居高临下，盛气凌人，"这几天，你得替我做两件事。"

"好的哥，你说吧。"韩戈平也是摆脱不了长期养成的习惯，对张家宝总是毕恭毕敬。

"第一件事，我知道这次你嫂子生小孩多亏了你送她去医院，才避免了一次危险，接下去的一段时间，你不用天天去公司上班，有时间多陪陪你嫂子，她有什么需要，你都务必要替她办好。"

"好的，我知道了，我会关心她的。"韩戈平说。

"第二件事嘛……，"张家宝说到此有些犹豫，过了几秒后他才又说道："这样，你就这两天里，起草两份协议，一份是关于赵梦雨的，我决定把蓝天矿的股权全部还给她；另一份是关于海天球场的，那50％的股份我归还刘豪杰……。"

"哥，你这是……？"韩戈平一脸的惊愕。

"别打断我，我还没说完呢。"张家宝似乎有点气呼呼地道："你这两天好好思考一下，如果觉得没有把握，就咨询一下公司法律顾问，让他们把把关。总之，要尽快把这两份协议拟定打印出来，越快越好。"

"哥，这次，你不会再变卦了吧？"韩戈平对表哥这种出尔反尔的行为实在是不放心，他也太心血来潮了吧？不由试探着问道。

"你说什么哪？真是……，"张家宝显然是张口想骂人，但随即忍住了，变了口风说："你抓紧弄好后，就送到我这里来，我会当着你的面在协议上签名。"

"可我不知道哥在哪啊。"韩戈平不得不装模作样说了句谎话。

"到时候你问我的司机就行，他知道地址。再说一遍，交代你做的事情必须尽快做好。"张家宝下着命令。

"哥，我明白。"

"那就这样了。"张家宝随即挂断了电话，连一句其它的家常话都没有。

当韩戈平把张家宝在电话里所讲的内容告诉赵梦雨时，她难免听傻了，这个张家宝，究竟在玩什么花样啊？怎么像变戏法似的，一会儿这样，一会儿那样，他的话到底可信吗？

韩戈平一眼看出了赵梦雨的怀疑，他蛮有把握地说："梦雨，好像这次他是来真的了。要不，你也没再去找他，他何必主动打电话交代我那么做呀？"

"他为什么会突然改变主意了？"赵梦雨依旧疑惑不定。

"这个我不太明白，我也在思考这个问题呢。"韩戈平说。

三天之后的上午，一直躲在旧别墅里闷闷不乐的张家宝听到有人按门铃，知道是表弟韩戈平到了。两个小时前，韩戈平来过电话，告诉他已经准备好了两份正式的协议书，他已经从司机那里问到了地址，一会儿就开车过来。

张家宝拉开门的时候不由一愣，他完全没有想到，韩戈平的身后，居然还紧跟着赵梦雨。

"咦，你怎么把她带来了？"张家宝惊讶地问韩戈平，显得很不高兴。

"你不是要和她签协议吗？"韩戈平回答张家宝说，"我就干脆就把她带过来了，省得我送来送去地来回跑。"

"这……"张家宝不由语塞。他心里明白，韩戈平怕他变卦，想快刀斩乱麻。

"如果你觉得我来得不是时候，我可以出去。"赵梦雨的语气冷冽中含着礼貌。

张家宝没有搭理赵梦雨，而是做了个请他们进去的手势。韩戈平就和赵梦雨跟着走进里面。这是一幢很旧的别墅，室内的墙面有一部分已经脱落，斑斑驳驳的，像患了皮肤病一般。有几幅印象派画的复制品挂在墙上，算是添了几分活力。室内家具都是硬木制的，式样很老，带着欧陆风格，表面已经暗无光泽。一套三只皮沙发，深褐色的皮面上已经布满裂纹，几只彩色的沙发靠垫都又旧又脏，毫无规律地扔得东一个西一个。长沙发里扔着一条薄毛毯子，应该是张家宝躺在那里打瞌睡时盖的。

韩戈平不等张家宝开口，自顾自先坐了下来，将随身携带的公文包搁在木质茶几上。他拉开包，从里面取出两本塑料文件夹，里面各有两份协议书。

"哥，我按你的意思都弄好了，已经给金律师看过，他觉得没问题，你看看吧。"韩戈平把两个文件夹交给张家宝。

张家宝接到手里后并未仔细去看，而是走到一旁取来了一支笔。他紧邻着韩戈平，坐在了长沙发的一头，掀开文件夹，直接翻到了签字页，然后问韩戈平："我在哪儿签字？甲方还是乙方？"

"都是甲方，不过哥，你还没仔细看过呢？"韩戈平说。

"有什么好看的，你和律师不都觉得没问题吗？"张家宝说着，弯身先后在四份协议书的甲方位子签上了他的名字。他挺起腰，收好笔，朝韩戈平说："现在你信了吧？"

"梦雨，要不你现在干脆也把字签掉吧，这样的话，协议就正式生效了。"韩戈平提醒赵梦雨应该趁热打铁。他掏出一支水笔来递给赵梦雨。

"好吧，我来签。"赵梦雨从韩戈平手中接过水笔，开始在协议上签字。

"你已经看过内容了？"张家宝问了一句。

"不需要看，和你一样，我信任戈平。"赵梦雨头也不抬地答道。

"等等，关于蓝天矿的那份你可以签，海天球场的那份你带回去交给刘豪杰。"张家宝想起来了。

"不用，刘总已经授权与我了，我签的字同样生效。"赵梦雨回答得很干脆。

"哥，你放心，刘总给我打过电话了，让梦雨代表他。"韩戈平证实着。

张家宝看着韩戈平摇摇头，他嘴上没说，心里暗忖着：就知道你这小子和他们的关系比和我还密切，都没有事先和我打招呼，就把一切都告诉了他们，还把赵梦雨直接带到这里，这明摆着是不给我任何退路嘛。现在，既然赵梦雨已经知道了我躲在哪里，看来我也只有听天由命了，总不见得等你们一走就再换地方吧？张家宝在外面躲了这一阵之后，忽然有了一种宿命感，想到自己多少年来日思夜想要个儿子，结果在彻底放弃后，老婆竟然在时隔十几年后再次突然怀孕，而且就给他生下个大胖儿子，然而谁又能料到，儿子出生了，他自己可能就要面临牢狱之灾。和这个儿子擦肩而过，哎，这一切都是命啊！

赵梦雨在协议书上签好了字后，韩戈平就把两份协议书各分一份出来，分别交给张家宝和赵梦雨。他顿时觉得心头像是解开了捆绑着的绳索一样，满身松快。这件事反反复复折腾了那么久，此刻终于尘埃落定。谢天谢地，表哥今天总算没有再反悔。他不由滋生了某种感激之情，对张家宝说："哥，你还有什么需要我做的吗？"

"如果我有什么事不能见他们了，替我照顾好你嫂子，还有你的小侄子。"张家宝带点凄凉地说。

"这你放心，我们一定会关心他们的。"韩戈平故意用了复数，表明赵梦雨也会那样做。

你们？张家宝的目光在韩戈平和赵梦雨两个人身上来回扫了几下，表弟是铁了心要和赵梦雨在一起的，所以他说我们。

"那要不我们就先走了，嫂子今天要出院，我们一会儿去接他们回家。"韩戈平说。

"嗯，那你们快去吧。"张家宝不由自主也用了你们。他希望他们快点离开，因为他有一种非常伤悲的感觉在心里直往外冒。

"戈平，你可不可以先出去，在外面等我，我有几句话和他说。"赵梦雨冷不防提了一个要求。

韩戈平看看表情严肃的赵梦雨，再瞧瞧神色呆滞的表哥，踌躇了几秒钟，然后说："那好吧，我先去车上等你。"

等韩戈平走出去掩上了门，屋里就剩下了虎视眈眈的赵梦雨和心绪凌乱的张家宝。两个人一时无语沉默着。

"你想要说什么？"张家宝心虚地先问。

"你认为呢？"赵梦雨尖刻地反问。

"我已经无所谓了，你想说什么就说吧。"

"是吗？你一定想不到会有今天吧？"

张家宝长长叹了口气，摇摇头道："我知道，你不会放过我。"

"看来你头脑很清楚。"赵梦雨毫不留情地说。

张家宝垂脸不语。

"你还记得对我做了什么吗？"赵梦雨一时间激动起来，不由提高了嗓门："你作恶多端，对我们家强取豪夺，对我的父母痛下杀手，之后你还不甘心，还要把我赶尽杀绝，这都是为了什么？"

"我……。"张家宝抬脸看了赵梦雨一眼，喉咙里只发出了一个音，就不知该说什么了。

"是我父亲欠了你的巨债，还是我们家和你有世仇？"

"这……"

"你说我不会放过你，你说对了，我为什么要放过你这个有血海深仇的敌人？为什么要放过你这种恶贯满盈的冷血动物？你毁了我幸福的家，毁了我光明的前程，将我逼到了离家出走隐名埋姓的绝境，我凭什么要放过你？"赵梦雨心潮澎湃，越说怒火越旺。

张家宝脸色渐白，一声不吭低着头。

"在我离开中国，来温哥华之前，我就下定决心，哪怕天涯海角，我都一定要找到你，"赵梦雨两颊通红，星眼圆睁，"我发过誓，我一定要将你绳之以法，我决不能让你再逍遥法外，为所欲为，再去坑害那些无辜的好人，只要我还活着，还有一口气，我都会不惜余力，揭露你的罪行，把你送进监狱，让你所有的恶行得到报应！"

张家宝依旧不声不响，面色已经由白转灰。他耷拉着脑袋，迟钝的目光盯着地上的某一点。他知道，自己的决定做得太迟了，本来有两次机会可以用作交换，如果他早一点归还蓝天矿业和海天球场的股份，赵梦雨也许就放过了他，不会对他死追到底。现在，什么都晚了，赵梦雨已经知道了自己住在哪儿，她手里掌握着可以送他入狱的证据，正怀着刻骨仇恨在面对面声讨他。他原本存有的一丁点儿侥幸心理，此时此刻已经彻底破灭了。赵梦雨骂得没错，他确实对她的伤害太大了，都是因为利欲熏心，贪得无厌，他才作了那么多的孽啊。或许，赵梦雨这个看似脆弱的小姑娘就是他的终结者，她一心想要复仇，她几次三番接近了目的都被自己躲过了。现在，她即将如愿，张家宝觉得，自己已经是瓮中之鳖，网中之鱼，还挣扎什么？一切听天由命吧。张家宝本来想说点什么，再一想，他又能说什么呢？赵梦雨所有的指责差不多都是事实，除了一件……。

短暂的沉默使得气氛凝厚而沉重，寂静如同乌云裹住了屋里的两个人，除了轻微的气息声，世界好像死亡般万籁俱寂。

不知道过了多久，赵梦雨紧紧盯视着低垂着头闭口不言的张家宝忽然发问："你就没有什么要辩解的吗？"

张家宝抬起头来，木然地看着赵梦雨，然后说："我只有一句话要对你说，我绝对没有谋害你的父母，我可以对天发誓。那天晚上，我只是让他们到了你家里后要不择手段拿到那份文件，可谁知他们竟然……。当然，我说的这些话你信也罢，不信也罢，这已经由不得我了。"

赵梦雨盯了张家宝足足半分钟。这次，张家宝的视线并没有躲闪退缩，好像是要证明自己刚才没有胡说，又好像这是他唯一能对赵梦雨说的一句话。

赵梦雨似信非信地一直看着张家宝，终于又把他看得低下头去。显然，除此以外，张家宝不想再说什么了。又一阵难熬的静默之后，赵梦雨终于收起冷冷的目光，从背在肩头的挎包里取出一样东西来。那是一只白色信封，里面装着东西，使得信封表面有一块地方鼓了出来。赵梦雨将信封放在了张家宝面前的茶几上，然后转身就走。

张家宝一直垂着头。他听见赵梦雨走到了门口，拉开的门随即又被关上。尽管轻微，他还是感觉得到赵梦雨的脚步声渐行渐远，然后他听到了关上汽车车门的声响。此时，张家宝像触了电似的从沙发上弹起来，飞奔到窗户前。窗外，韩戈平正在驾车掉头，车子在阒无人迹的街路上划了一条 U 形线路，然后猛地加速，绝尘而去。

张家宝若有所失地在窗前站了好一会儿。他知道，也许是几天以后，也许就在明天，移民部官员和警察就会登门拜访，他该怎么办？尽快逃跑吗？能跑到哪儿去呢？他心里十分清楚，既然命运如此做了安排，那么该来的一定会来，躲得了初一，躲不过十五。罢了罢了，不如就这样听天由命吧……。

张家宝转身走回到茶几前，停顿了一两分钟，然后木然地弯腰拿起信封。他撕开了封口，慢慢从里面取出一张信纸和一只黑色的优盘。他不明就里，产生了一丝好奇。他略觉紧张地展开信纸，上面只有很简单的几行字：这只优盘里存入的是你在顺丰移民公司的所有移民资料的备份，你自己拿着吧。所有关于你的原始资料，我都已经全部销毁了。我真的很想把你送进监狱，指望你永世不得翻身，可我不忍心看到你刚出生的儿子没有爸爸，他毕竟是无辜的。从今往后，你好自为之吧。

张家宝脑子嗡地响了一下，顿时一片凌乱。这难道是真的吗？赵梦雨不去移民部举报他了？他不敢相信。之前那股想哭的感觉又涌上来了，而且难以抵挡。不知不觉中，他的眼泪已经模糊了视线，然后滚出眼眶，一滴一滴落在那张信纸上。

尾　声

1

温哥华国际机场，出发大厅内，张家宝精神萎靡地排在即将检票登机的长队里。他只身一人，显得形单影只，微微佝偻的背使他看上去老了很多。在他的前后，各有一名身着便衣的中国检察官员，警惕地注意着张家宝的举动。

刚才在出关的时候，前来送行的妻子抱着刚刚满月的儿子，还有开车载他们到机场的韩戈平，沉默着在一起站了很久。妻子满眼泪水，时不时用衣袖擦一下眼睛。她怀里的婴儿正熟睡着，那张纯洁无瑕的小脸如同天使一般安详。张家宝附身亲吻了儿子好几遍，泪水一直在他眼眶里打转。韩戈平站在一旁看着这即将分离的一家子，鼻子不由也酸酸的。他好几次转过脸去望着别处，尽可能避免因为忍不住也将落下眼泪。几步之遥，那两名专程飞到温哥华来押解张家宝回国的检察官员，正观望着这个离别的场面。

十几分钟后，检察官员过来催张家宝上路，张家宝最后再吻了儿子一下，毅然决然跟着检察官员快步走进了安检处。他没有再回头，很快消失在密集的人流之中。他没有看到妻子号啕大哭的场面。

张家宝决定回国自首，这是他唯一的选择。

之前，四川省检察院派员找到张家宝的时候，给他讲明了政策底线，善意奉劝他尽快回国投案自首，争取宽大处理。可当时张家宝没有理会，他还抱着侥幸心理，希望能躲过这次厄运。不久之后，中国政府向国际刑警组织发出了对张家宝的红色通缉令，他随即成了红通人员。

张家宝这才感觉到事态的严重性，按照惯例，一旦他被抓捕归案，押送回国，那么和他有关联的直系亲属都会受到牵连，他在温哥华安下的家将不复存在。摆在张家宝面前的选择很简单，要么回国自首，要么举家被遣送。张家宝经过反复的思想斗争、多方权衡利弊，加上上次赵梦雨不计私仇对他网开一面的震撼举动，使得张家宝终于痛下决心，同意自己回国自首。按照加拿大移民法规定，由于张家宝在移民时为主申请人，所以，一旦查证他移民作假，全家都得被遣返回原居住国。张家宝答应回国自首后，以此作为交换条件，要求加拿大政府不遣返他的家人，经过磋商之后，加拿大政府同意了张家宝的要求并与之达成了协议。从政府角度考虑，这么处理能够省掉一大笔因为张家宝需开庭而花费的纳税人钱。政府对这些有钱人有前车之鉴，尽管一开始就可以将赖昌星遣送回中国，但他请了加拿大最好的律师之一，不断上诉，用尽了所有法律程序，硬是将案子拖了12年才被遣返，政府这边的1000多万支出全部由纳税人承担，搞得怨声载道民愤不小。

中国政府方面得知张家宝愿意自己回国自首，接受审判，有关方面也做出了口头承诺，只要他投案自首，就对他从宽处理。政府派出了相关人员来到温哥华，监督他踏上返程。

在回中国前，张家宝已经出售了加拿大所有的资产。他用这些巨款，归还了骗取中国银行的贷款和赵梦雨家蓝天矿业股权的价值，他还把韩戈平应得的股份折算了现金留给了韩戈平，剩余的部分，他全部交给了妻子，作为她和儿子今后的生活保障。

当飞机结束了在跑道上的漫长滑行，最终腾空而起飞向蓝天时，张家宝突然感到某种由衷的轻松，就像一个欠了巨债的人一夜之间偿还了所有债务。现在，他终于不用再东躲西藏，提心吊胆了；他终于可以坦然面对命运的安排，继续他那未知的余生之路了。

2

这日上午，上海金银湖高尔夫球场的球童部代经理并已取得中国高尔夫教练牌照的郑小兰，以及王小妹、汤玉美和小刘等八名优秀球童，乘坐上海东方航空公司的班机来到了温哥华。原本计划来15个球童的，但其中7个遭到了加拿大驻上海总领事馆的拒签。前去接机的是赵梦雨和韩戈平，以及海天球场的一位工作人员，他们各自驾驶了一辆车。在停车场泊好车，三个人一起到了接机大厅。过没多久，郑小兰一行人就拖着行李箱从里面走出来了。老友相聚，免不了一番惊喜和亲热。郑小兰激动得热泪盈眶，紧紧拥抱着赵梦雨不肯松手。在去往海天球场的一路上，女孩们叽叽喳喳不停，欢声笑语不断，这些头一回出国的女孩子们面对温哥华如此清新的空气禁不住贪婪地大口做着深呼吸。哇！天是那么的蓝，云是那么的白，阳光是金色透明的，树木是郁郁葱葱的，远方山峦上的积雪闪着银光，熙熙生辉。

之前，刘豪杰已经批准了赵梦雨提出的建议，在海天高尔夫球场试行球童制。经过那么长一段时间的相处，刘豪杰早就认可和信任赵梦雨对球场的管理水平，并完全放手让她去干。加之在张家宝离开温哥华之后，韩戈平也放弃了他不擅长的房地产开发行业，加入到海天高尔夫球场的管理团队中来，这让赵梦雨如虎添翼。在他们两人的通力合作打造下，海天高尔夫球场在整个北美高尔夫业界的名声正节节攀高，享誉四方。

郑小兰等人来到温哥华的两周之后，在重组海天球场行政班子的时候，赵梦雨没有安排郑小兰出任球童部经理，而是把她放到了更为重要的培训部经理位置上，一则郑小兰打得一手好球，适合这个职位；二则拓展高尔夫培训，聘请世界一流的高尔夫教练，朝着创办高尔夫学院的方向演化，正是刘豪杰和赵梦雨约定要实现的宏伟目标。

赵梦雨已经决定，将她从张家宝归还给她的蓝天矿业的资金中，拿出一部分成立一个以她名字命名的高尔夫基金，着重培养有天赋、肯吃苦、热衷高尔夫的华人少年，并每一年提供给中国 10 个经过选拔、有前途的少年所有开销。让他们来加拿大海天球场培训，以提升中国高尔夫运动落后的局面。尽管赵梦雨自己无法成为高尔夫职业运动员了，但她希望有更多的中国男女运动员出现在欧巡赛、美巡赛和世界大赛上。

球童部经理的人选最后落在了朱玉文身上。她当初已经决意要离开温哥华，回上海金银湖球场去，但被赵梦雨劝住了。赵梦雨要她再耐心等一等，许多事情很快都将有结论了。如果一切顺利，赵梦雨希望朱玉文能来海天球场和她一起工作。赵梦雨还告诉朱玉文，郑小兰她们几个都已经办好了工作签证，不久都会飞到温哥华来。朱玉文当时对于赵梦雨不计前嫌的宽容之心非常感激，她没有料到，最后能让她在海天球场工作的不是张家宝，而是这个自己时时提防、处处嫉妒和耿耿于怀的小姐妹赵梦雨。她终于感到了深切的羞愧和内疚，扑进赵梦雨怀中放声大哭了一场，然后答应了赵梦雨的邀请，放弃了回国的冲动。巧的是，第二天她收到了加拿大移民部寄出的枫叶卡，可以合法长期待在温哥华了，除了没有选举权和被选举权外，其它的权利都和加拿大公民一样。

郑小兰一行人到达温哥华的那天，朱玉文就等在海天球场会所大楼前迎接她们的到来。郑小兰等人猛一下看到朱玉文时，都不免感到十分意外。之前赵梦雨没有和她提到朱玉文也会过来，虽说郑小兰从来都不喜欢朱玉文，不过毕竟是在异乡他国故人重逢，女孩子们还是欢天喜地缠在了一处。

朱玉文其实对自己去海天球场工作并无奢望，内心里已经做好了当一个普通球童的准备。在温哥华这地方，只要有陆仲任护着，她经济上很宽裕，可以无忧无虑。对她而言，最重要的是改变那种寂寞无聊的现状，这样她就愿意在温哥华继续待下去。令朱玉文绝对没有料到的是，赵梦雨竟然让她出任球童部经理。赵梦雨说，这个职位责任重大，需要有经验的人才能做好，再则，朱玉文原本是金银湖球场的球童部经理，对安排管理球童有一定经验，又和过来的所有女孩都很熟悉，因此这个职位非她莫属。赵梦雨说，海天球场的球童制才刚刚试行，今后会有很大的发展空间，所以希望朱玉文全力以赴配合她做好这一块。

朱玉文默然无语，只有用她感激的目光，和诚挚的点头来回答赵梦雨。朱玉文在内心里暗暗发誓，绝对不会辜负赵梦雨的一片好意，一定要为海天球场的发展尽其所能。

3

郑小兰她们来到温哥华的两个月之后，球场里就纷纷传言韩戈平和赵梦雨正在筹备婚礼。这个传言很快就飘到了刘豪杰的耳中。这天，刘豪杰特意把赵梦雨和韩戈平叫到了他的办公室。

赵梦雨和韩戈平都以为老板是要和他们谈工作，不料刘豪杰一开口就问："听说你们俩不久要举办婚礼了？"

赵梦雨的脸刷地变得通红，韩戈平看看赵梦雨又看看刘豪杰，腼腆得不知道该如何答复刘豪杰才好。

"瞧你们俩，这么大的喜事总不该瞒着我吧？"刘豪杰呵呵笑着，"到时我可以做你们的证婚人啊。"

"真的？……"赵梦雨惊喜不堪。

"那太好了……"韩戈平情不自禁。

"得知你们的喜事后，我给你们准备了一份礼物。"刘豪杰说。

"不，不，你什么都不需要送。"赵梦雨急着摆手婉拒。

"是啊，刘总如果能当我们的证婚人，就是最大的礼物。"韩戈平附和着说。

"那怎么行，"刘豪杰笑道："我海天球场的大管家和二管家成婚大喜，我岂能不表示一下？"刘豪杰见赵梦雨还想说再次推辞，举手阻止了她，很自信地说："这份礼物，我相信你们一定会喜欢的。"

赵梦雨和韩戈平闻言，心里都在打转，猜测着刘豪杰说的会是什么。他们互相瞧瞧，其实都猜不出来。

"爱丽丝，我将送给你海天高尔夫球场10%的股份，作为我的贺礼。"刘豪杰揭开了谜底。

"这……？"赵梦雨和韩戈平瞬间惊呆了。

三天之后，当刘豪杰要赵梦雨去签署股份赠与合同时，赵梦雨再一次婉言拒绝了。刘豪杰有些许不悦，他不明白这是为什么。

"刘总，我们想要更大的礼物。"赵梦雨有备而来地说。

"哦?"刘豪杰刚刚皱起的眉毛立刻松开了，饶有兴趣地道，"有意思，你不妨说说看。"

"刘总，我想要海天球场30％的股份。"赵梦雨镇定坦然地提了要求。

刘豪杰不免诧异，竟然一时说不出话来。他探视地盯着赵梦雨，好像要等她的解释。

"还有，戈平，不，是杰姆斯，他也想要10％的股份。"赵梦雨继续说道，"加起来，我们希望你能转让给我们40％的股份。"

"转让?"刘豪杰疑惑不解。

"是的刘总，我不能接受你赠与我10％的股份，那份礼物太昂贵太厚重了，我不会要的，可是我们都太爱海天球场，希望一辈子和这个球场牵连在一起，所以，请求你能够出让部分股权给我们俩。"

"你的意思，你们是想买下海天球场40％的股份?"刘豪杰总算明白赵梦雨的意思了。他这下真的非常意外。

"是的。"赵梦雨点头承认。"刘总，这只是我们的愿望，如果你觉得不合适，拒绝我们也没有关系，我们一定会和现在一样全力以赴为球场工作。"

"这并没有什么不合适，经营者持股，天经地义。"刘豪杰马上打消了赵梦雨的顾虑。他原先打算赠送10％的股份给赵梦雨，就是出于这样的考虑，于是他半开玩笑地道："何况给了你们那40％的股份，我还有60％股份，仍然是控股股东。"

"是的，你永远是我们的老板。"赵梦雨笑了。

"只是爱丽丝，你们知道买下40％的股份要花多少钱吗?"

"我知道，我已经了解过了，那得花相当大的一笔钱，我们不在乎。"赵梦雨知道刘豪杰是在担心他们能不能拿出这笔巨款来。她接着说："张家宝已经把蓝天矿业的股份折算成钱还给我了，杰姆斯也得到了兑现股份的现金，所以……"

"我明白了。"刘豪杰说。

"那你会同意吗?"赵梦雨有点担忧刘豪杰会拒绝。

"这样吧，我转让40％的股份给你们，但只收你们30％股份的钱，另外10％，我还是坚持要作为你们的结婚礼物赠送给你，因为爱丽丝你为海天球场立下了汗马功劳，而且我相信，在你们俩的管理经营下，海天肯定前途无量。"

"这怎么可以……?"赵梦雨嗫嚅着。

"爱丽丝，你什么也不必多说了，就按我说的做。"刘豪杰的语气不容分辩。

4

2018 年 8 月 10 日，一个晴朗的夏日。碧空如洗，湛蓝透明。傍晚的阳光带着温和的气氛投照在绿色的大地上。虽说刚刚立秋，但温哥华还是像盛夏一样气温宜人，最高温度只有 24 摄氏度，丝毫不闷热。从海面吹来的阵阵清风，让人感觉到全身舒适凉爽。四周空气中弥漫着淡淡的香味，格外清新宜人。

海天高尔夫球场正迎来一个特殊的日子。这天，赵梦雨和韩戈平正在球场举办一场质朴又简单的婚礼。那一刻，他们两个都已经成为了海天高尔夫球场的股东，在刘豪杰的任命下，赵梦雨正式出任海天球场总经理一职，韩戈平当上了球场副总经理。

8 月 10 日这个日子是韩戈平特意挑选的。五年前的同一个日子，当时还是在校大学生的赵梦雨，在上海金银湖高尔夫球场参加中国首届女子大学生高尔夫全国锦标赛，就在那天，历经曲折的赵梦雨赢得了她一生中第一个全国冠军。或许正是那天，当韩戈平站在场外观望着赵梦雨曼妙的身姿和优雅的动作时，他心里就埋下了一颗纯洁的爱情种子。这颗种子历经几年的风风雨雨，顽强有力地生长着，今天终于结出了美丽的硕果。就在 8 月 10 日这一天，韩戈平全身心倾爱着的女孩赵梦雨就将成为他梦寐以求的妻子了。

临海的果岭上，在那些女球童们的精心布置下变得焕然一新，热闹非凡，充满了浓重的节日氛围。果岭四周，茵茵绿草间绽放着各色鲜花，姹紫嫣红，绚丽多彩，缤纷夺目。几十只彩色气球轻盈地漂浮在果岭上空，在温柔夏风的吹拂下，缓缓摇摆，轻盈舞动，令人思绪翻飞，浮想连翩。果岭边缘摆放着从玻璃餐厅特意搬来的餐桌，桌面铺上了洁白的桌布，上面放满了盛在雅致盘盆内的精美食物和上好水果，排列成行的香槟酒杯供来宾们自由品尝取用。盛装出席的来宾们笑容满面，握手拥抱，寒暄交谈，热热闹闹，喜气洋洋。

海天球场董事长刘豪杰西装革履，风度翩翩。他在婚礼上担当了司仪和证婚人的角色。婚礼开始后，他手握无线麦克，用他浑厚响亮的嗓音向来宾介绍新娘赵梦雨和新郎韩戈平。他当众盛赞了这对新人，说他们天生属于高尔夫事业，是独一无二的高尔夫情侣，希望他们早日生出高尔夫宝宝，让海天球场代代相传，香火不息。刘豪杰用他那热情洋溢、风趣幽默的发言赢得全场来宾的热烈鼓掌和欢呼。

穿着盛装、略施粉黛的郑小兰和朱玉文都当上了伴娘，她们紧随着美艳惊人的赵梦雨左右，款款而行，向所有热情的来宾一一敬酒致意。三个女孩都喝得香腮泛红，妩媚动人，令来宾们纷纷啧啧赞叹，目不暇顾。

作为嘉宾的雪雅紧紧拥抱了她心中所爱的小妹妹赵梦雨，激动得淌下了眼泪。她特地把丈夫许小博从多伦多叫过来，一同参加这动人的婚礼仪式。

特地从中国四川赶过来的张光曦，慈父般怜爱的目光透过他那副金丝边眼镜久久停留在赵梦雨纯洁美丽的脸上。他握着赵梦雨的手，思绪万千，内心里诚挚祝愿这个历尽艰辛、饱受坎坷的不幸女孩从今往后能一马平川，永远幸福美满。

赵梦雨的小姨和姨夫，一直站在较远处望着自己的侄女。小姨的眼睛里不停滚落下一颗颗晶莹的泪水。小姨夫一直紧握着妻子的手，此刻，他们不约而同想到了赵梦雨的父母。愿他们在天堂为女儿送来祝福。

站在赵梦雨小姨边上的是张家宝的老婆。她抱着胖胖的儿子，也泪盈满眶。自从丈夫回国自首后，表弟韩戈平带着赵梦雨经常上门去探望照顾她，对此她满怀感激之情，她早已把赵梦雨看成了自己人，祝愿表弟和妻子白头偕老。

胖乎乎的陆仲任，把全家人都带到了婚礼现场。他十分小心，尽力回避和朱玉文单独相遇和对视的目光。他目不转睛盯着亭亭玉立的新娘，心里一直在想，爱丽丝多漂亮，和她一比，朱玉文虽然也漂亮，还是逊色不少啊！

在仪式举行到尾声时，陆仲任和雪雅将赵梦雨拉到了一群来宾跟前，热情地替他们互作介绍。这些来宾都是温哥华赫赫有名的老移民，他们中有余国伟、范美华、陈秋、彼得、桂文涛、姚玉慧和桂红涛等十几个人。赵梦雨谦虚恭敬地微笑着和这些长辈们逐一握了手，感谢他们百忙中前来参加她的婚礼，她还诚挚地邀请大家以后一定要多来海天球场打球。

在彼此互碰酒杯之后，余国伟代表大家对赵梦雨表示道："爱丽丝，以后你在温哥华，我们都是你的娘家人，任何时候你需要帮助，只要说一声，我们都会竭尽全力的。"

陈秋在和赵梦雨握手时一直拉着她不放，目不转睛地紧盯着赵梦雨的脸看个不够。后来，她对身旁的范美华说："多奇怪啊，这姑娘长得和晶晶简直一模一样，只可惜晶晶正在欧洲赶不回来，否则她们彼此遇到，肯定会大吃一惊呢！